T0244277

MEMORIAS DE
PANCHO
VILLA

BIBLIOTECA

MARTÍN LUIS GUZMÁN

MEMORIAS DE PANCHO VILLA

JOAQUÍN MORTIZ

Prólogo

Dos hechos fortuitos explican, originalmente, la existencia de este libro y su título. Uno fue, según lo consigné al publicarse en volumen *El hombre y sus armas*, la circunstancia de que llegaran a mis manos —gracias al entusiasmo de la señorita Nellie Campobello— varios escritos procedentes del archivo del general Francisco Villa —cuya viuda, doña Austreberta Rentería, guarda devotamente—; otro, la forma como se realizó, en 1913 y 1914, mi paso por los campos militares de la Revolución.

Del archivo del general Villa he tenido a la vista un cuerpo de papeles, insospechables en cuanto a su valor histórico y autobiográfico, formado como sigue: 1. por la *Hoja de servicios de Francisco Villa*, documento, relativo a la Revolución Maderista de 1910 y 1911, que consta de 40 páginas de papel de oficio escritas a máquina; 2. por un relato puesto a lápiz en 103 hojas de papel de diversos tamaños y clases; y 3. por cinco cuadernos grandes manuscritos con tinta y excelente caligrafía, que en junto suman 242 páginas y cuya portada dice: *El General Francisco Villa, por Manuel Bauche Alcalde, 1914.*

La *Hoja de servicios* refiere lo que Villa hizo desde noviembre de 1910, ya en los albores del movimiento maderista, hasta abril de 1911, cuando, tomada Ciudad Juárez y triunfante Francisco I. Madero, Villa se retiró al pueblo de San Andrés, del estado de Chihuahua. Los *Apuntes a lápiz* empiezan con la huida de Villa a la sierra en 1894 —el futuro guerrillero tenía entonces quince o dieciséis años— y terminan en 1914, días después de tomar Villa, general en jefe de la División del Norte, la plaza de Ojinaga. Los *Cinco cuadernos*, que son una biografía redactada en forma autobiográfica y entremezclada con largas consideraciones políticas y análisis históricos y sociales, comienzan como el relato a lápiz: con el suceso familiar de 1894, y llegan hasta el momento en que Villa, tras de fugarse de la prisión militar de Santiago Tlaltelolco, logra escapar a los Estados Unidos el 2 de enero de 1913.

Es evidente, por el contexto mismo de los papeles, que la *Hoja de servicios* se redactó bajo la vigilancia directa de Villa y con los datos que él proporcionaba; que los *Apuntes a lápiz* se escribieron mientras Villa relataba (a Bauche Alcalde probablemente) los episodios de su vida, y que los *Cinco cuadernos* son la versión que Bauche Alcalde hizo, añadiendo sus reflexiones sobre el porfirismo y el movimiento revolucionario, de una parte de los *Apuntes* (la que comprende desde el principio de éstos hasta la llegada de Villa a los Estados Unidos en enero de 1913) y de la *Hoja de servicios*.

La mitad de los *Apuntes a lápiz* parece haberse perdido, pero indudablemente existieron completos. A esta conclusión se llega comparando con lo que de ellos subsiste lo que contienen los *Cuadernos*, y, más todavía, si se observa que al final de los *Apuntes* hay un agregado de más de página y media, relativo al primer avance de las tropas de Villa hacia el sur, que lleva este epígrafe: «Añadir a la toma de Torreón». Puede pues afirmarse que Villa contó íntegras a Bauche Alcalde, o a quienquiera que haya tomado los *Apuntes a lápiz*, la etapa de su vida anterior a la campaña revolucionaria de 1910 a 1911 (esta última consignada en la *Hoja de servicios*) y la etapa posterior a esa campaña, hasta los sucesos de febrero de 1914.

El haber yo tratado a Villa personalmente y con cierta intimidad; el haberle oído contar a menudo episodios de su existencia de perseguido y de revolucionario, y, sobre todo, el haber tenido entonces el cuidado de poner por escrito, y con cuanta fidelidad textual me era dable, lo que decía él en mi presencia, me confirma en la opinión de que ni la *Hoja de servicios*, ni los *Apuntes a lápiz*, ni la versión de Bauche Alcalde son textos redactados en el idioma propio de Villa. A lo que parece, tanto el mecanógrafo que escribió el primero de esos documentos, como quien tomó los *Apuntes* mientras Villa hablaba, tuvieron por demasiado rústico el modo de expresarse del guerrillero y quisieron dar a su dicho una forma más culta, librarlo de sus arcaísmos, mejorarlo en sus construcciones y giros campesinos, suprimir sus paralelismos y sus expresiones pleonásticas. En los *Cuadernos*, Bauche Alcalde se dedicó a traducir a su lengua de hombre salido de la ciudad de México lo que Villa había dicho a su modo o hecho escribir. En rigor, apenas si en los *Apuntes* aparecen de cuando en cuando el léxico, la gramática, la pureza expresiva del habla que en Villa era habitual cuando no se refería a temas por él aprendidos del todo en las ciudades o a cosas estrictamente castrenses.

Así las cosas, para redactar esta obra he tenido que hacer, por lo que mira al lenguaje y al estilo, las siguientes operaciones:

a) Dar el tono del habla de Villa, en el grado en que ello era posible sin desnaturalizar el texto ya existente, a los *Apuntes a lápiz* y a la *Hoja de servicios*, hasta dejar el relato según aparece en la mayor parte de los pasajes que figuran en las páginas 13 a 35, 45 a 103 y 168 a 243 de este libro. Digo «la mayor parte de los pasajes» porque había lagunas que he debido llenar, tan larga una de ellas, que empieza en la página 182 y no termina hasta la 206.

b) Retraducir al lenguaje obtenido de ese modo la parte auténtica y propiamente autobiográfica de los Cuadernos, que, ya convertida, ocupa aquí las páginas 36 a 49 y 104 a 168, salvo las lagunas, que también las había. Y,

c) Escribir directamente, y ya sin la traba de los textos anteriores —sólo flexibles hasta cierto grado— todo lo posterior a la página 243, que es una narración original, hecha según mi capacidad me lo permitió, al modo como Villa hubiera podido contar las cosas en su lenguaje, castellano de las sierras de Durango y Chihuahua, castellano excelente, popular, nada vulgar, arcaizante y, en Villa, que lo hablaba sin otra cultura que la de sus antecedentes montaraces, aunque con grande intuición de la belleza de la palabra, cargado de repeticiones, de frases pleonásticas ricamente expresivas, de paralelismos recurrentes y de otras peculiaridades. El escribir así supuso para mí este problema: no apartarme del lenguaje que siempre le había oído a Villa, y, a la vez, mantenerme dentro de los límites de lo literario.

Un cálculo numérico dará, quizás, idea de lo que he tenido que hacer con los textos anteriores. Las 6 500 palabras contenidas en las primeras páginas de los *Apuntes a lápiz* se han convertido en las 10 700, más o menos, del relato que aparece en las 23 primeras páginas de este libro. Las 15 300 palabras de que consta la *Hoja de servicios* se han transformado en las 24 800, aproximadamente, de las páginas 45 a 103.

Lo dicho explica la forma de esta obra. Respecto al fondo, o sea a los hechos que se narran y a su valoración histórica, bastarán unas cuantas líneas. Tanto el contenido de las lagunas que hube de colmar hasta la página 243, como los hechos que se consignan en las páginas restantes, constituyen un material histórico basado en documentos, o en informes proporcionados directamente a mí por testigos de primera mano.

Si he logrado mi propósito, no lo sé. Nadie menos apto que el propio autor para juzgar obras de la naturaleza de ésta, muy difíciles de valorar, por otra parte, fuera de la perspectiva histórica que sólo surge con el correr de los años. Pero de lo que sí estoy seguro es de la claridad de mi intención, y a tal punto, que de abordar de lleno en otras circunstancias el tema de Villa, habría yo seguido algún procedimiento análogo al que aquí se empleó, y eso aun en el supuesto de que ningunos papeles semejantes a los aprovechados en este caso hubiesen venido a mi poder. Siempre me fascinó —de ello hay anuncios en mi libro titulado *El Águila y la Serpiente*— el proyecto de trazar en forma autobiográfica la vida de Pancho Villa, siempre y por varias razones. Me lo exigían móviles meramente estéticos —decir en el lenguaje y con los conceptos y la ideación de Francisco Villa lo que él hubiera podido contar de sí mismo, ya en la fortuna, ya en la adversidad—; móviles de alcance político —hacer más elocuentemente la apología de Villa frente a la iniquidad con que la contrarrevolución mexicana y sus aliados lo han escogido para blanco de los peores desahogos—, y, por último, móviles de índole didáctica, y aun satírica —poner más en relieve cómo un hombre nacido de la ilegalidad porfiriana, primitivo todo él, todo él inculto y ajeno a la enseñanza de las escuelas, todo él analfabeto, pudo elevarse, proeza inconcebible sin el concurso de todo un estado social, desde la sima del bandolerismo a que lo había arrojado su ambiente, hasta la cúspide de gran debelador, de debelador máximo, del sistema de la injusticia entronizada, régimen incompatible con él y con sus hermanos en el dolor y en la miseria.

M. L. G.

LIBRO PRIMERO

El hombre y sus armas

I

A los diecisiete años de edad, Doroteo Arango se convierte en Pancho Villa y empieza la extraordinaria carrera de sus hazañas

La hacienda de Cogojito • Don Agustín López Negrete y Martina Villa • La cárcel de San Juan del Río • Los hombres de Félix Sariñana • La acordada de Canatlán en Corral Falso • El difunto Ignacio Parra y el finado Refugio Alvarado • La mulera de la hacienda de la Concha • Don Ramón • Los primeros tres mil pesos • El caballo del señor Amparán

En 94, siendo un joven de dieciséis años, vivía yo en una hacienda que se nombra Hacienda de Cogojito, perteneciente a la municipalidad de Canatlán, estado de Durango.

Sembraba yo en aquella hacienda a medias con los señores López Negrete. Tenía, además de mi madrecita y mis hermanos Antonio e Hipólito, mis dos hermanas: una de quince años y la otra de doce. Se llamaba una Martina, y la otra, la grande, Marianita.

Habiendo regresado yo, el 22 de septiembre, de la labor, que en ese tiempo me mantenía solamente quitándole la yerba, encuentro en mi casa con que mi madre se hallaba abrazada de mi hermana Martina: ella por un lado y don Agustín López Negrete por el otro. Mi pobrecita madre estaba hablando llena de angustia a don Agustín. Sus palabras contenían esto:

—Señor, retírese usted de mi casa. ¿Por qué se quiere usted llevar a mi hija? Señor, no sea ingrato.

Entonces volví yo a salir y me fui a la casa de un primo hermano mío que se llamaba Romualdo Franco. Allí tomé una pistola que acostumbraba yo tener colgada de una estaca, regresé a donde se hallaban mi madrecita y

13

mis hermanas y luego le puse balazos a don Agustín López Negrete, de los cuales le tocaron tres.

Viéndose herido aquel hombre, empezó a llamar a gritos a los cinco mozos que venían con él, los cuales no sólo acudieron corriendo, sino que se aprontaron con las carabinas en la mano. Pero don Agustín López Negrete les dijo:

—¡No maten a ese muchacho! Llévenme a mi casa.

Entonces lo cogieron los cinco mozos, lo echaron en un elegante coche que estaba afuera y se lo llevaron para la hacienda de Santa Isabel de Berros, que dista una legua de la hacienda de Cogojito.

Cuando yo vi que don Agustín López Negrete iba muy mal herido, y que a mí me había dejado libre en mi casa, cogí de nuevo mi caballo, me monté en él, y sin pensar en otra cosa me dirigí a la sierra. Aquella sierra que está enfrente de Cogojito se nombra Sierra de la Silla.

Otro día siguiente bajé hasta la casa de un amigo mío llamado Antonio Lares y le pregunté:

—¿Qué tienes de nuevo? ¿Qué ha pasado con los tiros que le di ayer a don Agustín López?

Él me contestó:

—Dicen que está muy grave. Aquí han mandado de Canatlán hombres armados que andan en persecución tuya.

Yo le contesté:

—Dile a mi madrecita que se vaya con la familia a la casa de Río Grande.

Y me volví a la sierra.

Desde esa época no cesaron las persecuciones para mí. De todos los distritos me recomendaron para que me aprehendieran vivo o muerto. Me pasaba yo ahora meses y meses yendo de la sierra de la Silla a la sierra de Gamón, manteniéndome siempre con lo que la fortuna me ayudaba, que casi nunca era más que carne sin sal, pues no me atrevía a llegar a ningún poblado, porque dondequiera me perseguían.

Por mi ignorancia, o mi inexperiencia, en una de aquellas veces alcanzaron a cogerme entre tres hombres. Me condujeron a San Juan del Río y me metieron a la cárcel a las doce de la noche. Pero como las autoridades iban a hacer sus gestiones para ejecutarme, o más bien dicho, para fusilarme, porque ése era el decreto que estaba dado en mi contra en todo el estado, a las diez de la mañana me sacaron de la cárcel para que moliera un barril de nixtamal.

Yo entonces resolví libertarme de los hombres que me cuidaban. Les eché la mano del metate, con lo que maté a uno, y subí encarrerado por un cerro que se llama Cerro de los Remedios y que está cerca de la cárcel. Cuando le avisaron al jefe de la policía, todo fue inútil: ya les resultó imposible darme alcance. Porque al bajar al río, arriba de San Juan, encontré un potro rejego que acababan de coger de las manadas, me monté en él y le di río arriba.

Luego que me vi como a dos leguas de San Juan del Río, aquel animal ya cansado, me apeé de él, lo dejé que se fuera, y yo me dirigí a buen paso a mi casa, que estaba cerca, río arriba, en el punto ya indicado de Río Grande.

En la noche bajé a la casa de un primo hermano mío. Le comuniqué lo que me pasaba. Me dio su caballo, su montura y alimentos para algunos días. Y bien surtido ya con todo eso, me retiré a mis mismas habitaciones de antes, que, como ya he dicho, eran la sierra de la Silla y la sierra de Gamón.

Allí me la pasé hasta el siguiente año.

Por aquella época yo era conocido con el nombre de Doroteo Arango. Mi señor padre, don Agustín Arango, fue hijo natural de don Jesús Villa, y por ser ése su origen llevaba el apellido Arango, que era el de su madre, y no el que le tocaba por el lado del autor de sus días. Mis hermanos y yo, hijos legítimos y de legítimo matrimonio, recibimos también el apellido Arango, con el cual, y solamente con ése, era conocida y nombrada toda nuestra familia.

Como yo tenía noticia de cuál era el verdadero apellido que debía haber llevado mi padre, resolví ampararme de él cuando empezaron a ser cada día más constantes las persecuciones que me hacían. En vez de ocultarme bajo otro nombre cualquiera, cambié el de Doroteo Arango, que hasta entonces había llevado, por éste de Francisco Villa que ahora tengo y estimo como más mío. Pancho Villa empezaron a nombrarme todos, y casi sólo por Pancho Villa se me conoce en la fecha de hoy.

Como decía, en la sierra de la Silla, o en la de Gamón, me la pasé hasta el siguiente año de 1895. En los primeros días de octubre me hicieron una entrega. Estando yo dormido en la labor de La Soledad, que está pegada a la sierra de la Silla, siete hombres me descubrieron y me agarraron. Alguno me había hecho la entrega, un tal Pablo Martínez, según luego supe.

Y sucedió que cuando yo recordé ya tenía sobre mí siete carabinas, y todos aquellos hombres, a una voz, estaban pidiéndome rendición. Como yo me miré perdido, no hice más que contestar a los siete hombres:

—Estoy rendido.

Y a seguidas les dije:

—¿Para qué tanto escándalo, señores? Vamos asando elotes antes que nos retiremos a donde ustedes me van a llevar.

Entonces dijo el que la hacía de comandante, que era un hombre nombrado Félix Sariñana:

—¡Qué miedo le vamos a tener a este pobre! Sí, señores: asaremos los elotes, almorzaremos aquí con él y nos lo llevamos a presentar a San Juan del Río.

Esto dijeron y esto pensaron hacer, porque desde el lugar donde me habían agarrado hasta San Juan del Río el trecho quedaba algo retirado.

Yo comprendí bien cómo aquellos hombres iban a ponerme en manos de mis enemigos para que me fusilaran, pues sólo eso buscaban con tantas persecuciones. Teniendo, pues, yo mi caballo y mi montura como a cuatrocientos metros de allí, en unos recortes y dentro de unos surcos que no se alcanzaban a ver, y no sabiendo ellos que debajo de la cobija donde yo estaba acostado escondía mi pistola, y mirando yo que dos de los siete se habían ido a cortar los elotes, y otros dos a traer leña, con lo que tan sólo tres quedaban conmigo, tomé repentinamente la pistola y me les eché encima. Se acobardaron los tres y rodando se dejaron ir hasta el fondo de uno como arroyo. Yo entonces corrí a montarme en mi caballo, y cuando ellos, juntos otra vez, quisieron darme alcance, yo ya me encaminaba a media rienda hacia mis habitaciones.

Conforme empezaba a trepar por la sierra, vi a lo lejos cómo ellos se quedaban en el plan y me miraban subir.

Unos tres meses después de aquello me echaron encima la acordada de Canatlán. Mis enemigos eran sabedores de que yo me mantenía por los dichos parajes, y otra vez hacían su lucha para ver si me agarraban. Los de la acordada me hallaron al fin en un lugar que se llama Corral Falso. Pero como ellos no sabían la sierra, y el dicho corral no tenía más que una entrada, les hice el hincapié de que yo iba por otra parte. Todos se juntaron entonces a seguirme y para cogerme, y lo que sucedió fue que se me pusieron de blanco, con lo que les maté tres rurales y algunos caballos. Acobardados, aflojaron en la persecución; y como luego dieran muestras de ir a retirarse por donde se me habían acercado, yo aproveché sus dudas para escapárme-les por la única salida que había, y que ellos ignoraban.

Entonces decidí cambiarme a la sierra de Gamón; y no teniendo con qué mantenerme me llevé doce reses, con las cuales me dirigí a una que-brada que está en la dicha sierra y que se nombra Quebrada del Cañón del Infierno. Me remonté hasta los meros picos de la quebrada. Maté mis reses a solas en toda aquella grande soledad. Hice carne seca. Y bien surtido de ese modo, me establecí allí por cinco meses.

Una parte de la carne la vendí luego por medio de unos madereros que talaban en un lugar nombrado Pánuco de Avino y que fueron muy fieles amigos para mí. Los dichos madereros me llevaban café y tortillas, y yo hacía que me compraran otras provisiones.

O sea, que de ese modo fui pasando los cinco meses que por allí an-duve.

Corrido aquel tiempo, volví a trasladarme a la sierra de la Silla. Una noche, visitando la hacienda de Santa Isabel de Berros, fui a casa de un amigo mío nombrado Jesús Alday. Yo le dije:

—¿Qué tienes de nuevo por aquí?

Me dice él:

—Mucho nuevo. Para ti, persecuciones.

Y me añadió:

—Hermanito —porque así me decía—, te tengo dos amigos. Te los voy a presentar por si quieres juntarte con ellos para que ya no lleves esa vida tan pesada. Te los voy a presentar, si quieres, mañana en la noche.

Así fue. Otro día en la noche volví a casa de Jesús Alday. Los amigos que me presentó eran el hoy difunto Ignacio Parra y el hoy finado Refugio Alvarado, en aquella época tan perseguidos como yo.

Al verme estos señores, le dijeron a Jesús Alday:

—Está muy muchacho el pollo. Y eso que nos lo alabas por muy bueno.

Y a mí me dijo el finado Ignacio:

—¿Usted tiene voluntad de irse con nosotros, güerito?

Le contesté yo:

—Señor, si ustedes creen que yo les sirva de algo, con mucho gusto.

Aquella misma noche salí con ellos rumbo a la hacienda de La Soledad, y al otro día seguimos con dirección a Tejame, de donde está muy cerca una hacienda que se nombra Hacienda de la Concha.

Antes de oscurecer me dijeron mis dos compañeros:

—Oiga, güerito. Si usted quiere andar con nosotros, se necesita que lo que nosotros le mandemos haga. Nosotros sabemos matar y robar. Se lo advertimos para que no se asuste.

Les dije yo:

—Señores, yo estoy dispuesto a hacer todo lo que ustedes me manden. Soy perseguido por el Gobierno, por la que nombran justicia, y antes que morir sin honor, prefiero defender mi derecho obedeciendo cualquier mandato de ustedes.

Entonces me dijeron ellos:

—¿Ve, güerito, toda aquella mulada que está en aquel rastrojo?

—La veo; sí, señores.

—Pues toda nos la vamos a llevar esta noche, y usted, güerito, tiene que ir a ahorcar el cencerro de la mulera y a traérnosla cabestreando.

Así lo hice cuando me lo mandaron, que sería como a las once de la noche. Traje la mulera, la agarró el señor Ignacio, y entonces el difunto Refugio Alvarado y yo arreamos la mulada.

Nos vinimos con todas aquellas mulas a un mineral que se llama Promontorio, y al amanecer estuvimos con toda la mulada frente al dicho mineral. Allí esperamos la noche para volver a caminar, y nos amaneció frente a un punto nombrado Las Iglesias. Otro día seguimos la noche. Amanecimos a un lado de la hacienda de Ramos, en un ranchito donde mis compañeros tenían unos amigos. Otro día seguimos la noche y fuimos a amanecer a un lugar que se llama Urique, cerca de Indé. Otro día seguimos la noche y pasamos de Indé hasta un punto que nombran Agua Zarca, donde mis compañeros tenían otros amigos. Seguimos la noche otro día y fuimos a amanecer en la sierra llamada Cabeza del Oso, frente a la hacienda de Canutillo y frente a Las Nieves. Otro día seguimos la noche y vinimos a amanecer en otra sierra, nombrada Sierra del Amolar. Otro día seguimos la noche y fuimos a amanecer junto a Parral, en el punto llamado Ojito.

El dueño de aquel potrero era un viejito amigo de nosotros, es decir, del difunto Ignacio y del finado Refugio. Se llamaba don Ramón. Allí dejamos la mulada, y como estábamos en un buen retiro, nos fuimos a descansar en la casa del referido viejito. Era una casa muy elegante, donde no nos faltaba nada.

Pasados ocho días hicimos entrega de la mulada a otros señores, y un día después me llamó el difunto Ignacio, me llevó por unas pilas que hay en Parral en el barrio de Guanajuato, en un sitio plantado de árboles, y me dijo:

—Vengo a entregarle a usted este dinero que le pertenece, güerito.

Le dije yo:

—Muy bien, señor.

Y me dio entonces tres mil pesos.

Aquello fue grande asombro para mí, porque jamás había visto ni cien pesos juntos en mis manos. Recibí lo que me daba el difunto Ignacio, me despedí de él y me fui luego a comprarme ropa con aquel dinero.

Días después le pregunté al difunto Ignacio que cuándo nos íbamos, porque a pesar de ser yo tan perseguido en mi tierra, ella no se me podía olvidar. Él me contestó:

—Nos vamos pasado mañana en la noche. Y oiga, güerito: cómprese usted un caballo bueno, con sus monturas, porque nada sirve de todo lo que trae.

Ese mismo día, queriendo asomarme a una cantina, vi a la puerta de ella un caballo negro con una montura nuevecita. Sin pensar en nada ni importarme nada, me monté en él con todo reposo, y cuando estaba haciendo eso oí que el dueño me gritaba:

—¡Oiga, amigo! ¿Para dónde va?

Pero ya no pudo detenerme, porque tan pronto como me vi yo sobre el dicho animal, me fui a esconderlo en el potrero donde habíamos tenido la mulada, que era el único paraje que yo conocía en aquella tierra.

Tiempo después, al venir yo a criarme hombre en el distrito de Hidalgo del Parral, llegué a saber que aquel caballo era de un señor llamado don Ramón Amparán. Yo entonces, considerando su grande hermosura, no hacía más que cuidarlo en espera de la hora de salida que me habían anunciado mis compañeros. Cuando esa hora llegó, ellos me preguntaron que si tenía en qué irme. Yo les dije que sí, y cuando luego vieron el magnífico caballo que yo montaba y quisieron saber cuánto me había costado, les contesté:

—No me ha costado más que montarme en él, porque un borracho lo tenía a la puerta de una cantina.

Desde entonces aquellos dos hombres me cogieron muy grande cariño.

II

Muchacho aún, Pancho Villa prefiere ser el primer bandido del mundo a ver marchitarse el honor de su familia

La madre de Pancho Villa • El aguamiel del difunto Ignacio • Los dos amigos de Pueblo Nuevo • El aparejo del macho • Cómo emplea Villa sus primeros cincuenta mil pesos • La comisión de Félix Sariñana • Muerte de los tres venaderos • El mal genio del finado Refugio • La entrega de Simón Ochoa • El inspector Jesús Flores • El caporal de la estancia de Medina • El viejecito del pan

Volvimos a nuestra tierra, y primero que nada fuimos todos a visitar mi casa. Me recibió mi madre con las caricias que ella tenía para mí de costumbre. Le entregué yo todo el dinero que mis compañeros me habían dado.

Media hora después de nuestra llegada, mi madre me llevó a un lado y me dijo que quería hablar conmigo solito. Cuando estuvimos a solas, mi querida madrecita me expresó estas palabras:

—Hijito de mi vida, ¿de dónde traes tú tanto dinero? Esos hombres con quien te has juntado te van a llevar a la perdición. Ustedes andan robando, y es un crimen el que yo me guardo en la conciencia si no te lo hago comprender.

Yo le contesté diciendo:

—Madrecita, yo soy un hombre que seguramente el destino ha echado a este mundo para sufrir. No espero perdón ninguno, porque mis enemigos no quieren que yo viva. Usted sabe de dónde vienen mis sufrimientos: de querer defender el honor de mi familia. Y la verdad es que prefiero ser el primer bandido del mundo antes que admitir que el honor de mi familia se marchite. Écheme usted, pues, su bendición, madrecita; encomiéndeme a Dios, y Dios sabrá lo que hace conmigo.

Nos fuimos esa noche de allí y nos quedamos cerca de Cogojito, en un cañón que nombran Cañón de las Brujas. Otro día en la noche marchamos rumbo a Canatlán, hasta llegar a la cañada de Cantinamáis, rancho que así se llama y donde vivía la familia del difunto Ignacio Parra. Su mamá y sus hermanitas nos recibieron con un cariño muy agradable, pues era familia de mediana civilización.

Nos estuvimos allí un día, y queriendo pasar en esa casa otro día más, de Canatlán mandaron como doscientos hombres que nos aprehendieran. El finado Ignacio era hombre de mucho valor; cuando le avisaron cómo toda aquella gente venía en persecución nuestra, él le dice a una de sus hermanas:

—No te apures, hermanita. Déjame beber mi aguamiel, con eso se acercan más.

Porque era verdad que en esos momentos el difunto Ignacio estaba tomando un poco de aguamiel.

Y así fue. Mientras él acabó de beberse su aguamiel, todos aquellos hombres se nos echaron encima. Comenzó el fuego como a las diez de la mañana. Nosotros fuimos sosteniéndolo hasta perdernos por unos cerros que se llaman Cerros de las Cocinas. Pero como antes de ganar aquellos cerros le tumbaron el caballo al difunto don Refugio, don Ignacio me ordenó que le diera yo mi auxilio a aquel compañero y que me lo echara en ancas. Yo obedecí sin aflojar en los balazos, y montados así nos seguimos retirando tan bien que cuando íbamos por arriba de los dichos cerros ya no había quien nos siguiera.

Poco después bajamos por el otro lado de los cerros a la estancia de Cabañada, nombrada también de las Cocinas, como los cerros pertenecientes a la hacienda de La Sauceda.

Al llegar a la estancia, el difunto Ignacio le dijo al caporal:

—Tráigame usted unos caballos, para cambiar éstos.

Arrimaron la remuda, cambiamos de caballos y luego salimos a una hacienda que se llama Hacienda de los Alisos.

Al anochecer llegamos a una casa que está muy apartada de aquella hacienda, y como era casa de un amigo, allí nos dieron de comer. Mis compañeros le ordenaron también a aquel amigo que nos llevara bastimento a la sierra y le dijeron que lo dejara en un punto que se nombra Los Magueyitos.

Otro día se presentó aquel individuo con tres maletas llenas de provisiones. Tomamos lo necesario y a seguidas atravesamos la sierra rumbo al

Maguey, desde donde nos fuimos por fin hasta Pueblo Nuevo, que dista como treinta leguas del lugar por donde andábamos.

Pueblo Nuevo es un ramo de costa. Allí teníamos nosotros, o más bien dicho, tenían mis compañeros, muy buenos amigos. Entre ellos había dos que eran hombres ricos, minero uno de los dos; mas es la verdad que, a pesar de su riqueza, aquellos hombres se inclinaban mucho a lo ajeno.

Con aquellos dos amigos anduvimos por la costa de Pueblo Nuevo en muchos bailes y borracheras, aunque no porque a nosotros nos gustara beber, masque al finado Refugio, sino porque teníamos entonces bastante dinero.

Unos dos meses después de nuestra llegada al dicho lugar nos llamó el difunto Ignacio y nos dijo:

—Prepárense, nos vamos a ir.

Y era que el minero rico le había entregado a un señor ciento cincuenta mil pesos y estaba confabulado con el difunto Ignacio para que nosotros nos apoderáramos de aquel dinero en el camino.

Subimos la barranca de la costa, más una aplanada de la sierra, y nos estuvimos allí dos días sin que nos dijera nada el difunto Ignacio. Al cabo de ese tiempo, nos dice él:

—Por aquí ha de pasar un hombre con una mula estirando. Tenemos que cogerlo, pero a ver si no lo matamos. Trae un dinerito.

Como a las doce de aquel día vimos venir al hombre. Mirándonos a los tres rifle en mano, nos tuvo miedo y no se atrevió a empuñar sus armas. Don Ignacio le mandó que las entregara. Se le esculcó por todas partes. Y sucedió que no le hallamos más que cuatrocientos pesos que llevaba en la bolsa de la chaqueta. Es decir, que viendo aquello nosotros, lo dejamos seguir adelante.

Cuando ya iba como a unos doscientos metros de donde estábamos, le digo yo al difunto Ignacio:

—Oiga, ¿qué no llevará el dinero debajo del aparejo del macho?

Me dice él:

—Ande, güero. Vaya usted a traerlo.

Y es la verdad que cumpliendo aquellas órdenes fui y alcancé al individuo, y que debajo del aparejo del macho estaban los ciento cincuenta mil pesos. De allí el cogerme a los abrazos don Ignacio y don Refugio.

Hicimos comida. Aquel señor comió con nosotros y después lo dejamos ir. Luego, cuando nos repartimos el dinero, nos tocaron cincuenta mil pesos a cada uno de los tres.

Entonces nos fuimos para nuestra tierra.

Le di a mi madre cinco mil pesos, y entre todas las familias pertenecientes a la misma rama repartí cuatro mil más. A un señor llamado Antonio Retana, que estaba escaso de vista y tenía con su grande familia mucha necesidad, le establecí una sastrería a cargo de un empleado que se puso con el mismo dinero. Y así sucesivamente: en el término de ocho a diez meses todo lo que me sobraba de los cincuenta mil pesos lo fui dedicando a socorrer gentes faltas de ayuda.

En el siguiente año hice otra visita a mi madre. Habiendo resuelto aquella noche no salir de allí, otro día el juez de paz de ese lugar dio cuenta a San Juan del Río, y en la mañana del día siguiente vino una comisión formada por sesenta hombres. Yo y mis compañeros estábamos almorzando en la sala cuando se asoma una de mis hermanas y dice desde la puerta:

—¡Aquí viene mucha gente!

Sin más, agarramos los rifles, nos enfrentamos con aquellos sesenta hombres y nos cogimos a balazos. Al volver un cocedor que está junto a la cocina de mi casa, le pegué un tiro al jefe de los sesenta hombres, que era nada menos que Félix Sariñana, del cual ya antes algo se ha indicado. Toda la demás comisión corrió, y nosotros montamos entonces nuestros caballos y nos fuimos a buen paso rumbo a la sierra de Gamón.

Un día después de haber amanecido nosotros abrigándonos en la dicha sierra, tres venaderos que andaban por allí nos sorprendieron dormidos a la entrada del cañón del Infierno. Cuando oímos que nos hablaban, ya cada uno de ellos estaba encima de uno de nosotros apuntándonos con el rifle. Recordamos los tres a los gritos de aquellos hombres, y viendo cómo nos apuntaban con sus armas, echamos mano de las nuestras. Le dieron entonces a don Refugio un tiro en una pierna; pero lo cierto es que quince minutos después de comenzada la pelea los tres venaderos quedaron muertos.

De aquella hazaña salí yo con un tiro debajo de una tetilla, el cual, a la fecha presente, no es más que un rayón en la piel.

Nos cambiamos de allí a la sierra de la Silla, donde estuvimos en el Corral Falso por espacio de tres meses curándole la pierna al finado Refugio. Conforme pudo él montar a caballo y seguir con nosotros, nos salimos a la sierra de la Ulama, cerca de Santiago Papasquiaro, pues arriba de esta sierra vivía un señor, nombrado don Julio, que era amigo de mis compañeros y nos iba a ayudar en los menesteres de una matanza.

Subimos trescientas reses de los planos de Papasquiaro. Hicimos la matanza; y cuando ya la carne estaba seca nos dijo el difunto Ignacio:

—Tú, güerito, y tú, Refugio, váyanse los dos a llevar la carne a Tejame, pues ya don Julio tiene arreglado quien la compre.

El finado Refugio y yo salimos de camino. Pero sucedió que al bajar un cañón, antes de llegar a Tejame, se me rodó por la cuesta un macho con toda la carga. El don Refugio, que era hombre muy renegado, me trató con palabras descompasadas, mentándome a mi madre, y yo, sin más, saqué el rifle y empecé a ponerle balazos, de los cuales uno le tocó al caballo en la frente. Allá se fue el finado Refugio rodando junto con su caballo unos doscientos metros cuesta abajo. Ya perdido, sin rifle y sin acción, me gritaba desde el sitio adonde había caído:

—No me tire, güero; no sea ingrato.

Pero yo decidí dejarlo con toda la carga y regresarme en busca del difunto Ignacio, que era a quien reconocíamos como jefe. Llegando allá, le conté lo que me había pasado, y entonces él, dejándome en el campamento, se vino adonde estaba el finado Refugio.

No sé las palabras o las dificultades que tendrían entre ellos. Pero tres días después volvió solo el difunto Ignacio y me hizo saber que ya no volveríamos a admitir al don Refugio como compañero nuestro, por no convenirnos así. Y nunca más volvimos a juntarnos con él.

Pusimos a disposición de don Julio la carne que quedaba, nos despedimos de él y nos fuimos a Canatlán, a casa de don Pablo Valenzuela, un señor de posición muy buena y de muy amable trato con todas las personas. En la referida casa, que estaba en la misma población, nos pasamos varias semanas.

De allí salimos para Durango. Llegamos a una casa que allá tenía el difunto Ignacio y en la cual estaba una señora que vivía con él. Aquella señora era de muy grande educación. Nos trató siempre con muchas atenciones.

Quince días después de llegar a la casa de esa señora nos hicieron otra entrega. Nos la hizo un hombre llamado Simón Ochoa. Asomándonos a la puerta de la casa nos encontramos con que nos aguardaban dos gendarmes de a caballo, un oficial y el inspector general de policía, que en ese tiempo se nombraba Jesús Flores. Conforme salíamos a la puerta el difunto Ignacio y yo, nos dijo el referido inspector general:

—¿Quiénes son ustedes, señores?

Le contestó el difunto Ignacio:

—Somos los caseros de aquí, de esta casa.

Dijo Jesús Flores al oficial:

—Apéense ustedes y esculquen a estos individuos.

Pero entonces le preguntó el difunto Ignacio, mirándome a mí y guiñándome un ojo:

—¿Qué a usted le falta valor?

Y haciendo entonces uso de su pistola el inspector general, a un tiempo sacamos nosotros las nuestras y en la puerta nos agarramos a balazos a quemarropa, de donde resultó muerto el oficial y los demás corrieron por la calle en busca de auxilio.

Sin pérdida de tiempo entramos a la casa otra vez y ensillamos los caballos. Y saliendo apenas de nuevo, desde la puerta de la casa vimos cómo ya venían en persecución de nosotros más gendarmes montados. Nos fuimos alejando por la calle. Nos empezaron a tirotear. Salimos a un punto que se llama Cerro del Mercado. Allí me dijo el difunto Ignacio:

—Vamos a meter los caballos entre ese arroyo.

Porque un arroyo había allí cerca. Así lo hicimos. Cogimos los rifles, y después de unos cuantos disparos, los gendarmes se acogieron de nuevo a Durango.

No perdimos tiempo nosotros, sino que volvimos a montar y nos fuimos. Toda esa noche caminamos hasta ir a amanecer a una sierra nombrada Sierra de Ocotlán, muy cerca de la sierra de la Silla. Otro día siguiente subimos la sierra. Arriba de ella nos encontramos a un señor que era caporal de la estancia de Medina, perteneciente a la hacienda de San Bartolo. Le preguntamos que qué había de nuevo, porque era conocido de nosotros, y nos dijo:

—Lo que hay de nuevo es que mataron a Refugio Alvarado y a Federico Arriola en los Malpaíses de Ocotlán.

Nos despedimos de él, y en la noche, bajando a la hacienda de San Bartolo, entre amigos de nosotros nos aclararon cómo había estado la muerte del difunto Refugio. Nos hicieron saber que el referido caporal, llamado Luis, era quien lo había entregado.

Salimos de aquella hacienda. Nos dirigimos a la estancia de Medina en busca del dicho caporal. Nos lo encontramos junto con otros vaqueros en el llano, antes de llegar a la estancia. Le marcamos el alto para que nos diera detalles. Y lo que sucedió fue que allí nos agarramos a balazos.

El referido Luis sacó un tiro del cual quedó herido en un brazo, tan mal herido que a la fecha, si vive, el brazo le falta.

Esto fue defendiendo nosotros en justicia a un antiguo amigo que había sido compañero nuestro y que si luego no habíamos admitido que siguiera con nosotros era sólo porque tenía un carácter muy duro, lo que había hecho que se volviera nuestro enemigo.

En esos días nos posamos en la misma sierra de la Silla. Allí se nos juntó un individuo nombrado José Solís, que era de un pueblito del otro lado de Durango. Era muy amigo personal del difunto Ignacio y nada conocido mío, sin saber yo las ligas de amistad que tanto los unían a ellos.

Fuimos entonces a Canatlán para comprar parque. En el camino, frente a la estancia de las Cocinas, nos encontramos a un pobre viejito con un burro que cargaba dos cajones. Le preguntamos que qué traía; nos contestó que traía pan. Le dijimos que nos vendiera un poco; nos contestó que no podía vendernos nada porque era pan que llevaba a la hacienda de Santa Isabel, para los amos. Inmediatamente le dijo el referido Solís:

—Nos vende usted pan o se lo quito.

Y el viejito le respondió, diciendo:

—En lo mío nomás yo mando.

Sin más, y con una altanería que no cabe en un hombre, el referido Solís le dio dos tiros a aquel pobre viejito y lo dejó muerto.

Como yo le llamé la atención al difunto Ignacio sobre aquel hecho, él me contestó que Solís había hecho bien, que por qué el viejito no había querido vendernos pan.

Yo le dije:

—No, señor; no hizo bien, pues no necesitaba matarlo para quitarle el pan. Si así seguimos, yo me retiro de ustedes.

El difunto Ignacio me contestó:

—Retírate de nosotros a la hora que gustes, que al fin y al cabo sin mí no puedes vivir.

Y allí mismo me separé de ellos y me vine a San Juan del Río.

III

En vano trata Pancho Villa de ganarse la vida honradamente: los representantes de la justicia sólo parecen empeñados en empujarlo a que robe y mate

Una pequeña matanza de reses • «Si este hombre no me hubiera dado motivo, yo no lo habría matado» • Los diez mil pesos de Catarino Saldaña • El dueño de la hacienda de Piedras • Luis Orozco • El Verde • La gangrena • El caritativo don Santos Vega • Los exhortos de un juez • Muerte de la madre de Pancho Villa

En San Juan del Río me mantuve oculto un mes en la casa de Antonio Retana, aquel sastre a quien le había yo dado medios de vida. Después me fui a la hacienda de Santa Isabel de Berros, hablé con dos amigos míos para que me ayudaran con gordas que me permitieran vivir en la sierra y luego, allá arriba, me dediqué unos cuantos días a la matanza. Quería yo ver si conseguía algo de dinero vendiendo la carne.

Maté unas veinticinco reses. Sequé la carne y los cueros. Hice mis pacas. Y dejando luego a uno de aquellos amigos míos para que me las cuidara, me fui a Canatlán, a la casa de don Pablo Valenzuela, a quien ya me he referido. Le traté la carne, esperando que me la comprara. Me dijo que sí, nos arreglamos en precio y se llevó las pacas a Canatlán.

Siendo don Pablo Valenzuela un hombre de dinero y de buen corazón, yo tomé sólo doscientos pesos de lo que me había pagado por la carne y lo demás se lo dejé en depósito. Entonces me vine a darle una vuelta a mi madrecita; pero como me encontré con que vigilaban mucho la casa, sólo estuve con ella unas dos horas y me salí. Decidí entonces irme rumbo a la sierra de Menores, que, por cierto, para llegar a ella tenía yo que pasar por el rancho que llaman Rancho de Valdés, propiedad de don Eulogio Veloz. Y como en aquel rancho todos me conocían, hice por atravesar un potrero, que está retirado de la hacienda, para seguir luego mi camino.

Ya adentro del potrero, me sale un señor llenándome de insultos, diciéndome que por allí no era camino y que me iba a llevar a la hacienda, porque esa orden tenía de su amo. Yo le contesté:

—Señor, no lo mortifico yo en nada con pasar por aquí.

Pero sin más me echó su caballo encima del mío y me dio dos cintarazos.

Delante de aquellos procedimientos se me revolvió toda la cólera dentro de mi cuerpo, por lo que arrimé yo las espuelas, y sacando mi pistola me le eché encima a balazos, los cuales lo dejaron muerto al instante. Entonces me apeé de mi caballo para quitarle al cadáver la pistola, pues aquel señor la había sacado también, y junto con la pistola le recogí la cartuchera.

Fijándome yo un momento en aquel cadáver, pensé entre mí: «Si este hombre no me hubiera dado motivo, no lo hubiera matado».

Monté en mi caballo otra vez y me fui a seguir el del difunto, porque aquel otro animal se había ido a parar en un cordón, con silla, rifle y todo. Como no dejaba agarrarse, lo cacé con mi rifle, le quité la montura y el rifle que llevaba, y luego seguí rumbo a la hacienda nombrada Hacienda de Menores, que era para donde yo iba.

Llegué a la hacienda de Menores. Allí tenía yo unas conocidas amistades que había conseguido por mi abuelo desde la edad de los siete años y que no sabían cuáles eran mis ocupaciones ni cómo andaba yo. Me pasé con ellas cinco días. Y como en aquella casa había un hombre, igual que hay muchos entre las familias, al que le gustaba todo, llamado Manuel Torres, lo invité a que se fuera conmigo, pintándole yo toda mi situación y sufrimientos.

El referido Manuel Torres era hombre de armas y de a caballo, y se había pasado lo más florido de su vida en los colegios. Era persona de una inteligencia notable. Yo conseguí, sin embargo, que se fuera a la sierra a pasar trabajos junto conmigo, y él me empezó a hacer comprender de qué manera nos habíamos de conducir para llevar aquella vida tan pesada que tendríamos. A Manuel Torres le gustaba mucho lo ajeno.

Nos fuimos a echar una expedición por San Andrés de la Sierra. El gerente de aquella compañía era muy amigo mío; me dio detalles de un dinero que iba a salir, entregado por él mismo. Dicho dinero, que llevaba un señor nombrado Catarino Saldaña, era la suma de diez mil pesos.

Salimos al camino y le quitamos el dinero al referido Saldaña; pero a él no tan sólo no lo matamos, sino que todavía se vino dos días muy contento con nosotros. Únicamente que en la noche le poníamos, para que durmiera sin obligación nuestra de cuidarlo, unas esposas que tenían la cadena muy larga y no le molestaban mucho. Así nos lo llevamos de allí, y sólo cuando nos vimos cerca de los ranchos, decidimos que ya no fuera con nosotros. Una madrugada nos despedimos de él y nos encaminamos hacia Durango.

Como a mi compañero Manuel Torres le gustaban mucho las tertulias y fiestas que hay en la vida, se dedicó a la paseada. Yo no sé si gastaría todos sus cinco mil pesos, que traía consigo. Pero sucedió que sabiendo que yo tenía el dinero mío depositado en la casa donde estábamos, que era de mi confianza, se presentó a la familia con una carta dizque mía, tan falsa que yo no sabía en ese tiempo ni leer, pidió el dinero en mi nombre, se llevó los dos caballos con monturas y todo, y como ya antes me había solicitado su retiro, me dejó abandonado y a pie en aquella tierra.

Di providencias de comprarme otra montura y conseguirme caballo. Un amigo mío que vivía en una hacienda nombrada Hacienda de la Tinaja, que está cerca de Durango, me llevó un caballo que reparaba mucho; pero yo ensillé desde luego aquel animal y salí rumbo a la hacienda de Santa Isabel, propuesto a perseguir al hombre que había sido infiel conmigo.

Antes de llegar a San Bartolo hay un ranchito que se nombra Los Cerritos. Conforme me apeé allí del caballo, que iba reparando mucho, el animal corrió. De la soga, la montura y todo lo demás, me quedaron apenas las pistolas, y eso porque las llevaba yo en la cintura. El caballo se me fue por un potrero donde había mucha sementera.

En la mañana comenzaron a llegar muchos rancheros a despuntar maíces. Uno de ellos traía un caballo oscuro; me fui detrás de él. Llegó a su sementera, desensilló su caballo y cogió surcos para ir despuntando. Cuando yo vi que volvía la espalda y que si volteaba no alcanzaría a vislumbrar su caballo, me puse con toda paciencia a ensillar el animal. Y es lo cierto que cuando aquel hombre pudo echar de menos su caballo, ya le llevaba yo por lo menos una legua de ventaja.

Muy tranquilo me fui en aquel animal excelente, pensando yo que si su dueño era pobre, él estaba en su tierra, mientras que yo me veía tirado entre mis enemigos, en mucho peligro y sin auxilios ningunos.

Así montado llegué hasta la misma hacienda de Menores, de donde era Manuel Torres. Pero sucedió que no estaba Manuel Torres en Menores, sino que se había ido para San Luis de Cordero. Entonces me fui hacia ese lugar, que dista de Durango, desde donde venía yo persiguiendo a aquel amigo infiel, como unas veinte leguas.

Llegué a San Luis de Cordero. Allí recibí noticias de que Manuel Torres se había ido a vivir a Torreón. Entonces salí de San Luis de Cordero.

A poco caminar, me alcanza un señor de muy buena presencia, montado en muy buen caballo, muy bien armado, y por cortas providencias me dice:

—¡Qué buen caballo trae usted, amigo! Caballos de éstos sólo un bandido puede traer, o el dueño de la hacienda de Piedras, que soy yo.

Sin más, para responderle le puse la pistola en el pecho mientras le decía:

—¡Ríndase!

—Estoy rendido —me contestó.

Le quité la pistola y la cartuchera, cogí las riendas de su caballo, y caminando con él como media legua por un arroyo, le apeé, le mandé que se sentara y me retiré unos cincuenta pasos con los caballos, para desensillarlos.

Como dicho señor traía una maleta compuesta con muy buenas comidas, me puse a encender lumbre. Calenté la comida. Le di de comer. Y ya oscureciendo, lo llevé hasta cerca de la hacienda de Piedras, y le dije:

—Mire, allí está su casa. Váyase.

Después de dejarlo que así se fuera, montado en su caballo, me fui yo con el mío estirando para los ranchos de Las Labores, cerca de la villa del Rodeo. Me dirigí a la Yerbabuena, o mejor dicho, a un punto que hay abajo de la Yerbabuena y que se nombra La Gotera. Allí vivía un amigo mío llamado Luis Orozco, el cual, por lo que sé, a esta fecha todavía no ha muerto.

Llegué a su casa. Me recibió con el cariño de costumbre. Lo invité a irse conmigo. Y sucedió que después de estar yo en su casa cinco días, aceptó mi invitación, no obstante ser hombre que tenía buena posición de vivir. Quizá aceptó por las ligas de amistad que él y yo teníamos.

Nos fuimos a la sierra de la Ulama, entre medio de Santiago Papasquiaro y Tejame, y nos dedicamos a ayudarle a don Julio, de quien ya antes he indicado, a hacer una siembra arriba de la sierra. Allí estuvimos tres meses.

De aquel lugar nos fuimos a Tejame. Y como intentáramos establecer en Tejame una curtiduría, nos encontramos con que aquellas autoridades querían saber de dónde éramos, y, sin más, decidieron ponernos presos. Perdimos entonces lo que habíamos invertido en hacer las pilas de curtiduría, pero cuando vinieron a aprehendernos matamos dos gendarmes y nos fuimos rumbo a Durango.

Después de andar seis días por lo alto de la sierra, llegamos a la casa de un compadre que tenía en Durango Luis Orozco. Pero pasaba que a ese compadre de Luis lo perseguían todavía más que a nosotros. Una hora después de haber llegado a su casa nos cogimos a balazos con la policía, con lo cual dejamos comprometida aquella familia.

Nos vinimos entonces para La Gotera y al pasar por Menores, de donde era Manuel Torres, encontramos la novedad de que aquel amigo infiel era jefe de acordada en la dicha hacienda. Los dos, Luis Orozco y yo, pensamos entonces: «Tenemos un enemigo que ha andado con nosotros; nos va a causar mal; va a causarles mal a nuestras familias. ¿Qué haremos?». Y resolvimos ir a buscar a Manuel Torres y, dondequiera que estuviéramos, cogernos a balazos a vida o muerte con él, aunque nos tocara matar o morir.

No hacía ni dos horas que lo habíamos pensado, cuando dimos con Manuel Torres. Nos le echamos encima a balazos, acobardado él de tal manera que, después de haberle errado como dos tiros cada uno, nos gritaba que no lo matáramos.

Lo agarramos y nos lo llevamos a medio trote fuera de la hacienda, y echándolo en ancas de mi caballo, caminamos con él por un desierto.

Cuando allá, en lo más solitario de aquel paraje, quisimos fusilarlo, nos pidió que no lo hiciéramos. Nos dijo cómo se comprometía bajo su palabra de honor a entregar el empleo que estaba desempeñando y cómo se retiraría a la vida privada. Al pronto nosotros no queríamos hacer buenas aquellas declaraciones, pero como luego nos firmó un documento, lo pusimos en libertad. Y es lo cierto que aquel hombre se retiró desde entonces a la vida privada, sin mostrarse jamás enemigo nuestro. Al contrario: como era hombre bien enterado de la política, todo lo que pasaba sabía, y dondequiera que estábamos nos lo mandaba noticiar.

En esa época le dije yo un día a Luis Orozco:

—¡Hombre, en ninguna parte podemos vivir! Vámonos al estado de Chihuahua, a ver si por allá nos dejan poner algún trabajo.

Y entonces nos vinimos a Hidalgo del Parral. Pero un mes, más o menos, después de haber llegado allí, Luis Orozco se acordó de su tierra y me dijo:

—Si tú no te vas para nuestro terreno, yo sí me voy.

Yo le contesté:

—Pues yo no me voy, porque yo ando propuesto a ver si trabajo. Ya estoy cansado de andar a balazos por los cerros.

Se fue él para nuestra tierra, mientras yo me quedaba en Hidalgo del Parral. Y sin saber lo que era el trabajo de los mineros, entré entonces a trabajar a una mina. Aquella mina se llamaba Mina del Verde.

Al mes de estar haciendo el trabajo de los mineros, una piedra me machucó un pie. Por la poca experiencia, no me atendí a tiempo, y no atendiéndome, quince días después me cayó una gangrena tocante al dicho golpe. Para curarme vendí luego mi caballo, mi montura, mi rifle. Por último, vine vendiendo hasta mi frazada. Y ya sin recursos, y sin tener con qué pagarle al doctor, él me desatendió. Yo mismo me curaba mi pie, y tan malas llegaron a ser mis circunstancias, que no tenía ni dónde dormir.

En mi ignorancia, iba a pasar las noches en unos hoyos de donde sacaban cal. Estaban en una lomita, junto al arroyo de la Cruz. En veces encontraba tan sucios los dichos hoyos, que tenía que encender cerillos para limpiar el piso y meterme dentro. En las mañanas, conforme tocaban las maquinarias los pitos de las seis, me levantaba, me iba andando con mucho sacrificio y llegaba a arrimarme al mercado, a ver cómo conseguía algo de alimento, pues no contaba con un solo centavo para comer. O sea, que iba yo propuesto a ver quién me hacía la caridad.

Por aquel tiempo estaba en grandes obras y con mucho trabajo un señor albañil que se llamaba Santos Vega. En una de aquellas mañanas, mirándome en el mercado, me dice él:

—¿Quiere usted trabajo?

Le contesto yo:

—Sí, señor.

—¿No ha almorzado usted?

Yo, estando poco acostumbrado a presentar mi necesidad a las personas, callé al hacerme él aquella pregunta, pero es lo cierto que no había yo almorzado, ni tenía con qué.

El referido señor me dijo:

—Tenga usted esta peseta para que almuerce, y aquí, en la subida de la estación, está la obra donde voy a darle trabajo.

Con aquella peseta me tomé una taza de atole para irme a trabajar pero no oculto ahora que me faltaba el ánimo para dicho trabajo, pues apenas si conseguía andar, y eso con hartos sacrificios.

Al verme llegar rengueando a la obra, el señor Santos Vega me dice:

—¿Qué está usted malo de ese pie?

—Sí, señor.

Y le añadí luego:

—¿Tuviera usted la bondad de venir a ver cómo lo tengo?

Aquel hombre se acercó a mí, desató las vendas de mi pie y me consoló con palabras amorosas:

—Pobrecito de usted. ¿No tiene usted familia?

—No, señor.

—¿No tiene usted aquí nadie que se duela de su persona?

—No, señor.

Me añadió en seguida:

—Póngase usted aquí, sentado, a quebrar ladrillos para rajuela y todos los días voy a darle un peso para que viva.

Pues así lo hice.

Al pie de aquella obra vivían solas unas viejecitas. Como yo comprendiera que las dichas viejecitas eran unas buenas señoras, les hice saber mi mal, y todos los días les entregaba el peso que ganaba yo. Ellas me daban mis alimentos y se interesaban por mí. Viendo que el doctor que me había traído el maestro Santos Vega quería cortarme la pierna por obra de la gangrena, no lo permitimos ni ellas ni yo. Le dijeron ellas al doctor:

—Señor, no vuelva usted por esta casa. Nosotras lo curaremos.

Y así fue. Porque mandaron a traer la yerbamora, y con defensivos de agua caliente que hicieron con la dicha yerba consiguieron que me desaparecieran las listas de la gangrena; y de ese modo me fueron curando.

Ni un solo día dejaba yo de ir a la obra, propuesto a seguir ganando el peso que me pagaban por hacer rajuela. Y como me daba vergüenza de ver las condiciones en que estaba mi ropa, conforme pude mejorar mis pasos, cada ocho días andaba hasta lo alto de Parral, por un punto que se nombra Los Carrizos, y allí llevaba mi ropa, y yo mismo la lavaba.

El maestro Santos Vega me cogió mucho cariño. Mirándome ya aliviado, y subiendo ya adobes como los demás peones, una tarde le dije:

—Oiga usted, señor. Yo puedo ayudarlo con la cuchara, y por lo agradecido que estoy de usted, no quiero sueldo.

Él me contestó:

—Si usted es albañil como los otros, tendrá que ganar lo que los otros ganan. ¿Qué necesita usted para la herramienta?

Le aclaré yo:

—Señor, necesito con qué comprar una cuchara, un martillo, dos picaderas, una plomada y un poco de hilo.

Hizo su presupuesto aquel señor, y siendo conocedor del ramo, me dio veinte pesos para que yo comprara todas las herramientas, con las cuales otro día siguiente entré a la obra a trabajar como albañil.

El maestro Santos Vega iba comprendiendo mejor mi trabajo cada día. Después de tres meses de verme con la cuchara, me habló una tarde, diciendo:

—Voy a ponerlo a usted en parte tocante a otros dos contratos que tengo, para que usted se dedique a cuidar los albañiles.

Y como en el resumen de cuentas de cada semana nos quedaban de trescientos a cuatrocientos pesos, de aquello nos repartíamos.

Pero sucedió que una tarde llegó el comandante de la policía, habló con don Santos y se fue. Entonces se acercó a mí el señor Santos Vega y me dijo:

—Pregunta el comandante de policía que quién es usted, y que si es del estado de Durango. Me informa que han llegado unos exhortos para usted, y que si no se ha decidido a cogerlo en estos momentos es por las consideraciones que a mí me guarda. Mire usted qué hay sobre este negocio para que yo conteste sin que se vaya usted a perjudicar.

Yo, por toda respuesta, le aclaré:

—Señor, será algún equívoco. Puede usted contestar al comandante que obre como le convenga.

—Muy bien —me dijo—. Así lo haré.

Y aquella tarde me despedí del maestro Santos Vega, procuré cuanto antes coger mi caballo para irme, porque ya tenía yo caballo, y rifle, y pistola; y bien surtido de todo lo necesario, volví a caminar a mis antiguos sufrimientos.

Como en otras épocas, me dirigí rumbo a la sierra. Llegué a la hacienda de Guadalupe de la Rueda, donde tenía un compadre llamado Eleuterio Soto. Al comunicarle yo mi venida de Parral, me dice:

—Yo también me voy con usted para el estado de Durango.

Mi compadre Eleuterio Soto era un hombre de armas, de a caballo y de un valor que yo aprecio entre lo primero que he conocido. O sea, que acepté su proposición, y juntos nos encaminamos a Río Grande.

Allá estaba mi madrecita. En Santa Isabel de Berros, antes de ir yo a verla a ella, me encontré a uno de mis hermanos. Lo primero que me dijo fue esto:

—Nuestra madre está muy grave. Yo vine aquí a llevar a Martina.

Le contesté entonces mis palabras:

—Llévate, pues, a Martina, y mañana en la noche allá estoy yo.

Otro día en la noche me dirigí a mi casa de Río Grande. Pero no pudiendo llegar hasta allá, me detuve en el camino, en una casita que estaba cerca. Y allí recibí la noticia de que mi madre había muerto.

Desde el lugar donde me había yo detenido, alcanzaba a descubrir las luces de mi casa, es decir, de la casa donde velaban el cadáver de mi madre, que había muerto sin que yo la pudiera ir a ver. Miré aquellas luces mucho rato y luego arrendé de nuevo mi caballo hacia el estado de Chihuahua.

Y es lo cierto que, conforme caminaba, iba yo llorando.

IV

Al fin logra Villa establecerse en Chihuahua; pero la explotación de los ricos lo devuelve al camino de sus sufrimientos

Mi compadre Eleuterio Soto y yo nos dirigimos entonces a la hacienda de San Bartolo a remudar caballos, muy cansados ya los que traíamos. A él y a mí nos constaba que Gregorio Pineida, juez de acordada de aquella hacienda, tenía dos muy buenos.

Llegamos allá antes del amanecer. Entré a la casa, saqué fuera los dos caballos cogiéndolos por el ronzal; nos pusimos a ensillarlos quedo yo y mi compadre, y luego seguimos nuestro camino.

Pero tal parece que lo primero que hizo Pineida esa mañana al despertarse fue ir a ver sus caballos, porque luego luego descubrió él la falta de los dos animales, y encontró la huella que nosotros íbamos dejando, y nos siguió la pista.

Amanecimos frente a la hacienda que se nombra Hacienda de las Lajas, como a dos leguas de San Bartolo. Allí, entrándonos en un arroyo, nos acostamos a dormir, y en el dicho arroyo descansamos hasta muy cerca del mediodía.

Haría unos veinte minutos que había yo despertado, cuando columbro a lo lejos cómo Pineida y su gente estaban llegando a la dicha hacienda, pues por formar allí planicie el terreno, desde el alto donde estábamos podía yo reconocer muy bien con los anteojos de campo a Pineida y toda su acordada.

Mi compadre y yo ensillamos lo más pronto posible, y sin perder tiempo nos dirigimos al mineral de Coneto; pero como el terreno por donde caminábamos era malo, Pineida y los de la acordada llegaron allá antes que nosotros. En Coneto, a la falda de la sierra, tenía yo un amigo nombrado Paulino Villa, pariente mío muy lejano. Le pregunto yo:

—¿Qué tienes de nuevo?

Él me dice:

—Que viene Pineida siguiéndote por los caballos que montan ustedes. Acabo de regresar de Coneto y vi cuando llegó allí él con toda su acordada. Le contesté yo con calma:

—Bueno, pues no te preocupes. Tráeme dos juegos de herraduras para los caballos, que con estas que tienen no pueden seguir.

Así fue. Nos trajo las herraduras y los clavos; calzamos nuestros animales, lo que nos tomó tiempo hasta el oscurecer; montamos otros caballos, que eran de mi propiedad y que me cuidaba Paulino Villa, y estirando de la rienda los dos que traíamos, mi compadre Soto y yo nos dirigimos en seguida a Las Iglesias.

A eso de las cuatro de la mañana llegamos a un ranchito que está abajo de Las Iglesias, como a unas tres leguas de distancia. Nos acostamos a dormir, y cuando ya el sol alumbraba, despertamos y tomamos el almuerzo. Sintiéndome algo flojo, le dije a mi compadre:

—Yo voy a echar otro sueñito, compadre. ¿Qué le parece?

Me respondió él:

—Que está bien, compadre. Mire: yo me subiré sobre aquellos peñasquitos para vigilar.

A Pineida no le era difícil seguirnos la pista, muy mojado aquel terreno y muy claras las huellas de los caballos. Sucedió, pues, que entre diez y media y once de la mañana oigo la voz de mi compadre, que estaba a unos doscientos metros de distancia, despertándome y advirtiéndome:

—No se salga del encino, compadre, que allá viene mucha gente armada y ya está muy cerca.

Poco después sonó el primer disparo de mi compadre Eleuterio Soto. Claro vi, desde donde yo estaba, que uno de los hombres de Pineida caía de su caballo al suelo. Se trabaron los balazos. Mientras yo, abrigado detrás de la encina, que era muy corpulenta, hacía blanco tras blanco sobre caballos y hombres, mi compadre Soto no erraba tiro desde el parapeto de unas piedras.

37

La fuerza que traía Pineida estaría formada como de veinticinco rurales y otros diez hombres más. Eran treinta y cinco individuos, más o menos, contra nosotros dos. Pero la verdad es que nosotros, con no menos de quinientos cartuchos cada uno, teníamos suficientes municiones para sostenernos.

Cuando después de algún tiroteo le matamos a Pineida nueve hombres y catorce caballos, él y lo restante de su fuerza trastumbaron el cordón y se retiraron corriendo. Al verlo mi compadre, me gritó gozoso:

—Saque usted los caballos del arroyo y póngase a ensillarlos, compadre.

Yo escogí, claro, los caballos de Pineida, que eran los mejores. Los ensillé; me acerqué con ellos a mi compadre; montamos, y nos fuimos a lo alto del cordón desde donde habían corrido nuestros enemigos, para ver qué había sucedido con ellos.

Allá estaban, reuniéndose en el cordón siguiente. Porque en su fuga, unos habían salido por un lado y otros por donde menos lo hubieran creído.

Pie a tierra, mi compadre levantó toda el alza de su rifle, y como del primer tiro les mató otro caballo, los hombres de Pineida, con su jefe al frente, huyeron otra vez, pero ahora sin volver a pararse.

Quedamos libres de nuestros perseguidores; montamos de nuevo; nos dirigimos a la hacienda de Ramos. Después de caminar todo el resto de ese día y toda la noche, fuimos a amanecer en un punto que se llama Tres Vados y que está sobre el río de Sestín, a muy grande distancia del lugar donde Pineida y su gente nos habían descubierto.

Allí nos detuvimos en casa de unos señores de nombre Prieto, para comprar provisiones, y ya muy tranquilos, tomamos el camino de Indé, adonde llegamos al siguiente día. Nos detuvimos como a tres leguas del pueblo para que descansaran los caballos; preparamos comida, que ya casi no teníamos fuerzas, y otra vez a caballo, nos metimos por la sierra de Cabeza del Oso y fuimos a salir la noche siguiente a la hacienda de Guadalupe de la Rueda.

En la hacienda de Guadalupe de la Rueda estaba la casa de mi compadre Eleuterio Soto. ¡Señor, cuánto de nuevo encontró él allí! Por obra de su ausencia se había soltado en su contra muy grande persecución fundada en cargos falsos, o por mejor decir, en cargos urdidos con mucha perfidia y falsedad.

Porque lo cierto es que otros habían cometido los delitos, y los dichos delitos se los achacaban a mi compadre ausente.

Le decía yo:

—A esto nombran justicia, compadre.

Me contestaba él:

—Sí, compadre, a esto y a lo que a usted lo hacen sufrir.

Según es mi memoria, a mi compadre Eleuterio lo acusaban de haberse robado mucha mulada de aquella hacienda, que era propiedad de don Aurelio del Valle, hombre malo, hombre astuto, patrón cruel y sin conciencia, y de sus hermanos don Julio y don José, hombres todavía peores que el don Aurelio.

Mi compadre, ajeno en su buen ánimo a los crímenes que le achacaban, resolvió afrontar la acusación y contestar los cargos. Siendo todo falso, tenía la seguridad de que nada podrían probarle. Porque es verdad que ni él ni yo conocíamos entonces la mucha maldad que cobijaba el alma de nuestros señores. Y lo que sucedió fue que mi compadre Eleuterio, por su ignorancia, quiso fiarse de aquella justicia que no existía, cuanto más siendo el rico el acusador del pobre.

Don Aurelio del Valle movió la fuerza de su dinero sobre el jefe de la acordada de Indé, y aquel juez, dócil a la voluntad de su patrón, aprehendió a mi compadre Eleuterio Soto, y con su más grande tranquilidad resolvió fusilarlo. Sólo porque eran muy grandes los servicios prestados por mi compadre en aquella región del río, y mucho su prestigio en toda aquella vecindad, don Aurelio y el jefe de la acordada se ablandaron al fin y se avinieron, en vez de matar a mi compadre, a consignarlo al servicio de las armas. Así pasaba entonces muchas veces. El patrón recurría al servicio de las armas para librarse de los hombres que lo embarazaban, ya fuera por miedo o remordimiento, o por deseo de gozar quieto a la hermanita, o a la esposa, o a la querida de los pobres perseguidos.

Mi compadre Soto fue destinado a filas y llevado a golpes al cuartel. Poco después se halló en la ciudad de México, vestido de soldado y sufriendo muy malos tratos. ¡Cómo no había de crecer en uno, mirando tantas maldades, la mala pasión por aquellos señores que así se ensañaban en la pobre gente del pueblo! Me hice luego cargo de la familia de mi compadre Eleuterio Soto, procurando que no le faltara nada, y a él le mandé a México dos mil pesos, cierto yo de que con ese dinero conseguiría pronto su libertad.

Así fue. No sólo pudo pagar un reemplazo mi compadre, sino que le sobró dinero para el viaje, y un día tuve el gusto de ver que venía en mi busca.

Conforme estuvo en mi presencia, me habló sus palabras, que contenían esto:

—Compadre, yo me voy a la hacienda de La Rueda. Lo que don Aurelio del Valle hizo conmigo fue muy grande injusticia. Él será hombre de dinero, compadre, pero yo necesito castigarlo. Antes de dos días lo mataré.

Yo le respondí:

—Oigo sus razones, compadre. Ejercite usted la mano de su justicia.

Y se fue mi compadre Eleuterio Soto propuesto a cumplir aquellas amenazas.

En Parral, donde yo me encontraba por entonces, andaba dos días después el rumor de que habían matado a don Aurelio del Valle. De la capital del estado salió inmediatamente un tren especial con un médico, y en ese mismo tren trajeron a don Aurelio, que no se sabe cómo logró sanar de las tres heridas que le hizo mi compadre, porque las tres eran de muerte. Pero lo cierto es que el dicho don Aurelio del Valle todavía hoy vive en Chihuahua.

La noche siguiente a los rumores del asalto a don Aurelio, se me apareció de nuevo en Parral mi compadre Eleuterio Soto. Me dijo él:

—Ahora sí, compadre. Ya maté a ese hombre causa de todos mis padecimientos, él y Dios saben por qué. Vengo a unirme con usted para que juntos corramos la misma suerte hasta que uno de los dos muera.

Le contesté yo:

—Está bien, compadre.

Y nos volvimos a juntar.

Como carecíamos de medios de vida y las persecuciones que nos hacían no nos dejaban modo de encontrar trabajo, resolvimos irnos a la sierra que nombran Sierra de Matalotes. Allí hicimos una matanza de trescientas reses, y teniendo ya contratada en Parral la carne para su venta, luego que la entregamos recibimos el producto de la operación.

Dueños de aquel dinero, nos encaminamos a la ciudad de Chihuahua, adonde iba yo propuesto a abrir una carnicería. Porque mi compadre y yo teníamos la esperanza de que no nos reconocieran en dicha población, sino que pudiéramos trabajar allá en paz, que a la verdad no queríamos más que eso, y con eso mi compadre cobijaba la ilusión de traer pronto su familia a la capital del estado.

Abrimos el expendio de carne. Yo me puse al cuidado de él. Mi compadre Eleuterio Soto se fue a su tierra en busca de su familia. Y así pasó un año. Pero fue un año en el que sólo de nombre estuve yo matando ganado en el rastro de la ciudad para vender la carne en mi expendio, porque al ir yo a sacrificar una o dos reses, siempre tropezaba con un empleado de apellido Terras, y con un tal Juan Osollo, que estaban allí conchabados para exprimir al pobre, para sacarle hasta la última gota de sudor a beneficio de las familias dueñas del Gobierno.

Yo me presentaba en el rastro con todos mis papeles en regla, pues mi inexperiencia y mi ignorancia ya no eran lo que antes. Pero siempre sucedía el dar mi res, o mis reses, con algún tropiezo; el fierro no era el de los papeles, o las señas no cuadraban, o faltaba algo, o las cosas no estaban bastante claras. O sea, que no escaseaban nunca los pretextos para que yo no matara en el rastro, y no mataba.

Entonces se me aparecía Juan Osollo, de quien ya he indicado. Me decía él:

—No esté triste, Panchito. Si necesita carnes, aquí está su amigo.

Y me ofrecía la carne de las reses que ya tenía sacrificadas por cuenta de sus amos, cierto de que yo, si no quería cerrar mi expendio, había de aceptar su oferta y ver cómo hoy llevaba yo aquella carne a mi despacho en calidad de favor y mañana pasaba él a recoger completo el importe de la venta.

Sentía yo muy grande indignación, consciente de que lo que hacían por el intermedio de Juan Osollo aquellas familias ricas era robarse los frutos de mi trabajo honrado. Y como luego me diera cuenta de que lo mismo que me hacían a mí se lo hacían a todos los trabajadores de Chihuahua, de cualquier ramo que fueran, resolví retirarme del rastro y abandonar la ciudad, y mi expendio, que tan poco me había servido, se lo dejé a un señor Nicolás Saldívar, para que lo aprovechara si podía.

Me fui al mineral de Santa Eulalia. Allí me dediqué a trabajar como minero en una mina nombrada Mina Vieja, a las órdenes de un tal Willy, que era el gerente. Pero sucedió que al cabo de un año y medio de aquel trabajo tan duro, y tan mal retribuido que muchas veces pasaba yo necesidad, mis incansables perseguidores de Durango me volvieron a descubrir, por lo que tuve que salirme del mineral antes de que me agarraran.

Así fue. Anduve otra vez errante por las montañas, pero tan pobre yo, tan desnudo en todo aquel grande desvalimiento, que no tenía caballo, ni pistola, ni rifle, ni nada.

Con un amigo mío, de nombre que no me acuerdo, pude al fin surtirme de una pistola. Y ya armado de ese modo, me dirigí a Chihuahua para hablar con Nicolás Saldívar, aquel señor a quien había yo cedido mi expendio de carne. Conforme lo vi, le hablé las palabras de mi necesidad. Le dije yo:

—Amigo, súrtame con un caballo ensillado.

Me responde él, sonriendo como con burla, y parándose a mirarme:

—¿Pues no decían que era usted un gallo tan grande? ¿Cómo es que no puede conseguir caballo, si tanto lo necesita? Si quiere, yo le diré dónde hay.

Le contesto yo:

—Muy bien, señor: dígame dónde hay.

Y él me responde:

—Pues en el rastro hay muchos caballos buenos, bonitos y gordos; vaya usted a montarse en uno de ellos si no le falta corazón. El mejor de todos es uno oscuro, rabicano.

Yo le pregunto:

—¿A qué hora están en el rastro esos caballos?

Él me contesta:

—Si conoce las horas, vaya entre dos y cuatro de la tarde. Hasta las cuatro y media estamos allí.

—Muy bien, señor. Adiós.

Y lo que sucedió fue que a las tres de aquella tarde estaba yo en el rastro, y en presencia de todos los dichos carniceros agarré el caballo rabicano, me monté en él y me salí al galope.

Todos, a gritos, me quisieron detener, pero viendo que no lo conseguían, montaron inmediatamente para salir a perseguirme. Yo gané rumbo al cerro que llaman Cerro Grande, llévandoles unos mil metros de ventaja, con lo que alcancé a torcer por un cerrito prieto que está frente al dicho Grande y a meterme entre un arroyo. Allí desmonté y me puse a aflojar las cinchas, según los que venían siguiéndome pasaban, sin verme, en frente de mí, a todo el galope de sus caballos.

Cuando se perdieron de vista, monté otra vez, y ya muy tranquilo y andando al paso me dirigí al rancho de La Boquilla.

Por el rumbo de Satevó me encaminé después a Parral. Allí, disfrazado de morrongo, me dediqué a vivir oculto en la casa de Miguel Baca Valles, que me dispensaba muy grandes consideraciones; mas eso no duró mucho, porque pronto empezó a correr, salido sin saber yo cómo, ni de dónde, el rumor de mi regreso, y otra vez tuve que emprender el camino de mis penalidades.

V

Pancho Villa conoce a don Abraham González y se lanza a la Revolución Maderista para pelear en beneficio de los pobres

José Sánchez • La casa de Villa en Chihuahua • El sentimiento de la patria • Don Abraham González • Don Francisco I. Madero • La muerte de Claro Reza • Villa junta su gente en la Sierra Azul • Los primeros quince hombres • Una cena con don Abraham González • Cástulo Herrera • El discurso de Pancho Villa • Hacia la Revolución

Yo peregrinaba sin descanso en compañía de José Sánchez y de mi compadre Eleuterio Soto. Íbamos de Chihuahua a San Andrés, y de allí a Ciénega de Ortiz, para encaminarnos a San Andrés de nuevo, y para andar otra vez nuestro camino de Chihuahua. Viéndome siempre perseguido, manteniéndome siempre oculto, desconfiaba de todos los hombres y de todas las cosas. A cada instante temía una sorpresa, una emboscada.

En Chihuahua, que era donde parábamos más veces, empecé a tener por aquel entonces una casa habitación. La dicha casa no era más que un solar, aunque grande, situado en la calle que se nombra Calle 10a., número 500, y en el cual había tres piezas de adobe, blanqueadas de cal, una cocina muy chiquita y un machero grande para mis caballos. Yo mismo había levantado las bardas del corralón. Yo había construido las caballerizas, y el abrevadero, y el pesebre.

Aquella casa, que hoy es de mi propiedad, y que he mandado edificar de nuevo, aunque modestamente, no la cambiaría yo por el más elegante de los palacios. Allí tuve mis primeras pláticas con don Abraham González, ahora mártir de la democracia. Allí oí su voz invitándome a la Revolución que debíamos hacer en beneficio de los derechos del pueblo, ultrajados por la tiranía y por los ricos. Allí comprendí una noche cómo el pleito que desde años atrás había yo entablado con todos los que explotaban a los pobres, contra los que nos perseguían, y nos deshonraban, y amancillaban nuestras hermanas y nuestras hijas, podía servir para algo bueno en beneficio de los perseguidos y humillados como yo, y no sólo para andar echando balazos en defensa de la vida, y la libertad, y la honra. Allí sentí de pronto que las zozobras y los odios amontonados en mi alma durante tantos años de luchar y sufrir se mudaban en la creencia de que aquel mal tan grande podía acabarse, y eran como una fuerza, como una voluntad para conseguir el remedio de nuestras penalidades, a cambio, si así lo gobernaba el destino, de la sangre y la vida. Allí entendí, sin que nadie me lo explicara, pues a nosotros los pobres nadie nos explicaba las cosas, cómo eso que nombran patria, y que para mí no había sido hasta entonces más que un amargo cariño por los campos, las quebradas y los montes donde me ocultaba, y un fuerte rencor contra casi todo lo demás, porque casi todo lo demás estaba sólo para los perseguidores, podía trocarse en el constante motivo de nuestras mejores acciones y en el objeto amoroso de nuestros sentimientos. Allí escuché por vez primera el nombre de Francisco I. Madero. Allí aprendí a quererlo y reverenciarlo, pues venía él con su fe inquebrantable, y nos traía su luminoso Plan de San Luis, y nos mostraba su ansia de luchar, siendo él un rico, por nosotros los pobres y oprimidos.

Y sucedió, que viniendo yo una vez a concertarme con don Abraham González en mi casa, y estando allí reunido con José Sánchez y Eleuterio Soto, nos vimos sitiados por una fuerza de veinticinco rurales al mando de Claro Reza.

Quién era aquel individuo lo voy a decir. Había pasado por amigo mío y compañero, y me debía favores de ayuda y consideración. Un día, preso él en la cárcel por el robo de unos burros, pensó que la manera más pronta para el logro de su libertad era poner carta a don Juan Creel diciéndole que se comprometía a entregar en manos de la justicia a Pancho Villa, el famoso criminal de Durango que tantos daños estaba causando al estado, a condición de que por esa entrega suya, a él lo pusieran en libertad y lo dieran de alta en el cuerpo de rurales. Y no vaciló en consumar aquella negra traición. Pero como siempre he tenido amigos en el campo y en los poblados, no me faltó esta vez un rural, nombrado José (del apellido no me recuerdo), que me contara inmediatamente cómo llevaban muy buen camino las agencias de Claro Reza, y por eso pude librarme entonces de mis perseguidores.

Aun sabiendo aquello, no logré impedir que mi compadre Eleuterio Soto, José Sánchez y yo nos viéramos sitiados en mi casa por la gente de Reza, ese mal hombre, y que al mirarnos así me turbara yo en mi ánimo. Porque no era sólo que corriéramos grande peligro al ser atacados por un antiguo compañero conocedor de todos nuestros pasos. Es que se nos revolvía la cólera en nuestro cuerpo, y nos sacudía la indignación, de ver cómo correspondía aquel canalla los servicios que le había yo hecho.

Toda la noche nos la pasamos en guardia; mas cuando a eso de las cuatro de la madrugada nos apontábamos a combatir, propuestos a matar o a que nos mataran, descubrimos con sorpresa cómo nuestros sitiadores se retiraban mansos y quedos y nos dejaban en paz.

Dijo mi compadre Eleuterio Soto:

—Así nos paga este traidor lo que con él y por él hemos sufrido. Yo le pido, compadre, que nos deje ir a buscarlo y a matarlo.

Le contesté yo:

—Sí, compadre. Es muy justo su deseo. Si usted quiere, iremos a buscar a Claro Reza, mas ha de ser con la condición de que lo hemos de matar dondequiera que lo hallemos, masque sea en el Palacio de Gobierno. ¿Le parece, compadre?

Él me dijo:

—Sí, compadre. Me parece.

Convenidos en todo, nos fuimos a amanecer en la Presa de Chuvízcar. Luego, muy de mañana, y perfectamente montados, armados y municionados, según siempre andábamos, nos dedicamos a sólo buscar a Claro Reza, empezando nuestra exploración por la Avenida Zarco de la ciudad. Y es lo cierto que la buena suerte nos alumbraba. Porque fue en la dicha Avenida Zarco, en un expendio de carne situado frente a «Las Quince Letras», donde, como si no viéramos a nadie, divisamos la persona de Claro Reza.

En viéndolo, una lluvia de balas le cayó en el cuerpo. A los disparos, en pleno día y en lugar de mucho movimiento, corrió la gente y empezaron a juntarse y arremolinarse los que querían ver el cadáver. Pero nosotros estábamos de ánimo para matar a todos los que se nos pusieran delante. Al paso fuimos saliendo por entre el gentío, que crecía a cada momento, y cuando así fuera, y aunque todos nos miraban, nadie se atrevía a detenernos. Y lo que sucedió fue que muy tranquilos nos alejamos nosotros por aquella avenida, sin que hombre alguno diera un paso para embarazarnos en nuestro camino.

Poco después, ya nosotros algo lejos, salieron a perseguirnos unos soldados, que, según yo creo, todos iban pidiendo a Dios el fracaso de su persecución, pues en verdad que ni un momento tuvimos que arrear nosotros el aire de nuestras cabalgaduras.

Subimos a la Sierra Azul, hasta un punto que nombran La Estacada. Allí empezamos a reclutar gente para la Revolución Maderista. Desde luego, sin grande esfuerzo juntamos quince hombres de lo mejor.

Una tarde habló conmigo a solas Feliciano Domínguez, que era uno de los comprometidos. Me dijo él:

—Oiga usted, jefe. Mi tío Pedro Domínguez acaba de volver de Chihuahua, adonde fue a pedir una autorización para recibirse de juez de acordada. Dice que nos va a perseguir sin descanso, y a mí me parece muy peligroso que se reciba de juez. Yo lo siento mucho, jefe, porque es mi tío, y muy buena persona, y muy valiente; pero creo, por el bien de nuestra causa, que hay que matarlo. Mi tío Pedro Domínguez vive en el rancho del Encino.

Le respondí yo:

—Está usted en lo justo. Tenemos que acabar con todos esos hombres que sin oír la voz del pueblo ni la de su conciencia sostienen la tiranía y son origen de los muchos sufrimientos de los pobres. Ahora mismo, amiguito, tomamos ocho hombres y nos vamos al rancho del Encino para quitarle a su tío todas esas ideas.

Así fue. Dejamos el resto de la gente en el campo de La Estacada, y yo y aquellos nueve hombres nos fuimos al rancho del Encino.

Cuando Pedro Domínguez nos vio bajar en dirección del dicho rancho, cogió su rifle y sus cartucheras y se aprontó a la defensa. Nosotros caímos derecho sobre la casa; pero Pedro, que era muy buen tirador, se parapetó detrás de una cerca y nos mató dos caballos. A uno de los nuestros, conforme lo vio salir por la puerta de la cocina, le puso una bala debajo de un ojo y lo dejó muerto. Entonces mi compadre Eleuterio Soto y yo nos echamos sobre la cerca, y en el momento en que uno de los muchos tiros de Pedro Domínguez vino a traspasarle el sombrero a mi compadre, yo le coloqué a nuestro enemigo una bala en la caja de su cuerpo.

Sintiéndose herido él, salió del cercado a la carrera, y conforme corría, yo y mi compadre le pegamos otros dos tiros más. Pero todavía así tuvo alientos para brincar otra cerca, detrás de la cual cayó. Me acerqué yo entonces a quitarle el rifle, que él, ya sin fuerzas, no conseguía palanquear. Pero era de tanta ley aquel hombre, que tan pronto como me tuvo cerca se me prendió a las mordidas, y en aquel momento llegó mi compadre Eleuterio y lo remató con un tiro de pistola en la cabeza.

Conforme estábamos rematando a Pedro Domínguez, salió de la casa de la familia un viejecito. Corriendo hacia nosotros y amenazándonos con el puño, nos gritaba furioso sus palabras. Nos decía él:

—¡Bandidos! ¡Bandidos!

Hasta que uno de nuestros muchachos levantó el rifle, apuntó y lo dejó muerto del primer tiro.

Así terminó aquello. Mas es la verdad que al volver a La Estacada a reunirnos con nuestros compañeros, ya íbamos libres de la amenaza que para nuestros planes revolucionarios significaba el ahora difunto Pedro Domínguez.

Yo quería estar seguro de la calidad de los quince hombres que había escogido para que juntos conmigo lucháramos en la Revolución Maderista. Cuando conocí el ánimo de todos, y lo que valían, y para qué serían buenos, tomamos el rumbo de Chihuahua y fuimos a detenernos en el rancho de Montecillo, que está como a tres leguas de la capital.

Esa noche entré yo a la ciudad para considerar con don Abraham González las providencias tocantes al levantamiento, que no tardaría mucho en ocurrir.

Él me dijo:

—Quiero, Pancho, que vengas a ocultarte con tu gente en alguna casa de la ciudad, para que desde allí me cuides. La policía me vigila mucho, y desconfío de que cualquier día los enemigos me cojan y me metan a la cárcel.

Le contesté yo:

—Así lo haré, señor. Voy a traer la gente a mi casa de la Calle 10a. Mandaré que siempre le hagan a usted guardia dos de mis hombres, y todos los demás estaremos listos para que si, por desgracia, lo agarra la policía, nosotros lo saquemos de donde se encuentre y nos lo llevemos hacia la sierra.

Y así se hizo. Otro día siguiente, 4 de octubre de 1910, nos instalábamos en la casa número 500 de la Calle 10a. de Chihuahua yo y mis primeros muchachitos de la Revolución Maderista. Los nombres de aquellos hombres revolucionarios los voy a expresar: Francisco Villa, Eleuterio Soto, José Sánchez, Feliciano Domínguez, Tomás Urbina, Pánfilo Solís, Lucio Escárcega, Antonio Sotello, José Chavarría, Leonides Corral, Eustaquio Flores, Jenaro Chavarría, Andrés Rivera, Bárbaro Carrillo, Cesáreo Solís y Ceferino Pérez.

Todos estábamos perfectamente armados y montados. Eran buenos los caballos, las monturas, los rifles, las pistolas; era bastante el parque. Los haberes de todos los pagaba yo de mi propio peculio, pues como jefe me correspondía la obligación de atender desde luego a que mis hombres no pasaran necesidad. Yo, que sabía mucho de lo que eran penalidades y privaciones andando por las quebradas de la sierra con la fuerza enemiga a la espalda, sabía también que una tropa sólo vale cuando está segura de que será surtida en su necesidad. Por eso, desde aquella primera hora, yo comprendí que mi mayor obligación como jefe habría de consistir en que a mis muchachos no les faltara nada.

Decía, pues, que día y noche teníamos puesto el ojo en don Abraham González, y que estábamos prontos a defenderlo y a cualquier otra contingencia. Porque yo me daba bien cuenta de que corríamos allí muy grande peligro, lo mismo que don Abraham. La muerte de Claro Reza, aunque nos había librado del enemigo peor que podía salirnos en Chihuahua, y había hecho crecer en mucha gente la proporción de nuestro respeto, no bastaba para tranquilizarnos. Me decía mi compadre Eleuterio Soto:

—Ahora es cuando tenemos que andar con más tiento, compadre. Ahora los riesgos son mayores, porque ahora es cuando más falta podemos hacer.

Y le respondía yo:

—Sí, compadre. Me hago cargo de la falta que yo pudiera hacer ahora que estamos para pelear en beneficio de los pobres.

El 17 de noviembre de 1910 fue don Abraham González a cenar con nosotros en mi casa de la Calle 10a., acompañado de Cástulo Herrera. Yo había sido presentado a don Abraham González, a virtud de su llamado, por mi compadre Victoriano Ávila, que era persona de toda mi confianza. En el poco tiempo que don Abraham llevaba tratándome no era fácil que se hubiera dado cuenta cabal de que yo, por mí mismo, podía llevar la campaña de la Revolución. Así pues, no me sorprendió mucho saber al fin de la cena cómo no era yo el nombrado para jefe de los hombres que había reunido y de otros más que habría de reunir.

Don Abraham nos habló sus palabras con mucha emoción. Nos dijo él:

—Ha llegado el momento de emprender la campaña. Yo me voy al norte del estado, a Ojinaga, y tú, Pancho, te vas al sur. Saldrás para San Andrés a organizar las fuerzas, y todos reconocerán como jefe a Cástulo Herrera, que está aquí presente. Espero, pues, que obedecerán sus órdenes y sabrán cumplir con su deber hasta morir, o hasta triunfar por la noble causa que perseguimos.

Le respondí yo:

—Señor, viva usted seguro que siempre será obedecido, y esté usted cierto que nosotros vamos a la lucha como revolucionarios conscientes, como hombres que saben que se batirán por el bien del pueblo y de los pobres, contra los ricos y poderosos, y que por ser ignorantes, pues nadie los ha enseñado, necesitan que los que más saben los manden y los guíen. Le aseguro, don Abraham, que obedeceremos siempre las órdenes de Cástulo Herrera, y que nos mantendremos leales a nuestra causa, y que pelearemos por ella hasta el último instante de nuestra vida.

Poco después, don Abraham nos abrazó cariñosamente a uno por uno. Y entonces todos nosotros, con la fe en el triunfo de la Revolución y un amor grandísimo por nuestra patria, que ya ansiábamos ver redimida de tantos males, emprendimos aquella misma noche del 17 de noviembre, fecha que yo considero memorable para el corazón de todos los mexicanos, la marcha hacia la sierra que nombran Sierra Azul.

Según íbamos dejando atrás las calles de Chihuahua, me brotaban las lágrimas, pues desde la noche que vi de lejos la casa donde velaban a mi madre, nunca me habían venido tantas ganas de llorar. Y es lo cierto que con trabajo acallaba yo unos gritos que me subían hasta la garganta. Porque yo hubiera querido gritar, para que mis compañeros me contestaran: ¡Viva el bien de los pobres! ¡Viva don Abraham González! ¡Viva Francisco I. Madero!

VI

Puesto a las órdenes de Cástulo Herrera, Pancho Villa toma el mando y hace su aprendizaje de gran guerrillero

Los primeros 375 hombres • «¡Nadie me vuelve a disparar aquí un bala-zo!» • La Revolución en San Andrés • Muerte del teniente coronel Yépez • Villa toma Santa Isabel • La marcha sobre Chihuahua • La hazaña del Bajío del Tecolote • Muerte del compadre Eleuterio Soto • Entra Villa de incógnito en Chihuahua • Pascual Orozco • La batalla de Cerro Prieto

Cinco días permanecimos en la Sierra Azul, alimentándonos solamente con carne y tortillas. Allí se nos alcanzaron a unir hasta 375 hombres, unos de San Andrés, otros del pueblo de Santa Isabel, otros de la Ciénega de Ortiz. Yo era muy conocido de los pobladores de toda aquella comarca, a los cuales invitaba a tomar armas en la lucha por la Revolución. Mas es la verdad que sólo tenía yo el trabajo de escoger, entre muchos que llegaban, a los que venían bien montados, bien armados y bien municionados, todo de su propio peculio.

Cuando creímos bien organizada nuestra fuerza de 375 hombres, Cástulo Herrera ordenó que bajáramos de la sierra sobre el pueblo de San Andrés, y así lo hicimos esa misma noche.

Al amanecer sitiamos el pueblo. Pero como no encontramos resistencia porque ya antes habían huido los pocos rurales que lo guarnecían, entramos pronto con toda tranquilidad. Desde luego nos ocupamos en nombrar autoridades. Decidimos que aquél fuera nuestro primer acto para que todos supieran que no por ser nosotros gente revolucionaria íbamos a la busca del desorden y al mero provecho personal.

Serían apenas las ocho de la mañana cuando ya toda nuestra fuerza se hallaba reunida en la plaza del pueblo. La tropa, alegre de ver tanta felicidad en nuestras hazañas, se puso a disparar sus armas al aire. Mirándolo yo, pensé que Cástulo Herrera tomaría desde luego alguna disposición para impedir aquel gasto inútil de municiones; pero como los tiros seguían sin que él hiciera nada, corrí hacia donde los muchachos estaban disparando y les grité:

—¡Nadie me vuelve a soltar aquí un balazo! El parque que traemos es para derrotar al enemigo. ¿Quién les dice, muchachos, que toda la pelea en que andamos ha de ser como el avance de esta mañana? Muchachos, todavía no empezamos a combatir.

De este modo los balazos se acabaron en el acto, tras de lo cual yo mandé que se acuartelara la gente y todos me obedecieron.

Como a las nueve y media de esa misma mañana, Cástulo Herrera me dio orden de que fuera con una escolta a ver qué traía el tren de pasajeros de Chihuahua, que iba a pasar por allí a las diez. Yo escogí los mismos quince hombres que habían salido conmigo de mi casa de la Calle 10a. y me encaminé con ellos hacia el ferrocarril.

Llegando nosotros a la estación se oyó el pito de la máquina, de modo que no tuve tiempo de espaciarme en mis providencias. Puse, pues, a mis hombres en línea de tiradores, protegidos de la mejor manera posible, y apenas estaba acabando de hacer aquello cuando vimos, al pararse el tren, cómo en él venían muchos soldados de la Federación. Conforme supe luego, era tropa perteneciente al 12º Batallón, mandado entonces por un teniente coronel de nombre Pablo M. Yépez.

Sin más, abrimos el fuego contra aquella fuerza. Al comenzar el encuentro murió el dicho teniente coronel. También murieron algunos de sus soldados, en número que ahora no me recuerdo. Y lo que sucedió fue que mirando los capitanes del batallón cómo se acercaba más gente a darme su ayuda, porque en esos momentos yo empezaba a verme muy abatido, obligaron al maquinista a que echara a andar el tren. Así se retiraron ellos y consiguieron irse hasta la hacienda de Bustillos con todos los muertos y heridos que les habíamos hecho en la sorpresa, durante la cual pelearon como hombres de mucha ley.

Yo me volví entonces al pueblo con mi gente. Allí, Cástulo Herrera y yo destacamos grupos formados por alguna tropa, que en los ejércitos se nombran avanzadas, y tomamos otras precauciones por si el dicho batallón regresaba a batirnos. Pero no sucedió así.

Dos días más permanecimos en San Andrés, y otro día siguiente, o sea, al cuarto de nuestra entrada, hice mi marcha para el pueblo que nombran de Santa Isabel, al cual puse sitio aquella misma noche. Nos amaneció en aquella población, y entrando ya la mañana, apreté más el cerco, con lo que poco después tomé aquel lugar sin que nadie me opusiera resistencia.

Tan pronto como entramos, se hizo en Santa Isabel lo mismo que habíamos hecho en San Andrés: procedimos al nombramiento de las autoridades revolucionarias. Luego, entre ese día y otro más, me dediqué a organizar mejor nuestra fuerza. Alcanzamos a completar así hasta 500 hombres con parte de los que venían a ofrecérsenos con armas de su propiedad, unas de unos calibres y sistemas y otras de otros.

Mirándome entonces con gente tan numerosa, decidí marchar rumbo a Chihuahua. Y digo que yo lo decidí porque la verdad es que Cástulo Herrera, aunque venía por nuestro jefe, mandaba tan poco que yo era el que estaba llevando la campaña de la Revolución.

Ese día de nuestra marcha llegamos al rancho nombrado Rancho de los Escuderos, distante como cuatro leguas de Chihuahua. Establecimos las avanzadas de costumbre y esperamos a que nos amaneciera. Otro día dispuse una avanzada de 20 hombres al mando de Guadalupe Gardea y Antonio Orozco, que la hacían, uno de capitán primero, y otro de capitán segundo, y di a aquella avanzada la consigna de seguir en su exploración hasta el cerro que se llama Cerro Grande.

Al mismo tiempo, escogí yo otros 23 hombres para explorar en persona por la parte de los Carrejones, unos ranchos que de ese modo se nombran. Con aquella gente pasé de los dichos ranchos hasta acercarme a media legua de la capital del estado. Allí me detuve encima de unos cerros para observar con el anteojo la población, que se dominaba toda y lucía con grande claridad.

Estando en ello, se me acerca Feliciano Domínguez, que la hacía de capitán ayudante mío, y me dice:

—Mi coronel, parece que se oyen tiros por el lado del Tecolote.

Lo cual era verdad. Sonaban tiros hacia el rumbo del Tecolote, punto que dista como tres cuartos de legua de los cerros donde estábamos.

Mandé que inmediatamente volvieran todos a montar, y sin perder un segundo me dirigí a buen paso hacia aquel bajío. Pero sucedió que al enfrentar un rancho que lleva por nombre Rancho de las Escobas, mi compadre Eleuterio Soto, que la hacía de teniente coronel y segundo jefe de mis fuerzas, me dijo:

—Si le parece, mi coronel, haremos alto. Vea nomás cómo está el Bajío del Tecolote.

Mi compadre hablaba de lo mismo que mis ojos estaban mirando. O sea, que desde donde estábamos se veían frente al Tecolote muchas fuerzas de la Federación, las cuales, según supe luego, componían la brigada mandada por el general Juan J. Navarro, en número de soldados que, conforme a mis cálculos, y por datos que adquirí después, se acercaba a los 800 hombres de las tres armas.

Yo, que andaba al cumplimiento de mi deber, aunque sin ser conocedor de la guerra, resolví entonces entablar combate con aquella brigada de hombres militares, cosa en que ninguna persona de mis pocos conocimientos debía aventurarse, pues en verdad que hay que apreciar aquel atrevimiento mío como una audacia muy grande.

Y el resultado de ello fue que mientras tomaba yo posesión del cercado norte del dicho bajío, el 20º Batallón empezó a avanzar sobre nosotros, y trabándose en seguida el combate, con furia que nos llevó hasta vernos a distancia de diez pasos unos de otros, pronto comprendí el grande engaño de mi inexperiencia. Porque a poco de comenzar la pelea me mataron varios de mis muchachos y toda la caballada, y luego empezaron a cercarme.

Al fin, mirándome yo rodeado de tropa enemiga por todas partes, decidí salirme de donde estábamos, pues reflexioné cómo allí íbamos a sucumbir todos sin ningún provecho. Me les eché, pues, encima con toda mi gente, para romper el cerco por la parte del norte, y de ese modo, aunque murieron nueve de los 23 hombres que llevaba al principio de la acción, logré salvar a los demás, de los cuales íbamos dos heridos: yo con la pierna atravesada y Jesús José Fuentes con un tiro en un brazo.

Todos aquellos hombres restantes logramos por último escapar, debido a las malas disposiciones del jefe de las fuerzas contrarias; que si dicho jefe destaca en persecución nuestra un escuadrón de su mucha caballería, no hubiera ahora con vida ninguno de nosotros.

Cuando ya estábamos fuera de peligro, se me acercó un muchacho y me echó en las ancas de su caballo. Entonces fuimos a unirnos al grueso de mis tropas, que había yo dejado en el rancho de los Escuderos. Y junta ya toda mi gente hice movimiento para arriba de la Sierra Azul, en la cual pasamos aquella noche.

En el encuentro del Bajío del Tecolote, que empezó a las diez de la mañana del 27 o el 28 de noviembre, y acabó cerca de las doce, murió mi compadre Eleuterio Soto, que, como antes llevo indicado, la hacía de teniente coronel y segundo jefe de mis fuerzas. Así cumplió mi compadre su palabra de no separarse de mí hasta la muerte. También murieron allí José Sánchez y Leonides Corral, otros dos de los quince hombres que pocas semanas antes habían salido conmigo de Chihuahua a la campaña de la Revolución.

Luego de estar dos días en la Sierra Azul, tomé la resolución de penetrar de incógnito a la capital de Chihuahua con el objeto de surtirme de algunos bastimentos muy necesarios, tales como azúcar y café. Conseguí hacerlo, no obstante el estado de mi herida, la noche del tercer día después del combate, y me acompañaron dos hombres de mi confianza, que fueron Feliciano Domínguez y Eustaquio Flores. Con ellos regresé al campamento trayendo varias mulas cargadas de lo más urgente para nuestra necesidad, y eso convirtió mis afanes en la satisfacción de dar alimento a todos mis muchachitos.

Pasado aquel descanso, otro día de madrugada dispuse la organización de mis fuerzas, y con el mayor orden emprendí mi marcha hacia el pueblo de San Andrés, al cual llegamos sin novedad como a las tres de la tarde. Los vecinos me recibieron con muestras de simpatía y consideración. Me proporcionaron alojamiento para mí, para mi oficialidad y para mi tropa. Me dieron forraje para la caballada y provisiones para toda la fuerza.

En San Andrés pasamos sólo unos cuantos días, pues estando yo en aquella estancia recibí desde Ciudad Guerrero un telegrama de Pascual Orozco hijo, en el cual se comunicaba así conmigo: «Acabo de tomar esta plaza. Véngase para ver en qué lo puedo ayudar de municiones».

Resolví entonces marchar al mencionado punto, y allá llegamos a los tres días de nuestra salida de San Andrés, sin que nos ocurriera nada notable en el camino.

En Ciudad Guerrero me recibieron con más cariñosas demostraciones que en San Andrés, porque también era la de allá gente muy revolucionaria; y tan buena fue la acogida de los vecinos como la de Pascual Orozco y sus fuerzas.

Quisieron allí alojarnos en muy buenas condiciones; pero viendo nosotros que muchas familias desocupaban sus casas para que sirvieran de cuarteles y, que ellas se iban a levantar tiendas de campaña para cobijarse, decidimos los jefes, oficiales y tropa, todos de un mismo parecer, que una parte de la fuerza saliera a acampar en las afueras de la población para dar así menos molestias a unos vecinos de quienes estábamos recibiendo aquel trato tan afectuoso. Demostrábamos también de ese modo que nuestra Revolución era una revolución organizada, con jefes que daban garantías, y con hombres que amaban el orden y respetaban la propiedad y la comodidad de todos.

Otro día siguiente me dijo Orozco que deseaba tener una plática con los principales jefes de mis fuerzas, y de las otras que allí estaban reunidas, pues nos cumplía tratar asuntos de interés y de grande trascendencia para el triunfo de la causa que defendíamos. Como le contesté yo que nosotros acudiríamos gustosos, esa misma noche a las nueve nos reunimos.

Se celebró la dicha junta entre los siguientes jefes: Pascual Orozco hijo, Francisco Salido, Cástulo Herrera, José de la Luz Blanco y yo, Francisco Villa. En ella tratamos de formar el plan de ataque contra la columna del general Juan J. Navarro, que según las noticias de los correos nuestros, destacados por todos los rumbos, había dormido la noche anterior en San Nicolás de Carretas. Luego convinimos en que a la madrugada del día siguiente, o sea, el 11 de diciembre, se haría el movimiento, marchando todos en la misma dirección, aunque a diferentes distancias, y cada jefe al frente de sus fuerzas y en constante comunicación con los otros.

Marchamos, formando nuestra gente vanguardia de columna, Francisco Salido y yo. Los dos íbamos recibiendo a cortos intervalos correos que nos avisaban de la proximidad del enemigo.

Así avanzamos un trecho largo; pero a las ocho de la mañana, más o menos, ambos jefes descubrimos que la columna del general Navarro iba a entrar al pueblo de Cerro Prieto. Dimos entonces a nuestras fuerzas orden violenta de apoderarse del cerro que hay al sureste de la población, y desde el cual se domina muy bien el caserío. Y acabando apenas de tomar nuestra gente aquellas posiciones, se rompió el fuego y empezó a trabarse un combate formal entre nosotros, que eramos, como ya antes digo, la vanguardia de aquella columna revolucionaria, y la vanguardia de la columna federal del general Navarro.

Duró nuestro combate tres horas y media, más o menos, al término de las cuales nosotros nos encontrábamos en situación apremiante. Porque la artillería federal bombardeaba nuestras posiciones con acierto, mientras la infantería, que iba trepando por la falda del cerro, también nos causaba muchas bajas. Pero sucedió que cuando más abatidos estábamos se vio venir allá abajo, por el llano, la caballería de Pascual Orozco, y entonces los federales tocaron reunión y se replegaron.

Francisco Salido, que había oído el toque de los federales y los veía retroceder en obediencia al llamamiento que se les hacía, dejó en esos momentos el abrigo de un peñasco que le servía de trinchera, y empezaba apenas a reanimar su gente cuando una granada le destrozó el pecho y lo dejó allí sin vida.

Desde el cerro veía yo cómo abajo, en el llano, se había entablado cuerpo a cuerpo una pelea durísima entre la caballería de Orozco, el cual perdió allí su caballo, y la caballería del general Navarro, que mandaba Trucy Aubert. Ese otro combate duró también como tres horas y media, sin que yo, Francisco Villa, que era el único jefe que permanecía de pie arriba del cerro, pudiera bajar a prestar mi auxilio, tanto porque mi caballada se había quedado abajo, del lado sur, cuanto porque tenía que reorganizar mi gente y defenderme de la infantería y la artillería federales. ¡Señor, había tenido tantos muertos y heridos, y mis fuerzas estaban tan desbaratadas, que a no ser por la llegada de Orozco nos hubieran dispersado por completo!

Al fin, tras de sufrir muchísimas bajas en aquel largo encuentro del llano, Orozco tuvo que retirarse en dispersión por la falda de la sierra nombrada Sierra de Picachos. Y aprovechando esa oportunidad, que para mí fue como una tregua, pude recoger mis heridos y las armas de mis muertos y retirarme con mediano orden bajo el amparo de la noche, que ya llegaba.

El campo quedó en poder de los federales. Las luminarias encendidas en las sierras por mis compañeros nos guiaban en nuestra retirada.

VII

Pudiendo apoderarse de todo, Pancho Villa sólo toma en la Revolución lo indispensable para el sostenimiento de sus tropas

En el rancho de la Capilla • Plan de campaña • La viuda de Santos Estrada • Villa se deja sorprender en San Andrés • El capitán José Chavarría • Remedios Paz • El campamento de Las Playas • Las remudas de los señores Cuilty • Una chinaca en pelo • Los ranchos de Huahuanoyahua • Entrada en Satevó • El Sauz • Santa Gertrudis • Ciudad Camargo • La Boquilla

Cerca de las doce de esa noche logré reunirme con Pascual Orozco en un rancho que está a la falda de aquella sierra y que se nombra Rancho de la Capilla. Nos saludamos cariñosamente y juntos nos pusimos a lamentar la derrota sufrida y el triste fin de tantos hombres nuestros. Pero como los lamentos no entraban en el cumplimiento de mi deber, fui en seguida a ocuparme de que desensillara mi gente y no volví al lado de Pascual hasta después de ver que se atendía en debida forma a mis soldados y la caballada.

Cuando Pascual y yo estábamos discutiendo la mejor manera de seguir nuestra campaña, le trajeron repentinamente un correo que acababa de llegar de Santa Isabel. En la carta que portaba aquel correo le comunicaban a Pascual que había salido de Chihuahua una escolta de 50 hombres custodiando 10 mulas cargadas de parque para el campamento del general Navarro. Los dos leímos la carta —pues en esa época yo ya sabía leer— y nos pusimos a reflexionar sobre qué sería lo más acertado para impedir que le llegara a Navarro el dicho parque. Después de un momento, los dos resolvimos, de un solo parecer, que Pascual permaneciera haciendo la campaña en aquellos parajes, donde cada día acrecentaban nuestras filas muchos voluntarios simpatizadores de la causa de la Revolución, y que yo saliera en el acto a oponerme a que el dicho parque llegara a su destino.

Así se hizo. Yo salí del alojamiento de Orozco, llamé a los capitanes de mi fuerza, les ordené que se aprestaran a ensillar, y puesta bien en orden toda mi gente dejamos aquel campamento como a las doce de la mañana.

Emprendí mi marcha por caminos que acortaban la distancia hasta el lugar donde, según nuestros cálculos, debía de venir la dicha escolta y, de ese modo, nos acercamos pronto al pueblo de Santa Isabel. Allí recibí noticias de que en Santa Isabel se hallaba la escolta que custodiaba el parque, pero que aquel parque no iba destinado al general Navarro, sino que era para la defensa del pueblo y su comarca.

Sabedor de aquello, decidí entonces llegar al pueblo de San Andrés, donde acuartelé mi gente. Pero sucedió que de allí era la mayor parte de esa gente mía, y los que no eran de allí tenían en ese lugar buenas amistades, de modo que casi todos solicitaron mi autorización para salir a visitar a sus familias o sus amigos. En realidad sólo se quedaron en el cuartel la caballada y las monturas, y por única fuerza los hombres que debían dar la guardia.

Ese mismo día recibí un papel de Julia R. Vda. de Santos Estrada, que había perdido su esposo en nuestro combate del Tecolote contra las fuerzas de Navarro. Aquella señora me decía que marchaban fuerzas de la Federación para San Andrés y que estuviera yo listo. Pero como yo no tenía aviso de que hubiera por allí más fuerza que los 50 hombres que estaban custodiando el parque en Santa Isabel, pensé que a ésos se refería la dicha señora y me alegré mucho, pues la escolta me proporcionaba con su avance la manera de batirla fuera de poblado y la seguridad de quitarle el parque.

Esa vez me equivoqué. Y lo que sucedió fue que de la manera más intempestiva, y al amparo de un arroyo que baja de la sierra, penetró en el pueblo una fuerza federal, sin darme cuenta yo, ni dársela nadie, hasta que ya estaba ella dentro por obra del guía que la acompañaba, un hombre llamado José Liceaga, que era morador de aquel pueblo y recaudador de rentas del gobierno porfirista.

Mirándome así sorprendido, sólo traté de salvar la guardia que tenía en el cuartel, pues haber intentado resistencia hubiera sido muy grande temeridad. Un jefe que se descubre de pronto, como yo en aquella ocasión, con el grueso de su gente diseminada, y sin otra fuerza que unos cuantos hombres, débiles ante un ataque, tiene por principal deber poner fuera de peligro la tropa que le queda. Monté, pues, a caballo y me retiré hacia la estación, en la cual me sostuve toda la tarde, protegiendo a mis soldados, que según oían los disparos por aquel rumbo, abandonaban la comodidad de sus hogares y se venían a unir conmigo.

A José Chavarría, capitán primero de mis fuerzas, vino persiguiéndolo por las calles un sargento con un pelotón que hacía nutrido fuego. Pero al llegar a un alambrado que cerraba una calle, Chavarría se rodó y se puso a disparar pecho a tierra. Así mató al sargento y consiguió que el pelotón retrocediera, y de esa manera logró llegar ileso al lugar donde yo me encontraba.

Nos mantuvimos en la estación hasta el oscurecer. A esa hora, amparados en las sombras de la noche, emprendimos la retirada por la parte sur del pueblo, camino de La Olla, rancho que así se llama. Llegamos al dicho rancho sin novedad. Allí nos surtieron de algunos bastimentos. Luego seguimos nuestra marcha rumbo a la sierra, adonde llegamos ya muy corrida la noche y en grande estado de necesidad. Toda mi tropa iba a pie y sin frazadas, pues los equipos se habían quedado en el cuartel, con la caballada y las monturas. Nomás habíamos salvado las armas y el parque, y eso porque cada uno de mis soldados se había llevado consigo, al recibir de mí el permiso, su arma y sus municiones. En campaña se debe tener siempre esta precaución. Así se evita que en una sorpresa, como aquella que a mí me dieron, el armamento caiga en poder del enemigo y esa pérdida estorbe por algún tiempo la reorganización de la fuerza.

Muy dolorosa había sido la sorpresa de San Andrés, pero en verdad que toda mi gente fue llegando a la sierra, hombre por hombre, sin que nadie faltara, y no obstante lo muy crudo del tiempo, que entonces no dejaba de nevar. ¿Qué más pudiera decirse de la constancia y de la fe de todos nosotros, y de nuestro amor por la causa que defendíamos? Mis pobres muchachos, y también mis oficiales, venían sin cobijas con que resguardarse de la candelilla que caía, pero llegaban fieles a su juramento de morir en la Revolución de la patria. Como todos éramos pobres, todos sabíamos padecer y todos aceptábamos los sufrimientos del destino.

Así pasamos aquella noche. Al amanecer el día siguiente me dirigí al rancho de La Estacada para pedir al dueño, que se nombraba Remedios Paz, me surtiera de dos caballos ensillados. Cuando me dio los animales, mandé montar en ellos al capitán Jesús José Fuentes y al soldado Lucio Jiménez, con orden al capitán de marchar a una hacienda que se nombra

Hacienda de Corral de Piedra, propiedad de los señores Cuilty, y traerme toda la caballada que los dichos señores tuvieran para sus remudas. Eso dispuse yo, sabedor de cómo aquellos agostaderos eran conocidos del capitán.

Tomadas así mis providencias, regresé a donde estaba el grueso de mi tropa, o sea, a un punto que llaman Las Playas, al cual la había yo trasladado por ser la parte más alta de la sierra. Había en aquellas quebradas agua permanente y mucho ganado con qué mantenernos, y también había allí manera de evitar cualquier otra sorpresa, que hubiera sido muy grave peligro en nuestras circunstancias.

En dicho punto de Las Playas permanecimos seis días, tomando como único alimento carne de res, que la tropa asaba en las brasas de nuestras hogueras y todos comíamos sin condimento alguno, pues ninguno había. Mas al término de ese tiempo llegó el capitán Jesús José Fuentes con más de 400 caballos, y la tropa, que estaba en espera de aquella caballada, empezó a repartirse los animales. Unos soldados tomaban los suyos con cabestros que habían conseguido en los ranchos; otros, con soguillas de palma que ellos mismos habían tejido, y otros muchos, o sea los más, con sogas de cuero de las mismas reses que habíamos sacrificado para subsistir durante aquellos días.

Mi gente quedó formando así una chinaca en pelo, con la cual, de ese modo, empecé la bajada de la sierra a la Ciénega de Ortiz. Pero como en el trayecto se encuentra el río que nombran Río de Huahuanoyahua, muy poblado de ranchos en sus dos riberas, de ellos fuimos sacando, a veces dos monturas, a veces cinco y hasta diez, según las había, y en tanto número que cuando salimos de por aquellos ranchos ya muy pocos de mis hombres montaban en pelo. A estos últimos vine a equiparlos en el pueblo de Satevó, donde sorprendí un destacamento de 50 rurales del estado, a los cuales les quité armas, caballos y monturas. Algunos de aquellos rurales murieron en la acción y otros se unieron a mis filas.

En Satevó permanecí ocho días reorganizando mis tropas. Allí pude surtir de algunos comestibles a mis muchachos, y para abastecerme de harina y forraje hice que echaran a andar un molino. Por último, ya con mi gente aliviada de tantos padecimientos, y bien provista otra vez, hice mi marcha para la hacienda del Sauz, distante diez y siete leguas.

En aquella hacienda, donde pasamos la noche, conseguí que el dueño me diera comestibles para la tropa, forraje para la caballada y mil quinientos pesos para haberes. Otro día seguimos para el Ojo del Obispo. Un rancho que así se llama, en el cual fuimos objeto de muchas amables atenciones y recibimos cuanto nos era menester. Y aunque mi objeto hubiera sido seguir mi marcha desde luego, me vi obligado a demorarla un día más a instancia de los pobladores, que por fin me despidieron con ovaciones de sincera simpatía cuando otro día siguiente salí rumbo a la hacienda de Santa Gertrudis, que dista del dicho rancho unas diez y ocho leguas.

En la hacienda de Santa Gertrudis nos recibieron con mejor trato de atenciones que en ninguna otra parte. Llegamos como a mediodía del día siguiente a nuestra salida del Ojo del Obispo. El administrador mandó poner a mi disposición las trojes, que guardaban mucha cantidad de maíz, para que se diera abastecido forraje a la caballada. Ordenó a los vaqueros que bajaran reses de las mejores, para el alimento de la tropa. Ordenó también que en las casas de la cuadrilla de la hacienda se pusiera nixtamal y que las mujeres hicieran tortillas. Por último, me suplicó que mandara a mis oficiales aceptar un sitio en su mesa, pues quería tener el gusto de obsequiarlos personalmente.

En la dicha hacienda de Santa Gertrudis permanecimos tres días, con aprecio de los peones y sin variarse en nada el cariñoso trato del administrador. De allí emprendimos nuestra marcha al mineral de Naica, que dista siete leguas de aquella hacienda, y al cual llegamos a las once de la mañana. Todos los mineros nos recibieron con sus demostraciones de simpatía para la causa y con frases admiradoras y cariñosas para la tropa. El gerente general mandó darme dos mil quinientos pesos, sin que hubiera mediado solicitud mía. Yo rogué al gerente que de esa suma me diera mil quinientos pesos en ropa para mis soldados, y como así lo hizo, con aquella ropa equipé una parte de mi gente, pues no alcanzó para todos. Mientras se efectuaba el reparto se mandó tender forraje con los hombres que quedaban sin vestuario, y conforme la caballada tomaba el pienso, toda la tropa comió.

Acabada la comida mandé ensillar, pues sin pérdida de tiempo me dispuse a seguir mi marcha. Venía yo propuesto a echarme sobre Ciudad Camargo a la madrugada del día siguiente, sabiendo yo, por correos que me llegaban, cómo detrás de mi fuerza venían de Chihuahua tropas de la Federación, enviadas por el Gobierno para el refuerzo de aquella plaza.

Así como lo pensé, así lo hice. Otro día al amanecer entraba yo con mis fuerzas al dicho lugar. En el acto organicé mi gente para el ataque, y firme en el cumplimiento de mi deber, pero consciente de no derramar sangre en cuanto pudiera evitarse, mandé un correo al Jefe de Armas y a los principales comerciantes. Les decía yo: «Señores, quiero esta plaza y les concedo hora y media para que decidan si me la entregan o entro a tomarla; pero,

61

según es de justicia, en el segundo caso los hago responsables de toda la sangre que corra».

Me respondieron ellos: «Si Pancho Villa tiene valor y elementos para la toma de Ciudad Camargo, pase a tomarla».

Como mis fuerzas estaban dispuestas para el ataque, ya no quise perder más tiempo, y sin más, emprendí el avance con mucha energía y grande valor.

Y es lo cierto que habiendo yo empezado el ataque como a las doce del día, logré al fin adueñarme, aunque con muy grandes dificultades, de lo más de la población, y de los cuarteles, de los cuales sólo les vino a quedar a los enemigos uno, donde se reconcentraron cerca de las cinco de la tarde. Pero sucedió que a esa hora me llegaron avisos de que se acercaba la fuerza federal mandada de Chihuahua a dar auxilio, y como comprendí que si permanecíamos en aquel lugar íbamos a caer todos en manos del enemigo, pues mi fuerza estaba muy estragada por no haber tomado alimento todo ese día ni haber dormido la noche anterior, resolví retirarme en perfecto orden después de recoger unos setenta rifles que habíamos quitado a la Federación al desalojarla de sus posiciones, y algo de parque.

Ocurrió aquel hecho de armas el 7 de febrero de 1911 y fueron muy pocas las bajas que el dicho encuentro obró en mis filas.

Hecha en muy buena forma nuestra retirada, reuní mis tropas en las afueras de la población y emprendí la marcha río arriba, hasta un lugar distante tres leguas, adonde nos sorprendió la noche. Allí mandé hacer alto, por ser mucho el agotamiento de mi fuerza y venir la caballada rendida. Estaba yo, además, muy seguro de que allí el enemigo no me sorprendería, aunque no por eso dejé de tomar las providencias de costumbre poniendo mis avanzadas de exploradores.

En aquel lugar había bastante forraje, que sin demora hice echar a la caballada. Pero no disponiendo de comestibles para la tropa, ni siendo justo que mis soldados, que ya casi estaban sin fuerzas, por haber peleado todo el día como leones, siguieran sin alimento a esas horas, ordené a un extranjero, dueño de un rico establo de vacas finas instalado en aquel lugar, mandara por los ordeñadores y pusiera a disposición de mi tropa toda la leche de su ganado. Así se consumó, sin resistencia alguna por parte del dicho individuo. Y mirando yo cómo aquella leche reanimaba a mis hombres, determiné pagar al extranjero la corta suma de treinta y cinco pesos, que fue lo que él fijó como precio.

Otro día de madrugada marché rumbo a La Boquilla, punto donde una compañía estaba construyendo una presa en que trabajaban no menos de tres mil operarios. En aquel lugar se había formado un pueblito por cuenta de la misma compañía y había buen mercado y regulares tiendas de ropa. Había también en La Boquilla una pequeña guarnición de 25 hombres al mando de un comandante, fuerza que la dicha compañía pagaba de su peculio.

Por el hecho de caerles yo de sorpresa a los de la guarnición, en nada me resistieron. Llegando me apoderé de todas sus armas y quedé dueño del lugar. Desde luego el gerente de la compañía mandó tender forraje a mi caballada, y de orden suya la tropa comió en los hoteles, junto con la oficialidad. Yo y algunos de mis oficiales fuimos atendidos en la casa del dicho gerente, que nos dio trato de mucha consideración, sin que nos faltara nada. Por último, dispuso también el gerente que me dieran cuatro mil pesos en ropa, y de ese modo surtí de lo necesario a la parte de mi fuerza que no venía equipada, para lo cual me ayudaron algo los 25 rifles de la guarnición y otras armas que me dieron algunos empleados y vecinos.

Tres días pasamos en La Boquilla. Al reunir yo mis fuerzas para la marcha, pregunté al gerente que a cuánto montaba el gasto que habíamos hecho, pues quería firmarle un pagaré que él pudiera cobrar si nuestra causa triunfaba. Pero él me contestó que no, que nada debíamos por lo que habíamos tomado, y que todo el gasto era por cuenta de la compañía, porque ella lo daba gustosa en ayuda de la causa que tan noble y honradamente estábamos defendiendo. Yo entonces le di las gracias en nombre mío, de mis compañeros y de la Revolución, y emprendí mi marcha con rumbo al Valle de Zaragoza, que distará unas veinte leguas desde aquel paraje.

VIII

Pancho Villa hace en persona el espionaje de Parral, y cuando escapa y vuelve a su campamento no encuentra a sus tropas

Otro día de mi salida de La Boquilla estaba yo con mi fuerza frente al Valle de Zaragoza. Llegamos cerca de las doce del día. Pero como las tropas que protegían aquella población eran numerosas y se hallaban muy bien parapetadas, decidí no entrar. No queriendo exponer a mi gente a un sacrificio inútil, me reduje a invitar a los enemigos a que salieran a batirse conmigo fuera de la plaza.

Les decía yo: «Siempre que sea posible, es deber de los que guerrean evitar a los poblados el trastorno de los combates. Dejen, pues, el amparo de la gente civil y salgan, como militares, a batallar con los hombres revolucionarios que manda Pancho Villa».

Pero me respondieron que no, y que si de veras yo y mis fuerzas éramos lo que decíamos, que fuéramos a buscarlos a donde ellos estaban esperándonos. Según yo creo, me hacían aquel hincapié sabedores de mi imposibilidad de emprender el ataque.

Decidí entonces retirarme a una hacienda que se nombra Hacienda de la Jabonera, distante tres leguas de aquel lugar. Allí pasé la noche y me surtí de forraje y de todo lo necesario. Al amanecer emprendí mi marcha rumbo al pueblo de Santa Cruz del Padre Herrera, punto que así se llama y que se encuentra a unas veinte leguas de aquella hacienda. A él llegamos a las dos de la tarde del otro día.

Como también en aquel pueblo había una guarnición, masque fuera pequeña y formada sólo con vecinos del mismo pueblo, no queriendo yo hacer derramamiento de sangre mandé a intimarles que se rindieran. Pero también éstos me contestaron palabras descompasadas, diciéndome que si era yo hombre que entrara a quitarlos de sus posiciones. De modo que, sin más, dispuse mi gente para que a una señal convenida nos les echáramos encima por distintos rumbos y nos adueñáramos de la iglesia, lugar que por ser el más alto y dominar la población, los vecinos habían escogido para defenderse. Tomadas todas mis providencias, a la señal que indico dejamos rodeada aquella iglesia. Entonces los enemigos, mirándose cercados de aquel modo, y comprendiendo que su resistencia no les valdría de nada, dejaron sus jactancias de antes, tocaron parlamento y vinieron a entregarme sus armas y su parque. Entrando yo al pueblo, que pronto fue el verme dueño de él, procedí al nombramiento de nuevas autoridades, de las que quedó haciendo cabeza Gilbertón como jefe municipal.

En Santa Cruz del Padre Herrera me surtí de bastimento para la tropa, y luego emprendí la marcha rumbo a la sierra que llaman del Durazno, distante como seis leguas de aquel pueblo. Allí formé mi campamento. Maduraba yo el plan de dejar algunos días las tropas al mando de mi segundo para dirigirme en persona, con sólo dos de mis capitanes, a explorar de cerca y por mi propia vista los cuarteles de Parral. Porque en campaña hay pasos que son del propio deber del jefe, y no de sus subordinados, cuanto más si es tocante a conocimientos de que dependa el futuro de las operaciones. Yo entonces quería saber en qué posición se encontraban los cuarteles de Parral, y qué fortificaciones tenían, y cuál era el grueso de sus tropas, o sea, en pocas palabras, cuáles eran los elementos de defensa con que contaba aquella población.

Decidido a hacerlo, así lo manifesté a todos mis oficiales en la junta que con ellos tuve para considerar aquel paso tan importante y arriesgado que había de darse. Todos fueron de mi parecer, menos en lo tocante a encargarme yo mismo de las dichas exploraciones. Decían ellos, en su buen ánimo, que podía yo caer en alguna emboscada, o ser descubierto de cualquier manera, y que con seguridad moriría yo entonces y las tropas quedarían sin cabeza que las guiara y con el cierto destino de disolverse. Mas como, según antes digo, nadie mejor que yo había de esmerarse en la exploración del terreno para luego dirigir la toma de la plaza, declaré yo a los oficiales míos las razones del deber que me mandaba ejecutar la orden yo mismo y les anuncié mi partida para aquella misma noche, acompañado sólo de los capitanes Albino Frías y Encarnación Martínez.

Mandé, pues, ensillar los tres caballos, y después de recomendar a los oficiales y la tropa que permanecieran en el punto en que los dejaba, sin moverse para ningún lado mientras no recibieran órdenes mías, y después de encarecerles también toda clase de precauciones, marché con los mencionados capitanes rumbo a un rancho que se nombra Rancho de Taráis, para lo cual teníamos que atravesar la sierra llamada Las Cuchillas.

Al referido rancho de Taráis, que se halla a treinta y cinco leguas del punto donde quedaban acampando mis tropas, llegué otro día siguiente a las seis de la mañana. El dueño del rancho, de nombre Juan Ramírez, era amigo mío. A su casa fuimos a posarnos los dos capitanes y yo, y con él me pasé todo el resto de aquel día. Al pardear la tarde le supliqué que nos guardara nuestros caballos, lo cual hice porque siguiendo nosotros en ellos podían llamar, vista su buena calidad, la atención de las fuerzas federales. También le pedí que nos hiciera el favor de llevarnos en unos caballos flacos a Parral.

Llegamos a Parral sin rifles, y con no más armas que las pistolas. Allí supliqué al dicho señor Ramírez que, otro día, un hijo suyo viniera con unos burros cargados de carbón, y entre medio del carbón, en cada costal, el rifle de cada uno de nosotros, y que con aquellos burros llegara a descargar a la casa de Librada Chávez, una comadre que yo allí tenía y con la cual íbamos a alojarnos. También le dije que a los cuatro días volviera por nosotros con los mismos caballos flacos en que habíamos llegado.

Así entré yo esa vez en aquella ciudad de Parral, donde antes había venido a criarme hombre y donde la justicia de las familias ricas, o sea, la justicia que ya nosotros andábamos combatiendo con la Revolución, me impidió muchas veces ganarme la vida con mi trabajo honrado.

Mi amigo Juan Ramírez mandó a su hijo con los burros y nuestros rifles, y yo adquirí pronto el conocimiento de las fuerzas enemigas y sus cuarteles. Éstos eran tres en el interior de la ciudad: uno que estaba casi junto a la estación del ferrocarril; otro en el rastro, y otro en el mesón de Jesús. Había, además, en la cumbre del cerro donde se halla la Mina Prieta, un destacamento, que mandaba un capitán de nombre Alberto Díaz.

Pero sucedió que la cita que habíamos hecho para el cuarto día con mi amigo Juan Ramírez, tropezando con embarazos, no se pudo consumar. El día que regresaba él por nosotros, y conforme nos estaba esperando a orillas de la población, inspiró sospechas su espera allí con caballos de mano, y por tal motivo lo aprehendieron y se lo llevaron a la comandancia. Al ser interrogado sobre el objeto de aquellos caballos manifestó que iba en busca de una hija suya que tenía enferma en Parral, y como el Jefe de la Plaza le creyó la respuesta, luego lo dieron por libre. Pero entonces él, temiendo que lo siguieran para espiarlo, tuvo que dirigirse por fuerza a la casa de la hija que de veras tenía en Parral, con lo que se frustró nuestra salida aquella noche. Porque nosotros, no encontrándolo en el sitio convenido, pensamos que no le habría sido posible venir, de modo que decidimos internarnos otra vez por aquellos barrios y volver a la casa de mi comadre Librada Chávez.

Otro día siguiente viene a vernos Juan Ramírez y nos cuenta aquello que le había sucedido. Resolvimos entonces partir de la casa de su hija, donde estaban los caballos, aunque debiendo hacerlo ya al pardear la tarde. Así lo verificamos, y luego seguimos el rumbo a la Piedra Bola, por toda la falda del cerro, hasta venir a tomar el camino arriba de la huerta, para dirigirnos al rancho de Taráis y recoger nuestros caballos.

Pero, según salíamos al camino de las huertas, encontramos un individuo a caballo, que entonces no conocí, y del cual supe después ser de nombre Jesús José Bailón. Aquel hombre fue a denunciarnos al Jefe de las Armas de Parral, diciéndole cómo en el rancho de Taráis había visto tres magníficos caballos que a él le parecían pertenecer a jefes revolucionarios de importancia, y cómo entre aquellos caballos se le figuraba haber reconocido el de Pancho Villa, que allí andaba operando.

Sabedor de aquello, el Jefe Militar destacó en nuestra busca 150 dragones del 7° Regimiento, con órdenes de que nos aprehendieran. Cuando llegaron al rancho de Taráis yo estaba en el interior de la casa de Juan Ramírez, la cual comprendía una sola pieza, de piedra, y no tenía más que una salida, es decir, la puerta por donde se entraba. Conmigo estaba Albino Frías, porque el otro capitán andaba algo distante dando forraje a los caballos. Para este otro capitán fue más fácil la manera de huir, y lo hizo tan luego como vio entre la penumbra el cerco que nos formaban los 150 dragones y así que oyó los disparos que nos hacían para amedrentarnos y obligarnos a la rendición.

Albino Frías y yo estuvimos muy cerca de caer aquella vez. Pero es lo cierto que mirándonos ya casi perdidos, primero les hicimos a los dragones el hincapié de que allí nos íbamos a defender hasta morir, y luego nos lanzamos fuera de la casa, llevando la pistola en la mano derecha y la carabina en la izquierda y propuestos a matar a muchos antes que nos mataran a nosotros. Y lo que sucedió fue que rompimos de ese modo el cerco y logramos huir, sin más que sacar yo un ligero rozón de bala sobre la ceja derecha, no obstante el nutrido fuego que nos hacían los dragones y con ser muchos sus tiros casi a quemarropa.

Cuando yo me vi salvo, me interné por la sierra que nombran Sierra de Minas Nuevas y que tiene a su falda el rancho de Taráis. Toda la madrugada caminé por aquella sierra a pie, bajo la nevada, que era tupida y de las más fuertes. Al amanecer, encontrándome solo y sin saber siquiera la suerte de mis compañeros, decidí esconderme entre unas peñas, y entre ellas me estuve desde esa hora, dispuesto a pasar todo el día sin alimento y esperando que llegara la noche para volver a Parral y surtirme de un caballo.

Así lo hice. Ya de noche tomé el rumbo de la ciudad, y como a las dos de la madrugada conseguí llegar hasta las lomitas que están cerca de la estación. Allí permanecí hasta las cinco de la mañana. A esa hora, por el barrio de la Viborilla, entré a la población y fui a parar a la casa del maestro Santos Vega, aquel señor de quien he indicado que me dio ayuda y trabajo durante mi padecimiento de la gangrena.

Todo ese día me lo pasé en la casa del señor Santos Vega, ocultándome en una capilla que tenía su familia para venerar a la Virgen de Guadalupe. Al anochecer, en el amparo de la oscuridad, me dirigí a la casa de Jesús Herrera. Aquel otro amigo mío me surtió con un caballo, aunque sin montura, y de ese modo, o sea, montando en pelo, pude emprender mi fuga rumbo a Los Obligados, rancho que así se llama y dista como nueve leguas de Parral, y que era propiedad de un amigo que yo tenía allí, de nombre Jesús José Orozco.

Jesús José Orozco me dio alojamiento en su casa desde las dos de la madrugada del día que llegué hasta el momento de mi partida, que fue a los dos días, pues ese tiempo se pasó en curarme el rozón que traía yo en la frente. Para irme, también me dio Orozco un caballo muy bueno, ensillado y enfrenado, más cincuenta pesos en dinero, que me ayudaran en lo que se me pudiera ofrecer mientras me unía con mis fuerzas.

Habiendo salido al oscurecer, me dirigí hacia mi campamento, pero procuré pasar antes por el rancho de Taráis, para ver si podía informarme de la suerte de Ramírez y de mis dos compañeros. Allí supe que Juan Ramírez y su hijo habían sido aprehendidos por la fuerza del 7° Regimiento y llevados a Parral, sin conocerse entonces su paradero. Pero de los capitanes que me acompañaban nada había podido averiguarse, por lo que pensé que tal vez se habrían salvado y que a esas horas estarían ya al frente de sus hombres.

Poseedor de aquellas noticias, y muy triste por la prisión de mi amigo Juan Ramírez, emprendí la subida de la sierra por unos vericuetos que yo conocía, para acortar así la mucha distancia que me separaba del lugar en que había dejado mis tropas, y así, al despuntar el día, vine a encontrarme muy cerca de Santa Cruz del Padre Herrera, a poca distancia de Las Cuchillas, donde por lo destroncado de mi animal resolví descansar un poco. Me entré en un arroyo; tumbé la silla; amarré el caballo para que echara un pienso de zacate, y con la seguridad de que nadie me había de sorprender, pues yo conocía muy bien el paraje donde me hallaba, me acosté a dormir algunas horas.

Cuando me desperté, que sería más o menos conforme el sol marcaba las doce, ensillé otra vez y emprendí a buen paso el camino rumbo a mi campamento. Pero habiendo llegado al dicho lugar a las siete de aquella noche, me sucedió una terrible sorpresa que jamás me hubiera imaginado yo. Porque aquel paraje estaba desierto y todos mis hombres habían desaparecido.

Mirando aquello, muchas veces me pregunté que qué habría pasado. ¿Dónde se encontraban mis fuerzas? ¿Por qué se habían ido? Los temores y las dudas me hacían considerarlo todo como acabado en una perdición. Varias veces grité el nombre de cada uno de mis oficiales, creyendo que alguno se habría quedado para informarme de la marcha total de mis tropas; mas no existía allí alma que contestara a mi voz. Entonces me puse a buscar, y sólo encontré, en medio de las sombras de la noche, restos de las reses que mis hombres habían sacrificado. Nada más.

Al fin, cansado de tantos gritos y tanta busca, comprendí, dócil, cómo acaso estaba en mi destino llegar a encontrarme una noche rodeado tan sólo de la grande soledad de la sierra en el lugar donde debiera recibirme la compañía de todas mis tropas, de lo cual me daba yo mejor cuenta oyendo cómo se juntaban en un solo susurrar mi aliento y el de mi caballo.

Tumbé entonces la silla al suelo, amarré mi animal, y poniéndome de cabecera la montura, me acosté a dormir, resuelto a no pensar más hasta otro día, en que de seguro sabría yo la verdad de aquel misterio.

Lo hice así porque en la lucha de la guerra hay que andar siempre dispuesto a todas las sorpresas, según también el cuerpo debe enfrentarse con los extremos del cansancio y la necesidad. En la guerra nada es imposible. Unas acciones hacen juntarse fuerzas numerosas y otras las aniquilan. Unos combates se ganan y otros se pierden. Unos hombres caen muertos y otros seguimos en pie. Lo importante es no abandonar nunca el cumplimiento del deber militar.

Como antes indico, me acosté a dormir.

IX

Pancho Villa conoce a Francisco I. Madero y entonces piensa que si todos los ricos de México fueran así, no habría Revolución

La gente de Pancho Villa • Natividad García • Satevó • El compadre Fidel Ávila • Javier Hernández • Feliciano Domínguez • Encarnación Márquez • Lucio Escárcega • José Chavarría • El combate de La Piedra • Los heridos federales • El señor Madero • Bustillos • Madero en San Andrés • La conferencia de Bustillos • Hacia la frontera

Según antes he contado, al verme solo en el sitio de la sierra donde habían quedado mis tropas me acosté a dormir.

Al amanecer ensillé mi caballo y emprendí mi marcha rumbo al pueblo de San José, distante de allí unas nueve leguas. De aquel pueblo era uno de mis capitanes. Habiendo yo llegado al dicho pueblo como a las doce del día, me dirigí luego a la casa de aquel capitán, nombrado Natividad García, y allí lo encontré. Cuando le comunicaron mi visita, salió corriendo a recibirme, junto con cuatro soldados, y antes que yo tuviera tiempo de desmontar, los cinco me bajaron del caballo en brazos y me condujeron a la sala de aquella casa. Entonces fue el abrazarme y acariciarme todos y el darme y pedirme noticias de los sucesos de aquellos días.

Natividad García me explicó por qué se habían ido las tropas del lugar donde yo las había dejado. Me decía que al volver Albino Frías al campamento, se puso a contar cómo nos habían sorprendido los 150 dragones del 7° Regimiento en el rancho de Taráis, y cómo nos cercaron, y cómo los dos nos les habíamos tenido que echar encima para romper el cerco, en lo cual era seguro que hubiera muerto yo, y que mi larga ausencia así lo demostraba. Y entonces ellos, mirándose sin su jefe, resolvieron en junta de oficiales abandonar la campaña y retirarse con la gente de sus pueblos y rancherías, y que por esa causa todos habían tomado su rumbo y yo no los había encontrado.

Dada aquella explicación, pregunté yo a Natividad que si aún estaba en disposición de seguir la campaña bajo mis órdenes, a lo cual aquel capitán, levantándose de su asiento y con apariencia de hombre ofendido por mi pregunta, me contestó:

—Mi coronel, yo y todos los míos iremos gustosos con usted hasta la muerte. Si nos hemos dispersado es porque lo creíamos muerto. Pero mirando que por fortuna no ha sido así, no tiene más que ordenar, mi coronel, y será usted obedecido en el acto, como siempre.

Le contesté yo entonces levantándome también y dándole un abrazo en señal de que sabía agradecer. Esto le dije:

—Natividad, no podía esperar otra cosa de ti, y lo mismo digo de tus hombres. Anda, pues; reúne toda tu gente a la mayor brevedad posible y tenla lista para marchar, porque nos vamos mañana mismo en la madrugada.

Y lo que sucedió fue que a seguidas salió Natividad García a efectuar aquella orden, y que en dos horas quedaron reunidas sus fuerzas, pues al saberse mi aparición todos acudían llenos de entusiasmo a saludarme y todos me hacían presente la persistencia de su acatamiento y su lealtad.

La madrugada de otro día emprendimos la marcha rumbo a Satevó, que dista de San José veinticinco leguas. En aquel punto quería yo esperar a mi compadre Fidel Ávila, que era otro de los capitanes de mis fuerzas. Para eso, al pasar por Los Zancones, un rancho que así se llama, y en el cual vivía aquel compadre mío, le dejé un recado diciéndole que ya había resucitado el muerto, que su compadre Francisco Villa lo esperaba con su fuerza en Satevó. Y así fue. Otro día llegó allá mi compadre con toda su gente.

En Satevó establecí mi cuartel general. Dispuse desde luego mandar correos con comunicaciones: uno para la Ciénega de Ortiz, donde se encontraba el capitán Javier Hernández; otro a Santa Isabel, donde se encontraba el capitán Feliciano Domínguez; otro a San Andrés, donde se encontraban los capitanes Encarnación Márquez, Lucio Escárcega, José Chavarría y otros.

Luego puse en marcha el molino de aquel pueblo, para que a la llegada de los capitanes y sus fuerzas todos tuvieran suficiente harina con que abastecerse, pues no habían ellos de tardar mucho tiempo en reunir a todos sus hombres, y todavía menos en ponerse a mi lado. Así sucedió. Cada uno de ellos, al recibir mi comunicación y sentirse convencido de que yo no había muerto, volvió a organizar su gente y marchó de prisa al sitio donde estaba mi cuartel general. Y la verdad es que todos llegaron pronto a recibir mis órdenes y a felicitarme de que me hubiera salvado, protestando su adhesión a la causa y el cumplimiento de su deber.

Conforme vi junto de nuevo el grueso de mis tropas, o sea, unos 700 hombres, ordené la marcha a San Andrés. Nos llevamos cuatrocientos costales de harina, y fuimos a pasar la noche de la primera jornada en el rancho de San Juan de la Santa Veracruz. Allí un correo me comunicó que por el camino de Chihuahua venía una fuerza federal con el objeto de batirme.

Aquel correo lo recibí como a las dos de la tarde. En el acto me ocupé de organizar mis fuerzas para ir a dar encuentro al enemigo, lo que pude lograr, como a una legua de aquel rancho, en La Piedra, un paraje que así se llama.

Se trabó un combate formal entre todas mis fuerzas y las tropas de la Federación, formadas por 150 hombres de caballería, al mando de un teniente coronel. Aquel teniente coronel murió. También murieron muchos de los soldados federales, y el resto, o sea menos de cincuenta hombres, se dispersó por el rumbo del Terrero, después de tres horas de fuerte lucha. Cuando levanté el campo quedaron en mi poder caballos, armas y municiones. De mis fuerzas había habido 23 muertos y 14 heridos.

Decidí entonces marchar a la Ciénega de Ortiz para poner en lugar seguro los heridos, tanto míos como federales. Allí permanecí cuatro días. Los heridos los hice transportar a un rancho que se nombra Rancho del Almagre y que se halla en el corazón de la sierra de La Silla, seguro yo de que allá nadie nos iría a buscar.

Cuando todas aquellas providencias mías quedaron cumplidas, me dirigí rumbo a San Andrés. Rendimos la primera jornada en Santa Isabel, donde nos recibió el pueblo con demostraciones de muy buen cariño y vivas al señor Madero y al Ejército Libertador.

Otro día siguiente continuamos nuestra marcha para San Andrés, distante de aquel otro pueblo unas nueve leguas. Llegamos a la una de la tarde. El vecindario nos recibió en las afueras de la población con expresiones de simpatía y muchas aclamaciones, y fue acompañándonos hasta dejarnos en los cuarteles que ya nos tenía dispuestos, en los cuales nos dio forraje para la caballada y suficiente bastimento para la tropa y la oficialidad. Porque, según antes indico, los vecinos de San Andrés eran gente tan revolucionaria que todo cuanto tenían estaban propensos a dar en favor de nosotros los hombres de la Revolución.

Ocho días permanecimos allí sin que nada anormal nos ocurriera. Pasado ese tiempo recibí un propio del señor Francisco I. Madero, Presidente Provisional de la República Mexicana, el cual me mandaba decir que estaba en Bustillos, y que me trasladara yo sin mis fuerzas a esa hacienda, pero tomando antes mis mejores precauciones para evitar una sorpresa de los federales. Así lo hice. Efectué el viaje en seguida, y dos horas después estaba yo en la hacienda de Bustillos atento a ejecutar las órdenes que me diera el señor Presidente.

Conforme llegué, él me recibió y me hizo objeto de un trato de amistad cariñosa tan justiciera que yo no la podría olvidar. Sus palabras contenían mucha consideración para mí. Cuando no me acariciaba con lo que expresaba en ellas, lo daba a entender en la suavidad del modo con que me estaba mirando. Sintiendo eso yo, pensaba entre mí: «Este hombre es un rico que pelea por el bien de los pobres. Yo lo veo chico de cuerpo, pero creo que es muy grande su alma. Si fueran como él todos los ricos y poderosos de México, nadie tendría que pelear y los sufrimientos de los pobres no existirían, pues entonces todos estaríamos cumpliendo nuestro deber. Porque ¿cuál ha de ser la ocupación de los ricos si no trabajan por sacar de su miseria a los pobres?». Así pensaba yo.

Me dijo él:

—¡Hombre, Pancho Villa, qué muchacho eres! ¡Y yo que te creía un viejo! Quería conocerte para darte un abrazo por lo mucho que se habla de ti y por lo bien que te estás portando. ¿Cuánta gente tienes?

Le contesté yo:

—Setecientos hombres mal armados, señor Presidente.

Pero la verdad es que nuestra plática no duró mucho tiempo, pues habiéndole expuesto yo la facilidad con que en una noche podían trasladarse de Chihuahua a San Andrés las tropas federales, le dije luego que creía de prudencia volver pronto al frente de mis fuerzas para evitar cualquier sorpresa o para dirigir el combate.

Él me contestó:

—Está muy bien, Pancho; vete, y mañana en un tren voy a hacerte una visita. Estaré en San Andrés de diez a doce de la mañana.

Y entonces me despidió con un abrazo muy cariñoso.

Luego luego emprendí el regreso, con lo que en horas de la tarde llegué a San Andrés. Aquella noche mandé reunir una junta de oficiales en la cual tomé mis providencias y di mis órdenes para organizar otro día una arreglada formación. Porque deseaba yo recibir al señor Madero, que era el Presidente de nuestra República y el jefe de nuestra Revolución, tendiendo toda mi gente a caballo desde la estación del ferrocarril hasta el centro del pueblo.

Así se ejecutó. Cuando el señor Presidente bajó del tren, ya estábamos esperándolo allí las principales autoridades y yo, Pancho Villa. Fue recibido con gritos de ¡viva Madero!, ¡viva el caudillo de la democracia!, ¡viva la libertad!, ¡abajo la dictadura!, más otras aclamaciones así, a las cuales respondía él con muchos saludos de agradecimiento. Luego lo acompañé yo hasta subir en un buggy que ya estaba preparado, y de ese modo, estando yo junto de él y pasando los dos entre las filas de mis fuerzas, el señor Madero recorrió los tramos que van de la estación al pueblo y observó, hombre tras hombre, el estado de mi gente.

Llegamos hasta el palacio municipal, de donde luego salimos otra vez para trasladarnos al quiosco. Desde aquel lugar, el señor Presidente dirigió la palabra a mis fuerzas, que ya se encontraban allí, reunidas alrededor de la plaza. Oyéndolo se comprendía por qué aquel hombre podía mandarnos y guiarnos, y por qué todos los hombres revolucionarios estábamos obligados a triunfar o a morir con él. Mi gente lo escuchó queda y luego lo vitoreó con entusiasmo muy grande.

Acabado aquello, nos volvimos para la estación, siempre por delante mi gente, que no paraba de aclamarlo. Allí, en una humilde casa de junto a la estación, comimos con él, y mientras nosotros comíamos, mi tropa permaneció firme en señal del mucho respeto que le debíamos como Presidente y como jefe de nosotros los revolucionarios.

Cuando salió de aquella humilde casa para dirigirse a la estación, mi gente volvió a tributarle sus aclamaciones. Él aceptaba como con cariño; contestaba a todos mis soldados con los más amables de sus saludos.

Antes de tomar el tren me dejó sus órdenes. Me dijo él:

—Pancho, mañana te espero en Bustillos a las diez en punto de la mañana. No lleves contigo más que una pequeña escolta.

Y otro día siguiente, al presentarme ante él en la dicha hacienda, me habló así sus palabras:

—Pancho, te he citado aquí para que tengamos una conferencia Orozco, tú y yo.

Aquella conferencia se efectuó en seguida. Era para considerar si sería prudente el ataque a la capital de Chihuahua, a lo cual me opuse yo, exponiendo mis razones.

Dije estas palabras:

—Señor Presidente, según mi parecer, la toma de Chihuahua no debemos intentarla, pues carecemos de suficientes municiones para sostenernos en aquella ciudad. Hombres nos sobran y todos ellos son valientes. Esto lo prometo sin ninguna vacilación. Pero es lo cierto, señor, que sería buscar un fracaso no estimar bien nuestra falta de municiones. Así pues, creo en mi humilde opinión que debemos seguir haciendo la campaña con el sistema que nombran guerra de guerrillas, procurando siempre acercarnos a la frontera, donde nos abasteceremos de armas y parque, y entonces, conforme yo pienso, no habrá embarazos ningunos para intentar lo que ahora se pretende.

Me respondió él:

—Pancho, soy yo de tu mismo parecer, y creo que con esa táctica el triunfo de nuestra causa será completo.

Y entonces se dirigió a Pascual Orozco. Ésta fue su pregunta:

—¿Qué opina usted, don Pascual?

Pascual contestó:

—Eso me parece lo más acertado, señor Presidente.

Los tres de un solo parecer sobre el sistema de campaña que debía seguirse, el señor Madero nos manifestó que para efectuar más rápido el movimiento haríamos uso del ferrocarril. Me ordenó entonces que saliera para San Andrés a mirar el arreglo de todo lo necesario, y que disponía que mis fuerzas se embarcaran al día siguiente en dos trenes que él iba a enviarme.

Así lo hice. Marché en el acto a San Andrés, y conforme llegué, todas aquellas providencias quedaron cumplidas.

Según él lo había ordenado, otro día embarqué en los dos trenes mi caballada y mi gente y me puse en marcha hacia la hacienda de Bustillos. Cuando llegamos, las demás fuerzas estaban ya embarcadas. Entonces salimos todos hacia San Pedro, pero no conseguimos llegar hasta allá porque la fuerza de las máquinas no era bastante para arrastrar los carros del convoy, que resultó muy pesado. O sea, que con muchos trabajos fuimos a amanecer en San Antonio de los Arenales, un punto que así se llama y que está a cinco leguas de Bustillos.

Mirando aquello, otro día siguiente decidimos cambiar el movimiento. Pensamos que las máquinas, remolcando por partes el convoy, lo podrían llevar hasta la estación de Pedernales, lugar donde termina lo más pesado del camino, que es de subida hasta allí, y que luego, siendo de bajada la otra parte, el convoy podría avanzar todo junto hasta Temósachic. Allí habían de esperarnos más locomotoras, para lo cual telegrafiamos diciendo que a nuestra llegada cuatro estuvieran listas.

Así se hizo, y así remediamos las dificultades de la noche anterior.

X

Pancho Villa se convierte en el más esforzado ejecutor de las órdenes del señor Madero

Las Varas • Los jefes Salazar, García y Alaniz • Una orden del señor Madero • «¡Muchachos, a lo que venimos, venimos!» • El combate de José Orozco en Estación Bauche • Raúl Madero • Un tren de Ciudad Juárez • La levantada del campo • El sarape del señor Madero • Los cien caballos de Villa • Giusseppe Garibaldi y sus cien filibusteros

En Temósachic enganchamos aquellas nuevas locomotoras, y luego seguimos nuestra marcha hasta Las Varas, donde nos apeamos todos del tren para dar un día de descanso a las tropas y a la caballada. Amaneciendo otro día siguiente, emprendimos la marcha pie a tierra hasta Pierson, punto que así se llama y en el cual nos aguardaban otros trenes.

Sólo mis fuerzas y yo salimos desde luego en aquellos otros trenes. Pero el señor Madero me ordenó que me detuviera en Estación Guzmán y apeara allí la caballada y la gente hasta que llegara a reunirse con nosotros el resto de la columna. Así lo hice.

A los tres días llegaron las otras fuerzas. Uno o dos días después, el señor Presidente me mandó llamar a su alojamiento, que era la estación. Conforme llegué ante él, me cogió del brazo y salió andando conmigo por la vía del ferrocarril hasta encontrarnos fuera de las líneas de las tropas. Aquel era paraje donde nadie nos escuchaba. Entonces se expresó él conmigo en los siguientes términos:

—Pancho, ya no hallo qué hacer. Ya no como ni duermo tranquilo. Los jefes Salazar, García y Alaniz me mandan cartas altaneras, tratando de desconocerme, y hacen propaganda entre la tropa para lograr su propósito. A Orozco le he ordenado dos veces que desarme esa gente, pero él me contesta que al consumarlo tendrá que correr mucha sangre. ¿Tú qué dices de esto, Pancho?

—Señor Presidente, yo hago lo que usted me ordene. Si usted me manda que desarme esos jefes, los desarmo a ellos y a sus tropas. Yo le prometo que no pasará de haber ocho o diez muertos, a lo sumo.

Y él me dijo entonces:

—Pancho, no queda otro remedio que hacerlo. Hazlo tú.

Acabada aquella plática secreta, acompañé a sus habitaciones al señor Presidente, y sin perder ni un segundo me dirigí a mi campamento. Mandé formar quinientos hombres de los mejores, poniendo a cada cien un capitán primero y un segundo. Luego, según estaban ya listos para la acción, les hablé en forma de poner su ánimo propenso a lo que íbamos a intentar. Porque hay horas de la guerra en las cuales un jefe, por grande confianza que tenga en su gente, no debe aventurarse a ciegas, es decir, sin amonestar antes a sus hombres sobre la certidumbre del peligro que les aguarda, pues sabiendo ellos entonces a lo que se exponen, crecen de espíritu y, si en verdad son buenos, entran en combate sin que los riesgos de la sorpresa los aminore.

Les dije yo aquella vez:

—Compañeritos, el ciudadano Presidente me ordena el desarme de las fuerzas de Salazar, García y Alaniz. Yo creo contar con ustedes para tan delicada misión, y espero que tanto los deseos del señor Presidente quedarán satisfechos, como serán ejecutadas al pie de la letra las órdenes que yo les voy a dar tocante a este negocio.

Y me contestaron todos:

—Se hará como usted ordene. Desarmaremos esas fuerzas.

Entonces mandé desfilar de dos en fondo, yo a la cabeza de mis hombres, y cerqué el campo de los referidos jefes. Luego, penetrando en el campamento pistola en mano, grité a mis tropas:

—¡Muchachos, a lo que venimos, venimos! Que era la contraseña convenida.

Con grande energía, y a la voz de mando, el cerco que habíamos formado se abalanzó entonces sobre las fuerzas de Salazar, García y Alaniz. Y en cuatro minutos les quitamos todas sus armas y parque, y todo quedó en poder de mi gente sin que hubiera habido un solo muerto, aunque sí uno que otro golpeado entre los que trataron de hacernos resistencia.

Una vez consumado aquel desarme, hice llegar a presencia del señor Presidente los jefes prisioneros. Le di cuenta de que su orden estaba cumplida sin muertos ni heridos, sino con sólo golpeados, y todas las armas y municiones en mi poder. Como el señor Presidente me diera orden de entregar a Orozco todas aquellas armas y parque, yo lo hice así y luego me retiré con mis fuerzas a mi campamento.

Otro día siguiente el señor Madero dispuso que José Orozco saliera con ciento cincuenta hombres por ferrocarril hasta la estación que se nombra Estación Bauche. Allí desembarcó el dicho jefe y trabó combate con las tropas que mandaron de Ciudad Juárez para batirlo; y como durara aquel combate toda la tarde, y Orozco viera que el asunto se le enturbiaba, envió unos correos al señor Presidente, diciéndole que necesitaba el auxilio de unos refuerzos.

El señor Madero me ordenó entonces que saliera yo con mis fuerzas rumbo a la referida estación, por la línea del ferrocarril. Yo empecé desde luego a embarcar cien caballos de los mejores y toda la tropa, y después de mandar el resto de mi caballada con diez hombres hacia Casas Grandes, marché al frente de mis fuerzas a prestar mi auxilio a José Orozco.

Logré llegar a Estación Bauche como a las doce de otro día siguiente, hora en que comenzaba el segundo combate. Desde luego tomé participación. Conforme desembarcaba mi tropa, la disponía yo y la destacaba en columnas para que entrara en acción combinada con la que ya estaba librando José Orozco. El fuego recreció de una manera formal desde la una de la tarde hasta las cinco, y hubo ocasiones en que parte y parte de ambas fuerzas llegaron a pelear cuerpo a cuerpo. Pero sucedió que a las cinco nosotros logramos desorganizarlos a ellos, y aprovechándonos de eso, entonces los obligamos a retirarse en desbandada rumbo a Ciudad Juárez, donde tal vez se juntarían de nuevo.

Como empezaba a entrar la noche, no nos fue posible levantar el campo, aunque sí recogimos las armas y municiones que los federales no pudieron recobrar en la violencia de su fuga. Es decir, que por el momento quedamos ignorantes de las bajas que había habido de una parte y de otra, pues sólo teníamos en nuestro poder cinco prisioneros de tropa; pero nos hallábamos en tan buenas posiciones que decidimos permanecer allí hasta otro día.

En este combate, librado el 16 de abril de 1911, tomó parte el hermano del señor Presidente, Raúl Madero, que se portó con bastante valor.

Aquella noche, como a las diez, vimos acercarse un tren que venía del norte. Creyéndola el grueso de la columna federal, que podía haber salido de Ciudad Juárez en su ánimo de auxiliar a las fuerzas que ya habíamos derrotado, resolvimos José Orozco y yo permanecer sobre nuestras posiciones y esperar a que amaneciera para entrar en combate.

Fue, pues, muy grande nuestra sorpresa y nuestra decepción al ver de madrugada que lo que nosotros suponíamos una fuerte columna era tan sólo una escolta de cincuenta hombres que llevaban un cañón y una sección de ametralladoras. Mirando ellos el estado del campo, que alumbraba a su vista la luz del alba, lograron así librarse de nosotros, pues si llegamos a sospechar lo que de veras resultó ser aquel convoy, de seguro que lo hubiéramos hecho nuestro.

Tan pronto como acabó de amanecer, empezamos a levantar el campo, y luego dimos sepultura a los cadáveres de unos y de otros. Federales eran cuarenta y nueve; nuestros, nueve muertos y veintitantos heridos. Pero como poco después vimos aproximarse una avanzada federal, tuvimos que suspender el final de aquella tarea. Es decir, que dejamos sin sepultura varios cadáveres.

Aquel día, al llegar el grueso de nuestras fuerzas, emprendimos por tierra la marcha al rancho que nombran Rancho de Flores, situado en la margen del río Bravo. Allí fuimos recibidos cariñosamente por las familias pobladoras, aunque llegábamos sin que nos acompañara el señor Madero. Porque el señor Presidente caminaba a pie, igual que todas las tropas, de modo que una parte de la gente hacía jornadas breves para servirle de escolta y no fatigarlo mucho en la travesía.

Otro día siguiente, despuntando la mañana, el señor Madero llegó al referido rancho con toda la sección de la columna entre la cual marchaba él. Iba tapado con un sarape pinto, que lo hacía confundirse con los hombres de la tropa, y debido al cual, al verlo, podía habérsele tomado por un soldado cualquiera y no por el ciudadano Presidente de la República.

Ese día descansaron el señor Madero y el resto de la columna en aquel rancho, donde al entrar la noche nos presentamos los jefes a rendir el parte de las novedades ocurridas durante el día. Todos manifestamos entonces al señor Presidente que se nos acababa el agua, que la que había allí en un pequeño presón, pues ése era el único aguaje de que podía disponerse, había sido consumida por mis cien caballos y todas las fuerzas. O sea, que no pudiendo continuar por eso en aquel paraje, se decidió entonces, por indicación del señor Presidente y con el acuerdo de todos los jefes, emprender al otro día nuestra marcha hasta venir a acampar en las meras orillas del río Bravo.

Se consumó el movimiento como a las doce del día. Llegaron primero al nuevo campamento las fuerzas de los demás jefes, que acompañaban al señor Madero, esperando las mías a que regresara yo de una exploración que se me había encomendado después de resolverse la mudanza. Yo, al frente de mis tropas, fui el último en llegar, todos mis hombres en arreglada formación, al campamento nuevo, que ya se había instalado. Según son mis recuerdos, eso pasaba el día 20 de abril de aquel año de 1911.

Me presenté yo al señor Madero para que me designara sitio donde acampar con mis fuerzas, y me dio él orden de hacerlo a la parte norte de Ciudad Juárez, río abajo del lugar que prestaba su asiento al grueso de la columna. Así se efectuó. Mi gente hizo campo casi a las puertas de la ciudad, y yo dicté mis providencias, y tomé todas mis precauciones para evitar alguna sorpresa del enemigo. Cada dos horas rendía al Cuartel General parte de las novedades que ocurrían.

Porque la situación de nuestra fuerza en aquel paraje presentaba tan grandes peligros y dificultades, que a no ser por los cien caballos que yo llevaba, nos hubiéramos visto obligados a retirarnos en busca de otro lugar mejor surtido de bastimento, pues allí no nos permitían pasar de los Estados Unidos ningún artículo de primera necesidad. Mirándolo yo, y considerando cómo la gente se encontraba sin lo más preciso para subsistir, propuse al señor Presidente y a Pascual Orozco que de mis cien caballos se hicieran cuatro escoltas, de veinticinco cada una, y que saliendo alternadas a Estación Bauche, distante diez leguas de allí (por el rodeo que había que dar para evitar sorpresas de las avanzadas federales), en unos viajes nos surtieran de harina, en otros de maíz, azúcar y café, en otros de ganado y en otros de todo lo demás. Así se hizo. Según iban llegando aquellos bastimentos, se repartían a toda la división; y de esa manera logramos sostenernos, aunque es lo cierto que no sin muchas dificultades.

Tuve yo por aquellos días un altercado con el filibustero italiano Giusseppe Garibaldi, que traía cien hombres, todos filibusteros como él, italianos unos y norteamericanos otros. Lo que sucedió fue que estando descansando yo un día a la sombra de mi tienda, se me presenta un soldado de mis fuerzas y me pide permiso para hablar conmigo. Yo le contesto que me diga lo que quiere. Él me dice:

—Mi coronel, al pasar por el campamento del coronel Garibaldi, éste me mandó desarmar y ahora no quiere devolverme ni mi rifle ni mi parque. Se lo comunico a usted para su debido conocimiento.

Interrogué yo entonces al soldado sobre los motivos que el Garibaldi podía tener para desarmar así un hombre mío; y como él insistiera en que su solo delito era haber ido de paso por aquel campamento, decidí poner al referido Garibaldi un recado de mi puño y letra. El recado contenía esto: «Señor Garibaldi, tenga usted la bondad de entregar a mi soldado su rifle y su parque. Si usted tiene algún motivo de queja contra él, pase a exponerla, que yo no me meto con su tropa de usted para que usted no se meta con la mía. – *Francisco Villa*».

El mismo soldado llevó el dicho papel, y el Garibaldi me contestó al reverso lo siguiente: «Señor Francisco Villa, no entrego nada de rifle ni de parque. Si usted es hombre, yo también lo soy. Pase, si quiere, a recogerlos. – *Giusseppe Garibaldi*».

Mirando yo aquella respuesta tan descompasada, me indigné, señor. Porque además de que mi papel me parecía, según yo opino, demasiado atento, y en nada ofendía a Giusseppe Garibaldi, él por el contrario daba muchas muestras de querer tener conmigo violencias o querellas. Y más arreciaba mi indignación, considerando yo que se trataba del proceder de un filibustero que, no contento con venir a entremeterse en nuestros asuntos, pretendía rebajar mi reputación de hombre valeroso, cosa que yo no podía sufrir, ni por mí mismo ni por el bien de la causa que andábamos defendiendo. Mandé, pues, en el acto, montar treinta hombres de los más aguerridos que había entre mi gente, y sin más, me dirigí al campamento del referido Giusseppe Garibaldi.

XI

Pancho Villa y Pascual Orozco logran provocar, contra el parecer del general Viljoen, el ataque a Ciudad Juárez. A espaldas del señor Madero hacen su plan y de ese modo consiguen el triunfo definitivo de las armas revolucionarias

La respuesta de Garibaldi • Un soldado mexicano • Los intrusos • Un abrazo delante de Madero • Pascual Orozco • Conciliábulos de Pancho Villa • El general Viljoen • Órdenes del señor Presidente • El plan secreto • La «Esmelda» y el «Rokail» • Los quince hombres de José Orozco • Empieza la batalla

Al frente yo de mis treinta hombres, me encontré a Giusseppe Garibaldi como a cincuenta pasos de su campamento. Le marqué el alto. Le eché en cara su mal proceder. Le dije yo:

—Ni usted ni toda su gente junta implican nada para mí, señor. Para demostrárselo vengo tan sólo con treinta hombres, masque sean buenos, como todos los míos, pues con ellos me basto yo y me sobro para recoger no tan sólo el rifle y el parque de mi soldado, tocante a lo cual ya no hay nada que decir, sino también las armas de usted y sus municiones, y las de cada uno de los soldados intrusos que son a sus órdenes. Y todo esto, señor Garibaldi, es con el ánimo de convencerlo de que yo sí soy hombre, y no hablador como usted.

Como él me dijera entonces que también era muy hombre, le eché encima el caballo y le di con la pistola un golpe en la cabeza, del cual él se resintió. Yo le añadí:

—¡Entrégueme esa pistola que trae ceñida al cinto, don tal!

Y mustio y callado, él, que hacía un momento quería aparecérseme una pantera, se convirtió en cordero, y sin replicar nada se quitó la pistola, que me dio junto con la espada y el rifle, tras de lo cual le ordené yo, sin más, la entrega de todas las armas de sus soldados.

Retrocedió él los pocos pasos que lo separaban de su campamento. Formó sus cien hombres, pues no tenía otros. Les mandó entregar sus armas a mis treinta soldados, que todo aquel tiempo habían permanecido neutrales esperando alguna orden mía. Y hecho el desarme sin que ocurriera ninguna peripecia, le dije yo:

—Señor Garibaldi, que esto le sirva a usted de ejemplo para que otra vez sepa que los mexicanos no consentiremos ser ultrajados por ningún extranjero, y para que alguna vez, si llega ese caso, pueda usted decir, para orgullo de mi patria y como cosa que le consta, que México cuenta con hombres de resolución dispuestos a dejar la vida en cualquier lugar por defender el buen concepto que tienen formado de esta nuestra raza y de este nuestro valor las naciones extranjeras. En una palabra, señor Garibaldi, esto, además de serle vergonzoso, porque es vergonzoso, ha de servirle para que en otra ocasión sepa que a un soldado mexicano se le trata con respeto, mayormente con precaución, y que a todos los extranjeros que traten de humillarnos nosotros les demostraremos, como yo a usted, que no son hombres para el caso. Así pues, aquí lo dejo en su campamento en absoluta libertad, y todavía debe agradecerme que no lo fusile.

Y luego luego me marché con mi gente, que llevaba las armas y municiones quitadas a los referidos filibusteros de quien se hacía pasar por descendiente directo de un grande hombre liberal italiano.

Unas dos horas después del desarme de Giusseppe Garibaldi se apareció en mi tienda de campaña un ayudante del señor Presidente. Me dijo que el señor Madero quería verme desde luego. Le contesté que estaba bien, que ya iba para allá. Y conforme lo dije, y sólo acompañado de un ayudante mío, marché en seguida a ponerme delante del ciudadano Presidente de la República.

Al quedar a solas con él, me dice así sus palabras:

—¡Hombre, Pancho! ¿Por qué has desarmado tú a Garibaldi?

Pero yo entonces, significando con eso mi respuesta, le di el papel donde estaba escrito, por una cara, el recado mío al Garibaldi, y por la otra, su contestación.

El señor Presidente leyó ambos lados del papel; luego los volvió a leer, y luego, como por encanto, fueron borrándosele del rostro las señales que allí había de descontento por mí. Al notarlo yo, comprendí que el filibustero

Garibaldi, dando otra prueba de su pequeñez, había ido a inventar alguna fábula que le favoreciera ante los ojos del señor Madero y que a mí rebajara, o más bien, que empañara mi nombre, masque sólo fuera por un momento. Pero es lo cierto que mirando el señor Presidente aquellas pruebas que yo le entregaba, las cuales iban escritas por los dos, y firmadas también por los dos, quedó convencido, en su buen ánimo, de que una vez más Pancho Villa había procedido en su legítimo derecho, y también en servicio del honor nacional. Porque entonces cambió de tono el señor Madero y se expresó conmigo en palabras cariñosas, tocante a las cuales me daba palmadas en el hombro.

Me dijo él:

—Pancho, yo quiero que Garibaldi y tú vuelvan a mirarse como buenos amigos. Tú haces lo que yo te mande, ¿no es verdad?

Le contesté yo:

—Sí, señor. Yo hago todo lo que usted me mande.

Entonces él me dijo:

—Pues voy a mandar traer ahora mismo a Garibaldi para que los dos se den un abrazo delante de mí, y después vas tú y le entregas sus armas.

Yo le contesté:

—Está bien, señor Presidente; se hará todo lo que usted ordene.

El Garibaldi fue llamado, nos dimos un abrazo en presencia del señor Madero y luego marchamos juntos a mi campamento, donde le hice entrega de sus armas y municiones, con lo que acabó la dicha peripecia.

En varias juntas que habíamos tenido los principales jefes de la Revolución, y las cuales presidía el señor Madero, se había estado mirando la posibilidad o la imposibilidad de tomar la plaza de Ciudad Juárez. El señor Madero opinaba siempre que aquel intento era muy arriesgado, y se sometía siempre al parecer de un general boero, de apellido Viljoen, según el cual resultaba imposible para cualquier ejército la toma de aquella plaza, por sus muchas y muy grandes fortificaciones. Es decir, que no obstante que Pascual Orozco y yo insistimos muchas veces en que, al menos por dignidad, debíamos arriesgar el asalto, pues era vergonzoso retirarse sin siquiera intentarlo, el señor Presidente no dejaba de manifestarnos su oposición en aquel negocio de tan grandes consecuencias.

En eso estábamos cuando el mismo día que desarmé yo al Garibaldi y le devolví sus armas, Pascual Orozco me vino a buscar.

Me dijo él:

—¿Qué piensa, compañero, que debemos hacer tocante a la toma de Ciudad Juárez? Ya usted ve que el señor Presidente es de opinión que no ataquemos la plaza y que nos vayamos para Sonora.

Le contesté yo:

—Pues según yo pienso, compañero, debemos lanzarnos al ataque, porque la verdad es que toda la gente nos tacharía de cobardes al considerar que nosotros, después de tantos días de permanecer aquí con un propósito, nos retirábamos sin hacer nada. Creo que por dignidad de hombres revolucionarios debemos arriesgarnos al ataque, y soy de opinión que mandemos algunos hombres de la gente de José Orozco a que se acerquen a provocar las avanzadas federales, lo que las obligará a tirotearse con ellos. Nosotros, al oír el tiroteo, haciendo como que no sabemos nada, destacamos una poca de gente con el pretexto de ver qué es lo que pasa, pero con la consigna de ayudar a los nuestros. Entonces los federales tendrán que mandar refuerzos a los suyos. Y de esta manera, paso a paso, iremos encendiendo la mecha hasta que ya no sea posible contener nuestra gente, que, como usted sabe, anda ardorosa y propuesta a la toma de Ciudad Juárez. Una vez los ánimos en ese estado, ¿qué podemos hacer nosotros, compañero? Manifestamos al señor Presidente que la cosa ya no tiene remedio, y que no hay más que organizar nuestras fuerzas y proceder de modo decidido al asalto y toma de la población para alcanzar al final la victoria o la muerte. Entonces él, viendo las circunstancias expuestas de esa manera, no tendrá otra opción que acceder a nuestros deseos. ¿Qué le parece, compañero?

Pascual Orozco me contestó:

—Me parece bien.

Y entre los dos quedó convenido que al pardear la tarde se comunicarían a José Orozco, con muy grande reserva, nuestras primeras providencias. Es decir, que él tenía que mandar quince hombres que fueran bajando la corriente del río hasta provocar a los federales, pero sin internarse en la población, sino más bien procurando atraérselos fuera de las casas.

Para que no se sospechara que nosotros éramos los autores de la estratagema, Pascual Orozco y yo atravesamos esa tarde el río por la parte de la Esmelda, una fundición que así se nombra, y nos fuimos a quedar la noche en El Paso.

Tal como lo quería nuestra orden, así se cumplió. Otro día siguiente, a la hora indicada, oímos el tiroteo que según nuestro conocimiento tenía que ocurrir. Preguntando, como quien nada sabe, que qué sucedía, nos dijeron:

—Pues que ya los suyos y los federales se están agarrando.

Pascual y yo tomamos entonces un automóvil cada uno y dimos orden de que a grande velocidad nos llevaran hasta la Esmelda. Allí llegamos los dos al mismo tiempo, y los dos nos apeamos junto al puente colgante del ferrocarril que llaman de Rokail, por donde pasamos juntos y con mucha prisa.

Ya en nuestro terreno encontramos allí con que el señor Presidente nos sale al paso. Nosotros seguíamos con el fingimiento de no saber nada, por lo que le preguntamos cuál era la causa de aquel suceso. Nos dice él:

—¡Qué ha de pasar, hombre! Que ya algunos de nuestros muchachos se están tiroteando con los federales. Vayan inmediatamente, vayan a retirar esa tropa de allí.

Le contestamos Pascual Orozco y yo:

—Está muy bien, señor Presidente.

Y los dos nos retiramos, pero no con intenciones de alejar la fuerza que andaba en el tiroteo. Antes es la verdad que en seguida mandamos cincuenta hombres más que ayudaran en su pelea a los otros quince.

Se nos aparece de allí a poco el señor Madero y nos dice:

—¿Qué sucede con esa gente? ¿No han conseguido retirarla?

Nosotros le respondemos:

—No, señor. Nos comunican que aquellos hombres andan muy dispersos y que no los han podido juntar por lo muy fuerte del tiroteo.

Él nos repite:

—Pues a ver qué hacen, pero inmediatamente hay que retirar esa fuerza de allí.

A lo que le contestamos los dos:

—Está muy bien, señor Presidente. Mandaremos más fuerza, a ver si se consigue reunirlos.

Y así lo hicimos, sólo que aquella otra gente iba también con la consigna de avivar todavía más la mecha, que ya estaba ardiendo.

Empezaba a oscurecer cuando el señor Madero vuelve a presentársenos.

Nos habla entonces con acentos de contrariedad; nos expresa las siguientes palabras:

—¿Qué sucede, por fin? ¿Retiran o no retiran esa gente?

Y allí fue el contestar nosotros según de antes estaba previsto. Le dijimos los dos:

—Señor Presidente, esa retirada es ya imposible. Los ánimos andan muy exaltados. La gente toda ya no quiere más que pelear, y en estas condiciones nos resulta muy difícil, y creemos nosotros que de mucho riesgo, el tratar de contenerla. No hay, pues, más remedio que disponer en forma el ataque de la población, o dejar morir uno a uno los hombres que ya están peleando y granjearnos de ese modo la malquerencia de todas las tropas, que verán en nuestros actos señales de cobardía y anticipos de ruina para la causa.

Yo comprendí entonces, según el señor Madero escuchaba lo que decíamos, que si vacilaba él ante el ataque a Ciudad Juárez no era por falta de fe. Era por sentir mucho su responsabilidad de jefe de la Revolución. Nosotros, en nuestro ardor de hombres militares, atendíamos por encima de todo al mero azar de la guerra. Como hombre civil, y como responsable del futuro revolucionario, él esperaba, en favor de la Revolución, la alianza de los acontecimientos políticos que van produciéndose con el correr del tiempo. Y yo no niego que la razón podía estar con él; pero la verdad es que, según yo creo, entonces estuvo con nosotros.

El señor Madero nos contestó:

—Pues si es así, ¡qué le vamos a hacer!

Orozco y yo, que sólo esa orden esperábamos para determinar lo más conveniente, concertamos en pocos minutos todo el plan de aquel ataque. Nuestras disposiciones fueron así: que él entraría por el río con quinientos hombres hasta tomar la Aduana; que José Orozco, con doscientos hombres más, avanzaría por donde ya estaban agarrados los federales y los nuestros, y por último, que yo atacaría por la parte sur, o sea, por donde se encuentra la estación del Ferrocarril Central.

Dadas nuestras órdenes y tomadas nuestras mejores providencias, ambos jefes, Pascual Orozco y yo, Pancho Villa, dispusimos en muy buen orden nuestra gente, y siguiendo los derroteros que tuvimos por más favorables, emprendimos nuestra marcha hacia los puntos que nos habíamos asignado para comenzar el ataque.

Aquel día, 8 de mayo de 1911, no se debiera olvidar entre los hombres revolucionarios. Porque Orozco y yo, que éramos en verdad los jefes directos de las tropas de la Revolución, habíamos conseguido trabar los hechos de manera propia para nuestra acción. A espaldas del señor Madero, que era el Presidente de nuestra República, pero no hombre militar, nosotros estábamos poniendo los medios de alcanzar una gran victoria, o de morir en el combate. Así lo manda a veces el deber de la guerra. A un jefe civil puede ocultársele lo que más abajo ven los ojos militares de sus subordinados, y si lo que se juega entonces es todo el bien de una campaña, cuanto más de una revolución, el subordinado, si es de veras hombre militar, debe desde su puesto de obediencia dar oído a su deber; o sea, debe recobrar él con maña la dirección de las cosas militares.

XII

Pancho Villa hace gran papel en la toma de Ciudad Juárez y sabe portarse como noble y generoso vencedor al lado de don Francisco I. Madero

El cementerio de Ciudad Juárez • El corralón de los Cow-boys • La estación del Ferrocarril Central • Las casas y paredes de Ciudad Juárez • Una columna poderosa • El general Juan J. Navarro • Las derrotas y el destino • Rendición • La opinión de Viljoen • Muertos y prisioneros • El pan de la tropa • Un convite en El Paso • Villa como anfitrión • El honor de los oficiales federales

Para el ataque a Ciudad Juárez, yo hice mi derrotero por el lomerío que va a dar al panteón. Estuve toda la noche cerca del dicho panteón, metido con mis fuerzas en uno de los arroyos que por allí pasan.

En aquel sitio me puse a meditar cómo haría yo lo más conveniente para poder entrar bien en lucha con el enemigo a las cuatro de la mañana. Pascual Orozco y yo habíamos resuelto aquel ataque menospreciando la opinión del señor Madero. Era mucha y muy grande nuestra responsabilidad. Considerando, además, las buenas fortificaciones de los federales, los riesgos que aguardaban a nuestras tropas podían acrecentarse si no poníamos acierto en cualquiera de nuestras providencias. Y más lo pensaba yo así sintiendo quedo en las sombras de la noche el campamento de mis soldados junto al camposanto. El jefe militar que siente dormir sus fuerzas la víspera de un combate que él prepara, no logra acallar, si es jefe que quiere a sus soldados, el rumor que la muerte hace en cada uno de sus hombres dormidos.

Yo formé mi plan. Y lo que sucedió fue que a la dicha hora, es decir, a las cuatro de la mañana del 9 de mayo de 1911, logré llegar con mi gente

90

hasta cerca de las bodegas de Kételsen, un comercio que así se llama, y allí rompí el fuego.

Porque conforme nos sintieron por aquella parte, nos gritaron el «¡quién vive!» desde la escuela que está frente a las dichas bodegas. Allí había una ametralladora que me causó algunas bajas y me desbarató un poco mis filas. Yo entonces traté de seguir. Pero como luego viera que estaba flanqueado, pues en el corralón que nombran de los Cow-boys había, fortificada, tropa de caballería que me hacía fuego, y desde la bocacalle inmediata, afortinada con vigas y costalera de arena, me mandaban también descargas cerradas, que en combinación con las otras me embarazaban cualquier movimiento, decidí sin más replegarme hasta la estación del Ferrocarril Central.

En el patio de aquella estación había muchos durmientes apilados. Con ellos me atrincheré. Y fuerte ya detrás de aquel abrigo, pude con calma desarrollar mi ataque contra la escuela y demás fortificaciones que he indicado. Di mi preferencia al asedio del primer punto, porque ése era por su poder, que nombran estratégico, de grande valor, para lo cual no consentí que el enemigo llevara allá ningún refuerzo, ni que se surtiera de bastimentos de boca, ni que renovara su parque. De ese modo logré que el dicho punto fuera desalojado y que, ya de noche, quedara en poder de diez de mis hombres, los cuales pudieron entonces dirigir desde aquella nueva posición certeros disparos sobre el corralón de los Cow-boys y los parapetos de la calle inmediata.

Los federales, mirándose cogidos así a dos fuegos, procedieron a replegarse en dirección de su Cuartel General. Nosotros avanzamos entonces por el interior de las casas, que nos servían de disimulo y nos amparaban. Conforme progresaba nuestro avance, nosotros íbamos horadando pared a pared para pasar de una casa a la otra. Aquélla fue muy larga y muy dura pelea nocturna, con la que amanecimos y continuamos luego a la luz del alba, hasta que nos alumbró el sol y empezaron a correr las horas de la mañana. O sea, que era ya otro día siguiente, 10 de mayo de 1911, muy cerca de las diez, cuando los federales, ahora en franco repliegue hacia su Cuartel General, me dejaron todos los heridos y prisioneros que me habían hecho la madrugada del día 9 en mi avance hacia las bodegas de Kételsen.

Mirándolos irse, y creyéndolos abatidos en su ánimo, empezamos nosotros a tomar las posiciones que nos abandonaban. Pero entonces vimos que de la plaza del mercado se desprendía una fuerte columna. Estaba compuesta, al parecer, de sesenta infantes, unos cien dragones, dos morteros y una batería de ametralladoras; marchaba sobre nosotros con muy grande resolución, como para romper el cerco por aquella parte. Dicha columna venía mandada por el general en jefe de las fuerzas federales, Juan J. Navarro.

Pero es lo cierto que no consiguieron su propósito, pues al descubrirlos nosotros en aquella actitud, los recibimos con descargas nutridas, y aunque su artillería hacía grandes estragos en las casas abriendo boquetes en las paredes, ni aquello ni nada desanimaba a mi gente.

Según antes he indicado, nosotros teníamos ya minas abiertas por entre todo el caserío, y así podíamos atacarlos a ellos por diferentes rumbos, y muchas veces a muy corta distancia de sus filas. Al fin, ésa fue la razón de que el valiente defensor de la plaza, mirando la imposibilidad de consumar su intento de salida, tocara reunión y dispusiera un ordenado replegamiento hacia su Cuartel General.

Mi gente, más animosa a la vista de aquello, se precipitó entonces con muy grandes bríos sobre los federales. Ellos siguieron retrocediendo, pero siempre con mucho orden y batiéndose en valerosa retirada. Conforme mandaba yo el combate, veía al general Navarro arengando a su gente, y animándola, y dirigiéndola. Y es la verdad que no les amedrentaba el nutrido fuego que nosotros hacíamos sobre él y todos los suyos, y que así lograron retroceder hasta su Cuartel General.

Después de aquella retirada, costosa para el enemigo, no obstante su valor, el general Navarro apreció serle imposible una salida. Y como también fuera aquello grande indicio de la superioridad de ánimo de nosotros los revolucionarios, decidió al fin tocar parlamento, considerando sin duda que iba a resultarle inútil continuar en su resistencia.

A la luz de mi juicio, yo creo que el general Navarro hizo bien. Los revolucionarios estábamos propuestos a tomar aquella plaza. Nuestras providencias, o sea, las que ordenamos Pascual Orozco y yo, Pancho Villa, estaban calculadas para consumar el triunfo, y así, de nada les hubiera aprovechado a ellos resistir, cuantimás que las tropas federales sólo estaban cumpliendo con su deber militar, por ser ellas las que desde mucho tiempo antes pagaba de su peculio el gobierno de la tiranía. Mas el ejército nuestro, nombrado por eso el Ejército Libertador, se movía dentro de los impulsos del pueblo, y obrando con los dichos impulsos tenía que resultar invencible.

Creo por esto que el general Navarro hizo bien en abreviar los padecimientos de Ciudad Juárez y en limitar a tiempo el quebranto de sus tropas. Un hombre militar debe doblegarse, en su hora justa, ante las derrotas que le guarda su destino.

La rendición de Ciudad Juárez se efectuó a las tres de la tarde del día 10 de mayo de 1911. De los jefes sitiadores, el primero en entrar al cuartel donde estaba el general Navarro fue el teniente coronel Félix Terrazas, de mis fuerzas, con una parte de la gente mía. Yo vi, al llegar a dicho cuartel, cómo él y mis hombres recibían de manos del general Navarro la espada que él les estaba entregando.

Mirándome entrar Félix Terrazas, él me dice:

—¿Qué hacemos, mi coronel?

Le contesto yo:

—Junta usted toda la oficialidad rendida y le pone una fuerte escolta; manda formar los soldados prisioneros; recoge las armas y municiones, y conforme esté efectuado todo esto, ordena el desfile de esos soldados hacia la cárcel, donde han de quedar a merced del jefe de la Revolución.

Y dictadas por mí aquellas providencias, quebré mi caballo y salí a media rienda, seguido sólo de mi asistente, a dar al señor Presidente de la República cuenta de que la plaza de Ciudad Juárez había caído en nuestro poder, no obstante la honorable opinión del señor general Viljoen.

Cuando oyó mis palabras, el señor Madero se quedó dudoso de lo que yo le decía. Me preguntó él:

—¿Qué dices, Pancho?

Le contesté yo:

—Que nos vayamos para Ciudad Juárez, señor Presidente; que la plaza es nuestra; que al general Navarro lo acabo de dejar preso bajo la custodia del teniente coronel Félix Terrazas. O sea, que el Ejército Libertador ha triunfado, pues con la toma de esta plaza la situación, en lo futuro, seguirá a nuestro favor.

Entonces él, dándome un cariñoso abrazo, me expresó las siguientes palabras:

—Lo haremos en este momento. ¿Tú dices que en seguida te vuelves para organizar tu gente? Pues creo que harás bien. Pancho, procura que los soldados no roben ni tomen bebidas embriagantes. Así evitaremos cualquier dificultad.

Y yo monté de nuevo en mi caballo y me regresé para Ciudad Juárez, tal y como había venido.

Llegué allá. Di a la oficialidad orden de que sin pérdida de tiempo me reunieran toda la gente para acuartelarla. Así se hizo. Y a las cinco de la tarde todos nuestros hombres estaban acuartelados en el edificio de la escuela y en las quintas inmediatas.

En seguida envié diez hombres al camposanto para que abrieran una fosa donde sepultar todos los muertos que los federales le habían hecho a mi fuerza. Mientras ellos cavaban, yo, con otros quince hombres, me ocupé de recoger los cadáveres y ponerlos en unos carros que los llevaran a recibir su sepultura.

Terminada aquella operación me dediqué a lo principal. Me dirigí a la panadería de José Muñiz. Le ordené que pusiera todos sus panaderos a labrar la mayor cantidad de pan posible, lo cual hizo él en el acto. Y como me dijera que para las cuatro de la mañana podía yo disponer de pan caliente, a la dicha hora me presenté a recibirlo, lo encostalé en costalera de malva, y me lo llevé.

A las cinco de la mañana penetraba yo a la cárcel. Allí repartí diez costales de pan entre los soldados federales, más algunos barriles de agua que hice meter para ellos, pues por el momento no había otras provisiones preparadas. Esto lo hice yo comprendiendo que mis fuerzas se encontraban en iguales circunstancias de hambre, cuando no peores, que los soldados federales, pero creyendo también que mi deber de vencedor era procurar primero alimento a los vencidos.

Porque en la guerra el hombre vencedor sobrelleva con buen ánimo la más grande necesidad, mientras que el vencido, y más si sobre vencido es prisionero, renueva a cada una de sus privaciones toda la amargura de su derrota, que es lo más amargo que hay. Por eso el vencido, si para él su causa es buena, merece la misericordia del vencedor, el cual no debe agravar el castigo de la derrota. Solamente los desleales, o más bien, los traidores, y los jefes crueles que se ensañan con las poblaciones civiles, y se vengan en los parientes de sus enemigos militares, y matan sin motivo los prisioneros que cogen, no tienen en la guerra ningún derecho a la compasión de los hombres guerreros que los vencen, porque la guerra es así.

Digo, pues, que al verme entrar llevando bastimento, los federales presos en la cárcel me aclamaron con muy grande gratitud.

De allí me fui a realizar con mis soldados la misma operación. Mas como no alcanzara el pan para todos, organicé desde luego varias escoltas al mando de sus respectivos oficiales y clases y les di orden de salir en busca de alimentos y regresar pronto a sus cuarteles.

Así se hizo.

Fueron muchos mis deberes de aquel día. Tomadas las anteriores providencias, me dirigí al Cuartel General, donde estaban los oficiales prisioneros y el general Navarro. Le di un abrazo al dicho general, pues aunque yo sabía que antes nos había hecho muy grande daño, no quería dejar libres mis instintos justicieros tocante a ninguna persona. La victoria, que había sido hermosa y de grande provecho, no se debía empañar.

Luego le dije:

—Señor general, voy a llevarme al Paso, a comer conmigo, a nueve de sus oficiales, pues aquí estamos ahora en la miseria.

Y él me contestó:

—Está en su mano. Son sus prisioneros, coronel.

Yo invité entonces a nueve oficiales, de nombres que no recuerdo, a subir en dos automóviles que con ese objeto había mandado traer del Paso, y con ellos me trasladé a la dicha ciudad. En un hotel llamado Hotel Zieger, que allá había, comimos todos en convite de amistad muy cariñosa. Tan amable era el trato suyo y el trato mío, que mirándonos cualquiera, no se hubiese imaginado que aquellos oficiales eran mis prisioneros y yo su vencedor.

A la hora de pagar, algunos de ellos intentaron hacerlo. Yo les dije:

—No, señores. A ustedes los he invitado yo, y conforme a eso yo soy quien debe pagar. Así pues, como estimo en ustedes muy grande caballerosidad, espero que no me ofenderán tratando de usurparme mi derecho.

Luego, según acabábamos de bebernos una cerveza, yo les añadí:

—Señores, agradezco a ustedes que hayan aceptado mi invitación. Ahora, si no tienen inconveniente, regresaremos a Ciudad Juárez.

Entonces uno de ellos preguntó a otro:

—¿No te agradaría ahora quedarte en El Paso, Texas?

Yo pienso que tal vez expresó él aquellas palabras con sólo la intención de bromear. Cuando así no fuera, es lo cierto que antes que yo pudiera observar nada, uno de los capitanes lo atajó, diciéndole:

—¡Cómo, señores! Este caballero nos ha invitado a comer. Somos sus prisioneros. Al traernos se ha fiado de nuestro honor. Por lo tanto estamos obligados a no comprometerlo y a regresar con él a Ciudad Juárez, para permanecer allí mientras no se determine otra cosa, sin olvidar jamás la noble acción que ha tenido con nosotros. Señores, Pancho Villa es un caballero y nosotros también. Debemos acompañarlo.

Así se hizo. Todos se pusieron en pie. Subimos a los automóviles y regresamos a Ciudad Juárez. Y como allí se decía ya por algunos de mis compañeros que los oficiales federales no regresarían más, causó grande admiración el ver cómo todos volvían conmigo.

Hice yo aquel acto para demostrar que los hombres revolucionarios éramos generosos y de buena civilización. Y la verdad es que los nueve oficiales también demostraron que en las tropas de la Federación había hombres de honor. Pudieron ellos haberse aprovechado de mi conducta generosa para quedarse en El Paso, de donde yo no hubiera podido traerlos; pero no quisieron abusar de mi confianza. Además de eso, se portaron tan señores, que en dichos oficiales nada tuve que censurar, menos la pregunta antes indicada. Aunque aquella pregunta, que a mi parecer fue de broma, sólo sirvió para que luciera más claro el buen comportamiento de todos.

XIII

Pancho Villa se insubordina arrastrado por Pascual Orozco, y triunfante la Revolución, se retira a vivir de sus negocios particulares

Una visita de Orozco • La conferencia secreta • El fusilamiento de Navarro • En el Cuartel General • La guardia de Madero • «¿Tú también, Pancho?» • El abrazo de Pascual Orozco • Un complot contra el Presidente Provisional • Los arrebatos de Villa • Sus sentimientos y vergüenza • Raúl Madero • Los diez mil pesos • Villa y sus soldados • Cinco hombres de escolta • San Andrés

La tarde de ese día, como a las cinco, Pascual Orozco se presentó en mi cuartel y manifestó al oficial de guardia deseos de hablar conmigo. El oficial me mandó el recado. Yo salí en el acto, llegué al lado de Pascual y lo saludé.

Me dijo él entonces:

—Compañero, vengo a molestarlo porque tengo que tratar con usted un asunto de mucha gravedad.

Le contesté yo:

—Pues pase usted.

Pero me respondió él:

—No, compañero. Yo lo esperaré a usted en mi cuartel. Es muy grave el negocio, y por delicadeza debemos tratarlo los dos solos; sus consecuencias pueden ser muchas. Como le digo, mejor yo lo espero allá.

Delante del misterio de sus palabras, yo le ofrecí ir en seguida. Él picó espuelas y se marchó.

Y como lo dije, lo hice. A pie me fui, aunque sin perder ni un momento, al cuartel de Pascual Orozco. Él salió a recibirme tan pronto como le avisaron que yo allí estaba, y me introdujo en sus habitaciones. Según estuvimos solos

los dos, empezó a tratarme aquel asunto que él consideraba de tan grande delicadeza. Sus palabras contenían esto:

—Compañero, no se habrá borrado de su memoria que a usted y a mí el general Navarro nos fusiló algunos miembros de nuestras familias. Por eso lo cito a usted: para consultarle si es de parecer que nosotros le fusilemos a él ahora, y para ver si usted opina como yo: que en el caso de que el señor Presidente nos estorbe la ejecución, nosotros rehusemos obedecer y ejecutemos a Navarro.

Y era verdad que Navarro había cometido aquellos excesos, y que, sin considerarlo yo, me había olvidado, saboreando gozoso la victoria, de volver su imperio a la justicia. Porque era de justicia castigar a Navarro por cuanto él se había ensañado con los nuestros, según venía a proponerme Pascual Orozco.

Le hablé yo así mis palabras:

—Sí, señor. Oigo buenas sus razones. Yo y mis hombres lo apoyaremos a usted para conseguir la ejecución del general Navarro.

Él me dijo entonces:

—Bueno, pues para eso quería hablarle a solas. Y puesto que está usted de acuerdo conmigo, lo resuelto se consumará mañana a las diez. Veremos al señor Presidente en el Cuartel General, le expresaremos esto que deseamos, y en vista de su contestación obraremos según convenga, pero siempre dentro de lo dicho. ¿No, compañero?

Yo le respondí:

—Sí, compañero.

Y dando por terminada aquella plática nuestra, me fui para mi cuartel.

Otro día, a la hora indicada, me presenté en el Cuartel General con cincuenta hombres míos. Ya Orozco estaba allí con toda su gente. Llegando yo, fui a saludar al señor Madero, y entonces Orozco me llama aparte para hablarme a solas. Me dice él:

—Voy a pedir ahora mismo que nos entreguen a Navarro para fusilarlo. Si me contestan que no, usted desarma en seguida la guardia del señor Presidente.

Yo le respondí:

—Está bien.

Y Pascual regresó al lado del señor Madero.

Después de un momento, asomándose por la puerta, me grita:

—¡Desármelos!

O sea, que yo comprendí que el señor Madero se oponía al fusilamiento de Navarro, y, según lo convenido, no tuve ningún reparo en cumplir mi palabra: sin más, ordené el desarme de la guardia del señor Presidente, y así se hizo. Acabando apenas mi gente de consumar aquella operación, salió precipitadamente el señor Madero y se enteró de mi actitud.

Me dijo él:

—¡Cómo, Pancho! ¿También tú estás en mi contra?

Yo no contesté, pues esperaba que Orozco, por ser iniciador de aquel fusilamiento, diera sus órdenes para ejecutarlas yo en seguida. Pero lo que sucedió fue que entonces lo vi salir a él detrás del señor Presidente, al cual le decía estas palabras:

—No, señor; vámonos entendiendo.

Y siguieron hablando los dos, aunque sin poder yo oír lo que trataban, pues era mucho el murmullo de la tropa. Vi que terminaron por darse un abrazo, y aunque aquello, como es natural, me sorprendió al principio, luego me hizo comprender que una de dos cosas tenía que haber pasado: o a Orozco le había faltado el valor para llevar adelante el fusilamiento de Navarro oponiéndose el señor Presidente, o el señor Madero, con muy poderosas razones, había convencido a Orozco de que al referido jefe no se le debía fusilar. Y como tanto en un caso como en otro Orozco tendría que darme una explicación, armé de nuevo la guardia y luego me retiré hacia mi cuartel.

Allí permanecí aguardando a Pascual, de quien esperaba la explicación que antes indico, mas mi espera me resultó inútil: ni Pascual Orozco se presentó a verme, ni mandó siquiera alguien que me hablara.

Y aconteció después que como yo he tenido siempre buenos amigos en todas partes, al tercer día de estar yo aguardando en mi cuartel, supe por gente de mi confianza las más negras verdades de aquel suceso. Me dijeron a mí que Pascual Orozco, esperando recibir cierto dinero de algunas personas enviadas por don Porfirio para tratar de la paz, se había comprometido con ellas a consumar el asesinato del señor Presidente; y que deseoso de estar en condiciones de realizar aquel intento suyo, había tramado venir en mi busca y exigir junto conmigo el fusilamiento de Navarro, pues sabiendo él que el señor Madero jamás lo consentiría, estimaba ése el mejor camino para desconocer al Presidente y para tenerme a mí propicio al desarrollarse los hechos.

Porque en verdad que era desconocer al señor Madero no acatar una orden suya. Y si yo, no habiéndola acatado, quedaba ya de parte de quienes lo desconocían, luego tendría que imitar la conducta de los demás, o tropezaría al menos con grandes embarazos para proceder de otro modo, cosa que entonces comprendí.

Me dijeron también lo siguiente: que a Orozco le faltó a última hora valor para cumplir en persona su compromiso, o para cumplirlo en todas sus partes, y que conociendo mi carácter arrebatado, y cuanto de mi carácter se puede esperar, concibió que hiciera yo el desarme de la guardia para que el señor Madero se imaginara que yo era el principal promotor del fusilamiento, y para que yo, mirando que nos negaba nuestros deseos y que venía a enfrentarse conmigo disparara sobre él, con lo cual se consumaría su muerte, y todo quedaría hecho. Pascual Orozco, de ese modo, saldría limpio de toda culpa, y yo, Pancho Villa, aparecería como el verdadero y único asesino.

Fue aquélla una trama muy perversa y muy sombría. Pero es lo cierto que Orozco se engañó en cuanto a mi persona. Ignorante yo de todo, no iba más que a pedir el fusilamiento de Navarro, y como según mi conciencia de hombre militar sólo manda bien el que obedece bien, yo iba obedeciendo órdenes de Pascual Orozco, que había asumido la jefatura de aquel acto nuestro. Por eso, mirando cómo él no me mandaba nada al encararse conmigo el señor Madero, ni daba paso para que el fusilamiento de Navarro se realizara, volví a armar la guardia del Presidente, no obstante que yo no tenía allí más que cincuenta hombres, y Pascual Orozco todas sus fuerzas; y me retiré a mi cuartel sin que saliera una sola palabra de mi boca. Y pienso yo que acaso por esto se frustró del todo el atentado de Orozco contra el señor Presidente.

Según es mi memoria, la existencia de aquel negro complot fue luego cosa pública, y bien sabida, y muy notoria en Ciudad Juárez. Pero los hechos son como antes he indicado, y conforme a ellos ha de juzgársenos a cada uno y se ha de apreciar en cada uno nuestra responsabilidad. De lo que yo deba responder no me justifico. Es lo cierto que al lograrse nuestra victoria de Ciudad Juárez, que fue hermosa y grande, yo no sentía en mi ánimo los impulsos de la venganza, ni quería oscurecer el triunfo con castigos sanguinarios. Pero es la verdad que Orozco prendió en mí el justo deseo de proceder con Navarro como él había procedido con la gente nuestra, y que olvidándome yo de que ya había dado al referido jefe federal un cariñoso abrazo de concordia, no perseveré en mi actitud de perdón y me dispuse a exigir su muerte. Y es también verdad que me sentí sumiso a la invitación de Pascual Orozco, y fui, al lado de él, propuesto a obtener del señor Madero que aquella muerte se nos concediera. Pero también digo que esto último fue creyendo yo que podíamos obligar al señor Madero a que nos otorgara lo que le pedíamos sin dejar por eso de seguir mirándolo como nuestro Presidente y como jefe de nuestra Revolución, ya triunfadora. Comprendo que en eso me engañé, o más bien, que dejé que la invitación de Orozco me engañara. Mas mi ánimo no cobija duda de que para mí el señor Madero era intocable, o sea, que yo desarmé su guardia pensando que así no tendría él fuerza para impedir el fusilamiento, mas no para atentar contra su persona, ni menos para consentir que nadie atentara. Según es mi parecer, al reflexionar ahora sobre aquel suceso, creo también esto más: si llevando nosotros adelante nuestro plan, es decir, el plan de que yo tenía noticia, no el complot de Orozco, el señor Madero llega a interponerse entre Navarro y mi fuerza o entre Navarro y las fuerzas de Orozco, yo, Pancho Villa, a la cabeza de toda mi gente, me hubiera puesto al lado del señor Madero llegada la hora de decidir.

Aquélla fue la verdad de cuanto entonces sucedió.

Tres días después de nuestra insubordinación, Raúl Madero, hermano del señor Presidente, se presentó en el cuartel de mis tropas.

Él me dijo:

—¿Qué sucede con usted? ¿Por qué no se ha aparecido por donde está Pancho?

Diciendo «Pancho» se refería a su hermano, el señor Presidente. Yo le contesté:

—¡Cómo por qué! Pues porque yo sí soy hombre de sentimientos y de vergüenza. ¿No sabe usted el crimen que iba a cometer Pascual Orozco, y cómo yo, inocentemente, anduve muy cerca de consumarlo con él?

Él me respondió:

—Sí, pero todo eso lo hemos aclarado, y ya nadie duda de cómo hay en usted muy grande inocencia.

Entonces nos abrazamos, y así abrazados nos pusimos a llorar, yo mojándolo a él con mis lágrimas, y él mojándome a mí con las suyas.

Pasado aquello me expresó lo siguiente:

—Vámonos a la Aduana. Ahorita mismo le hablo yo a mi hermano Pancho.

Así lo hicimos. Nos dirigimos en seguida al referido edificio, que era donde posaba el señor Madero, y allí esperé que Raúl hablara con él. Cuando salió, sin tardar mucho, me dijo que el señor Presidente me esperaba.

Al entrar yo al salón donde se encontraba el señor Madero, él, levantándose de su asiento, vino a recibirme. Me cogió del brazo, como lo había hecho meses antes para pedirme el desarme de Salazar. Me dijo estas palabras:

—¿Tienes algo que decirme, Pancho? Ven y hablaremos a solas.

Sin soltarme del brazo me llevó con él. Le dije yo entonces:

—Señor Presidente, yo quiero entregar a usted todo lo que se halla a mi cargo, porque yo soy hombre de sentimientos y de vergüenza.

Y él me contestó:

—Bueno, Pancho. ¿Te parece que dejemos a Raúl al frente de tus tropas?

Éstas fueron mis palabras:

—Sí, señor: lo que usted ordene. Pero con el fin de que mis tropas queden contentas y acepten y respeten a Raúl como jefe, deben ignorar que me separo de ellas para siempre. Si usted me autoriza les diré que me ordena usted salir al desempeño de una comisión, y que mientras yo esté ausente las mandará Raúl.

Él me añadió:

—Está bien, Pancho. Hazlo así. Dispondré que te den veinticinco mil pesos para que te pongas a trabajar.

Mas como yo le respondiera que no había defendido la causa por interés de dinero, sino sólo para conseguir con el triunfo las garantías que nos negaban a los pobres, o sea, que yo me retiraba a vivir de mi trabajo si las dichas garantías me las ofrecía él, puesto que la Revolución ya había triunfado, desde luego me las prometió.

Él me dijo:

—Pancho, esas garantías las tendrás tú, como va a tenerlas todo el pueblo. Yo te las prometo y yo te las cumpliré. Pero si no quieres tomar todo el dinero que te ofrezco, acepta a lo menos una pequeña cantidad. Voy a darte una orden para que te entreguen diez mil pesos.

Yo, resistiéndome todavía, le indiqué que mejor me diera una carta orden para cobrar ese dinero de allí a dos meses, la cual me hizo él en el acto, toda de su puño y letra. En seguida llamó a Raúl y le dijo estas palabras:

—Ponle a Pancho el tren que quiera para irse. Recibe las tropas que estaban a su mando y haz que le entreguen diez mil pesos. Ve tú mismo a dejarlo a la estación.

Como también quería el señor Presidente que me llevara una escolta, le manifesté que sólo tomaría cinco hombres que me acompañaran y me despedí de él.

Saliendo de allí Raúl y yo, fuimos a que me entregaran el dinero, que decidí cobrar desde luego en obediencia a las últimas palabras del señor Presidente, y luego nos dirigimos al cuartel. Allí di a reconocer a Raúl ante mis fuerzas. Les dije a mis soldados que la comisión que el señor Presidente me confiaba duraría de quince a veinte días, y que mientras volvía yo, respetaran y obedecieran a Raúl Madero como jefe de ellos.

Me prometieron hacerlo así. Tomé los cinco hombres que habían de acompañarme. Nos dirigimos a la estación, con armas, caballos, monturas, y dotación de setecientos cartuchos cada uno. Como el tren ya estaba dispuesto, nos subimos a él. Y conforme me despedí de Raúl, salí por la vía de Casas Grandes hacia Pierson.

De aquel punto marchamos por tierra rumbo a Las Varas. De allí continué mi viaje a San Andrés, en otro tren que me dieron. En San Andrés, al saberse mi llegada, se me presentaron muchas esposas y viudas de soldados míos que me habían seguido en toda la campaña. Y como dichas mujeres no tenían qué comer, siendo de aquel pueblo, donde los vecinos habían dado todo lo suyo a nosotros los hombres revolucionarios, en el mismo tren mandé traer mil quinientos hectolitros de maíz de la hacienda que se nombra Hacienda de Ojos Azules y los repartí entre todos los pobladores.

De aquella distribución de bastimento di cuenta al señor gobernador del estado, don Abraham González, con lo cual terminó mi campaña de 1910 a 1911, pues a partir de ese día me dediqué sin interrupción a mis negocios particulares.

XIV

Fiel a Madero, Pancho Villa desenmascara a Pascual Orozco y se lanza al campo a pelear contra él

Un llamado del señor Madero • El almuerzo en Chapultepec • Orozco se hace sospechoso • La promesa de Villa • El ataque a la Penitenciaría de Chihuahua • Faustino Borunda y sus sesenta hombres • El gobernador Aureliano González • En la estación del Sur-Pacífico • Una carta de Pascual Orozco • Otra vez 500 hombres • La visita del padre de Orozco • El hijo traidor

A fines de 1911, siendo ya Presidente definitivo el señor Madero, recibí en Chihuahua un recado suyo para que acudiera delante de él. Yo emprendí desde luego el viaje a la capital de la República en obediencia de ese mandato, pues aunque vivía entonces entregado a mis asuntos particulares, según antes indico, es la verdad que seguía yo considerando al señor Madero tan jefe mío como durante la lucha por la causa revolucionaria.

Una mañana me presenté temprano a recibir sus órdenes. Me acogió con saludos cariñosos. Me dijo después:

—Pancho, date una vueltecita por el Castillo para que almuerces con nosotros.

Pues así fue. Al mediodía de ese día estaba yo en el castillo que nombran Castillo de Chapultepec. Allí el señor Presidente y toda su familia me recibieron a comer y me hicieron objeto de muy amable trato, porque además de ser personas de mucha civilización, conmigo se esmeraban en sus manifestaciones afectuosas. Mirando aquel comportamiento suyo, pensaba yo entre mí: «Estos señores hacen bien en honrarme de esta forma, porque como, en mi opinión, el señor Madero nunca traicionará la causa de los pobres, yo tengo el ánimo de serle leal siempre y hasta de morir a su lado».

Él me dijo:

—Pancho, te he mandado llamar para que me digas cómo anda Pascual Orozco. Tengo de él muy malos informes.

Le respondí yo:

—Señor Presidente, Orozco se pasea mucho con don Juan Creel y con Alberto Terrazas, y ya usted sabe qué tales son esos señores. Es todo lo que yo le puedo decir.

El señor Madero se puso entonces a reflexionar sobre aquellas palabras mías y luego, mirándome con grande fijeza, se expresó conmigo en estos términos:

—Oye, Pancho, y si Orozco traiciona a la Revolución, ¿tú serás fiel al gobierno que yo represento?

A lo cual contesté yo sin vacilar:

—Sí, señor Presidente: usted y su gobierno cuentan conmigo de todo corazón.

Él me tendió entonces la mano y, dándome una cariñosa palmadita, me dijo:

—Pancho Villa, eso esperaba yo de ti. Vuélvete a Chihuahua y está allí muy pendiente de la actitud de Orozco para que me comuniques todo lo que ocurra.

Y es lo cierto que Pascual Orozco, bajo el título de Jefe de la Zona Militar, se había convertido en el rey de Chihuahua y no se acordaba ya de la causa del pueblo. Tenía elegantes secretarios y consejeros y se dedicaba a la paseada y a todas las tertulias y fiestas de la vida, junto con muchos de los hombres que habían caído de su trono por nuestro movimiento revolucionario.

A los dos meses de aquellas pláticas mías con el señor Madero, volvieron a llamarme a la capital. Entonces el señor Presidente se expresó conmigo en la siguiente forma:

—Pancho, te he mandado llamar otra vez porque los informes que tengo de Orozco van siendo peores. Necesito que me ratifiques tu lealtad.

Yo le contesté:

—Viva usted seguro, señor Presidente, que lo que ya le ofrecí una vez se lo repito ahora, y se lo cumpliré sin vacilaciones ni desmayos. Soy hombre de un solo parecer, a quien no cambian las dádivas ni sonsacan los conchabadores. Yo sabré morir defendiendo su gobierno de usted, porque veo que es un gobierno justo, bueno y honrado, que ha nacido del pueblo y es para el bien de los pobres. Verdad es que yo no cuento ahora con ningunos elementos, pues usted me los retiró todos; pero tengo mucha gente lista para cuando haga falta. Esa gente se levantará conmigo y me sabrá seguir. Sólo necesito que usted la arme.

Por aquellas palabras mías, el señor Madero, en su buen ánimo, quedó convencido de mi sinceridad y mi adhesión. Dándome un abrazo profundo, y despidiéndome con más cariño que nunca, me añadió:

—Vete, pues, a Chihuahua, Pancho, y vigila muy estrechamente los movimientos de Pascual Orozco; que tan pronto como haga falta tendrás que levantarte a defender al Gobierno. Yo pondré a tu disposición todos los elementos de guerra que necesites.

Y sucedió que el día 2 de febrero de 1912, como a las cinco de la mañana, fue atacada en Chihuahua la Penitenciaría del Estado por orden del Jefe de la Zona, Pascual Orozco. Siendo Orozco dueño único de la plaza, y teniendo en sus manos todos los elementos militares, aquel ataque no llevaba más objeto que encubrir de algún modo los designios que él perseguía.

Yo estaba en mi casa de la Calle 10a. cuando se inició el tiroteo, y allí permanecí en espera de que los acontecimientos determinaran la actitud que había yo de asumir. Porque si era verdad que tenía sospechas muy bien abastecidas, mi prudencia me mandaba no adelantarme a la ocasión que me pudiera dar Pascual Orozco.

Como a las diez de aquella mañana se me presentan sesenta hombres armados, al mando de Faustino Borunda, hoy teniente coronel del Ejército Constitucionalista, el cual me dice:

—Mi coronel, no sabemos dónde se halla mi general Orozco. Nos dio orden de atacar y tomar la Penitenciaría, pero no podemos consumarla. ¿Quiere usted ponerse al frente de nosotros, a ver si así se cumple esa orden de Pascual Orozco y de su hermano José?

Le respondí yo:

—Yo no sé nada de eso, muchachos. Pasen adentro para que les den de comer y vayan luego a buscar a sus jefes, pues según yo creo, pronto han de recibir órdenes de quien deba dárselas.

Y así fue. Entraron aquellos sesenta hombres, comieron en mi casa, y ya para despedirse, como yo supiera que Faustino Borunda era hombre de valor, y que con él podía yo contar, le dije:

—No se vaya usted, amigo. Que la demás gente salga en busca de Orozco y de José, pero usted quédese aquí conmigo, por si lo necesito.

A los pocos minutos de salir de mi casa aquellos hombres, me llaman por teléfono desde el Palacio de Gobierno, donde me necesitaba el gobernador interino, licenciado Aureliano González; y como yo temía que pudieran traicionarlo, desde luego decidí acudir.

Conforme llegué al Palacio observé que allí estaba José Orozco con sus fuerzas, y en seguida vi que Pascual Orozco se hallaba al lado del Gobernador.

Entrando yo, dije:

—Acudo a su llamado, señor Gobernador. Usted me dirá qué se le ofrece.

Me contestó él:

—Aquí hemos acordado el señor general Orozco y yo que si usted desea prestarnos su ayuda en estos momentos, salga en persecución de Antonio Rojas, que se ha fugado de la Penitenciaría.

Y lo interrumpió Orozco, diciendo:

—Porque una parte de la guarnición se ha sublevado y todo es obra del dicho Antonio Rojas.

Ciertamente se me revolvía toda la cólera de mi cuerpo delante de tan grande hipocresía de parte de Orozco. Pero todavía, hablando con mucha serenidad, me expresé del modo que sigue:

—Yo, señores, estoy siempre dispuesto a dar mi auxilio al Gobierno, y en ese terreno me tendrán siempre pronto a obedecer. Pero antes de dar ningún paso en el dicho sentido necesito decirles dos palabras, a usted, señor Gobernador, para que las oiga, y a usted, compañero Orozco, para que me las conteste categóricamente.

Entonces, mirando yo a Pascual Orozco con muy grande fijeza, y dispuesto a todo, le añadí:

—Compañero Orozco, si usted tiene pensado traicionar al Gobierno quítese la careta y sea franco conmigo. Se necesita que aquí me diga usted la verdad; pero para que me diga la verdad hace falta que considere el valor de sus palabras y que se faje usted muy bien los pantalones.

Oyendo mis palabras, Orozco palideció muy intensamente y pareció querer hundirse más en el asiento que ocupaba. Él me contestó:

—Los pantalones los tengo bien fajados, señor.

Pero en verdad que no se atrevía a mirarme, ni al decir aquello ni al decir lo que expresó luego, que fue esto:

—Quiero que me diga usted si me da su ayuda para perseguir a Rojas.

Yo le dije:

—Sí, señor.

—¿Qué necesita usted?

—Cien hombres bien armados y montados.

Me respondió él:

—Pero es que Rojas lleva más de doscientos hombres.

—No importa. Con cien me basto yo.

Orozco me dijo entonces:

—Bueno. Voy a darle cien hombres de los de José Orozco y mandaré que le pongan un tren del Sur-Pacífico para que embarque la gente y salga a hacer la persecución.

Yo le contesté:

—Está bien. Ordénele a José que embarque la gente desde luego y yo voy en seguida a la estación para recibirla.

Y se fue Pascual, creyendo de seguro que me dejaba bien agarrado en su trampa. Pero la verdad es que en cuanto me quedé a solas con el licenciado González empecé a tomar mis providencias.

Le dije al Gobernador:

—Amiguito, andan ustedes muy mal, y créamelo, que yo se lo digo. Si de veras es usted fiel al Gobierno deme una autorización para levantar gente como se pueda, para pedir dinero a quienquiera y para recoger armas del que las tenga.

Y el gobernador Aureliano González me dio en el acto aquella orden, tal y como yo la pedía, pues él sí era fiel al Gobierno, no obstante que su mucha sumisión a Pascual Orozco lo embarazaba para moverse con libertad y remediar el levantamiento que se estaba tramando.

Salí del Palacio de Gobierno y me dirigí a mi casa. Allí monté once de los hombres que tenía empleados en mi negocio de carnicería, armándolos antes, y municionándolos perfectamente. Y al frente yo de aquella fuerza me dirigí a la estación del Sur-Pacífico al paso de nuestros caballos.

Como al presentarme allí observara que ya había llegado la gente de Orozco, decidí poner desde luego en práctica el plan que llevaba pensado. Pero lo que sucedió fue que en ese momento se me acercó un soldado que me traía una comunicación, el cual me dijo estas palabras:

—Aquí le manda esto mi general Orozco.

Lo que aquella carta contenía era lo siguiente: «Compañero Villa, salga usted con la gente. Lleve a Rojas a una jornada de vista y no me gaste un solo cartucho. – *Pascual Orozco*».

Comprendiendo yo todo lo que había detrás de aquellas palabras pensé entre mí: «Parece que Pascual se quita la careta; pero es la verdad que no se la quita con mucho valor». Y entonces ya no pude continuar con mi manera acompasada, que para el caso de nada hubiera servido, sino que saliéndome de mí mismo, por obra de la cólera, le escribí a Orozco en el reverso de su papel:

«Señor Pascual Orozco, enterado de su carta digo a usted, en contestación, que yo no soy parapeto de sinvergüenzas. Allí le dejo su gente y me retiro al desierto para probarle que yo sí soy hombre de honor. – *Francisco Villa*».

Y cogí mis once hombres, y burlando de aquel modo la trampa en que había querido envolverme Orozco, me salí de la ciudad, donde el traidor era todopoderoso, y me encaminé hacia Huahuanoyahua, dispuesto desde aquella primera hora a organizar mi gente para combatirlo.

Ese mismo día de mi salida llegué con mis once hombres a Huahuano-yahua, y otro día siguiente a Ciénega de Ortiz. Allí hice ver a mis antiguos compañeros y amigos los males que se presentaban con la traición de Pascual Orozco, y eso me bastó. En el acto se me unieron 150 hombres de aquellos ranchos, armados casi todos, aunque los más de entre ellos con muy pocas municiones.

De aquel punto me dirigí a Satevó, donde se me unió mi compadre Fidel Ávila con 100 hombres. Y así todo lo demás. En San José del Sitio y otros lugares de la comarca seguí mi reclutamiento, y de ese modo alcancé a reunir en unos cuantos días un efectivo mayor de 500 hombres, casi todos armados y montados de su peculio, según había ocurrido año y medio antes, al empezar la lucha revolucionaria.

Entonces regresé a Huahuanoyahua.

Estando yo acantonado con todas mis fuerzas en el rancho de San Juan de la Santa Veracruz, una tarde al oscurecer se me presenta Pascual Orozco padre, que venía buscándome en automóvil acompañado de otras dos personas.

Conforme me saluda, me dice:

—¡Cómo tiene usted gente, coronel!

Y yo le contesto, correspondiendo a su saludo con mucha cortesía:

—Sí, señor.

—Traigo algunos asuntos privados que tratar con usted.

Y yo le digo:

—Pues vamos merendando primero, que después hablaremos de lo que usted guste.

Y así fue. Merendamos con grande cordialidad en casa de Cosme Hernández. Y luego, retirándonos a unas habitaciones aisladas que había en aquella casa, el padre de Pascual Orozco, a solas conmigo, me dijo:

—Coronel, usted sabe que mi hijo y yo lo hemos apreciado siempre. Vengo de su parte y de la mía a pedirle que no secunde el movimiento en favor del gobierno de Madero, pues ese hombre no nos ha cumplido lo que nos ofreció. Traigo instrucciones de mi hijo de darle a usted trescientos mil pesos para que se vaya a los Estados Unidos, o para que se quede aquí a vivir en paz, sin mezclarse en nuestros asuntos durante la peripecia que hoy se presenta.

Yo le contesté:

—El gobierno del señor Madero es un gobierno puesto por el pueblo, y le dimos nuestro apoyo ustedes y yo. Yo no sé si ese gobierno es bueno o es malo, porque todavía no es tiempo de que nadie lo aprecie en sus hechos. Si ustedes piensan de una manera, yo pienso de otra. Pero como quiera que eso sea, dígale usted a su hijo que a mí no me compra el dinero, por muy alta que pongan la cantidad, y que viva seguro que si antes fuimos amigos, ahora vamos a tener que darnos muchos balazos. Váyase usted, señor, a dar cuenta a su hijo del resultado de su comisión. Y créame que si no abuso de las circunstancias, teniéndolo aquí entre mis manos, es porque soy hombre de honor y quiero que ustedes sepan comprenderlo por la diferencia entre sus actos y los míos. Pero no me hable una palabra más de la comisión que viene desempeñando.

Y así terminó aquella conferencia.

Cuando salimos de la casa, que fue sin hablar ya más ninguno de los dos, noté cómo estaba nevando y cuán intenso era el frío. El padre de Orozco no traía con qué abrigarse. Le di entonces la cobija que yo llevaba puesta; él la aceptó, subió al automóvil y se fue rumbo a Chihuahua.

Mirándolo ir, consideré yo un rato, sin sentir mucho el frío de la nieve que me caía encima, cómo el peor destino que puede aguardar a un hombre es el de ser padre de un traidor.

XV

Pancho Villa arrebata Parral a José de la Luz Soto y se dispone a esperar allí el ataque de los orozquistas de Emilio P. Campa

Bustillos • Órdenes de Abraham González • Braulio Hernández • Emilio Vázquez Gómez • Una carta de Villa • A las puertas de Chihuahua • El deber militar • Satevó • Valle de Zaragoza • La Boquilla • Los sesenta hombres floridos • Ciénega de Olivos • Juan Bautista Baca • José de la Luz Soto • Maclovio Herrera • Jesús M. Yáñez • Un préstamo de ciento cincuenta mil pesos • Emilio P. Campa

Atravesé con mis fuerzas el Valle de Zaragoza y llegué hasta la hacienda de Bustillos, donde establecí mi cuartel en espera de las órdenes que de seguro habían de llegarme.

Así fue. Estando yo en aquella hacienda recibí una carta de don Abraham González, que ya había vuelto a encargarse del gobierno de Chihuahua. Me decía él que me acercara yo a la capital del estado, pero sin combatir, para ver si lograba él salirse de la ciudad con algunas personas que deseaban acompañarlo, y que entonces, unidos ellos a mis fuerzas, nos dirigiríamos todos hacia el sur en busca de mayores elementos.

Unas dos horas después de llegarme aquella carta, un correo me trajo otra, de Braulio Hernández, hombre a quien ya consideraba yo entonces el traidor más grande de Chihuahua. Esa otra carta obró en mí un enojo muy grande por firmarla quien la firmaba, aunque es lo cierto que también hubiera podido hacerme reír. Contenía esto:

«Señor coronel Francisco Villa. Apreciable amigo: Espero que secunde usted el movimiento iniciado por el señor general don Pascual Orozco y por el señor licenciado don Emilio Vázquez Gómez, y que venga usted a operar

111

a donde yo me encuentro y donde recibirá órdenes. El lema que hemos de seguir ahora es Tierra y Justicia. Espero que pronto vendrá a reunírseme con sus fuerzas. – Coyame, marzo de 1912. – *Coronel Braulio Hernández*».

Como en otra época había yo creído al dicho señor persona de honor y vergüenza, me revolví entonces de cólera al ver cómo se atrevía al fin a mostrarse tal cual venía siendo de tiempo atrás, es decir, como hombre pícaro y redomado traidor. Quemándome pues las manos aquel papel suyo, yo le contesté:

«Señor Braulio Hernández: Yo no sé si será usted o no jefe de algún ejército, ni que jamás lo haya sido. Lo que sí reconozco desde luego en usted es un hombre farsante que está muy lejos de sentir los dolores de su patria y de cumplir con los deberes del patriotismo. Quítese ya, señor, esa máscara que usa, y haga que también Pascual Orozco se quite la suya, para que él y usted se exhiban delante del mundo entero tal y como son: como un par de hombres traidores y bribones. Comprenderá por todo esto, señor, que yo no puedo unirme a usted ni a otros hombres de corazón tan degradado como el suyo, y para quienes el más alto mérito consiste en conocer y andar los caminos de los malos políticos, hombres descarados y desprovistos hasta de la menor noción de lo que significa la hombría de bien. Me despido de usted afirmándole que, al no provenir de usted esa carta desvergonzada, podría yo creer que con sólo recibirla me había manchado. – *Francisco Villa*».

Obedeciendo las órdenes de don Abraham González me fui acercando a Chihuahua en dos trenes. Salí de Bustillos a las cinco de la tarde, y aquella noche a las doce, conforme apeaba yo mi fuerza en la estación que nombran Estación de las Ánimas, tuve noticias de que Orozco me preparaba una emboscada en las afueras de la ciudad, por la estación del Sur-Pacífico. Y en verdad que parecía que Orozco no me había visto operar, imaginándose él que yo pudiera llegar inocentemente hasta una de sus emboscadas.

Según amaneció, mandé ensillar toda mi fuerza de caballería. Y luego, en formación de camino, me fui acercando quedo a Chihuahua, sin comunicar providencia ninguna a las tropas, ni darles órdenes de que combatieran, pues quería observar religiosamente las instrucciones del señor don Abraham.

Orozco concibió a su modo aquel movimiento mío y destacó fuerzas que me atacaran. Y como yo tenía órdenes de no pelear, sino sólo de acercarme hasta donde más pudiera, y como aun no teniéndolas, tampoco hubiera podido trabar combate, pues me escaseaban grandemente las municiones, empecé a retirarme poco a poco y con mucho orden, mientras las fuerzas de Orozco me hacían fuego sin conseguir matarme un solo hombre.

Esto lo hice yo con menosprecio de mi carácter guerrero y pareciéndome deshonroso no pelear, pero satisfecho en mi conciencia de haber cumplido las órdenes de don Abraham, el cual quizás hubiera visto en peligro su vida si yo, despreciando mi escasez de medios, me lanzo a combatir sin prevenirlo, o sea, si falto al cumplimiento de mi deber. Porque es lo cierto que la traición de Pascual Orozco, y su mucha altanería de oponerse al gobierno del señor Madero, merecían grandísimo castigo, por lo cual resultaba muy difícil refrenar los impulsos de los hombres revolucionarios, que queríamos ir a castigarlo pronto. Pero era también verdad que no bastaba con el solo castigo de aquel hombre, sino que lo más importante consistía en evitar todos los males que pudiera traer el movimiento de cuantos traicionaban entonces los principios revolucionarios. O sea, que es deber de los hombres militares ganar las batallas de la guerra en forma que sus triunfos resulten útiles a la causa que ellos defienden.

Regresé con mis fuerzas a Satevó y seguí de allí mi marcha hasta el Valle de Zaragoza. Y como los orozquistas me enviaran entonces gente de Santa Rosalía, para batirme o cortarme el paso, yo salí a encontrarlos en La Boquilla, donde, según he indicado antes, había un presón.

Allí les presenté un combate de poca importancia, que fue así. Vigilando yo el rumbo de Santa Rosalía, de donde ellos habían de venir, distinguí una polvareda que parecían levantar unos quinientos hombres del enemigo. Entonces estuve como hora y media tocando reunión, y cuando ya los orozquistas se mostraban muy cerca, me fui retirando con mi gente en perfecto orden. Pero muchos de mis hombres no conocían aquel toque, de modo que algunos no acudieron según se les llamaba, sino que permanecieron en las casas y luego cayeron prisioneros del enemigo. Para nosotros aquella acción tuvo la ventaja de surtirnos con los caballos y municiones de los orozquistas muertos, que fueron en número bastante para que, acabada la pelea, hubiera soldado mío que llevaba hasta dos caballos.

Me retiré al Valle de Zaragoza, y esa noche acampamos fuera de la población. Allí, presa de grande abatimiento muchos de mis soldados, hubo entre ellos, según se ve siempre en todos los ejércitos, hombres extraviados y pusilánimes que atizaban en otros el temor, y corrió así por las filas tanto desaliento, que esa misma noche me abandonaron los más de ellos y vine a quedarme con sólo sesenta hombres.

Al mirar aquello, yo no me descorazoné. Pensaba que bien podía estar en mi destino ser yo un día olvidado por casi todas mis fuerzas, o por todas ellas, para verme luego obligado a reunir otras más aguerridas y numerosas. Observando, además, quiénes se iban y quiénes se quedaban, reflexioné entre mí: «Si lo más de mi gente me abandona en esta hora, lo más florido de ella sigue conmigo». Y es la verdad que aquellos sesenta hombres que no me abandonaban eran los mejores de cuantos traía. O sea, que los reuní a todos y les hablé con la voz de la verdad, y les pregunté, tocándoles en su corazón, que si su propósito era de veras seguir a mi lado, aunque nuestro destino cobijara el volver a sufrir persecuciones por las quebradas de la sierra antes que soportar otra tiranía. Y todos a una voz me contestaron que sí, que no me dejarían.

Me dijeron ellos:

—Le seremos fieles hasta la muerte a nuestro coronel.

Me puse entonces a considerar que qué podía yo hacer para la defensa del Gobierno; y después de estimar bien la situación en que me hallaba, tomé rumbo por el río que llaman de Balleza y me dirigí al punto nombrado Ciénega de Olivos, con la intención de agitar el ánimo del pueblo contra los traidores. Porque según iban sucediendo los acontecimientos, yo, leal a las autoridades constituidas, andaba como sublevado, y ellos, los sediciosos y traidores, obraban como la verdadera autoridad, es decir, con sobra de elementos y facilidades, y hasta con la simpatía de mucha gente.

Uno de aquellos días recibí carta de Parral, firmada por don Juan Bautista Baca. Me comunicaba aquel señor la sospechosa actitud de José de la Luz Soto, que sostenía constante correspondencia telegráfica con Pascual Orozco, y me decía que la guarnición de aquella plaza estaba compuesta de cuatrocientos hombres.

Aunque mi fuerza, como antes he indicado, se hallaba reducida a sólo sesenta hombres, pensé yo entonces en la posibilidad de adueñarme de Parral para surtirme allí de buenos elementos de guerra. Y no vacilé. Reuní a mis muchachos, les di a saber que en aquel momento íbamos a batir a José de la Luz Soto, que era desleal al gobierno del señor Madero, y a quitarle sus cuarteles. Y mirándolos a todos muy animosos, tomé mis providencias y organicé mi gente para aquella hazaña.

Hicimos nuestra marcha esa misma noche. Nos amaneció a las puertas de Parral, sin que José de la Luz Soto conociera cómo nos acercábamos. Pero ignorante yo de cuál sería la verdadera actitud suya, y deseoso de no causar males a la población atacándola por sorpresa, mandé al dicho jefe, con un soldado, una comunicación en tanteo de sus inclinaciones. Le decía yo:

«Si es usted partidario del Gobierno, salga a recibirme. Y si es usted enemigo, salga de la población a pelear, pues vengo resuelto a entrar a esa plaza como sea. – *Francisco Villa*».

Y como no obtuve contestación, según lo había dicho lo hice. Pardeando la tarde entré a la ciudad a media rienda, yo al frente de mis sesenta hombres. Y ya estando todos dentro metí la caballada en un corralón, y luego me fui pie a tierra hasta uno de los cuarteles, donde entré también, sin vacilar yo ni encontrar nadie que me detuviera. Pero sucedió que una parte de las fuerzas de José de la Luz Soto estaba al mando de Maclovio Herrera (hoy general del Ejército Constitucionalista), y que tuve la fortuna de tropezar con él desde luego. Le expliqué yo por qué estaba en Parral, y cómo había entrado allí. Me contestó él:

—Juntas sus fuerzas con las mías igualamos las demás de esta plaza. Llame usted, pues, al orden a este viejo que aquí tiene el mando. Yo estoy dispuesto a prestarle mi ayuda para que lo desarmemos.

Decidí entonces coger los rifles y las municiones sobrantes que José de la Luz Soto tenía en aquel cuartel y fui en seguida a ocuparme del alojamiento de mis fuerzas.

Otro día siguiente, dudando yo todavía del verdadero ánimo de José de la Luz, repetí mis preguntas a Maclovio Herrera. Él me dijo:

—Estos jefes de aquí son unos traidores. Hay que tomar todos los elementos que tienen y ponernos así a la defensa del Gobierno. Los míos y yo estamos dispuestos a seguirlo a usted y a ejecutar sus órdenes.

Yo le contesté:

—Pues ahora va usted y desarma el cuartel de Jesús M. Yáñez, y yo voy y desarmo el cuartel de José de la Luz Soto.

Pero en aquel momento se me ocurrió valerme de un artificio, por lo que le añadí luego:

—Para que no haya caso de pelear, aguardemos un rato.

Y lo que sucedió fue que cogí un papel y le puse a Yáñez la siguiente comunicación:

«Señor mayor Jesús M. Yáñez: Pase usted para que le entregue la mitad del parque que traigo, pues mi fuerza queda bien surtida con la otra mitad. – *Francisco Villa*».

A los veinte minutos de mandar yo con un soldado aquella comunicación, se presenta Yáñez en mi cuartel y me pregunta que dónde está el parque de que yo le hablaba.

Yo le dije:

—Amiguito, el parque que va usted a recibir es el disgusto de saber que es mi prisionero. Ponga usted inmediatamente una orden para que su cuartel quede al mando de Maclovio Herrera.

Él, muy sumiso, me respondió:

—Está bien.

Y como en el acto libró al capitán de guardia de su cuartel la orden que yo le exigía, Maclovio Herrera se fue tranquilamente a recibir el cuartel del dicho Jesús M. Yáñez mientras yo desarmaba las fuerzas de José de la Luz Soto.

Dueña así mi gente de todo el armamento y todas las tropas de Parral, alcanzamos a completar allí hasta 500 hombres, pues pude armar algunos voluntarios que se presentaban gustosos. También tomé otras providencias. Llamé a todos los ricos de la población y les mandé contribuir a un préstamo de ciento cincuenta mil pesos. Eso fue usando yo de las amplias facultades que el gobierno de don Aureliano González me había conferido para levantar aquellos préstamos y considerando, además, que el gobierno de don Abraham me había renovado en mis poderes cuando yo estaba en Satevó.

Y es lo cierto que con aquellos ciento cincuenta mil pesos empecé a cubrir los haberes de mi tropa y a surtirlas de cuanto les hacía falta, y que todo se compraba en el comercio de la población y nada dejó nunca de pagarse.

Estaba yo en eso, es decir, estaba yo ocupándome de organizar y equipar mi gente, cuando me llegó un correo con el aviso de que por el Valle, y por ferrocarril, venían numerosas tropas con ánimo de atacarme. Entonces destaqué mis exploradores en averiguación de la verdad, y como resultara cierto que por el Valle venían unos mil quinientos hombres, y ninguno por ferrocarril, decidí permanecer en aquella plaza y sostenerme en ella.

Otro día, como a las tres de la tarde, me llaman por teléfono. Yo tomo la bocina para preguntar:

—¿Quién habla?

Me contestan:

—El jefe municipal de San Isidro de las Cuevas.

—¿Qué se le ofrece, señor?

—Que aquí llegó una partida de seis hombres armados y quiero que usted me diga qué debo hacer.

Considerando yo lo muy extraño de aquella pregunta, contesté:

—Oiga, amigo: ¿le faltan pantalones para entendérselas con seis hombres que llegan a ese pueblo?

Pero entonces, cambiando aquella voz, oí que me decían:

—No soy el jefe municipal; soy Emilio P. Campa, que te hablo de Sombreretillo. Por allá me tendrás esta noche para quitarte el orgullo.

Yo nomás le dije:

—Pasa, hombre, pasa, y se te harán formas de mucho cariño.

De modo que comencé a tomar mis providencias. Repartí mis tropas por los sitios que me parecieron más convenientes; ordené que ningún soldado de mis fuerzas bajara de las posiciones en que yo los había colocado; mandé que llevaran cena a mis muchachos, y agua, y todo aquello de que pudieran tener necesidad.

Y preparado de aquel modo, me dispuse a defender Parral contra los mil quinientos hombres de Campa y sus amenazas altaneras.

XVI

Pancho Villa, en lucha con Orozco, recibe orden de incorporarse a la División del Norte, que manda Victoriano Huerta

Soldados del pueblo • Martiniano Servín • La Mina Prieta • Triunfo de Parral • Una carta de Emilio P. Campa • Cinco mil colorados • Los ricos de Parral • El decoro de un soldado • Santa Bárbara • Francisco Lozoya • Los Obligados • Las Catarinas • El Amolar • Las Nieves • El compadre Urbina • Mapimí • Raúl Madero • Bermejillo • Trucy Aubert • Victoriano Huerta • La División del Norte • Gómez Palacio • Una orden de Huerta

Toda aquella noche nos la pasamos a la expectativa, hasta que dando las cuatro de la mañana se empezaron a sentir los caballos del enemigo. A las cinco ya me tenían abocado un cañón contra el cerro de la Mina Prieta; se rompió el fuego. Mientras por El Caracol, unas revueltas del camino que así se llaman, se sostenía una parte de mis fuerzas, yo, con el resto de la gente, combatía a los traidores orozquistas por el lado de la estación. Era pelea recia aquella que nos traían, sabedores de cómo batallábamos nosotros los soldados del pueblo, y de que era mucho el ánimo de nuestra actitud.

Así nos dieron las siete de la mañana. Y como para entonces viera yo que ya teníamos enemigo sobre el cerro, llamé a Martiniano Servín, que hoy es coronel del Ejército Constitucionalista, y le dije:

—Martiniano, con cien hombres de infantería me toma usted ese cerro; lo toma usted como se pueda, ¿me entiende? Yo me sostendré aquí, en la estación, con estos veinticinco hombres, y sólo que me maten dejaré libre este flanco, mientras usted acaba la toma que le mando.

Sin pérdida de tiempo empezó él a trepar por la ladera del cerro. Conforme seguía yo batiéndome abajo entre las cercas de la estación, lo miraba avanzar llevando con grande concierto su línea de tiradores. Y veinte minutos después oigo el clarín de aquellos cien hombres míos, que desde arriba me avisaban tocando diana el resultado de su acción. Porque era lo cierto que Servín les había quitado el cerro, y un cañón, y dos ametralladoras; y tan bien lo hizo, que con mucha sorpresa observé de pronto que una ametralladora regaba balas sobre la caballería que se estaba batiendo conmigo. Era Servín, que así coronaba su victoria y la obediencia a mis órdenes.

Entonces redoblamos nosotros el fuego de nuestros fusiles, mientras aquella ametralladora no dejaba de funcionar, con lo que la caballería enemiga empezó a desbaratarse. Mirándolo yo, mandé montar a mis veinticinco hombres, y, yo a la cabeza de ellos, nos echamos encima de los orozquistas en pelea de cuerpo a cuerpo, y primero los acabamos de desbaratar y luego los pusimos en fuga a la desbandada.

Yo no perdí un solo segundo tras de conseguir aquello, sino que reorganicé apresuradamente mis fuerzas, de forma que rodeando por el lado de abajo de Parral, le hice un flanqueamiento al enemigo que se batía con Maclovio Herrera, y ellos no lo pudieron resistir. Aquellos otros colorados huyeron también, y en nuestro poder dejaron caballos, monturas, armas, municiones y tanto número de prisioneros que pasaban de cien, con los cuales llené luego la cárcel pública.

Así terminó aquella hazaña. Yo organicé mis fuerzas; las acuartelé, para evitar excesos, pues en cuanto un jefe se descuida todos los ejércitos los cometen, y despaché exploradores que siguieran la pista del enemigo. Según el parte que poco después me rindieron, los orozquistas iban a la desbandada, rumbo a Jiménez.

La mañana de otro día siguiente un humilde lechero me entregó un papelito que contenía estas palabras:

«Desgraciado, dentro de cuatro días me tienes aquí de nuevo para quitarte el orgullo. – *Emilio P. Campa*».

Y yo comprendí que Emilio P. Campa, el pobre, hablaba de adolorido.

Dos días después de aquel triunfo de la legalidad, un correo me trajo aviso de que por ferrocarril venían cuatro trenes de colorados, y que por el Valle avanzaba rumbo a Parral otro ejército de esas mismas fuerzas. Unos decían que eran como seis mil hombres; otros, que pasaban de ocho mil. Yo decidí aguardar las consecuencias de aquel nuevo movimiento; y lo que resultó fue que el efectivo de mis atacantes era de cinco mil colorados.

Los propietarios y comerciantes de Parral no eran hombres políticos ni muy valientes, sino hombres con sólo el cariño de sus negocios o de su propiedad, para quienes lo mismo es vivir sumisos a los traidores que a los leales. Temblando, pues, ante el avance de tanta gente enemiga, y conscientes, además, de que yo no tenía más que 560 hombres, y ésos mal armados y mal dotados, por el mucho gasto de municiones hecho durante el combate anterior, me movieron una delegación con súplica de que entregara yo la plaza para menor sufrimiento de las personas y sus intereses.

Me decían ellos:

—Reflexione usted que es mucho el enemigo, y que de seguro acabarán pronto con todos sus hombres.

Pero yo, aunque viera que no les faltaba razón tocante a la grande desigualdad entre aquellas tropas y las mías, sentía en mi decoro de hombre militar que no debía huir sin pulsar antes la verdadera fortaleza del ejército contrario. Porque era cierto que ahora también había que considerar que aquellas fuerzas traían muchos de los mismos hombres que nosotros acabábamos de derrotar. Les contesté yo:

—Señores, yo no debo abandonar esta plaza, como ustedes lo desean. Mi honor militar me lo prohíbe mientras el enemigo no llegue y me arroje de aquí a balazos. Pueden ustedes retirarse, señores.

Y eso pasó. Los orozquistas llegaron en punto de las doce del día. Comenzó el combate en los alrededores de la población, teniendo yo mis tropas repartidas en pequeños grupos y por diferentes sitios. Así me sostuve hasta las once de la noche; pero a esa hora ya no me fue posible resistir más, porque el enemigo me rodeaba por todos lados. Les hice entonces el hincapié de que redobláramos nuestra resistencia por una parte, y mientras eso me cubría, me amparé de mi mejor ánimo, pues hay momentos de la guerra en los cuales no se sobreponen las mejores armas, ni el mayor número de hombres, ni la pericia de los jefes, sino el fuerte impulso del corazón, y reuniendo a la gente que pude, y desbaratando con ella muchas filas enemigas, rompimos el cerco y llegamos a la hacienda que nombran Hacienda de Santiago, propiedad de un señor extranjero.

Como era mucha nuestra fatiga, esa noche dormimos en aquella hacienda, y la madrugada del otro día salimos para la Villa de Santa Bárbara. Allí compré caballos y monturas para mis hombres, que muchos de ellos habían salido de Parral a pie y sólo con una parte de sus equipos, aunque sin abandonar ninguno sus armas ni sus municiones.

Al oscurecer de aquel día me llamaron por teléfono. Pregunté que quién me hablaba. Me respondieron:

—Soy Francisco Lozoya, de los tuyos. Me cogieron prisionero en La Boquilla. Dime si me aguardas allí, a ver si me deserto esta noche.

Pero yo conocía que no era Lozoya quien me hablaba, sino José Orozco, y en posesión de aquel engaño contesté con mucha calma:

—Desértate. Aquí te espero.

Sabiendo yo por aquel engaño que el plan de los orozquistas era cogerme desprevenido en Santa Bárbara, no quise darles el gusto de que lo consiguieran, sino que convertí en mi provecho el hincapié de la conversación telefónica. Mandé montar a toda mi gente y, muy quedo, nos fuimos a pasar la noche al rancho de Los Obligados, distante como cinco leguas. Allí me acosté a dormir sin ninguna zozobra, mientras los colorados salían de Parral, pasaban la noche a caballo y amanecían en Santa Bárbara sin encontrarme.

Nosotros almorzamos al amanecer. Luego hicimos nuestra marcha rumbo a la hacienda de Las Catarinas. Dormimos allí. Salimos de Las Catarinas y nos fuimos por la sierra del Amolar. Atravesamos la sierra del Amolar y llegamos a Las Nieves. Allí estaba mi compadre Tomás Urbina, hoy general del Ejército Constitucionalista. Tenía cuatrocientos hombres.

Nos saludamos muy cariñosamente. Yo le dije:

—Compadre, organice usted su fuerza para que nos dirijamos mañana mismo a Torreón a conseguir pertrechos de guerra, que le pediremos al señor Presidente y que él nos dará muy abastecidos para que sigamos nuestra campaña contra los colorados.

Él me dijo:

—Sí, compadre.

Y así fue. Juntas nuestras fuerzas alcanzamos a reunir novecientos hombres. Los organizamos y salimos para Torreón. Después de seis días de marcha llegamos a Mapimí. Allí encontramos a Raúl Madero, que avanzaba al frente de una fuerza de hombres ferrocarrileros.

Tanto él como sus tropas me recibieron con expresiones de cariño y en medio de muchos aplausos. También participaron en aquel regocijo los pobladores de Mapimí, pues, según yo opino, se alegraban al ver que llegábamos nosotros, los hombres revolucionarios, leales al gobierno legítimo del pueblo.

Conforme entré a Mapimí, por telégrafo impuse de mi llegada al señor general Victoriano Huerta, que se encontraba en Torreón al mando de la

División del Norte. Me contestó con instrucciones de dejar mis fuerzas donde estaban y pasar a Torreón a recibir órdenes. Así lo hice: luego luego salí para la dicha ciudad sin otro acompañamiento que una parte de mi estado mayor.

A mi paso por Bermejillo encuentro con que allí estaba el general Trucy Aubert. Él me recibió con un fuerte abrazo, y sus tropas con muchas ovaciones. Salí de Bermejillo y seguí para Torreón. En Torreón me presenté al señor general Huerta, quien me saludó con amable cordialidad y luego me dio sus órdenes.

Me dijo él:

—Mueva usted sus fuerzas a Gómez Palacio. Así veremos qué le falta.

Porque era verdad que hasta entonces venía yo cubriendo todos los gastos de mis tropas con los ciento cincuenta mil pesos que había recogido en Parral, y como la dicha suma no podía alcanzar para todo, ni había de durar siempre, ya estaba cercana la hora de que se nos atendiera en nuestras necesidades.

Me despedí del señor general con trato muy afectuoso y fui a trasladar mis fuerzas a Gómez Palacio, conforme me lo mandaban. Allí el pueblo entero, sin distinción de clases, y confundidos en sus expresiones cariñosas los jóvenes y los viejos y los hombres y las mujeres, me recibió con música y muy grandes muestras de simpatía. Mirando yo aquello, o sea, que el pueblo honrado apreciaba en mí el cumplimiento del deber y hacía esfuerzos para que yo así lo comprendiera, me sentí muy satisfecho en mi ánimo.

Pensaba yo entre mí: «Pascual Orozco, que era hombre todopoderoso, ha sucumbido al engaño de la molicie y a los impulsos de sus ambiciones extraviadas. No siendo recto en su intención, no alcanzó a ver a tiempo dónde se le torcía el sendero de su conducta. Los hombres de hoy ya saben quién es, y los hombres venideros lo juzgarán siempre como el más grande de los traidores. Y yo, Pancho Villa, despojado de mis fuerzas en Ciudad Juárez a causa de un error que cometí, sin manchar mi lealtad de hombre revolucionario, ocupo otra vez el puesto que me corresponde. Porque siendo recto en mi intención, mi conducta, aun cuando yo me equivoque alguna vez, como se equivocan todos los hombres buenos y todos los malos, será recta, y eso se apreciará. Es decir, que los hombres de ahora y los del futuro sabrán siempre que yo, Pancho Villa, fui un hombre leal que el destino trajo al mundo para luchar por el bien de los pobres, y que nunca traicioné mi causa ni olvidé por nada el cumplimiento de mi deber».

En Gómez Palacio acuartelé mis tropas, y según andaba yo ocupado en eso, recibí una carta del señor Madero, la cual me causó también mucho regocijo y vino a recompensarme de las amarguras sufridas en defensa de la legalidad. El señor Presidente me decía estas palabras:

«Pancho, te felicito por tu lealtad. Ojalá siempre sigas como hasta ahora. Pide los elementos que necesites al señor general Huerta; y mayor gusto me proporcionarás si sé que operas de acuerdo con el mismo general. – *Francisco I. Madero*».

Comprendí por aquella carta que el señor Madero, a quien, según ya he indicado, nunca había dejado de considerar como mi verdadero jefe, me daba orden cariñosa de ponerme bajo el mando del general Huerta. Y aun cuando los planes míos para barrer de Chihuahua los traidores eran otros, así lo hice. Otro día me presenté al dicho general.

Yo le dije:

—Señor, cumpliendo los deseos del señor Presidente de la República vengo a ponerme con toda mi fuerza a las órdenes de usted. Usted mande en qué le puedo servir.

Me dijo él:

—Dentro de dos días pasaremos revista a su gente.

Le contesté yo:

—Muy bien, señor. Sírvase usted decirme a qué hora vengo por usted.

—Venga usted a las diez de la mañana.

Aquel día, a la hora convenida, mandé formar mi fuerza en perfecto orden. Luego fui a traer al señor general Huerta. Él les pasó a mis hombres una minuciosa revista, y conforme lo hacía, mi tropa y mis oficiales le rendían los honores a que tenía derecho.

Me dijo después:

—Amigo, lo felicito. Tiene usted disciplina entre su gente. Dígame qué necesita.

—Señor, necesito trescientos fusiles Máuser y parque suficiente para municionar a todos mis hombres. Deseo deshacerme de los rifles 30-30, para evitar con la uniformidad de las armas las dificultades en las dotaciones de cartuchos. También necesito ropa.

Inmediatamente dio él orden de que se me entregaran aquellos trescientos fusiles y todas las municiones pedidas, y como nada dijera tocante a la ropa, yo procedí a comprarla del sobrante de los ciento cincuenta mil pesos. Pero la verdad es que apenas estaba yo acabando de vestir y municionar mi gente cuando recibí orden de trasladarme a Bermejillo y esperar allí la llegada de toda la división.

Acampé con mis fuerzas en la hacienda de Santa Clara, poco distante de Bermejillo. A los seis días de estar yo allí, llegó a Bermejillo la División del Norte. La llegada del general Huerta fue por la mañana. A las tres de la tarde, regresando yo de una exploración, me llama y me da esta orden:

—Marche usted inmediatamente con su fuerza al pueblo de Tlahualilo a batir una partida de sublevados que allí se encuentra.

Al darme aquella orden se hallaba enteramente borracho. Mirándolo yo, le quise explicar que mi salida en aquel momento implicaba muchos inconvenientes. Le dije, pues:

—Señor general…

Pero interrumpiéndome él con mucha voz, y de manera descompasada y de grande imperio, me expresó estas palabras:

—¡Le mando a usted que marche inmediatamente a batir esa partida de sublevados!

Entonces me retiré a cumplir la orden; pero antes me dirigí en busca del general Rábago. Al verlo, le dije:

—Compañero, sírvase usted explicar al general Huerta por qué deseo salir al oscurecer y no en este momento. Dígale que yo le prometo amanecer agarrado con el enemigo, pero que si salgo ahora las polvaredas me descubren y el enemigo se me va.

Y yo creo que el general Rábago tuvo palabras suficientes para convencer a Huerta de las razones de aquella petición mía, pues estando ya formada mi gente, y yo listo para salir, el general Huerta me mandó llamar otra vez y me dijo:

—Bueno, amigo. Salga usted al oscurecer, como lo solicita. Lleve usted el 7° de Caballería con su gente, y cuando amanezca me está usted peleando en Tlahualilo.

Yo le contesté:

—Muchas gracias, mi general. Con su permiso me retiro, y yo le prometo que sabré cumplir todas sus órdenes.

XVII

Pancho Villa asciende a general brigadier y toma parte principal en la campaña de Huerta contra Pascual Orozco

El 7° de Caballería • Tlahualilo • La experiencia militar • Rábago • Un abrazo de Victoriano Huerta • El generalato de Villa y los señores del ejército • Los escalofríos tocante a la muerte • Conejos • Una carga de Villa • García Hidalgo • Emilio Madero • Las friegas del compadre Tomás Urbina • Escalón • Hacia Rellano • Una mina bajo la vía • Cástulo Martínez • La artillería de Rubio Navarrete

Al pardear la tarde salí con mi gente y el 7° de Caballería. Caminamos toda esa noche. A las dos de la madrugada, comprendiendo yo que habíamos llegado cerca del sitio donde el enemigo podía tener sus avanzadas, me interné por el chaparral, pero siempre con rumbo al pueblo de Tlahualilo. Entonces me adueñé de los tajos que rodean el pueblo, dejando fuera del cerco las dichas avanzadas enemigas, tal y como yo me lo había propuesto. Porque yo, aunque no fuera hombre de carrera militar, sabía ya por experiencia que lo principal de un jefe es su arte de concebir a tiempo el desarrollo de los combates y su decisión de ejecutarlos.

Con la luz del alba se recogió uno de aquellos puestos avanzados, que seguramente venía a rendir parte sin novedad. Lo atacó mi gente, y de los seis colorados que lo componían les mató cuatro. A las detonaciones acudió el enemigo. Entonces se rompió el fuego por ambas partes, y como esto hizo que la pelea se generalizara pronto, poco después se trabó un combate de mucho encarnizamiento.

Aquel encuentro, que empezó desde antes de las seis, no vino a terminar hasta las once de la mañana, hora en que el enemigo, desconcertado por nosotros y trastornado en todas sus filas, dejó el pueblo en nuestro poder y empezó a retirarse a la desbandada. Le quité entonces seiscientos caballos, diez carros de bastimento, algunas monturas y muchos rifles y municiones. Y como en aquellos momentos se presentara a reforzarme el general Rábago, que llegaba con artillería, enfiló él sus piezas y con sólo cuatro cañonazos hizo que los orozquistas acabaran de dispersarse.

Pasada la lucha, Rábago regresó con su gente en los mismos trenes en que había venido, pues él iba a rendir el parte de la batalla, y yo me quedé en el pueblo.

Otro día marché con todas mis fuerzas, más la caballada y los carros quitados al enemigo, a incorporarme a la división, que iba camino de la Estación del Peronal. Según informaba yo al general Huerta de los muertos y heridos del 7° Regimiento, se ve avanzar hacia nosotros la caballada que había sido de los orozquistas; y en verdad que era muy grande el tablón que juntos hacían aquellos caballos. Fijándose en ellos, el general Huerta me dice:

—¿Qué animales son ésos, amigo?

Le contesto yo:

—Unos seiscientos caballos que le quité ayer a los orozquistas, mi general.

Y él me dice:

—¡Caramba! Venga usted acá, que quiero darle un abrazo.

Y es lo cierto que me abrazó con amable cariño, y que me preguntó en seguida:

—¿Y qué va usted a hacer con esa caballada?

—Lo que usted ordene, mi general. Yo tenía pensado darla al 7° y al 4° de Caballería, salvo lo que usted mande.

—Muy bien. Haga usted con los caballos lo que mejor le convenga.

Me despedí entonces de él y fui a mandar aviso a los jefes del 4° y el 7° de Caballería que cuantos soldados tuvieran caballos flacos pasaran a reformarlos de mi caballada. Así se hizo. Reformé los dichos regimientos y todavía me sobraron doscientos caballos o más.

La división siguió su marcha rumbo a Conejos, paraje que así se llama. Llegamos a Peronal. En dicho lugar la artillería no encontró agua, que ya toda la habían agotado la infantería y la caballería. El general Huerta ordenó entonces que la artillería y las fuerzas que le dábamos sostén continuáramos nuestro avance. Así lo hicimos.

Conforme divisamos a distancia la sierra de Conejos, me acerco al teniente coronel Rubio Navarrete y le digo:

—Señor teniente coronel, si supiéramos que había enemigo en aquellas alturas, ¿cómo deberíamos avanzar nosotros para ser buenos hombres militares?

Él me contesta:

—¿Lo quiere usted ver?

Yo le respondo:

—Si no hay trastorno en nuestra marcha, con mucho gusto.

Él me dice:

—No, no hay trastorno, pues de todos modos tenemos que hacer esa maniobra.

Y entonces él, que era hombre de muchos conocimientos para la guerra, dispuso lo siguiente: siguió su avance la artillería en formación que llaman de columna de baterías, flanqueándola mis fuerzas por la derecha, las de Raúl Madero por la izquierda, y al frente y adelante los gendarmes del ejército y un escuadrón de guías. Todos íbamos al galope para levantar polvaredas que no dejaran conocer al enemigo nuestra falta de infantería.

Pero como yo viera que los gendarmes y los guías hacían su marcha en línea de forrajeadores, formación de ese nombre, pregunté a Rubio Navarrete que si en su opinión mis fuerzas debían avanzar también de aquel modo. Me mandó decir que no, que mejor continuara mi avance explorando lo más posible a la derecha, suponiendo, según yo decía, que aquellos cerros estuvieran ocupados por el enemigo. Y sucedió que conforme llegábamos yo y mis hombres a distancia de tiro de las dichas alturas, todas ellas se cubrieron de fuego de fusil y de cañón; o sea, que resultó verdad que allí estaban los orozquistas. Y de ese modo, lo que traíamos empezado en forma de práctica lo acabamos como un propósito de la realidad.

Según yo creo, fue mal paso de los orozquistas descubrirse así, sin conocer antes nuestros verdaderos efectivos, pues yendo nosotros sin infantería, como íbamos, hubieran podido causarnos muy graves embarazos si nos dejan avanzar más y obran con mayores luces de inteligencia. Nosotros no contestamos siquiera su fuego. Nos limitamos a terminar nuestra exploración y a dar parte al general Huerta, el cual ordenó que pasáramos allí la noche en espera de la infantería.

Esa misma tarde me mandó citar el general Huerta antes de la hora que yo tenía de costumbre para presentarme al Cuartel General, es decir, antes de las seis, pues a esa hora iba siempre a rendir mi parte y a recibir órdenes.

Llegando ante él, encuentro con que ya se hallaban reunidos los generales Téllez, Rábago, Emilio Madero y Trucy Aubert, y que sólo a mí me esperaban. Porque para esa época ya me habían ascendido a mí a general brigadier, aunque con mucha desazón de mi parte, sabedor yo de cómo se reían de aquel grado mío muchos señores del ejército regular, y la manera de comentarios que hacían, todo lo cual, si yo sobrellevaba con paciencia, pensando que no peleaba por aquellos militares sino por el bien de mi patria, encarnada en el gobierno del señor Madero, me producía amargos sinsabores.

Digo que llegando yo, ya estaban ellos allí. El general Huerta me dirige entonces la palabra y me dice:

—Señor general, mañana al romper el día comenzará la batalla. A usted le toca entrar por el ala derecha, y no tiene opción a dar un paso atrás hasta que derrote al enemigo, o cuando otros me rindan el parte de que usted murió. A su retaguardia entrará el señor general Rábago, por si usted hubiere muerto.

Yo nomás dije:

—Muy bien, señor general. Quedo enterado de sus órdenes, y con su permiso me retiro.

Pienso yo que el general Huerta apreciaba en mí uno de esos curritos a quienes se aumenta de ánimo y se impulsa a la acción con trato de palabras pavorosas, ocasionadas a escalofríos tocante a la muerte. Porque teniendo él ya grandes constancias de mi apego al cumplimiento de mis deberes, sólo de ese modo comprendía yo que me hablara en la forma que indico.

Pero es lo cierto que oyendo sus palabras reflexionaba yo entre mí: «Este señor general quiere que yo solo le gane sus batallas».

Cuando así fuera, o no fuera, otro día siguiente a las cuatro de la mañana ordené que todo el campo se pusiera a preparar el almuerzo. A las siete ya tenía yo tirada la línea de fuego de mi caballería.

Comenzó el combate por el lado de mi ala. Tenía yo ochocientos hombres y el enemigo unos mil seiscientos. Me daba su apoyo Rubio Navarrete, el cual disparaba con sus baterías grandes piezazos que trastornaban a los orozquistas causándoles graves daños.

Al principiar la acción, yo, que hasta entonces no había visto ataque de artillería en aquella forma, pensé que Rubio Navarrete se estaba equivocando, pues silbaban muy bajas sobre nuestras cabezas las granadas de los cañones y amenazaban destrozar mis primeras filas. Se lo mandé decir varias veces. Me contestó que el fuego de su artillería estaba bien dirigido, que siguiera yo avanzando. Yo así lo hice, y como viera, al seguir nosotros nuestro avance, que el tiro de los cañones se alargaba también y que las granadas iban a caer siempre sobre el enemigo que llevábamos adelante, y nunca entre nosotros, comprendí entonces cuál era el juego de la verdadera artillería y me sentí seguro de que Rubio Navarrete, siendo grande artillero, me protegería en mis movimientos.

Así continuó aquel combate. Cuando ambas caballerías, la mía y la del enemigo, se acercaron hasta no distar entre ellas más de trescientos metros, recreció la batalla por el mucho ímpetu que ponían ellos y el mayor impulso de los míos. Según sonaban los disparos de las armas, se veían caer al suelo caballos y cristianos. Aquel espectáculo era grande de veras y muy digno de verse.

Yo había dado a mis oficiales orden de avanzar hasta revolverse la gente nuestra con el enemigo, y de no retroceder por nada de este mundo, aunque allí nos muriéramos todos. O sea, que el avance nuestro empezó tan recio, y alcanzó a desarrollarse con brío tan irresistible, que los colorados sintieron nuestra decisión de avanzar, y entonces ellos, abatidos en su ánimo, iniciaron su retroceso poco a poco. Mirando yo cómo flaqueaban, y cómo algunos de ellos volvían la rienda, me lancé a la carga, les desbaraté sus filas, y tan adentro entré con mi gente en su terreno, que confudiéndonos con ellos los matábamos a pistola.

Hice como ochenta prisioneros en dos partidas, les quité mucha parte de su caballada, recogí las monturas de los animales muertos y tuve la satisfacción de ver que el enemigo se iba, huyendo en la dispersión más completa. Aquellos ochenta prisioneros, que a seguidas mandé yo al general Huerta, fueron pasados por las armas.

Desde la madrugada de ese día andaba yo mal de mi salud. A las tres de la tarde, acabado ya el combate, el enemigo se rehacía y buscaba refugio arriba de unos cerros, distantes como media legua, que se alzan al costado derecho de la sierra de Conejos. Ardiendo en calentura, yo me había tumbado en el suelo, y no me retiraba de allí porque tenía enemigo al frente y no me decidía a desamparar el punto.

Así estaba yo, cuando llega de pronto un teniente coronel, de nombre García Hidalgo, el cual, sin más, se dirige a mí gritándome con una altanería que ningún hombre debe tener sin motivo justo, y mayormente si él es un teniente coronel, y un general la persona con quien trata.

Él me dice:

—¿Qué está usted haciendo allí acostado? ¡Y mientras, toda la fuerza parada y sin incorporarse! ¿No sabe usted que ya todo el combate pasó?

Yo, herido por aquellas palabras suyas, me limité a señalarle con la mano las fuerzas orozquistas que estaban sobre los cerros. Pero me añadió él con sonrisa de sarcasmo:

—¿Aquéllos? Aquella que se ve allá es la gente de don Emilio Madero.

Con mucha calma le hablé yo mis palabras. Le dije así:

—No, señor. Es el enemigo que yo he desalojado de aquí después de combatirlo todo el día.

Pero creciendo él en su altanería, me respondió de esta forma:

—¡Qué enemigo ni qué enemigo! Aquélla es la gente de don Emilio Madero, como lo oye. Lo que pasa es que después de no hacer nada, todavía quiere usted estarse aquí echado y con la gente quieta.

Como yo viera tanta injusticia en aquella actitud, ya no pude contenerme en mi vergüenza de hombre ni en mi amor propio de hombre militar, sino que olvidándome de que estaba enfermo, me levanté, me monté en mi caballo y grité al dicho teniente coronel:

—No sea usted mitotero ni hable con tanta altanería. Entre aquí en mi columna y vamos juntos a pegarles a los orozquistas, que así sabrá usted una vez lo que son hechos de hombres y no volverá a presentárseme con tantos cuentos, ni tanta soberbia, ni tantas voces.

Pero entonces me dijo él:

—Yo soy el jefe del estado mayor del señor general Victoriano Huerta.

Y le dije yo, con toda mi paciencia acabada:

—Usted es un tal, que ahora mismo se me va a quitar de enfrente, pues no quiero perturbaciones después de haber peleado todo el día.

Y de tan crecido que antes estaba, se retiró entonces muy humildito, y yo permanecí en el campo hasta las seis de aquella tarde.

A esa hora, privado de conocimiento por la mucha fiebre, mis muchachos me retiraron de allí. Estaba tan enfermo que no pude siquiera ir a rendir el parte del día al señor general Huerta.

Esa noche mi compadre Tomás Urbina me dio unas friegas de alcohol, me arropó muy bien entre muchas frazadas y me acostó a dormir debajo de un carro para que respirara buen aire sin sufrir los cambios del tiempo. Y otro día, sintiéndome mejor, me levanté de aquella cama y me dirigí al Cuartel General a rendir mi parte de la pelea del día anterior. Conforme oyó el general Huerta los detalles que yo le daba, se levantó de su asiento, avanzó hacia mí y me dijo:

—Venga usted acá, mi amigo, para darle un abrazo. Ya me había contado el general Rábago su comportamiento durante la batalla.

Sintiendo aquel abrazo, yo pensé: «¡Qué lástima que no esté aquí el teniente coronel García Hidalgo, que así recibiría su soplamocos!».

Los doctores de la columna me recetaban sus medicinas. Yo me atenía a las friegas de alcohol que me daba mi compadre Tomás Urbina y a la práctica de sus consejos, que me probaban muy bien. Sintiéndome aliviado, otro día siguiente por la mañana pude ir a saludar al general Huerta y a rendirle parte sin novedad en el servicio de los puestos avanzados, que noche a noche desempeñaba mi gente por ser la vanguardia de todas las fuerzas.

El general Huerta me comunicó entonces su decisión de salir de Conejos esa misma mañana y me ordenó marchar con mis hombres por el flanco derecho de los trenes, quinientos metros adelante del convoy y desplegada mi caballería en línea de tiradores. Así llegamos a Savalza. Seguimos de Savalza y nos acercamos a Escalón, es decir, al presón que allí hay. Y con eso acabó la jornada de aquel día.

Cuando nos detuvimos en el dicho punto, el general Huerta me mandó llamar para darme sus órdenes tocante al servicio de puestos avanzados, los cuales, según indico antes, quedaban a mi cargo durante la noche. Entonces volvió él a expresarse conmigo tal y como lo había hecho en Conejos, la víspera de la batalla. Me dijo lo siguiente:

—Señor general, tenemos el enemigo en Escalón. Si nos ataca por sorpresa esta noche a usted lo hago personalmente responsable.

Le contesté:

—Mi general, viva usted seguro que el enemigo no nos sorprenderá, y si nos ataca le costará muy caro.

Tenía yo por costumbre hacer muy efectivo mi servicio de avanzadas y no tan sólo para cubrir la apariencia, como solían en su hábito los federales. Pero queriendo plegarme más a las órdenes del general en jefe, aquella noche resolví aumentar mi vigilancia. Es decir, que a más de establecer tres avanzadas de caballería en puntos convenientes, a distancia de un cuarto de legua de la división, regué de vigilantes cuantos lugares me parecieron del caso. Y a pesar de lo muy enfermo que yo me sentía, pues ha de saberse que la calentura no llegó a dejarme en toda aquella campaña, anduve en persona mirando el servicio hasta las tres de la madrugada, hora en que me relevó mi compadre Tomás Urbina. Cuando me acosté a dormir puse de centinela

131

uno de mis asistentes y le di orden de recibir el parte cada cuarto de hora y de despertarme tan pronto como hubiera la menor novedad.

Al otro día me presenté al general Huerta para comunicarle que nada anormal había ocurrido durante la noche. Él, como si no me oyera, me dio estas órdenes:

—Para la una de la tarde, usted y el general Rábago me toman Escalón. Entren ustedes por el flanco derecho y don Emilio Madero por el flanco izquierdo. Combinadas así las fuerzas, ejecutarán lo que mando.

Como se dijo, se hizo, o más bien, intentamos hacerlo el general Rábago y yo. Porque es la verdad que el enemigo, mirándonos avanzar en actitud de muy grande resolución, nos dejó la plaza sin combatir y nosotros la ocupamos.

Aquella tarde, como de costumbre, hice mi servicio de avanzadas, y otro día, según me presentaba a rendir mi parte sin novedad, el general Huerta me ordenó avanzar en exploración hasta Rellano, paraje que así se nombra por ser el plan adonde se llega subiendo el Escalón.

Yo tomé doscientos hombres de mi brigada y salí a cumplir aquellas órdenes. Antes de llegar al presón de Rellano advertí algo sospechoso en la vía del ferrocarril, por lo que hice que se examinara aquel lugar con cuidado; y lo que sucedió fue que descubrimos bajo los rieles una mina cargada con treinta y dos cajas de dinamita, y a media legua del camino las baterías para hacerla estallar.

Mandé cortar unos veinte centímetros de los alambres; hice que volvieran a tapar la zanja donde estaban ocultas las baterías, y luego seguí avanzando hasta el referido presón. Allí entablé con el enemigo un pequeño tiroteo, del cual resultaron siete colorados muertos, y de mis fuerzas muerto el capitán primero Cástulo Martínez y dos soldados.

Cuando regresé a dar cuenta de mi exploración, el general Huerta tomó las señas del lugar donde se encontraba aquella mina y ordenó a Rábago que otro día siguiente la sacara de allí. Así se hizo. El general Huerta me dijo entonces:

—Señor general, como conocedor del terreno, marche usted con su gente dando protección a la artillería, y conforme avance dé al teniente coronel Rubio Navarrete los informes necesarios para que descubra los lugares donde emplazar con mayor ventaja sus cañones y batir al enemigo.

Yo, aunque seguía sintiéndome muy enfermo, vi con satisfacción que otra vez me designaban para dar principio a la batalla.

XVIII

Villa comprende que los federales no lo quieren y Huerta se lo confirma dándole trato de poca razón

Rellano • Manuel García Santibáñez • «¿Dónde está mi general Villa?» • Un almuerzo con Victoriano Huerta • Los muertos de Rellano • Huerta sabía mandar • Los siete muertos de la noria • Federales y revolucionarios • La prisión del compadre Urbina • Téllez, Rábago y Emilio Madero • Las flores del Valle de Allende y de Parral • La yegua de los Russeck

Colocamos la artillería de Rubio Navarrete, o más bien dicho, la colocó él, pues el dicho teniente coronel era hombre muy inteligente y grande conocedor del uso de la artillería. El general Huerta me ordenó entonces que me situara yo al flanco derecho de la línea de batalla.

Mis fuerzas tuvieron a su cargo establecer contacto con el enemigo. Comenzó el combate. Tomó todo su desarrollo. Me protegía y apoyaba fuertemente la artillería de Rubio Navarrete, que hacía sus disparos con grande acierto.

A media tarde, conforme llegaba al campo de batalla el grueso de las tropas, el triunfo de la legalidad estaba próximo a consumarse. Porque para esa hora ya le tenía yo quitadas al enemigo todas las posiciones que se me habían señalado como objetivo de mi acción, y lo mismo habían conseguido las demás fuerzas nuestras, menos los gendarmes del ejército y alguna otra gente, que no lograron adueñarse del presón de Rellano. Y vislumbrando yo en aquel momento la ventaja de que alguna artillería me auxiliara en mis nuevas providencias, vino a establecerse en las posiciones conquistadas por mí una batería al mando del capitán Manuel García Santibáñez, hoy coronel del Ejército Constitucionalista. El fuego de aquellos cañones flanqueaba por completo a los colorados de Pascual Orozco.

Pero sobrevino entonces que el general Huerta ordenó a Rábago ir al ataque de la derecha enemiga, y como la brigada del dicho general fue completamente derrotada, y también las fuerzas de don Emilio Madero, eso puso en peligro el grueso de nuestra acción. Según yo opino, el general Huerta erró en aquella providencia suya, pues no era en la derecha enemiga donde se hallaba la derrota orozquista, sino en la izquierda. Por fortuna, el grande dominio de la artillería, y el mucho ánimo de mis fuerzas, dieron tiempo a que otras brigadas vinieran a sostener el campo que habían abandonado el general Rábago y don Emilio Madero.

Al anochecer ese día, establecí con mayores preocupaciones que de costumbre mi servicio de vigilancia. Para más seguridad desplegué toda mi fuerza en línea de tiradores y protegí la batería de montaña con dos ametralladoras y lo más florido de mi gente.

Así fuimos pasando la noche, es decir, sin que ocurriera nada anormal. Pero a la una de la mañana se aparece entre mis filas un individuo que preguntaba por mí y que iba gritando de un lado para otro:

—¿Dónde está mi general Villa? ¿Dónde está mi general Villa?

Ninguno de mis soldados sabía dónde estaba yo, de modo que ninguno le contestaba. Pero como ninguno se imaginaba tampoco que aquel hombre fuera un enemigo, todos lo dejaban pasar. Cuando al fin tropezó él con un capitán primero del 15° Batallón, que estaba allí, asustándose de ver que aquél era un oficial, le soltó un balazo y desapareció al amparo de las sombras.

Al amanecer se rompió el fuego. A las ocho de la mañana mis fuerzas ya habían desalojado de sus posiciones al enemigo. La pelea de ellos había sido dura; pero los nuestros, con voluntad de ánimo superior, no encontraron en su avance embarazo que los detuviera.

Entonces ordené a mi compadre Tomás Urbina que dispusiera el levantamiento del campo, y mientras él se ocupaba de eso, yo me fui a rendir mi parte de la batalla al señor general Huerta.

Nos saludamos con buen cariño. Yo le dije:

—Mi general, esta situación ha terminado. La victoria es nuestra.

Me dijo él:

—Venga usted acá, señor general. Tengo que darle un abrazo, y ya informo al señor Presidente de la República sobre todos los hechos de usted, para que los tome en consideración, si es servido de hacerlo. No, amigo, no se vaya: hoy quiero que almorcemos juntos. Aquí tengo unas gorditas.

Y así fue. Aceptando yo aquella cariñosa invitación que él me hacía, los dos almorzamos con trato muy amable; y en verdad que yo me comí dos de aquellas gorditas con frijoles, las cuales me parecieron muy sabrosas no obstante mi enfermedad, pues el señor general en jefe me hizo objeto de sus mejores atenciones.

Conforme acabó el almuerzo, me despedí del general Huerta y me retiré al lugar donde estaba mi gente.

Cuando yo vi que los soldados habían acabado de levantar el campo, me acerqué con mis fuerzas a un ranchito, donde ordené que toda la tropa desmontara. Acampamos; acabamos de enterrar nuestros muertos; enviamos los heridos al hospital, y para las cuatro de aquella misma tarde me presenté a recibir órdenes.

El general Huerta me dice:

—Señor general, ¿no tenemos ahora peligro?

Le contesto yo:

—Ninguno, mi general. Ahora no necesitamos ni puestos avanzados. Pero usted ordenará lo que más convenga.

Él me expresó entonces estas palabras:

—Pues si no tenemos peligro, usted sabe lo que hace. Y si lo tenemos, cuide usted de que no lo tengamos.

Considerando yo aquellas palabras, pensaba entre mí: «Con ser este hombre tan borracho, es cierto que sabe mandar, y si no manda con mayores luces de inteligencia es porque en verdad se da a la bebida desde las siete de la mañana y casi nunca anda en su cabal juicio».

Porque así sucedía. De tantas veces como yo me acerqué al general Huerta, no sé si alguna habremos hablado sin que él tuviera copas en el cuerpo, las cuales bebía de mañana, y de tarde, y de noche. Según es mi parecer, la estimación de sus dotes militares debía de ser muy grande, cuando el señor Madero, sabedor de aquel grave vicio del general Huerta, confiaba en sus manos la campaña contra los orozquistas, o sea, la campaña contra un movimiento revoltoso que si llegaba a triunfar era la ruina de nuestra Revolución.

Al otro día emprendimos la marcha rumbo al norte. Las tropas iban distribuidas del modo siguiente: mi brigada a la extrema vanguardia, como de costumbre; las brigadas de Rábago y don Emilio Madero, detrás, y luego los trenes y artillería.

Pasamos de Rellano. Llegamos a una noria que hay arriba de aquel lugar, y allí nos detuvimos para dar de beber a la gente y a la caballada. Y sucedió que habiéndosenos acabado el agua de aquella noria, descolgamos un soldado que llenara las cantimploras, más unos morrales con que seguir echando agua en las ánforas, y mientras el soldado bajaba al fondo, el general Rábago, don Emilio Madero y yo nos pusimos a beber con grande satisfacción. Entonces oímos que el soldado gritaba desde abajo:

—¡Sáquenme! ¡Sáquenme! ¡Estiren pronto la reata!

Y saliendo otra vez a la luz, aquel soldado nos expresó con mucha energía:

—En el fondo de la noria hay siete muertos. Yo ya no bajo.

Aquella noticia del soldado la celebramos todos con grandes carcajadas, y sólo don Emilio Madero se puso algo pálido, diciéndonos:

—Según yo creo, voy a vomitar las tripas.

El general Huerta, como antes indico, tenía para mí trato de muy buen cariño. Mas cuando así fuera, yo pienso que ni él ni sus hombres más íntimos nos veían con buenos ojos a nosotros los revolucionarios maderistas, sin saber yo la verdadera causa de ese sentimiento. Porque nosotros éramos leales y muy cumplidores de nuestro deber; y encomendándonos, según se nos encomendaban siempre, las faenas más difíciles, y dejándonos las más abrumadoras fatigas, es la verdad que salíamos de ellas en forma merecedora de recompensas o elogios. Si no, ¿por qué tantos abrazos del general Huerta para mí, y la confianza tan grande que ponía en mis disposiciones tocante a todo lo que me encomendaba? Reflexionaba yo a veces si aquella malquerencia vendría de haber humillado nosotros, los hombres revolucionarios, con la toma de Ciudad Juárez en 1910, el orgullo federal, o de no tener en nuestra historia de hombres guerreros otros comienzos que los de la Revolución. Pero cuando no fuera una cosa ni la otra, lo que yo sí sé es que muchos de aquellos militares, y también el señor general Huerta, no nos aceptaban con ánimo sincero, sino que buscaban todos los días la manera de hostilizarnos.

Como decía, las tropas iban en su marcha más allá de Rellano. Estando la división frente a los ranchos que se nombran Rancho Colorado y Rancho de los Acebuches, supe con grande sorpresa y mucha indignación cómo venían a coger preso a mi compadre Tomás Urbina, entonces coronel, y hoy general del Ejército Constitucionalista, y cómo luego se lo llevaban entre soldados hacia el Cuartel General. Porque la verdad es que no había ningún motivo, ni la causa que alegaban era justa.

Mirando aquello, yo cogí mi brigada, me alejé como una legua del lugar donde estaban los federales y desde allí mandé un recado a los generales Téllez, Rábago y Emilio Madero. Les decía yo:

«Si le pasa algo a mi compadre para cuando amanezca, o si no viene a mi poder a las ocho de la mañana, yo me retiraré con mi brigada a dar cuenta al señor Presidente de la República donde primero encuentre oportunidad».

Ellos me mandaron la siguiente contestación:

«General, no se alarme. Nosotros le respondemos de que su compadre estará con usted a las ocho de la mañana. Ya nos dirigimos al señor general Huerta».

No sé los alegatos y razones que pasarían entre ellos, pero es un hecho que mi compadre Tomás Urbina estaba a mi lado a las ocho de la mañana. Y como el tiro les falló así, también estoy cierto de que me entregaron entonces a mi compadre deseosos, en su ánimo, de emprenderla conmigo directamente.

Seguimos nuestra marcha, y, siempre con mi brigada a la vanguardia, llegó la División del Norte a Jiménez. Allí me mandó llamar el general Huerta para darme esta orden:

—Mande usted al coronel Urbina a donde haya ganado, y que lo traiga para la división. Que lleve una pequeña escolta.

Así lo hice. A mi vez ordeno yo a mi compadre Urbina lo siguiente:

—Compadre, vaya usted con diez hombres a la hacienda de San Isidro y traiga quinientas reses.

Y mi compadre Tomás Urbina salió en seguida, propuesto a cumplir la dicha comisión.

La noche de aquel mismo día, como a las diez, me mandó llamar el general Huerta y me dijo:

—Vaya usted con el general Rábago a Parral. Establezcan allí las autoridades y regresen inmediatamente.

Obedeciendo aquellas órdenes, salimos rumbo a Parral, con nuestras brigadas de caballería, el general Rábago y yo. Formaban mis fuerzas la vanguardia de la marcha, y como los pobladores del Valle de Allende supieron, por un aviso telefónico, que yo iba a pasar por allí, se prepararon a recibirme con muchas demostraciones de simpatía. Salían al paso de mis tropas las señoras y señoritas, y los jóvenes, los niños y los viejos, trayendo todos grandes ramos de flores, y coronas, y guirnaldas, que nos dedicaban con muchas aclamaciones y palabras cariñosas. O sea, que de esta forma todo el pueblo de aquel lugar participaba del regocijo, y todos los vecinos se esforzaban por expresarme la disposición de su buen cariño. Pero yo, aunque comprendiera que aquellas flores eran para mí, no quise despertar los celos de los federales, mayormente viniendo mis fuerzas a la vanguardia, y por eso rogué a los habitantes del pueblo que guardaran sus ofrendas para el señor general Rábago, que venía a la retaguardia.

Yo les decía:

—Haciendo ustedes lo que les pido, yo quedaré más honrado y satisfecho que recibiendo yo mismo estas flores.

Me decían ellos:

—Pero si son para usted, Pancho Villa, todas para usted.

Mas consintió al fin el pueblo en aquellos ruegos míos, y al llegar el general Rábago le echaron tantos ramos y coronas que todos los caballos de su brigada entraron al Valle de Allende pisando alfombras de flores.

Allí nos quedamos aquella noche. Yo le indiqué al general Rábago que acuartelara sus tropas en la población y me retiré con mi brigada a un ranchito, poco distante, de nombre que no me recuerdo.

Otro día, según habíamos convenido Rábago y yo, emprendimos nuestra marcha al amanecer. Yendo yo a la vanguardia, me detuve en las afueras de Parral. Mandé una comisión a informarse en secreto de lo que allí hubiera, pues siendo mi persona tan conocida de aquellos vecinos, pensaba que también pudieran prepararme algún festejo. Yo les dije:

—Porque si hay honores y agasajos, ustedes arreglan que todos sean para el general Rábago.

Y así se hizo. ¡Cómo no había de haber para Pancho Villa agasajos en Parral! Me esperaban músicas, y grandes aplausos, y ovaciones; y tantas fueron las coronas de flores, que Rábago tenía que irlas pasando a sus oficiales según las recibía.

Al mirar aquello, crecía en mi ánimo mi satisfacción. Reflexionaba entre mí: «El pueblo que así esperaba recibirme sabe también apreciar mis deberes de compañerismo y me ayuda a que yo los cumpla. Se hace cargo de que lo principal de esta pelea en que andamos es el triunfo de la causa legítima, no el premio para el mérito de cada uno».

Luego que establecimos aquellas autoridades, marchamos a incorporarnos de nuevo a la división. Como yo llegara a Jiménez medio día antes que el general Rábago, ordené el acuartelamiento de mis tropas y me dirigí al Cuartel General a dar aviso de mi llegada al señor general Huerta. Me recibió él con el afecto de costumbre. Le dije que Rábago le rendiría parte detallado de la comisión que habíamos desempeñado juntos, pues a él le correspondía. Me contestó que estaba bien, y al despedirme yo me manifestó sus sentimientos cordiales, como otras veces.

Entonces me dirigí a mi cuartel. Allí supe que durante mi ausencia, es decir, durante mi viaje a Parral, un capitán había venido a llevarse una yegua que yo había dejado allí, la cual, según decían unos señores de nombre Russeck, les pertenecía a ellos. Digo yo ahora, conforme decía entonces, que los dichos señores eran enemigos del gobierno legítimo y andaban conchabados con Pascual Orozco y su gente.

Esa tarde, según me presenté a recibir órdenes, le dije al general Huerta:

—Mi general, un capitán del ejército se sacó de mi cuartel una yegua que era de unos enemigos de nosotros. Quiero que usted me haga el favor de darme una orden para que se me entregue.

Pero como él no comprendiera al pronto el contenido de lo que yo le expresaba, me respondió con una arrogancia que ningún jefe debe tener y que yo no estaba en ánimo de sufrir. O sea, que por unos momentos nos descompasamos algo de palabras, él en su papel de jefe que no reconocía fronteras a su autoridad, y yo como subordinado amante de mi reputación, aunque muy dócil y sumiso. Mas pareció luego que las cosas se aclararon por la energía de mi razonamiento, y entonces moderó él su tono y yo volví a mis palabras serenas.

Me dijo él:

—No necesita usted ninguna orden mía para eso. Mande que le entreguen la yegua, téngala quien la tenga.

Yo así lo hice. Dispuse que uno de mis asistentes llevara al oficial que tenía aquella yegua de mis tropas una comunicación con estas palabras:

«A quien corresponda: De orden superior, y sin ningún pretexto, devuelvan la yegua que pertenece a mi cuartel. – *Francisco Villa*».

Entonces me devolvieron la yegua. Pero la verdad es que la intriga que me estaban urdiendo no acabó con eso.

XIX

A pesar del brillante comportamiento de Pancho Villa en toda la campaña contra Pascual Orozco, Victoriano Huerta intenta fusilarlo

Villa en sudor • Un saludo de Huerta • Los coroneles Castro y O'Horán • El Batallón de Xico • Las tapias de la estación • Villa dentro del cuadro • «¿Por qué me fusilan?» • Lágrimas de Pancho Villa • Era orden superior • El teniente coronel Rubio Navarrete • El honor de Victoriano Huerta • Antonio Priani • Despedida de Villa • Torreón • Monterrey • Blas Flores y Encarnación Márquez • San Luis Potosí • La Penitenciaría • Octaviano Liceaga

Esa noche, por seguir yo enfermo de las calenturas, que, según antes he indicado, no me dejaban desde los comienzos de la campaña, me dieron unas friegas de alcohol. Estaba yo en el hotel que nombran Hotel Charley Chi; y como allí era lugar cerrado, me taparon bien con muchas frazadas y me echaron a sudar.

Cuando me hallaba yo en lo más copioso del sudor llegaron en mi busca un mayor del ejército y un capitán segundo. Me dijeron ellos:

—Dice mi general Huerta que pase usted en seguida al Cuartel General.

Yo les contesté:

—Díganle a mi general que estoy en estos momentos en sudor. Que me diga si el negocio es urgente, para levantarme del sudor, y que si no lo es, que iré a verlo por la mañana, pues ya ustedes se hacen cargo de cómo estoy ahora: sudando a chorros.

Aquellos señores se retiraron y ya no volvieron. Pero según habría yo de saber después de algún tiempo, habían venido a buscarme de parte del general Huerta porque el dicho general quería aclararme, o confirmarme, unas órdenes de marcha rumbo a Santa Rosalía. Y lo que sucedió fue que él estimó entonces una desobediencia mía el que no me presentara yo en el acto, aunque estuviera en sudor.

Yo me volví a dormir. Pasado un rato, de extensión que no me recuerdo, desperté con el ruido que hacía el teniente coronel Rubio Navarrete al entrar donde yo estaba. Lo saludé y le pregunté que si se le ofrecía algo. Me dijo que no, y como en aquel mismo cuarto estaban durmiendo otros oficiales, uno de ellos federal, pensé que seguramente andaría él en busca de alguien. Pero la verdad no era así. Luego habían de contarme cómo en el silencio de aquella noche, Rubio Navarrete había cercado mi cuartel con todas sus fuerzas, emplazando frente a mi puerta los cañones de todas sus baterías, y cómo eso lo había hecho por órdenes del general Huerta, a quien le habían afirmado que yo me iba a sublevar. También sabría que aquella visita de Rubio Navarrete a mi cuarto había sido con ánimo de cerciorarse de que dormía yo, pues no revelaba mi cuartel indicio ninguno de que me sublevara.

Al otro día esperé que saliera el sol, y bien envuelto en mi cobija me dirigí de mi cama al Cuartel General, sin más compañía que mi asistente. Al presentarme allí, el general Huerta me vio, se levantó de donde estaba y me dijo con su manera de costumbre:

—Buenos días, señor general.

Yo le respondí:

—Buenos días, mi general.

Entonces salió él de aquel carro, que era donde tenía su cuartel, y yo me senté a esperar su regreso para recibir sus órdenes.

Habrían pasado unos dos minutos, cuando veo que suben al carro los coroneles Castro y O'Horán, los cuales, dirigiéndose a mí, me dicen:

—Entréguenos sus armas, de orden superior.

Y al tiempo que ellos me decían aquellas palabras, miraba yo, sin comprender bien lo que estaba pasando, cómo por ambos lados del carro iban formándose dos escoltas muy numerosas. Cuando así fuera, no por mirar yo lo que miraba perdí la serenidad, ni hice ningunas señales de resistencia. Tan sólo dije a los dos coroneles.

—Sí, señores. Aquí están mis armas.

Y me desfajé la pistola y la entregué, y junto con la pistola les entregué mi daga.

Ellos las recibieron. Me dijeron luego:

—Baje usted por aquí.

Y me hicieron bajar del carro y me metieron entre filas del Batallón de Xico, que estaba al costado derecho del Cuartel General, por el oriente.

Minutos después, yo todavía entre las filas del dicho batallón, los dos coroneles me colocaron en medio de una escolta y luego me condujeron hacia el otro lado de unas tapias que hay allí, como a ciento cincuenta pasos de la vía. Yo iba marchando con algo de mareo, no sé si por mi fuerte sudor de toda la noche o por lo que me acababa de suceder. Pero también es cierto que no me sentía muy desasosegado, pues pensaba entre mí que todo aquello tenía que ser obra de un error, y que luego iba a aclararse.

Y sucedió que, según dimos vuelta a una de aquellas tapias, yo vi lo que nadie pudiera creer, y lo que tampoco creí yo hasta después del primer momento: o sea, que ya tenían allí formado el cuadro para fusilarme. Aquel mareo mío se me quitó todo de un golpe, como si no lo hubiera tenido nunca, y me vino a seguidas una muy grande indignación. Porque además de no haber dado yo ningún motivo para que compañeros míos de armas quisieran mi muerte, era mayormente injusto que me fusilaran en medio de tantas desconsideraciones.

Yo no era un traidor ni un enemigo enmascarado, ni siquiera un prisionero. ¿Por qué me trataban entonces de aquel modo? Pero también aquella grande indignación mía duró muy poco y vino a cambiárseme en tristeza, o más bien, en aflicción. Pues yo pensaba: «Estos señores que aquí mandan representan al gobierno del pueblo, por el cual yo combato desde hace dos años como hombre revolucionario. Y como son ellos los que me van a matar, columbro que los intereses del pueblo no están ya en manos de quienes lo defienden, sino en manos de sus enemigos». Y creo ahora que por esto era tanta la aflicción que me embargaba.

Al quedar yo dentro del cuadro, el sargento primero del pelotón que iba a fusilarme se acercó a la tapia y con el marrazo trazó en ella una cruz. Aquella cruz, que todavía existe, puede verse a estas fechas en el lugar donde la grabaron para mi fusilamiento. Luego el dicho sargento se dirigió a mí y me ordenó que me pusiera al pie de aquella señal. Pero yo entonces, no pudiendo contenerme, pregunté al coronel O'Horán:

—Señor coronel, ¿quiere usted decirme por qué van a fusilarme? Si he de morir, al menos quiero saber por qué. Yo he sido un fiel servidor del Gobierno, he pasado trabajos con ustedes, he corrido peligros. Creo justo que por lo menos me digan la causa de que muera yo fusilado…

Y no pude continuar, porque las lágrimas me rodaban de los ojos, sin saber yo ahora si aquel llanto era por la cercanía de mi fusilamiento o por el dolor de verme tratado de ese modo. Columbro que era por la ingratitud y las muchas desconsideraciones, y no por miedo mío a la muerte, pues yo, según es mi parecer, no había dado nunca muestras de cobarde ni había esquivado jamás los peligros, por grandes que fueran; o sea, que muchas veces había obrado en mi vida seguro de que aquélla sería mi última acción, tan cerca así estimaba mi muerte.

Pero como viera yo que el coronel O'Horán no me contestaba nada, me volví hacia el coronel Castro y le dije:

—Señor coronel, permítame usted que le dé el último abrazo. Quiero que el Ejército Nacional, si tiene honor, juzgue de estos hechos. Yo soy inocente.

Estas palabras le dije yo, queriendo significarle que muy grande había de ser mi crimen para que ellos me sacrificaran de aquel modo y con tanta prisa. Y declaro hoy que yo así lo imaginaba, pues sin motivo no se da la muerte a nadie, y menos todavía al hombre que está sirviendo con su corazón la causa de un gobierno legítimo, y que es objeto de felicitaciones y abrazos por el mucho valor desplegado en los actos de su conducta.

El coronel Castro, abrazándome muy conmovido, me respondió tan sólo:

—Es orden superior.

Lo miraba yo, como queriendo adivinar de quién provenía aquella orden superior, cuando de pronto, y a tiempo que yo me quitaba un poco de delante de él para volverme al coronel O'Horán, a ver si éste me contestaba, O'Horán avanza hasta nosotros y dice al coronel Castro:

—Un momento, compañero: no lo fusile todavía. Espere que hable yo con el general Huerta.

Y se fue.

Pero pasados algunos minutos, O'Horán volvió y dijo al coronel Castro con voz de mucho desaliento:

—Mi general Huerta manda que se cumpla la orden.

Otra vez quiso el sargento que fuera yo a colocarme al pie de la cruz, y otra vez pedí yo, más sereno tocante a mis lágrimas, pero de nuevo con los mareos de mi enfermedad, que al menos habían de decirme por qué iba yo a morir fusilado. Y como el sargento quisiera entonces llevarme a fuerza hasta la pared, yo me eché al suelo, haciendo como que imploraba, pero queriendo sólo ganar tiempo para que algún hecho o alguna persona viniera en mi ayuda.

En eso estábamos cuando se apareció el teniente coronel Guillermo Rubio Navarrete, el cual daba muestras de mucha ansiedad y de grande interés por mi vida. Él les dijo:

143

—¡Un momento, señores, un momento! Dejen que hable yo con el general Huerta.

Y volvió a irse en cumplimiento de su gestión. Pero la verdad es que empezaron entonces a quedarme a mí tan pocas esperanzas de salvar la vida, que me puse a regalar mi reloj y mi dinero a los soldados que iban a ejecutarme.

Eso estaba yo haciendo cuando regresó a la carrera Rubio Navarrete y gritó desde lejos a los dos coroneles:

—Que se suspenda la ejecución. Es orden del general.

Y se acercó a donde yo estaba, y me cogió de un brazo, y me llevó él mismo a presencia del general Huerta.

Llorando yo otra vez, no sé si porque ya no me fusilaban, o por la emoción de ver que entre aquellos hombres que habían corrido riesgos conmigo había algunos que se alzaban contra la injusticia, dije al dicho general:

—Mi general, ¿por qué manda usted que me fusilen? ¿Acaso no he sido hombre fiel para ustedes? ¿He cometido algún acto fuera del cumplimiento de mi deber?

Y ante aquellas palabras mías, merecedoras de la franca respuesta que todo hombre debe a otro en los momentos de su angustia, el general Huerta contestó tan sólo, con muy grande altanería:

—Porque así lo requiere mi honor militar.

Y me volvió la espalda, y se fue.

Pasados aquellos primeros momentos, mi ánimo volvió a caer en la tristeza que antes indico. Me dijeron que iban a trasladarme a México para que allá me formaran consejo de guerra. Yo lo oí con muy poca atención. Tan sólo pensaba, mas no por interés, sino por curiosidad, que cuál sería el delito de que irían a juzgarme. Me repetía yo: «¿Qué habrán éstos inventado que yo he hecho, para que logren tratarme así?».

Pero conforme vi que me ponían en el tren, pensé que mis últimos momentos de aquella campaña debían ser para mis soldados. A un señor llamado Antonio Priani, que entonces la hacía de jefe de estado mayor de Huerta, le pedí de la manera más humilde que me consiguiera permiso para poder despedirme de mis tropas. Y en verdad que era cosa muy triste que yo, Pancho Villa, tuviera que implorar aquellas ayudas para ver a los hombres que a mi lado habían dado batalla al enemigo. Porque el dicho Antonio Priani era hombre que sólo se emborrachaba, como su jefe, mientras que yo, Pancho Villa, me consideraba ya dueño de muchos méritos por servicios prestados a la patria.

Después de ir a hablar con Huerta, me dijo él:

—Ya van a traerle la tropa y a formársela frente al carro para que usted se despida de ella desde el estribo.

Y así fue. Llegaron algunos de mis soldados, que fueron formándose enfrente del carro donde yo estaba. Su tristeza, por lo que yo creo, era más grande que la mía, y, según yo creo también, a mí me hubiera bastado una palabra para que se echaran encima de los federales que me tenían preso. Cuando yo aparecí en el estribo, rodeado de oficiales que estaban allí para observar mis palabras, vi cómo a toda aquella gente mía le relampagueaban los ojos por la mucha ira de contemplarme en tan injusta situación.

Yo les dije:

«Soldados de la libertad: la gratitud mía para ustedes es cosa que yo no podría expresar con palabras. Ustedes me han acompañado en todas mis penalidades y han batallado junto conmigo por el servicio de la causa del pueblo: han sido buenos soldados y leales amigos. Ignoro la suerte que me espere; pero cualquiera que mi destino sea en estos momentos, yo les recomiendo la fidelidad al gobierno constituido, el amor al gobierno del señor Madero, pues es el camino que les he enseñado yo. Reciban con esta despedida mía la expresión cariñosa de mi gratitud, y recuerden cómo los ha querido su jefe, que los abraza a todos».

Y no pude añadir más, porque el dicho Prianí me interrumpió, diciéndome:

—Ya está bueno, señor, ya está bueno. Súbase usted.

Y me cogió de un brazo y me metió al carro.

Al teniente coronel Rubio Navarrete, que me había salvado la vida, quise expresarle mi gratitud según conviene entre hombres militares. Es decir, ordené que ensillaran mi caballo y me lo trajeran, y así ensillado se lo mandé regalar. Mi espada, a la que tenía yo muy grande afecto, también se la regalé. Pero como todo esto me pareciera poco, le dije de palabra que considerara suya una casa que tenía yo en Chihuahua, y que en cuanto pudiera le tiraría las escrituras. ¡Señor, si estaba yo con vida, se lo debía a él y no a ninguno otro! Y como él pertenecía a la Federación, y en la División del Norte había varios jefes revolucionarios, pensaba entre mí: «¿Estaría en mi destino que, después de haber combatido a tantos hombres federales, y de haber deseado tantos hombres federales mi muerte, viniera a deber mi vida a un hombre federal de mucho ánimo y muy grande pericia, y no a un hombre revolucionario?».

Veinte minutos después de despedirme de mis soldados, iba yo camino al sur con una numerosa escolta que me llevaba prisionero. Aquella travesía fue muy dura para mí y muy llena de desengaños y tristezas.

Caminamos toda esa noche y nos amaneció en Torreón. Allí la escolta me entregó al Cuartel General. Entre las doce y la una de aquel mismo día me sacaron del Cuartel General y me llevaron a otro tren, que ya estaba formado. Con otra escolta emprendí el camino de Monterrey. Llegamos a Monterrey. Allí me llevaron a uno de los muchos cuarteles que hay en la dicha ciudad. El cuarto donde me encerraron, que era de cemento, no estaba surtido de ningún mueble: o sea, que aquella noche no tuve más cama ni más cobija que mi chaqueta. Y como conmigo venían, para acompañarme, mis capitanes primeros Blas Flores y Encarnación Márquez, ellos también pasaron la noche en el suelo de la habitación que allí se me había destinado.

A la mañana del otro día solicité audiencia del jefe del batallón, quien vino adonde yo estaba. Le hablé así mis palabras:

—Estos dos capitanes que me acompañan no vienen presos, según el oficio en que me consignan se lo dirá a usted. Le pido que aclare el punto y dé orden de que a los dos se les permita salir a la calle y moverse libremente dentro del cuartel.

El jefe del batallón así lo hizo.

A las seis o seis y media de aquella tarde una escolta me sacó del cuartel y me condujo a la estación. Había allí muy grande multitud, atraída, según yo creo, por la curiosidad de conocerme. Una voz de aquella gente gritó cuando me vieron pasar:

—¡Viva Francisco Villa! ¡Mueran los pelones!

Y otras voces contestaron los vítores y los repitieron. Yo, con mucha serenidad, resistí el calor del entusiasmo y no dije una sola palabra ni moví mi cara con una sola sonrisa; y así me mantuve, según seguían aquellos gritos, hasta que el jefe de la escolta me indicó que subiera al tren.

Igual pasó en San Luis Potosí, adonde seguramente se había adelantado por telégrafo la noticia de mi llegada, pues la estación estaba llena de gente, tanto del pueblo humilde como de las demás clases. Pero es lo cierto que sintiéndome humillado de que una escolta me condujera preso sin haber cometido yo ningún delito, no quise acercarme a la ventanilla para que me viera la multitud, como lo pedían. Allí alguien gritó:

—¡Muera el traidor Pancho Villa!

Y hubo un grande rumor, como de enojo, o de cariño para mí, en respuesta a la voz que así me nombraba.

Salió el tren de San Luis Potosí; otro día llegamos a la capital de la República. Allí, al bajarme del tren la escolta que me llevaba, me rodeó mucho número de señores periodistas. Todos me hacían preguntas, pero yo no tenía nada que contestarles, o más bien, yo no les quería contestar. Y nada dije allí, ni a la salida de la estación, ni en el camino de la Comandancia de la Plaza, que fue adonde me condujo la escolta que me traía.

En la Comandancia, después de tomarme mis generales y llenar con mi nombre muchos papeles, dieron orden de que me llevaran a la Penitenciaría del Distrito Federal.

En la Penitenciaría me recibió un señor, nombrado, según supe luego, don Octaviano Liceaga, que era el director. También él me tomó mis generales, y luego me destinó a una de las crujías de aquel edificio, en la cual me metieron a una celda de cemento blindado, que tenía de muebles un excusado abierto y un catre de parrilla de fierro.

Al verme encerrado de aquel modo, pensaba yo:

«En otros años, luchando con los representantes de la llamada justicia, di muerte a muchos hombres para salvar la vida y defender mi honor. Entonces peleaba yo contra todos, pues ni para ganarme el sustento me dejaban en paz. Pero es lo cierto que aquellos enemigos míos de entonces no lograron nunca tenerme encerrado en una cárcel, como lo logran éstos de ahora, o sea cuando la justicia ha venido a ponerse de mi lado gracias a la lucha de los hombres revolucionarios que combatimos por la causa del pueblo».

Y era triste pensar aquello, pero era verdad.

XX

De la penitenciaría, Pancho Villa es llevado a Santiago Tlaltelolco y allí Carlos Jáuregui le sugiere la idea de la fuga

Don Santiago Méndez Armendáriz • La justicia y los servicios a la patria • Insubordinación, desobediencia y saqueo • El dinero de los bancos y el bien del pueblo • Los tres mosqueteros • Un plante de Pancho Villa • Órdenes del ministro de Gobernación • Santiago Tlaltelolco • El coronel Sardaneta • Rosita Palacios • Carlos Jáuregui • La cautela de Villa

A los cuatro días de mi encierro en la Penitenciaría vino a tomarme la primera declaración un juez militar nombrado don Santiago Méndez Armendáriz. Era un señor joven, de afectuosos modales, de mucha civilización.

Entrando, me dice:

—Parece que lo acusan de muchos crímenes, señor general.

Yo le digo:

—Señor, no creo que cometa crímenes un hombre que anda luchando por el beneficio de la patria.

Y como me hiciera luego varias preguntas, le di los detalles de mi aprehensión y fusilamiento, es decir, de cómo me habían querido fusilar. Él me oyó con mucha calma, y cuando a los dos días siguientes yo esperaba que me diera por libre, pues es lo cierto que no había ningún delito en los hechos míos, me declaró formalmente preso.

Hasta donde yo columbro, aquel juez era un honrado señor que no creía siquiera en los delitos que me acumulaban, pero que teniendo que estimar buenas las acusaciones del general Huerta para confirmar mi prisión, porque esa complacencia del Gobierno se considerara útil en los trances de la política, cumplía mandatos superiores. También es verdad que mirándolo yo tan civilizado y decente, me preguntaba entre mí: «¿Será que yo, sin conocerlo mi conciencia, habré cometido graves delitos?». Aunque entonces me respondía yo mismo: «Si yo he cometido esos delitos, ¿por qué este señor juez que me pone preso me trata con tan grandes consideraciones?».

Seis días después de aquello volvió a verme el dicho juez. Me saludó con buen cariño. Su primera pregunta fue que «por qué había yo saqueado Parral»; y a seguidas me dijo que «le repitiera los detalles de mi insubordinación hacia el general Huerta, cuando pretendí echarme sobre el ejército con toda mi gente», y que «había pruebas de mi desobediencia al general en jefe y de haber yo robado en Parral la suma de ciento cincuenta mil pesos, de la cual tenía que darle cuenta con todos los capítulos de la distribución».

Al ver yo que de aquella manera se pretendía aniquilarme, le respondí:

—Señor juez, ese dinero que a usted le cuentan que yo he robado, yo no robé. Fue un préstamo que impuse al comercio de Parral para gastos de la guerra, con autorización legítima del gobierno de Chihuahua, y por lo cual responde dicho gobierno. Creo yo que la distribución de esos fondos no es a usted a quien deba rendirla, sino al Gobernador de Chihuahua, que me facultó y me sostiene en mis actos, o cuando más al Supremo Tribunal de aquel estado. Pero viva usted seguro que si aquel gobierno o aquel tribunal me ordenan que a usted le rinda cuentas, estoy pronto a rendirlas. El señor juez no tiene por qué saber, pero infórmese y lo confirmará, que una vez, siendo yo muchacho, tuve cincuenta mil pesos y que todos los repartí entre los pobres, pues yo nunca he tomado dinero ajeno para mí, salvo la grave peripecia de faltarme para mis más urgentes necesidades. Y tocante a lo demás, a la insubordinación y la desobediencia, la verdad, señor, que ni le hablo. Que alguna vez se hayan cruzado expresiones descompasadas entre el general Huerta y yo no es insubordinación, son circunstancias de la guerra, cuantimás que, si las hubo, las cosas acabaron por armonizarse. Sucede, señor juez, que la malquerencia de mis enemigos busca el apoyo de cuentos como el de mi desobediencia frente al enemigo. ¿Desobedecer era el cargar yo y mis fuerzas con los grandes trabajos de la campaña? Sí es verdad, y no lo niego, que expresé yo alguna vez cómo me consideraba a las órdenes directas del señor Presidente de la República, y que mirando el trato poco justiciero que nos daban a mí y a mi gente, dije que quería recibir instrucciones del señor Madero tocante a la campaña. Pero ¿quién puede con buen ánimo apreciar en eso una desobediencia? ¿Va a creer el señor juez el solo dicho del general Huerta, que es mi enemigo, y las palabras mentirosas de oficiales que el dicho general tiene a su orden, enemigos todos ellos de nosotros los hombres revolucionarios? Volviendo al saqueo, yo le prometo al señor juez que es una mentira como las otras. Se necesitaba dinero para la tropa, pues la guerra, según saben los que la hacen, no progresa sin dinero; yo lo mandé buscar, y como el señor de un banco se resistiera, dispuse yo que se le amenazara, como es natural en los trances militares, y así se avino él a prestar su ayuda a la causa del pueblo: conforme a mi juicio, esto no es saquear. ¿Pues cómo había yo de saquear Parral, que es la población donde yo fui a criarme hombre y a la que tan grandes cosas le debo? No, señor juez. Pasa que en los bancos hay dinero, y que si ese dinero, cuando la causa del pueblo está en peligro, no se entrega de propia voluntad, los defensores legítimos del pueblo tienen el deber de tomarlo si les hace falta.

Cuatro meses se necesitaron para comprobar al juez, y a todas las conciencias, y a todos los escrúpulos, que yo había sido autorizado para imponer aquel préstamo, y que mi campaña le costaba al erario medio millón de pesos y no los ciento cincuenta mil de que el señor juez me exigía cuentas. Esto conseguí yo por medio del Supremo Tribunal de Chihuahua y del gobernador del estado, don Abraham González.

Destruido aquel cargo, que me molestaba no tanto por la prisión, cuanto porque así trataban de hacerme aparecer como hombre distinto de lo que yo era, quedaba en mi contra lo que nombraban ellos «haberme insubordinado» y «haber desobedecido». El juez me hacía preguntas, y me llevaba, y me traía, y me acorralaba. Un día, cansado yo, le dije:

—Creo yo, señor juez, que ya van siendo demasiadas preguntas tocante a estos delitos. Usted sabe de sobra que no existió la insubordinación ni que sea verdad que yo desobedeciera. ¿En qué lo mortifico yo a usted para que de ese modo trate de comprometerme? ¿Es usted representante de la justicia o amigo de mis enemigos? Porque yo no reclamo su favor, señor juez, ni el del Gobierno, ni el de nadie, pero sí exijo la justicia que se me debe. Y me parece a mí que con sus providencias, usted, que es hombre de honor, está manchándome a mí, que también soy hombre honrado, y eso resultará un día en desdoro de su persona.

Oyendo aquellas palabras mías, y mirándome de manera que yo conocí la verdad de su ánimo, me respondió él:

—Amigo Villa, no sabe usted cuánto deploro que su causa haya venido a mis manos.

Yo le dije:

—Pues no lo deplore, señor. Siendo un hombre honrado, limítese al cumplimiento del deber. Creo yo que la justicia, como la guerra, ha de guardar horas amargas para quienes la hacen. Cuando así sea, el amargor de la vida no está en perder con los actos de la autoridad o de las armas, sino en perder mal, es decir, en perder sintiendo la desazón de ánimo que sufrimos delante del deber no cumplido.

Pero como yo comprendiera, por aquellas palabras del juez, que muchas influencias ocultas se movían en mi contra, decidí, lleno de tristeza, no volver a declarar. Es decir, que renuncié a defenderme. Pensaba que acaso se cobijara en mi destino que yo, que no había sucumbido bajo las balas de la tiranía ni en los combates de la guerra, hallara mi perdición abandonado a la nombrada justicia de ahora, que era igual a la de siempre.

Lo que me dolía mucho era la ingratitud.

A mí me tenían incomunicado en la Penitenciaría, es decir, sometido al régimen que nombran de completo aislamiento. Reflexionaba yo muchas veces que por qué me tratarían así, aun siendo cierto que yo fuera uno de los mayores criminales; pero sobrellevaba aquello resignadamente, en espera de que las confabulaciones en mi contra se aclararan, pues quería dejar buen recuerdo de mí en las desgracias de la cárcel, como, a lo que pienso, lo había dejado en el batallar de la guerra. Aunque la verdad es que allí pasaba yo sufrimientos grandes, cuando no por la soledad, que a eso venía acostumbrado desde los comienzos de mi vida, sí por el encierro y la quietud. Porque va mucha diferencia entre la grande soledad de la sierra, donde son compañeros de la vida los arroyos y las montañas, y la soledad de la cárcel, donde las paredes no dejan ver más que a uno mismo y el reposo de todos los días fatiga más que las más arriesgadas empresas.

Queriendo distraerme con algo, un día pregunté al juez si era verdad que había libros que acaparaban el ánimo de quienes los leían. Me contestó que sí. Le dije yo entonces:

—Señor juez, si usted puede surtirme con alguno de esos libros, yo se lo agradeceré mucho, pero más todavía si el libro que me trae habla de hombres de armas o de peripecias tocante a la guerra.

Y así fue. El juez me trajo un libro sobre la historia que nombran de *Los tres mosqueteros*, y leyéndola yo, encontré grande consuelo en contemplar con la imaginación del ánimo las valerosas acciones de aquellos hombres de otros tiempos. Mas a pesar de la dicha ayuda, seguía agotándome la incomunicación. Cansado de vivir así, un día, al regresar del baño, sentí el impulso de rebelarme. Dije con grande resolución al vigilante de la crujía:

—Oiga, señor: yo ya no entro al calabozo.

—¿Por qué no entra usted?

—Porque si aquí reina la tiranía contra los hombres, quiero ver en qué ley, en qué ordenanza, en qué reglamento se basan los carceleros de esta cárcel para tener incomunicado por más de tres meses un hombre que está bajo juicio y que, además, es inocente. Entiéndalo bien, señor: yo no soy un criminal que cumple condena, soy un hombre sujeto a proceso, y como ya estoy harto de tanta incomunicación no la sufriré de aquí en adelante.

Él me dice:

—¿Conque no entra?

—No, señor. No entro.

—Pues orita veremos si entra o no entra.

Y diciendo esto se fue, y a los pocos minutos volvió con cuatro carceleros armados de pistolas y garrotes.

Amenazándome, a una voz me dijeron todos:

—¿Conque no entra usted al calabozo?

—Ya les dije que no. Me meterán muerto, pero no entro de mi voluntad.

Entonces deliberaron en presencia de la mucha decisión mía y resolvieron llevar el caso a conocimiento del señor Liceaga. Él vino en persona y me dijo con buenas palabras:

—Oiga usted, Villa: ¿por qué no quiere entrar a su celda?

Le expresé yo:

—Porque ya llevo más de tres meses incomunicado, y supongo que no hay un reglamento o ley que autorice a los carceleros de esta cárcel a guardar así en un separo un hombre que está bajo juicio y que es inocente, según se tendrá que corroborar. Mientras usted, señor director, no me muestre en virtud de qué orden legal se me mantiene incomunicado tanto tiempo, yo creeré que sólo se debe a un abuso de usted y de los hombres que por tener la justicia en sus manos tratan como a bestias toda la gente que aquí cae. Esto es lo que exijo, señor: que se me justifique legalmente mi incomunicación, pues yo sabré objetarla en el campo de las leyes. Y si no, señor, valorice usted en su conciencia la forma como se me está tratando. ¿Usted lo cree de justicia?

Reflexionando un momento sobre el contenido de mis palabras, don Octaviano Liceaga me contestó lo siguiente:

—Permanezca usted en la crujía mientras consulto al Ministerio de Gobernación.

Y se retiraron él y los guardianes.

La tarde de ese mismo día volvió a verme el señor Liceaga. Me dijo él:

—La Secretaría de Gobernación autoriza que permanezca usted en la crujía para que no siga aislado. Yo le suplico, Villa, que no hable con los reos comunes.

Así fue. Desde aquella mañana de mi rebelión ya no me tuvieron encerrado siempre en la celda. Ahora me paseaba por toda la crujía y recibía el sol, lo que tanta falta estaba haciéndome, acostumbrado yo a los aires de la sierra y al grande ejercicio de los hombres de a caballo.

Mas aquel pequeño alivio de mi suerte duró muy poco tiempo, porque al cumplirse los cuatro meses de mi encierro en la Penitenciaría, me sacaron de allí para llevarme a la prisión que llaman Prisión Militar de Santiago Tlaltelolco.

En esa otra cárcel me destinaron un alojamiento independiente, que estaba en los corredores altos. Cuando lo recibí no era más que un muladar, o sea, que parecía imposible ocuparlo, por su mucha inmundicia y pestilencia. Después conseguí que de mi peculio lo limpiaran y blanquearan, y que lo pintaran de aceite; luego mandé traer una cama y un colchón, y en seguida compré una alfombra, unas sillas y otros muebles. De ese modo, dedicando cada día mi pensamiento y mi acción a lograr cada una de aquellas cosas pequeñas, con el mismo impulso con que antes me había dedicado al logro de cosas grandes, al poco tiempo me maravillaba yo de ser dueño de unas habitaciones de tanto lujo. Pensaba yo: «¿Estará en mi destino hallar en la cárcel mi mayor comodidad?». Porque así es la vida nuestra, es decir, de los hombres que nos vemos en el trance de luchar por la grande causa del pueblo: en el triunfo de la acción todo queda a nuestro arbitrio y podemos despreciarlo, mientras que en los sinsabores de la desgracia, negándosenos todo, nada nos satisface.

Como al principio el jefe de aquella prisión, un coronel de nombre Sardaneta, que luego cambiaron por otro nombrado Mayol, tenía órdenes rigurosas de no permitirme visitas, yo entonces no tenía ninguna, o casi ninguna. Según creo, aquélla era muy grande injusticia, supuesto que a otros presos: generales, jefes, oficiales y soldados de tropa, el dicho director sí les consentía que amigos y parientes los visitaran. Pero luego las cosas cambiaron para mí y pronto empecé a tener quien me visitara; y después, alargándome en las licencias de aquel nuevo trato, conseguí que pasara a verme a mis habitaciones una muchacha, nombrada Rosita Palacios, que era persona de muy buenos modales y que alivió mucho la dureza de mi soledad. Aquella Rosita me hizo objeto de muy amables atenciones.

Con las dichas cosas, y de tal modo, semanas y meses se iban pasando y la justicia no se acordaba de mí. Para entretener mis ocios decidí entonces aprender a escribir en máquina y algo de contabilidad, dos conocimientos, a lo que dicen, muy convenientes en la vida de los negocios. Lo de escribir con máquina se me ocurrió porque el licenciado Bonales Sandoval, defensor mío, había hecho que yo comprara una para que en el juzgado sacaran copia de todas las constancias de mi proceso, pues decía él que las dichas copias le hacían falta y yo quería que las recibiera pronto.

Y sucedió que una mañana, al presentarme en el juzgado a recoger mi máquina de escribir, que ya la copia del proceso se había hecho, encontré allí con que estaba solo, como otras veces, el escribiente del dicho juzgado, un jovencito de nombre Carlos Jáuregui, con el cual me gustaba platicar porque era muchacho muy caballeroso y de mucha corrección. Yo le dije:

—Buenos días, amiguito. ¿Qué hay de nuestro asunto?

Pero queriéndole yo expresar con esas palabras que qué me decía de mi máquina, él entendió que yo me refería a mi proceso y a mi situación de prisionero, cosas de que ya habíamos hablado mucho, habiéndome él ya dicho que mi proceso andaba mal, aunque no por mis delitos, que a su juicio ninguno había yo cometido, sino por haber fuerzas superiores empeñadas en mi cautiverio.

Me contestó él:

—Oiga, mi general: ¿por qué no se escapa usted de esta cárcel? Aquí, créamelo, corre muchos peligros, y según va su proceso no espere que nunca lo suelten, como ya se lo he dicho. Si usted quiere, yo le ayudo a que se escape. Mire: limo este barrote de la reja y por el juzgado salimos juntos los dos.

Como yo viera muy grande sinceridad en aquellas palabras, pensé entre mí: «¿Por qué no ha de decir verdad este muchachito?». Mas no queriendo expresar mi pensamiento, sólo le contesté:

—¡Ande, ande! ¡Qué cosas dice!

Aunque le añadí luego:

—Muy bien, amiguito. Vamos a ver qué pienso yo más despacio tocante a ese negocio.

Y me volví a mis habitaciones sin hablarle de la máquina de escribir.

XXI

Pancho Villa rechaza las ofertas de los enemigos de Madero y con la ayuda de Carlos Jáuregui se dispone a huir

Los caminos de la fuga • Una carta de Madero • Las llaves falsas • La máquina de escribir • Un billete de cien pesos • Las visitas de Carlos Jáuregui • El licenciado Jesús José Martínez • Dos pistolas y cien cartuchos • «Carlitos, si hay traición, lo mato a usted» • El toque de rancho • Hipólito Villa • Antonio Tamayo • Bernardo Reyes • Una proposición • «Mañana a las tres» • El segundo de la prisión

La tarde de ese día, y todo el otro día siguiente, yo no hice más que reflexionar sobre los caminos de mi fuga. Me decía yo: «Carlitos Jáuregui tiene razón: este juez no puede hacerme justicia, y Victoriano Huerta sigue persiguiéndome, y el gobierno del señor Madero me abandona en manos de mis enemigos».

Porque yo había escrito al señor Madero, siguiendo consejos del juez, una carta en que le explicaba la verdad de mi situación y el origen de mis penalidades. Y también le decía, porque el juez así me lo aseguró, que siendo yo un acusado militar, estaba en el arbitrio del Presidente de la República mandar que mi proceso se cancelara. Pero la respuesta fue tan desconsoladora que yo no pude creer en tan grande ingratitud y comprendí que al señor Madero lo cercaban mis enemigos, y que lo engañaban no dejándole abertura por donde le alcanzara la verdad.

Empecé, pues, a tomar mis providencias para escaparme. Y sucedió que pasadas unas semanas, ya tenía yo en mi poder llaves falsas para todas las puertas que había desde mis habitaciones hasta la azotea de aquella cárcel. Esto lo conseguí con la ayuda de un capitán, que se hizo amigo mío y a

155

quien tocó cuidar del llavero, y pensando que conforme llegara yo a la azotea me sería fácil descolgarme hasta la calle.

Pero la verdad es que mientras andaba en aquellos trabajos no me había olvidado de las ofertas de Carlitos Jáuregui, teniéndolas por muy provechosas, y por eso me propuse conocerlo mejor y llegar al fondo de su ánimo. Una mañana que fui al juzgado lo encontré solo. Yo le dije:

—Muchachito, vengo por mi máquina de escribir.

Él me contestó:

—Su máquina aquí está, mi general; pero yo no puedo dársela sin una orden del juez.

Y me añadió luego, bromeándose conmigo:

—Si yo pudiera disponer de su máquina, ¿sabe, mi general, lo que haría con ella?

—¿Qué haría con ella, muchachito?

—Llevarla al empeño, para ver cuánto me daban.

Le contesté yo:

—Pues, amiguito, haría usted muy bien, porque la juventud con pobreza no es juventud, y no es justo que unos tengamos mucho y otros nada. Quiero decir que los pobres que trabajan y no ganan bastante con su trabajo tienen derecho a tomar parte de la riqueza de los ricos. ¿O no sabe acaso que por eso andamos en nuestras luchas los hombres de la Revolución?

Y saqué un billete de a cien pesos y se lo di para que se ayudara, diciéndole:

—Tome esto para que se compre dulces, muchachito. Y si puede, venga esta tarde a mi cuarto para que hablemos tocante al negocio que me propuso el otro día.

Así fue. Carlitos vino a verme aquella misma tarde, y como yo descubriera en todas sus palabras la grande sinceridad que antes he indicado, le conté cómo había decidido escaparme, y cómo pensaba hacerlo, y cómo tenía ya en mi poder las llaves que me hacían falta. Mas oyendo él aquellos planes míos no los aprobó, por parecerle que mi salida era así muy arriesgada y difícil, y volvió a decirme que el medio que él me proponía era el mejor y me aseguró que él me ponía en la calle sin peligros ni sorpresas.

No quedamos esa vez en nada definitivo. Yo seguí yendo a verlo al juzgado cuando calculaba encontrarlo solo, que era en las horas que el juez y el secretario pasaban en los consejos de guerra, sabedor yo de que también entonces el otro escribiente, que era muy borracho, se salía a beber, y Carlitos siguió visitándome en mi cuarto. Así se acrecentaron nuestras ligas de amistad, y de ese modo, cuando ya le había dado yo espontáneamente más de quinientos pesos, con ánimo de que me cogiera cariño, estuve cierto de la lealtad suya y de su desinterés.

Una mañana le dije:

—Muchachito, tiene usted razón. Lime la reja y vámonos por el juzgado y por la puerta principal de esta cárcel. Pero ¿no le parece que saliendo así con usted van a tomarme por un licenciado?

Me contestó:

—Sí, mi general. Y conviene que parezca usted un licenciado.

—Bueno, entonces voy a ser el licenciado don Jesús José Martínez. ¿Le parece?

Y en otras conversaciones más, concertamos todo nuestro plan de acción, que sería de la manera siguiente: por la reja me pasaría yo al juzgado una tarde a las tres; allí me vestiría de licenciado Martínez; saldría a la calle acompañado de Carlitos, que al pasar por la guardia iría hablándome de leyes y procesos, y llegando a la calle me recibirían y se juntarían conmigo mi hermano Hipólito, Tomás Morales y Blas Flores, que para eso llamaría yo a la capital, y con los cuales me dirigiría a caballo hasta Chihuahua.

Encargué también a Carlitos que, según fuera limando la reja, me trajera dos pistolas y cien cartuchos y comprara y escondiera en buen lugar las ropas para mi disfraz de licenciado. Luego, como me convenciera él de los muchos peligros de salir de México a caballo, decidimos que primero me iría yo a Toluca en automóvil, y ya en Toluca tomaría mis providencias para lo que más me conviniese.

Aquella idea mía de las pistolas salió muy bien. Me las compró Carlitos y me las trajo junto con los cien cartuchos. Yo empezaba así a tener en él muy honda confianza; pero al ver aquellas armas en mis manos me asaltó una duda, sin saber yo por qué. Entonces le dije:

—Y ahora ya lo sabe, muchachito: al primer movimiento de traición que yo observe, usted será el primero que reciba mis balazos.

Él me contestó, con voz de quien conoce hasta dónde puede alcanzar en su obra la buena fe cuando es lazo entre los hombres:

—Si hay traición, mi general, razón le sobrará para matarme.

¡Buenas palabras, en verdad!, y que mucho me ayudaron a conocer la disposición de ánimo de aquel muchacho.

Lo que no progresaba muy aprisa, según sabía yo por Carlitos, era la limadura de la reja. Me contaba él que las seguetas se le rompían, y que chirriaban de grande manera, aun untándolas de aceite, por lo que había peligro de que aquel chirrido lo descubriera al correrse y oírse por todo el pasillo de los juzgados.

Le decía yo:

—¿Cierra usted bien la puerta que da al pasillo, Carlitos?

—¡Pues no había de cerrarla, mi general!

Entonces, como aquel muchacho tenía grande penetración, ideó trabajar de preferencia a la hora en que la banda tocaba el toque de rancho, porque sonando el dicho toque, todos aquellos pasillos se quedaban desiertos.

Sería el 18 o 20 de diciembre cuando vino a verme, ya casi terminado el corte de la reja, mi hermano Hipólito, que llevaba días de estarme visitando y que se hallaba en México junto con Blas Flores. Me dijo él:

—He cavilado mucho sobre el modo como te piensas escapar. Hasta he reconocido con Jáuregui el camino de Toluca. Opino yo que no debes hacer tu fuga de ese modo, pues me parecen muchos los peligros que corres.

Yo entonces quise apartar a mi hermano de aquella opinión, mas como no lo consiguiera, le ordené que de nuevo hablara con Jáuregui, esperando que así se convenciera, o para que Jáuregui, si las razones de Hipólito eran buenas, pensara con reposo qué podía convenirnos más en el trance en que nos hallábamos. Y sucedió que pasada entre ellos aquella conversación, Carlitos vino a decirme que Hipólito no se hallaba en lo justo, y que el plan de fuga era muy bueno, y que si yo no quería intentarlo, que no lo intentara, pero que él se comprometía a ponerme en la calle sano y salvo, y a llevarme hasta Toluca si a mí me parecía.

Entonces le expresé yo estas palabras:

—Bueno, muchachito. Si tan seguro así está, despache a mi hermano y a Blas Flores para Chihuahua y disponga mi salida para el día 24. Mas viva seguro que usted me responde de todo lo que me pase.

Así fue. Se fueron mi hermano y Blas; Carlitos compró pasaje para embarcarse hacia La Habana el día 25 en Veracruz, y de ese modo quedaron concertadas y ultimadas todas las providencias para hacer mi fuga el día 24 a las tres de la tarde.

Ocurrió entonces que, teniendo ya todo listo para la acción, aquel mismo día 24 me anunciaron para la tarde la visita de un licenciado amigo mío, de nombre Antonio Tamayo, y a última hora tuvimos que aplazar nuestro propósito, con riesgo de que la tardanza se convirtiera en embarazo. Porque es lo cierto que yo había dejado traslucir algo de mis intenciones en pláticas con el general Bernardo Reyes, que también estaba preso y yo siempre deseoso de hablar con él. Y como aquel señor, muy lleno de visitas, y muy ansioso de verse a diario junto a la fama, podía referir a otros lo que yo le había esbozado, de allí podía originarse que en la prisión me empezaran a tomar como punto de vista.

Confirmo yo ahora que aquellos temores míos no carecían de fundamento, pues luego supe que un día, durante nuestras agencias, el general Reyes había llamado a Carlitos Jáuregui, que era ahijado suyo, para preguntarle que qué tratos traía conmigo, que por qué me visitaba tanto, y años después vino a mi conocimiento que un amigo del dicho general, nombrado Espinosa de los Monteros, andaba contando cómo debía yo al general Reyes haberme fugado de Santiago Tlaltelolco, lo que no era verdad. Hice yo mi salida de Santiago gracias a mis propias providencias y a la grande ayuda de Carlos Jáuregui. O sea, que con mucha inteligencia y lealtad, Carlitos puso en obra lo que yo ni nadie hubiéramos podido hacer sin aquel concurso suyo tan valioso.

Esa tarde que indico vino el licenciado Tamayo. Me abrazó con amistad muy cariñosa. Me dijo luego:

—Pancho, vengo a hacerte unas proposiciones que mucho te interesarán. Son proposiciones para las cuales estoy plenamente autorizado. Tú, Pancho, eres hombre que seguramente ha venido al mundo para hacer grandes servicios a la patria, y no es provechoso ni humano que por inicuas venganzas, y por ingratitudes que después recordarás con amargura, estés sufriendo prisiones en esta cárcel y anulándote para siempre. Comprenderás que el gobierno de Madero no puede durar, ni es conveniente ni patriótico que dure, y que la salvación del país está en que dicho gobierno desaparezca. Te quiero decir, Pancho, que se prepara ya el golpe definitivo; dentro de muy poco tiempo ha de estallar aquí mismo, en la capital, el movimiento militar y civil que derrumbe a este gobierno. Altos personajes del ejército y la política están concordes en este punto. Pues bien, Pancho, yo vengo provisto de amplios poderes dados a mí por personas que hoy ocupan alto rango en el Gobierno, para proponerte que te unas a ese movimiento, que es necesario y saludable, y que por ello y para ello se te otorgará tu libertad. A cambio de darte libre, sólo se te pide que firmes tu adhesión al golpe político que se prepara, y de este modo te salvas tú de esta prisión, donde seguramente te espera ser otra víctima. Anímate, Pancho, y resuélvete: seis días después de firmar tú esa adhesión te hallarás en el goce de tu libertad más completa. ¿Aprecias bien lo que eso significa?

Oyendo yo aquellas palabras, sentí que toda mi cólera y toda mi vergüenza de hombre se me revolvían dentro de mi cuerpo. Pero como ya sabía yo, por las enseñanzas de la vida, que hay horas en que la reserva es lo verdaderamente útil a la causa del pueblo, y no los arrebatos de la indignación, le hice al licenciado Tamayo el hincapié de estarlo escuchando con mucho interés, y a seguidas le expresé estas palabras:

—Mucho le agradezco, señor licenciado, esto que por mí hace. Nomás le suplico que me conceda un plazo de tres días para pensar a conciencia y resolverle sin ninguna precipitación. Hay pasos en la vida que han de calcularse mirando todas las consecuencias, y no puede esperarse que un hombre los dé sin considerarlos con mucho detenimiento, cuanto más si en ellos se juega uno la libertad y la vida.

Me contestó:

—Te concedo, Pancho, plazo de tres días, y espero que te resolverás a no ser una víctima de esta prisión. Pasado ese plazo volveré, trayendo el escrito para que lo firmes, y seis días después recibirás la libertad más completa. Conque no debes olvidarlo.

Y se fue. Se fue después de darme otro abrazo y unas palmaditas.

Cuando yo vi que me dejaba solo aquel hombre que me había hablado de ese modo, me encerré en mi cuarto y me puse a llorar de que se traficara así con la conciencia de los más leales servidores del pueblo. Porque era lo cierto que a mí me venían a ofrecer mi libertad los enemigos del Gobierno, o sea, los mismos que me la habían quitado porque yo no había de traicionar ese gobierno jamás, y era justamente aquel gobierno el que me tenía preso para dar gusto a los hombres que buscaban hundirlo. Y pensé entre mí: «Sí, señor: yo recobraré mi libertad, masque sea con riesgo de la vida; pero será para pelear por el señor Madero, no para unirme a sus enemigos. Él es ahora, como contra Porfirio Díaz en 1910, y contra Pascual Orozco en 1912, el defensor de los derechos del pobre, que se aprontan a combatir con sus armas nuestros enemigos de siempre».

Otro día siguiente dije a Carlitos Jáuregui:

—Muchachito, mañana nos salimos de aquí a las tres. ¿Estará todo dispuesto?

Y como él me asegurara que sí, le recordé que el automóvil tenía que esperarnos cerca de la prisión, y estar ya contratado para llevar a Toluca al licenciado Jesús José Martínez. También nos concertamos sobre otros detalles; y para disponer yo de mayor libertad de movimientos, me ofreció Carlitos que mandaría boleta con orden de presentarme al juzgado a las tres, y que, llegando yo, él ya estaría allí.

Así se hizo. De modo que al otro día, al acercarse la hora, me escondí las pistolas debajo de la camisa; puse en un pañuelo los cartuchos, y envolviéndome en un sarape, pues tuve la fortuna de que hiciera frío, me salí a pasear por el corredor, igual que otras veces. Desde días antes, para no llamar la atención, me había cambiado mis zapatos de una pieza por otros de catrín, de color negro, conforme a las recomendaciones de Carlitos, y me había puesto unos pantalones de color azul marino, según puede llevarlos un licenciado.

Conforme me paseaba, me acerqué al cuarto del teniente coronel, segundo jefe de aquella prisión. Le digo yo desde la puerta:

—Buenas tardes, señor teniente coronel.

Él me responde:

—Buenas tardes, mi general. ¿Qué milagro que viene usted por aquí?

—Pues visitándolo nomás, para pasar el rato, que son muy largas las horas en la vida de los presos.

Él se levantó entonces del catre donde estaba recostado, y yo, tomándolo de un brazo, lo saqué a dar conmigo una vueltecita por el corredor.

De tal manera, yendo y viniendo, conseguí a buena hora llevarlo hasta donde estaban los centinelas, que era lo que yo buscaba. Allí saqué mi reloj y le dije en voz alta, para que los centinelas oyeran lo que estábamos hablando:

—Ahora sí, con su permiso, señor teniente coronel: ya se me llega la hora de presentarme al juzgado.

Me contestó:

—Pase usted al juzgado, señor general.

Y desprendiéndose de mí, vio cómo yo me iba por el corredor. O sea, que los centinelas ya no tuvieron que ocuparse de mis pasos.

XXII

Pancho Villa se evade de Santiago Tlaltelolco y logra así la libertad que no sabía darle el gobierno de Madero

La reja del juzgado • «¿Parezco licenciado así?» • El oficial de guardia • Los peligros del automóvil • Rurales en el Contadero • Tiro al blanco • Toluca • El bigote de Villa • Doña Refugio • «¿Le gustan las muchachas, Carlitos?» • Palmillas • El tren de Acámbaro • González • Celaya • Guadalajara • Colima • Manzanillo • A bordo del *Ramón Corral* • José Delgado • El camarote del mayordomo • Revista médica • Mazatlán

Entrando al juzgado, cerré muy bien la puerta. Le dije a Carlitos, que estaba haciendo el hincapié de escribir unos papeles:

—Amiguito, buenas tardes. ¿Todo va bien?

—Todo, mi general.

Y le añadí luego en voz baja:

—¿Cuál es el barrote?

—Éste, mi general.

Entonces eché mi cobija al suelo, le pasé a Carlitos el pañuelo con los cartuchos y, agarrando aquel barrote a dos manos, conseguí, aunque estaba muy duro, encorvarlo hacia afuera, pues en verdad que yo era muy vigoroso en aquellos tiempos y había muy pocas cosas que se me resistieran. Doblado así el barrote, me encogí para meterle el hombro, y de aquella forma, empujando hacia arriba con toda la fuerza de mis piernas y mi cintura, logré llevarlo hasta el punto conveniente.

Por entre los barrotes me pasé al interior de la oficina; y cuando estuve dentro, Carlitos sacó de donde los tenía ocultos un sobretodo, un sombrero negro de esos que llaman «de bombín» y unos anteojos oscuros, con lo cual iba yo a cambiarme en licenciado. Me puse todo aquello, dejando sobre la mesa del juez la gorra que traía, y en seguida Carlitos me dio los cartuchos, que me repartí entre los bolsillos del sobretodo. Acomodadas bien las dos pistolas, que llevaba yo por delante, para que no se traslucieran por el bulto, me sentí a gusto dentro de mi nueva ropa. Le pregunté a Carlitos:

—¿De veras cree usted, amigo, que así puedo pasar por un licenciado?

—Sí, mi general. Nomás levántese las solapas y no se olvide de ir tapándose la boca con el pañuelo, como si tuviera mucho catarro.

Así lo hice. Pasamos luego a la otra pieza. Bajamos por una escalera que nombran de caracol. Al desembocar en la guardia, vi que el oficial estaba leyendo o escribiendo. Recuerdo ahora que estaban allí otros oficiales. Yo hacía como que me sonaba, según nos dirigíamos hacia la puerta, y tosía un poco, como hombre acatarrado. Con muy grande calma me decía Carlitos:

—¿Lo ve usted, señor licenciado? Cuando se propone uno acabar pronto, pronto acaba. Hoy hemos terminado mucho antes que otros días.

Yo decía que sí con la cabeza, mientras seguía dizque limpiándome la boca con el pañuelo.

Así salimos a la calle. Queriendo yo apretar el paso, Carlitos, que no se desamparaba de mí, me dice:

—No vaya tan aprisa, mi general.

¡Señor! Aquel muchachito se portaba con ánimo tan seguro, no sé si por ser yo el preso y no él, que parecía que iba dándome lecciones.

Llegamos hasta la puerta izquierda del edificio que nombran Casa de la Aduana de Santiago. No se veía ningún automóvil. Ya muy inquieto, pregunté yo:

—¿Y el automóvil, Carlitos?

—Está del otro lado, mi general.

—¡Del otro lado! ¿Pero cómo lo ha dejado tan lejos, muchachito?

—No se podía ponerlo más cerca, mi general. Tenga usted calma. Allí lo encontraremos.

Y era muy cierto lo que me decía. Atravesando hasta el otro lado, allí encontramos el automóvil.

Conforme trepamos, le digo al chofer:

—Vámonos, amigo, que no soy hombre para gastar el tiempo.

Porque ya Carlitos, como antes indico, lo tenía apalabrado para que nos llevara hasta Toluca por cincuenta pesos, de modo que no había que decirle nada más.

Y sucedió, mirándome yo dentro de aquel automóvil, que vine a sentirme más inseguro que en ningún otro de los riesgos de mi vida. Porque ¿qué movimiento podía yo hacer allí, aunque sintiera en mis manos aquellas dos pistolas? Sentado en un automóvil, al hombre más valeroso lo pueden matar. Y pensé entre mí: «Si mis enemigos tienen bastante fuerza para ponerme preso cuando quieren, como también la tienen para ofrecerme en cualquier momento mi libertad, ¿cómo no han de tenerla para cogerme por sorpresa dentro de esta caja?».

Le dije a Carlitos Jáuregui:

—Oiga, amiguito: ¿no le parece que debiéramos cambiar esto por unos caballos?

—No, mi general.

Al llegar al Contadero, punto que así se llama, dos rurales pararon el automóvil y se nos acercaron. Con la zozobra de mi inseguridad, yo eché mano a mis pistolas; pero advirtiéndolo Carlitos, me cogió el brazo, me dijo en voz baja que me estuviera quedo y dejó que los rurales llegaran. Nos preguntaron ellos que quiénes éramos y para dónde íbamos, y que si no acarreábamos armas, o parque. Les contestó Carlitos:

—Somos el licenciado Martínez y yo, que vamos a Toluca a una diligencia.

Ellos nos respondieron:

—A ver.

Y nos mandaron bajar del coche, para registrarlo debajo de los cojines. Después nos dejaron ir.

Al alejarnos, yo, sintiéndome intranquilo, le pedí a Carlitos que me declarara aquel suceso; y como me dijera que los rurales estaban allí para impedir el paso de armas o parque con destino a los zapatistas del Estado de México, lo reprendí yo:

—Pero ¿cómo me trae así sin avisármelo, muchachito? Pues ¿para qué exploró entonces esta carretera? ¿No ve que un poco más y nos cogemos a los balazos?

Cuando ya íbamos entre las quebradas de la montaña, pensando yo en lo que pudiera ocurrir mandé que el automóvil parara un rato. Nos apeamos. Ya retirados del coche le dije a Jáuregui:

—¿Usted qué tal es para la pistola, amiguito?

—Muy malo, mi general.

—Bueno, pues vamos a ver quién hace los peores tiros.

Y así fue. Escogimos un blanco y nos pusimos a tirar, tras de lo cual seguimos nuestro camino.

Llegamos a Toluca. Yo le dije al chofer:

—Amigo, deme su tarjeta, o su nombre y su domicilio en México, porque es posible que pasado mañana vuelva a necesitarlo para que me lleve de regreso con mi familia.

Hice yo eso para estar seguro de la respuesta del chofer en el caso de que alguien le preguntara sobre nuestro viaje.

En Toluca mi primer paso fue, por recomendación de Carlitos, entrar a una peluquería para que me rasuraran el bigote. De allí nos fuimos a cenar. Luego nos pusimos a buscar camas, las cuales encontramos en una casa de huéspedes de una señora nombrada doña Refugio, que nos dio unas muy buenas en un cuarto muy elegante.

Le pregunté yo:

—Diga, señora, ¿es segura esta casa?

Me contestó ella:

—Sí, señor. Puede usted estar con confianza. En aquel cuarto de enfrente vive un mayor del ejército: siempre deja la pistola sobre la mesa y hasta ahora nunca se le ha perdido.

Yo pensé un momento si nos convendría alejarnos de aquel mayor. Luego resolvimos que no. Pero considerando también que sería prudente no mostrarnos mucho en aquella casa, pues había peligro de que el dicho mayor nos viera, y siendo muy temprano para acostarnos, le dije a Carlitos:

—¿Y qué tal es usted para las muchachas, amiguito?

—¿Para las muchachas, mi general?

—Sí, amiguito: para las muchachas.

—No sé, mi general.

—Pues ahora lo vamos a saber.

Y así fue. Los dos nos fuimos de fiesta en busca de muchachas, porque es lo cierto que después de tanta cárcel sentía yo el vigor recreciéndose en todo mi cuerpo, y necesitaba desgastarme según es ley que se desgasten todos los hombres.

Otro día a las cuatro de la mañana dejamos la casa de doña Refugio, y nos fuimos a pie hasta Palmillas, una estación así nombrada, que está como a cinco kilómetros de Toluca. Allí debíamos montarnos al tren.

Llegó el tren cerca de las once, cuando nosotros ya habíamos almorzado. Nos subimos al carro de primera y tomamos boletos para Acámbaro, pero con intención de apearnos en la estación que llaman Crucero González.

A poco andar oímos dos viejitos, que allí iban leyendo un periódico, conversaban sobre mi fuga, es decir, sobre la fuga de Pancho Villa. Según hablaban creció mi zozobra de que alguien me reconociera; pero Carlitos me tranquilizó asegurándome que en verdad mi apariencia era de licenciado acatarrado, para lo cual seguía yo con aquel hincapié y llevaba hasta las orejas el cuello del abrigo y casi no me quitaba el pañuelo de junto a la nariz y la boca.

Llegamos al Crucero González. Nos apeamos y tomamos el tren hacia Celaya. Nos bajamos en Celaya como a las siete de la noche. Allí tomamos un coche para dirigirnos al hotel, y advirtiendo yo que en el trayecto se nos acercaban a caballo dos o tres individuos, eché mano a mis pistolas. Pero sucedió que aquellos hombres pasaron de largo sin intentar nada contra nosotros.

Tras de cenar en el hotel, Carlitos y yo salimos del comedor al despacho, que estaba cerca del zaguán, propuestos a esperar la hora de salida del tren de Guadalajara. Y como cerca de la puerta vi yo un señor que me observaba de manera sospechosa, le dije a Carlitos:

—Amigo, vamos a ver si hay serenata.

O sea, que nos volvimos a la estación, donde me socaparré entre la gente mientras Carlitos compraba los boletos y camas de pullman para Guadalajara. Cuando ya tuvo los dichos boletos, le ordené yo:

—Oiga, amiguito: ahora búsqueme dónde nos podamos meter.

Y sucedió que enfrente de la estación había una mujer vendiendo bebidas, la cual nos informó, nosotros con el pretexto de beber algo, que por cincuenta centavos podía ella alquilarnos una cama hasta la llegada del tren.

Yo le dije:

—Bueno, señora, aquí tiene los cincuenta centavos. Pero ¿quién nos despierta cuando el tren llegue?

Me contestó:

—Los despierta mi marido, señor, que es el policía de aquí, de este punto.

Entonces le pregunto yo a Carlitos:

—¿Qué le parece, amiguito?

Él me dice:

—Me parece bien, señor licenciado.

Así fue. A la una de la madrugada nos despertó el policía de la estación, y esa mañana, a las nueve, estábamos en Guadalajara. Allí me pasé inmediatamente al tren de Colima, mientras Carlitos compraba nuestros boletos.

Llegamos a Colima a las siete de la noche y fuimos a posarnos en el mejor hotel. Antes de cenar le dije a Jáuregui:

—Muchachito, ya no aguanto este mugrero; necesito tomar un baño. Vaya a comprarme ropa.

Así era la verdad. Desde el día de mi fuga de Santiago no me había yo quitado la ropa que llevaba puesta, aconsejándome mi desconfianza acostarme vestido y pronto para lo que pudiera suceder. Pero arreciaba mucho el calor de Colima, y sudaba yo a chorros con aquel sobretodo de licenciado, que tenía que llevar puesto para el disimulo de las pistolas. Es decir: que sentí cómo iba a enfermarme de veras si no me bañaba ni me mudaba de ropa.

Bañado, y todo de limpio, nos fuimos a la plaza. Aquel gabán no me molestaba ya; había yo encontrado modo de llevarlo en el brazo en forma que cubriera las pistolas. Pero la camisa que Carlitos me había traído era de las que nombran «de cuello duro», porque, según su opinión, siendo yo un licenciado, esa camisa me tenía que poner, y el filo y las puntas del dicho cuello me causaban grande sufrimiento y no me dejaban mover la cabeza. Notándolo Carlitos, empezó a mirarme de reojo, y como yo advirtiera que se sonreía de aquellos padecimientos míos, le pregunté con mucha severidad:

—¿De qué se ríe, muchachito?

Porque según yo creo, era injusto que en medio de tantas tribulaciones le produjeran risa mis pequeños embarazos, cuanto más que su deber era considerarme como a su jefe y guardarme mucho respeto. También es verdad que él se portaba valiente y con grande ánimo; pero ¿acaso había motivo de risa en no saber yo vestirme de catrín? Y me parece que fue muy grande la severidad de mis palabras, pues no volvió a pasar lo mismo durante todo el tiempo que tardé en acostumbrarme a los cuellos de los licenciados.

Al otro día seguimos nuestro viaje de Colima a Manzanillo. Allí informaron a Carlitos que un barco de nombre *Ramón Corral* iba a salir para Mazatlán, lo cual me causó mucha alegría. Pensaba yo entre mí: «Puesto el pie en Mazatlán, nos será muy fácil atravesar la sierra a caballo hasta Durango». Y se lo dije así a Carlitos al mandarle que comprara pasajes en aquel barco.

Sucedió entonces que ya no había pasajes, y que después de mucho rogar sólo nos concedieron ir en el sitio que llaman de «sobre cubierta». Y habiendo aceptado nosotros ir de aquel modo, y habiéndonos embarcado, y habiéndonos ido a sentar en una banquita alta que estaba en lo que los marineros nombran «la parte de popa», cuando ya se acercaba la hora de la salida noto yo que también viajaba en aquel barco nada menos que José Delgado, el telegrafista de la División del Norte, que me conocía a mí tan bien como Victoriano Huerta. Como José Delgado venía en aquel momento con dirección a nosotros, creí al principio que ya me había reconocido y que me quería hablar; pero mirando luego que no era así, me levanté con grande disimulo, conforme decía yo a Carlitos en voz baja:

—Vámonos de aquí, muchachito; vámonos de aquí.

Y nos desembarcamos, y fuimos a perdernos entre las calles de la población.

Pero como tampoco podíamos seguir mucho tiempo en Manzanillo, ni sabíamos que saliera pronto otro barco, urgí a Carlos que volviera al *Ramón Corral*, y, a cualquier precio, consiguiera un camarote de alguno de los oficiales, diciendo que yo, el licenciado Martínez, estaba muy enfermo de una enfermedad dolorosa que mi vergüenza no me dejaba enseñar, y que por negocio y compasión debían darme el alojamiento que necesitaba, pues mi disposición era pagarlo a como lo cobraran.

Así se arregló. Por cincuenta pesos, el mayordomo del barco me cedió su camarote para aquella travesía de doce horas.

Nos volvimos a embarcar. Yo me encerré en aquel cuartito y Carlos Jáuregui se quedó sobre cubierta, con órdenes mías de no quitar ojo a José Delgado ni a sus menores movimientos, y comunicármelos cada media hora. Pero se mareó Carlitos; o sea, que no pudo cumplir puntualmente aquellos deberes, y yo pasé horas de grande angustia encerrado en el camarote hasta que llegamos a Mazatlán, con un nuevo imprevisto: que nuestra llegada al puerto no fue la noche de ese día, según la anunciaban, sino otro día siguiente.

Allí sobrevino otra complicación. Me dijeron que tenía yo que salir a formarme en la cubierta con los demás pasajeros, para la revista de sanidad. Y como yo no quisiera por nada de este mundo encontrarme con José Delgado, pues estaba cierto de que me reconocería, tuve que agravar el fingimiento de mis dolores, y mi mortificación de declararlos en público, hasta que logré al fin, con fuerza de dinero, que los médicos me visitaran en el camarote.

Aquella peripecia me fue luego muy útil. Porque al ver ellos, es decir, las autoridades y los oficiales, que yo pagaba con dinero las consideraciones, me preguntaron que si quería desembarcar solo y antes que los demás, y como yo les contesté que sí, dándoles algunos pesos para que me consiguieran un buen bote, bajé de aquel barco con amparo de autoridades, mientras José Delgado y los demás pasajeros estaban satisfaciendo no sé cuántos requisitos.

XXIII

Pancho Villa logra escapar a los Estados Unidos, desde donde ofrece otra vez sus servicios al presidente Madero

Mazatlán • Las Olas Altas • Hacia los Estados Unidos • Guaymas • El agente de migración • Nogales • Un abrazo de Pancho Villa • Tucson • El Paso • Don Abraham González • El cuartelazo • Caballos y armas • José Muñiz • Don José María Maytorena • Los caballos de la pensión

Cuando llegué a tierra en Mazatlán, me disimulé lo mejor que pude, sin apartarme del puerto, en espera de Carlitos. Desembarcó él, y desde lejos vi que me buscaba. Lo llamé a señas.

Yo le dije:

—Ésta ya es tierra que yo conozco, muchachito; sé bien cuál es el hotel que aquí nos conviene. Mientras yo voy a coger cuarto, usted sigue a José Delgado, a ver qué hace y dónde se hospeda.

Así lo hicimos. En aquel hotel que ya conocía yo, tomé un cuarto con salida a dos calles. Pasado algún tiempo llegó Carlitos con sus noticias. Al verme me dice:

—Ya dejé a Delgado descansando del viaje y sé lo que viene haciendo y a dónde se dirige. Ahora dígame usted si no se le ofrece nada, pues quiero salir a conocer Mazatlán.

Yo le pregunto:

—¿Y qué hotel es ése donde está Delgado, muchachito?

—Este mismo en que nosotros estamos, mi general.

—¡¿Este mismo?!

—Sí, mi general: este mismo.

Mirando yo entonces los grandes peligros de aquella peripecia, comprendí que debíamos tomar una decisión. Le hablé así a Carlitos mis palabras:

—Amiguito, este Delgado, que no es de fiar, viene sobre mis pasos. De seguro ya me ha reconocido y anda viendo cómo se granjea alguna buena gratificación. Si me descubre, me pierde, o más bien dicho, nos pierde a usted y a mí, pues no estando yo dispuesto a volver a presidio, en cuanto alguien se nos acerque nos cogemos a los balazos para matar o morir. ¿Me entiende, muchachito?: para matar o morir. Le propongo, pues, un plan mejor, que nos asegura nuestra suerte y acaba del mismo modo. Se acerca usted a José Delgado, lo invita esta noche a dar una vuelta por las Olas Altas, paseo que así se nombra, y allí me les aparezco y vemos quién puede más, si él o yo.

Me respondió Carlitos:

—Mi general, si yo creyera que Delgado lo anda siguiendo tomaría por bueno el plan que me propone. Pero me parece a mí que con sólo una suposición no está bien que la mano se nos alargue a tanto. Hasta ahora todo viene por buen camino, gracias a la mucha prudencia nuestra, que no debemos abandonar. Deje, pues, tranquilo a Delgado, procurando que no lo vea ni lo reconozca, y viva usted seguro que de ese modo las cosas terminarán conforme a sus deseos.

Y es lo cierto que aquel muchacho era de juicio tan claro y ánimo tan sereno, que me convenció de su razón, pues yo no era amigo de causar daño cuando necesidades graves no me empujaban. O sea, que resolví dejar a José Delgado en su camino mientras no nos embarazara él en el nuestro. Le dije a Carlitos:

—Bueno, muchachito, ¿y para dónde va José Delgado?

Él me respondió:

—Dice que va para Hermosillo, a recibir la oficina de telégrafos.

Siendo mi intención, como indico antes, seguir a caballo desde Mazatlán hasta Durango, el viaje de Delgado por aquel otro rumbo me libraba de mis zozobras. Pero aconteció que Carlitos no pudo encontrar en el mercado la carnicería de un amigo que yo tenía allí, y que era con quien esperaba surtirme de caballos y monturas para nuestra travesía; y pareciéndome entonces menos peligroso seguir al norte por ferrocarril, que tratar de agenciarme de otro modo caballos y monturas, decidí desentenderme de la marcha hacia Durango.

Aquella misma tarde le dije a Jáuregui:

—Si Delgado se dirige a Hermosillo mañana, nos hará compañía en el tren. Tome usted estos doscientos pesos y compre para nosotros el gabinete del pullman desde aquí hasta Tucson. Creo yo que Delgado irá en primera clase.

Y él así lo hizo.

Otro día siguiente a las cuatro de la mañana me salí del hotel, y después de hacerme perdedizo por el barrio del mercado, donde tomé el desayuno, me fui para la estación. Cuando llegó Carlitos ya el tren estaba formado. Derecho nos subimos al pullman y me encerré yo en el gabinete.

Así hicimos todo aquel viaje de cerca de dos días, sin que nada grave nos ocurriera. Según había anticipado yo, José Delgado iba también en el tren, en el carro de primera. Pero Carlitos, que lo vigilaba, no observó en él nada sospechoso desde Mazatlán hasta Guaymas, que fue donde nos dejó al fin aquel peligroso individuo.

En Magdalena subió el agente de la emigración. Al tocar él la puerta de mi gabinete le abrí para darle el pase, y viendo yo entonces en mi presencia hombres de corte militar, sentí grandes impulsos de acogerme a mis pistolas. Pero reflexioné luego lo que aquello pudiera ser y me estuve quedo.

Con el dicho agente pasé a seguidas estas palabras:

—¿De dónde viene usted, señor?

—De Mazatlán.

—¿Es usted nativo de Mazatlán?

—No, señor. Soy nacido en Durango y criado en Mazatlán.

—¿Qué gira usted en Mazatlán?

—Agricultura y ganado, señor.

—¿Tiene usted propiedades?

—Sí, señor; tengo una hacienda.

—¿Cómo se llama su hacienda?

—Santa Susana, señor.

Aclaró él:

—La he oído mentar. ¿Y su gracia de usted, señor?

—Jesús José Martínez.

—Tenga la bondad de poner aquí su nombre y su rúbrica.

Y tomando yo el documento que aquel agente me daba, escribí el nombre de Jesús José Martínez y eché de rúbrica la primera raya que se me ocurrió.

Al llegar a Nogales le dije a Carlitos:

—Mire, amiguito: antes de que pare el tren nos vamos a bajar los dos y usted nomás me sigue.

Así fue. Porque yo conocía muy bien la disposición de aquellas dos poblaciones, que nombran fronterizas por mirarse entre sí y ser una mexicana y otra americana, y comprendí que necesitaba no tropezar con el embarazo de los requisitos internacionales. Como nevaba algo y hacía mucho frío, aquello me ayudó a disimularme y arrebujarme para que nadie me reconociera. Según es mi memoria, aquel día era el 2 de enero de 1913.

Tras de andar unos cuantos metros, atravesamos la calle que en aquellas dos ciudades hace línea internacional. Entonces me paré mirando a Carlitos y le dije:

—Ahora sí, muchachito. Ya estamos en los Estados Unidos.

Me pregunta él con asombro:

—¿En los Estados Unidos, mi general?

Yo le contesto:

—Sí, amiguito, en los Estados Unidos. ¿Ve aquellas calles de allá? Aquello es México. ¿Ve estas calles en que estamos? Esto es los Estados Unidos. Me siento sano y seguro en este territorio. Acérquese a mi pecho, que quiero darle un abrazo en prueba de mi grande cariño y de mi mucho agradecimiento tocante a su conducta. Porque es la verdad que todavía al venir en el tren temía yo que me estuvieran poniendo un cuatro los pelones.

Eso hicimos. Nos abrazamos allí los dos con ánimo muy afectuoso.

Llegamos al Tucson. Después de cuatro días de estar en el Tucson nos vinimos para El Paso. Buscamos allí una casa de alojamiento. La encontramos. Seis días después le escribí a don Abraham González una comunicación dándole el aviso de mi llegada.

Le decía yo:

«Don Abraham, estoy sano y salvo en El Paso, Texas. Aquí me tiene a sus órdenes. Soy el mismo Pancho Villa que ha conocido usted en otras épocas, sin pensar mal de los míos y muy sufrido en la desgracia. Dele usted cuenta de mis hechos al señor Presidente de la República y dígale cómo digo yo que si soy hombre nocivo en mi país, estoy propuesto a vivir en los Estados Unidos de América, para que el gobierno que representa él no sufra por mi causa; y que si me necesita él alguna vez, estoy dispuesto a servirlo como siempre. Comuníquele también cómo le van a dar un cuartelazo, pues a mí me ofrecieron ponerme libre si secundaba dicho movimiento; pero no habiendo querido yo pertenecer a la traición, decidí conseguir mi libertad a costa de mi vida; que viva seguro que los hombres de gabinete no lo han de favorecer, y que yo soy fiel, y que el tiempo tanto cubre como descubre. Y a usted, don Abraham, le digo en lo particular que me permita ir a hacerme cargo de las fuerzas voluntarias del estado, para favorecerlo, pues estamos perdidos. Créalo, que se lo digo yo».

Don Abraham, por toda respuesta, me expresó estas palabras:

«Tenga usted paciencia. No pase a México, porque nos compromete. Tan sólo espero que todos los que somos sus amigos arreglemos su negocio con el señor Presidente para tener el gusto de ir a encontrarlo al río Bravo».

Mirando yo entonces cómo aquellos hombres obraban cual si los poseyera un sueño, y envueltos en la ignorancia, le supliqué a don Abraham que me enviara una persona de su confianza para hablar con ella verbalmente. La persona que vino a representarlo fue el licenciado Aurelio González, quien llevaba amplias facultades para tratar conmigo todo lo que yo quisiera.

Después de comunicarle lo que acontecía, me dijo él:

—Mejor será que no pase usted a Chihuahua. Traigo instrucciones de poner a su disposición su sueldo, el de su grado.

Yo le contesté:

—Bueno, señor. Si ustedes quieren que favorezca yo al estado, y a la vez me quieren favorecer a mí, sólo le suplico que como ha de durarme muy poco el sueldo que ustedes me piensan asignar, me preste mil quinientos pesos, los cuales se me alargarán más que el tiempo que ustedes conserven las riendas del gobierno de Chihuahua.

Y me despedí de él, y me fui a mi casa.

Me dieron aquellos mil quinientos pesos y don Aurelio González se volvió a Chihuahua. A los pocos días corrían ya los rumores del cuartelazo perpetrado por Victoriano Huerta en la ciudad de México. Yo, esperando el de Chihuahua, empecé, con aquel dinero, a comprar rifles, monturas y caballos, que por cierto, para completarme, tuve que pedir a mi hermano tres mil pesos más.

Y eso fue lo que sucedió. Cuando ya tenía yo todo listo, sentí el cuartelazo de Chihuahua. Sin pérdida de tiempo le dije entonces a un tal José Muñiz, que tenía mis caballos en Ciudad Juárez, y a quien le había dado yo trescientos pesos para pasturas:

—Ya tráigame los caballos, amigo.

Él me contestó:

—Hoy en la tarde se los mando.

Pero no mandó nada; y otro día se me presentó diciéndome que ya lo tenía de punto de vista el coronel, y que era imposible entregarme aquellos caballos, porque sufriría alguna prisión. Y como yo comprendiera que aquél era un cobarde, muy distante de pertenecer al número de los hombres, le dije:

—Muy bien, don José. Ahora, en vista de lo que me comunica, me iré a trabajar a una línea de ferrocarril, para mantenerme. Devuélvame los trescientos pesos que le había dado para las pasturas.

Y le añadí luego:

—Sí, don José. Me voy a California a trabajar en la línea del ferrocarril. Él me dijo:

—Voy, pues, a mandarle ese dinero.

Pero es lo cierto que como me viera él sin acción, y propuesto a irme a la línea del ferrocarril, no se me volvió a presentar para nada.

En seguida me fui para el Tucson. Hablé con don José María Maytorena, que acababa de llegar de Sonora, y que era ya en aquel tiempo uno de los buenos hombres revolucionarios. Me facilitó mil pesos mexicanos. Diciéndole yo que si él y su gente hacían movimiento en Sonora, iba a ver qué lucha aprontaba yo en Chihuahua, me contestó que sí, que sí harían ese movimiento.

Me devolví al Paso y tomé nuevas providencias para comprar caballitos flacos, pues no me alcanzaba para más. Pero como me faltaban tres, de nueve en que habíamos de salir, di mis órdenes a Darío Silva y Carlitos Jáuregui. Yo les dije:

—Amiguitos, tenemos que llevarnos tres caballos, porque nos hacen falta. Vayan ustedes a la agencia donde los alquilan, sáquenlos dos días y páguenlos muy puntualmente.

Así fue. Por tres días pagaron ellos sin demora la renta de los caballos. Pasado ese tiempo les dije:

—Renten hoy los caballos para las cuatro de la tarde. Cruzamos el río al oscurecer.

Y aquélla era la verdad. Los demás caballos ya los tenía yo del otro lado del río, y todo estaba listo para el comienzo de nuestra marcha.

LIBRO SEGUNDO

Campos de batalla

————————

I

Pancho Villa cruza la frontera con ocho hombres y se prepara a la conquista de Chihuahua, que domina Rábago

Los primeros nueve hombres • Encarnación Enríquez • Fidel Ávila • La emboscada de Chavarría • Los telegramas de Isaac • San Andrés • Sonoloapa • Bachiniva • El Valle de San Buenaventura • Casas Grandes • Corralitos • La Ascensión • Juan Dozal • Juan N. Medina • Juan Sánchez Azcona • Álvaro Obregón • Las razones de Villa • La ley de las mujeres • Los cañones de Hermosillo

Crucé el río por los Partidos, paraje que así se nombra, atravesando la línea fronteriza como a las nueve de la noche yo y mis ocho hombres, todos armados y montados. Los nombres de aquella primera gente mía los voy a expresar: Manuel Ochoa, hoy teniente coronel; Miguel Saavedra, hoy mayor; Darío Silva, hoy capitán segundo; Carlos Jáuregui, hoy subteniente; Tomás N., hoy finado, fusilado por la Federación; Juan Dozal, hoy coronel; Pedro Sapién, muerto en la toma de Torreón; otro, de nombre que no me recuerdo, y yo, Pancho Villa, hoy jefe de la División del Norte.

Salimos y caminamos toda la noche, y fuimos a almorzar al Ojo de Samalayuca. Seguimos caminando. A las siete de aquella noche nos paramos cerca de las Amarguras, punto que así se llama. A los tres días estábamos en la hacienda del Carmen. A los cinco días estábamos en la hacienda del Jacinto, cerca de Rubio. A los siete días estábamos en San Andrés.

Cuando el presidente de aquel pueblo quiso enterarse de lo que acontecía era porque ya estaba yo adentro de la presidencia. Como él —un señor de nombre don Encarnación Enríquez— me viera delante de su persona, armado y secundado yo, se levantó para saludarme con trato muy cariñoso. Yo le digo:

—Usted es aquí el presidente municipal por haberlo nombrado el gobierno de don Abraham González. Quiero conocer su opinión: ¿va usted a favorecer la tiranía de Victoriano Huerta?

Él me contesta:

—No, señor. Yo soy amigo de usted, y aquí me tiene para ayudarlo en todo lo que pueda mientras me organizo para levantarme y darle todo mi auxilio.

Confiado yo en que el dicho Encarnación Enríquez me sería fiel, me pasé hasta Chavarría. Pero luego se verá cómo no resultaba cierto nada de lo que me prometió aquel hombre.

De Chavarría levanté a Andrés Rivera con catorce hombres bien armados y montados, entre ellos mis dos hermanos, y a seguidas me fui a Santa Isabel, de donde le puse un telegrama al general Rábago. Le expresaba yo esto:

«Señor general Antonio Rábago: Sabiendo yo que el gobierno que usted representa se dispone a pedir la extradición mía, he resuelto venirle a quitar tantas molestias. Aquí me tiene ya en México, propuesto a combatir la tiranía que defiende usted, o sea, la de Victoriano Huerta, con Mondragón y todos sus secuaces. – *Francisco Villa*».

De Santa Isabel seguimos rumbo a San Juan de la Santa Veracruz. Allí junté como sesenta hombres de la Ciénega de Ortiz y los ranchos inmediatos, pues en aquellos puntos toda la gente era partidaria mía. Me fui a Satevó. Desde Satevó mandé un correo al coronel Fidel Ávila, el cual, siendo hombre de mi confianza, se me presentó desde luego. Conforme lo vi, le dije:

—Compadre, comienza otra vez la lucha contra la tiranía. Atienda usted mis súplicas. Vamos a unirnos. Junte usted la gente del pueblo de San José y Santa María de Cuevas, mientras yo veo la que levanto por el Pilar de Conchos y Valle de Rosario.

Él me contestó que sí, y eso hicimos. Por la cordillera donde yo anduve logré juntar doscientos cincuenta hombres, y cuando regresé a unirme con mi compadre, él tenía ciento ochenta. Yo le dije:

—Quédese aquí con estos hombres, compadre, y siga mirando qué más gente junta. Yo camino ahora por los pueblos de Carretas y San Lorenzo a ver qué puedo reunir.

Y recorrí así los dichos pueblos y acabalé un número hasta de cuatrocientos hombres.

Andando yo en aquella busca de gente, con la que acrecer mi ejército, me encontré con el tren de pasajeros abajo de Chavarría; y como las circunstancias me eran favorables, sin perder tiempo le puse una emboscada y ello me permitió agarrarlo sin mucho trabajo.

Dispuse que se registrara el tren, a ver qué traía. Yo me fui derecho al carro de los equipajes, donde descubrí que venían ciento veintidós barras de plata, y en el carro de pasajeros Juan Dozal reconoció a un tal Isaac, no recuerdo de qué apellido, al cual le hallamos en la cartera unos telegramas donde el general Rábago le mandaba que pasara a verlo para darle el armamento que le traía. Lo apeamos luego, y allí mismo lo mandé fusilar.

Sabedor yo de que en las peripecias militares siempre es fácil que las cosas de grande valor se pierdan, tomé mis precauciones tocante a las ciento veintidós barras de plata, y a seguidas ordené que el tren regresara con ellas hacia San Andrés, nosotros custodiándolo. Pero sucedió que el presidente municipal de San Andrés, que según antes he indicado me había hecho promesas de amistad y lealtad, ya no me recibió de amigo. Conforme a lo que luego supe, tenía ahora a sus órdenes mucha gente armada por el gobierno de Rábago, y viendo cómo llegaba yo a la estación con sólo veinticinco hombres, me empezó a hacer fuego.

No nos abatimos nosotros por aquel recibimiento, sino que contestamos el ataque, y nos metimos al pueblo, y nos sostuvimos. Y aunque se parapetaban ellos bien, y casi consiguieron contenerme en mi avance, yo no quise abandonarles el campo sin esforzarme más. Porque es lo cierto que mirando yo cómo combatía ahora del lado de la Usurpación aquel hombre que poco antes se mostraba favorable a la causa de la justicia, y cómo me traicionaba atacándome por sorpresa, se me revolvía toda la cólera de mi cuerpo y no refrenaba yo mi impulso de ir a cogerlo y castigarlo.

Así nos cerró la noche: es decir, en dura pelea en que el mucho número de ellos desbarataba la acción de nuestro valor. Entonces pensé que acaso me echaran encima fuerzas desde la capital del estado y perdiera yo las barras de plata. Y como ya me habían matado siete compañeros, mientras nosotros, según yo creo, sólo les habíamos matado tres, decidí desamparar el punto. O sea, que me retiré con toda mi gente al monte que nombran de Sonoloapa, dando antes cada barra a un soldado, que de otro modo no las hubiéramos podido llevar.

Desde Sonoloapa me dirigí a Bachiniva. Uno de los heridos que nos habían hecho en San Andrés se nos murió en el camino. Lo enterramos en el dicho pueblo. De Bachiniva hice mi marcha rumbo al Valle, donde me recibieron con muy buen cariño, y adonde mi gente llegó libre ya del peso de las ciento veintidós barras de plata, pues las había yo dejado ocultas en buen lugar. Del Valle seguimos hacia Casas Grandes.

Al llegar a Casas Grandes resultó que allí estaba, sin saberlo yo, una parte de las fuerzas de José Inés Salazar. Eran como cuatrocientos hombres. Conforme nos acercábamos a punto desde donde se podía hacer tiro, empezaron a disparar sobre nosotros. Tomé yo en seguida mis providencias de costumbre y luego decidí poner sitio al dicho pueblo en espera de la noche, para asaltar entonces los cuarteles a sangre y fuego.

Así fue. Acabando de oscurecer, dicté mi orden de avance, que contenía estas palabras: «Muchachitos, nadie me da un paso atrás. No paramos hasta vernos dentro de los cuarteles». Y en menos de dos horas les tomamos los dichos cuarteles, que eran la estación del ferrocarril y unos corrales donde ellos se habían afortinado.

Algunos compañeros perdí en aquella acción. Pero de la gente de Salazar, cuarenta hombres murieron en el combate, sesenta cogimos prisioneros y todo el resto huyó al amparo de la noche.

Otro día siguiente, al levantar el campo, vimos que también había muerto el coronel Azcárate, jefe de ellos. A los sesenta prisioneros los hice formar de tres en fondo y los mandé fusilar colocados de aquel modo, para que una sola bala matara a tres. Así lo dispuse yo por andar mis fuerzas muy escasas de parque. Y pensando entonces dónde enterraría tantos cadáveres, pues en junto no bajaban de cien, me acordé de una noria que está a orillas del pueblo y allí mandé que los echaran a todos y los enterraran.

Cuando acabábamos aquel entierro se me presenta una señorita, hija del coronel Azcárate, y en presencia mía le dice a Juan Dozal:

—Soy hija del coronel Azcárate. ¿Murió mi padre, señores?

Dozal le contesta:

—Sí, señorita. Murió.

Ella vuelve a preguntar:

—¿Y mi hermano?

—También, señorita.

—¿Murieron peleando?

—Sí, señorita.

Expresó ella entonces estas palabras:

—Muy bien, murieron con honor. Adiós, señores.

Y sin decir más, se fue.

Reuní mis tropas y marchamos rumbo a la Ascensión. Pasamos por Corralitos; llegamos a la Ascensión. Como no se avistara allí una sola alma, creímos al pronto que el pueblo estuviera desierto, lo cual se debía a que todos aquellos moradores eran gente colorada de Pascual Orozco. Pero pasados dos días empezaron a salir los hombres, luego las señoras; por fin comenzaron a salir las señoritas. Y llegamos nosotros a familiarizarnos tanto con los pobladores de aquel pueblo, y nos tomaron ellos tan grande confianza, que las mujeres acabaron siendo nuestras cocineras por más de un mes y varios días.

En la Ascensión me ocupé de organizar y pertrechar mi gente para el logro de las acciones que estaba yo madurando. Le dije un día a Juan Dozal:

—Juan, quiero que te vayas a Agua Prieta. Arregla con Plutarco Elías Calles que me mande todo el parque que pueda, que yo se lo pago con ganado.

Y como me contestara él que estaba dispuesto a ir, pero que más a gusto iría llevándose a su hermano, yo le dije que no, que no se lo llevara, que su hermano me hacía falta para la organización de las tropas, y, convencido él, conseguí que se fuera solo.

De Agua Prieta me mandaron treinta y cinco mil cartuchos, con los cuales alcancé a municionar medianamente mis fuerzas. Mirando aquello, otra vez le dije a Juan Dozal:

—Ve a ver si me consigues más parque, y diles allá que me presten mil hombres, que yo les prometo que con ellos tomo Ciudad Juárez y empieza el triunfo de nuestra causa.

Me respondió él:

—Permítame llevar a mi hermano.

Le contesté yo:

—Ya el otro día no quise dejarte que te lo llevaras, porque a mí se me figura que tú estás buscando quedarte allá.

Él me dijo:

—No, viejo: no soy tan poco hombre.

Oyéndolo yo, le permití entonces que se llevara a su hermano y le di cien hombres más para que me trajera todo el parque que le pedía. Y lo que sucedió fue que a los pocos días de irse él para Agua Prieta recibí una comunicación suya, en que me decía:

«Ya estoy aquí, en compañía de mi hermano y entre mi familia. Ya no soy revolucionario de los tuyos, pues tú dejas que tus hermanos te manden y tus subordinados te intriguen. Además, no quiero manchar mi honor andando contigo. Por eso me retiro a la vida privada. Detesto la Revolución. Sin más por ahora, tu humilde servidor. – *Juan Dozal*».

Al leer yo aquellas palabras consideré cuánta es la doblez que hay en los hombres, hasta en los que parecen más próximos y seguros; y aunque ya me habían enseñado mucho las lecciones de la experiencia, tomé la resolución de ser menos blando en mis determinaciones del futuro.

Durante mi estancia en la Ascensión llegó a incorporarse a mis fuerzas Juan N. Medina, hombre de carrera militar, de bastante civilización y de muchos conocimientos tocante a la guerra. Por cierto que, ya para venir, me había escrito una carta, y yo le había contestado que viniera pronto, pero trayendo grande valor. Y según empezó después a portarse durante las acciones militares, y en todas las peripecias de la lucha en que andábamos, comprendí que aquellas palabras mías él no las necesitaba. Porque en verdad que Juan N. Medina, al igual de otros militares federales, superaba a muchos hombres revolucionarios en el valor; o sea, que no solamente sabía organizar ejércitos para las batallas, sino que también sabía exponer la vida a la hora de la pelea por la causa del pueblo. Mirándolo, decía yo entre mí: «Este hombre chiquito vale lo que no valen juntos dos o tres grandes». Y llegué a cobrarle grande confianza y a seguir muchas veces sus luces de inteligencia. Desde que llegó él a la Ascensión, muchos servicios de campaña comenzaron a observarse bien, pues siendo muy enérgico, su conducta se imponía y obligaba a los otros. Cuando él era el jefe de día aclaraba yo: «Esta noche podemos dormir sin zapatos». Lo cual decía para que los demás jefes, midiéndose con él, lo imitaran.

También en la Ascensión recibí unos señores, enviados de don Venustiano Carranza, que se nombraba ya Primer Jefe del Ejército Constitucionalista y que andaba muy perseguido por los federales en el estado de Coahuila. No comprendía yo bien entonces por qué había de ser jefe de todos nosotros el dicho señor, y menos cuando en su terreno acababa de demostrar que nada sabía de la guerra, pues habiendo empezado su acción desde la capital de su estado, ya no tenía asiento para su gobierno ni hacían sus fuerzas operaciones concertadas. Pero los delegados que antes indico, uno de nombre don Juan Sánchez Azcona y el otro llamado Alfredo Breceda, me aclararon que no eran buenas mis razones, o más bien dicho, me lo aclaró el primero de aquellos señores, que era el que hablaba y tenía más importancia.

Me decía él:

—La unidad de la Revolución es necesaria para el logro de nuestros fines. Si cada jefe lleva un movimiento por su cuenta: usted en Chihuahua, Carranza en Coahuila, Maytorena en Sonora, no alcanzaremos el restablecimiento de la legalidad y la justicia, sino que nos perderemos en la anarquía.

Le contestaba yo:

—Sí, señor. Estoy conforme y penetro en sus ideas. Pero, según yo opino, puede imperar la unidad de nuestra Revolución sin que yo y mis fuerzas, y la demás gente revolucionaria de Chihuahua, se supediten al mando de generales forasteros.

Porque aquélla era la verdad. El señor Carranza, con grado de Primer Jefe del Ejército Constitucionalista, había dispuesto que el general Obregón, hombre forastero en Chihuahua, mandara desde Sonora las fuerzas de nuestro estado, al igual de sus propias fuerzas. O sea, que iba a resultar jefe mío un hombre que estaba en la ignorancia de mis movimientos y que no podía saber el desarrollo de mi acción, en lo cual, según yo creo, se vislumbraba tanto yerro como si a mí, hombre revolucionario de Chihuahua, sin conocimiento de lo que estaban haciendo los revolucionarios de Sonora, me nombraran jefe del señor Obregón.

Estimando bien aquellas razones mías, me dijo el señor Sánchez Azcona que mi libertad de movimientos era cosa que se podía arreglar; que, según era su opinión, el Primer Jefe atendería las verdaderas circunstancias de mi campaña, y que lo importante no era saber si yo aceptaba a Obregón como jefe mío, sino aclarar si yo operaba por mi cuenta para establecer la justicia de Madero, o si reconocía el Plan de Guadalupe, como los otros jefes revolucionarios, y recibía al señor Carranza como Primer Jefe. Le expresé yo estas palabras:

—Señor, diga usted a don Venustiano Carranza que yo prohíjo el Plan de Guadalupe, y que lo acepto a él como Primer Jefe, y que estoy pronto a obedecerlo en todo lo que convenga a la Revolución y a los intereses del pueblo; que si de veras es hombre revolucionario puede vivir seguro de mi amistad y mi lealtad. Pero dígale también que no acepto que nadie venga a mandarme en mi campo militar, que nosotros sabemos aquí lo que estamos haciendo, y si llegan a faltarnos generales, ya los nombraremos de entre nosotros mismos, pues así como nadie nos ha enseñado a pelear ni a cumplir con el deber, así tampoco nos mandará hombre que nosotros no consagremos por nuestro jefe.

Me respondió el señor Sánchez Azcona que, según la opinión suya, yo y mi gente estábamos en lo justo, y que así se lo mostraría al señor Carranza. También me dijo que todos debíamos prestigiar la Revolución, y que a nombre del señor Carranza me recomendaba orden en mis fuerzas y mucha autoridad mía para evitar los desmanes que se venían cometiendo. Y es lo cierto que yo entonces casi me enojé. Le dije yo:

—Señor, ésas son calumnias que les levantan a mis tropas con el mal ánimo de deshonrarme. Aquí nadie roba. Lo que se toma de los pueblos se toma por orden mía y es para el sostenimiento de la campaña. Igual se hace con cuanto quitamos al enemigo y al gobierno de la traición. Créame, señor: no roban mis soldados, ni despojamos sin motivo a los moradores de ningún pueblo. Necesitamos caballos, armas, monturas, ganado y dinero, y todo lo cogemos de donde lo hay. Pero, según yo creo, eso no es robar, sino cumplir con los deberes que nos impone la guerra.

Él me contestó:

—Los que sabemos de Pancho Villa desde tiempos del señor Madero no tenemos por qué dudar de su honradez ni de su dominio sobre sus tropas. Lo que recomienda el Primer Jefe es que se respete a las mujeres.

Yo le dije:

—Pues es otra calumnia, señor. Sucede que la mujer siempre es mujer, y que dondequiera que ve hombres y los hombres le salen al encuentro, por su ley se acerca a ellos y con ellos se junta. O sea, que la mujer hace lo que hace, pero por su voluntad. No niego yo que a veces algún hombre se extralimite, pero créame que eso es tan raro que no da base para juzgar por allí a todas mis tropas. Si usted quiere, yo lo convido a que ahora mismo vayamos a recorrer todas las casas de este pueblo, a ver si en alguna de ellas hay mujer amancillada por mis soldados; y eso que esta población, se lo puede usted decir al Primer Jefe, es toda del enemigo, pues en la Ascensión todos los moradores son colorados, y eso, también, que al llegar aquí nosotros no había mujer joven que no hubiera ya pertenecido a uno o dos orozquistas.

Aquellas palabras mías pintaron al señor Sánchez Azcona la verdad de mi razón. Y como yo lo había recibido con trato muy cariñoso, y era buen amigo de don José María Maytorena, y el señor Madero lo había tenido por hombre de su confianza, entramos en grandes ligas de amistad. A él, y al señor que lo acompañaba, los alojé del mejor modo que pude, y les presenté mis agasajos, pues llegaban a mí con la representación del jefe de nuestra Revolución. Según es mi memoria, hasta les hice unas carreras de caballos, para que así luciera clara la disposición de nuestro ánimo a considerar compañeros y hermanos a cuantos hombres luchaban por volver su imperio a la justicia.

Ya para irse, le digo yo al señor Sánchez Azcona:

—En Sonora, a lo que cuentan, tienen ustedes unos cañones que no usan allá por no saber emplearlos en sus campañas. Dígale a Maytorena que me los mande, que yo sí los quiero, y que traigo entre mi gente artilleros que saben bien para lo que sirven esas piezas.

Me contestó él que aquello era verdad, que en Hermosillo tenían arrinconados los cañones de que yo le hablaba, y que conforme llegara él a Hermosillo arreglaría con Maytorena el modo de mandármelos.

II

Los revolucionarios de Chihuahua, Coahuila y Durango nombran jefe de la División del Norte a Pancho Villa

San Buenaventura • Toribio Ortega • José Eleuterio Hermosillo • Félix Terrazas • San Andrés • Juan N. Medina • Encarnación Márquez • Natividad Rivera • Santiago Ramírez • Santa Rosalía • Maclovio Herrera • Manuel Chao • Jiménez • Urbina • Fierro • Rueda Quijano • Una ayuda a Carranza • El río Nazas • La junta de la Loma • Avilés • La muerte del general Alvírez

Como antes indico, mes y medio estuvimos en la Ascensión. Pasado ese tiempo, ya había yo conseguido acabalar, bien montados, armados y municionados, unos setecientos hombres. Resolví entonces empezar las acciones que venía yo madurando y dispuse mi marcha rumbo a San Buenaventura. Llegamos a San Buenaventura. Allí se me incorporó Toribio Ortega con las fuerzas que había logrado reunir y organizar en la comarca de Cuchillo Parado. Conforme nos juntamos, lo nombré segundo jefe de mi brigada, y a José Eleuterio Hermosillo jefe de mi estado mayor.

De San Buenaventura me dirigí con todas mis fuerzas hacia Bachiniva, pues ya iba yo con ánimo de atacar al general Félix Terrazas, que estaba con sus tropas en San Andrés. Aquellas fuerzas enemigas, según sabía yo por correos que me habían estado llegando desde antes de mi salida de la Ascensión, superaban a las mías en número de hombres y cantidad de elementos. Pero yo pensaba: «La causa del pueblo, que es la causa de la justicia, tiene que buscar en estos primeros momentos de nuestra lucha el logro de triunfos que sólo consigue el mucho valor, no la superioridad de los recursos de la guerra».

Y así fue. Caminamos todo un día y toda una noche, sin más que los descansos indispensables, y fuimos a amanecer frente a San Andrés, tomando yo desde antes mis providencias para que no nos sintieran las avanzadas de Félix Terrazas. Por el Puente de Aldama, lugar que así se nombra, empezó la acción. Al acercarnos nosotros, nos hicieron fuego los orozquistas que allí se habían parapetado. Completé yo entonces mi plan, es decir, dispuse lo necesario para que nuestro ataque, sin malograrse, no causara a la población los daños de la guerra, pues los moradores de San Andrés eran todos gente revolucionaria, favorable desde los tiempos del señor Madero a la causa de la justicia, y no merecían de mí traerles aquel castigo.

Se generalizó el combate. Peleamos hasta las cinco de la tarde. A esa hora, mirando yo cómo se alargaba la resistencia de ellos a favor de sus buenas posiciones, pues batallaban con verdadero valor, llamé al coronel Juan N. Medina y le dije:

—Señor coronel, según es mi opinión, nada avanzaremos mientras el enemigo siga cañoneándonos y dominándonos con su artillería.

Él me contestó:

—Yo creo lo mismo, mi general.

Y yo entonces le ordené:

—Pues si cree eso, ahora mismo va usted, como buen hombre militar, a echarse con su gente encima de aquellos cañones, y nadie me da parte del resultado de su intento hasta que la dicha artillería caiga en su poder o usted esté muerto.

Como lo mandé yo, él lo hizo. Y es lo cierto que Medina mostró en aquella hora ser hombre de mucho valor, y de grande pericia para la guerra, pues adivinando el verdadero ánimo del enemigo, maniobró con grande riesgo y dificultad hasta cumplir las órdenes recibidas y sabiendo qué clase de gente llevaba bajo su mando, supo aprovechar bien el mucho arrojo del segundo de sus tropas, nombrado Benito Artalejo, y del capitán Eduardo H. Marín, y de otro oficial suyo, de linaje inglés, llamado Hondall o Jontal.

El fruto de aquella hazaña fue que los dos cañones federales quedaran en nuestro poder y debilitadas así las posiciones enemigas, al oscurecer de ese día pude lanzarme al asalto con toda mi gente y desbaratarles a los contrarios su resistencia. Así, antes de las dos de la madrugada, deshechas por nosotros las fuerzas de Terrazas, aquel general ya había salido huyendo en una locomotora, y San Andrés era nuestro, con varios trenes cargados de provisiones y algún material de guerra.

En la toma de San Andrés, que según es mi memoria ocurrió el 26 de agosto de 1913, murió de mis tropas Encarnación Márquez, hombre de mi cariño, por el cual lloré. Murió también Natividad Rivera, más otros muchos hombres revolucionarios, y hubo heridos en grande número, entre los cuales estaba Santiago Ramírez, miembro de mi estado mayor. Pero en verdad que aquélla fue acción militar muy útil, porque me ayudó a organizarme y abastecerme, y porque recreó el ánimo de mis fuerzas en forma que ya no había de menoscabarse con ninguna peripecia de la campaña.

No nos detuvimos en San Andrés más que el tiempo necesario para nuestra reorganización, seguro yo de que me echarían encima fuerzas de Chihuahua, conforme pasó. Mandé distribuir entre las familias del pueblo parte de los bastimentos quitados al enemigo. Dispuse el envío de todos los heridos a Madera, para que de allí pasaran a Sonora, lo cual se hizo, escoltándolos mi compadre Fidel Ávila con setenta y cinco hombres. Tomé mis providencias para que luego luego, juntas todas las tropas, siguieran por la sierra hacia el sur, que era donde yo esperaba obtener los triunfos que andaba buscando en desconcierto de las acciones del enemigo, es decir, para empujarlo a perseguir objetivos falsos. Porque ésa es la guerra de la revolución: que no consiste al principio en conquistar territorios y entregarse luego a defenderlos, sino en trastornar los ejércitos del gobierno, quien así está obligado a la dicha defensa, y con ella se debilita.

Hubo entonces opiniones sobre nuestra mejor conducta tocante a las fuerzas enemigas que trataban de alcanzarnos. Me decía Juan N. Medina:

—No me parece prudente, mi general, presentar aquí nuevo combate. Piense usted que sólo para cubrir la artillería ocuparemos ciento cincuenta hombres.

Pero otros, como Toribio Ortega, opinaban que aquello no era verdad, que sí podíamos esperar al enemigo y derrotarlo. Según es mi recuerdo, hasta hubo alguno que me dijo que si los cañones sólo servían para embarazar una parte de la gente, mejor era que los ejércitos no los llevaran, lo que demuestra la grande ignorancia de la guerra en muchos hombres que se nombran y se creen militares. Lo que sucedió fue que, mirando yo cómo tenía razón Juan N. Medina, dispuse la marcha en forma que burlara al enemigo, lo cual conseguí pasando a un lado de Bustillos y haciendo luego nuestra marcha hasta Santa Rosalía de Camargo.

En aquella travesía se me volvió a incorporar con su fuerza mi compadre Fidel Ávila, que me trajo de Sonora doscientos mil cartuchos; y en Camargo, obedeciendo llamados que yo le había hecho desde la Ascensión, vino a unírseme Maclovio Herrera con cuatrocientos hombres que traía de Parral.

Manuel Chao, que también estaba en Parral, y a quien también había yo llamado, no llegó a Santa Rosalía con Maclovio Herrera, pretextando que en Parral, decían ellos, hacía falta un hombre de muchas luces de inteligencia. Pero lo cierto es que don Venustiano Carranza, al pasar días antes por aquellas regiones en su viaje hacia Sonora, había sembrado la cizaña entre los hombres revolucionarios de Chihuahua, para lo cual prometió a unos los mandos o puestos que con derecho pudieran pretender otros. Mirándolo yo, pensaba entre mí: «¿Y este hombre que así encona a los demás por donde pasa es el mismo que a mí me manda embajadas que me prediquen la unidad del movimiento revolucionario? Será que él entiende por unidad hacer que todos lo obedezcan, y que abajo de él los demás no nos entendamos y tengamos que implorar los fallos de su favor».

Aproveché mi estancia en Santa Rosalía para reorganizar las fuerzas de mi brigada, según las acciones que traía en proyecto. Allí reflexioné, en atención a lo mucho que Juan N. Medina me ayudaba, que el puesto que debía darle era el de jefe de mi estado mayor, pues además de ser hombre de conocimientos militares y aptitudes para mandar, miraba yo que hasta entonces, mientras otro ocupaba el dicho cargo, las disposiciones las venía dictando él, y siempre con acierto.

De Santa Rosalía seguimos nuestra marcha hacia el sur. Llegamos a Jiménez. En dicho lugar se me incorporó con toda su gente mi compadre Tomás Urbina, que volvía de Durango al frente de seiscientos hombres muy bien equipados y organizados. Venía mi compadre de tomar y saquear Durango; venía cargado de oro. Traía consigo a Rodolfo Fierro y había nombrado pagador de aquellas fuerzas suyas, muy bien abastecidas de dinero, a un hombre de su confianza, de nombre Rueda Quijano.

Me dijo mi compadre Urbina:

—¿Ve usted, compadre, cómo vengo bien provisto de elementos y dinero? Pues fíjese nomás. Acaba de pedirme ayuda para su viaje a Sonora don Venustiano Carranza, ese señor que dice que es el Primer Jefe, y yo no se la negué. Le di sesenta pesos y una montura que ya no me servía. ¿Hice bien, compadre?

Y no he de negar yo que aquellas palabras de mi compadre Tomás Urbina me hicieron reír.

En Jiménez nos organizamos para el avance sobre Torreón, ya bien informado yo de cómo tenía allí el Gobierno una división federal al mando del general Munguía.

Salimos en varios trenes hacia Bermejillo. Allí nos apeamos para seguir por tierra hasta la Goma, hacienda que así se llama, donde debíamos cruzar el río Nazas, o más bien dicho, donde habían de cruzarlo las fuerzas que marcharían conmigo por la margen derecha rumbo a Torreón. Y como las aguas venían en creciente, mandé pasar la artillería y la impedimenta en un lanchón, o balsa, que allí encontramos, y así se estuvo haciendo hasta que en uno de aquellos viajes se trozó el cable y la corriente arrastró hasta Torreón un automóvil que yo llevaba y algunas otras cosas.

Después de pasar al otro lado mis fuerzas y las de mi compadre Tomás Urbina, trabamos contacto con las avanzadas enemigas por ambos lados del río. Tenían ellos en la ribera de la izquierda una columna de mil hombres, según luego supimos, al mando de Emilio P. Campa y Argumedo, y en la orilla derecha otros mil hombres, al mando del general Felipe J. Alvírez.

En la hacienda llamada de la Loma, que está del lado derecho del río, frente a la Goma, se tomaron los dispositivos para el ataque; pero antes de aquello consideré la conveniencia de una junta de los principales jefes de todas las fuerzas nuestras que entrarían en la batalla.

Porque pensaba yo: «Estas fuerzas ya no son tan sólo la brigada mía. Vienen las de mi compadre Urbina y las de Maclovio Herrera; están las de Calixto Contreras, las de Aguirre Benavides, las de Yuriar, las de Juan E. García. Se necesita, pues, para esta operación, y para el futuro, un solo jefe que conduzca bien todas las tropas y sea capaz de organizarlas para el mejor concierto de sus movimientos».

Llamo entonces a Juan N. Medina y le expreso mi parecer. Él me dice cómo estoy yo en lo justo, cómo, a su juicio, todas aquellas fuerzas debían organizarse en división. Y como luego me pintó las graves responsabilidades de un fracaso si la dicha organización no se hacía, le anuncié la junta para esa misma mañana y le pedí tuviera resueltos todos los detalles de la organización que, según él, había de hacerse.

Así fue.

En aquella junta de la Loma les dije yo a todos los jefes:

«Señores: en horas de la guerra nada se hace si no se sabe mandar y obedecer. O sea, que cuando se juntan fuerzas en mucho número los jefes de todos los grupos deben escoger entre sí un jefe mayor, que lleve la carga del mando y al cual todos obedezcan. Como ésas son ahora nuestras circunstancias, estamos en el deber, según yo creo, de nombrar un jefe que nos gobierne a todos y que con su autoridad dé a todas nuestras fuerzas la organización que en su ánimo se necesite para el progreso de la campaña. Opino yo, salvo el parecer de los demás, que nombremos para el grado de general en jefe a mi compadre Tomás Urbina, o al general Calixto Contreras, o a mí».

Otros hablaron después de oírme. Pero como ninguno dijera palabras de franqueza, ni de conocimiento, Juan N. Medina se levantó y expuso las razones que él veía para organizar en división todas aquellas fuerzas y para que a mí me escogieran por general en jefe. El resultado fue que todos mostraron entonces el mismo parecer, y que desde ese momento yo, Pancho Villa, quedé nombrado jefe de la División del Norte, que se constituyó de aquel modo.

Acontecía eso el 29 de septiembre de 1913, fecha en que tomé las primeras providencias para organizar la División del Norte conforme a los principios de Juan N. Medina, quien, como antes indico, era hombre de grandes conocimientos militares.

A mi compadre Tomás Urbina, según se me figuró entonces, y según luego supe, no le cuadró mucho que me nombraran a mí general en jefe de la división, en vez de nombrarlo a él. Mas concediendo yo cómo era él hombre de mucha capacidad para las decisiones de la guerra, y hombre de hazañas muy valerosas, no creí entonces, ni creo a estas fechas, que hubiera resultado mejor jefe que yo. Ha de saberse, además, que había en mí un ánimo revolucionario que no tenía mi compadre Urbina, o sea, que en la lucha en que andábamos metidos los dos, yo llevaba más cerca de mi conciencia y de mi conducta la causa de la justicia del pueblo.

Estando nosotros en aquella junta de la Loma, la columna de Emilio P. Campa creció en su provocación hasta venir a cañonearme, por lo cual dispuse que inmediatamente entráramos en combate. También sabía, por unos correos que allí me llegaron, cómo la columna del general Alvírez trataba de avanzar más acá de Monterrey, rancho que así se nombra.

Tomé mis providencias. Mis órdenes de ataque contenían esto: mi brigada marcharía desde la Loma, por la orilla derecha del Nazas, sobre Avilés; la Brigada Juárez, es decir, la de Maclovio Herrera, avanzaría desde la Goma, por la orilla izquierda del río, sobre Lerdo y Gómez Palacio, a modo de ir cubriéndome por aquel flanco; la Brigada Morelos, o sea, la de mi compadre Tomás Urbina, marcharía por mi flanco derecho, separada de mí por los lomeríos que allí hay y con órdenes de alcanzar Avilés, que era también mi objetivo.

Se hizo todo tal y como se pensó. A las diez de la mañana se trabó el combate, y a seguidas se generalizó tan fuerte y encarnizado, que en menos de treinta minutos levanté tres columnas de tiradores y para la una de la tarde ya estábamos sobre Avilés, donde se hallaba el general Alvírez con gente de zapadores, rurales y toda su artillería. Arreció allí el encuentro, ellos parapetados y protegidos como podían, y nosotros lanzados con el impulso del ejército que se siente vencedor. Y en verdad que no pudieron detenernos, pues ya les habíamos hecho muchas bajas en todo nuestro avance; y a la media hora de echárnosles encima les tomé la población a sangre y fuego, con pérdida para ellos de la mitad de sus hombres, y de casi todos sus oficiales, y de su artillería, y de su general.

Esa tarde, conforme desembocaba yo en la plaza de Avilés, vi tirado en el suelo, en el cubo de un zaguán, el cadáver del general Alvírez, desnudo de toda su ropa y sin nada que mostrara cómo aquel hombre había mandado ejércitos y había desplegado valor hasta la misma hora de su muerte. Y como luego supiera la forma en que lo habían despojado de cuanto llevaba sobre su cuerpo, me dolió la necesidad de la guerra de la revolución, que no permite a los jefes impedir algunas de las más negras extralimitaciones.

En nuestro avance de aquel día sobre Torreón, el enemigo perdió cerca de quinientos hombres entre federales y orozquistas, más diecinueve oficiales prisioneros, que en el acto mandé fusilar conforme a la Ley del 25 de Enero, que ordenaba cumplir el Primer Jefe del Ejército Constitucionalista. También cayeron en nuestras manos Elías Torres y otros oficiales artilleros, a los cuales Medina salvó de la muerte a cambio de unirse ellos a nuestras fuerzas, pues los necesitábamos para el manejo de la artillería.

En Avilés cogimos dos cañones, seiscientos fusiles, ciento cincuenta mil cartuchos y trescientas sesenta granadas. Y a la vez que nosotros lográbamos aquel triunfo en la margen derecha del Nazas, Maclovio Herrera, por la orilla izquierda, batía las fuerzas de Emilio P. Campa desde la hacienda de la Goma hasta Lerdo, y desbarataba su resistencia, y les quitaba su artillería.

III

Pancho Villa toma Torreón y prepara su avance sobre Chihuahua y Ciudad Juárez

El Cañón del Huarache • El Cerro de la Pila • La artillería revolucionaria • Blas Flores • Manuel Madinabeitia • Un ataque nocturno • Sombras y tolvaneras • Pedro Sapién • Elías Uribe • José Díaz • Horas de la victoria y horas de la derrota • Lázaro de la Garza • Los hermanos masones • Trama contra la vida de Villa • Benjamín Yuriar • El general Díaz Cuder

Aquella tarde di descanso a mis tropas en Avilés y otro día siguiente emprendí el ataque de Torreón. A este ataque acudieron con sus fuerzas los generales Calixto Contreras, Eugenio Aguirre Benavides y Benjamín Yuriar. También concurrió el coronel Juan E. García, que había ya participado el día anterior en el avance de Maclovio Herrera hacia Lerdo y Gómez Palacio.

A las tres de la tarde nos desprendimos de Avilés. A las cuatro se trabó contacto con las avanzadas federales. Mi ánimo era acercarme lo más posible a las posiciones enemigas, para tomar conocimiento de sus verdaderas fuerzas, que no eran inferiores a 4 000 hombres, y de sus defensas, y de sus apoyos, para disponer entonces mi plan sin los riesgos del fracaso.

Así se hizo. Me fui en exploración, casi hasta el pie de aquellos cerros, acompañado de Toribio Ortega, José Rodríguez, Juan N. Medina y algunos hombres del Cuerpo de Guías, todos en muy buenos caballos. Y allí, a la vista de los enemigos, formé mi plan para la toma de la plaza.

A las cinco se generalizó la lucha, y poco después el empuje nuestro los llevó a ellos a replegarse hasta sus fortificaciones del cañón que nombran Cañón del Huarache, el cual se abre a los ojos entre las alturas de ese mismo nombre y el cerro de Calabazas. Pero no paró allí nuestra acción de aquellos momentos, sino que conseguimos entonces situar nuestra artillería, manejada por los oficiales federales que habíamos cogido en Avilés, los cuales empezaron a dirigir disparos de mucho acierto sobre la artillería enemiga que nos cerraba el Huarache. Y mientras nosotros conquistábamos así terreno en la orilla derecha del Nazas, en la otra orilla Maclovio Herrera y su brigada, con fuerzas de Calixto Contreras y Juan E. García, empujaba hasta el cerro llamado de la Pila a los orozquistas del mando de Argumedo y Campa.

En sus posiciones del Huarache se hicieron fuertes los enemigos hasta las tres de la madrugada del otro día. Entramos nosotros por el cañón al amparo de la oscuridad, dejando fuera los caballos, para que el grueso de la gente avanzara a pie. Y de ese modo fuimos escalando las laderas y ganando posiciones. En aquel avance hirieron a Blas Flores, que murió luego, y hubo otros muertos más, y muchos heridos, entre ellos Manuel Madinabeitia, de mi estado mayor; porque es lo cierto que federales y orozquistas se defendían con grande valor y nos embarazaban los pasos. Pero, según indico antes, a la dicha hora de las tres de la madrugada ya no pudieron con nosotros. Entonces nos dejaron libre la senda del cañón y fueron a fortificarse a la Cruz, cerro que así se nombra, y en las trincheras de San Joaquín, que estaban muy bien construidas. O sea, que para esa hora ya venían acogiéndose a sus últimos abrigos.

Así nos amaneció.

Todo ese otro día nos sostuvimos nosotros en el terreno ganado, desbaratando cuantos intentos hicieron ellos por recuperar sus posiciones de antes. Y ordenaba yo que nos mantuviéramos de aquel modo, no porque las circunstancias nos vedaran nuevos avances, sino por mi deseo de descubrir bien, según órdenes que tenía dadas, los puntos débiles del enemigo, para echármele encima por allí conforme llegara la noche.

Nos fue preciso aquella tarde remunicionar parte de las tropas de mi ala derecha, y pasar revista a sus posiciones, y levantarles el ánimo, por ser ése el punto donde arreciaba más la resistencia. Y en verdad que Juan N. Medina, con grande riesgo de su persona, trepó entonces por mi orden las laderas de los cerros para cerciorarse de que nada se nos malograra en espera de la noche.

Así fue. Dicté todas mis providencias para el asalto final. Ordené que los soldados entraran todos pie a tierra, sin sombrero y con el brazo derecho arremangado, y fijé las nueve de la noche para avanzar a sangre y fuego hasta las posiciones enemigas. Y lo que sucedió fue que, dando las nueve de aquella noche, día 1° de octubre de 1913, las fuerzas de todas mis brigadas se abalanzaron en movimiento que llaman envolvente, resueltas a matar o morir, y de allí a media hora ya estaba la plaza en nuestras manos. Porque el enemigo, medroso de afrontar mi ataque en las sombras de la noche, ya había abandonado sus posiciones y se alejaba de la población al amparo de la oscuridad y de una tolvanera que se había levantado. Mas ni las dichas circunstancias habrían evitado a los traidores su desbarate final si no fuera porque el río, muy crecidas las aguas, cerró el paso de las fuerzas de Maclovio Herrera, que intentaba dar el alcance hacia oriente.

En aquella toma de Torreón, según antes indico, murió Blas Flores, hombre de mi confianza y mi cariño, que me había acompañado a México cuando Victoriano Huerta me quiso fusilar. También murió Pedro Sapién, uno de los ocho compañeros que cruzaron conmigo el Bravo para levantar la guerra a la Usurpación. Murieron también otros muchos hombres revolucionarios, como Elías Uribe y José Díaz, y otros más salieron heridos en número que no me recuerdo.

El enemigo dejó en nuestro poder, es decir, en poder de mis fuerzas y en poder de Maclovio Herrera, que había ocupado Lerdo y Gómez Palacio, once cañones, trescientas granadas, la pieza artillera nombrada *el Niño*, con su carro blindado y sus accesorios, más trescientos fusiles, medio millón de cartuchos, seis ametralladoras, cuarenta máquinas y mucho material de ferrocarril. En hombres fueron sus pérdidas: ochocientos muertos, casi todos orozquistas; ciento veinte prisioneros y harto número de heridos. A los oficiales que cogimos los mandé fusilar, en obediencia a la Ley del 25 de Enero, que ordenaba cumplir el señor Carranza; pero a los heridos, que fueron muchos, les di cama en los hospitales.

Según yo opino, fue muy importante aquella toma de Torreón, porque con ella pude surtirme de elementos y organizar mis fuerzas en forma que daba desde entonces a la causa del pueblo grande poderío militar y poblaciones de mucha importancia. Cuando así no fuera, es decir, considerando probable que nuestros nuevos movimientos nos hicieran abandonar luego aquella región, era lo cierto que mi llegada hasta allí, en horas en que el gobierno de los traidores no me imaginaba capaz de tales hazañas, quebrantaría la confianza de ellos y favorecería el desarrollo de las acciones revolucionarias. Porque veían ellos cómo había yo venido a quitarles Torreón mediante marchas de mucha pericia desde San Andrés, sin apoyos en la frontera, y con Chihuahua y Ciudad Juárez a la espalda, y eso los empujaría a echar sobre mí, por el centro de la República, el mayor peso de sus fuerzas. O sea, que a la gente revolucionaria del Noreste, que estaba entonces sufriendo, al mando de Pablo González, derrotas y derrotas, la iban a aliviar ahora de lo más de su enemigo, para acumularlo en mi contra, y a mi derecha, por el Noroeste, Obregón y sus fuerzas, y las fuerzas de Iturbe en Sinaloa, encontrarían en su avance menos embarazos.

Pensé yo desde entonces que sería allí, por Torreón y su comarca, donde habrían de pelearse las batallas decisivas de nuestra Revolución. Y consideré que aquél era el campo de la acción mía, y que las dichas batallas tendría que librarlas yo con la ayuda de mi gente y conforme a mis planes, y sentí grande gusto de que así fuera, pues me sentía seguro de que la causa del pueblo, bien dirigida, alcanzaría su triunfo.

Hice mi entrada a Torreón el 1° de octubre a las diez de la noche. El pueblo me recibió con aclamaciones para el señor Madero, para mis tropas y para mí. Pero yo no me detuve en el placer de los agasajos, sino en el cumplimiento de mis deberes. Dispuse desde luego que Juan N. Medina, que venía mandando como jefe de estado mayor, aunque no aceptaba todavía el nombramiento, tomara providencias en bien de la seguridad de los moradores, para que no sufrieran en sus personas ni en sus intereses. Le ordené que gente de Aguirre Benavides, de Yuriar y de Urbina cubriera la plaza y saliera en servicio de avanzadas y que todo el grueso de las tropas se reconcentrara en la Cruz hasta el amanecer. Hice yo esto porque siendo verdad que el enemigo iba apartándose de nosotros en su fuga, también lo era que el buen juicio aconsejaba no entregarse a los regocijos de la victoria. En la guerra, un general está obligado a proceder en las horas del triunfo con tanta severidad como en las horas de la derrota, pues si su enemigo es de hombres militares con luces de inteligencia, un descuido de esos momentos puede resultar tan costoso que no lo iguale la pelea más encarnizada.

Los días que estuve en aquella plaza puse mi cuartel general en el hotel que nombran Hotel Salvador. Me aclamaba el pueblo humilde y me seguía a todas partes, rodeándome de su mejor cariño. Y no porque lo hiciera él así, sino por mandármelo la Revolución, correspondí yo aquel trato visitando los pobres y ordenando que se les ayudara en su necesidad con ropa y alimentos. Mandé socorros a las monjitas de los hospitales. Dispuse que se aprontaran bastimentos de donde los hubiera, y que se allegaran recursos para todas las necesidades de las tropas y de los moradores de la población. Decreté un préstamo de trescientos mil pesos por parte de los bancos, y nombré para recibir dinero y manejarlo a un señor de nombre Lázaro de la Garza, de grandes conocimientos, según me dijeron todos, tocante a las operaciones financieras.

Como supiera yo que se habían cometido al pueblo muchos agravios durante la ocupación de las fuerzas de Huerta, mandé reparar las injusticias y castigar a sus autores. A unos reaccionarios, españoles y mexicanos que habían hecho denuncias contra gentes maderistas, a las cuales fusilaron, los mandé aprehender. Pero sucedió que, temiendo ellos mi castigo, ya estaban bien ocultos, y para aplacar mi ánimo me mandaron con Aguirre Benavides y Medina una comisión de los hermanos masones, fraternidad que así se llama.

Aquellos masones me hablaron así sus palabras:

—Señor general, venimos a verlo en nombre de la grande familia masónica, que tiene misión de caridad y justicia. Nosotros socorremos a los pobres y ayudamos a los desvalidos, y consideramos que todos los hombres son nuestros hermanos, y que la suerte de cualquiera de ellos vale tanto como la suerte de cualquiera de nosotros. Por eso, señor general, estamos aquí a pedirle que halle gracia en su buen ánimo la suerte de unos hombres, hermanos nuestros, a quienes se acusa, pues en estos momentos tienen su vida en peligro. Piense usted, señor general, que si esos hombres cometieron error, y no diremos nosotros que eso sea o no sea cierto, corren ahora los riesgos de todos los perseguidos y merecen la caridad y misericordia de nuestros mejores sentimientos. El Grande Arquitecto constructor del mundo puso el bien en nuestro corazón, y nosotros no debemos consentir que el mal entre allí y se enseñoree de nuestra voluntad, ni de nuestro sentimiento, ni de nuestra inteligencia.

Yo entonces, mirando cómo me hablaban aquellos hombres frases de tanta hipocresía, les expresé, para reprenderlos, estas palabras:

—Señores masones: según yo opino, son ustedes unos mentirosos o no saben cumplir con su deber, pues la masonería no será lo que ustedes me aseguran o, siendo lo que me dicen, ustedes no la practican. ¿Por qué antes de llegar yo a Torreón no usaron de sus creencias para evitar que esos mismos hombres que ustedes protegen causaran con sus denuncias la muerte de nuestros hermanos revolucionarios? ¿Por qué defienden al rico y no al pobre? ¿Por qué abandonan al que quiere la justicia del pueblo y favorecen al partido de la tiranía y la usurpación? Quítense, pues, de delante de mí y no traten de sorprender mi conciencia con el hincapié de la humanidad, si no quieren que aquí mismo mande fusilarlos para que de una vez sepan cómo cumplen su deber los hombres que en verdad andamos en la lucha por el bien de nuestros semejantes.

Y sin más los eché de allí para no dejarme llevar de mi temperamento arrebatado.

Resolví yo en Torreón que lo más conveniente para mis planes era volver sin pérdida de tiempo al estado de Chihuahua. Así lo concerté con los demás jefes, y así se lo comuniqué a Juan N. Medina para que tomara las medidas de una arreglada marcha rumbo al norte. Pero no se decidió entonces si iríamos al ataque de la capital de aquel estado, para tomarla a sangre y fuego, o si tan sólo la amagaríamos con una parte de las fuerzas, mientras la otra parte se movía quedo hasta la frontera y por sorpresa entraba a Ciudad Juárez. Dispuse que sólo quedara en Torreón la brigada de Calixto Contreras, a quien di el mando militar de la plaza, y que se le uniera alguna otra gente, como la de José Isabel Robles que iría en exploración hacia Saltillo. Digo, que mandé avanzar conmigo, rumbo al norte, las fuerzas de Benjamín Yuriar y la brigada de Eugenio Aguirre Benavides, nombrada la Brigada Zaragoza.

Tres o cuatro días tardamos en el camino hacia Jiménez, para donde salimos con todos los trenes, de los que yo no quise desprenderme, salvo uno, y ése por si pudiera necesitarlo Calixto Contreras. Todos los otros, llenos o vacíos, marcharon con mis tropas.

Llegamos a Jiménez. Las fuerzas huertistas de Chihuahua que antes habían venido avanzando al sur, conforme nosotros nos íbamos hacia Torreón, se retiraban ahora rumbo al norte, según progresaba nuestro avance de regreso.

En Jiménez conseguí al fin nombrar a Juan N. Medina jefe de mi estado mayor. Tomó él el cargo, y desde luego empezó, con grande actividad y autoridad, a poner el orden necesario en una división bien arreglada. Los jefes de las brigadas y de los cuerpos sintieron entonces cómo había ya un hombre fiscalizador que apreciaba el detalle de su conducta y no sólo el grueso de su acción, que es lo único que observa el general en jefe. Y aunque aquello no les gustara, fueron entrando por la senda de los reglamentos y los principios que nombran de la Ordenanza. Tocante a los haberes, sobre todo, ya no hubo muchos dispendios ni cuentas de administrador. Tantos jefes, tantos oficiales, tanta tropa, tantos caballos: habilitación de tanto y nada más. Y todo eso, escrito en unos papeles que se firmaban y se llevaban de archivo, sin que faltara uno solo.

Me decían algunos jefes:

—Éstos son papeles de la Federación. Yo les contestaba:

—No, amiguitos: son papeles de todos los buenos ejércitos. Lo que pasa es que la Federación no sabe llevarlos y por eso pierde las batallas; pero nosotros los vamos a llevar bien.

Y así se iban acostumbrando, aunque por dentro los desordenaba un poco el mucho orden que Juan N. Medina, conforme a las providencias mías, les imponía por fuera. O sea, que venían a contarme de él cuentos y cuentos porque él no los dejaba extralimitarse.

Estando yo en Jiménez me telegrafió Lázaro de la Garza aviso de que los banqueros de Torreón se resistían a entregar lo que faltaba del préstamo. En el acto cogí una máquina y regresé allá. Cité a junta a los banqueros en el Banco Nacional; les hice ver que yo no era hombre de juego, ni lo era la causa de la justicia por que peleábamos. Y como les demostrara a seguidas que el dinero de los bancos es dinero de la nación, porque la nación lo produce, y que el pueblo podía tomarlo cuando lo necesitara, y que no sólo las cantidades fijadas para el préstamo, sino todo lo que hubiera en los bancos y fuera de los bancos lo podía yo tomar, para lo cual estaban allí mis fuerzas, que eran fuerzas del pueblo, se avinieron a mis razones y ya no hubo más embarazos.

En aquella junta, según luego supe, se tramaba algo contra mi vida, sin saber yo cómo ni por mandato de quién. A mí me trajeron noticias hombres de mi confianza, y otras personas de quienes yo no podía dudar, y entonces yo, mirando todo aquello, y oyendo lo que me decían, mandé preso a Jiménez al general Díaz Cuder, más otros individuos, con orden de que los fusilaran. Mas luego se aclaró, por unos avisos que recibió Medina y por investigaciones que hizo él en compañía de Toribio Ortega, que Díaz Cuder no era culpable, sino que sólo lo acriminaban los mismos que urdían mi muerte.

Lo que haya sido no lo sé, pues nada volví a oír de aquello hasta pasados varios años, porque no me daban tiempo para esas cosas mis deberes de la guerra. A los más empeñados en guardar mi vida los mandé llamar y les dije:

—Muchachitos, observen bien y vigilen bien. Pero no me hagan escándalo ni acusen a nadie sin mi conocimiento, porque no quiero que se divida la Revolución.

IV

Pancho Villa intenta tomar Chihuahua, fracasa, y se prepara al ataque de Ciudad Juárez

Jiménez • Los ejércitos y el destino • Santa Rosalía • El fusilamiento de Benjamín Yuriar • Las manos del compadre Urbina • Manuel Chao • Rosalío Hernández • Ortiz • Consuelo • Una intimación • Cuatro días de lucha frente a Chihuahua • El doctor Samuel Navarro • Eduardo H. Marín • Alberto • Santa Eulalia • El Charco y San Juan

Cuatro días me detuve en Jiménez. Di allí descanso a la caballada y a las tropas y me puse a organizar lo conveniente para mi avance hacia Santa Rosalía, que era uno de los planes que venía yo madurando, propuesto a ir desde Santa Rosalía al ataque de Chihuahua y a probar si en la toma de esa ciudad me favorecía la suerte. De mis generales, unos opinaban que eso era lo que se debía hacer y otros opinaban que no.

Me decía Juan N. Medina:

—Esa suerte no debemos probarla, mi general. Mejor hagamos el hincapié del ataque, según se pensaba al principio, para echarnos sobre Ciudad Juárez y tomarla, y así no nos expondremos a las consecuencias de un fracaso. Chihuahua, mi general, no es como Torreón. En Torreón tres cuartas partes del enemigo eran fuerzas federales, bisoñas y mal avenidas con la lucha. En Chihuahua las tres cuartas partes son soldados orozquistas, bravos y aguerridos como nuestra propia gente. En Torreón, conforme se toma el cañón del Huarache y los cerros de la Pila y de la Cruz, la ciudad queda a merced de los invasores. En Chihuahua no. Chihuahua no se toma si no se sitia, salvo que el enemigo salga a pelear; y la verdad es que nosotros no traemos bastantes hombres para ese cerco, ni municiones con qué apoyarlo.

Y yo sabía que Medina tenía razón. Pero como miraba también que el enemigo iba huyendo por delante de mis fuerzas, y que su ánimo se quebrantaba con sólo considerar el arrojo de mis acciones, comprendía que mi deber no era alejarme de aquel peligro, sino buscarlo y afrontarlo, y pasar por encima de él. Pensaba yo entre mí: «Mis tropas, aun malogrado su intento contra Chihuahua, gozarán más fuerza de prestigio si se aventuran en ese ataque que si temen comprometerse en él después de sus últimos triunfos». Y considerando, además, cómo yo muchas veces, solo y casi sin armas, había conseguido vencer grupos de enemigos que ya me tenían en su mano, cuanto más libre y dueño de mis armas y mi acción, reflexionaba que un ejército debe exponerse a la suerte y al destino, como se exponen los hombres, en vez de reducir sus hazañas a la proporción de sus elementos. Es decir, que resolví emprender aquel ataque costara lo que costara y empecé a tomar lo que se llama «dispositivos» en el conocimiento de los militares.

Ya para salir de Jiménez, me expresó Medina estas palabras:

—Según yo opino, mi general, Tomás Urbina no debe acompañarnos en nuestra marcha al norte, masque sea él, según de fijo lo sabemos todos, muy valiente y organizador. Sus tropas sí deben marchar con nosotros, porque las necesitamos; pero él, que se alarga demasiado en sus extralimitaciones, será mejor que permanezca aquí o en otra plaza que usted le señale. Vamos acercándonos a la frontera, mi general, y no conviene a nuestra Revolución ningún acto que pueda desprestigiarla bajo la mirada de los Estados Unidos. Y en verdad que aun sabiendo yo cómo mi compadre no era muy amigo de Juan N. Medina, primero por lo que pasó en la junta de la Loma, y luego porque Medina le cuidaba mucho las manos tocante a los haberes, penetré la justicia de aquel consejo.

Llamé yo a mi compadre y le dije:

—Compadre, no me siento con ánimos de seguir al norte si no me llevo todas las tropas y si por estos terrenos no se queda un hombre como usted, capaz de guardarme las espaldas y precaverme a tiempo contra cualquier peligro.

Él me contestó:

—Muy bien, compadre. Yo me quedaré aquí sin más hombres que los de mi escolta. Llévese usted mis fuerzas y logre allá muy grandes triunfos, que lo único que perseguimos es el beneficio de la causa.

Y para que más a su gusto se quedara mi compadre, lo surtí abastecidamente de dinero y llamé al coronel de la fuerza que se quedaría en Jiménez y le dije:

—El general Urbina se queda aquí. Tiene usted orden mía de suministrarle todo lo que le pida y de considerarse bajo su mando.

Hicimos nuestra marcha de Jiménez hacia Santa Rosalía. Llegamos a Santa Rosalía. Allí se me incorporó Rosalío Hernández con su brigada, que llevaba por nombre Brigada de los Leales de Camargo, y también el general Manuel Chao. En Santa Rosalía quiso insubordinárseme el general Yuriar. Yo mandé que lo cogieran, y sin más, dispuse que lo pasaran por las armas. Como dijera Medina, al saber el fusilamiento, que él había redactado acta de acusación para llevar a Yuriar a consejo de guerra, yo le contesté:

—Amiguito, para esos papeles sí que yo no tengo tiempo. Soldado o general que se me insubordina, soldado o general que yo mando fusilar, sin que nada me lo embarace. ¿Quiere que haya consejo de guerra? Que lo haya; pero que sea para resolver si este acto mío fue bueno o malo conforme a las necesidades militares.

Porque así era la verdad. En la guerra de la revolución, donde crecen hombres que muchas veces alimentan pasiones contra el que manda, no se puede consentir ni un momento que la autoridad del jefe sufra merma o se discuta.

Cinco días permanecimos en Santa Rosalía organizando el avance sobre Chihuahua y poniendo yo mi mejor atención en aquel movimiento y en otros planes que ya alimentaba. Para entonces había yo mandado a mi hermano Hipólito y a Carlitos Jáuregui, surtidos de trescientos mil pesos, con la encomienda de cruzar la frontera por Ojinaga y comprarme armas y municiones en los Estados Unidos. Por cierto que estando yo en la ansiedad de hacer aquella compra de parque, que tanto necesitábamos, se me había presentado Trinidad Rodríguez, entonces mayor, con la noticia de no traerme cabales trescientos mil pesos que me mandaban del préstamo levantado en Torreón.

Me decía él:

—En Jiménez, conforme venía yo hacia acá, me detuvo mi general Tomás Urbina. Me preguntó que qué traía. Le dije que traía dinero para usted. Me dijo que cuánto era. Le contesté que trescientos mil pesos. Me mandó que le mostrara aquel dinero. Se lo mostré. Y entonces, sin más, se quedó con cien mil pesos y me ordenó que los otros doscientos mil los llevara adonde se me había mandado.

En oyéndolo pensaba entre mí: «Son las cosas de mi compadre. ¡Válgame Dios!». Pero consideré también el crimen que significaba despojar así la causa de la Revolución, y empezó a revolvérseme toda la cólera de mi cuerpo. Por lo cual ordené en seguida a Trinidad Rodríguez cómo había de volver a Jiménez para quitarle aquellos cien mil pesos a mi compadre Tomás Urbina, y cómo lo tenía que conseguir, masque fuera a sangre y fuego. Le dije yo:

—Amiguito, usted vea lo que hace: o me trae los cien mil pesos que le faltan, o toma su providencias para que de Jiménez me remitan su cadáver. Tras de lo cual Trinidad Rodríguez regresó a Jiménez, y mi compadre no tuvo más remedio que devolverle lo que le había quitado.

Daba yo mis disposiciones para salir de Santa Rosalía, cuando viene a verme Toribio Ortega y me dice:

—Medina quiere atacar Juárez, y no Chihuahua, porque en Juárez tiene amigos y popularidad, y como él es hombre jactancioso y de muchas ambiciones, espera que allá lo reciban como si él fuera el vencedor.

Enterado de aquello, Medina, que sabía que Toribio Ortega era su enemigo, me expresó estas palabras:

—Yo le suplico, mi general, para que Ortega entienda mis razones, que al hacerse el ataque de Chihuahua, él se encargue del estado mayor y yo tome el mando de sus tropas.

Y yo pienso que a Medina le asistía la razón, y que Ortega andaba errado en sus apreciaciones y escogía mala hora para comunicármelas. Porque días antes ocurrió que, queriendo yo ascender a brigadieres a José Rodríguez, a Juan N. Medina y a Toribio Ortega, así se lo dije a los tres, y que pensando luego cómo era mucho que de mi brigada ascendieran dos y ninguno de otras, Medina consintió, de muy buen ánimo, que sólo se solicitara entonces el ascenso de Ortega y se pospusiera el suyo. Por eso, conforme al contenido de sus palabras, le prometí yo lo que me pedía, diciéndole:

—Sí, señor. Al atacar Chihuahua, usted mandará mi brigada y Ortega ocupará el puesto que usted tiene.

Salimos de Santa Rosalía hacia Ortiz. A los tres días dormíamos en Ortiz. Otro día siguiente estábamos acampados en Consuelo. Entonces, buscando yo no causar a Chihuahua los daños de la guerra, decidí intimar rendición a los defensores de aquella plaza, la cual les pedí así, con el comedimiento de mis mejores palabras:

«En nombre de la Humanidad y la Justicia, que representa el ánimo de mis tropas, porque son éstas las tropas del pueblo en su lucha contra la Usurpación, yo les pido la entrega de esa plaza dentro del término de veinticuatro horas. Los ejércitos no deben traer a las ciudades la confusión de sus batallas; no deben causar daño o perjuicio a los pacíficos moradores. Si esas tropas quieren combatir, salgan a la guerra fuera de la ciudad: que si no lo hacen, es decir, si nos obligan a ir a batirlas adonde ahora se encuentran, según lo ejecutaremos mañana mismo si no abandonan sus posiciones, será suya la responsabilidad de los males que se causen y deber nuestro imponer el castigo. De Ávalos al sur escojan esas tropas el terreno que mejor les cuadre para campo de batalla, y allí nos acercaremos yo y mi ejército para que se trabe la lucha y se decida. Campamento de Consuelo, 2 de noviembre de 1913. – *El general en jefe de la División del Norte, Francisco Villa*».

Y conmigo firmaban aquella comunicación Maclovio Herrera, jefe de la Brigada Juárez; Eugenio Aguirre Benavides, jefe de la Brigada Zaragoza; José Rodríguez, jefe de la Brigada Morelos; Rosalío Hernández, jefe de la Brigada Leales de Camargo; Manuel Chao, jefe de la Artillería y Juan N. Medina, jefe de mi estado mayor.

El día 4 me acerqué hasta Ávalos, todavía sobre la línea del ferrocarril. Como el enemigo no hiciera la rendición de la plaza, ni saliera a batirse fuera de sus posiciones, otro día por la mañana tomé mis providencias para el ataque. Mi plan fue de esta forma: por la Presa de Chuvíscar entrarían las fuerzas de Maclovio Herrera y las de Aguirre Benavides; por la derecha avanzaría la Brigada Juárez, al mando de José Rodríguez, y también la brigada de Rosalío Hernández; por la extrema izquierda iría al ataque del Cerro Grande y el Cerro Coronel la Brigada Villa, al mando de Juan N. Medina. La artillería, al mando de Chao, se colocaría al centro. A cien metros de allí, por la retaguardia, estaría el cuartel general.

Todavía esa mañana, conforme dictaba yo las dichas disposiciones, se me acercaron Chao y Aguirre Benavides para decirme, creo yo que por pláticas con Juan N. Medina, que mejor era no intentar aquel ataque, sino mantener aquella situación con engaño, para que el enemigo no pudiera moverse, y abalanzarnos nosotros a la toma de Ciudad Juárez. Así me hablaban ellos porque yo les había dicho que la toma de Juárez la podíamos hacer, según los informes que de allá me llegaban. Mas es lo cierto que teniendo yo al día los dichos informes, que me mandaba de Ciudad Juárez un hombre revolucionario nombrado Timoteo Cuéllar, y estando yo seguro de la toma de Juárez tan pronto como la intentara, les expresé mis razones para no variar el rumbo de nuestra acción. Yo les dije:

—Nuestro alarde, masque fracase, será luego para la causa. Cuanto más que todas las batallas han de darse con el riesgo de perderlas. Batallas que esperan ganar los hombres militares se pierden, y batallas que esperan perder se ganan.

O sea, que se mostraron acordes con mi razón y aprobaron mi conducta.

Al atardecer de aquel día 5 de noviembre estábamos frente a Chihuahua. Tenían los enemigos tres cañones en el cerro de Santa Rosa y fuerzas de infantería en Cerro Grande y Cerro Coronel. Mandaban las tropas coloradas Orozco, Caraveo, Salazar y Rojas, hombres revolucionarios convertidos en traidores por el halago de la Usurpación. Los federales, además de cubrir la artillería de Santa Rosa, ocupaban allí otras posiciones.

Empezó el combate antes de las siete, pues con sólo llegar mis tropas, ya todos mis generales sabían el deber que les tocaba. Nos sintieron los enemigos en la seguridad de sus posiciones. Los provocamos nosotros, aunque columbrásemos que la pelea sería muy dura. Pronto se generalizó tanto la lucha, y recreció en tal forma, que para las diez de la noche ya les habíamos quitado Cerro Grande y Cerro Coronel y habíamos ido levantándoles sus líneas hasta Chuvíscar. Esto pudimos hacer nosotros porque la luna alumbraba con grande claridad, que era casi como ver de día, y porque el empuje de mi brigada, al mando de Medina, no hallaba embarazo que la detuviera. A la claridad de aquella luna, favorable en su luz, veía yo cómo se echaban mis hombres sobre las posiciones enemigas, y cómo se las quitaban. Y en verdad que merecía verse aquel avance de hombres de grande valor, los cuales el enemigo trataba de detener con el fuego de sus cañones.

Así nos sostuvimos toda la noche.

Otro día siguiente la artillería de Santa Rosa consiguió paralizar nuestra acción en cuantas posiciones habíamos ganado. Y como sucedió también que a las once de aquella mañana Maclovio Herrera vino a quedar muy comprometido en su avance, pues le causaban bajas en grande número, y casi lo envolvían en fuerte ataque Orozco, Caraveo y Salazar, tuve yo que ocupar en salvarlo la brigada de Aguirre Benavides, lo cual nos quebrantó mucho y desconcertó mi plan. De modo que en las restantes horas de luz ya no pudimos hacer más que sostenernos, y al venir la noche nos gastamos en desbaratar los esfuerzos que ellos hacían por desalojarnos.

Nos amaneció el tercer día de combate. Continuamos así la pelea durante la mañana: queriendo nosotros avanzar y conteniéndonos ellos con sus cañones, de muy buena situación, que nos obligaban a la defensa y no dejaban resquicio para nuestros intentos. O sea, que vi yo entonces cómo ya nada se podía hacer, sino dejar en aquellas fuerzas enemigas el temor de lo que les sucedería en un terreno menos favorable, cómo sólo nos quedaba el recurso de retirarnos sin detrimento de nuestro poder. Así lo hice. Conforme llegó la tarde, tomé mis providencias, y esa misma noche, tercera de los combates, nos alejamos por fracciones hacia el sur y fuimos a poner nuestro campo por Alberto y Santa Eulalia.

Al amanecer otro día siguiente, el enemigo volvió a cañonear las posiciones que habíamos dejado. Después, mirando que ya no las ocupábamos, intentó salir, seguro en su ánimo de que ahora sí podría batirnos a campo descubierto. Pero entonces nosotros, cambiadas de aquel modo las circunstancias, que era lo que yo buscaba probarles, nos echamos sobre ellos en pelea de tanta furia, que antes de dos horas los metimos otra vez a Chihuahua, y ya no salieron de allí ni intentaron molestarnos, conforme íbamos a vivaquear nosotros entre Charco y San Juan.

En aquel ataque a Chihuahua, que según es mi memoria duró los días 5, 6, 7 y 8 de noviembre de 1913, murió el doctor Samuel Navarro, jefe de mi servicio de ambulancia. Murió también Eduardo H. Marín, en acto muy valeroso, y murieron otros hombres revolucionarios en mucho número, que hubiera sido menor si Maclovio Herrera no se dejara arrastrar de su arrojo temerario. Murió el doctor Navarro en momentos en que hablaba conmigo, habiéndome yo apartado de él varios pasos para recibir un parte que me traía Santos Coy. Lo mató una granada que le estalló en los pies, y que también hubiera matado a Toribio Ortega si éste, curioso de oír el parte que me traían, no se levanta conmigo del sitio donde los tres estábamos sentados. Eugenio Aguirre Benavides peleó como hombre de mucha ley y consumó muy grande hazaña cuando fue con su gente a la defensa de Maclovio Herrera, al cual salvó de que lo desbarataran. Mi brigada, al mando de Medina, según antes indico, y la brigada de Rosalío Hernández fueron las únicas que rindieron parte sin novedad el segundo día de los combates, o sea, el día que los encuentros fueron más duros y encarnizados.

Creo yo que hice bien aventurando aquella acción. Eso puso al enemigo en actitud que favorecía mi campaña, y, según iba a verse pronto, por eso se arriesgarían ellos a venir a disputarme el triunfo en el terreno y circunstancias que yo buscaba para darles el golpe de muerte que traía imaginado.

V

En golpe de audacia extraordinaria, Pancho Villa deja Chihuahua a un lado y por sorpresa captura Ciudad Juárez

El plan de ataque • Chao, la infantería y las viejas • La Fundición del Cobre • Un tren de carbón • Los regocijos de Villa • Un telegrafista • El Sauz • La letra «K» • Estación Laguna • Moctezuma • Samalayuca • El maquinista del tren • Juárez • El general Francisco Castro • El mayor Topete • Leonardo Samaniego

En mi campamento de Charco les dije una mañana a mis generales y coroneles:

—Amiguitos, ya estamos en la ocasión. Empezaremos por simular nuevo ataque a Chihuahua, acercándonos al oscurecer. Luego, y tan pronto como la noche cierre, avanzamos todos a marchas forzadas hasta la hacienda del Sauz, o cuando menos hasta la Fundición del Cobre, que ya queda cerca. Allí dejamos mil quinientos hombres que sostengan la línea y destruyan los puentes, y yo, con las demás fuerzas de caballería, siquiera en número de dos mil hombres, me voy sin perder paso a la toma de Ciudad Juárez. Y vivan ustedes seguros que, así, tendremos elementos de sobra para combatir de nuevo al enemigo parapetado en Chihuahua, y para desalojarlo de sus posiciones, y para quitarle la ciudad. Si llegáramos a coger un tren por el Cobre o el Sauz, entonces verían ustedes cómo íbamos a meternos a Ciudad Juárez tan rápidamente que ni el mismo enemigo se daba cuenta.

Llenos de risa consideraron ellos mis palabras, las consideraron con ojos de aprobación. De modo que yo les añadí:

207

—Usted, señor general Chao, se retira al Distrito de Hidalgo con todos los trenes y la infantería, y con cuanta vieja venga ahora con nosotros: que no me quede aquí una sola.

Y sin más, empezamos a ordenar el movimiento y a llevarlo a cabo.

El 13 de noviembre, según oscurecía, avancé con mis tropas rumbo al norte. Chao se había llevado ya los trenes, la infantería y las mujeres, conforme a mis órdenes. A las diez de aquella noche pasamos frente a Chihuahua. Haciendo un rodeo, esquivamos la ciudad para seguir luego nuestro camino, mas no porque buscáramos evitar un encuentro, sabedores nosotros de que el enemigo, que conocía nuestros pasos, no se animaría a desampararse de sus posiciones. Así amanecimos en la Fundición del Cobre.

Y sucedió entonces que la fortuna me trajo como a las cinco de aquella tarde, un tren cargado de carbón. Venía de Juárez el dicho tren; y como supimos a tiempo que ya estaba por pasar, le pusimos emboscada y lo agarramos.

Con todo el gusto de mi cuerpo les hablé así a mis compañeros, es decir, a los generales Maclovio Herrera, Rosalío Hernández y José Rodríguez, y a los coroneles Ortega, Medina y Servín:

—Compañeritos, ya tienen ustedes aquí el tren que yo les pintaba al proponerles nuestro avance sobre Ciudad Juárez. De lo demás yo les respondo: Juárez es de nosotros antes de veinticuatro horas. Usted, señor coronel Servín, manda que ahora mismo les quiten las mulas a todos los carros que hemos cogido en las haciendas de Terrazas. Con eso remuda sus tiros, y día y noche avanza llevando su artillería a todo lo largo de la línea del ferrocarril, rumbo a Juárez. Usted, señor general Hernández, y usted, señor coronel Ortega, y usted, señor coronel Fidel Ávila, y usted, señor coronel Granados, se quedan en esta vía como retén, con dos mil quinientos hombres, y si pueden adelantar algo rumbo a Juárez lo adelantan, y si no, no. Y usted, señor general Herrera, y usted, señor general Rodríguez, y yo, Pancho Villa, nos vamos con dos mil hombres en este tren, sorprendemos Ciudad Juárez a sangre y fuego y esta noche la tomamos.

Estas órdenes las daba yo a las ocho de la mañana del día siguiente al de la captura de aquel tren, la cual logramos dos horas después de haber cogido un telegrafista del Sauz, estación que así se nombra. Todo lo cual nos propusimos hacer gracias a los informes de Timoteo Cuéllar, que él nos mandaba desde Juárez, más los que nos mandaban otros revolucionarios desde otros puntos de aquella línea, por lo que teníamos abiertos los ojos tocante a los movimientos del enemigo y a sus disposiciones y fuerzas. ¡Señor, si me llegaban hasta croquis de las alambradas y demás defensas que se estaban preparando en Ciudad Juárez!

Aquella mañana me impuse así al telegrafista prisionero:

—Muchachito, dispóngase a informar a Juárez lo que yo le mande, y aquí está este otro telegrafista de nosotros para que si usted no comunica cuanto yo le ordene, con sus contraseñas de costumbre y sin añadir nada suyo, lo sepa yo inmediatamente y aquí mismo lo mande fusilar. ¿Me entiende, amiguito?

A lo cual añadí luego:

—Conque vamos a ver. Comunique usted a Juárez estas palabras: «Estoy descarrilado en este kilómetro. No hay vía telegráfica a Chihuahua ni camino de ferrocarril, porque todo lo han quemado los revolucionarios. Mándeme otra máquina para levantarme. Dígame sus órdenes sobre lo que debo hacer». Y pondrá usted esto con sus propias palabras y con sus contraseñas de costumbre.

Así lo hizo el telegrafista, mandando yo antes que lo que comunicábamos nosotros lo firmara el conductor del tren, un hombre de apellido Velázquez y de nombre que no me recuerdo.

En pocos minutos contestaron de Ciudad Juárez las palabras siguientes: «No podemos mandar máquinas de aquí. Busque usted en esos talleres lo que necesite para levantar la suya. Conforme la tenga levantada, avise para darle órdenes».

Yo le dije al telegrafista:

—Conteste que está muy bien, que ya se hace lo que ellos mandan, y firme como antes.

No teníamos ninguna máquina caída, pero sí me puse a levantar carbón de los carros para que aquel tren pudiera llevar la tropa que se iría conmigo.

Después de dos horas, que fue el tiempo que tardé en vaciar casi todo el carbón, monté dos mil de mis hombres en el tren. Le dije entonces al telegrafista:

—Comunique usted estas palabras a Juárez: «Ya estoy levantado. No hay vía ni telégrafo al sur. Se ve una polvareda, como que vienen gentes revolucionarias. Necesito órdenes. – *El conductor Velázquez*».

Y a seguidas se recibió la contestación, en la cual me decían, o, más bien dicho, le decían al conductor Velázquez: «Regrese usted para atrás y en cada estación pida órdenes».

Le dije al telegrafista:

—Conteste que está muy bien.

Marché con mis fuerzas en el tren. Llegué a la estación del Sauz. Conecté mi aparato. Le dije al telegrafista:

—Comunique esto: «Estoy en el Sauz. Necesito órdenes. – *Velázquez*».

Contestaron de Ciudad Juárez con la letra «K».

—Diga que está muy bien.

Llegué a la estación Laguna. Me puse a pedir órdenes. Contestaron de Juárez con la letra «K». Respondí que muy bien y pensé entre mí: «Muy bien, señores». Y así lo dije a mis generales y a Juan N. Medina, que estaba conmigo en aquel carro de carbón.

Me acerqué a Moctezuma, lugar de ese nombre. Tres kilómetros antes de la estación paré el tren y envié la máquina sola, y en ella un oficial con órdenes de coger preso al telegrafista que allí hubiera. Mandé eso para que en la dicha estación no vieran que llegaba un tren cargado de gente, pues de seguro lo avisarían a Juárez. Y según lo dispuse, así se hizo; es decir, que regresó la máquina trayéndome aquel otro telegrafista.

Llegué a Moctezuma. Con el aparato de la estación pedí órdenes. Me las dieron, contestándome con la letra «K». Inmediatamente continué mi camino y llegué a Villa Ahumada. Allí volví a pedir órdenes. Me respondieron con la letra «K».

Al llegar a Samalayuca, dicté mis providencias para el ataque a Ciudad Juárez y di las contraseñas a la tropa. Dispuse cómo bajaríamos de manera violenta al llegar nuestro tren a la estación. Ordené que el general Rodríguez avanzara por la derecha para apoderarse del cuartel de las tropas orozquistas, que eran las más peligrosas y que, según sabíamos, estaban distribuidas desde la calle de Zaragoza hasta el Hipódromo. Porque aparte de aquellas fuerzas irregulares, las del mayor Topete estaban de acuerdo en darnos su ayuda para nuestra entrada ocho días después que hubiéramos tomado Chihuahua, y como ahora llegábamos por sorpresa y en otras circunstancias, no me sentía yo seguro de lo que pudieran hacer. Mandé que por la izquierda entrara Maclovio, para atacar el cuartel de los federales y establecer en aquel flanco una barrera, pues había peligro de que por allí salieran aquellas fuerzas y se nos echaran encima. Resolví que desde el centro el capitán primero Enrique Santos Coy fuera a la toma de la Jefatura de Armas y al cierre de los puentes nombrados internacionales. Di también orden de que los jefes no dejaran dormir a la tropa, peripecia que debía preverse, siendo ya de noche, por estar los soldados sin movimiento, según íbamos metidos en aquel tren.

Antes de salir de Samalayuca, puse cerca del maquinista uno de mis ferrocarrileros con varios soldados, al que di muy fuertes órdenes. Le dije yo:

—Amigo, usted se va aquí. Si este señor no entra hasta adentro de la estación, porque tenga miedo, o por lo que sea, usted, que sabe algo de ingeniería, lo mata con su daga y coge las palancas y sigue adelante.

Mas es lo cierto que habiendo oído el maquinista aquellas palabras mías pensaba yo entre mí: «No será necesario matar a este hombre. Él entrará hasta donde se le manda y lo hará muy feliz».

Continuamos en nuestro avance. Nos acercamos a Ciudad Juárez. Ya para llegar, llamo a Juan N. Medina y le digo:

—Amiguito, usted es jefe de mi estado mayor. En Juárez va usted a encargarse de mantener el orden y, sobre todo, de tener mucho ojo puesto tocante a lo que se nombra las relaciones internacionales. Y hay una cosa muy importante para mí, y que yo le recomiendo y de la cual usted me responde. El jefe de las fuerzas huertistas de Juárez es el general federal Francisco Castro. Yo le debo un grande favor. En Jiménez, cuando Victoriano Huerta iba a fusilarme, me ayudó con su simpatía en aquella hora de mi angustia. Si ahora cae prisionero este general, usted se encarga de que se le respete en su vida y le facilita la fuga. ¿Me entiende, señor coronel?

Llegamos a la estación a eso de la medianoche. Nos apeamos del tren tal y como se había previsto. Con todo orden entró mi gente en línea de fuego, o sea, que no la detuvo nada ni la embarazó nada, sino que vino a realizar uno a uno todos los objetivos señalados por mí. Pasadas dos horas de aquella lucha, ya estaba la plaza en nuestro poder, ya estaba desalojado el enemigo de sus cuarteles, y tomados los puentes, y la Jefatura, y sitiadas las fuerzas que aún quedaban en la cárcel, y paralizadas en sus movimientos.

Conforme empezaba el combate, había yo dado a Rodolfo Fierro orden de coger máquinas de allí y encenderlas sin pérdida de tiempo para ir en busca de nuestra artillería. Así lo hizo. Tan pronto como entramos a la plaza salieron dos máquinas con plataformas para el transporte de los cañones y una plataforma cargada de bastimento.

Yo me quedé en la estación, que convertí por de pronto en mi cuartel general. Juan N. Medina, con unos ayudantes y varios soldados del Cuerpo de Guías, se dirigió desde luego al centro de la ciudad. Tenía mi orden de establecer los servicios de vigilancia en los bancos y de consumar la intervención de las casas de juego, que, según es sabido, en Juárez gozan de mucha importancia por la gran cantidad de dinero que allí se gira. Me imagino yo que habrá sido mucha la sorpresa de aquellos dueños y de aquellos hombres jugadores, al ver que a esa hora de la madrugada se les echaba encima gente revolucionaria para recogerles su dinero. Para hacerlo mejor, Medina alineó los empleados de las dichas casas a la derecha, y el público a la izquierda, y tomó de sobre las mesas y en las administraciones y oficinas todo lo que había: unos trescientos mil pesos, entre planchas de plata y billetes.

Amaneció. Las fuerzas del mayor Topete se me unieron. Los orozquistas, que habían logrado escapar al hacer nosotros nuestra entrada, volvieron poco antes de las cinco con ánimo de hacernos un contraataque. Pero nosotros, dueños ya de lo principal, los rechazamos fácilmente, por lo que se batieron ellos, haciendo perfecta retirada, hacia Guadalupe, lugar de ese nombre.

Di orden de levantar los muertos y de recoger y mandar los heridos al hospital. A las seis de la mañana se rindieron los federales que guarnecían la cárcel. Entonces mandé que sus bandas recorrieran la población tocando diana, lo cual hice no sólo por mi gusto de celebrar aquel triunfo de las armas del pueblo sobre la Usurpación, sino para tranquilizar a todos los moradores y llevar a oídos del otro lado de la frontera el aviso de que llegando nosotros imperaba la paz.

Fue aquella acción de mis tropas muy grande hazaña en el desarrollo de la Revolución y ocurrió el 15 de noviembre de 1913, es decir, mes y medio después de haber yo tomado Torreón de manos de un ejército fuerte y numeroso. Y según yo creo, la importancia militar y política de tan notable hecho de armas ha de estimarse muy alta. Porque la caída de Juárez por sorpresa, y cuando a mí me creían todos en el centro de Chihuahua, desconcertaba y quebrantaba al enemigo, y nuestra posesión de esa frontera iba a surtirme de elementos en que apoyar mi acción hasta la caída del gobierno ilegítimo.

El general Francisco Castro se ocultó aquella mañana en la casa del licenciado Urrutia. Informado yo, mandé que no se le molestara. La noche de ese mismo día atravesó él la Acequia y se fue a los Partidos, a la casa del cónsul alemán, nombrado Máximo Weber. También lo supe, pero di mi orden para que igual de allí que de cualquier otra parte se le dejara ir.

Lo primero que hicimos en Ciudad Juárez fue nombrar autoridades del pueblo. Nombramos las de la Federación, las del estado y las de la ciudad. Repartí entre mi gente las armas y municiones quitadas al enemigo, que fueron muchas. Tomé lo que había en los bancos, respetando las cuentas particulares. Empecé a echarme compromisos con las casas comerciales del Paso para vestir y equipar todas mis fuerzas.

Los revolucionarios de allí me entregaron un lista con 128 nombres de gente enemiga que durante la ocupación de los huertistas había hecho delaciones y causado muertes. Yo los perdoné, primero por no causar tan grande derramamiento de sangre entre la clase civil, y luego, por convenirme mucho, según me decía Medina y pensaba yo, evitar que se formaran juicios falsos tocante a nuestra Revolución. Por eso mandé que se abriera el paso de los puentes a cuantos quisieran ausentarse de Juárez, amigos o enemigos; por eso se dispuso que las patrullas que vigilaban la población fueran todas de gente poco conocedora, para que ni aprehendieran ni delataran a nadie. Sólo ordené que ni mercancías ni muebles salieran de Ciudad Juárez.

Maclovio Herrera fusiló, yo creo que por antiguas rencillas personales, a un tal Portillo. Yo lo llamé y le hice ver su equivocación. A quien sí pasó él justificadamente por las armas fue a un paisano de apellido Ibabe que desde la casa de unos señores Ugarte había matado a dos soldados de la Brigada Juárez cuando ya todo estaba en paz. Pero fueron éstas las únicas muertes, y por las razones que antes indico. Llegó nuestra misericordia a tan grandes límites, que mandé dar salvoconducto al mismo hombre que había sido jefe de las defensas sociales de Ciudad Juárez, el cual, según es mi memoria, se nombraba Leobardo Samaniego.

VI

La posesión de Ciudad Juárez da a Pancho Villa considerable impulso y prepara su triunfal carrera hacia el sur

Arrogancia de tres oficiales federales • Magnanimidad de Villa • Míster Kelly y míster White • Tres fusilamientos • Una conversación telefónica con el Primer Jefe • Las ayudas de Carranza • El hijo de Paredes • Villa y la ley • Una carta de Maclovio Herrera • La Brigada Juárez • Una arenga de Medina • El dinero y la guerra • Madero y Carranza • Rodolfo Fierro

Los tres oficiales artilleros que habíamos cogido en la batalla de Avilés, según antes indico, desertaron de mis fuerzas en Santa Rosalía y fueron a unirse de nuevo a las tropas huertistas de Chihuahua. Pero sucedió que de Chihuahua los mandaron a Ciudad Juárez, acaso por no tenerles allá bastante confianza, y en la toma de Juárez por mis fuerzas, aquellos oficiales cayeron otra vez en mi poder. Eran un capitán, que yo había ascendido a mayor; un teniente, que yo había ascendido a capitán, y un subteniente, a quien también había yo dado ascenso.

El mismo día de mi entrada a Ciudad Juárez hice que me los trajeran para expresarme con ellos. Les dije yo:

—Muchachitos, ustedes sí que son buenos para estas cosas. Caen mis prisioneros: yo los perdono y los asciendo. Aceptan ustedes pelear a mi lado: se me desertan luego y van a unirse con mis enemigos. ¿Consideran que ésa es la ley de los hombres? Si quisiera yo tratarlos en justicia, su muerte era segura. Pero como prefiero enseñarles, por lo mismo que se han equivocado en los actos de su conducta, que Pancho Villa tiene misericordia, voy a perdonarlos otra vez: o sea, que voy a llevarlos al puente internacional para que pasen libres a los Estados Unidos, y en el dicho puente, conforme nos despidamos, les entregaré mil dólares a cada uno para que se ayuden y no pasen angustias en tierra extranjera. En pago de esto que yo hago por ustedes, sigan los consejos de un hombre de honor: no vuelvan a meterse en cosas de la guerra si no son capaces de morir por su palabra. Porque un hombre militar que acepta salvar la vida a cambio de un compromiso, debe abandonar la vida antes que el compromiso. ¿Me entienden, muchachitos?

Les expresé yo aquellas palabras en presencia de unos señores americanos que habían venido a saludarme, uno nombrado míster Kelly, otro llamado míster White y otro de apellido que no me recuerdo. Y sucedió entonces que el principal de aquellos tres oficiales prisioneros, de nombre Elías Torres, me dijo con muy grande arrogancia:

—Yo no pido ni quiero su misericordia, señor.

Y claro que oyendo yo aquellas palabras me enojé. Porque un soldado prisionero a quien se perdona la vida no debe ofender a su apresador, y era ofenderme a mí el decir aquel oficial que no quería mi misericordia, puesto que con ello significaba despreciarla, y se afrenta a un hombre cuando se desprecia lo que él ofrece con estima. ¿La misericordia de Pancho Villa no era tan buena como la de cualquier otro hombre, federal o revolucionario?

Le respondí yo:

—¡Ah, conque no quiere mi misericordia! Muy bien, señor. Dígame entonces cuál es la pena que en todas partes merecen los traidores.

Me contestó él:

—Los traidores merecen pena de muerte, pero yo no soy un traidor.

—Amigo, eso cree usted, y eso dice, pero la vida no está hecha de palabras. Sus actos, que son los que valen, lo pintan como grande traidor. Con que usted dicta su pena: que lo fusilen inmediatamente.

A seguidas le pregunto al capitán:

—Y usted, ¿qué me dice?

Él me contesta:

—Que pienso lo mismo que mi mayor.

Yo le digo:

—Bueno, pues que también lo fusilen, porque también piensa mal.

Y le añado al otro:

—¿Y usted, señor teniente?

—Que quiero seguir la suerte de mi mayor y de mi capitán.

A lo que contesto yo:

—Pues que también lo fusilen.

Y así fue. A seguidas los fusilaron.

Aquel primer día de mi ocupación de Ciudad Juárez tuve unas palabras de plática telefónica con el Primer Jefe, que estaba entonces en Nogales. Le dije la mañana de ese día:

—Aquí me tiene, señor: dueño de Ciudad Juárez desde esta madrugada. Avancé con mis fuerzas desde el sur de Chihuahua, y cuando menos se lo esperaban los defensores, me sintieron dentro, ya ellos sin acción. La plaza está a sus órdenes, señor. No tiene más que mandar.

Él, que al principio no quiso creer aquellas noticias mías, pues me contestaba que no podía ser cierto que Pancho Villa le hablara desde Ciudad Juárez, y que sabía de firme que Pancho Villa se movía por el sur de Chihuahua, acabó por confiarse a los sonidos de mi voz. Me dijo entonces:

—Muy bien, señor general. Me da usted una noticia que no hubiera esperado nunca. Lo felicito por este nuevo triunfo de la Revolución, que es un triunfo muy grande, y le expreso los agradecimientos del pueblo.

Le contesté yo:

—Pues muchas gracias por sus expresiones, señor: es la buena suerte, que acompaña a los hombres revolucionarios, y son los sacrificios y el valor de mis tropas. Aunque es lo cierto que la buena suerte falla cuando no la secundan los buenos elementos, es decir, los recursos de la guerra. Por eso quiero que me surta de lo que me falta, señor Carranza, que estoy en riesgo de que el enemigo venga a buscarme y tenga yo que salir de aquí. Y lo que sería abandonar esta plaza, después de haberla conquistado, nadie mejor que usted lo sabe, señor. Necesito refuerzos. Necesito dinero. Mándeme siquiera unos trescientos mil pesos de ese papel que está usted imprimiendo para los usos de la moneda, y viva seguro que antes de un mes soy dueño de Chihuahua, con muy grande horizonte abierto hacia el sur.

A lo cual me respondió él que sí, que me mandaría aquellos trescientos mil pesos, y que no me mandaba más porque sus recursos eran escasos, pues necesitaba surtir de todo las columnas de Obregón y Pablo González, y volvió a felicitarme con muy buen cariño.

Conforme aquellas palabras del señor Carranza me llegaban, pensaba yo entre mí: «Si es verdad que este Primer Jefe es en sus actos como ahora se me muestra en las expresiones, creo yo que nos entenderemos bien».

Pero luego sabría yo que el señor Carranza no me hablaba con toda la franqueza de un buen ánimo. Porque a los dos días me escribió carta sobre el dinero, que sí me iba a mandar, pero en la cual se excusaba de darme los refuerzos, con el hincapié de que los federales, según era su opinión, no vendrían a atacarme. Lo que hacía era alargarse en los consejos. Me recomendaba levantar la vía entre Chihuahua y Ciudad Juárez —¡como si tales recomendaciones las necesitara yo!—, y me hablaba de unos movimientos de tropas desde Sonora y Sinaloa, los cuales demostraban su ignorancia de la guerra o su deseo de quitar a mis fuerzas el camino victorioso que llevaban. O sea, que comprendí bien cómo el Primer Jefe de la Revolución sólo quería ayudarme entonces en la apariencia.

La primera noche de nuestra estancia en Juárez cogieron preso a un jovencito de nombre Paredes, que según me dijo el licenciado Neftalí Amador era colorado. Como, además, aquel muchacho llevaba encima la culpa de ser hijo de un grande enemigo nuestro, que nos había hecho entregas y persecuciones, algunos hombres revolucionarios me decían que al dicho joven sí era deber mío mandarlo fusilar. Me razonaban ellos:

—Justo es, mi general, que el padre pague de este modo los daños que aquí hemos sufrido por su causa.

Y es lo cierto que yo, no sabiendo cómo contestar aquellas quejas nacidas de la razón, pero poco dispuesto a quitar la vida al dicho jovencito, ordené que el fusilamiento se quedara para el día siguiente; y a la otra mañana mandé llamar a Juan N. Medina y le dije:

—Usted, señor coronel Medina, que tanto me habla de los prebostes y sus papeles, encárguese de un muchacho colorado que cayó anoche prisionero, pues conforme a los deseos de los hombres revolucionarios de aquí, parece conveniente fusilarlo.

Y luego de hablar con aquel muchacho, volvió Medina y me dijo:

—Mi general, este muchacho no es colorado ni azul. Apenas acaba de criarse hombre. A lo que creo, no ha cometido más crimen que ser hijo de su padre; pero la verdad es que a los hijos no puede hacérseles pagar las culpas de sus padres, y eso está en la ley.

Le dije yo:

—¿Eso está en la ley, amiguito?

Él me contesta:

—Sí, mi general, eso está en la ley.

Y yo entonces vi en aquellas palabras de Juan N. Medina la razón que andaba buscando para no fusilar al dicho jovencito, por lo que llamé a los que me pedían esa muerte y les expliqué cómo no podía ordenarla. Es decir, que hice entrega del muchacho a la madre y a la hermana, que me lo reclamaban con lloros, y hasta ordené que le dieran doscientos dólares y que lo llevaran con una escolta al puente internacional y allí lo pusieran libre.

Pasado un día de la toma de Ciudad Juárez, trasladé al edificio que nombran de la Aduana mi cuartel general. Allí estaba yo una mañana cuando recibo una carta de Maclovio Herrera, el cual se había ido al Paso y ya no quería volver. Me escribía así sus palabras:

«Señor general Francisco Villa: Me he venido a los Estados Unidos para retirarme a la vida privada. Allí le dejo la cantidad de dinero que estaba en mi poder. Ya no sigo en la Revolución. El coronel Juan N. Medina se vale de su puesto de jefe de estado mayor para hostilizarme y para hostilizar a mis tropas; es mucha su mala voluntad; no sabe más que pedirme papeles y comprobantes. Quiere ahora, mi general, que sean mis tropas, muy faltas de reposo, las que salgan al frente de batalla, como si en verdad no hubiera más soldados que los míos. Deseo, señor, que el triunfo lo acompañe y le digo adiós».

Considerando yo el contenido de aquel papel, llamé a Juan N. Medina y, sin más, me fui con él adonde estaban las tropas de la Brigada Juárez. Porque era necesario evitar que las dichas tropas se descorazonaran al conocer que su general se había fugado. Las mandé formar. Convoqué a los coroneles y demás jefes. Hice que Medina les dirigiera arenga de hombre militar, expresando cómo la ausencia de Maclovio Herrera no significaba nada en aquel momento, cuanto más que estaba yo seguro de que volvería él pronto. Y era Medina hombre tan cabal que no sólo les expresó aquellas palabras, sino que les dijo cómo consideraba a Maclovio muy grande hombre revolucionario y elemento principal para los triunfos de nuestra división, y cómo él, antes que Maclovio abandonara el servicio de nuestra causa, estaba dispuesto a irse a otra parte, aunque siempre adonde pudiera luchar al lado de hombres no menos revolucionarios que nosotros. También les dijo que él se comprometía, en su palabra y su conciencia, a hacer que Maclovio volviera desde luego, pues ya el enemigo avanzaba amenazándonos, y era necesario el valor de todos para conseguir nuevo triunfo.

Así se enmendó aquella peripecia. Yo envié a Maclovio delegación de mi parte, que lo convenció de su error, al demostrarle cómo Medina sólo quería el engrandecimiento de la División del Norte para el beneficio del pueblo; delante de lo cual regresó Maclovio Herrera con los oficiales que lo habían seguido en su enojo, y ya no puso embarazos a las disposiciones de Medina, hijas todas ellas de mis providencias. Porque es la verdad que en lo del dinero para las tropas, Medina, al exigir comprobantes, se ajustaba al cumplimiento del deber, pues la guerra exige elementos pecuniarios muy cuantiosos, y nunca sobra el dinero donde las cuentas no se llevan. Y tocante a las órdenes de Medina para que la Brigada Juárez saliera al encuentro del enemigo, Maclovio tampoco llevaba razón. Decía yo entre mí: «Tal y como se halla el estado y distribución de todas mis fuerzas, ¿cuáles, sino las de Maclovio, han de iniciar el nuevo movimiento contra el enemigo?».

Según yo opino, Maclovio Herrera no tuvo entonces verdadero ánimo de apartarse de mí, cuando no fuera por la simiente de discordia que había echado el señor Carranza a su paso hacia Sonora, sino que sólo buscó ver si podía inducirme, con el hincapié de su separación, a quitar a Medina del cargo que desempeñaba.

Aquel 20 de noviembre de 1913 celebramos en Ciudad Juárez el aniversario de la Revolución, iniciada por el señor Madero. Pero, a lo que luego supe, en Nogales, donde estaba el Primer Jefe, no se había recordado con entusiasmo aquella fecha por no considerar el señor Carranza, según se decía, que don Francisco I. Madero hubiera sido el grande jefe que la redención del pueblo necesitaba. Aquello me dio a mí mucha tristeza, no comprendiendo yo que existieran hombres revolucionarios sin devoción y veneración por el señor Madero, que había sido apóstol y mártir, y que nos había enseñado el camino de la luz, y que había pensado en los pobres para protegerlos contra la explotación de los ricos, y que había hecho un gobierno en beneficio del pueblo, sólo que su buen intento fue estorbado allí por los poderes reaccionarios, que él no pudo destruir, como tampoco los acabaríamos nosotros. Porque la fuerza de los ricos es muy grande hasta cuando ya parece vencida, y tienen ellos muchas maneras de cerrar el camino a los pobres, para lo cual corrompen y conchaban con su dinero, y amenazan a unos, y acarician a otros. Por eso, según es mi parecer, erraba el juicio del señor Carranza con respecto al señor Madero y a los hombres maderistas, y era triste que no se lo aclararan los licenciados de tanta inteligencia que con él iban. Me decía yo: «¿No estuvo el señor Carranza con el señor Madero? ¿No supo de aquellas luchas y traiciones? ¿Cómo puede ignorar, señor, que esta batalla que ahora traemos es la misma de entonces y que el señor Madero, que la inició, es en nuestra conciencia el verdadero jefe que nos ilumina y nos guía?».

Y sucedió que aquel 20 de noviembre supe cómo el enemigo, en marcha desde Chihuahua, venía a atacarme con movimientos de grande rapidez. Y como me informaran mis correos que las avanzadas de esas fuerzas se encontraban ya en Samalayuca, llamé a Rodolfo Fierro y le dije:

—Muchachito, usted es valiente y ferrocarrilero. Coja una máquina y una escolta y vaya a interponerse entre los enemigos, que ya vienen en mi busca, y esta plaza de Ciudad Juárez, que es mi base de operaciones y lugar desde el cual yo voy a salir a darles batalla y a llevarlos derrotados rumbo al sur. Necesito un día más para acabar mi organización y las demás providencias que me faltan, y ese día, amiguito, me lo da usted, cueste lo que cueste.

Rodolfo Fierro, sin más, salió a cumplir mis instrucciones, llevándose a Martín López y una grúa para levantar la vía adelante de Candelaria. Y cuando volvió, que fue a las pocas horas de su salida, me rindió parte de su hazaña, muy útil y valerosa. Me dijo cómo había llegado hasta junto al enemigo, que lo había cañoneado, y cómo él, en violencia de carrera, les había incendiado diez carros, que luego había soltado en la vía, con lo cual le fue más fácil proteger la línea y contener aquel avance.

VII

Pancho Villa vence a los huertistas en Tierra Blanca y abre, con su victoria, el camino de la Revolución

Revista en Ciudad Juárez • Los negocios fronterizos • Arenas de Tierra Blanca • Manuel Madinabeitia • Manuel Banda • Carlos Jáuregui • Darío Silva • Primitivo Huro • Las providencias de una batalla • Noche de exploraciones • La caballería de Landa y Caraveo • Flores Alatorre y Salazar • Zacarías Cobb • Kiriacópulus • Una carga de Pancho Villa • La hazaña de Rodolfo Fierro

Ordené yo entonces, es decir, la tarde del 21 de noviembre de 1913, que todas mis tropas se dispusieran a pasar revista a las diez de la mañana de otro día siguiente, armados y montados los soldados y con sus equipos de toda naturaleza. Conforme a mi consigna, las tropas debían presentarse a las cuatro de la mañana, para quedar listas a las siete y terminar la revista a las diez. Así fue. A las diez del otro día estaban todas mis fuerzas, armadas y montadas, frente a la estación. Pero en verdad que no era tal revista, como había dicho yo, sino que iba a dar órdenes, al hallarse reunidas las brigadas y presentes todos sus jefes, de que saliéramos de allí mismo, y luego luego, a batallar con el enemigo, que ya se nos echaba sobre Ciudad Juárez.

Procedí de aquel modo para que no se enteraran las familias y demás gente pacífica de la población, imponiéndome la frontera, de que yo estaba apoderado, movimientos cautelosos, para que los negocios internacionales no sufrieran. También lo hice por las conveniencias del secreto tocante al enemigo. Porque yo los había dejado avanzar a ellos, sabedor de su marcha, para darles la batalla en un paraje que tenía escogido ya, y muy previsto y calculado por la buena disposición de su topografía: o sea, en el plan de lla-

221

nuras que va desde la estación de Bauche hasta Tierra Blanca, donde ocuparía yo la porción firme, de ondulaciones resistentes, y les dejaría a ellos el terreno flojo y arenoso, que inmovilizara su artillería y embarazara sus demás movimientos. Tampoco allí tendrían ellos agua, ni manera de procurársela. Y ese plan mío se podía frustrar si conociendo ellos cómo nosotros salíamos de Juárez, sospechaban mi intención o me obligaban a otras providencias. De mi gente, sólo Juan N. Medina y los oficiales de mi estado mayor tuvieron noticia de aquellos preparativos: Medina por ser hombre con quien me expresaba sobre todas las cosas militares; los oficiales, por el grande trabajo que entonces tuvieron en sus manos, el cual desempeñaron todos con su disposición más animosa. Aquellos oficiales míos los voy a nombrar: Manuel Madinabeitia, Manuel Banda, Carlos Jáuregui, Darío Silva, Primitivo Huro, Enrique Santos Coy y otro de nombre que ahora no me acuerdo.

Considerando yo la importancia de la batalla que me aprestaba a dar, resolví que en Juárez no se quedaran más que cincuenta hombres, y el pagador Alfredo Rueda Quijano para custodia de los fondos de la Aduana.

A Juan N. Medina le dije:

—Amiguito, si necesita usted gente armada, que sí va a necesitarla, arme civiles que lo ayuden y asistan en las peripecias que puedan surgir. Juárez es mi base de operaciones y usted mi apoyo principal. No me falle en esta hora. Estamos en lo más decisivo de la Revolución. Mientras yo lucho allá, usted se queda aquí para auxiliarme y proveerme: sólo por eso lo dejo. Voy a necesitar agua, y bastimentos, y pasturas, y armas, y parque. Usted lo busca todo y me lo manda, y si triunfa en sus agencias yo triunfaré en las mías. Conque lo dejo aquí. Ya sé que usted no es sólo bueno para las armas, sino bueno también para eso que nombran la labor internacional.

Y me contestó Medina, como los buenos hombres militares:

—Mi general, vaya usted tranquilo y con su mayor confianza. Todo lo que le haga falta le llegará. Viva seguro que desde aquí lo surtiremos sin un minuto de retraso.

Empecé mi acción. Salí de Juárez a las diez de la mañana con 6 200 hombres. Llegamos a Mesa, estación que así se nombra. Poco después convoqué a los jefes de mis brigadas y les dicté mis providencias para la batalla. A cada quien le dije cuál sería su línea de combate y en qué forma la había de tomar. Éstas fueron mis órdenes: al oriente, es decir, como mi ala izquierda, quedaría la Brigada Morelos, al mando de José Rodríguez, más 500 hombres de los Leales de Camargo, al mando de Rosalío Hernández; al centro colocaríamos la artillería, que mandaba Martiniano Servín, con la Brigada Villa a la derecha, mandada por Toribio Ortega, y la Brigada González Ortega por el otro lado, al mando de Porfirio Ornelas; al poniente, o sea, como mi ala derecha, se situarían la Brigada Juárez, de Maclovio Herrera, y la Brigada Zaragoza, de Eugenio Aguirre Benavides, más una fracción de la Brigada Morelos. El centro, según calculé yo, debería quedar un poco hacia el norte, para evitar que el ángulo de mi línea se cerrara. Y también ordené que la reserva, siempre a mi disposición personal, aunque al mando directo de Manuel Madinabeitia y Porfirio Talamantes, se dispusiera en forma que, vista por el enemigo, figurara como que cerraba mi línea en toda la continuidad de su centro. Porque era de varias leguas el frente que mis fuerzas habían de cubrir, y no pudiendo yo ampararlo bien en todos sus puntos, me procuraba de aquel modo el recurso de acudir con fuerzas de auxilio adondequiera que la acción amenazara abatirme. Es decir, que lo conseguía así sin enseñar a los enemigos mis puntos de debilidad y haciéndoles creer que era yo débil donde en realidad era fuerte.

Les dije a mis generales:

—Amiguitos, según yo opino, esta batalla cobija el futuro militar de la Revolución. Ganada por nosotros, somos dueños de Chihuahua, y entonces no hay quien se nos atraviese hasta la capital de nuestra República, tumba del señor Madero. Si la perdemos, perdemos Ciudad Juárez, y la frontera, y las ventajas internacionales tocante a surtirnos bien de armas y parque, y a ser considerados como el poder que avanza vencedor. Es batalla ésta de muy grandes consecuencias, muchachitos. Tenemos, pues, que ganarla, aunque nos cueste morir, y para eso tenemos que salir a ella seguros de que esta hora de la Revolución está pendiente de ustedes y de mí, Pancho Villa, que soy su jefe.

Esa misma tarde mirábamos a cuatro kilómetros de nuestras posiciones los trenes del enemigo. Conforme a mis cálculos, serían unos 5 500 hombres de las tres armas, más los famosos cañones nombrados el Rorro y el Chavalito, fijos en sus plataformas. Mandaba aquella fuerza un general federal, de nombre José Jesús Mansilla, y eran jefes de aquellas brigadas Manuel Landa, federal también, y los traidores Marcelo Caraveo, José Inés Salazar y Rafael Flores Alatorre. Creo yo que todos ellos se habrán asombrado al ver cómo mis tropas cubrían un frente tan largo, y me habrán supuesto efectivos muy numerosos. Porque es lo cierto que son muchas las millas que corren desde frente a Valverde, Texas, donde empezaba mi izquierda, hasta los tanques de agua de Bauche, sobre la vía del noroeste, que era donde mi derecha apoyaba sus sostenes.

Pasé así la noche del día 22. Al amanecer del 23 esperaba yo el ataque, si se resolvían ellos a intentarlo; pero luego se vio, no sé si por la mucha niebla que nos envolvía aquella mañana, o por otras causas, que ellos permanecían quietos en sus posiciones, mientras nosotros les hacíamos ver que los estábamos esperando en las nuestras. Y así nos contemplamos muchas horas. Serían las seis de la tarde de aquel día cuando los fanales de los trenes enemigos se pusieron a iluminar lo que alcanzaban de nuestras líneas. Yo recorría entonces todo mi frente dando órdenes de avance para las nueve de aquella noche, con providencias de llegar hasta dos kilómetros de los trenes enemigos y de estar dispuestos al ataque para las doce. Todos mis hombres entrarían a pie, y la caballada —diez caballos para un hombre—, se quedaría al cuidado de gente de Rosalío Hernández. Pero sucedió que a las diez de aquella noche varios jefes oyeron tropel de caballería por varios puntos de la línea avanzada que acabábamos de establecer, y avisado yo de la dicha peripecia, otra vez resolvimos esperar. O sea, que se nos pasó la noche en escaramuzas y tiroteos con los grupos de ellos que se nos acercaban y exploraban.

Empezó la batalla otro día siguiente a las cinco de la mañana. Mi ala derecha, que cubrían Maclovio Herrera y Eugenio Aguirre Benavides, afrontó el ataque de la caballería de Landa y Caraveo. Porque ellos se imaginaban que me abatirían fácilmente por aquel flanco, y que luego mi línea del centro no podría resistir. De modo que yo, para que en todo se malograra su propósito, y también para hacerles sentir que en cualquiera de sus movimientos sobre un solo punto de mi línea quedaban al arbitrio de mi empuje, resolví embarazarles aquel ataque mediante la acción de mi centro. Y como poco después advirtiera yo que dejaban descubierta su línea por el lado de Bauche, por el poniente, y que por el oriente sólo la infantería amparaba sus trenes, ordené el avance que tenía previsto. Mi centro se movió entonces. Porfirio Talamantes, a costa de su vida, logró la hazaña de acercarse con una fracción de la reserva hasta la primera máquina enemiga. Y fue aquél un movimiento tan valeroso y bien arreglado, que se desarrolló conforme a las órdenes mías; aunque también es cierto que el fuego que ellos nos mandaban desde los médanos de arena, a la derecha de su línea, se sentía irresistible y nos causaba muchas bajas. O sea, que dispuse yo al fin el repliegue de aquellas líneas de tiradores, pues mi propósito, ya cumplido, era sólo aliviar mi ala derecha del ataque que le estaban haciendo. También quise ver así si con el gusto de mi replegamiento abandonaba la infantería enemiga la protección de sus defensas naturales, únicas que yo les había dejado.

No cayeron ellos en aquel hincapié, sino que siguieron abrigados donde estaban. Entonces, mirando yo que sus dos grandes cañones hacían la intención de avanzar, ordené que los batiera la artillería de Martiniano Servín, que no sólo los contuvo, sino que los obligó a retroceder. Y de ese modo, dueño yo de los movimientos del centro, ordené que 400 caballos de la Brigada Villa, al mando de mi compadre Fidel Ávila, fueran en auxilio de Maclovio y Aguirre Benavides.

Así frustramos en todo los esfuerzos de Landa y Caraveo por adueñarse de Bauche, lo que ya casi lograban con su ansia de los tanques de agua que allí había; y así conseguimos que a las once de aquella mañana Maclovio Herrera, Aguirre Benavides y mi compadre Fidel Ávila los rechazaran y llevaran en dispersión hasta los trenes, haciéndoles muchos muertos y prisioneros.

Mientras con eso se desenvolvía la batalla por el centro y por mi ala derecha, por mi izquierda iniciaron sus intentos Salazar y Flores Alatorre, crecidos en su ánimo de romper la línea de Rosalío Hernández y José Rodríguez. Y en verdad que fue mucho su empuje, y mucha su pericia, y mucha su decisión, porque obligaron a aquellas dos brigadas mías a retroceder hasta cerca del Hipódromo de Ciudad Juárez. Pero equilibradas allí las fuerzas, parte de la gente de Salazar quedó cortada, y como Rosalío Hernández la persiguiera y aniquilara, eso hizo que el grueso de las fuerzas de Salazar retrocediera toda en desorden y sólo consiguiera salvarse al amparo de una polvareda que en aquellos momentos se levantó por el camino de Zaragoza.

Durante el desarrollo de mi acción recibía yo de Ciudad Juárez los bastimentos y demás recursos que me eran necesarios. Me llegaban trenes con agua, con pan, con pastura. Me llegaban municiones y ametralladoras. En algunos automóviles particulares, de Juárez y del Paso, venían enfermeros y botiquines para mis heridos. Curados en el campo aquellos hombres míos, mandaba yo ponerlos en los trenes y los despachaba para Ciudad Juárez, pues era muy grande su número y mucha la mortandad.

En Ciudad Juárez, según supe luego, había familias que abrían sus casas para convertirlas en hospitales. Así lo hizo una familia de nombre Stock Mayer, y otra apellidada Membrila, y otra llamada Contreras de Rojas, o Díaz de Rojas, ahora no me recuerdo. Y también en la ciudad americana del Paso nos aprontaban alguna ayuda. El comercio de aquella ciudad llegó a regalarnos mantas y medicinas para los heridos. Algunos de sus moradores, como el administrador de la Aduana, nombrado Zacarías Cobb, y un hombre revolucionario de nombre Kiriacópulus, y una panadería de un señor de nombre que ahora no recuerdo, nos ayudaron mucho. El dicho Zacarías Cobb, sobre todo, fue en aquella hora de nuestra lucha instrumento de muy grande auxilio. Y es lo cierto que entonces acudieron en nuestro beneficio hasta algunos mexicanos que andaban por la ciudad americana de Nueva York, como don Alfonso Madero, que, según es mi memoria, mandó de allá cinco mil pesos, o cinco mil dólares, a Juan N. Medina.

Nos amaneció el día 25 con las fuerzas de Flores Alatorre firmes en sus posiciones del ala derecha enemiga y muy renovadas en su propósito de desbaratar la izquierda de mi frente de batalla. Se generalizó el combate; recreció, sobre todo, en la línea defendida por José Rodríguez y Rosalío Hernández. Obedeciendo órdenes mías, José Rodríguez avanzó entonces con todo su arrojo de hombre revolucionario, pues las fuerzas contrarias empezaban a paralizarlo en sus movimientos. Pero como cayera él herido a poco de iniciada su acción, Flores Alatorre, que recibió entonces un buen refuerzo, cargó con muy grande empuje y empezó de nuevo a rechazar aquellas tropas mías hacia el Hipódromo de Ciudad Juárez.

Mirando yo cómo aquello agobiaba mi ala izquierda y cómo amenazaba quebrantar toda mi posición, mandé que el general Toribio Ortega y mi compadre Fidel Ávila, más algunos oficiales, fueran dictando por toda la línea órdenes de un ataque general de caballería, que me disponía yo a consumar a la señal de dos disparos de cañón y para lo cual sólo esperaba la peripecia que me permitiera dar aquella carga de modo que no se malograse.

Eso buscaba yo cuando columbré cómo el enemigo, en su desesperación de abatir por algún punto la resistencia que toda mi línea le aprontaba, se ponía a hacer lo que yo ni nadie creyera. En medio de los arenales en que lo tenía yo metido, el enemigo bajó de los trenes toda su artillería, como si en verdad aquel movimiento pudiera valerle de algo, y con increíble decisión de avanzar, su infantería empezó a salir de los médanos de arena que tan bien la habían protegido. Comprendí entonces que ése era el momento que yo estaba esperando, y resuelto a dar la carga, envié a Martiniano Servín orden de dar la señal para aquel movimiento, que yo mismo iba a encabezar.

Conforme dictaba mis últimas providencias, llega hasta mí Maclovio Herrera. Me pregunta que qué hace, que los colorados ya casi lo abruman. Le contesto yo:

—Al oírse los dos cañonazos tal y como lo tengo dispuesto, se va a echar encima del enemigo toda la caballería. Váyase confiado a su sitio, señor, y haga lo que todos: abalancémonos juntos sobre ellos y contra sus trenes, para aniquilarlos allí.

Y entonces él, según oyó las palabras mías, quebró, sonriéndome, su caballo, y se fue a cumplir con aquel deber.

Así fue. Sonando los dos cañonazos de la señal, nos echamos encima del enemigo en carga de tanta furia, que antes que pudieran ellos recobrarse, ya los teníamos desbaratados y vencidos en todo el paraje de la vía alrededor de sus trenes. Porque yo no había perdido más que el tiempo necesario para lanzar mi gente a la carga, de modo que los cogimos cuando su artillería, todavía embarazada por la arena, no podía maniobrar, y en momentos en que su infantería ya se hallaba fuera de los cordones que la habían protegido antes y sin poder acogerse a ningún abrigo. Tan grande fue su pánico, que unos querían correr, otros se tumbaban entre la arena para disimularse, y casi ninguno nos hacía frente ni se acordaba de sus armas. Digo, que los heríamos y matábamos a golpe de pistola, y la carnicería fue tanta que en aquella sola acción les hicimos no menos de doscientos muertos y les cogimos muchos prisioneros y varios cañones.

Resultó una carga feliz. Toda la línea enemiga se quebrantó. Toda ella quedó a merced de la acción de mi centro, que la dislocaba hacia el oriente y el poniente, y bajo el empuje de mis dos alas, que se cerraban sobre ellos y los obligaban a la dispersión y a la fuga.

Poco después, pardeando ya la tarde, hicimos sobre los trenes un ataque de muchas consecuencias y grande valor, digno de recordarse, según yo creo, por las hazañas que en él se lograron. Era cuando una parte de aquellas fuerzas quiso acogerse a los dichos trenes para huir, y conforme por un lado y otro iba ya derrotada la caballería de Landa, de Argumedo, de Caraveo, de Salazar. A la cabeza del Cuerpo de Guías, Rodolfo Fierro, que, según antes indico, era ferrocarrilero, se tendió sobre su caballo para dar alcance a un tren que se escapaba lleno de tropa enemiga, y entre una lluvia de balas saltó del caballo al tren, y se fue así, cogiéndose de los carros, y llegó a la tubería de los frenos, y en la violencia de toda aquella carrera puso el aire al tren y lo paró. ¡Hermosa hazaña, señor! Los soldados del Cuerpo de Guías y otra gente de mi brigada la aprovecharon para lanzarse sobre el tren en forma que la matanza resultó espantosa.

En la batalla de Tierra Blanca, que, según es mi recuerdo, empezó el 23 de noviembre de 1913 y acabó dos días después a las ocho de la noche, el enemigo perdió más de mil hombres y me dejó tres trenes y diez piezas de artillería.

VIII

Pancho Villa se apresta a gobernar los territorios conquistados por él y empieza a sufrir los golpes ocultos de la política

Los periódicos del mundo • El gobierno de Chihuahua • Unas órdenes del señor Carranza • El licenciado Jesús Acuña • Manuel Chao • Los temores de Juan N. Medina • Luis Aguirre Benavides • El valor del licenciado Francisco Escudero • La paciencia de Pancho Villa • Eliseo Arredondo, Alfredo Breceda y Rafael Múzquiz • Una comida de Eugenio Aguirre Benavides • La caravana de la muerte • Los planes de Villa contra Ojinaga

Dispuse yo, logrado el triunfo de Tierra Blanca, que todas mis brigadas se reconcentraran en Mesa, la estación que así se llama. Allí las tropas se dedicaron a comer y beber. Pero muchos de mis soldados, los más hechos a las fatigas de la guerra, se ocuparon primero de la bebida y el pienso de sus caballos y luego de la bebida y la comida de ellos.

Otro día siguiente ordené que dos escuadrones se quedaran levantando el campo, y que una parte de los prisioneros cavara las fosas para los cadáveres, que eran en muy grande número. A toda la demás tropa la mandé formar, deseoso yo de que aquel mismo día hiciéramos un bien arreglado desfile en nuestro regreso a Ciudad Juárez. Porque si nosotros habíamos obtenido aquel triunfo, que era, según yo creo, muy grande triunfo, convenía después, para el futuro de nuestra Revolución, que pareciéramos bien delante de los ojos de los hombres curiosos que nos observaban desde el otro lado de la frontera. Allí teníamos ya relaciones internacionales, y desde allí nos examinaban los periódicos de todo el mundo, los cuales habían de saber cómo no sólo éramos nosotros el poder que avanzaba vencedor, sino que proseguíamos una guerra de mucho orden, que aspiraba con su triunfo al beneficio del pueblo.

Pensé entonces en la necesidad de ir poniendo concierto en la administración de los negocios públicos de los territorios que ya nos abandonaba el enemigo y así se lo expresé a Juan N. Medina. Le dije estas palabras:

—Amiguito, necesito que se fije usted en alguien para hacerlo su segundo en el estado mayor. Usted va a quedarse aquí, como la principal autoridad de esta plaza, y tiene que prepararlo todo para que al tomar Chihuahua, que será dentro de muy pocos días, usted se encargue de la gobernación de todo el estado. Usted es hombre de gobierno y de acción, pero es en el gobierno donde yo lo necesito ahora. Nomás que sobre esto último ha de guardarme su mayor secreto mientras yo no lo publique. ¿O no advierte cuánta es ya, señor, la política que nos cerca?

Hizo él como si no quisiera aceptar, o acaso no lo quería de veras, diciéndome que en los puestos de la política era lo juicioso colocar hombres de la propia tierra, no hombres forasteros como él, que no había visto la luz en Chihuahua. Pero considerando yo, nacido en Durango, cómo ya me tenía por suyo el pueblo de Chihuahua, que me seguía y me acataba, comprendí que Medina no llevaba razón.

Yo le dije:

—Amigo, en la política y en la guerra los hombres crecen y valen por su conducta, no por la comarca de su nacimiento. Usted será el gobernador de Chihuahua porque yo sé que puede serlo, y porque así lo quiere el pueblo revolucionario, que ya se expresa en el triunfo de nuestras armas.

Y en eso nos concertamos.

Entonces sucedió lo que yo no me esperaba. Y fue que vino a verme por aquellos días un señor licenciado, de nombre Jesús Acuña, mandado por el señor Carranza. Y dicho señor, que traía muy altas facultades y recomendaciones, me comunicó que el Primer Jefe de nuestra Revolución disponía que colocara yo en el gobierno de Chihuahua al general Manuel Chao, y que me mandaba destituir a Juan N. Medina del empleo en que yo lo tenía, y hasta deshacerme de todos sus servicios. Porque Medina, según aquel licenciado y el señor Carranza, me estorbaba, y me intrigaba, y me traicionaba.

La verdad es que yo no creí que hubiera aquella traición. Medina se estaba haciendo en las acciones de mis armas, y no era de su conveniencia el traicionarme, ni creo que eso pudiera entrar en su hombría. Pero sí advertí entonces que se había traslucido entre el público mi propósito de hacerlo a él gobernador, y que en el nombramiento de las autoridades que iba a tener a sus órdenes no consultaba para nada mi inclinación, sino solamente la suya, lo que no estaba bien; de manera que resolví tomar luego luego mis providencias. Para esto dispuse llamarlo delante de mí y le ordené quitar dos de aquellas autoridades que él había escogido. Y como, diciéndome entonces que iba a hacerlo, retardara a seguidas la ejecución de mi orden oponiendo algunos embarazos, yo encontré en eso una razón para cumplir de algún modo los mandatos del Primer Jefe, y mandé traer a Medina para que me rindiera cuentas de su conducta. Él entonces, quizá con la sospecha de mis intenciones, o por la intranquilidad de su conciencia, se pasó al lado americano y desde allá me puso carta de renuncia, en la cual me decía que ya no se consideraba jefe de mi estado mayor, y que se retiraba a la vida privada, y que tenía yo cerca de mis orejas muchas gentes que me seducían.

Leyendo tan graves palabras, yo me enojé. Porque Medina no debía obrar así conmigo, cuanto más que no conocía él las órdenes del Primer Jefe tocante a su persona. De modo que no sé yo si por aquel comportamiento suyo, o por ser en verdad muchas las malas voluntades que lo atacaban, empecé a oír, y creí por algún tiempo, las acusaciones que le hacían. Con tristeza pensaba entre mí: «Estimé siempre a Medina, hombre militar y buen revolucionario; mas encuentro ahora que viéndose él sano y salvo, y con dinero para tomar chocolate unos ocho días, se aparta de mi autoridad y abandona la causa del pueblo».

Es decir, que se me revolvió tanto la cólera y tanto mi ánimo que puse queja a los Estados Unidos para que lo aprehendieran y me lo mandaran, lo que de allá no hicieron, acaso por las ligas de amistad que lo protegían en El Paso, o porque de verdad no tuviera yo razón. Según creo yo ahora, fue más bien por esta última causa, pues pasados tres o cuatro meses, conforme contaré luego, comprendí que entonces yo no había estado en lo justo y que Juan N. Medina había obrado con bastantes fundamentos. Y comprendiéndolo así, lo mandé buscar esa otra vez y él volvió a mi lado.

Estando yo en Ciudad Juárez, recibí los trescientos mil pesos que me había prometido el señor Carranza. Me los trajo un muchachito, de nombre Luis Aguirre Benavides, que yo conocía ya, pues durante los días de mi prisión en la ciudad de México muchas veces había venido a visitarme de parte de don Gustavo Madero.

Por la plática que con él tuve sobre la entrega de aquel dinero, vi que el dicho Luisito era joven inteligente y de mucho reposo; y como supiera yo, además, que era hermano del jefe de una de mis brigadas, pensé que me podrían ser útiles sus servicios en papel de secretario. Le pregunté que si quería quedarse para secretario mío. Me dijo que no. Le pregunté que por qué no.

Me dijo que porque ya tenía él puesto en la Revolución como secretario de uno de los ministros del señor Carranza, de nombre licenciado Francisco Escudero. Mas le repliqué yo entonces que el señor Carranza y sus ministros disfrutaban grande sobra de gente civil, mientras que a mí me faltaba la dicha gente, delante de lo cual me prometió ver cómo se desprendía de aquel puesto en que estaba y cómo se avenía a mis proposiciones.

En eso andábamos, cuando por aquellos días se me presentó en Juárez, para hablarme de parte del Primer Jefe, aquel señor licenciado Francisco Escudero, quien ocupaba, conforme a mi memoria, cargo de ministro de Hacienda, o ministro de Relaciones, del gobierno de nuestra Revolución. Siendo él hombre de inteligencia y de conocimientos tocante a muchas cosas, me dio trato muy afectuoso en las pláticas que celebramos; y yo también, por ser él según se me mostraba, y por representar la persona del señor Carranza, lo recibí con muy buen cariño. Nos expresábamos sobre las esperanzas del pueblo revolucionario, y sobre el señor Madero, y sobre la necesidad de que la Revolución caminara unida hasta el fin. Me predicaba él:

—Desde los tiempos del Cura Hidalgo, el pueblo de México lucha por la conquista de su bienestar. Entonces empezó la Revolución que nosotros seguimos ahora; nuestro deber es acabarla.

Y yo, seguro de la verdad de su palabras, le contestaba que también pensaba aquello. Y le hablaba así:

—Puede usted decir al señor Carranza, con respecto a la unidad de nuestro movimiento, que Pancho Villa está con él; que viva seguro de eso, y que seguiré estando con él mientras él y cuantos lo rodean no abandonen el bien del pueblo.

O sea, que nos entendimos muy bien sobre aquel punto, y sobre todo cuanto me dijo. Y como el general Eugenio Aguirre Benavides, que como antes indico era jefe de las armas de Ciudad Juárez, viera aquella grande cordialidad, resolvió darnos, a mí y al representante del señor Carranza, un banquete de confirmación de nuestro trato amistoso, al cual acudí yo con mi mejor ánimo, pero al cual asistió el señor Escudero en forma que me hizo recelar del señor Carranza y me dio cavilaciones de si el Primer Jefe no andaría buscando la manera de ponerme en trances de violencia.

Porque ocurrió, a la hora de la comida, que el licenciado Escudero se presentó con vino en la cabeza, y estando sentados al convite todos los invitados, que eran un licenciado de nombre Eliseo Arredondo, y otro señor Aguirre Benavides, también licenciado, llamado Adrián, y un señor Alfredo Breceda, y otro llamado Rafael Múzquiz, más Eugenio Aguirre Benavides, y su hermano Luis, el dicho licenciado Escudero empezó a querer burlarse de mí, o a desafiarme, o a probar mi paciencia y mi valor. Según tomaba más y más copas, iba él ponderando sus hechos valerosos. Por fin me dijo:

—Es lo cierto, señor general, que yo soy más hombre que usted.

Conllevándolo yo, le respondí:

—Sí, señor, ¿por qué no?

Y él me añadía:

—Porque usted, general, tiene el valor de los hombres salvajes, mientras que el valor mío es el de los hombres de inteligencia y civilización. Usted será muy hombre para combatir en la guerra, no se lo niego. Pero yo me he encerrado en un cuarto con un gringo muy malo y muy astuto, de nombre William Bayard Hale, a tratar problemas de muy grande trascendencia para nuestra patria, y la verdad es que se necesita más valor para afrontar esas cuestiones, y para ganarlas, según tiene usted que declarármelo ahora, que para andar echando balazos en el campo, como usted y todas sus tropas.

Yo, que miraba su estado, seguía comiendo sin contestar. No comprendía en mi buen ánimo por qué me afrentaba así aquel representante del señor Carranza, que así me hablaba sus palabras a la vista de otros tres señores que habían venido con él. Pensaba yo entre mí: «Si es verdad que este señor está borracho, sus palabras merecen perdón, pues ciertamente no sabe lo que hace al provocar mi cólera despreciando mi valentía junto a la suya. Pero los otros tres señores, que también representan al Primer Jefe, ¿por qué se callan mientras él habla, en lugar de intervenir y llevárselo de delante de mi presencia?».

También me dijo, acaso por alentarlo el que yo no le contestara:

—Cuentan que es usted muy matón. Y yo quiero ver si se atreve a matarme a mí, a mí que valgo más que usted en todos los terrenos.

Y no niego que considerando yo cómo mi ánimo se conservaba en silencio, empecé a creer si de veras el dicho licenciado, en medio de su borrachera, no sería más valiente que yo, pues nadie hasta entonces se había atrevido a tratarme de aquel modo sin recibir de mi mano pronto castigo. Pero también veía que su valor, porque aquél era un grande valor, se fundaba en la seguridad de mi disciplina como hombre revolucionario. Sucedió, por fin, que aquel hombre, acercando su cara a la mía, me gritaba junto a mi boca:

—Sí, señor: yo soy más hombre que usted, más hombre que usted. ¿Lo oye? Más hombre que usted. Y le voy a decir todo lo que pienso: usted nos va a resultar otro Pascual Orozco.

Entonces, recibiendo en la cara el golpe de esas palabras, ya no pude mantenerme en mi calma, sino que me encendí todo yo en cólera y me eché sobre el lado de él, y le arrimé mi cara a la suya, como él lo había hecho, y le dije:

—Usted, señor, no es hombre, ni valiente, ni nada. Usted es un borracho hijo de tal. Y con todo su valor para tratar a los gringos, si no estuviera usted aquí con la representación del señor Carranza, que es el jefe a quien todos debemos obedecer, orita mismo lo fusilaba para enseñarle a no despreciar los actos de los hombres que exponemos la vida en los combates de la Revolución.

Pero todavía me contestó él:

—¡Si eso quiero: que me fusile! Porque el valor no consiste en fusilar a los hombres, sino en buscar los hombres el fusilamiento.

De modo que yo me levanté de mi silla y me salí de allí para no dejarme llevar de mi temperamento arrebatado. Y, según supe luego, también se fueron de aquella mesa todas las otras personas. Pero el dicho licenciado Escudero declaró que el campo era suyo, pues lo había conquistado, y se quedó allí solo, y siguió allí bebiendo por dos o tres horas más.

Enterado luego de aquel incidente, el señor Carranza destituyó de su cargo al licenciado Escudero y me mandó muchas satisfacciones. Yo las acepté sin ningún rencor. Pero hubo entonces muchos rumores, y alguien vino y me dijo cómo uno de aquellos otros enviados del Primer Jefe, sabedor de los defectos del licenciado Escudero, que no era borracho habitual, sino persona de muy grande valer, lo había puesto entonces en el camino de las copas para que me provocara. Si eso fue cierto, yo no lo sé.

Luisito, que se quedó así sin su jefe, pasó entonces a mi servicio como secretario particular.

A fines de aquel mes de noviembre supe yo, por informes que me llegaban, del grande pánico que había cundido entre los ricos de Chihuahua al conocerse mi victoria de Tierra Blanca. En su impulso de difamar mis fuerzas, y no sólo por su mucho miedo, hablaban ellos de los saqueos y muertes que nos atribuían, y de nuestras venganzas, y de nuestros robos de mujeres, cuando nada de eso era verdad, salvo excepciones que un jefe revolucionario, por empeñoso que sea, no puede impedir. La disciplina y buen comportamiento de mis tropas se había visto en Ciudad Juárez, donde a nadie se mató, ni a nadie se robó, ni a nadie se castigó más allá de lo que su conducta merecía.

Pero el mismo general Salvador Mercado, jefe de las fuerzas huertistas de Chihuahua, echó la simiente de aquellos grandes temores. Preparó con tanta prisa su salida de la plaza, que habiéndose terminado la batalla de Tierra Blanca el 25 de noviembre, el día 28 ya estaba él en camino rumbo a Ojinaga y se llevaba con sus tropas todas las principales familias de la población. Marcelo Caraveo, que fue el último en salir, abandonó la ciudad tres días después; y desde entonces, es decir, desde el día 1° de diciembre de 1913, quedó Chihuahua a merced de la llegada de mis fuerzas.

Pude yo cerrar el camino de Ojinaga a Mercado y su «caravana de la muerte», nombre que dio el pueblo a las columnas de civiles que huyeron con aquellas tropas. Mi plan hubiera sido entonces empujarlos hacia el sur, para cogerlos entre mis fuerzas y las que avanzaban al norte desde la Laguna, también mías. Pero no quise hacer eso. Comprendí que lo mejor, para librar de enemigos todo el estado de Chihuahua, era dejar libre a Mercado el camino de la frontera, y teniéndolo allí, obligarlo a refugiarse en los Estados Unidos. Así acabaría yo con todo aquel ejército sin causarle ninguna mortandad. O sea, que por eso, y por no acrecentar con mi persecución las angustias de las familias que he indicado antes, dispuse que no se embarazara la marcha de aquella gente enemiga, sino que sólo se la vigilara y se la mantuviera dentro de su rumbo.

IX

Ausente Villa, la División del Norte fracasa en Ojinaga, pero él lo sabe y corre en auxilio de su gente

El camino de Chihuahua • Federico Moye • Villa vencedor • Un capitán federal • Manuel Chao • Hugo L. Scott • Lázaro de la Garza • Felícitos Villarreal • La riqueza y el pueblo • La columna de Ojinaga • Pánfilo Natera • Toribio Ortega • El Mulato • El fracaso de Ojinaga • Las providencias de Villa • Villa bajo el álamo • Los cantos del campamento • Plan de ataque

Según es mi recuerdo, salí de Juárez el día 3 de diciembre, y al cabo de cinco jornadas hice mi entrada a Chihuahua. Aquella marcha fue larga y fatigosa porque mis fuerzas tenían que ir reparando los puentes, casi todos destruidos.

Ya cerca de la ciudad me sale al encuentro una comisión de gente civil, encabezada por un señor de nombre don Federico Moye, el cual me dice:

—Señor general Villa, nosotros venimos de paz. Venimos a comunicarle el abandono de esta plaza por las tropas del general Mercado. Venimos a decirle que toda la ciudad está a sus órdenes, y que no queremos más que complacerle en todos sus deseos, y que esperamos recibir de usted el trato humanitario y equitativo que dan a las poblaciones pacíficas los grandes vencedores. Mande usted y todo se hará; pero que se nos respete la vida, señor, y la de nuestras familias, y que no se nos veje, ni se nos despoje.

Yo oí con mi mayor calma aquellas súplicas que me hacían, y luego, contestando a los dichos señores, los traté sin ninguna arrogancia de hombre vencedor. Pero como ya conociera bien los modos de aquella gente, que caídos eran suaves y sumisos en apariencia, mientras en el fondo seguían obrando como enemigos irreconciliables, me expresé con ellos de manera que comprendieran cómo Chihuahua, con todos sus moradores, pobres y ricos, había de avenirse a dar ahora toda su ayuda a la causa del pueblo. Por eso les dije:

—Sí, señores. Mis fuerzas los tratarán como tratan a los vencidos los ejércitos que no se envanecen de sus triunfos. Pero no se engañen ustedes ni se confíen. No esperen que desaparezca el castigo para los culpables de los muchos males que se nos han hecho. No crean que consentiré a nadie negarme los auxilios que mis tropas necesitan, ni anden metiéndose en movimientos ni conspiraciones contra nuestra causa. Porque para todo eso, señores, mis soldados vienen aprontando ya la pena de muerte.

Lo cierto es que mi entrada a Chihuahua fue de mucha impresión, acaso por el grande número de las fuerzas que me acompañaban, que sólo había yo dejado en Juárez la Brigada Hernández y la Brigada Zaragoza. Los moradores enemigos casi no contenían su miedo. El pueblo humilde me aclamaba con demostraciones de muy buen cariño.

Conforme llegué a la ciudad, encontré con que había allí 200 soldados del 6° Batallón al mando de tres oficiales federales: un capitán, un teniente y un subteniente, que el enemigo había dejado para la garantía del orden. No necesitándose ya aquel servicio, porque ahora el orden lo garantizaba yo, y los pocos ricos que quedaban se mantenían muy quedos y recogiditos en sus casas, llamé al capitán y le dije:

—Muchachito, lo llamo para decirle que sus servicios ya no son necesarios. Usted, según yo opino, es hombre de honor y de valor, pues no le ha tenido miedo a Pancho Villa, ni se ha dejado engañar por los que tanto me criminan. Pues bien, ahora mismo verá cómo tuvo razón en su juicio de mi persona y de mis tropas, porque en este mismo momento dispongo mandarlo sano y salvo al punto que quiera, junto con todos sus oficiales, si también se quieren ir. Tocante a su fuerza, no me reproche si me quedo con ella, que estando formada de hombres del pueblo, a mi lado defenderá con gusto la causa de los pobres, en vez de defender, a las órdenes de Salvador Mercado, la causa de Victoriano Huerta, que usted sólo protege por su deber militar.

Y así se hizo.

Al principio resolví tomar el cargo de gobernador del estado de Chihuahua, para que con mi autoridad los negocios públicos se abrieran buen camino. Pero después de algunas semanas de trabajo, le pasé al general Chao aquella gobernación, en obediencia a los deseos del señor Carranza, y yo volví a ocuparme sólo de los negocios militares.

Hice por ese tiempo viaje a Ciudad Juárez, según lo requerían los arreglos financieros y unas pláticas sobre la situación internacional. Porque entonces pidió hablar conmigo el general americano del Fort Bliss, un hombre de mucha civilización, nombrado Hugo L. Scott, del cual ya había yo recibido cariñosos saludos a la mitad del puente fronterizo de Ciudad Juárez. Aquel general quería ahora venir a visitarme y que yo lo visitara a él.

Tocante a las finanzas, le di a Lázaro de la Garza, que, según antes indico, me había hecho buenos servicios después de la toma de Torreón, la encomienda de ocuparse de las recaudaciones del dinero. También nombré para esos asuntos a un ingeniero de nombre Felícitos Villarreal, financiero como el otro señor.

Hacía yo esos nombramientos en vista de que el préstamo levantado en Torreón se nos estaba mermando por la mala fe de los banqueros de aquella ciudad, los cuales, apenas se vieron libres de mis tropas, dieron en no pagar los giros que yo, como hombre de honor, les había recibido sobre los países extranjeros. Ellos decían: «Hemos firmado esos papeles a la fuerza, y habiendo pasado ya la acción de la fuerza, es de justicia no respetarlos». Pero, según yo creo, los dichos banqueros erraban en su juicio. Primero, porque no era verdad que ellos hubieran extendido sus giros a la fuerza, sino por miedo a la acción de mi fuerza, que era punto diferente; digo, que yo no les cogí la mano para que escribieran sus papeles, sino que ellos escribieron de su propia voluntad cuando yo les hice ver que si no ayudaban a la causa del pueblo, el pueblo los trataría como enemigos. Y luego, porque el dinero que me habían dado no les pertenecía a ellos de verdad, sino al pueblo, que es el verdadero dueño de todo el dinero que hay en un país, porque el pueblo es quien lo produce con el trabajo de sus manos. Es decir, que yo, representante de la causa del pueblo, tenía derecho a exigir, y era de justicia que se me entregara todo el dinero necesario para la ayuda de la dicha causa.

Y ese conflicto en que estábamos tenía que aclararse, como también había que buscar todos los otros recursos indispensables para las agencias de la guerra.

Volví a Chihuahua. Organicé allí una columna de tres brigadas para el avance sobre Ojinaga, las cuales sumaban como tres mil hombres, contando la artillería. Mi problema fue cómo encontrar el comandante de aquella fuerza, puesto que a mí las muchas ocupaciones no me dejaban salir.

Llamé entonces a todos los generales y principales jefes y los cité a junta en el Palacio Federal. Les expresé la importancia de la nueva operación que iba a emprenderse. Les propuse que escogieran de entre ellos, para dirigirla, al general que más fuera de su gusto.

Asistieron a la dicha junta mi compadre Tomás Urbina, Maclovio Herrera, Rosalío Hernández, Toribio Ortega, José Rodríguez, Manuel Chao, Trinidad Rodríguez y otros más. También estaba presente el general Pánfilo Natera, jefe de la División del Centro, que andaba de viaje buscando hablar con el señor Carranza y que volvía de Juárez rumbo a Zacatecas, porque los Estados Unidos no le habían consentido paso para ir a Nogales. Aprovechando tanta presencia, yo les dije:

—Amiguitos, esta operación es de trascendencia muy grande. De ella depende dejar libre de enemigos el estado de Chihuahua y quedar nosotros dueños de la acción en nuestra marcha hacia el sur. Pero sucede que yo no puedo ir por las razones que ya ustedes conocen, y esto nos exige nombrar un jefe. Según yo opino, deben ustedes escoger entre el general Natera, aquí presente, y el general Toribio Ortega, que conoce bien aquella región.

Les expresé así mis palabras con ánimo de que se nombrara jefe a Natera, propuesto yo a evitar las rivalidades y celos que embarazarían la acción de mis generales si tocaba a uno cualquiera de ellos el mando de la columna.

Y pasó de este modo: que Natera, excusándose de aceptar por su poca preparación tocante al terreno y la gente, pidió que se nombrara a Toribio, que sí tenía aquellos conocimientos, y entonces Toribio, aunque ambicionaba el mando, necesitó alternar con Natera en las alabanzas, y como lo exaltara mucho en sus cualidades y expresara que él, aun correspondiéndole la jefatura, por ser de la comarca de Ojinaga, no hallaba inconveniente en subordinarse al otro y prestarle toda su ayuda, los generales y jefes presentes le cogieron el dicho y nombraron a Natera; todo porque ninguno deseaba que Toribio Ortega fuera el superior de ellos.

Formaban aquella columna para la toma de Ojinaga 500 hombres de la Brigada Villa, al mando de José Rodríguez; 550 de la Brigada González Ortega, al mando de Toribio Ortega; 450 de la Brigada Morelos, al mando de Faustino Borunda; 400 de la Brigada Cuauhtémoc, al mando de Trinidad Rodríguez, entonces teniente coronel; 300 de la Brigada Contreras, al mando de Luis Díaz Cuder. Iban, además, dos baterías de cañones de 75 y 80 milímetros, al mando de Martiniano Servín, y un regimiento de ametralladoras, al mando de Margarito Gómez.

La columna salió de Chihuahua el 22 de diciembre de 1913 con sus dotaciones y equipos de toda naturaleza. En San Sóstenes, según supe luego, se encontraron mucho material de ferrocarril, y armas, y municiones, y vestuario, que el enemigo había dejado en su retirada. Cuatro días después de su salida estaban en la Mula, rancho que así se llama. Dos días después estaban en el pueblo que nombran del Mulato. Un día después pelearon con Caraveo y Flores Alatorre, a los cuales, Caraveo herido, derrotaron y obligaron a huir y les hicieron 260 prisioneros y les quitaron cuatro ametralladoras y diez mulas cargadas de parque. Tres días después, o sea el 1° de enero de 1914, tomaron contacto con el enemigo frente a Ojinaga. Dos días después el enemigo inició el ataque, les desmontó una pieza de artillería, les hizo bajas y los obligó a replegarse. Un día después la batalla siguió y el enemigo les causó pérdida de 200 hombres. Un día después salió la caballería enemiga con apoyo de la artillería, y hubo un encuentro de mucha furia, con grande derramamiento de sangre nuestra, y aunque el enemigo se retiró, abatido por los cañones de Servín y la acción de toda nuestra gente, Ortega suspendió el fuego durante el combate y así murieron 80 hombres de nuestras brigadas y otros 130 cayeron prisioneros. ¡Señor, nuestras fuerzas vieron replegarse al enemigo sin causarle daño, y aquellos 130 prisioneros fueron fusilados en Ojinaga!

De esa forma vino a paralizarse la acción, a pesar de la buena voluntad de Natera, que estaba mandando bien, y contra la decisión y valentía de los soldados. Era que estaban ya en obra las reyertas y pugnas entre los jefes de las brigadas, por el enojo contra Toribio, a quien no parecía agradar el logro de aquel triunfo bajo el mando de Natera. De modo que otro día siguiente, en lo más duro de la batalla, las fuerzas nuestras se retiraron en busca de reposo, y dos días después recreció el descontento y el desánimo, y un día después Martín López y Carlos Almeida querían volver a Chihuahua, y José y Trinidad Rodríguez, y Borunda, hacia Jiménez, porque los abrumaba aquel fracaso. Y sólo porque Martiniano Servín no quiso seguirlos, decidieron esperar un día más para llevarse a fuerza a Servín, o seguir combatiendo hasta morir si Natera consentía en fusilar a Toribio, a quien todos señalaban responsable.

Pero sucedió que el día en que la acción se paralizaba, o sea el 6 de enero, recibí yo en Juárez aviso de cómo estaban ocurriendo aquellos sucesos, y sin pérdida de tiempo tomé mis providencias.

Me llegó tan triste noticia a las ocho de la noche. A esa misma hora ordené al general Rosalío Hernández que se embarcara con toda su tropa y caballada, y para las dos ya veníamos en camino. Por telégrafo dispuse el movimiento de la Brigada Juárez, y de su jefe Maclovio Herrera, para que avanzara en trenes rumbo a Ojinaga. Y de ese modo, sin preparativos de bastimento ni de ninguna cosa, me puse en marcha con aquellas dos brigadas.

A los tres días estábamos en la Mula. Como no tuviéramos qué comer, nos pusimos a matar reses de los ranchos que hay por allí, y nuestra comida fue carne asada sin sal. Dispuse que desde la Mula el general Hernández y el general Herrera marcharan a ocupar el Mulato, donde los aguardarían ya órdenes mías y yo, con una escolta de veinticinco hombres, entre ellos mi estado mayor, me dirigí a marchas forzadas a la hacienda de San Juan.

Llegué al campamento de aquellas fuerzas mías a las cuatro de la tarde del día 10 de enero. Caía muy cruda la helada y soplaba un viento que casi nos sacaba de las monturas. Pero es lo cierto que apareciendo yo en el momento de la mayor desanimación, se supo luego mi presencia, y en cuanto cundió la noticia, por todas partes se fue despertando la alegría.

Me apeé bajo un álamo. Me tendí en el suelo. Mandé llamar a los jefes.

Así que se presentaron todos, les hablé. Y como quería yo darles la impresión de mi grande calma, antes que llegaran había yo cogido el tallo de una hierba, y luego, según los consentía, me lo acercaba a los labios y lo ramoneaba.

Yo les dije:

—¿Cómo les ha ido, muchachitos? Me parece que me están rindiendo ustedes muy malas cuentas; pero siéntanse seguros que otra gallina nunca me la vuelve a llevar el coyote. Yo tengo la culpa de este fracaso y de todas estas pérdidas de buenos hombres revolucionarios. Natera me decía que le faltaba conocimiento de la gente y del terreno, y eso es verdad, aunque no embarazo para que él haya cumplido bien con su deber. Ahora ya estoy aquí. Ahora nada pasará. Recobren la calma y la confianza. Mañana a las seis de la mañana toquen botasilla para pasar revista y traigan el apunte de lo que necesiten, que yo lo vea. Luego marcharemos en correcta formación hasta colocar nuestra línea de modo que no la batan los cañones enemigos. Conque todos a recogerse y a dormir tranquilos. Ya no habrá fracaso. Ahora los protejo yo.

Así fue. Esa noche, queriendo yo sentir el ánimo de mis soldados, recorrí el campamento, y oí cómo todos estaban cantando. Y entonces, seguro de la acción, mandé que una escolta de hombres conocedores moviera las fuerzas de Herrera y Hernández y las acercara hasta los puntos donde yo creí que se debían colocar.

Otro día siguiente pasé revista a las tropas, hice que almorzaran y las municioné a razón de doscientos cartuchos por plaza. Luego dicté mis providencias para el ataque. Aquellas disposiciones fueron como sigue: Se dividiría la gente en tres columnas. Por el sur atacarían Rosalío Hernández y José Rodríguez, con 800 hombres, y quedaría entre ellos la artillería de Martiniano Servín. Por el lado derecho, es decir, entre el Conchos y el Bravo, por el oriente, avanzarían 900 hombres mandados por Trinidad Rodríguez y Maclovio Herrera. Allí estaría mi cuartel general. Por el lado izquierdo, o sea por el poniente, entraría Toribio Ortega con 700 hombres, más los Auxiliares de San Carlos, al mando de Chavira. Toda la gente, según mi consigna, debía estar lista a las siete de la noche, los caballos encadenados y debidamente resguardados por un hombre para cada diez, y a las siete y media avanzaríamos todos sobre la ciudad, llevando, para reconocernos, el sombrero a la espalda.

Antes que se retiraran los generales y jefes llamé a Toribio Ortega y le dije:

—Compañerito, recuerde que en Chihuahua, al despedirse usted de mí para venir a este ataque, le expresé estas palabras: «Tenga mucho ojo, amigo, porque el tercio que llevan es muy pesado». ¿Se acuerda? Y recuerde también mis consejos de que primero hiciera aquí una exploración, y que si el ataque le parecía difícil, y poca la gente para intentarlo, que no aventurara nada y se lo demostrara así, con su conocimiento, al general Natera. ¿Lo recuerda también? Pues me parece a mí que todo eso se le olvidó, porque no lo hizo. Ahora vea la gente que su olvido me ha costado. Y es muy triste, amiguito, porque han muerto muchos buenos hombres revolucionarios, como Onésimo Martínez. Nomás esto le digo: si hoy en la noche me rinde malas cuentas, ya no se las perdono. Hasta luego.

X

Pancho Villa llega, ve y vence en Ojinaga, y luego vuelve a Juárez, donde intenta matarlo Guillermo Benton

El valor de los cobardes • Arengas de Pancho Villa • Los cuarenta y cinco minutos de Ojinaga • Jesús Felipe Moya • El coronel norteamericano Juan J. Pershing • «No se aflija, y nomás mire las estrellas» • Los Cazadores de la Sierra • Felipe Ángeles y los celos de Obregón • La alteza de Pancho Villa • La peripecia de Guillermo Benton • Un consejo de Luisito • Rodolfo Fierro • Manuel Banda • Cómo quería su fosa el inglés

Dispuestas mis fuerzas para la toma de Ojinaga, aquella tarde les hablé yo a mis jefes y soldados. Les expresé estas palabras:

«Jefes y soldados de la libertad: he venido a cumplir con mi deber. Estoy aquí para que tomemos Ojinaga, y espero que todos ustedes se conduzcan sumisos a mis órdenes. Ya conocen la consigna: al venírsenos las sombras de la noche, o más bien dicho, cuando se pierda de vista la mira del rifle, todas las brigadas avanzarán, todas irán hasta el centro del pueblo, y no habrá un solo hombre que retroceda. De coronel a subteniente, muchachitos, todos los jefes y oficiales me vigilarán la marcha de la tropa, para que si alguien hay que no progrese, o vacile, o se atrase, allí mismo sea pasado por las armas. Ya lo saben: el hombre de valor siempre hace punta en los combates. Pues bien: sepan que esta noche el cobarde tiene que encontrar el valor dentro de su cuerpo, y tiene que avanzar junto al valiente, porque cuando así no sea, la cobardía lo matará a él antes que al valiente su valor. Conforme a las providencias que ya he dictado, todos entraremos sin sombrero a esta pelea. La seña es "Juárez", la contraseña "Fieles". Yo espero que al estar revueltos con el enemigo, todos tengan bastante corazón para no matarse unos a otros. Tocante a esto habrá una seña particular: cuando uno de ustedes le ponga a otro el arma en el pecho le preguntaría "¿Qué número?". Y si el otro es de los nuestros le contesta en voz baja: "Uno", y si no contesta, o si contesta número diferente, se le hará fuego. ¿Me entienden todos, muchachitos? Ya lo saben: en hora y media tenemos que tomar esta población. Ésa es la consigna. ¿Están contentos con las órdenes que he dictado?».

Ellos, a gritos, me contestaban que sí.

¡Con cuánta pericia se cumplieron aquellas órdenes mías! Mi ala derecha, que era la gente de Maclovio Herrera y Trinidad Rodríguez, derrotó en quince minutos a las tropas de Antonio Rojas y Fernández Ortinel, y así logró su objetivo. Por el sur Mansilla y Salazar casi no aprontaron resistencia a las fuerzas de José Rodríguez y Rosalío Hernández. Y por el poniente, que fue donde más se combatió, las tropas de Caraveo, tras de batallar cuarenta y cinco minutos, abandonaron sus líneas como los otros. Esto porque se habían enterado de nuestro triunfo en los demás frentes.

Según yo creo, aquella acción duró mucho menos de lo que yo ni nadie pudiera esperar. Porque no tomamos Ojinaga en hora y media, conforme a mis órdenes, sino en una hora y cinco minutos. Y en verdad que advirtiendo yo cómo acababa el fuego en todos los sectores, decía entre mí: «¿Será posible que tan poco me resistan los enemigos?». Y avancé a media rienda hasta las primeras casas del pueblo, y entré luego por las calles; y por dondequiera oía el tumulto de mis soldados, que avanzaban vitoreándome sin que nadie se les opusiera.

Eso fue todo lo que yo tuve que hacer para quitar Ojinaga al gobierno de Victoriano Huerta aquella noche del 11 de enero de 1914. Pero no fue mío el triunfo, sino de mis jefes y soldados, que se arriesgaron a la muerte para cumplir con su deber. De mis fuerzas murieron treinta y cinco hombres, entre ellos Jesús Felipe Moya, buen militar revolucionario, que acababa yo de ascender a general y por el cual lloré.

Del enemigo cayeron cuatrocientos. Nos quedamos con su caballada, sus monturas, sus fusiles, sus ametralladoras, sus cañones. Salvador Mercado y Pascual Orozco, que, según se me informó luego, habían dirigido la batalla desde el edificio que nombran de la Antigua Aduana, cruzaron el río y fueron a refugiarse en territorio de los Estados Unidos. Con ellos cruzaron la frontera sus generales, sus jefes, sus oficiales y soldados. Sólo Marcelo Caraveo, con dieciocho hombres de escolta, y Desiderio García, con tres o cuatro, fueron de bastante ley para pasar de nuevo a la tierra mexicana y emprender camino rumbo al sur.

Otro día siguiente mandé levantar el campo. Mandé juntar el armamento enemigo y revisarlo. Mandé reorganizar la caballería. Mandé dar sosiego y seguridad a las familias moradoras del pueblo, que ya empezaban a huir a tierra de los Estados Unidos, medrosas por las calumnias que les habían inculcado contra mis tropas.

Un coronel americano que mandaba del otro lado del río, y que se nombraba Juan J. Pershing, pidió mi permiso para venir a visitarme en nuestro territorio. Yo le dije que sí, y pasó. Nos saludamos cariñosamente. Me felicitó él por la grande acción de mis soldados. Lo alabé yo por su generosidad de acoger las tropas derrotadas, lo que me dispensaba de hacer muy grande mortandad. Y después de aquellas expresiones nos concertamos para la protección de la línea entre los dos países. Luego, como me ofreciera él sus hospitales para mis heridos, yo le contesté que esperaba poder curarlos con los recursos de mi ambulancia. Pero también le dije, después, que le agradecía su oferta y que la aceptaría con gusto si los elementos míos no me bastaban.

Así lo fui arreglando todo. En menos de cuarenta y ocho horas dictaba yo orden de salida a la artillería y demás fuerza, menos la Brigada González Ortega, que dejaba allí de guarnición. Y luego que tomé mis providencias para el cuidado de los heridos y el nombramiento de las autoridades, dispuse mi regreso a Chihuahua.

Hice yo aquel viaje en automóvil. Salí de Ojinaga en la mañana. No me acompañaban más que Raúl Madero, Rodolfo Fierro, Luis Aguirre Benavides y el chofer. Caminamos todo aquel día, parando sólo lo necesario; caminamos toda aquella noche. Conforme atravesábamos la sierra se sentía caer el gran frío de la helada y las estrellas nos daban su luz.

Me decía Fierro:

—Está bien que nosotros vengamos en este viaje, mi general, pero usted no. Le pregunté yo:

—Y yo, ¿por qué no?

Me contestó él:

—Porque aquí es comarca de muchos colorados, mi general, los cuales, si como yo imagino, andan ya otra vez capitaneados por Marcelo Caraveo, acaso busquen darnos una sorpresa. Entonces, sin poder nosotros defendernos dentro de esta caja, moriríamos, y la muerte de usted sería muy grande pérdida para la Revolución.

Al comprender yo toda la sinceridad de aquellas palabras, pensé entre mí: «Este hombre, que nunca mira peligros para él, porque su valor no los conoce, viene pensando ahora en los peligros que yo corro, y se angustia por lo que mi vida vale y por lo que sería mi muerte».

Deseoso, pues, de tranquilizarlo en su buen ánimo, luego luego le repuse:

—No, amigo, a mí no me matará nadie mientras nuestra Revolución no triunfe. Yo protejo la Revolución, y como la Revolución es del pueblo, Dios, que tiene fuerzas para gobernar los astros que nos alumbran, también la tiene para protegerme a mí. No se aflija y nomás mire las estrellas.

Y otro día siguiente estábamos en Chihuahua.

Según llegaban mis tropas, ordené su acuartelamiento y distribución. Moví a Chihuahua la Brigada Zaragoza. Mandé a Camargo la Brigada Hernández, y a Jiménez la Brigada Herrera. Dispuse la organización de otras brigadas y del Cuerpo de Cazadores de la Sierra.

Considerando entonces cómo eran ya muchos mis cañones, y cómo hacía falta para nuestra seguridad en el avance hacia el sur la acción de una artillería poderosa, de organización y fuegos bien arreglados, pedí al señor Carranza que me mandara al general Felipe Ángeles. Recordaba yo que en la campaña de 1912 contra Pascual Orozco habían sido de mucha fuerza en nuestra marcha hacia el norte los cañonazos de Rubio Navarrete, y pensaba entre mí: «Si yo dispongo ahora de una artillería igual, no habrá quien me resista en mi avance hacia el sur, cuanto más que así protegeré la vida de muchos hombres de mi infantería, y la acción de mi caballería se aliviará y será más firme». Sabía, además, que al general Ángeles lo tenían arrumbado en Sonora por las desconfianzas y celos de Obregón, que temía empañarse en sus campañas si llevaba cerca grandes hombres militares, por lo cual estimé seguro que el Primer Jefe me lo mandaría y comprendí cómo era aquél el artillero que yo necesitaba. Es decir, que la razón de ser Felipe Ángeles hombre de muchos conocimientos tocante a la guerra, mala para Obregón, era razón buena para mí. A mí no me asustaba tener cerca militares que me ayudaran bien, ni que me enseñaran si yo no sabía, ni que recibieran de mis manos el mando si alcanzaba a descubrirse que ellos mandaban mejor que yo.

Digo que por eso pedí al general Felipe Ángeles, y que esperaba su llegada con muy grande impaciencia.

Hice entonces viaje a Ciudad Juárez para surtirme de equipo y municiones, visto que los Estados Unidos ya habían resuelto abrirnos el tráfico de sus fronteras.

Estaba yo en Juárez, en mi cuartel de la calle de Lerdo, cuando una noche se me presenta un inglés, dueño de una hacienda que se llama, según es mi memoria, Hacienda de Santa Gertrudis. Aquel inglés, nombrado Guillermo Benton, había cometido muchos crímenes al amparo de los Terrazas. Sabía yo que era hombre malo y que había dado su ayuda a las tropas huertistas y coloradas, por lo que tenía yo dispuesto quitarle aquella hacienda, con orden de que se le pagara el justo valor, y había ordenado al dicho Benton que se fuera de México. Así lo mandaba yo, seguro de cómo hay que castigar a los hombres extranjeros que explotan al pueblo, y que se conchaban con los enemigos de los pobres, igual que debe castigarse a los mexicanos nocivos. Y aunque así no fuera, a los extranjeros, por el riesgo internacional, había que echarlos de nuestro país.

—Vengo a verlo en exigencia de la devolución de mis tierras.

Le contesté yo:

—Amigo, sus tierras no se las puedo devolver. Pero como no quiero perjudicarlo, masque se lo merezca, porque usted es inglés y no conviene que yo levante conflictos internacionales, voy a darle lo que su hacienda valga, según pagó usted por ella, que más dinero no le he de dar. Y se me larga usted de México y nunca vuelva por aquí.

Él entonces, levantándose con grande arrebato de violencia, me expresó estas palabras:

—Yo no vendo mi hacienda a ningún precio, ni soy hombre que se deje robar por un bandido como usted. De modo que ahora mismo me devuelve lo que me pertenece.

Y sin más, hizo por sacar la pistola para que nos agarráramos allí a balazos. Pero advirtiéndolo yo a tiempo, cuando él quiso obrar ya estaba yo encima de él y lo tenía inmóvil y desarmado. Y entonces Andrés L. Farías y los hombres de mi guardia lo cogieron y se lo llevaron.

A lo que luego supe, aquella tarde un pariente de Guillermo Benton le había dicho a él en El Paso que por qué venía en mi busca, que mejor no se expusiera, pero él le había contestado que sí vendría a buscarme y que quería enfrentarse conmigo, y que si no había hombre capaz de decirme a mí cómo yo no era más que un bandido, autor de todos los robos y crímenes de la Revolución, a él le sobraba valor para eso y para librar al mundo de muchos hombres como yo.

Un día antes había venido a verme un americano de mi amistad, de nombre que no me recuerdo, para quejarse de que los guardas de la Aduana lo hostilizaban en su tráfico de mercancías. Llamé a Luis Aguirre Benavides y le dije:

—Luisito, escríbale usted aquí al señor una orden para que pueda disparar sus armas contra cualquiera que lo moleste.

Y sucedió que Aguirre Benavides escribió aquella orden y me la trajo, y yo, que casi nunca leía lo que firmaba, leí esa vez, y vi que la orden no contenía mis palabras, sino estas otras: «Cuando el portador de esta orden se queje ante el Cuartel General de que alguien lo moleste, el castigo se aplicará con justicia, pero con grande rigor». Yo no aclaré nada y firmé.

Luego, comprendiendo el bueno ánimo de Aguirre Benavides al cambiar mi orden, fui a su departamento y le dije:

—Oiga, Luisito, eso que ha hecho por mí está muy bien. No tengo bastantes palabras para agradecérselo. Ojalá que todos me aconsejaran de ese modo, no me equivocaría yo tanto. Pero ya lo ve, son muy pocos los que se atreven.

Recordando eso, y no queriendo seguir los impulsos de mi carácter arrebatado, la noche de la peripecia con Guillermo Benton llamé a Luis Aguirre Benavides y le pedí que me ayudara con su parecer. Le conté lo que sabía de aquel mal hombre. Le dije lo que había él querido hacer conmigo. Luego le pregunté:

—¿Qué me aconseja que haga, Luisito?

Él me contestó:

—Pues a ver qué hace, mi general.

O sea, que por aquellas palabras me dio a entender cómo en eso no quería aconsejarme, lo que para mí era indicio de las cavilaciones de su pensamiento, y de que por ser muy graves sus ideas no me las declaraba. Pero Rodolfo Fierro, que estaba allí y ya era sabedor de lo ocurrido, oyó las expresiones mías y de Aguirre Benavides y me salió al paso con su consejo, que no me escatimaba nunca. Me dijo él:

—Mi general, conforme a mi opinión, con este inglés no caben misericordias. Es malo su pasado. Ha vendido su ayuda a las tropas de Victoriano Huerta. Ha venido a matarlo a usted. ¿Qué esperamos entonces? Vamos ejecutándolo ahora mismo, mi general, para que de una vez pague la cuenta de sus culpas.

Y es lo cierto que yo consideré bueno lo que Fierro me aconsejaba, pues hasta entonces veníamos matando cuantos enemigos nuestros no merecían perdón. Me preguntaba yo entre mí: «Por ser el Benton lo que nombran súbdito inglés, y no hijo de México, ¿ha de librarse de su pena?». De modo que luego ordené cómo aquella misma noche habían de llevárselo rumbo a Samalayuca, para sacarlo allí al campo y fusilarlo.

Así se hizo. Lo esposó Banda inmediatamente, y a las doce de aquella noche se lo llevaron en una máquina y un tabús. Pero Fierro no entendió bien mi orden, ni Jesús M. Ríos, que lo acompañaba, y por eso, al llegar al campo de Samalayuca no hicieron el fusilamiento que yo había mandado, sino que resolvieron matar a Benton de un balazo en la cabeza.

Luego supe que al apearse todos del tren, se metieron por el campo, buscaron un buen lugar y pusieron cuatro soldados a cavar la fosa. Benton los veía cavar. Luego dijo a Fierro:

—Oiga, amigo: haga el agujero más hondo, que de éste me sacarán los coyotes.

Lo que demuestra cómo aquel inglés era hombre de mucha ley.

Fierro le contestó que sí, que ahondarían más la fosa, y según los soldados sacaban más tierra, y Benton seguía fijo en lo que hacían, Fierro se le acercó por la espalda y le dio un balazo. Es decir, que el inglés cayó en la fosa y quedó allí. Quedó esposado y todo, porque Banda, que tenía la llave de las esposas, no había acudido al cumplimiento de su deber.

XI

Pancho Villa manda fusilar el cadáver de Guillermo Benton y descubre así lo que son los enredos internacionales

El escándalo extranjero • Recursos de Victoriano Huerta • Inglaterra y Míster Bryan • Las propiedades de Benton • Jorge C. Carothers • Juan N. Medina • El 22 de febrero • El 7 de marzo • Felipe Ángeles • Villa como general • Máxima Esparza • La experiencia de Carranza en los tropiezos internacionales • La Cámara de los Comunes • Fusilamiento y autopsia de Benton

Pasaron dos días de la muerte de Guillermo Benton. Empezó a decirse que yo, Pancho Villa, lo había asesinado, y que lo había hecho estando él sin armas y por vengar no sé qué afrentas en que nos envolvían.

Consideraba yo entre mí:

«Señor, si hubiera yo matado a Benton, lo habría matado con motivo y para protegerme. ¿A cuántos no he matado así, cada y cuando la razón estaba de mi parte? Mas es lo cierto que no lo he matado yo, y que ni siquiera ordené esa muerte por arrebato de violencia, sino después de reflexionar y de consultar a otros en busca de consejo».

Y como encendieron grande escándalo los periódicos de los Estados Unidos, en todo el mundo no hablaban más que de mi persona, criminándome siempre. Según yo creo, levantaban aquella polvareda los diplomáticos de la Usurpación conchabados con los extranjeros enemigos de nuestra causa. Porque, pasados los días, vine a saber que Victoriano Huerta me acusaba ante el mundo por mis muchos crímenes, y pedía a las naciones, en beneficio de la justicia, que no me vendieran más armas. Con esto, aquel mal hombre, autor de grandes traiciones y asesino del señor Madero, me echaba encima a Inglaterra y otros gobiernos por sólo haber yo sentenciado a muerte a quienes atentaban contra mi vida.

Pidió hacerme preguntas el cónsul americano de Ciudad Juárez. Me comunicó que su jefe, nombrado míster Bryan, ministro de Estado en Washington, era buen amigo mío, pero que las consecuencias de aquella muerte se presentaban muy graves. Yo lo llamé y le conté la verdad. Le dije yo:

—El inglés Guillermo Benton vino a injuriarme y a matarme y ha pagado su crimen con la vida. Mire, señor, ésta es su pistola, que yo le quité, y éste su cinturón, lleno de cartuchos. Le falló el propósito, aun siendo valiente, porque no tuvo en cuenta quién soy yo y cómo no hay nadie capaz de ponerme a mí la pistola en el pecho.

Me preguntaba aquel cónsul:

—¿Y quién lo sentenció a esa pena?

Yo le respondía:

—El Ejército de la Revolución, señor, que es la expresión del pueblo. Por eso el inglés, que reconoció luego con palabras la intención de cometer su crimen, no se rebeló contra el castigo al saber que lo sentenciábamos a muerte. Sólo contestó que estaba bien, que él mismo era la causa de lo que le sucedía, y que ya vería yo cómo sabían morir los ingleses. Además de esto, no murió él en discordia conmigo, sino en ánimo de paz. Mandó decirme que la mitad de sus propiedades, que era de él, la pasara yo a su esposa, y que vigilara yo que no se la quitara nadie, y que la otra mitad, que era de su primo, que no la pretendiera ella, y que así lo supieran ellos por mí.

—¿Y el cadáver dónde está?

—Está enterrado, señor.

—¿Podemos recogerlo?

—Sí, señor: después de algún tiempo.

—¿Se señalará bien la tumba para que no se pierda?

—Mis tumbas no se pierden, señor.

También vino a verme un representante especial de aquel gobierno, nombrado míster Jorge C. Carothers. Nos saludamos con buen cariño. Nos expresamos muy sinceramente. Al comprender él que tenía yo razón, y que no le contaba más que la verdad, me preguntó que si podía señalarle los papeles del juicio. Yo le dije:

—¿Para qué quiere ver papeles, señor, si mi boca está contándole todas las circunstancias de esta peripecia?

Pero él, que era buen amigo mío, y amigo de nuestra Revolución, quiso ayudarme en el trance internacional que me estaba enredando con el gobierno de Inglaterra. Me expresó estas palabras:

251

—Conviene, señor general, que mi gobierno reciba copia del juicio que sentenció a muerte al inglés Guillermo Benton. Porque yo no dudo que ese juicio se habrá hecho por escrito y que estará conforme a la ley.

De modo que yo agradecí mucho el buen ánimo con que me hablaba aquel señor, enviado de míster Bryan y míster Wilson, y entendí el consejo de sus palabras; por lo cual, a seguidas de irse él, mandé llamar a un buen licenciado que venía conmigo y le dije:

—Amiguito, las grandes naciones tienen tiempo que perder en prebostes y papeles. Ese tiempo a mí me falta; pero, tocante a los hechos, ellas y yo obramos lo mismo. Vamos a dar gusto a las naciones en la muerte del inglés. Vea usted a Farías, vea a Fierro, vea a Banda, y tráigame por escrito el juicio que le hicimos a Guillermo Benton por haber querido matarme. Tráigame, licenciado, de acuerdo con la ley, buena sólo para defensa de los que tienen apoyos y protectores, lo que nosotros hicimos en justicia y conforme al deber militar.

Así se hizo. Yo salí para Chihuahua, donde seguía preparando mi avance sobre el sur, que era el negocio serio para nuestra causa, y otro día siguiente los licenciados le entregaron a míster Carothers copia de la sentencia de Guillermo Benton.

Antes de salir yo de Juárez, Juan N. Medina, que según ya indiqué estaba en El Paso, me habla por teléfono.

Me dice él:

—Mi general, usted no tiene que dar a los Estados Unidos explicaciones de la muerte de Benton. Es negocio internacional, de que sólo ha de ocuparse el señor Carranza, jefe de nuestro gobierno.

Yo le contesto:

—Pues ya lo ve, amigo. Ustedes que saben las cosas porque las aprendieron en los colegios debieran estar a mi lado para iluminarme. Más que nunca le afeo ahora que me haya abandonado. Adiós.

Atento yo en Chihuahua a que se cumplía entonces un año del asesinato del señor Madero, mandé hacer actos conmemorativos en su honor. También dispuse para dos días después, es decir, para el día 24, que se trajeran los restos de don Abraham González, y que se decretara fecha de luto el aniversario de su muerte, y que se le pusiera capilla ardiente en Palacio, donde coloqué una lápida que lo honraba. Porque, según yo creo, aquellos dos mártires habían caído por su grande amor al pueblo y a la libertad, y era un deber del pueblo evocarlos en nuestro camino hacia el triunfo.

Al llegar a Chihuahua supe también que el general Felipe Ángeles había salido de Sonora con destino a mis fuerzas. Llegó Ángeles a Ciudad Juárez. Cuando me anunció su llegada a Chihuahua, mandé que en la estación se pusiera, aguardándolo, una banda de música, más mi escolta y otra gente, y yo me adelanté a recibirlo con mi estado mayor. Conforme nos saludábamos, mostró él en su cara la sonrisa de su gusto. Nos expresamos con trato muy cariñoso.

Le dije yo:

—Señor general, yo y mis tropas miramos en usted el hombre militar y el hombre revolucionario, y por eso es nuestro parecer que sus servicios en los campos de batalla los necesita la causa de la Revolución. Señor, quiero tenerlo a usted junto de mí, pues no siendo yo militar de carrera, sino soldado hecho en los azares de la vida, la enseñanza de sus conocimientos me ayudará, y ayudará a mis tropas, y será para beneficio de la lucha en que andamos todos.

Él me contestó:

—Señor general, lo hecho por sus hombres en el terreno de las armas muestra lo que valen ellos y lo que es su jefe. No espero yo poder enseñarles nada, pues nada tienen que aprender. Si usted me llama a sus órdenes para darme el mando de su artillería y para ayudarse de mi consejo, viva seguro que cumpliré siempre con mi deber, pero no abrigaré nunca en mi ánimo la creencia de ninguna superioridad, que ninguna tengo: obraré tan sólo con el pensamiento de estar unido a hombres revolucionarios y militares como yo. Tocante a la persona de usted, mi general, quiero decirle, que así me lo dicta mi juicio, que son muy grandes sus hazañas en la guerra. Batallas suyas como la de Tierra Blanca honrarían a cualquier militar criado en los colegios. Esa sola batalla supera todas las que hasta aquí han librado los hombres de la Revolución. Es usted un general, y gustoso vengo a ponerme a sus órdenes.

Yo estimé mucho la alabanza de aquellas palabras, masque no me envaneciera con ellas. Porque no es de hombres militares deslumbrarse con los propios triunfos, olvidando que el militar que se deslumbra mira luego con yerro la realidad. Y como comprendiera yo que el general Ángeles me hablaba con toda la sinceridad de su ánimo, pues siendo él un militar tan grande nada tenía que esperar de mí, le hablé del mismo modo. Le expresé mi pensamiento sobre el avance hacia el sur, que él me aprobó y me elogió. Luego platicamos del desarrollo de nuestra Revolución, y del señor Madero, y del señor Carranza y los hombres consentidos que lo acompañaban, y conforme él hablaba, descubrí que en todo decía sus opiniones con grande acierto, y cuando así no fuera, sin arrogancias ni rencores.

Es decir, que tanto por aquella plática que entonces tuvimos, como por otras que vinieron luego, conocí pronto que el general Felipe Ángeles era persona de conocimientos sobre muchas cosas, y que sus consejos tocante a la guerra me serían de muy grande ayuda. Según mi trato con él me lo acercaba, pensaba yo entre mí:

«Si éste es el hombre que no aprecian útil los consejeros del señor Carranza, creo yo que no son buenos esos consejeros y que el señor Carranza vive en la ignorancia acerca de quiénes lo deben aconsejar».

Otro día de mi regreso a Chihuahua, los representantes de Inglaterra y los Estados Unidos volvieron a embarazarme con la muerte de Guillermo Benton. Me decían aquellos cónsules:

—Hay que exhumar el cadáver para entregarlo a la viuda.

Les contestaba yo:

—La viuda, llamada Máxima Esparza, es mujer hija de este país. Para pedir el cadáver de su marido no necesita apoyo de cónsules extranjeros.

Pero me respondían ellos que era falsa mi razón; que siendo la mujer de Benton mujer de un inglés, ella también resultaba inglesa, y que siendo ella inglesa, Inglaterra, los Estados Unidos y todas las demás naciones tenían que protegerla y ayudarla.

El señor Carranza mandó preguntarme que qué había pasado con Guillermo Benton. Le mandé decir la verdad. Por telégrafo le comuniqué que había constancia escrita del juicio, y que la sentencia era la que Benton merecía. Míster Bryan le pidió entonces al señor Carranza explicaciones de lo ocurrido, y que me ordenara entregar el cadáver a la viuda. Pero el señor Carranza, que era de grande experiencia en los tropiezos internacionales, le dijo a míster Bryan que no tenía nada que contestar, y que si Benton era inglés, las reclamaciones debía hacérselas Inglaterra a los ministros de nuestra Revolución. Y sucedió que como Inglaterra reconocía por bueno el gobierno de Victoriano Huerta, no podía entablar tratos con el gobierno del señor Carranza, y como el señor Carranza no aceptaba hablar con los Estados Unidos tocante a las cosas de Inglaterra, no quedaba nadie con derecho para reclamar por la muerte de Benton, cuando no fuera la viuda.

No por eso recreció menos el escándalo extranjero. Me criminaban los periódicos de todo el mundo, a mí y a la Revolución. Nuestros enemigos americanos pedían la intervención en México y acusaban a míster Wilson de cobijar los crímenes de nosotros, los hombres revolucionarios. Me contaban los periodistas que andaban conmigo: «El gobierno inglés, por alientos que en Londres le dan los representantes de Victoriano Huerta, hace que a usted lo ataquen los diputados de la cámara que allá nombran

Cámara de los Comunes, y que exijan a los Estados Unidos venir a México en protección de todos los extranjeros mientras los mexicanos se matan».

Mirando yo todo eso, reflexioné entre mí:

«¿Qué mal hay en entregar el cadáver de Benton, y que las naciones lo reciban y examinen? Mayor mal sería que se enojaran los Estados Unidos por meterlos nosotros en lucha con Inglaterra, y que cerrándonos entonces ellos la frontera para la compra de armas y municiones, y no pudiendo nosotros surtirnos de otra parte, nuestra causa sufriera en su desarrollo».

Le dije al cónsul de los Estados Unidos:

—Bueno, señor: voy a entregarles, conforme lo solicitan, el cadáver de Guillermo Benton.

Y me contestó él:

—Pues se lo agradezco, general, porque nomás eso quieren míster Bryan y míster Wilson. Para más formalidades vendrá del Paso una comisión internacional que reciba el cadáver y lo examine.

Conque llamé a Rodolfo Fierro y le dije:

—Vamos a entregar el cadáver de Guillermo Benton. Hará viaje a Chihuahua para recibirlo y examinarlo una comisión que nombran internacional.

Y él me aclaró entonces que si entregábamos el cadáver se descubriría que Benton no había muerto fusilado, porque en el cuerpo no había huellas de fusilamiento, sino de un solo balazo de pistola. De modo que yo le contesté:

—Amiguito, mi orden fue para que se fusilara a Benton. Si usted y Banda lo mataron de otro modo, ahora lo arreglan como puedan. Ésta es mi consigna: desentierren el cadáver de donde está, lo entierran otra vez en Chihuahua, en el Panteón de la Regla, y cuando la comisión internacional, desenterrándolo de nuevo, lo examine, tiene que hallar huellas de fusilamiento y de tiro de gracia. Es todo lo que le digo.

Pues así lo hicieron.

Pero comprobé yo entonces cómo los hombres vivimos sumidos en la ignorancia, y casi no sabemos nada para el bien ni para el mal. Porque Fierro le contó a Luis Aguirre Benavides cómo había fusilado el cadáver de Benton para cumplir mis órdenes, y Luisito se lo contó a uno de mis médicos, y el médico vino a verme y me dijo:

—Mi general, el fusilamiento de Benton después de muerto es el yerro más grande que se podía hacer. Cuando se examine el cuerpo se conocerá que no fusilaron el hombre, sino el cadáver.

—¿Y por qué se sabrá eso, amigo?

Me dice él:

—Porque lo demostrará la autopsia.

Yo le pregunto:

—Y haciendo ahora la autopsia, ¿todavía después se conocerá?

Él me contesta:

—Eso, según ahora se haga, mi general.

Yo reflexioné entonces, y tras de expresarnos otra vez de aquel mismo modo, le dije al referido médico estas palabras:

—Señor, cuando se fusila a un hombre conforme a la ley, el cadáver se entrega a un médico para que le haga la autopsia. Usted le hace la autopsia al cadáver de Guillermo Benton y comprueba cómo aquel hombre murió fusilado y cómo recibió en la cabeza el tiro de gracia. Y si alguien viene después de usted y hace otra autopsia, tiene que encontrar que lo que usted dijo era la verdad.

En eso estábamos, ya con todo arreglado para recibir en Chihuahua la comisión internacional, cuando el Primer Jefe me telegrafió orden de que la dicha comisión no entrara a nuestro territorio, porque eso violaba nuestra soberanía de nación independiente. Me ordenó también que no hiciera yo más declaraciones a los periódicos, ni hablara de la muerte de Benton con los cónsules, y que lo que tuviera que decir se lo dijera yo a él, y que lo que tuviera que hacer lo hiciera con su conocimiento y orden, y que ya él mandaba una comisión de médicos y jueces mexicanos que tomaran a su cargo aquel asunto y vieran la forma de resolverlo.

Como el señor Carranza era jefe de nuestra Revolución, al cual yo acataba en todo, obedecí ese mismo día aquellas órdenes. Avisé a la comisión del Paso que no la podía dejar pasar, y les comuniqué a los cónsules que tocante a la muerte de Guillermo Benton sólo se les permitiría hablar con el señor Carranza.

XII

En vísperas de marchar a Torreón, Pancho Villa advierte cómo va despertando envidias el brillo de su gloria

Palabras de Carranza y hechos de Villa • Una sonrisa de 38 cañones • Los planes de Obregón • Un recuerdo al Primer Jefe • José Bonales Sandoval • Félix Díaz • Pablo González • Máximo García • José Isabel Robles • La moneda villista • La pobreza de los Terrazas • El oro del Banco Minero • Manuel Espinosa • El montón de los amigos • Luis Aguirre Benavides

Era yo el hombre que acataba en todo las órdenes del señor Carranza, pues esperaba mucho de su autoridad para la causa del pueblo. También deseaba mostrarle cómo sería yo siempre sumiso al cumplimiento de sus providencias y cómo militaba debajo de su mando con toda mi lealtad y sinceridad.

Queriendo significarle que ésos eran mis sentimientos, lo invité a visitar Chihuahua y a instalar su gobierno al amparo de mis tropas. Así lo hice tan pronto como vi que ya no había ningún peligro, por estar consumada la toma de Ojinaga y limpio de enemigos todo el estado. Le decía yo:

«Señor, su presencia aquí es muy necesaria. Hace falta para los negocios de la gobernación. Hace falta porque sin ella no marcharé tranquilo en mi avance hacia el sur. Venga, señor, que será muy bien recibido por mí y por mi gente. Los moradores de estas tierras lo aclamarán y festejarán».

Y para convencerlo pronto, y advertirle cómo el general Chao no llevaba el gobierno conforme a las necesidades públicas, le añadía yo:

«Obedecí su orden de poner a Chao en el gobierno de Chihuahua. Pero conviene, señor, que venga usted y le diga, no como palabras mías, sino de usted, lo que a mi juicio ha de hacerse para beneficio de los negocios públicos, pues mi responsabilidad es muy grande por ser yo quien ha ganado estos territorios».

El señor Carranza me contestaba que sí, que vendría pronto, y que todo lo dispondríamos de un solo parecer. O sea, que no me negaba él nada en las promesas, ni le negaba yo nada en los hechos.

Le decía yo:

«Señor, tengo treinta y ocho cañones quitados al enemigo para bien de nuestra causa, y espero que merecerán de usted siquiera una sonrisa».

Él me contestaba:

«General, lo felicito por sus treinta y ocho cañones, y deseo que llegue con ellos hasta la ciudad de México para que allá se oigan los estampidos de toda su artillería».

Así para todo lo demás. Cuando por aquellos días no tuvo él a bien que amnistiara yo a tanta gente enemiga y me lo mandó decir, yo le contesté: «Señor, se trata de una amnistía parcial, buena para la causa. Amnistié a unos porque no han de hacernos daño, pues son hombres conocidos, y amnistié a otros porque los estimo útiles para la lucha, entre ellos oficiales artilleros que ya me están prestando buenos servicios. Pero si usted considera que no he obrado bien, deme sus órdenes y los fusilaré a todos».

Y es lo cierto que hubiera yo fusilado toda aquella gente, y que si no lo hice fue porque luego aprobó el señor Carranza mis amnistías, negándome tan sólo amnistiar, sin su consentimiento, jefes o generales. Esto lo quería él, según creo yo, para que resultara suya, y no mía y de mis fuerzas, la gratitud de los jefes y generales que nosotros cogíamos prisioneros.

Aunque así fuera, en esas aspiraciones no me fijaba yo, porque eran tantos los grandes embarazos de nuestra causa, que no convenía levantarle nosotros aquellos embarazos chicos, y más cuando era yo sabedor de que el señor Carranza me daba su apoyo en lo principal de mi acción.

Porque ya Obregón empezaba entonces a mirar con recelo el crecimiento de mis triunfos y andaba buscando cómo quitar de mis manos el mando de nuestro avance hacia el sur. Proponía él acudir con algunas tropas a la campaña de la Laguna, diciéndose mi jefe, sin serlo, y disimulando sus verdaderas intenciones con el hincapié de que a todos debía venir a mandarnos el señor Carranza cuando la dicha campaña se emprendiera. Me contaban que decía: «Será mi plan tan bueno como el que concebí para derrotar a Ojeda en Sonora, pues haré que los federales salgan de Torreón y vengan a librar batalla en el terreno que yo escoja». Pero el señor Carranza no le hizo caso, sino que lo mandó por la línea de Sinaloa y Tepic, que le correspondía, y a mí me dejó entonces mi línea del centro, que era la más importante, y la que yo había preparado para lograr por allí el triunfo de nuestra causa.

Yo, como si nada supiera, nada dije.

Al cumplirse aquellos días el aniversario del levantamiento del señor Carranza contra Victoriano Huerta, quise que conociera él la buena disposición de mi ánimo recibiendo mensaje con mi recuerdo. Le telegrafié yo:

«Señor, en este memorable día, fecha feliz para los derechos del pueblo, enarboló usted la bandera contra los usurpadores de la legalidad. Yo le expreso hoy el júbilo mío y de mis fuerzas y hago mis votos porque pronto triunfe la lucha en que andamos, y de la cual es usted el jefe».

Y sucedió también que vino por entonces a Chihuahua el licenciado José Bonales Sandoval, aquel hombre que había sido defensor mío cuando me tenían preso en Santiago Tlaltelolco. Me había él escrito desde los Estados Unidos diciéndome que quería venir a hablarme, y yo le había contestado que si quería venir que viniera, que también eran muchas mis ganas de verlo, pues enterado yo de cómo había intervenido en la muerte de Gustavo Madero, hombre de mi cariño, me parecía muy bien que viniera a Chihuahua, para fusilarlo. Ya estando en Chihuahua, me dijo que también Félix Díaz quería venir, y que él podía traerlo, y que Félix Díaz no buscaba nada, sino sólo poner a favor de nuestra causa una parte del ejército federal, porque alimentaba grande enemistad contra Victoriano Huerta. Entonces pensé que sería muy bueno que Bonales Sandoval trajera a Félix Díaz, para fusilarlos juntos; pero comprendiendo yo cómo era aquello asunto de graves responsabilidades, resolví no hacer nada sin consultar antes al señor Carranza, cosa que me mandaba el deber. Así que no fusilé esa vez a Bonales Sandoval, ni le expresé si debía traerme a Félix Díaz o no.

De ese modo procuraba yo que el Primer Jefe conociera todos mis pasos, y mis recursos, y mis intenciones. Quería que se fortaleciera su confianza en mí y que no nos enajenaran los que se recelaban de él, o los que veían con amargura la carrera de mis armas.

Tenía yo por aquellas fechas más de tres mil quinientos hombres destacados desde Camargo hasta Escalón, y ya estaba muy avanzada en Chihuahua la organización de la mayor parte de mi ejército para mi avance hacia el sur. Pero sabiendo cómo el enemigo acumulaba en la Laguna sus mejores elementos, comprendí que también tenía yo que pertrechar las fuerzas de Durango, y las de la comarca lagunera, consciente yo de que al emprender el avance me sería de muy grande utilidad que aquellas fuerzas operaran conmigo.

A don Pablo González, que, según antes indico, mandaba las tropas del Noreste, le había pedido que amagara Monterrey y Saltillo, mientras se lograba la toma de Torreón, para lo cual yo le prometía: «A cambio de esa ayuda, luego iremos juntos al ataque de esas dos plazas que son de su incumbencia». Y a Máximo García y José Isabel Robles, que operaban por la Laguna, les daba indicaciones de cómo debían procurar el aislamiento de Torreón y su comarca, que era lo mismo que el señor Carranza me recomendaba desde Sinaloa, no sé sí por idea suya o por las injerencias de Obregón. Creo yo que no sería por esto último, porque los planes de Obregón para la campaña de la Laguna eran tan equivocados que sólo podían atribuirse a una grande ignorancia de los hechos. Hablaba él de encerrar en Torreón a los federales, y de avanzar nosotros con nuestro ejército hasta el centro de la República, cuando yo estaba tan seguro de la conquista de Torreón por nuestras fuerzas, que así se lo garantizaba al Primer Jefe.

En aquellos preparativos de mi marcha hacia el sur me embarazaban las dificultades del poco dinero. Queriendo por eso que los negocios se movieran, pues moviéndose los negocios mis embarazos serían menos, y mirando, además, cómo había compañías mineras y hombres particulares que nada podían hacer por falta de moneda para el tráfico, le pedí al señor Carranza cinco millones de papel para las operaciones bancarias. Pero como él no pudo mandármelos inmediatamente, tomé las providencias de imprimir en Chihuahua mi propio dinero, y de ese modo tuve, de allí en adelante, todos los centavos que necesitaba.

Tocante a la compra de armas y equipo para las tropas, al principio me prestó muy grande ayuda el oro que encontramos en el Banco Minero de Chihuahua. La manera como aquel oro vino a mis manos la voy a contar.

Sucedió, a la salida de las tropas huertistas de Chihuahua, que no todos los hombres ricos y poderosos huyeron con aquellas fuerzas. Algunos se quedaron, seguros en su conciencia de no debernos nada, o seguros en su imaginación de que nosotros no los tomaríamos como punto de vista de persecuciones. Porque es verdad que yo había prometido al entrar a Chihuahua no castigar a nadie con injusticia, como había dispuesto también que todos se aprontaran, ricos y pobres, a prestar su ayuda a la causa del pueblo.

Entre los que se quedaron, creído de su inmunidad, estaba don Luis Terrazas. Yo, sabedor de la importancia de aquel hombre, y de lo mucho que podía servirnos, mandé que lo trajeran preso a mi cuartel del Palacio Federal y allí le hablé de mis muchas necesidades, diciéndole:

—Señor, como usted es hombre rico, usted tiene que tener dinero, y como todo el dinero que usted tiene es dinero que los pobres le dejaron a guardar para cuando hiciéramos la Revolución, ha llegado el momento de que me lo entregue. Créame: es ya muy grande la escasez de mis tropas.

Él me contestó:

—¿Rico yo, señor general? A mí de rico no me queda más que la fama. Y se lo digo porque es cierto: ni casas, ni haciendas, ni ganado; todo lo ha perdido mi familia en esto que usted nombra la Revolución. Tocante a dinero, ¿para qué le voy a hablar? Si mil pesos me piden ahora en rescate de mi vida, por mil pesos me ahorcan. Es todo lo que le comunico.

Y yo comprendí, visto el contenido de tales palabras, que aquel hombre no se vendría a convencer por la luz de la razón. Lo dejé, pues, a solas con sus pensamientos.

Luego llamé a Luisito y le dije:

—Luisito, vaya usted a convencer a don Luis Terrazas de los peligros que corre si no se le quita la idea de no tener guardado el dinero del pueblo.

Y fue Luisito, pero no lo convenció. Entonces llamé a uno de mis oficiales, no me recuerdo a cuál, y le dije:

—Muchachito, va usted a ver a don Luis Terrazas y le cuenta cómo sentencio yo a los hombres que despojan al pueblo de lo que le pertenece.

Y fue aquel oficial, pero tampoco lo convenció, sino que me dijo:

—Se aferra don Luis Terrazas a la idea de no tener ni un centavo, y dice que no le importa nada lo que usted le pueda hacer.

Yo entonces llamé a Rodolfo Fierro y le expresé estas palabras:

—Amiguito, hable con aquel hombre, convénzalo de su error y no se me presente aquí si no me trae razones de dinero.

Y Rodolfo Fierro fue al cumplimiento de sus deberes, y regresó luego y me dijo:

—Mi general, aquí le traigo la razón. Dice don Luis Terrazas que dinero no tiene él, pero que sabe dónde hay.

—¿Y dónde dice que hay?

—En uno de los pilares del Banco Minero de Chihuahua. Dice que uno de esos pilares está lleno de oro, pero que él no sabe cuál es, y que si queremos encontrarlo, que lo busquemos, y que si lo hallamos, que tendremos bastante.

Oyéndolo yo, mandé a Raúl Madero y a Luisito a que hicieran el reconocimiento de todos aquellos pilares, que eran de fierro; y ellos dos, más un mecánico nombrado Manuel Espinosa, que les di de ayuda con una broca eléctrica, se pusieron a taladrar pilares hasta dar con el que buscaban. Entonces vinieron a decirme que ya habían encontrado el oro. Yo les mandé:

—Pues vacíen el pilar y tráiganme todo lo que tenga dentro.

Y ellos volvieron a ir, rajaron el pilar y recogieron en quince o veinte talegas el chorro de oro, todo de hidalgos, que de allí salía. Pero cuando ya se preparaban a traerme aquel dinero, advirtieron cómo caían del pilar veinte o treinta monedas más, y como lo sacudieran entonces y todavía bajaran otras monedas, fueron por un mazo y golpearon con él la parte alta del pilar, y entonces volvió a salir el chorro de oro, con lo cual llenaron otras quince o veinte talegas.

Esa misma noche se acarreó el oro a mi cuartel, y otro día siguiente mandé a Luisito que lo contara. Mas como él, después de contar toda la mañana, no conseguía acabar con el cerro de monedas que tenía delante, le pregunté:

—¿Cuánto lleva contado, Luisito?

Él me contestó:

—Seiscientos mil pesos, mi general.

Yo le digo:

—Bueno, Luisito, pues pare de contar, y ese montón que sobra déjelo ahí, para que de él cojan los amigos.

Así fue. Conforme entraban a verme los comandantes de mis brigadas y algunos otros jefes y oficiales, yo les decía:

—Compañerito, tome de aquel montón de oro, para que se ayude en su necesidad.

Lo cual hice yo no por menosprecio de aquel dinero, que era mucho el que se necesitaba, sino para lograr que todos los que vinieran al rumor del oro, satisfaciendo su codicia quedaran sin razón para censurarme por la mía. Pues si es verdad que yo no iba a tomar de aquel dinero un solo centavo para mí, muy pocos habrían de creerlo.

En la guerra de la revolución así tiene que ser. A cada hombre, si es útil, hay que conservarlo contento, según la inclinación de su ánimo: al generoso como generoso, al voraz como voraz; todo dentro de los límites que impongan las circunstancias.

De aquel montón de oro que digo, los jefes y generales de mis fuerzas tomaron a su gusto lo que les pareció ser su parte. Unos tomaban harto, otros tomaban poco, cada quien según su condición.

Y mirando yo que Luis Aguirre Benavides, tras de haber tenido día y noche puestas las manos sobre aquel dinero, no tomaba nada, estimé en mucho su delicadeza. Por eso le dije:

—Luisito, cuente usted de allí otros diez mil pesos.

Él los contó. Yo le dije entonces:

—Bueno, pues lléveselos a donde mejor le convenga, que esos diez mil pesos son para usted. Amiguito, usted anda aquí exponiendo su vida junto conmigo, y si le toca morir, no está bien, masque sea joven, que deje a su familia sin ningún apoyo.

Acabada la cuenta del dinero, pensaba yo entre mí: «¿Y sólo uno de los pilares de ese banco estaría lleno de oro?». O sea, que para salir de dudas mandé a Luisito con órdenes de reconocerlos todos, lo cual hizo él muy cuidadosamente.

XIII

Comprende Villa que el dolor del pobre nace de los poderosos y quiere que se conserven puros los hombres de la Revolución

El camino para el triunfo del pueblo • La codicia del rico y los sufrimientos del pobre • Los cuarenta mil pesos del armario de la Quinta Prieto • Juana Torres • Una carta de la mujer de Villa • La paloma y el milano • El perdón de Villa • Los Reyes Magos • Anacleto J. Girón • Manuel Bauche Alcalde • Federico y Roque González Garza

Como antes indico, de todo el oro salido de los pilares del Banco Minero de Chihuahua yo no había cogido ni una sola moneda para mí. Es lo cierto, además, que yo no la quería coger. Porque estaba yo viendo que ya muchos hombres revolucionarios empezaban a desviarse del sentimiento de la verdadera lucha del pueblo, y que algunos consideraban aquella lucha, que era la pelea de los pobres contra la injusticia y la miseria, como el buen azar de su vida para encontrar riquezas y atesorarlas. Y reflexionaba que aquél era un mal camino, y que había que enmendarlo con otros ejemplos, y que yo, Pancho Villa, y los otros jefes principales que mandábamos los ejércitos de la Revolución, teníamos el deber de mostrar a todos nuestro desinterés, para que nuestro movimiento por la libertad y la justicia no se enturbiara.

A solas me hablaba yo así:

«Los hombres ricos que tienen el poder ejercen sobre el pueblo la injusticia y la crueldad. Pero esos hombres ricos no son hombres diferentes de los hombres pobres que ellos persiguen y explotan. Los ricos, antes de ser ricos, son iguales a los pobres tocante a las inclinaciones de su ánimo. Mas sucede que cuando a los hombres les toca la riqueza, casi todos se ciegan por las ansias de tener más, y como entonces viven entregados a las tertulias y fiestas de la vida, o a los afanes de su condición codiciosa, ya no se acuerdan de los sufrimientos del pobre, ni consideran lo que es sufrir bajo la tiranía de otro, sino que se hacen crueles para conservar la riqueza que ya estiman suya, o para acrecerla».

Entreveía yo de esa forma cómo sería mal camino para nuestra Revolución salir de ella enriquecidos los hombres revolucionarios que mandaban, y estimé bueno mostrar a los que venían conmigo mi desinterés frente al montón de oro del Banco Minero de Chihuahua. Según mi pensamiento, ellos harían lo mismo con los jefes y oficiales que les eran subordinados, y estos otros con la gente de tropa. Por eso tomaba yo grande empeño en que mi desinterés se conociera y en que todos tuvieran noticia de que una sola moneda de todo aquel montón de oro no había sido para mi persona.

Pero me ocurrió lo que yo nunca podría esperar: que los últimos cuarenta mil pesos de aquel dinero que indico desaparecieron del armario donde los tenía yo guardados en la quinta nombrada la Quinta Prieto. Delante de lo cual pensé: «Por esta desaparición va a creerse que yo he cogido ese dinero para algún uso mío, cuanto más que ya estaba destinado a gastos urgentes de la guerra». Y no me avine a que tal peripecia pudiera pasarme, sino que se me revolvió toda la cólera de mi cuerpo.

Llamé entonces a mi hermano Hipólito y le dije:

—Hipólito, ¿qué sabes tú de ese dinero?

Mi hermano me dijo:

—Yo no sé nada de ese dinero.

Llamé entonces a Juana Torres, mi mujer, y le dije:

—Juana, ¿qué sabes tú de ese dinero?

Me contestó ella:

—Yo no sé nada de ese dinero.

Llamé entonces a Luisito y le dije:

—Luisito, ¿qué sabe usted de ese dinero?

Me respondió él:

—Yo no sé nada de ese dinero.

Y mi cólera arreció más, y amenacé a todos los hombres y mujeres que tenía yo cerca, y a todos dije: «El ladrón, quienquiera que sea, sufrirá mi castigo». Porque en verdad que aquel dinero no me lo robaban a mí, sino a la causa del pueblo, y si por robar al pueblo castigaba yo hasta con la muerte a nuestros enemigos, más castigo había yo de dar por eso a los hombres revolucionarios. Es decir, que mi hermano Hipólito y yo nos pusimos a indagar, y como aclarara él que los referidos cuarenta mil pesos habían sido sacados del armario por la madre y la hermana de Juana Torres, mi mujer, cogí aquellas dos mujeres y las puse presas, y todavía así sentí muy grande dolor, pues veía cómo por la sola ansia del dinero me traicionaban en mis mejores intenciones las personas más obligadas a considerarme.

Con lloros, Juana Torres me decía:

—Juro que mi madre y mi hermana son inocentes… Todo es obra de los intrigantes y calumniadores que me rodean… Hay aquí muchas mujeres y hombres que me odian…

Y creo yo que juraba aquellas palabras creyendo que eran la verdad. Pues ¿cómo, señor, había ella de tener por cierto que su madre y su hermana me robaran, o más bien dicho, que robaran a la causa por la que matábamos yo y todos mis hombres, y por la que salíamos a morir?

Pero no me ablandé. De forma que la madre y la hermana siguieron presas, y Juana Torres siguió llorándome la inocencia de ellas sin que mi resolución cambiara.

Le contestaba yo:

—Tu madre y tu hermana vivirán encerradas mientras ese dinero no aparezca otra vez en el armario.

Y así era en verdad el ánimo en que yo estaba.

Un día Juana Torres, mi mujer, pasó a su madre una carta en la canastilla del almuerzo, y como la dicha carta no llegara a manos de las presas, sino a mi poder, pues me la trajo el carcelero de la cárcel de ellas, yo la abrí y la leí. El contenido de sus palabras era éste:

«Mamá, sufro mucho por lo que le pasa. Pero ¿qué quiere, mamá, que yo haga con este bandido? Mi vida con él es un tormento; quisiera morirme. Mamá, ya me canso de rogar a este hombre que la deje en libertad. Se lo pido con mis súplicas; se lo pido con todas mis lágrimas. Pero él es un mal hombre, sanguinario y sin corazón, que sólo sabe hacer maldades y que no se duele ni perdona sino con las dádivas del dinero. Mamá, yo no sé qué hacer. Mamá, yo no tengo paz ni reposo: el resuello de este hombre me amancilla; su conducta conmigo me es más insoportable que la muerte».

Leyendo yo la dicha carta, consideré si debía, sin más, ir en busca de aquella mujer y matarla donde la encontrara. Porque no columbraba yo, en la sinceridad de mi ánimo, cómo una mujer a quien yo había hecho mi esposa por la ley, y para la cual mi comportamiento era el de un buen esposo, y hasta el de un buen padre, podía cobijar sentimientos tan negros tocante al hombre que la amparaba con su cariño, y que la agasajaba. ¡Señor, si Juana Torres no veía en mí más que actos de bondad, para ella y para todos! ¿Podía calificarme de bandido? ¿Eran actos de crueldad los actos de mi justicia? ¿Por qué había de amancillarla el resuello de un hombre que estaba dando su vida en beneficio de la causa de los pobres? En mis primeros tiempos, cuando luchaba yo sólo contra la injusticia de los hombres ricos y poderosos, acaso hubiera yo caído en muy grandes yerros, por mi ignorancia y mi inexperiencia. Pero yo era ahora un hombre revolucionario, un general que ganaba batallas para la Revolución. ¿Ser eso era ser un bandido? Y cavilaba yo entre mí: «Si mi conducta le es a Juana Torres más insoportable que la muerte, yo voy a darle la muerte a Juana Torres».

Pero pensé luego cómo no debía seguir los impulsos de mi carácter arrebatado. Antes llamé a Luisito y le dije:

—Mire, Luisito, lo que son las mujeres. Lea esta carta nomás.

Leyó él aquella carta. Yo le expliqué:

—Juana Torres es mi mujer por el cariño y por la ley. Pude yo tomarla por la fuerza, en horas en que nadie resistía los impulsos de mi voluntad, y no quise hacerlo. Pude yo tomarla con el halago de mis dádivas, y tampoco lo hice, pues en mi grande deseo por ella vi sus escrúpulos de pertenecerme fuera de matrimonio, y mi cariño respetó ese sentimiento suyo; la hice mi esposa, la amparé con los derechos del matrimonio civil. ¿Comprende, Luisito? Como la quería, la hice mi mujer legítima: Juana Torres es mi mujer legítima, Luisito. Además, como la quiero, la he regalado siempre como a una reina. ¿Y qué sucede ahora, Luisito? Sucede que ella trata con sus peores formas al hombre que la supo respetar, al hombre, Pancho Villa, que la levantó hasta donde ni sus sueños hubieran podido nunca levantarla.

Y le añadí luego:

—Quería yo a Juana Torres, Luisito, pero ya no la quiero: es una mala mujer. ¿Qué castigo cree que debemos darle?

Luisito me dijo:

—Mi general, ¡yo qué le voy a decir! Perdónela usted.

Yo le respondí:

—Sí, Luisito: toda mujer merece perdón; pero, según yo creo, hay ofensas que no se perdonan sin castigo.

O sea, que fui al cuarto de Juana Torres, y dándole aquella carta le dije:

—Juana, léeme esta carta que aquí te traigo. Tú sabes cómo soy yo malo para leer, y no sólo para mi trato con las mujeres y los hombres.

Al ver ella el papel que yo le daba, se demudó y se angustió, y mostró en sus ojos el desfallecimiento del miedo de que yo la matara. Porque es verdad que yo sentía en mi ánimo grandes impulsos de matarla, y que los sentía con toda la fuerza de mi cólera. Según la veía yo, nada me decía ella, sino que se conservaba queda, con humildad, no sé si mirándome a mí o si mirando la mano suya con que cogía aquella carta.

Yo le decía:

—Anda, hijita, léeme pronto esa carta, que la quiero oír.

Y como no abría ella la boca, me expresaba por el temblor de sus labios, y de sus dedos, y de sus rodillas, hasta dónde estaba azorada delante de mí, y hasta dónde, en mi presencia, reconocía su ánimo la magnitud de la maldad que me había hecho, y cómo había sido aquélla muy grande maldad.

Pero no me apiadaba yo, sino que me ensañaba, diciéndole:

—¿Conque no conoce esas letras, mi hijita? ¿Conque no me quiere leer?

Y como me le acercara yo, conforme le expresaba aquellas palabras, acreció el temblor de su azoramiento y vi cómo queriendo ella leer, aquel temblor de todo su cuerpo no la dejaba que leyera.

Mas pienso yo ahora: «¿En verdad no fui entonces el hombre cruel que ella pintaba en sus palabras? ¿Podía un hombre de tanta potencia como yo abrumar así a una mujer, masque me hubiera ofendido, para que considerara ella toda la pequeñez de su ánimo y se arrepintiera y se prosternara?».

Y sucedió al fin que, no pudiendo desobedecer más tiempo el mandato de mi autoridad, empezó a leer; y según pronunciaba sus palabras, le brotaba el llanto de los ojos y de la voz. Entonces sentí piedad, y ya casi iba a perdonarla, cuando se me revolvió de nuevo toda la cólera de mi cuerpo al oír ahora de su boca aquellas grandes ofensas que había escrito en deshonra de mi persona.

Por eso le dije, así que acabó de leer:

—Yo soy un ignorante que no entiende. Anda, vuélveme a leer esta carta que tanto habla de mí.

Y otra vez leyó ella, sin cesar en su llanto, ni quitarle yo de encima, aunque mi piedad ya era muy grande, la mirada mía que la amilanaba. ¡Señor, así somos todos los hombres en nuestra pasión! Cuando la mujer de nuestro cariño nos ofende, nos gozamos en hacerla sufrir con la misma complacencia con que antes queríamos que gozara por nuestra obra.

Entonces me quité de delante de Juana Torres y fui, en pago de sus ofensas y de su mala voluntad por la causa del pueblo, a poner en libertad a su madre y a su hermana, a las cuales di luego dinero bastante para que se fueran de Chihuahua.

Ya por entonces eran muchos los hombres políticos que habían llegado al territorio de mis fuerzas, y los que seguían llegando. Unos venían a ponerse debajo de mi amparo o a tomar puesto en los negocios de la gobernación. Otros sólo querían conocerme, o hablarme, o tratar conmigo sobre encomiendas del señor Carranza. También había algunos que venían a comunicarme encargos de generales que operaban en varias partes de la República. Cuando estaba yo en Ciudad Juárez, allí me visitaban todos aquellos señores, y desde que las comunicaciones con Chihuahua fueron regulares y seguras, hasta Chihuahua me traían ellos su visita.

De parte del Primer Jefe se me presentaron tres señores viejitos, llamados don Nicéforo Zambrano, don Manuel Amaya y el otro de nombre que no me recuerdo, que venían a indagar cómo andaba la situación financiera en los territorios dominados por la División del Norte. Los tres señores aquellos eran hombres canosos y de muchas barbas blancas. Cuando supe la mira de su encargo pensé entre mí:

«Los Reyes Magos que me manda el Primer Jefe no vienen a ofrendarme ningún tesoro, sino a ver cuál me quitan».

Me decían ellos:

—Señor general, no es bueno que se alargue usted mucho en la emisión de su papel moneda. Con eso vendrán luego graves complicaciones para el gobierno de nuestra República. Use, señor, los billetes que le manda la Primera Jefatura y aténgase a ellos para sus gastos, más lo que saque como fruto en el progreso de sus campañas.

Les respondía yo:

—Señores, yo empecé esta guerra sin más recursos que nueve hombres. Tocante a dinero, no dispuse sino de los pocos pesos que a mí me quedaban, los que me prestaron mis hermanos y los que en su buen ánimo me dio don José María Maytorena. Si yo hubiera pensado entonces en los conflictos que mi acción podía crearle a la República, en este momento no sería yo dueño del estado de Chihuahua, ni estaría a punto de emprender mi avance hacia el sur, donde la Revolución ganará su triunfo. Señores, no conozco yo de hacienda ni de monedas, pero sí de lo que mis tropas necesitan, y del camino señalado a mi acción; y como esta guerra tenemos que ganarla, de nada me hablen ustedes si lo que me dicen me desvía de la victoria de los combates. Si ustedes no quieren que yo imprima dinero, tráiganme todo el que necesito. Y si no pueden traerme todo el que necesito, permítanme que yo lo haga y dejen sus cuentas para cuando esta guerra acabe. Porque entonces se verá lo que la República perdió en dinero y lo que ganó en otras cosas.

También vino a verme para aquel asunto un licenciado de nombre Luis Cabrera, que era persona de grandes conocimientos y de mucha civilización. Me dijo él lo que le mandaban decirme. Le expresé yo lo que yo quería. Luego me habló de lo que él pensaba. Y como comprendiera en su buena inteligencia que yo tenía razón, pues no podía negarse que llevando yo la parte central de la campaña, y estando enfrentado con los mayores ejércitos de Victoriano Huerta, yo era el hombre más necesitado de recursos, me prometió decir al Primer Jefe cómo debía surtírseme de todo. Sólo me recomendó que mientras eso se conseguía, no imprimiera yo más que la cantidad de papel indispensable para mis necesidades, y en sumas de números fijos y conocidos, y cada una para cada clase de gastos.

A un señor nombrado Gustavo Padrés, que venía de Sonora por sus enemistades con Maytorena, lo nombré presidente municipal de Ciudad Juárez. A otro, de nombre Ramón P. Denegri, también enemigo de Maytorena, no recuerdo qué cargo le di. Y así a otros, perseguidos de Obregón, como Pedro Bracamonte, al cual hice presidente municipal de Chihuahua, y Manuel Bauche Alcalde, a quien puse a publicar un periódico y Anacleto J. Girón, que recibió mando de tropas por haberme parecido valiente y conocedor de las cosas militares. Llegaron también el licenciado Federico González Garza y su hermano Roque González Garza, muy buenos hombres revolucionarios, y de mi cariño por su amor al señor Madero. Al dicho licenciado lo nombré secretario asesor de mi compadre Fidel Ávila, jefe de las armas en Ciudad Juárez, y a don Roque, su hermano, le di la presidencia del Consejo de Guerra de mi división.

XIV

Dueño Villa de todos los recursos de Chihuahua, avanza de nuevo sobre las ciudades de la Comarca Lagunera

Miguel Trillo • Enrique Pérez Rul • Los preparativos de Victoriano Huerta • Federico Cervantes • Adolfo de la Huerta • Retratos de Villa y de Carranza • Rafael Zubaran • El periódico de Martín Luis Guzmán • Roberto Pesqueira y Francisco Elías • Cisma revolucionario • «Usted es el héroe de esta guerra, señor general» • Eugenio Aguirre Benavides • Rodolfo Fierro • Raúl Madero • Santa Rosalía • Yermo

Como antes digo, eran muchas las visitas que me llegaban hasta Chihuahua. Con todas ellas, más la correspondencia y el grande número de los nombramientos, aumentaba tanto el trabajo de mi secretaría que yo vi cómo Luisito no podría ya atenderla solo. Lo llamé una mañana y le dije:

—Oiga, Luisito: si siente que el tercio es muy pesado, busque ayudantes que lo ayuden.

Él trajo entonces a un muchacho que trabajaba en la Secretaría General de Gobierno con don Silvestre Terrazas, nombrado Miguel Trillo, y luego a otro, que era profesor, llamado Enrique Pérez Rul. Con esa ayuda, pudo ya sostener la carga de aquel trabajo, y de algunos otros, pues también en mi secretaría se llevaba el manejo de las entradas y salidas de dinero, y se hacían las entregas para los haberes de las tropas, y se disponía la compra de equipo y armas y bastimento, que iba yo acumulando en espera de mi avance hacia el sur.

Era que para entonces ya tenía yo noticias de los preparativos que Victoriano Huerta hacía en Torreón propuesto a derrotarme, y quería yo que todas las providencias de mi organización se cumplieran bajo mis ojos. Es

271

decir, que en todo estaba yo, o en todo ponía los hombres más cercanos a mí y de mi mayor confianza.

Así fue como dispuse pedir al señor Carranza personal de Cananea que viniera a construir proyectiles de cañón en los talleres de Chihuahua, inquieto yo al ver que ese parque me escaseaba mucho. Según es mi recuerdo, decidí tener hasta un oficial que nombran artillero aviador, pensando que acaso me conviniera probar los aeroplanos en aquella campaña, y también lo pedí. El Primer Jefe me mandó entonces un jovencito con grado de mayor, de nombre Federico Cervantes, que al principio no fue de mi gusto, pues tan pronto como lo tuve delante me pareció un currito de la reacción y no un buen hombre revolucionario. Pero como luego viera yo que sí resultaba útil aquel muchacho, por sus conocimientos tocante a la artillería, y que era mucha su devoción por el señor Madero, y muy grande su entusiasmo por la causa de los pobres, le di cuanto le hizo falta y lo puse a trabajar.

Cuando el señor Carranza dispuso su viaje a Chihuahua, empezaron a llegar a Ciudad Juárez sus principales oficinas y los hombres políticos que las manejaban.

Un muchachito, llamado Adolfo de la Huerta, se presentó en aquella población con el cargamento de todo un tren de señores oficinistas. Venía entre ellos uno, de nombre Carlos Esquerro, al que se le entregaron por mi orden los locales de la Aduana. Como el dicho señor viera allí, en la primera de las oficinas, un retrato mío, chiquito, que alguien había colgado de aquellas paredes para lisonjearme, él, sin más, mandó quitar el retrato de donde estaba y puso otro, muy grande, del señor Carranza. Inmediatamente me vinieron a mí con el cuento; pero yo contesté:

—Señores, no hago yo ningún aprecio de los serviles del señor Carranza, ni de los míos. Además, mi retrato no se necesita en Ciudad Juárez, porque habiendo yo tomado esa plaza con ayuda de mis fuerzas, allí todos me conocen de carne y hueso y me tienen siempre en su memoria.

También llegó por entonces a Ciudad Juárez el licenciado don Rafael Zubaran, ministro de Gobernación del Primer Jefe, acompañado, según es mi recuerdo, de otro muchachito, de nombre Martín Luis Guzmán. Aquel otro muchachito vino a verme a Chihuahua. Me dijo que el señor Carranza le había dado la encomienda de hacer un periódico defensor de nuestros ideales revolucionarios, y que si lo quería yo ayudar. Le contesté que sí. Me preguntó que con cuánto lo ayudaría. Le contesté que con lo mismo con que lo ayudara el señor Carranza, y como me explicó en seguida la conveniencia de que las ayudas prometidas empezaran desde luego, le di una carta para que mi Agencia Financiera de Juárez le entregara mi primera contribución para el periódico que él iba a publicar, y también la contribución de Manuel Chao. Pero sucedió luego, que el dicho muchachito se distanció también del señor Carranza y me escribió una carta diciéndome que ya no hacía el dicho periódico, y que el dinero que yo le había dado lo dejaba en depósito en la casa comercial de Roberto Pesqueira y Francisco Elías, y que les ordenaba devolvérmelo si yo lo reclamaba o si la sociedad para el dicho periódico dejaba de formarse.

Era, según yo creo, que ya andaban muy revueltos los sentimientos de todos aquellos hombres. Cada uno que venía de Sonora, o que no había podido estar allá, por sus diferencias con Carranza, o con Maytorena, o con Obregón, llegaba a Chihuahua con mucho impulso de llevar por mejor camino los negocios de nuestra causa. Hasta había muchos que en sus rencores buscaban verse prohijados por mí: pero yo, sin negarle a ninguno mi apoyo, pues quería que se ayudaran, los desalentaba a todos en su propósito de sembrar tan grande desconcierto.

Pensaba yo: «Nuestra Revolución no llegará al triunfo si se divide, y somos nosotros, los hombres de mando, los encargados de evitar que las dichas divisiones se produzcan». Y reflexionando de aquel modo, comprendía también cómo aquello me sería muy difícil, pues apreciaba en mi ánimo que las causas de la referida división iban en aumento, sin saberse si era por los secretos designios del señor Carranza, o porque a él, y a Obregón, y a Maytorena, los cercaba la intriga de los chocolateros y perfumados que los seguían.

Para mi juicio, aquél era el yerro de las muchísimas fiestas y tertulias a que se había entregado en Sonora nuestro Primer Jefe. Creyendo los que lo rodeaban que nuestra Revolución ya tocaba su triunfo, no pensaban tanto en la lucha que hacíamos, cuanto en la repartición de la ganancia. Por eso se encelaban y se combatían, y por eso buscaban que los que mandábamos nos enceláramos y nos combatiéramos.

Me decía el licenciado Vasconcelos, un señor, de ese nombre, que vino a verme no recuerdo bien si por aquellos días o después de la toma de Torreón:

—Usted es el héroe de esta guerra, señor general, y creo yo que por eso llevan buen camino las esperanzas de nuestra patria. Los pueblos de todo el mundo no se han movido nunca más que dirigidos por la acción de sus héroes. Hay héroes de los combates, hay héroes de la ciencia, hay héroes de la política y de las religiones. Usted es el héroe de nuestra Revolución. Por usted ganaremos y en usted verá el pueblo el hombre responsable de que los sacrificios de tantos buenos revolucionarios muertos no se malogren.

Comprendía yo bien, por el contenido de aquellas palabras, que el dicho licenciado me consideraba superior a Carranza y a todos los otros jefes revolucionarios, o quería que así me considerara yo, y que me aconsejaba que me pusiera yo por sobre ellos. Pero yo no me deslumbraba con aquellos resplandores, sino que sólo veía que aquel licenciado Vasconcelos era enemigo del señor Carranza y hombre un poco hablador. Como supiera de él, además, que mientras nosotros nos matábamos en México, él, entregado a los amores de una mujer que lo embargaba, esperaba en los Estados Unidos el triunfo de nuestra causa, menos aprecio hacía yo de sus consejos.

Le decía yo:

—Señor, los héroes de esta guerra no somos nosotros. Son mis muchachitos, que mueren de las balas en los combates, para que nosotros ganemos la libertad.

Mas, de todos modos, los brotes de aquella división, según supe luego, empezaban a propagarse hasta el ánimo de algunos de mis hombres más firmes, y cuando así no fuera, ya se incubaban entre ellos malquerencias que rendirían su fruto llegada la hora de la división que indico.

Juzgo que así ocurrió con Eugenio Aguirre Benavides. Yo le había ordenado venirse a Chihuahua con sus fuerzas, pues como conocedor que era él de la comarca de la Laguna, donde había operado antes de mi primer ataque y toma de Torreón, sabía yo de seguro que allí me sería muy útil. También en Chihuahua estaba conmigo Rodolfo Fierro, a quien Aguirre Benavides miraba con malos ojos desde la muerte de un buen muchacho revolucionario apellidado García de la Cadena. Y sucedió en Chihuahua que Rodolfo Fierro, por rencillas personales, tuvo un encuentro con un oficial del estado mayor de Eugenio Aguirre Benavides y lo mató. Viene a verme Aguirre Benavides y me dice:

—No es de ley, señor, que Rodolfo Fierro coja en abandono a mis oficiales para matarlos a mansalva. Acaba de matarme uno. Yo pido que se le castigue.

Por aquellas palabras vi que acaso Aguirre Benavides tuviera razón en su demanda de justicia; de modo que lo traté con muy buen cariño para calmarlo. Porque sabiendo yo lo muy útil que me era Rodolfo Fierro a la hora de los combates, no me sentía con ánimo de perderlo.

Aguirre Benavides, que era hombre de mucha ley, no se conformó con las caricias mías, sino que insistió en sus demandas con muy grande vehemencia. Le dije yo entonces:

—Muchachito, tal vez tenga usted razón, tal vez Rodolfo Fierro haya cometido esa muerte sin causas de justicia. Cuando así sea, oiga mis palabras, que se las digo como a hombre militar. ¿Usted espera que por una muerte mande yo fusilar a Fierro, sabedor de lo mucho que él hace en las batallas? Porque no siendo el fusilamiento, ¿qué otra pena habíamos de aplicarle? Además, muchachito, cuando los tiempos cambien y yo tenga que volverme a la sierra, ya verá usted cómo Rodolfo Fierro y sus compañeros se van allá conmigo, mientras que usted y sus oficiales me abandonarán.

Nada contestó Aguirre Benavides a esas palabras mías. Pero tan descontento quedó en su ánimo, que otro día siguiente, al llevar al panteón su oficial muerto, su brigada hizo por las calles de Chihuahua muy grande manifestación de duelo. Yo entonces me enojé, seguro de que aquellos pasos no nos convenían ni como buenos militares ni como hombres revolucionarios. O sea, que le quité al dicho Aguirre Benavides el mando de la Brigada Zaragoza y se lo di a Raúl Madero, que desde la toma de Ojinaga andaba conmigo sin tropas a sus órdenes.

Pero sucedió entonces, estando ya Aguirre Benavides dispuesto a irse a Sonora en busca del Primer Jefe, que Raulito vino a decirme cómo aquel cambio de mandos no convenía, y cómo era mejor que Eugenio siguiera al frente de la brigada, y que con una plática de los tres todo quedaría arreglado.

Así fue. Celebramos junta. A ella asistieron Eugenio, Luisito, Raúl y yo. Eugenio me expresó la verdad de sus buenos sentimientos hacia mí y hacia mi división. Yo le expuse que las cosas de la guerra no son semejantes a las de los hombres particulares. Y pronto y bien convencido él de que mi modo de entender el mando era siempre en beneficio de la causa del pueblo, lo puse otra vez al frente de su brigada y le dejé como segundo a Raúl.

Creo yo ahora, por lo que luego supe, que no fue aquél un arreglo conveniente. Eugenio no dejó de echar algunas habladas contra Fierro, y contra mí porque lo consentía, según se acercaban a contarme; y aun cuando yo no quise prestar oído a las palabras suyas que me alcanzaban, comprendí después que desde ese momento el ánimo de aquel hombre se había distanciado mucho del mío.

Llegó la hora de mi avance hacia el sur. Dispuse la marcha a mediados de aquel mes de marzo de 1914, cuando ya el Primer Jefe había salido de Sonora en su travesía a caballo rumbo a Ciudad Juárez.

Salieron delante de mí, todas en sus trenes, las fuerzas de Maclovio Herrera, de Toribio Ortega, de Eugenio Aguirre Benavides, de Orestes Pereyra, de José y Trinidad Rodríguez, de Miguel González y de Martiniano Servín. Un poco antes que mi tren, habían también salido de Chihuahua los dos trenes de la artillería, con veintiocho cañones y cerca de dos mil granadas, más el tren del Servicio Sanitario. Aquel servicio lo tenía muy en orden el coronel Andrés Villarreal, doctor de ese nombre y persona de muy grande esfuerzo y muchos conocimientos.

En mi tren, que salió de Chihuahua cerca de las siete de aquella tarde, iba conmigo el señor general Felipe Ángeles, comandante ya de toda mi artillería; venían mi escolta y mi estado mayor, y Luisito y los empleados de mis oficinas, y el carro del Consejo de Guerra. También iban allí las ametralladoras y los automóviles, y los carros de armamento, de equipo y de parque.

Nos amaneció el día 17 en Santa Rosalía de Camargo. Mandé que se detuvieran todos los trenes. Me recibieron los vecinos de la población con grandes aclamaciones y cariñosos aplausos, y aunque me tenían preparadas muchas fiestas, para celebrar el avance de mis tropas hacia sus nuevos triunfos, yo, pendiente de mi deber, no quise aceptar más que un baile y una comida, y eso por no herir el ánimo de gentes que me acogían con tanto cariño.

Aquel día pasé en Camargo revista a las tropas de don Rosalío Hernández, que allí se me incorporaron, y otro día siguiente continué mi marcha hacia el sur, llevando como avanzada las fuerzas de Maclovio, que obedecía sin descanso los impulsos de su impaciencia.

Dejé en Escalón el tren del Servicio Sanitario. El tren mío llegó como a las seis de aquella tarde a la estación que nombran Estación Yermo. Allí estaba ya concentrada y lista para el avance la gente de todas mis brigadas. Los efectivos y los jefes de aquellas fuerzas los voy a decir: la Brigada Villa, con 1 500 hombres, al mando del general José Rodríguez; la Brigada Benito Juárez, con 1 300 hombres, al mando del general Maclovio Herrera; la Brigada Zaragoza, con 1 500 hombres, al mando del general Eugenio Aguirre Benavides y del coronel Raúl Madero; la Brigada González Ortega, con 1 200 hombres, al mando del general Toribio Ortega; la Brigada Cuauhtémoc, con 400 hombres, al mando del coronel Trinidad Rodríguez; la Brigada Madero, con 400 hombres, al mando del coronel Máximo García; la Brigada Hernández, con 600 hombres, al mando del general Rosalío Hernández; una fracción de la Brigada Juárez de Durango, de 500 hombres, al mando del coronel Mestas; la Brigada Guadalupe Victoria, de 500 hombres, al mando del coronel Miguel González; la artillería, al mando del general Felipe Ángeles y de los coroneles Martiniano Servín y Manuel García Santibáñez, formada por dos regimientos de tres baterías cada uno, más los cañones *el Niño* y *el Chavalito*, montados en sus plataformas.

Contemplando aquellas fuerzas tan numerosas, y las que todavía habían de unírseme en la Laguna, pensaba yo:

«Es verdad que no son pocos los hombres que me siguen, y que su formación es de tropas bien organizadas, y que traigo muy buena artillería, dirigida ahora en sus movimientos por un gran general artillero que la sabrá usar. Pero también es verdad que Victoriano Huerta ha acumulado en Torreón el más grande número de sus traidores, y su artillería mejor, y los mejores jefes y generales de sus ejércitos, pues sabe él muy bien cómo en Torreón encontrará la muerte el gobierno de los usurpadores, y cómo allí sus hombres militares tienen que defenderse hasta morir, para que el dicho gobierno se salve».

De este modo se me transparentaba bien en mi ánimo cómo la pelea de la Laguna sería de muy grande furor, pues se cifraba en sus resultados la caída de Victoriano Huerta o el retroceso de nuestra causa, y sentía yo que mi deber de militar revolucionario me obligaba al logro de aquel triunfo, aunque me costara la vida.

Mas lo digo por ser cierto: yo no pensaba en mi vida ni en mi muerte. Pensaba sólo en mi deber; miraba todos aquellos trenes cargados de hombres que me obedecían; consideraba las providencias que debía yo tomar para ganar la victoria sin que la batalla obrase entre toda aquella gente grandes derramamientos de sangre.

XV

Rechaza Pancho Villa las avanzadas federales de la Laguna y se apresta al ataque de Sacramento y Gómez Palacio

Tlahualilo, Bermejillo y Mapimí • Eugenio Aguirre Benavides y Tomás Urbina • El sentimiento humanitario • José Refugio Velasco y Felipe Ángeles • «Un hablador de esos que ya no se usan» • El coronel Borunda • Sacramento • Rosalío Hernández • La línea de Monterrey • Abdón Pérez • Un juicio sumarísimo • Los mil quinientos hombres ocultos en los quince trenes • Una arenga de Villa

Al amanecer otro día siguiente extendí mis tropas en formación que llaman de línea desplegada, y de esa manera inicié mi avance sobre el enemigo, dispuesto yo a llegar ese mismo día hasta Conejos. Así fue. Nuestras avanzadas no tropezaron con ninguna resistencia: estábamos en Conejos antes de las cinco de aquella tarde, 19 de marzo de 1914, y esa misma noche, contra los embarazos del mal tiempo, llegaba a la dicha estación la artillería, más los otros trenes que antes habíamos dejado a la retaguardia.

Sabiendo yo en Conejos, por los correos que me llegaban, cómo las avanzadas del centro enemigo se hallaban en Peronal, sobre la vía por donde me les acercaba, y su izquierda en Mapimí, y su derecha en Tlahualilo, reuní a los jefes de mis brigadas y les dicté mis providencias para el avance. Yo les dije:

«Señores, si somos todos de un solo parecer, seguiremos nuestra marcha conforme amanezca. Por la izquierda avanzará el señor general Eugenio Aguirre Benavides con las brigadas Zaragoza, Cuauhtémoc, Madero y Guadalupe Victoria: su misión es apoderarse del pueblo de Tlahualilo. Por el centro y nuestra derecha próxima avanzaremos los demás, con todas las otras brigadas aquí reunidas: nuestra misión será empujar desde Peronal las avanzadas enemigas y seguir hasta adueñarnos del pueblo de Bermejillo. Por nuestra derecha lejana avanzarán los dos mil hombres de la Brigada Morelos, al mando del señor general Tomás Urbina, que ya viene con esa consigna desde su campamento de las Nieves: su misión será tomar el pueblo de Mapimí».

Así se hizo. Otro día siguiente a las cinco de la mañana empezó la ejecución de todo aquel movimiento. Formaban las avanzadas de mi centro mi propia escolta y mi estado mayor, que persiguieron y aniquilaron ese mismo día los ochenta o cien rurales destacados en Peronal, estación que así se nombra. Nosotros tuvimos un solo herido en aquella acción, y sólo seis o siete tuvimos que sufrir, más un capitán y dos soldados muertos, cuando poco después nuestras tropas trabaron tiroteo con los rurales que guarnecían Bermejillo. De los dichos rurales, que eran como trescientos, ciento seis cayeron en el combate, y los demás se dispersaron rumbo a Gómez Palacio, perseguidos por mis fuerzas. Así avanzamos aquella tarde hasta la hacienda que se nombra Hacienda de Santa Clara, ya al sur de Bermejillo, donde puse mi cuartel general. Y como al mismo tiempo de nuestro avance habíamos venido reparando la vía, hasta Bermejillo llegaron también ese día todos mis trenes militares.

Mientras se consumaba la marcha de mi centro y parte de mi derecha, Eugenio Aguirre Benavides y mi compadre Tomás Urbina iban al cumplimiento del deber que yo les había señalado. Eugenio Aguirre Benavides se apoderó de Tlahualilo en ataque de mucha furia y, según yo creo, con movimiento de grande pericia, pues logró su hazaña sobre los traidores haciéndoles cerca de sesenta muertos y sin sufrir él más que catorce bajas, entre muertos y heridos. Las fuerzas de mi compadre Urbina pasaron de Pelayo, pasaron de Hornillas, pasaron de Cadena, tres pueblos que así se nombran, y se echaron encima de Mapimí. Y sucedió entonces, que viendo el enemigo cómo no nos deteníamos delante de su centro, ni de su derecha, sintió el peligro de que su guarnición de Mapimí se viera cortada, y de que pudiéramos cogérsela y aniquilársela; de modo que abandonó aquella plaza con la grande prisa del miedo y ordenó que la dicha guarnición se recogiera hasta Gómez Palacio siguiendo los cordones de la sierra.

En Bermejillo me dice aquella tarde el general Felipe Ángeles:

—Mi general, según yo creo, es acto de nuestro deber pedir al general Refugio Velasco la entrega de Torreón y demás poblaciones de la Laguna.

Yo le contesto:

—¿Para qué meternos en tantas agencias, señor general?

Pero como me respondiera él que así nos lo mandaban nuestros sentimientos humanitarios, pues, según comprendíamos, iba a ser mucho el derramamiento de sangre en aquellas acciones, vi yo claro que tenía razón. Nos comunicamos, pues, con el teléfono de Torreón, pidiendo plática con el general Velasco, y él y Ángeles se expresaron entonces con las siguientes palabras:

—Buenas tardes, señor general Velasco.

—Buenas tardes, señor general Ángeles. ¿De dónde me habla usted?

—De Bermejillo, señor general.

—Pero ¿ya tomaron ustedes Bermejillo?

—Sí, señor general.

—Pues los felicito por su nuevo avance.

—Gracias, señor general.

—¿Y les hicieron muchas bajas mis soldados?

—Casi no nos hicieron ninguna, señor general. Por eso le hablo desde aquí, cumpliendo con un deber, y le digo que ahorraríamos muchas vidas de hombres mexicanos si ustedes, viendo cómo no podrán nunca contenernos en nuestro avance, deciden entregarnos esas plazas que ahora ocupan.

Contestó entonces el dicho general Velasco:

—Un momento, señor general. Voy a cavilar sobre sus palabras, no sea que me parezcan inútiles.

Le pregunta Ángeles:

—¿Que son inútiles mis palabras?

Velasco le dice:

—¿Que son inútiles?

Le dice Ángeles:

—Eso es lo que yo pregunto.

Y fue que Refugio Velasco ya no quiso responder, sino que puso en el teléfono a uno de sus coroneles, el cual expresó cómo éramos los revolucionarios los que debíamos rendir las armas en beneficio del gobierno de Victoriano Huerta. Y así se cortaron las pláticas de la rendición.

Mas como de allí a un rato volvió a repicar el timbre del teléfono, yo, queriendo proteger de algún disgusto al señor general Ángeles, cogí el aparato para responder. Hablamos entonces yo y la persona que nos llamaba desde los campos enemigos. El contenido de nuestras palabras fue éste:

—¿Con quién hablo?

—Con Francisco Villa, señor.

—¿Con Francisco Villa?

—Sí, señor. Con Francisco Villa.

—Muy bien. Pues para allá vamos dentro de un momento.

—Pasen ustedes, señores, que serán recibidos con cariño.

—Pues prepárennos la cena.

—Señor, yo creo que no dejará de haber quien les venda de comer.

—Ya le digo: para allá vamos.

—Muy bien, señor. Y si no quieren molestarse sus mercedes, nosotros iremos en su busca. Porque nosotros, señor, no hemos andado tantas tierras más que por el gusto de pasar a verlos. Ya va para mucho tiempo que yo y mis hombres revolucionarios nos fatigamos de ir a dondequiera que ustedes se posan.

—¿Y son ustedes muchos?

—No tantos, señor: dos regimientos de artillería y diez mil muchachitos, que aquí les traigo para que se entretengan.

Y aquella persona me dijo entonces, con arrogancia de mucha grosería, y no con el ánimo sereno de un buen hombre militar, que ya salían ellos de Torreón, y que ya venían a desbaratarnos en Bermejillo. De modo que yo también le contesté con palabras descompasadas. Le dije yo:

—Usted, señor, ha de ser uno de esos habladores que ya no se usan. Según yo creo, no sabe lo que es el verdadero trato de los hombres, pero viva seguro que yo lo he de agarrar y entonces le inculcaré las enseñanzas de la guerra.

Y le cerré el teléfono y lo dejé sin manera de contestarme.

Nos amaneció aquel 21 de marzo de 1914 entregado yo a mis trabajos de organización para el nuevo avance. Supe desde aquella hora que mi compadre Tomás Urbina, con fuerzas al mando del coronel Borunda, había ocupado Mapimí, y que el resto de su gente venía acercándose a marchas forzadas, para incorporárseme. Además de esto, mis comunicaciones hacia el norte, de telégrafo y de ferrocarril, no tropezaban ya con el menor obstáculo.

Como sólo esperaba yo tales noticias para continuar el desarrollo de mi acción, en seguida dicté mis nuevas providencias, que fueron de esta forma: orden a mi compadre Urbina de que la Brigada Morelos marchara en línea desplegada hacia Santa Clara, adonde debía llegar a la mañana siguiente, para incorporarse allí a la retaguardia de mi centro; orden a Eugenio Aguirre Benavides de seguir su avance por la izquierda hasta el punto que se nombra Hacienda de Sacramento, y tomarlo a toda costa, con apoyo de la artillería de montaña.

Es decir, que había yo venido levantando al enemigo desde su primera línea, tirada de Tlahualilo a Bermejillo y Mapimí, y ahora, con ayuda de los cordones de la sierra a mi derecha, iba a desbaratarle su nuevo frente, de San Pedro de las Colonias a Sacramento y Gómez Palacio.

En este nuevo avance empezamos a sentir cómo estaban decididas a cortarnos el paso las tropas de los usurpadores, pues habiendo empezado el ataque de Sacramento antes de las seis de la tarde, todavía a la medianoche seguían los combates en pelea de mucha furia. Sabía yo, por los correos que me llegaban de allá, que el enemigo se hacía fuerte en las casas centrales, y en la iglesia, y que allí se sostenían y desbarataban las embestidas de los nuestros. Era que había recibido el refuerzo de Juan Andreu Almazán con toda la guarnición de San Pedro de las Colonias, y que, a más de esta peripecia, la artillería de montaña, que según antes indico, había yo dado a Eugenio Aguirre Benavides, no entraba bien en juego por los deterioros sufridos en la marcha, y porque nuestras bombas de dinamita no estallaban.

Llamé a don Rosalío Hernández y le dije:

—Señor general, sale usted ora mismo a dar su ayuda a Eugenio Aguirre Benavides, que lucha con grande ánimo en Sacramento. Nuestro triunfo va cobijado bajo la rapidez de su acción.

Lo cual hice yo, sabedor de que Aguirre Benavides no estaba pidiéndome refuerzos, pues su vergüenza era mucha, pero sabedor también de que yo necesitaba la caída de Sacramento para favorecer mi ataque sobre Gómez Palacio, y seguro de que, contando con Sacramento, contaba con la línea del Ferrocarril Central de Torreón a Monterrey, por donde el enemigo podía recibir refuerzos, o por donde podía intentar su retirada. En previsión de esto último, ya desde Bermejillo había yo repetido a Pablo González mi súplica de que levantara las vías de aquella línea, y él otra vez me lo prometió, pero yo temía que no lo hiciera, como no lo hizo, según después vino a saberse.

Durante aquella estancia mía en Bermejillo se presentó a mis fuerzas un oficial federal, de nombre Abdón Pérez, que había sido pagador de las fuerzas huertistas de Torreón. Me dijeron que pedía hablar conmigo. Lo recibí. Me dijo que se había desertado. Le pregunté que por qué. Me dijo que por repugnancia de Victoriano Huerta y por su entusiasmo hacia la causa del pueblo. Le pregunté que cómo si odiaba tanto la Usurpación había servido hasta ese momento en aquellas filas. Me dijo él entonces:

—Mi general, los hombres no hacemos siempre lo que la voluntad nos manda, sino lo que la vida quiere que hagamos.

Y descubriendo yo por aquellas palabras el acento de su sinceridad, y recordándome de que yo también muchas veces, queriendo hacer cosas buenas, había tenido que hacerlas malas, le contesté en seguida:

—Muy bien, muchachito: oigo lo que me dice. Se queda conmigo desde ahora; voy a nombrarlo oficial de mi estado mayor. Calculo que es usted hombre de valentía, de inteligencia y de conocimientos. Allá usted si me engaña.

Me añadió él entonces:

—Mi general, también otra cosa le quisiera decir. Ya para desertarme, tuve que enterrar las cantidades de dinero que se hallaban bajo mi custodia. Eran fuertes sumas, todas en monedas de oro. Yo le prometo, mi general, que no las escondí en beneficio de mi persona, sino para ayuda de los hombres revolucionarios que andan en la lucha por la justicia. Conforme entremos a Torreón usted me ordenará lo que hago con ese dinero.

Y quiso confiarme allí mismo, o confiárselo a alguno de los hombres que venían conmigo, cuál era el lugar donde se ocultaban los fondos de su pagaduría, mas le dije yo que no, que entre varios hombres, la carga de aquellas confidencias era peligrosa, y que mejor guardara él el secreto como cosa suya hasta la toma de la plaza.

En Bermejillo mis soldados cogieron también un hombre, de oficio cerrajero, que había hecho entregas de gente revolucionaria a las tropas de la Usurpación. Por denuncia de él, muchos buenos partidarios nuestros habían sido martirizados y mutilados antes de sufrir la pena de muerte. Mandé que el Consejo de Guerra juzgara aquel hombre por el procedimiento que nombran de juicio sumarísimo y que inmediatamente lo fusilaran.

A las cinco de la mañana de otro día siguiente, 22 de marzo, las fuerzas de mi centro prosiguieron su avance sobre la línea del ferrocarril. La consigna era que el grueso de todas aquellas tropas había de concentrarse en Santa Clara, donde ya estaban mis avanzadas, según antes indico, y que allí me presentaría yo luego para dictar las providencias del ataque.

Así fue. Pero advirtiendo a poco, según salían de Bermejillo aquellas tropas, que el bulto de su número no correspondía a los efectivos de verdad, mandé que me aclararan el misterio. Dispuse que los soldados de mi escolta registraran los quince trenes de la división, con orden de sacar de allí, y formar junto a la vía, todos los hombres útiles y armados que encontraran. Los hombres que así encontramos ocultos, bien armados y municionados, no bajaban de mil quinientos. Ordenados ellos en filas, me les puse delante y les dije:

«Muchachitos, estamos aquí para el ataque y toma de Torreón. Esa hazaña no se consumará si nosotros, los hombres revolucionarios, no tenemos bastantes fuerzas con que combatir el numeroso ejército que allí tiene acumulado Victoriano Huerta. ¿Venían ustedes bajo mi mando para malograr el uso de mis armas, o para aprontarlas contra el enemigo? A nadie arrastro yo a las batallas, así sea en defensa de la causa del pueblo. Pero tampoco le perdono a nadie que tome las armas de mi mano, y que reciba paga, y equipo, y bastimento, por la promesa de su ayuda, y que luego abandone su deber conforme el enemigo aparece. Eso es acto de traición. Muchachitos, los que estén dispuestos a morir peleando que den un paso al frente. Los que no quieran pelear que no den el dicho paso. Yo les prometo que no verán al enemigo, porque en ese mismo lugar donde ahora están, en ese mismo serán fusilados».

Y lo que sucedió fue que todos dieron el paso al frente, porque así es el ánimo de muchos de los hombres de un ejército grande, que más pelean por temor del oficial que los vigila, que por amor de la causa que protegen.

Sin pérdida de tiempo organicé a seguidas aquellos mil quinientos hombres en tres batallones, de los cuales dejé uno en Bermejillo, para que guarneciera el dicho pueblo, y subí los otros dos en el tren de mi cuartel general y salí con ellos para Santa Clara.

XVI

Pancho Villa se adueña de Sacramento y Ciudad Lerdo y se dispone a la toma de Gómez Palacio

Sacramento • Trinidad Rodríguez • Máximo García • Los efectivos de José Refugio Velasco • Unas providencias que fracasan • Abdón Pérez • Saúl Navarro • Maclovio Herrera y su estado mayor • Una carga de Pancho Villa • Gustavo Bazán • El Vergel • Juan Andreu Almazán • La toma de Lerdo • Domingo Arrieta • Calixto Contreras • Severino Ceniceros • José Isabel Robles

Antes de mi salida de Bermejillo recibí noticias de cómo progresaban las operaciones sobre Sacramento, donde ya se habían unido para la pelea la gente de don Rosalío Hernández y la que mandaba Eugenio Aguirre Benavides. Según me informaban, los combates seguían allá trabados con mucho encono. Porque sucedió, cuando más comprometido estaba Juan Andreu Almazán, que acababan de llegarle grandes refuerzos de Torreón, con los cuales intentaba romper la línea que Aguirre Benavides le tenía puesta para cercarlo.

Trinidad Rodríguez, que por aquella hora llegó de Sacramento con dos balazos en el cuerpo, me hablaba así sus palabras:

—Siento las heridas, mi general, que me apartan del combate, pero más me aqueja el duro castigo que está resintiendo mi brigada. Cuando así sea, no me mire como mal vaticinio. Tal como se presenta la lucha, no pasará el día de hoy sin que aquella plaza nos pertenezca.

Y me confirmaba aquellas noticias Máximo García, a quien también trajeron de allá, en más grave estado que el otro, pues venía con un balazo en el vientre.

O sea, que mirando yo, por los heridos que me llegaban, cómo no era fácil la hazaña de Eugenio Aguirre Benavides, veía también, por lo que me decían ellos, que la dicha hazaña se consumaría.

Salí para Santa Clara con buen conocimiento de los efectivos federales, aunque no tan bien informado tocante a sus posiciones. Sabía yo que con Refugio Velasco, que había puesto en Gómez Palacio su cuartel general, estaban los generales Ricardo Peña, Eduardo Ocaranza y Benjamín Argumedo, tres hombres de grande valor, y que otro hombre de la misma ley para las ocurrencias militares, nombrado Federico Reyna, seguía allí al frente de sus fuerzas voluntarias. Los soldados enemigos, entre federales y traidores, no bajaban de diez mil. Tenían doce cañones, con enorme provisión de granadas. Tenían mucha cantidad de bastimento. Tenían ametralladoras emplazadas en fortificaciones de obra permanente. Y confirmaban mis noticias que Velasco disponía, en muy grande número, de muy buenos oficiales para el manejo de sus cañones.

Llegando yo, dicté las órdenes para el ataque a Gómez Palacio. Allí era el punto donde el enemigo, que se replegaba delante de mi avance, había reconcentrado toda su izquierda y todo su centro, para lo cual acababa de destruir la vía al sur de Noé, estación de ese nombre, hacia donde mis trenes se acercaban. Las órdenes mías contenían esto: el ala derecha, formada por las fuerzas de Maclovio Herrera y Toribio Ortega, avanzaría en línea de tiradores en un frente de cinco kilómetros; mi centro, formado por la artillería y los dos batallones que acababa yo de organizar en Bermejillo y que había puesto bajo el mando del teniente coronel Santiago Ramírez, seguiría la línea del ferrocarril; mi ala izquierda, compuesta de la Brigada Villa y la Brigada Juárez de Durango, avanzaría también en formación de tiradores en otro frente de cinco kilómetros. Mandé, además, que los trenes del cuartel general, los del servicio sanitario y los de provisiones hicieran alto en Noé mientras se reparaba la vía. Dispuse también que conforme estuviéramos a cuatro kilómetros de la población todas las tropas desmontaran, para encadenar la caballada, y que ya de infantería, seguiríamos el avance al amparo de nuestros cañones.

A las seis de aquella tarde divisamos el enemigo en las afueras de la ciudad; vimos cómo se acogía a las defensas que tenía preparadas. Y lo que sucedió fue que, retrasada en una hora parte de nuestra marcha, la artillería enemiga abrió el fuego desde lugares ocultos y antes de que la nuestra pudiera funcionar de acuerdo con mis órdenes; y encendiéndose con eso el ánimo de todas las tropas, no fue posible contenerlas, sino que se me soltaron de la mano en su impaciencia de emprender el ataque. De este modo, sin desmontar ni esperar nuevas providencias, y primero al trote, luego al galope y luego a toda rienda, los hombres de mis brigadas se lanzaron en asalto como de frenesí, el cual los llevó, bajo el fuego de los cañones y las ametralladoras enemigas, hasta las primeras casas de Gómez Palacio.

Se entabló entonces una pelea encarnizada que les hacía bajas a ellos, pero que más bajas nos causaba a nosotros, porque íbamos en avance descubierto y porque muchos de los soldados de mi centro, mal conocedores de la guerra, pero con el impulso de su furor, no obedecían siquiera las órdenes de espaciarse. La primera granada federal mató aquella tarde a Abdón Pérez, el pagador que había dejado oculto en Torreón el oro de su pagaduría. La segunda granada hirió a Saúl Navarro, teniente coronel de la Brigada Villa, y a varios de los soldados que iban cerca de él. Pero en verdad que, aumentando a cada momento las bajas que nos causaban los enemigos, pues eran muy certeros sus fuegos y de direcciones muy bien concertadas, más recrecía el combate, por el mucho ánimo de pelea en que andaba arrebatada mi gente. Mirándola, consideraba yo entre mí: «En los planes de la guerra tantos trastornos puede causar el mucho valor como la mucha cobardía». Y me enajenaba de cólera viendo cómo nuestros cañones no podían siquiera disparar, pues parte de mis muchachitos, en su inocencia, andaban ya metidos entre las casas, lo que malograba los blancos de las piezas nuestras.

En aquella primera peripecia mi centro y mis dos alas sufrieron setenta muertos y cerca de doscientos heridos, y más muertos todavía, y más heridos, nos hicieron los enemigos en los combates de la noche. Esto último sucedió porque las fuerzas de Maclovio Herrera, y él mismo con su estado mayor, quisieron echarse tanto sobre el enemigo, que sufrieron por varias horas los cañonazos que les mandaban desde el cerro nombrado de la Pila. Y como aquélla es una buena defensa natural de Gómez Palacio, y como los disparos del dicho fuego venían dirigidos con mucha pericia, las fuerzas de Maclovio se hallaron en graves aprietos. Lo dejaron a él sin caballo y casi le acabaron su estado mayor, cuyos oficiales le mataban, o se los herían.

Nació de allí que a la mañana de otro día siguiente la pelea se propagase tan dura como a las pocas horas de empezarla. Nuestros muertos no bajaban de 125 y nuestros heridos de 315, entre éstos, de modo grave, un teniente coronel apellidado Triana, jefe del estado mayor de Maclovio Herrera. Mas también es verdad que ya para esa hora el general Ángeles había emplazado nuestra artillería en San Ignacio, el cerro, de ese nombre, que allí se encuentra a la derecha del Ferrocarril Central, más abajo del Vergel. Allí tenía varias baterías al mando de Martiniano Servín, más otra mandada por Manuel García Santibáñez, y él mismo ordenaba los disparos de otros cañones puestos más cerca del enemigo por el lado izquierdo de la dicha vía.

Yo comprendí entonces que eran muy poderosas las posiciones enemigas de Gómez Palacio, por lo cual llamé a Maclovio Herrera y le dije:

—Señor general, mientras nosotros sostenemos aquí este frente y nuestra artillería bombardea el cerro de la Pila, la Jabonera, la Casa Redonda y las posiciones atrincheradas del norte de la ciudad, alargue usted su línea por la derecha hasta atacar Ciudad Lerdo y tomarla.

Y Maclovio Herrera, sin ignorar que aquella maniobra iba a resultarle muy peligrosa, encadenó su caballada al pie del cerro de San Ignacio y salió al cumplimiento de mis órdenes con grande valor. Pero sucedió que al dictar yo la dicha providencia me engañé. Porque el fuego de nuestros cañones, siendo certero, no lograba contener el del enemigo, y la acción de mi centro, que yo mismo dirigía, no estorbaba ninguno de aquellos movimientos. De modo que salieron ellos al ataque de Maclovio, en lugar de esperarlo, y avanzaron en número de fuerzas superior a las que él llevaba, y yo vi y comprendí cómo salían con ánimo de flanquearlo y desbaratarlo, y cómo buscaban echársenos encima con grave peligro para toda nuestra artillería. Entonces, tratando yo de reparar mi yerro, y de hacer posible que Maclovio fuera al cumplimiento de mis órdenes, no pensé en más, sino que me eché sobre la caballería enemiga, seguido de Jesús Ríos y toda mi escolta; y fue mi carga de tanto furor que no nos detuvieron las balas en que quisieron envolvernos, ni nos pararon sus embarazos, sino que llegamos hasta donde aquellas fuerzas estaban, y las desbaratamos, y las hicimos huir en dispersión, con lo cual desapareció el riesgo que nos amagaba y se consiguió que Maclovio Herrera se acercara a Ciudad Lerdo en busca de buenas posiciones.

En aquella carga, según luego se dijo, murió Federico Reyna, el coronel de que antes hablo como jefe de los voluntarios huertistas. ¿Y cómo no, señor, si fue encuentro de mucha mortandad, en que esperaron ellos con todo valor el golpe de nuestra arremetida, y si tanto se expusieron allí a morir los jefes y oficiales, como los soldados de tropa? Según yo creo, nuestra carga dio un espectáculo digno de verse, y fue de honra haber formado parte de ella, porque paralizamos en su acción amenazadora al ejército enemigo, que ahora aprendería a medirse más en sus pasos.

Que así fuera o no fuera, los combates de toda la mañana siguieron muy encarnizados; y como me pareciese entonces que al enemigo le llegaban refuerzos por aquel frente, ordené el repliegue de mis líneas hasta el Vergel. Pensaba yo: «Hay que esperar la noche para que Maclovio se apodere de

Lerdo. Hay que aguardar a que se resuelva la acción de Sacramento y a que vengan en mi ayuda las tropas de Aguirre Benavides y Rosalío Hernández».

Yendo en nuestra retirada, vi un jovencito que seguía a pie el paso de mi caballo. Ahogaba tanto el calor y se sentía tanto la sed de la batalla, que me compadecí de él. Yo le dije:

—¿Y usted quién es, muchachito?

Él me contesta:

—Soy el mayor Gustavo Bazán, mi general.

—¿Cuáles son sus fuerzas?

—Pertenezco a las de mi general Felipe Ángeles, mi general.

—¡Señor! ¿Y por qué viene usted aquí?

—Llegué de Sonora esta mañana para incorporarme en el Vergel, mi general.

—¿Y por qué no se incorporó usted allí con la artillería?

—Porque supe que mi general Ángeles andaba en el frente reconociendo las líneas, y mi deber me mandaba presentármele.

Seguro yo de que aquello era verdad, pues muy cerca de nosotros venía Felipe Ángeles, le dije al mayor Gustavo Bazán:

—Muy bien, muchachito. No se fatigue tanto, ya que ha cumplido con el deber. Si tiene piernas, brinque a las ancas de mi caballo, para que yo lo lleve.

Y frené allí mismo, y le di ocasión de que montara.

A poco de efectuar nosotros aquella reconcentración sobre el Vergel, recibí noticias de que Sacramento estaba ya en nuestras manos, y de que el grueso de las brigadas Zaragoza, Hernández, Cuauhtémoc, Madero y Guadalupe Victoria venían a incorporárseme.

En Sacramento el enemigo acababa de tener cerca de 300 bajas, más 40 hombres que armados y pertrechados se pasaron a nuestras filas. A nosotros nos había costado aquella acción 50 muertos, entre ellos el teniente coronel Cipriano Puente, y 100 heridos. Y como en su huida quiso el enemigo hacerse fuerte en el Porvenir, punto que así se nombra en la línea de Torreón a Monterrey, de nuevo lo habían derrotado allí los nuestros, y le habían quitado sus tres trenes de provisiones, y lo habían obligado a dispersarse rumbo a Gómez Palacio. Aguirre Benavides destruyó entonces la vía del ferrocarril desde Jameson hasta San Pedro de las Colonias y dispuso que uno de sus coroneles, de nombre Toribio V. de los Santos, ocupara con su regimiento San Pedro de las Colonias y luego siguiera hasta Hipólito aquella destrucción, para cerrar así el paso a los refuerzos que de Monterrey podían llegarle al enemigo.

Ese mismo día al anochecer acamparon en Jameson las fuerzas de Eugenio Aguirre Benavides. Yo le mandé con un oficial órdenes de que se me incorporara en mi campamento a la mañana de otro día siguiente. Le envié también, para él y su brigada, y para don Rosalío y la suya, más las otras fuerzas que con ellos habían combatido, las palabras de mi cariño y de mi aplauso. Les decía yo: «Esas tropas han consumado con el valor y la pericia de los verdaderos hombres militares toda la extensión de mis providencias. Su hazaña nos permite seguir el desarrollo de nuestros planes».

Y cuando todavía saboreaba yo aquel regocijo, en horas de la noche me llegó el informe de que las fuerzas de mi extrema derecha, al mando de Maclovio Herrera, acababan de asaltar y tomar, con ímpetu incontenible, Ciudad Lerdo, que era el otro triunfo que yo necesitaba.

Nos amaneció el 24 de marzo en nuestro campamento del Vergel, entregado yo a la reorganización de la gente para lanzarla a nuevo ataque. El general Ángeles, que me ayudaba en mis planes, había dispuesto, con mi aprobación, que también la artillería se reconcentrara, para de allí destinarla a mejores posiciones.

Cerca de las ocho de aquella mañana se me incorporaron los 3 500 hombres de Aguirre Benavides y Rosalío Hernández. Poco después se me presentó Maclovio Herrera con el parte de sus hechos durante la pelea del día anterior. Lo felicité con muy buen cariño; le dije cuánto apreciaba su conducta y la de sus tropas. A seguidas le añadí estas palabras:

—Por ahora, señor general, tenemos quedo al enemigo. Mire nomás cómo parece esperar en sosiego el ataque que hemos de hacerle esta noche, o la de mañana.

Lo cual era muy grande verdad. Porque mientras nuestros trenes seguían ocupados en la reparación de la vía, miraba yo cómo los soldados enemigos andaban levantando el campo de los combates del día anterior.

Mediando la mañana, el enemigo intentó cañonearnos. Lo hacía con el hincapié de estorbar nuestra reparación, pero, según yo creo, con el verdadero ánimo de que mi artillería, contestándole, descubriera sus nuevos emplazamientos. No les respondimos nosotros, conscientes de que aquel fuego no nos molestaba; y aunque nos molestara, nuestros cañones, a la distancia a que los teníamos, casi nada hubieran podido hacer a cambio de revelar sus posiciones. Pero como poco después, muy envalentonados ellos por nuestra inacción, dieron señales de prepararse para otra salida, moví mi escolta, más 500 hombres de Aguirre Benavides, y así reforcé mi frente y logré que el enemigo se mantuviera quieto.

Eran muy grandes las dificultades de nuestro ataque, y urgente la necesidad de conducirlo conforme a un plan concertado. Reuní, pues, en junta a mis generales y les dije:

«Señores, sienten ustedes cómo se nos presenta escabrosa esta acción. Son muy fuertes las posiciones enemigas de Gómez Palacio. Su artillería, por la buena calidad de los proyectiles, supera los estragos de la nuestra. Se acogen ellos al abrigo de posiciones fortificadas, mientras que nosotros, sin ningún amparo en las llanuras del plan, recibimos en el pecho el fuego de sus cañones y ametralladoras. Conviene, señores, según yo creo, que todos expresemos aquí nuestro parecer, y que todos quedemos de una sola opinión tocante a las providencias que han de desarrollarse para que nuestro propósito se logre con la menor mortandad posible».

Se convino entonces lo principal de las disposiciones, que fueron así: orden para que el general Domingo Arrieta acudiera en nuestra ayuda con las fuerzas que tenía en Santiago Papasquiaro; orden para que los generales Calixto Contreras y Severino Ceniceros se movieran de Pedriceña, donde estaban con su gente, hasta Avilés; orden para que el general José Isabel Robles, que se hallaba en Durango, acercara su brigada, acampada en Picardías, hasta la Perla; orden para que el segundo jefe de aquellas tropas levantara la vía entre Parras y Torreón, y así cerrar también por aquella parte las comunicaciones enemigas.

Porque comprendía yo, estimando la fortaleza de las posiciones de Velasco, cómo lo principal para nosotros era encerrarlo y debilitarlo en Torreón, de modo que lo agotaran allí el cansancio de sus soldados y el gasto de sus provisiones, y cómo era así indispensable que por ninguna parte recibiera alivio ni refuerzos. Lo cual sí estaba yo seguro de conseguir, pues a la incomunicación de aquellas tropas con el centro de la República, según ya estaban al comienzo de nuestras operaciones, acababa de añadirse la incomunicación con Monterrey, y ahora nos disponíamos a procurar la incomunicación con Parras y Saltillo.

XVII

En asaltos de magnitud extraordinaria, Pancho Villa arrebata a José Refugio Velasco la mitad del cerro de la Pila

Trenes de heridos • Proyectiles imperfectos • Modestia de Ángeles y candor de Villa • Los disparos del *Niño* • «Compadre, en su ayuda vengo» • Las baterías de Santibáñez • El luminar de la batalla • Los cañones para la Jabonera • Gonzalitos • Gustavo Bazán • Hombres del bien y hombres del mal • Maclovio, Rodríguez y Urbina sobre el cerro de la Pila • Fusilamientos de Velasco • La tardanza de Eugenio y Rosalío

Toda aquella tarde y toda la mañana de otro día siguiente nos contemplamos nosotros y el enemigo en observación de mucha calma. Ni ellos se agitaban con nuestros tiroteos, ni nos agitábamos nosotros con los suyos. Es mi parecer que el enemigo se entregaba a la fortificación de sus posiciones y a recoger sus heridos. Yo seguía recogiendo todos los heridos nuestros, o más bien dicho, los seguía poniendo en trenes que los llevaban a mis hospitales de Jiménez, Santa Rosalía y Chihuahua. Porque aquel servicio había prosperado tanto en manos del doctor Andrés Villarreal, que era como de milagro la recogida de todos los hombres nuestros que caían y su traslado al norte en buenos trenes de ambulancia, donde recibían cura y medicinas. Creo yo que aquel doctor que indico era un grande organizador de ambulancias para las necesidades de la guerra.

Íbamos también, al amparo de la quietud, emplazando nuestra artillería en posiciones donde nos valiera más que durante los dos primeros días de la batalla.

Me decía Felipe Ángeles:

—Para que nuestros cañones nos sirvan tendremos que acercarlos mucho, mi general. Hemos de llevarlos tan adentro que las balas de fusil nos taladren las corazas.

Le preguntaba yo:

—¿Y eso cuándo, señor general?

Él me contestaba:

—Cuando les quitemos a ellos el cerro de la Pila.

Entonces le dije:

—Pues viva seguro, señor, que esta misma noche le tomo a usted el cerro de la Pila, o descalabro tanto aquellas fortificaciones, que podrá usted darme con la artillería toda la ayuda de sus conocimientos.

A lo que él me contestó, acaso por modestia:

—No será mucha ayuda, mi general. Además, vienen muy imperfectos los proyectiles de nuestros cañones y no todos los servidores de las piezas están ya bastante adiestrados.

Según el contenido de mi consigna, el ataque se haría de la manera siguiente: La derecha, formada por las brigadas Villa y Benito Juárez, avanzaría hasta desbaratar el frente enemigo entre Gómez Palacio y Lerdo: su misión principal sería el asalto y toma del cerro de la Pila. El centro, formado por las brigadas González Ortega y Guadalupe Victoria, se movería sobre Gómez Palacio a uno y otro lado del Ferrocarril Central: su misión sería proteger las maniobras de la artillería hasta puntos desde donde nuestros cañones causaran grande estrago, y atraer con ataques vigorosos parte de los fuegos enemigos, en beneficio de la acción de la derecha. La izquierda, formada por las brigadas Hernández y Zaragoza, iría contra Gómez Palacio desde el oriente: su misión sería consumar la obra de la batalla, la cual debía acabar con la toma de la dicha población cuando todos, libres ya de los fuegos de la Pila, pudiéramos echarnos encima de los tres frentes enemigos.

Como la reparación del ferrocarril, a lo que indico antes, era obra que ni por un momento habíamos dejado en suspenso, a las tres de aquella tarde hice que avanzara nuestro primer tren explorador. Aquel tren nuestro empezó a granjearse los cañonazos que en balde le mandaban los federales desde que lo vieron llegar a distancia de tres kilómetros. Sería eso entre cuatro y cuatro y media, conforme nuestras fuerzas iban adelantando su línea en disposición del ataque, y al mismo tiempo que *el Niño*, desde su plataforma, les mandaba a ellos disparos que sí hacían blanco en el cerro de la Pila.

A las cinco, recreciendo ya la pelea, se me presenta el general Tomás Urbina con 160 hombres de escolta. Como antes dije, venía él a darme su auxilio desde las Nieves, al frente de sus dos mil hombres, que en mucho número se le habían adelantado y en parte lo seguían. Al saludarlo yo, le expreso mi pensamiento, diciéndole:

—Compadre, ve usted cómo progresa esta batalla. Dé a mi derecha el apoyo de su consejo y su valor, y acumule allí cuantas fuerzas suyas pueda, para el asalto y toma del cerro de la Pila, que es posición desde donde el enemigo nos agobia.

Me contesta él:

—Sí, compadre, que nomás en su auxilio vengo, como usted confirmará.

Y a seguidas se fue, sin pérdida de tiempo en otras expresiones, al cumplimiento de su deber, que era el mismo que ya tenía yo encomendado a las fuerzas de José Rodríguez y a las de Maclovio Herrera.

Conforme oscurecía, y ya muy generalizada la acción, llegó también a presentárseme el general Severino Ceniceros, que venía escoltado por doscientos hombres. Le pregunto que dónde está el resto de su fuerza. Me dice que ya avanza por Avilés. Le pregunto que por qué no aparece Calixto Contreras. Me dice que allí viene ya, y que con su gente hará su entrada por Ciudad Lerdo. Yo entonces le añado:

—Muy bien, señor general. Pues apoye usted conmigo la acción de mi centro y haga muestra de todo su valor, y del valor de todos sus hombres, porque se está atrasando demasiado el avance de mi izquierda, y eso, si el sacrificio de los que aquí estamos no alcanza a componerlo, acaso nos malogre todo el ataque.

Lo cual le dije porque era verdad. Sin saber yo por qué, las tropas de Rosalío Hernández y Aguirre Benavides no daban señales de vida por el oriente de Gómez Palacio, sector que tenían señalado. O sea, que mi ánimo empezaba a ensombrecerse con el vaticinio de que aquellas tropas llegarían cuando su acción ya no pudiera entrar en concierto con la nuestra.

Tenía yo en mi frente de la derecha más de 4 200 hombres. Tenía yo en mi frente del centro más de 2 500 hombres. Tenía yo en mi frente de la izquierda más de 2 300 hombres. Recreció el combate. Íbamos dominando, aunque con muchas pérdidas, todas las peripecias de la batalla. Al amparo de las sombras nuestra artillería había avanzado sus emplazamientos hasta puntos desde donde, según los cálculos de Felipe Ángeles, nuestro bombardeo era de eficacia grande. Yo veía que las baterías mandadas por García Santibáñez lograban sus blancos sobre el cerro de la Pila, y otros cañones, colocados más cerca de Gómez Palacio, a la izquierda y a la derecha de la vía, apoyaban con su fuego la acción de la gente de Toribio Ortega y Miguel González, que por allí avanzaban.

Alerta yo a la necesidad de que mi ataque de aquella noche a Gómez Palacio no se malograra como el ataque anterior, no desamparaba un punto los frentes de la batalla. Los recorría todos, seguido de mis oficiales, de Luisito y de mi escolta. El general Ángeles tan pronto andaba también conmigo, tan pronto se iba a la vigilancia de sus cañones. Y como cuando se acercaba a mí le expresaba yo el curso de mis providencias, que él siempre aprobaba, y él me declaraba la razón de las suyas, que encontraba yo buenas, o me pedía mi opinión, o me daba su consejo, veía yo claro cómo los dos éramos hombres de un solo parecer y cómo nos hablábamos con grande lealtad y franqueza. Porque si algo suyo no me parecía a mí bien, no se lo disimulaba, aunque con palabras de estima, y si en algo mío encontraba él yerro, no escondía sus palabras para remediarlo.

Serían las nueve de aquella noche cuando los hombres de Maclovio, de Urbina y de Rodríguez empezaron a echarse sobre el cerro de la Pila. Apoyados como estaban por la fuerte acción de mi centro y de la extrema derecha, más el bombardeo de nuestra artillería, su avance franqueó todos los embarazos en la parte de la llanura. Veía yo en la oscuridad cómo las luces de su fuego se acercaban a las del enemigo, y cómo las llamaradas de los otros no conseguían apagar las luces nuestras. Mas es lo cierto que, conforme las líneas de aquellos hombres míos, grandes en el alarde de su valor, iniciaron la ascensión del dicho cerro, ya no fue seguro su movimiento, ni tan uniforme: parecía quebrarse, o contenerse; parecía perder trechos del terreno conquistado, y recobrarlos luego.

Pensaba yo entre mí:

«¿Y cómo no ha de sufrir retraso el empuje de aquellos muchachitos míos, si van a pecho franco en una línea de mil metros, para ellos que son dos mil? Palmo de terreno que conquistan, palmo de terreno que están barriendo las ametralladoras, y los fusiles, y los cañones».

Y así era de verdad. Sobrecogía el ánimo la llamarada de los cinco fortines artillados que los federales tenían en lo alto del dicho cerro, y se presentía sin duda, por el constante luminar de las trincheras, que aquellas posiciones estaban defendidas por soldados de pericia y valor, a los cuales apoyaba y alentaba en su resistencia, aumentando todo aquel grande estruendo, y propagando todas aquellas luminarias, el cañoneo de Santa Rosa, y las ametralladoras y cañones que nos mandaban su lumbre desde las orillas de Gómez Palacio. ¡Señor, se necesitaban hombres de mucha ley para ir al asalto de aquellas posiciones! ¡Era honroso tomar parte en aquella batalla, y más honroso todavía haber llegado a reunir el ejército de hombres libres que estaban peleando! Para mi recuerdo, tan fuerte y sin pausa era el fuego enemigo, que ni un instante consiguió la noche borrar de frente a mis ojos el cerro de la Pila. Desde lo alto de la cumbre los cañones federales alumbraban con su luz; pero todavía se acrecentaba más la iluminación de los resplandores por las llamaradas de nuestras granadas y nuestras bombas.

Recorriendo yo en aquellos momentos un trecho de la línea colocada al norte, encontré con que un grupo de hombres nuestros marchaba rumbo a la retaguardia. Mi escolta les marca el alto y los trae delante de mí. Yo les pregunto que quiénes son. Me dicen que son de las fuerzas de Toribio Ortega. Les pregunto entonces que adónde van. Me dicen que vienen a buscarme. Les pregunto que para qué. Me dicen que para pedirme artillería, porque traen consigna de que se necesita para batir la Jabonera, de donde ya va saliendo el enemigo.

Al instante tomé yo por buenas aquellas palabras, y dejándome llevar de mis impulsos no aclaré si de cierto nuestras tropas dominaban ya el punto para el cual aquellos hombres andaban en demanda de artillería. O sea, que sin más me acerqué a una batería que por allí teníamos emplazada y ordené que dos cañones, al mando de dos oficiales, avanzaran a dar su apoyo contra la Jabonera.

Uno de aquellos oficiales, nombrado Gonzalitos, era muchacho de la confianza de Felipe Ángeles. El otro, llamado Bazán, era el mismo muchachito, también de la confianza de Ángeles, que yo había recogido sobre mi caballo la mañana de nuestro repliegue hasta el Vergel. Los dos salieron luego al cumplimiento de mis disposiciones.

Pero sucedió, según luego supe, que aquellos hombres que se retiraban me habían engañado, pues no era verdad que el enemigo estuviera desalojando la Jabonera, ni que el avance de nuestra línea por aquella parte permitiera el adelanto de la artillería. De modo que los dichos oficiales Gonzalitos y Bazán, con todo el empuje de su grande arrojo, no prosperaron en su empeño de irse acercando a las posiciones adonde yo los había mandado. A cada paso los recibían con descargas que les mataban las bestias o les herían los artilleros.

Quiso la suerte, conforme me alejaba del lugar de aquella ocurrencia, que se me apareciera el general Ángeles, al cual comuniqué lo que acababa yo de ordenar, y el cual me dijo, por venir de los puntos inmediatos hacia donde avanzaban los cañones, cómo no era posible conseguir el dicho avance sin el despliegue de sostenes numerosos. Es decir, que dispuse en el acto que él mismo ordenara el retiro de las dos piezas artilleras. Pero consciente también del riesgo en que las había yo puesto, y cómo había mandado a la muerte a Gonzalitos y a Bazán, y a los soldados que los acompañaban, decidí entre mí: «Cuando mucho se escondan debajo de toda la división los hombres que me engañaron, yo los reconoceré por la mirada de sus ojos, y mandaré que aquí mismo los encaren con la falsedad de sus palabras y los fusilen».

Mediarían las nueve de la noche cuando las fuerzas asaltantes del cerro de la Pila ya habían conseguido llegar a muy poca distancia de los fortines de la cumbre. Lo hicieron ellas mediante el manejo de las bombas y por el estrago que causaba entre los enemigos la artillería de García Santibáñez. Recreció entonces el combate en toda la extensión del frente, menos por la izquierda. Allí la falta de las brigadas Zaragoza y Hernández dejaba respiro a los defensores, y les consentía retirar fuerza y atención en beneficio de las dos líneas por donde los atacábamos.

A mi juicio, sentían ellos, igual que lo entendíamos nosotros, cómo se cobijaba debajo de la acción del cerro la suerte de todo Gómez Palacio. Ellos morían allí por conservar sus posiciones; nosotros caíamos por arrebatárselas. Y mientras la pelea progresaba en el cerro, todas las fuerzas suyas y todas las fuerzas nuestras, ansiosas delante de los altibajos de la acción, peleaban con grande furia bajo las luminarias de los fortines, y hacían lucha sobrecargada de estrépitos y resplandores.

Era aquélla la función de armas más enconada que hasta entonces habían mirado mis ojos. Tal como había yo concertado el asalto, así se estaba desenvolviendo; tal como crecía el enemigo en su resistencia, así aumentaba en su ardor el ataque de aquellos soldados míos. Y es lo cierto que, considerando yo cómo sucumbían allí en su amor por el bien del pueblo muchos buenos hombres revolucionarios, y cómo caían bajo su propia injusticia los defensores de la Usurpación, también reflexionaba cómo es panorama digno de contemplarse el de la lucha de los hombres del bien cuando van venciendo a los del mal.

Y sucedió, hora y media después de empezado aquel asalto, que los hombres de Maclovio, de Urbina, de Rodríguez alcanzaron lo más enhiesto del cerro, con lo cual, ya en la cumbre, siguió una pelea de mucha carnicería, según luego vine a saber. Porque de pecho mis muchachitos contra las ametralladoras enemigas, y contra fuerzas atrincheradas que les cerraban el paso, llegaban ellos hasta desarmar a los contrarios a través de las aspilleras, y tomaban a sangre y fuego cuanto les quedaba al alcance de sus bombas.

No fue en balde tanta mortandad, ni les sirvió a las fuerzas usurpadoras hacer defensa tan heroica que allí cayeran muertos o heridos sus principales jefes, y que perdieran centenares de sus soldados. Porque a las diez y media de aquella noche, 25 de marzo de 1914, vinieron a nuestro poder dos de las cinco posiciones fortificadas que el enemigo había levantado en el cerro de la Pila. Sabedor de ello, y estimando la magnitud de nuestro triunfo, José Refugio Velasco, según después supe, mandó fusilar entonces a quienes tuvo por responsables.

Es decir, que desde aquella hora fuimos los dueños de la mitad del cerro. Y como eso nos dio cabal dominio de toda la izquierda enemiga, o lo que es igual, de la derecha de nosotros, tomé mis providencias para consumar el triunfo.

Llamé a Maclovio Herrera y le dije:

—Señor general, en la capacidad de su extrema derecha para desconcertar el enemigo que protege la línea entre Gómez Palacio y Lerdo está ahora lo principal de esta victoria. Viva seguro que si lo consigue, y si Aguirre Benavides y Rosalío Hernández, llegando todavía a tiempo, no me fallan, al amanecer el día Gómez Palacio es nuestro.

Maclovio Herrera salió sin tardanza al cumplimiento de aquel deber y ejecutó en poco tiempo la providencia que yo le mandaba: desbarató las fuerzas enemigas tendidas hasta Ciudad Lerdo; las obligó a refugiarse en Gómez Palacio. Y entonces, con ese nuevo triunfo, arreciamos nosotros nuestros fuegos sobre los demás fortines de la Pila, y arreciamos el ataque sobre la Jabonera, y sobre la Casa Redonda, y sobre las casas del norte de la población. De modo que durante más de dos horas nos sostuvimos así sin aflojar en nuestro empuje, esperando que por el oriente llegaran las brigadas de Hernández y Zaragoza. Mas como no sucedió eso hasta la una de la madrugada, cuando aquellas fuerzas empezaron su acción ya la derecha se hallaba agotada, y el centro, aunque menos castigado que la derecha, no se bastó en su esfuerzo para secundar hasta el triunfo las arremetidas de la izquierda.

Me revolvía yo de cólera al ver cómo se malograba así en parte el fruto de nuestras armas, aunque sin decidir en verdad si la culpa de aquel retraso debía achacarse a Hernández y Benavides, que por no perder el contacto en su rodeo habían hecho marcha de grande lentitud, o si era culpa mía, que no imaginé a tiempo que la dicha lentitud ocurriera. Así es la regla de los deberes militares: incumbe al jefe adivinar toda eventualidad de razón que pueda hallar en su obediencia el subordinado, y no es responsable el que obedece si, dentro de lo que se le presenta, cumple en lo posible las órdenes de su jefe.

XVIII

Después de una defensa tenaz y heroica, los federales entregan Gómez Palacio a las tropas de Pancho Villa

Los dos mil hombres de Calixto Contreras • *El Niño* y *el Chavalito* • Contraataque federal sobre el cerro de la Pila • Ricardo Peña • Eduardo Ocaranza • Una carga de los federales • La entereza de Felipe Ángeles • Los dos mil quinientos hombres de José Isabel Robles • Razonamientos y providencias de Villa • El silencio de la Casa Redonda • Gómez Palacio • Un telegrama al Primer Jefe

Otro día siguiente, a horas de la madrugada, recibí noticia de que los 2 000 hombres de Calixto Contreras ya habían pasado de Avilés. Dispuse que luego luego se les municionara y ordené al dicho general que avanzara con ellos hasta darnos su ayuda para la toma de la otra mitad del cerro de la Pila.

Empezó a clarear. Mandé poner ahínco en la reparación de la vía del ferrocarril, en lo cual nos acercábamos ya hasta los terrenos de la estación de Gómez Palacio. Los federales, con ánimo de alejarnos de la obra, y también para protegerse contra *el Niño* y *el Chavalito*, que yo mandaba adelantar conforme la dicha reparación se hacía, nos estorbaban por allí con sus cañones.

Muy temprano aquella mañana, recreció el combate en lo alto del cerro, y momentos después de volverse a encender mostró proporciones de grande furia. Comprendí entonces que el enemigo, en su conciencia del grave peligro que lo amagaba si llegábamos a quitarle toda aquella posición, estaba acumulando allí lo más de sus elementos, y preví que venía dispuesto a recobrar a la luz del sol lo que nosotros le habíamos quitado entre las sombras de la noche. Y si aquello era así, no hallaba yo las providencias que pudiéramos tomar, pues habiéndose malogrado el completo fruto de nuestra acción de la noche por el atraso de las brigadas Hernández y Zaragoza, y no estando todavía en el campo de batalla las fuerzas de José Isabel Robles, ni teniendo yo siquiera noticias del auxilio que los hermanos Arrieta vinieran a darme en contestación a la urgencia de mis muchas órdenes y mis muchos ruegos, me acogía al solo recurso de apresurar en su marcha la gente de Calixto Contreras. Porque en aquel trance nada me socorrería tanto como el refuerzo de mis ataques por otros frentes, para que teniendo el enemigo que acudir a todos lados, aflojara en la resistencia que encontrábamos en el cerro.

Y sucedió que no llegaron los auxilios con la prontitud que yo necesitaba, por lo que tuvimos que aprontar para aquella nueva lucha el resto del vigor de nuestros empeños de la noche, sólo que ahora con la desventaja de poder el enemigo cañonearnos mejor con los fuegos de su buena artillería.

No por eso les resultó a ellos fácil su acción, antes al intentarla se lanzaron al peligro de muy grandes carnicerías. Venían los usurpadores al asalto de los fortines que les habíamos ganado, y los afrontaban mis hombres con todas sus armas, desde las alturas del cerro y desde las laderas. Y como se propagara entonces la pelea a todas las líneas, acabó trabándose una batalla casi tan fuerte como la de la noche anterior, y en la cual ellos, por quedar nosotros ahora al amparo de fortificaciones y trincheras que pocas horas antes habían sido suyas, llevaban el peor castigo.

Fue tan duro aquel nuevo combate por el cerro de la Pila, que de ellos cayó allí muerto, según después se supo, el general Ricardo Peña, hombre de muy grande valor, y también resultó allí herido el general Eduardo Ocaranza, otro hombre de muy buenos hechos militares.

Así seguimos por más de dos horas: asaltándonos ellos con toda la furia de su impulso, para privarnos de las posiciones ganadas; resistiéndolos nosotros, y causándoles mortandad, para convencerlos de su impotencia. Y nos combatían tan resueltos y con tan buen apoyo de su artillería, y se nos echaban sobre los fortines en columnas de tanto número, que luego comprendieron los jefes de aquellas tropas nuestras cómo la consigna de Velasco era arrojarnos del dicho cerro costara lo que costara.

Ciertos de que así era, decidieron los jefes míos, tomando un acuerdo de sabia prudencia, devolver al enemigo sus posiciones, pues no cobijaban duda de que el empeño de retenerlas los ponía en el riesgo de sepultar allí lo más pujante de sus brigadas. Y en verdad que hecho al enemigo el estrago de su conquista, mejor era dejarle entonces los fortines, para quitárselos otra vez de noche y conservarlos otro día siguiente gracias a la concertada ayuda de otras tropas, pues así no nos desangraríamos sosteniéndonos bajo el fuego de tantos cañones. Pensaba yo entre mí: «¿Y cómo no estima Velasco que son inútiles sus sacrificios, y que no resistirá el empuje con que he de quitarle esos dos fortines y todos los otros que allí tiene?».

Abandonamos, pues, la cumbre de la Pila y sus laderas, trayéndonos de allá las dos o tres ametralladoras que habíamos capturado en nuestro avance, y volvimos a bajar a la llanura las peripecias de la batalla. Pero envalentonado con esto el enemigo otra vez, o más bien dicho, dueño otra vez de la superioridad que le daba la completa posesión del cerro, de nuevo consiguió paralizar, mediante buenos disparos de su artillería, toda la acción de mi centro y de mi izquierda.

Remediaron ellos así, o creyeron remediar, las dificultades que les había traído nuestra estancia en aquellas posiciones dominantes. Empezaron a salir de los abrigos donde se amparaban. Y luego, en momento que consideraron propicio, se echaron sobre nuestro centro en ataque de caballería, que pudo comprometer la artillería mandada en persona por el general Ángeles. Porque aquellos cañones, que Ángeles había logrado acercar durante la batalla a casi un kilómetro del enemigo, no se habían movido de allí, acaso con el buen ánimo de que sus tiros no decayeran, o engañados sus servidores al ver cómo había yo dispuesto el refuerzo de nuestras tropas de la Pila. O sea, que se mantuvieron donde estaban, siendo que nuestras líneas del cerro ya habían retrocedido en movimiento de franco repliegue, y cuando ya mi centro y mi izquierda estaban casi sin acción. De modo que al acercarse poco después, sobre los dichos cañones, la caballería enemiga, nada pareció que los pudiera librar, salvo la retirada violenta. Y sucedió entonces que el jefe de los avantrenes, un oficial de apellido Aldama, creyó que en efecto aquello era así, y sin que nadie se lo mandara avanzó, dispuesto a enganchar las piezas, cuando ya venía la carga de la caballería enemiga, y causó con eso tan grande confusión, que un poco más y desbarata él mismo la defensa de los cañones y la acción de los sostenes.

Allí se vio cómo Felipe Ángeles era hombre de mucha ley. En cuanto notó que el enemigo se le abalanzaba, sacó de la funda su pistola, la cual le sirvió, amenazando a los que vacilaban, para que hasta el último de sus hombres se mantuviera en su puesto y para que se contuviera el movimiento de los avantrenes. Con eso, cuando la carga enemiga estaba ya encima

301

de él, logró desviarla con sus cañones y sus fusiles, y entonces otras fuerzas nuestras lo ampararon; y desbaratada así aquella carga enemiga, Ángeles y su gente quedaron dueños del campo de su hazaña.

Mas todo eso me mostró claro lo muy difícil que nos sería el sostenimiento de posiciones tan avanzadas dentro del campo enemigo; es decir, que dispuse la retirada de la artillería de Ángeles hasta el Vergel y ordené a todas las fuerzas que sólo conservaran en lo posible la disposición de sus líneas, y siempre al abrigo de los tajos.

Tocante al fondo de mi plan, mandé que *el Niño* y *el Chavalito* avanzaran al bombardeo del cerro de la Pila, porque a cada momento la reparación de la vía iba más adelantada. Así fue. Los dos cañones no tardaron mucho en lograr los blancos de sus disparos. Pero también es verdad que una batería enemiga, oculta hacia la Casa Redonda, y con fuego que nombran de elevación, encuadró tan puntualmente el campo de las dos piezas y de las cuadrillas reparadoras, que tuvimos que enmendar el dicho movimiento, para que *el Chavalito* y *el Niño* no sufrieran.

En eso estábamos cuando se me presenta el general José Isabel Robles, que venía con 40 soldados de su escolta más los oficiales de su estado mayor. Me dice él que los 1 500 hombres de su brigada estaban al llegar y que irían apareciendo por corporaciones. Dispongo yo en su presencia el municionamiento de aquellas nuevas tropas. Luego le añado:

—Compañerito, ya sé yo cómo es usted de los buenos hombres militares que protegen la causa del pueblo. Créame: estamos peleando la más dura batalla de cuantas han de presentarnos los sostenedores de Victoriano Huerta; necesitamos aquí de toda la perseverancia de nuestro mayor impulso. A este enemigo, bien pertrechado y bien afortinado, y con la muy grande ayuda de su buena oficialidad artillera, tenemos que vencerlo por la fatiga y el gasto de su bastimento. Usted y sus muchachitos han de serme de mucho auxilio, señor, si, como yo espero, vienen a mi lado propuestos a vencer o a morir.

José Isabel Robles nomás me dijo estas palabras:

—A morir venimos, mi general.

Pasadas las cuatro de aquella tarde el enemigo mostró intento de aventurarse al ataque de nuestra línea. Cuando así no fuera, entonces lo creí, viendo cómo salía de Gómez Palacio la caballería contraria y cómo avanzaba hasta ponérsenos a ochocientos metros de nuestras posiciones del centro. Y en verdad que aquello me alegró, pues era lo que más ansiaba la pasión de mi ánimo: coger aquellas tropas, o parte de ellas, lejos del amparo de sus cañones y afrontarlas en campo abierto, en el campo de la lucha igual, para combatirlas caballo a caballo y hombre a hombre, como en nuestra carga del día 23 sobre la caballería de Federico Reyna. Pero no fue así. Nos contemplaron ellos entonces, a distancia de los ochocientos metros, y luego se recogieron a su ciudad sin que en nada nos molestaran con su salida ni estorbáramos nosotros su movimiento.

Malicié entonces, por ser mucha la calma de las posiciones enemigas, que Velasco acaso estuviera preparándose para alguna acción secreta. Llamé a junta a mis generales. Los encendí, diciéndoles:

«Señores, ven ustedes cómo se muestra difícil el progreso de esta batalla. Según es mi parecer, no debemos dejar que el enemigo tome aliento, sino que hemos de seguir llevándole hasta sus líneas, para nuestro beneficio, la misma dura pelea que ha tenido que sufrir estos días pasados. Porque aun cuando sus cañones son más de los doce que al principio le contábamos, y aun cuando tiene la superioridad del buen parque de artillería, más el dominio que le deparan sus buenas posiciones, como su gente es menos que la nuestra y la duración de sus recursos limitada, con la ayuda del tiempo nosotros lo venceremos. Ven ustedes cómo ya lo hemos privado de tres de sus mejores jefes. Ven ustedes cómo ya nos dejó Lerdo para dar refuerzos a su línea de Gómez Palacio. Un nuevo asalto nuestro sobre el cerro de la Pila ya no lo puede resistir, porque si otra vez pierde de noche los fortines, que los perderá, otra vez tendrá que recobrarlos a la luz del sol, y no está el número de su gente para acciones que le cuestan hasta generales. Señores, opino yo que esta noche debemos echarnos en ataque de grande furia sobre las líneas enemigas, y vivan seguros que si el corazón no nos falta ni nos desfallece, dos o tres horas después Gómez Palacio será nuestro».

Todos ellos de aquel mismo parecer, dicté yo en seguida mis providencias. Éste fue el contenido de mis órdenes: por el centro, al mando del señor general Urbina, avanzarían las brigadas Morelos, Villa, Ortega y Guadalupe Victoria, más lo principal de la artillería, mandada por el señor general Ángeles; por la derecha, al mando del señor general Herrera, avanzarían las brigadas Benito Juárez y Cuauhtémoc y parte de la Brigada Juárez de Durango, con artillería mandada por el coronel Santibáñez; por la izquierda, al mando del señor general José Isabel Robles, avanzarían las brigadas Robles, Hernández y Zaragoza.

Así fue. Al oscurecer de aquella tarde empezamos el movimiento ordenado, aunque yo ya tenía sospechas de lo que iba a suceder, pues mucho había crecido la calma del enemigo después de la furia con que había logrado quitarnos los fortines de la Pila. O sea, que vislumbré entonces cómo aquella hazaña de ellos no había tenido por fin recobrar para la defensa toda la dicha posición del cerro, sino que convencido Velasco de mi superioridad en hombres, y de su impotencia para resistirme en el grande frente que se había trazado, optaba ahora por acogerse al solo recinto de Torreón, y sólo había sacrificado gente, y hasta dos generales, en el recobro de los dos fortines, para que no lo desbaratara yo desde la Pila en su retirada de Gómez Palacio.

Y era ésa la verdad. Al adelantarme yo hasta la Casa Redonda, seguido de mi escolta y varios oficiales, no advertimos ningún enemigo que nos detuviera: a nuestras descargas sobre aquellas posiciones, vimos que nadie nos contestaba. Mandé que se generalizara la exploración: nadie respondió tampoco. Dispuse que con cautela se acercaran fuerzas exploradoras hasta la ciudad; hubo el mismo resultado. Y entonces se confirmaron mis sospechas de que el enemigo ya no estaba en Gómez Palacio, sino que aquella mañana había sacado de allí, según luego supe, todos sus bastimentos y provisiones, y grande número de pacas de algodón, para quedar más libre de retirar el grueso de sus fuerzas en los momentos en que su caballería, saliendo a mostrarnos el hincapié de su ataque, nos había conservado quedos en nuestras líneas.

Hicimos nosotros nuestra entrada a Gómez Palacio antes de las nueve de la noche del 26 de aquel mes de marzo. A seguidas mis brigadas empezaron a ocupar todas las posiciones abandonadas por el enemigo. No había alboroto ni trastornos en la ciudad, pero sí muestras del encono de aquella lucha de tres días, más sus noches, y eso a pesar de que Velasco había conseguido una ordenada evacuación. Estaban las calles sembradas de cadáveres de hombres y bestias, y lo mismo que las calles, los fortines, y las laderas del cerro, y todos los otros puntos de aquellas posiciones.

Conforme me retiraba yo, casi a medianoche, hacia mi cuartel general del Vergel, reflexionaba entre mí:

«Dura ha sido la pelea para la toma de Lerdo y Gómez Palacio; muchos buenos revolucionarios han tenido que morir para que así progrese la causa del pueblo, y un número todavía más grande va llenando de heridos nuestros hospitales de Chihuahua. Cuando así sea, y cuando aún esté por consumarse lo principal de la obra, ya hemos dado el primer paso para nuestro triunfo definitivo en esta comarca lagunera».

Llegué al Vergel. Desde allí puse luego al señor Carranza un telegrama con la noticia de mis operaciones. Él, según antes indico, venía en su travesía de

Sonora a Chihuahua, y para esas fechas ya debía de hallarse cerca de Ciudad Juárez. Le decía yo:

«Señor, después de tres días y tres noches de combates, nuestras tropas son dueñas de Lerdo y Gómez Palacio. El enemigo, según creo, se ha retirado de allí por su abatimiento a causa de las fuertes peleas que le hemos dado. Nuestros heridos pasan de seiscientos; nuestros muertos, que también son en mucho número, todavía no se los puedo precisar, por andar aún revueltos los efectivos de todas las brigadas. Ya se lo comunicaré, señor, en cumplimiento de mis deberes y para que me acompañe usted en la pena de mirar delante de mí tantos revolucionarios muertos. Fue bueno el manejo de la artillería, mandada por el señor general Ángeles, el cual, como usted sabe, es muy notable persona y de muchos conocimientos tocante a la guerra. En lo más recio de la batalla estuvo la Brigada Morelos, y también la Brigada Villa. El señor general Urbina me acompañó toda la noche de ayer, que fue lo más duro de la lucha. Lo felicito, señor, por este otro triunfo de la causa del pueblo, y también lo felicitan el señor general Ángeles y el señor general Urbina, que aquí están conmigo. – *Francisco Villa*».

XIX

En su primer asalto a Torreón Pancho Villa toma Santa Rosa, Calabazas, la Polvorera y el cañón del Huarache

La estación de Gómez Palacio • Los oficiales de Ángeles • Un croquis de los federales • Demanda de rendición • El cónsul inglés • Por el cañón del Huarache • En las arenas del Nazas • El resplandor de los cadáveres • Muertes para que progrese el pueblo • Plan de ataque • En el cerro de Santa Rosa • La Polvorera • Calabazas • El Huarache

Aquel cuarto día de la batalla de Torreón empezó con el avance de nuestros trenes, que yo mandé mover desde la retaguardia de mi campamento hasta la estación de Gómez Palacio.

Sería eso como a las siete de la mañana, y serían como las nueve cuando aquellos trenes nuestros llegaron junto al patio de la referida estación, tras de reparar mis hombres los últimos tramos de la vía, que Velasco había mandado destruir en preparación de su fuga. Como nos embarazaran allí el camino tres locomotoras que encontramos volcadas, las tuvimos que levantar, sin saber yo ahora si tal percance había nacido de nuestros propios bombardeos, o si era también tropiezo que el enemigo nos dejaba para protegerse.

En seguida de aquello ocupé parte de la mañana en dictar mis órdenes para la nueva distribución de las tropas y en hacer reconocimiento de las líneas federales. Era trabajo lento, por la extensión de tan grande frente, pero mucho me ayudaban mi compadre Tomás Urbina y el señor general Ángeles, que iban acompañándome en el recorrido, y también los oficiales del dicho general. Porque es lo cierto que aquellos muchachitos, aunque de años tiernos, se mostraban ya militares de pericia y hombres de juicio bastante maduro.

Me decía Felipe Ángeles:

—Los buenos oficiales de estado mayor son ojos que el que manda tiene para ver.

A lo cual yo le respondía, mirando cómo en sus palabras se transparentaba su modestia:

—Y los buenos generales, señor general, son los que iluminan al general en jefe con su consejo para el desenlace victorioso de las batallas.

Sucedió, conforme hacíamos los dichos reconocimientos, que un soldado de Aguirre Benavides se encontró un papel de los que llaman croquis, el cual vino él a entregar a Raúl Madero, y Raúl Madero vino a entregarlo a Felipe Ángeles, y como Ángeles y sus oficiales lo estudiaran, acabó por saberse que el dicho croquis era el plano de las defensas que los federales proyectaban oponernos en Torreón. Según se indicaban allí las posiciones enemigas, así íbamos descubriendo que ellos las ocupaban; según siguieron luego los actos de la batalla, a lo que después se vio, así tenían que suceder en obediencia a los trazados del dicho croquis.

Durante la comida de aquel día en Gómez Palacio, que era donde quedaba ahora mi cuartel general, nos expresamos Ángeles y yo sobre la conveniencia de pedir a Velasco la rendición de la plaza. Volvió él a manifestarme sus pensamientos de Bermejillo, y yo, que entonces le había declarado la inutilidad de esos propósitos humanitarios, desde luego opiné ahora que sí, que debíamos intimar entrega de la plaza con todos sus defensores, pues siendo tanta la tenacidad nuestra en el ataque, y tanta la gente que estaba cayendo por parte del enemigo, ya para esa hora Velasco tendría por cierto que lo venceríamos, a mucho que nos resistiera. Le decía yo a Felipe Ángeles:

—Visto está que el enemigo, pese a su grande artillería y a sus buenas posiciones, tuvo que abandonarnos Gómez Palacio, como se ve también que la reserva de nuestro ánimo es inagotable, mientras que la de ellos es limitada. ¡Señor!, si Velasco protegiera la causa de la legalidad, su deber sería defender su campo hasta que lo soterraran. Pero si su causa es la de la Usurpación y él mismo sabe cómo no es otra cosa, no cuadra a la conciencia tanta mortandad en proezas que para él resultarán baldías.

Lo cual opinaba yo, sabiendo, además, cómo José Refugio Velasco, en los días de la angustia del señor Madero, no había querido abandonarlo, sino que siguió reconociéndole su presidencia desde Veracruz. Así pues, le pedía a Ángeles que redactara el oficio en demanda de rendición.

Éstas fueron nuestras palabras:

«Señor general José Refugio Velasco. Señor: En cumplimiento de mis deberes de revolucionario y mexicano, desde Bermejillo le pedí a usted, al comienzo de mi avance, la entrega de Gómez Palacio, asiento entonces de su cuartel general y de la más grande concentración de sus hombres. Me contestó usted que no, que eran inútiles aquellas palabras nuestras. Ahora que Gómez Palacio, mediante el valor y las hazañas de mis tropas, ya se halla en mi poder, vuelvo a expresarle mis mismos deseos: los hombres revolucionarios que yo mando, sostenedores de la legalidad, le piden la plaza de Torreón y lo exhortan a que todas las fuerzas que allí están nos rindan sus armas y municiones. No consiste el valor, señor general, en el ciego empeño de la pelea, sino en la devoción con que los buenos hombres saben morir por las buenas causas. Y cuando la causa que por azares se protege es mala, consiste el dicho valor en reconocer el yerro y en enmendarlo, en vez de llevar a la iniquidad o la muerte a los que sólo obedecen. Piense usted, señor, en la entereza de ánimo con que rechazó en Veracruz el halago de los traidores, y no deje que nuevos actos le enturbien su sentimiento del deber. Vea usted cómo acrecen día a día las filas de los defensores del pueblo. Vea cómo los pocos hombres que sólo quieren el beneficio de sus privilegios son los únicos que arropan con su codicia la causa de los usurpadores. El gobierno de Victoriano Huerta es el gobierno de la traición. Si usted, señor, en vez de reprobarlo, sigue apoyándolo, el sentimiento del pueblo no se lo perdonará: lo recordará a usted siempre junto a todos los hombres militares que ahora se hieren a muerte en su ahínco de prohijar una causa que sólo puede ser de los que dejaron el honor para hermanarse con el crimen. Le protesto, señor general, todas las formas de mi estimación. Gómez Palacio, 27 de marzo de 1914. – *Francisco Villa*».

Así quise yo decirle a Velasco, y así le dije, dudando mucho de convencerlo, pero con el ánimo de que acaso lo conseguiría. Porque no era de ley que tanta buena gente nuestra se muriera, y tanta otra cayera entre los engaños del enemigo, cuanto más que sabía yo cómo entre aquellos hombres federales había muchos que sólo estaban sucumbiendo al mandato del deber militar.

Y sucedió que el cónsul inglés de Torreón, que vino a verme a mi cuartel de Gómez Palacio, se expresó conmigo tocante a las cuestiones humanitarias, y como luego se ofreciera a poner aquel documento mío en manos de José Refugio Velasco, le acepté la oferta y con él lo mandé.

Conforme mis hombres acababan aquella tarde la recogida de los cadáveres, el enemigo se puso a cañonearnos por el lado de la estación. Algunos de sus disparos llegaban con bastante acierto, lo que nos estorbaba por allí las maniobras de las locomotoras. Nos mataron dos soldados y un oficial; nos hirieron algunos de los pobladores del pueblo, y al fin tuvimos que retirar un poco nuestros trenes para que el dicho fuego no los alcanzara.

Aquél no era ningún ataque franco. El enemigo sólo buscaba impedir la nueva distribución de mis tropas, que él se imaginaba que ya estábamos disponiendo; por eso también, con el pardeo de la tarde, sus cañones de Santa Rosa empezaron a bombardear las líneas nuestras que les caían más cercanas. Era cuando las fuerzas de Calixto Contreras iban acercándose por San Carlos hacia el cañón que nombran Cañón del Huarache, y cuando, más hacia la línea del sur, avanzaban también las dichas tropas rumbo al enemigo apostado en el paso de la Alianza. Tocante al resto de mi gente, no había hecho sino apretar su cerco desde Gómez Palacio hasta Lerdo, y, por la izquierda de Gómez Palacio, apretarlo hasta las arenas del Nazas, y, sobre la margen derecha del dicho río, apretarlo por el norte y el oriente de Torreón.

Creo yo que todavía entonces no salían de su cansancio las tropas enemigas, ni las tropas nuestras, por lo que ninguno de los fuegos federales pasaba entonces de su primer intento. Masque así no fuera, sucedió que las sombras de aquella noche nos cobijaron con su calma, y sólo penetrándolas en su hondura se sentía cómo aquellos dos ejércitos descansaban en el intermedio de una acción.

Ésa es la guerra y ésas sus batallas. En lo alto de la Pila se miraba el resplandor de los montones de cadáveres que mis hombres seguían quemando. Yo lo contemplaba mientras reflexionaba entre mí: «Allí luchaban antier, hasta iluminar el cielo con su furia, las armas de unos hombres que querían ganar y las de otros hombres que no querían que les ganaran. Allí arden ahora los cadáveres de muchos de esos hombres, que ni siquiera saben quiénes ganaron y quiénes perdieron. ¡Señor, qué cosa tan grande y profunda es la guerra! Hace falta la muerte de muchos semejantes para que florezca la vida de los demás, y sólo a fuerza de mucho número de muertes progresa la causa del pueblo».

Otro día siguiente, en horas de la mañana, el enemigo volvió al lujo de sus bombardeos. Nos cañoneaba desde Santa Rosa. Nos cañoneaba desde Torreón, con piezas que parecían emplazadas hacia la calle que nombran, según es mi memoria, Calle de Ramos Arizpe. Como nada nos hacía aquel fuego, nosotros no lo contestábamos, ganosos de que siguieran ellos en el gasto de sus municiones. Comprendiéndolo así, de allí a poco el enemigo dejó de tirar, por lo que todo el resto de la mañana se nos fue en los reconocimientos que practicaba Ángeles para emplazar bien nuestra artillería. Me contaba él los resultados de sus observaciones y me daba los consejos de su pericia. Yo se los aprobaba.

A mediodía de aquel día reuní en junta a mis generales y jefes de brigada. Les hablé así mis palabras:

«Compañeritos: No atiende el enemigo la petición que le hemos hecho por manos de un cónsul extranjero. Nuestra gente y nuestra caballada ya se han refrescado por cerca de dos días. Para mi consejo y parecer, ya es hora de que continuemos la batalla. Vamos a dársela a Velasco en forma que no le quede a él respiro».

Y como me expresaran todos sus opiniones, allí se concertó lo conveniente. Éstas fueron nuestras providencias: las brigadas Villa y Morelos que eran las que más habían sufrido en los dos últimos días, más las brigadas Ortega y Cuauhtémoc, juntas en número como de 4 000 hombres, quedarían de reserva; por el oriente avanzarían las brigadas de Aguirre Benavides, de Maclovio y de José Isabel Robles; por el poniente iría al ataque la gente de Calixto Contreras, con otras fuerzas de Durango y con el apoyo de la artillería de Santibáñez, emplazada en Lerdo; por el centro y norte, es decir, desde Gómez Palacio hasta el Nazas, sostendría la línea el resto de la división, con apoyo de lo más de la artillería, al mando del general Ángeles.

Tenía el enemigo fuertes posiciones artilladas en el centro y en el poniente. Por el centro nos dominaba desde el cerro de Santa Rosa. En el poniente tenía sus cañones sobre los cerros llamados de Calabazas y de la Polvorera, dominadores del cañón del Huarache y del paso de la Alianza. Además de eso, no teniendo por el oriente ninguna altura de que aprovecharse, había emplazado artillería en el corazón de la ciudad.

Serían las tres de aquella tarde, día 28 de marzo de 1914, cuando salí a pasar revista a varias de las fracciones de mis tropas. Serían las seis cuando nuestra artillería empezó a bombardear las posiciones enemigas. Serían las siete cuando me adelanté hacia Torreón, acompañado de Urbina, de Ríos, de mis oficiales y de Luisito, más los hombres de mi escolta, para dirigir por mí mismo el desarrollo de los combates. Serían las ocho cuando se divisaron en Torreón llamas como de incendio, las cuales, según después se supo, eran obra de los disparos de Felipe Ángeles. Serían las nueve cuando vinieron a decirme que el enemigo acababa de quemarnos un puente a la retaguardia, cerca de Noé, estación de ese nombre; y aunque comprendiera yo cómo aquello no podía ser, mandé oficiales que investigaran y destaqué fuerzas en bastante número para que toda aquella parte de la vía quedara segura. Resultó luego que la dicha lumbre provenía de unas pacas de algodón que una máquina nuestra había incendiado con sus chispas.

Cerca de las diez de la noche fueron iniciándose y recreciendo las señales de la nueva pelea. Nos cañoneaba el enemigo la Jabonera de Gómez Palacio y hacía frente por el Huarache al avance de Contreras, y por la Metalúrgica a nuestros ataques del oriente. Mando yo entonces que mis tropas de reserva se acerquen por el centro hacia Torreón, lo que acaso siente el enemigo, o se lo supone, pues entonces empieza a cañonear la orilla izquierda del río frente a Gómez Palacio.

Y aconteció a esa hora, que mientras por el centro y por el oriente progresaba sostenido el avance de nuestras líneas, por el poniente nuestras fuerzas de la derecha habían conseguido adelantar hasta la entrada del cañón del Huarache, donde tropezaron con la artillería enemiga emplazada en las laderas del dicho cañón, más con los fuegos de una pieza poderosa, que les disparaba desde el tren en que la llevaban. Allí les tocó también padecer los artificios de dinamita que los federales les habían dispuesto bajo tierra para estorbarles el avance.

Pero es lo cierto que aun cuando entonces aquellas fuerzas del poniente tuvieron que detenerse, y que retroceder, apoyadas de allí a poco por la artillería de Santibáñez, ya no fueron en avance franco hacia la entrada del cañón, sino que extendieron su ataque a los costados de las alturas, por el norte de Calabazas y el sur de la Polvorera, y por el lado de Santa Rosa que mira a Lerdo, y se echaron entonces sobre el enemigo en asalto de tanta furia que los contrarios no lo pudieron resistir.

Aquél fue, según luego supe, encuentro de muy enconadas peripecias. Recreció la lucha por mucho tiempo en las laderas y la cumbre de Santa Rosa, mientras nos daban iluminación los combates de los otros cerros. En la Polvorera los cañones enemigos, y sus sostenes, se defendieron en choque como de dos horas, pero acabaron abandonando la posición. En Calabazas, defendido por artilleros de mucha ley, los cañones seguían disparando cuando ya los habían desamparado sus sostenes. Y al llegar allí los nuestros y tomar el recinto fortificado, y las piezas, y las ametralladoras, vieron cómo estaba muerto el capitán que las mandaba, y muertos los tenientes, y los sargentos, y grande número de los hombres de tropa.

Poco después, que sería como a las dos de la madrugada, sonó un teléfono que había en aquella posición, y cogiéndolo entonces uno de los nuestros, oyó bien cómo un oficial federal hablaba con el general Velasco.

El oficial le decía:

—Sí, mi general Velasco, aquí estoy.

Velasco le preguntaba:

—¿Pero todavía no te has retirado?

Le contestaba el oficial:

—No, señor. La entrada del cañón está quieta. Sólo desde Lerdo me cañonean de cuando en cuando.

Velasco ordenaba:

—Pues retírate inmediatamente, que ya Calabazas y la Polvorera están en poder del enemigo. Si no puedes salir con el tren, quita los cierres a las piezas y destruye tus municiones.

O sea, que aquellos hombres míos comprendieron que se trataba de la artillería y el tren que los federales tenían en lo bajo del cañón del Huarache, y entonces avanzaron, propuestos a paralizar desde arriba aquella retirada y a lanzarse a la toma de los elementos que buscaban recogerse.

Pero en verdad que nuestros hombres, aun usando parte de la artillería conquistada en Calabazas, nada pudieron conseguir, sino que el tren federal, ya a distancia de nuestro ataque, pudo salirse del cañón con cuanto llevaba.

XX

El incontrastable empuje de la División del Norte hace que José Refugio Velasco proponga una tregua a Pancho Villa

Las luminarias de las cumbres • Velasco y Argumedo • San Carlos • Calixto Contreras • La Alameda de Torreón • José Isabel Robles • Toribio V. de los Santos • El refuerzo federal • Pablo González • La presa del Coyote • Las laderas de Calabazas • El mercado de Torreón • Los proyectiles de Ángeles y los del enemigo • Los dos ejércitos • Velasco, buen militar • Míster Carothers • Cunnard Cummins • Enrique Santos Coy

Serían las tres de la madrugada cuando las luminarias de las cumbres me anunciaron que los tres cerros habían caído en poder de mis hombres. Eran el cerro de Santa Rosa, sobre este lado del río, y los de la Polvorera y Calabazas en el lado de allá.

La dicha hazaña, aunque grande, no resultó firme, según luego se vería. Porque la mañana no acababa aún de clarear, ni mis tropas habían tenido aún espacio de fortalecerse en Calabazas y la Polvorera, cuando ya el enemigo se nos estaba echando encima en asaltos tan fuertes que apenas los podíamos contener. Venían al frente de aquellas fuerzas enemigas el general Refugio Velasco y Benjamín Argumedo. Su artillería nos cañoneaba desde la ciudad y desde el cerro que nombran de la Cruz; y de tanto estrago nos era el dicho fuego, que, conforme a mi juicio, en él debían de estar empleando los federales todas las piezas de todas sus baterías. Es decir, que para las siete de la mañana ya habíamos perdido dos de las tres posiciones ganadas en la noche, y ya el enemigo, que en la madrugada huía de delante de nosotros por el cañón del Huarache, salía ahora por allí, y nos hacía ataques que empujaban a los nuestros hasta San Carlos,

313

pese al apoyo de la artillería de Santibáñez, que desde Lerdo iba protegiendo la retirada.

Envalentonado con su acción, el enemigo quiso entonces consumar su dominio del Huarache con grandes despliegues de caballería. Mas como los nuestros, rehechos en su retirada, recobraran al mismo tiempo la ofensiva y el vigor, hallaron forma de echarse otra vez sobre las tropas que los perseguían, y las hicieron retroceder, y las obligaron a recogerse al amparo de sus posiciones. Esto lograron ellos, aunque ya sin la protección del señor general Contreras, que se hallaba herido de resultas de los combates de la madrugada, y privados de las luces del consejo de él.

Pasadas las ocho arreció la pelea en toda la línea del poniente y del oriente. Por el oriente, que, según antes indico, era el ala izquierda de nuestro ataque, las tropas de Robles, de Eugenio y de Maclovio lograban en su impulso avances sobre la ciudad. Tan grande era su arrojo que entraban hasta parajes de la Alameda y alcanzaban dos cuarteles enemigos, donde se apoderaron de mulas y otros elementos. Y aunque los federales los afrontaban allí con artillería, con infantería, con caballería, y tras de cederles dondequiera el terreno llegaban a paralizarlos en aquel progreso tan avanzado dentro de la población, ellos venían a fortalecerse al sur de la dicha Alameda, donde se sostuvieron.

Salió herido en aquel encuentro José Isabel Robles, que era hombre de grande valor en todos los pasos de la guerra. Yo entonces le mandé orden de retirarse de la línea y de acogerse a la cura de mi servicio sanitario. Pero él me contestó que no, que no abandonaba la lucha ni dejaba solos a sus hombres, y que en aquella situación no me pedía más que cañones que lo apoyaran en su ataque y un médico capaz de ir bajo el fuego a contenerle las hemorragias. Y en verdad que yo, sabedor de cómo Robles era militar de mucha ley, y cómo no había de obedecerme en puntos sólo tocantes a su honra, no insistí en mi dicha orden, sino que concedí a la izquierda los cañones que necesitaba y le mandé a él el médico que me pedía.

En eso estábamos cuando recibo comunicación de Toribio V. de los Santos, aquel coronel, según antes dije, que Aguirre Benavides había dejado para vigilancia de la línea entre Hipólito y San Pedro. Me decía él que había sostenido encuentro con fuerzas del enemigo, al que había causado muertos y otras bajas, y que habiendo también cogido prisioneros, por ellos sabía cómo tres trenes federales avanzaban desde Monterrey en auxilio de Torreón, los cuales ya estaban en Benavides, estación de ese nombre.

Dispuse entonces que 2 000 hombres de Toribio Ortega y Rosalío Hernández salieran para San Pedro a contener aquel otro enemigo que me amagaba, y ordené a De los Santos que se pusiera bajo el mando de Toribio y destruyeran la vía en lo posible, y lo sentencié a graves penas si por su responsabilidad no me llegaba puntual noticia de todos los movimientos de aquellas tropas de socorro. Mas es lo cierto que se me ensombrecía el ánimo considerando la aparición de nuevas fuerzas federales, tan cercanas ya al lugar donde combatíamos. Reflexionaba yo entre mí: «¡Señor, de modo que Pablo González no ha sido bastante para interrumpir esa línea de comunicaciones! ¿No se lo pedí yo desde Chihuahua y me prometió que sí lo haría? ¿No se lo solicité de nuevo desde Bermejillo y me repitió la dicha promesa?». Y se me revolvía toda la cólera de mi cuerpo al ver que así me perjudicaban en mi acción, o más bien dicho, que así me la ponían en riesgos tan graves, pues era sólo con la llegada de refuerzos y nuevas provisiones, según antes indico, como Velasco podía anular mis ataques y forzarme a la retirada.

Dicté órdenes para que se acortara la lucha. A las doce de aquel día las brigadas Villa y Morelos, al mando de José Rodríguez y Tomás Urbina, se lanzaron en su ataque por el centro. Las cañoneaba el enemigo desde las posiciones elevadas, pero Ángeles, con pericia, contestaba los disparos de aquel fuego y le interrumpía sus ráfagas. Poco después, para mayor estrago en las fortificaciones que más nos castigaban, Ángeles hizo venir a Gómez Palacio la artillería que Santibáñez tenía en Lerdo, y que se movió bien, aunque ellos buscaron impedírselo. O sea, que apoyadas entonces las fuerzas de mi centro, y bajo el fuego de nuestros cañones los fortines de Calabazas y la Polvorera, ordené otra vez el avance por el poniente, al cual fueron mis hombres con todo el impulso de su furor.

Y seguía la lucha, siempre recia y encarnizada. No se quebrantaban ellos en el vigor de su resistencia; no nos retraíamos nosotros en la renovación de las embestidas con que nos les acercábamos. A ellos parecían nacerles por todas partes cañones y ametralladoras con qué resistirnos; a nosotros sus granadas ni sus balas parecían fatigarnos, aunque nos mataran y nos hirieran, según se crecía nuestro ánimo con el aumento de nuestras bajas. Y así fue como cerca de las tres de la tarde los nuestros volvieron a trepar por las laderas de Calabazas, donde capturaron una ametralladora, prisioneros y cajas de parque, y así también consiguió mi centro hacerlos reconcentrar gente en la presa que nombran del Coyote y en las alturas que la dominan. Mas conforme aquello progresaba, nuestra artillería seguía bombardeándoles todas sus posiciones, mientras ellos, para desquitarse, nos cañoneaban Gómez Palacio, sin lograr por eso contener mi acción central, que les castigaba todo aquel frente suyo con apoyo del cerro de Santa Rosa. Porque con el dicho cerro ya bien en nuestro poder, nosotros les bombardeábamos sus baterías de la Cruz.

Desde esa hora hasta el pardear de la tarde el fuego se generalizó. Yo me preguntaba, considerando cómo peleaban mis muchachitos por el centro, y por la izquierda, y por la derecha, si aquella lucha, empezada el 22 de marzo, no columbraría nunca su término, pues ya estábamos en vísperas del día 30; y me sobrecogía el temor de que nuestras energías y nuestros elementos se nos agotaran sin vernos triunfadores. Cuando así fuera, se mostraba tan cabal el ánimo de mis fuerzas, que varios hombres de la izquierda entraron aquella noche hasta el mercado de Torreón, y para lujo de su audacia, y auxilio de su necesidad, se surtieron allí de bastimento y luego volvieron a sus filas.

Otro día siguiente, a las cinco de la mañana, iniciamos nuestra acción con ataques de bombas de dinamita; y como la calma de la noche nos había velado el sueño hasta los tiroteos de la madrugada, íbamos briosos a la conquista de nuestro avance. Por el ala izquierda adelantaba mi gente, en forma que nombran de penetraciones, hacia el centro de la ciudad. Por el ala derecha, como a las seis, mis hombres volvían a trepar las laderas de Calabazas, y momentos después de aquello conseguían llevar su ataque, aunque en poco número, hasta los fortines de la Polvorera. Mas en verdad que la resistencia enemiga era casi tan fuerte como nuestro impulso, por lo que nos detenían ellos, y nos embarazaban a poco de avanzar. Teníamos que pararnos a considerar cómo vencerlos, y a cada paso necesitábamos tomar mejores providencias.

Decayó aquel ataque nuestro por el centro y por la izquierda como a las diez de la mañana de ese 30 de marzo de 1914. Maclovio Herrera y Eugenio Aguirre Benavides me preguntaron a esa hora que si podía yo mandarles artillería, que les era de urgencia para desalojar al enemigo de sus posiciones del Hospital. Les contesté que sí, y Felipe Ángeles les mandó lo que tuvo por conveniente, conforme disponía también el refuerzo de nuestra artillería de Santa Rosa para batir las alturas del Coyote, que al enemigo le eran de mucho amparo. Tenían allí levantadas los federales trincheras de adobe y algunas otras defensas, y de tanto espíritu eran allí los soldados, que otras tropas distintas a las mías acaso los consideraran invencibles. Estimándolo, decía el señor general Ángeles:

—Hay que desconcertarles el ánimo con el estrago de los cañones.

Y metía tan adentro nuestras piezas, que los servidores casi quedaban sin el amparo de las corazas, y así cañoneaba él al enemigo, y así lograba sacar fruto de la clase de parque que llevábamos. Pero a ese fuego nuestro de Santa Rosa se pusieron ellos a contestar tan bien, gracias a la superioridad de sus proyectiles, que casi lograron acallarlo, y no contentos, de allí pasaron, aunque sin perjuicio para nosotros, al bombardeo de Gómez Palacio, y entonces el fuego del *Niño* y del *Chavalito*, de cabal exactitud, tampoco les consintió seguir en sus excesos.

Es decir, que nos afrontábamos en aquella gran batalla dos buenos ejércitos enemigos, y que si tenía yo la superioridad que da el impulso de la justicia, y la superioridad en el número de los hombres, me resistía Velasco con la calidad de sus armas y las ventajas de su posición. Tocante al ánimo de las tropas, siendo el de las mías capaz de sobreponerse a todo, Velasco había sabido inculcar en las suyas todas las formas de la gente guerrera, en lo que demostraba ser muy grande hombre militar.

Venían desarrollándose así las alternativas de la lucha, cuando a la una de aquella tarde un correo del enemigo se presenta en mi cuartel. Me lo llevan a mi presencia; le pregunto que qué trae. Me dice que trae una carta para míster Carothers, el agente confidencial de los Estados Unidos que andaba cerca de mis fuerzas. Le pregunto que de quién es la carta. Me dice que es del cónsul inglés de Torreón. Yo entonces llamé a míster Carothers, el cual leyó entre sí aquella carta y luego me la leyó a mí. El cónsul inglés le decía:

«Señor Jorge Carothers, Agente del Gobierno de los Estados Unidos, Gómez Palacio. Señor: Anoche le escribí a usted con un mensajero que llevaba bandera blanca. Según parece, en contestación a mi carta me enviaron de allá una escolta para que yo pasara al territorio de esas líneas, pero sucedió, al salir yo, que las avanzadas constitucionalistas me hicieron fuego y tuve que regresar para protegerme. Le renuevo ahora, señor, el contenido de mi dicha carta, con la súplica de que se acerque el general en jefe de aquellas tropas leales para que me mande una escolta de no más de tres hombres, los cuales han de venir desplegando bandera blanca y, de ser posible, en automóvil. Según la dicha escolta cruce las líneas, aquí se la recibirá y respetará. También se ha de dar aviso y orden a todos los puestos de esas tropas para que cesen por completo en sus fuegos al tiempo que el referido automóvil se acerque a esta población y luego salga de regreso. Considerando yo los nobles y humanitarios sentimientos que el señor general Villa me declaró en nuestra plática del día 27, en ellos me fundo para expresarle mis pretensiones, pues se trata de que hablemos los dos, y de que concertemos, a iniciativa del señor general Velasco y en nombre de la Humanidad, asuntos de grande importancia. Dígale usted, señor, que cuando aparezca la escolta amparada de la bandera blanca, viniendo en automóvil o a caballo, yo saldré solo a encontrarla, con bandera blanca y bandera inglesa, y me cobijaré con su protección hasta que me acojan en aquellas líneas. Propone el señor general Velasco que mientras dure mi ausencia y me halle yo en el desempeño de mis gestiones no se haga acción militar por ninguno de los contendientes, sino que ambos cesen en sus hostilidades. Le notifico que hay aquí extranjeros refugiados en el Banco de la Laguna, en el Banco Alemán, en los almacenes de Buchenau y en una o dos casas particulares, y que todos se hallan bien. – *El cónsul de Inglaterra, Cunnard Cummins*».

Tan luego como míster Carothers hizo de mi conocimiento aquellas proposiciones que me dirigían, llamé al señor general Ángeles para que las estudiara conmigo, y el resultado fue que nombramos una comisión, formada por Roque González Garza y Enrique Santos Coy, para que se acercara al campo enemigo en busca del cónsul de Inglaterra.

Dicté orden de que se suspendiera el fuego. Salió aquella comisión. Cuando González Garza y Santos Coy se vieron junto a la margen derecha del Nazas, ya muy cerca de las avanzadas enemigas, se apearon del automóvil que los llevaba, siempre al amparo de la bandera blanca. Entonces advirtieron cómo un oficial federal, que también portaba igual bandera, estaba en el puente del ferrocarril y les hacía señas de que se acercaran. González Garza mandó que avanzara cosa de cien metros el soldado nuestro portador de la bandera. El oficial federal, con los dos hombres que lo acompañaban, avanzó también, y cuando se halló a distancia de que se oyera su voz, se expresó con el soldado nuestro. Le preguntó: «¿A qué vienen aquí tus jefes?». Y el soldado pasó entonces la pregunta, y según Roque y Santos Coy le respondieron, contestó: «Mis jefes vienen en busca del cónsul inglés, que pide audiencia de mi general Francisco Villa a nombre del señor general José Refugio Velasco». Aquella comunicación se dificultaba por obra del fuego de los federales, que seguían bombardeando Santa Rosa y disparaban desde Calabazas. Entonces Enrique Santos Coy, que era hombre impaciente y de mucha ley, dejó a González Garza y avanzó hasta reunirse con el oficial enemigo, el cual le dijo: «Allí en el puente está el cónsul extranjero que les interesa. Puede usted pasar a recogerlo».

Pero ocurrió, al llegar Santos Coy al dicho puente, que ya el cónsul inglés no estaba, sin saber yo ahora si era porque aquel señor no había querido esperar más, según se verá luego, o porque el oficial enemigo quería llevarse

318

a Santos Coy a presencia del general Velasco. Porque según se hallaron en el puente, el oficial le dijo a Santos Coy:

—Siendo que ya no está aquí el cónsul que usted busca, pasemos juntos al cuartel general.

Santos Coy le contesta:

—Sí, señor. Pasemos.

—Pero las leyes de la guerra me obligan a vendarlo y a desarmarlo.

Le responde Santos Coy:

—Me vendará usted, señor; pero viva seguro que no me dejo desarmar, aunque se lo impongan a usted todas las leyes de la guerra.

Así fue. Vendaron a Enrique Santos Coy, y ciego lo llevaron al cuartel general enemigo, donde compareció enfrente de Velasco armado de todas sus armas, como muestra de que llegaba hasta allí a título de hombre libre y no como prisionero.

Y yo, Pancho Villa, declaro que fue aquél un acto de grande valor, pues eran días en que unos a otros nos matábamos con el más sangriento encono; y afirmo también que José Refugio Velasco, en su respeto por aquel oficial mío, que le llegaba en forma dudosa y dueño de todas sus armas, obró como conviene a los buenos hombres militares.

XXI

Pancho Villa rechaza la tregua propuesta por José Refugio Velasco y reanuda sus furiosos asaltos sobre Torreón

Enrique Santos Coy en el cuartel general enemigo • El general en jefe federal • José Carrillo y los hermanos Arrieta • La proposición del general Velasco • Una comunicación de Pancho Villa • Los consejos del compadre Urbina • Villa, sus arrebatos y su serenidad • El doctor Raschbaum • Los mil hombres del general Chao • Un consejo de guerra extraordinario

Conforme quitaron aquella venda a Enrique Santos Coy, se vio él dentro del cuartel general enemigo y delante del general José Refugio Velasco.

Velasco le pregunta:

—¿Quién eres y a qué vienes? ¿Serás por ventura un particular?

Santos Coy le contesta:

—Soy oficial del estado mayor de mi general Francisco Villa.

Velasco le dice:

—Muy bien, muchachito; mas, según yo creo, eres también un valiente, cuando así te presentas delante de mí.

Santos Coy le añade:

—Señor, soy un hombre revolucionario que anda al cumplimiento del deber.

Entonces Velasco le vuelve a preguntar:

—Dime lo que quieres.

Santos Coy le responde:

—Nada quiero, señor. Sólo vengo en busca del cónsul inglés.

Y como Velasco, oyendo aquella respuesta, le preguntara entonces que

qué quería yo, él dijo que yo no quería nada, que los hombres revolucionarios sólo estábamos para luchar: que eran ellos, los federales, los que solicitaban parlamento por boca del dicho cónsul.

Velasco le añadió entonces:

—Conviene que pactemos armisticio de cuarenta y ocho horas para
enterrar los muertos y socorrer los heridos.

A lo cual Santos Coy, como buen oficial, le contestó que él no sabía
nada de aquellas cosas, y que si algo tenían que decirme, que me lo dijeran
también por boca del cónsul inglés, pues no llevaba él eso en sus facultades,
ni tenía otra orden que escoltar al dicho cónsul hasta mi cuartel general, y
que si no le daban al cónsul que le permitieran retirarse.

Así fue. Velasco volvió a felicitar a Santos Coy por su buen alarde de
formas militares, y Santos Coy, otra vez ciego por la venda, regresó con
escolta enemiga hasta cerca del río, donde lo desvendaron y despidieron, y
desde donde avanzó hacia nuestras líneas. Eso hizo él cuando ya el cónsul
inglés, que acababa de llegar al punto donde Roque González Garza estaba
aguardando, volvía a Torreón, a solicitud del dicho González Garza, para
traer de allá a Santos Coy, o a ver si algo le había sucedido.

Mirando yo cómo el enemigo, en violación de su propio acuerdo, no cesaba
de bombardear el cerro de Santa Rosa mientras andaba en sus diligencias la
comisión del cónsul inglés, dispuse que la artillería de mi izquierda lanzara
otra vez sus fuegos sobre la ciudad. Mas confieso que los jefes de aquellas
tropas nuestras se alargaron un poco en el entendimiento de mis órdenes, de
modo que no sólo volvieron al uso de sus cañones, sino que se valieron de los
ataques de su caballería. Es decir, que por todos lados comenzó de nuevo la
pelea, y poco después estábamos ya, como en horas anteriores, trabados en
grandes combates.

En el cerro de Calabazas se encendieron encuentros de mucha furia.
Tenía yo allí las fuerzas del general José Carrillo, que un día antes había
llegado a incorporárseme con 400 hombres suyos y 800 de los hermanos
Mariano y Domingo Arrieta. Dominaban aquel cerro los federales; pero,
disputándoselo nuestras tropas, por trozos y por horas conseguían mis
hombres traerlo a nuestro poder.

Esa tarde un grupo de soldados y oficiales enemigos quiso allí pasarse a
nuestras filas, para lo cual se acercó a las posiciones nuestras pidiendo rendirse: a gritos y señas expresaban sus deseos de rendición, y solicitaban ser
oídos por el general en jefe. Pero como no lo entendieron así José Carrillo

ni sus tropas, no sólo no se acogió a los dichos soldados y oficiales enemigos, sino que se les contestó con toda la hostilidad de las armas; digo, que los derrotaron y persiguieron, y ya dispersos, les causaron como cincuenta prisioneros, los cuales, llevados delante de mí, expusieron sus razones, y yo acepté que se me incorporaran.

Así que llegó a mi cuartel general de Gómez Palacio el cónsul de Inglaterra, se expresó conmigo tocante a las proposiciones que venía a hacerme a súplica de los federales. Me hablaba él sus palabras, diciéndome:

—Propone el señor general Velasco tregua de cuarenta y ocho horas para la recogida de los heridos y la sepultura de los muertos. Es medida de humanidad, señor, y de sentimiento piadoso en tributo de los que cayeron. Según es mi parecer, usted se avendrá. Porque mientras mejores han sido, señor general Villa, los jefes militares de los pueblos que viven dentro de la civilización, y mientras más grandes, más han mitigado siempre los horrores de la guerra. Piense usted en los hombres que ahora sufren y se desangran en todo este ancho campo de batalla esperando que se les recoja y se les dé cura. Piense usted en los cuerpos de los que perdieron su vida en cumplimiento del deber: ahora se corrompen a flor de suelo y hacen pestilente el aire de sus hermanos.

Le contesté yo:

—Señor, Pancho Villa no es hombre cruel, masque así lo digan muchos y así lo propalen: yo soy hombre de corazón. Pero éstas que aquí libramos son batallas de la guerra. ¿Qué me ofrece el enemigo, señor? Que recoja yo mis heridos y mis muertos mientras recoge él los suyos. Yo no tengo heridos regados por el campo, señor: hombre que ha caído entre mis filas, hombre levantado por mi servicio de ambulancia, que para eso la tengo aquí, y para eso la gobiernan médicos y camilleros muy esforzados. Si mi herido es grave, ya está curándose en los hospitales de mi retaguardia; si mi herido es leve, ya está acogido a mi sanidad, y tocante a mis muertos, ya duermen en su sepultura todos los que cayeron dentro de la jurisdicción de mi campo. Sucede, señor, que no es tregua para heridos ni cadáveres la que busca el enemigo, cuando mucho la necesite, sino tregua para descansar de la fuerte batalla que le damos, y para ver si al fin le llegan los refuerzos que tanto le urgen, pues el señor general Velasco sabe bien que si no recibe la dicha ayuda, no podrán sus fuerzas estorbarme la toma de Torreón, ni acaso tampoco el aniquilamiento de su ejército. Ésta es la verdad, señor, y por eso le contesto, para que usted conteste así al dicho general, que no concierto treguas en beneficio del enemigo.

Considerando aquellas palabras mías, el cónsul inglés me preguntó:

—¿Qué propone entonces el señor general para que cesen estos combates?

Yo le dije:

—Propongo, señor, la entrega de la plaza por las tropas de Velasco, y, que todas esas tropas me rindan las armas.

Y como me dijera él que si estaba yo dispuesto a responder por escrito, le contesté que sí.

Así fue. Esa misma tarde despaché al cónsul para que llevara al campamento enemigo aquellas palabras mías. El contenido de mi respuesta era éste:

«Señor general José Refugio Velasco. Señor: Le expreso mi pena de que no se haya usted dignado contestar cuando le intimaba rendición, pues estimo de buenos hombres militares guardar siempre al contrario todas las formas de la cortesía, cuanto más si se trata de hombres militares de tan grande civilización como la suya. El armisticio que me pide para levantar el campo, no se lo puedo conceder, señor, pues sólo sería para su provecho. Yo no tengo muertos ni heridos cerca de mí. Mis muertos, hasta donde las peripecias de la lucha lo consienten, ya se hallan bajo tierra. Mis heridos se curan en mis hospitales, de aquí o de mi retaguardia. Le declaro, pues, que sí le otorgo su petición de que esta batalla cese, pero ha de ser a cambio de que Torreón y todas sus fuerzas se me rindan, y comprometiéndome yo a respetar la vida de todos aquellos señores generales, jefes y oficiales, para quienes destinaré buen alojamiento en Chihuahua, y a respetar la vida y la libertad de todos aquellos soldados. Pero créame, señor, que si me alargo en estas concesiones es por ponerme dentro del ánimo fraternal que, conforme a mi juicio, debe hacernos generosos a los buenos mexicanos, y se lo digo porque el verdadero impulso de las tropas de nuestra Revolución es de guerra a muerte contra la clase privilegiada que intrigó para la caída del gobierno del pueblo, y de guerra de exterminio contra los militares que se conchabaron con las dichas clases y que malbarataron su honor traicionando al señor Madero, pues así se convirtieron en protección de los que sólo quieren el dolor y la miseria del pobre. También lo invito, señor, en caso de que no resuelva ahora la rendición de sus armas, a que ahorre sangre de civiles y propiedades de inocentes saliendo a la batalla fuera de los muros de la ciudad. Hágalo, pues, y yo le estimaré entonces persona humanitaria y de sentimientos nobles. Le repito, señor, todas las formas de mi respeto. *Cuartel general de la División del Norte, Gómez Palacio, a 30 de marzo de 1914. El general Francisco Villa*».

Aquella comisión que había ido a Torreón a traer el cónsul de Inglaterra, aquella misma fue a llevarlo ahora hasta las avanzadas enemigas. Allí esperaron un rato los dichos comisionados míos, y poco después, al aparecer y ondear del otro lado la bandera inglesa, regresaron a nuestro campo. Dicha aparición era la señal convenida para el caso de que los federales no se avinieran a ninguna de las condiciones que yo les imponía.

Según indico antes, mi izquierda, mirando los bombardeos enemigos, no había dejado de combatir durante todo el tiempo de las diligencias tocantes a la tregua; y tan pronto como González Garza y Santos Coy vinieron a comunicarme la negativa de Velasco, di orden de que se prosiguieran todos los fuegos y luego luego acabé de dictar mis providencias para el ataque de la noche.

A las ocho recreció el combate. Mandé entonces que avanzara por el centro la gente de infantería que había yo puesto al mando de Martiniano Servín, y al tiempo que aquellas tropas hacían su ataque, dispuse que toda la artillería de Ángeles bombardeara al enemigo amparado dentro de la ciudad. Ellos nos contestaban con su cañoneo sobre Gómez Palacio, que era certero hacia el sur, mas no de grande daño para nosotros, pues sabiendo yo cómo por allí sus granadas venían siempre a estallar en los sitios a donde las dirigían, me les adelantaba, poniéndoles en algunos de nuestros movimientos de la sombra hincapiés que los engañaban. Esto les hacíamos nosotros aun cuando ellos, urgidos de orientarse, disparaban desde las cumbres fuegos luminosos que nombran cohetes de luz.

Conseguimos con aquella lucha mover nuestro centro hasta la margen derecha del Nazas, de la cual nos apoderamos antes de las once de la noche. Pero mientras por allí lográbamos nosotros aquel avance, por la derecha las tropas del general Carrillo no sólo no acudieron a la acción según la buena forma de mis órdenes, sino que se dejaron sorprender, y luego, sin aprontar ninguna resistencia digna de verdaderos hombres militares, perdieron lo que llevábamos ganado sobre las posiciones de Calabazas. O sea, que malograron en lo mejor mi ataque de aquella noche y se hicieron responsables de mucho número de muertos y heridos.

Me decía mi compadre Tomás Urbina:

—Ya se lo recordaba yo, compadre: José Carrillo y su gente, y Mariano y Domingo Arrieta con toda la suya, no son hombres de fiar. Y no es que busque entrometerme, siendo de usted el mando y suyas las responsabilidades; pero yo nomás le digo: si en mi autoridad estuviera, ni Carrillo ni su brigada volvían a desconcertar aquí nuestros planes.

—Compadre, viva usted seguro que mañana, con la luz del sol, José Carrillo y sus oficiales penarán el castigo de su culpa.

Lo cual le dije muy quedo en mis palabras, aunque revolviéndome de cólera entre mí, sin saber yo ahora si la mucha apariencia de mi calma era obra de la grave culpa de Carrillo, o si la ocasionaba mi propósito de no dejarme llevar de mi carácter arrebatado. Porque andaba entonces cerca de mí un médico extranjero que nombraban el doctor Raschbaum, el cual me advertía que no comiendo carne se aliviarían en mucho mis violencias; y yo, que no quería que las dichas violencias me cegaran, para ser en todo hombre justo y de razón, no sólo me mantenía entonces sin carne, con grande sacrificio de mi costumbre, sino que llevaba propuesto el ánimo a no dejar salida a mis arrebatos.

Aparecí, pues, muy sereno cuando me recogía aquella noche a mi cuartel, cuanto más que acababa de recibir la noticia de cómo el general Chao me mandaba, para reforzarme, mil hombres de la gente que le había yo dejado en Chihuahua. Éstas eran sus palabras: «Yo no necesito aquí tan grande guarnición, en tanto que a usted sí le hacen falta esas fuerzas de infantería que ahora le mando». Y ciertamente que yo, considerando las serias dificultades de aquella lucha, se lo agradecí.

Otro día siguiente, torpe yo de cuerpo por algún quebranto en mi salud, no aflojé para nada en mis providencias para la pelea. Empecé el día con la orden de que se llevara bastimento a los soldados, de modo que se conservaran todos en las posiciones ganadas al enemigo y de que no flaquearan en el ataque. Luego, convencido de que urgía quitar a Velasco toda esperanza de una salida, y aun la ilusión de cualquier socorro, ordené a José Isabel Robles extender la línea de la izquierda hasta más al sur del ferrocarril de Saltillo, no fuera que sabiendo Velasco, según probablemente sabía, cómo estaban ya por San Pedro fuerzas que le traían ayuda, se confortara su ánimo, y el de sus hombres, imaginándose panoramas favorables. Porque bien cortada su línea del sur, y la de Saltillo, y la de Monterrey, y la del norte, y la de Durango, quería yo hacerle reflexionar cómo no le quedaba otro futuro que sucumbir, o triunfar en su defensa. Y él veía claro que no podía triunfar, y que no podían llegarle socorros, y que no podría escapar cuando sus elementos se le agotaran. A eso lo obligaba yo.

Aquella mañana tuve noticia cabal de la desobediencia de José Carrillo a mis órdenes. A seguidas mandé traerlo y someterlo a causa de consejo de guerra.

Me decía González Garza:

—Mi general, tratándose de un brigadier, este consejo de guerra no basta para juzgar a José Carrillo. Hay que formarle consejo de guerra extraordinario, que compongan sólo generales.

Yo le dije:

—Muy bien, muchachito: por esas formalidades no quedará. Que juzguen a José Carrillo varios generales, y yo mismo si hace falta; pero yo le prometo que no hay aquí general que no me lo sentencie a muerte, según lo merecen sus delitos.

Y así fue. En menos que el aire, le formé a Carrillo consejo de guerra extraordinario con los generales Tomás Urbina, José Rodríguez, Calixto Contreras, Andrés Villarreal, más el licenciado Ramos Romero, como asesor, y el coronel Roque González Garza como secretario del juez. De este modo, para las cinco de aquella tarde ya estaba José Carillo en sus declaraciones, y para las seis ya me lo habían declarado formalmente preso. Tocante a sus tropas, las mandé reconcentrar en Gómez Palacio, y luego que llegaron dispuse que las desarmaran. Eso hice yo para que aquellos hombres sintieran el rubor del mal comportamiento suyo, y para que mandadas después por un buen jefe, y bien dirigidas por sus oficiales, obraran con todo el valor que hace falta en los azares de la guerra.

XXII

Con sus asaltos nocturnos del 1° de abril Pancho Villa logra quebrantar definitivamente las defensas de Torreón

Luz del sol y sombras de la noche • La prolongación de la batalla •
Trenes de heridos • Los oficiales de José Carrillo • «En la División del
Norte no hay cobardes» • El miedo que nombran pánico • Una salida
para el enemigo • Luis Herrera • Martín López • Los hermanos Arrieta •
Pastor Rouaix • La presa del Coyote • Benito Artalejo • Pablo Mendoza
• Virginio Carrillo • El coronel Quiñones • Miguel González • Eladio
Contreras

Aquella noche del día 30 mandé que se suspendieran todos nuestros ataques a
Torreón, pues quería yo dar reposo a las tropas en espera de mis movimientos
concebidos para otro día siguiente. También quería favorecer la nueva
acomodación de la artillería, que el señor general Ángeles estaba reorganizando. Pero, según es mi memoria, no se avinieron los federales a dejarnos descansar, sino que, pasadas las once, se encendió fuerte tiroteo entre las líneas
del norte, y así seguimos hasta cerca de la una, en que decayó poco a poco el
fuego de los fusiles.

Nos amaneció el día 1° de abril. A las tres de la madrugada ya estaba otra
vez trabada la lucha en la derecha, por el Huarache y la Alianza. Era pelea
que iba propagando sus fuegos, primero con escaramuzas que ellos provo-
caban, luego con los bombardeos que nos hacían, desde las alturas, sobre
Santa Rosa y Gómez Palacio.

Los dejamos seguir en eso hasta las seis. A la dicha hora dispuse que
empezara el ataque de mi izquierda, aunque lo hice poniendo en aquellas

327

órdenes mías ánimo de no comprometer por allí la gente en avances de mucho riesgo, sino sólo para dar que hacer al enemigo, pues buscaba yo, en los cálculos de mi grande ataque de esa noche, que lo más de mis tropas gozara de algún reposo.

Así proseguía la situación. Para los federales la luz del sol brillaba siempre en su beneficio; para mí, las sombras de la noche cobijaban el progreso de todos mis ataques; cuantimás que comprendiendo yo cómo todo aquel poderoso esfuerzo de mis muchachitos no acabaría en nuestro triunfo si no conseguíamos quitar al enemigo las alturas con que nos dominaba, tenía resuelto echármele encima aquella noche en forma que allí lo dejara sin acción. Porque en verdad que duraba ya mucho la batalla, y los combates me costaban ya cerca de dos mil hombres, y empezaban a escasearme algunos bastimentos, y ya se me limitaban las pasturas. En mis reflexiones acerca de estos puntos temía yo, siendo algo conocedor de la guerra, que sobreviniera cansancio entre mis soldados, pues en la acción de los ejércitos que atacan daña más que la muerte la fatiga de no salir nunca de unas mismas peripecias. Es decir, que había yo resuelto para esa noche quitar otra vez al enemigo los cerros de Calabazas y la Polvorera, mientras por la izquierda le producía con mi avance el azoro de estar ya nosotros en el corazón de la ciudad, y eso según le hacía por el centro todo el estrago posible en sus posiciones del Coyote.

Aquel descanso mío lo tomaron ellos como ocasión para el fuego de sus cañones: a las ocho de la mañana su bombardeo de Gómez Palacio era más fuerte que cuantos me habían hecho sobre aquella población, tras de lo cual siguieron con nuestras posiciones de Santa Rosa. Y poco después, como nosotros hiciéramos en la estación movimiento para dar paso a los trenes del servicio de mi ambulancia, las granadas enemigas fueron para aquellos trenes nuestros que más se les acercaron. En eso el encono de ellos recreció tanto que, terminado el dicho movimiento, tuvimos que devolver nuestros trenes hasta más de un kilómetro hacia atrás. Así los librábamos del enemigo, y así hacíamos que siguiera él en su gasto de municiones.

Al recibir por la mañana noticia de cómo había habido sentencia de muerte para el general José Carrillo, fui yo adonde estaban presos los oficiales de su brigada y les dije:

«Compañeritos, las necesidades de la guerra son siempre con exigencia de valor. Por eso el buen hombre militar es hombre que no tiene miedo, o que si tiene miedo halla en la ley de su honra bastantes fuerzas para dominarlo. Es decir, que los hombres sin decoro y sin valor no sirven para proteger la causa del pueblo, por lo que en la División del Norte no tienen acogida los cobardes, y si alguno llega hasta ella, pronto desaparece. Éstas son mis palabras: tocante al jefe que hasta ayer les dictaba a ustedes sus órdenes, ya tendrán noticia de lo que le va a pasar: el consejo de guerra acaba de condenarlo a muerte; tocante a ustedes, que tampoco entendieron el cumplimiento del deber, hay orden de que también sean pasados por las armas. Porque yo los acogí en la angustia de esta pelea, por llegar ustedes diciéndose hombres militares y hombres de valor, y como a hombres de valor les entregué una posición que ustedes abandonaron luego como cobardes. Sepan que son muchas, señores, las vidas que la toma de aquella posición me había costado, y muchas las que ahora me costará el recobrarla, por lo que no puedo consentir que se vayan sin castigo. En la guerra las vidas se pagan con la vida. ¿Ninguno de ustedes se quiso morir? Muy bien: ahora van todos a saber lo que es la muerte. ¿O acaso he de andar yo ganando posiciones enemigas para que los hijos del miedo vengan a entregarlas?».

Lo cual les predicaba yo no porque en verdad tuviera la intención de matarlos, sino para que recapacitaran en su conciencia cómo en las batallas anda más cerca de la muerte el prófugo de su deber que el hombre de corazón que ahuyenta con su pecho las balas enemigas.

Y era que expresándome la noche antes con el general Felipe Ángeles tocante al delito de José Carrillo y sus oficiales, me había dicho él:

—A los ejércitos más valerosos los acomete a veces el miedo que nombran pánico.

Y le había contestado yo:

—Será, señor. Mas esos pánicos no se repiten curándolos con el fusilamiento.

Y él me había dicho:

—Perdone usted esos oficiales. Así no habrá pena irreparable para los que de entre ellos resulten hombres de valor.

Y yo le había contestado:

—Muy bien, compañero: se los voy a perdonar esta vez. Pero viva seguro que todos ellos irán mañana al asalto de las posiciones federales, y los que no busquen la muerte en sus hazañas, la encontrarán allí mismo en su cobardía.

Seguí, pues, de este modo la prédica que les estaba yo haciendo a los dichos oficiales:

«Pero quiero, señores oficiales, que todos ustedes sufran la muerte de mi justicia, no la de mi injusticia. De manera que no los voy a fusilar orita mismo, sino que los voy a mandar esta noche a la toma de las posiciones enemigas, vigilados todos por hombres de mi escolta, y allí donde cualquiera olvide el cumplimiento del deber, allí mismo recibirá la pena de mi castigo. Es decir, que vivirán o morirán con honra si se portan bien, y morirán sin honra si se portan mal. Esto más les añado: si son grandes en sus hazañas, les concederé también la vida de su jefe».

Así fue. Mandé formar un cuerpo de infantería con las fuerzas de José Carrillo. Les pasé revista aquella misma tarde. Las municioné bien. Las doté de buenas bombas que me acababan de llegar. Las exhorté de nuevo a que recuperaran su honra y salvaran la vida de su antiguo jefe. Y luego las puse bajo el mando de Martiniano Servín.

La tarde de aquel día 1º de abril de 1914 llamé a mi compadre Tomás Urbina y le dije:

—Compadre, ¿qué piensa usted de esta resistencia que aquí nos hace el enemigo?

Me contesta mi compadre:

—Que es muy grande resistencia.

Llamo entonces a Felipe Ángeles y le digo:

—Señor general, ¿qué piensa usted de esta resistencia que aquí nos hace el enemigo?

Me contesta Felipe Ángeles:

—Que es muy grande resistencia.

Y como siguiéramos en aquellas expresiones, me añadió él:

—Si al enemigo no se le quebranta el ánimo, o no se le agotan sus elementos, aquí nos desangraremos por muchos días más.

Yo le digo:

—Muy bien, señor. Pero si le tomo yo al enemigo varias veces sus principales posiciones, y lo dejo obligado a recobrarlas siempre, o a perder las otras, ¿no cree usted que su ánimo se quebrantará, cuando no sea que sus municiones se le agoten?

Él me contesta:

—Puede ser, mi general; y más lo será si, dejando nosotros abierta una salida, el enemigo se acoge a ella sin saber que es hincapié que nosotros le ofrecemos.

Entonces me quedé yo considerando aquellas palabras de Felipe Ángeles, y me pregunté entre mí que qué sería mejor, si seguir en mis ataques a sangre y fuego hasta el aniquilamiento del enemigo dentro de Torreón, según había acabado antes con todas las fuerzas huertistas de Chihuahua, o si dejar salir a Velasco para cogerlo después en condiciones que le fueran menos favorables. Y es cierto que reflexionando cómo cobijaban peligro los refuerzos federales que ya venían por San Pedro de las Colonias, resolví ordenar, tan pronto como prosperara mi ataque de la noche, que las tropas de mi izquierda dejaran otra vez libre la salida de Torreón rumbo a Saltillo.

A las seis de aquella tarde me llegaron los ochocientos hombres de la Brigada Villa y de la Brigada Benito Juárez que me enviaba desde Chihuahua el general Manuel Chao. Vino a presentarse delante de mí el señor general Luis Herrera, que mandaba dichas tropas. Se me presentaron también Benito Artalejo y Martín López, dos hombres de grande valor, y de mi confianza, que venían entre esas fuerzas con grado de tenientes coroneles.

Yo les dije:

—Compañeritos, llegan ustedes en momentos que son de angustia. Este enemigo no se quiere rendir. ¿Ustedes y sus hombres vienen propuestos a morir dándome su ayuda? Si así es, mañana mismo estaremos dentro de Torreón, pues no duden que ya habría yo tomado la dicha plaza si todos los hombres revolucionarios de estas comarcas salieran a la verdadera lucha por la causa del pueblo.

Lo cual decía yo encendiéndoseme toda mi cólera al ver cómo Mariano y Domingo Arrieta, que tenían en Durango tropas de mucho número y muy bien montadas y equipadas, no escuchaban mi orden ni mi ruego de traerme su auxilio. ¡Señor, aquello era traición a los deberes revolucionarios, pues todos teníamos un solo enemigo que vencer, y no era ley que unos muriéramos por unos triunfos mientras otros los estorbaban, ni que se entremetiera la envidia, o el egoísmo, en el curso de una causa tan grande como la que andábamos peleando! Pero pensaba yo entre mí: «Acabaré esta campaña de la Laguna y saldré en busca de esos generales para fusilarlos». Y se me ensombrecía más el enojo con los informes que sobre eso me daba el gobernador del estado de Durango, un señor ingeniero, de nombre Pastor Rouaix, que también había llegado a mi campamento.

Serían las ocho de la noche cuando salieron para su sitio de combate las nuevas tropas que me acababan de llegar y las que había yo puesto esa tarde al mando de Martiniano Servín. Serían las nueve cuando se abrieron los fuegos de mi centro. Serían las nueve y media cuando se abrieron los fuegos de mi derecha. Serían las diez cuando se abrieron los fuegos de mi izquierda. Y de ese modo, bajo el poder de nuestra artillería, que bombardeaba Torreón desde Santa Rosa con disparos de mucho acierto, fue progresando nuestro ataque hacia el centro de la ciudad. Con esto, según adelantaban en su línea las tropas de mi izquierda, las brigadas de Luis Herrera y Martiniano Servín se acercaban por el centro a los fortines y trincheras que tenía el enemigo en la presa del Coyote.

Y lo que sucedió fue que resultaron terribles las mudanzas de aquella lucha. Porque parecían ellos arrebatados por el empeño de su última resistencia, y parecíamos nosotros propuestos a desbaratarlos o a sucumbir, pues no nos arredraba el peligro de sus fuegos, sino que mientras más muertos y heridos caían de entre nosotros, más se iluminaban las laderas de aquellas alturas, y más resplandores se creaban sobre la ciudad con la lumbre de nuestras granadas y nuestros fusiles y con la llamarada de nuestras bombas. Era que, pasadas apenas las diez, se apagaron todas las luces de Torreón, y entre la oscuridad que de allí subía se acrecentaban más las luminarias de los combates.

Antes de las once de la noche ya había logrado nuestra derecha ir trepando hacia las alturas del cañón del Huarache, y antes de las once y media empezaba ella a tener buen pie en lo principal de las laderas. Frente a la presa del Coyote se desarrolló la acción con tanta furia, que a la una de la madrugada ya estaban los hombres de mi centro peleando al pie de las defensas de tierra que allí tenían los federales. Era la lucha más recia de cuantas nos habían ensangrentado en los ataques de todos esos días. Sucumbió allí a los primeros disparos Benito Artalejo, uno de los tenientes coroneles, como antes indico, que acababan de llegar de Chihuahua, muy buen hombre revolucionario, de mi cariño y de grande valor, por el cual lloré. También cayeron allí muertos Pablo Mendoza, otro teniente coronel, y un mayor de apellido Jaques, y otro llamado Virginio Carrillo, más otros oficiales que también resultaron heridos o muertos entre la gente de la Brigada Carrillo, que, según ya dije, había yo puesto esa tarde a las órdenes de Martiniano Servín, y otros entre las tropas de Luis Herrera. Porque arreció tanto en su encono aquel asalto nuestro contra las posiciones del Coyote, que en menos de dos horas nos causaron allí los federales cerca de cien muertos y no menos de trescientos heridos. Mandaba las dichas posiciones enemigas un coronel nombrado Quiñones, el cual murió también aquella madrugada, hecho que luego me contarían.

Así peleaban la batalla los hombres de mi centro, y conforme ellos se desangraban, las brigadas de mi izquierda volvían a la lucha en sus avances sobre el corazón de la ciudad, y las de la derecha no desamparaban su propósito contra los cerros, que era lo más importante de todo. Además, como para la acción de la izquierda había yo ordenado a Robles recoger sus tropas de sobre la línea de Saltillo y dejar libre a Velasco aquella salida, todas las fuerzas suyas, más las de Maclovio y Aguirre Benavides, se trabaron en muy duros encuentros.

Aquellos hombres míos hacían su pelea de calle en calle y de casa en casa, con bombas de mano y fuego de fusil. Lograban así sus ventajas, y cuando no, se mantenían siempre con un ánimo que iba desgastando la fortaleza que los rechazaba. Allí volvieron ellos a conquistar por asalto puestos del enemigo y a cogerle prisioneros, y a tomarle ametralladoras en combates sólo de valor y de furia.

En los ataques de la derecha, Miguel González consiguió, en horas de la madrugada, llegar hasta los fortines de Calabazas; y según adelantaba él así, Eladio Contreras, con gente de la Brigada Juárez de Durango, alcanzaba los fortines de la Polvorera. Y aunque aquellas ganancias eran, como lo fueron, de poca duración, pues no se consumó el completo dominio de los dichos cerros, nuestra hazaña rebajó mucho en el enemigo la fe suya en que allí estaba su grande baluarte. Porque vieron entonces cómo tomadas una vez por nosotros sus posiciones, y casi vueltas a tomar, acabaríamos por arrebatárselas tan pronto como su merma les impidiera recobrarlas; y acaso consideraban también que, al ocurrir así, y ya sin esa protección, quedarían en el desamparo, como en Gómez Palacio cuando pensaban intentar su retirada siendo yo dueño del cerro de la Pila.

XXIII

Pancho Villa arroja de Torreón a las fuerzas de Victoriano Huerta y abre así el camino al triunfo revolucionario

El 2 de abril de 1914 • Granadas en la casa de Tomás Urbina • José L. Prieto • El capitán Paliza • La resistencia de los federales • Bolívar • Mateo Almanza, Gonzalitos y Bazán • Una tolvanera • Evacuación • Los periodistas extranjeros • El telegrama a Carranza • Significación de la victoria • La entrada en Torreón • Villa ante sus soldados muertos

Aclaró así otro día siguiente, 2 de abril de 1914, y di yo orden de que descansaran otra vez las tropas, para tenerlas dispuestas a mis nuevos asaltos de la noche. De modo que casi toda aquella mañana nos mantuvimos en quietud, a no ser por los bombardeos que ellos nos hacían sobre Santa Rosa y Gómez Palacio, tan duros a veces que en la dicha población mataban o herían inocentes moradores. Según es mi memoria, hasta hubo cuatro granadas que vinieron a reventar en la casa donde posaba mi compadre Tomás Urbina, con tanto encono nos cañoneaban ellos. Santibáñez, en su pericia, les contestaba lo suficiente para aplacarlos, o para quitarles la idea de su arrogancia artillera.

Enterado de que pasaban de 550 los heridos nuestros de la noche anterior, que hasta mediodía de ese día no los acababa de levantar mi servicio de ambulancia, me preguntaba yo entre mí: «¡Señor! ¿Cómo estará Velasco en su campo, cuando yo estoy así en el mío?». Porque a más de mis propios muertos, según antes he indicado, veía entre aquellos heridos muchos buenos hombres revolucionarios, y hasta un mayor de nombre José Prieto y un capitán de apellido Paliza, militares de grande valer, que eran del grupo enemigo que días antes había dejado las filas de los usurpadores para pasarse a la causa del pueblo.

A las tres de aquella tarde viene a hablarme Felipe Ángeles respecto a sus nuevas disposiciones para la artillería. Le apruebo yo sus providencias. Luego le digo:

—Señor general, ¿cree usted que algún día se decida este enemigo a dejarnos la plaza de Torreón?

Él me contesta:

—Eso estriba, señor, en el espíritu con que nosotros perseveremos en el ataque y en nuestra potencia para detener los socorros enemigos que se hallan en San Pedro de las Colonias.

Le respondo yo:

—Acerca de esos socorros, señor general, viva usted seguro que no pasarán nunca de donde están ahora, antes acaso retrocedan, pues aquéllos no son hombres para vencer a los míos que los están afrontando. Tocante al espíritu nuestro, es seguir aquí la pelea hasta que Torreón caiga o hasta que el enemigo nos entierre a todos: a mí, a usted y al último de mis muchachitos.

Y en verdad que estaba yo propuesto a que así fuera, cuanto más que ya sabía, conforme a los avisos de Toribio Ortega y Rosalío Hernández, cómo los dichos auxilios enemigos habían sido derrotados en la hacienda que nombran Hacienda de Bolívar, de donde me llegaba remesa de 40 o 50 prisioneros, y cómo aquellas tropas habían tenido que recogerse a San Pedro de las Colonias. Allí los nuestros, siendo pocos en número, no sólo los contenían, sino que los hostigaban.

Oyendo el contenido de todas mis palabras, me añade Felipe Ángeles:

—Pues así, no abrigo yo duda, mi general, de que Torreón caerá.

Yo entonces le contesto:

—Ni yo tampoco, señor; sino que le expreso mis preguntas para ver, no siendo yo hombre militar de carrera, si la opinión de sus conocimientos está de acuerdo con las decisiones de mi ánimo.

Y a seguidas le hablé así mis palabras:

—Para esta noche, señor, dictará usted sus mejores órdenes y hará que la artillería vaya a proteger las cumbres de los cerros tan pronto como nuestra infantería las tome, pues no dude que si esta vez las tomo, y sí las tomaré, no habrá ya poder que me las quite, con tal que su artillería, conforme yo espero, llegue a tiempo para desbaratar de cerca los bombardeos con que ellos nos contraatacan.

Y lo mismo di todas mis otras disposiciones, y mandé salir de reconocimiento los mejores oficiales, entre ellos Gonzalitos y Bazán, los cuales se metieron tanto en territorio enemigo, que Mateo Almanza, que cubría Santa Rosa y no sabía cómo aquellos muchachitos eran militares de mucho pundonor, los hizo retroceder, y ya me los andaba fusilando, creído de que sólo buscaban pasarse a las filas federales.

Pero sucedió, como a las cuatro de aquella tarde, que vinieron a levantarse muy fuertes vientos, y con ellos muy grandes tolvaneras, según se nombran esas nubes de polvo, las cuales nos envolvieron a nosotros y oscurecieron todo el horizonte del sur. Y es mi suponer que Refugio Velasco, que ya había tenido que abandonar lo hondo del Huarache y el paso de la Alianza por obra de nuestros asaltos de la madrugada, y que ya se hallaba muy reducido por la izquierda, y que presentía cómo seguiría yo acometiéndolo por el centro, y cómo llegaría hasta sus posiciones de la Polvorera y Calabazas, vio en aquellas nubes de polvo la providencia que le mandaba Dios. O sea, según luego supe, que empezó entonces los movimientos de la evacuación que ya tenía pensada y a la cual lo empujaba yo dejándole libre la línea de Saltillo.

Con todo eso, a las cinco de la tarde recrecieron otra vez los bombardeos enemigos, mientras por el Huarache asomaban fuerzas federales de caballería, y mientras por el centro y por el oriente aumentaban los tiroteos. Poco después se divisaron llamas como de grandes incendios en Torreón, que iban creciendo, y que no sólo atraían los ojos por la fuerza de sus resplandores, anchos y altos al iluminar con su luz las nubes de polvo que los envolvían, sino por sus muchas explosiones. Contemplándolas yo, y recordando que Refugio Velasco, al abandonar Gómez Palacio, había preparado su retirada con fuertes bombardeos y falsos movimientos de caballería, pensaba entre mí: «¿Será que el enemigo anda ya en los preparativos de su evacuación y está mandando destruir las municiones que no consigue llevarse?».

Eran así mis pensamientos, y se los expresaba yo al general Ángeles, cuando varios enviados de mi izquierda llegan a decirme que desde las cinco se notaban por la Fundición síntomas de que el enemigo se estaba retirando, y que me preguntaban aquellos jefes si seguían en pie mis órdenes de dejar descubierta la línea de Saltillo.

Oyéndolo, volví a mi impulso de que aquel enemigo no se me escapara, mas recapacité en seguida cómo ningún buen movimiento podía concertarse entre tantas tinieblas de polvo, más las de la noche, que ya casi nos cercaban. Mandé, pues, decir a los jefes de mi izquierda que sí eran buenas todavía las providencias que les tenía dictadas, y que si el enemigo buscaba por allí la evacuación, no se le embarazara en sus movimientos mientras no mandara yo otra orden.

Serían las siete de la noche cuando no sonó ya ningún cañonazo del enemigo, aunque seguían más fuertes y más sostenidas en sus explosiones las llamaradas de los incendios. Serían las ocho cuando ya casi no se oían ningunos fuegos de fusil; los que sonaban eran, según luego supe, descargas que algunas fracciones de mi gente iban haciendo en su avance. Serían las ocho y media cuando me llegan nuevos informes de la retirada enemiga por el oriente y de los avances que los hombres de Maclovio, de Robles y de Aguirre Benavides iban haciendo en aquella parte de la ciudad, pese a su ceguera por el polvo, que cada vez se tupía más entre las sombras de la noche, pues no había luces por allí, o no alumbraban, y en su avance y sus descargas, aquellas fuerzas mías apenas lograban reconocerse. Serían las nueve cuando mando al señor general Ángeles que él y sus oficiales adelanten cuanto puedan hacia Torreón en exploración de reconocimiento. Serían las diez cuando se me presentan en mi cuartel general pobladores de Torreón que vienen a decirme que la plaza estaba ya desamparada por los federales, los cuales habían salido, parte en formación de caballería por el camino de Mieleras, y lo demás de las tropas en sus trenes, rumbo a Viesca. Serían las once cuando mando llamar, bien sabedor ya de la verdad de lo ocurrido, a los señores periodistas que me seguían en mi campaña, y al representante del gobierno de los Estados Unidos, y les expreso a todos que pueden informar al mundo cómo la plaza de Torreón estaba ya en poder de la causa del pueblo.

Uno de aquellos periodistas me preguntó que qué clase de júbilo sentía yo, y que si quería mandar mis palabras a su periódico. Yo le respondí:

—Señor, puede usted expresar la clase de júbilo que usted juzgue conveniente en un hombre revolucionario. Yo, crecido en los azares de la vida, no me alegro de mis hazañas, aunque sí considere su beneficio, pues sé que los triunfos de la guerra se alcanzan siempre sobre la sangre de muchos compañeros muertos.

Y ya no le dije más, sino que me puse a dictar mis órdenes de aquel momento. Mandé que todas las tropas reposaran en sus puestos aquella noche, y di orden de que varias patrullas hicieran servicio de exploración por todas las antiguas posiciones enemigas y por los barrios de la ciudad. Pero muchos soldados de mi centro y de mi izquierda, en su gozo de ver cómo el enemigo nos abandonaba lo que había defendido con tanto ánimo durante once días de muy encarnizadas peleas, no esperaron las órdenes de entrada a Torreón, sino que fueron ocupándolo todo conforme el enemigo se iba.

Aquella noche, antes de acostarme, mandé al señor Carranza telegrama con la noticia de mis operaciones victoriosas. Le decía yo:

«De Gómez Palacio, el 2 de abril de 1914. Señor Primer Jefe del Ejército Constitucionalista, Ciudad Juárez. Señor: Después de once días de guerra contra las tropas de los traidores se ha logrado al fin que en estos momentos, al amparo de las sombras de la noche, las dichas tropas huyan de Torreón y nos dejen esta plaza para la causa del pueblo. Mañana, viendo el camino que siguen, tomaré mis providencias para perseguirlas. Es mucho, señor, lo que nosotros tenemos que lamentar. En once días de combates no baja de 1 500 el número de nuestros heridos. Nuestros muertos, según creo por mi conocimiento de la guerra, alcanzarán a una tercera parte del dicho número. El enemigo habrá tenido unos mil; la cantidad de sus heridos ha de ser considerable. Salieron con heridas los generales Calixto Contreras y José Isabel Robles, y entre muchas pérdidas que nos afligen está la del teniente coronel Benito Artalejo, que murió en los combates de anoche. No le digo más, señor, porque es muy largo y muy penoso lo que nos cuesta esta victoria. Son batallas de la guerra. Reciba usted las felicitaciones de estas tropas por los hechos de las armas revolucionarias y considere mi deseo de que todos nuestros sentimientos sean para beneficio de la patria. Aquí me tiene, señor, con el cariño y el respeto de siempre. – *El general Francisco Villa*».

Así le decía yo al señor Carranza. Tocante a nuestras pérdidas, le comunicaba las cifras que antes indico para que no se le enlutara demasiado en su ánimo el gusto de nuestra victoria. Pero es lo cierto que nuestros heridos eran muchos más de los 1 500 que yo le decía, y nuestros muertos pasaban de mil.

Según luego supe, al recibirse aquella noche en Juárez mi noticia de la toma de Torreón, el gobierno revolucionario hizo allá grandes muestras de regocijo. Las hacía, a mi parecer, muy razonadamente; o sea, que eran buenas y grandes las razones para estimar de mucha importancia el desbarate de la resistencia huertista en la Laguna, con lo cual, hasta donde divisaba mi juicio, acabábamos de hacernos dueños de todo el norte de la República. Porque se veía claro que si Velasco no me había podido resistir al amparo de su plaza afortinada, menos iba a contener mi avance ahora que lo cogiera yo a campo raso, o en sitio más favorable al empuje de mi caballería; y si aquellas fuerzas, que eran las mejores del gobierno usurpador, junto con las que andaban cerca en ofrecimiento de su auxilio, no lograban detenerme, era seguro, además de mi dominio del norte, mi avance victorioso hacia el centro y hacia la ciudad de México.

Hicieron mis fuerzas su entrada formal a la ciudad de Torreón el 3 de abril de 1914 a las ocho de la mañana. Entraron por la izquierda los generales Maclovio Herrera, Orestes Pereyra y Eugenio Aguirre Benavides, más el coronel Raúl Madero. Entraron por el norte mi compadre Tomás Urbina, José Rodríguez, Miguel González y Carlos Almeida. Entraron por el poniente, hasta coronar las cumbres de todos los cerros, las fuerzas de Calixto Contreras. A las once de la mañana los efectivos de mis brigadas desfilaban por la ciudad para dirigirse a los cuarteles que se les habían señalado. A las doce pasaba por las calles del centro la formación de mi artillería, al mando del general Ángeles. Mirando el pueblo el mucho número de nuestros cañones, y considerando por la traza el grande esfuerzo de nuestros artilleros, nos daba el premio de sus aplausos.

Yo hice mi marcha desde Gómez Palacio a las nueve de aquella mañana. Fui acercándome entonces, bajo la luz del sol, a las trincheras que habían sido del enemigo. Allí el estrago de la lucha se me apareció por los montones de cadáveres que estaban al pie de aquellas defensas. Y es lo cierto que al contemplar yo los centenares de hombres míos que allí se hallaban quietos sobre el suelo, aprecié su grande valor y su verdadero amor por la causa de los pobres, y los lloré a todos, pensando entre mí, según me corrían las lágrimas:

«Si estos hombres no hubieran sacrificado su vida por el triunfo, yo no estaría aquí, ni Torreón habría caído en mis manos. Si muchos hombres como éstos no hubieran muerto ya, y otros muchos como ellos no estuvieran muriendo ahora en toda la República por su apego a la Revolución, nuestra Revolución no prosperaría, masque hubiera muchos generales y muchos jefes, y masque muchos licenciados y muchos hombres de conocimientos tocante a todas las cosas blasonaran la verdad de nuestra causa. Estos hombres humildes que ya cayeron sin vida, y todos los que han sufrido en nuestros hospitales, o están sufriendo allí ahora, y allí dejan el tributo de su sangre, o de sus miembros, o de su buena salud, y todos los que no padecieron herida en el cuerpo porque no les tocó el azar de las balas, pero que entraron dentro del recinto de la muerte en su lucha por el bien del pobre y su libertad, todos ésos, señor, son los grandes héroes de esta guerra, no los licenciados de los libros ni los generales de las victorias, y son ellos los que merecen el honor de nuestros corazones, y los que en su memoria, o en su persona, o en la persona de sus madres, o de sus hijos sin amparo, deben disfrutar su parte del beneficio que andamos conquistando».

Así pensé yo, con todo mi corazón turbado, y por eso salí de aquella turbación propuesto a no permitir nunca, si mi poder me lo consentía, que al lograrse el triunfo de nuestra causa quedara en el abandono ninguno de los hombres revolucionarios que con valor hubieran peleado por el bien del pueblo.

LIBRO TERCERO

Panoramas políticos

————————

I

Pancho Villa toma respiro en Torreón para lanzarse a destruir el Ejército Huertista del norte de la República

La calle de Múzquiz • Los heridos federales • Oficiales con disfraz • Dos mil granadas y cien mil pacas de algodón • Las felicitaciones del Primer Jefe • Martín Triana • Los españoles de Torreón • Riqueza de las ciudades laguneras • José de la Luz Herrera • Félix Sommerfeld • Víctor Carusoe • La joyería de Silberberg • El oro de Batopilas • El ganado de los Terrazas

Digo, pues, que hice yo mi entrada a Torreón el día 3 de abril de 1914 a las diez de la mañana. De la Presa del Coyote, yo y los hombres que me acompañaban tomamos hacia la calle que nombran Calle de Múzquiz, y de allí ganamos por la avenida Juárez hacia el Banco de Londres, que era donde iba yo a establecer mi cuartel general. Me rodeaban los oficiales de mi estado mayor; me seguían los soldados de mi escolta. El pueblo, mirándome pasar, me tributaba sus aplausos cariñosos; pero, según es mi recuerdo, de otra clase de personas asomaban muy pocas, no sé yo si por querer ellas guardar el luto de nuestro triunfo, o por su miedo de presentárseme, pues ya era mucha la fama que me hacían de hombre sanguinario y de militar de malos instintos. Entrando yo, dicté el nombramiento de las primeras autoridades para lo civil y para lo militar, y mandé que se dieran garantías en beneficio del trabajo y de la confianza, pues ya en horas anteriores habíamos tenido que contener los desmanes de la gente ladrona. Dispuse también la recogida de los cadáveres, que el enemigo nos había dejado a montones, y ordené dar acomodamiento y cura a los heridos de José Refugio Velasco, que en las precipitaciones de su fuga había tenido él que abandonarme. En los hospitales donde se hallaban los dichos heridos había letreros con imploraciones a mis sentimientos de humanidad. Me decía allí el enemigo: «Aquí quedan estos heridos bajo la buena protección del señor general don Francisco Villa y de los cónsules extranjeros».

Y en verdad que yo llegaba propuesto a tratar humanamente a todos, moradores y prisioneros, por lo que no consentí venganzas ni represalias. Salvo el fusilamiento de algunos oficiales enemigos, a quienes agarraron mis hombres cuando intentaban ellos ocultarse disfrazados, y de uno que otro de los hombres pertenecientes a la Defensa Social, casi no hicimos ninguna muerte. Matamos aquellos oficiales por prevenirlo así la nueva Ley del 25 de Enero, dada por el señor Carranza; aunque para mortandades, conforme a mi juicio, ya eran bastantes las ocurridas en los once días de la batalla.

En Torreón cogimos de botín de guerra dos mil granadas de cañón, de las traídas del extranjero, más una pieza de artillería, seis ametralladoras y varios carros de armas y municiones inservibles. De importancia entre el botín, aparte las dichas granadas, hubo cien mil pacas de algodón, puestas ya en sus trenes, que el enemigo nos dejó por no embarazarse en su marcha, y que no tuvo tiempo de quemar, más muchas locomotoras y otro material rodante.

A la una de aquella tarde celebré conferencia telegráfica con el Primer Jefe. Estaba él, según antes indico, en Ciudad Juárez. Nos saludamos con buen cariño, y como era grande la satisfacción de su ánimo por la victoria que acababan de consumar mis soldados, así me lo expresó. Yo le dije cuánto habían sufrido nuestras tropas en toda aquella batalla, pero cómo había de considerarse que la toma de Torreón era muy grande triunfo. Él entonces me felicitó otra vez, a mí y a todos mis hombres, y me dictó sus providencias para el gobierno de la ciudad, las cuales le prometí que seguiría. Y en verdad que las palabras del señor Carranza tocante a mi conducta y a la de mis generales y soldados me fueron de honda satisfacción, pues veía yo por ellas lo mucho que se estimaban las conquistas de nuestro esfuerzo.

Aproveché la dicha conferencia para declarar al señor Carranza mis intenciones de castigo contra el general Martín Triana, compadre de Domingo Arrieta. Porque yo lo había mandado aprehender por sus malos manejos y su desobediencia a mis órdenes, más su desmedido amor a encontrarse siempre lejos de los combates, y él se había ido al señor Carranza para que lo amparara, y allá le contaba cuentos sobre la violencia de mis formas militares. Y sucedió que esa misma mañana, estando yo todavía en Gómez Palacio, el

Primer Jefe me había telegrafiado que qué tenía yo contra el referido Martín Triana, y que por qué lo quería castigar, y yo, contestándole, le había expresado mis razones, que ahora le aclaraba. Le decía yo:

«Señor, elevo decirle, con el respeto que acostumbro siempre tratándose de su persona, que tengo en manos pruebas fehacientes sobre la mala conducta de Martín Triana, las cuales justifican mi orden de que se le aprese y se le abra causa militar para su justo castigo. Triana es muy mal hombre revolucionario, señor. Puede usted nombrar persona de su confianza que venga en investigación de los malos procedimientos que él practica, y entonces se convencerá usted de que Martín Triana ha usado en su provecho el amparo de nuestra Revolución, y de que es individuo intrigante, y de que no hay en él ánimo ninguno para las batallas. Así pues, yo le ruego, no siendo otra su voluntad, que me lo detenga ahí para la diligencia de las investigaciones necesarias, y para que sufra su pena. Hombres como Triana, señor, sólo existen en desprestigio de nuestra causa. Usted, con su buen criterio, lo comprenderá, y resolverá cómo debemos alejar esos hombres de nosotros, en vez de prohijar los yerros que cometen. Yo le hablo con franqueza, señor, y sin otra mira que el bien de la causa que defendemos, pues creo mi deber de jefe revolucionario no alimentar cariños ni odios en mi corazón, porque sólo andamos a la lucha por las libertades del pueblo. – *El general Francisco Villa*».

Así me expresé con el señor Carranza; pero, como se vería luego, él no hizo aprecio de mis palabras, sino que cobijó a Martín Triana bajo su amparo, y lo cubrió de honra llevándolo cerca de su persona por todas partes. No sé yo si lo hizo así por considerar que mi enojo contra el dicho Martín Triana era sólo uno de mis muchos arrebatos, o si ya estaba en sus planes para el futuro granjearse la devoción de hombres temerosos de mi justicia.

Como a las cuatro de aquella tarde dicté mis primeras providencias para la persecución del enemigo, que se retiraba rumbo a Viesca. Así lo dispuse a pesar del grande cansancio de mis fuerzas. Porque en verdad que fue exigir mucho de aquellos hombres míos mandarlos a pelear, casi sin ningún descanso, después de once días de combates; pero son crueldades de la guerra, que en sus necesidades obliga al jefe a mostrarse duro con los subordinados, para que las acciones no se malogren. Es decir, que con menos de un día de reposo mandé tropas en seguimiento de Velasco, conforme progresaba él en su retirada, y despaché brigadas y artillería que llevaran su auxilio a las fuerzas de Rosalío Hernández y Toribio Ortega, que ya estaban peleando, según indico, con los federales de San Pedro de las Colonias.

También fue una de mis ocupaciones de aquella tarde decidir la suerte de los españoles de Torreón. Sabedor yo de cómo habían protegido la causa de Victoriano Huerta, ayudándola con dinero y hasta con las armas, pues de ellos hubo alistados en la llamada Defensa Social, dispuse que me los reconcentraran en los sótanos del Banco de la Laguna, para comunicarles allí mi voluntad acerca de su futuro. Mas es lo cierto que durante varias horas no supe qué hacer: si sujetar a juicio aquellos enemigos de nuestra causa, para que sufrieran la pena de muerte, o si sacrificar la justicia a las conveniencias internacionales, y condenar aquellos hombres sólo a pena de destierro. Al fin, esta última forma de castigo ganó la decisión de mi ánimo.

Fui yo a donde estaban los dichos españoles y les comuniqué mi pensamiento, diciéndoles:

«Señores, son ustedes enemigos de la justicia de mi país, por lo que merecen la más grave pena. Son, además, ingratos, pues favorecen la Usurpación, contraria al pueblo y a su bienestar, sin acordarse de que el pueblo produce con sus brazos todas las comodidades que ustedes encuentran en esta tierra y todas las riquezas que disfrutan. ¿Por qué ustedes, que viven acogidos con cariño por los mexicanos, buscan asociarse a los malos hombres de la clase explotadora, si vienen de una tierra donde también a ustedes los explotaban? ¿Cómo llegan aquí a descargar en otros semejantes la misma explotación que allá sufrían, y a protegerla con tan grande ahínco? Creo yo, señores, que por eso su culpa es doble, y que por eso merecen el mayor castigo, y que por eso los debiera yo fusilar, cuanto más que es ley de nuestra Revolución matar a todos los que sin ningún deber, o sin ningún mandato, aprontan la ayuda de su dinero, o de sus armas, o de su consejo, en favor de los usurpadores. Es decir, que fusilarlos no sería acto de crueldad, ni violencia contra extranjeros, sino decreto de la justicia. Porque así como hay extranjeros buenos, hay extranjeros malos, según hay buenos y malos mexicanos, y a los malos extranjeros tenemos que perseguirlos con todo el grande rigor que nos merecen los malos mexicanos: ésa es la ley de nuestra Revolución. Pero yo no los voy a fusilar, pues no quiero que su sangre vaya en aumento de tanta como ya se ha derramado en esta batalla. Tan sólo los desterraré, a ustedes y a sus familias, para que se lleven de aquí el daño de sus malas inclinaciones, que no quiero que sigan alimentando en México. Conque agradézcanme que no los fusile, y reflexionen de paso cómo Pancho Villa, contra lo que ustedes dicen y propalan, no es un bandido sanguinario, y prepárense para el camino. Tocante a su dinero y demás bienes, carguen con todo lo que puedan, que de seguro les será de mucha falta; pero no se alarguen en las diligencias, porque antes de cuarenta y ocho horas quedará listo el tren que ha de llevarlos a la raya fronteriza».

Así les dije yo, sin que se me quebrantara el ánimo al imaginarme las angustias que pudieran sufrir en su peregrinación aquellos cientos de españoles ya hechos a la vida de nuestra tierra. Porque pensaba yo entre mí: «Es muy grave el delito de estos hombres, y muchos los recursos con que se ayudan. ¿Merecen ellos piedad, cuando no han tenido ninguna al aprontarse a la pelea contra la liberación del pobre?».

Y me fui de allí, dejándolos entregados a la amargura de su pena, y dicté aquella misma tarde disposición de formar un tren de cinco vagones para aquellos expulsados, y di orden de que los condujeran hasta el puente de Ciudad Juárez, que nombran internacional. Mas como entonces viniera gente a decirme que muchos de aquellos españoles eran inocentes del delito que se les criminaba, y como se probara, respecto de varios de ellos, que su inocencia era verdad, levanté la pena a los que no aparecieron culpables.

Según es mi memoria, se libraron así de salir de México un señor nombrado Joaquín Serrano, y otro llamado Serapio Santiago, y otro llamado Fernando Rodríguez, y otros de nombre que no me recuerdo. A estos señores no sólo no les impuse la dicha sentencia, sino que les expresé mis mejores palabras. Yo les dije: «Perdonen el sinsabor de estas horas, y vivan seguros que el pueblo de México, que es cordial y generoso, se regocija de tener en su territorio pobladores extranjeros como ustedes».

La presencia de mis tropas produjo zozobra en Torreón; pero los grandes temores duraron poco, y al atardecer del día de nuestra entrada ya se estaban iluminando las calles con las lámparas del alumbrado público, y ya empezaban las transacciones del comercio. Por mi orden, el jefe de la plaza estableció guardias en las puertas de los bancos y los almacenes, para mayor tranquilidad. Muchas patrullas recorrían las calles del centro, mientras en los barrios de las afueras se hacía buen servicio de vigilancia.

Porque en verdad que había sido tanto el castigo de los once días de lucha, que era necesario aplacar las inquietudes de los moradores pacíficos acariciando en su ánimo la confianza. Digo, que los invitaba yo a olvidar, con la buena conducta de aquellas tropas mías, el estrago de la guerra, del cual había señales hasta en los parajes más céntricos. Según es mi recuerdo, se veían grandes boquetes, obra de los disparos de nuestra artillería, en el

Banco de la Laguna, en el Hotel Central, en el «Puerto de Santander» y en otros edificios.

Estaba yo dispuesto, desde las primeras horas de mi estancia en Torreón, a dictar medidas apropiadas para que aquella comarca, de riquezas muy grandes, nos rindiera sus productos. Había que convertir en dinero el cuantioso botín que teníamos cogido. Había que hacer que las ciudades de la Laguna, formadas de tantos habitantes, nos vinieran en auxilio gracias a las gabelas que nombran fiscales y otros recursos. Así, consideré desde luego que sería fructuoso abrir casas de juego en Torreón, como las de Ciudad Juárez, más otras diversiones, y decidí que aquel negocio me lo administrara José de la Luz Herrera, a quien estimaba hombre de limpio corazón por ser padre de Maclovio.

Eso proyectaba yo hacer, y eso hice de allí a pocos días, pues era ya muy numeroso el ejército que esperaba de mí la satisfacción de su necesidad, y muchas las exigencias de la campaña. Considerando, además, cómo no podía yo recibir ayuda más que de mí mismo, miraba claro, ahora que las batallas finales de la Revolución iban a ganarse también por triunfo de mis tropas, que debía surtirme de los mayores elementos.

Ya para esas fechas tenía yo en buena producción el estado de Chihuahua y muy organizadas mis agencias de aprovisionamiento. A un señor alemán nombrado Félix Sommerfeld, de los que llaman judíos, le había encomendado la compra de materiales de guerra. Por su mano se gastó lo más del oro salido del Banco Minero, y como era él hombre cumplido y legal, sus entregas de armas y municiones me llegaban siempre bien y puntualmente. Yo le di mi confianza desde el primer momento, porque conocía su lealtad y devoción hacia el señor Madero, y sabía por experiencia que hombres sin falsedad para aquel Presidente del pueblo eran siempre hombres de fiar, igual que no merecían ninguna confianza los que negaron su fe al señor Madero, o no sabían venerarlo.

Las compras de vestuario para las tropas se las tenía encargadas a una casa comercial del Paso, de nombre Haymon Krupp and Company. De la dicha casa era gerente otro judío, llamado Víctor Carusoe, buen hombre para los negocios, y de mucha inteligencia, que desde un principio me abrió créditos de grande consideración y me surtió de todo, consciente él de cómo era yo buen pagador y cómo nuestra causa era la del triunfo. Ganaba él mucho dinero con aquellas compras mías, pero, según es mi parecer, se lo tenía muy merecido, pues hizo confianza de mí y de nuestra Revolución cuando por las naciones del mundo todos publicaron que nuestra causa era un torbellino de salteadores, y yo, Pancho Villa, el salteador que a todos los capitaneaba.

Para las dichas compras, consumido el oro del Banco Minero, tenía yo en trabajo las minas de Batopilas, de las que se encargaba un señor amigo mío, hombre de confianza por su mucha honradez y buena voluntad, de nombre Gabino Durán. Este señor me entregaba semanariamente los tejos de oro que se sacaban de la dicha mina, y yo hacía que se vendieran por medio de otra casa del Paso, propiedad de unos joyeros nombrados Silberberg, judíos como los otros.

También emprendían mis agencias la exportación de partidas de ganado y de cargamentos de cueros, para lo cual tenían que burlar los obstáculos que en territorio de Texas les ponían los Terrazas y otros propietarios de las haciendas de Chihuahua. Pero yo les decía a mis agentes: «Vendan barato y alguien les comprará», sabedor, por mi experiencia, de que siempre se tiene que vender a bajo precio lo habido fuera de las leyes, aunque sea adquisición justa. ¿Había entonces nada más justo que vender, para ayuda de la causa del pueblo, lo que criaban con su inteligencia y su cuidado los trabajadores de las haciendas de Chihuahua?

Junto con aquello, lo que más dinero me producía eran las casas de juego de Ciudad Juárez, como antes lo he indicado, y las carreras de caballos que allí florecían al amparo de la confianza. Aunque es la verdad que toda la dicha organización no bastaba ya para las exigencias de mi ejército; por lo que quería yo aprovechar la riqueza de la Laguna.

II

Pancho Villa va al ataque de Velasco, De Moure, Maass, García Hidalgo y otros generales que concentran sus tropas en San Pedro de las Colonias

Javier de Moure • Arnaldo Casso López • Eusebio Calzado • Los movimientos de Velasco y los de Villa • Romero, Paliza y García Hidalgo • Joaquín Maass • Las mentiras de Victoriano Huerta • Diebold • Juan De Kay • Juan R. Orcí • Efectivos de los federales • Domingo y Mariano Arrieta • La caballería de Argumedo • Un convoy para Velasco • El hincapié de Joaquín Maass • La Soledad • Providencias para el ataque

Tan pronto como me vi dueño de Torreón, pensé en la urgencia de acabar con las tropas enemigas concentradas en San Pedro de las Colonias. Aquellas tropas, mandadas por un general de nombre Javier de Moure, y otro llamado Arnaldo Casso López, y otros de apellido que no recuerdo, habían querido traer su auxilio a Torreón; pero, según antes indico, los hombres de Rosalío Hernández y Toribio Ortega, tras de atajarlas en Bolívar, hacienda que se halla como a cuatro kilómetros de San Pedro de las Colonias, las habían obligado a acogerse otra vez a la dicha plaza, donde las estaban conteniendo. Al ver entonces De Moure, y los otros generales, cómo no podían seguir su marcha, ni estorbarme mi acción sobre José Refugio Velasco, pidieron ayuda a Monterrey y Saltillo. Y así, con los refuerzos que recibían de allá, estaban aumentando su potencia en número de hombres y otros recursos.

Reflexionaba yo entre mí:

«Me amaga en San Pedro la presencia de aquellas tropas, y su crecimiento; progresa con grande lentitud la retirada de Velasco y las fuerzas que con él salieron de Torreón: ¿qué camino será el mejor para el desarrollo de mis operaciones? ¿Salgo de lleno sobre Velasco, hasta alcanzarlo y destruirlo?

¿Me echo con lo más de mi gente encima de San Pedro de las Colonias, para desbaratar de una vez aquel otro ejército que allí me amenaza?».

Y como comprendiera yo que Velasco era un enemigo quebrantado que huía, y que era de inseguridad el conseguir darle alcance en buenas condiciones, lo que acaso fatigara más mis tropas sin ningún fruto, decidí emprender primero mi ataque de San Pedro de las Colonias. Porque en el primer caso, fracasando en mi persecución, me exponía a quedar mal dispuesto para afrontar la acción de De Moure y demás generales que con él se estaban juntando; mientras que si me iba sobre San Pedro, todo el riesgo se reducía a que Velasco no siguiera en su retirada, sino que buscara unirse con aquellos otros federales antes que los derrotaran mis fuerzas, y que entonces tuviera yo que combatirlos a todos juntos.

La mañana de mi entrada a Torreón llamé a Eusebio Calzado, jefe de mis trenes, y le dije:

—Amiguito, usted ve cómo le hace, pero por medio de sus telégrafos necesito yo saber los movimientos que va haciendo José Refugio Velasco en su retirada. También me urge disponer de trenes con que moverme hacia San Pedro.

Y Eusebio Calzado, que era hombre de mucha capacidad tocante al negocio de los ferrocarriles, no sólo puso aquel mismo día trenes a mi disposición, después de cerca de tres semanas de no tener talleres con que ayudarse en su trabajo, sino que mandó operarios y telegrafistas en seguimiento de Velasco, con muy buenas instrucciones para que me informaran. Aquellos hombres observaban desde lejos con su anteojo la marcha del enemigo, y luego, mediante aparatos que conectaban en los postes de la línea, nos comunicaban cada hora, igual de día que de noche, cuanto miraban.

Supe yo así cómo Velasco se hallaba detenido por el puente del río que nombran Aguanaval, donde tomaba descanso mientras podían seguir sus trenes, y cómo continuaba luego por tren y por tierra, y cómo llegaba a Viesca después de muchos altos.

Desde el 3 de abril hasta cerca de una semana después, estuve despachando tropas con destino a San Pedro. Unas iban por tierra y otras por ferrocarril. Salieron primero, según es mi memoria, la Brigada Robles, la gente de Raúl Madero y parte de las fuerzas de Maclovio y Luis Herrera. Y así fueron saliendo casi todas las demás, tan pronto lo consentía su cansancio y se acudía a la necesidad de reorganizar aquellas brigadas después de tantos días de lucha. Con la Brigada Zaragoza se mandó parte de la artillería, que entonces fue por tierra, menos *el Niño* y *el Chavalito*, cañones así nombrados, que iban en sus plataformas. A mi compadre Tomás Urbina, que también salió para allá con toda su brigada, le confié el mando de aquellas operaciones en tanto no me le unía.

Mientras me preparaba en aquella forma para mi ataque, el enemigo aprovechaba para seguir en la acumulación de sus refuerzos. Recibía yo aviso de cómo ya estaban en San Pedro, además de las tropas del general De Moure, y del general Romero, y del general Paliza, la nombrada División del Norte federal, al mando del general García Hidalgo, y la División del Bravo. Esta última división, que mandaba Joaquín Maass, había venido de Saltillo para ver si, con su ayuda, las otras tropas se animaban a seguir adelante, pues se estimaba a Maass como uno de los mejores generales de la Usurpación.

Considerando yo aquel número de generales tan grande, pensaba entre mí: «Señor, mucho es aquí el impulso de los usurpadores, y muy fuerte su ánimo de vencerme, lo que declara cuánto significa en su contra la pérdida de esta campaña». Y más reflexionaba yo así al ver que Victoriano Huerta, por medio de sus cónsules, negaba en todo el mundo que hubiera yo tomado Torreón. Venían mis periodistas extranjeros diciéndome:

—Aquí están los telegramas en que nos preguntan que si es verdad que estas fuerzas revolucionarias se hallan en Torreón, porque en los Estados Unidos lo niega un inspector de cónsules nombrado Diebold.

Y era que aquel señor de nombre Diebold publicaba en los Estados Unidos, cinco o seis días después de mi entrada a Torreón, un telegrama en que Huerta le afirmaba que no sólo no había yo tomado la dicha plaza, sino que ya estaban en ella las tropas de De Moure y de Maass, las cuales se habían unido a Velasco después de derrotarme en su camino, y que las fuerzas de Romero y García Hidalgo me habían cortado la retirada. Así lo decían ellos en Nueva York, y lo decía en Londres un señor llamado Juan De Kay, y lo decía en California un señor llamado Juan R. Orcí.

Sucedía, conforme es mi parecer, que Victoriano Huerta estaba seguro de que sus tropas de San Pedro, más las que se retiraban delante de mí desde Torreón, conseguirían vencerme pronto y recobrar la plaza perdida, y, en su ilusión, mantenía en engaño al mundo para no sufrir en la reputación extranjera las consecuencias de su derrota; todo lo cual me mostraba muy claro cómo en la batalla que iba formándose alrededor de San Pedro, Victoriano Huerta estaba propuesto a derrotarme.

Según informes de mis correos, aquellas fuerzas enemigas se componían de esta forma: 1700 hombres del general De Moure, con 4 cañones;

1 700 hombres del general García Hidalgo, con 2 cañones; 1 300 hombres del general Maass, con 4 cañones, y 500 hombres del general Romero y 800 de otros generales y jefes. Es decir, que contaban ellos en San Pedro de las Colonias con no menos de 6 000 hombres y 10 piezas de artillería, más varias secciones de ametralladoras, toda aquella gente equipada con muy buen armamento y muy bien atrincherada detrás de las defensas que se habían hecho con pacas de algodón. Y a eso había que agregar los 5 000 o 6 000 hombres que Velasco llevaba en su retirada.

Quise yo, antes de emprender lo recio de mi acción contra el enemigo, tomar mis providencias tocante a los hermanos Domingo y Mariano Arrieta, los cuales, como ya he dicho, habían faltado al cumplimiento del deber desamparándome durante mi ataque de Torreón. Para eso estimé conveniente recibir la venia del señor Carranza, y se la pedí, informándolo de cómo se habían conducido aquellos dos malos revolucionarios. Yo le decía:

«Señor, por mandato de mi deber pongo en su conocimiento los reprobables hechos de los hermanos Arrieta. Tienen en Durango tropas en mucho número, bien armadas y equipadas, y con muy buena caballada. Pero como si nada de eso tuvieran, en lo más angustioso de mi batalla por la conquista de estas comarcas me negaron la ayuda de su auxilio, que yo les pedía por el bien de nuestra causa. Señor, sé que estos individuos se mantienen en actitud sospechosa, según pláticas que he tenido con el gobernador de Durango, y como yo, en mis funciones de jefe de esta División del Norte, que lleva el grande peso de la campaña, no debo consentir los peligros que se cobijan bajo tales cosas, lo elevo a la noticia de su autoridad para que me diga lo que debo hacer, pues estoy propuesto a meter en orden a los dos dichos generales, quienes, de lo contrario, afirmarán su actitud, y en vez de concertarse con nosotros para la acción, buscarán siempre otro camino, con lo que irá naciendo y recreciendo la mortal división de nuestra causa. También le digo que los dichos generales Arrieta no saben más que aprovecharse de las fatigas de nuestro ejército: se benefician del robo y mantienen el desorden. Mucho le agradeceré, señor, su pronta respuesta acerca de este asunto, para dar yo los pasos que lo remedien. El señor general Tomás Urbina se halla conmigo mientras le pongo a usted este telegrama. Le expresamos juntos todas las formas de nuestro respeto. – *Francisco Villa*».

Hablaba yo de la presencia de mi compadre Tomás Urbina porque era él el mejor jefe revolucionario de Durango, y sus fuerzas las de mayor orden y más disposición para los combates; y quería yo que el señor Carranza entendiera que en aquel negocio mi compadre pensaba y sentía conmigo. Pero sucedió, igual en este caso que en el de Martín Triana, que el Primer Jefe no hizo aprecio de mis palabras, y en vez de curar el mal que yo le señalaba, fue luego a agravarlo, según después se verá.

Unas tras otras iban llegando a San Pedro las brigadas que yo despachaba desde Torreón, y allá los generales míos encargados del mando iban incorporándolas a las que ya estaban en la pelea. De ese modo se formó una línea que cercaba la dicha plaza desde la parte de Santa Elena, lugar de ese nombre, que se halla en el camino de Hornos, rumbo al sur, hasta la línea del ferrocarril, en un punto situado al poniente de San Pedro, pasado Bolívar, y luego, rodeando por el norte, hasta unos parajes de nombre que no recuerdo y que están más abajo de las Carolinas.

Formaban el centro de aquella línea las brigadas de Tomás Urbina, Rosalío Hernández, José Rodríguez y Maclovio Herrera. Formaban el ala derecha, es decir, la que se extendía por el sur, las fuerzas de Calixto Contreras, de José Isabel Robles, de Eugenio Aguirre Benavides y de Raúl Madero. Formaban el ala izquierda, es decir, la que rodeaba por el norte, las tropas de Toribio Ortega, de Miguel González y de Toribio de los Santos.

El 5 de abril, concentradas ya muchas de aquellas tropas, se inició el avance por el centro, y antes del amanecer de otro día siguiente, ya estaba nuestra línea a menos de medio kilómetro de la estación del ferrocarril y las casas inmediatas. Allí, amparados los federales con la defensa de las pacas de algodón, lograron detener entonces el avance de mis hombres y sostenerse.

Mientras aquello sucedía en San Pedro, José Refugio Velasco, que ya reposaba en Viesca las jornadas de su retirada, había destacado rumbo al norte la caballería de Benjamín Argumedo, con ánimo, según me pareció a mí entonces, de concertar el movimiento de todas sus tropas hasta poderse reunir con De Moure, Maass, García Hidalgo y todos los otros jefes federales. Conocí la marcha de la caballería de Argumedo por los informes de los telegrafistas del ferrocarril, y luego supe cómo el día 6 la dicha caballería llegaba a San Pedro de las Colonias, tras de tirotearse allí con las avanzadas de nuestra derecha.

Otro día siguiente, Argumedo y su caballería quisieron regresar hacia el sur, escoltando ahora un convoy como de treinta carros, cargados de municiones y bastimento. Pero como las fuerzas nuestras situadas entre Santa Elena y la Candelaria advirtieran aquel propósito, sus avanzadas se aprontaron a impedirlo, y resultó, después de un encuentro, que Argumedo tuvo que retroceder tras de sufrir algunas bajas. Por esto la dicha caballería y el dicho convoy fueron a acogerse de nuevo al amparo de la ciudad, delante del peligro de que aquellos hombres míos les cortaran la retirada y los envolvieran.

Comprendió entonces el enemigo que no podía mandar a Velasco ningún convoy sino ocultando ese movimiento con el hincapié de un fuerte ataque a nuestras líneas, lo que acaso le probara costoso. Mas es lo cierto que lo hizo así. O sea, que el día 8, temprano por la mañana, salió de San Pedro una columna como de dos mil hombres, apoyada por una batería, y vino al ataque de nuestras posiciones de Santa Elena. Entonces se trabó un combate muy reñido, en que nuestra artillería, encuadrándolos con grande pericia, empezó a causarles bajas, y nuestra infantería, bien abrigada en sus posiciones, los rechazó pronto, y luego fue empujándolos hacia el paraje de donde habían salido, hasta hacerlos retroceder en desorden. Estuvieron allí ellos en riesgo de perder la artillería que habían sacado la cual nuestros cañones acallaron desde el primer momento, y tuvieron que sufrir en las horas de aquel combate no menos de 200 bajas. Al fin se vieron tan comprometidos por culpa de su temeridad, que cerca de las tres de la tarde nuestra caballería ya casi conseguía envolverlos, por lo que les fue preciso, para salvarse, que otra columna, como de mil hombres, viniera a sostenerlos en su movimiento de retirada.

Luego me contarían cómo salió a mandar aquel ataque el general Joaquín Maass, que dio con eso muestras de ser hombre de valor, cuanto más que su propósito era mantener entretenidos todos los fuegos de nuestra ala derecha, para que Argumedo y su convoy pudieran alejarse. Y así fue y así lo consiguió. Pero, según yo opino, Maass y García Hidalgo consintieron entonces muy grande sacrificio de gente al perder más de 300 hombres entre muertos, heridos y prisioneros. También les sucedió que sus tropas, viendo cómo no eran de bastante ánimo para enfrentarse con las mías, acabaron allí de descorazonarse; de donde en adelante era seguro que no sabrían ellas resistir sino al amparo de defensas muy poderosas.

Aquel convoy de Benjamín Argumedo llevaba a Velasco medio millón de cartuchos, cosa que después averigüé. Llegó el convoy a la Soledad, pueblo de ese nombre, que se halla entre San Pedro y Viesca. Velasco se movió entonces de donde estaba, y en la Soledad se unió con De Moure y Paliza, que habían salido reforzando la columna de Argumedo. Allí se municionó y se preparó para su marcha al norte.

Pasaba eso, según es mi memoria, el día 9 de abril. Ese mismo día llegué frente a San Pedro de las Colonias con otra parte de mis fuerzas, más el resto de la artillería. Apareciendo yo, voy a presencia de mi compadre Tomás Urbina y le digo:

—Compadre, ¿cómo van estas operaciones?

Mi compadre me dice:

—Van bien, compadre, sólo que con la amenaza de alargarse mucho si Velasco llega a tiempo con su auxilio, pues entonces tendremos que derrotar cerca de doce mil hombres muy bien parapetados y de muy buen armamento.

Es decir, que me convencí por eso, más de lo que ya estaba, de cómo me era urgente decidir pronto aquella acción, y me puse a recorrer las líneas con el general Felipe Ángeles, para hacer juntos el reconocimiento. Como nos ocultaban los tajos y nos daban protección, hicimos aquello con facilidad, y, mientras, me expresaba Ángeles su parecer.

Le decía yo:

—Esta batalla tenemos que ganarla en veinticuatro horas, señor general. Considere usted la fatiga de estos soldados míos y de esta caballada.

Y así era la verdad. Había caballos que de tanto traer echada la montura ya tenían pegado el sudadero al lomo, como cuero de su cuerpo, y muy pocos de aquellos hombres habían gozado del descanso que les hacía falta.

Ángeles me contestaba:

—Sí, mi general. Pero para lograr aquí el triunfo en un día tenemos que traer hasta el último de nuestros hombres, porque sin eso, parapetado el enemigo detrás de las pacas de algodón, va él a causarnos mortandad muy grande.

Al jefe de mi estado mayor le mandé entonces orden de que me remitiera de Torreón cuanto soldado no le fuera indispensable para la seguridad y sosiego de la plaza, y llamé a junta a mis generales y les dicté mis providencias para que nos amaneciera otro día siguiente echándonos a sangre y fuego sobre la plaza.

III

Con su triunfo de San Pedro de las Colonias, Pancho Villa da a la Revolución el dominio de todo el norte de la República

Supe luego cómo había habido confusión en la Soledad, pueblo de ese nombre, entre la caballería de Juan Andreu Almazán, jefe de la vanguardia del general Velasco, y las tropas de De Moure, de Argumedo y de Paliza, que ya estaban allí aguardando a que el dicho general se les uniera.

Aquel suceso, conforme a noticias que a nosotros nos llegaron, pasó de este modo. Dicen que venía al frente de las avanzadas de Almazán un oficial que había peleado en Torreón a las órdenes de Ocaranza hasta que Ocaranza cayó herido, y que según empezó a enfilar con su gente, ya de noche, las calles del pueblo, gritó por fuerza de su costumbre: «¡Viva Ocaranza!», y que entonces los soldados de De Moure, creyendo oír vivas al señor Carranza, se sintieron frente al enemigo y trabaron el combate, hasta que poco después, y al paso que recrecía la lucha, Almazán se dio cuenta de cómo aquellas fuerzas que se le enfrentaban no eran del enemigo, sino de los federales que les traían auxilio, por lo que detuvo el ataque y retrajo sus hombres mientras también los otros aclaraban su yerro.

Cuando así no fuera, es la verdad que las tropas de De Moure y Paliza no sólo no levantaron con su auxilio el ánimo de los hombres que Velasco

357

había sacado de Torreón, sino que se vio en la Soledad, al juntarse las dos fuerzas, cómo las de Velasco eran las que venían más cabales y cómo la convivencia con las otras empezó a contaminarlas del quebranto que traían las de San Pedro de las Colonias.

Nos amaneció el 10 de abril, Viernes Santo de aquel año, en ejecución de las órdenes que yo había dictado para el aniquilamiento total de los 5 000 o 5 500 federales que quedaban en San Pedro.

Aquélla fue pelea muy dura, dirigida desde dentro por Joaquín Maass, que afrontó con sus tropas nuestro ataque del poniente y del norte, hasta la parte de las Carolinas, y por García Hidalgo, que defendía el lado del panteón. Se generalizó pronto el combate, y luego recreció con tanta furia que a media mañana los habíamos levantado nosotros de casi toda su primera línea de posiciones, a pesar de serles de muy grande defensa las trincheras con que se abrigaban. Por el lado del panteón, que era el punto que más los amparaba, nuestro avance se hacía con lentitud, porque allí eran mayores los obstáculos que se nos oponían. Por el lado de la estación mi ala izquierda iba empujándolos hasta reducirlos al abrigo de las casas, quiero decir, hasta quedar dueños nosotros de dominarlos en sus movimientos.

A las tres de la tarde no bajaban de mil, dentro del cálculo de mi conocimiento de la guerra, las bajas que les habíamos hecho, las más de ellas en las posiciones del panteón. Porque los fuegos de mi ala derecha eran allí de tanta pericia, que a García Hidalgo, según declaraciones de los prisioneros, estábamos dejándolo sin estado mayor y sin oficiales. Y así progresaba nuestro ataque, y así íbamos reduciendo aquel enemigo y cercándolo, y dominándolo. Pero sucedió entonces, que nuestra artillería, muy bien emplazada sobre el panteón por Felipe Ángeles, agotó sus proyectiles, segura de que habían de llegarle pronto otros que esperaba, y aquel contratiempo vino a demorar la parte final de nuestra acción. Digo, que poco después se sintió en Buenavista la presencia de José Refugio Velasco, que aquella mañana había salido de la Soledad con todas sus tropas, y como eso significara peligro para mi ala derecha y la artillería que con ella estaba, tuvimos que abandonar nuestra línea del panteón con todas las grandes ventajas que habíamos logrado en diez horas de combate victorioso.

Llegó la vanguardia de Velasco a San Pedro de las Colonias como a las seis de aquella tarde. Emplearon sus fuerzas en entrar a la población desde aquella hora hasta las nueve o diez de la noche, hostilizadas siempre por mis hombres, aunque no con ánimo de comprometer, estorbando aquel movimiento, el seguro desarrollo de la acción que ya teníamos en obra. Se retiró Raúl Madero con las fuerzas por él tendidas en aquella parte de la línea, más la artillería que le había dejado Ángeles, y lo hizo a campo traviesa, para no trabar encuentro serio con Velasco, lo que logró sin grandes dificultades. Porque es lo cierto que aquellas tropas enemigas venían tan limitadas en su impulso, que Raulito pudo apartarse con las suyas bajando y subiendo los cañones al atravesar los tajos que le estorbaban su marcha.

Creo yo que fue buen acto militar no impedir a Velasco su reunión con las tropas enemigas que ya teníamos dominadas en San Pedro de las Colonias. Porque no es ley de la guerra que dos ejércitos juntos valgan siempre más que dos ejércitos separados, y eso fue lo que entonces sucedió. Se juntaban en San Pedro un ejército que no había podido resistirme en Torreón, cuando muy buenas fueran sus posiciones, y mucho su material, y muy larga la preparación de su ánimo, y otro ejército que no había conseguido llevar su auxilio a la dicha plaza porque se le atravesaron dos mil de mis hombres. Mirándolo, reflexionaba yo entre mí:

«¿Cómo han de poder oponerse al impulso mío estos diez o doce mil federales, si su ánimo ha de quebrantarse más en cuanto se vean juntos dentro de la población que han escogido para defenderse?».

Y así era. Entraban las tropas de Velasco a una ciudad donde los defensores ya estaban provocando incendios para protegerse de los habitantes, que consideraban gente muy revolucionaria, y llegó él, según se dijo luego, afeando los actos de conducta de los generales que allí tenían mando, sin saber yo ahora si Velasco tuvo en eso razón o no, ni si todos aquellos hombres militares merecían los reproches. Porque siendo cierto que los federales de San Pedro no habían sabido sobreponerse a mis fuerzas, también lo era que para mandar a Velasco un convoy, aquellos generales habían tenido que hacer movimientos que les costaban cerca de quinientas bajas, y que la lucha con que me estaban resistiendo ellos en San Pedro al llegar Velasco a unírseles significaba ya pérdidas de más de mil hombres entre heridos, muertos y prisioneros. Delante de lo cual pienso yo: «¡Señor! ¿En verdad aquellos generales eran de poca pericia y de poco ánimo, o era que toda la pericia suya, y todo el sacrificio de sus hombres, no valían nada para contener en San Pedro de las Colonias, como no lo habían contenido en Torreón, el progreso de la causa del pueblo?».

El 12 de abril, es decir, dos días después de la reunión de aquellas fuerzas usurpadoras, me vi con todos los elementos necesarios para intentar el ataque que proyectaba. Di orden de echarnos sobre las posiciones enemigas a la madrugada de otro día siguiente, y de tomarlas a sangre y fuego.

Así lo hicimos. Serían las tres y media de esa madrugada cuando ya estábamos encima de ellos en ataque tan poderoso, que del primer empuje algunos hombres míos llegaron a menos de cien metros del cuartel general enemigo. Se produjo entonces en la cercanía de aquel cuartel una lucha encarnizada, que se prolongó varias horas, y en la cual vino a resultar herido el general Velasco, lo que lo obligó a dejar el mando de todas las tropas. Al principio lo depositó en el general Romero, de quien dicen que no aceptó, y después, en el general Maass, que, según ya he indicado, daba muestras de ser, entre todos aquellos hombres de profesión militar, el de más conocimientos tocante a la guerra.

Desde la primera hora de nuestro ataque, los defensores de varias posiciones enemigas del lado del panteón se desbandaron ante el incontenible impulso de mis hombres. Luego supe cómo hubo allí un coronel, jefe de un regimiento irregular, que se suicidó bajo el agobio de que así lo desbaratáramos, y cómo en las peripecias de aquellos primeros momentos de la lucha le causamos a García Hidalgo, junto con otros generales, más de seiscientas bajas.

En la parte de la estación llegamos pronto a meternos entre la infantería y la artillería del enemigo, por lo que ellos entonces, queriendo librarse de tan grave riesgo, y tratando de protegerse con fuego que llaman de bote de metralla, se movieron en forma que les permitió salvar sus cañones, pero que también ayudó a la mortandad que nosotros les hacíamos en la línea que había quedado rota.

A las diez de la mañana ya casi teníamos al enemigo sin acción, aunque algo repuesto del desbarate obrado por nuestra primera embestida, y a esa hora era tan grande el número de sus muertos, que todo aquel campo se veía sembrado de cadáveres. Ellos iban retrayéndose al abrigo de los edificios de la ciudad y nosotros empujándolos más y más, y cada vez para su mayor daño; porque atentos ellos al grande peligro de sucumbir allí todos, se acogían a sus trincheras y sus otras defensas en forma que aumentaba el número de las bajas que les hacíamos.

Así lograron sostenerse, aunque cada vez peor, hasta las horas de la tarde, en que volvimos a ver las humaredas de los incendios. Intentó entonces hacer movimientos por el sur la caballería de Argumedo, y por el norte la caballería de Almazán, y como al mismo tiempo recrecieron los fuegos de todos los cañones enemigos, comprendí que aquéllos eran preparativos de evacuación, por lo que dicté mis providencias para recoger el mayor fruto posible de la victoria. Es decir, que desbaratamos el avance de la caballería de Argumedo, que tuvo que retroceder en desorden, y a la de Juan Andreu Almazán le cerramos el paso, aunque él se movió con mucha maña, y acrecimos de tal modo la pelea en toda la línea, que en las primeras horas de la noche, ya a la luz de los incendios, el enemigo empezó a evacuar la plaza en desorden. Luego supe que algunas de sus fuerzas iban por tren, pero la mayor parte de ellas por tierra, y que casi todas se alejaban ya sin el amparo de sus generales.

Hicimos nosotros nuestra entrada a San Pedro de las Colonias en medio de montones de heridos y entre casas que empezaban a arder y otras que ya estaban ardiendo. Nos dejaba el enemigo mucha de su artillería, impedimenta, granadas, carros de municiones, trenes y las más de sus locomotoras. Los heridos eran tantos, que sólo en una bodega de las usadas para guardar semilla de algodón había cerca de seiscientos, todo aquel piso anegado en sangre. Y declaro yo, Pancho Villa, que el enemigo se había visto en tales apuros para efectuar su retirada, que aparecían por cientos los hombres suyos rezagados, o los dispersos que no sabían huir, al grado que muchos de nuestros hombres se presentaban a sus jefes trayendo, cada uno, cuatro o cinco prisioneros.

Esa noche, tras de dar mis disposiciones para que se acabaran los incendios, rendí por telégrafo al señor Carranza, que ya estaba en Chihuahua, el parte de aquel nuevo triunfo ganado por mis fuerzas. Le decía yo:

«Señor, en horas de esta noche, las fuerzas de mi mando, después de denotar al enemigo, hicieron su entrada a San Pedro de las Colonias, cerrando así un día de combates victoriosos y de grande fruto para la causa del pueblo. El enemigo, en número de doce mil hombres, estaba al mando de los generales Velasco, Valdés, Maass, Casso López, De Moure, García Hidalgo, Paliza, Romero, Ruiz, Álvarez, Monasterio, Bátiz, Aguirre, Cárdenas, Corrales, Campa, Argumedo, Almazán y otros menos famosos. Es mucho el material rodante que nos abandonan ellos en su fuga, más once cañones, casi todos sin cierre y algunos quemados de las ruedas, y varios cientos de granadas útiles, y carros de municiones, y servicio de ambulancia con cerca de mil heridos. Propuestas ya a huir, las fuerzas enemigas incendiaron el Mercado, el Hotel México, la tienda nombrada de «Las Amazonas» y todas las propiedades de la familia del señor Madero. Son muchas, señor, las pérdidas que sufre la población por este acto reprobable, hecho con miras a no sé yo qué beneficio. Si no lograron ellos quemar las más de las casas, donde aparecen todavía las huellas del fuego, es por obra de los moradores pacíficos de aquí, y de mis tropas, que impidieron que las llamas se propagaran. Según informes dignos de mi confianza, los restos de las divisiones enemigas que aquí estaban reunidas se alejan ahora en desorden rumbo a Hipólito. Creo yo que van en muy malas condiciones, pues es muy grande el estrago que les hemos inferido. De bajas, entre muertos, heridos, prisioneros y dispersos, les hemos causado no menos de tres mil quinientas. Viva usted seguro que hay brigadas o divisiones que van reducidas a la mitad, o a la tercera parte, y todas, sin descontar una, con el ánimo quebrantado por su grande derrota. Nosotros tenemos que lamentar 650 hombres muertos o heridos, ninguno de grado superior a coronel. Como el campo de la batalla fue muy extenso, no acabaremos de levantarlo hasta dentro de dos días. Señor, todos los pobladores de San Pedro, ricos y pobres, han pasado diez días de grandes privaciones, por la crueldad de la guerra, pero ya me ocupo de remediarlos en su necesidad. Me manda por eso el cumplimiento de mi deber pedirle a usted el pronto envío de dinero que alivie y levante esta comarca, y encarecerle me surta para satisfacer las necesidades de los diez y seis mil hombres que están bajo mi mando. Lo saludo, señor, con el gusto de poder decirle que todos los generales y jefes de mis fuerzas han estado al cumplimiento de su deber. También le expreso mi respeto y mi cariño. – *Francisco Villa*».

Otro día siguiente confirmé al señor Carranza, con los nuevos datos que me llegaban, la importancia de aquella victoria nuestra, sabedores nosotros de cómo la retirada del enemigo iba haciéndose cada vez en forma más desastrosa, aunque yo dispuse, por la mucha fatiga de mis soldados, que estaban sobre sus armas desde el día 22 de marzo, que no se hiciera persecución. Mas en verdad que me quedaba yo seguro de que aquel ejército no resistiría ni el solo anuncio de mi avance.

Le decía yo a Felipe Ángeles:

—Esas tropas federales van con ánimo de no encontrar nunca otras fuerzas revolucionarias.

Y como lo considerara él también así, puso al señor Carranza un telegrama para expresarle cuánto tenían que ayudar a nuestro triunfo las fuerzas revolucionarias del Noreste. Éste era el contenido de sus palabras:

«Ciudadano Primer Jefe del Ejército Constitucionalista, Chihuahua. Señor: Si no fuera por la mucha fama que la toma de Torreón ha levantado por el mundo, esta batalla de San Pedro de las Colonias parecería más importante, pues en verdad que sus resultados superan a los de la otra, tocante a lo político y a lo guerrero. Estaban reunidos aquí, en San Pedro, todos los generales a quienes Victoriano Huerta había dado su confianza, y sabemos, por los telegramas que él les dirigía, y que nosotros hemos recogido en el cuartel general que nos abandonaron, cómo de la protección de ellos esperaba Huerta el sostenimiento de su causa. Y es el caso que ahora todos esos generales van con al ánimo caído, y sus tropas en condiciones que sólo una peripecia milagrosa conseguiría levantar. Creo yo que si las tropas del general Pablo González se abalanzaran por Hipólito sobre las divisiones que de aquí van a la desbandada, y si también vinieran a encontrarlas las fuerzas del general Cepeda, se lograría el total aniquilamiento de ellas, y quizás eso acabara de una vez con toda la campaña. Le ruego, señor, encarezca al general Pablo González la necesidad de salir al cumplimiento de su deber. – *Felipe Ángeles*».

IV

Pancho Villa tercia en el diálogo diplomático sobre la ocupación de Veracruz, evita la guerra con los Estados Unidos y salva la Revolución

El Primer Jefe • Los méritos de Villa y los de sus generales • Las derrotas de don Pablo • Manuel Chao • El mal ojo de Carranza • Las ambiciones de Villa • El desembarco de los norteamericanos en Veracruz • La actitud de Carranza • Los consejos de Obregón • Las reflexiones de Villa • Una cena con míster Carothers • Villa en un negocio internacional

Consumados aquellos triunfos de mis fuerzas en la comarca de la Laguna, regresé a Chihuahua a ofrecer mi recibimiento al Primer Jefe. Porque Chihuahua era el territorio que yo podía considerar como más mío en el progreso de nuestra Revolución. Allí estaba mi base de operaciones. Allí me correspondía acudir, siendo yo buen hombre revolucionario, delante del señor Carranza, que si antes no había yo emprendido viaje para verlo era por los impedimentos de los deberes militares.

Llegando allá, le hice mi visita, en la cual los dos nos expresamos con trato muy cariñoso. A lo que creo, estaba muy contento de los triunfos de mis fuerzas contra Velasco y todos los otros generales usurpadores. Me decía él:

—Señor general Villa, lo que acaba usted de ganar en la Laguna es el más grande paso de nuestra causa. La Revolución lo felicita, y todos esperamos que seguirá usted siempre por el camino de sus triunfos.

Y es lo cierto que como aquel señor hablaba con todo reposo las palabras de su autoridad, sentí yo, conforme las oía, la caricia de que se estimaran los sacrificios y demás hechos de mi gente, por lo que le contesté diciéndole:

—Señor, cada uno de los hombres que militan en mis tropas ha estado al cumplimiento del deber. Yo los mando a ellos según me lo aconsejan mis luces, pero ellos son los vencedores de mis batallas. Tengo al señor general Felipe Ángeles, de mucho saber en cosas de artillería; tengo a mi compadre Tomás Urbina, y al general Maclovio Herrera, y al general Toribio Ortega, y al general José Isabel Robles, y al general José Rodríguez, y al general Rosalío Hernández, y al general Aguirre Benavides, y a todos aquellos otros generales, señor, de muchas hazañas en la guerra, que me ayudan en estos triunfos.

Para mi memoria, sucedía esta plática delante de las personas que allí tenía cerca el señor Carranza y delante de los hombres que me acompañaban a mí. Pero luego, expresándonos los dos sin que los otros nos oyeran, le dije yo mi parecer respecto del buen modo como el compañero Álvaro Obregón llevaba la guerra por el Occidente, y cómo por el Oriente, a mi juicio, la llevaba muy mal el general Pablo González, aunque sin saber yo si esto era por culpa del dicho general, o porque no lo ayudaran sus circunstancias. El señor Carranza me contestó entonces que en verdad las circunstancias no favorecían al general Pablo González, al revés de como al general Obregón lo auxiliaban las suyas, y me declaró, con palabras de la Historia, cómo ya en tiempos de don Benito Juárez había habido otro general, de nombre que no recuerdo, que aun sufriendo muchas derrotas, había obrado siempre en beneficio de las libertades.

Le dije yo:

—Señor, si usted así lo dice, así será. Pero ¿por qué si yo empujo desde la Laguna un enemigo derrotado y ya sin acción, Pablo González no sale con su gente a esperarlo, ni lo hostiliza, ni lo aniquila? Mis hombres habían estado combatiendo no menos de veintiocho días; ya no podían hacer más. Pero si hubiera existido concierto en aquella persecución, o sea, si Pablo González hubiera acudido con su auxilio, a estas horas no existirían los restos de las tropas de Velasco, ni de De Moure, ni de Maass, ni de García Hidalgo.

Así le dije yo, que era hablarle en cabal razón, delante de la cual me prometió él tomar sus providencias para que a Pablo González no le faltaran los recursos; porque sin ellos, me decía, quedaban sin fruto hasta las mejores disposiciones de los mejores generales.

A mi llegada a Chihuahua vi que Manuel Chao ejecutaba los actos del gobierno sin el debido respeto para mi autoridad. Lo mandé llamar una mañana temprano y le dije:

—Es usted gobernador de este estado por obediencia mía a un mandato del Primer Jefe y porque yo no puedo ocuparme de esos negocios, llevando el peso de la guerra. Pero sepa usted, amigo, que aquí mando yo, pues así lo exige la pelea en que todos andamos. Quiero decirle, que ahora mismo lo voy a mandar fusilar, para que no tenga más ideas en perjuicio de mi respeto.

Eso le dije, aunque no porque en verdad quisiera fusilarlo, que aquél era hombre de buenos conocimientos y muy útil consejo en la Revolución, sino para demostrarle la cólera en que yo me revolvía y curarlo de sus pasos.

Porque entonces, al amparo de mi sumisión al señor Carranza, iban creciendo en mi territorio hombres nombrados por él, que se creían con mucha autoridad, porque de él la recibían, sin comprender ellos que si el dicho señor Carranza mandaba allí era por creerlo yo así útil a la causa del pueblo, mas no por inclinación mía a consentir que la fuerza de autoridad que yo entregaba al señor Carranza, gracias al triunfo de mis armas, la recogieran otros para sembrarme de embarazos el camino.

Pero sucedió, por nuestras expresiones de aquella mañana, que Manuel Chao me dejó convencido de cómo sus yerros no se habían de repetir. De modo que volvimos al trato cariñoso y luego lo dejé ir en libertad, con la consigna de que continuara en el gobierno si se sentía seguro de no estorbarme en mis actos.

En eso estábamos cuando llegan a mi casa a intervenir en favor de Chao unos oficiales del señor Carranza. Yo les digo:

—Señores, ¿para qué se toman tantas molestias? El general Chao ya sale de aquí en libertad, y vivan seguros que nada ha de pasarle mientras sea bueno su comportamiento.

Y ellos me oyeron y se fueron a rendir su informe al señor Carranza. Mas como luego el señor Carranza me pidiera explicaciones, también le hablé aquellas mismas palabras, aunque diciéndole también que Chao no se portaba bien, por impulso propio o por instigaciones ajenas; es decir, que no obraba con actos de buen compañero revolucionario, sino que me ponía obstáculos como a enemigo.

Y aunque aquel negocio terminó allí, descubrí entonces que al señor Carranza lo rodeaban hombres políticos y militares propuestos a engendrar divisiones en la Revolución, y a malograr lo que algunos hombres éramos en ella, pues empezaron a llegarme voces de lo que propalaban ellos tocante a mi conducta. Decían que decían de mí: «Es hombre indomable y sin corazón; es hombre que busca superar a todos en cuanto se logre el triunfo de esta causa; es hombre sanguinario que donde alza la mano pone la muerte». Y así empezaron a inventar cuentos de quién sabe qué maquinaciones mías para matar a Manuel Chao, dizque por ser más adicto a la obediencia del señor Carranza que a la mía. Considerándolo, pensaba yo:

«Señor, no les basta conocer mi vida, ni el grande número de muertes que en ella he tenido que hacer, siempre con justa causa. ¡También han de criminarme por lo que no hago! Si Manuel Chao me pareciera todavía un peligro para el triunfo del pueblo, ¿quiénes serían ellos para estorbarme que lo matara con mi propia mano? ¿Acaso necesito yo artificios para la ejecución de mi justicia?».

Por eso pensé otra vez cómo cobijaban más daño para nuestra Revolución muchos de aquellos chocolateros y perfumados del Primer Jefe, que los ejércitos de Victoriano Huerta. Porque el señor Carranza me parecía entonces persona buena, y sincero hombre revolucionario, pero veía yo que su defecto estaba en su ojo para escoger los hombres que lo aconsejaban. Y también pensé si aquellos hombres, intrigantes y celosos de lo que yo estaba consumando con el esfuerzo mío y de mi gente, no me serían en grave perjuicio, a mí y a la Revolución, pues acaso me hicieran despertar, con las perspectivas que me atribuían, muy grandes ambiciones. Si no batallaba yo más que por el triunfo de nuestra causa, como había batallado ya en 1910, ¿por qué tanto cavilar tocante a mi conducta?

Cuando así no fuera, se vio en aquellos días el grande riesgo de que toda nuestra Revolución se guiara por el solo consejo de un hombre y la alabanza de los que le quedaban cerca. Porque hubo entonces, por agravios hechos en Tampico a unos marineros americanos, rompimiento entre Victoriano Huerta y los Estados Unidos; y el usurpador, que ya no veía cómo aprontar su resistencia a la lucha con nosotros los revolucionarios, trató de acogerse al patriotismo de todos los hombres de nuestro país buscando guerra con los Estados Unidos. Y como por aquella conducta suya la marinería americana desembarcara en Veracruz, abriendo allí sus fuegos, el señor Carranza no tuvo por buenas las explicaciones que míster Carothers le trajo a nombre del presidente Wilson, sino que acusó al gobierno americano de estar haciéndole la guerra a México y amenazó con responder de la misma manera si aquellas fuerzas extranjeras no salían del dicho puerto. Es decir, que el señor Carranza, con el buen ánimo de su patriotismo, no sólo iba a dejar a un lado nuestra Revolución para atacar a los Estados Unidos, sino que estaba favoreciendo los negros designios de Victoriano Huerta.

Aumentaron mis temores de todos aquellos peligros conforme supe que el general Obregón, desde Sinaloa, aconsejaba al señor Carranza mandar declaración de guerra a Wilson si los americanos bombardeaban puertos de México. Decía Obregón: «Porque al firmarse la paz conviene que la concertemos nosotros, no Huerta, que entonces nos tendría por subordinados suyos».

Pensaba yo entre mí:

«Señor, para la lucha en que andamos contra los usurpadores necesitamos surtirnos de armas y municiones en territorio de los Estados Unidos: ¿con qué recursos combatiremos nosotros al dicho país si le declaramos la guerra? Si los Estados Unidos nos atacaran, el deber nos mandaría morir como buenos mexicanos; si con el hincapié de sus agravios los Estados Unidos quisieran conquistar México, o adueñarse de parte de él, el deber nos mandaría unir nuestras tropas a las de Huerta, y salir todos juntos a la acción. Pero, conforme a mi parecer, no es eso lo que los Estados Unidos quieren, sino aleccionar a un hombre que les hizo agravios, y acaso ayudarnos en nuestra guerra contra ese mismo hombre. Así, si las expresiones del señor Carranza con el presidente Wilson están bien, pues ellas miran a la dignidad de México dentro de lo que se nombran formas internacionales, y si es verdad que los americanos han cometido un yerro desembarcando en Veracruz, no hay que dejar que nos cieguen las apariencias y las palabras, sino que el deber nos manda alumbrarnos con la verdad y no extraviar nuestro impulso con la imprudencia. Declarar la guerra a los Estados Unidos, como quiere Obregón, es acto de locura. Amagarlos con ella, como los amaga el señor Carranza si no se salen de Veracruz, está bien como acto de fórmula, y está mal si se intenta de verdad, pues ni tenemos cómo cumplir la amenaza, ni conviene enajenarnos la buena voluntad de aquel país amigo, al que empujaríamos a dar satisfacción a Huerta, cuando es él quien merece ser satisfecho, y a que nos tuviera por enemigos».

Hice, pues, viaje de Chihuahua a Ciudad Juárez, y allí llamé a míster Carothers en demanda de la verdad, y lo convidé a cenar, y le pregunté y le dije lo que seguramente no podía preguntarle ni decirle el señor Carranza en su papel de jefe de nuestra Revolución.

Le pregunté yo:

—Míster Carothers, ¿son pasos de guerra éstos que ahora nos hacen los Estados Unidos?

Él me respondió:

—No son pasos de guerra. Aquí están las palabras del presidente Wilson respecto a su amistad por el pueblo de México y a su necesidad de exigir a Huerta la reparación de un agravio. Aquí está la decisión de nuestro Congreso, que no dice que Wilson pueda declarar la guerra, sino que hace bien empleando las armas para que la reparación se haga.

Yo le dije:

—¿En prueba de que eso es verdad podemos los hombres revolucionarios seguir comprando armas y municiones en los Estados Unidos?

Me respondió él:

—Pueden ustedes seguir comprando de todas nuestras armas. El pueblo de los Estados Unidos no quiere atacar al pueblo de México, y sabe bien que las armas que ustedes le compren no servirán nunca para que este pueblo lo ataque.

Yo entonces le contesté:

—Muy bien, señor. Dígale usted al presidente Wilson que no habrá guerra entre él y los constitucionalistas si él no le declara la guerra a México. Que no haga, queriendo herir a Huerta, más actos de hostilidad, pues nos encenderíamos los mexicanos. Que, según yo creo, fue grave yerro desembarcar en Veracruz, pero que creemos en la sinceridad de sus intenciones, y que si ahora sus tropas no pueden abandonar aquel puerto, porque haciéndolo teme quebrantar su decoro, que por eso no vamos a pelear: que se estén allí quietas aquellas fuerzas suyas. Dígale usted todo esto, que es la verdad de nuestros sentimientos. Dígale también que Victoriano Huerta no nos importa: es un borracho que por salvarse no se mira de llevar a México a una guerra que nos destruiría. Pero también dígale que si sus intenciones son otras, todos los mexicanos sabremos pelear, aunque vivamos de yerbas en lo alto de los montes, y que si es cierto que no venceremos a los Estados Unidos, porque ellos son muy grandes y poderosos, sí les causaremos, yo el que más, al frente de mis tropas, muchos daños en toda esta frontera.

Ése fue el contenido de las palabras mías a míster Carothers, que él me prometió remitir a su presidente, y aquéllas las garantías que él me dio, en seguridad de que todo podía arreglarse. Y así nos despedimos cariñosamente aquella noche del 23 de abril de 1914.

Otro día siguiente llamé a los periodistas y les hice mis declaraciones. Les decía yo: «Todos los buenos mexicanos conocen la grandeza de los Estados Unidos y su mucho poder. También saben cómo aquel pueblo es amigo de éste, y cómo se mira allá con simpatía el progreso de nuestras libertades. El pueblo americano nos ayudó con su buen ánimo en nuestra lucha de 1910, y lo mismo está ayudándonos ahora. Si Victoriano Huerta busca la guerra, los Estados Unidos ni nosotros nos dejaremos engañar, aun cuando así lo parezca por la contestación del señor Carranza al presidente Wilson. Comprenda aquel pueblo que el jefe de nuestra Revolución tenía que expresarse en palabras de mucha dignidad. Mas por estas palabras no habrá guerra, como tampoco por la ofensa que Huerta haga a los Estados Unidos desde la ciudad de México. El señor Carranza, en su buena intención, protege el honor de nuestro país, mas no pretende declarar la guerra a los Estados Unidos, y ésa es la verdadera disposición de todos nosotros los revolucionarios».

V

En acatamiento a las órdenes del primer jefe, Pancho Villa va a la toma de Saltillo, pero advierte que quieren recortarle el camino de sus triunfos

Supe yo, por lo que me dijeron, que al señor Carranza le había causado enorme cólera la noticia de mis expresiones con míster Carothers. También me contaron que él y muchos de sus acompañantes me tachaban de mal mexicano, por mi inclinación a no considerarme en guerra con los Estados Unidos si aquel país se negaba a devolver Veracruz al gobierno de Victoriano Huerta. Y yo pensaba: «Señor, ¿soy yo mal mexicano por impedir que México se desangre en una guerra extranjera? Esta lucha en que andamos contra la Usurpación es para bien de la justicia y del pueblo, pero ¿para qué beneficio vamos a guerrear con una nación poderosa que no busca guerra con nosotros, sino que apadrina nuestra causa sin más mira que favorecerla?».

Y sucedió que volví de Ciudad Juárez a Chihuahua, donde el señor Carranza me afeó cariñosamente aquella conducta mía. Y como yo le declarara entonces mis razones, y él no las apreciara tanto como yo, me pidió promesa de silencio tocante a aquel negocio internacional, la cual yo le di, seguro ya de que los riesgos se habían evitado con el auxilio de mis palabras.

Ahora, a distancia de tantas fechas, creo que no fue mala mi razón. Porque, hablando la verdad, juzgo yo que el señor Carranza, con su contestación a míster Wilson, nos puso tan cerca de la guerra con los Estados Unidos como Victoriano Huerta con los agravios que les estaba haciendo. Digo, que yo no ignoro cómo el ánimo del señor Carranza era grave en ese negocio, y de mucha dignidad, y cómo Victoriano Huerta obraba sin ninguna ley de patriotismo; pero el resultado era que el señor Carranza, por impulso del bien, nos estaba trayendo los mismos daños que Victoriano Huerta nos buscaba por impulso del mal, y que entonces yo, Pancho Villa, intervine con aprecio de las intenciones y los hechos, no sólo de las apariencias y las palabras, y de ese modo quité la guerra de sobre el pueblo de México.

Como mi deber era pelear, no discutir, salí pronto de Chihuahua a reunirme con mis fuerzas; de modo que para principios de aquel mes de mayo ya estaba yo en Torreón haciendo mis preparativos para mi avance hacia el sur. En Torreón empecé a recibir comunicaciones de los generales de Victoriano Huerta, que me convocaban a la defensa de México en la guerra con los Estados Unidos. Me decían ellos:

«Esta pelea en que estamos unos mexicanos contra otros no es para nuestro bien, sino para bien de los Estados Unidos, que son los causantes de que así nos desangremos. Dejemos los rencores políticos y pongámonos a luchar juntos por el amor de nuestra patria. Siendo usted hombre valiente, no hará la negra traición de sosegar sus armas delante de estos invasores que amancillan nuestra bandera. Todos los mexicanos, niños, hombres y viejos, están propuestos a lavar con su sangre las ofensas de aquel pueblo extranjero. Nosotros sabemos que usted es el verdadero jefe de la Revolución: sea ahora el caudillo de toda la patria en esta guerra. México lo necesita, señor. Si usted le da la ayuda de su pericia y de sus tropas, Pancho Villa será luego uno de los más grandes hombres de nuestro país. Ha llegado la hora de estar con México; es decir, tenemos que juntarnos todos frente a los invasores. Y si algún político ambicioso le aconseja seguir en su lucha contra nosotros en estos momentos que son de riesgo para nuestra independencia, no se deje engañar. Dígale que usted es hombre mexicano y patriota, y que sus padres también eran mexicanos, y que sus hijos también lo serán. Tampoco se deje seducir por los Estados Unidos, los cuales, en su hipocresía de siempre, propalan sus expresiones de no estar haciendo la guerra al pueblo de México, sino sólo al gobierno del señor general Huerta, y de no tener ni querer agravios ni lucha con los mexicanos revolucionarios. Porque claramente se ve cómo aquella nación está propuesta a conservarnos divididos, para hacer más fácil su conquista. Y aunque así no fuera, tampoco debemos consentir, siendo buenos mexicanos, que el dicho país se entrometa en nuestras disputas interiores».

Les contestaba yo:

«Señores, ¿cómo pueden ustedes creer que la pelea en que andamos sea obra de los Estados Unidos? Nuestro levantamiento de 1910 fue para desbaratar la opresión de Porfirio Díaz, y entonces tomaron el poder hombres amigos del pueblo. La lucha de 1912 nació del clero y de las familias privilegiadas, que la encendieron y atizaron con ánimo de derribar aquel buen gobierno que el pueblo se había nombrado, lo que entonces no pudieron conseguir. Luego vino la podredumbre entre el ejército. Luego vino la traición de Victoriano Huerta. Luego vino esta guerra civil, para vengar la muerte de los señores Madero y Pino Suárez, y para que otra vez la ley nos gobierne. Lo que pasa, señores, es que los enemigos del pueblo, considerándose perdidos en el campo de las armas, tratan ahora de salvarse convocando los ejércitos revolucionarios para una guerra extranjera que sólo los usurpadores quieren provocar».

Así eran mis palabras. Y como entre los jefes huertistas que entraban conmigo en aquellas expresiones había unos que eran buenos hombres revolucionarios de otros tiempos, ahora engañados o prisioneros de la reacción, a ésos les contestaba yo con mis tonos persuasores, no con los de mi cólera. Yo les decía:

«Los revolucionarios no nos juntaremos nunca con los hombres de Victoriano Huerta, porque éstos sólo quieren que nuestra Revolución no triunfe y que nuestro castigo no les alcance. Pero le declaro, señor, que usted es hombre bueno y bien intencionado, y hombre patriota y de conciencia, por lo que le estimo sus deseos de levantarme a caudillo de nuestra patria contra la invasión extranjera: Mas no pudiendo aceptar su invitación, yo le respondo: "Lo acepto a usted, y lo acojo con todos los suyos en el seno de mis fuerzas". Y creo que éstas sí son palabras de sinceridad, no de doblez, y si se nos viene a unir, se convencerá pronto del yerro que ahora comete peleando contra los intereses del pueblo, y verá cómo nosotros, de haber guerra extranjera, sí sabremos luchar por el amor de México, no por el amor de nuestras personas. Porque se engaña, señor, esperando que al lado de los asesinos de Madero pueda usted pelear como buen mexicano: no son ellos capaces más que de acciones vergonzosas; no buscan más que separarnos de la causa de la Revolución, con el hincapié de la guerra extranjera, para luego apalabrarse con el invasor, si es verdad que el dicho invasor viene, y seguir dueños del gobierno de su tiranía».

A otros hombres, coautores de la Usurpación, o claros enemigos del bien del pueblo, les expresaba yo estas palabras:

«Señor, sólo le contesto a usted porque los hechos de que hablamos serían mañana hechos de la Historia, y no quiero que falte luz en los actos de mi conducta. Franca se ve en todo el mundo la maniobra que ustedes hacen: quieren protegerse del castigo de la Revolución echando sobre todo México el castigo de una guerra extranjera, pues saben ustedes, autores y cómplices del asesinato del señor Madero, que nuestro triunfo cobija su desesperación y su ruina. Yo le digo: Se engañan ustedes ahora, señor, como se engañaron al no considerar cómo su asesinato de Madero y Pino Suárez, para anular la Revolución de 1910, encendería la más grande guerra civil de México, que ha de aniquilarlos y aplastarlos. ¿Saben ustedes lo que les va a suceder ahora? Pues óiganlo en las palabras mías: ustedes armarán al pueblo de México, mediante el clamor del patriotismo, para la guerra extranjera que ustedes mismos provocan; pero como el pueblo es honrado y justiciero, se enterará de la verdad de esas maquinaciones, y al verse armado, y al conocer cómo ustedes no sólo matan la democracia y los hombres de la democracia, sino que también saben urdir guerras extranjeras para el salvamento de sus privilegios, descubrirá toda la infamia que ustedes llevan en su ánimo y verá cómo mienten al decir que nosotros los revolucionarios somos mexicanos traidores conchabados con los Estados Unidos, y los buscará para conocer la verdadera cara de la traición, y les aplicará su castigo, y los afrentará más de lo que ya los afrenta por sus otros crímenes, y amancillará sus nombres para siempre, y los nombres de sus familias».

Así les decía yo. Y es lo cierto que si aquellos hombres hubieran traído la guerra con los Estados Unidos, hubieran sido merecedores de palabras todavía más negras.

A poco de estar yo en Torreón, el señor Carranza hizo su viaje a la dicha ciudad, y con él toda la multitud de su séquito. Yo ordené que se le acogiera con muy grande recibimiento por parte de los pobladores de toda aquella comarca, y por parte de mis fuerzas, que allí estaban reconcentrándose. Así lo hice para que el Primer Jefe diera con su grandiosa entrada brillo a nuestra Revolución y certificara la unión de todos nosotros. También quería que sintiera él, y todos los que lo seguían, cómo en el centro de mi mayor potencia lo elevaba yo a verdadero jefe, y lo consideraba por encima de mí, y me le sometía en acatamiento a todas las órdenes suyas que no quebrantaran la causa del pueblo.

Pero entonces vislumbré en Torreón el panorama que me aguardaba tocante a mi trato con el Primer Jefe, y que él, por su impulso secreto, o por impulso de los que lo rodeaban, desconfiaba de mí y se mostraba inclinado a ponerme embarazos en el desarrollo de mi acción.

Porque sucedió, conforme daba yo cuenta al señor Carranza de mis preparativos para el ataque y toma de Zacatecas, ruta de mis armas, que él no los tuvo a bien, sino que me dijo que de allí en adelante mis pasos en la guerra no debían nacer de mi sola iniciativa; que debía yo someterlos a juntas de generales que él presidiría, y que la dicha junta tenía que ordenarlos. Y así fue. Llamamos a junta, que él presidió, y en ella expuso su parecer, distante del mío y contrario a mis conocimientos de la guerra, y nos habló de su voluntad, no de la voluntad de las necesidades militares. Es decir, que les dijo a mis generales que la siguiente acción de mis tropas no sería el avance sobre Zacatecas, sino la toma de Saltillo, para completar de aquella forma la conquista de los territorios del norte de la República. Y se trabó por eso fuerte discusión entre él y el señor general Ángeles, que le expresaba con muy buenas razones cómo aquella providencia no estaba bien, pues los federales del Norte ya eran un enemigo derrotado, que huía de Laredo y Monterrey, y al cual, con algún esfuerzo de las tropas de Pablo González, podía quitársele Tampico y Saltillo y empujarlo hasta San Luis. Pero yo entonces queriendo que la autoridad del señor Carranza no se quebrantara, me sometí a su opinión, aunque miraba que el general Ángeles estaba expresando pensamientos que también era míos.

Yo dije:

—Señores, a mi juicio, el señor general Ángeles habla palabras de buen hombre militar. No creo que se necesite el auxilio de mis fuerzas para consumar la toma de Saltillo. De dirigirme hacia allá, con abandono de la ruta que ya traigo, que es la mía y de mi organización, va a resultar sólo un malgasto de mi tiempo y una ocasión para mejores preparativos del enemigo que está en Zacatecas. Pero como el señor Carranza es nuestro jefe, si él quiere que acuda yo antes a la toma de Saltillo, vamos a darle gusto en ese deseo: tomemos primero Saltillo, que es la capital del estado donde el señor Carranza es gobernador, y volvamos después a Torreón para continuar nuestro avance.

Ése fue el contenido de mis palabras, y así las dije para que el señor Carranza viera mi inclinación a obedecerlo no habiendo grave daño para mis tropas ni para nuestra causa. Pero, según antes indico, allí comprendí que el ánimo del señor Carranza ya no me era bueno, sino que buscaba él retrasarme en mi avance hacia el sur, en beneficio de Álvaro Obregón, de Pablo González y de otros jefes. O sea, que se le hacían muchos mis triunfos y que andaba mirando cómo recortármelos. Y en verdad que aquello me llenó de tristeza, pues pensaba yo entre mí: «¿Qué mal le hago yo a este señor ganando batallas de la Revolución que lo proclama a él como jefe?».

Por todo aquello, otro día siguiente no quise asistir a la cena de agasajo que mis generales le daban, sino que llamé a Luisito y le dije:

—Luisito, vaya usted a decirle al Primer Jefe que me perdone por hoy, que no iré esta noche a presentarle mi agasajo, que estoy enfermo.

Y también por eso, cuando decidió el señor Carranza hacer viaje a Durango, para ser recibido allá por Domingo y Mariano Arrieta, aquellos dos generales que durante mis angustias de la batalla de Torreón no habían salido al cumplimiento del deber, yo no acepté acompañarlo, según él me invitaba.

Me decía el señor Carranza:

—Venga conmigo, señor general. Verá cómo se arreglan con aquellos generales aquellas diferencias.

Le contestaba yo:

—Perdóneme, señor. No puedo abandonar estos muchachitos míos a la mitad de la acción. Cuantimás, señor, que no he de serle de mucha ayuda en ese viaje de recreo. Yo sólo sirvo para pelear.

Y así quedamos desde aquella fecha, resfriados él y yo en la intimidad de nuestros corazones. Según es mi memoria, hasta me puse a pensar, considerando que el señor Carranza iba a Durango a dar honra a dos generales que yo había acusado en nombre del bien del pueblo, si no trataría él, con aquella invitación para que lo acompañara, de llevarme allá para mi afrenta, o a impulsos de algún otro propósito. Porque entonces brotó en mí tanta desconfianza, que yo ni nadie la volvería al sosiego.

Mas declaro yo, Pancho Villa, que por debajo de aquellos hechos no había en mí mala inclinación tocante al señor Carranza, sino muy cariñosa y respetuosa disposición, pues lo consideraba hombre cabal, y sincero hombre revolucionario. De modo que acabé por reflexionar que acaso sería mía parte de aquella culpa, o de algunos de los que me rodeaban. Y pensé que quizás algo pudiera venir del periódico llamado Vida Nueva, que me publicaba en Chihuahua un periodista de nombre Manuel Bauche Alcalde, escritor de bastantes conocimientos y mucha civilización, pero de palabras lisonjeras; por lo que, sin más, decidí quitarlo de dicho periódico.

A un doctor de mi amistad, de nombre Ramón Puente, que entonces acababa de llegar a Torreón, le hablé de aquellas dudas mías. Le dije yo:

—Amigo, ¿qué opina usted de los daños que me causa ese periódico?

Me contesta él:

—Que le hará muchos daños ese periódico si sigue como va.

Y a seguidas me dijo que andaba entonces por Chihuahua, a causa de sus pleitos con Obregón, otro periodista revolucionario, de nombre Luis

G. Malváez, a quien yo conocía desde los tiempos del señor Madero, y que aquél era hombre para dirigir el dicho periódico. Y como yo también lo pensara así, porque sabía que Luis G. Malváez no había negado nunca su fe al señor Madero, le puse telegrama para que viniera a Torreón, y en cuanto se presentó ante mí le expresé las siguientes palabras:

—Amiguito, a usted le entrego ese periódico. La consigna es no ocuparse de mi persona, ni de mis victorias. Consagre, señor, el impulso de sus escritos a la unión de los hombres revolucionarios.

VI

Al solo choque de su caballería, Pancho Villa destroza los cinco mil hombres destacados por Joaquín Maass en Paredón

Vito Alessio Robles • «Convenzamos a Carranza de nuestra sinceridad» • La marcha hacia Saltillo • Hipólito • Sauceda • Jesús Acuña y Juan Dávila • Potencia de la División del Norte • Los cinco mil hombres de Paredón • El cañón de Josefa • La vía de Paredón a Saltillo • Zertuche • La maniobra de Ángeles • Fraustro • Un enemigo adormilado • Los ocho mil caballos • Media hora de combate • Ignacio Muñoz • Joaquín Gómez Linares • Francisco A. Osorno • Miguel Álvarez

Dicté mis providencias para marchar sobre Saltillo. Empezaron a cumplirse aquellas providencias. A Felipe Ángeles le dije:

—Señor general, como usted ve, vamos a la toma de Saltillo. Creo yo que debemos llevar toda la artillería, no porque me parezca que nos hará falta: aquél es un enemigo derrotado, sino por la idea mía que usted ya me conoce: allá donde pueden llevarse grandes fuerzas, un buen general nunca las debe llevar chicas.

Y le di para que se auxiliara en el movimiento de nuestros muchos cañones otro hombre de carrera militar, nombrado Vito Alessio Robles, que entonces vino a Torreón a incorporárseme y al cual reconocí grado de coronel. Los servicios de aquel señor me los solicitaba también Eugenio Aguirre Benavides, y los querían otros generales, pero a todos les declaraba yo que siendo Vito Alessio Robles hombre técnico de las armas, nos sería útil empleándolo en la artillería. A él le dije, conforme me contó la historia de sus vicisitudes hasta llegar enfrente de mí:

—Amigo, han sido muchas sus navegaciones; pero ahora se quedará dentro del reposo de mis fuerzas, que sólo se mueven para pelear.

Y como supe de los actos de su lealtad para con el señor Madero, comprendí que a más de ser hombre de buena civilización, era hombre de bastante ley. Expresándonos tocante al futuro de nuestra causa y a los modos del Primer Jefe, no me disimuló sus pensamientos, sino que me los expuso muy claros; y yo igual: le correspondí con la grande sinceridad de mis palabras. Yo le dije:

—Sí, señor. Si dejamos que prospere la yerba alrededor del señor Carranza, eso no resultará en beneficio de los intereses del pueblo. Pero también le digo que hay que conllevar los sinsabores hasta la consumación del triunfo, que todavía no logramos. En cuanto al señor Carranza, lo estimo yo hombre de bien, y persona muy firme en sus ideas, por lo que son buenas las expresiones de usted: el deber nos manda hacer que se convenza él de nuestra sinceridad, para que esta Revolución no se quebrante.

A lo que yo recuerdo, desde el día 11 de aquel mes de mayo empezaron a moverse mis tropas rumbo a Saltillo, por la línea de Hipólito y Paredón; iba de vanguardia la brigada de Maclovio Herrera. Otro día siguiente salieron los treinta y seis cañones de mi artillería. Salió después la Brigada Villa, al mando de José Rodríguez. Eusebio Calzado, que, según antes indico, era de mucha práctica para las maniobras ferrocarrileras, disponía con grande orden todo aquel movimiento de mis convoyes. De modo que para el día 15 ya estaba yo en Hipólito con mi estado mayor, y con mi escolta, y con todos los hombres y caballada de la Brigada Zaragoza, de la Brigada Robles, de la Brigada González Ortega, de la Brigada Hernández, de la Brigada Sanitaria, más todo mi parque y bastimento. Tantos eran mis trenes, que cuando llegamos a Hipólito la marcha no pudo seguirse, y no por yerro de mis disposiciones, ni por error de Eusebio Calzado, sino por la destrucción de la vía, que el enemigo, para protegerse de mí, había levantado adelante de Sauceda, estación que así se nombra.

Me acompañaban en aquella marcha, por orden del señor Carranza, un capitán de su estado mayor llamado Juan Dávila y un licenciado de nombre Jesús Acuña, de quien ya he hablado antes. Se admiraban ellos de la grande potencia de las fuerzas mías, y del número de mis cañones, y de la arreglada organización con que mis hombres ejecutaban todos los actos de su deber. Yo les decía:

—Señores, el Primer Jefe no me ha nombrado a mí para el mando de ningún ejército. Yo sólo tengo esta división, que es hasta donde hemos crecido yo y los nueve hombres que conmigo empezaron esta guerra. Pero, según ustedes ven, las fuerzas mías superan a todas las otras por el empuje de sus hombres, por la cantidad y organización de sus recursos propios y por los hechos de sus armas. Tan bien tomadas tengo mis providencias para el desarrollo de mi acción, que yo podría, sin surtirme el señor Carranza de armas, ni de bastimento, ni de parque, llegar a la ciudad de México con el solo auxilio de mis tropas y de mi base de operaciones.

Mientras había yo avanzado en mi marcha hasta Hipólito, Felipe Ángeles al mando de la vanguardia detenida en Sauceda, había hecho sus exploraciones de reconocimiento. Al llegar yo a Hipólito el 15 de mayo, se me presenta de su parte el coronel Vito Alessio Robles. Me dice él:

—Mi general, vengo en comisión de mi general Felipe Ángeles. Vengo a comunicarle el resultado de las consideraciones que él ha hecho a la vista del terreno que nos separa del enemigo. Esto dice mi general Ángeles. Están levantados unos veinte kilómetros de vía, desde Josefa, estación que así se nombra, hasta un punto cercano a Paredón. Reparar aquellos veinte kilómetros nos llevaría mucho tiempo y exigiría mucho material que no tenemos, ni manera de improvisarlo. Hay en Paredón cinco mil hombres del enemigo, de las tres armas, con diez piezas de artillería. El porqué del destacamento de esas tropas allí, mi general Ángeles no lo columbra. Como puesto de avanzada, esas fuerzas le parecen muchas. Para cerrarnos el paso de Saltillo le parecen muy pocas: las desbarataríamos al primer impulso. Mandan aquellas tropas los generales Ignacio Muñoz, Francisco Osorno y Miguel Álvarez. Pero por buenos informes que tenemos, el total de fuerzas enemigas en Saltillo y su comarca es de más de quince mil hombres: los cinco mil de Paredón, dos mil apostados en Ramos Arizpe al mando de Pascual Orozco, y ocho o diez mil que se hallan en Saltillo, toda esa tropa mandada por Joaquín Maass, que hace de general en jefe. Es la reconcentración de las tropas derrotadas en Torreón y San Pedro, y de las que han abandonado Laredo, Monterrey y otros puntos del norte de estos estados. Opina mi general Ángeles que los cinco mil hombres de Paredón no nos afrontarán, sino que se acogerán a Saltillo, donde todo aquel enemigo nos librará la batalla. Pero sucede, señor, dice mi general Felipe Ángeles, que al abandonar ellos Paredón se entregarán a destruir la vía rumbo a Saltillo, de igual forma que la han destruido desde Josefa hasta Amargos, y que, para evitar que eso se les logre, conviene que nosotros nos les echemos encima desde luego, y que les cortemos la retirada de manera que se queden sin acción.

Así me mandaba decir Felipe Ángeles y así se expresaba conmigo, en palabras de mucho orden, aquel señor Alessio Robles, que me declaraba sobre un papel que traía de los que nombran croquis, el contenido de las observaciones que me iba haciendo.

Me añadió él:

—Mire, mi general. La línea de Hipólito a Paredón, y la línea de Paredón a Saltillo, son como dos ramas no muy abiertas. En la unión de las dichas ramas, hacia el norte, está Paredón; en la punta de una de ellas, aquí al sur, está Hipólito; en la punta de la otra, casi al oriente de Hipólito, está Saltillo. A juicio de mi general Ángeles, éste tiene que ser nuestro plan, como no sea que usted dicte otras providencias. Hay que apear todas las tropas de los trenes, aquí en Hipólito y en Sauceda. La infantería y la caballería deben hacer su avance, siguiendo la línea destruida desde Sauceda hasta Fraustro, por el cañón de Josefa. La artillería, que no puede pasar por el dicho cañón, hará la marcha de Sauceda a Fraustro rodeando por la Tortuga, Treviño, Leona y las Norias, puntos que así se llaman. En Fraustro nos juntaremos todos para echarnos sobre los cinco mil federales de Paredón, si es que ellos nos esperan; y por si no nos esperan, sino que se retiran, hay que obligarlos a una retirada violenta, que salve la vía, haciendo que dos mil caballos nuestros salgan en travesía desde Hipólito hasta Zertuche, estación que se halla en la línea de Paredón a Saltillo, pues no tendrán ellos acción sobre la vía al sentir que por allí les tenemos rota su retirada.

Le pregunté yo a Alessio Robles que qué distancia había de Hipólito a Paredón, y cuál de Hipólito a Zertuche, y cual de Paredón a Zertuche, y vi por su respuesta que las distancias entre los dichos tres lugares, dispuestos en figura como la que nombran triángulo, no se ganaban mucho una sobre otra. A seguidas me dijo él:

—Hoy estamos a 15 de mayo. Cree mi general Ángeles que con estas disposiciones que traigo podríamos hallarnos sobre Paredón el día 17 por la mañana.

Y en verdad que a mí me pareció de tanto acierto aquella maniobra aconsejada por Felipe Ángeles, que en el acto me puse a dictar mis órdenes. Serían las tres de la tarde cuando llegó delante de mí el coronel Vito Alessio Robles. Serían las tres y media cuando ya estaban apeándose de mis trenes mis hombres y mi caballada. Serían las cuatro cuando llamé a Toribio Ortega y le ordené mis providencias para su travesía hasta Zertuche. Y serían las cinco cuando mirando ya en marcha todas mis tropas, unas rumbo al noreste, hacia Paredón, y otras rumbo al oriente, hacia Zertuche, subí a un motor de vía con el jefe de mis trenes, con Rosalío Hernández y con el coronel Vito Alessio Robles.

El contenido de mis palabras al hablarle a Toribio Ortega fue el siguiente:

—Señor general, ésta es mi consigna: mientras yo avanzo con el grueso de las tropas por la rama que sube desde aquí hasta Paredón, donde hay cinco mil hombres del enemigo, usted, con dos mil caballos, hace la travesía desde aquí hasta Zertuche, estación que está en la rama que baja desde Paredón hasta Saltillo. Yo atacaré aquellos cinco mil federales pasado mañana por la mañana. Usted les corta la retirada.

Conforme se dispuso, así se hizo. Otro día siguiente, 16 de mayo, el grueso de mis tropas se internó por el cañón de Josefa, mientras la artillería, con sus sostenes, hacía el rodeo por la Tortuga, Treviño, la Leona y las Norias. De este modo, el día 17, a las seis de la mañana, ya estábamos juntos todos en Fraustro, a unos quince kilómetros de Paredón.

Llamo yo entonces a los jefes de mis brigadas y les dicto mis providencias para el ataque. Felipe Ángeles me dice:

—Mi general, si usted lo aprueba, salgo con la vanguardia a escoger los emplazamientos de mi artillería.

Yo le contesto:

—Sí lo apruebo, señor general.

Mas es verdad que reflexionaba yo, por los informes de mis correos, que el uso de la artillería no iba a sernos necesario, porque los cinco mil hombres de Paredón seguían allí casi en abandono delante de nuestro avance y sin noticias ni sospechas del rompimiento de su línea de comunicaciones con Saltillo por los dos mil caballos de Toribio Ortega. Me maravillaba yo de aquel sueño suyo, o de aquella inacción, y me preguntaba entre mí: «¿Se imaginarán ellos que yo no voy a pasar, por la sorpresa de encontrarme veinte kilómetros de vía levantada? ¿Tan grande es su ceguera que no ven cómo vienen aquí en su busca más de diez mil hombres y una columna de artillería que ocupa varios kilómetros con sus cañones, y sus cofres, y sus carros?».

Es decir, que vaticiné cómo aquella batalla se reduciría a un mero asalto que mis hombres de a caballo darían con grande furia.

Según llegué a reunirme con el general Ángeles en un paraje situado como a tres kilómetros de Paredón, ya no hice más que repetir las providencias que antes había dado, y dispuse cuál sería mi señal para el ataque.

Les dije a mis generales:

—Señores, vamos a entrar aquí en grande despliegue de caballería. Éste es un enemigo vencido, o adormilado, o con tan poco ánimo de pelear, que se nota cómo sus generales, no queriendo encontrarse con nuestra presencia, nada han ordenado para descubrirla. Porque en verdad es así. Según las noticias que tengo, en los días de nuestra marcha desde Torreón hasta Hipólito, y luego desde Hipólito hasta Fraustro, que ha sido marcha de casi una semana, ellos se han estado quedos en Paredón, o como en la ignorancia, o como en un sueño, inertes todos aquellos hombres delante del grave riesgo que los amaga.

Y les añadí luego estas palabras:

—Mi consigna es ésta: al oírse el estallido de una bomba a pocos pasos de este sitio en que ahora estoy, todas las brigadas, en línea de asalto de caballería, se echarán encima de Paredón, y no contendrán su ataque hasta conseguir el aniquilamiento del enemigo.

Así fue. Como a las diez de aquella mañana mandé que uno de los hombres de mi escolta diera la señal convenida, y conforme aquella señal se oyó, no menos de ocho mil caballos de mi gente salieron en arrebato al cumplimiento del deber.

Reflexionaba yo, considerando aquella ancha formación de hombres míos que iban con toda su fe al logro de su triunfo, cómo son merecedores de contemplarse los buenos hechos de la guerra, y cómo una acción que empieza bien acaba bien, y cómo el vigor de un ataque, si las previsiones del que manda no fallan, cobija la certeza de la victoria. Porque es lo cierto que mis hombres se abalanzaron entonces de tal manera sobre sus objetivos, formados por unas defensas que el enemigo tenía levantadas por el lado del ferrocarril, y otras en la loma donde estaban sus cañones, que la artillería enemiga casi no tuvo tiempo de disparar, y las balas de sus ametralladoras no fueron bastantes para resistirnos, mientras los cañones nuestros, emplazados con rapidez y en movimiento de grande maestría, no hallaron ocasión para sus fuegos.

Media hora después de iniciarse nuestro ataque el enemigo se desbarataba ya delante de nosotros y no conseguía oponernos obstáculo que nos detuviera. La Brigada Zaragoza, al mando de los jefes Eugenio Aguirre Benavides y Raúl Madero, llevó tan adentro el furor de la pelea, que las fuerzas federales, sin ningún concierto en su acción, empezaron a desbandarse. De nada les aprovechó que su caballería, en salida de muy buen orden, intentara un movimiento de flanco sobre nuestra derecha, pues mirándola yo venir, hice que la gente de Maclovio y de José Rodríguez arrancara a encontrarla a toda rienda, y tan amenazador resultó aquel empuje de los nuestros, que los caballos enemigos no sólo no se aprontaron al encuentro, sino que retrocedieron hacia el punto de donde venían, y luego se borraron de delante de nosotros.

Así acabó aquella acción del 17 de mayo de 1914: en destrozo del enemigo por el solo choque de mi caballería, y en persecución de los restos de aquellas fuerzas, tras las cuales mandé las de José Isabel Robles. Causamos a los federales no menos de quinientos muertos, más otras dos mil quinientas bajas entre heridos y prisioneros. Según mis informes, sólo la caballería del general Miguel Álvarez logró escapar a Saltillo, en marcha que hizo por Mesillas, pueblo que así se nombra. Murieron allí, en la angustia de su fuga, el general Ignacio Muñoz, jefe de aquellas tropas, y el coronel Joaquín Gómez Linares. Murió también el general Francisco A. Osorno. Murieron no sé cuántos otros jefes y oficiales. Cogimos todos los trenes enemigos, sus diez cañones, su parque, su bastimento. A mi parecer, pinta los colores de aquella derrota el haber recogido nosotros no menos de tres mil fusiles de los cinco mil con que aquella fuerza contaba, y haberse dado algunos de mis hombres el gusto de traer bajo su carabina, cada uno, grupos hasta de quince o veinte prisioneros.

VII

Después de la victoria de Paredón, Pancho Villa entra triunfalmente en Saltillo, abandonada por Joaquín Maass

La herida de González Garza • Los cadáveres de Ignacio Muñoz y Francisco A. Osorno • Rodolfo Fierro • Órdenes de Carranza • Los sentimientos humanitarios • Comida bajo los mezquites • Dos prisioneros • Jesús Acuña • «Yo no estoy alegre, señor» • La ley de matar • Saltillo • Ramos Arizpe • Pancho Coss • Jesús Dávila Sánchez • Ernesto Santos Coy • Andrés Saucedo • La casa de Arizpe y Ramos • El gobierno de Coahuila • Severiano Rodríguez

Sucedió en aquel combate de Paredón, que un trocito de la granada que hice yo estallar como señal para el ataque hirió en un brazo a Roque González Garza; y como eso pasara por imprudencia de él, lo llamé luego, y lo reprendí aunque con algún dolor mío por la dicha herida, pues Roque era hombre de mi cariño.

También ocurrió entonces, ya en la hora de la pelea, que tuve que desarmar y quitar de su mando al coronel José Bauche Alcalde y varios oficiales suyos. Los hechos pasaron así. José Bauche Alcalde venía haciendo de jefe de estado mayor de las fuerzas del general Manuel Chao. Creyó él de su deber, en lo más rudo de aquel combate, vigilar que ninguno de sus hombres se rezagara para apartarse de la lucha, según acostumbran algunos soldados durante el desarrollo de las batallas. En eso Bauche Alcalde hacía bien. Mas mirando yo de pronto cómo él no se entregaba a aquello con verdadero ánimo de favorecer nuestro empuje, sino como hincapié para rezagarse él mismo, y con él los que lo rodeaban, no supe qué pensar: si ver en aquella conducta suya una obra de cobardía, lo que me resultaba poco creíble, pues el dicho Bauche Alcalde entraba siempre a los combates como hombre de vergüenza, o atribuirle rencores hacia mi persona, y disposición a no pelear bien bajo mis órdenes, por mis recientes discordias con el general Chao. Y lo que sucedió fue que, pareciéndome su conducta poco clara y de mala influencia entre mis tropas, yo mismo fui en su busca para imponerle castigo que nombran ejemplar, aunque no pena irreparable, pues pueden ser engañosas las apreciaciones de un jefe en el fragor de los combates. Es decir, que allí mismo privé de sus armas a José Bauche Alcalde, y lo desnudé de su mando, y lo di de baja de entre todos aquellos hombres míos, pero no dispuse que lo fusilaran.

Como antes indico, en el combate de Paredón murieron los generales enemigos Ignacio Muñoz y Francisco A. Osorno, más el coronel Joaquín Gómez Linares. Pero yo no tuve la noticia segura de aquellas tres bajas al hacerse el recorrido del campo que para el mediodía de aquel día ya teníamos levantado, sino que lo supe uno o dos días después, por informes que nos llegaban. Entonces encomendé al coronel Vito Alessio Robles que buscara los cadáveres de aquellos hombres, pues quería cerciorarme de su muerte, y así fue. Alessio Robles encontró el cuerpo del general Osorno en el lecho de un arroyo, nombrado Arroyo de Patos, y los cuerpos del general Muñoz y del coronel Gómez Linares al trastumbar de la cumbre de San Francisco, cerro que así se llama.

Otro coronel herido, o teniente coronel, de apellido que no me recuerdo, cogieron mis fuerzas durante la persecución de aquella mañana. Rodolfo Fierro, que lo supo, lo pidió para fusilarlo, cosa que nos mandaba el señor Carranza en su nueva Ley de Benito Juárez. Pero el jefe nuestro que lo había cogido, nombrado José Ballesteros, le contestó que no, que no se lo entregaba, que tenía orden de Felipe Ángeles de respetar la vida de aquellos hombres. Fierro viene entonces en busca de mí a expresarme su queja.

Yo llamo a Felipe Ángeles y le digo:

—Señor general, hay un jefe prisionero que por disposición de usted no entregan para su muerte, según está mandado que se haga por providencias del señor Carranza.

Ángeles me dice:

—Mi general, el jefe que quiere fusilar Rodolfo Fierro es un hombre que cayó herido.

Yo le respondo:

—Muy bien, señor. Fusilándolo lo libraremos pronto de sus penas.

Él me contesta:

—No, mi general. Los sentimientos humanitarios mandan curar primero las heridas de nuestros enemigos, y luego se ve si alguna ley de muerte les alcanza. Así obran los buenos hombres militares.

Y es lo cierto que oyendo yo aquellas palabras, comprendí cómo Felipe Ángeles tenía razón; es decir, que vi claro que estando herido un hombre, nuestros sentimientos tenían que ser de misericordia, no de castigo ni de venganza, aunque las leyes así nos lo impusieran. Por eso mandé llamar a Rodolfo Fierro y le dije:

—Amiguito, nos ordena la ley del señor Carranza fusilar todos los jefes y oficiales enemigos que caigan prisioneros. Yo obedezco esa ley. Pero estando herido un prisionero, la ley humanitaria nos manda curarlo. También obedezco yo esa ley. Mi voluntad es ésta: fusila usted, conforme a la voluntad del señor Carranza, todos los jefes y oficiales enemigos que estén sanos, pero cura usted primero todos los que encuentre heridos.

No queriendo entrar desde luego a Paredón, acabado el combate mandé servir la comida en el sitio donde yo estaba, para mí y para las personas que venían conmigo, que eran el licenciado Jesús Acuña, el capitán Juan Dávila, mi secretario Luis Aguirre Benavides y algunos otros acompañantes.

Empezábamos todos a comer debajo de unos mezquites, cuando vienen a traerme dos oficiales prisioneros, y a preguntarme que qué trato les dan. Yo contesto, sin dejar mi plato, que allí mismo los fusilen, conforme a las disposiciones del Primer Jefe. Y como los dichos oficiales oyeran aquellas palabras mías, uno de ellos se puso a mirarme, y con palabras serenas expresó que él no objetaba nada, que podíamos fusilarlo cuando quisiéramos y donde quisiéramos, y que él también, de ganar su ejército la batalla y caer nosotros prisioneros, nos habría aplicado con mucho gusto aquella ley de muerte, y con más gusto él a mí que yo a él, porque él era un hombre militar que andaba al cumplimiento de sus deberes, mientras que yo no era, con todos los míos, más que un bandido encumbrado que andaba al fruto de mis depredaciones.

Oyéndolo, yo no me enojé, siendo injuriosas y muy injustas, aunque tranquilas en el tono, aquellas palabras que el dicho oficial me dirigía. Sin dejar de comer, hice seña de que mi orden se cumpliera. Porque pensaba entre mí: «Este hombre es un valiente que va a morir. ¿Debo yo privarlo del consuelo de creer que muere por una buena causa, y que lo mata un bandido sin fuero ni ley?». Y decidí por eso no responderle nada ni declararle el yerro en que estaba. Pero sucedió que el otro oficial, por impulso de su grande pavor, no anduvo el camino de su compañero, sino que se acercó hasta mí para pedirme misericordia, y se arrodilló y lloró, y me dijo cómo lo habían obligado a prestar sus servicios a Victoriano Huerta, y cómo lo habían engañado anunciándole que sus fuerzas venían al Norte a contener la invasión de los americanos, ya no a la pelea con los hombres constitucionalistas, que también luchaban ahora contra aquella conquista extranjera. O sea, que habló todas las palabras que un hombre encuentra cuando no quiere morir. Pero yo no me ablandé, aunque en verdad sus expresiones estaban revolviéndoseme dentro de mi ánimo, sino que le dije que la ley del señor Carranza era nuestra ley, y que conforme a las órdenes de esa ley allí mismo iban a fusilarlo.

Así empezó a hacerse. La escolta que traía aquellos prisioneros hizo los preparativos para pasarlos por las armas. Entonces el señor licenciado Jesús Acuña se me acercó a la oreja para pedirme que aquellos fusilamientos no se hicieran delante de nosotros.

Me dijo él:

—Mi general, yo le ruego que nos evite la visión de estas muertes. Nosotros estamos comiendo; estamos contentos por nuestro triunfo de la mañana. ¿Vale enturbiar nuestra alegría mirando lo que nada ni nadie nos obliga a que suceda enfrente de nuestros ojos?

Yo le contesté, sólo que en voz muy alta, para que la oyeran todos:

—Muchachito, anda usted muy equivocado en los sentimientos que lo conmueven. Yo no estoy alegre: los triunfos de las armas se mojan siempre con la sangre de muchos hermanos nuestros, amigos y enemigos. Además, me parece a mí que es muy dura la ley de muerte que el señor Carranza nos da tocante a todos los jefes y oficiales enemigos que caigan prisioneros; pero, conforme a mi juicio, esa ley es una ley buena y justa, que todos los hombres revolucionarios debemos respetar y aplicar. ¿No es usted buen hombre revolucionario? ¿Por qué se asusta de ver cómo se cumplen las leyes de nuestra Revolución, cuanto más que son leyes que su jefe, el señor Carranza, nos da? Lo que pasa, amiguito, es que ustedes los políticos chocolateros quieren ir al triunfo sin acordarse de los campos de batalla que nosotros empapamos con nuestra sangre, y con la sangre de los hombres enemigos que nuestras manos matan por nuestro amor a la causa de la justicia, y se imaginan que no viendo ustedes las cosas, las dichas cosas ya no existen en el panorama de su acción. Ustedes, señor, en su ánimo de políticos, hacen las leyes de la Revolución, y esperan gobernar al pueblo en cuanto la Revolución triunfe, y saben cómo el triunfo no vendrá si nosotros, los revolucionarios de armas, no vencemos al enemigo y aniquilamos las familias explotadoras del pueblo. Pero ustedes quieren que sólo nosotros seamos, muy lejos de las oficinas donde ustedes escriben las leyes, los ejecutores de la acción sanguinaria, para que todo el desdoro de matar sea solamente nuestro, y ustedes sigan tan puros y sin mancha, y en nada les alcance el lado negro de la Revolución. Hoy, señor, no será así. ¿Usted tiene por buenas las leyes del señor Carranza? Pues va a ver lo que cuesta ejecutar esas leyes y lo que tienen que hacer para cumplirlas en sus semejantes los hombres sumisos que andamos peleando por mandato de nuestro deber. Así no pensará nunca mal de nuestras manos empapadas en sangre. Así irá aprendiendo cómo es la realidad de las cosas de la guerra, y cómo no debe uno sentir horror, ni menosprecio, por los hombres que ejecutan, obedeciéndonos, los actos crueles que nosotros ordenamos y sin los cuales el triunfo de nuestra Revolución no podría lograrse. Yo le digo, señor, que tan tinto de sangre está el hombre que firme una ley de matar, como está el hombre que mata por la sola ley de su conciencia. Y en este momento, salvo que usted me declare que la ley del señor Carranza le parece mala, juntos nos vamos a ensangrentar aquí los dos mirando estos fusilamientos.

Así fue. Repetí yo mi orden de que allí mismo se fusilara a los dichos prisioneros, según lo disponía con su ley el Primer Jefe, y allí los fusilaron, enfrente de nosotros, conforme seguíamos en nuestra comida; y allí estuvimos sentados delante de los cadáveres hasta que nuestra comida se acabó. Y es lo cierto que como yo no quitaba los ojos de sobre el licenciado Jesús Acuña, él, con ánimo de mostrarme su mucha fortaleza de hombre revolucionario, daba más bocados, y más grandes, que todos nosotros.

Considerando el enemigo su impotencia para resistirme en mi avance, nos abandonó Saltillo sin combatir. Por esto las fuerzas de José Isabel Robles, que yo había destacado en seguimiento de los federales derrotados en Paredón, apenas si tuvieron contacto con la retaguardia de Joaquín Maass, formada por la caballería de Argumedo, y para las doce del día 20 de mayo de 1914 ya quedaba en su poder la referida plaza de Saltillo.

Recibí aquella noticia estando en mi cuartel general de Fraustro, y otro día siguiente volví a Paredón. Desde allí comuniqué al señor Carranza cómo ya éramos dueños de la capital de su gobierno, y cómo se debía aquel triunfo al empuje de mis hombres. Le decía yo:

«Señor, tengo la honra de comunicarle que la plaza de Saltillo nos ha sido abandonada por el enemigo que va al mando de Joaquín Maass. Ayer, día 20, a mediodía, hicieron allí su entrada las tropas de José Isabel Robles.

En el despecho y la impotencia de su retirada, el enemigo saqueó gran parte del comercio y quemó el Casino de la ciudad, no sé yo para qué fin. Lo felicito, señor, por este nuevo triunfo de mis armas. – *Francisco Villa*».

Después de poner aquel mensaje salí por tren desde Paredón hasta Zertuche. Luego, al galope de mi caballo, seguí desde Zertuche hasta Saltillo, rodeado yo de los oficiales de mi estado mayor y de los hombres de mi escolta, más algunas otras personas. Entre ellas venía el coronel Vito Alessio Robles, que pidió acompañarme, y que yo traje por considerar bueno su consejo tocante a los negocios de aquella población, de donde él era. En Ramos Arizpe, ciudad de ese nombre, me esperaban para saludarme, y se unieron a las muchas personas de mi séquito, algunos generales y jefes de las tropas de Pablo González. Se hallaban ente aquellos señores Francisco Coss, Jesús Dávila Sánchez, Ernesto Santos Coy, Andrés Saucedo y otros de nombre que no me acuerdo.

Me parece a mí que la entrada mía a Saltillo aquella tarde tuvo las formas de un grande recibimiento: me aclamaba el pueblo con todo su cariño, me tributaban su aplauso hombres y mujeres de buena civilización; por lo que pensaba yo entre mí: «Si en mi mira estuviera considerar como territorio mío todas las plazas que van tomando mis tropas, ésta sería de mi mejor pertenencia, pues sus moradores me acogen como no creo que acojan a ningún otro hombre revolucionario, y muestran con regocijo su confianza en las providencias que voy a tomar para ellos».

Con todo eso, yo no me envanecí al calor de tantas expresiones cariñosas, sino que estimé que en medio de los grandes triunfos míos no era yo más que un militar de la Revolución, es decir, un hombre que peleaba con las armas por el bien del pueblo, y que como yo, había otros muchos hombres revolucionarios, acaso con mayores hazañas que las mías, aunque no con tanta fortuna para concluirlas. Sí consideré que un pueblo que me recibía de aquella forma se granjeaba mi gratitud y me dejaba obligado a socorrerlo en su mucha necesidad. De modo que conforme llegué, se corrieron mis primeras disposiciones para que los negocios se animaran y para que crecieran las oportunidades de trabajo en beneficio de los pobres. Y como supe que aquellos hombres comerciantes ya no aceptaban en sus tiendas el papel moneda de las tropas huertistas, por temor de que yo no lo reconociera, dispuse que a todas las familias de pocos recursos se les cambiara el dicho papel por papel mío, y mandé, a más de eso, repartir fuertes cantidades entre las familias que no tenían nada.

Me había dicho el señor Carranza que al llegar yo a Saltillo me posara en la casa de un señor muy rico, de nombre Francisco Arizpe y Ramos. Allí me posé. Me había dicho también que diera el cargo de gobernador al licenciado Jesús Acuña, que para eso me acompañaba, y que lo hiciera respetar y obedecer. Yo ejecuté todo eso. Me había dicho también que para jefe de las armas de Saltillo escogiera al coronel Severiano Rodríguez. Yo lo escogí. De ese modo, punto por punto, fui cumpliendo todo lo dispuesto por el señor Carranza, no sólo por ser él el jefe de nuestra Revolución, sino por aceptar yo, además, que siendo Coahuila el estado suyo, su voluntad tenía que imperar allí sobre todas las otras, para la prosperidad del gobierno.

Pero sucedió, con el nombramiento del jefe de las armas, que no fue del gusto de algunos generales de Pablo González, no sé yo si por estimarse postergados o por alguna otra causa. Es decir, que varios de aquellos generales vinieron a verme y a prevenirme que mi nombramiento no les convenía y a declararme que en aquellas comarcas el consejo de don Pablo se tenía que oír. Y como uno de ellos, poniéndose sobradamente altanero, dudara de mi verdad al decir yo que al coronel Severiano Rodríguez se le destinaba en aquel cargo por órdenes del Primer Jefe, yo entonces me enojé y les hablé las palabras de mi autoridad, diciéndoles:

—Señores, el coronel Severiano Rodríguez está donde está porque así lo dispone el señor Carranza. Cuando así no fuera, allí lo he puesto yo. Y nomás esto les digo: Pancho Villa está acostumbrado a colgar soldados y generales.

Y expresadas por mí aquellas palabras, se acabó la dicha oposición.

VIII

Pancho Villa permanece en Saltillo el tiempo necesario para entregar aquella plaza a las tropas de don Pablo González

Los ricos saltillenses • Maneras de Jesús Acuña • «Y yo pensaba entre mí» • Los amigos de Vito Alessio Robles • José García Rodríguez • «Señor general, aquí le traemos estos cuatro reales» • El baile de la Escuela Normal • Jesusita en Chihuahua • Horas de la guerra y horas de la paz • El destrozo de unos instrumentos • Maclovio Herrera y las gratificaciones • Los jesuitas de Saltillo • Enemigos del pueblo y amigos de Dios • La bondad de los curas mexicanos

Me expresaba yo con el licenciado Jesús Acuña tocante a la ayuda de los ricos de Saltillo en beneficio de nuestra causa. Me decía él:

—Señor general, tengo orden de proporcionarle una lista de todas las familias reaccionarias de esta población. Yo le doy los nombres de esas familias, y usted fija y recauda el préstamo de cada una de ellas.

Así fue. Me dio él la dicha lista, en la cual puso por su orden, es decir, de mayor a menor conforme el monto de los capitales, los nombres de todos los hombres ricos que podían sernos de alguna ayuda, y yo mandé que los buscaran y me los trajeran. Y aunque es verdad que muchos de aquellos señores no habían esperado la llegada de mis fuerzas, sino que habían huido con las tropas de Joaquín Maass, a varios de ellos encontraron mis hombres; y trayéndomelos delante de mí, oyeron de mi boca cómo nos tenían que ayudar, y cómo los dejaría yo presos mientras no me entregaran el auxilio suyo que nuestra Revolución necesitaba.

Pero aconteció, siendo el licenciado Jesús Acuña de aquel lugar, y conociéndolo casi todos los dichos señores, los cuales lo trataban con ligas amistosas, que muchos de ellos le pidieron ayuda para librarse del pago a que los tenía yo sentenciados. Y se vio entonces con cuánta doblez obraban algunos hombres civiles de nuestra Revolución, y cómo echaban sobre nosotros, los hombres militares, todo el peso de los actos que concertábamos juntos. Porque según se acercaban al licenciado Acuña aquellos mediadores, él no les hablaba las palabras del deber, sino que les decía, imaginándose acaso que nadie me traería a mí el cuento:

—Señores, para mi modo de ver, ustedes tienen razón, pero no esperen de mí ningún alivio. Este préstamo a que se les sentencia no se hace por mi orden, sino por la sola orden del señor general Villa, que tiene aquí el mando y los elementos necesarios para imponerse. Comprendan que yo no soy más que un civil.

Y yo pensaba: «Así obran los políticos que manda el Primer Jefe. Si este licenciado Acuña fuera buen hombre revolucionario, ¿cómo había de disimular que el préstamo le parece justo y equitativo, ni decir que sólo se hace porque yo lo impongo?».

Sucedió también, en estos negocios del dinero, que otro grupo de hombres ricos quiso venir a verme para disculparse de haber dado su ayuda a las tropas de Victoriano Huerta. Y como se sintieran medrosos de provocar alguno de mis arrebatos, y buscaran un padrino para ampararse, se acercaron a Vito Alessio Robles, que, según indico antes, también era de Saltillo y andaba acompañándome en todas aquellas contingencias.

Alessio Robles les contestó que sí, que los apadrinaba en la dicha gestión, pero que habiéndose portado ellos como enemigos de nuestra causa, no esperaran que los defendiera delante de mí, aunque muchos de ellos fueran sus amigos y compañeros de otros tiempos, ni que tomara él a mal las decisiones mías tocante a sus personas, sino que solo se comprometía a traerlos hasta mi presencia y a prohijar las palabras que yo les declarara. Y es lo cierto que Vito Alessio Robles vino a prevenirme de sus expresiones con aquellos señores. De modo que yo le dije:

—Amigo, ha caminado usted dentro de la verdad de nuestra acción; pero como no quiero que esa gente piense que no vale nada la cercanía de usted a mi persona, tráigame desde luego esos hombres de que me habla, y viva seguro que yo sabré cómo tratarlos, aunque sin perdonarles ninguno de sus yerros y haciendo que en alguna forma se laven de sus culpas.

Así se hizo. Vito Alessio Robles me trajo aquellos señores que le andaban pidiendo protección, y uno de ellos, que según es mi memoria se nombraba José García Rodríguez, me expuso de su boca lo que todos pensaban.

El contenido de sus palabras fue éste:

—Señor general, nosotros somos hombres de bien, masque no nos metamos en los negocios de la política. Nosotros queremos el triunfo de la Revolución, que es causa justa y vengadora. Pero mandan las leyes de la guerra que el hombre indefenso no pueda siempre guiarse por el consejo de su voluntad, sino por la voluntad de quienes empuñan las armas. Así se comprende, señor, que hayamos dado nosotros la contribución de nuestra ayuda a las tropas de Victoriano Huerta, las cuales, según nuestros propios sentimientos, protegen una mala causa, y por eso estamos aquí a decírselo, seguros de que usted nos entenderá y nos excusará, y de que no descubrirá en nuestros actos culpa merecedora de castigo.

Esas palabras me dijo él, sin saber yo hoy si sus aclaraciones provenían de la sinceridad de su ánimo, y de la sinceridad de todos los hombres que aquel señor capitaneaba, o si eran sólo artificio para ablandarme. Pero creyéndolas entonces, yo les contesté:

—Señores, acojo con mucho gusto esto que ustedes me vienen a decir, pues creo en la verdad de sus palabras. Cuando así no fuera, su disposición a congraciarse con la causa del pueblo los limpia de los yerros pasados, siempre y cuando en el futuro tengan ustedes bastante corazón para que las amenazas de nuestros enemigos no los doblegúen. Digo, que si yo los culpara, los culparía tan sólo del delito de su debilidad, que ahora no quiero afearles. Estén pues seguros que nada les va a pasar, y sepan que yo no soy hombre sanguinario y cruel, como me pintan en su rencor los partidarios de Victoriano Huerta. Les declaro que tengo por buena su confesión, y que no les impongo pena por su auxilio a las tropas de los usurpadores, sino que en verdad estimo que hicieron eso contra la inclinación de su ánimo. Pero siendo también verdad que ya están aquí las tropas del pueblo, y que esta causa nuestra es la que ustedes protegen con su simpatía, espero que ahora hablarán entre sí y resolverán de su voluntad propia a ver qué ayuda pueden darme, y que vendrán otra vez delante de mí y me dirán: «Señor general Villa, queremos el triunfo de su causa, y para que se ayude y la ayude le traemos aquí estos cuatro reales».

Eso les dije yo, y eso salieron ellos a cumplir en tan buena forma, que otro día siguiente se me volvieron a presentar, trayéndome setenta y dos mil pesos. Entonces me dijeron:

—Señor general, aquí le entregamos esto en ayuda de la causa de la Revolución. Son sólo cuatro reales, señor, porque sumas mayores los estragos de la guerra no nos las consienten.

Conforme ya he indicado, me agasajaban mucho las familias de Saltillo. Hicieron ellas, para honra mía y de los hombres revolucionarios que me acompañaban, un baile muy grande en la escuela que allí nombran Escuela Normal. Fui yo al dicho baile con todos mis generales y ayudantes. Fueron también los generales de Pablo González que estaban conmigo en Saltillo. Y en verdad que aquella noche se me mostró de tan grande regocijo, que anduve bailando muy contento entre toda la gente, a la cual traté con mi mejor cariño, y tuve muy amables conversaciones hasta con el general Francisco Coss, a quien antes había reprendido y amenazado por los malos actos de su conducta.

Me rodeaban las señoras organizadoras del agasajo. Me decían ellas:

—Señor general, ¿con qué pieza quiere que lo alegremos?

Les contestaba yo:

—Si ustedes lo mandan, con *Jesusita en Chihuahua*.

Y como eran muy buenas señoras, y de mucha civilización, toda la noche se la pasaron bailando aquella pieza y otras de mi gusto.

Así aceptaba yo los dichos festejos, tranquilo en mi ánimo al considerar cómo toda mi tropa estaba disfrutando también, como yo, de aquel respiro de la lucha. Lo digo por haber yo dispuesto que a todos mis hombres, generales, jefes, oficiales y soldados, se les diera su gratificación; y todos, dueños de algún dinero, se entregaban a las expansiones de sus regocijos.

Creo yo que había razón de que eso fuera. Porque si en las horas de los combates los soldados de un ejército sobrellevan las más grandes privaciones y no esquivan los peligros de la muerte, justo es que en las horas de la paz las alegrías les brinden recompensa.

Pasados ya varios días desde nuestra entrada a la plaza, algunos oficiales y jefes de las tropas de Maclovio Herrera no paraban en la celebración de nuestros triunfos, y como así contravinieran disposiciones que tenía yo dadas, una noche el jefe de las armas consideró de su deber mandar gente que los sometiera al orden. Aquellos hombres de Maclovio quisieron resistir, pues decían ellos: «Señor, ¿qué mal le hacemos nosotros a nadie con las fiestas de nuestro descanso?».

Y la resistencia produjo pelea, y en la pelea perdieron sus instrumentos unos músicos que allí andaban, los cuales reclamaron luego el pago. O sea, que el jefe de las armas ordenó que quedaran presos los autores del desorden, y que ninguno saliera libre hasta que los músicos cobraran su dinero.

Otro día siguiente, visitando los cuarteles, vi que se hallaban presos aquellos jefes y oficiales de Maclovio Herrera. Les pregunté que por qué estaban allí. Me contestaron que por ser responsables del destrozo de unos instrumentos. Les dije que por qué no pagaban los dichos instrumentos. Me contestaron que porque no tenían con qué. Les dije que por qué habían gastado tan pronto toda su gratificación. Me contestaron que no habían recibido gratificación alguna. Les dije que si todavía no cobraban su gratificación de Saltillo, algo había de quedarles de la gratificación de San Pedro de las Colonias. Me contestaron que no les habían dado ninguna gratificación en San Pedro de las Colonias. Les dije que algo les quedaría entonces de la que habían cobrado en Torreón. Me contestaron que ninguna habían recibido en Torreón.

Es decir, que sin buscarlo yo, vine a saber que Maclovio Herrera no había hecho a sus hombres entrega de las gratificaciones que yo tenía ordenadas y pagadas para todas mis fuerzas. Y se me revolvió toda la cólera de mi cuerpo, y dispuse que pusieran en libertad todos aquellos jefes y oficiales, comprometiéndome yo al pago de lo que debían, y me dirigí con ellos al cuartel de Maclovio Herrera, y al tenerlo delante de mí le dije:

—Señor general, ¿por qué no reciben estos jefes y oficiales la gratificación que yo tengo ordenada?

Me contesta él:

—Mi general, porque las gratificaciones, si se pagan en los poblados, sólo causan desorden entre la gente.

Yo le pregunto:

—¿Y por qué no han recibido todavía su gratificación de San Pedro de las Colonias?

Él me responde:

—Por eso mismo, mi general.

Otra vez le pregunto:

—¿Y por qué no reciben a tiempo su gratificación de Torreón?

Él me contesta:

—También por eso, mi general.

Entonces, dominándome yo apenas en mi grande cólera, le añadí:

—De modo, señor, que para ahorrar desórdenes entre su gente, usted la tiene sin el dinero que yo mando que se le dé y que ya mis cajas han pagado. ¡Eso no es justicia, señor, ni es así como un general debe tratar a sus hombres! ¿Mueren ellos y caen heridos cerca de usted a la hora de los combates?

Pues de la misma forma deben disfrutar sus horas de paz en las poblaciones, según usted las disfruta. ¿Para cuándo les guarda el dinero a que tienen derecho? ¿Para cuando anden otra vez entre las quebradas de la sierra? En la desolación de los montes de nada sirve el dinero, señor. Sirve aquí, en la ciudad, que nos acoge con cuanto tiene, y que da al soldado ocasión de gozarse en las dulzuras del reposo.

Mas como al expresarme así con Maclovio Herrera, fuera yo sintiendo que la cólera de mi cuerpo me impulsaba a uno de mis arrebatos, decidí no seguir hablando, para dominarme, sino que tan sólo le pronuncié estas palabras:

—Le doy dos horas, señor, para que se me presente en mi cuartel general con la noticia de que todas mis gratificaciones están pagadas, y de que no hay un solo jefe, ni oficial, ni soldado, entre todas sus tropas, que no haya recibido el dinero a que tiene derecho. También me dará usted cuenta de las gratificaciones de Torreón que no recibieron los hombres suyos muertos en San Pedro de las Colonias, y de las gratificaciones de San Pedro de las Colonias que no recibieron sus hombres muertos en Paredón.

Y me salí de allí a otras diligencias.

Dispuse en Saltillo la recogida de todos los curas extranjeros, y de todos los hombres de iglesia que nombran jesuitas, extranjeros y mexicanos, para librar de aquella presencia la vida de nuestras familias. Eso hice yo, sabedor de que los dichos hombres religiosos habían dado su ayuda al gobierno de los usurpadores; pero más todavía que por esa causa, por mi conocimiento de que los dichos sacerdotes no eran sacerdotes buenos, sino hombres enemigos del pueblo disfrazados de amigos de Dios. Porque yo pensaba:

«¿No son éstos, señor, los que predican que debe haber pobres y ricos, y que el destino de los pobres es vivir siempre humillados enfrente de los otros, y a éstos considerarlos como a padres protectores, y contemplarlos en el más grande miramiento? Pues si esto es verdad, y si es también verdad que nuestra Revolución busca acabar con el predominio del rico sobre el pobre, puesto que sólo así alcanzaremos nuestras libertades, el primer deber de los hombres revolucionarios es quitar de entre nosotros a los dichos predicadores y confesores, que con sus palabras falsas combaten los ideales de nuestra Revolución, y que mediante su autoridad carcomen y debilitan el alma del pueblo».

Pero aquella providencia mía desasosegó mucho a los moradores de Saltillo. Según es mi memoria, hasta los curas mexicanos, para los cuales yo no quería ningún mal, vinieron a mediar con sus palabras en favor de todo el clero, y a declararme cómo aquel acto mío no era de justicia, por haber entre los religiosos que yo sentenciaba al destierro hombres buenos, nada acreedores a tan grande pena.

Me decían ellos:

—Señor general, es difícil el ministerio de la Iglesia, como es difícil el de las armas. El que no lo sabe, o el que no lo entiende, se equivoca mirando lo que ve, y juzga mal actos que nosotros estimamos meritorios, de igual modo que hombres ignorantes de la guerra censuran en las batallas cosas de mérito para los hombres militares.

Y yo descubrí entonces que los curas mexicanos, en su ánimo bueno, no conocían siquiera el camino de su interés, y que la fraternidad religiosa les hacía consentir que otros curas, casi todos extranjeros, y de fraternidad no tan grande, los tuvieran bajo su pie y los privaran de los puestos más productivos, y los echaran de entre las familias que nombran de la sociedad, para que no les disputaran allí la simiente de su poder. Es decir, que vi claro cómo me tocaba a mí abrirles el entendimiento en aquellos negocios, para que aprendieran a protegerse a sí mismos y para que no se consideraran atacados por mis buenas disposiciones respecto de la religión, sino defendidos por ellas. Les dije, pues:

—Me asombra a mí mirarlos en tan grave yerro. Yo no les ataco su religión, ni voy en contra de sus personas. Andamos luchando por el beneficio de los pobres, de los pobres como ustedes, y vemos con tristeza que unos hombres religiosos de origen extranjero vienen a quitarles el sustento, y que otros sacerdotes nombrados jesuitas, extranjeros o mexicanos, se cobijan en la religión de la pobreza y los trabajos, no para vivir pobres y obedientes, conforme ustedes viven, sino con ánimo de dirigir y mandar, y de disponer del goce de todas las riquezas. Déjenme, señores, librar de esos hombres a nuestro país. Déjenme que los proteja a ustedes en contra de ellos. No malgasten los impulsos de su bondad en cosas que no la merecen, y vivan seguros que los hombres revolucionarios no los combatimos a ustedes, sino que los defendemos. Nosotros queremos que sigan ustedes en su misión y sólo les pedimos que la ejerzan en ayuda de los pobres, y no para el dominio de los ricos.

IX

Pancho Villa entra en relaciones con Pablo González al entregarle por orden del Primer Jefe la plaza de Saltillo

Las señoras saltillenses • En la Huerta Acuña • Doña Gertrudis Morales de Rodríguez • Caricias como del ánimo • Telegramas de Villa • Carranza, Natera y los Arrieta • «Un tercio de tres batallones» • Pablo González y Pancho Villa • Antonio I. Villarreal • Teodoro Elizondo • La hora de mandar y la de obedecer • La memoria de Abraham González • La plaza de la Constitución • Los tres ejércitos del Norte • La prudencia de don Pablo • Los buenos deseos de Pancho Villa

Con aquellas palabras que antes indico inculqué a los curas mexicanos la razón y la bondad de mis propósitos. Es decir, que ellos regresaron al trabajo de sus iglesias, y yo di orden de que siguieran presos los jesuitas, más todos los sacerdotes extranjeros, y mandé ponerles muy fuerte vigilancia en espera de mis disposiciones tocante a su suerte.

Pero sucedió entonces que las señoras de Saltillo no se quisieron conformar con aquellas órdenes mías, masque se expresaran siempre conmigo en forma cariñosa, sino que de lejos murmuraban, y de cerca me sitiaban con sus recados. Me decían ellas, o me mandaban a decir:

—No sea usted cruel con estos padrecitos nuestros, señor general. Tienen caridad y otras virtudes que nos favorecen.

Y como al oírlas y mirarlas, yo abarcara la grande dificultad de quitarles aquellas ideas, pues eran muchas las dichas mujeres, y bastantes sus conocimientos, sólo les hablaba las palabras de mi autoridad, respondiéndoles:

—Señoras, esto que yo hago es por mandato de la Revolución.

Entonces resolvieron sorprender mi ánimo entre el descuido de sus alabanzas y el trato de su mejor cariño. Digo, que en una huerta que allí hay, y que, según recuerdo, se nombra la Huerta Acuña, prepararon una merienda para agasajarme, a la cual yo fui sin ningún consejo de mi malicia. Y estando todos en la dicha merienda, yo rodeado de las principales de aquellas señoras, una de ellas se levantó, la más importante, o la que más mandaba, y se puso a decir muchas cosas que me honraban. Aquella señora, nombrada doña Gertrudis Morales, o doña Gertrudis Rodríguez, se había sentado junto de mí, y me decía:

—Todas nosotras, mujeres moradoras de esta comarca, le vivimos muy agradecidas, señor general. A usted le debemos tener otra vez nuestros padres, nuestros hijos, nuestros maridos, nuestros hermanos, y todo esto sin derramamiento de la sangre saltillense ni ninguno de los estragos ni las grandes angustias de la guerra. Es usted un vencedor. Es usted un buen hombre revolucionario, que dondequiera que llega impone la justicia y dondequiera que mira halla las necesidades del pobre. Lo queremos por eso, señor general Francisco Villa, y lo llevamos todas dentro de nuestro corazón.

Y es lo cierto que como aquella señora me había servido con sus manos los platos de la merienda, conforme le oía yo sus buenas palabras sobre mi persona iba sintiendo caricias como del ánimo, y me hacía reflexionar: «Grandes mujeres son éstas, señor, y mucha la luz de su inteligencia y el impulso de sus sentimientos para beneficio de nuestra causa. Tenemos que considerarlas, y que estimar la ayuda de su consejo».

Así pensaba yo. Pero como entonces la dicha señora me añadiera palabras de otra clase, se me despertó la zozobra y empecé a mirarla con toda mi desconfianza. Porque me dijo ella, como para acabar:

—Tan bueno es usted con nosotras, señor general Villa, o más bien dicho, tan bueno ha sido en el pasado, y tan bueno nos será en el porvenir, que estamos seguras que nunca nos negará usted nada que nosotras, mujeres saltillenses, le pidamos.

O sea, que yo vi claro a dónde apuntaban todas las expansiones de aquel grande cariño. De modo que no la dejé pasar adelante, queriendo yo que mi silencio no me comprometiera, sino que la atajé, diciéndole:

—Señora, son justas sus palabras y hay en mí los impulsos que ellas cobijan, cuando no me crea yo tan bueno como me consideran ustedes. Sepan, señoras, que yo les sabré corresponder, porque su ánimo es bueno, y que nunca les negaré lo que me soliciten, cuanto más que nada han de pedirme contrario al bien del pueblo. Pero sólo una cosa no me pidan ustedes, señoras, porque jamás la podré otorgar: la libertad de los jesuitas o de los clérigos extranjeros.

Eso le dije yo, y delante de aquellas palabras mías, las dichas señoras, sin decaer en el trato cariñoso, ya no siguieron el camino de sus pretensiones.

Yo había comunicado al general Pablo González, desde antes de la batalla de Paredón, que mis fuerzas iban a la toma de Saltillo por órdenes del Primer Jefe. Se lo avisaba yo porque no quería, siendo aquella ruta la de las armas del dicho general, y no la de las armas mías, que su ánimo se deprimiera con el pensamiento de que el señor Carranza lo estimaba en poco para esa hazaña. Porque me decía yo entre mí: «Este general no me ayudó, como debiera, durante mis operaciones de la Laguna, sin saber yo si pasó eso por su falta, o por falta de alguno de sus generales. Aunque así sea, primero está la causa del pueblo, y primero está que un hombre revolucionario no agravie sin grande motivo a otro hombre revolucionario, pues no prosperará nuestra causa si los que mandamos nos dividimos».

Así que ya estando yo en Saltillo, me volví a comunicar con Pablo González. Éste era el contenido de mi telegrama:

«Señor general Pablo González: La plaza de Saltillo se halla en poder de mis tropas. Lo invito a venir, señor, para entregársela, conforme es la voluntad del Primer Jefe, y para que tengamos el gusto de conocernos y de expresarnos sobre el futuro de esta causa que nos une».

Y Pablo González me contestó inmediatamente que sí, que vendría a verme, según se lo consintieran los negocios de Tampico, que acababa de tomar a sangre y fuego; y que también él quería conocerme y venir a darme un abrazo cariñoso.

Se hacían aquellas comunicaciones cuando ya estaba yo en los arreglos de mi regreso a Torreón, alargándoseme mucho el tiempo al estimar que andaba yo muy fuera de la línea de mis armas, que era por Zacatecas. Mayormente que ya vislumbraba yo cómo el señor Carranza había de querer que de Saltillo siguiera ahora hacia San Luis, porque así me lo decían informes que me llegaban, y recibía noticias de que él, entre los agasajos de su viaje a Durango y Sombrerete, alentaba a los hermanos Arrieta y a Pánfilo Natera para que tomaran la ruta mía. Me preguntaba yo, caviloso: «¿Será que el Primer Jefe busca mandarme por esta línea de San Luis, que es la de Pablo González, y apartarme de la de Zacatecas, que yo solo me he creado, para cortarme de mi base de operaciones y tenerme a la merced de sus procedimientos?». Con aquella duda, más remoto me parecía el momento de mi regreso a Torreón, y más se me volvía el ánimo hacia mis planes de avance por las dichas comarcas.

Queriendo que ese avance de mis tropas no encontrara embarazos capaces de detenerlo, me expresaba con Felipe Ángeles. Me decía él:

—Mi general, son más de mil quinientos los prisioneros que aquí le hemos hecho al enemigo. Podíamos formar con esos hombres un tercio, o brigada de tres batallones de infantería, que nos sería muy útil en el progreso de aquella campaña. Porque son los buenos cuerpos de infantería recurso necesario al arreglado desarrollo de los combates. Hay batallas que sin la buena infantería no se pueden dar, o que si se dan, se pierden. Una buena infantería, bien fogueada y protegida, ¿con qué va usted a dominarla y desbaratarla, tras el quebranto que le causen los fuegos de los cañones, si no es con una infantería todavía mejor?

Le respondía yo:

—Muy bien, señor general. Pero ¿de dónde saca usted los jefes y oficiales para ese tercio de que me habla?

Él me contestaba:

—Los completo con unos cuantos que usted me dé, más los del enemigo que quieran unírsenos, pues muchos de entre ellos piensan con nuestras ideas.

Le añadí entonces:

—Oigo sus razones, señor general Ángeles. Forme usted ese tercio de tres cuerpos de infantería, pero adiéstrelo en el modo de nuestros combates, no para pelear según la costumbre de la Federación. Y nomás esto le digo: de la acción de esos hombres a la hora de la pelea usted me responde.

De modo que tomó él inmediatamente todas sus providencias, y salió para Torreón al propósito del dicho tercio, llevándose a Vito Alessio Robles y otros jefes y oficiales.

Hizo Pablo González su viaje de Tampico a Monterrey. Salió de Monterrey. Cuando supe que llegaba a Saltillo mandé a la estación a los generales Maclovio Herrera y Toribio Ortega, a mi secretario Luis Aguirre Benavides y varios oficiales de mi estado mayor, y algunos jefes y oficiales de mi escolta, para que todos ellos lo recibieran con las expresiones de mi saludo.

Luego, según me avisaron que Pablo González estaba ya en la casa donde iba a posarse, fui yo mismo a saludarlo y visitarlo, y a saludar y visitar las personas que lo acompañaban. Creo yo, por mi memoria, que la casa donde se posó él pertenecía a una señora nombrada Villarreal de Garza, y que con él venían los generales Antonio I. Villarreal y Teodoro Elizondo, y otros jefes y oficiales suyos, más aquellos dos señores, llamados don Nicéforo

Zambrano y don Manuel Amaya, que me habían ido a ver a Chihuahua a nombre del Primer Jefe.

Pablo González y yo nos saludamos con trato muy cariñoso. A seguidas trabamos plática de no menos de una hora tocante al desarrollo que había tenido la acción de mis armas desde los comienzos de la lucha contra Victoriano Huerta, y tocante al desarrollo de las armas suyas. Luego pasamos a expresarnos sobre el futuro de nuestra causa.

Por todas aquellas palabras yo vi que Pablo González era muy buen hombre revolucionario, de alguna civilización, y que en su juicio no había los yerros que yo le venía notando desde lejos. Pasaba tan sólo, a mi parecer, que Pablo González era también hombre de carácter suave, y de inclinaciones bondadosas, y que eso no le ayudaba en el terreno de las armas, donde hace falta mucha dureza para que los negocios prosperen. Porque en la guerra, el jefe, a la hora de mandar, tiene que azorar a todos con la amenaza de los castigos, que no haciéndolo así, el subordinado, a la hora de obedecer, no se arriesga a los grandes peligros de las campañas, ni a todos los sinsabores, ni a las muchas incomodidades, lo cual arrasa la organización de un ejército y crea problemas que lo detienen.

Le pregunté entonces a Pablo González que por qué no había tomado la providencia de ayudarme cuando hacía yo el ataque de las ciudades de la Laguna. Me contestó que sí había tomado aquella providencia; y como me declarara de qué forma lo había hecho hasta donde su situación se lo toleraba, comprendí que me hablaba la verdad. Es decir, que entendí que si aquellas disposiciones suyas no me habían valido ningún auxilio, no era por culpa de él, sino por error de alguno de sus subordinados, o por obra de las circunstancias.

Porque es lo cierto que la vía que mis tropas habían encontrado levantada en el cañón de Josefa, según indico antes, la había mandado destruir Pablo González para protegerme de los refuerzos enemigos. Pero Francisco Coss, pese al buen ánimo de ayudarme, no consumó aquella destrucción cuando yo la necesitaba, sino cuando ya los federales de Joaquín Maass se habían retirado después de mi triunfo de San Pedro de las Colonias, y cuando la falta de la dicha línea, en vez de protegerme, embarazaba mi avance sobre Saltillo y protegía las tropas enemigas, sin saber yo a estas fechas si ocurrió aquello por retraso en las órdenes de Pablo González, o por impericia de Francisco Coss o de algún otro jefe.

Pablo González demostró mucho gusto de conocerme, y en toda aquella plática nuestra su trato fue de muy buen cariño, aunque pareciera que los dos íbamos a enturbiarnos en nuestras palabras cuando le hice mis preguntas acerca de la dicha ayuda. También me recibieron con afecto los hombres militares y civiles que con él venían, de los cuales algunos eran ya personas de mi amistad. Les expresaba yo mi regocijo de ver allí juntas las armas de la División del Norte y las del Cuerpo de Ejército del Noreste, que así se nombraba aquella otra división. Me correspondían ellos con ese mismo sentimiento.

Al general Antonio I. Villarreal, revolucionario de tiempos anteriores al señor Madero, le dediqué mis expresiones más afectuosas, pues tenía con él grandes ligas de amistad por su reverencia a la memoria de don Abraham González, a quien habíamos tratado juntos. Nos abrazamos fuertemente, y después de mostrarle mi cariño, le añadí:

—Señor, según yo creo, ahora sí estamos cerca de vengar la muerte de aquel gran mártir de la democracia.

Esa noche, 27 o 28 de mayo de 1914, convidé a cenar a Pablo González y a los generales que lo acompañaban. Nos concertamos entonces sobre el regreso de mis tropas a Torreón, y sobre la forma en que las tropas suyas harían su entrada a Saltillo. Aquélla fue también plática de mucha cordialidad.

Nos sentamos a la mesa de la cena. Terminó aquella cena. Le digo entonces a Pablo González:

—Señor general, si es de su agrado, vamos a dar un paseo por la plaza que tengo delante de mi alojamiento y que se nombra Plaza de la Constitución.

Él me contesta:

—Sí me agrada, señor compañero.

Y así, salimos a la dicha plaza y nos pusimos a rodearla con nuestros pasos.

Conforme andábamos, don Pablo y yo solos delante del grupo de generales y jefes que nos seguían a poca distancia, los dos continuamos comunicándonos nuestros pensamientos. Yo le declaraba cómo consumada la toma de Zacatecas por mis tropas, todos nos teníamos que concertar: las fuerzas suyas y las fuerzas mías, las fuerzas mías y las de Obregón, para que se hiciera en forma de grande triunfo el avance de los tres ejércitos revolucionarios del Norte hasta la capital de la República. Y él me decía que sí, con bastante luz de inteligencia y con muchas muestras de sus buenas intenciones.

En eso estábamos, cuando se aparece por la plaza un grupo de soldados míos dando vivas a mi persona de manera un poco descompasada. Gritaban que viviera yo, y que murieran todos los demás, por no ser hombres para nada; mas no lo decían con palabras de moderación, como las que yo empleo ahora, sino con toda la grosería de que son capaces los hombres cuando no andan en su juicio.

Temiendo yo que Pablo González notara aquellos gritos, y que se sintiera herido creyendo que los proferían contra él, simulé no oírlos yo y seguí hablándole. Pero poco después apareció otro grupo que gritaba de aquella forma, y luego otro. Y lo que sucedió fue que Pablo González, no sé yo si por enojo o por prudencia, ya no pudo permanecer quedo delante de tantos gritos, cuando mucho quisiera yo disimularlos, sino que poniéndome su mano sobre mi brazo, me dijo:

—Compañero, ¿no le parece que esos soldados, con el mucho entusiasmo de su alegría, pueden crearnos un conflicto?

Y yo entonces, fingiendo todavía no dar importancia a los dichos gritos, le respondí:

—Sí, señor compañero, pudiera ser. Pero créame, porque se lo digo yo: en los descansos de la guerra hay que tolerar un poco las destemplanzas de los soldados, para que de ese modo mueran a gusto cuando les toque enfriar una bala.

Y me detuve en mis pasos, y llamé a Rodolfo Fierro, que me seguía, y le dije estas palabras:

—Amigo, va usted a trasmitir ahora mismo las medidas necesarias para que se acuartele toda la gente.

X

De regreso en Torreón, Pancho Villa comprende que el Primer Jefe no quiere dejarlo avanzar sobre Zacatecas

Otro decreto de muerte • Los federales ocultos • Jesús o Luis Fuentes • Otilia Meraz • Darío Silva • Celos de Pancho Villa • Una mala mujer • El buen trato de los hombres revolucionarios • Torreón • Propósitos de Carranza • Las tropas de Pablo González • El avance hacia el sur • Los generales que debían ganar y los que debían perder • Las armas y la política

Estando en Saltillo recibí orden del señor Carranza para castigar con pena de muerte a todos los enviados de los usurpadores si venían a tratarme el punto relativo a la guerra con los Estados Unidos.

Me decía él:

«Es de mi conocimiento que hay gentes del gobierno usurpador encargadas de sonsacar a los jefes constitucionalistas para la unión de nuestras fuerzas con las tropas federales ante el peligro, según ellos dicen, de la guerra extranjera, o para conseguir de los dichos jefes que manden comisiones a expresarse sobre el asunto con el llamado Ministerio de Gobernación del llamado gobierno de Victoriano Huerta. Para que guíe los actos de su conducta, yo le ordeno, desde hoy y para lo sucesivo, que pase inmediatamente por las armas a todo emisario de los federales que quiera tratar con usted negocio distinto de la rendición incondicional de él, o del jefe o tropas que represente».

Y aconteció, que como en Saltillo había ocultos jefes y oficiales federales que buscaban hablar conmigo, lo que me mandaban a decir mediante gente protectora, o gente de su amistad, yo, antes de consentirles venir ante mi presencia, les mandaba informes tocante a aquel decreto de nuestro Primer Jefe, contestando: «No digan luego que soy hombre sanguinario. Si ese oficial, o ese jefe, viene a tratarme negocio distinto de su rendición incondicional, a la primera palabra que me pronuncie ya está pasado por las armas».

Así fue como un oficial de nombre Jesús Fuentes, o Luis Fuentes, que había sido de las tropas de Joaquín Maass, tuvo conmigo varios recados antes de presentárseme. Me mandaba decir: «Yo no voy a tratar de mi rendición incondicional ni de la guerra con los Estados Unidos». A lo que yo le respondía: «Pues si no viene a proponerme la rendición incondicional suya, o la de su jefe, o la de sus fuerzas, lo fusilo inmediatamente conforme a los mandatos del señor Carranza». Me contestaba él: «Me rindo con una condición». Le respondía yo: «No pueden ponerse condiciones». Él volvía a contestar: «Me rindo con una súplica». Volvía yo a responderle: «No pueden ponerse súplicas». Y lo que sucedió fue, que como aquel era hombre de mucha ley, se me presentó una noche y me dijo:

—Señor general Villa, vengo a rendirle las armas incondicionalmente y nada pido a cambio de mi rendición; pero hay una esperanza que me alienta en esta hora.

Yo le contesto:

—Consiento, amigo, en su rendición, y como no lo cojo defendiéndose ni atacándome con las armas en la mano, sino que viene a rendírseme en momentos que son de paz, tampoco le aplico la nueva ley de Benito Juárez, promulgada por el señor Carranza, según la cual lo fusilaría, si estuviéramos en una batalla. Y ahora que ha salvado la vida, dígame cuál es esa esperanza que lo alienta.

Él me responde:

—Me alienta, señor, la esperanza de militar entre sus tropas y de pelear bajo sus órdenes por los intereses del pueblo.

Advertí yo entonces, fijándome en la cara del hombre que así me hablaba, cuánto se traslucían en él las buenas disposiciones del ánimo militar. Así, le contesté:

—Muy bien, amigo; sus esperanzas se cumplen. Pasa usted a ser oficial de mi escolta desde la fecha de hoy.

Creo yo que en esos días anduve muy cercano a los riesgos de una grave enfermedad, por los arrebatos de mi cólera a causa de una mujer que yo traía entonces conmigo. Los hechos pasaron del siguiente modo:

Dueñas ya mis fuerzas de la plaza de Torreón, había conocido en Ciudad Lerdo, durante una fiesta de las que llaman kermesses, a una muchacha de nombre Otilia Meraz, que no consideró mal las proposiciones que le hice. Luego descubrí cómo aquella mujer sabía ya mucho de amores, y, después, el grande gusto que ella saboreaba en comer y cenar conmigo a la misma mesa en que yo lo hacía junto con las personas que acudían en mi busca o me acompañaban. De modo, que viniendo yo a la toma de Saltillo, y trayéndola a ella en mi carro en los días del dicho viaje, la sacaba yo a comer, o a cenar, a la hora en que nos servían a todos. Y hubo este suceso: que uno de aquellos días ella me contó, no sé para qué fin, cómo uno de los oficiales míos que se sentaban con nosotros era hombre con quien ella había tenido tratos antes que yo la tomara. Y lo cierto es que siendo aquel oficial, de nombre Darío Silva, una de las personas de mi mejor cariño, y uno de los ocho hombres que me seguían desde los comienzos de la lucha, el dicho descubrimiento no lo supe padecer, ni supe mirarlo con la calma que un hombre de buen juicio debe encontrar para esas cosas, sino que, al contrario, me indigné y arrebaté, y en vez de estimar culpable a la mujer que me declaraba sus pasos cuando ya no tenían remedio, o de estimarme culpable yo por andar levantando hasta mi persona mujeres que ya habían pertenecido a otros, vi la falta en Darío Silva, y obedecí mis impulsos de castigarlo, y de humillarlo, y de hacerle comprender cómo no debía haber tenido la misma mujer que yo, y demostrarle a ella cómo antes de conocerme a mí no había ella conocido más que hombres que junto a mí no valían nada.

Así es que aquel día, al estar sentados a la mesa todos los que íbamos a comer, le dije a Darío Silva:

—Oiga, amigo, usted no se siente, porque ya no le cuadra comer con nosotros: desde hoy será mi mandadero. Póngase, pues, a servirme la comida, a mí y a todas las personas que yo convido.

Y Darío Silva se puso a hacerlo, según se lo mandé. Y en verdad que yo, mirando cómo aquel hombre me traía y me quitaba los platos, y cómo se los traía y se los quitaba a Otilia Meraz, muy manso él, muy humilde, muy obediente, no sé si por miedo de mí, pues se veía avergonzado y con señales como de lloro, o porque en su devoción hacia mi persona no le afrentaba convertirse de mi oficial en mi criado, sentí muy grande regocijo en los rencores de mi corazón, y como si un enorme peso se me aliviara.

Así sucedió aquella vez. Mas luego, pasando los días, me vino con ellos la reflexión, y con la reflexión me hice cargo del mal acto que había cometido en abuso de mi poder y mi autoridad. Porque me dije entre mí: «De manera, señor, que a este hombre que me acompaña en mis trabajos desde que comenzó la lucha, ¿lo menosprecio yo sin ningún yerro de sus actos, sino sólo por el consejo de una mala mujer, que después de cambiarlo a él por mí se me acerca y me azuza para que yo lo hiera con mi enojo?».

Y fue entonces, como antes indico, cuando se me revolvió toda la cólera de mi cuerpo contra Otilia Meraz, y cuando me acometió furia tan invasora, que sentí que me enfermaba, y tuve que refrenarme con toda mi potencia para que no recibiera ella de mi mano el castigo que se merecía. Mas, así y todo, me apacigüé, y me serené y recobré, y me contenté con echarla de delante de mí; y en seguida llamé a Darío Silva, para hablarle las palabras de mi afecto, y desde entonces extremé con él todas las señales del trato más cariñoso.

Salí de Saltillo para Torreón, mediando la tarde del 29 o 30 de mayo de 1914, propuesto yo a consumar mi viaje con mucha rapidez, pues el buen servicio de mis trenes ya tenía reparada la vía del cañón de Josefa para la madrugada del día 25.

En Saltillo dejé al general Toribio Ortega. Éste fue el contenido de mis órdenes: «Aquí se quedan estas tropas, señor general, hasta que Pablo González mande hacer el avance de las suyas». Y queriendo prevenir que la armonía no se rompiera, también le declaré, a él y a sus jefes, cómo aquellos hombres de la División del Noreste componían buenas fuerzas revolucionarias, cuando su organización no se comparara con la nuestra, y cómo todos aquellos jefes obedecían, como nosotros, los impulsos de la causa del pueblo, por lo que el deber nos mandaba hermanarnos con ellos en nuestra conducta y en nuestras palabras, y que así convenía que lo procurara él, y lo mismo los que estaban debajo de él.

A Pablo González, que vino a despedirme en la estación, le expresé aquellos mismos sentimientos. Yo le dije, y también a Antonio I. Villarreal y a Teodoro Elizondo, más otros generales y jefes que lo acompañaban:

—Compañeros, juntos empezamos esta pelea para vengar al señor Madero y para beneficio de los pobres. Juntos la tenemos que acabar. Es decir, que cada uno de nosotros tiene que poner toda la capacidad de su ánimo en el desarrollo de su acción, y tiene que llevar su auxilio a la acción de los demás. Igual que yo he venido aquí a ayudarlos en la ruta de sus armas, ustedes, si se necesita, han de venir a ayudarme a mí en la ruta de las mías. Cuantimás que ya está próxima la hora del triunfo, pues por dondequiera se ve que Victoriano Huerta no es bastante para contenernos.

Me respondió Pablo González:

—Compañero, esas palabras que usted me expresa señalan el verdadero camino de nuestra acción. Yo aprecio su paso de haberme traído su auxilio a estas comarcas; usted vaya seguro que mi propósito es ayudarlo de igual manera si las circunstancias lo exigen.

Eso me dijo él, y al calor de aquellas palabras nos abrazamos y nos despedimos. Y pienso yo ahora: «Señor, la complacencia de ánimo con que nos vimos en Saltillo los hombres de la División del Norte y los hombres de la División del Noreste, ¿no era la forma de trato que todos los buenos revolucionarios debíamos tener para que nuestra causa se consumara pronto y con ahorro de sangre?».

Hice el camino de Torreón. Llegué a Torreón. Al apearme, ya tenía noticias de cómo el señor Carranza, con fines que yo entonces no entendía, buscaba encomendar a Pánfilo Natera y los hermanos Arrieta el ataque y toma de Zacatecas. Pero estaban ellos como en un sueño estimando que la dicha hazaña pudiera lograrse con sólo los elementos de esos tres generales, por lo que cavilaba yo en busca de las intenciones del señor Carranza al disponer que aquella mortandad nos afligiera sin ningún fruto.

Era claro, según el sol nos ilumina, que yo, con apoyo de todo el número de mis tropas, más parte de las de Durango, más las de la Laguna, me había visto en angustias para la toma de Torreón. ¿Cómo, pues, los cinco mil o seis mil hombres de Natera y los Arrieta habían de ser bastantes para los que en Zacatecas estaba acumulando el enemigo? De modo que pensaba yo: «O busca el señor Carranza la desgracia de Natera y sus hombres, o está concibiendo cerrarme la ruta de mis armas para dejar sin desarrollo los triunfos que me esperan. Pero, señor, ¿es tanta en él la inclinación a postergarme, que no mira el fracaso adonde va, ni considera la muerte a que sentencia así, sin ningún derecho, a hombres que sólo obedecen?».

Masque así fuera, hice el hincapié de no saber nada, ni de sospechar nada, y para ver si conseguía evitar con mis palabras aquel error tan grande, me comuniqué con el señor Carranza tocante al futuro de las operaciones mías y de los principales jefes. Porque esperaba yo que conociendo el señor Carranza mi pensamiento, se corrigiera en aquellas ideas. Éste fue el contenido de mi telegrama, que le mandé bajo el secreto de los signos que se nombran clave:

«Desde Torreón, para el ciudadano Primer Jefe, en Durango o donde esté. Señor: Paso a exponerle, protegido por la clave, un asunto que estimo de muy grande importancia. Considero urgente que dicte usted sus altas providencias para que se proceda con mucha formalidad a la más arreglada organización de las tropas que tiene bajo su mando el señor general Pablo González. Lo digo, señor, porque sólo así, combinando la acción de esas fuerzas con la de las mías, se proseguirá bien nuestro avance hacia el sur, pues he podido observar, mucho porque yo lo he visto, y mucho por informes que me son de fe, las malas reglas con que se gobiernan dichas tropas. Según yo opino, el señor general Pablo González es muy respetable persona, y muy buen hombre revolucionario, al que todo puede fiarse. Pero siendo él también hombre sobradamente bondadoso, su disposición es mandar con las voces del cariño, no con la autoridad, y esto, a mi parecer, no puede aceptarse, pues exigen los actos de la guerra que la bondad se olvide y que las obras sean según las circunstancias las imponen, matando cuando haya que matar, y perdonando si conviene perdonar. Para nosotros los hombres militares del pueblo, el primer deber está en el logro del triunfo, que no se consigue si la visión de ese triunfo se enturbia por otros miramientos. Espero, señor, que usted, en su buen ánimo, considerará con atención este punto que le indico, el cual no será en bien de mi persona, ni de mis tropas, sino en beneficio general de la causa que defendemos, pues es lo cierto que el enemigo se desalentará grandemente al ver que van a atacarlo y desbaratarlo dos columnas poderosas. O sea, que si le elevo esta indicación mía, todo en palabras del mayor respeto, es porque mi experiencia de la guerra me dicta que nuestro avance ha de hacerse así para el logro de nuestras operaciones. También por eso le pido, señor, que dé sus órdenes para que las fuerzas del general Obregón hagan su marcha de acuerdo conmigo y con Pablo González, pues al salir yo rumbo al sur avanzaré con grande rapidez, y no conviene que las otras divisiones se rezaguen. Le ruego me conteste su resolución sobre estas proposiciones mías, para saber yo a qué atenerme al disponer mi marcha hacia el centro de la República, que si mis tropas tienen empuje para afrontar cualquier enemigo que se presente, es consejo de razón caminar de acuerdo todas las divisiones y conseguir entonces el mayor triunfo con el menor sacrificio de vidas».

Así le decía yo al señor Carranza, animado a que él comprendiera cómo nuestro avance tenía que ser según la forma que yo le indicaba, y no mediante la desordenada conquista de unos lugares por unas fuerzas y otros lugares por otras, a paso y medida que el juicio del Primer Jefe fuera otorgando a todos, como por distribución de premios, el campo de las victorias, es decir, haciendo que los generales de muchos hombres nos mantuviéramos quedos para que crecieran los generales que tenían pocos, y arriesgando al fracaso unas fuerzas por el mal designio de que no prosperaran otras.

Porque sucedía, según es mi parecer, que estábamos venciendo a los federales a causa de estarse ellos defendiendo mal. Mas podía ocurrir que entre ellos tomara el mando algún hombre buen conocedor de la guerra, y que ese hombre viera cómo el mayor peligro para la causa de los usurpadores era yo, supuesto que para esas fechas Obregón todavía andaba por Tepic, muy comprometido en su línea de comunicaciones por no haber podido tomar Guaymas ni Mazatlán, y que mirando los federales el grave peligro que yo les representaba, cambiaran en su acción, abandonándonos todo el Norte y reconcentrando el grueso de sus tropas en un punto, bastante al sur de Zacatecas, desde donde pudieran venir todos sobre mí conforme yo avanzara, o ir todos sobre Obregón según él continuara en su marcha, o afrontar todos a Pablo González así que progresara el avance de él. Y si eso era así, como podía ser, no columbraba yo qué camino podíamos seguir nosotros los revolucionarios si no nos concertábamos en nuestros movimientos, y si el dicho concierto se hacía no a la luz de la pericia de los hombres militares, sino según los panoramas políticos del señor Carranza tocante a cuál general debía ganar, y cuál perder, en beneficio de las ambiciones del futuro o dentro de los planes militares que él se figuraba en su grande ignorancia de la guerra.

XI

Pancho Villa no espera en Torreón la llegada del Primer Jefe para evitar que la unidad revolucionaria se rompa

Eusebio Calzado • Las autoridades civiles de Torreón • Hombres honrados para el manejo de los intereses • El rastro de Torreón • El hambre de los pobres • Las desconfianzas del Primer Jefe • En el Casino de la Laguna • Palabras de Felipe Ángeles • Un incidente ferrocarrilero • José María Maytorena y Plutarco Elías Calles • El deber de Carranza • El deber de Villa • Un telegrama de paz

Supe en Torreón cómo el señor Carranza quería quitar a Eusebio Calzado la dirección de los ferrocarriles conquistados por mí, sin mirar que aquel hombre, como antes indico, me servía mucho, por ser muy conocedor de aquellas cosas. Lo mismo andaba buscando hacer con otras personas que había yo destinado en otros puestos por aconsejármelo así las exigencias de la campaña, no por mi sola arrogancia de general vencedor.

Y como comprendiera yo que aquello no estaba bien, pues no abarcaba mi juicio que en el campo de mis armas tuvieran autoridad hombres ajenos a la autoridad mía, puse mensaje al señor Carranza expresándole lo que a mí me parecían sus dichas disposiciones, para que oyendo él mis palabras las aquilatara. Le decía yo:

«Señor Carranza, espero de su bondad que escoja bien la persona encargada de venir a ocuparse de la hacienda de este estado, para que los cobros y los pagos se lleven en la forma debida. Necesito aquí hombres honrados, señor, hombres juiciosos en el manejo de estos intereses, pues estoy propuesto a fusilar a cuantos cometan el menor robo de los dichos caudales. Al echarme a la lucha por la causa del pueblo no lo hice con ánimo

413

de formar ningún tesoro, ni para quedarme con ningunas riquezas. Vine a esta guerra a impulsos y consejo de mi patriotismo, y porque los dolores del pobre me lo exigían, según se irá reconociendo conforme avancen los días de nuestra Revolución, que el tiempo tanto cubre como descubre. Y si así quiero portarme yo, porque así me lo manda el deber, así también quiero que se porten todos los hombres revolucionarios que desempeñen negocios del gobierno en el campo de mis armas. Aprovecho también para decirle, señor, que perteneciendo el ramo de ferrocarriles al Ministerio de Comunicaciones, cosa que usted sabe, estoy dispuesto a entregar estas líneas a la persona que el dicho ministerio designe, si es verdad, según me cuentan y trasluzco, que hay altos personajes deseosos de que destituya yo a Eusebio Calzado, que es el hombre que me lleva la dirección de los trenes por haberlo yo escogido para eso. Cuando así sea, yo le declaro, señor, que Eusebio Calzado es persona honrada, sin necesidad de medro o buscas para vivir, pues tiene de sobra con lo suyo propio, y que yo respondo de su conducta en el trabajo tal y como ha venido portándose durante todo el tiempo que el dicho trabajo ha estado en sus manos. En otros términos, señor, que yo espero que la persona nombrada para sustituir a este hombre mío venga y me cumpla de igual modo que él, pues las peripecias de la guerra son cosa tan grave que no consienten yerro. Hasta creo yo, si a usted le parece, que mejor sería comunicarme el nombre de esa persona, para que supiera yo quién es, y que comparáramos su pericia y conveniencias con las de Eusebio Calzado, para escoger entre ellos dos al que nos prometa las más grandes ventajas. Crea, señor, que le elevo estas observaciones con toda la sinceridad de mi ánimo y sumiso al noble deseo de que nuestra patria no malogre su engrandecimiento ni siga sufriendo en las miserias y los dolores».

Así me comunicaba con el señor Carranza, inclinado yo a que nos entendiéramos en todo. Porque me parece a mí que de igual manera que yo daba a mis hombres facultades y autoridad en el terreno de su responsabilidad, y de igual modo que yo los convocaba a junta delante de las grandes providencias que nos abarcaban a todos, y me concertaba con ellos, así también el señor Carranza estaba obligado a convenir sus pasos con nosotros los hombres autores del progreso de nuestra Revolución, en vez de considerarse él jefe de voluntad absoluta, cosa que ningún hombre debe ser fuera de las horas de las batallas, y jefe sin miramiento para el consejo de sus principales sostenedores. Y reflexionaba yo: «Si todo el bien del pueblo depende de las providencias de un solo hombre, este hombre tiene que guiarse no por su solo consejo, ni por consejo de los hombres que lo adulan y rodean, sino por el consejo de los hombres que el pueblo sigue con sus sacrificios y sus armas».

Otro punto de discordia con el señor Carranza me lo dio el rastro de Torreón.

Yo quería, estando Torreón mal surtido de carne y sufriendo mucho los pobres por faltar ese bastimento, que el dicho rastro se administrara como negocio libre de explotadores, o que su explotación sólo viniera en beneficio de la necesidad de mis tropas. Pero sucedió que llegaron hombres protegidos del señor Carranza, los cuales, en vez de mirar mi razón, miraron sus intereses y fingieron creer que yo andaba buscando riquezas en el dicho rastro, sin apreciar que el mucho dinero que se manejaba en el territorio de mis armas servía todo para la guerra, y que, de ambicionarlo yo, no tenía más que extender mi mano para coger de las dichas sumas la parte que yo quisiera. Y como nada y sin más, algunos de esos hombres se fueron a presencia del señor Carranza, y entonces él no los echó de delante de su persona, según yo me merecía, sino que oyó los cuentos que ellos le llevaban y me dictó órdenes favorables a lo que ellos le pedían.

Y así fue. Recibidas por mí aquellas órdenes, mandé que se cumplieran. Pero antes de cumplirlas le expliqué al señor Carranza aquel negocio, hablándoselo con palabras claras, para que en su ánimo de jefe tuviera conocimiento de lo que los dos andábamos haciendo: él como superior que me mandaba, yo como inferior que lo obedecía. Mis palabras contenían esto:

«Señor, el deber me manda avisarle que al ponerse este rastro en manos particulares se abrirá la puerta al bandolerismo y se provocará que haya muchos carniceros a quienes la carne no les cueste nada, según yo sé por mi conocimiento de este negocio. Aunque así sea, las cosas se harán conforme usted lo dispone en las órdenes que me manda. También le informo que estas comarcas necesitan ganado en grande cantidad, pues es mucha la escasez a causa de los actos de las tropas revolucionarias, y que al faltar carne padecerán hambre las familias del pueblo. Pero también en este punto cumplo sus providencias; de modo que ya dispongo que no venga acá ningún ganado de Chihuahua. En cuanto a las cabezas que el general Eugenio Aguirre Benavides había pedido al señor general Natera, le digo, señor, que se necesitaban para las tropas que marchan rumbo a Zacatecas, y así lo expresaban aquellas órdenes al señalar en qué lugares se había de situar ese ganado. A nadie se dijo nunca que debían traerlo a esta población.

415

Pero también en este punto, señor, sus disposiciones serán atendidas con mi mayor respeto. – *Francisco Villa*».

Y es verdad que aquellas desconfianzas del Primer Jefe no me honraban, ni honraban a los hombres que andaban conmigo en la lucha, mayormente que yo sabía cómo brotaban entre las personas que él tenía más cerca en Durango las malas expresiones para mí. Pero como yo no quise que por el dicho proceder de él, y de la gente que venía con él, se rompiera la armonía de nuestra Revolución, me hice a sobrellevar todo aquello con mi ánimo más favorable. Me decía yo: «No habiendo grave daño para nuestra causa, todo se debe sacrificar al logro del triunfo que el pueblo espera, y luego será la hora de ver qué caminos andan unos y qué caminos andamos otros».

Resolví entonces no hallarme en Torreón los días que allí estuviera el señor Carranza en su viaje de Durango a Saltillo, plaza que ahora iba él a recibir de los hombres suyos a quienes yo la había entregado. Para ello salí de Torreón hacia Chihuahua un día antes que llegara él con todos los políticos chocolateros que lo seguían, y no volví hasta días después de consumarse aquel paso suyo. Eso hice yo, pero no por consejo de la soberbia, ni por menosprecio de la persona del señor Carranza, sino temeroso de que mediante sus disposiciones, o por palabras suyas nacidas de los malos cuentos que le hacían, padeciera yo alguno de mis arrebatos.

A lo que luego supe, el señor Carranza llegó a la estación de Avilés al oscurecer de aquel 4 de junio de 1914. Pasó la noche en Avilés; es decir, él y toda su gente durmieron allí en los trenes en que viajaban; y a las ocho de la mañana de otro día siguiente hizo su entrada a Torreón, creo yo que sin dar a nadie aviso de la hora a que llegaría, por lo que no hubo comisiones que lo recibieran o saludaran. Pero como a mediodía de ese día lo agasajaron con un banquete en el edificio que llaman Casino de la Laguna, allí estuvo Felipe Ángeles en nombre de mi división, más otros generales que lo acompañaban, y allí se levantó Ángeles a hablar sus palabras, diciendo que nosotros, los hombres revolucionarios de la División del Norte, venerábamos la memoria del señor Madero, y que esperábamos que nos gobernara un gobierno de leyes, tal como el señor Madero nos había gobernado, y que no queríamos gobiernos de usurpación, como el de Victoriano Huerta, ni gobiernos de tiranía, como el de don Porfirio.

Me contaron después que aquellas expresiones de Felipe Ángeles no habían sido del gusto del señor Carranza, aunque no penetré entonces por qué. Sí reflexionaba entre mí: «Si el señor Carranza obra como buen hombre revolucionario, ¿su deber no le manda pensar según esas mismas ideas que le expresa Felipe Ángeles? ¿Hay en las dichas palabras nada que pueda ofenderlo?». Y creo yo todavía que nunca debió ver el jefe de nuestra Revolución embarazo en que nosotros, los hombres que la protegíamos, buscáramos el nacimiento del gobierno de las leyes, conforme el señor Madero nos lo había dado.

Que fuera así, o que no fuera, allí se vio cómo andaba ya muy resfriado el ánimo del señor Carranza para con todos aquellos hombres míos, y para con mi persona, y cómo lo atosigaban en mi contra los impulsos de su desconfianza, o los malos consejos que oía. Y como sucedió, otro día siguiente, que saliendo él ya para Saltillo, el jefe de sus trenes, nombrado Paulino Fontes, no supo qué clase de órdenes se habían de dar, las dichas órdenes no se cumplieron a tiempo, por lo que hubo muy grandes disgustos. Y quienes murmuraban al oído del señor Carranza escarbaron en aquella peripecia y la engrandecieron, y la estimaron desacato al Primer Jefe de nuestra Revolución, y consiguieron llevarse preso al ferrocarrilero responsable, sin reflexionar que si él no había obedecido era porque las órdenes se le daban fuera del conducto de sus superiores, y hasta hicieron de allí un hincapié para acusarme de mis rebeldías. ¡A mí, señor, que estaba en Chihuahua, y que había salido de Torreón desde antes de la llegada del Primer Jefe! Y digo yo ahora: ¿me podían hacer a mí responsable de que el dicho Paulino Fontes equivocara el camino de sus órdenes? Y si no se equivocó en aquel camino, ¿podían achacarme a mí la impericia o la desobediencia de uno de mis hombres ferrocarrileros?

Mientras el señor Carranza pasaba por Torreón, recibía yo en Chihuahua telegramas de José María Maytorena, que, según antes digo, era gobernador de Sonora y traía grave pleito con Plutarco Elías Calles, jefe de las fuerzas de Hermosillo. Aquel señor invocaba mi ayuda para la resolución del dicho pleito. Me decía él:

«Señor general Francisco Villa: Vivimos en grande riesgo de un choque armado entre las fuerzas de esta población, que manda Plutarco Elías Calles, y la guardia de mi gobierno más los ciudadanos que me apoyan. Sucede, señor, que no hay en Sonora la armonía que debe unir a los buenos hombres revolucionarios, sino que Elías Calles, a quien el general Obregón dejó aquí porque su ánimo me es opuesto, trata de derrocarme de mi sitio, que es de gobernador constitucional libremente elegido por sufragio del pueblo, para lo cual me hostiliza de todas formas y veja mi autoridad, y hostiliza y persigue a cuantas personas me son adictas. Es decir, que está obligándome a tomar providencias con las cuales me defenderé en los actos de mi gobierno, y con las cuales correrá mucha sangre en perjuicio de nuestra causa y en beneficio de Victoriano Huerta, pues aunque mis propósitos no son de lucha, sino de paz, le prometo y aseguro que nunca dejaré la autoridad que el pueblo puso en mis manos. Se lo comunico, señor general Villa, sabedor de sus buenas inclinaciones revolucionarias, para que me auxilie en esta situación y evite con sus pasos los graves males que amagan afligirnos. – *José María Maytorena*».

Así me decía él, y me maravillaba yo de cómo el señor Carranza, que acababa de estar varios meses en Sonora, había permitido que se enseñoreara de aquellos hombres la mala yerba de la división, y no había previsto los daños que sobrevendrían tan pronto como él se alejara. Porque si no se entendía José María Maytorena con los jefes de las fuerzas de Sonora, o más bien dicho, con algunos de esos jefes, el deber del señor Carranza era avenirlos bien a todos, o quitar del mando los contrarios a la razón, mas nunca permitir que la desunión propagara sus maleficios. Si había enemigo en Guaymas, y era ése un enemigo tan poderoso que Obregón, sin manera de aniquilarlo, hizo su avance hacia el sur dejando mucha parte de sus tropas para que contuvieran el peligro que amenazaría su retaguardia, se mostraba grande ignorancia de la guerra al consentir que en dicho territorio hubiera potencias rivales entre los hombres nuestros. Aunque también me preguntaba entre mí: «¿Será, señor, que el Primer Jefe en su afán de predominar sobre todos, no sólo no remedió allá la desunión, sino que la procuró, igual que ha intentado hacer conmigo buscándome disgustos en los actos del gobierno de Chihuahua, y ahora en las nuevas comarcas que van conquistando mis fuerzas?».

Aunque así no fuera, sólo el señor Carranza podía acabar con aquellas divisiones, atento a lo que le mandaba el deber, y era deber mío, como jefe revolucionario, declararle la verdad. Por eso, otro día siguiente de su llegada a Torreón le puse telegrama expresándole mi pensamiento de forma que no viera en mí ligas favorables a José María Maytorena, ni deseos en beneficio de Plutarco Elías Calles, sino sólo mi grande amor por la causa que estábamos peleando. Así decidí obrar, a pesar de que Maytorena era hombre de mi cariño por su devoción hacia el señor Madero, y sin olvidarme de la ayuda suya cuando no sabía yo cómo surtirme de elementos con que empezar la guerra, y considerando, por mi conocimiento de él, cómo no podía faltarle la razón en aquel trance en que Plutarco Elías Calles lo colocaba. Éste fue el contenido de mi mensaje al señor Carranza:

«Ciudadano Primer Jefe del Ejército Constitucionalista, Torreón. Señor: Llega a mi noticia que están por ocurrir en Sonora actos que traerán muy grandes y graves males para nuestra causa y nuestra nación. Eso me aflige, señor, pues yo quisiera que la sangre que desde hace más de tres años corre en nuestra patria fuera sólo para libertar a los buenos mexicanos, y que causara el progreso de nuestro país, y trajera el bienestar de sus moradores. Sé yo muy bien cómo no soy más que un fiel soldado de mi patria, propuesto a morir por ella siempre que así lo exijan sus intereses. Por eso mismo le elevo mis ruegos, a usted que es el jefe supremo de los hombres revolucionarios, merecedor de nuestra mejor estima, y el hombre político principal protector de nuestra causa, pidiéndole dicte sus providencias para que cesen las divisiones en el estado de Sonora y se abracen allá todos los hombres revolucionarios, en vez de seguir disputando, como hoy, con riesgo de acontecimientos que nos serían fatales. Es ésta, señor, labor de paz indispensable entre los militares y civiles de aquellas comarcas, y obra sin la cual no se encauzarán nuestros progresos en la guerra. Reciba usted las mejores formas de mi respeto y sírvase contestar pronto estas expresiones que le dirijo. – *El general Francisco Villa*».

XII

El Primer Jefe manda a Villa órdenes de reforzar a Natera para el ataque a Zacatecas, pero Villa las considera equivocadas

Las luchas de Sonora • El señor Carranza y su autoridad • El coronel Antonio Guerrero • Las tropas que sitiaban a Guaymas • El gobierno de Maytorena • Natera sobre Zacatecas • Órdenes del Primer Jefe • Observaciones de Villa • Los silencios de Carranza • Una división victoriosa • Deberes de un hombre revolucionario • Deberes de un jefe militar • La conversación que nombran telegráfica

Pienso yo que el señor Carranza no quería acabar con aquellas luchas de Sonora, pues aconsejaba Obregón, según supe luego, quitar de allá a Plutarco Elías Calles, que era hombre de muchos rencores, y aconsejaban los jefes de las tropas sitiadoras de Guaymas poner todas las fuerzas del dicho estado, contándose dentro de ellas las de Elías Calles, bajo un solo mando militar. Pero el señor Carranza no aprobaba aquella organización, sino que quería seguir sosteniendo a Calles en amenaza de Maytorena. De modo que por orden de él habían de mantenerse al mando de Salvador Alvarado solamente las tropas que peleaban en Guaymas con los federales y habían de mantenerse al mando de Calles, en Hermosillo o por las comarcas del Norte, otras tropas nuestras, y éstas sin más acción que hacer ver a Maytorena cómo el Primer Jefe desconfiaba de él y cómo lo tenía vigilado y dominado.

A mi juicio, se cometía así muy grande yerro, olvidándose de que José María Maytorena era buen hombre revolucionario, del que nada malo podía esperarse si los demás lo respetaban en sus derechos y su dignidad. Y el yerro me parecía a mí todavía mayor si el Primer Jefe, teniendo por buenos los motivos de su desconfianza, daba ocasión a que esos motivos crecieran, en lugar de anularlos de una vez, como es obligación de todo jefe que sabe por qué manda y para qué manda.

Reflexionaba yo entre mí:

«Si teme el señor Carranza los actos de Maytorena, por qué no lo llama y le dice: "Señor Maytorena, a los hombres desleales a la causa del pueblo yo los mando fusilar". Así Maytorena le abriría su corazón y el negocio se aclararía, según he aclarado yo mis dudas sobre el general Manuel Chao ahora que el mismo señor Carranza me lo andaba sonsacando para que se hiciera obstáculo de mis providencias. Y si nada teme el señor Carranza, ¿a qué fin enfrentar a Maytorena hombres que lo hostilizan y lo enajenan? Pasa, señor, que dondequiera que llega el Primer Jefe busca que nada se haga sin la intervención de su autoridad, para lo cual mantiene la gente dividida, no concertada en la obra que nos es común. Por eso ve gustoso a Maytorena enfrentado con Calles en Hermosillo, y al mismo Maytorena enfrentado con Obregón y por eso despierta celos con la mala distribución de sus ascensos y sus honras, y por eso quiso que Chao se me enfrentara a mí, y por eso procura en estos días hombres que puedan servirle para embarazarme y detenerme. Y es lo cierto que estas políticas van a resultarnos de mucho castigo, pues no consienten los hombres que se les hostigue en su acción cuando son buenos sus impulsos y cuando es bueno y útil el desarrollo de sus providencias o de sus hazañas».

Y lo que sucedió fue que Plutarco Elías Calles se quedó en el norte de Sonora molestando con sus hechos a José María Maytorena, que merecía mayor agradecimiento, y otro coronel, llamado Antonio Guerrero, a quien el Primer Jefe nombró para que mandara en Hermosillo por ser hombre conchabado con Elías Calles, siguió sin más los mismos caminos del otro. O sea, que empeoraron así las cosas, por las malas providencias del señor Carranza, hasta que los jefes de las fuerzas sitiadoras de Guaymas fueron a proteger a Maytorena en los actos de su gobierno.

Salí de Chihuahua para Torreón propuesto a emprender mi avance sobre Zacatecas. Llegué a Torreón. Allí supe cómo el general Natera, conforme a las intenciones que el señor Carranza le había comunicado en Sombrerete, estaba ya en aquel ataque, que yo consideraba mío por pertenecer a mi línea, y cómo Natera sólo reunía para aventurarlo las fuerzas suyas, las de los Arrieta, las de Carrillo y las de Triana. Carrillo era aquel hombre que yo había tenido que desarmar durante la batalla de Torreón. Triana era aquel otro hombre que, por sus malos actos, yo había tenido que acusar delante del Primer Jefe.

Considerando las dichas noticias, pensaba entre mí:

«No dudo que Pánfilo Natera sea buen general, según lo demuestra el haber yo puesto en sus manos tropas mías para que fuera a la toma de Ojinaga cuando los negocios del gobierno de Chihuahua impidieron que yo mismo saliera desde luego a consumar aquella acción. Pero en verdad que el señor Carranza anda como en un sueño si cree que Natera puede lograr esta hazaña con las pocas tropas que tiene; y si no está él en un sueño, es muy grande su responsabilidad, pues resultará causante de lo que allí pase, que será una derrota, y sobre su conciencia van a caer los muertos y los heridos que allí están sacrificándose inútilmente».

Así reflexionaba yo, aunque sin aflojar en los preparativos de mi marcha. Porque nada me había dicho a mí el señor Carranza tocante a sus planes sobre Zacatecas, cuando en ello hubiera muy grande deslealtad, y como él sí conocía bien mis propósitos sobre el dicho avance, yo no tenía por qué detenerlo, sino por qué apresurarlo.

En eso estábamos cuando aquel 10 de junio de 1914 recibo un telegrama del señor Carranza. Por primera vez me hablaba entonces de los movimientos de Pánfilo Natera. Éstas eran sus palabras:

«Señor general Francisco Villa: Me comunica el general Natera que hoy empezará su acción sobre Zacatecas, y que son muy grandes las esperanzas que cobija acerca de su triunfo. Le mando a usted que el jefe de las fuerzas suyas más cercanas a Zacatecas esté listo para llevar su auxilio al dicho general si las peripecias de la batalla así lo requieren. – *El Primer Jefe del Ejército Constitucionalista, Venustiano Carranza*».

Y yo comprendí que con aquel mensaje el señor Carranza me ordenaba estarme quedo en Torreón mientras Natera hacía el desarrollo de sus operaciones, y aunque sabía yo que las dichas operaciones no podían salir bien, me propuse en mi ánimo obedecer la orden que se me daba, siempre que no hubiera daño para mis fuerzas ni para nuestra causa.

Le contesté al señor Carranza:

«Señor: Me llega su mensaje sobre las operaciones que emprende hoy el general Natera. Le contesto que ya tomo mis providencias, y que se cumplirán las órdenes que me envía. Lo saludo con mi mayor afecto. – *Francisco Villa*».

Otro día siguiente me vuelve a telegrafiar el señor Carranza, diciéndome:

«Señor general Francisco Villa: Ayer le ordené que enviara al general Natera la ayuda de un refuerzo para el ataque sobre Zacatecas. Si todavía no ha mandado usted ese refuerzo, disponga que salgan para allá no menos de tres mil hombres y dos baterías de cañones».

No vislumbraba yo por qué el señor Carranza, que antes nomás me había ordenado tener listas algunas tropas en ayuda de Natera, expresaba ahora haberme mandado que las dichas tropas hicieran su marcha. Tampoco entendí que me hablara en tono de tamaña autoridad, y en palabras como de enojo, habiéndole yo contestado, con mis mejores expresiones, que su orden se cumpliría, y siendo yo hombre de más conocimientos que él tocante a la guerra. Y es lo cierto que no quise darme por sabedor de tan grande altanería, ni declarar la grave injusticia con que se me trataba, sino que todo lo acepté y lo conllevé. Pero como advirtiera yo que el Primer Jefe me ordenaba mandar a Natera «no menos de tres mil hombres con dos baterías de cañones», tomé de allí pie para expresarle mi pensamiento, aunque él no me lo preguntara (creo yo que con mengua de sus deberes) y se lo expuse en la forma más respetuosa. Éstas fueron mis palabras:

«Le hablo, señor, de su mensaje sobre el movimiento de tropas para mandar mi ayuda al ataque y toma de Zacatecas. Creo conveniente, salvo lo que usted opine, que debo hacer movimiento de toda mi división, para asegurar así el logro de estas operaciones y disminuir en lo posible el sacrificio de nuestros soldados, que, según usted comprende, sufren menos y caen menos conforme es más rápida y más victoriosa la acción a que se les lleva. Saliendo yo para Zacatecas con todas mis tropas, llevaría también todo mi bastimento y todo el material y provisiones de que dispongo, sin lo cual, según me dice mi conocimiento de la guerra, no puede darse bien esa batalla. Espero, señor, que no estimará mala mi proposición, y si no yerro en esto, también le propongo que ordene al general Natera la suspensión de su ataque hasta mi llegada, para que no sigan perdiéndose vidas sin ningún fruto, pues ya estoy recibiendo informes de que Natera ha sido rechazado en los intentos de su ataque. Usted resolverá y me dará sus órdenes para que yo las cumpla. – *Francisco Villa*».

Me expresaba yo así con el señor Carranza, seguro de que él entendería mi razón, que era la razón de las exigencias militares, no la razón de mi capricho. Y tan cierto estaba yo de que no podía disponerse otra cosa, que renové mis órdenes sobre la reparación de la vía de Zacatecas, y dicté las demás providencias necesarias para emprender mi marcha tan pronto como el señor Carranza me la aprobara.

Pero sucedió que no quiso él aceptar el buen deseo con que yo lo aconsejaba, sino que se aferró a su idea de paralizarme en la ruta de mis armas, aunque propuesto él a seguir valiéndose de elementos míos en beneficio de los triunfos de otros generales. Es decir, que otro día siguiente me volvió a telegrafiar las palabras de su autoridad, como si yo no le hubiera comunicado nada. Su mensaje decía esto:

«Señor general Francisco Villa: Ayer le ordené que mandara en ayuda del general Natera un refuerzo de tres mil hombres, más dos baterías, con lo cual se consumará la toma de Zacatecas. Hoy me dice el general Arrieta que nuestras tropas han conquistado muy buenas posiciones alrededor de la dicha plaza, y que también necesita parque y artillería para ocuparla. Espero que habrá usted movido sobre la dicha ciudad las fuerzas de que le hablaba, pero si esas fuerzas todavía no hacen su salida, ordene usted que inmediatamente avancen al mando del general José Isabel Robles, pues sería yerro perder lo que ya tenemos ocupado en aquella ciudad y no considerar cómo ya sólo hace falta un pequeño esfuerzo para que la toma de la plaza se consiga. En vez de los tres mil hombres que le decía, puede usted enviar cinco mil, y si le es posible, envíe también parque máuser y treinta-treinta, para que las tropas de los generales Arrieta y Natera se municionen. Lo saludo con mi afecto».

¡Señor! Yo era jefe de una división victoriosa. Después de la toma de Torreón y de la destrucción del enemigo en San Pedro de las Colonias, había yo expuesto al señor Carranza mi propósito de seguir hacia Zacatecas, según convenía al desarrollo de las armas revolucionarias. Considerando él entonces que las tropas de Pablo González, en el Oriente, habían de quedar así muy atrás de mí en mi avance rumbo al centro de la República, y que en el Occidente quedarían todavía más atrás las tropas de Álvaro Obregón, me retrasó en aquel movimiento ordenándome que antes fuera yo al ataque y toma de Saltillo, para que Pablo González se me emparejara, y para que Obregón tuviera tiempo de avanzar. Yo, que no buscaba el predominio de mis armas, sino el progreso de nuestra Revolución, dije que sí, que iría a la toma de Saltillo, y que después de entregar a Pablo González esa plaza volvería con mis hombres a la ruta de nuestro avance rumbo al sur. Así obré, ejecutando actos de buen revolucionario y de buen hombre militar. Pero sucedió que mientras yo, Pancho Villa, iba con disciplina muy grande al cumplimiento de aquel deber, el Primer Jefe, Venustiano Carranza, me urdía intrigas en Durango y Sombrerete, donde buscaba generales que intentaran a mi espalda la toma de Zacatecas, por no sé qué temores o qué ambiciones del futuro, y con tanta prisa se concertaba el dicho movimiento, que a los diez días de mi regreso a Torreón, cumplidos por mí los mandatos del Primer Jefe tocante a la plaza de Saltillo, ya estaban aquellos generales en vísperas de su ataque sobre Zacatecas. ¿Y qué sucedía después? Que los generales escogidos por el señor Carranza para privarme de la ruta de mis armas carecían de elementos con que realizar su hazaña, por lo que fracasaban en ella, no digo que por impericia, y entonces el señor Carranza se acordaba de mí, y me mandaba que destacara yo, en auxilio de sus planes contra mi persona, parte de mis fuerzas, y que le diera de las municiones mías. Y yo me pregunto: ¿era eso justicia, señor? Si Zacatecas estaba dentro de mi camino, y si se veía claro cómo dicha plaza no se podía conquistar sin mí, ¿no era muy negra pasión querer tenerme a mí quieto en la Laguna, por envidias o celos, o malos rencores, mientras al alcance de mi mano morían buenos hombres revolucionarios, y que a más de eso se me exigiera mandar yo tropas mías para que también se desangraran? Como jefe de un ejército numeroso, ya bien probado por el logro de muchos combates, yo había dicho al señor Carranza, que era mi superior, pero no mi tirano: «Señor, no bastan cinco mil hombres de refuerzo y ocho cañones para dominar el enemigo amparado en las posiciones de Zacatecas. Natera y los Arrieta ya están sufriendo descalabros. Manda la ley militar que salga yo para allá con el grueso de mis fuerzas, y con mis materiales, y con mi bastimento, pues así ahorraremos vidas entre los hombres que nos obedecen, y sólo así se consumará bien nuestro triunfo». Mas el dicho Primer Jefe, como si yo no fuera nadie dentro del movimiento de nuestra Revolución, y como si nada significaran en su ánimo las batallas ganadas por mis hombres, no se abajaba a dar respuesta a mi mensaje, quizá por considerarse él muy alto. Sólo me repetía sus órdenes, y me las agrandaba, y me señalaba cuál de mis generales debía ir al mando de las tropas que me pedía, y se expresaba conmigo como si supiera él mucho de la guerra y yo estuviera aprendiendo de él mi conocimiento de esas cosas.

Era muy triste todo aquello, pero lo sobrellevé. Le contesté al señor Carranza que lo obedecería. Le mandé estas palabras:

«Señor, me aflige comunicarle, tocante a sus órdenes de movimiento en ayuda del general Natera, que por ahora el general José Isabel Robles no puede ir, pues ya son varios los días que se halla enfermo. Lo entero, señor, que son muchos mis deseos de mover hacia el sur las fuerzas de mi mando, pero tropiezo con el estorbo de los grandes deslaves que los aguaceros han causado en estas vías. Ya tomo mis providencias para la reparación y ya me dispongo a cumplir sus órdenes».

Así le decía yo, pronto mi ánimo a someterme a las dichas disposiciones, aunque me parecieran malas. Pero luego, pasadas aquellas horas, reflexioné: «¿Cumplo con mi deber de hombre de la Revolución consintiendo que las fuerzas de nuestra causa vayan seguras a una derrota? ¿Cumplo con mi deber de jefe militar consintiendo que hombres míos, que me obedecen, y que me guardan su respeto y su fe, vayan por mi orden a un sacrificio que puede evitarse?». O sea, que me hice cargo de cómo equivalía aquello a zafarme del ordenamiento de mis deberes, pues no podía dejar al Primer Jefe en la ceguera de las órdenes que me daba por su ignorancia, o su mala pasión, sino que estaba yo obligado a declararle su yerro. Y como al mismo tiempo me llegaran más noticias del fracaso de Natera frente a Zacatecas, decidí comunicar al señor Carranza todas mis razones para que nuestras armas se salvaran y mis hombres no sufrieran.

Pasaba aquello, conforme a mi memoria, la noche del 12 de junio de 1914. La mañana de otro día siguiente cité al señor Carranza para que se expresara conmigo en conversación que nombran conferencia telegráfica.

XIII

Ante la franca hostilidad del señor Carranza, Pancho Villa dimite el mando de la División del Norte

«¿Es deber mío tomar yo plazas para que las ocupen otros?» • Firme decisión de Villa • Explicaciones de Carranza • «Usted sufrió un yerro igual» • El amor de Natera a la Revolución • El ataque de Chihuahua y el de Zacatecas • La dimisión de Villa • «Así debió decirme el Primer Jefe» • La prudencia de Felipe Ángeles • Un arrebato de Maclovio Herrera

Como indico antes, cité yo al Primer Jefe a conferencia telegráfica la mañana de aquel 13 de junio de 1914.

Cuando de Saltillo me avisaron que el señor Carranza estaba ya junto a su telegrafista, me senté yo junto al telegrafista mío y le expresé estas palabras:

«Dígale que yo digo: Señor Carranza, buenos días le dé Dios».

El señor Carranza me contestó:

«Buenos los tenga usted, señor general Francisco Villa. Y dígame pronto el motivo de esta conferencia que acaba de solicitarme y que yo le concedo».

Entonces el contenido de mis palabras fue el siguiente:

«Señor, no puedo mandar mi ayuda al general Natera antes de cinco días, porque no está en mi mano mover mis tropas en menos del dicho plazo. ¿Quién les mandó a esos hombres, señor, que fueran a meterse a lo barrido sin tener antes la seguridad del logro completo de sus propósitos? ¿No sabían ellos, ni sabía usted, señor, que yo dispongo aquí de todos los elementos necesarios para conseguir bien ese triunfo?».

Y luego le añadí:

«El problema que usted me pone es difícil por lo siguiente: primero, que José Isabel Robles no puede ir porque ya lleva días de estar en la cama; segundo, que si mando la gente con Tomás Urbina nada se conseguirá, pues mi compadre no congeniaría con Arrieta. Ahora dígame usted, señor, si quiere que saliendo yo con la división de mi mando vaya a quedar bajo las órdenes de Arrieta o Natera, y si ha de ser deber mío tomar plazas para que otros entren a ellas y las consideren conquistas suyas y manden allí. Porque es lo cierto que si al entrar a una plaza como aquélla las fuerzas de los dichos generales se desmandan, no lo permitiré, estando presente. O sea, que de esta forma todos los pasos que damos son para atrás. Sírvase, pues, decirme, señor, qué es lo que vamos a hacer».

Así le hablé mis palabras, para declararle bien la situación mía tocante a sus órdenes, y mis sentimientos tocante al mal ánimo con que había mandado a Natera al ataque de Zacatecas. Le preguntaba, además, que si quería que fuera yo a ponerme a las órdenes de ese general, o del general Arrieta, para que reflexionara cómo sólo así podía considerarse que alguno de los dichos generales tomaba aquella plaza, y no yo, y cómo sólo así podía él darse el gusto de que aquel triunfo no pareciera mío y de mis hombres, aunque en verdad lo fuera.

Estando yo propuesto a que el señor Carranza conociera toda la fuerza de mi decisión tocante al yerro de sus órdenes sobre el envío de los refuerzos, le añadí luego:

«Pero si cree usted, señor, que yo estorbo los movimientos de la división que forman los dos dichos generales, y quiere por eso que alguna otra persona reciba las fuerzas de mi mando, me dirá usted quién es ella, para que yo vea si es apta y capaz de cuidar de mis tropas como yo mismo, y, si juzgo que lo es, le expresaré a usted que esa persona me parece bien para este puesto. Le hago mi observación con el buen fin de cuidar de mis soldados y como el hombre revolucionario más fiel de todos los que lo rodean. Ahora sírvase contestarme lo que a bien tenga sobre cada uno de estos puntos».

El señor Carranza me contestó:

«Le ordené a usted antier que mandara tropas en ayuda del general Natera, que ataca Zacatecas, porque así conviene a las operaciones y porque el dicho refuerzo será bastante para la toma de aquella plaza. Sucede que cuando estuve en Sombrerete, el general Natera y sus jefes me declararon cómo sus fuerzas y las del general Arrieta podían consumar juntas aquella operación, y su ánimo creció según empezaron el avance, pues ya unidas las tropas de esos dos generales, fueron derrotando las guarniciones de los pueblos próximos a la referida plaza, y luego vieron que todas las tropas enemigas corrían a ampararse en ella, combatiendo unas, y otras sin combatir. Ahora, empezado el ataque de Zacatecas, los nuestros tienen en su poder las posiciones de Guadalupe y las Mercedes, más otras próximas al Grillo, pero han sido rechazados en su intento de ocupar la Bufa y la Estación. Le digo, señor general, que no es éste el momento de afear a dichos jefes su impulso de ir a tomar Zacatecas sin todas las garantías del triunfo, porque ellos, lo mismo que usted, obran por su mucho amor a nuestra causa, que desean ver vencedora, y a la que quieren contribuir, y buscan arrebatar del enemigo los elementos de guerra que nos faltan y que nosotros no logramos tener más que al precio de las mayores dificultades. Usted sufrió también yerro igual cuando atacó Chihuahua en noviembre de 1913, y cuando después de varios días de pelea tuvo que retirarse. Tampoco habría usted dominado Torreón si yo no hubiera dispuesto que fueran a ponerse bajo sus órdenes los generales José Isabel Robles, Calixto Contreras y Tomás Urbina, más las fuerzas del general Arrieta mandadas por el general Carrillo, y otras tropas bajo jefes de inferior graduación. O sea, que así como dispuse entonces que todos esos jefes le llevaran a usted la ayuda de sus tropas, para que atacara al enemigo y lo venciera en los triunfos que usted y sus hombres han conseguido, así ahora tengo por conveniente que una parte de las tropas suyas salgan a reforzar al general Natera en su ataque contra Zacatecas. Por mis palabras comprenderá usted que no busco ponerlo bajo las órdenes de aquel general, sino que sólo dispongo de una fracción de las fuerzas de usted para que ayuden a Natera en la toma de la dicha plaza y dejen así franco el paso de usted rumbo al sur. Tocante a su separación del mando que ahora tiene, no es necesaria ni la estimo buena; pero si tuviere yo que considerar tal determinación, crea que obraré en mis actos conforme al bien de nuestra causa y del Ejército Constitucionalista, que me honra teniéndome por Primer Jefe. Espero, señor general Villa, que desoyendo cualquier consideración de poca importancia ante los grandes hechos de que hablamos, y allanando la salida del refuerzo, formulará usted sus medidas para enviarlo, y luego moverá sus tropas hacia Zacatecas. Le indicaba yo que el mando de las fuerzas de auxilio lo llevara el general Robles por su conocimiento de aquellos terrenos, y porque entre él y Natera no brotarían dificultades. Mas si el general Robles se halla enfermo, puede ir el general Aguirre Benavides, o el general Ortega, o el general Contreras, o cualquiera otro que usted juzgue conveniente. El general Natera me dice que puede resistir dos días más en las posiciones que ya ocupa; es decir, que hay tiempo de que lleguen los refuerzos y de que se evite la pérdida del terreno conquistado. Procederá usted a despachar la ayuda conforme le ordeno, avisando al general Natera el momento de la salida de las tropas y el de su probable llegada frente a Zacatecas».

Comprendí por las nuevas palabras del señor Carranza cómo era vano mi empeño de volverlo al raciocinio. Ya no concebía él más que la idea de obligarme a mandar unos refuerzos que yo sabía que llegarían tarde, y que sólo irían a su perdición. Porque es lo cierto que en vez de contestar mis razones con palabras de hombre militar, el señor Carranza se expresaba como hombre político, y me echaba encima su autoridad de Primer Jefe, y me achicaba en mi mando, y me disminuía en mi pericia. Y no era ése el modo de portarse con un hombre que había ganado, con apoyo de su gente, todo lo que yo y mis fuerzas estábamos haciendo en beneficio de la Revolución. ¿Por qué, señor, el Primer Jefe de nuestra causa me daba a entender que no eran fuerzas de mi división, la gente de mi compadre Tomás Urbina, y la de José Isabel Robles, y la de Calixto Contreras, sino que sólo andaban conmigo esos generales en obediencia a mandatos que él les dictaba? Si no eran míos los generales que digo, ¿por qué el señor Carranza no les ordenaba directamente que llevaran su ayuda al general Natera, en vez de entenderse conmigo para que yo los mandara? Ni tampoco me parece justo aquel menosprecio que hacía de mi pericia militar diciendo que yo, lo mismo que él, o lo mismo que Natera, me había equivocado al atacar Chihuahua en noviembre de 1913, pues no era ésa la verdad. Yo había atacado entonces Chihuahua con todas las tropas de que disponía, y con todo mi parque, y con todo mi bastimento, y no hice desprecio de ningún recurso que hubiera podido auxiliarme. Y si no pude entonces tomar la dicha plaza porque mis elementos no fueron bastantes, mi ataque resultó de grande razón militar, pues gracias a él pude moverme luego, sin que Mercado me sintiera, sobre Ciudad Juárez, que tomé de sorpresa, y así conseguí que el enemigo fortificado en Chihuahua se aventurara a su grande derrota de Tierra Blanca, y que Mercado me abandonara luego la dicha población, y se fuera huyendo hasta Ojinaga, donde lo alcancé y lo aniquilé. Y yo pregunto: «¿En qué, señor, se asemejaba el comienzo de aquellas acciones mías, todas de un hombre militar, al yerro del señor Carranza al hacer que Natera y Arrieta fueran a su fracaso de Zacatecas, estando bien equipadas y bien mandadas todas las fuerzas mías?». O sea, que decirme aquello declaraba muy mal ánimo en el señor Carranza, o un desconocimiento tan grande de los hechos militares que apenas se podía creer.

Lo que sucedió fue que yo vi claro cómo ya no tenía nada que expresarle a aquel señor, y cómo no podía esperar de él ninguna orden buena, ni ninguna providencia en beneficio de nuestras armas, sino tan sólo estorbos y embarazos que resultarían en daño de la pelea por el bien del pueblo, por lo que sin más, según acabaron de leerme las últimas palabras de su respuesta, le añadí:

«Señor, estoy resuelto a retirarme del mando de esta división. Sírvase decirme a quién la entrego».

Así obré, consciente de que el señor Carranza, como buen jefe de nuestra Revolución, tenía que haberme dicho entonces, ante las observaciones que yo le hacía:

«Señor general Villa: ¿Estima usted, como hombre militar siempre en pelea con el enemigo, que no es posible la toma de Zacatecas por las fuerzas de Natera y Arrieta más un refuerzo que usted les mande? ¿De verdad cree usted que hace falta para esa conquista el movimiento de toda su división?».

Y habiéndole yo contestado entonces que ciertamente se me representaba así el panorama militar, y que en verdad creía yo necesario el avance de todas mis tropas para el logro de nuestro triunfo y el menor sacrificio de nuestra gente, él tenía que haberme respondido:

«Muy bien, señor general. Pues entonces vaya usted a la toma de esa plaza. Vaya con toda su gente, con todas sus armas, con todo su bastimento, y usted me responde del triunfo que me promete, aniquilador del enemigo, porque así lo necesita nuestra causa, y porque si yo oigo su consejo tocante al modo de lograrlo, su deber es procurármelo con sus armas tal como usted me lo pinta, que para eso nuestra Revolución le considera a usted el grado de general».

Digo que así debió expresarse conmigo el señor Carranza, en palabras de buen jefe mío y de todos los hombres revolucionarios: sin propasarse en sus atribuciones, y dejando a cada uno el terreno de su acción. Porque meterse él en el gobierno de las tropas de los generales, para el desarrollo de las batallas, era salirse de su mando, y cobijaba graves riesgos para la lucha, cuanto más que él no comprendía esas cosas, masque le gustaran. Y eso era lo que acababa de ver: en Zacatecas había un enemigo poderoso que yo tenía que derrotar y aniquilar porque así se desarrollaba el progreso de mis armas; pero el señor Carranza, en abuso de la autoridad, no por la buena razón del pensamiento, había mandado allá a Natera, sin considerar que Natera fracasaría, y después de esa mala providencia buscaba corregir su yerro ordenándome que yo enviara en auxilio parte de mi gente, sin considerar que esa gente fracasaría también, y con el grave riesgo de convertir en triunfo de los federales la derrota que allí estaban ellos esperando de mis manos.

Tan pronto como le comuniqué al Primer Jefe mi decisión de dejar el mando antes que inclinarme bajo aquellas órdenes suyas, mandé llamar a Felipe Ángeles con uno de los oficiales que estaban allí conmigo. También le dije al dicho oficial, nombrado Juan B. Vargas, entonces mayor:

—Amigo, y que vengan, además, José Rodríguez, Maclovio Herrera, Eugenio Aguirre Benavides, Rosalío Hernández, Raúl Madero y todos los otros jefes de las brigadas.

Así fue. A poco empezaron a llegar, y a juntarse allí con los hombres que ya me acompañaban, algunos de los dichos generales.

Entra Felipe Ángeles. Viene delante de mí. Yo le digo:

—Lo mando llamar, señor general, para que vea usted qué hace con todos estos elementos que le dejo, pues yo ya me voy.

Pero como no entendiera él al pronto el sentido de mis palabras, nada me contestó, sino que se puso a preguntar que qué pasaba, y entonces le aclararon las cosas los que estaban junto de mí, y le dijeron cómo había yo ofrecido al Primer Jefe la renuncia de mi mando.

Respondió él:

—El señor Carranza aceptará al instante esta renuncia.

O sea, que él consideraba con ideas iguales a las mías el suceso que nos amagaba.

Mas siendo ello así, no todos aquellos hombres pensaban del mismo modo. Algunos decían que no, que el señor Carranza no cometería, aceptando mi renuncia, tan grande equivocación, ni caería en tan baja ingratitud. Pero oyéndolo, Felipe Ángeles repetía sus palabras de antes.

Se me acerca entonces y me dice, como si sólo se expresara conmigo:

—El señor Carranza va a aceptar.

Yo le contesto:

—Sí, señor, ya lo sé. Por eso le aviso a usted que a ver qué hace con todos estos elementos que le dejo.

Y le añadí luego:

—Hace un mes me pidió el señor Carranza que fuera a conquistarle la capital de su estado para que él la gobernara y la gozara. Vea usted ahora lo que el tiempo descubre. En cuanto le desocupé yo su casa al Primer Jefe, él se puso a imaginar el mejor modo de anularme.

Maclovio Herrera, que oía mis palabras, se acercó al telegrafista, diciéndole:

—Amiguito, ahora mismo va usted a pasar al Primer Jefe esto que le digo yo: «Señor Carranza, me entero de su comportamiento para con mi general Francisco Villa. Es usted hijo de una mala mujer. – *Maclovio Herrera*».

Y tanta era su cólera, que sacó la pistola para apuntar al telegrafista, por si se oponía al paso de aquellas malas expresiones. De modo que Felipe Ángeles tuvo que contenerlo, y que explicarle cómo aquél no era el camino para el arreglo de las desavenencias, y tuvo que explicarles lo mismo a todos los demás, que ya sólo veían el pleito con Carranza, olvidados de cómo la marcha sobre el enemigo era nuestro único deber.

Les decía Felipe Ángeles:

—Éstas no son horas para el arrebato, sino para la reflexión. ¿Qué quieren ustedes, señores? ¿Que nuestras tropas avancen sobre Saltillo y no sobre Zacatecas?

Y de ese modo los sosegó y los indujo a reflexionar.

XIV

En defensa de Pancho Villa, los generales de la División del Norte rehúsan nombrar otro jefe más dócil a las órdenes de Carranza

Toribio Ortega • Una carta sobre Villa • «Con esas palabras suyas las cosas se ponen peores» • La decisión del Primer Jefe • «Todo era por mi mucho cumplimiento del deber» • Los generales de la División del Norte: Manuel Madinabeitia • La junta del 14 de junio • Pancho Villa y Venustiano Carranza • «Yo no los llevé de la mano» • La bondad de Felipe Ángeles

Supe entonces que tres días antes de aquellos sucesos, es decir, el 10 de junio de 1914, Toribio Ortega había puesto al señor Carranza carta de mucha lealtad hacia mi persona, con lo que se granjeó mi agradecimiento. Pues es verdad que en vísperas de mi ataque contra Ojinaga yo me había mostrado muy rudo con Toribio Ortega, y también otras dos o tres veces, aunque yo siempre con razón; y si a pesar de aquellos arranques míos él me conservaba su fe, y se la ponía por delante al señor Carranza en honra o admiración de mi persona, daba con ello señales de serme acreedor por su mucho cariño y por su amor a nuestra causa.

Cuando así no fuera, declaro que queriendo Toribio Ortega protegerme contra todos aquellos políticos chocolateros, y contra todos aquellos envidiosos, y todos aquellos trastornadores del futuro, que soplaban al oído del Primer Jefe malos cuentos sobre mí, le habló entonces toda la fuerza de sus palabras. Le dijo él:

«Señor, sabemos aquí los jefes de la División del Norte cómo lo rondan allá, tras el hincapié de ser hombres revolucionarios, personas inclinadas a quebrantar en su buen ánimo los merecimientos ganados por nuestro general Francisco Villa, al cual hacen parecer militar ambicioso, ávido de encaramarse hasta el mando supremo de nuestra causa. Desprecie usted esas personas, señor. Comprenda que el general Villa, como todos los mexicanos patriotas que mediante su impulso consiguen levantarse en la lucha por el bien del pueblo, atrae la calumnia y la difamación no tan sólo entre los enemigos, mas también entre la gente correligionaria. El general Villa es hombre humilde y leal, que no quiere más que el triunfo de esta pelea en que andamos. Al empezar la guerra vadeó el Bravo con sólo ocho hombres, y si ahora manda nuestra División del Norte, grande fuerza vencedora, es por haber resultado así de su pericia y de sus hechos, y del valor y los hechos de sus hombres, pero nunca de su ambición. Es cierto, señor, que las tropas del general Villa forman ahora el más poderoso ejército de nuestra causa revolucionaria. También es verdad que alcanza él, por los hechos de sus armas, una fama que no tiene otro ninguno de nuestros generales. Y por eso sucede que en él miran los enemigos lo que consideran su mayor riesgo, y lo criminan, y lo pintan con las sombras más negras; y como hay entre nosotros hombres débiles de espíritu que se dejan engañar, y hombres envidiosos que fingen creer, ellos, junto con los falsos hombres revolucionarios que se asustan del verdadero triunfo de nuestra causa, masque vivan entre nosotros, son los que andan queriendo enyerbarnos a todos contra el señor general Villa, sabedores de que es él el señalado para causar las mayores derrotas al enemigo. Le digo, señor, que yo conozco bien al general Francisco Villa, pues también padecí yo engaño creyendo de él, antes de incorporarme a sus fuerzas, mucho de cuanto la maledicencia le achacaba, pero luego, ya enfrente del trato suyo conmigo, vine a descubrir la negrura de toda aquella falsedad, y aprendí a considerarlo, y cada día voy ganando en apreciarlo. No caiga usted en ese mismo yerro, señor. Yo le prometo que Francisco Villa es hombre leal a la causa del bien y la justicia, según lo fue en 1910 ante los engaños de Pascual Orozco, y en 1912 ante los rencores de Victoriano Huerta. O sea, que merece toda la confianza de usted, y los más altos títulos que usted pueda darle, por lo mismo que usted, en su persona, representa nuestra legalidad. Viva seguro, señor, que los generales de la División del Norte nos resentiríamos mucho en nuestro ánimo si usted, dando oídos a los cuentos que puedan contarle, y olvidando el reposo de su juicio, y negando sus luces de inteligencia, postergara de cualquier manera al señor general Villa en beneficio de cualquier otro».

Así fueron las expresiones de Toribio Ortega sobre mí. Oyéndolas, yo le dije:

—Muy bien, amigo: veo que en sus ideas disfruto de mucho favor. Reciba usted mi agradecimiento. Pero yo nomás le anuncio: si en verdad el señor Carranza dice de mí lo que dicen que dice, con esas palabras que usted le ha escrito las cosas se pondrán peores, pues nunca me perdonará él ser yo tanto hombre como usted me pinta.

Y creo que no me engañé. Porque según fueron los vaticinios de Felipe Ángeles, así contestó el señor Carranza a mi ofrecimiento de renuncia. Me decía él en su telegrama:

«Señor general Francisco Villa: Con toda la pena de mi ánimo me veo forzado a aceptar su retiro como jefe de la División del Norte. Espero, señor general, que pasará usted ahora a ocuparse del gobierno de Chihuahua, y que recibirá con gusto el agradecimiento que le envío, a nombre de nuestra nación, por los muchos servicios que sus armas han consumado en beneficio de la causa constitucionalista. Procedo ya a nombrar el jefe que recibirá de usted esas fuerzas, pero antes quiero que se reúnan en junta, para que hablen conmigo desde esa oficina telegráfica donde se encuentra usted, los generales Felipe Ángeles, Eugenio Aguirre Benavides, José Rodríguez, Maclovio Herrera, Trinidad Rodríguez, Toribio Ortega, Rosalío Hernández, Calixto Contreras, Severino Ceniceros, Orestes Pereyra, Mateo Almanza, Martiniano Servín y Máximo García. Le pido que los mande llamar y que me avise así que se hallen juntos, pues aquí quedo yo esperándolos. – *Venustiano Carranza*».

Conforme lo disponía él, así lo hice, o más bien dicho, así lo había mandado hacer, pues muchos de los referidos jefes de mis brigadas ya estaban allí conmigo, y a los otros, según indico antes, los andaban buscando.

¡Y cómo, señor, no habían de estar allí todos aquellos hombres, o no habían de venir allí todos, masque el Primer Jefe no los convocara, si a ellos, todavía más que a mí, estaba tocándoles el corazón aquella mala coyuntura de que se valía el señor Carranza para desnudarme del mando que yo solo me había creado! Porque miraban ellos que se me quitaba a mí de mi puesto no porque yo anduviera faltando al cumplimiento del deber, sino al contrario, porque la buena suerte me consentía cumplir mis deberes mejor que los demás generales. Es decir, que ellos reflexionaban que si yo obraba bien, y se me apartaba por estar propuesto a no obrar mal, el futuro amenazaba muy graves riesgos para la División del Norte.

Según es mi memoria, muchos de aquellos hombres pronunciaban palabras augurando que la dicha división se desbarataría, y que iba a quedar sin fruto el sacrificio de tanta sangre, y que lo mejor era volvernos todos a las quebradas de la sierra. Y como varios de los dichos jefes, poniéndose cerca de mí, me mojaron con sus lágrimas, yo tuve que consolarlos. Conforme alguno se me acercaba, yo le decía:

—No se ensombrezca, amigo, que todavía le queda el cumplimiento del deber.

Al tiempo de comunicarme a mí el señor Carranza su aceptación, remitió a la misma oficina telegráfica otro telegrama para todos los generales míos que antes indico, explicándoles así su conducta:

«Señores generales de esa división: Los saludo a ustedes con mi mejor cariño y les comunico que en este momento acabo de celebrar conferencia con el señor general Villa, y que habiéndome ofrecido él la renuncia de su mando, yo he considerado de mi deber aceptársela. Ahora los convoco a que se reúnan y los invito a que me digan en junta, según su opinión, cuál de ustedes es el general que debe escogerse por jefe interino de esas fuerzas. Si hay ahí algún otro general de quien no tenga yo noticia, dispongo que también lo citen ustedes a la dicha reunión. Sé que el general José Isabel Robles se halla enfermo, y que el general Tomás Urbina está ausente. Al general Robles le comunicarán el objeto con que los hago reunir y mi deseo de que su parecer me lo remita por escrito. Si, como creo, el general Villa está presente, entérenlo del contenido de este mensaje».

Así los convocaba el señor Carranza, y así les dictaba sus órdenes, deseando mi sustitución en aquel mismo momento. Mas como no fuera posible juntar luego luego a todos aquellos generales, ni los que acudían estuvieran dispuestos a consentir en las providencias que el Primer Jefe les mandaba, se concertó dejar la junta para la mañana de otro día siguiente. Y no queriendo los dichos jefes decirle al señor Carranza ni que sí ni que no, y propuestos a darle a sentir las dimensiones del problema que les ponía delante, y su grave preocupación, y su grande disgusto, se decidió también no expresarle ellos ninguna palabra, sino hacer que recibiera mensaje de tregua firmado por el jefe de mi estado mayor. Con tal ánimo Manuel Madinabeitia le telegrafió de esta forma:

«Ciudadano Primer Jefe del Ejército Constitucionalista: Los señores generales aquí reunidos acaban de retirarse a comer. Todos me piden le avise a usted que mañana a las diez de la mañana harán nueva junta para resolver el asunto que les tiene usted propuesto. – *El coronel jefe del Estado Mayor*».

Conforme se dispuso, se hizo. La mañana de otro día siguiente junté a todos los generales de la División del Norte y les hablé estas palabras:

«Compañeros, según ustedes saben, no es Pancho Villa quien los convoca a junta, sino Venustiano Carranza, Primer Jefe de nuestra Revolución. Aunque así sea, quiero expresarles, porque es bueno que sepan ustedes bien estas cosas, cómo el señor Carranza me ordenó hace cuatro días la salida de tres mil hombres nuestros en auxilio del general Natera, que sin bastantes elementos ha ido, por disposición del Primer Jefe, a su fracaso de Zacatecas; y cómo yo, mirando el yerro de las dichas órdenes del señor Carranza, aconsejé el avance no de solo tres mil hombres, ni de cinco mil, sino de toda la división de mi mando, sin la cual aquellas operaciones no prosperarán nunca; y cómo él no contestó siquiera mis palabras, sino que me repitió sus órdenes; y cómo yo entonces, citándolo a conferencia telegráfica, le declaré mi razón, que él no quiso entender; y cómo delante de esa exigencia suya de obligarme al cumplimiento de órdenes contrarias a la seguridad de mis tropas y al bien de nuestra causa, preferí ofrecerle renuncia de mi cargo, la cual aceptó él en menos que el aire y cual si en verdad nada le importara tanto en su pasión como despojarme de mis armas. Y yo sólo les digo, señores: manda el señor Carranza que yo me acoja a mi retiro, cosa que estoy propuesto a hacer, y los llama a ustedes para que se concierten en el nombramiento de un sustituto mío, el cual los gobernará mientras decide él, desde lo alto de la autoridad suya, cuál ha de ser el hombre que les quede a ustedes por jefe».

Mas no porque yo les hablara de aquel modo tuvieron ellos mucho que cavilar, sino que conociendo desde un día antes el curso de aquellos hechos, ya habían decidido en su ánimo no plegarse a la voluntad del Primer Jefe.

Ellos se decían:

«Obedecer en esto al señor Carranza empujaría a algunos de nosotros al abandono de las armas, y acaso nos llevara a la rebelión dentro de la causa que protegemos. O sea, que estas fuerzas irían entonces a la disolución, en fortalecimiento del enemigo, ya casi roto en su resistencia, cuando no a la pérdida, para siempre, o al retraso, de las esperanzas por que andamos combatiendo. Así pues, nuestro deber de revolucionarios nos impone pedir al señor Carranza el retiro de esas órdenes, o nos señala no someternos a lo que con ellas él nos dicta, si sigue resuelto a mantenerlas».

Y es la verdad que eso decidieron ellos sin que yo los llevara de la mano, sino al revés: expresándoles yo que el deber mandaba a cada uno conservarse en su puesto y mostrar en todo obediencia al señor Carranza, como no fuera en lo tocante al sacrificio infructuoso de nuestros hombres y a las órdenes sin pericia militar. Así les decía yo porque, según es mi parecer, si el nuevo jefe de nuestras tropas declaraba también al señor Carranza que su orden de auxilio al general Natera estaba equivocada, y que lo prudente era el avance de toda la división, y si por no escucharlo tampoco el señor Carranza, él también renunciaba a su mando, y si otro jefe que luego viniera obraba de aquel mismo modo, y otro nuevo lo hacía también, el señor Carranza se convencería de su error, y se enmendaría en sus órdenes, y acabaría dejando que obraran no los arbitrios de su política, sino las leyes de la guerra.

Y lo que sucedió fue que aquellos generales míos se dirigieron a él en súplica de otras órdenes, diciéndole:

«Señor, le rogamos a usted con nuestro mayor acatamiento revoque su resolución de aceptar la renuncia del señor general Francisco Villa como jefe de estas fuerzas. Se lo pedimos porque al desamparar él la dicha jefatura vendrían hechos muy graves y se causarían muy grandes trastornos para nuestra causa no sólo en el interior de nuestra República, sino en el exterior. Señor, reflexione usted con nosotros y no defraude el buen ánimo que nos impulsa. – *Toribio Ortega, Eugenio Aguirre Benavides, Maclovio Herrera, Rosalío Hernández, Severino Ceniceros, Martiniano Servín, José Rodríguez, Trinidad Rodríguez, Mateo Almanza, Felipe Ángeles, José Isabel Robles, Tomás Urbina, Calixto Contreras, Orestes Pereyra, Máximo García, Manuel Madinabeitia, Raúl Madero».*

El señor Carranza contestó:

«Señores generales de la División del Norte: Al aceptar yo el ofrecimiento de renuncia del señor general Francisco Villa como jefe de esas tropas he considerado todas las peripecias que la dicha separación puede traer a nuestra causa. De forma que les mando ponerse inmediatamente de acuerdo tocante al jefe que ha de sustituir al dicho general y que ha de dar cumplimiento a mis providencias de auxilio en el ataque contra Zacatecas, según lo tengo ordenado. – *Venustiano Carranza».*

Mirando aquellas palabras del Primer Jefe, los más de mis generales se expresaron como si se les revolviera toda la cólera de su cuerpo, igual que Maclovio Herrera se había expresado el día antes, y resolvieron, por su mucho cariño hacia mí, que no nos quedaba otro camino que ofender de tal modo al señor Carranza que nunca más en la vida fuera posible el buen trato de él y nosotros, sino que él siguiera la lucha por su lado y nosotros por el nuestro, masque así la pelea se alargara y todos los hombres revolucionarios nos ensangrentáramos. Pero como otra vez Felipe Ángeles les predicara la prudencia y la moderación, y les pintara los peligros de un quebrantamiento de la unidad revolucionaria, y los pusiera ante la verdad de cómo es la ley de la política conllevar a veces el mal ánimo de hombres cerrados a la verdad y a la justicia, se sosegaron ellos y se avinieron a no mandar al señor Carranza las palabras de aquella grande cólera, aunque la creyeran justa, sino el consejo de hombres decididos al triunfo de su voluntad y no a la ofensa de las palabras.

Eso hizo Felipe Ángeles por obra de su mucha bondad y de sus luces de inteligencia. Y creo yo que hizo bien, y que mostró así la suavidad de sus sentimientos y su amor a la causa del pueblo; cuantimás que tenía él mucho que sentir de los hombres favorecidos que aconsejaban al señor Carranza, y que era mucho lo que el señor Carranza le había hecho, hiriéndolo y postergándolo.

XV

Restablecido por sus generales en el mando de la División del Norte, Pancho Villa se dispone a la toma de Zacatecas

La desobediencia de los generales • Lo que contestó Carranza y lo que debió contestar • El camino de la disolución y el de la rebeldía • Era imposible obedecer • Los tres cuerpos de ejército • Una conferencia con Álvaro Obregón • Manuel Chao

El otro mensaje que mis generales pusieron al Primer Jefe se expresaba así:

«Señor: Podríamos todos nosotros, al igual del señor general Villa, dejar los mandos que ejercemos, con lo que se acarrearía la disolución de estas tropas vencedoras. Pero no debemos, ni queremos, privar a nuestra causa de su elemento de guerra más poderoso, que es la División del Norte, según lo ponderan las obras, no nuestras palabras. Por eso, señor, vamos en estos momentos a declarar al jefe de esta división cómo su deber es seguir la lucha contra el gobierno de los usurpadores, y esperamos convencerlo de que nos oiga, y confiamos en verlo otra vez al frente de estas tropas, cual si los malos hechos de hoy no hubieran pasado. También a usted lo amonestamos, señor, y lo exhortamos a que proceda de la misma manera, pues la sola obligación de todos, de él, de usted y de nosotros, se limita a destruir el enemigo que nos es común».

Según se lo anunciaron, así lo hicieron. Y me convencí yo, por la urgencia de ellos, de que no debía desamparar mi puesto, pues me decían que así me lo mandaba el deber, y de que eran ellos los que allí me habían colocado por obra de nuestra junta de la hacienda de la Loma en septiembre de 1913, no el señor Carranza por la autoridad de sus decretos. De modo que les prometí que sí, que me quedaría, y pareció que, con eso, todo anunciaba sosegarse.

Mas como el señor Carranza no mirara con iguales ojos que nosotros la decisión de aquellos generales míos, se les revolvió diciéndoles:

«Señores generales: Me duele advertirles que no consiento cambiar de juicio tocante a dar por buena la renuncia del señor general Villa como jefe de la División del Norte. Si yo no lo hiciera así, la disciplina de nuestro ejército sufriría, y con la mala disciplina todas las filas nuestras buscarían mandarse solas. Sepan ustedes que hace tres días ordené al general Villa el envío de refuerzos al general Natera, y que hasta ahora no me ha obedecido, cuanto más que bien pudo no mandar gente de la División del Norte, que es la suya, sino las tropas de Calixto Contreras, José Isabel Robles, Orestes Pereyra, Eugenio Aguirre Benavides, Máximo García o José Carrillo, que no pertenecen a la dicha división, masque anden agregados a ella por mi orden y la ayuden en sus triunfos. Los convoco, pues, al cumplimiento del deber, como buenos hombres militares, lo mismo a ustedes que al señor general Villa, y les aconsejo que se inclinen delante de todas mis órdenes. Si, contra lo que supongo, se han concertado ustedes en presencia del dicho general al tomar sus acuerdos, yo les mando que no lo hagan así, sino que solos consideren su parecer y solos adopten la decisión que acuerden comunicarme».

Conllevándolo todo mis generales, ésta fue su respuesta:

«Señor, es firme, y no consiente cambio, nuestra resolución de seguir la pelea bajo las órdenes de nuestro general Francisco Villa, tal y como si ningún suceso desagradable nos hubiera ensombrecido ayer. A más de eso, le decimos que es resolución bien meditada la que nos une en este propósito, y que la estuvimos considerando en ausencia del dicho general, y que sólo después de prohijarla todos nosotros, fuimos a presencia de él y le declaramos el deber suyo y el nuestro, los cuales comprendió y aceptó. Ahora el general Villa está resuelto a continuar por nuestro jefe, como hasta aquí, y con él a la cabeza nos disponemos todos a salir rumbo al sur. Por si hubiere duda, le expresamos que todos los generales firmantes de este telegrama pertenecemos a la División del Norte, y que de ella forman parte cuantas fuerzas estimamos nuestras».

Y al pie de las dichas palabras firmaban todos aquellos jefes míos. La lista de sus nombres la voy a decir: Felipe Ángeles, Tomás Urbina, Toribio Ortega, Maclovio Herrera, José Rodríguez, Rosalío Hernández, Trinidad Rodríguez, José Isabel Robles, Eugenio Aguirre Benavides, Raúl Madero,

Martiniano Servín, Calixto Contreras, Severino Ceniceros, Mateo Almanza, Orestes Pereyra, Máximo García y Manuel Madinabeitia.

Creo yo que el señor Carranza, en sus deberes de Primer Jefe de nuestra Revolución, se debía haber doblegado bajo la voluntad de aquellos generales míos. Porque si separados todos ellos, cada uno merecía el trato debido a los hombres de mucha ley, júzguese lo que se les debería a todos, y lo que merecían y lo que valdrían juntos como en un racimo y expresándose de acuerdo en una sola voz. ¡Señor, más que cuando yo hablaba, cuando hablaban aquellos hombres hablaba la palabra de la División del Norte!

Esto es, pienso yo, lo que el señor Carranza tenía que haberles dicho:

«Señores generales de esa división: Ustedes, que están logrando con las hazañas de sus armas el triunfo de la causa que defendemos, son los más altos merecedores de mi confianza. Yo los he convocado a junta para que me digan quién quieren que sea su nuevo jefe; pero si ustedes me responden que su jefe ha de ser otra vez el señor general Francisco Villa, y que están decididos a que lo sea, yo les contesto que me es grata su decisión, y que la oigo y la refrendo y la confirmo con toda la fuerza de autoridad que ustedes mismos han puesto en mí, pues considero en mi ánimo que mi mayor deber es consentir la voluntad del pueblo. Si mirando desde el campo de la acción, ustedes corrigen una providencia mía que yo doy desde el lejano puesto de mi autoridad, yo no lo tomaré a ofensa o menosprecio, sino a su buen deseo de iluminarme, y de ayudarme de su mejor modo al triunfo de la causa por la cual peleamos todos. Vuelvo, pues, a su mando al señor general Villa, y sólo les pido, y le pido a él, que no se cieguen en sus impulsos ni malogren los pasos de nuestra victoria».

Digo yo que así debió el señor Carranza contestar a mis generales. Pero lo cierto es no que pensó él entonces en los beneficios de la Revolución, ni en la justicia con que debía mandarnos, sino sólo en el lustre de su autoridad, o en su pasión en contra de mi persona, por lo que habló en él la voz de sus rencores.

Les respondió diciendo:

«Señores generales de la División del Norte: Al ordenarles reunirse para que me nombraran el jefe que, según su parecer, había de sustituir en el mando al señor general Villa, seguí un buen impulso mío: evitar las dificultades que podrían surgir si, haciendo yo el dicho nombramiento, el jefe por mí escogido no resultaba del agrado de todos. Ustedes saben que entra en las atribuciones de esta Primera Jefatura hacer la referida designación, y que yo, ante el contenido del mensaje que acaban de ponerme, podría decidirme desde luego a ese nombramiento. Pero la verdad es que antes de proceder así, busco conservar todavía el concierto con todos ustedes, para lo cual estimo de interés se presenten en Saltillo mañana por la mañana, con ánimo de tratar conmigo este asunto, los generales Felipe Ángeles, Tomás Urbina, Maclovio Herrera, Toribio Ortega, Eugenio Aguirre Benavides y Rosalío Hernández».

Entonces se enojaron todos mis generales, y me enojé yo. Porque se decían ellos: «Señor, ¿de modo que no es un hombre de cordialidad, sino un jefe con solos sus caprichos, el que tiene bajo su poder los ejércitos revolucionarios? ¿De modo que el señor Carranza no nos estima seres de razón, ni nos considera en nuestros acuerdos, sino que nos menosprecia y nos avasalla?». Y pensaba yo: «¿Qué he hecho, Señor, aparte mi triunfo en los combates, para que el Primer Jefe me tenga así en la inquina de sus grandes rencores?». Y se decían ellos: «Si andamos en demanda de la libertad, y en esa lucha morimos, o nos desangramos, ¿por qué el señor Carranza se nos muestra como jefe de otra tiranía?». Y pensaba yo: «¿Así olvida nuestro Primer Jefe la línea de sus deberes, que no mira el gran quebranto que nos traerá a todos, y acaso la mucha mortandad, esta ceguera suya contra mi persona?». Y se decían ellos: «Porque no sólo nos desprecia el señor Carranza como militares que le aconsejan lo que conviene hacer, sino que nos amancilla en nuestra conducta de hombres. ¿De dónde saca él que no somos capaces de pensar sin el auxilio del general Villa, y que estas resoluciones nuestras no son obra de nuestro discernimiento? ¿Se imagina el dicho Primer Jefe que el señor general Villa anda siempre sobre de nosotros, y que no nos deja mover ni respirar? ¿Concibe él que si eso pasara, serían tantos y tan grandes los triunfos que honran a estas tropas vencedoras?».

Y vivan todos seguros que aquélla era la verdad. Yo prometo que durante la larga peripecia de mi renuncia nunca me acerqué, ni de palabra ni de hecho, a las juntas en que mis generales se aconsejaban tocante al destino de mi persona, sino que los abandoné a su inteligencia y a su arbitrio. Si entonces se concertaron todos en mi favor, y me arroparon con las expresiones de su justicia, y vinieron delante de mí en ruego de que no los desamparara, a ellos ni a nuestra causa, todo fue porque así lo descubrían en la voz de su corazón y en su grande conocimiento de la guerra.

Lo que sucedió fue que yo junté entonces a todos aquellos generales míos, y les declaré desde cuándo arrancaban las inconsecuencias del señor Carranza para conmigo, y les pinté la hostilidad de sus órdenes y de sus actos secretos, y la trama que sus hombres favorecidos estaban queriendo urdir esos días con el gobierno de Washington para que se me embarazara en mi provisión de armas y parque. Y oyéndome ellos, se alzaron entonces contra el señor Carranza con cólera todavía mayor que la que yo sentía por la injusticia que se me estaba haciendo, y en aquel arrebato decidieron expresarse con él mediante la mayor dureza de las palabras. Según es mi memoria, hasta Felipe Ángeles se violentó, tan mirado él siempre, tan calmoso, tan prudente, y él mismo escribió para el Primer Jefe, en lenguaje de telegrama, lo que mis generales pensaban y sentían.

Así contestaron ellos:

«Señor: Consideramos nosotros, por las expresiones de su último mensaje, que no ha entendido usted lo que decimos, o que no ha querido entenderlo. Lo que le declarábamos, señor, es que nosotros no tomamos en cuenta la disposición suya tocante a que el señor general Villa deje el mando de estas tropas, y eso hacemos nosotros por estimar que la dicha providencia, a más de ser contraria a la ley de la política y de la guerra, hiere los principios que nos traen en armas y desconoce los deberes del patriotismo. Sepa usted, señor Carranza, que hemos convencido al general Villa de cómo sus compromisos con nuestra patria lo obligan a mantenerse al frente de esta división tal y como si usted no hubiera concebido la mala idea de desnudarlo del mando que nosotros le reconocemos porque él se lo ha hecho. También le decimos que el general Villa es el jefe de mayor prestigio entre cuantos defienden el progreso de nuestra causa, y que si él obedeciera la disposición de usted, y se retirara de donde está, el pueblo de México se lo afearía con razón, y se lo tomaría a muy grande debilidad, pues el dicho pueblo sólo quiere nuestro triunfo, como también lo acusaría a usted de ser el causante de tamaño yerro. Luce clara como la luz del sol la verdad de que el señor general Villa no puede abandonar sus armas por el solo hincapié de la obediencia a un Primer Jefe que no mira en lo que manda, o que si mira, mira con pasión y con rencor, por lo que ya van desencantando al pueblo los actos de esa conducta, perturbadora de nuestra unión en todas las comarcas que él recorre, y autora de muchos desaciertos en el campo de los negocios internacionales. Esto más le decimos, señor: que sabemos bien cómo espiaba usted la ocasión de parar en sus hechos al general Villa, porque para usted es como un sol que no le deja luz ni brillo, y porque él, con sus actos propios y con sus hazañas, no favorece el propósito con que usted aspira a quitar del panorama revolucionario los hombres de poder que piensen sin que usted les ordene, y que no lo lisonjeen y alaben, y que luchen por los solos beneficios del pueblo, no por el engrandecimiento de usted, cualquiera que sea el fruto de esos beneficios. Mas ha de saber, señor, que por encima de los intereses y las ambiciones del Primer Jefe están los dolores y la necesidad del pueblo mexicano, del cual nosotros somos parte, y que ese pueblo nos dice que el general Villa no debe abandonarlo, por ser aún indispensables sus acciones triunfadoras. Por estas palabras comprenderá usted que es firme nuestra decisión de marchar desde luego rumbo al sur, y que ello impide que mañana por la mañana se presenten en esa ciudad los generales que usted convoca».

Creo yo ahora, a distancia de tantas fechas, que fue buena la desobediencia de mis generales, pues así lo justifican los hechos que a seguidas sobrevinieron. No oyendo el señor Carranza la razón de ellos, que era la razón de los buenos hombres militares, no la razón de nuestro capricho, se les aprontaban dos caminos: o abandonar su mando y disolver sus tropas, lo que resultaría en grave quebranto de nuestra causa, o tener por no oída aquella mala providencia, y seguir adelante, y lograr así el triunfo del pueblo, dejando para después del triunfo la compostura de las desavenencias.

Lo único que no podía hacerse era obedecer, porque obedeciendo aquellas malas órdenes, además de irse al fracaso de nuestras armas y al retroceso de nuestra Revolución, se iba al sacrificio de muchos miles de hombres nuestros que nos seguían con su fe. ¿Qué pasaba, señor, si la División del Norte se desbandaba? Que se contenía por eso solo el desarrollo de los triunfos revolucionarios, y que surgía el amago de que los dichos triunfos se invirtieran. ¿Qué pasaba si salían para Zacatecas los cinco mil hombres de refuerzo que el Primer Jefe exigía en ayuda de Natera? Que esas fuerzas se perderían, junto con sus armas, y su parque, y su bastimento, y que, envalentonado el enemigo por aquel triunfo, aniquilaría a Natera en movimiento de avance y vendría al encuentro de una División del Norte disminuida en sus efectivos y desalentada por los yerros de su mando, a la cual, de seguro, se podría vencer entonces, y desconcertar, y desbaratar. Y ¿qué pasaba si mis generales se acogían a la desobediencia de una mala orden y continuaban su marcha como si nada hubiera ocurrido? Que seguiría la cadena de nuestras victorias, aunque el señor Carranza se enojara, porque siempre habíamos ganado nosotros sin su consejo, y sin su autorización, y sin su ayuda. Nosotros lo reconocíamos como a Primer Jefe de nuestra causa, mas no estimábamos que él fuera lo principal de la Revolución, pues la Revolución estaba progresando mediante nuestras armas y nuestra sangre, no mediante las iluminaciones que él creía darnos con sus decretos.

Propuestos a movernos desde luego en nuestra marcha hacia el sur, pensé entonces entre mí: «¿No son las fuerzas mías las que ganarán nuestra Revolución así que hagan su marcha hasta el centro de la República? ¿Y no hace falta para el logro de ese triunfo que por el Occidente avancen las tropas de Álvaro Obregón, y por el Oriente las tropas de Pablo González? Pues siendo así, sólo se necesita que los tres jefes nos concertemos en nuestros movimientos y nos libremos de los obstáculos que el Primer Jefe pueda levantarnos con sus determinaciones».

Decidí entonces comunicarme con aquellos dos generales, para enterarlos de lo que me pasaba, y para pedirles que no faltaran al concurso de nuestra acción. Pero la verdad es que no resultó entonces posible expresarme con Pablo González, que estaba en Saltillo al lado del señor Carranza; y Álvaro Obregón, con quien mantuve conferencia telegráfica desde Torreón hasta Tepic, me contestó que no veía claras mis explicaciones, y que me aconsejaba someterme en todo a las providencias de nuestro Primer Jefe.

La noche de aquel 14 de junio de 1914 llegó a Torreón el general Manuel Chao, que iba de Chihuahua a Saltillo para tomar allá el mando de la escolta del señor Carranza. Bajando él del tren, se le acerca uno de mis generales y le dice:

—Vea, señor, el telegrama que los generales de la División del Norte acabamos de ponerle al Primer Jefe.

Y conforme él leyó aquel papel que le enseñaban, vino delante de mí y me dijo:

—Soy del mismo parecer que los demás generales de la División del Norte.

O sea, que temprano otro día siguiente, se fue a la oficina del telegrafista a dirigir mensaje al señor Carranza, conforme a estas palabras:

«Señor, considero mío, y prohíjo en todas sus partes, el telegrama que le pusieron a usted anoche los generales de esta división, a la cual vuelvo a incorporarme con toda mi gente. – *El general Manuel Chao*».

XVI

Por orden de Villa marchan sobre Zacatecas Tomás Urbina y Felipe Ángeles y allí forman el plan de la batalla

La Tesorería Constitucionalista de Ciudad Juárez • Serapio Aguirre y Urbano Flores • El papel moneda de Carranza • Alberto J. Pani • Miguel Silva • Manuel Bonilla • Miguel Díaz Lombardo • Ramón Puente • Las órdenes al compadre Urbina • Las órdenes a Felipe Ángeles • San Vicente • Morelos • San Antonio • Veta Grande • Los veintiocho cañones de la parte del norte • Los diez cañones de la parte del sur • El coronel Gonzalitos • Villa aprueba el plan

No se terminaba aún la peripecia de mi rompimiento con el señor Carranza, cuando ya estaba él hiriéndome con actos de hostilidad. Sus hombres favorecidos propagaban telegramas en mi contra. Decían ellos: «Pancho Villa es hombre traidor: desconoce la Revolución y desacata a nuestro Primer Jefe. Aconsejamos desbaratar su fama con las expresiones del más grande oprobio». Y el mismo señor Carranza, mediante palabras opuestas a la justicia, convocaba en su auxilio el apoyo de todos los otros jefes revolucionarios, dizque para protegerse de mí y de mis hombres, en lo que nos difamaba. A más de eso, mandaba cerrar la puerta a las municiones y armas que me venían de otros países, sin considerar él, ni considerar los enviados suyos, los difíciles esfuerzos que yo tendría que consumar para el logro de nuestro triunfo.

Mirando aquello, reflexionaba entre mí qué cosa sería mejor: si contestar de alguna forma a lo que el señor Carranza me hacía, o si seguir callado adelante, sin hacer por entonces ningún aprecio de sus actos. Y es lo cierto que comprendí cómo resultaba peligroso no mostrarle amago de ningún castigo, pues eso lo alentaría, y lo impulsaría a peores males. De modo que decidí echarme desde luego encima de su Tesorería, que había dejado en

448

Ciudad Juárez a cargo de un señor de nombre Serapio Aguirre, y de otro nombrado Urbano Flores, los cuales mandé que quedaran presos. Me adueñé también de la oficina selladora de sus billetes, que tenía allá encomendada el Primer Jefe a un señor ingeniero de nombre Alberto Pani, al cual hice que le quitaran los billetes sellados y los que tenía para sellar, lo que equivalía a toda la existencia de la moneda constitucionalista.

Así obré yo, imaginándome, además, que cuando el Primer Jefe se viera sin dinero, cesaría en sus hostilidades y buscaría entenderse conmigo, según importaba a lo principal de nuestra causa, no a mi persona. Mas también pensé que el dicho arreglo tenía que ser provisional, porque ya nada curaría en el señor Carranza sus rencores contra mí, y contra otros buenos revolucionarios, cavilación que me aleccionaba sobre la urgencia de preparar hombres de gobierno para la hora del triunfo, hombres de leyes que nos aconsejaran y nos guiaran en la justicia y que nos iluminaran en nuestras reformas a beneficio del pueblo. Por eso pregunté a Felipe Ángeles que qué hombres de ésos conocía él, además de don Miguel Silva y don Manuel Bonilla, que ya eran personas de mi trato, y él me habló de un señor nombrado Iglesias Calderón, que entonces viajaba con el señor Carranza, y de otro, de nombre Miguel Díaz Lombardo, que andaba por París, y de otros más, que ahora no me recuerdo.

Llamé entonces al doctor Ramón Puente, de quien ya antes indico, y le hablé estas palabras:

—Muchachito, pida usted a mi secretario el dinero que necesite y salga en este momento rumbo a París. Allá está don Miguel Díaz Lombardo, licenciado de muchas leyes que nos hace falta. Explíquele cuál es la situación en que nos encontramos y tráigamelo inmediatamente.

Y obedeciendo aquellas palabras mías, el referido doctor Ramón Puente salió al desempeño de su diligencia.

Propuesto yo a la toma de Zacatecas, dicté aquel día 15 de junio de 1914 todas las órdenes para nuestra marcha. Con eso, otro día siguiente mis primeros trenes iban camino de Fresnillo.

A mi compadre Tomás Urbina lo llamé y le dije:

—Compadre, usted me precede en el desarrollo de esta acción. Avance con sus tropas y algunas otras brigadas hasta ponerse delante de Zacatecas. Otro día después de su marcha le mandaré la artillería. Otro día después saldrán otras brigadas. Otro día después saldrán las demás. Hoy estamos a día 15: para el 20 o el 21 le habré acumulado allí no menos de veintidós mil hombres, contando los de Natera y Arrieta, y no menos de cincuenta cañones. Viva seguro que aquel enemigo no nos resistirá. Estudia usted allí el terreno, compadre; se concierta con Felipe Ángeles para la distribución de las tropas; las acerca usted; forma su plan. El día 22 llego yo, y no cobije duda que si el dicho plan es bueno, cosa que decidiré, y, si no nos fallan los fuegos artilleros, conforme me prometen las palabras del general Ángeles, la mañana del día 23 empezamos la batalla y la noche de ese día dormimos en Zacatecas, aquel enemigo derrotado y aniquilado.

Mi compadre consideró lo que yo le ordenaba y salió al cumplimiento del deber.

Entonces me expresé así con Felipe Ángeles:

—Señor general, ¿cómo está nuestra artillería?

—Toda organizada, mi general.

—¿Está mejor que cuando tomamos Torreón?

—Nos servirá más que en la batalla de Torreón.

—¿Está mejor que cuando tomamos San Pedro?

—Nos servirá más que en la batalla de San Pedro.

En vista de lo cual le añadí:

—Muy bien, señor. Sale usted pasado mañana con toda su artillería, detrás de los primeros trenes del general Urbina, y frente a Zacatecas se concierta usted con él. Le declara cómo esta batalla será con el apoyo de grandes fuegos de cañón, para que nuestra infantería y nuestra caballería no sufran. Escoge usted el mejor terreno para el uso de sus cañones. Escoge él la mejor distribución de las tropas para el desarrollo de la batalla. El general Urbina lo entenderá y ayudará, pues es hombre que conoce las responsabilidades del mando, señor. Hoy es día 15. La noche del 21 estarán allá todas nuestras tropas, y todo nuestro parque, y todo nuestro bastimento. El 22 llegaré yo. El 23 libraremos la batalla hasta entrar a Zacatecas. Pero nomás esto le digo: igual que sus palabras están delante de mí, así espero que esta pelea la ganen sus cañones.

Ángeles me responde:

—Señor, los cañones ganan las batallas cuando la infantería no yerra en el aprovechamiento de ese fuego.

Yo le contesto:

—Se lo tomo en cuenta, señor general. Usted me responde de la acción de sus piezas; yo le respondo de la acción de mis hombres.

Y así como se dijo, así se hizo.

Salieron el día 16 los trenes de las primeras brigadas. Salió el día 17 Felipe Ángeles con los cinco trenes de su artillería. Salieron el 18, el 19 y el

20 los trenes en que iba el resto de las tropas. Tantos eran aquellos convoyes míos que, según luego se vio, tuvieron que ir a tenderse, apeada ya la gente, en cuanto escape hay desde Fresnillo hasta Calera, estación de ese nombre situada a veinticinco kilómetros de Zacatecas. Porque, de acuerdo con mis órdenes, Urbina y Ángeles se bajaron de sus trenes en la dicha estación, para moverse desde allí en exploraciones y avances de reconocimiento.

Supe luego cómo el día 19, a poco de llegar, Felipe Ángeles sufrió encuentro en San Vicente, cuando exploraban él y Manuel Chao la parte de Morelos y las alturas que de allí corren hacia el cerro que nombran de Loreto, cercano por el norte a Zacatecas. O sea, que Urbina tuvo que mandarle el auxilio de las fuerzas de Trinidad Rodríguez, las cuales empleó Ángeles en empujar al enemigo adelante de las Pilas y Hacienda Nueva, al occidente de aquel cerro, y de esa forma consiguió mover aquel mismo día todos sus cañones hasta Morelos.

Al propio tiempo que Ángeles lograba ese avance, Maclovio Herrera y Manuel Chao, por órdenes de él y de mi compadre Urbina, adelantaban con sus brigada hasta Cieneguilla y San Antonio, dos puntos de ese nombre situados al suroeste de Zacatecas, por la parte del cerro que llaman de los Clérigos. Y así iban haciéndose los dichos reconocimientos; así empezaba la distribución de nuestras tropas. El enemigo, retirándose de delante de aquellos hombres míos, quemaba los forrajes, sin dejar de combatir, y ponía embarazos, y se iba a buscar el amparo de sus posiciones fortificadas.

También supe después cómo otro día siguiente Felipe Ángeles, escoltado por Natera y algunos de sus hombres, se alargó en su exploración hasta Veta Grande, mineral que se halla al norte de Zacatecas, enfrente de los cerros que llaman del Grillo y de la Bufa, el del Grillo al poniente de aquella punta de la ciudad, el de la Bufa hacia el oriente, y cómo despejó de enemigos el mineral de la Plata, que por allí queda, y cómo llevó a Veta Grande parte de su artillería, para emplazarla aquella noche en posiciones propias para el ataque de los dichos cerros.

Aquel mismo día 20 dispuso mi compadre Urbina que las tropas de Natera, de Arrieta, de Triana, de Contreras, de Bañuelos, de Domínguez y de Caloca se acercaran a Zacatecas por el lado de Guadalupe, pueblo que está como a siete kilómetros por el rumbo del oriente, y ordenó también que parte de las fuerzas suyas, más la Brigada Ceniceros y parte de la Brigada Villa, avanzaran más allá de Veta Grande, para servir de sostén a la artillería que allí se estaba emplazando. A Maclovio Herrera y Manuel Chao, que, según antes indico, ya estaban en San Antonio, por el rumbo del sur, Felipe Ángeles les mandó esa tarde diez cañones, que ellos tenían que emplazar

451

conforme a las instrucciones que él mismo estuvo a darles sobre el terreno, y los cuales debían mantenerse allí quedos hasta empezada la hora del ataque.

Todo ese día las exploraciones de Ángeles y Urbina, y los movimientos para la colocación de las tropas, se hicieron bajo el fuego de los cañones enemigos, emplazados en las posiciones fortificadas del Grillo y de la Bufa. Mas no turbaba aquello a los hombres míos, sino que continuaban en el propósito de su obra: Ángeles con sus muchas luces de inteligencia y su grande pericia de hombre militar; mi compadre Tomás Urbina según lo alumbraban los consejos de su buen juicio y saber, adquirido en las luchas por el pueblo.

De ese modo, otro día siguiente, o sea, el 21 de junio, acabaron de emplazarse, por el norte, las siete baterías destinadas a quebrantar la resistencia que allí nos había opuesto el enemigo, y por el sur, los diez cañones que darían su apoyo a los movimientos de Maclovio Herrera. Recibieron aquellos 38 cañones órdenes de no disparar mientras no empezara lo recio de la batalla, por lo que tuvieron que sufrir en silencio los fuegos enemigos, que todo aquel día no pararon, propuesto su ánimo a impedir nuestros emplazamientos, o a desbaratarlos, o a descubrirlos.

También ese día, según órdenes de mi compadre Urbina, las fuerzas de Martiniano Servín y de Mateo Almanza fueron a enfrentar el cerro llamado de la Sierpe, al poniente de la ciudad, y más al norte y por ese mismo lado, abajo del cerro que nombran de Tierra Colorada, o de Loreto, se fueron a poner las fuerzas de José Rodríguez junto a la Brigada Cuauhtémoc, que allí estaba desde dos días antes. Y así continuaban los movimientos de aproximación. Por el oriente se acercaban Natera, Arrieta, Triana y demás gente al pueblo de Guadalupe. Por el sur se movían hacia los Clérigos las tropas de Herrera y de Manuel Chao. Por el noroeste progresaban en busca de mejores posiciones la Brigada Cuauhtémoc y la Brigada Villa. Por el norte asentaba Ángeles los más de sus cañones y enmendaba la posición de sus sostenes, y los aumentaba con la infantería de Gonzalitos.

Bajé yo de mi tren en la estación de Calera a la una de la tarde del día 22. Esa mañana habían llegado frente a Zacatecas la Brigada Ortega y la Brigada Zaragoza. Dispuso mi compadre Urbina que las tropas de Toribio Ortega hicieran marcha hasta San Antonio, para quedar por allí junto con las de Maclovio y Chao. Dispuso que la Brigada Zaragoza, al mando entonces de Raúl Madero, por ser del mando de Eugenio Aguirre Benavides las fuerzas de José Isabel Robles, que se hallaba enfermo, se pusiera en Veta Grande bajo las órdenes directas de Felipe Ángeles.

Llegando yo aquella tarde al referido pueblo de Morelos, que era donde mi compadre Urbina tenía su cuartel general, me mira él y me dice:

—Compadre, todas sus órdenes están cumplidas. Quedaron hechos los reconocimientos conforme usted ordenó. Se han acercado nuestras tropas en busca de sus posiciones, y todas ellas están distribuidas. Tocante al plan para la batalla, se ha formado de acuerdo con mi mejor pericia, muy iluminada aquí por las luces de inteligencia del señor general Felipe Ángeles. Si algo malo hay en mi plan, es mío, señor; si algo encuentra usted que es bueno, agradézcaselo a él. No mandando usted otra cosa, atacaremos al enemigo por su frente del norte, que defienden las posiciones fortificadas del Grillo y la Bufa, y para lo cual tendremos que tomar antes el cerro que nombran de la Tierra Negra, y el de la Tierra Colorada, y el de la Sierpe. El dicho ataque tendrá su apoyo en el que les hagamos por el sur, sobre los parajes de la Estación y contra el cerro de los Clérigos. El enemigo, arrojado de sus posiciones, no encontrará abrigo en la ciudad, pues ocupadas por nosotros las referidas posiciones, la población entera se verá a merced de nuestros fuegos. No le quedará al enemigo otra ilusión que la salida por Guadalupe, y entonces nuestra reserva, que estará allí, lo arropará y lo aniquilará. Lo más de nuestra artillería, bajo la mirada del señor general Ángeles, ocupa ya buenos emplazamientos y está lista para mudarse esta noche a otros mejores. Compadre, todo depende ahora de las sorpresas de la guerra y de mi esperanza de que el valor no nos abandone. Calculo yo que serán muchas las municiones que usted traiga, y bastante el bastimento.

Yo le respondí:

—Compadre, estimo bueno su plan. Tan sólo me falta considerarlo sobre las enseñanzas del terreno. Voy a ver lo que me hablan los ojos.

Y así fue. Salí de Morelos con mi estado mayor y pasé adelante del punto que nombran Veta Grande.

Conforme me acerco al mineral llamado de la Plata, Felipe Ángeles se aparece delante de mí. Nos saludamos con nuestro mejor cariño.

Me dice él:

—Mi general, todo está listo para que empiece la batalla cuando usted lo ordene.

Yo le contesto:

—Lo sé, señor, y ya me declaró el general Urbina cuál es el plan que ha concebido usted.

Él me responde:

—No, señor: el plan que ha concebido él. Míos no son más que los consejos que le di para ilustrarlo, y que usted revisará por si disimulan yerro.

Oyendo aquellas palabras, que él me hablaba con su grande modestia, le añadí:

—Bueno, señor, pues el plan de él o el plan de usted. Lo que le digo es que las providencias las estimo buenas, y que sólo quiero que usted me lleve al punto donde mejor se contemple el campo de esta batalla que vamos a dar.

Así lo hizo. Me llevó primero a ver las baterías que tenía emplazadas en el mineral de la Plata, y al lugar a donde pensaba mudarlas al amparo de aquella noche. A seguidas, desde el sitio que ocupaba la batería de un capitán de nombre Quiroz, me mostró todo lo que sería el campo de la batalla, y me explicó cuál era, según su juicio, el valor militar de cada uno de aquellos parajes, y por qué mi compadre Urbina y él habían tomado las dichas providencias.

Le dije yo:

—Todo está bien, señor general. Usted y mi compadre Urbina entrarán por allí al amparo de todas estas baterías. Yo me echaré encima, de costado, por el lado de allá, atacando por la derecha el cerro de la Tierra Colorada, mientras ustedes lo hacen por el centro y por la izquierda.

Y es lo cierto que pensaba yo entre mí, considerando aquellas hondonadas y aquellos cerros, y apreciando las disposiciones de mi compadre Urbina y de Felipe Ángeles, y el mucho empleo que así iba a hacerse de la artillería, cómo anunciaba ser aquélla una gran batalla.

XVII

A la media hora de romperse el fuego, Pancho Villa toma en Zacatecas la primera línea de defensas enemigas

Vísperas de batalla • Los combates parciales • Natera y sus ataques del día 10 • Los capotes de la tropa • Emplazamiento de las baterías • Los 23 000 hombres de Pancho Villa • El mayor Saavedra • El mayor Jurado • El capitán Quiroz • Los 12 000 hombres de Medina Barrón • El coronel Tello y Pascual Orozco • Ataque de Loreto y Tierra Negra • Infantes y artilleros • Trinidad Rodríguez • El asistente de Bazán

La tarde del día 22 dispuse que los hombres de la Brigada Morelos ya no dieran sostén a la artillería puesta en la Plata, según venía haciéndose, sino que todos ellos se reconcentraran en la izquierda de aquella posición, y que el dicho sostén pasara a formarse con la Brigada Zaragoza.

En seguida salí con mis oficiales al recorrido de los más de los frentes, y así que lo hice, mandé a los jefes de todas las brigadas la explicación de mis providencias para que la batalla empezara otro día siguiente a las diez.

A cada uno le añadía yo estas palabras, o hacía que se las añadieran:

—Juntas se moverán todas las fuerzas a esa hora. Nadie entrará un minuto antes ni un minuto después.

Lo cual les decía yo para evitar combates parciales que nos debilitaran, como los que ya habían sufrido por tres días, en el avance de colocación de las tropas, la Brigada Cuauhtémoc y la Brigada Villa por la parte de las Pilas y Hacienda Nueva, y la Brigada Juárez por el cerro de los Clérigos, que otros nombran cerro del Padre.

Porque es lo cierto que sin más que buscar buen sitio para nuestros cañones y nuestras tropas, aquellas brigadas habían seguido los impulsos de su impaciencia, y habían provocado encuentros de tanta furia que de uno de ellos

Maclovio Herrera sacó herida en un brazo, y de ése y otro, o de ése y otros dos, no lo preciso en mi memoria, nos resultaron desmontados dos o tres cañones en Veta Grande y San Antonio, según me contaba Felipe Ángeles, y nos hirieron allí artilleros, y nos los mataron. Así es la verdad, como también lo es que aquellas primeras arremetidas de mis hombres fueron en quebranto del enemigo, que perdía terreno y se replegaba, y que se iba reduciendo al solo abrigo de sus fortificaciones, después de no conocer descanso desde los primeros ataques de Natera y Arrieta la mañana del día 10.

Se presentaba muy lluvioso el tiempo y estaban enfriando los vientos.

Felipe Ángeles me decía:

—Son muchas las lluvias, mi general: se sacrifican mis soldados soportándolas sin capote.

Le respondía yo:

—Señor, pasarán los días de esta campaña y poco después nuestros equipos estarán cabales.

Y como luego me expresé tocante a la mudanza que haríamos aquella noche en las posiciones de nuestra artillería, me hablaba él sus palabras de grande hombre militar, diciéndome:

—Cuente, mi general, con la mucha sorpresa del enemigo. Amanecerá y aclarará, levantará la niebla, y entonces descubrirán ellos que nuestros cañones han desaparecido de las posiciones visibles donde ahora se encuentran. Comprenderán entonces que ésa es la ley. Porque siendo posible, la artillería ha de situarse siempre a cubierto de los ojos enemigos, no en las cimas abiertas, donde todos la ven. ¿Columbra usted aquellos cañones que ellos tienen en el Grillo? Pues son cañones de muy mal emplazamiento, mi general, masque ellos se imaginen hallarse así muy bien fortificados.

Yo le preguntaba:

—¿Y tiene usted confianza de que esos emplazamientos nuevos se harán bien entre las sombras y la lluvia de la noche?

Él me respondía:

—Viva usted seguro que será así. Hasta nos dará su auxilio el faro de la Bufa que el enemigo emplea en exploración de nuestro campo, y cuando eso no sea, yo respondo lo mismo de la pericia de mis oficiales que del buen consejo que mis ayudantes les irán a llevar. Sobre esto ya tienen órdenes el mayor Cervantes, el mayor Bazán y el capitán Espinosa de los Monteros.

Y eso ocurrió. Se mudaron aquella noche los emplazamientos de no menos de veinticuatro cañones.

Otro día siguiente, 23 de junio de 1914, estaban dictadas todas las órdenes para el desarrollo de los combates. Había yo dispuesto, según antes indico, que la batalla empezara a las diez, entrando de un solo golpe todas las brigadas y disparando a un mismo tiempo todas las baterías, cada brigada, cada batería según su posición.

El orden de todas aquellas tropas revolucionarias lo voy a decir:

Por el noreste y el norte, para atacar desde la Plata y Veta Grande el cerro de la Tierra Negra y el de la Tierra Colorada, avanzarían las tropas de mi compadre Tomás Urbina, Ceniceros, Aguirre Benavides, Raúl Madero y el coronel Gonzalitos. Aquellas tropas serían del mando de Urbina y Felipe Ángeles, y en número total de 5000 hombres. Por el noroeste, para el ataque, nombrado de flanco, del cerro de la Tierra Colorada o de Loreto, avanzarían, viniendo de las Pilas y Hacienda Nueva, las fuerzas de José y Trinidad Rodríguez y las de Rosalío Hernández, en número de otros 5000 hombres. Esas fuerzas serían de mi mando, pues por allí entraría yo, acompañado de mis oficiales y de mi escolta. Por el poniente y a mi derecha, contra el cerro nombrado de la Sierpe, avanzarían las fuerzas de Mateo Almanza y Martiniano Servín, en número de 2500 hombres. Por el suroeste y el sur, de la parte de San Antonio, avanzarían sobre los fortines de la Estación, en la falda que hacia allá corre desde lo alto del Grillo, y sobre el cerro de los Clérigos, o del Padre, las fuerzas de Toribio Ortega, de Maclovio Herrera y de Manuel Chao, en número de no menos de 3000. Por el sur y el sureste, en movimiento hacia el dicho cerro del Padre, y hacia otro que llaman del Refugio, avanzarían por aquellas lomas, también así nombradas, y por otros puntos de nombre que no me recuerdo, las tropas de Natera, Bañuelos, Domínguez, Cervantes y Caloca, en número de más de 5000 hombres. Por el oriente, sobre el pueblo que se llama Villa de Guadalupe, y hacia las alturas nombradas Crestón Chino, rumbo a la Bufa, avanzarían en parte, y en parte estarían de reserva, las fuerzas de Arrieta, de Triana, de Carrillo, más otros jefes de Durango, en número de 2000 hombres.

Es decir, que estaba amagado Zacatecas desde todos los rumbos de sus vientos y por no menos de 23000 hombres, más la potencia artillera de 28 cañones en el norte, y 10 cañones en el sur, y la pieza nombrada *el Niño*, puesta en su plataforma más allá de la estación de Pimienta, junto con otros 12 cañones situados también al norte, aunque lejos. En su ataque sobre el cerro de la Tierra Negra, mi compadre Urbina, Ceniceros, Benavides y Gonzalitos recibirían apoyo de las tres baterías mandadas por el mayor Saavedra. En su ataque al cerro de Loreto, Raúl Madero y demás fuerzas recibirían apoyo de las tres baterías mandadas por el mayor Jurado. En el avance mío me daría su apoyo la batería del capitán Quiroz, de quien antes indico. En su ataque sobre los Clérigos y la Estación, Toribio Ortega, Maclovio Herrera y Manuel Chao recibirían el apoyo de las baterías del sur, mandadas por el mayor Carrillo. Conquistados por nosotros los cerros de Loreto y de la Tierra Negra, y luego el cerro de la Sierpe, iríamos a quebrantar al enemigo su resistencia del Grillo y la Bufa, que era la principal, y arreciarían luego por el sur el empuje de Maclovio sobre los Clérigos y la Estación, y el de Natera sobre el Refugio y Guadalupe; y entonces vendría el desbarate de todas aquellas fuerzas defensoras.

¡Señor! ¿Era posible que el dicho enemigo nos resistiera en nuestro impulso? Tenían ellos, según informes que nos llegaban, doce mil hombres y trece cañones de muy buenas granadas y emplazamientos fortificados. Estaban los 12 000 hombres repartidos en sus posiciones de la Bufa y Tierra Negra, de Loreto, de la Sierpe, del Grillo, de la Estación, del Padre, de Guadalupe y del Crestón Chino. Estaban los 13 cañones en la Bufa, en el Grillo y en el Refugio, y uno de ellos en movimiento sobre la vía, entre la estación y Guadalupe. En cuanto al mando de aquella defensa, sabíamos que lo llevaba el general Luis Medina Barrón, con el cual estaban otros muchos generales, nombrados Antonio Olea, Juan N. Vázquez, José Soberanes, Manuel Altamirano, Jacinto Guerrero, Antonio Rojas, Benjamín Argumedo, Jacobo Harotia, De los Santos y otros nombres que no me acuerdo. También sabía yo que venían por el sur, en avance de auxilio a Zacatecas, un coronel de apellido Tello, que ya se hallaba con 1 000 hombres en el cañón que llaman Cañón de Palmira, y Pascual Orozco, que ya había pasado con otros 1 000 hombres más acá del pueblo de la Soledad.

Considerando yo la cercanía de aquellas nuevas tropas, mandé al señor general Natera mantenerse alerta, en confirmación de órdenes que ya tenía recibidas del general Ángeles. Le decía yo:

—Señor general, es misión de sus hombres en esta batalla darnos ayuda en la línea que va desde el sur de los Clérigos, o cerro del Padre, hasta el Refugio y Guadalupe. También estará usted allí en acción para el aniquilamiento del enemigo cuando se retire. También cortará usted por esos parajes la vía del ferrocarril, y cualquier otro camino, de forma que al dicho enemigo no le llegue ni la esperanza de un refuerzo.

Según estaba todo ordenado, así se hizo. Dando en punto las diez de la mañana de aquel 23 de junio de 1914 se encendió la pelea en todo el contorno de nuestras líneas. De modo que conforme empezaron a tronar por el lado del norte y del noreste los veinticuatro cañones que teníamos ya encima de aquellas posiciones enemigas, sin que ellas lo conocieran, por el lado del sureste tronaban las baterías de Carrillo en apoyo de Maclovio Herrera, y por el sureste y el sur se alzaba en grande ruido de fusilería el ataque de Natera.

Avancé yo, con la Brigada Villa y la Cuauhtémoc, desde mis posiciones de Hacienda Nueva, sobre el costado que me enfrentaba el cerro de Loreto. Me apoyaba desde Veta Grande, con fuego de mucho estrago, la batería de Quiroz. Por el otro lado del dicho cerro, y más allá, retumbaban los truenos artilleros de las baterías ocultas en los corralones del mineral de la Plata y las que Ángeles había mandado emplazar, por el extremo de aquella línea nuestra, a la izquierda de la Bufa. Pienso ahora, en mi recuerdo, que el retumbar de tantos cañones se propagaba como si se hundieran todos aquellos cerros, o se desmoronaran. Porque al fuego nuestro contestaban desde la Bufa y el Grillo las piezas enemigas, aunque sin logro para su ánimo de parar nuestro avance, pues se desbarataba la infantería de ellos bajo los fuegos de nuestros cañones, que las baterías de ellos buscaban acallar, y la infantería nuestra, protegida de aquel modo, adelantaba en su ataque, y ya estaba encima de las posiciones enemigas cuando acudían ellos a contenerla. Y eso mismo se volvía a hacer, y luego otra vez. Quiero decir, que las granadas de nuestros cañones iban estallando siempre por delante de nosotros, según avanzábamos, con lo que nos barrían de embarazos el campo, o nos lo preparaban. Pensaba yo entre mí: «En verdad que Felipe Ángeles es muy grande artillero, y hombre militar que sabe valerse de sus oficiales».

A mí se me figura que aquel enemigo no entendía, o no apreciaba, la mucha pericia nuestra en el empleo de los cañones. Porque ellos tenían los suyos encaramados en tan altas posiciones que no conseguían disparar contra los hombres nuestros que avanzaban, sino sólo hacia nuestra retaguardia, donde tronaba nuestra artillería, o más allá. Y veían ellos cómo se paralizaba su infantería bajo la acción de nuestros cañones, y cómo progresábamos nosotros, y entonces todo su esfuerzo artillero se concentraba en acallar las piezas nuestras que les obraban tan grande daño. Y haciéndolo así, ignoraban que eso era lo que Ángeles procuraba, y lo que conseguía.

Ángeles había dicho:

—Hay que atraer las granadas de ellos sobre nuestras piezas, para que nuestra infantería avance. Cuando sus artilleros logren desmontarnos un cañón, nosotros ya estaremos entrando en sus posiciones.

Y en verdad que así era. Al tiempo que mis hombres adelantaban sobre el cerro, aquella infantería enemiga oculta y sin acción, miraba yo estallar las granadas enemigas sobre las baterías de Veta Grande y la Plata, donde estaba Felipe Ángeles. Recrecía la lucha. Allá, según luego supe, los fuegos enemigos nos desmontaban una pieza y nos mataban artilleros y mulas. Acá, nuestros hombres, dueños ya de la primera trinchera, trepaban a la conquista de la segunda, que los enemigos desamparaban también, primero abrumados por nuestros cañones y después sin impulso para afrontar la furia con que llegaba nuestra infantería. O sea, que se levantaban las líneas de ellos y a seguidas desaparecían hacia la parte protegida del cerro.

De ese modo, pasada apenas media hora desde el principio de los combates, se consumó aquel primer paso de la batalla. En veinticinco minutos fue nuestro en la derecha el cerro de Loreto, y fue nuestro en la izquierda el cerro de la Tierra Negra, frontero de la Bufa. De este lado de Loreto subieron la Brigada Villa y la Brigada Cuauhtémoc, y del lado de allá la Brigada Zaragoza, al mando de Raulito. El cerro de la Tierra Negra lo tomaron las fuerzas de Urbina, Benavides, Ceniceros y Gonzalitos. En el asalto al cerro de Loreto, Trinidad Rodríguez recibió en el cuello herida mortal, de la que yo me enteré con lágrimas en mis ojos, pues aquél era muy buen hombre revolucionario, de mucho valor y de grande ánimo generoso. Murieron también allí, o sufrieron heridas, otros buenos militares del pueblo. El enemigo abandonó deshecho aquellos dos cerros: iba aniquilado por nuestras granadas, por nuestras ametralladoras y nuestros fusiles; bajaban corriendo unos hombres por la cañada que hay hacia la plaza, y otros iban a ampararse del Grillo, y otros de la Bufa.

A las once de aquella mañana nuestra infantería y nuestra caballería estaban ya formadas y resguardadas en el cerro de Loreto. Voy entonces en busca del general Ángeles para proponerle mi consejo tocante al avance de nuestras baterías hasta las nuevas posiciones. Me encuentra él al galope de su caballo, y también seguido de su estado mayor. Yo le hablo, diciéndole:

—Señor general, de la rapidez de estos movimientos depende el logro de estos triunfos. Hay que mover la artillería, salvo que usted opine otra cosa, al cerro de Loreto, para dar así nuestro auxilio a la infantería de Servín, que por mi orden avanza ya con sus hombres sobre las laderas de la Sierpe.

Me contesta él:

—Sus órdenes están cumplidas, mi general. Ya se hace el traslado de los cañones.

Y juntos los dos, nos dirigimos entonces, con nuestros oficiales, hacia un caserón, como de mina, que había en el dicho cerro.

Descubriéndonos en nuestra marcha, el enemigo nos perseguía con sus fuegos, sin que lo esquiváramos nosotros con el galope de nuestros caballos. Eran balas de ametralladora y de fusil. Cayeron allí heridos el asistente y el caballo del mayor Gustavo Bazán.

XVIII

La toma del cerro de la Sierpe y el quebranto del cerro del Grillo ponen a merced de Pancho Villa la plaza de Zacatecas

En la mina de Loreto • La infantería de Servín • «Señor, ¿dónde está el fuego de sus cañones?» • Gustavo Durón González • Las laderas de la Sierpe • Ataque del Refugio, de los Clérigos y de la Estación • Mudanza de la artillería • «En el Grillo está nuestro triunfo» • Los hombres de la escolta y del estado mayor • Sobre el montón de piedras • Rodolfo Fierro • Federico Cervantes

Mirando yo, desde el referido caserón de la mina de Loreto, que la infantería de Servín no prosperaba en su avance, sino que se detenía, y casi se desconcertaba, dicté mis disposiciones en su auxilio.

Porque en verdad que nuestra artillería tardaba en presentarse, masque el mayor Federico Cervantes ya estuviera allí dando a Felipe Ángeles noticia de la cercanía de nuestros cañones, y Ángeles estuviera comunicándome a mí aquel mismo parte. Esto también dispuse yo: que desde la posición donde nosotros nos hallábamos se hiciera fuego de ametralladora sobre las líneas enemigas que contenían a Servín en la falda de la Sierpe, pues formándose aquellas líneas de gente numerosa y bien parapetada, sólo así se acrecentaría el ánimo de los hombres nuestros y se daría tiempo a que la artillería llegara.

Felipe Ángeles era hombre de mucha ley. Cuando dictaba yo mis dichas disposiciones, él subió con uno de sus oficiales a la azotea de la casa de aquel mineral, para observar mejor la situación de nuestras tropas, y con eso atrajo sobre su persona, y sobre el oficial que lo acompañaba, muchos de los fuegos enemigos. Viéndolo yo, y considerando que aquella observación suya no nos hacía falta, pues ya en nuestra marcha hasta Loreto habíamos contemplado bien los movimientos que se hacían en todos esos puntos, mandé decirle que me era necesaria su presencia y que sus cañones no venían. Bajó él entonces de aquel miradero. Le dije yo:

—Señor general, se combate por la Bufa; se combate por la Estación y por el Padre, y por el Refugio; se combate por Guadalupe. Sin apoyo de artillería este ataque de la Sierpe anuncia malograrse. Señor, ¿dónde está el fuego de sus cañones?

Lo cual le ponderaba yo porque así era. Es decir, que yo miraba el gran desconcierto de la infantería de Servín, y la impotencia de sus hombres delante de aquellas trincheras, que iban quebrantándolo, y abrumándolo, hasta transparentarse que lo rechazarían, sin que en nada lo aliviaran nuestros fuegos de ametralladora ni el auxilio que todos nuestros hombres de Loreto le daban bajo la cerrazón de granadas del Grillo y de la Bufa. Y lo que sucedió fue que se envalentonó el enemigo al ver nuestra falta de artillería, que tronaba mucho por la parte de la Estación y por el otro lado de la Bufa, pero no por aquel frente de nuestro ataque, y entonces empezó a salir de sus trincheras, y a moverse sobre los hombres de Servín, y a empujarlos cuesta abajo, y a trastornarlos.

Ángeles, que miraba aquello con ojos iguales a los míos, le da sus órdenes al oficial que con él bajaba de la azotea. Le dice ansioso sus palabras:

—Señor mayor Cervantes, en menos que el aire nos precisa tener aquí un cañón o dos. La rapidez con que usted los traiga asegura en estos momentos el principio de nuestra victoria.

Y así fue. Aquel mayor que digo, regresó a poco con una pieza, que él mismo apuntó. Y como a seguidas acudiera al galope un capitán con todas las piezas de su batería, aquellos cañones nuestros empezaron a disparar sobre la Sierpe, mientras otras piezas llegaban y acrecían nuestro fuego. El enemigo, antes tan poderoso en su línea, abandonó entonces los modos del ataque y se acogió a los de la defensa. Arreció la pelea con que lo afrontaban los hombres de Servín. Recrecieron los fuegos de nuestras ametralladoras. Se tupió nuestra fusilería. Porque el referido capitán, que según es mi memoria se nombraba Gustavo Durón González, hacía disparos de efecto tan grande que, mientras sus granadas seguían estallando en las laderas de la Sierpe, el enemigo ya no buscaba más que el modo de ampararse.

¡Señor, cómo suenan dulces los cañones cuando es sangre enemiga la que riegan y sangre correligionaria la que ahorran! Y sucedió que aquellas tropas usurpadoras fueron aflojando en los fuegos que nos mandaban, y volvieron a salir de sus primeras defensas, mas ya no para rechazar la gente mía, sino para evitarla, y desampararon después lo más de su posición, según aquellos soldados iban cayendo a centenares, y luego arreciaron en su retirada, y luego corrieron y se desbandaron por las laderas.

Fue aquélla, conforme a mi juicio, muy grande hazaña de la infantería de Servín, que no se abandonó al decaimiento de su ánimo cuando el enemigo ya casi la desbarataba. Fue grande hazaña de aquel capitán nombrado Durón González, y de los demás artilleros que con él llegaron, pues a los quince minutos de su fuego ya tenían sin acción esa parte de las fuerzas enemigas.

Serían las doce de la mañana cuando nuestra bandera apareció en lo alto de la Sierpe. Serían las doce y media cuando recibí noticias del progreso de Maclovio, Chao y Ortega sobre la Estación; de Natera por los Clérigos y el Refugio, y de Arrieta y Triana por Guadalupe.

Me dice Felipe Ángeles:

—Mi general, tenemos ganado el segundo paso para el desarrollo de esta victoria. El primero fue la toma de Loreto y Tierra Negra; el segundo es la conquista de la Sierpe. Dueños nosotros de ese cerro, en más o menos tiempo el Grillo no podrá resistir.

Le respondo yo:

—Lo sé, señor general.

Y le comuniqué entonces mis noticias sobre el avance de nuestras fuerzas por el sur y por el oriente.

En seguida le añadí:

—Ahora, señor general Ángeles, disponga usted que sus cañones apoyen el progreso de mis hombres en el tercer paso de esta batalla. Proteja usted la conquista del Grillo por las fuerzas de Raúl Madero, más la Brigada Villa y la Cuauhtémoc, que ya se mueven sobre aquellas posiciones en cumplimiento de mis providencias.

Así lo quería yo, y así lo dispuso él. Según Raúl Madero por un lado, y la Brigada Cuauhtémoc y la Villa por el otro, iniciaban su ataque contra el Grillo, Ángeles mandaba que las baterías que ya teníamos en Loreto se trasladaran a sitios favorables al movimiento que yo había previsto.

Mas pronto se vio que la dicha mudanza no era fácil, porque para batir las líneas defensoras del Grillo había que adelantar los cañones hasta parajes que eran de muerte. De modo que Durón González, con los oficiales míos que le di en su auxilio, tuvo que valerse de su pistola para que la orden de cambio se respetara. Así logró él colocarse en disposición que llaman de batería, aunque los cañones y las ametralladoras federales lo hostigaban en su movimiento, y se lo embarazaban. Y conforme él obraba así, Ángeles y sus ayudantes fueron a hacer entrar otros cañones por la izquierda de aquella posición, que era donde más se tupía el bombardeo.

Recibí en esa hora nuevos avisos de mi compadre Tomás Urbina sobre el avance de Ceniceros y Gonzalitos hacia la Bufa, y de Maclovio Herrera y Pánfilo Natera en las líneas del sur. Por ellos comprendí que en cuanto los enemigos aflojaran en el Grillo, les desbarataríamos toda la resistencia de Zacatecas. Llamo entonces a los oficiales de mi estado mayor y a los hombres de mi escolta. Les doy órdenes para los jefes de todas aquellas tropas mías. Mis palabras fueron éstas:

—En el Grillo está todo nuestro triunfo. Vivan seguros que el que no consume esta conquista morirá pasado por las armas.

Y como viera yo que la artillería acababa las maniobras de su nuevo emplazamiento, también despaché órdenes para que la parte de la gente que se había quedado atrás viniera a ponerse bajo el nuevo amparo de nuestros cañones, y organizara sus líneas de tiradores hasta concertarlas con las otras, y marchara así al cumplimiento del deber.

Pero sucedió, como en el progreso de nuestras fuerzas artilleras, que al principio el avance de aquellos hombres tenía que hacerse por terreno que los cañones del Grillo y de la Bufa dominaban con sus granadas, y que era allí terrible el fuego de la fusilería y de las ametralladoras. Digo que otros oficiales míos, y otros hombres de mi escolta, fueron con todo el impulso de su arrojo a levantar el ánimo de las tropas rezagadas.

Recreció el combate otra vez. No consideraban ya los artilleros de nuestros cañones el amago de los riesgos que los cercaban, sino la puntería de sus tiros en sus blancos, y eso cuando el enemigo, en su ansia de malograr, estorbando la acción de nuestra artillería, aquel otro avance de mis tropas, nos acumulaba allí el grueso de sus fuegos. Es decir, que las granadas nos rodeaban con sus explosiones, y algunas nos llegaban con tan grande pericia que nos hacían bajas entre los servidores de las piezas, o nos estallaban encima, o a los lados. Mas no por eso decaía el poder de nuestros cañones, como tampoco se atrasaban ya en la pelea las fuerzas de infantería que poco antes dudaban, temiendo aquellos hombres los azares de su destino. Las horas de la guerra cambian así. Ese mismo impulso que nos hace huir, ese mismo nos decide a desafiar los más grandes riesgos que nos amenazan. Contemplando, pues, la conducta de esa tropa, reflexionaba yo: «¡Qué cosa es el miedo! ¡Mediante él corren los hombres a su muerte más aprisa que mediante el valor!».

Me subí a un montón de piedras para observar mejor los tiros de nuestra artillería y las peripecias de nuestro avance. Desde allí aprecié entonces el penoso progresar de los hombres nuestros bajo los fuegos del Grillo.

Llamo a Felipe Ángeles y le expreso estas palabras:

—Señor, es muy lento el avance de las tropas. Sus cañones tienen que hacer más.

Y en eso estábamos cuando a él y a mí, y a todos los que nos acompañaban, nos envolvió el ruido de una enorme explosión. Conforme a mi memoria, no hubo en mí entonces ningún grande sentimiento de miedo, sino muy grande sentimiento de admiración por los artilleros enemigos que nos bombardeaban con tal acierto. Pero como luego resultara, según el polvo y el humo nos dejaron ver, que ninguna granada enemiga había caído sobre el dicho montón de piedras, pues Ángeles y yo, y los ayudantes que con él se hallaban, nos conservábamos ilesos en aquel sitio, miré hacia las baterías y vi que los artilleros del cañón que nos quedaba más cerca estaban todos en el suelo, muertos o destrozados unos, y heridos los demás. Entonces acudimos Ángeles y yo y aclaramos que una granada nuestra había estallado en las manos del artillero que la preparaba.

Y advirtiendo que todas las otras piezas suspendían su fuego, aquellos artilleros aterrorizados por la muerte que estaban moviendo con sus manos, me acerqué a hablarles las palabras de mi aliento. Les predicaba yo:

—Son acasos de la guerra, muchachos, y todos los acasos pueden pasar. Pero yo nomás les digo: ¿habrá entre mis hombres alguno que se quiebre en su ánimo porque la muerte le pasa delante de los ojos? No andamos protegiendo nuestra vida, sino al cumplimiento del deber. Y esto más les añado: ya estalló la granada que tenía que estallar.

Lo cual les decía consciente de su inclinación a no tocar ya nuestras granadas. También les declaraba:

—Cuando así no sea, aquí estoy yo con ustedes. Yo los protejo en su sacrificio de buenos hombres revolucionarios.

Y les decía Felipe Ángeles:

—No ha pasado nada, o casi nada. Pero vivan seguros que nos va a pasar lo peor si, cesando nosotros en nuestra lucha, dejamos que el enemigo nos quebrante y nos derrote, pues entonces moriremos sin ningún bien para nuestra patria. Ésta es mi orden: ¡fuego sin interrupción!

Así fue. Todos se recobraron de su miedo, y otra vez contestó a las baterías del Grillo y de la Bufa el tronido de nuestros cañones. Mas es lo cierto que a mí me dolía con todas las dolencias de mi cuerpo el ver aquellas muertes y aquellas heridas causadas en mis hombres por nuestras propias armas.

Viene Ángeles delante de mí. Nos expresamos sobre aquel dolor, y mientras le digo mis palabras, lo llevo a que mire el campo donde nuestra infantería se bate ya casi paralizada. Era la hora en que al enemigo parecía habérsele doblado el número de sus cañones y la resistencia de sus hombres, pues al amparo de sus defensas nos bombardeaba a nosotros en el norte, y a Maclovio Herrera y Pánfilo Natera en el sur, mientras su infantería y su caballería daban señales de que no aflojarían nunca en su nueva resistencia.

Le decía yo a Felipe Ángeles:

—Señor general, el ánimo de nuestra infantería se siente fatigado. Todos mis oficiales y toda mi escolta andan ahora por las primeras líneas vigilando que nadie falte al cumplimiento del deber. Quiero un ayudante que lleve a los generales mis más severas providencias.

Ángeles me responde:

—No es quebranto del ánimo, señor. Es fatiga del cuerpo, que se agota en sus esfuerzos. Según yo creo, no es humano exigir que en un solo día y de un solo empuje se haga la conquista de tantas posiciones fortificadas, propuesto el enemigo a defenderse y dotado de municiones mejores que las nuestras. Para que nuestra artillería logre su fruto tenemos que colocarla tan cerca que si ellos fueran mejores hombres artilleros nos la destrozarían. Considere, señor, que el enemigo pelea parapetado; nosotros, no. Considere, que el enemigo se ha recogido a sus segundas líneas sin tener que mover nada de lo principal de su defensa. Nosotros, después de los avances de estos tres días y de los movimientos de la noche, hemos tenido que lanzarnos hoy, de un solo golpe y en unas cuantas horas, sobre todos estos cerros, y todas estas quebradas, y todas estas minas que vamos conquistando a sangre y fuego.

Le digo yo:

—Muy bien, señor: masque así sea. Esta victoria tenemos que consumarla en esta fecha. Que se transmitan mis órdenes.

Y viendo aparecer en ese momento a Rodolfo Fierro, quise mandarlo al cumplimiento de aquel deber. Pero de pronto descubrí cómo traía atravesada de balazos una pierna, y cómo le bajaba la sangre, escurriéndole y goteándole. Él me dice:

—Esta herida no me quita de la batalla, mi general.

A lo que yo le contesto:

—Sí, señor. Su herida no es de las que se sobrellevan, por mucha que sea su ley. Le mando presentarse en este momento a los médicos de mi ambulancia para que ellos lo venden, lo acuesten y lo curen. ¿Qué sangre va a quedarle, señor, si así la va regando por todos estos campos de batalla?

Estando en eso, me preguntó Felipe Ángeles que si todavía quería yo el oficial que antes le solicitaba. Le contesté que sí. Me preguntó que si me parecía bien el mayor Federico Cervantes. Le respondí que sí me parecía bien.

Cervantes viene entonces a mi presencia. Yo le digo:

—Señor mayor, sin que nada lo detenga, ni la muerte, avanza usted hasta las primeras líneas de nuestros hombres y les dice a aquellos generales cómo todavía es buena mi orden: que la infantería tiene que avanzar hasta que consume a sangre y fuego la conquista del Grillo.

Y creo yo que no fue mala providencia mía, pues poco después el enemigo empezaba a desamparar sus posiciones del Grillo, y, al mismo tiempo, el avance de Maclovio Herrera por la Estación y los Clérigos y el de Natera por el Refugio y Guadalupe obligaban a las baterías del Grillo y de la Bufa a concentrar lo más de sus fuegos sobre aquellos parajes; con lo cual, por el lado de nosotros quedaría pronto sin grandes embarazos el curso de nuestra acción.

XIX

Pancho Villa destruye la guarnición de Zacatecas y logra con ello el triunfo definitivo de la causa revolucionaria

El caserón de Loreto • Maclovio Herrera y Toribio Ortega en la Estación • Natera en el Refugio • Un reconocimiento de Felipe Ángeles • La batería del capitán Quiroz • Toma del Grillo y de la Bufa • El cerro del Padre • El Crestón Chino • El camino de Guadalupe • La marcha de los ocho mil hombres • Luis Medina Barrón • Horas de saqueo • Las plataformas para los muertos • Miguel Alessio Robles • El licenciado José Ortiz Rodríguez • Carranza y Villa

Sería como la una y media de la tarde cuando las tropas enemigas empezaron el abandono de sus posiciones del Grillo, o cuando hicieron el hincapié de que nos las abandonaban. También la Bufa mantenía callados sus fuegos, sin saber yo entonces si sería por obra de las baterías de Saavedra, que apoyaban el ataque de mi compadre Urbina y el coronel Gonzalitos, o porque también en la Bufa se dispusieran a la evacuación.

Le digo entonces a Felipe Ángeles:

—Ésta es como una tregua, señor general, que el enemigo nos ofrece para que usted y yo nos acordemos de nuestra comida.

Y lo dicho: nos pusimos a comer él y yo, más algunos oficiales, dentro del caserón de la mina de Loreto, mientras nuestros cañones de ese lugar, y los de Saavedra, y los que bombardeaban el enemigo por el sur, se mantenían en sus fuegos.

Pienso yo hoy que para esa hora el enemigo ya se estimaba derrotado; y cuando eso no fuera, así tenía que haber sido, pues en aquellos momentos, según luego supe, la gente de Maclovio y de Toribio Ortega ya se había echado encima de los corralones de la Estación, en ataque por el sur, y Natera y sus hombres, viniendo de la parte del Refugio, ya lo iban dominando todo en su línea y estaban arrebatando cañones y otros elementos. Mas es la verdad que a poco de acabar nosotros nuestra comida, el Grillo volvió a mostrarnos su resistencia, como si allí acudieran refuerzos, o como si el ánimo de sus tropas se confortara de nuevo.

Mirándolo Felipe Ángeles, me preguntó que si quería yo que saliera él a recorrer aquella parte de nuestras líneas. Le respondí que sí, que consideraba bueno ese reconocimiento; y entonces se fue él, protegido por sus ayudantes, mientras yo seguía en nuestras posiciones de Loreto y desde allí tomaba mis providencias para el nuevo desarrollo de la batalla. Es decir, que arreció la pelea, y volvieron los encuentros de grande furia, y otra vez se encendieron todos los disparos de nuestras armas, pues proclamo yo, Pancho Villa, que aquellas tropas federales estaban combatiendo con muy grande valor.

Poco después Ángeles me mandó decir que todo progresaba bien en las posiciones que él recorría, y que iba a alargarse en aquella inspección hasta nuestras líneas del otro lado de la Bufa, para disponer allá lo necesario en consejo con mi compadre Urbina y Ceniceros, que mandaban por la dicha parte. Al oficial que me lo noticiaba le expresé:

—Señor, dígale al general Felipe Ángeles que me parece bien. Y dígale que si puede mandarme más artillería, sin merma en sus ataques de la izquierda, que me la mande, señor, que yo se lo estimaré, pues aquí me beneficiaría para el quebranto del Grillo.

Y tal como yo mandé pedirlo, Ángeles dispuso que se hiciera. Me envió desde Veta Grande la batería del capitán Quiroz, el cual puso en Loreto todas sus piezas y unió allí sus fuegos a los de los otros cañones.

Me decía el referido capitán:

—Mi general, traigo órdenes de batir los blancos que usted me señale y de avanzar hasta el Grillo, donde recibiré nuevas instrucciones.

Yo le contestaba:

—Muy bien señor. Irá usted al Grillo cuando el Grillo sea nuestro. Ahora deme su ayuda para la toma de aquellas posiciones.

Y en verdad que fueron de tanta pericia los disparos del capitán Quiroz, más los que estaba haciendo Durón González, más los que hacían las otras piezas, que pronto vimos cómo aflojaban las trincheras federales, y cómo las dejaban sus defensores al golpe de nuestra infantería, que trepaba las laderas en asalto de grande furia, y cómo huían ellos entonces cuesta abajo por donde el ataque no les alcanzaba, aunque sí nuestras granadas, y al cabo se iban al amparo de las casas de Zacatecas.

Eso lograba yo desde Loreto, apoyando las tropas de Raúl Madero, Rosalío Hernández, José Rodríguez, Mateo Almanza y Martiniano Servín; y al mismo tiempo que así progresaban aquellos hombres míos, Ángeles y mi compadre Urbina acercaban a la Bufa, por la izquierda, el emplazamiento de sus cañones, con lo que lograban acallar casi todos los fuegos federales.

Según luego supe, poco antes de nuestro movimiento por el norte, Maclovio Herrera y Toribio Ortega habían consumado por el sur la conquista de la Estación. La dicha conquista se hizo así. Estorbaban el avance de aquellas tropas nuestras las baterías del Grillo y de la Bufa, que no sólo se defendían de nosotros por el norte y el noreste, sino que protegían sus posiciones del sur dirigiendo también hacia ese rumbo sus disparos. Pero sucedió, conforme arreciaron contra la Bufa los ataques de Ángeles y Urbina, y contra el Grillo los ataques míos apoyados en Loreto, que los artilleros federales, teniendo mucho que hacer, se entregaron a una sola defensa. Es decir, que Maclovio Herrera y Toribio Ortega pudieron salvar entonces el paso de los corralones a la Estación, y llegar a ella, y dominarla al amparo de las baterías de Carrillo, que quebrantaban la resistencia enemiga y la desbarataban.

Fue nuestro asalto a las fortificaciones del Grillo como a las cinco y media de la tarde. Huían ellos delante de nosotros, y nuestra artillería, persiguiéndolos con sus granadas, los destrozaba. A esa hora se vio también que se alzaba muy grande humareda desde el corazón de la ciudad pero humareda no como de incendio, sino amarilla y polvosa, como de explosiones. Pensé yo: «¿Será que el enemigo, en sus providencias de huir, quema ya su parque y demás elementos?».

Me llegó noticia de que el cerro del Padre estaba entero en nuestro poder, y también de que Natera y Arrieta afirmaban su triunfo sobre el camino de Guadalupe, que dominaban ya, y por la parte nombrada del Crestón Chino, donde algunas fuerzas enemigas buscaban parapetarse. Y aconteció entonces, que cuando nuestros cordones de tiradores trepaban hasta la cima del Grillo, todas las tropas usurpadoras iban ya desmoronándose en su más tremenda derrota.

¡Señor, cómo iba aquel enemigo, sin ninguna formación de orden o concierto! Desde lo alto de nuestras posiciones lo columbrábamos en los esfuerzos de su angustia, todo él cercado por los fuegos de mis tropas. Ya estaban mis hombres sobre las laderas de la Bufa fronteras a la ciudad. Ya bajaban al impulso de su furia por el otro lado del Grillo, mientras en la parte del sur las granadas de nuestros artilleros, dominados ya por hombres míos todos los fortines de la Estación, estallaban sobre el camino de Zacatecas a Guadalupe.

Quisieron ellos salir hacia allá, según estaba pensado en el plan de Felipe Ángeles y mi compadre Urbina, mas dos veces se vio cómo los rechazábamos en un mismo punto, que, conforme me declararon luego, era el camposanto de Guadalupe, y cómo retrocedían y buscaban la salida rumbo a Jerez, en lo que los rechazábamos de nuevo, y cómo sintiéndose acorralados de aquel modo, intentaban moverse hacia Veta Grande, donde ya sabían no ser capaces de resistirnos, y cómo procuraban entonces abrigarse de la muerte bajo las alturas del Crestón Chino, donde la gente de Triana y Arrieta los destrozaba, y cómo acababan abalanzándose otra vez por el camino de Guadalupe, donde se iban diezmando, y desbaratando, y aniquilando hasta convertirse en nada y desaparecer.

Calculo yo que no eran menos de ocho mil hombres aquellas tropas enemigas que a las cinco y media de la tarde empezaron a huir de delante de nuestras líneas de tiradores y a buscar refugio en las calles cercanas a la Estación. Y según es mi memoria, obramos en ellos tanta mortandad, mediante las tropas nuestras que los acribillaban desde las Mesas, desde la Ciudadela, desde Guadalupe y todas aquellas casas y todos aquellos lomeríos, que la mancha de los dichos miles de hombres iba regándose y quedando quieta sobre el camino de Zacatecas a Guadalupe, y lo que de ella se movía era una mancha cada vez menor. O sea, que para las seis y media de la tarde los efectivos de todo aquel ejército reposaban su muerte sobre la tierra. Mirándolo yo, aprecié la mucha pericia con que habían quedado allí estacionadas nuestras reservas, seguro Ángeles y seguro mi compadre de que por esa parte buscaría su salida el enemigo. Y me añadía yo en mis reflexiones: «¡Qué furia, señor, en el ataque de Natera desde la parte del Refugio, y en el de Chao y Ortega desde la Estación, y en el de Arrieta y Triana desde el Crestón Chino y Guadalupe, que así anonada la totalidad de las tropas usurpadoras!».

Porque ésa era la verdad. Estimo yo, y así me lo confirmaron luego los partes que me llegaban, que de los doce mil defensores de Zacatecas no escaparon de delante de nosotros arriba de doscientos hombres. Quedaron allí, muertos, heridos o prisioneros, todos esos miles de hombres que digo, con casi todos sus oficiales, y sus jefes y sus generales. Nos quedaron sus cañones, sus ametralladoras y casi todos sus fusiles. Nos quedó todo su bastimento, y todas sus municiones, que nuestros hombres, en su grande

472

impaciencia por capturarlas, hicieron volar; y toda aquella huida fue de tanta precipitación, o más bien dicho, se hizo en medio de tanta angustia, que entre los escombros del edificio donde se guardaban los pertrechos, se encontraron luego cadáveres de soldados enemigos.

Después supe que había realizado su fuga el general en jefe de aquellas tropas, de nombre Luis Medina Barrón, más los generales Antonio Olea, Benjamín Argumedo, Juan N. Vázquez, Jacobo Harotia y otros de nombre que no me acuerdo. Pero su huida se alejó tanto de lo que llaman reglas de la guerra, que todavía andaban ellos de un lado para otro envueltos en los miles de hombres con que pretendían salvarse cuando ya las fuerzas de Natera y Chao llegaban hasta la plaza, y se les acercaban para hacerles muertos y prisioneros, y los perseguían con sus fuegos, y los aniquilaban.

Así se consumó aquella grande victoria nuestra, causada por mis hombres en las horas de la mañana y la tarde del día 23 de junio de 1914.

Entré yo a Zacatecas otro día siguiente a las nueve de la mañana; y contemplando de cerca el desarrollo del campo de batalla y las calles que iba recorriendo, palpé toda la magnitud de la mortandad. Porque salía el pueblo a recibirme con las muestras de su afecto, y es la verdad que aquellos hombres, aquellas mujeres, aquellos niños tenían que brincar entre los cadáveres para acercarse a mí con su saludo. Y yo pensaba: «Así son las cosas de la guerra, que alienta el regocijo de unos hombres mediante la muerte de los otros». Lo cual sentía también al ver que junto a los enemigos muertos, muchos soldados míos reposaban todavía el sueño de sus fatigas y durmiendo se mojaban en aquella sangre.

Al llegar a mi cuartel general encuentro con que Natera viene a rendirme su parte y a traerme su visita. Me dice él:

—Mi general, es mucho el saqueo en que anda nuestra gente.

Yo le respondo:

—Lo sé, señor, y por eso le pido, siendo usted del mismo consejo, que disponga una escolta de sus mejores hombres y con ellos vigile la devolución de todos esos bienes. Comprendo las ansias de los soldados, comprendo su necesidad. Pero si los dejamos sin freno en su conducta, todo será para desdoro de nuestra causa revolucionaria.

Y llamé a Banda y le dije:

—Va usted, señor, con hombres de mi escolta, y toma sus providencias para que el saqueo no siga y lo saqueado se devuelva. Ésta es mi única orden: pena de muerte para todo el que no acate sus disposiciones.

Igualmente mandé proteger la vida y los negocios de toda la población, la cual se sentía azorada al considerar que el número de nuestros soldados era casi igual al de sus moradores, su ánimo todavía bajo el terror de tantos bombardeos. Es decir, que buscaba yo la confianza en beneficio de nuestra Revolución triunfadora, por lo cual ordené que se hiciera desde luego la recogida de los muertos en toda la ciudad, y que se les sepultara echándolos y aterrándolos en los tiros de las minas abandonadas. En cuanto a los montones de cadáveres que embarazaban los siete kilómetros de camino entre Zacatecas y Guadalupe, dispuse que saliera un tren de plataformas a levantarlos y que se recogieran también los caballos muertos, pues era mucho su número, y que los cuerpos que no se alcanzara a enterrar pronto se llevaran lejos y se quemaran.

La mañana de mi entrada a Zacatecas estuvieron a hablarme dos licenciados que habían llegado conmigo desde Torreón y que venían a verme de parte de Pablo González y su División del Noreste para componerme en mis diferencias con el señor Carranza. Eran personas de bastante trato, y, según yo creo, muy buenos hombres revolucionarios. Se nombraban el licenciado Miguel Alessio Robles y el licenciado José Ortiz Rodríguez. En Torreón, al expresarme ellos el propósito de su embajada, yo les había dicho:

—Señores, mi ánimo no alimenta rencor para con el señor Carranza. Él es hijo de quienes sostenemos el peso de la acción revolucionaria. Mas para mi entender, si nosotros lo hemos parido, nosotros tenemos que criarlo, y no dejar que crezca él a los solos impulsos de su albedrío. Sí, señor: nos hace falta un Primer Jefe, y ese jefe puede ser el señor Carranza, cuantimás que siempre es útil en los negocios de la política un hombre que mande más que todos los otros. Pero crean ustedes, señores, que no es éste un punto que yo pueda resolver, sino los generales de mi división, que son los que me encaminan con sus consejos y sus decisiones. Vengan conmigo al ataque y toma de Zacatecas, y allí nos verán a todos juntos, y se expresarán ustedes con ellos y conmigo.

Esas palabras les hablé yo. Ahora, en Zacatecas, ellos me decían:

—Señor general, en nuestra opinión, ganaría mucho la compostura de estas desavenencias si hiciera usted acto de acatamiento al señor Carranza rindiéndole el parte de este nuevo triunfo.

Yo les contestaba:

—Eso mismo pienso yo, y eso piensan mis generales, masque aquí sepamos que el señor Carranza disimula su intervención en las gestiones que ustedes traen, propuesto a que yo crea que todo es obra de la División del Noreste. Tocante al parte, ¿cómo no lo había de rendir? Vivan ustedes seguros que nuestra desobediencia al señor Carranza por sus malas órdenes militares no oculta en nosotros intenciones de desconocerlo. Yo desde hoy les digo: el señor Carranza seguirá siendo nuestro Primer Jefe con tal que se avenga a la razón.

Así les decía yo, y así era la verdad, pues luego rendí parte de aquella batalla de Zacatecas, tal y como si ninguno de los tropiezos en Torreón hubiera sucedido.

XX

Para evitar la lucha armada con Carranza, Pancho Villa abandona a otros generales el fruto de su magnífica victoria de Zacatecas

Jefes y oficiales en el hospital • Las reglas de la guerra • El doctor López de Lara • Médicos, ayudantes y monjas enfermeras • Juan B. Vargas • La escolta de Banda • Camino del panteón • Damián • La destitución de Felipe Ángeles • Siete brigadas contra Aguascalientes • Los enviados de don Pablo • El doctor Miguel Silva • Jesús, o Luis, Fuentes • El carbón de Monclova • Las municiones de Tampico • El rumbo del norte y el del sur • Consecuencias del desastre de Zacatecas ,

La tarde de aquel mismo día, 24 de junio de 1914, recibí aviso de que los doctores y monjas del hospital instalado frente a mi cuartel escondían entre sus heridos varios jefes y oficiales federales. No criminaré yo a dichos doctores y monjas, pero, según mi juicio, violaban ellos, en su buen ánimo de impartir amparo, las reglas que gobiernan los usos de la guerra. Porque en la guerra los hospitales son para curar, no para esconder hombres enemigos mediante el hincapié de las heridas, como tampoco son para encubrir o favorecer los movimientos de los que combaten.

Me personé, pues, en aquel hospital, propuesto yo a que las costumbres de la guerra se respetaran, y a castigar a los embarazadores de la nueva Ley de Juárez, la cual, por decreto del señor Carranza, venía aplicando nuestra Revolución; porque pareciéndome justa dicha ley, no iba yo a desconocerla esos días por mis solas diferencias con el Primer Jefe.

Llamé al director de aquel hospital, un señor de apellido López de Lara, según me recuerdo; le expresé mis noticias tocante a los referidos jefes y oficiales. A seguidas le digo:

—Señor doctor, ¿cuáles son esos jefes y oficiales?

Él me responde:

—Aquí no están esos jefes y oficiales.

Llamo entonces a los médicos y enfermeros y les digo:

—Señores, ¿cuáles son esos jefes y oficiales?

Ellos me responden:

—Aquí no están esos jefes y oficiales.

Llamo entonces a las monjas y les digo:

—Hermanitas, ¿cuáles son esos jefes y oficiales?

Ellas me responden:

—Aquí no están esos jefes y oficiales.

Lo cual me revolvió toda la cólera de mi cuerpo, pues era mucha confabulación la de tantas negativas. De modo que reflexioné primero si mandaría registrar todas las camas y todos los heridos, para conocer cuáles eran heridos verdaderos y cuáles no, y para cerciorarme de la clase de las heridas.

Pero estimé luego que aquello sería muy grande crueldad para los enfermos que en verdad sufrían, quienes en eso iban a pagar la culpa de sus prójimos, no la suya. Es decir, que estimando cómo allí sólo eran delincuentes los doctores, más las monjas, resolví aplicarles su castigo. Volví a llamarlos a todos juntos y les hablé estas palabras:

—Señoras y señores de mi respeto: Siento mucho lo que les va a suceder, pero nos afligen horas de la guerra, que no sólo son malas para los militares que pelean, sino para la gente civil que se extralimita en los actos de su conducta. Díganme su decisión: ¿saben cuáles son los jefes y oficiales por quienes les pregunto? Si lo saben, señálenmelos uno detrás de otro, para que su suerte corra de mi cuenta, según es ley en las batallas, y según conviene a mi derecho de general vencedor. Y si no lo saben, busquen la manera de iluminarse, para que lo adivinen y me lo digan; pues estén seguros que si en el tiempo que tarde en llegar aquí una escolta desde mi cuartel general nadie me declara cuáles son entre estos heridos los jefes y oficiales que yo ando buscando, todos ustedes, monjas y doctores, morirán hoy mismo pasados por las armas.

Lo cual les dije yo, no porque en verdad pensara cumplirles tan grave amenaza, masque la merecieran, sino para arrancarles la verdad, o para que el pavor de la muerte, haciéndolos sufrir, les fuera en expiación de su culpa.

Mirando que nada me decían ellos, le pregunté al médico director que si se resolvía a darme aquel informe que yo necesitaba. Me contestó que no, que lo fusilara yo si me convenía. Les pregunté lo mismo a los médicos ayudantes. Me contestaron también que no. Les pregunté lo mismo a las monjas enfermeras. Me contestaron también que no. Entonces mandé a Juan B. Vargas, que allí estaba acompañándome, a que me trajera una escolta; y a los médicos y a los enfermeros y a las monjas les añadí, diciéndoles:

—Señoras y señores, prepárense todos para ésta la hora de su muerte.

Y sucedió entonces que llegó la escolta que yo había pedido; y como Banda se me presentara con ella, a él le dicté mis providencias tocante al fusilamiento.

Supe luego que Banda, en cumplimiento de mis órdenes, había encaminado hacia el panteón aquellas monjas y aquellos médicos y enfermeros, convencidos todos de que la escolta los iba a fusilar; y que en el calvario de su marcha, los médicos iban silenciosos y las monjas rezaban. Pero, según el cuento que me trajeron, una de ellas no se entregaba toda a sus rezos, sino que los interrumpía para expresarse con sus compañeros sobre mi persona o para hablar al pueblo que los iba siguiendo. Dicen que decía cómo era ella nieta de un famoso hombre militar nombrado González Ortega, y cómo eso la enseñaba a morir con valor; y que a uno de los médicos, muy asustado por la muerte que yo les deparaba, le infundía ella la fortaleza de su aliento. Éstas eran sus palabras: «No se acobarde, señor, que la muerte por martirio lleva al regazo de quien nos redimió de nuestros pecados».

Cuando así fuera, resultó bueno el hincapié de mandarlos al simulacro de su suplicio, pues poco después de salir aquella comitiva por las calles, no faltó quien se ofreciera a traerme los informes que yo necesitaba. O sea, que cuando mandé a Damián, mi chofer, con orden de que mi sentencia no se cumpliera, lo cual hice al ir los médicos, los enfermeros y las monjas caminando fuera de Zacatecas, ya habían caído en mi poder los jefes y oficiales que antes indico.

Como lo expresé ya, estaban conmigo en Zacatecas dos enviados de Pablo González y de los demás jefes del Cuerpo del Ejército del Noreste, para arreglarme en mis dificultades con el señor Carranza. Yo había concertado con ellos convocar a junta a todos los generales míos, para que los negocios se declararan y la armonía volviera a unirnos. Pero con ser mucha la consecuencia de mi buen ánimo, aquella junta amenazó no realizarse, porque otro día siguiente a mi entrada a Zacatecas me informó Felipe Ángeles haber recibido del Primer Jefe comunicación en que lo destituía de su cargo de ministro de la Guerra, y en que le quitaba su buen nombre de hombre revolucionario y hombre militar, diciéndole que no lo estimaba digno de encabezar nuestro ejército ni merecedor de tan grande confianza.

Al oírlo, pensé entre mí: «¿De modo, señor, que mancha la reputación de nuestro ejército tener él en su cima a un general que aquí me da su auxilio para el aniquilamiento de los usurpadores? Pues ¿qué actos ha ejecutado Felipe Ángeles desde que se me incorporó en abril, sino los de su lealtad para mi persona y los de su pericia para mis fuerzas? ¿Y es esto faltar a la fe que nuestro Primer Jefe le tenía depositada? ¡Señor, que no me afrente así Venustiano Carranza en la persona de mis hombres, pues yo soy mejor hombre revolucionario que él, según me pintan mis hazañas!».

Y como comprendiera yo que aquel acto de tanta injusticia era obra de nuestra desobediencia de Torreón, cuando quería el Primer Jefe que mis fuerzas se diezmaran mandando a locas auxilios a Natera, también me preguntaba yo que por qué el señor Carranza no me desnudaba a mí de mi mando, ni desnudaba al mismo Ángeles del mando de mi artillería, ni desnudaba del mando de mis brigadas a todos mis generales. Es decir, que se veía claro cómo afrentaba él a Ángeles, negándolo como hombre y militar en el despacho de un ministerio, para que sólo a él se le estimara autor de nuestra referida desobediencia, y porque tocante a quitar ministros, o ponerlos, no estaba en nuestra mano demostrarle al señor Carranza su poca autoridad, como sí lo estaba tocante a su arbitrio de quitar y poner generales y de señalarles los movimientos de sus tropas.

A Felipe Ángeles le dije:

—Esto no lo aflija, señor. Es punto que yo arreglaré.

Pero él me contestó que aquello en nada lo afligía, masque la comunicación le hubiera llegado en lo más recio de la batalla de Zacatecas, y que no venía a tratarme de ella, sino a pedirme cuatro brigadas de caballería para ir al ataque y toma de Aguascalientes; ante lo cual le di pruebas de mi confianza y de mi estima de su persona, diciéndole:

—No cuatro, señor general. Siete brigadas voy a poner en sus manos, y quedo aquí seguro que antes de cuatro días la causa del pueblo dominará también Aguascalientes.

Eso le dije yo. Y es verdad que dicté en el acto mis providencias, para que siete brigadas de caballería se pusieran a las órdenes de Felipe Ángeles, con todos sus trenes, con todos sus servicios, con todo su bastimento, para que otro día hiciera su marcha sobre Aguascalientes y consumara solo aquella hazaña. Mas también es verdad que no salía yo de mi cólera por la peripecia de su destitución. De forma que mandé llamar a los dos enviados de Pablo González y les expresé todo mi enojo. Yo les dije:

—El señor Carranza acaba de destituir al general Ángeles de su puesto de ministro tan sólo porque Ángeles atiende bajo mis órdenes sus deberes en beneficio del pueblo. ¿Éstos son los ofrecimientos que ustedes me traen para que la amistad impere? Vivan seguros, señores, que si estuvieran aquí a nombre del Primer Jefe, y no a nombre de Pablo González y Antonio I. Villarreal, yo les enseñaba lo que vale afrentar así hombres de la División del Norte que sólo andan al cumplimiento de sus deberes.

Y tanto se me agitó la cólera de mi cuerpo, empujándome a uno de mis arrebatos, que no quise entender las disculpas que aquellos dos licenciados me daban, aunque fueran buenas, según las estimo ahora, serenado por el tiempo, sino que buscaba yo abarcarlos en la conducta del señor Carranza. Es decir, que el señor doctor Miguel Silva, hombre de mucha civilización y de mi mejor aprecio, tuvo que auxiliarlos con la grande razón de sus palabras. Digo, no que los protegiera él de mí, pues yo no les procuraba ningún daño, sino que los ayudaba a conservar en pie mi buena inclinación por el avenimiento, y a evitar que se frustrara la junta de generales míos en que los dichos licenciados esperaban proponernos sus planes de concordia.

Mediante las palabras del doctor Silva, conforme digo, no se interrumpió entonces aquel concierto.

Padecí también en Zacatecas por el mal fusilamiento que sufrió, a órdenes mías, aquel oficial federal de quien antes indico que había arrostrado en Saltillo graves riesgos por conseguir incorporarse con mis fuerzas.

Éstos son los hechos. Venía el dicho oficial, de nombre Jesús o Luis Fuentes, entre los hombres de mi escolta. Aquellos hombres míos lo recibieron con grande afecto y alternaban con él dentro del mejor trato, pues era hombre de mucha ley, según se le veía, y de muchas luces de inteligencia. Mas también pasaba que era hombre inclinado a la bebida, y que tenía lo que nombran vino pendenciero, de modo que tan luego como se hallaba dominado por las copas, todo iba mal para el ansia de sus pleitos. Después de nuestra victoria de Zacatecas así pasó. Dejó él que la bebida se le sobrepusiera, fue a presencia de otro hombre de mi escolta, con el cual andaba en quién sabe qué discordias, y, poniéndole de balazos, lo mató.

Sin más, dispuse entonces que lo cogieran y lo fusilaran, lo cual hice porque así tenía que ser. Si no, ¿iba yo a consentir que los hombres de mi escolta, que allí estaban por sólo los hechos de sus armas, gastaran el fuego de su sangre no en la pelea por el pueblo, sino en matarse unos contra otros? Bien sé que cualquier sangre nuestra merecía correr en beneficio de la lucha en que andábamos, y cualquier vida destrozarse; pero morir mis hombres así nomás, en la sola anarquía de sus vicios, no estaba en mi ánimo el conllevarlo, para que no se estableciera la costumbre.

Y sucedió, que llegando aquel Jesús o Luis Fuentes, más la escolta que lo custodiaba, al lugar del fusilamiento, se dispuso a morir, y les hizo a sus fusiladores el hincapié de que la aflicción suya era muy grande, y se echó a llorar, y con sólo los gemidos de su lloro, pues nada decía, los enterneció. Entonces el jefe de la escolta le preguntó, ahogándosele la voz por lo que veía, que cuál era su última voluntad; delante de lo cual él arreció las muestras de su pena, y les declaró que sí tenía última voluntad que pedir, pero que no la expresaba, consciente de que no se le cumpliría. Y como el jefe de la escolta le observara que sí debía exponer la dicha voluntad, y que muriera seguro de que se le cumpliría, no siendo de imposible ejecución, él le hizo jurar aquel ofrecimiento, y también hizo que se lo juraran todos los soldados, y entonces, abandonando los signos de su pena, y tomando los del regocijo, les expresó con muy grande calma cómo, según su opinión, era yo hijo de una mala mujer, y cómo era su última voluntad que así me lo dijeran en su nombre, masque siempre hubiera yo sido persona de su cariño.

De ese modo murió el dicho Jesús o Luis Fuentes, maldiciendo de mí, mas no con los acentos de la rabia, ni de la desesperación, sino sonriente él, contento él de demostrarme al borde de la sepultura cómo su ley de hombre valiente no se quebraba. Y es lo cierto que sabedor yo de aquella hazaña, aunque nadie se atreviera a contármela en toda su verdad, mandé llamar al oficial de la escolta y le dije estas palabras:

—Amigo, siempre que jure a un moribundo cumplir su última voluntad, mantenga su juramento, así le cueste la vida. ¿Por qué no me ha traído el mensaje que le dieron?

Y luego le añadí:

—Y otra vez que tope con un hombre de tanta ley como Jesús Fuentes, no lo fusile, amigo, aunque Pancho Villa se lo mande.

La noche del 25 de junio me llegaron noticias de que el señor Carranza se oponía a dejar pasar desde Monclova los cargamentos de carbón que yo necesitaba para el movimiento de mis trenes rumbo al sur. Supe también que no se me consentía paso para las armas y municiones que me venían por Tampico. Y comprendí entonces, aunque aceptarlo me producía mucha amargura, que o seguía yo al sur, expuesto a que mis recursos se me agotaran, y a perder acaso el dominio de mi base de operaciones, o me volvía con mi gente rumbo al norte, y dejaba que otros jefes, sin los obstáculos del rencor del señor Carranza, recogieran el fruto de mis victorias en la hora en que el enemigo, quebrantado en lo principal de su resistencia por la acción de mis hombres, empezaba a huir delante de todos nuestros ejércitos revolucionarios y a desbaratarse, según se columbraba. Porque se miraba claro cómo el desastre de Zacatecas, aquella batalla que el señor Carranza no quería que librara yo, había deshecho el ánimo de los usurpadores, y cómo ellos ya no buscaban sino el amparo de la retirada.

Y me decía yo: «En mi mano está marchar sobre Monclova y traer a la mala el carbón que el Primer Jefe me niega por las buenas». Mas también reflexionaba que eso sería echarnos a la guerra dentro de nuestra Revolución, y que traería el atraso de nuestra causa, y que levantaría los ánimos enemigos. O sea, que resolví detenerme en mi avance hacia el sur, para no acarrear la lucha con el señor Carranza y los que lo protegieran. Así se lo expresé a Felipe Ángeles, cuando se disponía él a su marcha sobre Aguascalientes.

Le dije yo:

—El Primer Jefe nos cierra con su malquerencia el camino del sur, no el enemigo. Nos faltará el parque después de dos batallas. No disponemos de carbón para un movimiento bien arreglado. Yo le pido, señor, que esas mismas brigadas que yo le había dado para la toma de Aguascalientes, esas mismas se lleve usted a Chihuahua, más todos los otros elementos.

Así se lo dije y así lo hizo.

XXI

En premio de su gran triunfo de Zacatecas, Pancho Villa queda como general de brigada mientras ascienden a divisionarios Pablo González y Álvaro Obregón

Los enviados de don Pablo • Palabras del doctor Silva • Una ley para el Primer Jefe • La franqueza de Villa con Obregón • La franqueza de Obregón con Villa • El ejército federal y los programas revolucionarios • Las malas providencias del Primer Jefe • Consejos de don Pablo y de Villarreal • Cesáreo Castro • Luis Caballero • Ardides del señor Carranza • Francisco Villa, general de brigada

Conforme antes indico, celebramos en Zacatecas, otro día siguiente de mi entrada a la población, junta con los licenciados que me mandaba la División del Noreste para arreglarme en mis diferencias con el señor Carranza. Yo sabía, por mis informes secretos, que aquellos dos licenciados venían a expresarse conmigo a sabiendas del dicho Primer Jefe, y hasta con el regocijo de él, aunque dijera que no y declarara que todo provenía del buen ánimo de Pablo González y Antonio I. Villarreal. De modo que nosotros decidimos manifestar a los dichos señores todas las ideas de nuestro pensamiento.

Mis generales les dijeron, o más bien, les dijo el doctor Miguel Silva, que hablaba nuestras palabras:

—Nosotros no desconocemos la autoridad del señor Carranza como Primer Jefe, pero queremos que una ley de todos los hombres revolucionarios declare cuáles son los alcances y los límites de esa autoridad. Porque, según nuestro parecer, el señor Carranza está para que nuestra Revolución tenga un jefe supremo y siga caminos ordenados, mas no para disponer él a su capricho de nosotros los hombres que hacemos la guerra con nuestra sangre, ni para sujetarla a los propósitos de su persona en perjuicio de los intereses del pueblo. Que sea él nuestro jefe, sí, señor, pero que lo sea oyéndonos, no atropellándonos, y que lo sea conforme se necesite, y en cuanto y como se necesite, pero nada más, en lo cual tendrá nuestro respeto, sin merma para nosotros ni olvido de nuestra causa. Proponemos por eso, señores licenciados, que se reúnan en junta conciliadora, en la ciudad de Torreón, representantes de nuestras dos divisiones, la del Norte y la del Noreste, y que nos concertemos allí tocante a lo que es el Primer Jefe y a lo que deberá él hacer para el desarrollo de nuestra causa revolucionaria. En esa junta se verá cómo es bueno nuestro ánimo de hombres que andan al cumplimiento del deber, y cómo sólo queremos el triunfo de los pobres en su lucha contra los ricos.

Así les dijo él, a nombre mío y de todos mis generales, que estaban allí. Y como aquellos dos licenciados también eran buenos hombres de la Revolución y traían buenas órdenes de Pablo González y Antonio I. Villarreal, dijeron que sí, que les parecía bien lo que nosotros proponíamos, y a seguidas se comunicaron con sus generales, los que también contestaron que sí, que aceptaban aquella proposición nuestra.

Al compañero Álvaro Obregón le puse telegrama sobre mis tropiezos con el señor Carranza. Sabía yo que por entonces terminaba él su travesía de la sierra nombrada Sierra de Tepic y que se movía ya por Ixtlán, en su marcha hacia Jalisco. Mis palabras contenían esto:

«Señor, le comunico mi pena por los embarazos que el Primer Jefe sigue poniéndome, a mí y a mis fuerzas, en mi avance hacia el Sur. Le pedí carbón de las minas de Coahuila para el movimiento de mis trenes, pues dueño yo de esta plaza de Zacatecas, tenía propuesto no detenerme, sino tomar Aguascalientes en tres días y seguir toda la ruta de mis armas. Pero sucede, señor compañero, que no sólo no me da él dicho carbón, sin el cual me veo paralizado, sino que impide que me lo manden, masque el general Pablo González, por obra de las pláticas que con él tuve al hacerle yo entrega de la plaza de Saltillo, se muestre bien dispuesto a esta petición mía. Tengo parque comprado y pagado que viene por Tampico, y que me es indispensable para surtir mis tropas. Pero también sucede que el señor Carranza está tomando medidas para estorbar que ese parque me llegue, y sus cónsules y otros hombres favorecidos andan en trabajos para conseguir que yo no me surta de ese elemento ni de ninguno otro. Usted comprenderá, señor, por qué en estas condiciones no puedo internarme más al Sur. Sin carbón suficiente, mis marchas no se harían en forma arreglada, y mi contacto con mi base de operaciones quedaría en peligro. Sin remesas de parque, el que ahora tengo se me agotaría después de dos o tres batallas, y me vería yo entonces sin acción delante de las tropas usurpadoras, y quedaría expuesto a los actos hostiles del señor Carranza, que acaso busque ponerme en esa debilidad para valerse de ella. Lo cual digo, señor compañero, porque en estos momentos es malo el ánimo del señor Carranza para mí, y porque sólo así se comprende la inacción que guardan en Monterrey y Saltillo, por órdenes de él, las tropas de Pablo González, propuestas, según parece, a no secundar mi avance, sino a esperar algún tropiezo mío para seguir ellas su marcha. Por todo esto, señor, tengo decidido regresar al Norte con mis tropas y no continuar la campaña mientras no hallen buen arreglo las dificultades que nos enyerban, y eso es lo que le comunico por deberes de compañerismo y de amistad. Es decir, que dejo a usted enterado de cómo esta División del Norte no sigue su avance hacia el Sur, como tampoco la del general Pablo González, y cómo debe usted tomar sus providencias para que el avance suyo, si lo hace solo, no resulte en algún percance grave para nuestra causa y para aquellas tropas de su mando. Por fortuna, señor compañero, estamos por celebrar pronto en Torreón unas juntas, que nombran conferencias, en las cuales habrá representantes de esta división mía, y de la división de Pablo González, y acaso también, según yo espero, de la persona del señor Carranza; y en dichas juntas trataremos de componer las desavenencias que nos afligen. Conforme a mi juicio, sería conveniente que la división de usted acudiera también mediante algunos delegados. Viva seguro que los asuntos que allí se han de tratar son de tan grande importancia que considero indispensable la presencia de todos los principales jefes, o sus apoderados, para que sea formal y definitivo lo que en las dichas juntas se concierte, y todo en beneficio de nuestra causa. – *Francisco Villa*».

Me contestó él:

«Señor general, le contesto su mensaje tocante a las desavenencias suyas con nuestro Primer Jefe. Sucede que el mal servicio de estos telégrafos, por la fuertes lluvias, me tiene sin detalles de lo que allí está pasando, pero creo yo que cualesquiera que sean las luchas que lo embarazan en su trato con el señor Carranza, usted no debe convertirse en juez, porque su ánimo lo considerará todo en su favor, y un yerro suyo, si lo hay, no vendrá en perjuicio de un hombre solo, sino de nuestra causa y de nuestra patria, cuantimás que somos muchos los jefes que tenemos que juzgar imparcialmente. Si el señor Carranza comete yerros o arbitrariedades, todos tenemos la obligación de señalárselos, para que se corrija y los evite, pero no sería camino para ese remedio apartarse de la lucha, ni desconocerlo a él, siendo que nosotros mismos lo hemos nombrado, pues eso acarrearía también el rompimiento con los demás compañeros que pelean la salvación de la patria. Viva usted seguro que si yo anduviera a estas horas por aquella región daría todo mi auxilio para el justo arreglo de las dichas desavenencias, pero a esta grande distancia a que estoy, y con estas malas comunicaciones, muy poco puedo hacer de lo mucho que quisiera. Esto le digo: que deben sobrellevarse todos los sacrificios necesarios para que la junta de Torreón nos devuelva la armonía, y que no van de aquí representantes de esta división porque lo reducido del tiempo no lo consiente, y porque estimamos nosotros, yo y mis hombres, que nada debe distraernos hasta consumar nuestro primer propósito, que es la destrucción completa del ejército federal. Los puntos tocantes al futuro desarrollo de nuestra causa, y a las reformas en beneficio del pueblo, serán obra para después, según el cabal triunfo de las tropas revolucionarias lo consienta: es decir, cuando eso se pueda tratar con reposo delante del mayor número posible de jefes, para que todos ellos, cada uno según su comarca, cada uno según su experiencia, iluminen el camino que andamos buscando. Y le añado esto más: no puedo detenerme en mi marcha rumbo al interior de la República. He atravesado con mi división toda la sierra de Tepic y las primeras comarcas de este estado, sin que el enemigo logre hasta ahora el menor fruto con los obstáculos que me pone. Desde hace días entré en contacto con la fuerza federal que viene de Guadalajara para atajarme. En estas circunstancias, mi avance tiene que seguir, aunque lo estimo de grandes riesgos si no avanzan también hasta el centro las divisiones de usted y de Pablo González. No haciéndolo yo, expongo mis tropas a que el enemigo las coloque en postura de grande dificultad, lo cual puede conseguir con la sola providencia de hacer llegar aquí las guarniciones de Guaymas y Mazatlán, que todavía tiene ocupadas en la defensa de aquellos puertos. Por esto, señor general Villa, invoco yo, en nombre mío y de todos estos jefes, los mejores sentimientos de su patriotismo, para que no se detenga en su honrosa carrera, sino que siga adelante, subordinado siempre a nuestro Primer Jefe, y guarde para proponer después al señor Carranza el desarrollo de sus programas revolucionarios. Crea que así lo haremos entonces todos al amparo de nuestro derecho. – *Álvaro Obregón*».

Pienso yo, conforme a mi parecer, que aquel mensaje descubría muy buenas intenciones en el ánimo del compañero Álvaro Obregón. Consideraba él el mal, y se inclinaba a corregirlo. Miraba él los riesgos de nuestras desavenencias, y aconsejaba disimularlas. Y reflexionando yo cómo estaba él lejos, reflexionaba también cómo de estar más cerca de nosotros, y más al tanto de mi situación, hubiera mirado aquellos hechos con ojos iguales a los míos, pues, según luego supe, telegrafió entonces al señor Carranza las expresiones de su queja.

Esto le decía:

«Señor Carranza, el general Villa me informa que pronto regresará al Norte con todas sus fuerzas; y como esto cobija muy grande inconsecuencia para con mi división, que sola se aventura así en su avance rumbo al Sur, le ruego que me declare lo que haya de cierto en esa noticia».

Así le comunicaba él sus palabras, expresándole que el estancamiento de mis tropas en el Norte era grave yerro militar, según en verdad lo era, porque la pericia me venía aconsejando, desde mi entrada a Torreón, que nuestros tres ejércitos revolucionarios tenían que progresar al mismo tiempo, dándose el apoyo de su auxilio, en marcha que nombran convergente: el mío por el centro, el de Obregón por la derecha y el de Pablo González por la izquierda. Como yo no seguía entonces hacia el Sur, por no querer surtirme de elementos contra la voluntad del señor Carranza, y Pablo González porque el Primer Jefe lo detenía en desconfianza de mis pasos, aquella queja de Obregón se expresaba contra las providencias que así nos inmovilizaban, no contra mí, ni contra mis hombres, que habíamos acabado con cuanto enemigo se ponía a nuestro alcance.

Ya para entonces sabía yo que días antes, al conocerse en Saltillo la desobediencia de mis generales por obra de mi destitución, y por obra de las órdenes del Primer Jefe para la toma de Zacatecas, Pablo González y Antonio I. Villarreal habían ido a presencia del señor Carranza y le habían dicho:

—Señor, esta desobediencia nace de la poca organización de su gobierno, que da ocasión a que se crea que quiere usted mandarnos sin trabas para su voluntad. Forme bien su gobierno, señor, según es ya cosa urgente, y entonces sentiremos todos que no es capricho de un solo hombre la potencia que nos dirige, sino el buen consejo de nuestros gobernantes revolucionarios.

O sea, que al recibir yo ahora noticia de que estaba nombrado para la junta de Torreón el dicho Antonio I. Villarreal, más otros dos generales, llamados Cesáreo Castro y Luis Caballero, comprendí que el arreglo de las desavenencias se conseguiría y abrigué la esperanza de que pronto no podría ya el señor Carranza seguir estorbándome ni hacer obra contraria al avance de nuestra Revolución. Pero supe también entonces que al avenirse Pablo González a nuestro deseo de citar a junta a los representantes de la división suya y de la mía, fue él delante del señor Carranza a pedirle su parecer, y el Primer Jefe le dijo que acogía bien aquella proposición nuestra, y que lo autorizaba a que se nombraran los delegados, pero sin descubrirse que a él se le había consultado, ni, menos, que consultado él, lo consentía. Y yo entonces reflexioné:

«¿Será que el señor Carranza no quiere más que entretenerme, y se dispone en su ánimo a no aceptar luego lo que aquellos delegados concierten con los míos? Porque si él autoriza que vengan, y hasta él mismo los acoge, conforme se me dice, ¿por qué levantar el hincapié de que todo lo hace a sus espaldas la División del Noreste, sabiendo todos que ésa no es la verdad?».

Cuando así no fuera, eso parecía y eso empezó a consumarse. Entregué yo al general Natera la plaza de Zacatecas, que era lo que el señor Carranza anhelaba, temeroso del crecimiento de mis territorios, y le dejé para todo el estado el mando militar, más el que nombra civil, y yo me volví para Torreón con todas mis fuerzas, dispuesto al logro de las pláticas que allí iban a tenerse.

Estando todavía en Zacatecas, me enteré de que el señor Carranza daba ascenso a grado de general que llaman divisionario al compañero Álvaro Obregón y al compañero Pablo González. Y es lo cierto que pensé entre mí:

«Opino lo mismo que nuestro Primer Jefe: Álvaro Obregón y Pablo González son generales de división, pues forman división las tropas que cada uno de ellos manda, y son tropas que ellos se han hecho, juntándolas o dándoles los elementos que necesitan. Así pues, el señor Carranza debe reconocerles ese grado, porque ése tienen ellos por obra de su conducta, y ése merecen por los hechos de sus armas, pues los dos pelean por la causa del pueblo, y ganan batallas o las pierden, según los consejos de su pericia o los azares de la guerra. Pero ¡señor!, si a ellos se les reconoce grado de general de división, ¿por qué a mí se me deja en grado de general de brigada? ¿Mi ejército no es más numeroso y no está mejor organizado que el de cualquiera de ellos? ¿No tengo yo a mis órdenes más cantidad de brigadas? ¿No son más mis victorias que las suyas, y más grandes y aniquiladoras del enemigo? Tomé yo Ciudad Juárez, tomé Chihuahua, tomé Ojinaga, tomé Lerdo, tomé Gómez Palacio, tomé Torreón, tomé San Pedro, tomé Saltillo, tomé Zacatecas. Gané mi grande triunfo en Tierra Blanca, que fue como dar todo el estado de Chihuahua a la Revolución; destruí a Mercado en Ojinaga, que fue como quitar todo un ejército a Victoriano Huerta; destruí a Velasco y sus veinte generales en San Pedro de la Colonias, que fue el aniquilamiento de otro ejército enemigo; acabé con otro ejército en Paredón, que fue como dar otro estado a la causa del pueblo; destruí hace seis días en Zacatecas otro ejército federal, que fue como acabar con toda la resistencia huertista en el norte de la República. Y después de todo esto, que son hechos de mis armas, ¿sólo valgo yo como general de brigada a los ojos de nuestro Primer Jefe? ¡Malos sentimientos cobija él para mí, según se viene trasparentando desde hace tiempo, y según los cobija buenos para sus generales favorecidos! Así se vio cómo estimaba cuerpo de ejército las tropas de Obregón, menos considerables que las mías por el número de sus hombres y por la verdad de sus hazañas, y cómo estimaba cuerpo de ejército las tropas de Pablo González, todavía de menor importancia que las de Obregón delante de las enseñanzas de la guerra. Junto a eso, ha dejado en categoría de división estas tropas mías, que son las mayores en sus conquistas, y en el número de sus hombres, y en la fama de sus acciones vencedoras. Bueno, señor: que el Primer Jefe me hiera con todos los rencores de su mal ánimo hacia mí, y que hiera a los hombres míos, entre los cuales yo aprecio a muchos como verdaderos generales de división, porque son los que ganan mis triunfos con sus sacrificios y su sangre. Yo no soy menos general ni más general por negarme él o reconocerme él los verdaderos grados que yo ejerzo en las horas de la guerra. Mas es lo cierto que él sí se agrandará, o se achicará, en su grado de Primer Jefe, que tiene porque nosotros se lo hemos reconocido, conforme se alce a la justicia o se abaje a la injusticia en los actos de su gobierno, y conforme sus providencias sean en beneficio de nuestra causa revolucionaria, o sólo en beneficio de él y de los hombres que él prefiere».

XXII

Al amparo de Pancho Villa toman forma en las conferencias de Torreón los primeros propósitos de la causa revolucionaria

Las desavenencias de Villa con Carranza y las de Maytorena con Calles • «Luisito, vaya usted al telégrafo como si fuera yo» • Una conferencia telegráfica • Ernesto Meade Fierro • Miguel Silva, Manuel Bonilla y José Isabel Robles • Roque González Garza • La disciplina de Pancho Villa • «Yo seré el primero en respetar las decisiones, aunque se alcen contra mi persona» • Las juntas del Banco de Coahuila • Miseria y humillación del pobre • Villa y sus delegados • Los acuerdos de Torreón

Es lo cierto que mientras los generales de la División del Noreste procuraban allanar mis diferencias con el señor Carranza, él no hacía ningún esfuerzo para que los jefes de Sonora compusieran entre sí las suyas. Allá las tropas de Alvarado, sitiadoras de Guaymas, llegaban cerca de la insubordinación para pedir que Plutarco Elías Calles saliera de aquellos territorios, y en exigencia de respeto para José María Maytorena, que era el gobernador por la ley. Pero Calles, que ya no podía hostigar a Maytorena desde Hermosillo, sino que se había retirado a Nogales, Naco y Agua Prieta, labraba sus intrigas mediante el telégrafo, acusando a Maytorena de traidor a nuestra causa, cuando que todo aquel pueblo estaba con aquel gobierno. Y el señor Carranza, oyendo las dichas intrigas, las alentaba.

La manera como Plutarco Elías Calles había dejado de amagar a Maytorena en las calles de Hermosillo la voy a contar. Estando yo en Chihuahua después de la toma de Saltillo, y el señor Carranza de paso por Torreón, José María Maytorena, según llevo apuntado, me puso telegrama en clave con sus temores de que Elías Calles lo sacrificara. Quise yo entonces darle el auxilio que me pedía; o sea, que no sólo telegrafié al señor Carranza respecto

490

de los dichos sucesos, para que los remediara, sino que llamé a Luisito y le dije:

—Luisito, va usted al telégrafo a celebrar, como si fuera yo mismo, conferencia con Plutarco Elías Calles, y lo convence usted, usando las mejores palabras, de cómo tiene que dejar en paz a don José María Maytorena, que es persona de mi cariño y buen hombre revolucionario.

Y fue Luisito, obediente a mis órdenes, y tuvo con Calles la dicha conferencia. Le dijo él:

—Habla Francisco Villa, señor.

Contestó Calles:

—¿Cómo está usted, mi general?

Dijo Luisito:

—Estoy bien, señor, sólo que con el susidio de aquellos acontecimientos de Sonora. Porque tengo noticia de que por distanciamiento suyo con José María Maytorena, usted lo molesta y lo hostiliza, y aun lo tiene cercado en su palacio. Eso no está bien, señor. Maytorena es allí el gobernador constitucional, y todos deben respetarlo y considerarlo. Le ruego, pues, que reforme su actitud, y que haga porque se borren aquellas desavenencias, cual conviene al progreso de nuestra causa. Si nosotros nos dividimos, si entretenemos entre nosotros nuestras armas, ¿qué futuro nos espera en manos del enemigo?

Calles contestó:

—No es cierto lo que le cuentan, señor general Francisco Villa. Lo están informando mal. Sucede, señor, que José María Maytorena es hombre reaccionario, según lo declara su riqueza, y que su persona deshonra a nuestra causa. Si usted lo conociera, no lo defendería, pues yo le prometo que es hombre indigno de que lo protejan revolucionarios como usted.

Le dijo Luisito, siempre con palabras como si fueran mías:

—Creo, señor, que usted se equivoca. Yo conozco bien al señor Maytorena, y mis ideas sobre su persona son muy distintas de las que usted me manifiesta. El señor Maytorena es hombre de mi aprecio, o, más bien dicho, hombre merecedor de que lo aprecien todos, pues así lo requieren los actos de su conducta para con el señor Madero y sus actos dentro de nuestra Revolución. Yo le pido, señor, que ya no lo moleste y que lo deje en paz; y créame que se lo pido con mis mejores palabras.

Contestó Calles:

—Yo le digo que Maytorena es traidor a nuestra causa y que debemos desterrarlo de toda nuestra República.

Y entonces Luisito, según las órdenes que llevaba, lo amenazó con estas palabras mías:

—Muy bien, señor. Lamento mucho que no mire mi razón ni acepte seguir el camino de mi consejo. Usted obre como guste, mas ateniéndose desde hoy a las consecuencias de sus actos; pues viva seguro que yo estoy propuesto a no consentir que haga usted hostilidades contra Maytorena, cuantimás en perjuicio de nuestra causa.

Y lo que sucedió fue que otro día siguiente de aquellas expresiones, Calles se retiró de Hermosillo hacia Nogales, sin saber yo entonces, ni saber ahora, si eso aconteció bajo mis amenazas, o por obra de otra peripecia.

Pero, según digo antes, desde la frontera siguió Calles el trabajo de sus intrigas mediante sus telegramas al señor Carranza. Y bien enterado yo de aquellos mensajes de discordia, pues mi servicio secreto del Paso me los procuraba, pensaba yo entre mí: «¿Será posible que el señor Carranza se someta en Torreón a nuestros arreglos de avenencia, si, según se mira, apoya en Sonora el conflicto distanciador de los hombres revolucionarios?».

Porque le decía Calles al Primer Jefe: «Maytorena es hombre traidor. Salvador Alvarado resultará también hombre traidor». Y le contestaba Carranza: «Señor, oigo sus palabras. Arme todas las fuerzas que necesite, para que aquella sublevación no nos sorprenda y para que pueda usted proteger en Sonora la grande verdad de nuestros principios».

Llegaron a Torreón los generales Antonio I. Villarreal, Cesáreo Castro y Luis Caballero, más otro señor que iba a servirles de escribano en el registro de los acuerdos, de nombre Ernesto Meade Fierro. Escogimos nosotros por delegados nuestros al doctor Miguel Silva y al ingeniero Manuel Bonilla, de quien ya antes indico, personas de mucha civilización y de grandes conocimientos en cuanto a los ideales de nuestra causa. Escogimos también a José Isabel Robles, buen militar revolucionario, inclinado a la moderación y a todas las formas de la imparcialidad. Y para secretario de estos comisionados nuestros nombramos a Roque González Garza, que me guardaba su cariño y tenía grande amor por la causa del pueblo.

Para mi juicio, todos aquellos comisionados venían a las pláticas en obra de buena fe. A los delegados de mis fuerzas, los cuales hicieron junta conmigo antes de que las dichas pláticas empezaran, les entregué toda la suerte mía y de mis hombres, sin más que una condición: que no consintieran cosa ni perdonaran persona que nos estancara, o más bien dicho, que estancara el progreso de la causa que andábamos peleando. Les hablé yo estas palabras:

«Señores, estamos en horas de guerra, no en horas de paz, y en la guerra todo vale delante de la necesidad del triunfo. Pero ésta no es guerra entre unos hombres revolucionarios y otros, sino guerra del pueblo contra la Usurpación, y guerra del pobre contra el rico. De modo que yo nomás les prevengo: lo primero es que nadie ponga embarazos a la consumación del triunfo revolucionario; lo segundo es que conforme el dicho triunfo avanza, no se críen a su amparo panoramas políticos en que algunos hombres nuestros conciban heredar, para su beneficio, la potencia de la tiranía, y los procedimientos de los usurpadores, que nosotros, los soldados de nuestra Revolución, salimos a destruir. Me estimo yo buen hombre revolucionario, que hace muchos años ando en la lucha del cumplimiento del deber. Pero si ustedes, junto con los otros señores delegados, miran en mi persona un tropiezo para que nuestra causa triunfe, o para que, logrado el triunfo, nuestra Revolución prospere, yo los aliento a que me sacrifiquen. Lo mismo les digo del señor Carranza, y de cualquier otro jefe o general: allí donde consideren ustedes que uno de esos hombres estorba, allí pongan la mano de su castigo. Pero también esto les aconsejo: si en nuestras desavenencias con el señor Carranza hay compostura, busquen ustedes la compostura de forma que nuestra causa no se malogre, pues yo estimo que ese arreglo es posible con tal que todos, el señor Carranza y nosotros, nos pongamos en la razón. Cuando así no sea, estén ciertos de que yo seré el primero en respetar y hacer respetar sus decisiones, lo mismo si me favorecen que si se alzan contra mi persona».

Eso les dije yo, resuelto a cumplir aquellas expresiones mías, y en mi buen ánimo de velar porque los delegados de Pablo González, que, según se contaba, eran como delegados del Primer Jefe, deliberaran sin ninguna angustia en el territorio de mis armas. O sea, que reflexionaba yo: «Haciéndome confianza esos hombres, y colocándose debajo de mi amparo, ¿voy yo a defraudarlos en su grande concepto de mí? Si ellos estiman que Pancho Villa es hombre bastante hasta para proteger a los jueces que lo juzgan, lo estiman bien: yo protegeré sus pláticas y acataré la sentencia que dicten, aunque ella me sea de muerte».

Pero también me decía:

«Éstos son buenos revolucionarios, y hombres de amor a la causa del pueblo; miran ellos con ojos iguales a los míos la lucha en que todos andamos. Es decir, que siendo también yo buen hombre revolucionario, mi razón "será su razón"».

Así fue. En los cinco días de aquellas conferencias nunca intenté inclinar de ningún modo el ánimo de los dichos delegados. Ellos tenían sus juntas en el edificio que se nombra Banco de Coahuila, y yo, para que se sintieran a gusto, y para considerarlos con mi mejor trato, iba a esperar a que salieran de sus deliberaciones, y me los traía a comer. Y es lo cierto que durante aquellas comidas que teníamos, tan interesado yo en los negocios que se estaban tratando, no les hablaba palabras tocante a los dichos negocios, sino tocante a mi vida, ni les predicaba las grandezas que podían resultarnos al consumarse nuestro triunfo, sino que les pintaba las miserias y la humillación del pobre, que yo había sufrido, y les ponía por delante nuestro deber de remediar esas dolencias.

De modo que yo conocía el progreso de las dichas pláticas por los informes de los delegados nuestros, que venían a enterarme a impulsos de su buen ánimo, y no de mis preguntas, dispuesto yo siempre a oír sus palabras y a seguirlos en su consejo. Ellos me decían:

—Señor general, estas pláticas acabarían mejor si devolviera usted al señor Carranza su Tesorería de Ciudad Juárez y diera por libres a los carrancistas que tiene presos.

Les contestaba yo:

—Señores, en sus manos puse mi voluntad. Si aconsejan ustedes que ese paso debe darse, desde este momento es paso dado. Mandaré poner libres todos aquellos carrancistas que ahora tengo en Chihuahua, los cuales no están presos, señores, sino sólo obligados a no salir de la ciudad, y mandaré devolver al Primer Jefe sus máquinas para hacer dinero, y los billetes que ya tiene hechos, y sus muebles, y sus papeles.

También me decían:

—Señor, conviene allanar los conflictos de Sonora. Tiene razón el señor Maytorena y se la hemos de dar. Pero si cabiéndole la razón, su gobierno produce allá inquietudes y trastornos, nuestro deber es pedirle que lo vea, y aconsejarle que si así es, ponga por delante de todo los deberes del patriotismo, y que se aparte por su propia voluntad, y que deje en su puesto hombre que lo represente, pero que aplaque aquellas luchas.

Yo les contestaba:

—Sí, señores. Si es beneficio de la causa revolucionaria que José María Maytorena no gobierne ya en Sonora, él lo comprenderá y lo aceptará, cuanto más, que saliendo así de su gobierno, no lo dejará como vencido, sino como vencedor. Lo cual les expreso porque también yo me iré, y yo también dejaré a otros mis elementos, si con ese sacrificio se estima que nuestra causa sale ganando.

Y así en todo lo demás.

Se convino, el primer día de las conferencias de Torreón, declarar que todos los generales de la División del Norte reconocíamos al señor Carranza por nuestro Primer Jefe, y que yo seguiría al frente de mis tropas que mandaba. Se convino también la obligación del Primer Jefe en punto a surtir las divisiones revolucionarias de todo lo necesario al arreglado desenvolvimiento de las operaciones, y a dejar al arbitrio de los jefes todo lo concerniente a su acción, sin más que dar éstos cuenta de los actos de su conducta al señor Carranza, para que él los aprobara, o los iluminara con su consejo. Se concertó el segundo día pedir al señor Carranza la formación de su gobierno, proponiéndole para eso personas que las divisiones del Norte y del Noreste le recomendaran, y fijarle, para la hora de nuestro triunfo, su deber de convertirse en presidente interino, según así se nombra, de nuestra República, sujeto a las decisiones de una convención de representantes de todos los hombres revolucionarios, cada fuerza según el número de sus hombres, a razón de un representante por cada mil. Se concertó el tercer día aconsejar al señor Carranza su juiciosa intervención en los conflictos de Sonora, o sea, que interviniera allá sin daño para los derechos de aquel gobierno ni ataques a la persona del señor Maytorena, que era el gobernador puesto por el pueblo. Se convino también pedir al dicho señor Maytorena que mirara con patriotismo las ventajas y desventajas de mantenerse él en aquel gobierno, o de separarse de propia voluntad. Se concertó el cuarto día reconocer al Primer Jefe su facultad de nombrar los empleados de su gobierno en todos los territorios dominados por nuestras fuerzas revolucionarias. Se convino el quinto día declarar que nuestra Revolución era la lucha de los pobres y los humildes contra los ricos y los poderosos, y hacer solemne compromiso de que las divisiones del Norte y el Noreste no descansarían las armas hasta tener desbaratado, y sustituido por soldados revolucionarios, el ejército de la Federación, y hasta poner bien en obra el gobierno que nombran democrático, y hasta dar castigo al clero protector de los usurpadores, y hasta ver libres de estorbos las providencias que sacaran de su miseria a los obreros, y hasta quitar la tierra a los hacendados y entregarla a las manos de los labradores.

Aquéllos fueron los sanos acuerdos de las conferencias de Torreón, todos por obra de muy conscientes hombres revolucionarios, todos en beneficio de la causa del pueblo, y para su rendición y su justicia. Porque si es verdad que se concertaron otras cuestiones, y ellas parecen de poco interés, todas eran tocante al remedio de los agravios, lo que también las hacía grandes. Juntas las dos divisiones, pedían al Primer Jefe que elevara la División del Norte a la categoría de las tropas del Noreste y del Noroeste, y que igualara mi grado con el de Pablo González y Álvaro Obregón, y que desagraviara a Felipe Ángeles anulando su destitución y recibiendo su renuncia, y que abriera el paso a los pertrechos que me venían por Tampico, y que consintiera en otras cosas como éstas, de que no me recuerdo.

XXIII

La presencia de Antonio I. Villarreal en Torreón hace que Pancho Villa espere el arreglo de sus desavenencias con Carranza

Las futuras reglas del gobierno revolucionario • Banderas de concordia y de desunión • Un telegrama de Pablo González • Palabras de Villarreal • El oro de Serapio Aguirre • Agua para los heridos • Los veinte carros de carbón • Lágrimas de Pancho Villa • Los yerros de la política • El dinero para las tropas • Los hombres enredadores • El desagravio a Carranza

Al señor Carranza no le era grata nuestra inclinación a echar desde entonces las futuras reglas del gobierno revolucionario, sin saber yo si ello provendría de aspirar él a muy largos años para su mando, o si de andar ya en ligas con los hombres suyos, o si de su miedo al desarrollo de nuestra acción, considerando él cómo yo y mis hombres veníamos al verdadero triunfo del pobre. Por eso los delegados míos no lograron su intento de convencer a los delegados suyos tocante a la prohibición de elegir luego presidente o vicepresidente de nuestra República entre los hombres que hubieran sido jefes de tropas constitucionalistas.

Nuestros delegados decían:

«Ningún jefe constitucionalista podrá jugar como candidato a presidente o vicepresidente de nuestra República en las elecciones que se hagan al consumarse nuestro triunfo, porque los hechos de las armas no son para que hombres militares conquisten los puestos de la gobernación, y porque la fuerza que de por sí traen esos hombres mata las libertades del pueblo».

Y contestaban los delegados de Pablo González, o más bien dicho, del señor Carranza, pues eran de él:

«Señores, no es éste un punto que ahora deba resolverse, y más, que tantos buenos ciudadanos empuñan las armas de esta lucha. Cuando así no sea, podía estimarse la dicha prohibición como ataque nuestro al futuro del señor Carranza, y si hemos venido a juntarnos en obra de armonía, no de alejamiento, ¿para qué levantar nosotros banderas de discordia? Todos estamos resueltos a que haya, conseguido el triunfo, una convención donde se concierten las reglas de nuestro gobierno revolucionario. Pues bien, señores, dejemos que la dicha convención fije quiénes podrán ser, y quiénes no podrán ser, el presidente y el vicepresidente de nuestra República».

También por los designios de Venustiano Carranza quiso Pablo González, en obediencia a órdenes que le daba el Primer Jefe, estorbar las libres decisiones de sus delegados en las conferencias. De ese modo, mientras yo dejaba a los delegados nuestros todo el uso de sus luces de inteligencia, y su libertad, el señor Carranza, por intermedio de Pablo González, quería contener el buen ánimo y el buen consejo de los delegados suyos. Lo cual digo porque así se revelaba en los telegramas que Pablo González le ponía a Villarreal desde Saltillo, y en las contestaciones que Villarreal le daba.

Villarreal le decía:

«Avanza en muy buena armonía el trabajo de estas conferencias. Ya se aprobó que nuestras dos divisiones propongan al señor Carranza listas de hombres políticos entre los cuales podrá él escoger, siendo ésa su voluntad, algunos de sus consejeros o ministros. Ya se aprobó también proponerle que a la hora de nuestro triunfo, entrando él en su puesto de presidente interino de nuestra República, convoque a convención donde se declare cuándo serán las elecciones, y cuáles las reformas que consumará el gobierno, y cuáles los hombres ciudadanos que podrán ser presidente y vicepresidente, más otros puntos así. También se ha concertado que la dicha convención esté formada por representantes de todas nuestras tropas revolucionarias».

Y le respondía Pablo González:

«Recibo, señor, el mensaje de sus proposiciones al Primer Jefe, que no me parecen bien. Considere que no es de nuestro derecho nombrar al señor Carranza sus ministros o consejeros; considere que la forma de convención que ustedes proponen no es de reglas democráticas, pues en ella sólo se oiría la voz del ejército, y no la voz del pueblo. Aunque así no sea, recuerde que en la junta de generales que aquí los nombró delegados de esta división, se dispuso mandarlos al arreglo de las desavenencias entre la División del Norte y el Primer Jefe. Pero sucede que ahora sus trabajos resultan en proposición de programas de gobierno y otras reformas que sólo el pueblo puede ordenar».

A lo que Antonio I. Villarreal contestaba:

«Comprende usted mal, señor, la actitud mía y de todos estos delegados. Estamos aquí al cumplimiento de nuestro deber, que es descubrir sin engaño el deseo de los generales de aquella División del Noreste y ponerlo en armonía con lo que nos declaren los generales de esta División del Norte. Nosotros no aconsejamos ningunas reformas para este día, señor. Ni es cierto que tratemos de nombrarle al señor Carranza sus ministros o consejeros. Proponemos que al conseguirse el triunfo haya una convención de todo el ejército revolucionario, para que en ella se concierte el futuro del gobierno, y si la dicha convención no parece cumplir todas las formas que nombran democráticas, menos forma de democracia habrá no teniendo entonces ninguna convención, sino dejando el desarrollo de nuestro triunfo al arbitrio de un solo hombre, o de unos cuantos hombres escogidos por ese hombre solo. Respecto a la lista de señores para ministros o consejeros, no es obligación del señor Carranza considerarla como un mandato, es la expresión de un buen deseo nuestro que él puede oír o desechar, según el aprecio chico o grande que haga de nosotros los revolucionarios. Le contesto que aquellos generales nos dieron la más grande autoridad para tratar sobre los negocios que estamos arreglando, y estimo que estas decisiones nuestras son obra del patriotismo, pues estamos resueltos a que impere la armonía en forma que pronto se logre el triunfo nuestro sobre los usurpadores. Sólo una luz nos guía, señor: los beneficios de nuestra patria; y sólo un límite nos ponemos: no disminuir, sino acrecentar, la mucha dignidad que todos los hombres revolucionarios debemos ver en nuestra Primera Jefatura».

Eso contestaba Villarreal a los reparos de Pablo González, que más eran reparos del señor Carranza. Conociéndolo yo, pues nada se me disimulaba de cuanto venía por aquellos telégrafos, pensaba entre mí: «Señor, son claras como la luz del sol estas expresiones de Antonio I. Villarreal, y sólo dejará de comprenderlas quien ponga el interés de su ánimo en el beneficio de alguna persona y no en el beneficio de nuestra causa».

Una mañana encuentro con que Villarreal viene a verme y me dice:

—Señor general Villa, conforme a mi parecer, y según el parecer de todos los generales de la División del Noreste, no será completo el fruto de estas pláticas si no se devuelve al señor Carranza el oro que los hombres de usted le quitaron en Ciudad Juárez al tesorero general Serapio Aguirre.

Le hablé yo estas palabras:

—Señor general, ese oro que usted me exige, secuestrado por mí, obra en poder de mi Agencia Financiera de Ciudad Juárez. Nadie lo ha tocado, señor; se halla tal y como se tomó al señor Carranza, y no son arriba de 43 000 dólares. ¿Considera usted que yo deba devolvérselos antes de cerrarse nuestras conferencias y antes que el Primer Jefe apruebe las resoluciones de nuestro acuerdo? Así lo dispondré, señor, masque el señor Carranza me tenga aquí sin dinero para mis tropas, después de haberme mandado al licenciado Luis Cabrera y a don Nicéforo Zambrano, y a no sé quién más, con el cuento de que no me alargara yo en las emisiones de mis billetes, pues él iba a surtirme de todo lo necesario. Pero yo a usted le otorgo toda mi confianza y toda mi fe, y según antes digo, voy a ordenar que aquel oro se devuelva, y que de seguro su consejo no ha de serme en castigo de que yo lo escuche.

Y de allí lo llevé a la oficina de mis telégrafos, y delante de él dicté mis órdenes para que los referidos 43 000 dólares se entregaran.

Luego le añadí yo:

—Ahora, señor compañero, venga usted conmigo a mis hospitales en visita de inspección. Verá los grandes sufrimientos de mis heridos, por obra del carbón que no se me manda, pues no mandándonos carbón el Primer Jefe, el agua no corre, y no habiendo aquí agua, los mil heridos que aquí tengo se me mueren, o padecen.

Y lo que sucedió fue que, mirando Villarreal los heridos de mis hospitales, y comprendiendo cómo era verdad lo que yo le decía, volvimos al telégrafo aquella tarde, y él le telegrafió a Pablo González estas palabras:

«Señor, es de toda justicia y de grande necesidad que se permita a estos moradores traer el carbón que les hace falta».

Y como lo mismo le telegrafiaba a Pablo González un señor doctor que él había mandado a expresarse conmigo, nombrado Luis G. Cervantes, otro día siguiente recibí sobre aquel negocio mensaje del dicho general. Sus palabras contenían esto:

«Señor general Francisco Villa, ya tomo providencias para que hoy mismo se le envíen a usted veinte carros de carbón. Le ruego que, estimando bien este servicio, me remita las tres locomotoras y demás material rodante mío que se encuentra en aquellas comarcas, pues me paraliza la grande escasez de estos elementos, según usted sabe. También le pido que me devuelva vacíos los veinte carros que le mando cargados de carbón. Le aseguro que dentro de dos o tres días tendré el gusto de surtirlo de mayores cantidades de combustible. Lo saludo con mi mejor cariño. – *Pablo González*».

Yo le contesté:

«Señor, le agradezco mucho su bondad de mandarme veinte carros de carbón, sólo que también le expreso mi súplica de que el dicho envío me lo haga desde luego, pues son muchos los sacrificios que están pasando estos soldados y todos los habitantes de por aquí. Respecto a sus locomotoras, y demás material de que me habla, ya ordeno que se le remitan, señor, y espero que le lleguen pronto en auxilio de sus movimientos. Reciba los saludos de mi cariño».

Cuando recibí aquel telegrama de Pablo González fui a ver a Villarreal y le hablé así mis palabras:

—Señor general, estoy muy contento de los actos de su conducta para conmigo y de la disposición del señor general Pablo González. ¿Por qué no acariciarnos todos con estos modos de la buena armonía? Yo le prometo, señor, que no cobijo rencores contra Venustiano Carranza, ni me opongo a su autoridad, mientras la ejerza dentro de la razón, ni concibo otras ambiciones que el triunfo de la causa del pueblo. Mas ¿es de justicia que el señor Carranza me hostilice y me postergue, y que hostilice y postergue mis tropas y afrente a los mejores de mis hombres? Aquí me tiene usted sin carbón, sin dinero y casi sin municiones, y todo porque no consentí que las tropas revolucionarias fueran a un fracaso en Zacatecas. Conoce usted la persona de Felipe Ángeles. Es hombre de mucho amor a la causa de los pobres, según lo prueba su lealtad con el señor Madero, y de grandes conocimientos y virtudes en el campo de la guerra. ¿Es de justicia que el señor Carranza lo haya degradado de su puesto de ministro a la hora que él exponía su vida en Zacatecas mandando mi artillería y sólo porque estaba de parte de mi razón?

Y digo ahora que, expresando yo aquellas palabras delante de Villarreal, se me agitó todo el sentimiento de mi ánimo. O sea, que allí nos abrazamos, y lloré con él, y le di a sentir la congoja mía por todas las peripecias que me enajenaban del señor Carranza sin merecerlo yo. Consolándome, o tranquilizándome, Villarreal me decía:

—Son los yerros de la política, mi general, que ofuscan a los hombres y los desorientan. Pero viva usted seguro que todo se aclarará y se enmendará. Aquí estamos nosotros, los generales de la División del Noreste, para reparar los hechos pasados y para evitar que otros iguales se repitan. De cualquier manera, no achaque usted todo lo sucedido al señor Carranza, que también obra con la mejor voluntad de su pecho. Reflexione cómo cerca de él, y lejos de él, hay hombres que lo engañan y lo envenenan, de igual modo que otros hombres vienen a presencia de usted propuestos a engañarlo y envenenarlo, y otros, a espaldas de usted, hacen la labor de la discordia.

501

Yo le contesté que ciertamente así era, que había cerca de mí, igual que cerca del señor Carranza, hombres empeñados en la dicha labor, pero que el buen consejo ordenaba no hacer estima de esas expresiones. Y él me explicó entonces cómo aquel ánimo sereno no siempre era posible, por lo que la gente enredadora podía a veces conseguir algún desarrollo en su propósitos, y que por eso era necesario que intervinieran otros con su deseo conciliador, y que se sobrepusieran. A seguidas me añadió que el señor Carranza sí consentía en darme el dinero que yo necesitaba para mis tropas, sino que para hacerlo esperaba recibir los billetes y máquinas que yo le había quitado a Serapio Aguirre, pues sólo ese dinero tenía él, y sólo de ése me podía mandar, después de sellarlo legalmente.

Yo le dije:

—Muy bien, señor. Ese dinero y esas máquinas están para salir ya con destino al señor Carranza, conforme lo previenen los acuerdos de estas conferencias.

Me dijo él:

—Y para que usted vea, señor general Villa, cómo todos estos desacuerdos nacen de la conducta de hombres enredadores que a todos nos andan encizañando, entérese tan sólo de este telegrama que acaba de mandarme Pablo González.

Aquel telegrama contenía lo siguiente:

«Señor general Villarreal: Es de mi conocimiento que hombres villistas mandados a territorio americano y a presencia de nuestros principales jefes revolucionarios andan en interés de desacreditar al Primer Jefe y de crearle enemigos. La dicha labor es muy perjudicial, porque va ahondando nuestras divisiones, para beneficio de Victoriano Huerta. Hágala, pues, del conocimiento del señor general Villa, para que él la remedie y la prohíba, y para que los referidos agentes villistas se retiren en obediencia a los mandatos del patriotismo».

Le contesté yo entonces al general Villarreal:

—Pues, señor, es noticia muy nueva ésta que Pablo González le manda en su telegrama. Desconozco quiénes sean esos agentes villistas y por orden de quién anden en las dichas gestiones, que tampoco yo apruebo, ni estimo que me favorezcan. De modo que ahora mismo vamos al telégrafo y le telegrafía usted en mi nombre a Pablo González que quiero que investigue bien los hechos de su queja, y que le ruego que me diga los nombres de los dichos agentes, y que yo le aseguro que en cuanto sepa quiénes son los llamaré y castigaré, para quitarles esas ideas.

Como antes indico, aquel día 8 de julio de 1914 se cerraron las conferencias de Torreón. Se dispuso, en acuerdo final, que para borrar mis generales las palabras de su telegrama del día 14 de junio, dirigirían al señor Carranza expresiones de reconocimiento y desagravio. Aquellas expresiones decían así:

«Señores delegados, los autorizamos a ustedes para que en nuestro nombre den a don Venustiano Carranza, Primer Jefe del Ejército Constitucionalista, nuestra satisfacción más amplia y cumplida por el lenguaje de nuestro telegrama del día 14 de junio, que retiramos en todas sus palabras».

Y firmaban aquella carta todos mis generales: Toribio Ortega, Manuel Chao y José Rodríguez, por los cuales firmé yo; Maclovio Herrera, por el cual firmó su padre, José de la Luz Herrera; Eugenio Aguirre Benavides, Felipe Ángeles, Tomás Urbina, Máximo García, Rosalío Hernández, Orestes Pereyra, Severino Ceniceros, Calixto Contreras, Mateo Almanza y Raúl Madero. Sólo no firmaba José Isabel Robles, por ser él uno de los delegados a quienes la dicha carta iba dirigida.

XXIV

Mientras Carranza repudia casi todo lo concertado en Torreón, Pancho Villa procede a cumplirlo al pie de la letra

Los buenos arreglos de Torreón • La obra de Antonio I. Villarreal • El sosiego de Pancho Villa • «Yo gané ya lo principal de esta guerra» • Serapio Aguirre y Urbano Flores • Federico González Garza • Herminio Pérez Abreu • Vicente Ramírez • La respuesta de Carranza • Guerra de hermanos contra hermanos • Ciudad Juárez • Alberto J. Pani • La palabra de Pancho Villa • «Carranza no es así»

Creo yo, según antes indico, que fue muy buen arreglo el que concertaron mis generales y los de Pablo González en las conferencias nombradas de Torreón. Así se acababan las contrariedades mías con el señor Carranza, y se ponía remedio para que no volvieran a acontecer. Y a más de este grande triunfo para la unidad de nuestra causa, se logró en las dichas conferencias columbrar el panorama de los anhelos del pueblo, pues se consignó allí que las dos divisiones del Norte y del Noreste se comprometían a no descansar las armas mientras no se protegiera al pobre contra la explotación de los ricos, y mientras no se consiguiera el gobierno de la ley, y mientras no se diera la tierra de las haciendas a los peones que las cultivaban, y mientras no se quitara de sobre el ánimo del pueblo la mala influencia de los jesuitas y otros hombres religiosos dominadores.

Digo por esto que, conforme a mi juicio, hicieron allí muy buena obra los delegados de mis generales, y Antonio I. Villarreal, que parecía llevarlos de la mano en los referidos puntos, pues en aquellas conferencias se vio cómo era él hombre revolucionario aquilatado, y cómo consideraba, juntamente con nosotros, que se necesitaba poner senda al señor Carranza para que no se saliera del progreso de nuestras conquistas.

De esa manera, me sentí yo entonces sosegado tocante a la suerte que correría la acción de mis fuerzas y al futuro de nuestra causa. Y como por aquel día me llegara telegrama de Álvaro Obregón, que acababa de triunfar en Orendáin y me urgía hacer mi avance hacia el Sur para completar el desbarate de los usurpadores, le contesté yo con palabras de sosiego, diciéndole:

«Señor compañero, contesto su mensaje respecto a mis desavenencias con el señor Carranza. Con gusto le expreso que hemos celebrado pláticas entre delgados míos y delegados de la División del Noreste, en las cuales se concertó un arreglo patriótico y satisfactorio para todos; de modo que ya me es posible seguir honrosamente mi marcha hacia el interior de nuestra República. Pero sucede que mi avance rumbo al Sur no podré hacerlo antes de un mes, pues necesito surtirme de los elementos que ahora me faltan y que me son indispensables en el desarrollo de esta guerra. Yo le avisaré, señor, el curso de mis preparativos, para que en todo procedamos de un solo acuerdo. Lo saludo con mi mejor cariño».

Eso le dije yo; mas reflexionaba que apenas me cabría tiempo de acudir al referido avance, pues por obra de mi gran triunfo de Zacatecas el enemigo ya no encontraba ánimo con que resistirnos. Así lo estaban pregonando los progresos que las tropas de Pablo González y Eulalio Gutiérrez hacían sobre San Luis, y eso se acababa de ver en las acciones de Álvaro Obregón y Lucio Blanco para la toma de Guadalajara.

Concluidas las conferencias de Torreón, hice mi vuelta a Chihuahua, para donde ya había salido el grueso de mis tropas, consciente yo de que si eran buenos los dichos arreglos, convenía aún evitar que por desconfianza de mí los trenes de Pablo González retrasaran sus movimientos en perjuicio de Álvaro Obregón, que ya iba muy adentro del territorio enemigo y que se hallaba en riesgo de que lo atacaran por la retaguardia. Me decía yo: «¿Quiere nuestro Primer Jefe que sus generales favorecidos parezcan los solos triunfadores, por ser ellos los que llegan a la ciudad de México? Muy bien, señor. Yo gané ya lo principal de esta guerra. Ni puedo ayudarlos desde aquí, puesto que el señor Carranza me ha privado de mis elementos, ni veo riesgo en que sigan solos».

Estando yo propuesto a cumplir mis compromisos tocante a los convenios de Torreón, otro día siguiente de mi llegada a Chihuahua llamé a Serapio Aguirre, de quien ya antes indico que era el tesorero general del señor Carranza, y a Urbano Flores, que era su contador, y les hablé estas palabras:

—Señores, el Primer Jefe y yo somos amigos, y no enemigos, cuanto más que los dos peleamos la misma causa. Yo no tengo la culpa de que haya entre nosotros hombres enredadores que nos engañan y nos traen desavenencias. Por ellos, o más bien dicho, por haber dejado el señor Carranza que esos hombres lo enyerbaran en mi contra, han padecido ustedes este mes de persecución, que no ha sido grande, y de la cual van a salir ahora mismo según se concertó en los pactos que hemos celebrado, y por obra de las providencias que en este momento dictaré. Considero que son ustedes buenos hombres revolucionarios, y nomás esto les digo: sigan su lucha en bien de la causa del pueblo, sin desalentarse por esta peripecia, y manténganse incorporados a las oficinas del señor Carranza, o, si lo prefieren, incorpórense al gobierno de estos territorios míos.

Y a seguidas llamé a Silvestre Terrazas, que era el secretario del gobierno de Chihuahua, y le di mis órdenes de ayuda para aquellos señores, y se las di también a Federico González Garza, que los había traído a mi presencia. Les dije yo:

—A estos señores les encuentran ustedes buenos destinos en nuestro gobierno, y les dan todo el dinero que necesiten, y les remedian todas sus angustias, pues por causa de otros hombres han sufrido mortificación en sus personas y quebranto en sus intereses.

Igual orden les di acerca de otro señor, de nombre Herminio Pérez Abreu, y otro, llamado Vicente Ramírez, y otros de nombres que no me recuerdo. Y desde luego dispuse que los tuvieran por libres, o más bien dicho, que ya no se les diera la ciudad por cárcel, y que lo mismo se hiciera con todos los otros carrancistas que había yo mandado recoger al producirse mis diferencias con el Primer Jefe.

Decidí esos días emprender viaje a Ciudad Juárez, adonde me llamaban muchos negocios, y donde quería hacer entrega, yo con mis propias manos, de la Tesorería del señor Carranza. Pero la verdad es que para aquellas fechas ya sabía yo que no respetaba él los más de los puntos concertados en los arreglos de Torreón, aunque antes me hiciera el hincapié de declarar que sí le parecía bien el conjunto de los dichos arreglos. Me razonaba él así en el telegrama que por medio de Pablo González puso a los delegados míos:

«Apruebo el conjunto de los acuerdos tomados en Torreón y sólo les hablo de aquellos puntos que no estoy en ánimo de consentir, pues todos los demás los consideraré o aceptaré a su debido tiempo. No doy por bueno el proyecto de una convención, sino que al tomar yo posesión de la Presidencia de la República llamaré a junta a todos los generales de las tropas constitucionalistas, y a todos los gobernadores, para que ellos decidan las reformas que convenga hacer y todo lo concerniente a las futuras elecciones. Tampoco apruebo su compromiso relativo a no dejar las armas mientras no se dicten las leyes en beneficio de la libertad y el bienestar del pueblo, pues considero que esto no se cobijaba en nuestras desavenencias. Tampoco creo que se deba elevar a categoría de cuerpo de ejército la División del Norte, pues esta división forma parte del Cuerpo de Ejército del Noreste, aunque sea independiente en las acciones de sus armas. Tampoco puedo ascender a grado de general de división al general de brigada Francisco Villa, sin que ahora deba decir por qué. Tampoco puedo consentir que vuelva a su cargo de ministro de la Guerra el señor general Felipe Ángeles, masque sólo sea para renunciar. Sí acepto en todas sus partes la carta en que todos los generales de esas tropas me dan la más amplia y cumplida satisfacción por sus palabras de los telegramas del día 14 de junio».

Es decir, que no acataba el señor Carranza ninguno de los acuerdos suscritos, con la firma de sus delegados, en satisfacción de los agravios míos y de mis generales, pero sí aceptaba lo que mis hombres habían propuesto para desagraviarlo a él, con lo que venía a dar pruebas de no ser hombre de ánimo grande, sino un mal jefe con poca estimación para sus subordinados, y un hombre político que abusaba del patriotismo de la gente revolucionaria para conservarse él en su puesto y solazarse en sus rencores.

Y pensaba yo: «Pero, señor, ¿qué vamos nosotros a hacer salvo que nos echemos a la guerra de hermanos contra hermanos?».

El modo como hice entrega de la Tesorería del señor Carranza lo voy a contar.

Días antes de mi salida para Ciudad Juárez recibí aviso de que estaba en El Paso, aguardando que le devolviéramos el dinero y máquinas de la dicha Tesorería, aquel ingeniero llamado Alberto J. Pani, de quien ya antes cuento que había venido a verme, junto con aquel otro muchachito de nombre Martín Luis Guzmán, otro día siguiente a la entrada de mis tropas a Ciudad Juárez a sangre y fuego. Como sabía yo que el dicho ingeniero era persona de fiar, según lo pintaban sus actos para con el señor Madero, llegando yo a Ciudad Juárez mandé al Paso mi automóvil con orden de que me trajeran al referido señor.

Vino él a mi presencia como a las diez de aquella mañana. Le dije yo:

507

—Muchachito, tengo dadas todas mis instrucciones para que las máquinas y dinero de la Tesorería del señor Carranza queden en un carro que está ahora en la estación. Nada quiero yo de aquellos billetes, ni de aquellas máquinas, aunque sean muchas mis angustias para el pago de mis tropas, que son tropas de la Revolución. En mi ánimo estaba llegar aquí y decirle a usted: «Ésta es, sin faltarle nada, la Tesorería del Primer Jefe. Recíbala usted, muchachito, y llévesela al señor Carranza con los mejores saludos de Pancho Villa». Mas en verdad que ya no sé si ése deba ser un acto de mi conducta, pues me informan que el señor Carranza no hace buenos nuestros convenios de Torreón, sino que los desconoce, o los reforma, o acepta sólo los acuerdos que lo favorecen, y no los que me favorecen a mí o son para bien del pueblo. Es decir, que mirando yo esa conducta del Primer Jefe, me inclino a que lo mismo sea la conducta mía.

Lo cual le expresaba yo al dicho ingeniero Pani no porque en mí hubiera verdadero ánimo de no cumplir, pues yo no era hombre hecho a despreciar y avergonzar a mis delegados, como el señor Carranza estaba despreciando y avergonzando a los suyos, sino para que aquel ingeniero llevara al Primer Jefe toda la expresión de mis sentimientos.

Por eso le añadí:

—Venustiano Carranza no es hombre cumplidor: tiende la mano para disimulo de su arma. Pero yo no soy así: palabra que yo doy, palabra que se cumple, masque cueste la vida mía y de muchos hombres. Él intriga, él engaña, sin considerar que a quienes pisamos desde hace mucho tiempo los más ásperos caminos del mundo no se nos engaña sino a la hora en que nos dejamos engañar. Va usted, pues, a llevarse todas estas máquinas y todos estos billetes; pero es mi condición que ha de decirle usted al señor Carranza lo que yo pienso de él y de todos los hombres favorecidos que lo mal aconsejan y que con él serán la perdición de nuestra causa, o los responsables de que los hombres revolucionarios nos ensangrentemos en pelea con nosotros mismos.

Y aconteció que aquel ingeniero Pani no quiso aceptar las verdades que yo le expresaba, sino que enfrentando sus palabras a las mías en forma de muy buena civilización, salió a la defensa de su jefe. Me dijo él:

—No, señor general. Juzga usted con los yerros de su juicio. Yo le prometo que el señor Carranza sí es hombre cumplidor, y que si no cumple ahora, conforme usted me dice, será porque no se comprometió a cumplir las proposiciones que le llevaran los generales de Pablo González, sino tan sólo a oírlas, para decidir cuáles eran buenas y cuáles malas, o acaso porque aquellos generales se salieron de sus atribuciones. En cuanto a que el señor

Carranza engañe y sea hombre para las intrigas, también en eso anda usted errado, señor general. Nuestro Primer Jefe es buen hombre revolucionario, que lucha por las conquistas del pueblo.

Le dije yo:

—Muchachito, no lucha nada el señor Carranza. Él sólo pasa a lo barrido, mientras nosotros nos morimos o nos desangramos, y aprovecha nuestra sangre en beneficio de sus hombres favorecidos y de los panoramas políticos que se forja para cuando nuestra causa triunfe.

Él me contestó:

—No, señor general. No tiene el señor Carranza hombres favorecidos, masque así lo parezca. Protege él los buenos servidores de nuestra Revolución, como los protege usted, y viva seguro que si se ve otra cosa es sólo por engaño de las apariencias. Sucede, señor general, que hay hombres que acatan al señor Carranza, y que lo siguen con disciplina, y que lo obedecen sin considerar si manda bien o manda mal, y hombres que discuten sus órdenes, o que las retardan, o que las resisten, o que las niegan; y como él estima más a quienes lo fortalecen en su parecer que a quienes se lo embarazan, ésos escoge él y ésos prefiere, y en ésos confía, y ésos son los que la gente nombra hombres favorecidos del señor Carranza, aunque en realidad no lo sean.

Yo le respondí:

—Muchachito, ¿quién le enseña a usted que el señor Carranza es persona para llevar nuestra causa por sendas que nadie le discuta? Ya éramos viejos muchos hombres en nuestra lucha contra la tiranía explotadora del pobre, cuando él seguía sirviendo a esa tiranía. Según yo descubro, a usted lo deslumbran sus luces de inteligencia, y usted y otros hombres como usted, que no ven nunca yerro en las disposiciones del Primer Jefe, aunque las dicte él con su peor pericia, están obrando esta ceguera en que él vive y han de llevar sobre su conciencia la perdición que a todos nos amaga.

Entonces él me dijo:

—Cuando así sea, el señor Carranza es nuestro Primer Jefe, y habiéndolo elevado todos hasta ese cargo, ahora todos lo tenemos que obedecer.

Delante de aquellas palabras, sentí cómo iba a revolvérseme toda la cólera de mi cuerpo, pues en verdad que no comprendía que hombres de buenos conocimientos en todas las cosas creyeran que por ser el señor Carranza nuestro Primer Jefe se le había de consentir hasta la derrota de nuestra causa. ¡Señor! ¿Qué habría pasado si sigo yo sus órdenes para el ataque y toma de Zacatecas? ¿No me habría yo puesto en el riesgo de una retirada hacia el Norte, aquel enemigo entero, y aquellos otros ejércitos federales envalentonados en todas sus plazas? ¿Habría sido como fue el triunfo de Obregón en Orendáin, y el de Lucio Blanco en el Castillo? ¿Estarían entrando en aquel momento las fuerzas de Pablo González y Eulalio Gutiérrez en San Luis, que sin combatir desamparaban las tropas enemigas?

Mas también es verdad que aun creyendo yo que los hombres que pensaban así eran merecedores de mi castigo, también reflexionaba que las expresiones de aquel ingeniero Pani debían serme en agrado, y no en enojo, puesto que él no me las decía por ofenderme, sino para que yo las conociera. O sea, que no me enojé. Sólo le dije:

—Muy bien, muchachito. Usted piensa con sus ideas, que son malas, y yo pienso con las mías, que son las buenas. Pero a nadie obligo a que sea de mi parecer, cuantimás que usted llega como comisionado que el señor Carranza pone delante de mi presencia. ¿Cómo quiere que quedemos? ¿Como amigos o como enemigos?

Lo cual le dije para que viera que estando yo comprometido a entregarle su Tesorería al Primer Jefe, igual se la entregaba en actos de guerra que en actos de paz.

Me contestó él:

—Como usted disponga, mi general.

Le dije yo:

—Pues como amigos vamos a separarnos, muchachito, aunque el señor Carranza me siga haciendo blanco de sus rencores, y como amigo voy a entregarle los caudales y máquinas de esta Tesorería, para que no le falten a él elementos con que declararme la guerra.

XXV

Pancho Villa considera ganada la Revolución y piensa en lo mucho que habrá de hacerse en beneficio de los pobres

«Amigo, esto ya no me pertenece; es del señor ingeniero» • Un millón de pesos • Escrúpulos de Pancho Villa • Las palabras en clave y las palabras en cristiano • Una consulta de Alberto J. Pani • Una respuesta de Carranza • El envío de la Tesorería • El banco para los pobres • José Santos Chocano • Los consejos de Pani • Palabras de Chocano y palabras de Villa • La vuelta de Juan N. Medina

Y fue conforme antes indico: me fui a la estación con aquel ingeniero Pani, y allí le hice entrega de cuanto el Primer Jefe me reclamaba. Le dije al oficial que tenía yo en la custodia de los caudales:

—Amigo, busque usted a los empleados que guardan los papeles de este negocio, porque todo lo que aquí hay ya no me pertenece. Ahora es de este señor ingeniero, y dispongo que se le entregue con su cuenta y razón, para que vea si algo le falta o algo le sobra.

Y al dicho ingeniero le añadí:

—Y cuéntele al Primer Jefe, amiguito, qué buen amigo o enemigo no seré yo, que le devuelvo todo esto, sin falta de un billete, a la hora en que paso muy grandes angustias tocante a los haberes de mis tropas, las cuales no se fatigan de ganar batallas.

Me dijo él:

—Señor general Villa, si usted lo consiente, voy a sellar ahora mismo un millón de pesos de este dinero para dejárselo en ayuda de su necesidad.

Y es lo cierto que entendí entonces cómo aquel hombre entraba en temor de que yo me arrepintiera de mi desprendimiento, y cómo buscaba granjearme con un millón, por lo que le hablé así mis palabras:

—No, señor: no tiene usted que dejarme nada. Todo es suyo, señor; todo se lo lleva. Considere, además, que si me deja ese millón que dice, el señor Carranza lo fusila, y muertes así no quiero llevar sobre mi conciencia.

Pero me declaró él que no, que no se exponía a ningún riesgo, sino que traía facultades para dejarme algo de lo que se llevaba, y que sólo tenía que consultárselo al Primer Jefe. Entonces yo le contesté:

—Muy bien, muchachito. Si usted decide dejarme un poco de lo que se lleva, yo le permito que lo haga, mas no olvide que lo dispone por su propia voluntad, y no porque yo lo obligue, o yo lo amague o se lo pida. En Torreón mis generales convinieron que todo esto se entregaría, y yo no me aparto un jeme de lo que ellos prometieron.

Sucedió, pues, que pasamos juntos al telégrafo; y mirando yo cómo aquel ingeniero empezaba a escribir el contenido de su mensaje en palabras que denominan clave, le previne que no lo hiciera. Le dije yo:

—Ustedes se comunican con las palabras que se nombran clave, pero yo tengo aquí hombres conocedores que me lo ponen todo en cristiano para que lo entienda. Por eso sé que el Primer Jefe no me quiere, y que tampoco me quieren sus hombres favorecidos. ¡Señor, si hasta los telegramas que ustedes remiten por los telégrafos americanos son de mi conocimiento! ¿A qué, pues, tantas ocultaciones? Sé yo lo que telegrafía Plutarco Elías Calles, y lo que se ordena a las fuerzas de Sonora, y lo que se dicen los hermanos Breceda, y lo que trabaja en Washington, por embarazarme, el licenciado Rafael Zubaran.

Me contestó él:

—Bueno; señor. Como yo no tengo nada que ocultarle, me comunicaré en cristiano.

Así fue. Se comunicó en sus palabras con el Primer Jefe, diciéndole que convenía dejarme un millón, y el señor Carranza le respondió que estaba bien, que me dejara el dicho millón, y que ya él me mandaría otro millón desde Monterrey o Saltillo. O sea, que volvimos hasta el carro para que aquel ingeniero bajara unas cajas de billetes y dos máquinas selladoras, y allí mismo dictó sus órdenes en punto a que el dicho millón se me entregara, bien sellado y en forma legal, la mañana de otro día siguiente.

En seguida me dice:

—Ahora, señor general, quiero una escolta, un oficial y unos empleados que se encarguen de llevar esta Tesorería hasta Saltillo o Monterrey, que es donde se halla el Primer Jefe. Sólo le pido que me dé hombres de su mayor confianza.

Yo le pregunto:

—¿Y por qué en vez de pasar esto a los Estados Unidos, resuelve usted mandarlo por mis territorios?

Él me contesta:

—Porque sé, mi general, así sea yo carrancista, que Pancho Villa es muy grande hombre revolucionario, y que sus territorios son los más seguros para el progreso de nuestra Revolución y para los intereses del pueblo.

Lo cual, oyéndolo yo, me hizo pensar entre mí:

«Señor, siendo éste un hombre favorecido de Venustiano Carranza, sabe estimar bien los hechos de mis armas y mi amor por la causa del pobre. ¿Por qué en vez de decirme a mí los elogios que le merece mi persona no se los dirá al Primer Jefe, para que el referido señor se aplaque, y se corrija, y no siga extraviándose a impulsos de sus rencores?».

Y conforme se dispuso, así se hizo. Otro día siguiente por la mañana me entregó aquel ingeniero Pani el millón de pesos que me había prometido, y luego tomó todas sus providencias para irse junto con lo que le quedaba de hombres y cosas pertenecientes a la Tesorería. Cuando estaba él para salir, lo mandé llamar a mi presencia y le conté que tenía el proyecto de abrir en Chihuahua un banco para las necesidades del pueblo, y que andaba yo buscando que sobre eso me iluminaran personas de conocimientos tocante al dinero. Digo, que le expliqué cómo un hombre de otros países de América, de nombre José Santos Chocano, me había inclinado al dicho negocio, y cómo yo me sentía propuesto a que el negocio se hiciera para beneficio del comercio de los pobres, y de sus labranzas, y de su trabajo honrado, y para que ya no tuvieran ellos que acudir al amparo de los ricos, que los esquilmaban y esclavizaban. Y le enseñé la muestra de los billetes que me iban a fabricar en Nueva York, y luego le añadí:

—Quiero, muchachito, que me hable sus consejos sobre este asunto.

Me dijo él:

—Señor general, son muy grandes los riesgos de que abra usted este banco en Chihuahua, porque haciéndolo usted, lo mismo harán los hombres revolucionarios de Coahuila, y los de Sonora, y los de Sinaloa, y los de todos los otros estados de nuestra República. Y esto, señor, va en contra de un buen propósito de nuestra causa, que busca reconcentrar la creación y el movimiento de nuestros billetes en un solo banco, bueno para toda la República y manejado debajo de la vigilancia del gobierno. No debe haber muchos bancos chicos que hagan billetes, no debe haber desorden, no debe haber grupos de hombres que saquen su ganancia prestando al pueblo como dinero los billetes que ellos fabrican y que sólo valen porque el pueblo los recibe y transmite. Las ganancias de los bancos mediante sus billetes deben favorecer a toda la nación, porque es la nación la que obra esas ganancias; y el movimiento de los billetes, que es como el movimiento de la riqueza de que disponemos los hombres de México, debe llevar su auxilio no sólo a las comarcas ricas, por ser ésas las que más tienen, sino también a las comarcas pobres, que son las que menos pueden garantizar; y todo esto, señor general, no podrá conseguirse si no hacemos un solo banco, de grande potencia y de miras por el bien de todos, y que acuda a todas nuestras necesidades y no al solo beneficio de sus dueños.

Así me habló él sus palabras. Y como yo comprendiera que aquel ingeniero Pani tenía razón, pues recordaba yo cómo el Banco Minero de Chihuahua sólo había existido para el enriquecimiento de las familias que aquellos días nos gobernaban, le contesté que oía sus expresiones, y que las consideraba, y que no abriría por entonces mi dicho banco, sino que iba a esperar la llegada de nuestro gobierno a la capital de la República, pendiente yo de los actos del señor Carranza respecto de esas ideas.

Recapacitando, le añadí:

—Pero viva seguro, muchachito, que si el señor Carranza no abre el banco conforme usted me lo pinta, lo abro yo. Y también lo abro si él no hace que dicho banco cubra todos sus deberes en beneficio del trabajo de los pobres, o si él lo toma como arma para su dominio en contra de nosotros los hombres revolucionarios que no somos sus favorecidos.

Eso le dije, para que comprendiera mi disposición a seguir siempre los consejos útiles, y en mi buen ánimo de que fuera delante del Primer Jefe y le contara cómo estaba yo propuesto a no desamparar la lucha hasta ver satisfechas las necesidades de los pobres.

Estando yo en Ciudad Juárez, me llegó carta de aquel señor de nombre José Santos Chocano, de quien antes indico. Me decía él:

«Señor general Francisco Villa: Paso honda congoja por sus desacuerdos con el señor Carranza. Siendo usted un hombre tan grande, debe hacer, señor, los mayores sacrificios de su persona para que aquellas desavenencias se acaben. México tiene dos hombres para la salvación de todos los mexicanos y para ejemplo de estos otros países de América: uno es usted, señor general; el otro es Venustiano Carranza. Usted, general Francisco Villa, lleva la acción de las armas, usted será el máximo triunfador de nuestra Revolución. Venustiano Carranza lleva la acción de la política, él será el reformador de México, él será el nuevo Benito Juárez. Por esto creo que no pueden ustedes separarse, sino unirse más, y que ése es el mandato del deber, y que así se logrará el progreso de nuestra causa, y así consumarán los dos la gloria de su triunfo. Sin Pancho Villa, el señor Carranza no estaría ahora donde está a la cabeza de nuestra Revolución. Sin Venustiano Carranza, los grandes triunfos de Pancho Villa no darán sus frutos en beneficio del pueblo. Yo le pido pues, señor, que no haga aprecio de los hombres enredadores que lo malquistan con el Primer Jefe, según se lo dije ya en mis palabras de Chihuahua, y según se lo dije a él en mis palabras de Torreón. También a él se lo pido ahora, y a los dos les dirijo las mejores expresiones de mis ruegos, pues yo no estoy tan alto, conforme a mi juicio, que pueda dar mi consejo a hombres de tan clara experiencia como ustedes. Cuando así no sea, espero verlo pronto en Chihuahua y alargarme allí en mis pláticas sobre este grave negocio. – *José Santos Chocano*».

Le contesté yo:

«Señor, me entero de sus consideraciones en cuanto a mis desavenencias con el señor Carranza, las cuales están ahora bastante mitigadas por obra de los acuerdos de Torreón, que yo cumplo con la mejor fe y voluntad. Son buenas, señor, sus palabras sobre el cumplimiento del deber, y sobre el futuro de la acción mía y del señor Carranza para que nuestra causa progrese y se consume, mas no puedo aceptar la parte de sus juicios que me acaricia en forma de lisonja, masque usted no me la dirija con esa intención. Y nomás esto le digo: esté seguro que yo no busco destruir la autoridad del señor Carranza, sino acrecentarla, procurándole aciertos en vez de yerros, y que no pretendo estorbarlo en su grandeza, ni embarazarlo en su obra, cuanto más si ella ha de parecerse a la que nos heredó Benito Juárez. Yo estoy dispuesto a considerar a Venustiano Carranza como nuestro Primer Jefe siempre que él no contenga la buena acción de mis hombres, ni los postergue, ni los hostilice, y siempre también que no dicte providencias en fracaso de nuestra causa revolucionaria. Por desgracia, señor, este negocio no anda muy bien, a pesar de que son muchas las destemplanzas que conllevo en obediencia a mis deberes. – *Francisco Villa*».

Lo cual le contesté por estimar yo con mi mayor aprecio las palabras de aquel señor, que me demostraba muy grande cariño y que en nuestras pláticas de Chihuahua siempre me había traído la ayuda de su buen consejo. Digo así que yo no hacía caso de quienes venían a hablarme en la oreja expresiones contra él, ni consideraba mal que recibiera él el dinero del señor Carranza con el hincapié de movernos propaganda en otros países.

Cuando llegué aquella vez a Ciudad Juárez, muchos hombres mexicanos y extranjeros volvieron a hablarme de Juan N. Medina, de quien ya he indicado que, siendo comandante militar de esa población, se pasó a los Estados Unidos para librarse de las órdenes que contra él me mandaba el señor Carranza.

Aquellas personas me decían:

—Juan N. Medina es hombre leal, es hombre útil, es buen hombre revolucionario. La justicia manda hacerlo volver, ahora que Venustiano Carranza no dispone la suerte de nadie en estos territorios.

Oyéndolo yo, llamé a Carlitos Jáuregui, que era uno de los hombres míos que me hablaban así, y le dije:

—Carlitos, va usted al hotel que se nombra Hotel Sheldon, en El Paso, y me trae usted a Juan N. Medina, que allí vive.

Y fue Carlitos, y obró conforme yo le decía, pues Juan N. Medina no tuvo miedo de venir, aunque algunos le anunciaron que si lo perdonaba yo, no le perdonaría lo mismo mi compadre Tomás Urbina, con quien él tenía viejas discordias. Así buscaban muchos amedrentármelo, por ser verdad que estando yo en las conferencias de Torreón, y habiéndoseme presentado un secretario mío de otros tiempos, que me había abandonado, yo lo perdoné, pero mi compadre Tomás Urbina, que le guardaba un rencor, lo cogió a mis espaldas y lo fusiló, sin alcanzar entonces a salvarlo la buena inclinación mía ni las gestiones de Luisito, porque a esa hora el muchachito de que hablo ya estaba muerto. Mas según antes digo, Juan N. Medina no se acobardó con aquellos panoramas que le hacían, antes vino a mi presencia acompañado de Carlitos Jáuregui.

Lo vi. Lo acogí en mis brazos. Nos hablamos de esta forma:

—Amigo, ¡cuánta falta me ha hecho usted! ¿Por qué se fue así de mi lado?

Así le dije para confortarlo y animarlo. Me respondió él:

—Para que pudiera usted encontrarme el día que me necesitara y ya no fuera yo un tropiezo para el señor Carranza.

—Bueno, señor: pues ya lo necesito.

—Aquí estoy a sus órdenes, mi general.

—¿Quiere usted ser gobernador de Chihuahua? A mi compadre Fidel Ávila me lo llevo para Torreón.

—No quiero ser gobernador.

—¿Quiere usted ser comandante militar de Ciudad Juárez? En los acasos de esta guerra está que otra vez pueda usted surtirme de todos mis elementos, como me surtió para la batalla de Tierra Blanca.

—No quiero ser comandante militar de Ciudad Juárez. El coronel Ornelas es hombre de mi cariño, y no vengo a quitarlo de su puesto.

—Muchachito, no lo quitaría usted, lo quitaría yo.

—Pues tampoco así, mi general.

—Bueno, muchachito. Veo que no quiere usted servirme.

—Sí vengo a servirlo, mi general.

Y me expresó entonces que, según su parecer, debía yo evitar mi rompimiento con el señor Carranza, pues a ello sólo nos empujaban, sin conocerlo nosotros, hombres capitalistas de los Estados Unidos, y que era ésa la hora de empezar a construir un ferrocarril, nombrado estratégico, que viniera desde Matamoros hasta Ciudad Juárez, y que siguiera desde Ciudad Juárez hasta la Baja California. Le pregunté que cuánto costaría el dicho ferrocarril. Me contestó que costaría ciento ochenta millones de pesos. Le pregunté que de dónde sacaba yo tan grande suma de dinero. Me contestó que haríamos dinero de papel. Le pregunté que si tenía dispuesto en forma su proyecto. Me contestó que sí. Y entonces le dije estas palabras:

—Muy bien, señor. Va usted a ver a don Juan Brittinham, que es hombre de muchos conocimientos para estos negocios, y si él me dice que es bueno ese ferrocarril, yo lo consideraré, y buscaré los medios de que se haga. Pero ésta es mi orden: pasa usted a tomar el gobierno de esta población de Ciudad Juárez, porque aquí me hace falta un hombre como usted.

Y llamé a Luisito y le dije:

—Luisito, haga usted nombramiento de Presidente Municipal de Ciudad Juárez a favor del coronel Juan N. Medina.

Y en obediencia a mis órdenes Juan N. Medina se dispuso a quedar en Ciudad Juárez con el dicho carácter.

LIBRO CUARTO

La causa del pobre

———————————

I

En espera del triunfo definitivo de la Revolución, Pancho Villa se prepara al probable rompimiento con Carranza

Las tres condiciones de Juan N. Medina • Un derecho del peor criminal • Las confiscaciones y el compadre Fidel Ávila • Villa presiente el fin de la lucha contra Huerta • Martín Luis Guzmán • Carlos Domínguez • Carranza, Villa y Villarreal • La guerra entre los hombres revolucionarios • Pablo González • Álvaro Obregón • Lucio Blanco • Jesús Dávila Sánchez • Andrés Saucedo • Ernesto Santos Coy • Eulalio Gutiérrez

Juan N. Medina me dijo:

—Mi general, para ser yo presidente municipal de esta población de Ciudad Juárez necesito que usted me haga tres promesas.

Yo le respondí:

—Dígame, señor, cuáles son.

Me expresó él entonces:

—Primero, que ya no ha de haber confiscaciones. Segundo, que no ha de repetirse el caso de la familia Samaniego, que trayendo del otro lado del río el cadáver de la señora para que reposara en tierra mexicana, en el puente se atajó a los hombres llorosos que la conducían, lo cual se hizo bajo el amago de estárseles preparando aquí justicia de consejo de guerra por ser ellos enemigos de nuestra Revolución. Y tercero, señor, que el producto de las casas de juego, que ahora va todo en ayuda de las exigencias militares, se me deje, por lo menos en parte, para el aseo y buena compostura de la ciudad.

Yo le contesté:

—Muchachito, no sé yo cómo seguirá la marcha de esta guerra; pero viva seguro que si las necesidades de la campaña no lo prohíben, le daré para el adorno de esta plaza no sólo una parte de los productos del juego, conforme usted me lo pide, sino todo el dinero que quiera; cuanto más que Ciudad Juárez es puerta por donde se asoman a mirarnos países extranjeros. En punto a su segunda condición, también téngala por concedida: a nadie se molestará si viene a llorar a este territorio un duelo de familia. ¿No sabe usted que, muchacho yo, vi una noche a lo lejos los cirios que velaban el cuerpo de mi madre, y que no pude acercarme a mojarla con mis lágrimas porque me perseguían los rurales de don Porfirio y las acordadas de todos aquellos pueblos y haciendas? ¡Señor, si yo estimo que para llorar el cuerpo de su madre debe dejarse libre el paso al más negro criminal y darle luego ocasión de que llegue sin riesgo al seguro de donde haya salido! Porque, según yo creo, eso es justicia y eso es deber.

Luego le añadí:

—Pero tocante a su primera condición, ésa la dejamos pendiente, porque las confiscaciones son negocio del gobierno, y lo tengo que consultar con mi compadre Fidel Ávila, que es el gobernador.

Me dijo él:

—Entonces me perdonará usted, mi general: sin la promesa suya de que ya no habrá confiscaciones, yo no puedo recibir el municipio de esta plaza. Yo sé que si usted me promete que no habrá las dichas confiscaciones, no las habrá, masque otra cosa piense su compadre Fidel Ávila, o cualquier otro de los hombres que por aquí disponen, pero si no, no.

Delante de lo cual le contesté:

—Muy bien, señor: pues también eso se lo concedo, aunque me aparte así de mis atribuciones. Daré un decreto con la orden de que no se confisque nada a nadie, aquí ni en ninguna otra comarca de mis territorios, salvo que otra cosa disponga la ley. Y así quedamos concertados, y desde aquel momento volvió Juan N. Medina a ser uno de los hombres que me traían su auxilio en beneficio de nuestra causa.

Pasadas las dichas expresiones, le dije a Juan N. Medina:

—Ahora, amiguito, quiero que me ilumine sobre otro negocio. A mi parecer, ya está para acabarse nuestra lucha contra Victoriano Huerta. La hazaña de mis hombres en Zacatecas lo paralizó. El triunfo de Álvaro Obregón en Orendáin y el de Lucio Blanco en el Castillo han venido a ser como la confirmación de aquella grande victoria mía. Es decir, que vislumbro yo cómo está ya muy cerca el triunfo de nuestra causa revolucionaria en el terreno de los combates, y cómo el Primer Jefe, con sus generales favorecidos, tiene abierto el camino de la capital de nuestra República, y cómo van a ponerse ahora en obra nuestras sospechas tocante a los actos suyos, y a verse si consuma él las ansias del pueblo, y si atiende los derechos y angustias de los hombres revolucionarios, o si va a negar él nuestra causa, y va a negar al pueblo, y va a negarnos a quienes hemos conseguido este triunfo muriéndonos o ensangrentándonos.

Así me expresé para que apreciara todo mi pensamiento, y le añadí en seguida:

—Esto me desasosiega: no saber yo si para el caso de que el señor Carranza se nos extravíe, tendremos forma de contenerlo, pues la verdad es que, dueño él entonces de aquella capital, y de todas aquellas ciudades, y con recursos para granjearse todos aquellos jefes, nos inculcará sus malas razones y seguirá propuesto a que el desarrollo de nuestro triunfo progrese en beneficio de sus ideas, que nombran autocráticas, y no según lo establecido en los convenios de Torreón, que es lo que los pobres quieren y lo que buscamos los soldados del pueblo. De modo que, según yo opino, mi deber para con todas aquellas grandes fuerzas me manda considerar algunas medidas contra la dicha labor del señor Carranza y, antes que el mal se propague y nos sorprenda, conseguir atajarlo o disminuirlo, abriendo los ojos a los elementos que rodean al Primer Jefe. Para esto, muchachito, necesito un hombre que vaya allá, y que sepa acercarse a aquellos jefes, y que les hable mis palabras como si yo mismo las dijera.

Me contestó Juan N. Medina:

—Mi general, penetro sus designios. Yo conozco ese hombre que usted necesita, o más bien dicho, esos dos hombres, pues, conforme a mi juicio, dos por lo menos debe usted mandar en la comisión de esas agencias; cuanto más que estos dos hombres de que yo le hablo andan casi siempre juntos y son como si juntándose se acabalaran. Uno es un licenciado de nombre Martín Luis Guzmán, otro es un coronel de nombre Carlos Domínguez; los dos, hombres de buena civilización; los dos, de muy grande amor por la causa del pueblo. Los dos vinieron de Sonora y andan en malquerencia con el señor Carranza, sin saber yo si esto es por obra de actos suyos o por las intrigas que cerca del Primer Jefe sufren todos los revolucionarios que no se avienen a un solo pensamiento ciego con él. El dicho licenciado Martín Luis Guzmán es hombre de muchas luces de inteligencia y de conocimientos sobre todas las cosas. El dicho coronel Carlos Domínguez es hombre de raro valor y de bastantes hazañas en esta guerra. Viva usted seguro, mi general, que si usted lo llama, y los acoge, y les da trato de confianza que merecen, ellos irán al desempeño de esta comisión que usted imagina, y le guardarán su fe, y sabrán atraerse con mucha persuasiva esos elementos que usted desea.

Y es lo cierto que por virtud de aquellas palabras de Juan N. Medina me incliné a seguir el consejo que él me daba, pues habiendo declarado yo poco antes a Carlitos Jáuregui aquella duda mía, y aquellas agencias a que estaba yo propuesto, él me había contestado lo mismo, y me había recomendado las personas de aquellos mismos hombres, y me había expresado respecto de ellos la misma opinión.

Sucedió así, cayendo la tarde de aquel 18 de julio de 1914, que mandé llamar al referido licenciado Martín Luis Guzmán y le dije:

—Muchachito, ¿no le falta ánimo para trabajar conmigo en favor de la causa del pueblo?

Me contestó él:

—Señor general, yo estoy a sus órdenes como buen hombre revolucionario.

Y llamé al referido coronel Carlos Domínguez y le dije:

—Muchachito, ¿no le falta ánimo para trabajar conmigo en favor de la causa del pueblo?

Me contestó él:

—Mi general, yo estoy a sus órdenes como buen hombre revolucionario.

Y juntos me dijeron los dos:

—Señor general Villa, usted es el verdadero jefe de todos nosotros, los hombres que salimos a pelear por la justicia y a vengar la muerte del señor Madero.

Por lo que a seguidas le pregunté al dicho Martín Luis Guzmán:

—Dígame, muchachito: ¿qué anticipa usted de mis desavenencias con el Primer Jefe y del futuro de nuestra causa para cuando lleguemos al triunfo?

Lo cual le pregunté yo con ánimo de saber lo que aquellos dos hombres pensaban de mí y del señor Carranza y para cerciorarme de que me serían buenos sus servicios.

Me habló él estas palabras:

—Señor general, soy de opinión que ya no tienen cura las discordias de usted con nuestro Primer Jefe. Usted puede buscarlo a él en solicitud de un entendimiento: él lo recibirá con la dureza de sus rencores. Usted cumplirá los convenios que se hagan: él hallará siempre forma de decir que los convenios no eran suyos. No afirmo yo, señor, que Venustiano Carranza sea hombre poco patriota, mas piensa él que no hay patriotismo en los otros si el dicho patriotismo no lo abarca en su persona de Primer Jefe. No niego que él se sienta buen hombre revolucionario, pero considera que sólo él conoce el alcance de nuestra Revolución, y que sólo tienen derecho a reflexionar lo que nuestra Revolución sea, y a expresar cómo deba ella desarrollarse en su triunfo, los hombres que él escoge como buenos porque lo lisonjean y acarician, y no todos los hombres que andamos en esta pelea por nuestro propio ánimo, y no porque el Primer Jefe nos parezca más grande hombre que Francisco I. Madero o Benito Juárez. A más de esto, Venustiano Carranza es político terco, político artificioso, político engañador. Considere usted lo que acaba de hacer con Antonio I. Villarreal. Él lo llamó, junto con Cesáreo Castro y Luis Caballero; él los reunió; él les dijo: «Señores, vayan ustedes y compónganme en mis diferencias con Pancho Villa, que es hombre peligroso por la mucha gente que trae y por las grandes hazañas de sus armas». Y vino Villarreal a Torreón con su mejor fe de hombre revolucionario, y lo compuso a usted en las dichas diferencias. Y sucede ahora que Venustiano Carranza desconoce la palabra de Antonio I. Villarreal, y que se zafa de los compromisos que Villarreal propuso con apoyo de Cesáreo Castro y Luis Caballero. Así será siempre, señor general. Es decir, que Venustiano Carranza consumará en todas partes la división que alentó en Sonora y Sinaloa, y que buscó en Chihuahua, y que atizó en Durango, y que intentó en Zacatecas, y acabará él trayéndonos a la guerra de los hombres revolucionarios, hasta que él se aniquile o hasta que sólo queden con fuerza los hombres que con él se hacen un mismo panorama político para el futuro, o que lo acatan a él y lo lisonjean por interés o por la poca luz de su discernimiento.

Yo le dije:

—¡Vaya, muchachito! Es muy negra la pintura que usted me hace.

Lo cual le expresé no porque pensara yo con ideas distintas de lo que aquellas palabras me estaban diciendo, sino por descubrir hasta dónde llegaba él en sus razones. O sea, que a seguidas le añadí:

—Acaso caiga usted en yerro con sus vaticinios. Porque ha de mirarse que el Primer Jefe no es el único que protege delante de mí el progreso de nuestra causa. Con él va Pablo González, con él está el compañero Álvaro Obregón. Y en verdad que aquellos dos jefes son bastante buenos hombres revolucionarios para no consentir que el esfuerzo del pueblo se extravíe o se malogre en sus frutos.

A esto me contestó él que sí, que Pablo González y Álvaro Obregón eran muy buenos hombres revolucionarios, y que los dos llevaban entre su gente generales de mucho amor a la causa del pueblo, pero que con eso no debía yo ilusionarme, porque el señor Carranza, por obra de su Primera Jefatura, hallaría medio de congraciárselos a todos, o a casi todos, salvo que otros hombres los iluminaran a tiempo sobre el grave riesgo que íbamos a correr. Luego me añadió:

—De cualquier forma, señor general, Pablo González, masque no siempre piense con el señor Carranza, obrará siempre sumiso a él, pues no es de ánimo para discutirle las providencias, ni menos para desacatarlo. Y pensando en Álvaro Obregón, lo mismo le digo. Creo que mira él los avances de nuestra causa con muy buen cariño y que se desvelará porque la discordia no venga en perjuicio de esta Revolución; mas también imagino que si el caso llega, es decir, que si ya no tiene cura este rompimiento entre el señor Carranza y usted, y entre el señor Carranza y Maytorena, y entre el señor Carranza y Felipe Ángeles, y entre el señor Carranza y tantos otros hombres revolucionarios, entonces Obregón, consciente de que se malogra su buen consejo, se pondrá de parte del Primer Jefe, porque allí quedará como el más grande hombre militar y allí lo embarazará menor número de enemigos. Así le contesto sus preguntas, señor general Villa; y éste es el consejo de mis palabras: si halla usted forma de concertarse con Álvaro Obregón, nadie quebrantará la unidad de nuestro movimiento revolucionario; pero si Obregón y usted no se conciertan contra Carranza, Carranza nos llevará a la guerra de Álvaro Obregón y Pablo González contra usted. Para ese futuro debe usted prepararse, señor general, que así se lo manda su deber en bien de la causa del pueblo. Quítele usted elementos a Álvaro Obregón, quíteselos también a Pablo González. Busque, señor general Villa, que le den su apoyo los hombres revolucionarios del Sur.

Así me habló sus palabras aquel licenciado Martín Luis Guzmán, que, según antes indico, era el mismo que me había pedido ayuda para publicar un periódico en Ciudad Juárez en los días de mi campaña para la conquista de la comarca lagunera. Le pregunté si él y su compañero estaban propuestos a salir a expresarse con los referidos elementos. Me contestó que sí, y me aclaró luego:

—Señor general, me acercaré yo a hombres revolucionarios que andan con Álvaro Obregón, pues son éstos los que conozco, y el coronel Carlos Domínguez se acercará a hombres de Pablo González.

Yo le pregunté:

—Exprésame, muchachito, los hombres de Obregón a quien va usted a llevar el mensaje de mis palabras.

Él me dijo:

—Señor, Lucio Blanco es el hombre de quien yo más espero entre los de

Álvaro Obregón, por ser muy grandes sus disposiciones en favor del pueblo, conforme se vio al ordenar él el repartimiento de las tierras de Tamaulipas cuando nadie pensaba que eso se pudiera hacer, lo que le trajo la malquerencia del señor Carranza.

Y pregunté al coronel Carlos Domínguez:

—Exprésame, muchachito, los hombres de Pablo González a quien va usted a llevar el mensaje de mis palabras.

Él me dijo:

—Hablaré, señor, con mi general Jesús Dávila Sánchez, con mi general Andrés Saucedo, con mi general Ernesto Santos Coy. Mas también pienso llevar este mensaje a mi general Eulalio Gutiérrez, pues tuve yo mando entre sus fuerzas y creo ser hombre de su cariño. Viva usted seguro que, siendo él muy buen jefe revolucionario, nunca quitará su protección a la causa de los pobres.

Y así se concertaron conmigo aquel licenciado y aquel coronel.

II

Carbajal quiere entenderse con Villa para la entrega del gobierno y la rendición de las tropas federales

Huye Victoriano Huerta • Francisco Carbajal • La rendición de los federales • Un telegrama de Villa • Nuevos amagos de rompimiento • Junta
de civiles y militares • El manifiesto para el pueblo • Un enviado de Carbajal • Las condiciones que ponía Carranza y las exigidas por Villa • Luis
Aguirre Benavides • Felipe Ángeles • Federico Cervantes • El telegrama
para Arturo M. Elías

Según es mi memoria, el 23 de aquel mes de julio de 1914 acabó el gobierno de los usurpadores. Digo, que sintiéndose derrotados ya por los grandes ejércitos de nuestra Revolución, Victoriano Huerta desamparó ese día
su puesto de presidente y dispuso que lo sustituyera un señor de nombre
Licenciado Francisco Carbajal, que entró en pláticas para entregar la República a nosotros los hombres revolucionarios.

Estaba yo en Chihuahua cuando el señor Carranza me telegrafió que
el dicho licenciado Francisco Carbajal buscaba enviarle delegados para
recibir condiciones tocante a la rendición de su presidencia. También me
decía cómo estaba él propuesto a no expresar ningunas condiciones si
no eran de rendición incondicional, pues así debían entregarse todos los
militares y civiles que habían dado su auxilio a los usurpadores, y cómo
disponía que los jefes nuestros aceptaran las rendiciones que se les hicieran, pero sin garantizar la vida a los jefes enemigos que tuvieran grado
superior a coronel, y que quería que fuera yo a hablarle sobre aquellos
negocios.

Yo le respondí:

«Señor Carranza: Recibo su mensaje acerca de los delegados de Francisco Carbajal. Lo felicito, señor, por su fuerte actitud para imponer condiciones a los hombres de Victoriano Huerta, pues yo también creo que necesitamos la rendición incondicional de los ejércitos federales, y que debemos llevar nuestro castigo a los militares y civiles que causaron la muerte del señor Madero. Esto mismo, señor, piensan los treinta mil hombres de mi mando, los cuales proyectan no descansar en su lucha hasta ver consumado el grande triunfo de nuestra causa. En obediencia a las órdenes recibidas, sigo el desarrollo de mis preparativos para avanzar rumbo al Sur a la hora que usted me lo indique, y con gusto le expreso que ya sólo me falta recibir las municiones que me vienen por Tampico. Le agradezco mucho, señor Carranza, su invitación para que pase yo a esa ciudad. Viva seguro que eso haré tan pronto como me lo consientan estas ocupaciones que ahora me detienen».

Así le telegrafiaba mi respuesta. Mas en verdad que comprendía yo que no era cierto que el señor Carranza quisiera castigar con pena de muerte a todos los federales de grado superior a coronel, sino que tan sólo trataba de hacerse autor de los perdones, y también estimaba yo que no era él leal en su invitación de que pasara a verlo a Monterrey o Saltillo, según me decía, pues me llegaban entonces muchos avisos del crecimiento de su desconfianza hacia mí, y de sus providencias para sonsacar en mi contra a Maclovio Herrera, a Manuel Chao y a otros jefes, y de sus maniobras para rodearme de espías, y de sus comunicaciones a otros generales, a quienes anunciaba que yo lo había de traicionar.

Porque tan grandes se mostraron entonces los amagos de separación entre mis tropas y el señor Carranza, que me sentí en el caso de convocar a junta a los jefes de las mías, más algunos hombres civiles, y les declaré cuanto pasaba. Les dije yo:

«Señores, considero que apunta mal esta situación que se me avecina. En nuestro ánimo de lograr un entendimiento, nosotros fuimos con nuestros delegados a las conferencias de Torreón, y según se trató en las dichas conferencias, y según lo que en ellas se dispuso, así venimos nosotros cumpliendo los actos de nuestro deber. Allá avanzan rumbo al Sur las fuerzas de Pablo González y de Álvaro Obregón, que ya no hallarán obstáculos en su marcha hasta la ciudad de México. O sea, que ellos van recogiendo los frutos finales de nuestras armas, mientras nosotros nos mantenemos aquí, quietos en nuestro territorio y propuestos a que ya no broten las discordias y a que el triunfo del pueblo no se malogre. Mas confirmo que esta conducta nuestra no aplaca los rencores del Primer Jefe, ni las intrigas y los celos de sus hombres favorecidos, sino que siguen ellos en su grande hostilidad, sin saberse si sólo buscan que Pancho Villa desaparezca o se aniquile, por resultarles en mucho agravio la fama de mis triunfos, o si también quieren que no gane en las nuevas leyes, conforme ha ganado en los combates, la causa del pueblo, que nosotros peleamos».

Y lo que sucedió fue que aquellos hombres míos, militares y civiles, decidieron escribir para todo el pueblo una declaración de lo que pasaba entre el Primer Jefe y la División del Norte, y hacer ver a nuestra República cómo yo y mis hombres sufríamos menosprecio y persecución por nuestro amor al bien del pobre. Y para formular los puntos de aquel escrito escogimos al ingeniero Manuel Bonilla, y al licenciado Emiliano Sarabia, y al licenciado Francisco Lagos Cházaro, y a otro señor de nombre José Quevedo; y para que escribiera lo que teníamos que decir nombramos al licenciado Federico González Garza, hombre que me guardaba su fe.

Así se hizo. Aquellos señores se pusieron a escribir para que el pueblo conociera la verdad, es decir, para que se supiera que nosotros no habíamos peleado para que nos gobernara luego el capricho de otro hombre, según había gobernado antes Porfirio Díaz, sino para que imperara la ley, según lo había querido el señor Madero, y para que se hicieran reformas en beneficio del trabajo de los pobres, y de su necesidad, y de sus libertades, y de su justicia.

En estos trabajos andaba yo cuando se presentó delante de mí un enviado de Francisco Carbajal, el cual pedía tratar conmigo mediante poderes que nombran confidenciales. Aquel enviado me dijo:

—Señor general Villa, vengo a expresarme con usted a nombre del señor licenciado Francisco Carbajal, que es ahora el Presidente de nuestra República. Según él opina, ausente ya Victoriano Huerta, no existe causa de lucha entre unos mexicanos y otros. Debe hacerse la justicia que persiguen ustedes los revolucionarios, pero ya es hora de que reine la paz. El señor Carbajal quiere entregar el gobierno a la Revolución. Para eso busca entenderse con los jefes revolucionarios. Dígame, señor general Villa, cuáles son sus condiciones para que el ejército federal se rinda.

Yo le respondí:

—Señor, no es a mí a quien debe usted pedir la expresión de esas condiciones. Yo soy sólo el jefe de la División del Norte, no el jefe de todo el ejército revolucionario, ni el jefe de nuestro gobierno. Ésta es mi respuesta:

el señor Francisco Carbajal debe dirigirse al señor Carranza, y por el señor Carranza conocerá nuestras condiciones para la dicha rendición.

Él me dijo:

—Ya el licenciado Carbajal se ha puesto al habla con el señor Carranza, pues sabe que en ese señor miran ustedes su Primer Jefe. Pero sucede, señor general Villa, que siendo muy duras las condiciones que el dicho señor propone, y no queriendo entrar en tratos directos el señor general Álvaro Obregón, el general Refugio Velasco y el licenciado Carbajal acuden a usted en demanda del buen entendimiento que nos convenga y nos favorezca a todos.

Le dije yo:

—Decláreme, señor, cuáles son esas condiciones que fija el señor Carranza.

Me contestó él:

—Son la rendición incondicional de todas las tropas federales y el consentimiento para que aquel ejército se disuelva y desaparezca. Por eso venimos a presencia de usted, seguros de que no nos serán tan crueles sus condiciones.

Entonces le expresé yo:

—Amiguito, según yo opino, la rendición de los federales tiene que ser incondicional y sin más seguridad que la de la vida. Si eso piden el señor Carranza y el compañero Álvaro Obregón, viva usted seguro que yo y ellos somos en esto de un solo parecer. Sobre la disolución definitiva de aquel ejército, acaso sean otras mis ideas. Estimo que no debemos disolver esas tropas, sino purificarlas castigando a quienes merezcan castigo, y unirlas luego a nuestras fuerzas revolucionarias para formar un solo ejército que proteja la causa del pueblo y nuestra nación. Mas en verdad que es demasiada la distancia para que se oiga mi voz, cuantimás hallándome tan alejado del señor Carranza, aunque reconozco y acato su autoridad. O sea, que estamos en grave peligro de ensangrentarnos otra vez, sin saber a estas horas si la llegada de nuestro Primer Jefe a la presidencia de la República será el fin de nuestras luchas, o si yo y otros hombres revolucionarios tendremos que desconocerlo, porque figure en nuestro destino pelear con él.

En seguida le añadí:

—Yo, señor, y todos los hombres de mi mando no queremos más que la vuelta de la justicia y de la ley. Si fuera yo el jefe de todas las fuerzas revolucionarias, y si ocupara sitio desde el cual pudiera pactar, y si me consintieran esto todas mis otras circunstancias, le diría yo a ese señor licenciado que usted representa: «Señor, yo soy un hombre que vine al mundo para el cumplimiento del deber. No busco fruto para mis ambiciones ni reposo para el premio de mis triunfos. Ando en esta lucha para que se logre el desarrollo de la causa del pueblo. Por esto, señor, no estando yo seguro que nos sea en bien la entrega de la presidencia de nuestra República en manos de Venustiano Carranza, le propongo que ponga bajo mi mando todas las tropas federales que den por bueno nuestro triunfo, y que lo acaten y lo respeten, y con esas tropas, más las mías, que son todas las tropas revolucionarias, yo lo sostendré a usted el tiempo necesario para que se hagan unas elecciones legales y para que entregue usted el poder a un presidente nombrado por el pueblo. Y si yo, por ser Pancho Villa, no parezco hombre grato a las tropas que usted tiene, no me las entregue usted a mí, señor, entrégueselas a Felipe Ángeles, o a cualquier otro revolucionario que más le agrade, siendo siempre de mi aprobación, y con tal que aquellos jefes y generales se comprometan por escrito a seguirlo y obedecerlo». Así hablaría yo, amiguito, y así haría yo. Pero, conforme le indico antes, ni soy yo el jefe de todas nuestras fuerzas revolucionarias, ni estoy en sitio desde donde pueda pactar, ni ninguna de mis circunstancias me permite el dicho paso.

Ésas fueron mis palabras para aquel señor delegado. Pero como él insistió en recibir de mí un pliego de condiciones para que el gobierno se rindiera, y para que se rindieran las tropas federales, yo al fin le dije que sí, que le daría el dicho pliego para que se lo llevara al licenciado Carbajal, pero que antes de entregárselo tenía que consultarlo con Felipe Ángeles para que él me iluminara con su buen consejo. Y así fue; mandé al señor general Ángeles recado de que viniera a expresarse conmigo tocante a ese negocio.

Me preguntó entonces aquel enviado que si podía hacer uso de mis telégrafos para comunicarse con Arturo Elías, que era cónsul del gobierno de México en El Paso, Texas. Le contesté que sí. Me preguntó que si le autorizaba a trasmitir al licenciado Carbajal las palabras de nuestra plática. También le contesté que sí. Me preguntó que si en cualquier arreglo que se hiciera estaba yo propuesto a garantizar la vida de los hombres civiles y militares que habían dado su ayuda a Victoriano Huerta. También le contesté que sí, que a todos les respetaría yo la vida, menos a los autores de la muerte del señor Madero y de don Abraham González.

Y a seguidas mandé llamar a Luisito para que se ocupara del telegrama de aquel señor. Y vino Luisito después de mucho rato, pues siendo más de las diez de aquella noche no lo podían encontrar. Y cuando leyó el telegrama que quería mandar aquel delegado, se me acercó y me dijo:

—Mi general, según yo creo, este telegrama no debiera mandarse.

Le pregunté yo:

—¿Y por qué, Luisito, cree usted que ese telegrama no debe mandarse?

Me contestó él:

—Señor, porque puede traernos muy graves consecuencias y porque atenta al buen prestigio de usted.

Y en verdad que Luisito tenía razón, y que yo también, según conocí las palabras del mensaje de aquel delegado, pensé que no se debía mandar. Mas como acabara yo de autorizarlo a mandar el telegrama que quisiera, no me pareció bien decirle ahora que ya no le consentía remitirlo, pues acaso pensara que mi juicio cambiaba no por obra de las palabras que él había puesto, sino por las advertencias de Luisito. De modo que dispuse que se diera al telégrafo aquel mensaje, pero al mismo tiempo mandé al telegrafista orden secreta de no pasarlo.

Vino Felipe Ángeles a mi presencia. Le dije yo:

—Señor general, está aquí un enviado de Refugio Velasco y Francisco Carbajal, que me preguntan mis condiciones para la rendición de aquellas tropas y de aquel gobierno. Yo le pido, señor, que me ilumine con las luces de su pericia.

Ángeles me dijo:

—Mi general, creo yo que los federales deben rendírsenos incondicionalmente y sin otra seguridad que la de su vida y la integridad de sus personas.

Yo le contesté:

—Muy bien, señor general. Conforme a su consejo, escríbame usted el pliego de condiciones y mándemelo esta noche para que yo lo entregue.

Así se hizo. Ángeles escribió el dicho pliego y me lo envió a medianoche de aquella noche con Luis Aguirre Benavides, Federico Cervantes y otro oficial que ahora no me recuerdo. Con ellos me mandó decir que sabía del telegrama que mandaba a Arturo Elías el enviado de Carbajal, y que considerándolo peligroso, había ordenado detenerlo, a reserva de lo que yo dispusiera después de considerarlo otra vez. Yo les contesté que estaba bien, que aprobaba que el dicho mensaje se detuviera, pero no les dije que la orden de detenerlo ya la había dado yo, sino que a cada uno lo dejé con su pensamiento.

Otro día siguiente mandé entregar el pliego de condiciones al enviado de Francisco Carbajal. Y pienso yo que al leer las dichas condiciones debe de haber sido muy grande la sorpresa de aquel señor, pues oyendo las palabras de nuestra plática, él se había imaginado otra cosa, según se declaraba en las expresiones del mensaje que había querido poner al cónsul huertista de El Paso, y que contenía esto:

«Señor Arturo Elías, cónsul de México en El Paso. Señor, comunique usted por vía directa y urgente al licenciado Francisco Carbajal, que Pancho Villa no reconocerá la presidencia de Venustiano Carranza. Le aconseja a usted convocar a elecciones y se compromete a sostenerlo mientras las dichas elecciones no se hagan, para lo cual sólo le pide que la Federación y sus generales lo reconozcan como a su jefe, a él o a Felipe Ángeles. Villa se compromete a respetar la vida de todos los hombres militares y civiles que dieron su ayuda a Victoriano Huerta».

Eso había escrito aquel señor.

III

Triunfante la Revolución, Pancho Villa trata de evitar que las discordias malogren las reformas en beneficio del pueblo

El avance sobre la capital • Los compañeros Álvaro Obregón, Pablo González y Lucio Blanco • Carranza y los generales de la División del Norte • Acusaciones contra el Primer Jefe • Maytorena, Riveros y Buelna • Revolucionarios maderistas y revolucionarios carrancistas • La necesidad de ministros responsables • Míster Wilson y míster Bryan • Consejos tocante a la concordia • Advertencias tocante al reconocimiento • Una invitación del compadre Urbina

Digo, pues, que Obregón y Pablo González seguían en su marcha rumbo a la ciudad de México, y que yo y mis generales, más los treinta mil hombres de mi mando, contemplábamos aquel avance desde las comarcas de mis territorios.

Pensaba yo entre mí:

«Nunca fue de mi parecer el llegar yo solo a la capital de nuestra República, pues en la dicha capital termina la ruta de las armas de todos nuestros ejércitos revolucionarios, los del Norte y los del Sur. Sí creo que allá debiéramos llegar todos juntos, igual que juntos emprendimos esta lucha y juntos vamos consumándola. Pero si toda la ambición del señor Carranza busca privarme de las dulzuras de ese triunfo, que también es mío, y busca quitárselo a todos mis hombres, que lo han ganado con sus sufrimientos y su sangre, yo digo que está bien, que acaso figure en mi destino ganar yo las más grandes batallas de esta guerra para que otros generales recojan las flores del verdadero vencedor. Cuando así sea, el compañero Álvaro Obregón, y el compañero Pablo González, y el compañero Lucio Blanco son buenos hombres revolucionarios, merecedores ellos de ese premio».

Así me consolaba yo, o me tranquilizaba, considerando, además, que si hacía el menor movimiento rumbo al Sur, no siendo por orden expresa del señor Carranza, podría él atribuirme por eso actos de hostilidad, lo que quizá resultara en el principio de la perdición de nuestra causa.

Porque es lo cierto que ya no podía ser amistoso el ánimo del Primer Jefe para con los generales de mis fuerzas, según se había visto al no querer él cumplir lo que esos generales y los de Pablo González habían concertado en las nombradas conferencias de Torreón. Es decir, que se veía claro cómo el rencor de él duraba, masque ya hubiera dicho que acogía bien la satisfacción que después le habían dado mis generales, y cómo aquel grande rencor era obra de las palabras que ellos le habían puesto por escrito en los días de nuestra desobediencia para la marcha sobre Zacatecas, pues aquéllas fueron palabras muy duras, por lo mismo que no contenían más que la verdad.

Mis generales le habían dicho entonces:

«Señor Carranza, la lucha que se nos viene encima en Sonora por falta de armonía entre el jefe de aquellas tropas fijas y aquel gobernador nos ordena escribirle a usted en demanda de seguridades para el buen logro de nuestra causa. Es la verdad, señor, que la discordia entre hombres pesqueiristas y hombres maytorenistas de aquel Estado se agravó por haber dado usted su apoyo a los enemigos de José María Maytorena mediante los actos de Álvaro Obregón, sin considerar que el señor Maytorena sólo buscaba ser gobernador efectivo de su estado, según mandato del pueblo, y que era ley que aquellas tropas lo respetaran y apoyaran, en vez de hostilizarlo. Es verdad también, señor Carranza, que al salir usted de Sonora, Maytorena le pidió por escrito que no lo desamparara abandonándolo entre fuerzas mandadas por un enemigo de él, y usted entonces entregó aquel mando no a jefes dispuestos a la armonía, sino al coronel Plutarco Elías Calles, el más cruel enemigo del señor Maytorena, y el más arbitrario, y el más atropellador, lo que es causa de que a estas horas amenace surgir allí la lucha de las armas para retraso y desprestigio de la causa que todos protegemos. Es también verdad, señor Carranza, que por los actos de su conducta Sinaloa sufre en sus hombres revolucionarios división igual a la de Sonora, y que si allí el amago de las armas parece menor, eso no se debe a buenas providencias de usted, sino al decidido ánimo del general Juan Carrasco, que le declaró estar resuelto a levantarse con todas sus tropas si no se respetaba en la persona de Felipe Riveros al gobernador que el pueblo había escogido con sus votos.

Es también verdad, señor Carranza, que la dicha desunión de Sonora y Sinaloa la ha llevado usted hasta Tepic, allí en actos de desconocimiento y hostilidad contra el general Rafael Buelna. Es también verdad, señor, que el jefe de la División del Norte lo invitó a usted cariñosamente a venir a Chihuahua, con el buen ánimo de que conviviera usted con esta gente revolucionaria y mirara en ella el sostén de su autoridad de Primer Jefe; y sucedió que vino usted en obra de desunión, y conforme llegó su persona entre nosotros, empezaron a sentirse en Chihuahua los mismos males que ya angustiaban a los hombres revolucionarios de Sonora y Sinaloa. Con otras palabras, señor Carranza: descubrimos en usted muy mala voluntad para todos los hombres revolucionarios que se nombran maderistas por su grande amor a la imagen del señor Madero, y le notamos muy clara inclinación a favorecer y apoyar los partidarios de la persona de usted, nombrados carrancistas. Comprendemos nosotros que por eso hieren sus rencores al señor Maytorena, y al señor Riveros, y al general Buelna, y al general Ángeles, y que por lo mismo anda usted en hostilidades ocultas y descubiertas contra la División del Norte y su jefe, sabedor usted de cómo veneran estos generales la memoria de Francisco I. Madero, y cómo luchan por la causa del pobre, y cómo no consentirán otra dictadura ni otra tiranía, y cómo están propuestos, ellos y el señor general Villa, a no descansar las armas mientras no se consiga el grande triunfo que peleamos. Mas es la verdad, señor Carranza, que estando nosotros al solo cumplimiento del deber, y siendo hombres siempre ansiosos de morir o ensangrentarnos en beneficio de nuestras ideas, ahora acudimos todos con nuestras palabras a presencia de usted y le expresamos así todo nuestro pensamiento: vislumbramos en usted, señor Carranza, formas que lo anuncian como jefe de un gobierno llamado dictatorial, no de un gobierno atento a los buenos ideales de nuestra Revolución; no nos trae usted la concordia, sino la discordia; no acepta usted la presencia de los hombres revolucionarios independientes, sino tan sólo el halago de los hombres revolucionarios carrancistas; y como por obra de todo esto nos va usted llevando a una perdición, hemos acordado nosotros, los generales de esta División del Norte, rogarle que tome sus providencias en garantía de nuestra causa. Queremos, señor, que ejerza usted su poder de Primer Jefe no conforme al capricho de su persona, sino mediante ministros de autoridad y responsabilidad, que usted nombre con aprobación de la mayoría de los gobernadores de Sonora, Sinaloa, Chihuahua, Zacatecas, Durango, Coahuila, Nuevo León, Tamaulipas y Tepic, y de los jefes de las fuerzas que han conquistado las dichas regiones. Y queremos también que esos ministros empiecen desde luego la obra de los ideales que venimos peleando. Reciba, señor Carranza, el respeto y la adhesión que le debemos como a nuestro Primer Jefe».

Así pusieron entonces por escrito mis generales lo más principal de su pensamiento, y esas expresiones mandaron ellos a Venustiano Carranza en papel que llevaba las firmas de Calixto Contreras, Tomás Urbina, Trinidad Rodríguez, Severino Ceniceros, Eugenio Aguirre Benavides, Mateo Almanza, Orestes Pereyra, José Rodríguez, Maclovio Herrera, Martiniano Servín, José Isabel Robles, Rosalío Hernández, Toribio Ortega, Felipe Ángeles y Máximo García.

La incertidumbre de aquella situación la miraba y la consideraba yo, y la miraban y la consideraban Felipe Ángeles y todos mis otros generales, y me la ponían delante de mis ojos el gobierno de los Estados Unidos y su presidente Wilson, conocedores aquellos hombres de las grandes injusticias que el señor Carranza me hacía, y medrosos de mi carácter arrebatado y de los actos de mi cólera.

Me mandaba decir míster Bryan por el intermedio de sus cónsules:

«Es patriótico, señor general Villa, que ponga usted de su parte toda la bondad de su ánimo para que no haya rompimiento entre las fuerzas constitucionalistas. Los celos entre las personas, o sus rivalidades, o sus rencores, no son para que padezca la grande causa de un pueblo. Han ganado ustedes las batallas de esa guerra: no empañen su triunfo. Habiéndose ido Victoriano Huerta, los cambios de aquel país deben consumarse sin que aquel pueblo se siga ensangrentando. Viva seguro, señor general Villa, que los panoramas que ahora esperan a México son risueños y gloriosos, y por eso nuestro presidente Wilson sufre la ansiedad de que nada retrase allí las reformas en beneficio del pueblo y su justicia. A usted, señor general, se deben muchas de aquellas victorias, de modo que nuestro presidente descansa en su fe de que Pancho Villa trabajará por mantener la buena armonía entre todos aquellos ejércitos revolucionarios».

También míster Carothers me traía las palabras de míster Bryan. Por la mediación de él, míster Bryan me mandaba decir:

«Señor general Villa, cree nuestro presidente Wilson que las desavenencias entre usted y Venustiano Carranza no son tan grandes como ciertos rumores interesados las hacen parecer. Cuando así sea, no estima él que en las dichas discordias haya razón bastante para los estragos de un rompimiento, que embarazaría entre ustedes la causa que pelean, o que la paralizaría. Conforme a nuestro juicio, si usted y Venustiano Carranza hallan manera de expresarse estando solos los dos, y a modo de que nadie les turbe su propio parecer, sino propuestos los dos a estimar aquellos negocios con las luces de su patriotismo, viva usted seguro que él y usted llegarán a entenderse. México, señor general Villa, es una tierra tan grande que pueden hacer en ella la obra de sus mayores ambiciones todos los hombres que allí buscan el beneficio del pueblo».

Así me mandaba buenas palabras míster Bryan, a nombre suyo y del presidente míster Wilson, y así se las mandaba decir al señor Carranza por el intermedio de otros cónsules, según sabía yo por míster Carothers. O sea, que de aquella forma los dichos hombres extranjeros nos daban pruebas de su grande amistad, y de su buen interés por nuestra causa. Porque si ellos hubieran preferido nuestro daño, y no nuestro bien, habrían buscado agravar nuestras discordias, en vez de aliviarlas, según lo hacían.

Reflexionaba yo entre mí:

«¡Señor, lástima grande que ya no nos sean en bien esos consejos!».

Lo cual me decía yo porque en verdad dudaba mucho que el Primer Jefe y sus hombres favorecidos olvidaran sus rencores tocante a mí y a mis fuerzas, cosa que confirmaba yo al conocer lo que en mi contra andaba queriendo tramar en Washington el licenciado que allá representaba al señor Carranza, y lo que en todos los Estados Unidos decían de mí, y de Felipe Ángeles, y de otros hombres míos, aquel señor Alfredo Breceda, de quien antes indico, y aquel licenciado Luis Cabrera, más otros hombres de la confianza del Primer Jefe.

Por cuanto a la consumación de nuestro triunfo, también me mandaban sus expresiones míster Wilson y míster Bryan. Me comunicaban ellos lo que teníamos que hacer si queríamos que su gobierno reconociera el gobierno de nosotros los hombres revolucionarios de México.

Éste era el contenido de sus palabras:

«Señor general, el mundo entero los está contemplando a ustedes en esta hora de su triunfo, o más bien dicho, en la hora en que se va a consumar el cambio de gobierno en la ciudad de México, y examina si las formas que ya escogen ustedes serán en bien o en mal del gobierno que van a establecer y en bien o en mal de las reformas que vienen peleando para beneficio de los pobres. Le expresamos esto, señor general Villa, con el buen ánimo de dar a México nuestro auxilio para que salga de sus dolores. Sucede que la necesidad nos hace hablar a nombre de casi todo el mundo, y, conforme a nuestro parecer, estos Estados Unidos son la potencia de primera clase que tendrá que decir primero si merece o no merece reconocimiento el gobierno de los revolucionarios mexicanos. Somos nosotros guardianes de todos los países de América, y nosotros los que tenemos que responder, atentos a nuestra doctrina llamada de Monroe, de lo que estos países hacen. Digo, señor general Villa, que tienen ustedes que sopesar cómo todo lo que en el futuro hagan aquellos jefes, y todo lo que declare el ánimo en que ellos van a usar de su triunfo y a consumarlo, y a desarrollar y a consumar las reformas a que vienen propuestos, será el hecho que nosotros tomemos en cuenta para dar por bueno o por malo, y para reconocer o desconocer, el gobierno que ustedes levanten. Éstas son las palabras de nuestro consejo: En primer lugar, miren todos sus actos tocante a la persona y a la vida de los extranjeros, y tocante a los derechos y propiedades de ellos, y tocante a los compromisos por deudas legítimas que el gobierno de Victoriano Huerta contrajo con otras naciones. Si en estos negocios no ponen su mejor atención, y la más bondadosa inclinación de su ánimo, pueden tropezar con muy serias complicaciones. Ahora ya no son ustedes, ni sus fuerzas, gente revolucionaria que ande trastornándolo todo en su lucha contra la tiranía y la usurpación, sino que sobre sus espaldas llevan todos los deberes del gobierno. En segundo lugar, no se ensañen con pasión en su castigo de los enemigos militares o políticos. Piensen que de no ofrecer en beneficio de todos el perdón general que se nombra amnistía, se enajenarán el favor del mundo, y del pueblo de los Estados Unidos, que es ahora el grande amigo de los revolucionarios constitucionalistas. En tercer lugar, conténganse en sus violencias contra la Iglesia católica, pues vivan seguros que el mundo se horrorizará si ejercen ustedes sus venganzas o cobran sus rencores en los sacerdotes o ministros de cualquier culto. Sobre esto el gobierno de los Estados Unidos, y nuestro presidente Wilson, y yo, nos permitimos prevenirlo a usted, y lo mismo prevenimos a todos aquellos jefes, tratándose de un asunto de la más grande importancia. Decimos, pues, señor general Villa que el programa de todo lo que usted viene propuesto a hacer, y lo que vienen propuestos a hacer sus compañeros de pelea, se logrará o se malogrará según sea la inclinación de su ánimo sobre las dichas cuestiones. No obren nada con los engaños de la pasión o la precipitación. No quiten los ojos de delante de nada que pueda enajenar a ese gobierno el reconocimiento de este gobierno de nosotros, igual que no reconocimos nunca, porque no lo merecía, el gobierno de Victoriano Huerta. Nuestro grande deber de amigos es expresar con mucha claridad y con mucha firmeza todo lo que cobijan estas palabras. Con igual ánimo, señor general, le hemos mandado decir el contenido de nuestros otros mensajes, los cuales le remitimos por obra de nuestra simpatía, mas también a impulsos de nuestra responsabilidad tocante a México, tocante a nosotros y tocante al mundo que nos ve».

Y sucedió, escuchando yo aquellas palabras del gobierno de Washington sobre la consumación de nuestro triunfo, y considerando la situación mía para con el señor Carranza, y la de él para conmigo y mis hombres, que resolví tomar mis medidas para no ser yo, ni de lejos, causa o pretexto de peripecias que enturbiaran aquella hora de triunfo, grata a nuestra Revolución. Dispuse así mantener en secreto la declaración que varios hombres míos habían escrito para contar al pueblo lo que pasaba entre el Primer Jefe y la División del Norte; y como mi compadre Tomás Urbina me convidaba por entonces a llevarle mi visita a su casa de las Nieves, también dispuse salir para allá en viaje de unos cuantos días.

Eso hice yo, pensando, además, cómo había de serme útil mi paso por Hidalgo del Parral, de donde me venían rumores sobre las artes con que Venustiano Carranza andaba queriendo sonsacar en mi contra a Maclovio Herrera y otros generales míos.

IV

En viaje de descanso y de consecuencia política, Pancho Villa visita a Maclovio Herrera en Parral y a Tomás Urbina en las Nieves

La invitación del compadre Urbina • Un cura que hacía deberes de obispo • Parral • El nombre de un famoso conquistador • La casa de don Pedro Alvarado • Maclovio Herrera y su padre, José de la Luz • Los sacrificios y la alegría del pueblo • Coloquio sobre la riqueza • Eulogio Ortiz • Un bautizo en las Nieves • El brillo de los instrumentos • Panoramas del futuro • Juan N. Medina • Emilio Madero

Salí yo en aquel viaje de las Nieves, que, como antes digo, era viaje de conveniencia internacional, muy útil para la política, pero que también iba a traerme algún reposo, según me lo exigía ya mi cuerpo. De fuerzas llevaba yo, a más de mi escolta, parte de la Brigada Villa, bajo el mando de José Rodríguez, y algunos otros hombres. Iba también mi banda de música, dirigida por Rayo R. Reyes. Me acompañaban Luisito, Pablo Seáñez, Rodolfo Fierro, Uriel Loya y otros más. Al cura que tenía yo en Chihuahua cumpliendo los deberes del obispo, porque aquel obispo se había ido con desamparo de su tutela para las creencias de los creyentes, le pedía que también me acompañara en mi viaje, deseoso yo de que en las Nieves le echara el agua a la criatura que iba a bautizarle a mi compadre Tomás Urbina, que para eso me invitaba.

Llegamos a Parral, todos aquellos campos verdes, todos aquellos moradores contentos de mirarme otra vez, como tenían de costumbre siempre que por allí iba. Las mujeres, las señoritas y los niños me traían sus flores y sus frutas, y sus quesos y otros regalos. Me decían todos:

—Son para usted, Pancho Villa, para usted.

Y oyendo yo aquellas pocas palabras, comprendía cuánto se cobijaba en ellas la gratitud del pueblo.

Maclovio Herrera y todas sus tropas me acogieron con muestras de su regocijo más cariñoso, por donde vi cómo aquellos hombres me guardaban su lealtad y su fe, masque otra cosa dijeran los rumores que me llegaban y otra cosa se pudiera creer por las agencias de personas enredadoras que hablaban a la oreja del dicho jefe sobre la situación mía con el señor Carranza.

Fuimos a posarnos, yo y mis jefes y mis oficiales, a la casa de un señor de mi amistad y de muy grande riqueza, o más bien dicho, que había tenido grandes riquezas en épocas ya pasadas. Aquel señor se llamaba don Pedro Alvarado, nombre, a lo que dicen, de un famoso conquistador de México que una vez salvó la vida saltando una acequia con su lanza. En el palacio del referido señor había muchos pianos y cajas fuertes, sin saber yo si eso sería como recuerdo de la mucha abundancia de dinero que antes indico, o por otras razones. Pero la verdad es que el dicho don Pedro Alvarado nos acogió con trato de muy buena civilización y que ese trato se mantuvo sin ninguna merma todos los días que allí estuvimos.

Es también cierto que Maclovio Herrera, y su padre, don José de la Luz, se esmeraron entonces discurriendo fiestas y honores en mi agasajo. Sabían ellos las principales de mis aficiones y me rodeaban de lo que más me gustaba. Hicieron para mí, todos aquellos días y todas aquellas noches, carreras de caballos, peleas de gallos, bailes y otras fiestas y tertulias que hay en la vida.

Y mirando yo que el pueblo de Parral llenaba con su presencia los dichos festejos, y entendiendo que la alegría de aquellos hombres, y de aquellas mujeres, y de aquellos niños no era sólo por estar cerca de mi persona, sino porque las fiestas los complacían, pensaba entre mí:

«Señor, es deber de los hombres revolucionarios exigir al pueblo sacrificios para el desarrollo de la lucha que resultará en su bien, mas también es deber nuestro procurar al pueblo la alegría cada y cuando las treguas de la lucha lo consiente. Por eso no me encierro yo a reír y gozar con unos cuantos hombres favorecidos, sino que abro de par en par las puertas de estos festejos, para que ría y goce todo el pueblo y no sólo los hombres y mujeres de mi preferencia, masque esos hombres sean los que se desangren conmigo a la hora de los combates, y esas mujeres las que a ellos y a mí puedan solazarnos».

Lo cual reflexionaba yo por ser así la verdad, pues mantenía libre el paso a cuantos hombres, mujeres y niños se acercaban a las dichas diversiones, y tenía dada orden de tratarlos muy bien, y hacía yo que para ellos tocara la música las piezas que a mí me gustaban, por suponer que ésas eran las mejores.

Con don Pedro Alvarado pasé entonces ratos de expresiones muy provechosas.

Me decía él:

—Fui hombre muy rico, señor general Francisco Villa, y ya no lo soy; mas me queda la riqueza de haber gastado mi dinero en muy buenas obras.

Yo le contestaba:

—Señor, la verdadera riqueza es la del pobre o la del rico que habiendo sido antes pobre o rico cumplió siempre con su deber. Porque, según yo creo, el dinero no es de los ricos, aunque los ricos lo tengan, sino de las manos trabajadoras que lo producen no para satisfacerse y solazarse ellas, sino para aliviar la necesidad de todos los que padecen. Digo, pues, que es deber de los ricos ayudar en su trabajo a los pobres, para que los pobres ganen y vivan, y que sólo para eso llega el dinero a las manos de los ricos. Pero sucede, señor, que los más de los ricos no lo estiman así, antes piensan que Dios los colmó de riquezas para explotar a los otros hombres, y para perseguirlos, y para esclavizarlos, como si en verdad la riqueza no fuera un acaso de la suerte, sino un mérito de las personas, y como si el ser rico implicara la obligación de inclinarse al mal. Estimo que el rico que ha ganado su riqueza ayudando el trabajo de los pobres, y atendiéndolos, y aliviándolos, es merecedor de nuestro respeto, y de nuestra devoción, y de nuestra fe. Pero el rico explotador, que levantó su riqueza sin miramiento para el sudor del pobre, del cual sacaba más mientras mayor era su miseria, ése no debe esperar la clemencia nuestra para lo que él tiene, sino que debe entregarlo todo, porque nada es suyo.

Y don Pedro Alvarado me decía:

—Pancho Villa, tiene usted razón. Tocante a los acasos de la suerte que obran la riqueza o la pobreza de los hombres, son tan ciertos que nomás esto le digo: encontré los primeros indicios de la Palmilla, la mina así nombrada, de donde salieron mis grandes riquezas, yendo yo al desahogo de necesidades que mejor es no mencionar; y fue sólo buena suerte que la dicha mina se pusiera en mucha bonanza, y luego fue mala suerte que esa misma mina entrara en borra. Es decir, que por sólo buena suerte empecé a recoger grandes riquezas que yo no producía, sino que me llegaban del seno de la tierra, pues tan grandes riquezas las manos de ningún hombre hubieran podido producir, cuanto más que con el solo trabajo de sus manos no hay hombre que se haga rico. Por eso el recibir yo aquella riqueza fue para mí como un signo de que debía repartirla ayudando en su trabajo a los pobres, y por eso pagaba yo en la mina muy buenos salarios, y por eso también, no queriendo que el mucho aumento en los salarios míos hiriera en sus intereses a otros mineros y otros trabajadores, resolví por mandato de mi conciencia, al considerar que los dichos salarios ya no debían aumentarse, regalar una parte de mis ganancias. Sucedía así, que los sábados, después de la raya, mi esposa vaciaba por los balcones sacos de dinero para los menesterosos, y más adelante, conforme mis caudales seguían creciendo, pensé ayudar a todos los mexicanos quitando de sobre sus hombros la deuda de nuestra nación y tomándola yo solo a mi cargo, si bien comprendí pronto que no me alcanzarían para tanto las fuerzas de mi buena suerte.

Yo le contestaba:

—Señor, reverencio la memoria de don Francisco I. Madero porque siendo él hombre rico se acordó de las dolencias y necesidad del pobre. Lo estimo a usted, y le muestro mi respeto, y considero sagradas las riquezas que tuvo y las que tiene, porque supo recibirlas para darlas a otros, no para acrecerlas, y porque no intentó nunca hacerse más rico mediante la pobreza de los que lo rodeaban.

Y así nos expresábamos los dos, hablándome él sus palabras en declaración de su riqueza, y hablándole yo las mías en mi gusto de oírlo y apreciarlo. Porque, ciertamente, era él hombre de grandes disposiciones para el bien, y hombre que había caído de su enorme opulencia por seguir el impulso de compartirla con todos. Lo cual digo no porque me conste la verdad de aquellos hechos, sino por ser eso lo que de él se conocía, y por traslucirse así en la forma de sus palabras.

Estando yo en Parral surgieron diferencias entre Maclovio Herrera y Eulogio Ortiz, coronel de ese nombre, que mandaba un regimiento de la Brigada Benito Juárez. Según es mi memoria, las dichas diferencias eran por la conducta de Eulogio Ortiz, el cual, a lo que dicen, se jactaba de mirar por solo jefe suyo a Manuel Chao, y no a Maclovio Herrera, que tenía el mando de la dicha brigada.

Sucedió una de aquellas noches, hallándose sentado a su cena el referido Eulogio Ortiz en el restaurante adonde él iba por costumbre, que llegaron allí Maclovio y Luis Herrera, más Pedro Sosa, más Colunga, más otro oficial de nombre que no recuerdo, y entre todos cogieron a Eulogio Ortiz y lo golpearon de obra y de palabra; y viendo que no se rendía, sino que se aferraba más a sus ideas, lo desarmaron y llevaron preso.

Juan B. Vargas y otros hombres de mi escolta vieron aquellos hechos y me lo vinieron a contar. Otras personas, de la amistad de Eulogio Ortiz, acudieron hasta mi presencia para lo mismo, temerosas ellas de que parara todo en fusilamiento. Y yo entonces hice el hincapié de que me enojaba, para mostrar con aquel pretexto la fuerza de mi autoridad, y acabar así los cuentos que corrían respecto a la inclinación de Maclovio a desconocerme y desobedecerme; que así se vería cómo estando yo allí rodeado de las tropas suyas podía ordenar que pusiera él debajo de mi amparo sus propios enemigos.

Llamé, pues, a don José de la Luz, padre de Maclovio Herrera, y le expresé que debía llevar a su hijo mi orden de poner en libertad a Eulogio Ortiz y de traérmelo en el acto para que yo lo remitiera a Chihuahua en espera de mis investigaciones.

Le dije yo:

—Señor don José de la Luz, ésta es mi orden: a Eulogio Ortiz, que acaban de poner preso, mando que ahora mismo lo dejen en libertad, y han de traérmelo delante de mí, para que de mí mismo oiga él lo que dispongo tocante a su suerte, que es salir hacia Chihuahua y aguardar allá mi regreso y mis providencias.

Eso le dije, y no mandé llamar a Maclovio sino a José de la Luz, sabedor de cómo éste llevaba la voz de la autoridad en toda aquella familia, y cómo se decía entre los hombres de la Brigada Benito Juárez y entre las demás fuerzas de mi división, que José de la Luz fijaba a Maclovio Herrera todos los actos de su conducta, y que el referido José de la Luz era el principal instigador para que Maclovio se apartara de mí en mis luchas con el señor Carranza. Cuando así no fuera, es lo cierto que don José de la Luz ejercía sobre sus hijos tan grande autoridad y les inspiraba tan fuerte respeto, que siendo ellos generales, y mandando Maclovio una brigada, no se atrevían a fumar delante de él, ni mostraban delante de él la debilidad de ningún otro vicio, aunque lo tuvieran. Y es el caso que don José de la Luz llevó aquella orden mía a Maclovio Herrera, el cual la cumplió desde luego, sin saber yo si lo hizo así por guardarme todavía entera su lealtad, o sólo por el hincapié de engañarme mejor, o quizás por su miedo a uno de mis arrebatos.

Pasados tres o cuatro días de estancia en Parral salí para las Nieves. Llegamos a las Nieves. Allá mi compadre Tomás Urbina me recibió con trato de su mejor cariño. También en las Nieves tuvimos fiestas, y bailes, y carreras de caballos y peleas de gallos, que tanto eran de mi gusto. El día del bautizo de la criatura de mi compadre el paso de todas las dichas diversiones creció. ¡Señor, cómo se asombraban aquellos hombres, aquellas mujeres, aquellos niños, de ver que los instrumentos de mis músicos eran de brillos blancos, como de plata, y cómo se gozaba el ánimo de toda aquella gente con la buena música que oía y con todo el agasajo que yo le brindaba!

Así pasamos varios días, en número que no me recuerdo; y de aquel modo me divertí y descansé, pues es la verdad que en todo ese tiempo casi no pensé en los cuidados que me embargaban. Porque, según antes indico, estaba yo resuelto a no moverme, ni a hablar una sola palabra, para que por mi culpa Álvaro Obregón y Pablo González no hallaran ningún tropiezo en su avance hasta la ciudad de México, sino que ellos y el Primer Jefe se sintieran señores de todos los actos de su conducta, y los miraran bien, y no nos enajenaran el afectuoso favor de los Estados Unidos. Lo cual digo porque aquel país nos estaba observando, o más bien dicho, observaba la consumación de nuestra victoria, dispuesto a acatarla o desconocerla en representación de todo el mundo. Para mi recuerdo, sólo una vez en todos aquellos días mi compadre y yo nos expresamos respecto al porvenir de nuestra causa y de nuestras tropas. Le dije yo entonces:

—Compadre, aquí nos tiene usted, tan recordados antes en las horas difíciles de la guerra y tan olvidados hoy en momentos que anuncian ser de paz. Estima el señor Carranza que nosotros le estorbamos en sus panoramas políticos.

Mi compadre me contestó:

—Sí, compadre; mas hay que ser como los gavilanes, que aletean siempre y nunca chillan. Yo nomás le digo: esté alerta, compadre, para el rompimiento con el Primer Jefe, que según ve mi juicio, ésa es cosa que ya no tiene remedio. Venustiano Carranza acecha para aniquilarlo a usted, compadre.

Aceptando como buenas aquellas advertencias suyas, le respondí:

—Comprendo lo que me dice, señor; pero antes está la causa del pueblo. Aguarde usted a que nuestro triunfo se haga, y entonces, si el señor Carranza no oye lo que el pueblo dice, ni pone en obra lo que el pueblo quiere, será la hora de considerar de nuevo el camino que convenga seguir. Estimo yo que otra vez tendremos que andar a los balazos, para lo cual ya llevo pensadas algunas de mis providencias. Pronto, compadre, llegará la hora de que también nosotros hagamos nuestra marcha hasta la ciudad de México. Para eso nos convendrá mover a la Laguna nuestra base de operaciones y tener en Torreón un hombre de pericia, que desde allí nos surta de todo. A Juan N. Medina ya lo tengo otra vez en Ciudad Juárez. ¿Qué le parece, compadre, don Emilio Madero para que me ayude con su auxilio en la Laguna?

Él me contestó:

—Calculo, compadre, que don Emilio Madero es hombre para cualquier cargo donde usted lo destine.

547

V

Pancho Villa espera la toma de la ciudad de México entregado a consideraciones acerca de Dios, la religión y sus sacerdotes

Agencias de los Herrera • Manuel Chao • Santa Bárbara • José Ballesteros • Uriel Loya • En el Teatro de Parral • Los deberes de padrino •
Buenos y malos sacerdotes • Los jesuitas • «También los revolucionarios
somos hijos de Dios» • Bustillos • Doña Luz Zuloaga de Madero • No
matarás • No hurtarás • San Sulpicio • Los tratados de Teoloyucan

Supe yo, durante aquella estancia mía en las Nieves, que Maclovio y Luis
Herrera, y su padre don José de la Luz, seguían en sus malas agencias tocante a no mirar mi razón en mis luchas con el señor Carranza.

Me contaban que decían:

«Venustiano Carranza es nuestro Primer Jefe; es hombre de leyes y de
saber: él consumará en buena forma el triunfo de la causa del pueblo. Pancho Villa, que nació y se crio bandido, seguirá bandido hasta que se muera,
masque sean muchas las victorias de sus armas y muy numerosas las fuerzas
de su mando».

Y me declaraban aquellos mismos informadores que tales palabras no
eran obra del pensamiento de los Herrera, sino enseñanzas de Manuel
Chao; pero que cuando eso fuera así, Maclovio no tardaría en desconocerme y abandonarme en protección de las ideas del señor Carranza.

Oyéndolos, yo reflexionaba:

«Maclovio Herrera es hombre de mi cariño y jefe revolucionario de mucho valor. A don José de la Luz lo he colmado de favores y consideraciones.
Si estos hombres no se han corrompido en su ánimo, se convencerán pron-

to de que la justicia me asiste a mí en estos hechos, no al señor Carranza, y comprenderán que todos los defensores de nuestra causa tienen que estar conmigo, pues yo sólo obro en beneficio del pueblo».

Y sucedió, ya viniendo yo de regreso de las Nieves, que en la igriega que la vía forma cerca del pueblo de Santa Bárbara hubo señales de bandera roja para que parara mi tren. Y paró mi tren. Y subió un hombre que, según luego supe, fue a darse a conocer delante de Uriel Loya, que me acompañaba, diciéndole que él era el mayor José Ballesteros, segundo jefe del 7º Regimiento de la Brigada Benito Juárez, la fuerza que hasta pocos días antes mandaba Eulogio Ortiz, y que había resuelto desertarse y venir a mi presencia por no estar conforme con los propósitos de Maclovio y don José de la Luz acerca de que todas aquellas tropas me desampararan si desconocía yo al señor Carranza.

Uriel Loya me comunicó a mí las referidas noticias, y como yo le dijera que me convenía tener más detalles sobre el negocio, volvió él a expresarse con José Ballesteros, el cual le contó entonces todo lo que sucedía: es decir, cómo estando yo en las Nieves, Maclovio y Luis Herrera habían convocado a junta en el Teatro Hidalgo de Parral a todos los jefes y oficiales de aquella brigada, y cómo les habían hablado allí sus expresiones sobre mis desavenencias con el señor Carranza, y cómo les habían declarado la necesidad de desconocerme y pelear conmigo si en vez de acatar yo en todo al Primer Jefe iba a la guerra con él, sin saber el dicho Ballesteros si en el ánimo de los Herrera estaba valerse de aquel viaje mío y obrar desde luego males en mi contra, o si sólo buscaban pulsar la voluntad de sus tropas para actos del futuro.

Lo cierto es que yo no varié entonces la disposición de mi ánimo para con los hombres que mandaban mis fuerzas de Parral. Seguí mi viaje conforme venía haciéndolo, y llegué a la estación de la dicha ciudad, y me apeé, y hablé allí con Maclovio y Luis Herrera, que vinieron a traerme su saludo. Sí observé que tenían tendidas sus tropas desde la parte de la estación hasta abajo, no sé si por estar en ánimo de rendirme honores si me quedaba en Parral otra vez, o por motivos diferentes.

También hice por entonces viaje hacia el rumbo de Santa Isabel, Bustillos, Guerrero y demás pueblos de esa comarca, por donde vivía mi hermana Martina, que había solicitado mi visita para un bautizo. El cura de quien antes digo que cumplía en Chihuahua los deberes que nombran episcopales siguió acompañándome en aquel viaje.

Era ese cura hombre de sus ideas, aunque también lo fuera de mi amistad. Y sabedor él de que no perseguía yo la religión, masque me mostrara contrario a los modos de los jesuitas, me expresaba sus doctrinas y enseñanzas protectoras de la Iglesia, lo que hacía con intención de seducirme.

Me hablaba así sus palabras:

—Señor general, siendo usted hombre que consiente contraer los deberes de padrino, reconoce la leyes de nuestra Iglesia católica, según lo dispone Dios; o sea, que vive usted debajo del manto de nuestra Santa Religión y está por eso obligado a seguirla en todos sus decretos y prácticas, y a obedecerla en cuanto nos manda para vivir y morir como buenos hijos de ella. ¿Por qué, señor, no obra usted en todo como los hombres católicos mexicanos, en vez de desacatar los mandatos divinos persiguiendo los propagadores de nuestra fe?

Yo le contestaba:

—Señor, contraer los deberes de padrino no supone reconocimiento de ningunas leyes de este mundo ni del otro. Los hombres somos padrinos, o nos hacemos compadres, por nuestras ligas de amistad, mayormente cuando así lo manda la costumbre. Es decir, que si consiente un hombre tomar sobre sí la tutela de la criatura de otro hombre en el caso de que ese otro hombre falte o muera, eso no se hace por doctrinas de religión, sino por disponerlo así los deberes que nos unen con nuestros semejantes, y esto es verdad aunque otra cosa crean los creyentes viendo que la Iglesia interviene en estos hechos para santificarlos. Como quiera que sea, yo no niego la creencia en Dios: la declaro y certifico, por haberme ella animado, como a todos los hombres, en muchos trances de la vida. Pero considero que no es sagrado todo lo que se cobija debajo del nombre de la religión, porque los más de los llamados hombres religiosos usan de la religión en beneficio de sus intereses, no en beneficio de las enseñanzas que predican, y por eso hay sacerdotes buenos y sacerdotes malos, y por eso debemos consentir unos, y ayudarlos, y perseguir y aniquilar otros. Los malos sacerdotes, señor, como los jesuitas, son los peores hombres de este mundo, pues debiendo enseñar el bien mediante sus muchos sacrificios, se dedican al logro de sus pasiones por caminos que son de mal. Estimo, pues, que merecen mayor castigo que los peores bandidos del mundo, porque los bandidos no engañan con los actos de su conducta, ni fingen lo que no son, mientras que los jesuitas sí, y engañando ellos de ese modo, labran muy grandes desgracias para el pueblo.

Aquel cura me decía:

—Señor general, los malos sacerdotes recibirán a su hora el castigo de Dios; pero mientras andan en la tierra son merecedores de nuestro respeto. Dios los tiene entre nosotros como sus sacerdotes, y cuando así los tiene, Él sabrá por qué.

Yo le contestaba:

—No, señor. Si yo, como hombre revolucionario, me levanto en castigo de los hombres gobernantes que no atienden el cumplimiento de su deber en beneficio del pueblo, también debo llevar el castigo de nuestra justicia revolucionaria a los hombres religiosos que traicionan el bien del pobre. Y ese castigo nuestro es útil para las iglesias, que así obligarán a sus servidores a ser caritativos y útiles, no codiciosos y dañinos, de igual forma que resulta en ventaja de los militares el castigo de todo mal hombre militar. Comprendo, señor, sus razones tocante a que Dios tiene en este mundo buenos y malos sacerdotes. Él sabe por qué, y propuesto a premiarlos luego, o a castigarlos, según sean los actos de la conducta de cada uno. Mas viva seguro, señor cura, que son muchos los caminos de Dios, conforme ustedes los hombres religiosos nos predican en sus sermones, y que uno de los castigos que Él puede disponer para los malos sacerdotes que no lo obedecen en sus leyes es el castigo que nosotros les demos. Cuanto más que Dios también nos tiene en este mundo a nosotros los hombres revolucionarios, y que si Él consiente que se haga esta lucha que nosotros peleamos por nuestro amor al pueblo, y las formas de la referida lucha, también Él sabe por qué nos lo permite.

El cura me decía entonces:

—Sí, señor general; también los hombres revolucionarios son hijos de Dios. En eso yo los bendigo, como a todas las criaturas. No pueden estar sueltos de la mano de Dios ni desamparados de ella tantos hombres que mueren o se desangran en busca del bien para sus semejantes. Mas es lo cierto que Él tiene aquí sus ministros para impedir que los dichos hombres se extralimiten en las pasiones de su impulso, y no cabe ley de Dios en que la Revolución niegue esos ministros sagrados, y los veje, y los persiga, en vez de escuchar lo que ellos predican.

Yo le contestaba:

—Hágase cargo, señor cura, de que nuestra Revolución es la lucha de los pobres contra los ricos que se sacian en la pobreza del pobre. Y si nosotros descubrimos que en esta pelea los nombrados sacerdotes de la religión, o los más de ellos, protegen la causa del rico, no la del pobre, según es su deber, ¿qué fe, señor, ha de tener el pueblo en la palabra que ellos nos pronuncien con ánimo de consejo? Conforme yo creo, cobija tan grande santidad el impulso de nuestra justicia, que los sacerdotes y las iglesias que nos niegan el auxilio de su ayuda merecen trato de las cosas que no son de Dios.

Así pasaban mis conversaciones con aquel cura, el cual, según indico antes, tenía yo en Chihuahua cumpliendo los deberes del obispo. Yo le hablaba de aquel modo para aclararle cómo nuestra Revolución era un movimiento ordenado y de principios, y no un amor de la violencia para gozo de las malas personas de nosotros los hombres revolucionarios.

En mi viaje pasamos por Bustillos, hacienda, de ese nombre, perteneciente a una de las más ricas familias de Chihuahua. Nos detuvimos allí.

La dueña de todas aquellas grandes propiedades era una señora de nombre doña Luz, casada con un tío del señor Francisco I. Madero. Siendo ella persona de mi amistad, que yo había conseguido desde otros tiempos, nos recibió con trato muy cariñoso. Nos pidió que nos posáramos en su casa, grande y elegante como un palacio. Mandó hacer para nosotros muy buenas comidas. Nos rodeó de las mejores comodidades que tenía. Y en verdad que fue de mucho contento la estancia que allí disfrutamos.

También aquella señora, que protegía los sentimientos religiosos, me dirigió entonces sus admoniciones tocante a mis deberes para con Dios. Pero eso lo hacía ella siempre que me hablaba, y yo se lo consentía por parecerme su trato muy agradable, y por descubrir yo que había en la dicha señora rasgos de mucha bondad; aunque más que por todo eso, y por su cercanía al señor Madero, por ser mujer de la más grande belleza.

De modo que yo me gozaba en mirarla cuando ella estaba hablándome sus palabras sobre Dios, y a todo le contestaba que sí, o sólo le argumentaba por hacerla más hablar, y cuanto me recomendaba que hiciera, yo eso hacía, no oponiéndose lo sagrado de mis deberes.

Como con sonrisas, o como con reproche, estimaba ella los actos de mi conducta. Éste era, cada y cuando nos veíamos, el contenido de sus palabras:

—General Villa, es usted hombre de muy grandes pecados: sus manos deben muchas muertes; de pensamiento y de acto ha cometido usted otros muchos crímenes. Póngase a bien con Dios para que le perdone sus culpas.

Yo le respondía:

—Señora doña Luz, a nadie he matado yo nunca sin razón.

Ella me contestaba:

—Lo creo, señor general. Pero Dios nos dice: «No matarás», y no expresa Él si con razón o sin razón.

Le decía yo:

—Señora, matar es una necesidad cruel para nosotros los hombres que andamos en la guerra. Si no matamos, ¿cómo vencemos? Y si no vencemos, ¿qué futuro aguarda a la causa del pueblo? La muerte es un acaso en los menesteres de nuestra lucha, por lo cual todos nosotros andamos a matar o morir.

Ella me contestaba:

—No todas sus muertes han sido en guerra, señor general.

Yo le decía:

—Señora doña Luz, para mí la guerra empezó desde que nací. Yo soy un hombre que Dios trajo al mundo para batallas con no sé cuántos enemigos.

Ella me contestaba:

—También ha robado usted mucho, señor general Villa. Y Dios nos dice: «No hurtarás».

Yo le respondía:

—No he robado nunca, señora doña Luz. He quitado a los que tenían mucho para darlo a los que tenían poco o no tenían nada. Para mí jamás tomé nada ajeno, salvo la grave peripecia de la más urgente necesidad. Y el que tiene hambre y toma bastimento de donde lo hay, no roba, señora doña Luz, sino que sólo cumple su deber de mantenerse. Roba el rico que teniendo cuanto le hace falta, todavía cercena a los pobres la miseria de su pan.

Ella me contestaba:

—Aunque sea así, señor, ¿por qué persigue usted a la Iglesia y sus ministros? Considere que algún día ha de necesitarlos para la salvación de su alma, y que si sigue andando los caminos que trae, lo esperan después de su muerte las torturas del Infierno.

Yo le respondía:

—Se hará lo que usted mande, señora doña Luz, porque siendo usted tan buena, sus consejos no pueden resultarme en daño. Y esto más le digo: mientras oigo sus palabras no me duele la amenaza del Infierno, sino ser merecedor de sus reproches.

Lo cual le decía yo, sabedor de que en verdad aquella señora sufría al ver cómo iba yo a condenarme, pues era de ánimo tan religioso que buscaba la salvación del alma de cuantos se le acercaban, y por todos rogaba a Dios en la capilla que tenía la dicha hacienda. Aquella capilla era grande, y muy rica y muy hermosa, y había costado mucho dinero, en imitación, a lo que dicen, de San Sulpicio, la iglesia así nombrada que hay en París.

Para el 20 de aquel mes de agosto de 1914 ya el señor Carranza era dueño de la capital de nuestra República. Había huido a otros países el señor licenciado Francisco Carbajal, propuesto a no consentir las condiciones de paz que le imponíamos los hombres revolucionarios. De modo que se quedó sin gobierno la Usurpación, y entonces los federales, aquellas tropas vencidas ya por nosotros en todas las comarcas de México, y su jefe de ese momento que era José Refugio Velasco, vencido por mí en Torreón y en San Pedro de las Colonias, firmaron con Álvaro Obregón y Lucio Blanco convenio de rendición incondicional. En esa forma entregaban a las fuerzas revolucionarias la capital de la República y demás ciudades que todavía se hallaban en su poder, y rendían las armas, y prometían disolver su ejército y dedicarse todos a la vida privada, y daban por bueno nuestro triunfo y reconocían nuestro gobierno.

VI

Pancho Villa acepta ir con Álvaro Obregón al arreglo de las dificultades que agitan al estado de Sonora

Un telegrama del Primer Jefe • El conflicto armado en Sonora • Propósitos de Carranza • Los consejos de Villa a Maytorena • Avisos e informaciones de Calles • Obregón en Chihuahua • Una conversación sobre negocios de la política • Las buenas palabras de Obregón • El futuro Presidente • Las armas de los federales • El caso de Maytorena

Recibí yo, por los días de la entrada del señor Carranza a la ciudad de México, telegrama suyo en que me anunciaba el viaje de Álvaro Obregón a Chihuahua para que los dos nos expresáramos sobre los actos de rebeldía que le achacaban en Sonora a José María Maytorena.

Esto contenía el telegrama del señor Carranza:

«Señor general Villa, hay dificultades entre el gobernador Maytorena y parte de aquellas tropas fijas, sin saber yo si el dicho gobernador también se enfrenta a mi autoridad de Primer Jefe, según lo indica con su silencio para con mis órdenes, y según lo dice la voz de algunos de sus subordinados, o si su pleito es sólo con el coronel Plutarco Elías Calles, y el general Salvador Alvarado, al cual ya tiene preso. Como quiera que ello sea, pasa a verlo a usted a Chihuahua el señor general Obregón para que juntos examinen el negocio y concierten la forma de arreglarlo. Yo le pido, señor general Villa, que si el cuidado de sus tropas no se lo prohíbe, vaya usted como delegado mío a Sonora con el referido general Obregón, dispuestos los dos a convencer a Maytorena de cómo aquellas dificultades deben acabarse, y con ánimo de dictar sus providencias para que así se consiga. – *Venustiano Carranza*».

Para mi juicio, no era muy sincero el Primer Jefe en sus deseos de que Maytorena y las tropas fijas de Sonora se entendieran, puesto que había estado apoyando a Calles en su acción, y surtiéndolo de armas y otros elementos, con lo que más lo engreía y envalentonaba, aunque no sé yo si así obraba el señor Carranza por estimar buenos los avisos de Calles sobre la inclinación de Maytorena a rebelarse, o si lo hacía por tener ya tomadas sus providencias para que aquel gobierno de Sonora se acabara. De cualquier modo, como antes digo, ya no estaba en su ánimo dejar que Maytorena gobernara en paz. Es decir, que si me mandaba allá con Obregón no era por el deseo de que juntos halláramos medios conciliadores, sino para comprometerme a mí de forma que no siguiera dando a Maytorena el aliento de mi simpatía. Porque pensaba el señor Carranza, por avisos de Calles y otros informadores, que favorecía yo a José María Maytorena en sus alegaciones, y eso debía de conturbarlo a él en su panorama del futuro.

Pasaba en Sonora, conforme antes relato, que Plutarco Elías Calles, en sus grandes rencores hacia Maytorena, lo seguía atacando con actos de grande hostilidad, y no le consentía que gobernara, sino que buscaba privarlo de su cargo, que era legítimo y con amor del pueblo. Y Maytorena entonces, viendo cómo Calles y sus hombres, y también Salvador Alvarado, no se avenían a otorgarle reconocimiento y trato respetuoso, ni por obra de mis consejos y amenazas, que yo les mandaba desde mi territorio, ni bajo la acción de las fuerzas que habían puesto sitio a Guaymas, las cuales así lo exigían, tomó algunas medidas para protegerse. De este modo logró que las dichas tropas le llevaran su auxilio, después de coger prisionero a Salvador Alvarado y todo su estado mayor, y que estuvieran prontas a la lucha con Plutarco Elías Calles.

Al tanto yo de las referidas peripecias, pues Maytorena me notificaba cuanto hacía, para mostrarme el fundamento de su razón, no había querido intervenir más que con mi consejo y ofreciendo a Maytorena mi auxilio si la razón no lo abandonaba. Pero sabedor ahora de que venía Obregón para que juntos evitáramos aquellas luchas, y de que Maytorena avanzaba ya con sus tropas para el ataque y toma de Nogales, le telegrafié mis ruegos de que suspendiera en lo posible todo movimiento.

Me expresaba así con él:

«Obregón y yo saldremos dentro de unos días para allá. Aguarde, señor Maytorena, nuestra llegada. Evite la lucha de las armas en su avance sobre Nogales. Con nuestra llegada celebraremos allí una conferencia de paz, y viva seguro que se le otorgará la razón que tiene, y que ya nadie le pondrá embarazos en el desarrollo de su gobierno».

Lo cual le aconsejaba yo, temeroso de que muchos buenos hombres revolucionarios se sacrificaran en Sonora. Porque también era de mi conocimiento, por los telegramas que mis agentes del Paso le interceptaban a Plutarco Elías Calles y otros hombres carrancistas de la frontera, cómo aquellas tropas fijas se preparaban a la lucha y estaban también con ánimo de avanzar.

Le decía Calles al Primer Jefe:

«Señor, me avisan mis hombres, desde Santa Ana, que ya se avistan allí las tropas rebeldes de Maytorena, las cuales avanzan en varios trenes rumbo al Norte. Como ningún medio pacífico remediará esta situación, estoy dictando ahora disposiciones para que la fuerza de mi mando salga al encuentro del enemigo. A más de un rebelde, señor Carranza, Maytorena es un traidor a nuestra causa constitucionalista».

Así telegrafiaba Plutarco Elías, atento su ánimo a enyerbar más al Primer Jefe para que lo siguiera apoyando en sus rencores.

Salió Obregón de México para Chihuahua. Llegó a Chihuahua. Decidí yo esperarlo en la estación, como prueba de mi actitud cariñosa, y mandé que me acompañaran varios de mis generales y que algunas de mis tropas se tendieran desde la estación hasta mi casa, en filas que nombran de valla, para tributarles sus honores. Y en verdad que al dicho recibimiento mío respondió él con maneras que también fueron muy afectuosas, y de eso mismo dieron prueba los oficiales que lo acompañaban.

Conforme se apeó del tren el compañero Álvaro Obregón, nos abrazamos los dos muy afectuosamente y a seguidas nos expresamos de este modo:

Yo le dije:

—Le agradezco, compañerito, la honra que su presencia significa para todos estos territorios.

Él me contestó:

—Yo soy el honrado, señor general; cuanto más viniendo la honra de las comisiones que a los dos juntos nos da el Primer jefe, y mandando usted en estos territorios, que sus armas supieron quitarle al enemigo.

Yo le dije entonces:

—Ésas son hazañas de mis fuerzas, señor compañero. Mas es obra de usted llegar delante de mí con escolta de unos cuantos hombres, con lo cual me prueba su confianza en que Pancho Villa no es soldado traidor, según llevan en sus cuentos los chocolateros que no me conocen. Yo nomás le digo: si su escolta fuera de mucha gente armada estaría yo pensando entre mí: «Este enviado del señor Carranza viene propuesto a que nos demos de balazos». Pero según usted viene, la concordia tiene que ser nuestra ley.

Eso le decía yo por ser verdad que sólo lo escoltaban quince o veinte soldados, más sus oficiales, y por mostrarle mi agradecimiento de que apreciara así bien los móviles de mi conducta.

Y sucedió que juntos fuimos por entre los honores de mis tropas desde los andenes hasta mi casa, donde también le tenía preparado un recibimiento muy entusiasta, y que lo invité a posarse allí, y ordené que allí dispusieran cuartos para él y cuantos hombres lo acompañaban.

Según aquella tarde estuvimos a solas Obregón y yo, hicimos plática sobre el futuro de nuestra causa y los negocios de la política.

Le pregunté que qué vislumbraba de las providencias del señor Carranza para el aprovechamiento de nuestro triunfo en beneficio del pueblo. Me contestó que el Primer Jefe no nos defraudaría en nuestras ilusiones. Le pregunté que si no lo consideraba él hombre de formas que nombran autocráticas, contrarias en todo a lo principal de cuanto los hombres revolucionarios veníamos peleando. Me contestó que no, que según su parecer, el señor Carranza también era buen hombre revolucionario, y que cuando no lo fuera, para obligarlo a ese camino estábamos allí él y yo, y todos los demás hombres de nuestro movimiento constitucionalista, propuesto cada uno a que el triunfo del pueblo no se oscureciera. Le pregunté que si él, con todas sus armas, consentía unirse conmigo y todas las mías, igual que ya en Torreón se habían unido mis generales y los de Pablo González, para pedir al señor Carranza, con modo de muy buenas palabras, no de exigencias altaneras, la formación de un gobierno del pueblo, que gobernara no por el capricho de un solo hombre, sino según la ley de nuestra victoria. Me contestó que sí, que expresaría conmigo las dichas peticiones, que también eran deseos de él, para que el señor Carranza las estudiara y aprobara, pues siendo nosotros y nuestras tropas los hombres vencedores de la Usurpación, el señor Carranza no podía estorbar la satisfacción de las ansias que a nombre del pueblo le manifestáramos nosotros.

O sea, que me habló muy buenas palabras, y, según pensé yo entonces, con muy grande sinceridad, lo que me fortaleció mucho el ánimo tocante al futuro. Y oyéndolo yo, sentí que se me conmovían mis mejores sentimientos, y me levanté de donde estaba, y fui hacia él y lo abracé, diciéndole:

—Compañerito, yo soy hombre leal a la causa del pueblo y de los pobres, por la cual mueren o se desangran los mexicanos desde que Victoriano

Huerta asesinó al señor Madero. Usted también es hombre leal. Juntos los dos no consentiremos que nuestra causa padezca, ni que se disimule, ni que se atrase. Si el señor Carranza se aparta del deber, le llevaremos nosotros nuestro castigo, y en menos que el aire obraremos las reformas y las leyes que el pueblo espera. Tenemos hombres de mucha civilización y grande pericia para los negocios del gobierno. Conforme a mi juicio, Felipe Ángeles puede ser nuestro Presidente, lo puede ser don Fernando Iglesias Calderón, que, a lo que dicen, es de buenas ideas democráticas por mandárselo así su linaje. Apoyados esos hombres gobernantes por las armas de nuestras tropas, no tropezarán con embarazos al dar sus leyes, que para eso estamos nosotros los hombres oscuros, sólo buenos a la hora de los combates, y para eso es nuestra fe, como nuestro impulso de que no se prive al pueblo del amparo de su justicia. Lo cual lo digo por mí, señor, y por otros jefes tan oscuros como yo, mas no por apreciar lo mismo a todos los compañeros nuestros que no son de carrera militar, pues estimo que entre ellos hay muchos de grandes luces de inteligencia, según usted las tiene, compañerito, y que cualquiera de esos hombres, y también usted, sería bueno para gobernarnos como nuestro Presidente.

Aquella misma vez me expresé así con Álvaro Obregón:

—Señor compañero, ¿pone usted su fe en que no usará mal el señor Carranza las muchas armas y municiones y demás elementos que dejó usted en sus manos al consumar la rendición de los federales? Cavile que todo eso acrece de manera considerable la potencia de quien lo tiene, señor; y si el Primer Jefe lo emplea para contenernos a nosotros en nuestro camino, será muy dura la pelea a que nos lleve.

Me contestó él:

—Repose de esos cuidados, señor general. Yo le prometo que Venustiano Carranza no nos traicionará, y cuando así fuera, viva seguro que, unidos los dos, con nuestras fuerzas lo someteremos.

Le respondí yo:

—Bueno, señor. Oigo sus palabras y sigo con usted los caminos que me traza, juzgándolo yo hombre de juicio y de valor, y de grande cariño por la causa que apoyamos. Pero reflexione sobre lo que le voy a expresar: suyas serán luego las responsabilidades si Venustiano Carranza, conforme yo temo, nos empuja a otra guerra, desmedido como es su amor a seguir siendo siempre nuestro Primer Jefe.

Y de eso pasamos a ocuparnos de los negocios de Sonora. Me decía él:

—José María Maytorena está en muy grave yerro, señor general. Nadie quiere quitarlo de su puesto ni negarle el respeto que se le debe. Sucede que al consumarse la traición de Victoriano Huerta no supo ponerse a la cabeza del pueblo de Sonora, favorable a la causa de la justicia, sino que solicitó licencia para abandonar sus deberes de gobernador, y se fue y nos desamparó; y como desde entonces muchos de aquellos hombres revolucionarios no le tributan aprecio, cuantimás cariño, eso lo toma él como desacato a su autoridad, y de allí nacen desavenencias que aprovechan en su obra de discordia los hombres enredadores.

Yo le contestaba:

—Compañerito, lo engañan sus buenas intenciones. El señor Maytorena sabe, y yo también sé, cómo Plutarco Elías Calles y otros jefes de aquellas tropas vienen atentando contra la autoridad de aquel gobierno y contra la persona de aquel gobernador.

Me argumentaba él:

—Cuando así sea, los dichos desmanes pueden corregirse y castigarse. Ya he pedido a nuestro Primer Jefe que retire a Calles de aquel mando. Y si por seguir Calles allí piensa Maytorena que sus enemigos cuentan, para desconocerlo, con el auxilio del señor Carranza, tampoco en eso lleva razón. El señor Carranza quiere que la vida constitucional de aquel estado no se trastorne.

Yo le decía:

—Compañerito, también en eso yerran sus luces de inteligencia. Yo sé que el Primer Jefe viene alentando a Plutarco Elías Calles en todas sus obras de guerra contra Maytorena.

Él me contestaba:

—Pues eso, señor general, es porque los actos de conducta de Maytorena han ido haciéndose sospechosos, y porque pareciendo así los dichos actos, el señor Carranza ha tenido que tomar medidas para protegerse. Mas viva seguro que si el señor Maytorena se corrige en su actitud, que sólo es obra de su conciencia, por haber desamparado en el primer momento la causa del pueblo, verá él pronto que nadie lo ataca ni lo desconoce.

Yo le replicaba:

—Compañero, dicen ustedes que Maytorena los desamparó. Pero, según yo opino, por habérmelo él explicado, no dejó él entonces su puesto a impulsos de su voluntad, sino porque ustedes lo obligaron a salir, no queriendo someterse a las medidas de prudencia que él estaba ordenando.

Y al modo del contenido de estas palabras y de todas las anteriores, así seguimos expresándonos aquella tarde, y aquella noche, y muchas horas de la mañana y la tarde y la noche de otro día siguiente. Cuando más, que en este otro día Obregón recibió telegrama sobre cómo Maytorena había entrado a Nogales el 24 de aquel mes de agosto, y cómo todos sus soldados llevaban en el sombrero una franja que decía: «Viva Villa». Porque me preguntaba él:

—¿Cómo se explica usted esto, señor general?

Y yo le respondía:

—Compañerito, serán los entusiasmos de nuestra lucha, pues de otro modo no vislumbro por qué pueden llevar escrito eso en sus sombreros los soldados de José María Maytorena.

VII

En presencia de Pancho Villa, Obregón reconoce que son justificadas las quejas de Maytorena contra Plutarco Elías Calles

Consideraciones al compañero Álvaro Obregón • Tomás Ornelas y Juan N. Medina • Las órdenes de míster Bryan y míster Wilson • Zacarías L. Cobb • Samuel Belden • «Yo lo protejo masque me cueste la vida» • Nogales • Villa emisario de paz • En casa de Maytorena • Una pintura de Obregón • Reflexiones de Pancho Villa • Plutarco Elías Calles • Salvador Alvarado • Francisco Urbalejo • José María Acosta

Aquel 26 o 27 de agosto de 1914 salimos para Sonora, por la línea de Juárez y los Estados Unidos, el compañero Álvaro Obregón y yo. Nos acompañaban oficiales míos y oficiales de él, más mi secretario particular, Luisito Aguirre Benavides.

Sabedores de nuestra llegada a Ciudad Juárez, Juan N. Medina y Tomás Ornelas, más las otras autoridades que yo allí tenía, nos acogieron con muy afectuoso recibimiento. Quiero decir que no sólo salieron a saludarme a mí, según les mandaba el deber, sino que también dieron muestras de hacerlo en honra del general Obregón, lo que les aprobé entre mí con mucho gusto. Porque yo deseaba que el referido jefe descubriera, en todo su trayecto por mis territorios, cómo yo y mis hombres lo teníamos en grande estima, y me regocijaba de ver que ellos lo comprendieran así y me ayudaran en aquel propósito.

Conforme traspusimos el puente de Ciudad Juárez al Paso, los americanos también nos dieron las muestras de su simpatía. Hubo gente que se presentó a recibirnos, aquellas autoridades alegres de hablar de cerca a dos principales jefes de nuestra Revolución, y muy bien inclinadas hacia nosotros en obediencia a las órdenes que desde Washington les mandaban míster Bryan y míster Wilson. Nos trajo el saludo de todo aquel gobierno míster Zacarías L. Cobb, de quien ya antes indico que me había dado su ayuda para la batalla de Tierra Blanca consintiendo que Juan N. Medina pasara sin obstáculos todo el bastimento y municiones que yo necesitaba. También se nos presentó, con las felicitaciones afectuosas de los pobladores mexicanos de aquellas comarcas de la frontera, un señor de nombre Samuel Belden, que representaba allí al señor Carranza, sin saber yo si el dicho señor era hombre de los que se nombran tejanos, o si era americano, o de nuestro país. Para mi memoria, se expresaba él como persona de mucho trato con nuestro Primer Jefe, y Álvaro Obregón le guardaba muy altas consideraciones.

Ya para entonces, como antes digo, José María Maytorena había hecho su avance desde Hermosillo hasta Nogales, plaza fronteriza así nombrada, que las tropas de Calles le abandonaron para acogerse al abrigo de la región de Cananea.

Me decía Obregón durante nuestro viaje por aquellos ferrocarriles de los Estados Unidos:

—Nogales está ya en poder de José María Maytorena, señor general; pero viva usted seguro que en llegando nosotros a la línea fronteriza yo pasaré a nuestro territorio, que siendo yo el jefe de todas aquellas tropas, no se atreverán a desconocerme, ni menos a atacarme.

Mas sabedor yo, por los informes que me habían estado llegando, de cómo andaba en Sonora muy recia agitación contra el jefe del Cuerpo de Ejército del Noroeste, por juzgarlo responsable de los actos contra Maytorena y contra la soberanía del dicho estado, le aconsejé que no se adelantara, sino que antes me dejara pasar a mí para protegerlo en aquel trance.

Yo le decía:

—Señor compañero, usted no será el autor ni el instigador de conducta de Plutarco Elías Calles. Usted así lo dice; yo así lo creo. Pero en verdad que Maytorena y cuantos hombres lo protegen en sus tropiezos con el señor Carranza piensan que sí es usted el responsable de lo que allí sucede. De modo que si ahora va usted y se mete entre ellos sin apalabrar antes alguna nueva avenencia, corre peligro su vida, señor, o al menos se expone en su dignidad de jefe de esas tropas, y también mi buen nombre queda en riesgo delante de lo que a usted pueda sobrevenirle. Porque yo hago este viaje, señor compañero, no sólo como mediador de las luchas que en Sonora tienen los hombres pesqueiristas y los maytorenistas, sino también como protector de la persona de usted. Es decir, que viniendo usted conmigo, nada debe sucederle, masque me cueste la vida, por lo cual yo le suplico me deje pasar a mí primero a tierra de Nogales. Yo le prometo que luego pasará usted sin riesgo de que nada le ocurra, y que podrá expresarse con aquel gobernador, y convencerlo del error en que está, o convencerse usted de las razones de él, si alguna tiene.

Me contestó él entonces:

—Una cosa le pido, señor general: que la junta en que nos expresemos Maytorena y yo ha de celebrarse en presencia de usted y de los coroneles Acosta y Urbalejo, que lo sostienen en sus rebeldías. Se lo encarezco así para que quede usted por testigo de mis palabras y de las de él, y para que los referidos coroneles, apreciando los actos de mi conducta, me concedan la razón que me asiste.

Yo le respondí:

—Muy bien, señor compañero; eso también se lo prometo, y así voy a concertarlo; cuantimás, que expresándose de ese modo Maytorena y usted, hallaremos mejor cura para las desavenencias que los separan.

Y según se dijo, así se hizo.

Llegamos al Nogales de los Estados Unidos a la medianoche del día de nuestra salida del Paso. Dormimos allí. Otro día siguiente por la mañana crucé yo con Luisito y mis oficiales al Nogales de México. En el dicho punto me esperaban, al borde de la línea que nombran divisoria, Maytorena y los coroneles de sus fuerzas, todas aquellas tropas formadas en mi honor, todo aquel pueblo entusiasmado de recibirme, todos aquellos hombres y aquellas mujeres y aquellos niños rodeándome con sus agasajos.

Cuando Maytorena y yo entramos en nuestra plática, los dos pronunciamos palabras de muy grande franqueza.

Yo le dije:

—Aquí vengo, señor gobernador, como enviado del Primer Jefe. Vengo a conseguir de usted que no sigan adelante las desavenencias que trastornan Sonora y que ya andan muy cerca de ensangrentarla. Mi presencia es de mediador y pacificador, señor Maytorena. Viene conmigo el compañero Álvaro Obregón, el cual, a lo que dice, no busca causarle a usted ningún daño, sino aclarar bien las cosas que aquí pasan para defenderlo en justicia. Yo le ruego que lo reciba, señor, y que lo oiga con su mejor ánimo, para que las dichas diferencias se allanen, según conviene a la causa del pueblo.

Maytorena me contestó:

—No es buena compañía la que trae usted, señor general Villa. Álvaro Obregón descuella muy alto como hombre artificioso y desleal. ¿Ve usted cómo el señor Carranza ha venido enyerbándonos a todos y sembrando malestar y desunión por dondequiera que quedan las huellas de sus pasos? Pues Obregón es peor, señor general: a todos ha desconocido y traicionado, a todos desconocerá y traicionará. ¿Sabe usted para qué lo trae él hasta aquí? Pues para que usted me niegue y abandone, señor. Obregón es hombre tortuoso, hombre sin leyes de conciencia, hombre sin compromisos para con su fe, que ninguna guarda a nadie, sino que de todos se sirve y a todos olvida. Adivino yo que en el camino de Chihuahua a Nogales le habrá hablado sus peores palabras respecto de mi persona, sabedor de que Pancho Villa, en su conciencia de buen hombre revolucionario, no perdona embarazos a la causa del pueblo. Pero no se deje arrastrar por esas palabras falsas, señor. Yo le aseguro que Obregón sólo viene a dividirnos a usted y a mí, no a procurar que haya paz entre mí y las fuerzas fijas de Sonora.

Eso me decía él; y en verdad que, oyendo las palabras que él me hablaba, se me revolvían las dudas de mi pensamiento, sin saber yo si debía tener por buenas las dichas razones, o si debía creer las que antes me había expuesto Álvaro Obregón, que eran las contrarias.

Reflexionaba yo entre mí:

«Este hombre ha tenido con Obregón tratos en los negocios de la política. Si conociéndolo así, piensa tan mal de la conducta que el otro le ha guardado, por algo tiene que ser, pues no obra Maytorena con ánimo de ligereza ni es persona inclinada a difamar o calumniar. Mas creo yo también que los rencores políticos engendran las más fuertes pasiones, y que cuando la pasión se entremete, yerra mucho el juicio de los hombres. O sea, que quizás Obregón no resulte tan negro como Maytorena lo pinta, de igual modo que Maytorena no es el hombre que figuran con sus palabras Obregón y Plutarco Elías Calles y tal como lo traen en sus chismes los políticos chocolateros del señor Carranza».

De modo que le respondí así:

—Muy bien, señor gobernador, acepto sus razonamientos sobre todas las maldades de Álvaro Obregón, y le otorgo que sólo me traiga él hasta usted para engañarme, y que quizás ya me haya engañado. Pero si yo he consentido venir con él al arreglo de estas diferencias, ahora no lo puedo desconocer ni desamparar, salvo que llegue a descubrir en él actos de verdadera traición. Digo, que es ley que estando aquí todos juntos, busquemos el arreglo de las dichas dificultades, para que Sonora no sufra otra guerra y usted logre entregarse a su obra en bien del pueblo. Por eso le pido que oiga usted a Obregón, el cual le expresará sus razones delante de mí, y a más de eso le ruego que dicte sus órdenes para que nada le pase a él mientras se encuentre en este territorio, y que mande a los coroneles Acosta y Urbalejo, y demás jefes de sus tropas, estar presentes en la plática que todos debemos tener.

Maytorena, en su buena disposición y sinceridad, me respondió entonces que sí, que consentiría en cuanto le estaba yo pidiendo, masque fuera en perjuicio de sus planes y en daño de las ligas de amistad que a nosotros dos nos unían. Y ciertamente que demostró él ser muy buen hombre al portarse de ese modo, pues profesando a Obregón hondo aborrecimiento, y seguro de que no le traía más que males, y pensando que sólo venía a quebrantarlo con los recursos de la audacia, renunció a prevalerse de la ocasión que se le presentaba y admitió colocarse en el terreno que andaba buscando el otro debajo del seguro de mi amparo. Sus palabras contenían esto:

—Señor general Villa, si usted así lo quiere, yo así lo haré; pero viva seguro que de nada nos han de servir estas mortificaciones. Vuelvo a decírselo: Obregón nos enredará con sus palabras, nos pondrá hincapiés que nosotros no descubriremos, y nos hará promesas que no cumplirá nunca, pues ése es su modo y para eso lo ayudan sus muchas luces de inteligencia. Cuando así sea, voy a darle gusto, señor general. Traiga usted a Obregón para que se exprese conmigo y con los coroneles de mis fuerzas, y repose en su confianza de que nada le sucederá mientras se halle en estos territorios. Pero yo nomás le digo: esté alerta a las estratagemas que Obregón nos prepara y no se deje engañar por el juego de sus artificios.

Así fue. A mediodía de aquel día pasé a Obregón del Nogales de los Estados Unidos al Nogales de México, y luego luego lo llevé a la casa de José María Maytorena, propuesto yo siempre a que mi protección no le faltara.

Al entrar nosotros a la dicha casa, Maytorena salió a recibirnos con su saludo, lo cual hizo, según pienso yo ahora, con el buen propósito de favorecer la avenencia que yo quería. También nos acogieron con trato de muy buenas formas los coroneles Acosta y Urbalejo, que allí estaban, y un señor licenciado de apellido Castilla Brito y de nombre que no me recuerdo.

Nos sentamos todos, más Luisito, que me acompañaba. Yo entonces les declaré a qué veníamos a Sonora yo y el compañero Álvaro Obregón. Esto les dije:

—Señores, venimos en comisión del Primer Jefe para componer todas las diferencias que aquí existen y para que no siga adelante la guerra de Sonora. El señor general Obregón no protege el desarrollo de esta lucha, sino que está aquí dispuesto a castigar a los hombres que la provocan y a evitarla con sus mejores providencias, que dictará apegado a la justicia.

Pasadas aquellas palabras mías, Obregón dijo las suyas. Le preguntó a Maytorena que si en verdad su gobierno se dolía de agravios que le hubieran hecho las fuerzas fijas de Sonora. Maytorena le contestó que sí. Le preguntó Obregón que cuáles eran aquellos agravios. Maytorena le contestó que eran agravios de Plutarco Elías Calles, y del coronel Antonio Guerra, y del teniente coronel Arnulfo R. Gómez, y de otros hombres más, aclarándole la forma de los dichos agravios, todos según su número y según su clase. Le preguntó Obregón que por qué había hecho que se aprehendiera al general Salvador Alvarado, jefe de las tropas sitiadoras de Guaymas, y a todos los ayudantes de su estado mayor. Maytorena le contestó por qué lo había hecho y le declaró con muy buenas palabras cómo el dicho general y sus oficiales no reconocían la soberanía de aquel estado ni respetaban la autoridad de aquel gobierno.

Y es lo cierto que respondiendo de aquella forma, Maytorena demostraba muy clara su razón, por lo que Obregón tuvo que concedérsela. O sea, que lo atajó así:

—Señor, conforme yo opino, todas sus quejas son de justicia, y reconozco el fundamento de las providencias que ha tomado para protegerse. Dispongo, señor, como jefe de este Cuerpo de Ejército del Noroeste, que sigan detenidos el general Alvarado y su estado mayor, pues así lo merecen por los actos de su conducta. Voy a nombrar jefe de las fuerzas de todo este estado al coronel Urbalejo, o al coronel Acosta, o a usted mismo, señor gobernador, pues en cualquiera de los tres pongo yo toda mi confianza.

Consideré yo entonces cómo era bueno el camino que llevaba Álvaro Obregón, de modo que le di a Maytorena el auxilio de mi consejo, diciéndole:

—Señor Maytorena, según yo creo, debe usted hacer buenas las proposiciones que el compañero le trae.

Y como Maytorena preguntara, a impulso de sus muchos recelos, que en qué condiciones Obregón le daría el mando de todas aquellas tropas, Obregón lo tranquilizó con formas de muy buena concordia. Le dijo él:

—Señor Maytorena, yo lo considero a usted hombre leal y de sentimientos revolucionarios. Le daré el dicho mando sin más que esta condición: que me reconozca usted como a su jefe tocante a los negocios de la guerra, pues yo soy el general de este Cuerpo de Ejército del Noroeste. Es decir, que yo dejo debajo de su mando todos los hombres militares de este estado, con tal que usted se ponga, como militar, debajo del mando mío.

Entonces Maytorena le habló así sus palabras:

—Señor general, si usted pone su fe en mí yo pongo mi fe en usted. Acepto, señor, lo que me propone, y el señor general Villa me queda por testigo de cómo llegamos a este avenimiento.

A seguidas le añadió Obregón:

—Sí, señor Maytorena, y para que no nos enturbien luego las dudas del pasado, yo le ruego que me declare ahora, a presencia del señor general Villa, los agravios que le haya yo hecho en su papel de gobernador. Usted tiene aquí los telégrafos, tiene los correos, tiene la Aduana y demás oficinas federales. Diga si en alguno de esos sitios ha encontrado alguna orden mía para que se le desconozca o se le hostilice. Aquí están los coroneles Acosta y Urbalejo, hombres de su confianza. Pregúnteles usted si alguna vez les di yo la menor señal de que lo desacataran como gobernador, o de que le estorbaran las disposiciones de su gobierno.

Así le hablaba Obregón, sin que Maytorena respondiera a las dichas preguntas, por razón, según yo pienso ahora, de que habiéndose llegado ya a un buen arreglo, procuraba él no embarazarlo con otras recriminaciones. Le dije yo, para que Obregón viera mi imparcialidad:

—Conteste, señor Maytorena. Así conocerá el general Obregón cuándo y cómo le ha faltado a usted, y le dará todas las satisfacciones que usted merece.

Pero él sólo me respondió las palabras siguientes, con las que me dio prueba de la buena disposición de su ánimo:

—Señor general Villa, sobre ese negocio tendría yo que expresarme muy despacio. ¿A qué moverlo, si estamos de acuerdo en lo principal?

VIII

En vano quiere Villa allanar el conflicto de Sonora, y sólo consigue, de acuerdo con Obregón, que se dicte una tregua

Preguntas de Obregón • Respuestas de Acosta y Urbalejo • Reflexiones de Villa • Un pacto de avenencia • Papeles de discordia • Lo que decidían el pueblo y el ejército • La vida de Obregón y la responsabilidad de Villa • Una tregua en las hostilidades • Benjamín Hill • El buen deseo de Maytorena • Tucson • Una carta de míster Bryan • La respuesta de Obregón y Villa • El presidente Wilson

Oyendo la respuesta que Maytorena me daba, Obregón no quiso conformarse, sino que siguió en sus aclaraciones, resuelto él a convencerme de la inocencia de su conducta. Les hacía sus preguntas a los coroneles Acosta y Urbalejo.

Les decía él:

—Señores coroneles, ustedes son hombres de mi confianza y de palabra que yo aprecio y tomo siempre por verdadera. Díganme los dos, delante del señor general Villa, si yo les he dado orden de hostilizar o desconocer el gobierno del señor Maytorena.

Ellos le contestaban:

—No, mi general; usted nunca nos ha dado esas órdenes.

Volvía él a preguntarles:

—Díganme si yo les he hablado palabras tocante a cómo debíamos acatar el dicho gobierno, nos gustara o no nos gustara, por ser ése el gobierno constitucional que aquí nos habíamos dado conforme a las leyes del señor Madero.

Ellos volvían a responderle:

—Sí, mi general; usted nos ha hablado esas palabras.

Y así siguió en otras preguntas, y en su logro de buenas respuestas, que no sé yo si las conseguía favorables gracias a su mucha autoridad sobre los referidos coroneles, o porque en verdad aquélla hubiera sido su conducta, o porque pareciera que así habían pasado los hechos. Pues, conforme a mi juicio, no siendo aquellos coroneles partidarios de él, sino sostenedores de Maytorena, nada declaraba que a ellos no les hubiera dado las dichas órdenes, y aun podía considerarse que el haberles hablado él del gobierno de Maytorena como de un gobierno que gustaba y no gustaba, pudo ser hincapié para que descubrieran ellos su verdadero pensamiento.

Como quiera que sea, pasadas aquellas preguntas y respuestas, allí mismo levantamos acta de la avenencia convenida entre Maytorena y Obregón, la cual firmaron los dos, más Acosta y Urbalejo, y firmé yo como delegado de nuestro Primer Jefe, y firmó Luisito, que me acompañaba.

Aquel papel contenía esto:

«Se reconocen los agravios de Plutarco Elías Calles a la soberanía de Sonora y a la autoridad de su gobierno; y en atención a los dichos agravios el señor general Álvaro Obregón y el señor gobernador don José María Maytorena conciertan delante del señor general Villa los siguientes puntos de arreglo para que la paz de estos territorios no siga alterándose, seguros todos de que así se remedian las ofensas a la referida soberanía y de que nada sufre el honor de los hombres que toman estas decisiones:

»Primer punto. – Las fuerzas de los coroneles Francisco Urbalejo y José María Acosta acatan como a su jefe, y como a jefe del Cuerpo de Ejército del Noroeste, del cual forman parte, al señor general Álvaro Obregón.

»Segundo punto. – El señor general Obregón, con su autoridad de jefe de todas estas tropas y en nombre del señor Carranza, que lo manda acá por comisionado suyo, designa comandante de las fuerzas de Sonora al gobernador constitucional don José María Maytorena, a quien no se desnudará de este mando mientras no se elija el nuevo gobierno de nuestra República.

»Tercer punto. – Las tropas de Plutarco Elías Calles, que se hallan en Agua Prieta, Naco, Cananea y otras comarcas de Sonora, pasan a ser del mando del señor Maytorena.

»Cuarto punto. – El señor Maytorena entregará las oficinas federales, que ahora tiene en manos de sus hombres, a hombres escogidos por él y el señor general Obregón, y juntos los dos, conseguirán que el ciudadano Primer Jefe acepte esos hombres hasta que se elija el nuevo gobierno».

Así decían los conciertos de aquella avenencia, los cuales, conforme a mi parecer, remediaban los males que andábamos curando, pues veía yo cómo

José María Maytorena, aunque con muy grande desconfianza, obraba a impulsos de su buena fe, y me imaginaba que también Álvaro Obregón se movía por mandato de la suya.

Pero sucedió, otro día siguiente, que anduvieron en Nogales papeles ofensivos y amenazadores contra el compañero Álvaro Obregón, y que vino él a hablarme, trayendo uno de aquellos papeles en su mano, y me lo enseñó, y me expresó cómo aquello rompía los arreglos del día anterior, cómo ya había destituido a Maytorena de todo el mando que acababa de darle.

Yo entonces le dije:

—Señor, no sé yo qué ofensas y amagos le dirijan a usted en el papel que me trae. Mas viva seguro que si hay en Nogales hombres que lo atacan y lo humillan, nuestro deber es ir a llevarles el castigo de sus culpas, pero no resolver, por obra de las palabras de esos hombres, que debe quedar sin cumplimiento el pacto que hicimos con la protección de nuestras firmas.

Me contestó él de este modo:

—Señor general, hice yo ayer el pacto con Maytorena siguiendo mi ánimo de que estas diferencias se acabaran, pero propuesto también a ir a poner en Hermosillo mi cuartel general del Cuerpo de Ejército del Noroeste. Porque estando mi persona allí, y dictando yo mis providencias, no sería en daño de mis amigos el mando de José María Maytorena, igual que no podrían ser en daño de los amigos de él las órdenes que yo le pasara. Mas reflexiono ahora, señor, por lo que en este papel se expresa, que no sólo no debo salir para Hermosillo, según mi primer propósito, sino que tampoco conviene mi presencia en esta población de Nogales, cuanto más si no olvido mi deber tocante a los deseos de usted de que yo no me exponga, ni comprometa su prestigio de mediador y protector mío, en estas dificultades.

Eso me decía él, y a seguidas me agregaba:

—Y para que usted se convenza, señor general Villa, de que estas palabras que le digo son palabras de verdad, mire aquí el mensaje que ya le había puesto al señor Carranza, y que esperaba yo considerar con usted esta mañana, para que antes de separarnos me iluminara con su consejo.

Y es verdad que me leyó aquel mensaje, y que en él le hablaba al señor Carranza del regocijo de que las dificultades se hubieran terminado, y le anunciaba para otro día siguiente su viaje hacia Hermosillo, resuelto a establecer allá su cuartel general y hacer revista de sus tropas, y le decía cómo acaso tuviera que seguir hasta Guaymas y la comarca de Álamos. También es verdad que me leyó el papel de las ofensas y amenazas que le hacían, las cuales ciertamente me parecieron muy graves.

Le expresaban así sus amagos aquellos enemigos:

«Señor general Obregón, usted ha ultrajado con los peores abusos de su mando este pueblo de Sonora, que le dio fuerza y elementos para la consumación de sus triunfos; usted no ha guardado ningún respeto para con nuestra soberanía; usted ha proscrito de estos territorios, y de todo el territorio de México, buenos hombres revolucionarios que no merecían tan grande injusticia por los actos de su conducta. Y siendo usted el autor de todos estos crímenes, este pueblo y este ejército de Sonora están resueltos a que se le castigue, y no consentirán ni un momento más que ande libre por estas calles, pues eso les manda el deber. A impulso de nuestra justicia recibimos ayer con nuestro mejor cariño al señor general Francisco Villa, porque él sí es el grande soldado que gana sus batallas para que el pueblo triunfe, no para que el pueblo sufra. Por mandatos de esa misma justicia hoy le decimos a usted que no queremos tener entre nosotros sonorenses violadores de nuestras libertades, y que hemos decidido, juntos este pueblo y este ejército, no consentir en Sonora ninguno de los traidores y asesinos que desacatan esta soberanía y la autoridad de este gobierno».

Conforme oí aquello, le pregunté a Obregón que si en verdad creía tener allí su vida en peligro. Me contestó que sí. Le pregunté que si no se estimaba bastante protegido por mi presencia y por nuestros convenios con Maytorena. Me contestó que no. Le pregunté que por qué no. Éstas fueron sus palabras: «Porque yo miro a Maytorena, señor general, como el único autor de estos ataques, y estas injurias, y estas amenazas, que no son más que el hincapié que él pone para justificarse de lo que me suceda si yo aquí sigo». Le pregunté que entonces qué aconsejaba que pudiéramos hacer. Me contestó que no podíamos hacer nada, pues ya veía yo cómo por los actos de Maytorena nada conseguiríamos en nuestra misión de enviados del Primer Jefe.

Y declaro yo, Pancho Villa, que no creí a Maytorena responsable de aquella peripecia, según lo acusaba Obregón. Pero pensando también que si hechos de esta clase pasaban en su territorio, era por no poder él impedirlos, y considerando, además, las razones de Obregón para no obligarse de ninguna forma si no se le acataba como jefe de su Cuerpo de Ejército, decidí para mí mismo consentir en que no se llevara a cumplimiento el pacto del día anterior. O sea, que sólo le dije al compañero Obregón:

—Muy bien, señor: oigo todas sus razones. Pero yo nomás le digo: ¿hemos de aceptar que esta lucha siga y que estos hombres revolucionarios se desangren?

Él me contestó:

—Señor general Villa, yo voy a quitar a Plutarco Elías Calles el mando de estas fuerzas fijas y a poner en su sitio al general Benjamín Hill, que si es hombre de mi confianza, tiene también con Maytorena muy fuertes ligas de amistad. A Hill le ordenaré no mover sus tropas de donde ahora se hallan, ni provocar él, de ningún modo, las hostilidades. Si usted, señor consigue lo mismo de José María Maytorena, y a más de eso se compromete conmigo a no dejar que la paz se quebrante, o a castigar, juntas sus fuerzas y las mías, a los quebrantadores, quienesquiera que ellos sean, yo le prometo que evitaremos la lucha que nos amaga y haremos así muy buen servicio a la causa del pueblo.

Según se propuso, así se hizo, sabedor yo de cómo Maytorena no se echaría a la lucha de las armas si se quitaba a Calles la ocasión de atropellarlo, y si el nuevo jefe que viniera le guardaba el debido respeto.

Digo, que fui a expresarme con Maytorena tocante a que se anulaba el pacto por obra de las amenazas al compañero Álvaro Obregón; y aunque me demostró él con grande sinceridad de palabras su inocencia en aquellos hechos, y me dijo cómo era artificio de Obregón, que sin conceder nada ya nos venía enredando, le declaré los peligros de abandonar a aquel hombre entre medio de tantos enemigos y la resistencia de él a consentir en otro pacto si no lo acataban los militares maytorenistas de Sonora; y de este modo, expresándonos con buenas intenciones los dos, Maytorena acabó por avenirse a lo que yo le rogaba, que era no mover él sus tropas si Benjamín Hill ni ningún otro jefe lo hostilizaba. Eso hice yo.

En seguida, para constancia de aquel otro arreglo, y para que Maytorena y Calles conocieran bien el alcance de nuestras disposiciones, Obregón y yo escribimos y firmamos los nuevos puntos concertados. Los dichos puntos decían así:

«Se reconoce por los generales Francisco Villa y Álvaro Obregón que los partidarios del señor Maytorena cometen actos de hostilidad contra el jefe del Cuerpo de Ejército del Noroeste. Se reconoce también que, faltando así la disciplina, no puede consumarse el convenio que ya se había celebrado, por lo que el general Obregón retira al señor Maytorena el nombramiento de jefe de las fuerzas de Sonora. Mas comprendiendo los dos referidos generales que no se debe quebrantar la paz mientras no se arreglen todas estas diferencias, los dos de un solo parecer, y a nombre del señor Carranza, dan así sus órdenes al coronel Plutarco Elías Calles y al gobernador don José María Maytorena:

»Se dispone que las fuerzas que se hallan ahora bajo el mando del señor Maytorena sigan reconociéndolo como jefe y obedeciendo sus órdenes.

»Se dispone que las fuerzas que se hallan ahora bajo el mando del coronel Plutarco Elías Calles pasen a reconocer como jefe al general Benjamín Hill.

»Se dispone que todas esas fuerzas se conserven donde ahora están y que no intenten moverse ni avanzar, ni busquen de ningún modo el rompimiento de las hostilidades.

»Se dispone, en beneficio del pueblo, que vuelva a abrirse para todo el estado el servicio de los ferrocarriles, y el de telégrafos, y el de correos.

»Se dispone que si el gobernador Maytorena, o el coronel Calles, o el general Hill desoyen la orden de mantenerse en paz, recibirán desde luego el ataque unido del Cuerpo de Ejército del Noroeste, mandado por el general Álvaro Obregón, y del Cuerpo de Ejército del Norte, mandado por el general Francisco Villa, y que sufrirán el castigo de sus culpas».

Salimos de Nogales para Chihuahua aquel 31 de agosto de 1914. Desde Tucson, pueblo así nombrado en territorio de Arizona, Obregón puso al señor Carranza telegrama sobre el final del viaje nuestro y las decisiones que habíamos tomado.

Otro día siguiente estábamos en El Paso. Míster Zacarías L. Cobb, de quien ya he hablado, nos entregó allá carta congratulatoria de míster Bryan por los buenos resultados de la misión de paz en que nosotros andábamos. Era carta de cariño y de expresiones muy agradables. Obregón y yo le contestamos con palabras que también fueron de nuestro mejor afecto.

Le decíamos nosotros:

«Señor, leemos con nuestro mayor agrado la carta de míster Bryan tocante a las felicitaciones que nos manda por estos pasos que nosotros damos para el logro de la paz. Le rogamos, señor, exprese a míster Bryan, y a míster Wilson, y a todo aquel gobierno, y a todo aquel pueblo, que estimamos muy altos su deseos de ver bien acabadas estas luchas que ahora nos agobian, y que pueden vivir seguros que sus deseos no se defraudarán, pues los esfuerzos de nuestro ánimo se encaminan a lograr aquí la paz y la prosperidad en beneficio del pueblo. Exprésele también, señor, que para esta grande obra contamos con el apoyo y el cariño de casi todos los mexicanos, por su mucho amor a la libertad y la justicia, y que con gusto reconocemos nosotros, y nuestro gobierno revolucionario, y todo el pueblo de nuestra República, la buena intención con que el gobierno de Washington y estas autoridades de la frontera nos han dado su auxilio en la lucha que los hombres revolucionarios de México venimos peleando».

Según luego supe, aquella carta nuestra resultó de mucho placer para míster Bryan, cosa que me mandó él decir por el intermedio de míster Carothers; y, por noticias que también Carothers me daba, eso mismo mandó decir al compañero Álvaro Obregón. El contenido de sus palabras fue así:

«Este Departamento de Estado recibe con mucho gusto las expresiones de amistad del señor general Villa y del señor general Obregón y se las manda al señor presidente Wilson para que las conozca y las aprecie».

IX

En perfecto acuerdo, Villa y Obregón proponen a Carranza el encauzamiento de la Revolución, pero él lo rechaza

El camino del regreso • Entendimiento entre Villa y Obregón • Juan G. Cabral • Compromisos por la firma • Anteriores consejos de Villa a Maytorena • «Obregón y yo obrábamos de un solo parecer» • El grado de Villa a juicio de Obregón • Las proposiciones a Carranza • Felipe Ángeles • Miguel Silva • Miguel Díaz Lombardo • Respuesta del Primer Jefe

En todo aquel camino de nuestro regreso a Chihuahua, Obregón me vino hablando sobre los conflictos de Sonora y los embarazos que allí podía encontrar la causa del pueblo si él y yo no lográbamos mantener la paz. Me decía él:

—Si usted y yo, señor general, no llevamos a Sonora el remedio de nuestras luces, aquello seguirá, y se agravará, y nos arrastrará a todos a quién sabe cuántas luchas.

Y luego me agregaba:

—Maytorena, señor general, no es hombre para dominarse en la pasión que ahora lo embarga por los agravios que se le han hecho.

Le contestaba yo:

—No, señor, falla mal su juicio. Maytorena es hombre que sólo quiere el bien del pueblo, y si en estos días lo ve usted dispuesto a la lucha de las armas, lo hace tan sólo para protegerse en sus derechos de gobernador, que aquellos enemigos le conculcan y que él aprecia como los derechos de los sonorenses que lo escogieron para el dicho cargo.

Me respondía él:

—Cuando así sea, señor general; si Maytorena se aviene a las condiciones de un arreglo, no se avienen ni cumplen esas condiciones los principales de sus partidarios, tal y como nos acaba de ocurrir con la avenencia que ya teníamos firmada.

Y le contestaba yo:

—Bueno, compañerito: oigo sus razones. Pero entonces, ¿qué aconseja usted de forma que pueda lograrse?

Y él me respondía:

—Pues yo pienso, señor general, que mientras José María Maytorena y sus hombres favorecidos dominen aquel gobierno, no será posible allí la paz, salvo que yo y todas mis fuerzas nos sacrifiquemos no volviendo a aquel estado, que es el nuestro. Y considere usted si esto es justicia, señor general Francisco Villa. Por eso creo yo que sólo reinará la paz en Sonora si conseguimos que Maytorena deje el dicho gobierno, y si nombramos en su lugar un buen hombre revolucionario que no lo atropelle a él ni me atropelle a mí, y que respete mis amigos y los suyos, y que no se fije en los enemigos que Maytorena tenga, ni en los que tenga yo, sino que a todos nos considere con espíritu de justicia.

A esto le contestaba yo:

—Compañerito, yo protejo a Maytorena por estimar que su causa es la causa del pueblo. Mas si esa causa sufre o se retarda a consecuencia de los embarazos que le pongan las luchas de él con sus enemigos, él mismo lo comprenderá y se avendrá entonces gustoso a no ser ya su persona la que gobierne, sino otra que le inspire confianza, pero que también tranquilice a los otros. Es decir, señor, que si usted tiene un hombre de gobierno que Maytorena pueda aceptar, y en quien usted ponga su fe, y a quien todo aquel pueblo de Sonora mire con ojos de buen cariño, usted me dice quién es, y yo lo llamo, y juntos él y yo nos vamos a Hermosillo o a Nogales, y yo convenzo allí a Maytorena de cómo tiene que dejar el gobierno para que el pueblo de Sonora no sufra y nuestra Revolución se consume. Pero una cosa sí le exijo, señor, y es que pruebe usted sus buenas intenciones a Maytorena moviendo hacia Chihuahua las fuerzas de Plutarco Elías Calles y Benjamín Hill.

Y es lo cierto que Obregón, atento a lo que yo le decía, me contestó estas palabras:

—Señor, ese hombre de gobierno que usted y yo podemos mandar a Sonora es el general Juan Cabral, y yo le aseguro que si Maytorena no lo rechaza, él compondrá con sus buenas disposiciones todas las diferencias que ahora existen.

Según nuestras expresiones del camino, al llegar a Chihuahua Obregón y yo nos comprometimos, mediante nuestra firma, a lo que había de hacerse para acabar con las luchas de Sonora. Aquel papel contenía esto:

«Francisco Villa, general en jefe del Cuerpo de Ejército del Norte, y Álvaro Obregón, general en jefe del Cuerpo de Ejército del Noroeste, se comprometen debajo de su firma a terminar de la siguiente forma las dificultades de Sonora:

»Don José María Maytorena dejará de su propia voluntad su puesto de gobernador y recibirá, para que entre a sustituirlo, al general Juan Cabral, que es hombre de su confianza, y al cual también se dará el mando de todas las tropas de aquel estado.

»Las fuerzas que mandaba Plutarco Elías Calles saldrán de Sonora hacia Chihuahua, donde acamparán según órdenes que se les dicten, y donde se conservarán hasta que el nuevo comandante militar de Sonora pida que regresen al dicho estado. También se conviene que los hombres que voluntariamente han prestado su auxilio a Plutarco Elías Calles y otros jefes en la lucha contra Maytorena podrán licenciarse y volver a la vida privada si así lo desean.

»Será obligación del general Juan Cabral proteger al señor Maytorena en su persona y en sus intereses, y hará porque en todo se vuelva al respeto de la ley, y convocará a elecciones municipales para que poco a poco se restablezca en todas sus formas el gobierno que nombran constitucional.

»De este compromiso se sacan tres tantos, los tres con las firmas del señor general Villa y del señor general Obregón. Uno guarda cada uno de los dichos generales y el otro se manda a México al señor Venustiano Carranza, Presidente Interino de nuestra República».

Eso firmé con Álvaro Obregón, seguro yo del buen ánimo de José María Maytorena y estimando que las conveniencias políticas de un solo hombre, o de unos cuantos hombres, no deben estorbar el logro de la causa que se pelea en beneficio de todo el pueblo, y también porque meses antes, al iniciarse en Sonora aquellos trastornos, ya había yo telegrafiado a Maytorena palabras de muy sana reflexión, diciéndole: «Señor Maytorena, considere en su buen juicio de hombre revolucionario si no sería aconsejable, para acabar con todas las desavenencias, que usted, de su propia voluntad, deje en manos de algún hombre de su confianza el gobierno de Sonora».

Siendo muy cariñosas las palabras que nos hablábamos el compañero Álvaro Obregón y yo, todo lo resolvíamos de un solo parecer.

Me había él dicho desde el comienzo de nuestras pláticas:

—Señor general, la razón lo favorece en sus diferencias con Venustiano Carranza. No obró él bien en quererle cerrar a usted la ruta de sus armas encomendando a Natera el ataque y toma de Zacatecas, que Natera no podía lograr.

Y también me decía:

—Señor general, todas estas tropas que usted manda no forman una división: forman el Cuerpo de Ejército del Norte, igual que las mías forman el Cuerpo de Ejército del Noroeste.

Y es verdad que en aquellos papeles que los dos firmábamos, y que luego luego mandábamos al señor Carranza, siempre se ponía que mis fuerzas eran un cuerpo de ejército, no una división; y eso a sabiendas de que el mismo señor Carranza ya había declarado en sus contestaciones cómo no podía elevar mis tropas a la categoría de cuerpo de ejército por estar comprendidas dentro del Cuerpo de Ejército del Noroeste.

También me decía Obregón:

—Señor general, por los hechos de sus armas, que son muchos y de muy grandes triunfos, a nadie corresponde en nuestro ejército revolucionario grado más alto que el que usted lleve. Cuando sólo había entre nosotros generales de brigada, usted era el primero de nuestros generales de brigada. Ahora que hemos llegado a generales de división, usted es el primero de nuestros generales de división. Si el Primer Jefe todavía no quiere reconocerlo en sus papeles por motivos de la desobediencia de Torreón, eso pasará pronto, señor general, pues ciertamente es un general muy alto éste que aquí manda todas estas tropas de Chihuahua, más parte de las de Durango, más otras de Zacatecas.

A esto le contestaba yo:

—Señor compañero, no son triunfos míos los triunfos de estas tropas, sino triunfos de mis hombres, que los ganaron con su vida y con su sangre.

Y así nos comunicábamos nuestros pensamientos.

Aprovechando yo la buena inclinación con que Obregón se me mostraba, en Chihuahua resolví preguntarle que si no creía que pudiera ser en daño de nuestra causa la forma de gobierno que Carranza había inventado para no separarse nunca de su puesto de Primer Jefe. Me contestó que sí, que miraba en eso muy grandes riesgos, aunque Carranza fuera, conforme lo estimaba él, un buen hombre revolucionario. Le pregunté entonces que si todavía estaba en su propósito hacer conmigo petición al Primer Jefe, como ya antes se la habían hecho mis generales y los de Pablo González, tocante a no seguir en la dicha forma de gobierno, sino tomar la conveniente en aquella hora de nuestro triunfo. Y como me respondiera también que sí, que uniría su nombre con el mío para elevar la exposición de nuestras demandas, y que no tenía yo sino presentarle el escrito que las declarara, para que juntos las revisáramos y les pusiéramos nuestras firmas, yo le pedí unas horas para escribirlas en forma digna de que él la viera.

Es decir, que convoqué a Felipe Ángeles, y al doctor Miguel Silva, y al licenciado Miguel Díaz Lombardo, más otros hombres que me ayudaban con su consejo en el negocio de las leyes, y les pedí que me iluminaran sobre la clase de peticiones que Obregón y yo habíamos de hacer, según lo que ellos y yo ya teníamos apalabrado.

Y lo que sucedió fue que ellos me trajeron escritas aquellas peticiones, y Obregón y yo las vimos y las consideramos, y después de examinarlas muy despacio y de hacerles algunas enmiendas que él me propuso, las firmamos los dos. Dispusimos también que al regresar él a México se las entregaría al señor Carranza, y que con él acudirían a la entrega el doctor Miguel Silva y el licenciado Miguel Díaz Lombardo. Porque pensaba yo entre mí: «Si esta entrega la hace solo Álvaro Obregón no estaré cierto de lo que él pueda decir a Venustiano Carranza sobre el modo como estas peticiones se firmaron y el propósito con que las hacemos, ni conoceré nunca las palabras del señor Carranza al recibirlas».

Aquellas peticiones de que hablo contenían esto:

«El general Francisco Villa y el general Álvaro Obregón piden al Primer Jefe del Ejército Constitucionalista tome en cuenta las siguientes proposiciones:

»Primera proposición. – El ciudadano Primer Jefe del Ejército Constitucionalista pasará desde luego, según se convino en el Plan de Guadalupe, a ser ciudadano Presidente Interino de la República, y gobernará con un gabinete compuesto de ciudadanos ministros o ciudadanos secretarios de Estado.

»Segunda proposición. – El Presidente Interino y su gabinete de ministros nombrarán desde luego los magistrados de la Suprema Corte de Justicia y demás jueces federales. Al mismo tiempo los gobernadores que ahora gobiernan los estados se concertarán con sus ayuntamientos para la designación de todos los magistrados y jueces que en cada estado necesita la justicia.

»Tercera proposición. – Conforme la dicha justicia empiece a funcionar, los gobernadores de los estados, del Distrito Federal y de los territorios convocarán para un mes después a elecciones de ayuntamientos, y a la semana de celebrarse esas elecciones los nuevos ayuntamientos que se formen regirán el gobierno de todas las ciudades y todos los pueblos. También el gobernador de cada estado reunirá desde luego una junta de representantes de todas las comarcas de su territorio y la pondrá al estudio y resolución del modo como habrán de entregarse las tierras a los trabajadores de los campos.

»Cuarta proposición. – Así que haya nuevos ayuntamientos, el Presidente Interino llamará a elecciones de diputados y senadores de la Federación, y el gobernador de cada estado a elecciones de gobernador, y de diputados locales, y de magistrados de justicia, entendido que todas estas elecciones se tendrán que hacer al mes de la fecha en que se convoquen, y que no podrán ser gobernadores los hombres que hayan estado en ese cargo como gobernadores provisionales.

»Quinta proposición. – El nuevo congreso federal y los nuevos diputados locales tomarán desde luego en sus manos las reformas que el pueblo pide para nuestras leyes nombradas de la Constitución. También declararán cómo no pueden ser Presidente de la República ni gobernadores de los estados los jefes de nuestro Ejército Constitucionalista, a no ser que dejen su mando seis meses antes que la elección se celebre. También verán qué nuevas leyes deben dictarse en beneficio del trabajo de los pobres, y de su libertad y su justicia, y para la iluminación de su conciencia mediante las escuelas y los libros.

»Sexta proposición. – Según queden aprobadas las reformas a nuestra Constitución, el Presidente Interino convocará a elecciones de nuevo Presidente de la República, sin que pueda ser escogido para este puesto el Presidente Interino. Junto con la elección de Presidente se hará la de magistrados de la Suprema Corte de Justicia.

»*El general Francisco Villa. – El general Álvaro Obregón*».

Conforme se dijo, así se hizo. Volvió rumbo a México el compañero Álvaro Obregón, y con él salieron, para la representación mía, el doctor Miguel Silva y el licenciado Díaz Lombardo, propuestos los tres a expresarse con Venustiano Carranza respecto a los dichos negocios y a dejar en sus manos el papel de nuestras peticiones.

Según es mi memoria, dirigimos nosotros nuestro pensamiento al señor Carranza a primeros días de aquel mes de septiembre; y una semana o semana y media después de oír él en México las razones de Obregón y mis delegados, nos contestó que no aceptaba aquellas proposiciones nuestras, y que sólo nos concedía estar dispuesto al cambio de su nombre de Primer Jefe por el de Presidente Interino y a gobernar con un gabinete compuesto de ministros.

Su respuesta decía así:

«Señores generales Álvaro Obregón y Francisco Villa. Señores: He considerado con mi mejor atención las proposiciones que me presentan ustedes a nombre del Cuerpo de Ejército del Noroeste y de la División del Norte. Pienso yo que negocios de éstos no son para aprobarse por un pequeño grupo de hombres, sino que toda la nación ha de sopesarlos. Creo como ustedes que debe formarse un gobierno verdaderamente nacional, que asegure el triunfo de nuestra causa estableciendo las reformas que el pueblo pide. Por eso estimo que de las proposiciones que ustedes me someten sólo puedo aprobar la primera y una parte de la que toca a la elección de ayuntamientos, y que en todo lo demás es necesario que intervenga con sus luces una asamblea de representantes de todos los hombres de nuestro país. Es decir, que yo les contesto diciéndoles que ya dicto mis providencias para que se reúna en esta ciudad de México, el día 1° de octubre, una junta de hombres revolucionarios que se ponga al estudio no sólo de las proposiciones de ustedes, sino de otros muchos negocios de muy grande importancia para el pueblo. – *Venustiano Carranza*».

X

Pancho Villa descubre que Obregón no le es leal, y se dispone por eso a mirarlo en todo con profunda desconfianza

Los modos de Carranza para la ocupación de México • Hombres revolucionarios del Sur • La embajada de Cabrera y Villarreal • Carranza y el Plan de Guadalupe • Madero y el Plan de Ayala • Los jefes irregulares • Asciende Villa a general de división • Maytorena y Benjamín Hill • Juan Cabral • Órdenes de Villa • Reparos de Obregón • La desocupación de Veracruz

Según yo creo, no obró bien Venustiano Carranza en sus modos para la ocupación de la capital de nuestra República por las tropas del pueblo. Porque ansioso él de conquistar todos aquellos elementos, para luego usarlos conforme a la conveniencia de su persona, y no según fuera la necesidad de nuestra causa, dispuso que el avance lo concertara sólo Álvaro Obregón en los convenios que se nombran Convenios de Teoloyucan. No pensó, pues, en convocarme a mí, con ser tantos y tan famosos los hechos de mis hombres; ni dejó que interviniera Pablo González, lo que resultó muy dura injusticia, formando parte de aquel movimiento el Cuerpo de Ejército del Noreste; ni menos se acordó de Emiliano Zapata y sus hombres revolucionarios del Sur, los cuales, aunque de pocas hazañas en la guerra, no habían descansado en su lucha contra los usurpadores y eran ya dueños de muchos territorios.

Eso hizo él. Y así hirió al compañero Pablo González, que, según luego supe, mostró a poco su disgusto no acompañando al Primer Jefe el día de la entrada triunfal. Y así me hirió a mí y a todos mis jefes, que sentíamos ya muy grande la llaga de nuestros resentimientos. Y así consiguió que Zapata

583

y sus hombres, al ver cómo no se les daba trato de compañeros, sino de extraños, y al tanto de que en los referidos convenios había palabras que los asemejaban a verdaderos enemigos, concibieron por Venustiano Carranza muy honda desconfianza y acrecieron sus dudas tocante a los impulsos carrancistas.

Decían a mis enviados los hombres revolucionarios del Sur:

«No somos soberbios, señores, ni tampoco pensamos haber hecho nosotros toda la Revolución. Pero estimamos falta de compañerismo haber entrado a la ciudad de México los constitucionalistas sin procurar antes un entendimiento con estos otros ejércitos libertadores; estimamos acto de hostilidad haber ellos sustituido con avanzadas suyas las avanzadas federales que se encontraban frente a las nuestras; estimamos conducta sospechosa ese silencio del llamado Primer Jefe, que no dice lo que piensa sobre el futuro de la política ni habla palabra sobre el reparto de las tierras, cuanto más que goza del poder sin la anuencia de muchos jefes y que ha tenido en castigo a Lucio Blanco por su intento de reforma agraria en la comarca de Tamaulipas».

Y sucedió que Venustiano Carranza quiso luego bienquistarse con los hombres revolucionarios de Morelos y les mandó por representantes al licenciado Luis Cabrera y al general Antonio I. Villarreal. Pero entonces Zapata le puso muy fuertes condiciones, respondiendo:

«Ha de firmarse armisticio entre los ejércitos del Norte y los del Sur, para que estas avanzadas no se sigan hostilizando; ha de entregársenos la plaza de Xochimilco en aras de buena armonía; ha de prohijarse nuestro Plan de Ayala por Carranza y todos sus hombres, pues el Plan de Guadalupe no merece bastante confianza, y ha de reunirse una convención de jefes revolucionarios que nombre el Presidente Interino, y mientras la dicha convención no se haga, Carranza debe consentir, cerca de su cargo de Primer Jefe, un delegado mío que lo asesore y lo vigile en todas sus providencias importantes».

Eso exigía Zapata, o más bien dicho, eso le aconsejaron exigir los hombres de inteligencia que lo acompañaban. Y reflexiono yo que aquellos hombres tenían razón en cuanto buscaban imponer a Venustiano Carranza, pues de otro modo no se aseguraban, mas creo que se alargaban en ir tras el reconocimiento de todo su Plan de Ayala, y no sólo de la parte que el referido Plan traía en beneficio de los pobres. Porque es lo cierto que Zapata se había levantado en armas contra el señor Madero, aunque sólo fuera por suponer que no iban a cumplirse las promesas del luminoso Plan de San Luis; y que había quebrantado así aquel gobierno del pueblo, y que había reconocido como a su jefe a Pascual Orozco, sin considerar que Pascual Orozco era sólo un traidor a la libertad y la justicia, conforme vino a demostrarlo echándose en auxilio de Victoriano Huerta. Y siendo esto verdad, no podía prohijarse por nosotros, los hombres revolucionarios del Norte, todo el contenido del Plan de Ayala; aunque es también cierto, según después supe por mis pláticas con Zapata, que si Carranza hubiera aceptado lo principal de las condiciones que se le exigían, Zapata habría consentido en no imponerle, ni imponernos a nosotros los jefes constitucionalistas, los puntos del Plan de Ayala contrarios al señor Madero. Porque el señor Madero no era ya de este mundo y Zapata y su gente habían cambiado su plan, repudiando a Pascual Orozco, y estaban dispuestos, contra lo que su plan decía, a dejar a Carranza en su cargo de Primer Jefe, siempre que un hombre de ellos lo aconsejara en los actos orientados al desarrollo de nuestro triunfo.

Pero en este negocio Carranza vino a obrar de igual manera que cuando mis generales y los de Pablo González se concertaron en Torreón y le mandaron sus conclusiones, y según acababa de hacer con la propuesta que Obregón y yo convinimos en Chihuahua. Es decir, que no admitió nada que lo disminuyera en sus poderes de Primer Jefe o que le enturbiara el futuro de su política, sino que a todo contestó que no, y luego puso presos a los emisarios de Zapata, y luego se malquistó para siempre con aquellos hombres del Sur.

Afirmo yo, Pancho Villa, que era grave el yerro del señor Carranza en sus agencias con los zapatistas, como lo era el de sus rencores para con las fuerzas de Chihuahua, y el de su hostilidad hacia el gobierno de Sonora, pues parecía empeñado en traer la guerra entre todos los hombres revolucionarios. A mi juicio, aquellas equivocaciones se veían mayores reflexionando que todavía no estaban desbaratados todos los enemigos de nuestra causa, sino que parte de ellos se aferraban a la lucha. Lo cual digo porque la gente de Benjamín Argumedo, y la de Pascual Orozco, y la de Higinio Aguilar, y la de Mariano Ruiz, y la de Juan Andreu Almazán, y la de otros muchos jefes, seguían la pelea de las armas contra las tropas del pueblo, en desconocimiento de los convenios de Teoloyucan, y andaban soliviantando los moradores de muchas comarcas con el cuento de ser nosotros, los constitucionalistas mexicanos, traidores a nuestra patria por órdenes del gobierno de Washington y mexicanos criminales que buscábamos cambiar nuestras leyes y nuestra Constitución para servicio de las naciones extranjeras. Y pensaba yo entre mí: «Señor, éste no es peligro serio delante del gran poder de los ejércitos revolucionarios; mas yo creo que si el desarrollo de nuestro triunfo requiere la paz, va contra la razón el entretenernos en divisiones los hombres revolucionarios y dejar que esos enemigos progresen o existan».

Por los días del rompimiento de nuestro Primer Jefe con los revolucionarios del Sur recibí telegrama de Jacinto Treviño, que me decía:

«Señor general Villa, me honra comunicarle, como jefe de este Estado Mayor, que el Primer Jefe del Ejército Constitucionalista ha tenido a bien conferirle con esta fecha ascenso a general de división. Aquí tengo, señor general, en espera de sus órdenes, el despacho que le otorga el dicho grado».

Y meditaba yo leyendo aquel mensaje:

«De modo, señor, que se ha necesitado todo el triunfo de nuestras armas, más la fuga del usurpador, más la muerte del ejército federal, más la rendición de la capital de nuestra República, para que Venustiano Carranza aprecie algo de lo que a mí se debe en todos estos hechos. Y aun así, todavía cavilo si no vendrá esto por palabras de Álvaro Obregón o de Pablo González, sabedores ellos de cómo la gente revolucionaria los achica en su jerarquía al ver que el señor Carranza los puso allí postergándome».

Por eso, a Jacinto Treviño sólo le contesté:

«Señor coronel Treviño, recibo su mensaje tocante al honor de haberme reconocido el señor Carranza grado de general de división. Le digo, señor, que me entero de su noticia y que puede mandarme el despacho de que me habla».

Conforme a mi memoria, Álvaro Obregón había salido de Chihuahua rumbo a México alrededor del día 4 de septiembre. Pues bien, a los dos o tres días de aquella fecha ya estaba Benjamín Hill, unido a Plutarco Elías Calles, en la tarea de levantar en Sonora trastornos a José María Maytorena y de perturbarlo con sus amenazas. Advertí entonces que era muy urgente resolver aquellos problemas y así se lo comuniqué a Obregón, diciéndole:

«Señor general Obregón, aunque estimo que en esa ciudad de México habrá muchas y muy graves ocupaciones que embarguen al señor general Juan Cabral, yo le ruego lo apresure en su viaje a Chihuahua, pues juzgo urgente salir con él al arreglo de los negocios de Sonora en la forma que tenemos apalabrada».

Él me contestó:

«Señor general Villa, comprendo los justos deseos que me expresa en su mensaje. Le prometo que conforme el general Cabral haga entrega de la oficina que está a sus órdenes, saldrá para Chihuahua en obediencia a nuestro compromiso».

Pero sucedió, mientras estas contestaciones iban y venían, que en Sonora los asuntos se enturbiaban más, airosos Benjamín Hill y Plutarco Elías Calles en su ardid de ir empujando a la guerra a José María Maytorena; por lo que decidí, dentro de los planes que Obregón había concertado conmigo, ordenar a Hill el movimiento de sus tropas hacia Casas Grandes. Y como él no me obedeciera, se lo volví a ordenar, pues a eso me sentía autorizado por las dichas providencias; y como tampoco me obedeciera entonces, se lo ordené otra vez; y cuando todavía así no mostrara inclinación a moverse, se lo avisé a Obregón, telegrafiándole así mis palabras:

«Señor general Obregón, de conformidad con nuestros arreglos, varias veces he ordenado a Benjamín Hill la salida de sus tropas hacia Casas Grandes, para que no se agrave aquel problema de Sonora, que si las cosas siguen el camino que llevan, luego encontraré muy grandes dificultades en mis diligencias de mediador. Urge que Benjamín Hill y sus tropas se retiren hacia Chihuahua y que no se retrase más el viaje de Juan Cabral».

Obregón me respondió:

«Señor general Villa, comprendo lo que me dice en su mensaje, pero, según es mi parecer, no debemos mover mis tropas de Sonora mientras no tome aquellos mandos el general Juan Cabral. Hágase cargo de que las dichas tropas nos serán de mucho auxilio si surgen allá tropiezos en la aplicación de nuestros planes».

Es decir, que en el ánimo de Obregón no estaba ya conseguir el arreglo dentro de las normas de la paz, según se lo había propuesto yo en mi amor al pueblo de Sonora y por justicia a Maytorena, sino que propendía él a consumar el arreglo aunque Maytorena no lo aceptara; y en verdad que vi cobijarse muchas sombras en aquella conducta del compañero Obregón. Así y todo, otro día siguiente, mirando que recrecían los conflictos de Sonora, le puse nuevo telegrama pidiéndole la ayuda de su autoridad. Le decía yo:

«Señor general Obregón, por permanecer Benjamín Hill y sus tropas en Sonora, nos vamos rodeando de muy graves males. Yo le urjo, señor general, que dicte sus órdenes para que inmediatamente salgan esas tropas hacia cualquiera de mis territorios. Lo saludo con mi mejor cariño. – *Francisco Villa*».

Me contestó él:

«Señor general Villa, le confirmo mi juicio sobre la necesidad de no mover las tropas de Benjamín Hill antes que Cabral se encargue de los puestos que le hemos asignado. Obrando de otra forma nos exponemos a grandes sorpresas en el progreso de nuestra acción y acaso no cumplamos nunca nuestros propósitos. Tenga paciencia, señor, y viva seguro que yo sabré hacer responsables a los jefes de aquellas tropas si no respetan nuestras órdenes de paz».

Con esto vi yo entonces que Obregón descubría en sus palabras la desconfianza de mi sinceridad, o de mis luces de inteligencia; porque declarándole yo que era urgente la salida de Benjamín Hill, y siendo éste un punto convenido entre los dos, él me respondía que la dicha salida no era necesaria, y que de acatarse mis providencias, resultarían en nuestro daño.

Sucedió también por aquellas fechas, que Obregón me puso un telegrama relativo a la estancia de las tropas americanas en nuestro puerto de Veracruz, diciéndome:

«Le comunico, señor general, que todos los negocios caminan convenientemente. Por mis expresiones con los hombres revolucionarios que llegan a esta capital puedo asegurarle que casi todos son de nuestras ideas, y que obrarán en todo conforme nosotros obremos, y que así se irá logrando el verdadero triunfo de nuestra causa. Sólo nos duele a todos, señor general, la presencia de las tropas americanas en Veracruz, pues estimamos contrario a nuestros sentimientos de buenos patriotas que habiéndose acabado nuestra lucha contra Victoriano Huerta, y no existiendo ya el ejército que lo protegía, aquel pabellón extranjero siga flotando sobre nuestro territorio. La única bandera que puede ondear sobre la patria mexicana, señor general, es la bandera tricolor, porque debajo de ella han caído nuestros muertos y se han desangrado nuestros heridos. Yo lo invito, pues, a que juntos escribamos al señor Carranza diciéndole cómo debe ya pedir al gobierno de Washington, dentro de las formas que la dignidad de México nos aconseja, la retirada de las tropas que hoy ocupan Veracruz».

Le contesté yo:

«Señor general, leo con mi mayor regocijo sus noticias sobre el estado de nuestros asuntos y sobre la buena inclinación de casi todos aquellos jefes a dar su apoyo a nuestras ideas en beneficio del pueblo. En cuanto a su deseo de que juntos nos expresemos con el señor Carranza tocante a las tropas americanas que se encuentran en Veracruz, también lo oigo con muy grande entusiasmo. Considero, como usted, que el gobierno de nuestra República debe concertar con el de Washington el retiro de esas tropas extranjeras, y también siento que humilla nuestro espíritu de buenos mexicanos consentir que sobre nuestra tierra floten banderas invasoras. Lo autorizo por ello, señor general, a escribir al señor Carranza según se lo dicte su buen consejo y a poner mi firma junto de la suya. Lo saludo con mi mejor cariño. – *Francisco Villa*».

Así le contesté yo. Pero sabiendo otro día siguiente, por informes de los señores americanos que estaban conmigo, que el gobierno de míster Wilson tenía ya resuelta la salida de aquellas tropas, pensé que sería buen paso de nosotros, antes de pedir nada, aclarar si aquello era verdad o no. Volví entonces a telegrafiarle a Obregón, diciéndole:

«Le suplico, señor, aplace por unos días nuestro escrito al señor Carranza respecto de la desocupación de Veracruz, lo cual le pido por razones que le declararé tan pronto como haga su viaje a esta plaza».

Él me contestó:

«Señor general Francisco Villa, leo su mensaje de hoy y le declaro que el grande patriotismo que había en el de ayer me impulsó a comunicar sus expresiones a nuestros periódicos. Usted me dirá si estas expresiones de hoy también debo darlas para que se publiquen. – *Álvaro Obregón*».

¡Señor! ¿Y cómo leyendo tales palabras no había de revolverse toda la cólera de mi cuerpo? Porque comprendí entonces que Obregón no era compañero leal, sino uno de esos hombres que andan cogiendo papeles engañosos para lastimar a otros hombres. Pues, si no, ¿qué tenían que ver con mi ruego de aplazamiento aquellas amenazas con que él me contestaba?

Y así empezó mi verdadero conocimiento de Álvaro Obregón.

XI

Villa y Obregón vuelven a reunirse en Chihuahua para tratar sobre la junta de generales y gobernadores convocada por el Primer Jefe

El gobierno de Durango • Los Arrieta y Tomás Urbina • Castigos de Pancho Villa • Carlos Domínguez y Martín Luis Guzmán • Formas de gobierno que nombran autocrático • La presidencia de la República • Felipe Ángeles • Juan Cabral • «Yo propondré a Carranza que juntos salgamos de este mundo» • La junta de generales y gobernadores • Desconfianzas de Villa hacia Obregón

En los días de la vuelta del compañero Obregón a la ciudad de México tuve contestaciones con el señor Carranza sobre el gobierno de Durango. Sucedía en aquellas comarcas, que los hermanos Domingo y Mariano Arrieta no reconocían orden ni autoridad y llevaban la gobernación no en beneficio del pueblo y para los logros de nuestro triunfo, sino en beneficio de sus intereses particulares. Y viendo yo que los dichos males crecían al recibir Domingo Arrieta nombramiento de gobernador, tomé la providencia de mandar allá la gente de mi compadre Tomás Urbina para fortalecer el orden, para que se acabaran los trastornos y para que se escogiera un gobernador dispuesto a la amistad con todos los hombres revolucionarios que allí miraban por el bien de nuestra causa. Pero supo Domingo Arrieta de aquel avance de mis tropas, que lo iban a dominar, y se quejó con el Primer Jefe; y el Primer Jefe, comunicándome las quejas que Arrieta le telegrafiaba, mandó preguntarme que si aquello era verdad, y me pidió que le aclarara esos actos de mi conducta. Yo entonces me expresé así con él:

«Señor, yo y todos mis hombres de Durango, igual que mi compadre Tomás Urbina, no queremos más que el justo arreglo de los negocios de aquel estado. Pero los hermanos Arrieta ponen en todo este asunto sus artes peores, y esto es causa de que los negocios se tuerzan más cada día, en vez de armonizarse. Le suplico, pues, señor Carranza, aconseje a los dichos generales Arrieta el camino del patriotismo y del amor del pueblo, es decir, que se concierten con los demás jefes militares de Durango para el nombramiento del gobernador, pues viva seguro que no habiendo el dicho concierto o no respetándose por lo menos la opinión de la mayoría, la paz de Durango se convertirá en punto muy difícil. Lo saludo, señor, con mi mejor cariño».

Y como nada resultó de tales mensajes, sino que los problemas empeoraron, decidí llevar mi castigo a los hombres que así turbaban la consumación de nuestro triunfo revolucionario, aunque ya no quise hacerlo con la fuerza de las armas. En vez de eso di mis órdenes para que se suspendiera el movimiento de trenes entre Torreón y Durango, con lo que los Arrieta quedaban sin comunicaciones. Así hice yo en mi buen ánimo de que aquellos trastornos se acabaran y sabedor de los atropellos que sufrían en manos de los referidos generales los hombres ferrocarrileros que ellos no consideraban suyos.

Pero también entonces Domingo Arrieta mandó sus quejas al señor Carranza, y el señor Carranza volvió a reclamarme por ese otro acto mío, y yo volví a telegrafiarle mi razón, diciéndole:

«Le aseguro, señor, que mi providencia de suspender el tráfico de ferrocarril entre Durango y Torreón ha sido por obra de las peripecias lamentables que agobian aquel estado debajo del gobierno de los Arrieta, quienes no reconocen orden ni obran con equidad. Los empleados ferrocarrileros que allí estaban han tenido que salir porque no había respeto para sus personas ni sus intereses, y rehúsan volver, temerosos de la venganza de aquellas autoridades. Sobre estos hechos me iluminó con su consejo el señor general Obregón, y de acuerdo con él estoy resuelto a que siga interrumpido el tráfico de aquel estado, salvo lo que usted disponga con sus mejores órdenes. Creo, señor Carranza, que si es grande el daño que esta medida mía causa al pueblo de Durango, más grande es, conforme a mi juicio, la urgencia de someter al orden unos individuos que tanto nos trastornan».

Alrededor de esas fechas volvieron a Chihuahua aquel licenciado Martín Luis Guzmán y aquel coronel Carlos Domínguez que yo había mandado a México para que en mi nombre se expresaran con los otros jefes revolucionarios. Porque desde entonces había yo querido indagar qué fuerzas estaban inclinadas a proteger contra Venustiano Carranza los panoramas políticos de la División del Norte, y qué pensaban todos aquellos jefes sobre las reformas que esperaba el pueblo, y a quién escogerían ellos para Presidente de nuestra República, y otras cosas así.

Y oyendo las palabras de los referidos comisionados míos confirmé la verdad de los avisos de Obregón tocante al buen ánimo de casi todos los revolucionarios para oír el pensamiento de nosotros los jefes de la División del Norte.

Me decía aquel muchachito Martín Luis Guzmán:

—Carranza se propone formas de gobierno que nombran autocrático; mas viva usted seguro que eso no lo han de consentir los soldados del pueblo, sino que tendremos un gobierno que sea de ley.

Y como yo le preguntara que qué se pensaba de los viajes de Obregón a Chihuahua y de las ligas de amistad que él y yo hacíamos, me respondió:

—Muchos consideran que pueden resultar buenas esas ligas de amistad; pero cuando así no sea, contamos con Lucio Blanco, que es jefe de la caballería de todo el Cuerpo de Ejército del Noroeste, para que el triunfo del pueblo no se malogre. Lucio Blanco es buen hombre revolucionario, hombre de principios y de inteligencia, hombre leal. Dice él que piensa con las mismas ideas que los jefes de la División del Norte y que no permitirá el nacimiento de ninguna otra tiranía.

Y me decía Carlos Domínguez:

—Son también hombres para esta obra mi general Eulalio Gutiérrez, mi general Jesús Dávila Sánchez, mi general Andrés Saucedo y mi general Ernesto Santos Coy, según las pláticas que conmigo han pasado sobre los deseos de la División del Norte. Venustiano Carranza buscará enredarnos para alargarse en su puesto de Primer Jefe, pero ya todos los generales dicen cómo se han de reunir en convención y cómo han de dar ellos las leyes para el futuro de la política.

Les pregunté que si se expresaban los dichos jefes sobre quién debía ser el nuevo Presidente de nuestra República. Me contestaron que sí se expresaban, y que los más querían para Presidente un hombre civil, como don Fernando Iglesias Calderón o como el doctor Miguel Silva, y otros consideraban que el Presidente podía serlo algún jefe revolucionario de buenas luces de inteligencia y grandes conocimientos sobre todas las cosas.

Yo entonces les dije:

—Pues según yo creo, nuestro nuevo Presidente debe ser Felipe Ángeles, que volverá a la vida las formas de gobierno del señor Madero, y que repartirá las tierras, y que reformará las leyes en beneficio de los trabajadores.

O sea, que les di mi orden para que a su regreso a México inculcaran en todos aquellos jefes cómo era conveniente nombrar a Felipe Ángeles Presidente de nuestra República. Lo cual les dije porque en verdad pensaba yo entonces que era Felipe Ángeles el Presidente que necesitábamos, y quería que esa misma idea concibieran otros muchos jefes revolucionarios.

Pero sucedió que el referido Martín Luis Guzmán me habló de esta manera:

—Señor general, si usted manda que ese trabajo se desempeñe, nosotros iremos a desempeñarlo. Pero yo le pido que oiga mi razón: nos vamos a encontrar con muchos y muy grandes tropiezos a causa de que Felipe Ángeles no es ahora hombre para la presidencia. Felipe Ángeles, señor, tiene muy fuertes enemigos, como Álvaro Obregón, que nunca lo aceptará; no lo quiere el señor Carranza; no lo quieren otros muchos hombres revolucionarios que todavía lo miran como a federal. Si quiere usted que sus ideas triunfen, escoja, señor, un hombre que no despierte rencores, y que no parezca amenazar a nadie, y que haga que todos se sientan contentos.

Así me dijo él. Y no oculto que yo me enojé oyendo aquellas palabras, aunque sin saber si era por contrariar ellas un pensamiento mío, o porque pareciéndome bien su razón, me hería que Felipe Ángeles no pudiera ser nuestro Presidente.

Llegó a Chihuahua Juan Cabral y los dos tuvimos palabras y saludos muy cariñosos. Cuando supe que se acercaba su tren a la estación, mandé allá mi automóvil en su recibimiento, con orden de que lo trajeran a mi casa, y luego salí hasta la puerta a recibirlo. Nos abrazamos allí. A seguidas lo convidé a entrar. Entró. Y ya a solas con él, le di pruebas de mi confianza expresándole lo que pensaba sobre el conflicto de Sonora, y sobre el de Durango, y sobre los actos del señor Carranza para conmigo y todas mis tropas.

Él me contestaba:

—Señor general, si no yerra mi juicio, sería muy grande descalabro para nuestra causa el que los hombres revolucionarios se dividieran.

Y como le contesté yo que sí, que acaso la dicha división malograra el triunfo de nuestras luchas por la justicia y la libertad, me añadió:

—Pues si ese caso nos amaga, el señor Carranza y usted, primero que dividirse, deben salir de nuestro territorio.

Yo coloqué muy alto en mi estimación al hombre que me hablaba aquellas palabras, de modo que le contesté así con las mías:

—Señor, es muy juiciosa la conclusión que usted me propone. Esté, pues, seguro que si Venustiano Carranza no acepta entenderse conmigo, yo lo invitaré, antes que por obra suya y mía volvamos a ensangrentarnos, no sólo a que él y yo nos vayamos de nuestro país, sino a que juntos salgamos de este mundo.

Así lo dije y así pensaba. Porque creo en mi conciencia que si la disputa entre dos hombres, por grandes y altos que estén, anuncia la perdición de una causa, esos dos hombres deben sacrificarse unidos, los dos de un solo parecer.

Un negocio no traté entonces con el general Juan Cabral, y fue el de los cargos que Obregón y yo le teníamos destinados en Sonora, pues habiendo recibido noticias de que Álvaro Obregón llegaría a Chihuahua otro día siguiente, me pareció mejor no decir nada sobre el referido asunto hasta que Obregón estuviera con nosotros.

Así lo hice yo, propuesto a que ni el general Juan Cabral ni Álvaro Obregón me vieran en ánimo de componer las diferencias de Sonora en forma pensada para mi beneficio; cuantimás que anunciaban desconfianza los telegramas de Obregón tocante a que Benjamín Hill no saliera de Sonora antes de llegar allá Juan Cabral, y que yo veía que quizás el viaje de Cabral ya no trajera ningún arreglo, estorbado ahora por nuevas peripecias.

Antes de llegar Juan Cabral a Chihuahua, el señor Carranza había hecho convocatoria para la junta de generales y gobernadores que habían de reunirse en México el día 1° de octubre, la cual junta, según él, haría estudio de todo lo necesario al funcionamiento del nuevo gobierno. A la verdad, no era aquella junta la convención democrática solicitada por mis generales y los de Pablo González en los pactos de Torreón: era una junta de personas que el señor Carranza nombraba y escogía. De modo que ni yo ni los jefes de mis fuerzas recibimos con regocijo el mensaje en que se nos convocaba, ni menos valoramos como buenas sus palabras.

Decía así el mensaje:

«Señor general, desde los comienzos de la lucha prometí a todos los jefes partidarios del Plan de Guadalupe convocar en la ciudad de México, tan pronto como la ocupara yo y me hiciera cargo del gobierno, una junta de gobernadores y jefes con mando en la cual nos concertaríamos en lo concerniente a las reformas de nuestras leyes, a la fecha de las elecciones y a otros negocios de interés para todo el país. Al frente ya del poder ejecutivo en esta capital, he dispuesto señalar el día 1° de octubre para la reunión de dicha junta, y lo llamo a usted para que asista a ella en persona o mediante delegado, pues así le corresponde por ser un jefe con mando de fuerzas. – *Venustiano Carranza*».

Mirábase así que no íbamos a reunirnos los jefes revolucionarios por ser ése nuestro derecho de hombres triunfadores, sino tan sólo porque el señor Carranza nos lo había ofrecido cuando prohijamos su Plan de Guadalupe. Y reflexionaba yo entre mí: «¿Significa esto, señor, que no tienen derecho a concertarse con nosotros para el bien de nuestra causa los hombres revolucionarios que no conocieron aquel plan, o que no lo firmaron porque ya tenían el suyo?».

Llegó Obregón a Chihuahua la madrugada del 16 de septiembre, día consagrado de nuestra Independencia. Me abrazó, me dijo que me traía muy buenos saludos del señor Carranza y me añadió que venía resuelto a que termináramos no sólo el negocio del nuevo gobierno de la República, y el negocio de Sonora, que ya teníamos apalabrado, sino también el negocio de Durango, para el cual nos comisionaba ahora el Primer Jefe y nos hacía delegados de su autoridad.

Tras de explayarse así conmigo, me leyó y me entregó las comunicaciones que el señor Carranza me mandaba sobre los referidos puntos. El contenido de uno de esos oficios era éste:

«Señor general Francisco Villa, Chihuahua. Muy buen amigo y correligionario: Según yo creo, habrá usted apreciado la grande importancia de la junta que he dispuesto convocar para el primer día de este mes de octubre que viene. Siendo así, pongo mi fe en que no faltará su presencia en la dicha junta y que de ese modo tendré el gusto de verlo y saludarlo en la capital de la República. Viva seguro, señor general, que si no hubiera mi convocatoria para esta junta, también me daría mucho gusto tenerlo aquí entre nosotros, aunque fuera unos momentos, no tan sólo por mis deseos de platicar con usted, sino para que nos trajera la ayuda de su consejo en todos estos negocios en que estamos ocupándonos. Reciba, señor general, los mejores saludos de este amigo suyo. – *Venustiano Carranza*».

Decía el otro papel:

«Señor general Francisco Villa: Tengo el gusto de volver a expresarle mi agradecimiento por las diligencias que consintió hacer en los conflictos de Sonora junto con el señor general Obregón. Ahora le pido, señor general Villa, conocedor del ánimo con que el general Obregón y usted abordan y resuelven esas cuestiones, y por existir en Durango problemas parecidos a los de Sonora, que juntos vayan a aquel otro estado y compongan las diferencias que lo trastornan, para lo cual los autorizo a que cambien el gobernador interino de allí por un hombre dispuesto a conseguir la armonía necesaria al buen paso de los negocios públicos. Seguro de que si acepta usted esta comisión aquellos problemas se resolverán, y confiado en que sí la aceptará, le repito que soy su buen amigo y servidor. – *Venustiano Carranza*».

Quise yo, conforme llegó Obregón, guardarle palabras de tanta franqueza como las que antes habíamos tenido; pero algo me turbaban los rescoldos de la desconfianza, sabedor de cómo no era aquél el hombre leal que me había parecido antes. Y era que pensaba entre mí:

«Aquí viene este general con su apariencia de que nos concertemos para el arreglo de las cuestiones de Durango y de Sonora y de toda nuestra República. Mas si resulta que eso es sólo un hincapié, y que sólo viene buscando ver qué posturas me gana y qué daño me hace, según demostró quererlo con su telegrama sobre las tropas americanas de Veracruz, muy grande yerro será que yo se lo consienta, y más que se lo favorezca».

Es decir que en todo le hablé expresiones de verdad, pero de modo que no pudiera él aprovecharlas en mi contra, o que, si así lo intentaba, me trajera un bien creyendo que me producía un mal.

XII

Firme Villa en su creencia de que Obregón lo engaña, amenaza fusilarlo si Benjamín Hill no se retira hacia Casas Grandes

Un desfile militar • «Éstas son las fuerzas que me hacen venturoso con la victoria» • Ángeles y Obregón • El almacén de armas y municiones • Negativas del señor Carranza • La junta de generales y gobernadores • Un mensaje del presidente Wilson • Los negocios de Sonora • Juan Cabral • Avisos de José María Maytorena • La cólera de Pancho Villa • La serenidad de Obregón • Felipe Dussart • Una cena y un baile

Para aquel 16 de septiembre, día del regreso del compañero Álvaro Obregón, tenía yo dispuesto un arreglado desfile con todas las tropas mías que estaban en la plaza de Chihuahua. Invité a Obregón a que conmigo presenciara desde los balcones del Palacio de Gobierno el paso del dicho desfile, lo que aceptó él. De modo que estuvimos allá juntos después de la plática en que nos habíamos expresado aquella mañana; y, según es mi memoria, le resultó en grande sorpresa la disciplina de todas aquellas fuerzas mías, y lo completo de sus equipos, y el lucimiento de su buena caballada. Porque es verdad que se miraban hechos en la guerra todos aquellos hombres y animales míos; todas aquellas armas se adivinaban listas como para pelear otra vez.

Me decía Obregón, sensible a la potencia de mis brigadas de caballería:

—Éstas son, señor general, las fuerzas venturosas que siempre lleva usted al triunfo.

Le contestaba yo:

—No, señor compañero: éstas son las fuerzas que a mí me hacen venturoso, porque son ellas las que me dan siempre la victoria.

Y viendo yo que pasaba delante de nosotros el bien organizado desfile de mis cañones sin que él dijera nada, le añadí:

—Ésta, compañerito, es mi grande artillería, la misma que dejó sin acción en Zacatecas no recuerdo cuántos miles de tropas federales, y que está así de bien, señor, y me ha servido tanto como le digo, por obedecer órdenes de Felipe Ángeles, general artillero de la mayor pericia.

Lo cual le declaraba yo sabiendo que él había menospreciado en Sonora al dicho general Ángeles, pero sin que en mis palabras existiera ánimo de herirlo, sino tan sólo de hacerle comprender cómo Ángeles había sido hombre muy útil para nuestra causa y cómo podía esperarse que lo siguiera siendo.

Acabó el desfile, que, conforme a mi recuerdo, debe de haber durado de tres a cuatro horas, siendo numerosas las brigadas que lo hacían y algo lento el paso de su marcha, por la necesidad de vigilarse para parecer bien. Obregón me preguntó entonces:

—¿Y son tan buenos como sus tropas, señor general, sus almacenes de armas y municiones?

Yo le respondí:

—Los verá usted, señor compañero, y juzgará. Venga conmigo para que se los enseñe.

Y así fue. Juntos nos trasladamos hasta mis depósitos militares del Palacio Federal, donde sólo de cartuchos tenía yo más de siete millones, y donde se veían mis reservas de fusiles y carabinas en acumulación de cajas que ni siquiera se habían desempacado.

Todo aquello lo consideró él un rato. Luego me dijo:

—Pues sí, señor general Villa, son muy poderosos todos estos recursos del Cuerpo de Ejército del Norte.

Tras de lo cual me felicitó y me abrazó, aunque sin saber yo en aquella hora si con esas manifestaciones procedía él como hombre leal, o si sólo estaba disimulando su deseo de conocer, para sus fines, la realidad de mis elementos.

La tarde de ese día hablamos otra vez sobre nuestros principales negocios. Me expresaba Obregón sus palabras de consuelo por no haber querido el señor Carranza oír nuestras razones para el desarrollo legítimo de nuestro triunfo. Me decía él:

—Acepte con calma, señor general, estas negativas a que se inclina siempre nuestro Primer Jefe. Yo le prometo que podrían ellas agraviarme lo mismo que a usted, y que si callado sufro que se me trate de ese modo, es solamente por mi mucho amor a la causa del pueblo. No se acalore, no se indigne. Advierta que ahora viene la junta de generales y gobernadores y que en ella tendremos medio de llevar al triunfo todas nuestras ideas.

Le contestaba yo:

—Señor compañero, no padezco agravio por esas negativas del señor Carranza, pero sí me hago cargo de que se nos enturbian así los futuros panoramas de la política, y eso nos acerca la hora en que de nuevo debemos acogernos a la lucha de las armas. Respecto a la junta de que usted me habla, poco le digo, señor, sino que será una junta sumisa a la voluntad del Primer Jefe, que para eso la convoca según su modo y no según el modo que le propusieron de un solo parecer los generales de Pablo González y los de esta división de mi mando. Créame, señor compañero: con Venustiano Carranza no tenemos nosotros los hombres revolucionarios, protectores del bien del pueblo y de los pobres, más camino que el de los balazos. Carranza es hombre terco y artificioso, hombre movido por muy grande ambición.

Pero me respondía él que no, que la dicha junta sí nos serviría para enseñar al Primer Jefe a respetarnos, y para que se legalizara su gobierno, y se dictaran las nuevas leyes que el pueblo quería, y para que se viera por el bien de los pobres, y por su trabajo, y por su justicia. Me preguntó entonces que si iría yo a la dicha junta, a lo cual contesté que todavía no podía asegurárselo. Me preguntó que por qué no, a lo cual le contesté que por ser ésa una resolución que había de tomarse en consejo de todos mis generales. Me preguntó que si creía yo inclinados mis generales a ir, a lo cual le contesté que yo no lo sabía. Y de este modo, con sus preguntas y mis respuestas, me fue llevando a que le prometiera convocar reunión en que mis generales consideraran la convocatoria del señor Carranza para la dicha junta, y en que les expresara yo mi consejo de cómo sí debían ir a ella en señal de sumisión a los intereses de nuestra causa.

Así fue. Desde ese día llamé a junta de todos los generales de mis fuerzas; y desde entonces resolví estudiar con ellos el mejor modo de aceptar la invitación del señor Carranza.

Nos amaneció otro día siguiente con la buena noticia de que el Presidente de los Estados Unidos había ordenado la salida de las tropas que aquel gobierno americano tenía en Veracruz. Y es verdad que sentí yo el regocijo de ver que era bueno el ánimo del dicho Presidente para nosotros los hombres revolucionarios de México, y de confirmarme en mi opinión de que al apoderarse él de Veracruz en tiempos de Victoriano Huerta, no había querido dañar a nuestro pueblo, sino ayudarlo. O sea, que tan luego como me convencí de la verdad de la referida orden, dirigí a míster Wilson telegrama con mi agradecimiento y felicitaciones, diciéndole:

«Señor Presidente de los Estados Unidos: Recibo con mi mayor alegría los informes de que las tropas americanas tienen ya orden de salir de nuestro puerto de Veracruz. Le extiendo, señor, mi felicitación, a nombre mío y del pueblo de México, y le digo que ese acto de su conducta responde a nuestra dignidad de mexicanos patriotas, y que lo apreciamos por su justicia, y que vemos cómo se cobija en él la buena inclinación con que aquel gobierno suyo considera los asuntos de nuestro país. Reciba, señor, los saludos del general en jefe de esta División del Norte del Ejército Constitucionalista. – *Francisco Villa*».

Y de veras que anduve con ese regocijo toda la mañana de aquel día, y mi mucho contento halló otras causas al concertarnos Obregón y yo tocante a los pasos que habían de darse en los negocios de Sonora. Porque me decía él:

—Mañana, señor general Villa, saldrá para Sonora Juan Cabral, y viva seguro que al recibir allá mis providencias Plutarco Elías Calles y Benjamín Hill, todo aquello empezará a apagarse.

Pero sucedió ese mismo día, en horas siguientes a la de comer, que recibí telegrama de José María Maytorena, quien me informaba de los movimientos de Hill y Calles para atacarlo, y me decía, además, que las agencias de Obregón no sólo no ayudaban al arreglo de los conflictos de Sonora, sino que los ennegrecían, pues fingiendo él conmigo buenos propósitos de resolverlos, de hecho daba a Hill y Calles aliento en su actitud. Es decir, que Obregón había venido a verme con el hincapié de un acto de sinceridad, no en un acto de sinceridad verdadera, y me estaba traicionando, seguro de que por su audacia, que era grande, me podía engañar al punto de aprontarse con sus malas artes en mi propio terreno, y confiado también en que no había yo de imponerle mi castigo estando él casi solo entre todas mis tropas como comisionado del señor Carranza, y tranquilo, además, por haber cerca de mí hombres de muchas leyes, generosos y buenos, que me daban el consejo de su serenidad, como Felipe Ángeles, y don Miguel Silva, y el licenciado Díaz Lombardo, más Raúl Madero, y Luisito, y José Isabel Robles, y otros muchos que ya se sabe quiénes son.

Y reflexionaba yo entre mí:

«Señor, ¿es de justicia que un hombre engañe así a otro y venga a verlo con propósitos de guerra, fingiendo que lo visita en son de paz, y que espere librarse de sus traiciones mediante el generoso comportamiento que el otro ha de tener para que no lo acusen de alevoso, ni digan que faltó a los deberes nombrados de la hospitalidad? Pues yo creo que esto no debe ser, sino que el hombre que viene a traicionar merece ser castigado igual que si traicionara de lejos, y que hay más grande alevosía en acercarse a engañar a un hombre de forma que él no pueda castigarnos, que en imponer ese castigo de cualquier modo que sea».

Digo que se me revolvió toda la cólera de mi cuerpo al penetrar la conducta de Obregón, y resolví no pensar en las circunstancias que parecían protegerlo por haber venido solo a Chihuahua, sino en la maldad de sus actos para conmigo. Mandé entonces que me lo trajeran a mi presencia. Vino él, acompañado de dos de sus ayudantes, que mandé poner en una habitación. Y así que estuvimos frente a frente, le hablé enojado mis peores palabras, mostrándole el telegrama que me acababan de traer, y diciéndole:

—Compañerito, es usted hombre desleal y traidor, mas viva seguro que ni usted ni Calles ni Hill van a jugar conmigo, que no son hombres para el caso, ni yo para que lo consienta.

Él me contemplaba callado en su grande azoro y como si no entendiera lo que me pasaba. Le añadí yo:

—Le prometo, señor, que si no recapacita y cambia los actos de su conducta, ahora mismo lo mando fusilar.

Y como lo dije, así lo hice. Al capitán que tenía yo de guardia en la puerta le ordené que fuera a traer una escolta de veinte hombres para fusilar a Obregón si no recapacitaba luego luego tocante a las traiciones que me estaba urdiendo.

Delante de lo cual me expresó él estas palabras:

—No sé yo si en verdad quiera usted fusilarme, señor general. Pero nomás esto le digo: fusilándome ahora, a mí me hace usted un bien y usted se causará un mal. Porque yo ando en la Revolución dispuesto a perder la vida por ella, para que se me glorifique, mientras que usted no anda en estas luchas para perder su honra, y no dude que si me fusila, su honra se perderá.

Eso me dijo, y me lo dijo con tranquilidad muy grande, aunque sin ninguna forma de altivez, y muy fiado él quizás de que me conmoverían aquellas palabras suyas sobre mi honra. Pero yo, mirando que con sus expresiones sólo buscaba engañarme, pues mi honra no había de sufrir por fusilar yo un hombre que me venía a traicionar hasta mi propia casa, ni a él habían de glorificarlo muriendo por traidor, dejé que creciera mi arrebato y volví a decirle mis peores injurias, que oía él con los brazos cruzados, y paseándose en silencio. A seguidas le añadí:

—Sí, señor: ahora mismo lo fusilo a usted si no pone telegrama a Benjamín Hill con orden de que inmediatamente se retire hacia Casas Grandes.

Y como me contestara que sí, que consentía en poner aquel telegrama, le dije a Luisito, que estaba en el cuarto de al lado con otros empleados de mi secretaría:

—Luisito, escriba usted el telegrama en que este traidor ordena a Benjamín Hill cómo hoy mismo ha de hacer su marcha rumbo a Casas Grandes.

Mas es lo cierto que aunque el referido mensaje se escribió y se pasó, no me descargaba yo de mi ira, receloso de que hasta en aquel consentimiento de Obregón hubiera engaño. De modo que seguí echándomele encima con mis mayores improperios.

Y sucedió, al ruido de mis palabras, todas muy fuertes, que algunos hombres míos se juntaron en la oficina de Luisito, entre ellos Raúl Madero y un señor nombrado Doctor Felipe Dussart, por el cual sobrevino allí una peripecia. Porque aquel doctor Dussart, no sé yo si por granjearse mi cariño, o por su enemistad hacia Obregón, se asomaba a donde nosotros estábamos, y me aplaudía la furia de mis palabras y las celebraba con otras suyas; por lo que yo, mirándolo en aquel acto tan bajo, me enojé todavía más. Pues si yo abrumaba a Obregón con mis peores insultos, y él no me contestaba, sino que me oía silencioso y baja su cabeza ante el miedo de mi cólera, no estaba bien que otro hombre viniera a cebarse en lo que veía, valido de las circunstancias.

De modo que casi me enajené de mí, y revolviéndome contra aquel doctor Dussart, le grité con toda mi rabia, para no sacar la pistola y ponerle allí mismo los balazos que se merecía:

—Sálgase de aquí, fantoche tal por cual, antes que yo mismo lo saque a patadas en castigo de su culpa.

Y como eso vino a descubrirme lo grande de mi arrebato y el peligro de dejarme arrastrar a hechos irremediables, me salí de allí en busca de sosiego.

Pasada media hora mandé retirar la escolta que había yo pedido. Pasada una hora mandé retirar las guardias que había puesto. Pasada hora y media volví a donde estaba Obregón. Me acerqué a él. Me senté. Le dije que se sentara a mi lado, lo que él hizo con mucha mansedumbre, mas no con las formas de la cobardía. Y entonces, muy sosegado yo, le hablé muy buenas palabras, diciéndole:

—Compañerito, tienes razón. Si yo te fusilara podían criminarme de asesino y ya no me juzgarían buen hombre militar. Cuanto más que eres aquí lo que se nombra mi huésped, y que vienes en comisión del señor Carranza, y que nos han visto juntos en misión pacificadora hombres de otros países. Oye, pues, lo que te digo: Pancho Villa no es un asesino ni un traidor; pero tampoco lo quieras engañar, ni hagas, por servir a Carranza, actos con que parezcas engañarme.

Así le dije yo, por reflexionar a última hora que quizás aquel hombre no fuera el solo responsable de sus actos, sino que a ellos lo obligara la necesidad de conllevar al Primer Jefe.

Y seguimos hablando: amonestándolo yo para que no me fuera desleal, prometiéndome él que no me había cometido ni me cometería ninguna traición. Luego, muy calmado yo, muy tranquilo él, juntos fuimos a que nos sirvieran la cena; y como para esa noche tenía él preparado un baile en honor mío y de mis generales, le dije que no olvidaba yo su invitación y que acudiría a su fiesta en cuanto terminaran mis quehaceres.

XIII

Las órdenes violentas de Carranza contra Villa hacen que éste desconozca a la Primera Jefatura y ponen en peligro la vida de Obregón

Respuesta de Benjamín Hill • Cabral en la estación • Un razonamiento de Villa • Anacleto Girón • La presidencia interina, las elecciones y el reparto de las tierras • Obregón hacia México • Órdenes de Natera y Villarreal • Villa en su furia • Preguntas de Carranza y respuestas de Villa • Diálogo sobre el Primer Jefe • Los que querían matar a Obregón y los que lo salvaban

Otro día siguiente al de mi enojo por los hechos de Álvaro Obregón, Hill mandó a Sonora respuesta en que anunciaba su propósito de no salir hacia Casas Grandes, contra lo que se le había mandado.

Decía él:

«No obedeceré órdenes de Obregón mientras me lleguen de Chihuahua, pues considero que allí no obra él de su propia voluntad, y ése es caso que se previene en las ordenanzas militares».

Y comprendí que si Benjamín Hill se alargaba a tales expresiones, era por obra del mismo Obregón, que de seguro, sin yo saberlo, había encontrado modo de comunicarle cómo ésas debían ser las palabras de su respuesta. Pero aunque se me recreció la cólera al ver que así jugaban conmigo, ya no le eché en cara a Obregón los actos de su conducta, ni le descubrí lo que maliciaba, sino que tan sólo me puse en ánimo de mandar a Sonora, por la vía de Ciudad Juárez y Casas Grandes, dos mil hombres que ayudaran a José María Maytorena en la guerra que allá le estaban haciendo.

Sucedió también aquel día, en horas de la noche, que estando en la estación Obregón y Juan Cabral, pues ya Cabral se iba a Nogales al desempeño de sus agencias, varios hombres sonorenses se aparecieron allí para matar a Obregón en desagravio de viejos rencores. Pero como alguien viniera a decir a Cabral lo que pretendía hacerse, llamó él a un lado a los dichos hombres, a quienes conocía de mucho tiempo, les reprendió su proceder y los convenció de que no consumaran su propósito. Y es lo cierto que al recibir yo la noticia allí mismo, también los llamé, y les hablé con severidad, y les prohibí que anduvieran en tales extralimitaciones.

Les dije yo:

—Señores, yo puedo disponer el fusilamiento de Álvaro Obregón si por sus actos él así lo merece: en ese terreno nada se opone a mi justicia. Mas si algún hombre mío, por el solo ímpetu de sus rencores, toma a su cargo la dicha muerte, se interpretará que fui yo quien la mandó hacer sin bastantes razones con qué justificarla. O sea, que padeceré en mi reputación de buen hombre revolucionario o tendré que acallar las malas opiniones imponiendo mi castigo al que así se porte.

Tal les dije yo, por mi conocimiento de que en verdad todos los referidos hombres ansiaban la muerte de Obregón. ¡Tan graves males columbraban en él para el futuro del pueblo, o de tan hondos agravios lo hacían culpable! Uno de aquellos hombres, nombrado Anacleto Girón, que por entonces se puso moribundo, mandó decirme así:

—Mi general, oiga el consejo de un subordinado suyo que ya casi está en la tumba. No se fíe de Obregón, no lo deje ir; fusílelo sin misericordia, mi general, si quiere que se asegure nuestro triunfo.

Tuvimos las reuniones que yo había convocado con vistas a la invitación del señor Carranza para que yo y mis jefes fuéramos a la junta de gobernadores y generales que había de empezar en México el día 1° de octubre. En las dichas reuniones se decidió que también debía examinarse la respuesta del Primer Jefe a las proposiciones mías y de Obregón para que se legalizara el gobierno y se consumara la reforma de las leyes. Y decían mis generales:

«El señor Carranza no cumple ya el Plan de Guadalupe ni se somete a los deseos de nuestros ejércitos triunfadores. Le propusimos términos de arreglo, nosotros y los generales de Pablo González, y contestó que no; le propusimos nueva avenencia, nosotros y el Cuerpo de Ejército del Noroeste, y también contestó que no. Lo que hace es llamar a sola una parte de los jefes revolucionarios, y a los generales que él nombra, y a los gobernadores que él pone, seguro de que la voluntad de él será la que entre ellos impere».

Pero Obregón, que estaba en las reuniones con nosotros, trataba de demostrarnos que aquello no era así, y que si así fuera, y con esa intención nos convocara el señor Carranza, en la dicha junta luciría el triunfo de nuestras ideas. Sucedió, pues, oyendo él lo que nosotros temíamos, y oyendo nosotros lo que prometía él, que se convino en dar al señor Carranza contestación en buenas palabras, o más bien dicho, que a nombre de todos la daríamos Obregón y yo, y decirle que sí iríamos a la junta, mas no a ocuparnos de todo lo que él quisiera, sino de los puntos que ya antes le habíamos expuesto.

Esto era lo que, hablando por todos, le comunicábamos:

«Señor, vemos lo que nos responde usted sobre las proposiciones que le hicimos y lo que dice su invitación para que los jefes de aquí acudan a la junta de generales y gobernadores. Estiman todos estos jefes que la dicha junta no debía convocarse, pues ni se anunciaba en el Plan de Guadalupe ni es la convención de carácter democrático solicitada en el Pacto de Torreón para el momento en que ese plan se cumpliera, es decir, al lograrse nuestro triunfo. Ocurre también que no se dice para qué negocios se convoca esa junta, lo que cobija riesgo de que se retrase la implantación de formas legales en la gobernación de nuestra República, y de que no se considere allí el reparto de las tierras, que es el ansia más grande de esta lucha en que estamos. De modo, señor Carranza, que así queda dicha nuestra respuesta: en señal de subordinación y respeto para con el Primer Jefe del Ejército Constitucionalista, los representantes de esta División del Norte asistirán a la junta de generales y gobernadores, según usted los llama; pero es a condición de que, empezando, se considere en esa junta si el Primer Jefe ha de seguir en su puesto como Presidente Interino, y de que a seguidas se acuerde la fecha de las elecciones, y de que inmediatamente después se resuelva el reparto de las tierras, y de que sólo en cuanto a estos tres negocios se tenga por obligada a la División del Norte».

Así contestamos nosotros, en papel firmado por mí y por Álvaro Obregón, y de forma, según es mi juicio, que favorecía el arreglo que todos buscábamos, pues a más de poderse conseguir de aquella manera lo que habían pedido en Torreón mis generales y los de Pablo González, y lo que luego pedimos Obregón y yo, se atendía también a lo principal de las demandas de Emiliano Zapata y sus hombres del Sur, con quien yo ya tenía, conforme antes indico, comunicaciones muy amistosas, y a los cuales el señor Carranza no invitaba a su junta, a pesar de haberle yo mandado decir que no intentara nada ni resolviera nada sin tomarlos en cuenta a ellos.

Pasaba eso a fecha 20 o 21 de aquel mes de septiembre. La tarde de ese mismo día, o de otro día siguiente, salió Obregón para México con José Isabel Robles, Eugenio Aguirre Benavides y otros generales míos que iban propuestos a declarar en mi nombre al señor Carranza la razón de que tomáramos aquellas decisiones. Iban también a decirle que yo no asistiría a la junta, pero que allá mandaba un representante que llevara mi voz.

Mas sobrevino a la siguiente mañana, según Obregón y mis generales avanzaban en aquel viaje, que recibí noticias de cómo el Primer Jefe había ordenado a Natera destruir la vía entre Zacatecas y Aguascalientes y atacar mis tropas si intentaban moverse al sur de Torreón, y cómo también había mandado que se hiciera lo mismo entre Torreón y Monterrey, y que esas tropas me aislaran y me batieran. Y en verdad que fue mucha mi cólera al enterarme de los dichos informes, tanto que, no queriendo creerlos, dispuse que mis telegrafistas me los confirmaran; y como a poco recibiera yo las confirmaciones más amplias y ciertas, se acreció mi enojo, y sentí la más grande furia al ver que el señor Carranza, sin darle yo razón, se me echaba encima con todas sus hostilidades, y que hacía a Natera y Villarreal, en mensajes que mis telegrafistas me comunicaban, las peores pinturas de mi persona; y mayor era mi arrebato al considerar que se me atropellaba de aquel modo en horas que yo y mis hombres gastábamos en esfuerzos conciliadores. Mas es lo cierto que todavía así me contuve en mi rabia, y en vez de acogerme también a las hostilidades, para lo que tenía hechos muy buenos preparativos, le telegrafié al señor Carranza preguntándole que cuál era la causa de sus procedimientos, y que por qué me hería así; y entonces él, con altiveces que no debía guardarme, pues eran muchos y muy grandes mis servicios a la causa del pueblo, me contestó que no tenía por qué declararme nada, y que en lugar de proponerle preguntas le explicara mis actos para con Álvaro Obregón.

Por lo cual vi yo que Carranza sólo buscaba pretextos para ponerse en lucha conmigo, y llamé a los generales que estaban en Chihuahua, más los hombres civiles que me favorecían con su consejo, y los enteré de lo que pasaba y del modo como el Primer Jefe me estaba hiriendo. Viendo ellos mi razón, decidimos, todos de un solo parecer, no consentir en aquella nueva afrenta y desconocer al señor Carranza como nuestro Primer Jefe. Entonces le puse un telegrama, diciéndole:

«Señor, en respuesta a su mensaje le notifico que el general Obregón y varios generales míos salieron anoche de Chihuahua rumbo a México, para resolver allá con usted las graves cuestiones que nos embargan. Pero mirando yo ahora los procedimientos que usted usa, y que son de ánimo contrario a la paz y sólo calculados para que las dificultades crezcan, también le informo que ya doy mis órdenes para que los dichos generales suspendan su viaje y regresen a Chihuahua. Es decir, que esta división de mi mando no asistirá a la junta de generales y gobernadores, aunque ya habíamos aceptado la invitación; y además de esto, le comunico que mi división lo desconoce a usted como a su Primer Jefe y lo deja en libertad de obrar según mejor le convenga. – *Francisco Villa*».

Y conforme se dijo, así se hizo. Desde aquella hora negó mi división la autoridad de Venustiano Carranza como Primer Jefe del Ejército Constitucionalista, y en seguida telegrafié a Robles y Aguirre Benavides que volvieran a Chihuahua trayéndose a Álvaro Obregón.

Porque reflexionaba yo:

«Señor, Obregón viene acá y demuestra no serme leal en el negocio de Sonora: yo lo perdono. Me engaña otra vez, consintiendo en dar unas órdenes a Benjamín Hill y mandándole en secreto otras para que no me obedezca: yo lo vuelvo a perdonar. Vienen luego gentes que me dicen al oído cómo anda él aquí en malos pasos cerca de algunos de mis jefes, y cómo quiere sonsacarlos para que no miren mi razón, sino que se inclinen del lado del Primer Jefe: yo oigo, yo me callo, yo lo dejo ir, aunque comprendo que merece castigo, pues ningún hombre debe consentir que a su propio terreno venga otro a traicionarlo. Y en presencia de estos actos míos, que son de un buen jefe revolucionario, cuanto más si se reflexiona cómo muchos hombres de mi mayor confianza me aconsejan que no obre yo así, que castigue en justicia a Álvaro Obregón, el señor Carranza resuelve quitarme el trato de amigo y me corta las comunicaciones y dispone tropas que me ataquen. Digo, que obra él como si fuera yo el peor embarazo para nuestra causa revolucionaria; y siendo así, no tengo por qué contenerme en la cólera de mi justicia contra los enviados que él me manda para que me engañen y me traicionen».

Lo cual me repetía sintiendo que en modo alguno debía yo perdonar lo que Obregón me había hecho y lo que me andaba queriendo hacer.

Volvió él a Chihuahua la madrugada del día siguiente. Temprano aquella mañana le mandé a Luisito, y mi automóvil, para que me viniera a ver. Conforme estuvo delante de mí, le declaré por qué había yo ordenado que su tren regresara y cómo no estaba dispuesto a consentir las extralimitaciones del señor Carranza, que ya se venía a la guerra conmigo.

Le decía yo:

—Carranza, señor compañero, se ha descubierto al fin según él es. Con su manejo del gobierno no será posible la paz, pues sólo pretende el aniquilamiento mío y de mis hombres para mantenerse siempre en el poder, que él seguirá ejerciendo en beneficio de sus ambiciones y contra la justicia, no a favor de los impulsos que a nosotros, los protectores de la causa del pueblo, nos han mantenido muriéndonos y desangrándonos.

Él me contestaba:

—Señor general, si las cosas son conforme usted me dice, pienso yo que nuestro Primer Jefe sufre un momento de ofuscación, mas esté seguro que en cuanto conozca la verdad de los actos de usted, no seguirá los caminos que ahora trae, sino que recapacitará y se corregirá.

Y yo le añadía:

—No, señor. Ni Carranza se sobrepondrá ya al rencor que me tiene a mí, ni al que tiene a Felipe Ángeles, ni al que tiene a Maytorena, ni al que tiene a Zapata, ni al que tiene a todos los hombres revolucionarios que vemos por el bien del pobre, ni usted conseguirá otra vez, amiguito, que yo cambie en mis ideas sobre estos asuntos, pues no es usted hombre dueño de su juicio, sino hombre favorecido por las caricias de aquel Primer Jefe, hombre inclinado a disculparlo y protegerlo, en vez de proteger las aspiraciones de quienes lo negamos.

Y él me contestaba:

—Creo, señor general, que yo no protejo las miras del señor Carranza, cuando sea cierto que él las tenga, sino que sólo quiero, como usted, el verdadero triunfo de nuestra Revolución. Pero también le digo que tan pronto llegue yo a México, todo se compondrá retirando el Primer Jefe las órdenes que tiene dadas y haciendo justicia a todos esos generales y a toda esta División del Norte.

Yo entonces le respondí que aquello ya no podía suceder, ni convenía que sucediera, pues tanto yo como mis hombres estábamos resueltos a no admitir más la autoridad del señor Carranza, y poner nuestro esfuerzo en que dejara él el puesto que tenía, para que la marcha de nuestro triunfo fuera posible. Y llamé a Luisito y le dije que me trajera el telegrama en que acabábamos de desconocer la autoridad de la Primera Jefatura y se lo di a leer a Obregón; y él lo leyó, yo creo que muy temeroso de las palabras que allí había, y no me dijo nada.

Confieso que las horas de toda aquella mañana y de toda aquella tarde fueron de grande lucha entre los que venían a aconsejarme que fusilara a Obregón y los que me declaraban que aquella vida era sagrada, si no por los merecimientos del hombre, sí porque la dicha vida se había venido a poner en mis manos en agencias conciliadoras. Díaz Lombardo me decía, y José Isabel Robles, y Eugenio Aguirre Benavides, y Manuel Chao, y Roque González Garza, y Luisito, y Raúl Madero: «Señor, Álvaro Obregón tiene que volver sano a México, aunque luego hagamos nueva guerra para cogerlo y castigarlo. Si algo le sucede a este enviado del señor Carranza, nuestro honor se empañará para siempre; ya no brillará nunca ninguno de nuestros triunfos; nos amancillaremos como los peores criminales». Y mi compadre Tomás Urbina me predicaba, y José Rodríguez, y Manuel Banda, y Rodolfo Fierro, y Pedro Bracamontes, y Anacleto Girón: «Mi general, no es ésta la hora de las vacilaciones ni de la misericordia. Lo que importa es salvar el futuro del pueblo. Obregón es un traidor, que ha venido acá con el hincapié de actos conciliadores, pero sólo para consumar mandatos del señor Carranza, que busca desconcertar la unión de todos los generales de la División del Norte y ver qué elementos nos quita antes de empezar la guerra. Fusile usted a Obregón, señor; no cometa yerros de que algún día se arrepentirá».

Y me agregaba mi compadre Urbina:

—Oiga mis palabras, compadre. Si no quiere echarse encima la responsabilidad de esa muerte, déjemela a mí. Entrégueme a Obregón, compadre, y yo me encargaré de todo.

Así me decían unos y me decían otros; y oyéndolos yo, no sabía qué hacer.

XIV

Rotas sus relaciones con el señor Carranza, Pancho Villa mueve sus tropas hacia Zacatecas y Aguascalientes

Nuevo regreso de Obregón • La madrugada del 24 de septiembre • Roque González Garza • Eugenio Aguirre Benavides y José Isabel Robles • Luisito y Pérez Rul • Mateo Almanza • Razones de Villa contra Carranza • La respuesta de Maytorena • La contestación de los Arrieta • Juan G. Cabral • Zacatecas • Pánfilo Natera • Palabras de Maclovio Herrera • La congoja de Villa

Aquella misma noche del 22 o 23 de septiembre dispuse que regresara a México el compañero Álvaro Obregón. Porque obraban mis hombres sobre mí tan grandes exigencias para que lo fusilara, aunque otros, según antes digo, no me traían el mismo consejo, que yo comprendí cómo era difícil que se librara él de la muerte siguiendo en Chihuahua. Llamé, pues, a Rodolfo Fierro y le dije que le preparara un tren; y llamé a Roque González Garza y le dije que él iba por acompañante de Obregón hasta el límite de mis territorios; y llamé a Obregón y le dije que ya se podía ir junto con sus oficiales y su escolta, y que yo nunca pensaba mal de los míos, pero sí de los que me engañaban, aunque sólo fuera una vez, y que le contara al señor Carranza cómo no era yo hombre que le fusilara sus enviados, aunque me hicieran traiciones, y cómo se había echado él a la guerra conmigo sin la razón de la justicia.

Obregón me contestó entonces:

—Señor general Villa, esté usted seguro que yo no le he sido desleal, y tocante al señor Carranza, también le prometo que llegando yo a México no seguirá en estos pasos de ahora, sino que meditará y se corregirá, y si no oye mis palabras, todas estas diferencias se compondrán en la junta de generales y gobernadores convocada para el 1° de octubre.

Así me dijo, y a seguidas se despidió de mí, y se fue, seguro él de que ya no le pasaría nada, y empeñado yo en que así fuera.

Pero sucedió, la madrugada de otro día siguiente, que vinieron a decirme que Obregón no había dejado sus malos pasos ni en la última hora de su permanencia en Chihuahua, sino que en sus pláticas con José de la Luz Herrera había aconsejado que Maclovio y todas sus fuerzas me dejaran en beneficio del señor Carranza, y que había querido sonsacar a José Isabel Robles, y a Raúl Madero, y a Eugenio Aguirre Benavides, y a Luisito, y a otros muchos hombres míos que me eran leales. Y ¿cómo delante de las referidas noticias no había yo de encenderme otra vez en mi cólera y disponer inmediatamente el castigo de Álvaro Obregón? Mandé a las estaciones por donde el tren de Obregón todavía no pasaba telegramas con orden de que volviera a Chihuahua; y a Mateo Almanza, jefe de las armas en Gómez Palacio, le comuniqué mi providencia de retener allí a Obregón sujeto a la pena que iba a imponerle en pago de sus culpas.

Pero Roque González Garza me rogó, desde el camino, que retirara yo la orden de regreso; y como lo mismo me pidieron desde la Laguna José Isabel Robles y Eugenio Aguirre Benavides, recordándome mi promesa de que nada sufriría Obregón mientras estuviera en mis territorios, yo me dominé en mi ira, aunque la consideraba justa, y consentí en lo que ellos me suplicaban. Cuanto más que la mañana de ese mismo día, Luisito, conocedor de mi mensaje para Mateo Almanza, se me acercó con el consejo de dejar ir sano y salvo a Álvaro Obregón, para que no se empañaran los brillos de nuestra División del Norte, y lo mismo vino a decirme un muchachito de nombre Enrique Pérez Rul, empleado de mi secretaría, y lo mismo me dijeron algunas otras personas.

Pienso yo entre mí, a distancia de tantas fechas:

«¿Obré yo bien perdonando de aquel modo las traiciones de un enemigo que se me presentaba encubierto? ¿Obraron bien los hombres que me decían sus razones para inclinarme de aquel modo? Conforme a mi parecer, estimo que hice mal, y que hubo yerro en los hombres que en su buen ánimo pusieron embarazos a mi justicia, y que era mejor consejo el de mi compadre Tomás Urbina, que me pedía hacer él mismo aquel fusilamiento, y el de José Rodríguez, y el de Anacleto Girón, y el de Bracamontes».

Di a José María Maytorena aviso de las hostilidades que el señor Carranza andaba moviéndome y del desconocimiento de su autoridad por mí y todos mis hombres. También le telegrafié a Domingo Arrieta, que, como antes indico, era gobernador de Durango; pues aunque aquel hombre se mostraba mi enemigo por obra de sus malos actos, que yo no toleraba, y por sus rencores para con mi compadre Urbina, quería yo declararle que mis hombres y yo estábamos propuestos a no abandonar la causa del pueblo, por lo que nuestra pelea era sólo con Carranza y sus hombres favorecidos, mas no con los jefes revolucionarios que ansiaban, como nosotros, buenas formas de gobierno en beneficio de los pobres y la justicia. Les decía yo:

«Señores, son ya muchas las ofensas de Venustiano Carranza al honor de este Cuerpo de Ejército de mi mando; son ya muchos los yerros y barreras con que retrasa los frutos de nuestro triunfo; son ya muchos los caprichos con que busca revolver nuestro país, para mantenerse en su puesto de Primer Jefe, los cuales amagan tenernos siempre en guerra y enajenarnos la buena inclinación de las naciones extranjeras que nos ayudan. Por todo lo cual yo y mis generales hemos resuelto desconocerlo, y lo desconocemos, como Primer Jefe de nuestro ejército revolucionario y como Presidente Interino de la República. Es también nuestro parecer que el referido Venustiano Carranza anda en ligas con la Reacción, es decir, con los hombres porfiristas que se nombran científicos, por lo cual levanta tropiezos a la consumación de nuestras reformas revolucionarias, y en todo mira no a la luz de la justicia, sino a través de sus hombres favorecidos, lo que destruirá el futuro de nuestro triunfo y nos es ya en muy grave mal, pues los dichos hombres lo enyerban con sus malas ideas para que no prospere la acción de los que sólo buscamos el bien del pueblo. Todo esto les declaramos, señores, para que aprecien cómo salimos al cumplimiento de nuestro deber luchando contra Venustiano Carranza hasta que se consiga sacarlo de los territorios de México, pues así se confirmará nuestra victoria sobre los usurpadores, y se aprovechará nuestro triunfo, y se logrará que nuestra Revolución se haga. Y les declaramos también que siendo contra Venustiano Carranza nuestra lucha, y no contra los jefes que siguen protegiendo la causa del pueblo, les dirigimos a ustedes estas palabras para que escuchen nuestra razón y nos den ayuda con todos sus elementos; así es que han de decirnos, señores, si piensan con estas mismas ideas o si su ánimo es favorable a los actos del señor Carranza».

Maytorena y sus hombres contestaron aquellas expresiones mías desconociendo al Primer Jefe otro día siguiente de haberlo desconocido yo. Decían ellos, en el papel, nombrado manifiesto, que repartieron entonces por todas las comarcas de Sonora: «Francisco Villa tiene razón: trabajó hasta el máximo esfuerzo para que este rompimiento se evitara; dio la ayuda de su consejo a Venustiano Carranza para quitarlo de los caminos equivocados que llevaba; no ha faltado al patriotismo, sino que los actos de su conducta son actos de amor al pueblo, los cuales ejecuta él propuesto a que el pobre se sobreponga a la injusticia. Este estado de Sonora lo apoya por eso en su decisión, y se alza contra el señor Carranza con voces de desconocimiento».

Así dijo José María Maytorena, que por sus luchas con Venustiano Carranza apreciaba bien cuáles eran las luchas mías, habiendo él padecido en su territorio tropiezos iguales a los que ahora sufría yo; y así como él era un gobernador puesto por el pueblo, no por el Primer Jefe, yo era general por los hechos de mis armas, no por el reconocimiento de mis grados. Pero Domingo Arrieta, que era general y gobernador por la voluntad del señor Carranza, y a quien el señor Carranza solapaba las peores extralimitaciones, no quiso oír el contenido de mis palabras, sino que me mandó consejos de paz, diciéndome que no veía buenas razones para los actos míos y de mis generales. Me respondió él:

«Señor general Villa, leo su telegrama sobre los agravios que dice han recibido sus tropas por parte del Primer Jefe, y sobre haber resuelto usted y sus generales no seguir reconociendo dicha autoridad, la cual, según usted, tampoco cumple las promesas de nuestros programas revolucionarios. No descubro, señor, cuáles sean esas ofensas de que usted me habla, por lo que le ruego se sirva explicármelas; y tocante a las promesas de nuestra Revolución, estimo prematuros sus vaticinios, estando a vísperas de que se reúna la junta de generales y gobernadores que va a ocuparse de esos negocios. Le digo, pues, que espero nuevas razones suyas para responderle si estoy con el señor Carranza o si estoy con usted; pero me alargo desde ahora a invocar delante de su conciencia la imagen de nuestra patria, la cual se quebrantará y ensangrentará, y nos quebrantaremos y desangraremos todos nosotros, si no se contiene este rompimiento suyo con el señor Carranza. Le aconsejo que se sosiegue, que medite, que serene su actitud y que se sacrifique esperando la junta de generales y gobernadores, pronta ya a reunirse».

De este modo, Domingo y Mariano Arrieta, con su grande miedo de pelear conmigo, no decidían mostrarse claros al estimar la conducta del señor Carranza frente a la causa del pueblo y para con mis tropas, aunque tampoco se atrevían a negarme en todo mi razón.

Cuando así no fuera, hubo entonces hombres de buena fe que sufrieron descontento al ver que íbamos a la guerra unos revolucionarios contra otros, y también hubo muchos que demostraron su más grande empeño esforzándose por evitar que la nueva lucha nos ensangrentara. Me decía

Juan Cabral: «Señor general Villa, le comunico que no combatiré yo en la nueva pelea que se avecina. Salí al cumplimiento del deber levantando mis armas contra la tiranía y contra Victoriano Huerta; pero delante de esta lucha entre el señor Carranza y usted dejo de ser hombre militar y recobro los derechos del ciudadano, propuesto yo a que todas estas desavenencias se compongan dentro de la paz».

Conforme antes digo, intentó Venustiano Carranza dejarme sin comunicaciones al sur de Torreón y Zacatecas, temeroso él de un rápido avance de mis tropas sobre el centro de la República. Mas es lo cierto que, habiendo él dado a Natera orden de levantar las vías entre Zacatecas y Aguascalientes, Natera no lo obedeció, o más bien dicho, pidió al señor Carranza la razón de aquellas providencias, para lo cual le decía: «Yo le ruego, señor Carranza, sin que mis palabras encubran desobediencia, que mientras una comisión de mis tropas pasa a expresarse con usted, suspenda las órdenes que me da contra la División del Norte, pues no conozco motivos para considerar aquellas fuerzas como enemigas de nuestra causa». Y Carranza le contestaba: «El general Villa ha querido fusilar al general Obregón y es hombre de mala fe. Ha estado haciéndose de armas y elementos para rebelarse contra esta Jefatura; ha mandado a Durango tropas contra los Arrieta; ha instigado a Zapata para que no me reconozca como jefe; ha alentado a Maytorena en sus actos de rebeldía; se ha concertado con los federales de la Baja California para que aquellos territorios se le sometan». Y Natera le contestaba: «Muy bien señor: aunque así sea, yo y mis hombres necesitamos estar seguros de que sólo se nos dan órdenes apegadas a la justicia, y por eso le rogamos que éstas que ahora me tiene dadas las esclarezca con una comisión mía».

Y lo que sucedió fue que Natera me telegrafió cómo pensaba él con iguales ideas a las mías, de modo que a las cuarenta y ocho horas de ocurrir aquel rompimiento, ya José Isabel Robles y Eugenio Aguirre Benavides estaban haciendo su marcha hacia Zacatecas con todas mis tropas de Torreón.

Una peripecia sobrevino entonces entre mi misma división, y fue que Maclovio Herrera, mal inclinado, según yo creo, por su padre don José de la Luz, no miró con buenos ojos nuestro desconocimiento del señor Carranza, sino que lo desautorizó en la parte relativa a sus hombres y lo reprobó. Aunque, a mi juicio, aquello fue también obra de la cizaña que ya el Primer Jefe había sembrado en Parral en los primeros meses de nuestra lucha, cuando iba en su travesía hacia Sonora, y de las redes que Obregón acababa de tender alrededor de algunos de mis hombres durante sus dos viajes a Chihuahua.

Como quiera que sea, la verdad es que Maclovio se entregó entonces al peor de sus odios contra mi persona y me dirigió mensaje de expresiones descompasadas, diciéndome cómo el señor Carranza era un buen hombre revolucionario y yo no, y cómo él llevaría al triunfo nuestra causa, mientras yo me hundiría con ella en la derrota, y otras cosas todavía peores. El contenido de sus palabras era éste:

«Señor general Villa, en vista de que se ha apartado usted del señor Carranza desconociéndolo como a nuestro Primer Jefe, hasta el día de hoy pertenezco a esa División del Norte, de la cual me separo en este momento juntamente con todos mis hombres. El señor Carranza encarna en su persona toda nuestra Revolución, la cual llevará él al triunfo por su ánimo valeroso y sus grandes conocimientos tocante a todas las cosas. Usted es un hombre bueno sólo para las ambiciones; y que se hundirá en la derrota, porque está rodeado y manejado por malos políticos enemigos de nuestra patria, con los cuales se traería a nuestra causa la deshonra y el desastre si los buenos revolucionarios lo siguiéramos por la senda de sus yerros. Algo más le digo: tiene usted en su vida muy negras manchas como asesino y bandolero, y no merece la compañía de hombres honrados, ni que esos hombres lo consideren o lo perdonen, por lo cual desde este día estoy dispuesto a echarle de balazos, a usted y a cuantos lo sigan, para que se salven los sagrados intereses de nuestra patria. Me despido diciéndole que estoy aquí en Parral en espera de acogerlo con recibimiento muy cariñoso y de probarle ante el mundo que no es usted militar ni hombre para nada. – *Maclovio Herrera*».

Digo ahora que, leyendo aquellas ofensas que me dirigía uno de mis hombres subordinados, yo no me enojé, sino que tan sólo me doblegué debajo del más secreto dolor de mi ánimo. Porque Maclovio Herrera era hombre de mi cariño y mi predilección, a quien yo había acogido y llevado hasta sus mayores triunfos, y a quien trataba con mis mejores palabras y daba pruebas de mis mejores afectos. O sea, que delante del telegrama que entonces me puso él, me sentí inclinado a perdonarlo, convenciéndolo de su error, y cuando así no fuera, a llorarlo como si se hubiera muerto y a combatirlo por el bien de nuestra causa, mas no por mandato de ningunos rencores.

Y reflexionaba yo entre mí:

«¡Señor, durante mucho tiempo puede un hombre seguir a otro, y oír sus providencias y cumplirlas, y desangrarse con él, y recibir su confianza y su cariño y sus agasajos, y luego, de pronto, por un solo acto que nada tiene que ver con robar ni matar, ese hombre descubre cómo el otro no era más que un asesino y un bandolero!».

Con lo que recreció más mi congoja.

XV

El rompimiento entre Villa y Carranza hace que la junta de generales y gobernadores se convierta en convención

Los generales de México • Exhortaciones de los generales • Lucio Blanco y Antonio I. Villarreal • Don Fernando Iglesias Calderón • Los federales de la Baja California • Un telegrama al señor Carranza • La respuesta del Primer Jefe • El nombre del señor Madero • Jiménez • Tropas sobre Parral • Moderación de Villa e intemperancia de Maclovio Herrera • La reunión de Zacatecas • Acuerdo para la convención

Supe luego que al conocerse en la ciudad de México mi rompimiento con Venustiano Carranza, todos aquellos jefes revolucionarios temerosos de la guerra que se venía, empezaron allá las juntas, y vino el estudiarse en ellas con grande ahínco los modos de evitarla. De Lucio Blanco, Ignacio L. Pesqueira, Rafael Buelna, Eduardo Hay y otros más recibí telegramas en que me decían: «Señor general Villa, algunos medios habrá para que esas diferencias se arreglen pacíficamente: nosotros le pedimos que nos comunique esos medios en obediencia a su patriotismo, y esté seguro que nos esforzaremos por que el señor Carranza acepte».

Y llamé entonces a mis generales, más los hombres civiles que me aconsejaban, y considerando que con nuestra lucha no queríamos más que quitar al señor Carranza su cargo de Primer Jefe, les pregunté que qué hombre debíamos escoger para que lo sustituyera, y ellos me dijeron que el Presidente Interino no debía ser un hombre nuestro, aunque los tuviésemos muy buenos, como don Miguel Silva, o don Manuel Bonilla, o Felipe Ángeles, ni uno de los hombres nombrados carrancistas, sino una persona de carácter neutral, y que, según juicio de ellos, debíamos escoger a don Fernando Iglesias Calderón, por su pureza en los negocios de la política. Por esto contesté yo el telegrama de aquellos generales, diciéndoles:

«Señores, leo su telegrama de hoy y oigo deseos de recibir proposiciones mías para el arreglo pacífico de las diferencias entre Venustiano Carranza y esta División del Norte. Yo les prometo que si repudio al referido señor como Primer Jefe de nuestro Ejército Constitucionalista es por creerlo incapaz de devolvernos las normas de gobierno que se nombran democráticas, y así quiero que lo conozca todo nuestro país y que se sepa en todo el mundo. Mas estimo, como ustedes, que debe evitarse la lucha de las armas, y para conseguirlo les propongo que el señor Carranza entregue aquel poder a don Fernando Iglesias Calderón, hombre de la confianza de todos, el cual convocará a elecciones y recibirá el apoyo de nuestro más grande patriotismo. Les declaro, señores, que todos los actos de mi conducta son por el bien del pueblo, no por ambición de mi persona, y les aseguro que no aceptaré la presidencia o vicepresidencia de nuestra República, ni en forma provisional ni constitucional».

Así contesté yo a los referidos generales, y también a Antonio I. Villarreal, que desde Monterrey me mandaba palabras en invocación de mi patriotismo y me pedía que no recurriera a la fuerza de mis tropas, sino que esperara la junta de generales y gobernadores que ya iba a reunirse. Le añadía yo:

«Señor general Villarreal, reconozco sus nobles intenciones y su mucho patriotismo, y crea que no escatimaré esfuerzos para impedir que se desangre nuestra República, conforme se lo tengo ya dicho a Lucio Blanco, Ignacio Pesqueira y otros muchos generales. Haga usted que Venustiano Carranza entregue sus poderes a don Fernando Iglesias Calderón mientras celebramos elecciones; confíe en mi desinterés, que no voy a la conquista de la presidencia o la vicepresidencia en forma interina ni constitucional; ayúdeme a evitar el choque de las armas, que si ahora nos amaga con todos sus peligros, admite fácilmente que unos y otros lo evitemos».

Y en verdad que yo no buscaba la lucha, masque me encontrara preparado para ella; porque los hombres revolucionarios no habíamos vencido a los usurpadores para volver a pelear, sino para convertir en leyes nuestro triunfo. Además, buscando completar nuestra victoria por caminos pacíficos, ya había yo concertado arreglo con los federales de la Baja California para que sin derramamiento de sangre me entregaran en su territorio el poder nombrado político, y para que mantuvieran en pie aquella guarnición, defensora de nuestro territorio enfrente de las invasiones filibusteras. Y también José María Maytorena quería la paz, según los telegramas que me enviaba; y eso mismo quería Zapata, que me lo mandaba decir; y en eso se empeñaban los más de nuestros actos.

Sucedió así, que todos los generales míos, más los civiles que me acompañaban, se reunieron en junta al conocer los telegramas de Lucio Blanco y Antonio I. Villarreal, y resolvieron telegrafiar sus palabras al Primer Jefe, del mismo modo que aquellos otros generales me las telegrafiaban a mí.

Le decían ellos:

«Señor Carranza, los generales, jefes y oficiales de esta División del Norte, más los hombres civiles que la aconsejan en el negocio de las leyes, nos encontramos conmovidos delante de las voces de patriotismo que nos mandan nuestros hermanos de otras fuerzas constitucionalistas y oímos el ruego con que nos piden no entregarnos nosotros al arrebato ni seguir los caminos de la pasión, sino mirar tan sólo por el bien de nuestra patria en este trance en que todos la hemos puesto. Así nos hablan Lucio Blanco, Rafael Buelna, Ignacio Pesqueira, Eduardo Hay, Julián Medina, Antonio I. Villarreal, y por esos nos dirigimos a usted, diciéndole que no en vano estos hermanos nuestros invocan nuestra dignidad y nuestro honor, y nos exhortan al amor de nuestra patria; y le protestamos que nuestra grande ambición es salvar la causa revolucionaria, en vez de contribuir a dejar estériles la sangre y el dolor de los hombres revolucionarios muertos en la lucha; y le declaramos que nos sentimos prontos a todos los sacrificios, antes que consentir a los enemigos del pueblo aprovecharse de estas disensiones para sus fines, y a los países extranjeros para humillarnos. Le decimos también, señor, que esperamos verlo en el sitio de los buenos mexicanos y en la senda de los grandes patriotas, propuesto a salvar nuestra República del precipicio adonde pueden echarla los yerros de todos. Dice el señor general Villa que cesarán en toda actitud hostil los fuerzas de esta división si usted, dócil a su mucho patriotismo, entrega aquella jefatura a don Fernando Iglesias Calderón, quien no defraudará nuestra causa revolucionaria, sino que la mantendrá y defenderá mientras se hacen las elecciones y se forma el gobierno que desarrolle nuestro triunfo. Dice también él, en obediencia a su patriotismo y desinterés, y al patriotismo de todos nosotros, que esta división sostendrá con todo su apoyo al referido señor Iglesias Calderón y no permitirá que ninguno de estos jefes aspire a la presidencia ni a la vicepresidencia de nuestra República. Y ahora nosotros lo exhortamos a usted para que desoiga la voz de las ambiciones, o del orgullo, o del amor propio, y oiga la voz de la patria y del bien del pueblo: es decir, que deje el mando supremo que ahora tiene, y salve así nuestra República, con lo que demostrará ser hombre grande y se convertirá en luminoso ejemplo para los mexicanos del futuro».

Eso le decían ellos a Venustiano Carranza, con palabras, según yo creo, merecedoras de que las acogiera él y las aprobara, pues era cierto que si se obstinaba en sus malos propósitos, México padecería los muchos horrores de una guerra tan enconada como la que acabábamos de pasar. Mas otro día siguiente de poner mis hombres aquel telegrama, o dos días después, Venustiano Carranza les contestó con expresiones muy ofensivas para mi persona, y sin acatamiento para lo que ellos le habían pedido, pues les razonaba de esta manera:

«Señores generales de la División del Norte: Leo su telegrama en demanda de que abandone yo esta jefatura y este gobierno para evitar así la guerra a que nos lleva con sus indisciplinas y desobediencias el señor general Francisco Villa, y de que llame a ocupar mi sitio a don Fernando Iglesias Calderón. Pues yo les digo: mi ánimo me impulsa a dejar cuanto antes todos los puestos que el pueblo de nuestra República me encargó con sus armas al prohijar mi Plan de Guadalupe contra Victoriano Huerta y el ejército federal, que lo apoyaba; pero creo yo que al irme debo poner los dichos puestos en manos de los mismos jefes que me los entregaron, que son todos los de nuestras tropas constitucionalistas. Para eso, y para que se ocupe de los demás negocios de la gobernación, tengo convocada la junta de generales y gobernadores que va a reunirse el primer día de este mes de octubre, y a la cual deben venir ustedes, igual que todos los otros jefes. Esto más les digo: que la solicitud que me hacen es sólo obra de la indisciplina y desobediencia del señor general Villa, y de su acto de desconocerme como a su Primer Jefe; y si, conforme a lo que sé, no han influido ustedes en el dicho general para que vuelva al cumplimiento del deber, creo que hubieran obrado con entera imparcialidad pidiéndole que dejara el mando de aquella división, antes de pedirme a mí la renuncia de estos cargos, y recomendándole que se retirara a la vida privada igual que me lo recomiendan a mí. De cualquier modo, si los jefes ante quienes haré dimisión el 1º de octubre aceptan que me vaya, yo me retiraré gustoso y satisfecho, pues sólo salí a cumplir con los deberes que me llamaban; pero si la dicha renuncia no me fuere consentida, vivan seguros que la misma fuerza que puse en combatir la usurpación de Victoriano Huerta será la que ponga ahora en vencer la reacción de Francisco Villa, pues él es instrumento de los hombres porfiristas y científicos que acabamos de derrotar en la lucha, como Pascual Orozco cuando encabezó los reaccionarios que ya había vencido nuestro apóstol Francisco I. Madero. Reconozco la bondad del sentimiento que los impulsa a ustedes en sus gestiones de paz y les expreso mi deseo de que ellas no se malogren; mas si esto ocurre, espero con fe que, al sobrevenir la lucha de las armas, ustedes sabrán estar al lado de la dignidad de los buenos hombres revolucionarios, y del lado del honor de los buenos hombres militares, y no en favor de la deslealtad; pues sería muy triste que si muchos de ustedes han expuesto y salvado la vida en la pelea por la patria, se expongan a perderla ahora, sin honor, en esta guerra que nos amaga».

Es decir, que Venustiano Carranza me ofendía a través de mis generales diciéndome que yo era un nuevo Pascual Orozco, sólo porque no lo dejaba burlar la causa del pueblo, y declarando que conmigo no estaba la dignidad ni el honor, sólo porque no había consentido que me aniquilara, y afirmando que era muy triste que me protegieran con sus armas los hombres que habían derrotado conmigo a Victoriano Huerta, sólo porque los dichos hombres pensaban como yo y me eran fieles en su ánimo. ¡Señor! ¿Era justicia que así me tratara Venustiano Carranza, y que para herirme se recordara del luminoso nombre del señor Madero, cuando nunca lo había querido oír para venerarlo, según lo venerábamos nosotros?

A esas fechas ya estaba yo camino de Jiménez para despachar las tropas mías que iban a quitar a Maclovio Herrera la plaza de Hidalgo del Parral. Llegamos a Jiménez. Dispuesto a declarar a Maclovio Herrera los yerros en que estaba, mandé allá orden de que acudiera a la oficina telegráfica a celebrar conferencia conmigo. Y vino él. Y yo dispuse que le trasmitieran mi saludo, a pesar de las muchas ofensas suyas, de que ya antes indico; y a seguidas le hablé mis mejores palabras para que reflexionara y reconociera su error, o más bien dicho, para que cambiara los actos de su conducta hacia mí, sin tener que decirme que se había equivocado; y le aclaré cómo era él hombre de mi mejor cariño, y cómo si él pensaba que yo y mis otros hombres no obrábamos con justicia en nuestro desconocimiento del señor Carranza, podía expresármelo con razones, que yo oiría si eran buenas, mas no con insultos, que no me merecía, cuantimás que poco antes de suceder aquello, y sabiendo él que nos amenazaba la nueva lucha, había mandado pedirme elementos por conducto de su padre, don José de la Luz, y yo se los había dado, seguro de su fidelidad, pues con muchos hechos y palabras me había demostrado que pensaba como yo, y no como Venustiano Carranza; y que se recordara de aquel día de Torreón, cuando en su enojo de que el Primer Jefe me desnudara de mi mando, él le envió por el telégrafo la peor injuria que un hombre puede decir a otro; y que volviera sobre sus pasos, y que no temiera venganzas de mí, pues yo no le guardaba rencor; y que seguía yo acariciándolo en mi ánimo con mis mejores sentimientos, porque no tomaba yo en cuenta lo que en hombres de mi cariño era sólo hijo de los arrebatos, pues arrebatado también era yo.

Pero envalentonado Maclovio Herrera, según es mi juicio, por aquellas expresiones mías que me dictaba el afecto y mi amor de la concordia, me contestó con frases todavía más duras que su telegrama de cinco o seis días antes. Me decía él:

«Señor general Villa, como ya le he expresado, ni yo ni mis hombres queremos nada con usted. Aquellas injurias, que según su memoria mandé yo desde Torreón a nuestro Primer Jefe, y que si en verdad existieron fue sólo por culpa de Pancho Villa, y no porque don Venustiano Carranza las mereciera, esas mismas pongo aquí ahora para que usted las reciba en correspondencia a los actos de su conducta; y no le digo más, sino que lo espero con quinientos soldados en la Mesa de Sandías, paraje de su conocimiento, y que si es hombre para el caso puede venir a verme con fuerzas de igual número».

O sea, que allí acabó para siempre mi trato con Maclovio Herrera, y ya sólo dicté a Raúl Madero la providencia de ir a quitarle la plaza de Parral.

Sucedió entonces que volvieron a reunirse en México, convocados por Lucio Blanco y Álvaro Obregón, los generales que allá estaban, y en aquella junta Obregón se expresó muy mal de mí. Dijo que entre mis fuerzas había jefes de dos clases: jefes con moralidad y jefes sin moralidad, y que él estaba seguro de hacer que me abandonaran los jefes de mucha moralidad, según ya me había abandonado Maclovio Herrera. Pero los generales que lo oían no quisieron seguirlo en sus palabras, antes le aconsejaron la paz, y entonces decidieron nombrar una comisión que viniera a Zacatecas a parlamentar conmigo y con los demás generales de mis fuerzas.

Por jefe de aquellos delegados venía Álvaro Obregón, a quien acompañaban muy buenos hombres revolucionarios, como lo eran Ramón F. Iturbe, Ernesto Santos Coy, Andrés Saucedo, Eduardo Hay y otros de nombre que no me recuerdo, todos los cuales llegaron a Zacatecas. Allí trataron con Pánfilo Natera, Eulalio Gutiérrez y Martín Triana, que ya estaban esperándolos con José Isabel Robles, Eugenio Aguirre Benavides y otros hombres míos; mas como todos comprendían que nada había de concertarse sin mi presencia, me mandaron llamar, y yo fui entonces a expresarme con ellos, menos con Álvaro Obregón, que por no verse conmigo se retiró hasta

Aguascalientes. El resultado fue que quedamos todos de un solo parecer tocante a los peligros de una nueva guerra y pactamos que nos debíamos reunir en convención de jefes constitucionalistas, aunque el señor Carranza no lo quisiera. Éste fue nuestro acuerdo:

«Se suspende desde luego por ambas partes toda actitud hostil y cesa todo movimiento de tropas. Para el 5 de octubre se hallarán en Aguascalientes todos los generales constitucionalistas, y entre sí se comunicarán allí durante cinco días sus ideas para empezar a trabajar en forma de convención el 10 del dicho mes».

XVI

Luis Cabrera consigue que la junta de generales y gobernadores no acepte la renuncia de Venustiano Carranza

El manifiesto de Villa • Madero, Carranza y la Convención • Villa y Pablo González • Obregón y Villa • El futuro de la patria • El telegrama a Palacios Moreno • Jiménez • El fusilamiento de José Bonales Sandoval • Agustín Pérez • Luis Cabrera • Carranza en la junta de generales y gobernadores • Manuel Bonilla. Enrique C. Llorente. Martín Luis Guzmán. Carlos Domínguez. Abel Serratos. Luis G. Malváez • Oaxaca y Sonora • Villa y Zapata

Antes de hacer yo mi marcha de Chihuahua hacia el sur, mandé publicar, para conocimiento del pueblo, mi declaración de desconocimiento de Venustiano Carranza, según me la escribieron, conociendo las intenciones de mi ánimo, los hombres militares y civiles que me aconsejaban tocante a las leyes. Éste era el contenido de aquel papel, nombrado manifiesto:

«Francisco I. Madero seguía en su gobierno los caminos que se llaman de la democracia, es decir, de la justicia que el pueblo busca hacerse a sí mismo. Mas apareció Victoriano Huerta con la negrura de su traición y trajo la muerte de aquel apóstol luminoso, amigo de los pobres, y entonces los hombres revolucionarios de 1910, más otros nuevos que surgieron, nos volvimos a echar a la lucha de las armas. Y ya estando todos en la pelea, cada uno según sus elementos, cada uno según sus hazañas, vino Venustiano Carranza y nos dijo: "Yo quiero ser el jefe que esta Revolución necesita tener", y nosotros, con nuestro buen ánimo, consentimos en la dicha jefatura y prohijamos con nuestra firma el plan que el señor Carranza traía, nombrado Plan de Guadalupe, confiados nosotros en que al consumarse nuestro triunfo él nos devolvería las formas democráticas del señor Madero y haría en las leyes las reformas que el pueblo quiere. Pero es lo cierto que conforme progresaba nuestra victoria, progresaba también en nuestro Primer Jefe, según sus actos y sus palabras, la inclinación a no cumplir aquellas promesas, y a disminuir y aniquilar los hombres revolucionarios que buscábamos protegerlas. Nos unimos entonces nosotros, los jefes de esta División del Norte, con los jefes del Cuerpo de Ejército del Noreste, del mando de Pablo González, y en las Conferencias de Torreón propusimos una convención democrática que obligara a nuestro Primer Jefe a cumplir los programas revolucionarios en beneficio del pueblo; pero dijo él que no, que no nos convocaría conforme lo deseábamos, sino que al tomar la ciudad de México reuniría una junta de generales y gobernadores para el estudio de los negocios políticos. Y entonces pensamos nosotros: "Si no se cobija ya nuestra confianza en este Primer Jefe, ¿cómo ha de cobijarse en la junta que él forme con los hombres que él mismo escoge y él mismo nombra?". Y sucedió después que, al tomar el señor Carranza la capital de nuestra República por obra de todas las armas revolucionarias, y no sólo por los hombres que lo acompañaron en aquel triunfo, trasparentó su propósito de no dejar nunca su puesto, y de gobernarnos, hasta no se sabe cuándo, con un absolutismo que ningún gobierno debe tener. Es decir, que no quiso nombrarse Presidente Interino, según se lo mandaba su Plan de Guadalupe, para no sentirse embarazado por la obediencia de las leyes, ni consintió tener ministros que lo aconsejaran, ni siguió caminos de justicia en los actos de su conducta. Entonces, apreciando el grande peligro de que nuestro triunfo se perdiera, esta División del Norte y el Cuerpo de Ejército del Noroeste, del mando de Álvaro Obregón, pidieron al señor Carranza que se sometiera a las reglas de un buen gobierno interino mediante la ejecución de nuestras leyes, y el reparto de las tierras, y la aplicación de todas las otras reformas; pero también dijo que no, que para tratar y resolver tocante a todo eso era la junta que ya tenía convocada; y todavía así los hombres de esta División del Norte consecuentamos: a sabiendas de que la referida junta sería sólo un medio de que el Primer Jefe se confirmara en su cargo, aceptamos nosotros, en nombre de la concordia que vino a predicarnos Álvaro Obregón, mandar allá nuestros delegados, sin más que oponer algunos reparos para que la junta no se desmandara. Y sucedió en seguida, ya de viaje hacia México varios de los dichos delegados y Álvaro Obregón, que el señor Carranza entró en arrebato por obra de unas noticias falsas, que no miró ni sopesó bien, sino que estimó ciertas según sus hombres o sus periódicos se las contaban, y suspendió el tráfico con todos los territorios ocupados por esta División del Norte y se echó al campo de las hostilidades contra nosotros, resuelto a paralizar la acción de quienes le exigíamos el buen desarrollo de nuestro triunfo. Estimando, por todo esto, que no se plegará el señor Carranza a ninguna acción que sea de paz, con lo que corren peligro los intereses del pueblo y todo el futuro de nuestra patria, esta División del Norte ha resuelto desconocerlo como Primer Jefe del Ejército Constitucionalista y Encargado del Poder Ejecutivo, acerca de lo cual yo declaro que no me impulsa ningún acto de ambición, ni impulsa a ninguno de mis generales, pues ni yo ni ellos queremos, ni aceptaremos de ninguna manera, el puesto de Presidente de la República, o el de Vicepresidente, o el de gobernador, sino que juntos con los demás generales, jefes, oficiales y soldados de nuestro Ejército Constitucionalista, si nos protegen con su auxilio, batallaremos hasta tener un gobierno civil que ampare al pueblo con la libertad de las leyes».

Estas palabras firmé yo y publiqué antes de mi salida de Chihuahua rumbo al Sur, y ya dispuesto a la guerra. Pero convocado luego en Zacatecas a la junta que allí tenían mis generales con Natera y Eulalio Gutiérrez, y con los comisionados que habían venido a verme desde la ciudad de México, dejé sin valor las dichas palabras, a cambio de que se hiciera en Aguascalientes la convención que nosotros pedíamos. Y fue así como, al recibir yo en Zacatecas telegrama de un señor coronel llamado Genaro Palacios Moreno, que me solicitaba, a nombre de todos aquellos generales de México, recibir con mis mejores formas la referida comisión, le contesté palabras conciliadoras, y aun de cariño, diciéndole:

«Le comunico, señor, que en obsequio de los buenos deseos de todos aquellos generales, hoy tuve el gusto de expresarme con los comisionados que los representan en el arreglo pacífico de estas desavenencias, y que he oído su razón y les he declarado los actos de nuestra conducta, y que los he tratado con buen cariño, pues todos son hombres patriotas y de amorosos sentimientos hacia el pueblo, y los he despedido como a verdaderos hermanos, en nombre mío y de toda esta división. Crea, señor, que estimo ahora de poco riesgo el futuro de la política, porque parece que todo va a concertarse en acatamiento de los anhelos por la paz, no de los intereses de las personas, por lo que comparto la idea de juntarnos en Aguascalientes, donde todos nos abrazaremos y entenderemos».

A poco tuve que volver de Zacatecas a Torreón, y luego de Torreón a Jiménez, donde surgió una peripecia. Sucedió allí que, estando parado mi tren, llegó el de Ciudad Juárez, y de ese otro tren se apeó para venir a verme aquel licenciado de nombre José Bonales Sandoval, de quien antes consigno que había sido defensor mío cuando me tuvo preso Victoriano Huerta, y que había venido a traerme amistosas proposiciones de Félix Díaz al consumar yo la conquista de Chihuahua. Sabiendo cómo figuraba él entre los responsables de la muerte de Gustavo Madero, hombre de mi cariño, desde aquella vez lo había yo querido castigar, mas no quise hacerlo sin la autorización del señor Carranza, que no me la mandó; y como también recordara que había sido mi defensor, preferí no tomar aquella decisión por el solo acuerdo mío, cuanto más al asegurarme él que podía traer a mi presencia a Félix Díaz, si yo lo deseaba. De suerte que, para dejarlo ir, lo había llamado entonces y le había dicho:

—Señor licenciado, yo soy hombre que vino al mundo para no traicionar nunca la causa que abrazara. A usted nada le quiero hacer, en pago de haber sido mi defensor, y también por hallarse bajo mi amparo mediante la carta que le puse en respuesta a la suya. Mas una cosa sí le aclaro con la amonestación de que no la olvide: que no quiero tratos con Félix Díaz, salvo para castigarlo por sus culpas hacia el señor Madero, y que si aquí se me aparece, aquí lo castigaré.

Y pienso yo que si aquella vez hubiera castigado al referido Bonales Sandoval, según anduve a punto de hacerlo, no habría yo estado enteramente dentro de la justicia, puesto que él me había escrito preguntándome que si podía venir, y yo lo había animado a que viniera contestándole que sí y que me daría mucho gusto verlo. Pero es también verdad que no habiéndolo fusilado entonces, aunque sólo fuera por faltarme la orden del señor Carranza, yo había quedado sin deuda con él, suponiendo que fuera deuda haberme él defendido como hombre de leyes antes de entrar en el negro crimen contra el señor Madero y de ayudar a la muerte de don Gustavo. Por esto, cuando se me apareció allí otra vez y volvió a expresarse sobre Félix Díaz, y a proponerme que acogiera yo cerca de mi persona al mismo hombre que, tras de recibir clemencia del señor Madero, había contribuido a su muerte, ya no le guardé iguales consideraciones.

Él me decía:

—Hágase cargo, señor general, que en esta lucha que tiene usted entablada con Venustiano Carranza le resultaría de grandes ventajas unirse con Félix Díaz. Él, que a más de ser hombre de muchos elementos, lo es de conciencia, traerá para este lado los restos del ejército federal y nunca dejará de verlo a usted como a su jefe.

Y le contestaba yo:

—Señor, usted se engaña, como se engañan todos los hombres de su ciencia, que conciben buen acto defender, alabar o disculpar hasta las más negras causas. Mas yo le digo que no sólo no lo atiendo en sus gestiones, ni lo apruebo en sus diligencias, sino que no lo perdono esta vez. ¿Pues no sabe, señor, que Venustiano Carranza me acusa de ser yo otro Pascual Orozco y de estar manejado por los hombres reaccionarios que se nombran porfiristas? ¿Cómo se atreve a venir delante de mí con estas embajadas? ¿No lee lo que publican los periódicos? ¿No comprende que con sólo venir a decirme lo que me dice, ya tienen pábulo para acusarme mis peores enemigos, que no pudiendo negar los hechos de mis armas ya no saben qué decir, ni qué creer, ni qué inventar para separarme del pueblo?

Todo lo cual era verdad, pues, según antes relato, Carranza, en sus telegramas a los hombres revolucionarios, no hablaba de mis exigencias para la repartición de las tierras y para las reformas a beneficio del pueblo, de lo que tenía pruebas muy grandes, pero sí me pintaba como aliado de la reacción y me acusaba de obedecer órdenes de los hombres porfiristas llamados científicos, a quienes yo ni conocía. Y pensando en todo aquello, y hablando de aquel modo, se me revolvió la cólera de mi cuerpo al comprender lo que me venía proponiendo el referido José Bonales Sandoval, a quien luego luego le dije:

—Y no me hable más, señor. Ahora mismo mando que lo registren, y que registren su equipaje, y tenga por seguro que si le hallan un solo papel en prueba de estas andanzas en que anda, inmediatamente lo mando fusilar.

Así fue. Registraron todo lo que traía, y como le encontraron unas cartas que Félix Díaz le mandaba sobre el dicho negocio, dispuse que allí mismo lo fusilaran, a él y a un compañero suyo, de nombre ingeniero Agustín Pérez, que venía favoreciéndolo en sus propósitos. Para empeorar la suerte de aquellos dos hombres, Emilio Madero llegó en el mismo tren en que ellos venían, por lo que mi recuerdo de Gustavo Madero se me avivó, tal cual si me acreciera de un golpe el ánimo de venganza que de tiempo atrás traía yo contenido tocante a todos los hombres autores de lo que se llama el Cuartelazo.

Eso hice yo, y hasta donde alcanza mi juicio, estimo que hice bien. Me lo mandaba la obligación de defender en justicia antiguos jefes míos que habían muerto asesinados sólo por su amor al pueblo, y sin tener quien los protegiera, y también me lo mandaban los acasos de la lucha, pues no era razón que por querer unos hombres ayudar en sus negocios a Félix Díaz, vinieran a comprometerme a mí en los míos, según pasó entonces. Porque dos o tres días después de aquellas muertes, al saberse en México que Bonales Sandoval andaba por Chihuahua, pero sin conocerse todavía cómo lo había yo fusilado, Luis Cabrera dijo en sus discursos que yo estaba unido a la reacción, y que por eso andaba conmigo Bonales Sandoval; y yo tuve entonces el gusto de contestarle que lo engañaban sus luces de inteligencia, y que pasara a Chihuahua a ver lo que hacía yo con los reaccionarios que se me venían a unir.

Para entonces ya se había inaugurado en México la junta de generales y gobernadores convocada por el Primer Jefe, ante la cual, según luego supe, se personó Venustiano Carranza diciendo que se presentaba a renunciar y haciendo la más negra pintura de los panoramas revolucionarios. Conforme a mi memoria, prohijó allí por primera vez, y propuso como pensamiento suyo, la reforma de las leyes que nosotros veníamos exigiéndole para bien de los pobres y de todo el pueblo. Pero dedicó las más de sus palabras a los actos míos y de mis hombres, y a los actos de José María Maytorena, aunque nunca en expresión de la verdad, sino con su mal ánimo de engañar, describiéndome como yo no era y achacándome lo que yo no había hecho. Decía él:

«Nuestra obra revolucionaria se frustrará por causa de los actos de Francisco Villa, que me desconoce y me amenaza, y que hace que sus hombres militares y civiles me exijan la entrega del poder en forma que nos vuelve a los tiempos en que México perdió la mitad de sus territorios. Piénsese, si no, en que detrás de Francisco Villa se esconde la reacción, y que obra él obedeciendo la voz de los llamados hombres científicos, y de todos los vencidos por nuestra Revolución, que lo rodean para cobijarse, y de todos los hombres sin saber y sin valor que han ido a granjearse con él desde que vieron que yo no los ponía en los cargos públicos».

Y reflexionaba yo entre mí:

«¡Señor! ¿Qué hombres científicos y porfiristas son los que a mí me rodean? ¿No conoce Carranza, y llama él, y acoge él muchos hombres de aquella época, los cuales yo no conozco ni por el nombre? ¿Y son hombres cobardes y de ningún conocimiento Felipe Ángeles, Miguel Silva, Miguel Díaz Lombardo y otros muchos que lo han dejado para acercarse a mí? Y si son tan poco y valen tan poco, ¿por qué al conocer mi enojo con Álvaro Obregón ha cogido y puesto presos a varios de esos hombres, y luego no los ha dado a la libertad, cuando bien sabe que a Obregón no le ha pasado nada?».

Lo cual me decía yo ante la verdad de haber encerrado Venustiano Carranza en la Penitenciaría de México, por represalia de mi conducta con Obregón, a Manuel Bonilla, a Enrique Llorente, a Martín Luis Guzmán, a Carlos Domínguez, a Abel Serratos y a Luis G. Malváez, hombres míos y de mi cariño.

Y sucedió en la dicha junta de generales y gobernadores, que Luis Cabrera se levantó en muy grandes palabras contra mí, y en favor de Venustiano Carranza, y de ese modo logró que aquella junta, sin hombres que allí me defendieran, no aceptara la renuncia del Primer Jefe. Porque les decía él, como para asustarlos, y ellos se dejaban asustar: «Los territorios de Oaxaca están en manos de Félix Díaz. Los territorios de Sonora siguen la rebeldía de José María Maytorena. Zapata no reconoce al señor Carranza. Villa lo desconoce con su famoso telegrama, sin saberse a quién quiere ni qué quiere. Es decir, que los enemigos de nuestra causa revolucionaria son Villa, Zapata y los hombres que no logró vencer el señor Madero ni nosotros hemos acabado de vencer. ¿A quién tenemos entonces? ¿Quién nos guía entonces si también dejamos que se vaya el señor Carranza?».

Así les habló él sus palabras, y aunque ninguno de aquellos hombres revolucionarios creía que fuera cierto lo que decía él de mí, ni lo que decía de Zapata, se prestaron por de pronto a oír aquella razón, que era falsa, y dejaron en su puesto al Primer Jefe, ignorantes ellos de los graves males que con eso traerían a nuestra República.

XVII

Pancho Villa descubre que el Gaucho Mújica viene a matarlo, lo coge y le aplica las leyes de su justicia

La obra de los comisionados • Malos augurios de Luis Cabrera • Los ideales de la División del Norte • Villa nombra representante • Palabras a Roque González Garza • «No se imagine que me impulsa la ambición» • Un candidato civil • Las leyes y otras muchas cosas • El Gaucho Mújica • Los presos de la Penitenciaría • Pablo González • Cosío Robelo • Arrebatos de Pancho Villa • Míster Carothers

Aquellos comisionados que, como ya indico, habían venido a concertarse conmigo en Zacatecas, lograron que en México se acogiera bien nuestro alegato sobre la conveniencia de cambiar en verdadera convención la junta de generales y gobernadores que allá se estaba celebrando y tocante a escoger para sitio de las reuniones no la dicha ciudad de México, que no brindaba garantías, sino la ciudad de Aguascalientes, entremedias de los territorios míos y los del señor Carranza.

Y es lo cierto que aquel licenciado Luis Cabrera, que en todas formas quería las desavenencias de la lucha, no los entendimientos de la paz, trabajó con sus discursos para que aquello no se lograra, igual que había trabajado para dejar a Venustiano Carranza en su puesto de Primer Jefe. Porque predicaba él, siempre con su mal ánimo de criminarme en sus grandes palabras lo que yo no cometía en los hechos:

«Si vamos a Aguascalientes nos encontraremos allá con los verdaderos asesinos del señor Madero, que están con Pancho Villa; nos encontraremos con Ramón Prida y José Bonales Sandoval; nos encontraremos con ese hombre, judío de nación, de nombre Félix Sommerfeld, que es quien siembra la cizaña y enyerba a Villa mediante los malos hombres revolucionarios que nuestro Primer Jefe no acogió en Sonora y que el referido Sommerfeld llevó a Chihuahua. También nos encontraremos allá con hombres de negocios de los Estados Unidos, y con don Ernesto Madero, y con don Rafael Hernández, más todos sus apoderados, más todos los representantes de las juntas reaccionarias de San Antonio Texas».

Y a seguidas de pintarme así al través de los hombres que él decía que andaban conmigo, lo que no era verdad, como tampoco era verdad que los hombres que yo tenía cerca fueran según él los figuraba para desfigurarme, añadía que yo no estaba en la lucha en obediencia a los impulsos revolucionarios sinceros, sino sólo por mi ansia de someterme a la reacción, no sé yo para qué, y que por eso mis generales y mis fuerzas no se movían por tan nobles anhelos como las demás tropas constitucionalistas.

Pero sucedió que no logró entonces aquel licenciado Luis Cabrera mudar con todas sus palabras el ánimo de los generales que querían la paz, según antes lo había logrado al presentar Venustiano Carranza la renuncia de su puesto. Quiero decir, que se resolvió que sí habría convención en Aguascalientes, y que a la dicha convención no vendrían hombres civiles, como él, capaces de turbarnos con sus panoramas políticos del futuro.

Seguro yo de que sí se convocaría a convención en Aguascalientes, llamé a Roque González Garza, persona de todo mi conocimiento, y le dije:

—Muchachito, vamos a tener en Aguascalientes convención militar de hombres revolucionarios. Yo le pido que me represente allá para que todos oigan mi voz.

—Señor general, es mucho peso la responsabilidad de llevar un hombre sobre sus espaldas la representación de Francisco Villa. Necesito que me ilumine, señor, que me diga cuál es el ánimo con que debo encarnarlo y cuáles los propósitos que busca sacar triunfantes en el seno de aquella junta.

Yo le respondí:

—No tengo nada que decirle, señor, sino que obre conforme a su conciencia y me interprete con honradez. Respecto a mis ideas, usted y todos mis jefes, y todos mis oficiales, y todos mis soldados, las conocen: yo sólo busco que nuestro triunfo se aplique en beneficio del pueblo. Aquellas peticiones que hicimos en las Conferencias de Torreón, aquellas mismas hago yo ahora; aquel modo que propusimos Obregón y yo para que el Primer Jefe garantizara los principios de nuestra causa, ese mismo propongo para que nuestra Convención los garantice. Y nomás esto le añado: que no se le

633

ocurra querer representarme imaginándose que me impulsa la ambición, sino que crea en mi desinterés, o, más bien dicho, en mi interés de poner por sobre todo la causa del pobre y de pelear por su justicia.

Él me dijo entonces:

—Comprendo eso y todo, mi general. Pero en tratándose de ciertos pasos, como para designar Presidente de la República, ¿cómo puedo yo decidir si usted no me ilumina con su consejo?

Y yo le respondí:

—Muchachito, no es ése un problema que le enturbie la conciencia. Apoye el nombramiento de un buen hombre revolucionario civil, como don Miguel Silva, según el ánimo con que fuimos a las Conferencias de Torreón, lo cual no quiere decir que por fuerza piense yo mal de los presidentes militares, antes estimo que alguno de ellos, como Felipe Ángeles, consumaría bien el triunfo de nuestra causa. Pero si la disposición a consentir que nos gobierne bien un militar esconde la amenaza de que todos los hombres militares esperen gobernarnos por el solo hecho de sus armas, la razón nos dice que esquivemos ese mal, así sea ello con nuestro propio sacrificio.

Eso le dije yo, añadiéndole mi consejo de buscar en sus dudas la iluminación que pudiera darle aquel mismo Miguel Silva, que estaría allí cerca, o la de Felipe Ángeles, o la de José Isabel Robles, o la de Miguel Díaz Lombardo, o la de Francisco Escudero. Porque es lo cierto que yo comprendí cómo no podía ir por mí mismo a la referida Convención, no siendo hombre de conocimientos ni de palabras, allí donde había que discurrir y hablar acerca de las leyes y otras muchas cosas.

Y así fue como casi todos mis generales fueron a presentarse en las juntas de Aguascalientes, mientras yo me quedaba en Zacatecas a la mira de lo que allá se concertara.

Según progresaban las reuniones de la Convención, vino hasta mi presencia estando yo en Guadalupe, Zacatecas, un hombre que me pidió servir con las armas la causa favorable a nuestra República. Le pregunté que cómo se llamaba. Me dijo que se llamaba el Gaucho Mújica. Le pregunté que de dónde era. Me dijo que era del país que se nombra la República Argentina. Le pregunté que cómo no siendo mexicano quería arriesgar la vida en nuestras luchas, que no eran las de su pueblo. Me dijo que sí eran las luchas de él, pues llevaba viviendo ya tanto entre nosotros que aquí tenía hechas algunas muertes y sufridas algunas cárceles. Le pregunté que cuáles muertes. Me dijo que las de unos empresarios que lo habían estafado. Le pregunté que cuáles cárceles. Me dijo que la cárcel de Belén, de donde se había escapado, en horas de la Decena Trágica, para prestar servicios al señor Madero, y otra más, donde luego lo había tenido Victoriano Huerta, de la cual había salido a prestar servicios a nuestra Revolución. Le pregunté que qué servicios. Me dijo que algunos servicios en el Cuerpo de Ejército del Noreste, al mando de Pablo González. Y como yo le observara entonces que por qué si quería servir a nuestra causa no había seguido en aquel cuerpo de ejército donde estaba, me dijo que eso era por obra de sus ideas, pues él esperaba que se vendría la lucha entre los hombres villistas y los hombres carrancistas, y que para ese caso quería estar con los villistas, que luchaban por el bien del pueblo, y no con los carrancistas, que sólo buscaban su bien en los panoramas del futuro.

Y en verdad que examinando yo al hombre que así me hablaba, y mirando cómo era persona de muy buena presencia, y de formas ocasionadas a los actos del valor, creía que me podía ser útil, y se despertó por él mi simpatía. De modo que le dije:

—Bueno, amigo: usted es de la gente que a mí me gusta. Voy a nombrarlo oficial de las fuerzas de mi compadre Urbina, que lo acogerá bien y lo tratará bien. Pero antes que se quede aquí entre mis fuerzas, necesito mandarlo al desempeño de una comisión, que es la siguiente: tiene Carranza presos en la Penitenciaría de México varios hombres revolucionarios que son personas de mi cariño. Se llaman Manuel Bonilla, Enrique Llorente, Martín Luis Guzmán, Carlos Domínguez, Abel Serratos y Luis G. Malváez. Se les presenta usted con carta mía y les pide informes de su situación, y que si pueden escaparse, que se escapen, y que si desde aquí puedo yo ayudarlos en alguna forma para el logro de su intento, que me lo digan. Y según sea la respuesta que ellos le den, viene usted y me la trae o se queda allí para servirlos.

Así me confié yo de él, y le entregué la carta para aquellos hombres míos, que allí mismo me escribió Luisito, y le di un dinero para que se ayudara y otro para que lo entregara a los hombres que iba ver; y de esa forma lo despaché con toda clase de consideraciones, que él aceptó con su mayor gusto, y se fue.

Pero sucedió entonces, a poco de emprender aquel Gaucho Mújica la vuelta de México, que llegó a expresarse conmigo, de parte de los hombres míos que estaban presos por Carranza en la Penitenciaría, un muchachito de apellido Cabiedes, el cual me dijo cómo ellos me mandaban prevenir en contra de un hombre de tales y cuales señas, nombrado el Gaucho Mújica, que se presentaría delante de mí en son de muy buena amistad, pero que venía comisionado por Pablo González para matarme. Y el referido Cabiedes me declaró que Carlos Domínguez y Martín Luis Guzmán, mediante su ayuda a Costo Robelo para organizar la policía de aquella ciudad de México, se habían hecho de muy buenos agentes, que los mantenían informados de todo en las celdas de aquella prisión, y que así habían conseguido saber y confirmar lo que se tramaba contra mi vida. O sea, que la mujer de uno de aquellos agentes, agente también, había sabido por una mujer del Gaucho Mújica cómo éste había aceptado de don Pablo González el encargo de matarme, por lo que ya le habían dado dinero, y por lo que prometían darle más, y cómo teniendo aquellos agentes la dicha noticia, se la habían llevado a los hombres míos que estaban presos.

Yo oía los informes de aquel muchachito Cabiedes y pensaba entre mí:

«¡Cómo se conoce, señor, que a veces me extravían a mí mis buenos sentimientos! Este Gaucho, que consideraba yo hombre honrado, aunque debiera una o varias muertes, pues por sólo matar no siempre un hombre deja de ser honrado, vino aquí y me engañó, y no sólo me engañó tocante a mí, en su mal ánimo de ganarse mi confianza, sino que me engañó tocante a mis amigos, a los cuales puede obrar ahora quién sabe cuántos sinsabores».

Y reflexionaba también:

«¿Cómo es posible, señor, que Pablo González abrigue para conmigo tan negros sentimientos? ¿No hemos sobrellevado juntos congojas de nuestra Revolución? ¿No se estimaba mi amigo y compañero, según las palabras que me hablaba y según los telegramas que me ponía? ¿Y qué saldría ganando con mi muerte la causa del pueblo, siendo yo el principal de cuantos la protegen?».

Y en verdad que se me revolvió toda la cólera de mi cuerpo al considerar que había hombres revolucionarios que así se portaban conmigo, sin saber yo si lo más de aquel enojo era por mí, o si era por los hombres míos presos en México, a quienes yo, en mi confianza de ver en el Gaucho un hombre leal, acaso había dañado por obra de mis confidencias. Es decir, que concebí el más grande deseo de que el Gaucho Mújica, seguro ya de ampararse en la buena fe que yo le dispensaba, y propuesto a consumar su crimen, se me presentara de nuevo y me diera ocasión de castigarlo.

Así fue. Pasados algunos días, aquel mal hombre regresó de México; pero no se detuvo en Guadalupe, sino que siguió de largo hasta Zacatecas. Luego que me lo dijeron llamé a los hombres que tenía dispuestos para esa vigilancia y les eché en cara mis peores recriminaciones; mas en eso estábamos cuando se supo que el Gaucho volvía otra vez, en su deseo de acercarse a mí, resuelto él, por lo que imagino, a cumplir la comisión de aquellos jefes suyos que lo mandaban. Y sucedió entonces que mis agentes salieron a buscarlo, y lo encontraron, y lo agarraron, y le quitaron sus armas, sus papeles y todas sus otras pertenencias, y lo trajeron delante de mí. Y uno de aquellos papeles era una tarjeta de Pablo González, que le daba al Gaucho autoridad de presentársele dondequiera y como quiera, y otro era un nombramiento que llaman credencial, firmado por Francisco Cosío Robelo, y otro una carta de aquel mismo señor para varios de los hombres carrancistas que estaban en la Convención.

Al verlo yo de cerca y en persona, me enajenó la rabia, y me sentí impulsado por tan fuerte arrebato que cogí la pistola de aquel hombre, la cual me entregaron con todo lo demás, y le pegue con ella, diciéndole:

—Conque usted, tal por cual, no es más que un traidor; conque usted venía a cobijar sus malas intenciones en mi buena fe; conque para cometer su crimen llegó usted hasta mí con palabras de buen hombre revolucionario. Pues aquí estoy, señor; aquí me tiene a su alcance, listo a dejarlo ganar el dinero que Pablo González le ha prometido por mi muerte.

Me respondía él, casi sin cubrirse de los golpes que yo le daba:

—No, mi general: lo han engañado. Viva seguro que no soy yo capaz de matar un hombre como usted. Yo soy hombre firme, soy hombre leal.

Y yo entonces le preguntaba:

—¿Y estas tarjetas, don tal? ¿Y estos papeles que lo acompañan?

Lo cual le decía, pegándole más y dirigiéndole a seguidas mis peores insultos. A lo que él me respondía:

—No, mi general. Yo le protesto que no venía a matarlo, aunque eso les dijera allá a sus enemigos para que siguieran dándome dinero. Porque ¿quién ha de tener alma para matar un hombre como usted?

Yo le contestaba:

—Pues la tiene cualquier traidor, tal por cual. Porque es lo cierto que frente a frente no hay hombre que salga con vida si se decide a ponérseme delante para matar; pero un traidor sí, y varios traidores que se junten para cogerme en el descuido de las armas, también. Y eso es usted: un traidor que ha venido a lamerme el calcañar en su mala pasión de engañarme.

Él me contestaba:

—No, mi general: yo se lo digo como hombre que sabe morirse y sabe matar. Engañaba yo a los otros, a los que quieren matarlo.

Y yo le decía:

—Pues cuando así sea, su falta es igual: sigue usted siendo un traidor.

Y cuando me cansé de pegarle, humillado él, sangrante él, pedí una cuerda, que me trajeron; y la cogí, y poniendo en el suelo la pistola, yo mismo le amarré las manos, aquellas manos que habían cogido dinero en pago de asesinarme, y en seguida ordené que se lo llevaran los mismos hombres que me lo habían traído, y que allí mismo donde lo bajaran de mi tren, allí mismo lo fusilaran.

Así hice yo en el grande enojo de mi justicia, y dispuse también, por consejo de míster Carothers, que estaba conmigo, que se levantara escrito de cómo aquel hombre, según la confesión de sus propias palabras, había recibido dinero por el encargo de venirme a matar. Lo cual se hizo porque siendo el Gaucho Mújica hombre de los que nombran argentinos, lo protegían en nuestro territorio las llamadas leyes internacionales.

XVIII

Mientras Carranza rehúsa asistir a la Convención, Pancho Villa se presenta en ella entre las aclamaciones de los delegados

La protesta de Pablo González • Satisfacción de Pancho Villa • Victoria Lima • Los hombres que no matan mano a mano • En la Soberana Convención • Propósitos de la División del Norte • El concierto de los negocios • Una carta a Emiliano Zapata • La invitación a Carranza y a Villa • Los presos de Carranza y los de Maytorena • «Yo no tengo presos en mis territorios» • Un discurso de Pancho Villa • Un discurso de Villarreal

Luego supe que Pablo González, acantonado en Querétaro con sus fuerzas, protestaba de que mis oficinas hubieran declarado cómo me había él querido matar. Decía así sus palabras en los periódicos de la ciudad de México:

«Llevan las publicaciones del Norte y de los Estados Unidos la noticia de haber yo encargado al Gaucho Mújica la comisión de asesinar al general Francisco Villa. Es muy negra calumnia, señor, ésta que se me hace, y yo la rechazo alzando mi voz como hombre, como revolucionario y como general que manda un cuerpo de ejército de nuestras tropas constitucionalistas. Sepan todos que sólo han sido muertos por mí hombres que tenían un rifle en la mano y que podían defenderse. No tengo odios ni rencores tocante a las personas. Mi odio es contra la tiranía, mis rencores van contra los enemigos del pueblo; y a más de no ser Pancho Villa un enemigo del pueblo, sino hombre que lo protege, yo salí a la lucha de las armas que se consuma con honor, por lo que no recurriré nunca al puñal ni a los tósigos del asesino, ni me mancharé con crímenes iguales a los que me propuse combatir y que todavía combatiré si fuere necesario».

Y en verdad que yo sentí gusto al conocer aquellas palabras, pues Pablo González era hombre de mi simpatía; mas también es cierto que me quedé pensando que cómo si él no me había mandado matar, así me lo había confesado el Gaucho Mújica en la hora de su muerte, a mí y a las personas que me acompañaban, entre las cuales estaban Luisito y míster Carothers. Cuanto más, que pasado algún tiempo vino a verme una mujer nombrada Victoria Lima, la cual me dijo que era la viuda del Gaucho, y que no había yo obrado bien mandándolo fusilar, pues aunque era cierto que le habían dado la comisión de matarme, y él fingió aceptarla por amor al dinero que le pagaban, nunca estuvo inclinado a cumplir el dicho compromiso, y aun estimaba imposible cumplirlo, salvo que ofrendara la vida.

De cualquier modo, según antes digo, a mí me complació saber que Pablo González se alzaba en palabras contra la noticia de que hubiera él mandado matarme, y reflexioné entre mí que acaso otros fueran los que habían pretendido eso en su nombre, pues son muy tenebrosas las formas de asesinato que urden los hombres cuando no son capaces de salir de frente, mano a mano con sus enemigos, a consumar las muertes que conciben.

Para mediados de aquel mes de octubre de 1914, la Soberana Convención de Aguascalientes estaba ya en lo fuerte de sus trabajos. Allí fue el pronunciar Roque González Garza sus mejores discursos para asentar bien, delante de aquellos señores delegados, cuál era el ánimo con que yo y todos mis hombres nos habíamos echado a la lucha para beneficio del pueblo. Les dijo él, según el contenido de mi pensamiento:

«Señores delegados de las tropas constitucionalistas: Vengo yo aquí con mis saludos, vengo aquí con mis palabras a nombre de mi general Francisco Villa, propuesto él a que se conozcan sus intenciones respecto de los negocios que ustedes van a tratar. Quiere él que no se turben estos ánimos con el amor o el odio de las personas, sino que sean claras y honradas las conciencias, mirando sólo las necesidades de nuestra patria. Quiere él una forma de gobierno que nombran provisional, dispuesto a conseguir la paz entre todos y a desarrollar nuestro triunfo por el bien del pueblo y no por otra tiranía: es decir, un gobierno que entregue las tierras a los trabajadores de los campos, y que dé leyes justas en defensa de los afanes de los pobres, y que prepare todos los negocios en anticipación del gobierno que se nombra constitucional. También quiere que nos gobierne un hombre civil, no un hombre militar o un grupo de hombres militares que amedrenten al pueblo con la fuerza y el ruido de sus armas, y quiere que haya una bien arreglada elección, de donde salga el libre nombramiento de los gobernadores, del Presidente y de los diputados, como en tiempos del señor Madero, y que se tomen providencias para que no surja una nueva dictadura como la de Porfirio Díaz ni una nueva usurpación como la de Victoriano Huerta. Quiere también, para que no se le achaquen ambiciones ni dude nadie de su sinceridad, que se reformen las leyes de modo que no puedan llegar a la gobernación del pueblo los hombres militares, y quiere, además, por mandarlo así la justicia y la necesidad de una buena paz, que esta Convención no obre en ausencia de algunos hermanos nuestros que con nosotros se han desangrado en la lucha, sino que los llame y los acoja, y oiga su razón, y de acuerdo con ellos concierte lo que deba hacerse para el mejor aprovechamiento de nuestro triunfo. Quiere, pues, que esta Convención no haga nada sin el conocimiento y la concordia de Emiliano Zapata y sus hombres revolucionarios del Sur, los cuales según su Plan de Ayala, pelean los mismos ideales que el señor Madero peleaba con su luminoso Plan de San Luis».

Así declaró Roque González Garza el contenido de mis propósitos, y, conforme a mi juicio, lo declaró bien, como declaró bien todo lo que yo buscaba o consentía según iban progresando aquellas reuniones de la Convención de Aguascalientes.

Porque había en la dicha Convención muchos hombres llenos de rencores o desconfianzas contra mi persona, y yo quería que eso se acabara en aras del mejor concierto de todos los negocios, pues si el arreglo no se lograba, ninguna mano podría ya contener la nueva guerra que se nos estaba echando encima. Por eso quise también que no se dispusiera nada sin la presencia de los delegados de Emiliano Zapata y de sus fuerzas del Sur, los cuales fue a buscar Felipe Ángeles, junto con Calixto Contreras, Rafael Buelna y otros buenos hombres revolucionarios, a quienes se dio el apoyo de una carta a nombre de toda la Convención, para que Zapata los acogiera y escuchara, y a quienes di yo otra carta mía en ruego de que aquel jefe consintiera el envío de sus hombres delegados.

Todos juntos, le decíamos así a Emiliano Zapata:

«Señor general y compañero: Ya está reunida en Aguascalientes esta convención de jefes revolucionarios que tiene lo que se llama poderes soberanos, mediante los arreglos concertados entre la junta pacificadora que vino de la ciudad de México y los generales de la División del Norte y de los Cuerpos de Ejército del Noreste y del Noroeste. Están aquí los representantes de José María Maytorena y los de las Divisiones del Centro, Sur y Oriente de nuestra República, pero nos faltan los delegados de usted, señor, y los de todas aquellas tropas de su mando, sin los cuales no nos sentimos completos para consumar la obra que nos reúne. Por eso le rogamos a todos los generales del Ejército Libertador que no rehúsen mandar sus delegados, para lo cual les hacemos invitación de hermanos y les decimos las palabras de nuestro mejor cariño. Queremos que vengan entre nosotros a conocer, ponderar y resolver los graves problemas que nos afrontan, y que junten su buen ánimo con el nuestro para que nada nos retrase en el progreso del triunfo».

Dispuso aquella Convención invitarnos a mí y a Venustiano Carranza a que nos presentáramos en ella, siquiera una vez, para honrarla con la presencia de nuestras personas. Según yo creo, eso hacían ellos en su intención de tenernos más obligados al cumplimiento de lo que dicha Convención acordara. Mas es lo cierto que Venustiano Carranza se negaba a ir, sin saber yo si su resistencia obedecía a su muy grande altivez, o a su temor de separarse de los hombres favorecidos que lo rodeaban en la capital de la República, o al de hallarse al pronto, debajo de los ojos de todos los jefes revolucionarios, en un lugar que se reputaba neutral y donde todos podían expresar libremente sus pensamientos.

Cuando no fuera una cosa, la otra sí podía ser, pues en verdad que Venustiano Carranza no acataba de buen grado la dicha Convención, según se vio cuando ella mandó decirle que, estimándose soberana, debía él enarbolar nuestra bandera en celebración de la apertura de las sesiones, y al tratarse de los hombres míos que él tenía presos y que la Convención le ordenaba libertar. Por cuanto a lo primero, respondió que por qué era soberana aquella Convención y en qué se fundaba la dicha soberanía; tocante a mis hombres presos, dijo que para ponerlos libres necesitaba que antes hiciéramos lo mismo Maytorena y yo con los hombres carrancistas que nosotros habíamos aprehendido.

Habiéndome ordenado entonces la Convención que diera yo por libres los hombres políticos que tuviera presos, contesté que no había ningún hombre político preso en todos mis territorios, y que si alguno había, que se me dijera su nombre, que yo sabría obedecer. Y habiendo la dicha Convención ordenado otra vez a Carranza que sacara de la cárcel a mis hombres, tampoco la escuchó, sino que decidió mandarlos a poder de un general nombrado Nafarrate, para que los ejecutara, y sólo se salvaron por la intervención de Antonio I. Villarreal, que ordenó a sus fuerzas de Monterrey detener en el camino el tren en que ellos iban y traerlo en seguida y con muy fuerte escolta, suya y de Eulalio Gutiérrez, hasta Aguascalientes.

Yo, que no seguía la conducta de Venustiano Carranza, sino que acataba la Convención, acudí ante ella tan pronto como me lo solicitaron. Conforme a mi memoria, llegué a Aguascalientes aquel 16 de octubre, entre cuatro y cinco de la tarde, y otro día siguiente me presenté en el teatro donde los delegados celebraban sus reuniones.

Entrando allí, fui a sentarme entre todos los delegados que ocupaban las filas nombradas de butacas; pero mirando aquello Antonio I. Villarreal, que era el presidente de la junta, se levantó para hablarme desde su sitio.

Me dijo él:

—Señor general Villa, consideramos nuestro deber acogerlo en esta Convención como persona que nos honra con su presencia. Por eso le suplico, a nombre de todos estos delegados, que pase a tomar asiento en las sillas que se hallan a la derecha de esta mesa directiva.

Yo le respondí:

—Señor general, el honrado soy yo, y siento la misma complacencia quedándome aquí que yendo a sentarme en el lugar que usted me señala, el cual, conforme a mi parecer, es para hombres de muchas luces de inteligencia y de grandes conocimientos tocante a todas las cosas.

Pero como repitiera él que no debía quedarme en el lugar que había escogido, sino que había de subir al que me tenía preparado, allí subí entre medio de los aplausos de todos aquellos hombres. Y es lo cierto que mientras me sentaba yo en mi silla, vinieron a pedirme que hablara delante de todos los delegados; y desde luego les contesté que sí les hablaría, y que iba propuesto a expresar lo que llevaba en mi corazón, pues cuando fuera verdad que yo no podía iluminarlos en sus deliberaciones, por mi falta de saber, oscuro yo por mi origen, oscuro también por no haber conocido nunca una escuela, todavía podía declararles mi amor del pueblo y mi lealtad, y mi sana intención de que todo se subordinara al progreso de nuestra causa. Y luego luego me levanté de donde estaba sentado y me expresé con ellos, diciéndoles:

«Compañeritos, señores generales y oficiales que supieron estar a la altura del deber para que todos juntos derrocáramos la tiranía del nombrado gobierno de Victoriano Huerta: Sobre nada puedo yo orientarlos ni iluminarlos, pero van a oír palabras de un hombre que llega delante de ustedes con toda la incultura que lo persigue desde la hora de su nacimiento. Y si hay aquí hombres conscientes y de saber que comprendan los deberes para con la patria, y los sentimientos para con la humanidad, Francisco Villa no hará que esos hombres se avergüencen de él. Porque yo, señores, no pido nada para mí; yo sólo salí a la lucha en cumplimiento de mis deberes, y no quiero que nada venga en beneficio de mi persona, ni en pago de mis servicios, sino que todo sea para el bien del pueblo y en alivio de los pobres. Nomás esto les digo: quiero ver claros los destinos de mi país, porque mucho he sufrido por él, y no consiento que otros hombres mexicanos, mis hermanos, sufran lo que yo he sufrido, ni que haya mujeres y niños que sufran lo que yo he sufrido por esas montañas y esos campos y esas haciendas».

Así les hablé mi sinceridad, y les añadí a seguidas:

«En manos de ustedes está el futuro de la patria, está el destino de todos nosotros los mexicanos, y si eso se pierde, sobre la conciencia de ustedes, que son personas de leyes y de saber, pesará toda la responsabilidad».

Y sucedió, que diciendo yo aquellas palabras mías, me emocioné y lloré, y oyendo ellos el modo como yo las pronunciaba, se emocionaron y me aplaudieron. Y allí fue el aclamarme ellos y el venir a felicitarme y a abrazarme. Y mirándolo, yo reflexionaba: «Señor, ¿por qué no está aquí Venustiano Carranza y dice sus palabras lo mismo que yo? ¿Por qué no viene a presencia de todos estos hombres y deja que lo arropen en sus buenos sentimientos? ¿Por qué no se persona aquí para que todos nos abracemos y juntos sigamos nuestra obra para bien de nuestra patria?».

Y Antonio I. Villarreal, que también se había emocionado por obra de mis palabras, se puso en pie y habló las suyas en expresión de muy grande discurso. Dirigiéndose a mí, me dijo:

«Señor general Villa, en usted ponen su fe todos los delegados de esta Convención; en usted ponen su confianza todos los hombres de nuestra patria. Nosotros comprendemos que el venir usted aquí anuncia su propósito de cumplir y hacer cumplir los acuerdos que en esta Convención se concierten. Y algo más le digo, señor general, en nombre mío y de todos los delegados que me escuchan: es usted un hombre revolucionario de muy grande corazón, frágil como el cristal para llorar y fuerte como el bronce para resistir, y por eso lo entendemos y lo alabamos en sus ternuras y en sus hazañas: porque en la blandura de usted, señor general Villa, descubrimos nosotros la emoción con que nuestro pueblo siente sus dolores, y en la fortaleza de usted y en el empuje de sus armas reconocemos el vigor con que nuestro pueblo lucha contra las injusticias que padece».

Y otra vez vino el aplaudirme allí todos, y el aclamarme. Y mientras todos me aplaudían de aquella forma, me acerqué a la mesa para pronunciar el juramento de cumplir y hacer cumplir los dictados de la Convención, y de acatarla en su soberanía, y puse mi firma en la bandera que a todos nos era por testigo del dicho juramento.

Poco después de aquello, y ya la junta entregada a su trabajo, el general Manuel Chao se levantó a pedir licencia de irse para Parral, pues allá lo llamaba la enfermedad de un hijo suyo, que tenía muy grave. Pero yo me interpuse y opiné que no, que aquel permiso no se debía conceder. Éstas fueron mis palabras:

«Señor general Chao, aquí están los intereses de la patria, y primero es la patria que la familia».

XIX

Para renunciar a su cargo de Primer Jefe, Venustiano Carranza exige que Villa y Zapata se retiren a la vida privada

Los caminos de la Convención • Intrigas de Carranza y desconfianza para con Villa • Rincón de Romos • La lucha en Sonora • Tepehuanes y Rosario • El coronel Manuel Manzanera • Llegan los presos que estaban en México • Los delegados de Emiliano Zapata • Paulino Martínez • Antonio Díaz Soto y Gama • Mensaje de Zapata y palabras de Villa • Razones y condiciones de Venustiano Carranza • Una reflexión de Pancho Villa

Había muchos obstáculos en los caminos de aquella Convención de Aguascalientes, y unos eran por obra de las intrigas que Carranza mandaba hacer entre los jefes que estimaba más adictos a su persona, y otros surgían de la grande desconfianza de muchos de aquellos delegados para conmigo y todos mis hombres. O sea, que no podía yo moverme, ni podían moverse mis fuerzas, sin que todos aquellos hombres discutieran y sin que muchos me criminaran en sus peores alharacas.

Así sucedió al conocerse que las tropas de mi compadre Tomás Urbina habían avanzado por el norte de Aguascalientes hasta el punto que se nombra Rincón de Romos, lo que nos fue necesario hacer por la falta de pasturas y alimentos. Mientras más explicaban los delegados nuestros, menos habían de creerlo todos los demás; y eso que, estimándonos nosotros limpios de las malas miras que nos achacaban, Roque González Garza les expresó las palabras de nuestra sinceridad y propuso, a nombre mío y de la División del Norte, que no hubiera tropas de ningún general en todo el estado de Aguascalientes.

Lo mismo pasaba por la guerra que ya peleaban en Sonora los hombres de José María Maytorena contra los de Plutarco Elías Calles y Benjamín

Hill. Álvaro Obregón, y otros delegados sumisos al Primer Jefe, querían que ninguna falta se viera en los actos de Benjamín Hill, sino que toda la culpa fuera de José María Maytorena, sin considerar ellos que acaso hubiera yerro en todos, por la pasión que ya nos embargaba, pero no en uno solo de los bandos; y tanto más cuanto bien claro se veía en otras comarcas cómo la agresión arrancaba de las fuerzas carrancistas, según acontecía en Durango, donde los Arrieta avanzaban sobre Tepehuanes, y los Herrera sobre Rosario, mientras los hombres míos se estaban quedos en la Mesa de los Carrizos.

Declaro también, por ser verdad, que hubo actos de gente mía que desacataron la Convención, los cuales hubieran obrado muy graves consecuencias a no venir la buena suerte en nuestro auxilio. Eso pasó con la muerte del coronel Manuel Manzanera, que estaba allá como delegado de uno de los Arrieta. Siendo muy grande enemigo suyo mi compadre Tomás Urbina por no sé qué traiciones del dicho coronel, secretamente mandó mi compadre que lo cogieran y lo llevaran amarrado a Zacatecas, y allí dispuso que lo fusilaran, no obstante mi consejo de que no nos echara encima esa muerte. Aquello se supo en la Convención, y sobre ello se deliberó estando presente mi compadre Tomás Urbina, aunque poco sé de lo que él y los otros representantes de mis fuerzas habrán dicho para defenderse. El caso es que por haber estimado todos los señores delegados que el cargo que se nos hacía era muy grave, decidieron que no podían resolver nada ante la poquedad de los informes, considerándolos de mucha vaguedad, y se creyeron obligados a esperar noticias más ciertas, y de esa manera, y gracias a los difíciles negocios que embarazaban la dicha Convención, aquella muerte no llegó a investigarse, lo que me fue en muy grande alivio. Porque confieso hoy que si la verdad se hubiera conocido entonces, y la Convención me hubiera ordenado el castigo de mi compadre Tomás Urbina, yo, por obediencia a mi deber, y por el juramento que había hecho sobre la bandera, y por la firma que allí tenía puesta, no habría podido esquivar el cumplimiento de aquel castigo.

Según supe entonces, el referido coronel Manuel Manzanera murió con mucho valor y sólo pidió que algún día entregaran a su madre una tarjetita donde escribió estas palabras: «Mamá, en estas horas, que son las doce de la noche, me van a fusilar». Y escribió también que la tarjeta era para doña Virginia Salas viuda de Manzanera, y que vivía en México, en la calle que se nombra Calle de Londres, número 12. Pasados unos días, aquella señora, que parecía persona de mucha civilización, me vino a ver a Guadalupe, Zacatecas, y me dijo que invocaba mi justicia, pues su hijo no había cometido otro crimen que pasarse de las tropas de Urbina a las de Arrieta. Y ciertamente que, muy apenado yo de verla llorar, la oí con muy grande respeto, y la colmé con mis mejores consideraciones, y le ofrecí todo lo que necesitara o cuanto quisiera, y no le dije que la cólera de mi compadre Urbina contra su hijo era por causas más graves, no las que ella conocía, sino que la dejé en su ignorancia, que acaso le serviría de algún consuelo, y le prometí que la vengaría mi justicia.

Llegaron por esos días a Aguascalientes los hombres míos que Carranza había tenido presos en represalia de mi enojo con Álvaro Obregón y por la prisión de hombres carrancistas dispuesta en Sonora por José María Maytorena. Todos ellos, Manuel Bonilla, Enrique C. Llorente, Martín Luis Guzmán, Carlos Domínguez, Abel Serratos, Luis G. Malváez, vinieron a mi cuartel general de Guadalupe, Zacatecas, y me contaron la historia de su cautiverio, y de los daños que Venustiano Carranza había querido hacerles, y de las gestiones y buenos oficios con que Obregón había querido ayudarlos, y del amparo con que los había cobijado Lucio Blanco.

Yo les dije:

—Señores, no han padecido ustedes los sinsabores de la injusticia por servir a la División del Norte, sino en beneficio de nuestra patria. Pero aunque así sea, la División del Norte les reconocerá su mérito y lo premiará.

Lo cual les expresé porque en verdad que aquellos hombres, con riesgo de su vida, habían hecho en México muy buena labor, según se vio por los avisos que ellos mandaron para salvarme de lo que en mi contra se tramaba por medio del Gaucho Mújica, y según se confirmó dos o tres días después, al traerme una noche el referido Martín Luis Guzmán la visita de Lucio Blanco, el cual me dijo entonces que consideraba buenos los propósitos de la División del Norte y que estaba entendido de darme auxilio contra Carranza mientras yo no abandonara los intereses del pueblo.

También llegaron a Aguascalientes los delegados de Emiliano Zapata y de los demás jefes del Sur, con quienes concerté que antes de presentarse a los trabajos de la Convención vinieran a expresarse conmigo. Así fue: llegaron en horas de la noche a la ciudad de Aguascalientes, y otro mediodía ya estaban comiendo conmigo en Guadalupe, Zacatecas. Venían entre aquellos delegados un licenciado de nombre Paulino Martínez y otro licenciado de nombre Antonio Díaz Soto y Gama, que eran hombres de mucha civilización y de grandes conocimientos tocante a todas las cosas.

Me decían ellos:

—Señor general Villa, conocemos su grande amor por la memoria de don Francisco I. Madero, y conoce usted cómo nosotros, para proteger la pureza de nuestra Revolución, pues considerábamos prematuros los Tratados de Ciudad Juárez, seguimos, después de los dichos tratados, en armas contra el gobierno de aquel apóstol de la democracia, que se había engañado en su buena fe, y proclamamos nuestro Plan de Ayala, que lo inculpaba según mirábamos las cosas con nuestra inteligencia, y lo desconocía. Mas nosotros le prometemos, señor general, que los hombres de las llanuras del Norte y los de las montañas del Sur, que han derrocado la usurpación de Victoriano Huerta, son los mismos que alimentaron en 1910 la lucha contra la dictadura de Porfirio Díaz, y que después de todos los asesinatos perpetrados por los usurpadores, están vivos y en pie los dos hombres que representaban en aquella fecha, y representan ahora, los grandes anhelos del pueblo. Estos hombres son, señor, Francisco Villa en el Norte, y Emiliano Zapata en el Sur. Guiados por ellos, y protegidos por ellos, estamos resueltos a conseguir que nuestro triunfo revolucionario ya no se descarríe; queremos decir, que todo se haga de aquí adelante no con apariencias engañosas, sino en beneficio verdadero de los pobres, y de su justicia, y de su trabajo.

Les respondí yo:

—Señores delegados de los jefes revolucionarios del Sur: Conforme a mi juicio, somos hermanos todos los hombres que salimos a luchar contra Victoriano Huerta y que buscamos en el triunfo de nuestra causa no el encumbramiento de una nueva tiranía, sino el advenimiento de leyes justas que acaben con la explotación de los pobres por los ricos, y que disipen las sombras de la ignorancia, como de sueños, en que los pobres están, y que alivien la grande miseria que ellos padecen. Estimo yo por eso que han obrado ustedes bien oyendo mi ruego de presentarse en esta Convención, y que harán bien en protegerla en sus decisiones, cualesquiera que ellas sean, pues la dicha Convención se hace para cerrar el camino de la nueva tiranía y para que los hombres que nos iluminan en los negocios de la política nombren un buen gobierno y preparen la aplicación de las leyes que demanda nuestra justicia.

Así les contesté yo. Y con esas expresiones suyas y mías, más otras que nos hablamos, siempre en palabras de muy honda sinceridad, quedamos concertados tocante a lo que Emiliano Zapata y yo buscábamos, que era una sola y misma cosa, y nos separamos, de un solo parecer aquellos delegados de Emiliano Zapata y de los demás jefes del Sur, y yo y Felipe Ángeles, y otros jefes míos autorizados con la representación de los delegados que teníamos en Aguascalientes, propuestos todos a llevar por buen camino los trabajos de la Convención, y a considerar sagrados los acuerdos que por ella se tomaran, y a sostenerlos con nuestras armas.

En estas fechas Venustiano Carranza mandó a la Convención mensaje para declarar por qué no aceptaba concurrir a ella y para exponer los motivos de su conducta y las condiciones mediante las cuales se separaría de sus cargos si nosotros se lo exigíamos. Éste era el contenido de sus palabras, que descubrían su mal ánimo para con mi persona:

«Señores de la Convención Militar: Recibo la invitación que ustedes me hacen y les contesto que no puedo ir, pues delante de los peligros que privan en aquella ciudad de Aguascalientes, la prudencia me aconseja no cometer actos que pudieran dejar sin su Primer Jefe al gobierno de nuestra República, amén de que, para el arreglo de las diferencias entre esta jefatura y el señor general Villa conviene que ni él ni yo nos aparezcamos por aquellos parajes. Les digo esto, sabedor, además, de que aun queriéndolo yo, tampoco podría ir, pues si me presentara allí como Primer Jefe quitaría libertad a los trabajos de esa asamblea, y si me presento como general o gobernador, me igualaría a todos esos generales y gobernadores, y de ello resultaría daño para mis funciones de Primer Jefe. Como quiera que sea, considero de mi deber expresar en palabras escritas mi buena inclinación a contribuir para que todas las diferencias se compongan. A mi juicio, la verdadera causa de esas diferencias está en los elementos reaccionarios que para malograr el triunfo de nuestra causa se han puesto a rodear los principales jefes revolucionarios y a decirles a la oreja palabras que despiertan su ambición. Nadie supondrá que hay en mí ambiciones personales, ni que quiera gobernar, ni que busque mandar; pero si hay quien lo suponga, los actos de mi conducta hablarán mejor que mis palabras, pues el tiempo tanto cubre como descubre. En cuanto a los jefes militares que se presentan como enemigos míos, declaro que el móvil de su conducta es la sola ambición, lo que prueban diciendo que renuncian a la Presidencia de la República, pero sin referirse al fuerte mando militar que tienen y que quieren conservar para siempre. Porque hay, señores, una ambición mayor que la de ser Presidente de la República, y es la del poderío militar que consiente a un hombre solo poner y quitar los presidentes y tener debajo de su mando todos los poderes del gobierno. Claro se ve en el general Francisco Villa, al trasluz de sus deseos de no renunciar el mando de la División del Norte, la cual estima él cosa omnipotente, y por entre sus propósitos de poner en obra la Constitución y de nombrar un presidente civil, que el referido jefe sueña con llegar a ser él el autor de todo el futuro de México, y él quien ponga las leyes y las quite, y él quien nombre los presidentes, y los diputados, y los jueces, y él quien tenga debajo de su voluntad todo el poder de nuestra República. Y esto que afirmo de Francisco Villa lo creo también de Emiliano Zapata, aunque en verdad no conozco cuáles sean las pretensiones de este otro general. Respecto a mí, añado que todavía no se me descubren las causas que tienen para exigir mi salida de esta Primer Jefatura, antes pienso que ha de ser por estimar todos cómo soy un verdadero hombre revolucionario, aunque de grande reposo en las obras, o sea, que no contento a los hombres revolucionarios que andan en ligas con la reacción, ni contento a los revolucionarios de ánimo impaciente, que desconfían de mí al ver que no se consuma desde luego toda la obra de nuestro triunfo. De cualquier modo, declaro que no me opongo a dejar mi puesto de Primer Jefe ni mi puesto de Encargado del Poder Ejecutivo, ni a salir del país; pero esto lo haré yo si esta Convención lo considera necesario y si toma providencias que hagan bueno y útil este sacrificio que se me impone. Quiero así que esta Convención me diga si considera necesaria mi salida para que renazca la armonía entre los hombres revolucionarios; y si también la considera necesaria para que nuestra victoria se consume, pues consumada todavía no está; y si también la considera necesaria para el completo desarrollo de nuestro triunfo; y si considera que mi presencia en estos puestos es un embarazo para el logro de nuestros ideales. Esto es lo que la Convención tiene que apreciar y decidir, y si su decisión exige que yo me vaya, es decir, si se estima que yo ya no soy hombre útil para nuestra causa, sino hombre que la desvía, o que la detiene, entonces me iré, pero sólo en el caso de que se cumplan también las siguientes condiciones: que se nombre un gobierno provisional encargado de realizar las reformas revolucionarias antes que se vuelva a dar fuerza a nuestra Constitución; que el general Francisco Villa renuncie, no a la presidencia de nuestra República, que nadie le ofrece, sino al mando de la División del Norte, y que junto conmigo se retire a la vida privada, y que salga de nuestro territorio si la Convención decide que yo también deba irme. A más de esto, pido que también Emiliano Zapata renuncie al mando de las fuerzas del Sur, y que se retire a la vida privada, y que se vaya de nuestro país. Si todas estas condiciones se cumplen, yo me retiraré; mas si ellas no se cumplen, desde ahora proclamo que no me retiraré; pues me inclino a no consentir que esa Convención entregue nuestra República a las ambiciones personales de unos jefes o a los representantes de las fuerzas reaccionarias».

Eso propuso Venustiano Carranza, con ánimo, según creo, de que nada pudiera arreglarse. Porque bien sabía él no ser cierto que Zapata y yo tuviéramos alguna liga con la reacción, sino al revés, que Zapata y yo, y sus hombres y los míos, buscábamos conseguir pronto las reformas en beneficio del pueblo, y que si él, como Primer Jefe, empezaba ahora a expresarse sobre tales reformas y a declarar que las sostenía, era por virtud de nuestra exigencia, no de su voluntad, temeroso al descubrir cómo todos los hombres revolucionarios nos seguían en nuestros impulsos. Pero hacía el hincapié de acusarnos de aquella forma, para justificar su deseo de que también Zapata y yo nos retiráramos, seguro él, según creo, de que no consintiendo nosotros en irnos, él tampoco se tendría que ir. Afirmo, pues, que no le importaba desatar la guerra que todos estaban evitando, y fallaba que su voluntad venía antes que los designios de la Convención, y anunciaba que no cumpliría los acuerdos que se tomaran en ella si no eran iguales a los que dictaba él.

Y reflexionaba yo entre mí:

«Señor, si no hubiera sobra de razones para quitar de sus puestos a Venustiano Carranza, bastaría para quitarlo el tono de las palabras con que habla a la Convención. Porque siendo verdad, como lo es, que en esta Convención están presentes todas las tropas revolucionarias autoras de nuestro triunfo, y que por eso se ha declarado soberana, ningún jefe puede decir que no acatará las providencias que la Convención dicte».

XX

Inquieto ante las decisiones de la Convención, Carranza, en su lucha con Pancho Villa, hace más remotas las posibilidades de un arreglo

La circular de los ferrocarrileros • Maclovio Herrera y Sóstenes Garza • La madrugada del 23 de octubre en Parral • El cuartel de Guanajuato • El mayor Sarabia y el mayor Ballesteros • La vida de los ochocientos prisioneros • Orden y contraorden de Villa • Respuesta de Carranza al manifiesto de la División del Norte • La mentira y la verdad • Advertencia de Carranza a la Convención

¡Señor! Tan ciego era Venustiano Carranza en su pasión contra mi persona, que según luego supe, uno de aquellos días paralizó los negocios de todos sus ferrocarriles de México al saber de un escrito, nombrado circular, en que sus ferrocarrileros me apoyaban. El referido papel contenía lo siguiente:

«La Unión de los Ferrocarrileros Constitucionalistas resuelve propagar con sus mejores medios el manifiesto del general Francisco Villa, que es buen hombre revolucionario y patriota, y que nos enseña con sus pensamientos cuál es el verdadero camino que debemos andar para la salvación de nuestra causa. ¡Hombres ferrocarrileros: todos nosotros, protectores de nuestra Revolución, debemos salir al cumplimiento del deber y estar propuestos a desangrarnos, si es preciso, por el bien de nuestra patria!».

Así decían ellos, a impulsos de su grande amor por el futuro de los pobres. Mas, según antes indico, recreció tanto la cólera de Venustiano Carranza, que por un día paralizó a todos aquellos ferrocarrileros en sus trabajos, y al fin, sus hombres favorecidos tuvieron que declararle, para aplacarlo, que no eran ciertas las firmas de la dicha circular ni cierto lo que en ella se propalaba.

También por entonces, es decir, cuando más embargada se hallaba en sus agencias la Convención de Aguascalientes, Maclovio Herrera me hizo en Parral muy negra traición. Había yo mandado allá, como antes digo, fuerzas de Manuel Chao y de Rosalío Hernández, y ante aquel avance nuestro, Maclovio y Luis Herrera se mantenían retirados en el punto que se nombra Mesa de Sandías. Y sucedió otro día siguiente de la llegada de aquellas tropas mías a Parral, que Sóstenes Garza, segundo de las fuerzas de Chao, se comunicó con Maclovio Herrera y le hizo ver cómo estando la Convención en trabajos de avenimiento que evitaran la guerra, ellos no debían pelear, sino esperar lo que aquella Convención concertara, y mantenerse a las órdenes de ella y en espera de sus mandatos, cuanto más teniendo Maclovio y Luis Herrera en la dicha Convención delegados que los representaban. Y como Maclovio, sensible a las razones de Sóstenes Garza, mandara decir que las oía, y que aceptaba no combatir si a él nadie lo atacaba, se convino entre los dos una forma de armisticio, llamada tregua, mientras la Convención dictaba sus providencias a todos los jefes revolucionarios. De modo que aquellos hombres míos de Parral se hicieron al descuido de sus armas aguardando las resoluciones de la Convención y fiados de la palabra de los Herrera; y de ese modo favorecieron con su actitud inocente los negros designios que tenía Maclovio. Porque es lo cierto que una madrugada de aquel mes de octubre, creo yo que la madrugada del día 23, Maclovio Herrera se echó cautelosamente sobre Parral, y mató en su sueño muchos hombres míos que reposaban sin armas cerca de sus mujeres, y causó otros grandes estragos, hasta que lo rechazaron y lo derrotaron.

Cómo se desarrolló aquel combate lo voy a referir. Pasaba de mil el número de hombres que yo tenía en Parral. Pasaban también de mil los hombres con que Maclovio se acercó por los cerros de Materanas, en su maquinación de caernos por sorpresa. Y fue ésta tan silenciosa en el primer momento, que la gente enemiga llegó al interior mismo de un corralón donde sesenta hombres de Chao guardaban una caballada, a los cuales mató sin misericordia, a ellos y a sus mujeres; y abarcó tanto la agresión en el segundo momento, que vino en las calles la lucha con los hombres míos que salían alarmados de sus alojamientos y no hallaban cómo afrontar aquel choque, por lo que murieron frente a sus casas muchos de nuestros hombres, entre ellos un cuñado de Manuel Chao y otros buenos revolucionarios; y luego fue recreciendo el combate en forma más y más desigual, y fueron ellos haciéndose de los principales parajes donde los nuestros querían protegerse, y fueron los hombres de Rosalío Hernández desamparando así los más de los puntos que ocupaban. De modo que a poco de entrar Maclovio Herrera a Parral, ya sólo se mantenían firmes en el cuartel de Guanajuato trescientos hombres de la infantería de Manuel Chao; y mientras las demás fuerzas nuestras se protegían en la retirada, o quedaban dispersas en la oscuridad, Maclovio echaba al grueso de sus tropas sobre el referido cuartel, con ánimo resuelto a cercarlo y someterlo. Mas es un hecho que aunque consiguió cercarlo, no lo sometió, siendo el jefe que mandaba allí, un mayor de apellido Sarabia, hombre de tanta ley, que no llegó a quitar la guardia de la puerta, ni buscó encerrarse y parapetarse, sino que siguió dominando la calle con tiradores que en ella ponía, y si caían unos, los suplía con otros, con lo cual, más la ayuda de otro mayor, apellidado Ballesteros, que protegía el puente para que el enemigo no se amparara de él y se le metiera, lograron sostenerse en sus posiciones hasta que salió el sol.

Sucedió entonces lo que fácilmente puede creerse: que rehechas a la luz del día, no sé yo si por haberse presentado entonces Rosalío Hernández, o si por otras causas, las mismas tropas que habían huido alteradas bajo las sombras de la noche vinieron a echarse sobre la gente de Maclovio, toda empeñada en el cerco del cuartel de Guanajuato; y cogido así el enemigo entre dos fuegos, se quebrantó en sus bríos y se desconcertó, y tanto fue descomponiéndose en sus filas, que pronto le vino el desastre final y abandonó el campo, hasta huir dejando no recuerdo cuántos muertos y heridos, más ochocientos hombres que rindieron las armas al ver que habían combatido contra sus hermanos.

Maclovio Herrera, y Chapoy, y otros, según luego supe, tomaron en su fuga el rumbo de Jiménez, y no pararon hasta el estado de Coahuila, por la parte que nombran de Sierra Mojada. Luis Herrera, con no más de cuarenta hombres, huyó por el lado de Sinaloa. Y de ese modo acabó la negra traición que Maclovio me hizo en Parral, en la cual cayeron asesinados muchos hombres nuestros.

Di yo por telégrafo al mayor Sarabia, en premio de su hazaña, ascenso al grado de teniente coronel, y lo mismo premié por su conducta a todos los jefes y oficiales que favorecieron aquel hecho de armas. También es verdad que, furioso yo por lo que había ocurrido, mandé fusilar a todos los prisioneros que se habían hecho; mas recapacité luego, o más bien dicho, me hicieron recapacitar personas que tenía cerca, entre ellas Enrique C. Llorente y Martín Luis Guzmán, el muchachito de que antes indico, los cuales me explicaron cómo no era de justicia castigar con la muerte hombres que habían rendido las armas, y entonces mandé recoger la dicha orden, todavía a tiempo de que no se cumpliera.

Por esas fechas publicó Venustiano Carranza su respuesta al manifiesto en que nosotros los hombres de la División del Norte habíamos declarado por qué ya no lo reconocíamos como a nuestro Primer Jefe.

Decía él:

«Son muchas las mentiras en las palabras de desconocimiento que de mí hace Francisco Villa, pero yo procedo a contestarlas con la verdad. Expresa él su grande amor por don Francisco I. Madero, pero se olvida de recordar cómo él y Pascual Orozco, tomada apenas Ciudad Juárez en 1911, quisieron apresarlo y echársele encima con toda la fuerza de las armas, por lo que el dicho Francisco Villa anduvo en trance de que lo fusilaran entonces. Dice él que me negué a aceptar la convención de formas democráticas propuesta por las Conferencias de Torreón, pero se olvida de considerar que no estaba en mis compromisos someterme al resultado de aquellas conferencias. Declara que no podía tener confianza en la junta de generales y gobernadores convocada por mí, pues que sólo irían a ella los gobernadores y generales que yo nombrara, pero no piensa que esos hombres se comportarían en aquella junta conforme a los dictados de su honor, y no como él, que habiéndolo yo ascendido hasta el grado que ahora tiene, ha faltado a su palabra, desconociéndome. Me acusa de querer yo conservarme para siempre en mi cargo de Primer Jefe, pero se olvida de que el Plan de Guadalupe, que él reconoció, me imponía la obligación de ocupar el Poder Ejecutivo al entrar a la capital de nuestra República y de empuñarlo hasta pacificarse el país y celebrarse, en fecha que yo fijaría, las elecciones de un nuevo gobierno. Asegura que todo esto descubre en mí los impulsos de la ambición, pero no se adelantó a pensar cómo la desmentiría yo desde luego, renunciando, según ya renuncié delante de la dicha junta de generales y gobernadores, mis cargos de Primer Jefe y de Encargado del Poder Ejecutivo, renuncia que no aceptaron los referidos generales y gobernadores, todos de un solo parecer. Afirma que no he querido llamarme Presidente Interino para no tener embarazos en los actos de la gobernación, pero no recuerda que el Plan de Guadalupe no me obligaba al dicho nombre, y que habiéndose perdido el orden de nuestras leyes por los hechos de Victoriano Huerta, no puede haber ninguna que me obligue. Me afea que a los funcionarios y empleados de mi gobierno les haga yo prometer que guardarán y harán guardar los artículos del Plan de Guadalupe, y no los mandatos de nuestra Constitución, pero se olvida de que él ha dispuesto de las haciendas de Chihuahua sin ningún respeto para los propietarios, y que ha mandado fusilar, y que mató al inglés Guillermo Benton sin mirar en las reclamaciones internacionales que provocaría. Habla de que no he querido escoger ministros que me iluminen con su consejo en el despacho de los negocios, pero no estima que faltando leyes que me obliguen al dicho nombramiento, no tengo por qué hacerlo, cuanto más que me ayudan para el gobierno funcionarios que se nombran oficiales mayores, y ellos me aconsejan también como si tuviera ministros. Señala que he unido en mi persona los tres poderes de la gobernación, el legislativo, el ejecutivo y el judicial, pero no reflexiona que así lo prescribe el Plan de Guadalupe y así proviene del curso de nuestra Revolución, ni observa que en Chihuahua, adonde mis poderes no alcanzan, la vida y los intereses de aquellos moradores nacionales y extranjeros están en las manos de él, que son torpes y sin riendas y siguen consejos de hombres que acabaron con Francisco I. Madero y propósitos de Felipe Ángeles, militar federal que yo acogí a mi lado y que luego se fue allá al ejercicio de sus peores influencias, lo que explica que Villa haya cometido actos como la expulsión de los españoles de Torreón, la cual consumó sin consultarla conmigo, y a quienes despojó de casi todas sus fincas. Me acusa de consentir que en parte de mis territorios se prohíba el uso de las iglesias y se castiguen los actos religiosos, lo que hiere los sentimientos del pueblo, pero se olvida de cómo ha expulsado él los sacerdotes católicos de casi todos los lugares que sus tropas han venido ocupando, y cómo cerraba allí las iglesias, y cómo se ensañó con los sacerdotes extranjeros de Zacatecas, que de tres de ellos no volvió a recibirse ninguna noticia. Me reprocha haber emitido ciento treinta millones de pesos de papel, pero no cuenta que él ha emitido doce millones, y que ha gastado otros diez que yo le mandé, y que ahora, según me informan, se dispone a emitir otros treinta más, o sea, que sola la División del Norte cuesta a nuestra nación más que juntos los cuerpos de ejército del Noreste y del Noroeste. Me crimina haber buscado yo las hostilidades con él ordenando la suspensión del tráfico ferrocarrilero entre Aguascalientes y Zacatecas y entre Monterrey y Torreón cuando intentó él fusilar en Chihuahua al general Obregón, pero no declara que al pedirle yo entonces explicaciones de su conducta me contestó con un mensaje de amenaza, anunciando que sus generales no acudirían a la junta que yo había convocado, y desconociendo mi autoridad de Primer Jefe, y que con ese acto, y no con el mío tocante al movimiento ferrocarrilero, se abría la guerra de las armas. Y digo por todo esto que no son de justicia ni tienen ninguna base las acusaciones con que me tacha Francisco Villa a la voz de los hombres que lo aconsejan, y que sólo me crimina por obra de las ligas en que ya anda con los hombres porfiristas, y por ser instrumento de la reacción, según se deduce de las palabras en que se expresa y de la historia de las personas que lo rodean».

Así alegaba Venustiano Carranza, contestando en palabras de odio para conmigo y con mis hombres, y de grande desprecio para mí, los bien razonados motivos del desconocimiento que nosotros habíamos hecho de su autoridad no porque también nosotros lo miráramos con odio, sino por el bien de nuestra causa. Y en verdad que al conocer lo que él me achacaba en su respuesta pensaba yo:

«De modo que para salir adelante en su pasión y en su ambición, puede un hombre falsear completamente las cosas, valido de la fuerza de su autoridad y del respeto que le da la obediencia de otros hombres. Dice Carranza que traicioné yo al señor Madero, y no es verdad, de lo que da fe la confianza que aquel apóstol me tuvo siempre. Dice que la junta de generales y gobernadores que él quería reunir no quedaba sumisa a su voluntad, y es lo cierto que la dicha junta demostró en México tener sólo el pensamiento que él le insuflaba, según se vio con ocasión de la renuncia. Dice que mi división ha gastado más dinero que los cuerpos de ejército del Noreste y del Noroeste, lo que acaso sea verdad, pero también lo es que no puede compararse con la marcha de mis armas la de aquellos otros generales. Y así todo lo demás: desde decir que he dispuesto de las haciendas de Chihuahua y de la Laguna, sin mencionar que lo hice en beneficio del pueblo, hasta acusarme de ser instrumento de la reacción porque no repudio, sino que acojo cerca de mí, hombres que veneran la memoria del señor Madero. Por un lado, según las palabras de Venustiano Carranza, resulto yo protector de la reacción; y por otro lado, según lo que él mismo dice, quemo iglesias, y mato curas, y aniquilo a los ricos. ¿Hay justicia en que un hombre hable así, señor?».

La verdad es que Venustiano Carranza penaba delante del camino del mensaje en que había propuesto a la Convención sus últimas condiciones para irse. Sabedor él, por noticias que le llegaron otro día siguiente de la lectura del dicho mensaje, cómo el ánimo de casi todos los delegados se inclinaba a quitarlo de su puesto de Primer Jefe, se asustó o arrepintió de las palabras que él mismo había dicho, y se propuso embarazar todavía más el desarrollo de la Convención en las decisiones para con su persona. O sea, que puso otro telegrama declarando que no había renunciado, aunque pareciera que eso decía, y que estaba propuesto a no renunciar, masque así se lo mandaran, si antes no se cumplían todas las condiciones que había impuesto. Decía él:

«Señores generales y gobernadores presentes en la Convención: Leo en los periódicos la decisión que se quiere tomar tocante al contenido de mi mensaje. Leo también el camino que llevan aquellas discusiones. Yo los invito a que miren bien lo que expresan mis palabras y a que adviertan cómo yo no he renunciado a estos cargos, sino que tan sólo he expuesto las condiciones que deben cumplirse antes que yo renuncie. Es decir, que yo renunciaré cuando estime que aquella Convención ha resuelto bien la forma del gobierno provisional que garantice el progreso de nuestros programas revolucionarios, y cuando vea que Francisco Villa ha dejado el mando de la División del Norte y se ha ausentado del país, y cuando esté seguro de que la Convención ha conseguido de Emiliano Zapata el cumplimiento de las condiciones que conforme a mi juicio él también tiene que cumplir. Aconsejo, pues, que no se violente allí la decisión para con mi persona sin haberse logrado antes el cumplimiento de todas las condiciones que pongo para irme. – *Venustiano Carranza*».

XXI

Pancho Villa propone a la Convención que él y Carranza sean pasados por las armas para evitar la nueva guerra

«Si Pancho Villa supiera escribir» • Los conocimientos de Carranza y la ignorancia de Villa • Escritos de Luis Cabrera • El mensaje del Primer Jefe • Decisiones de la Convención • El 30 de octubre • El 3 de noviembre • Eulalio Gutiérrez presidente • La comisión de Luis Cabrera • Carranza en Puebla • Francisco Coss • Pablo González • La comisión de Villarreal y Obregón

Me afeaba Carranza en sus escritos no ser yo quien concebía los documentos míos que se publicaban, sino sólo quien los calzaba con mi firma. Y decía eso dócil a su pasión de disminuirme, no para discutir que las palabras escritas contuvieran mi pensamiento, pues se alargaba así en sus expresiones: «Si Pancho Villa fuera capaz de escribir, si Pancho Villa entendiera lo que otros escriben…». Y reflexionaba yo entre mí:

«¿Por qué, señor, ha de criminarse como delito el no saber escribir de leyes un hombre que no pudo aprender eso, ni ninguna otra cosa, porque nadie lo vino a enseñar? ¿Es para mi culpa, o para mi mérito, el que sólo sepa yo muy poco, siendo que ese poco lo he tenido que aprender sin apoyos que me auxiliaran ni voces de guías o de consejo? ¿No es peor que Venustiano Carranza, nacido él de familias ricas que lo criaban, cultivado él desde niño por la enseñanza de los maestros y las escuelas, busque también quien le redacte los escritos que me dirige, y los que dirige a la Soberana Convención? Porque es lo cierto que nosotros sabemos que muchos de estos papeles se escriben de mano del licenciado Luis Cabrera, mas no por eso caemos nosotros en acusarlos de que no sean de Venustiano Carranza, ni tampoco menospreciamos al dicho señor porque no los escriba él mismo. Conque si fuera él hombre de mejores sentimientos y mayores luces de inteligencia, no señalaría para achicarme mi falta de conocimientos, sino para agrandarme, pues resulta en mi honra, no en mi deshonra, que con la sola escuela del sufrimiento haya yo llegado hasta donde no consiguen llegar otros hombres de muchos estudios».

Lo cual pensaba sin ningún desvanecimiento de mirarme en el puesto en que estaba, sino por considerar la ingratitud de Venustiano Carranza y sus hombres favorecidos, que tras de celebrar con muchas dianas las armas mías y de mis tropas, gracias a las cuales iban ellos llegando al triunfo, ahora, ya vencedores y en la capital de nuestra República, me afeaban no ser yo hombre de conocimientos ni de leyes.

Según antes indico, llegó a la Convención de Aguascalientes el mensaje de Venustiano Carranza con las explicaciones de por qué no se presentaba él delante de ella, y con sus últimos requisitos para irse de su cargo. Y aunque es verdad que él complicaba las cosas de modo que nada pudiera resolver la dicha Convención, pues no sólo pedía que me fuera yo para irse él, sino también exigía la salida de Emiliano Zapata, los más de aquellos delegados estimaron buena para nuestra causa, y para la paz, la destitución del Primer Jefe; y para que se viera que con eso no buscaban favorecerme a mí, sino favorecer el desarrollo de nuestro triunfo, decidieron también destituirme del mando que yo tenía.

Éste fue el contenido de lo que se resolvió entonces:

«Conviene a los intereses de nuestra Revolución quitar de su cargo de Primer Jefe al ciudadano Venustiano Carranza, y quitar de su cargo de jefe de la División del Norte al ciudadano general Francisco Villa.

»Conviene a los intereses de nuestra Revolución nombrar un Presidente Interino que ponga en obra nuestro triunfo según el programa que esta Convención le dictará, y que haga las reformas y dé las leyes que nuestro pueblo quiere.

»Conviene a los intereses de nuestra Revolución reconocer grado de general de división al ciudadano Venustiano Carranza, y darles las gracias a él y al ciudadano general Francisco Villa por su alto patriotismo y por sus muchos y grandes servicios en bien de nuestra causa.

»Conviene a los intereses de nuestra Revolución suprimir las jefaturas de los cuerpos de ejército, por lo que los generales que ahora las tienen quedarán, junto con el general Francisco Villa, bajo las órdenes del ministro de la Guerra del nuevo gobierno.

»Tocante al general Emiliano Zapata, se contesta al ciudadano Venustiano Carranza que nada puede resolverse, por no reconocer todavía la autoridad soberana de esta Convención los hombres revolucionarios del Sur».

Al saberse en Aguascalientes aquellas decisiones, Felipe Ángeles, y otros hombres míos que allá estaban, celebraron conmigo conferencia telegráfica.

Me decía Felipe Ángeles:

«Señor general Francisco Villa: En mensaje dirigido a esta Convención, Venustiano Carranza pone para retirarse de su cargo de Primer Jefe el requisito de que también usted se retire de su cargo de jefe de la División del Norte. Yo le aconsejo, mi general, que acepte ese requisito en beneficio de la paz de nuestro país y del desarrollo de nuestro triunfo, que es lo que todos anhelamos, y que si está de acuerdo con mis consejos, después de meditarlo despacio y profundamente, pues se trata de un acto de mucha trascendencia, telegrafíe usted al general José Isabel Robles, presente aquí conmigo, autorizándolo a que declare ante la Convención cómo Pancho Villa está dispuesto a separarse de su mando, sabedor de que así lo exige Carranza para separarse él del suyo, y cómo ese sacrificio es menor que el de ensangrentar otra vez nuestra República, lo cual estaba usted resuelto a hacer si Carranza seguía estorbando las conquistas del triunfo revolucionario».

Contesté yo:

«Señor general Felipe Ángeles y demás compañeros que allí se encuentran: Oigo lo que me dicen acerca de las condiciones que pone Venustiano Carranza para retirarse del poder. Por mi parte propongo yo, inclinado a que se logre bien la salvación de nuestra patria, no sólo que la Convención retire a Carranza de su puesto a cambio de retirarme a mí del mío, sino que la dicha Convención, que tiene en sus manos el futuro de nuestro triunfo, ordene que nos pasen por las armas a los dos, a Venustiano Carranza y a mí, para lo cual desde ahora presto mi consentimiento, pues de ese modo conocerán, quienes queden a salvar nuestra República, cuáles son los sentimientos de los verdaderos hijos de México».

Así les contesté yo, y en verdad que se asombraron ellos tanto con las palabras de mi respuesta, que luego luego me telegrafiaron preguntándome que si podían levantar acta formal de lo que acababa yo de decirles, para leerla en la Convención al mismo tiempo que la respuesta de Carranza, y les respondí que sí, que levantaran el acta que querían, con todas las firmas y sellos necesarios, y que la publicaran cuando lo tuvieran por conveniente, y que, al sobrevenir el caso, acudieran todos juntos delante de mí y me reclamaran el cumplimiento de la promesa que entonces les hacía.

Llegó en esto el día 3 de aquel mes de noviembre, fecha en que dispuso la Soberana Convención, con apoyo de todos los delegados míos más los de Emiliano Zapata, escoger para Presidente de la República al general Eulalio Gutiérrez, de quien ya he indicado antes, y comunicar a Carranza cómo había dejado él de ser Encargado del Poder Ejecutivo, y comunicarme a mí cómo había dejado de ser yo jefe de la División del Norte.

En aquella junta, según luego supe, se leyó el acta de mi acatamiento a todas las providencias de la Convención y de mi consejo de que se nos fusilara a Venustiano Carranza y a mí para mejor garantía de la paz. Y calculo yo, y creo por lo que luego me contaron, que nadie dudó entonces de mi patriotismo ni de mi amor por la causa del pueblo, pues se oyeron mis palabras en medio de todos aquellos vítores y todos aquellos aplausos.

Tocó a Juan G. Cabral, y a otro general nombrado Martín Espinosa, y a otros más, de nombres que no me recuerdo, la comisión de venir a decirme que ya no era yo jefe de la División del Norte y que tenía que entregar al gobierno de Eulalio Gutiérrez mis fuerzas, y mis armas, y mis municiones, y mis almacenes, y mis ferrocarriles, y mis territorios. Yo los recibí extremándome en mi mejor trato, y por respuesta a lo que me decían y al papel que me entregaban, llamé a Luisito y le mandé que escribiera el oficio de mi obediencia a lo dispuesto por la Convención, y en seguida lo escribió él y yo lo firmé, y le ordené entonces que en mi presencia lo leyera delante de aquellos señores comisionados.

Éste era el contenido de mi respuesta:

«Señores generales y gobernadores de la Convención: Leo, señores, todo lo que me dicen tocante a sus expresiones con Venustiano Carranza para quitarlo de su puesto de Primer Jefe, y oigo su providencia de retirarme del mando de esta División del Norte. Como yo acato lo que la Convención manda, pues en ella están representados todos los hombres revolucionarios, que son a su vez representantes de todo el pueblo, les contesto que estoy conforme con lo que han decidido sobre mi persona y que desde luego quedo aquí en espera de sus órdenes».

De este modo acepté al punto lo que la Convención mandaba, sin poner en mis palabras ni en mi voluntad ningún hincapié, y me propuse dejar al nuevo Presidente y a José Isabel Robles, que era el ministro de la Guerra, todas aquellas tropas que yo había juntado y organizado y todos aquellos elementos y territorios que eran fruto de mi esfuerzo y de las proezas de mis hombres. Y en verdad que consideraba yo con tristeza la soledad y silencio en que iba a quedar, pero reflexionaba también que viniendo mi retiro en beneficio de la causa del pueblo, no debía yo mirarlo como castigo, sino como galardón, y que si de veras se lograba el retiro de Venustiano Carranza, cuando sólo fuera sacrificándome, era aquélla otra batalla más entre las muchas y muy grandes que había yo ganado para la consumación de nuestro triunfo.

Porque apartado Carranza, que retrasaba con su mando las reformas que el pueblo quería, y que para seguir en su puesto buscaba traer la guerra entre los hombres revolucionarios, ponía yo toda mi confianza y toda mi fe en los pasos del nuevo gobierno nombrado por la Convención, pues eran de él, con Eulalio Gutiérrez y José Isabel Robles, Antonio I. Villarreal, y Lucio Blanco, y Juan Cabral, y otros muchos buenos hombres revolucionarios.

Pero sucedió, cuando la Convención acordaba las dichas decisiones, que Venustiano Carranza, partidario de la lucha antes que de la obediencia, salió solapadamente de la ciudad de México, con el engaño de que andaba reconociendo sus nuevos territorios. De esta forma llegó a Puebla; y como allí se viera rodeado sólo de sus hombres favorecidos, y descubriera que se le mostraban adictas aquellas tropas, del mando de Francisco Coss (aquel general de quien antes cuento que tuve que meter al orden durante mi estancia en Saltillo), hizo Carranza que el referido general, que también era el gobernador, se rebelara contra la Soberana Convención de Aguascalientes. Y es lo cierto que el mismo día que la Convención resolvió quitar a Carranza su cargo de Primer Jefe, llamó él a Francisco Coss, a quien dijo cómo debía rebelarse en contra de aquella providencia, y Coss consintió en lo que Carranza le pedía, telegrafiando así sus palabras a la junta de generales y gobernadores:

«Llega a mi noticia que la Convención desconoce al señor Carranza como Encargado del Poder Ejecutivo de la República y pone en su lugar al general Eulalio Gutiérrez como Presidente Provisional. Les digo, señores, que no juzgo legítimas esas decisiones y que por ellas me retiro de entre ustedes, pues como gobernador de este estado de Puebla y jefe militar de cinco mil hombres que me obedecen, no reconozco otro Primer Jefe Constitucionalista ni otro Presidente de nuestra República que al ciudadano Venustiano Carranza».

Y no sé yo, a distancia de tantas fechas, en quién era mayor la culpa de aquel acto de rebeldía; si en el señor Carranza, que lo instigaba, o en el general Francisco Coss, que se avenía a las instigaciones; pues los dos, uno en su ansia de mandar y el otro en su inclinación a consentir, se echaban a encender la guerra sembrando el desconcierto entre los demás generales y gobernadores representados en Aguascalientes. Pero reflexiono entre mí que si la culpa podía ser igual, el desdoro de aquel acto era más grande en Francisco Coss, pues él violaba su compromiso consagrado por el estandarte de la Convención, en la cual, todavía a esa hora, tenía su representante.

También Pablo González, que estaba en Querétaro con sus tropas, resolvió rechazar los acuerdos que se habían tomado. Supo él cómo habían entrado en Aguascalientes fuerzas de José Isabel Robles, que ya era ministro de la Guerra de Eulalio Gutiérrez, y entonces se dirigió a la Convención con estas palabras:

«Recibo mensajes acerca de la entrada de tropas de José Isabel Robles a esa ciudad de Aguascalientes con permiso de la Convención. Considero violada con esto la neutralidad de aquella ciudad y doy por malos todos los acuerdos que allí se han tomado. – *Pablo González*».

Pero según es mi memoria, otro día siguiente de poner aquel telegrama, Pablo González mudó de parecer; es decir, que tuvo por buenas las razones de la Convención para que las tropas de Robles avanzaran hasta Aguascalientes y no dio entonces por nulo el nombramiento de Eulalio Gutiérrez, ni la destitución mía y de Venustiano Carranza, ni la desaparición de las jefaturas de los cuerpos de ejército, que también a él lo alcanzaba como jefe del Cuerpo de Ejército del Noreste.

Con todo eso, Venustiano Carranza, sin más, telegrafió en aquella misma fecha su desobediencia a la Convención. Así decía en su telegrama:

«Como no ha cumplido esa Convención las condiciones que puse para retirarme del Poder Ejecutivo, tampoco tomo yo en cuenta su decisión de nombrar Presidente a Eulalio Gutiérrez para que me sustituya. Este acto mío recibe la aprobación y el apoyo de los generales Pablo González, Francisco Coss, Francisco Murguía, más todos los otros jefes del Cuerpo del Noreste, y no existe duda de que vendrán también a rodearme, cuando conozcan mi conducta, los demás generales del Ejército Constitucionalista, los cuales me traerán su auxilio y desconocerán cuanto esa Convención ha hecho contra mi persona. – *Venustiano Carranza*».

Así obraba él, así decidía echarnos a la lucha de las armas, sin esperar siquiera que se le explicaran bien las razones que la Convención había seguido en sus actos, ni tener al menos noticia cierta de lo que la referida Convención había hecho. Y más: sabedor de cómo iban a expresarse con él, a nombre de la Convención Soberana, Antonio I. Villarreal, Álvaro Obregón, Eugenio Aguirre Benavides y otros delegados que no me recuerdo, no consintió recibirlos inmediatamente, según había yo recibido a la comisión de Juan G. Cabral, sino que ordenó a Pablo González detenerlos en Querétaro hasta nueva orden. Es decir, que fue preciso que los dichos comisionados celebraran con él desde Querétaro muy largas conversaciones telegráficas, y que le prometieran que por sólo recibirlos y escucharlos no lo considerarían obligado a contestar los acuerdos que le llevaban, y hasta después de eso se avino a dejarlos pasar. Pero todavía así, no se dignó esperarlos en Puebla, donde él estaba, sino que se fue hasta Córdoba, para que sintieran el desprecio que les tenía como representantes de la Convención, según ya los había menospreciado y ofendido haciendo que los detuvieran en el camino, y diciéndoles en aquellos telegramas que no era buena la comisión que traían y que no podía guardarles consideraciones como a enviados de la Convención, aunque quería guardárselas como a compañeros y amigos.

XXII

Carranza desconoce la soberanía de la Convención, y ésta, declarándolo rebelde, se dispone a combatirlo con la ayuda de Pancho Villa

Conferencias telegráficas • Razones de Obregón y razones de Carranza •
Por qué votaron los carrancistas por Eulalio Gutiérrez • El atentado de
Orizaba y la manifestación de Córdoba • Obregón, Hay y Villarreal •
La respuesta de Carranza • Los esfuerzos de Eulalio Gutiérrez • El Plan
de Guadalupe y la soberanía de la Convención • Cómo se iba de nuevo
hacia la guerra

Decían a Venustiano Carranza los delegados de la Convención que, según
antes indico, tenía él detenidos en Querétaro:

«Aquí estamos, señor, en espera de que se nos consienta el paso, los
comisionados que la Convención de Aguascalientes manda delante de usted
con la respuesta a lo que usted quiere. Le rogamos dé órdenes a Pablo González para que nos deje pasar».

Él les contestaba:

«No ha sido buena para con mi persona la conducta de aquella Conven-
ción. Por eso la prudencia me aconseja no consentirles que sigan adelante.
Esperen que yo acabe los negocios que aquí me ocupan, y entonces iré a
Querétaro a expresarme con ustedes».

Le respondían ellos:

«Señor, no es ésta hora de esperar. Sigue reunida en Aguascalientes la
Convención, y sólo falta conocer el resultado de nuestras agencias para consumar las decisiones que allá se han tomado. Otros comisionados salieron a
expresarse con el señor general Villa, y ya él los ha recibido y les dio respuesta de muy buenas palabras. Le encarecemos, pues, la urgencia de que nos

deje pasar y el grande beneficio que nuestras expresiones pueden tener en el futuro de nuestra causa».

Les contestaba él:

«No permiten mis intereses variar mi decisión tocante al lugar y fecha en que podremos vernos, lo cual les declaro sabedor de cómo esa comisión viene compuesta de mis mejores amigos. Comprendan que para mí son ustedes instrumento de la Convención y que no quiero que su presencia resulte en trastorno de mis territorios, cuanto más que me embarga ahora el negocio de la desocupación de Veracruz, de donde ya están por salir las tropas americanas».

Y ellos le razonaban:

«Señor, formuló usted para retirarse de su mando la exigencia de que Pancho Villa se retirara del suyo. La Convención aceptó el dicho requisito: o sea, que no ha obrado ella en desconocimiento de usted, sino que ha hecho buenas sus palabras, por creerlas nacidas del patriotismo, y considerando también que muchas veces nos había comunicado usted a todos sus amigos cómo estaba propuesto a retirarse en beneficio del país si al mismo tiempo se conseguía que el general Villa se retirara. No comprendemos, pues, que ahora, aceptada y cumplida su voluntad, busque usted llevar a la lucha de las armas a todos los hombres revolucionarios, que no ahorran sacrificios para el logro de nuestra causa».

Y él argumentaba:

«No puedo desarrollar por telégrafo cuanto merece declararse tocante a los acuerdos de la Convención, pero de todo hablaremos cuando juzgue yo oportuno pasar a expresarme con ustedes en esa ciudad de Querétaro. Sigo dispuesto a retirarme, mas ha de ser con salvaguarda de los negocios políticos que ustedes mismos, y los demás jefes, me confiaron al ponerse debajo de mis órdenes. Aquella Convención me ha herido, me ha menospreciado, me ha atacado en los fueros de mi dignidad. Quiero por eso serenarme, y que ustedes se serenen, y que así, ya todos tranquilos en nuestro ánimo, pongamos nuestro pensamiento en nuestras palabras».

Entonces le dijeron ellos:

«Señor, sólo queremos nosotros pasar a entregarle el pliego que le manda la Soberana Convención; pero ni está en nuestro propósito exigirle desde luego una respuesta, ni lo consideramos obligado a dárnosla sino en el lugar y fecha que usted tenga por conveniente. Le suplicamos, pues, que nos deje pasar a verlo y que no nos estime responsables de las heridas que le haya causado la Convención, aunque sí de nuestro patriotismo, y también del buen ánimo con que favorecemos el nombramiento de Eulalio Gutiérrez, seguros de que luego seremos nosotros los que escojamos el Presidente del gobierno preconstitucional».

Y esto les contestó él entonces:

«Muy bien, señores: si ése es el ánimo con que vienen a hablarme, pueden seguir hasta donde yo me encuentre en el arreglo de estos negocios».

Y así aconteció que los comisionados siguieron su viaje desde Querétaro hasta Puebla; pero en Puebla, Venustiano Carranza no les esperó. Y siguieron luego desde Puebla hasta Orizaba; pero en Orizaba mandó decirles que no podía escucharlos porque iba a salir rumbo a Córdoba. Y ellos decidieron continuar aquel viaje a que Carranza los obligaba, aun cuando fuera con grave riesgo de sus personas, pues en Orizaba, según luego supe, hubo militares carrancistas que los quisieron matar, y en Córdoba otros hombres favorecidos del señor Carranza les armaron manifestación de protesta por lo que la Convención había acordado y por las agencias, nombradas convencionistas, en que ellos andaban.

Por fin, cuando en Córdoba los dichos comisionados llegaron a presencia del Primer Jefe, él los acogió con formas de no buen trato, y se trabó con ellos en muy seria discusión, y les declaró que no dejaría su poder hasta después de estar convencido de que había yo dejado el mío, y hasta quedar seguro, conforme a su juicio, no según el juicio de los señores de la Convención, que estaba dispuesto un modo de gobierno que asegurara los objetivos que él quería para nuestra causa, y que ya estaban dictadas para eso las mejores providencias.

Y creo yo, por lo que sucedió luego con tres de aquellos enviados, es decir, con Álvaro Obregón, Eduardo Hay y Antonio I. Villarreal, que Venustiano Carranza les demostró cómo no eran buenos los acuerdos de la Convención, sin saberse si aquello lo conseguiría él por la sumisión de los dichos enviados, o por no ayudarse ellos a ver claro, cuando fuera mucha la capacidad de su inteligencia.

Conforme Eulalio Gutiérrez quedó nombrado Presidente, la Soberana Convención habló así sus palabras en acatamiento de todo el pueblo:

«Mexicanos: Nos hallamos reunidos en Convención para componer todas las diferencias que amagan a los hombres revolucionarios y para lograr el desarrollo de nuestro triunfo mediante el gobierno de las leyes, no de la tiranía. Es soberana esta Convención porque ella abarca todos los hombres que con los hechos de sus armas consumaron la derrota de los usurpadores; es decir, que aquí no consideramos las ambiciones particulares de ningún jefe, ni de ningún grupo de jefes, sino el futuro de todo nuestro pueblo y su justicia. Por eso también hemos nombrado un Presidente Provisional que nos gobierne, y que haga las reformas que el pueblo espera; y por eso estamos comprometidos a sostenerlo y a librarlo de los embarazos que hombres rebeldes le quieran poner».

Y oyendo aquellas palabras de la Convención, Eulalio Gutiérrez, que ya era nuestro Presidente, habló así las suyas, para que el pueblo las conociera:

«Mexicanos: He jurado ante la Soberana Convención cumplir y hacer cumplir los acuerdos que ella tome, y viva segura la nación que no ahorraré esfuerzos ni sacrificios para mantener el dicho juramento. Porque no teniendo ahora fuerza los mandatos de nuestra Constitución, por haberla anulado los usurpadores, sólo la Convención de Aguascalientes puede dictar las normas del nuevo gobierno. Por eso pongo mi fe en recibir la ayuda de todo el pueblo, y espero que venga a mí el auxilio de todos los hombres revolucionarios».

En cuanto a Venustiano Carranza, esto contenía su respuesta a los mandatos de la Convención:

«Son muy grandes, ciudadanos jefes y gobernadores, los yerros de esa Convención de Aguascalientes, y ello me impulsa a no acatar su decisión de que entregue yo este mando y este gobierno al general Eulalio Gutiérrez. No habiendo yo renunciado, sino expresado tan sólo debajo de cuáles condiciones presentaría mi renuncia, esa junta ha nombrado un Presidente que me sustituya en mi puesto, lo que estimo un acto de insubordinación y de desconocimiento de los compromisos del Plan de Guadalupe. No habiendo dado una ley que norme los actos del futuro gobierno, han resuelto ustedes que a ese gobierno le entregue yo el poder, lo que encierra peligros de una nueva dictadura o de una anarquía. Habiendo yo dicho que renunciaría después que dejara su mando el general Francisco Villa, aquella junta ha resuelto que se separe él al mismo tiempo que yo, lo que descubre falta de acatamiento de la autoridad de mis palabras. Habiendo acordado esa Convención cómo el general Villa y yo debíamos retirarnos el día 6 de este mes de noviembre, y estando ya a fecha 8 del dicho mes, es lo cierto que Pancho Villa sigue dueño de todo el poder de su mando, y de sus aduanas, y de sus correos, y de sus telégrafos, y de sus ferrocarriles, y de todo cuanto se abarca dentro del perímetro de sus territorios. Habiendo yo dicho que sólo me retiraría después de retirarse también Emiliano Zapata, es lo cierto que los actos de la Convención sólo vienen a servir para que Zapata se fortalezca. Habiendo ustedes escogido para Presidente al general Eulalio Gutiérrez, es lo cierto que muchos generales y gobernadores han protestado de la referida designación, o sea, que no es verdad que los más de los jefes y gobernadores hayan dado su voto para que yo me separe. Cuando así sea, esto más les digo: que no quiero que me achaquen inclinación a no cumplir mi promesa de irme, según los términos en que tengo dicho que me iré, y por eso les propongo la siguiente forma de arreglo, sabedor de que hay allí muchos hombres que se sienten, aunque con engaño, ligados por su palabra de honor, y en mi buen ánimo de impedir que nuestra República se desangre: yo, Venustiano Carranza, entregaré el poder de la nación al Presidente que esa junta nombre para todo el periodo que se llama constitucional, o sea, para todo el tiempo que alcance a desarrollar, conforme a mi juicio, las reformas que nuestro pueblo quiere; yo, Venustiano Carranza, haré la dicha entrega cuando el nuevo Presidente reciba la ley de su gobierno, y después que pase a sus manos la División del Norte, que ahora manda Francisco Villa, más todas las oficinas militares y de gobierno y todos los ferrocarriles y elementos que él domina».

Todos vieron entonces cómo Venustiano Carranza contestaba palabras de grande enredador, y cómo sólo quería mantener la Convención en labores que nunca acabaran, para que acabadas ellas, le dieran pie a decir que no eran bastante de su agrado para que él se fuera, y que habían de empezarse de nuevo, según ya lo había hecho. También se vio cómo era altanero en sus palabras, pues las condiciones que él había dictado para irse las alegaba delante de la Convención como si fuera él la ley más alta de nuestra República. Y se vio cómo era falso en sus argumentos, pues decía que el Presidente nombrado por la Convención no podría gobernar, faltándole una ley, y no miraba que sin ninguna ley estaba él en el gobierno, donde no lo había puesto siquiera una convención. Y se vio cómo era traidor en sus actos de conducta, pues al mismo tiempo que proponía formas de arreglo a la Convención, publicaba en sus periódicos proclamas contra ella y convocaba a las armas a todos los hombres carrancistas diciéndoles que la dicha Convención traería la ruina de nuestra causa. Y se vio cómo era de mal ánimo en sus modos, pues habiendo dejado pasar el plazo en que nos debíamos retirar juntos él y yo, salía ahora preguntando que por qué no me retiraba yo todavía.

O sea, que produjo muy grande disgusto en todos los hombres de la Convención el contenido de aquella respuesta de Venustiano Carranza. Pero todavía así, Eulalio Gutiérrez lo llamó a conferencia telegráfica para convencerlo del yerro en que estaba y para mostrarle la responsabilidad en que incurría si con aquellas negativas nos empujaba a nueva guerra y obraba el retraso de los ideales que tantas vidas habían costado.

Le decía Eulalio:

«Señor general Carranza: La Convención ha decidido nombrarme a mí Presidente de nuestra República y quitarle a usted sus poderes. Por eso no es posible que usted continúe en ese cargo mientras se consuman las nuevas condiciones que nos pone. Viva seguro, señor, que yo no he solicitado esta Presidencia; pero ya puesto a desempeñarla, en mi ánimo está cumplir el juramento con que la he recibido. No es verdad, según usted cree, que dejaré de ser Presidente dentro de veinte días. Mientras esta Convención no elija persona que me sustituya, yo seguiré siendo el Presidente del gobierno. Soy, pues, la autoridad legítima de nuestro país, a la cual debe usted someterse y la cual tiene usted que obedecer, porque represento todos los hombres revolucionarios, y no una de las parcialidades en que estábamos divididos. Yo le encarezco la necesidad de que me entregue su mando y me reconozca como a su superior, y le prometo que serán siempre estimados sus servicios a nuestra causa, y también los de sus partidarios y amigos. Piense que conmigo ya no hay villistas, ni carrancistas, ni zapatistas, sino sólo hombres sostenedores de este gobierno nacional, que miran por el bien del pueblo y entre los cuales debe usted figurar con grande patriotismo, pues si estas diferencias no se resuelven y nuestra Revolución se divide, vamos a tener, señor general Carranza, la más sangrienta de nuestras guerras civiles, y ya no a causa de los principios, conforme fue la guerra que acabamos de pasar, sino por las solas ambiciones personales de unos jefes, celosos y rivales de otros. Esto más le digo: el señor general Villa se ha separado ya del mando de la División del Norte y ya están nombrados los representantes míos que recibirán sus oficinas y papeles; o sea, que sus fuerzas dependen desde ayer de mi Secretaría de Guerra y están bajo mis órdenes, y si las dichas oficinas y papeles no se han recogido todavía, y el general Villa todavía se halla aquí, es porque estamos pendientes de la resolución que usted nos dé; pero tan pronto como usted manifieste su acatamiento a estos acuerdos de la Convención, el general Villa consumará, con la retirada de su persona, la retirada que ya ha hecho de su mando».

Y en verdad que no podía Eulalio Gutiérrez, según es mi parecer, hablar mejores palabras a Venustiano Carranza en beneficio de la paz. Y en verdad que ya había yo puesto todas mis tropas a las órdenes de José Isabel Robles, que era el ministro de la Guerra del nuevo gobierno, y que estaba yo propuesto a retirarme sin evocar siquiera el recuerdo del grande mando que había tenido. Pero Venustiano Carranza contestó que no, que ni reconocía a Eulalio Gutiérrez, ni reconocía que la Convención pudiera nombrar ningún Presidente; y que él tan sólo entregaría el Poder al gobierno que la Convención nombrara según las formas y leyes que tuviera él por buenas, pero según otras, no; y que si Eulalio Gutiérrez era hombre patriota y desinteresado debía renunciar su nombramiento de Presidente; y que la Convención no era soberana, pues él no había otorgado la dicha soberanía; y que no era verdad que yo estuviera dispuesto a retirarme, sino que acaso estuviera yo allí en el telégrafo dando mi mal consejo a Eulalio Gutiérrez; y que juntos en Convención todos los hombres revolucionarios, sus decisiones no valían lo que una ley ni tenían fuerza para oponerse a los requisitos que él fijaba para irse, pues no había más ley que el Plan de Guadalupe, conforme al cual era él Primer Jefe Encargado del Poder Ejecutivo y lo seguiría siendo mientras no hiciera renuncia de los dichos cargos.

Considerando aquellas palabras de Venustiano Carranza, acabó allí Eulalio Gutiérrez la conferencia telegráfica, y a seguidas leyó en la Convención mensaje de lo que Carranza decía; y la Convención decidió que Venustiano Carranza obraba como rebelde, y que nos echaba a la guerra, y que lo tendríamos que combatir.

XXIII

Pancho Villa es nombrado general de las tropas de la Convención y Obregón y Pablo González resuelven combatirlo

La sumisión de Villa • Proclamas de Carranza • Gestiones de Obregón • Injusticia de los carrancistas • Telegramas de Pablo González • La desocupación de Veracruz • Bryan se dirige a Villa, Carranza y Gutiérrez • La difícil situación del Presidente Provisional • Órdenes de la Convención • José Isabel Robles • El último esfuerzo de Eulalio Gutiérrez

Al conocer yo que Eulalio Gutiérrez había sido proclamado Presidente de nuestra República le envié mensaje de sumisión; y eso hice sin que nadie me lo pidiera o aconsejara. Éste era el contenido de mis palabras:

«Señor Presidente de la República: Le expreso, señor, las mejores formas de mi respeto y le anuncio mi obediencia a todas sus órdenes».

Pero en las mismas horas en que yo obraba de aquel modo, se supo en Aguascalientes cómo Venustiano Carranza, desde Córdoba, había publicado sus órdenes para que los jefes que se encontraban en la Convención salieran a recobrar sus mandos antes de las seis de la tarde de aquel 10 de noviembre de 1914, y que cuantos no obedecieran serían separados de sus puestos, y que los que no se presentaran serían sustituidos por otros. También declaraba él en sus decretos que nadie debía tener por buenos los actos o mandatos de la Convención, y que sólo las órdenes que él diera habían de obedecerse.

Otro día siguiente me expresaba por telégrafo Álvaro Obregón:

«Señor general Francisco Villa: Llega a mi conocimiento que esa División del Norte viene ya de avance al sur de Aguascalientes. Es la hora, señor

674

general, de que pruebe usted con sus hechos, no con sus palabras, el patriotismo de sus impulsos y su desinterés de hombre que sólo mira por la causa del pueblo. Retírese de su mando y yo le prometo que Venustiano Carranza se retirará del suyo al hacerse en esta capital la elección de nuevo Presidente. Si obra usted así, le ahorrará a nuestro país la lucha que ya se nos avecina y figurará en la Historia como uno de nuestros más grandes hombres, que son tan pocos. Si no obra usted así, sobre su cabeza caerá la maldición de nuestra patria, masque sean muy grandes las glorias que ya tiene conquistadas con sus armas y muy altas las voces de su patriotismo. Oiga los rumores de su conciencia, no los consejos de los hombres que lo rodean y que lo envanecen, y viva seguro que de ese modo salvará toda la sangre hermana que va a derramarse».

Pero al mismo tiempo que me telegrafiaba esas palabras, se las telegrafiaba a todos los generales de mis fuerzas, diciéndoles, además, que siendo ellos, por su valor, autores de lo más de las hazañas mías, yo estaba obligado a oírlos en sus consejos, y que si ellos venían a mí y me pedían aceptar la proposición que él me recomendaba, de seguro la aceptaría yo, cuando sólo fuera por darles gusto.

De modo que reflexionaba yo entre mí:

«Bien se ve que de un lado Obregón me habla para que sólo oiga yo los rumores de mi conciencia, y para que no acepte los consejos que mis hombres me den, y de otro lado habla a esos hombres míos para que se presenten delante de mí, y me aconsejen, y me obliguen a oírlos en sus razones en nombre de la ayuda que me han dado en la hora de los combates; lo cual demuestra lo falso que Obregón es en sus palabras y en sus procedimientos».

Considero yo ahora, a distancia de tantas fechas, la grande injusticia de aquellos hombres favorecidos de Venustiano Carranza, que me amenazaban con las maldiciones de Dios si no me iba de mi puesto. Porque no miraban ellos cómo yo sí estaba en ánimo de irme por obra de mi acatamiento a los mandatos de la Convención, y que era Carranza quien se resistía a obedecer las dichas órdenes y quien declaraba que no se iría hasta después de haberme ido yo y después de nombrarse en México un Presidente de su gusto, que gobernara por todo el tiempo que él decidiera y con el programa que él aprobara. ¡Señor! Sólo se necesitaba, para librarnos de otra guerra, conseguir del Primer Jefe palabras sumisas a lo dispuesto por la Convención, según yo las había ya pronunciado; pero en vez de que los referidos hombres carrancistas comparecieran delante de Venustiano Carranza y lo obligaran a aceptar diciéndole: «Pancho Villa, señor, ha acatado ya las órdenes y está propuesto a salir, acátelas también usted sin enredar más este negocio», consentían que él les contestara que no, y en vez de amenazarlo con la fuerza si no se iba, lo que era en ellos un deber, de igual forma que me amenazaban a mí si no consentía irme antes que Carranza, y según amenazaban a Eulalio Gutiérrez si no me proscribía de nuestro territorio aunque Venustiano Carranza siguiera en su puesto, a éste se contentaban con hablarle así sus palabras: «Señor, consideramos bueno que usted se vaya; pero si usted no quiere salir y Pancho Villa rehúsa irse desde luego, cuente usted con nuestras armas para combatirlo, y también combatiremos a Eulalio Gutiérrez, que sostiene a Villa en la decisión de que usted, igual que él, debe obedecer lo que la Convención manda».

Lo cual digo porque telegrafiaban así Pablo González y otros jefes a los hombres de la Convención:

«Señores: Les pedimos que por patriotismo esa Convención quite inmediatamente al general Francisco Villa todo papel en la vida militar y política de nuestro país. Nosotros les prometemos trabajar en el ánimo del señor Carranza para que también él se vaya».

Diciendo eso en contra de mi persona, telegrafiaban de este otro modo a su Primer Jefe:

«Señor Carranza: Delante de los peligros de una nueva guerra, estimamos necesario que se retire usted; pero si usted no se retira, y si Eulalio Gutiérrez y la Convención no satisfacen nuestro propósito de que Pancho Villa se aparte luego luego y completamente, le declaramos con nuestro mayor placer que nos tendrá por subordinados y que al lado suyo pelearemos en bien de la ley y la justicia».

Y sabedor Obregón de cómo yo sí había aceptado lo que la Convención mandaba, y Carranza no, y cómo la entrega de mi mando no se consumaba aún por culpa de Venustiano Carranza, pues sólo esperábamos a saber que también él entregaría el suyo, se puso a telegrafiar a todos sus generales, y a los Arrieta, y a Juan Dozal, y a Jesús M. Ferreira, y a Pablo González, y a no sé cuántos otros, que si yo no me retiraba, estaba él propuesto a combatirme con todas sus fuerzas, y que esperaba que todos ellos hicieran lo mismo. Pero no les decía, conforme era justo, que antes combatiría a Carranza, o que lo combatiría también, pues yo al menos había dicho que sí estaba pronto a retirarme, mientras que Carranza expresaba en sus palabras toda su desobediencia a la Convención y descubría en sus actos andar en busca de la guerra para no retirarse.

En todo se mostraba así Venustiano Carranza. Daba a entender él en sus contestaciones a la Convención que eran graves y muy difíciles los tratos que llevaba con los Estados Unidos para conseguir la salida de las fuerzas extranjeras que ocupaban nuestro puerto de Veracruz. Mas la verdad era otra, pues el presidente Wilson sólo nos pedía que no ejerciéramos, al entrar allá nosotros, venganza en contra de los mexicanos que hubieran ayudado con su auxilio la gobernación extranjera del dicho puerto, ni intentáramos cobrar las contribuciones y derechos que ya hubieran pagado aquellos moradores. Y ya la Convención de Aguascalientes había autorizado a Carranza a dar por buenos esos requisitos, y ya Eulalio Gutiérrez, en su papel de Presidente, también había declarado que los consentía. Es decir, según se vio luego, que tan pronto como Venustiano Carranza anunció aceptar lo que recomendaban los Estados Unidos, lo cual aceptó él no por mandato de la Convención, sino por su sola autoridad de Primer Jefe, míster Bryan nos comunicó a los tres, a Eulalio Gutiérrez, a Carranza y a mí, que quedaban dictadas las providencias para que las tropas americanas evacuaran a Veracruz el día 23 de aquel mes de noviembre.

Y declaro yo, por ser verdad, que antes de recibirse en Aguascalientes aquella noticia, Eulalio Gutiérrez había telegrafiado al presidente Wilson palabras de muy buen entendimiento, en las cuales le expresaba que serían mejores amigos el gobierno de los Estados Unidos y el de la Convención si las tropas americanas salían pronto de nuestro territorio.

Ante la conducta de los hombres carrancistas, puestos en que Venustiano Carranza no se fuera, pero yo sí, Eulalio Gutiérrez comprendió bien lo que pasaba; vio él cómo el carrancismo nada más quería meterlo en el trance de que arrostrara solo las consecuencias de mi separación, sin las ventajas de que al mismo tiempo Carranza se separara. Enfrentado con eso, y considerándolo también los jefes míos y cuantos eran convencionistas, todos de un solo parecer estimaron que a mí se me había quitado mi mando no porque yo no lo mereciera, sino por evitar las divisiones en que iba a desangrarnos mi desavenencia con Venustiano Carranza; y que si Carranza rehusaba someterse y no entregaba su poder, conforme había yo entregado el mío, y a causa de esa conducta suya no nos librábamos de la guerra, yo no tenía por qué irme, aunque estuviera en ánimo de hacerlo, cuanto más que mis servicios serían muy útiles. Por estas razones dispuso entonces la Convención, y aprobó Eulalio Gutiérrez, nombrarme general de todas las tropas convencionistas mientras Carranza no aceptara separarse de su cargo. Así lo resolvieron ellos, y así contestó Eulalio Gutiérrez a Pablo González y Álvaro Obregón. Les decía él:

«Señores generales: Respondo sus mensajes tocante al retiro del señor general Villa. Este general fue separado de su mando conforme a lo dispuesto por la Soberana Convención, y así lo comuniqué al señor Carranza en mi buen deseo de que también él se retirara para beneficio de todos. Mas atentos nosotros, los hombres de este gobierno, a las negativas de aquel señor, que lo convierten en rebelde a mi autoridad legítima y nos obligan a reducirlo con la fuerza de las armas, esta Convención y yo hemos resuelto confiar al referido general Villa el mando de las operaciones, las cuales se desarrollarán bajo las órdenes mías o de mi ministro de Guerra. Estén ustedes seguros que tan pronto como el señor Carranza acate los mandatos de la Convención, el general Villa se retirará otra vez, y de ese retiro respondo yo con mi persona, pues el general Villa no me niega su obediencia».

Pablo González contestó:

«Señor general Eulalio Gutiérrez, desde esta hora estimo rotos y sin ningún valor mis compromisos con la Convención de Aguascalientes y me dispongo a la lucha de todas mis fuerzas contra los bandidos villistas».

Vino entonces José Isabel Robles y me dijo:

—Mi general, esta guerra no puede ya contenerse. Aquí están las palabras con que nos amenaza Pablo González, que tiene sus avanzadas en Lagos y León. De Obregón y otros jefes sabemos también cómo están haciendo en México sus preparativos para la lucha.

Yo le contesté:

—Señor general, son muy grandes las responsabilidades de nuestro gobierno para con el pueblo, y claro el panorama de que esta lucha recrecerá con sus peores peripecias. Debemos empeñarnos, o más bien dicho, deben empeñarse ustedes los ministros del gobierno de la Convención, en conseguir que los hombres carrancistas convenzan al señor Carranza de acatar los acuerdos que se nos han dictado, y de que se retire él, igual que yo estoy dispuesto a retirarme.

Eulalio Gutiérrez concertó entonces plática personal con Pablo González, para lo cual se citaron en un punto al norte de San Francisco del Rincón, que era donde aquellas tropas habían levantado la vía para retardarnos en nuestro avance, y allí se expresaron los dos. Cómo pasó aquella plática, según luego supe, lo voy a referir.

Dijo Eulalio Gutiérrez:

—Señor general, soy el Presidente legítimo nombrado por la Soberana Convención, y corresponde a mi deber ejecutar lo que la dicha Convención ordena y traer a buena armonía todos los hombres revolucionarios. Viva seguro, señor, que Francisco Villa está decidido a retirarse, con tal que Carranza también lo esté. Yo le ruego, pues, que vaya a ver a Venustiano Carranza y le descubra en nombre de todos nosotros su grande yerro de meternos en esta otra lucha. Dígale que yo le garantizo que Pancho Villa se retirará al mismo tiempo que él se retire, y que sólo necesito que me diga que se halla pronto a cumplir lo que la Soberana Convención ha mandado.

Y en verdad que Pablo González no quería oír las razones que Eulalio Gutiérrez le hablaba, sino que decía no ser cierto que yo consintiera en irme. Pero como Eulalio le demostrara entonces la sinceridad de mi actitud, y mi transigencia, y su decisión de ser el Presidente de grande autoridad, no un Presidente que otros manejaran, Pablo González se avino al fin a lo que le pedían y prometió ir a Córdoba y lograr allá el convencimiento del señor Carranza. Pero a cambio de eso pidió que mientras andaba él en sus agencias, la Convención se comprometiera a no mover sus tropas.

Así fue. Se convino dar al señor Carranza nuevo plazo para que se sometiera y se concertó una tregua que duraría hasta la hora de conocerse la respuesta de Pablo González.

Según mi memoria, el 14 de aquel mes de noviembre Eulalio Gutiérrez puso a Venustiano Carranza telegrama en que le concedía plazo de veinticuatro horas para acatar el gobierno de la Convención. Le decía, además, que era muy grave yerro desencadenar la guerra, y que iban a caer luego, sobre quien las tuviera, muy grandes responsabilidades. Y como otro día siguiente contestara Carranza que ya había comunicado a Pablo González cuál era su última respuesta, Eulalio Gutiérrez telegrafió entonces al dicho jefe, que se hallaba de regreso en México, preguntándole lo que el señor Carranza hubiera decidido, y Pablo González le contestó que la respuesta era buena, y que el señor Carranza entregaría el poder y sólo ponía por condición que él y yo, Pancho Villa, saliéramos del territorio de México.

Eulalio Gutiérrez se sintió muy aliviado en su ánimo al ver que Carranza aceptaba al fin los mandatos de la Convención; y en su propósito de que la paz no se rompiera, lo que estaba cerca de suceder por la inquietud de todas las tropas, se comunicó con Obregón y otros generales, diciéndoles:

«Señor general Álvaro Obregón: Recibo su telegrama tocante al retiro de Venustiano Carranza y Francisco Villa y le contesto con toda mi complacencia que los últimos requisitos que pone el señor Carranza son aceptados por mí».

Pero sucedió, otro día siguiente, que Venustiano Carranza, también por intermedio de Pablo González, desconoció lo que el dicho general había telegrafiado la noche antes, y volvió a decir que sólo entregaría el poder a un hombre de su entera confianza, como Pablo González, y que yo entregara mi mando y mis territorios a Eulalio Gutiérrez, y que luego Pablo González, Eulalio Gutiérrez y la Convención se reunieran en México para hacer nombramiento de Presidente, y que a seguidas él y yo saliéramos juntos de nuestra República y nos encontráramos en la ciudad que nombran de La Habana el 25 de aquel mes de noviembre.

Es decir, que otra vez decidía Carranza no reconocer la presidencia de Eulalio Gutiérrez, sino que se acogía al hincapié de simular entrega de su poder a Pablo González en espera de descubrir lo que la Convención hacía en México cercada por fuerzas que estaban allá y que él consideraba suyas.

Mirando aquello, Eulalio Gutiérrez, que no podía consentir que los acuerdos de la Convención de Aguascalientes se violaran, contestó que no estaba en su mano aceptar aquellas nuevas condiciones, y también telegrafió eso mismo a Álvaro Obregón.

XXIV

Al ver a Pancho Villa al frente de las tropas convencionistas, los hombres de Carranza lo denigran despiadadamente

Varios licenciados • Vaticinios de la nueva lucha • Los federales ocultos en Guadalajara • Teodoro Elizondo • La retirada del Cuerpo de Ejército del Noreste • Villa según Pablo González • Villa según Álvaro Obregón • Villa según Salvador Alvarado • «¿Y ahora resulto ser yo un orangután?» • Jorge C. Carothers • La imparcialidad de Wilson y Bryan

Había hombres, de ellos varios licenciados, que me decían entonces en Aguascalientes:

—Señor general, una sus plácemes a los nuestros, que ya termina esta lucha en que andamos y al fin está por consumarse el triunfo del pueblo.

Pero yo les respondía:

—No, amiguitos: no se iluminan ustedes con bastantes luces de inteligencia. Conforme a mi juicio, ahora viene lo más recio de los balazos.

Lo cual les contestaba yo vislumbrando que en verdad recrecería mucho la pelea que nos aguardaba por obra de las ambiciones de Venustiano Carranza. Así es que me puse a cavilar sobre las providencias que más fortalecieran mi ayuda al gobierno de la Soberana Convención, y giré a mi Agencia Financiera de Ciudad Juárez, y a Juan N. Medina, que también allá estaba, órdenes de apresurar la compra de armas y otros elementos, y dispuse que se acogieran entre mis filas todos los oficiales del antiguo ejército federal que vinieran a ofrecernos sus servicios con reconocimiento de nuestro triunfo revolucionario, y atendí así a todo lo demás.

Y me recuerdo ahora cómo entre aquellos oficiales federales que acudían a mí en su buen ánimo de incorporárseme, hubo unos que me mandaron delegación desde Guadalajara, donde se mantenían ocultos, pues habían sido de las tropas del general Mier; los cuales me expresaron que habían sostenido el gobierno de Victoriano Huerta por mandarlo así el deber militar, no por amor a los usurpadores, y que vencido ya aquel gobierno y acabado aquel ejército, quedaban libres para prohijar la causa revolucionaria, y que dentro de la dicha causa veían que yo venía luchando por el bien del pueblo, mientras Venustiano Carranza iba a los mismos yerros que nuestra Revolución acababa de vencer. Y como me penetrara yo de la sinceridad con que aquellos hombres militares me hablaban, y reflexionara, además, que no por haber sido militar federal sometido a Victoriano Huerta quedaba un hombre apartado para siempre de los buenos sentimientos del pueblo, les contesté que estaba bien, que los creía en su razón, y les dije que fueran en busca de sus compañeros, y les di oficios para que llegaran a ponerse bajo las órdenes de Julián y Jesús Medina, que estaban en San Juan del Teul, del estado de Zacatecas.

Empezó la nueva guerra con la pronta captura, en movimiento que nombran envolvente, de una división que Pablo González tenía al mando de Teodoro Elizondo por la parte de San Francisco del Rincón, paso que se logró con el solo impulso de nuestro avance. Por manera que aquello fue como anuncio de que se desgranarían las demás tropas de Pablo González, pues muchos de sus jefes lo abandonaron acatando nuestro gobierno convencionista, y otros lo siguieron indecisos en la retirada que él les ordenaba.

Porque delante del avance nuestro se retiraron ellos de León a Silao, y luego de Silao a Querétaro, y luego de Querétaro a San Juan del Río, y luego de San Juan del Río a Tula, sin saber yo si aquella retirada la hacía Pablo González con ánimo de resistir mis avances en algún punto, o si sólo se la imponían las circunstancias que le iban brotando en su marcha.

A las mismas horas en que el Cuerpo de Ejército del Noreste decidía entregarme así aquellos territorios, o más bien dicho, a paso y medida que se los entregaba al gobierno de la Convención, Pablo González me denigraba con sus peores palabras en los periódicos de la ciudad de México.

Decía él:

«Yo combatí en el Norte la opresión de Porfirio Díaz y la usurpación de Victoriano Huerta, y del mismo modo estoy propuesto a combatir ahora la reacción que protege Francisco Villa. Sepan todos que la División del

Norte se forma de hombres militares sin honor. Se concertó la neutralidad de Aguascalientes, y Francisco Villa no la respetó. Se convino tregua entre mis tropas y el llamado gobierno de Eulalio Gutiérrez, y Francisco Villa la rompió en avance de sorpresa que sólo perpetran los traidores. ¡Mexicanos, con Francisco Villa están los causantes de la muerte del señor Madero, y su ánimo es ahora traer la muerte de nuestra patria; pero delante de él se levanta Venustiano Carranza, que es la ley del pueblo y su justicia!».

Y en su grande encono contra mi persona, todavía me publicaban más negras expresiones otros hombres carrancistas. Decía por entonces Álvaro Obregón:

«Mexicanos, el monstruo de la traición y el crimen, nombrado Francisco Villa, se levanta para devorar el triunfo de nuestra causa, que tantas vidas del pueblo nos ha costado. Se une él en trinidad de odio con José María Maytorena y Felipe Ángeles, y los tres son monstruos deformes que en estos momentos celebran con baile macabro la agonía de nuestra patria. Es la hora de conocer los buenos hijos de México: con Pancho Villa están los enamorados del derroche, de la orgía y del libertinaje; con Venustiano Carranza estamos los enamorados de las angustias y las privaciones y todos los que al morir legaremos a nuestros hijos la sola herencia de un nombre honrado. Vean todos a la Patria: mira con ojos de honda agonía buscando cuántos buenos hijos le quedan. Vean todos a Francisco Villa: pregona palabras de patriotismo, pero echa veneno por los ojos, el cual dice él que son lágrimas de amor al pueblo. Mexicanos, la patria nos pide que no aceptemos el reinado de la maldad, sino que luchemos hasta vencer, o hasta convertir nuestro país en un grande cementerio, pues de otra forma nos gobernarán los endemoniados ministros de la Maldad y el Crimen, y nos contagiarán, y nos corroerán, y nos engangrenarán. ¡Madres mexicanas, esposas mexicanas, hijas mexicanas: pónganse todas de rodillas delante del altar de la patria en maldición de Francisco Villa, que es el monstruo de la reacción, y hablen al oído de sus hijos, de sus esposos, de sus padres, palabras en plegaria del deber, para que los traidores que forman la División del Norte no sigan ya revolviendo su puñal dentro de las entrañas de la patria!».

Y publicaba Salvador Alvarado:

«Venustiano Carranza es hombre grande y patriota, lo cual demostró él consintiendo en expatriarse, siempre que su sacrificio sirviera para librar a México de los actos de conducta de Pancho Villa, que es hombre peor que Victoriano Huerta. Es decir, que si Victoriano Huerta fue una vergüenza que los mexicanos tuvimos que lavar, y por ella nos ensangrentamos, Pancho Villa es una vergüenza todavía mayor, que hace buenos los crímenes de Victoriano Huerta y la traición y la usurpación de aquel mal hombre, y que lavaremos también, aunque sea con los más grandes derramamientos de sangre. Pancho Villa no es el triunfador de las grandiosas batallas que lo hicieron famoso, pues para él las ganó otro general que sí es grande hombre revolucionario y grande hombre militar, nombrado Maclovio Herrera. Pancho Villa es el autor del asesinato de Guillermo Benton, que horrorizó al mundo, y de otros crímenes todavía más negros; es el bandido Doroteo Arango, que ha querido disimularse, o más bien dicho, disfrazarse, detrás del uniforme de jefe de la División del Norte; es el ministro de Caín y de Caco, conforme se lee en su frente, presagiadora de las más tortuosas maquinaciones, que él lleva siempre a cabo mediante la traición y el asesinato; es el hombre de las cavernas, que se alimenta triturando entre sus quijadas huesos y carne cruda, y desterrando con sus garras las raíces de los árboles, y devorándolo todo con ferocidad igual a la de los más salvajes gorilas del África. Pancho Villa tiene frente que cobija siempre pensamientos perversos o atormentados. Pancho Villa sólo lleva sombras en la conciencia, por lo cual es eterno ladrón, eterno traidor, eterno asesino. Mexicanos, si Pancho Villa triunfa en esta guerra, piensen todos lo que ese día será nuestra patria: nuestros hombres valientes y patriotas morirán; nuestras mujeres se amancillarán; nuestros niños no conocerán nunca la luz del bien; y todo en beneficio de las orgías de Pancho Villa, y de su bandolerismo y de sus asesinatos. Cuanto más que están con él militares como Felipe Ángeles, Tomás Urbina y Rodolfo Fierro, y que oye los consejos de Manuel Bonilla, Miguel Silva, González Garza, Castilla Brito y otros muchos hombres charlantes y prevaricadores, como los nefandos parientes del señor Madero, que fueron la principal causa de la muerte de aquel apóstol».

Así decían y publicaban todos ellos, sin saber yo cuál fuera la verdadera razón de tan grandes rencores, ni por qué se preparaban a su lucha pintándome según sabían ellos que yo no era. Porque reflexionaba yo entre mí:

«Señor, sabe Pablo González que yo no violé la neutralidad de la ciudad de Aguascalientes, sino que el avance de aquellas fuerzas mías se hizo con el consentimiento de la Convención. Sabe también cómo no rompí yo la tregua concertada por él con Eulalio Gutiérrez, sino que estaba dispuesto que la dicha tregua acabara al conocerse la respuesta de Venustiano Carranza. Sabe él que no sólo no están conmigo los asesinos del señor Madero y de su hermano Gustavo, sino que he sido el primero en descargar mi venganza sobre los dichos asesinos, o sus instigadores, según demostré con el fusilamiento de Bonales Sandoval. ¿Por qué, señor, se crimina él así, queriendo criminarme delitos que no he cometido? Y sabe Álvaro Obregón cómo no quiero yo la derrota de la causa del pueblo, sino su verdadero triunfo, pues juntos los dos, y él por las urgencias que yo le hacía, discurrimos la forma de que Venustiano Carranza no se desviara. Sabe, además, cómo yo no celebraría con ningún baile ni danza ninguna agonía de nuestra patria, pues son muchas y muy grandes las pruebas que yo y mis hombres venimos dando tocante al cumplimiento del deber. ¿Qué puñales clavo yo, señor, en las entrañas de nuestra patria, salvo que sean los mismos puñales que clava él, y los que clavan Venustiano Carranza y todos sus hombres favorecidos? ¿Soy yo ministro del Mal por no querer abandonar el triunfo del pueblo a los malos designios del Primer Jefe? ¿Soy yo el monstruo de la traición y el crimen por no haber querido Venustiano Carranza retirarse de su mando al mismo tiempo que yo me retiraba del mío? ¿Echo yo veneno por los ojos, y corromperé y engangrenaré al pueblo, por sólo querer que haya un gobierno de leyes? ¿Y qué orgías son ésas en que me aduermo yo, puesto siempre al cuidado de mis tropas, y cuáles las orgías de mis hombres, que han ganado las más grandes batallas de nuestra causa? Y sabe Salvador Alvarado que no soy yo peor hombre que Victoriano Huerta, pues me felicitaba él siempre en mis triunfos sobre aquellas fuerzas usurpadoras. Y sabe que los dichos triunfos eran de toda mi gente, que yo organizaba, y yo dirigía, y yo surtía, y yo mandaba, por lo cual las referidas felicitaciones me las enviaba a mí. Y sabe cómo salí yo, en esta lucha por el pueblo, al cumplimiento del deber, y no a disimular crímenes pasados, pues nada quiero disimular ni tengo que disimular, siendo aquellos crímenes obra de mi ignorancia, o de mi inexperiencia, en mi lucha contra la tiranía que nos agobiaba. Mi frente, señor, y mis piernas, y mis brazos son los que al nacer traje yo a este mundo, y ellos, y los pensamientos que mi frente cobija, aunque sean tempestuosos, me han servido para ponerme donde ahora estoy en mi lucha por el bien de los pobres, y a ellos se deben las hazañas que a mí me toquen en la guerra de la Revolución. Esos mismos tenía yo al aniquilar en Torreón, juntamente con mis hombres, las fuerzas del general Eutiquio Munguía; por ellos entré de sorpresa en Ciudad Juárez; por ellos logré mi grande triunfo de Tierra Blanca, que me dio el dominio de Chihuahua y produjo la destrucción de todo el enemigo que había en aquel estado; y por ellos conseguí la conquista de la Laguna, y la victoria de Paredón, y la toma de Saltillo y el grande hecho de armas de Zacatecas, que trajo la muerte de los ejércitos federales y la huida de Victoriano Huerta. ¿Y ahora resulto yo un orangután? ¿Ahora soy hombre de las cavernas, que trituraré entre mis quijadas todos nuestros hombres patriotas, y mancillaré todas nuestras mujeres, y apretaré las tinieblas en ceguera para todos nuestros niños?».

Eso reflexionaba yo, aunque sin publicarlo en papeles y consciente de que todos aquellos enemigos míos ya no sabían qué inventar ni qué decir. Porque igual que pocos días antes me telegrafiaban que aparecería yo en nuestra historia con el tamaño de los grandes hombres si consentía en retirarme aunque Carranza no se retirara, así declaraban ahora en sus periódicos cómo desde mi nacimiento era yo hombre que Dios había traído al mundo para ministro del Mal. Y al mismo tiempo que me denigraban de esa forma con sus palabras más duras, decían que el causante verdadero de cuantos males me achacaban ellos no era yo, sino el grupo de hombres que me guiaban con su consejo, y que míster Jorge Carothers, enviado de míster Bryan cerca de mi persona, era la mente que me dirigía.

Decían de él:

«Carothers es hombre intrigante; es hombre que no cuida los intereses de los Estados Unidos, sino los intereses suyos y de Francisco Villa, de quien es amigo y protector. Carothers dicta providencias y trae y lleva órdenes como si mandara su propio ejército. Carothers aparece en la Casa Blanca delante del presidente Wilson y cuenta allá cómo Francisco Villa es el hombre más grande de México, y luego vuelve a nuestro país y habla a la oreja de nuestros jefes revolucionarios y declara a todos cómo el presidente Wilson no reconocerá aquí ningún gobierno que no tenga por apoyo al general Francisco Villa. En secreto hizo él creer a la Convención de Aguascalientes que aquellas decisiones recibirían auxilio del gobierno de Washington. En secreto hace él toda su obra para que arrecien las desavenencias de nuestra familia mexicana y sea así posible la intervención de los Estados Unidos en los negocios de México. Y esto más decimos, y declaramos para que todos lo sepan: Jorge Carothers es el verdadero jefe de los hombres villistas y de los hombres reaccionarios, mexicanos y americanos, que protegen a Francisco Villa y le allegan socorros y auxilio».

Todo lo cual decían, según es mi parecer, para echar sobre la gente de la Convención la mancha de ser instrumento del gobierno de los Estados Unidos. Aunque también es verdad que diciendo ellos eso, buscaban conseguir para su Primer Jefe aquella misma simpatía extranjera que denunciaban ser en mi favor, y de esas agencias se ocupaba en Washington aquel licenciado Rafael Zubaran, de quien ya antes he hablado.

Y declaro yo, Pancho Villa, que era muy grande injusticia la que se hacía al dicho míster Carothers, y a míster Bryan, que lo conservaba cerca de mí, y a míster Wilson, que decidía lo que aquel gobierno había de hacer delante de los informes que allá llegaban. Así se vio, según yo opino, al consumarse la desocupación de nuestro puerto de Veracruz, pues es verdad, como ya tengo dicho, que míster Wilson nos dio igual noticia, por intermedio de sus cónsules, a Eulalio Gutiérrez, a Venustiano Carranza y a mí, siendo aquélla una hora de ignorancia tocante al hombre nuestro que gobernaría. Digo, según luego se supo, que míster Wilson ordenó al jefe de aquellas tropas suyas cómo tenía que hacer la dicha desocupación sin entrar en tratos de reconocimiento de los hombres revolucionarios que tomaran allí el mando. Éste fue el contenido de sus palabras:

«Señor, haga usted esa desocupación de manera que no suponga el reconocimiento de Venustiano Carranza ni de ningún otro jefe».

De ese modo, míster Wilson descubría su deseo de no reconocer a Carranza, ni reconocer a Gutiérrez, ni reconocerme a mí, más que otra cosa dijeran los hombres carrancistas que me atacaban en sus escritos y que atacaban a la Convención.

Y digo también que habían sido muchas las palabras de míster Wilson y míster Bryan traídas por sus cónsules en esfuerzo de que nuestras desavenencias se compusieran, y que fueron grandes y muchas las presiones que para eso ejercieron ellos cerca de mí, y las que obraron, conforme luego supe, cerca de Venustiano Carranza y Emiliano Zapata, para que tampoco esos jefes se distanciaran.

XXV

Pancho Villa soporta en público los sinsabores de la política y padece en secreto el aguijón de sus pasiones

Desfallecimientos de los grandes hombres • Las tertulias y bailes de Jiménez • Conchita del Hierro y su tía • «¡Lástima que sea usted hombre casado, señor general!» • Un coloquio tocante al amor • La carta prometedora • Jacobo Velázquez • Martín López • La cena del desposorio • La honra del matrimonio y la honra del amor • Amarguras de Villa • Luis Aguirre Benavides

Pienso yo, por enseñanzas de la vida, que los hombres militares jefes de grandes ejércitos son muchas veces como todos los otros hombres: que no logran dominar siempre los impulsos de su sangre, ni las malas voces de su ánimo, lo que les sería de grande auxilio en el cumplimiento del deber, sino que caen, como cualquier otro hombre, en la tentación de sus debilidades, lo que ablanda su voluntad y ofusca sus luces de inteligencia. Lo cual, si pasa con los altos hombres militares, ocurre también con los grandes hombres políticos, veladores del bien del pueblo, que a veces desfallecen así, y sufren esas mismas caídas, y se exponen de ese modo a los más graves yerros de la conducta.

Y digo esto por ser verdad que me sentía yo con ánimo muy conturbado durante aquellos días de la Convención de Aguascalientes, y haciéndome cargo de que el dicho desasosiego me venía de mis pasiones, no de los temores con que asistía al desarrollo de nuestra causa. Porque no sólo no conseguía yo acallarme ni aquietarme, para cumplir así mejor con mi deber, sino que aquella inquietud me paralizaba más y me perseguía más conforme progresábamos en nuestro avance hacia la ciudad de México.

Qué era lo que tanto me aquejaba entonces, y perturbaba, lo voy a decir.

Había yo conocido en Jiménez, por ser muchas mis estancias en aquel punto, una familia de muy buen trato, apellidada Del Hierro, que se componía de una tía y dos sobrinas: Anita, la mayor, y Conchita, la menor. Las tres eran personas de bastante civilización, que acudían siempre a las tertulias y bailes con que me obsequiaban allí aquellos moradores; y como la dicha Conchita me alumbraba con su buen parecer, pues era mujer de hermosas formas, y hermosos ojos, y hermosos colores, me sentía yo impulsado a enamorarla: o sea, que le hablaba mis mejores palabras, y buscaba arroparla con todo el calor de mis sentimientos. Y acontecía también en tales casos, que aquella señora tía de Conchita venía siempre delante de mí para expresarse conmigo tocante a los trabajos de la vida, y me contaba cómo era grande la necesidad suya y de sus sobrinas; y oyéndola yo, me dolía de ella y de ellas, y la consolaba y la socorría. Y una vez, en una de las referidas conversaciones, la señora tía me expresó cómo era ya de su conocimiento el amor que sentía yo por Conchita, y me añadió así sus palabras:

—¡Lástima el ser usted hombre casado, señor general!

Yo le respondí:

—Señora, ¿lástima por qué?

Me contestó ella:

—Porque según yo veo, señor general Villa, Conchita es mujer que vino al mundo para tener amores con usted.

Yo entonces le dije:

—Sucede, señora, que una cosa es el matrimonio y otra cosa es el amor.

Es decir, que seguimos expresándonos de aquella forma, ella, según me imagino, en su ánimo de descubrir mis verdaderas intenciones, y yo, por mi interés de oír lo que me decía y de conocer algo de lo que Conchita pensaba.

Otra vez tuvimos otra plática. Me preguntó ella que si en verdad era yo hombre de buen corazón, tal como podía inferirse de las ayudas de dinero y otras consideraciones que yo no le negaba. Le contesté que sí, que Pancho Villa se tenía por hombre de buen corazón. Me preguntó que si, siendo yo aquel hombre de buen corazón, caería en el yerro de abandonar en su desgracia una mujer que me quisiera. Le contesté que no, que yo estimaba dentro de mis deberes mirar por la ventura de cuantas personas me daban su cariño, cuantimás si la dicha persona era una mujer. Me preguntó que si la peripecia de estar yo casado me sería un estorbo para hacer feliz a otra mujer. Le contesté que eso no lo sabía yo ni podía saberlo, por ser felicidad que la dicha mujer tendría que conseguir no sólo mediante los actos de mi conducta, sino también mediante los actos suyos, y con la serenidad de su ánimo, y con su devoción hacia mí, y con su buen propósito de no crearme conflictos ni turbaciones, si su cariño era de verdad.

Meditó ella entonces sobre todas aquellas respuestas mías, y luego me habló la franqueza de sus palabras diciéndome:

—Muy bien, señor general Villa. Sepa usted por mí que Conchita lo contempla con grande amor, pero que siente el sonrojo de ese cariño, pues estima que siendo usted hombre casado, ya no puede ser con honra marido de otra mujer. Y sepa también que yo busco la felicidad de ella, igual que busco la felicidad de usted, por ser tantos los beneficios que usted me hace, y que estoy propuesta a convencerla de la pureza de ese cariño, puesto que se lo manda Dios, y a declararle la verdad del buen cariño que usted también le tiene, y a darle mi consejo de que se ampare de usted, según se ampara una esposa cerca de su esposo. Mas todo esto ha de ser, señor general, con una condición: que me hará usted juramento, si ella viene hacia usted, de ver por ella conforme ve un hombre por la mujer que le es propia, y que jamás la abandonará, ni abandonará a los hijos que en ella tenga, ni abandonará a las demás personas en quienes ella pone su cariño.

Así me expresó aquella señora su oferta y sus condiciones. De manera que allí mismo le hice yo el juramento que pedía, y se lo hice con mi mejor ánimo de cumplirlo, pues aquella Conchita embargaba ya toda mi inclinación; y en prueba de mi sinceridad le pregunté a la dicha señora que qué necesidades tenía entonces y para el futuro, y que cuáles tenían sus sobrinas; y todo lo que me pidió, y más que me pidió, se lo di. Y como fuera mucha mi ansia de ver consumado aquel concierto amoroso que ella me pintaba, la urgí para que ese mismo día hiciera buenas sus promesas; pero me observó ella que eso no lo podía hacer, y me pidió que me sosegara y me dispusiera a esperar unos días, pues aquel negocio no consentía tantas prisas.

Éste fue el contenido de sus palabras:

—Aquiétese y refrene sus ansias, señor general. No son éstas las hazañas de la guerra, que los hombres las consuman tan pronto como sus armas lo permiten. Son problemas de la conciencia y del corazón, que andan otros caminos. Cuando así sea, viva seguro que mis promesas son ciertas como la luz, y que ellas se cumplirán de forma que usted y Conchita conozcan la ventura que yo les descubro.

Y sucedió poco después, estando yo en Guadalupe, Zacatecas, que recibí de aquella señora carta con muy buenas noticias sobre el resultado de sus agencias. Me decía así:

«Señor general Villa: Este negocio está ya conforme a sus deseos y a los míos, y según conviene al futuro de mi sobrina Conchita, que responde con sus mejores modos a las nobles acciones de usted y da por buenos los conciertos que usted y yo hicimos en nuestra plática. Aquí quedamos a sus órdenes, señor general, para recibirlo y agasajarlo en cuanto usted quiera parecer delante de nosotras; o puede también, si lo aprecia más de su gusto, dictar sus providencias para que Conchita y yo pasemos a visitarlo a ese pueblo de Guadalupe».

Y en verdad que columbré yo tan grande satisfacción con la sola lectura de aquel papel, que llamé a Jacobo Velázquez, maquinista de mis trenes, y hombre en quien ponía yo toda mi confianza, y le dije:

—Amigo, sale usted ahora mismo con una máquina y un cabús, y lleva a Jiménez a un oficial de mi escolta, el cual va a recoger unas señoras de mi amistad que tienen negocio que venir a tratar conmigo.

Y en seguida llamé a Martín López y le repetí mis providencias tocante al tren, y le dije, además, cómo tenía que ir a Jiménez a traerme a Conchita del Hierro, más las personas que la acompañaran. También le dije que había que protegerla en su viaje hasta Guadalupe, y que le señalaba por deber ofrecerle en todo el camino trato de muy buenas consideraciones, sin limitarse en nada de lo que ella le pidiera, y que debía irse luego y volver lo más pronto posible.

Eso les dije yo, y con esas órdenes se fueron. Y otro día siguiente, en horas de la noche, Conchita del Hierro y su señora tía llegaron a mi cuartel general de Guadalupe. Pero no quise yo que solas vinieran hasta donde yo estaba, sino que deseoso de acogerlas con mi trato más amoroso, fui en persona a bajarlas de su tren. Y como viera entonces que Conchita me saludaba con palabras muy amables, y que me dirigía sus sonrisas, comprendí ser verdad que aquella mujer me deparaba su cariño. Es decir, que conforme se apeó y estuvo cerca de mí, sentí como si propiamente me perteneciera, por lo que le pasé mi brazo alrededor de su cuerpo, protegiéndola. Y así caminamos juntos, con la tía de ella y con Martín López a nuestro lado, y así llegamos hasta el carro de mi cuartel general, adonde ellas subieron a posarse:

Me dijo a solas aquella noche la tía de Conchita:

—Señor general, como usted ve, yo le he cumplido mis promesas; ahora falta que de esta fecha en adelante usted me cumpla las suyas. Conchita es para usted, y lo es por el solo convencimiento de su cariño y por obra de sus impulsos.

Así me dijo ella después de la cena, que yo consideré como fiesta de mi desposorio.

Pero poco después, y cavilando luego otro día siguiente, me quedé sumido en muy grave confusión, dudoso yo de que aquella señora me hubiera dicho la verdad, y sospechando que acaso fuera obra de sus engaños lo que a mí me presentaba como conseguido por el consentimiento. Mas pensaba también que podía ser verdad que Conchita hubiera venido hasta mí en obediencia a sus impulsos, aunque ahora se mostrara arrepentida, y cada hora se arrepintiera más.

Porque pasado aquel primer momento, no paró ella de hablarme las palabras de su deshonra, y si no me las hablaba, me las daba a entender. Y se encerró en el gabinete que los dos ocupábamos, donde se pasaba llorando los días y las noches, resuelta a que nadie más la viera ni sintiera su presencia ni oyera sus palabras. Es decir, que oculta y encerrada se pasaba las horas, y sólo de noche, a fuerza de muy grandes ruegos, conseguía yo sacarla unos minutos, para que paseara al amparo de la oscuridad del campo, lo cual hacía ella cubierta de forma que nadie le viera el rostro, y segura de que yo había dado mis órdenes para que a su paso se apartaran los hombres de mi escolta, y mi secretario, y mis oficiales.

Al principio de aquello reflexionaba yo entre mí:

«Bueno, señor: este negocio salió diferente de como lo esperábamos. El correr del tiempo lo arreglará».

Pero aconteció, según venían aquellos días, y aquellas noches, que la congoja de Conchita aumentaba en vez de disminuir. Y aconteció también que, viéndola yo, sentía como si aquel cariño mío, o aquella inclinación, se afirmara. De modo que para consolarla le hablaba mis más dulces palabras y la rodeaba con todos mis mimos, aunque en verdad todo aquello de nada me valía.

Siguieron así muchos días y muchas noches: llorando y lamentando ella el dolor de su deshonra, y buscando yo en mi conciencia las señales de mi delito, o más bien dicho, preguntándome que cómo queriendo un hombre a una mujer, la podía desgraciar por sólo mostrale su cariño, y, que cómo expresándole él los buenos sentimientos de su corazón, y hablándole siempre palabras amorosas, y cobijándola con su mejor cuidado, la sola presencia de aquel hombre podía horrorizar a la dicha mujer, y obligarlo a él a que cavilara y sufriera.

Porque es lo cierto que, aun dándome yo cuenta de que Conchita me hería con todos aquellos modos, y mirando cuánto le repugnaba yo, y cuánto me despreciaba, yo no me enojaba con ella, sino conmigo mismo, ni la reprendía en castigo de sus ofensas, ni se las afeaba, sino que me las reprochaba yo sin saber si aquella mansedumbre de ánimo me venía por consejo de mi cariño, o si era en pago de las malas horas que estaba yo causando a una mujer en mi empeño de que ella las aceptara como horas buenas.

Y llamé a Luisito y le dije:

—Luisito, ¿qué tiene en su alma esta mujer? Le propuse mi cariño, que ella aceptó, cuando sea muy decente, y muy fina, y muy honrada y religiosa. ¡Señor, con sus propios pies ha llegado hasta mi presencia! ¿Por qué me ofende con sus lágrimas y me habla palabras de que ya no quiere vivir? ¿Qué le hago, yo, Luisito, sino quererla y acariciarla?

Él me contestaba:

—Son cosas difíciles de decir, mi general.

Le observaba yo:

—No, Luisito; nada es difícil de decir cuando se sabe. Si lo lleva usted en el pensamiento, exprésemelo desde luego en sus palabras.

Me declaró él entonces:

—Yo creo que esta mujer no lo quiere, mi general.

A lo cual yo le contesté:

—Muy bien, señor. Puede haber mujeres que no me quieran. Pero si ésta vino hasta mí, y me aceptó, ¿por qué huye ahora de sus actos y mira en mi persona el autor de su desdicha? Yo la quiero, Luisito, la quiero de verdad, y se lo digo, y se lo demuestro con toda la sinceridad de mi ánimo. ¿Que más puede pedir? ¿No soy yo hombre bastante para la más alta mujer de mi pueblo?

Luisito me observaba:

—Es usted hombre casado, mi general.

Le contestaba yo:

—Sí, Luisito. Pero uno es el matrimonio y otro es el amor.

Y me decía él:

—Para algunas mujeres no hay amor sin honra, mi general.

Y le replicaba yo:

—¿Y no es grande honra, por estar ya casado Pancho Villa, que él descubra una mujer, y que la escoja, y la quiera, y la atraiga, y la acaricie? El matrimonio, Luisito, se hace tan sólo por miedo a que el amor se acabe; mas viva usted seguro que no es honra de una mujer el vivir siempre un hombre para ella porque a eso lo fuercen el religioso y el civil. Honrada por un hombre es toda una mujer que ese hombre quiere, y que él cobija con su cariño.

Luisito me contestaba:

—En Chihuahua está su esposa, mi general.

A lo que yo le respondía:

—Bien, Luisito: si aquélla es mi esposa, allá está la honra de mi matrimonio; aquí está la honra de mi amor.

Y me observaba él:

—Pues entonces será por lo que le decía yo antes, mi general: que no dándole Conchita su cariño, no descubre en usted ni la honra ni el amor.

O sea, que largamente nos expresábamos así los dos, yo en busca de que mis amarguras se calmaran, pues quería estar cierto de no ser mía la culpa de que Conchita sufriera, y ansiaba que no se aferrara ella en mirarme con tan grande horror.

Y oyendo a Luisito y hablándole yo, me prometía así mis pensamientos:

«Esta mujer tiene que recibir en buena forma el cariño que en buena forma le ofrezco yo. No ha de seguir acogiéndome con las formas de su desagrado ni de su enojo. ¿Por qué, señor, he de consentir que me arrope ella con su vergüenza, y no con el orgullo de que se sienta a mi lado?».

LIBRO QUINTO

Adversidades del bien

I

Pancho Villa sale de Aguascalientes y emprende su avance hacia la ciudad de México, que le abandonan González y Obregón

Cavilaciones de Eulalio Gutiérrez • Una comisión de licenciados • Julio Madero • Luis Aguirre Benavides y Rodolfo Fierro • Lo que propagaban los hombres favorecidos de Venustiano Carranza • Una carta para Emilio Madero • Celaya • Gertrudis G. Sánchez • Las dudas de Villa sobre las fuerzas de Michoacán • «¿Y quiénes son ustedes para exigirme mayor ayuda?» • Rasgos de generosidad

Cavilaba Eulalio Gutiérrez si sería bueno mantenerme a mí en el mando de las tropas convencionistas, francas ya en su lucha contra Venustiano Carranza y los jefes rebeldes que lo apoyaban; y eso mismo cavilaba yo y cavilaban otros muchos hombres nuestros. Porque reflexionábamos que si la Convención había resuelto la salida mía y la de Carranza, acaso fuera un deber el retirarme yo a mi vida privada, aunque Carranza no se retirara a la suya, y que si en vez de obrar así, salía yo a la lucha en apoyo de la Convención, muchos tendrían por falsas mis promesas de irme, que yo ya había expresado.

Pero después, juntos Eulalio Gutiérrez y yo, consideramos despacio todos aquellos problemas, y los dos de un mismo parecer decidimos que sí era bueno el que siguiera yo como el jefe de más alto mando. Es decir, que vimos que sería grande el auxilio que para las dichas tropas cobijaba mi persona y consideramos que las desventajas de mi separación superaban a las de mi presencia.

Con aquel ánimo salió Eulalio Gutiérrez hacia San Luis Potosí, para empezar allá la organización de su gobierno, y con igual disposición emprendí yo, a medida que las avanzadas mías progresaban, mi marcha rumbo al Sur. Se movieron mis trenes hacia León; entramos a León.

Se movieron mis trenes hacia Silao; entramos a Silao. Se movieron mis trenes hacia Irapuato; entramos a Irapuato.

Estando yo en aquel lugar, llega allí de la ciudad de México el tren de unos licenciados que venían en busca de Eulalio Gutiérrez para proponerle arreglos que nos libraran de la lucha. Al saber ellos que yo estaba allí, piden pasar a mi tren para saludarme; y al saber yo que con ellos venía don Fernando Iglesias Calderón, y que también venían otros hombres de muchas leyes, les contesto que no sólo consentía que vinieran a saludarme, sino que me estimaría honrado delante de su presencia, y que con mi mayor gusto los acogería en sus expresiones. De modo que pasaron ellos a mi tren y me hablaron palabras de muy buen cariño.

A seguidas me añadieron:

—Aquí andamos, señor general, en agencias que nos eviten los quebrantos de la guerra. Ha habido en México juntas de jefes revolucionarios resueltos a que la paz no se rompa, y todos están en ánimo de dar su apoyo a Eulalio Gutiérrez con tal que los acuerdos de la Convención se cumplan.

Al preguntarles yo qué cuáles eran los acuerdos que se tenían que cumplir, me contestaron estas palabras:

—Quieren aquellos jefes, señor general Villa, que sea un hecho el retiro de usted, para que Venustiano Carranza también consienta en retirarse.

Yo les dije:

—Señores, si no me equivoco, llega tarde el consejo que ustedes nos traen, o más bien dicho, ya no nos traen ningún consejo, pues éste que me proponen ahora es el mismo que se ha escuchado ya. Oigan, pues, la verdad que voy a decirles: no consiste el negocio en hacer que salga yo para ver si así se consigue que salga Carranza; hace falta que se vaya Venustiano Carranza y para eso yo también estoy dispuesto a irme, que fue lo que él puso por condición. Pero si Carranza no se va, sino que se queda, y si no obedece las órdenes de la Convención, sino que las desconoce y las desafía, ¿cómo esperan ustedes que el gobierno legítimo de Eulalio Gutiérrez se debilite alejándome de mi mando? Yo estaba dispuesto a irme junto con Venustiano Carranza, y todavía lo estoy. Carranza dice que no acepta; que no se irá conmigo, sino después de haberme ido yo, y que antes de irse él la Convención ha de nombrar un Presidente que a él le guste, y que antes de entregar el poder a ese Presidente, la Convención ha de dar una ley que aplique nuestro triunfo revolucionario, y que esa ley no ha de ser según la Convención la quiera, sino según él la conciba y él la dicte. ¿Qué ojos no verán en todo esto que Venustiano Carranza no consentirá nunca en salir?

De aquel modo les hablé yo, y por aquellas palabras mías comprendieron los referidos licenciados cómo no los conducía a nada su viaje en busca de Eulalio Gutiérrez; así es que resolvieron no seguir adelante y solicitaron mi autorización para regresar a México, la cual, tan pronto como me la pidieron, yo se la concedí.

Maniobrando al lado del tren mío el tren de aquellos licenciados, uno de los carros del dicho tren quedó parejo con el carro de mi cuartel general; y luego que los dos carros se empalmaron, se abrió una de aquellas ventanillas y se asomó por ella Julio Madero, que según antes indico, pertenecía al estado mayor de Álvaro Obregón y era el mismo oficial que en los días de mis pláticas con aquel general había ido al Paso con mensajes secretos para que Benjamín Hill no obedeciera en Sonora las órdenes que Obregón y yo le mandáramos desde Chihuahua.

Y sucedió entonces, asomado Julio Madero por la ventanilla, que Luisito y Rodolfo Fierro lo vieron desde uno de los gabinetes del carro mío, por lo cual también ellos se asomaron, y como eran amigos de Julio Madero, los tres se pusieron a expresarse sus palabras. Les decía Madero:

—Ando por acompañante de esta comisión que aquí viene y que busca entrevista con Eulalio Gutiérrez para que la paz no se turbe.

Fierro le contestaba:

—No es con Eulalio Gutiérrez, sino con Carranza, con quien tiene que buscar entrevista esa comisión.

Madero les decía:

—No, señores: la entrevista será con Eulalio Gutiérrez, para que cese en su mando al general Francisco Villa.

Luisito le contestaba:

—Mi general Villa ha dicho ya muchas veces que está dispuesto a salir.

Madero les respondía:

—Sí, eso dicen que dice, pero no es verdad. De Pancho Villa sólo son verdaderos sus hechos criminales, y su grande ambición, que traerá la ruina de nuestra causa. Pancho Villa es hombre asesino y hombre traidor. Pancho Villa quiere el poder para solazarse en el bandolerismo, que tan famoso lo hizo en Durango. Por eso odia a Venustiano Carranza, que es hombre honrado y cabal, y por eso intentó fusilar en Chihuahua a mi general Álvaro Obregón, que tampoco comete asesinatos ni robos, ni permite que nadie los cometa.

Sin querer enojarse, Rodolfo Fierro echaba a risa aquellas expresiones, según las oía. Contestaba él:

—Deja a tu general Carranza y a tu general Obregón, y vente con nuestro jefe que te irá enseñando los hechos de los hombres.

Al empezar ellos a tener la dicha plática, había yo entrado al gabinete donde estaban Luisito y Rodolfo Fierro, y embargados los dos por lo que hablaban y por lo que oían, no sintieron mi presencia, ni la descubrió Julio Madero, que ni siquiera podía verme. De manera que fui yo escuchando, sin quererlo, las malas razones que aquel muchachito decía acerca de mi persona; pero es la verdad que, oyéndolo, no me dejé sacudir por los impulsos de mi cólera ni de mi indignación, sino que recibí con mucha calma toda la ofensa de las referidas palabras.

Reflexionaba yo entre mí:

«Esto que ahora repite aquí este muchachito es la enseñanza que propagan en mi contra Álvaro Obregón, y Pablo González, y Salvador Alvarado, y todos los hombres favorecidos de Venustiano Carranza. Él es culpable de decir lo que dice, mas no de pensar lo que piensa, puesto que así se lo aconsejan los más altos jefes de nuestras tropas revolucionarias, y si viene a decirlo cerca de mí, no como los otros, a tan grande distancia que mi castigo no los puede alcanzar, sólo merece que yo le declare el yerro en que está y que lo aparte del mal camino que llevan sus pasos».

Y así fue. Cuando me pareció que ya no podía criminarme peores delitos, me asomé yo también, para que Julio Madero me viera, por la ventanilla que ocupaban Luisito y Rodolfo Fierro. Y me vio él, y se turbó. Y yo dije, reprendiéndolo:

—¿De forma, amiguito, que son ésos los sentimientos que usted abriga para con Pancho Villa? Pues yo le prometo, señor, que si no fuera usted un niño, según lo es, aquí mismo pagaba el atrevimiento de sus palabras, el cual no le cobro porque veo que todavía trae usted la leche en los labios, como veo también que no honra con lo que dice la leche que lo alimenta, pues ofenden sus palabras la memoria de su hermano el apóstol Francisco I. Madero, que me sentaba a su mesa por estimar en mí un hombre revolucionario, no un bandido, y ofende usted a sus hermanos Emilio y Raúl, que son hombres patriotas que han juntado sus armas con las mías, y que me reconocen por jefe, y que me respetan como a su general.

Y es lo cierto que oyendo él lo que yo decía, mostraba en su cara señales de contristarse. Mas cuando así fuera, no se avergonzó, ni se acobardó, aunque sí era grande su desconcierto, sino que procuró serenarse, y ya con palabras de moderación, muy diferentes de sus injurias de antes, me declaró que, a su juicio, yo debía irme de mi puesto para que nuestra República no se ensangrentara, y que sentía dentro de sí que si yo no me alejaba pronto de aquellos negocios, obraría con mis actos la perdición de nuestra causa.

Así me dijo él, sin saber yo si lo hacía en su seguridad de que yo no había de castigarlo, pues le constaba mi devoción por cuanto estaba cerca del nombre de Madero, o si buscaba, siendo ya irremediable lo que había dicho, darme muestras de su valor, para que yo lo perdonara.

Pero yo no lo perdoné ni lo castigué, sino que estimé que aquél era un asunto de familia. Digo, que tan sólo le hablé así mis palabras:

—Muy bien, muchachito. Usted cree que Pancho Villa es un bandido y que mi destino me manda irme de México para que nuestra patria se salve. Yo le ordeno que pase inmediatamente a mi carro para que conozca mis providencias tocante al futuro de su persona.

Y me quité de la ventanilla, y llamé a Luisito. Y solos los dos, le dije:

—Luisito, escribe usted ahora mismo a Torreón carta para don Emilio Madero con noticia de lo que aquí ha pasado con este hermano suyo. Dígale que se lo mando allá, para que lo reprenda como hombre revolucionario y hombre militar, y que conforme a mi entender, debe quitarle esas ideas que ahora tiene, y que si no logra quitárselas, debo mandarlo a los Estados Unidos, con orden de que siga hasta Veracruz, y que de allá salga luego a pelear contra nosotros, advertido de que entonces lo trataré como a enemigo y no como a hermano del señor Madero.

Como en esto pasaba el tiempo sin que Julio Madero acudiera delante de mí, contra lo que acababa yo de ordenarle, mandé que lo buscara uno de mis oficiales, con el cual me contestó que ya venía. Pero como tampoco se presentara entonces, volví a mandar en su busca, con orden de que me lo trajeran a la fuerza si dilataba en venir, y sólo así logré que se me apareciera donde yo estaba.

Mis palabras fueron éstas:

—Amiguito, aquí tiene esta carta, con la cual lo pongo bajo el arbitrio de su hermano Emilio, que se halla al mando de la plaza de Torreón. Aquí está este oficial que lleva orden de conducirlo y protegerlo para que nada le pase en el camino. Vaya, amiguito, vaya con Dios, y considere por estos actos míos cómo Pancho Villa no es el hombre inconsciente y criminal que usted concibe en su ignorancia. Su hermano Emilio lo juzgará.

Y es lo cierto que al hablarle de aquel modo, en el tono de mi voz se traslucía toda mi calma.

Llegué a Celaya. Se me presentó allí, en tren que venía desde Morelia, el general Gertrudis Sánchez, a quien acompañaban, según es mi recuerdo, Juan Espinosa Córdoba, Joaquín Amaro y otros jefes suyos, más una escolta. Yo sabía bien que aquellos hombres decían estar de acuerdo con el gobierno de la Convención, pero dudaba de la sinceridad de su actitud y no concedía mucha estima a los hechos de sus armas, pues aunque me llegaban noticias de que Gertrudis Sánchez había recibido de Venustiano Carranza nombramiento de general de división, ninguna tenía yo de las grandes hazañas que hubiera peleado él, ni conocía la forma en que nos hubiera dado su ayuda para destruir los ejércitos de Victoriano Huerta.

Lo cual digo porque Gertrudis Sánchez llegó delante de mí y me mostró muy altas pretensiones sobre recibir ayuda en armas y dinero.

Me decía así:

—Señor general, yo acato el gobierno de la Convención y reconozco la jefatura de usted. Michoacán será territorio que no pise el pie de Venustiano Carranza ni de ninguno de sus hombres favorecidos. Pero sucede, señor general, que no tengo elementos con qué combatir, y hasta me falta dinero para el socorro de mis tropas. A usted acudo, señor, como a nuestro general en jefe, y le pido que me surta de lo necesario mientras el gobierno de la Convención se organiza y me atiende en mis necesidades.

Oyéndolo, yo pensaba:

«¿Será verdad lo que este hombre me dice?».

Y en parte por dudar de las referidas palabras, y en parte por ver qué clase de hombre era Gertrudis Sánchez, le contesté:

—Muy bien, señor compañero: daré orden para que le entreguen cincuenta mil cartuchos y cien mil pesos.

A lo que contestó entonces:

—Es muy poco, señor general. Si no me ha de arbitrar más, yo le aconsejo que mejor no me dé nada.

Lo cual me expresó sin formas ni tono de altanería, sino en ademán de reproche, o de queja, o de desencanto, y máxime que era aquel hombre de suaves palabras y de bastante civilización. Con todo eso, no quise consentir el desprecio que Gertrudis Sánchez hacía de mi ayuda, así le pareciera poca, por lo que contesté con enojo, diciéndole:

—¿Y quiénes son ustedes para exigirme mayor ayuda? ¿Y para qué quieren armas y municiones si no las saben usar? ¿Cuáles fueron, señor, sus batallas en la guerra contra Victoriano Huerta? ¿No comprende usted que si le doy todo el parque y el dinero que me pide me expongo tan sólo a que se lo quiten las fuerzas carrancistas? ¿No sabe que Francisco Murguía está en

Toluca, y que empujado desde allí por Emiliano Zapata, y sin ruta por el centro, pues se la cierran mis fuerzas, ni por el este, ni por el sur, acaso busque la salida por Michoacán? ¿Se estima usted, señor general, y se estiman todos sus jefes, hombres de bastante ley para sostenerse con estos elementos que me piden?

Y viendo que no me contestaba nada, le añadí:

—¿Lo ve, señor? ¿Descubre cómo lo abandona hasta la esperanza de sus hazañas? Pues sepa que en castigo de su temeridad, ordenaré ahora que le desarmen la escolta, y que desde este momento se queda aquí como si fuera mi prisionero.

Me respondió él entonces:

—Señor general Villa, yo venía en busca de su ayuda por proteger los dos una misma causa, y con el buen ánimo con que pide ayuda un inferior a un superior. Mas si usted juzga que por ser pocos y sin brillo los hechos de mis armas yo no merezco el mando que tengo, yo le declaro, señor, que también en eso acato sus providencias.

Y acabando de pronunciar aquellas palabras, se estuvo quedo y callado, y con muy grande humildad. O sea, que mirándolo así, me emocioné y fui a encerrarme en uno de mis gabinetes, y a seguidas lo mandé llamar, y allí lo abracé mientras le decía:

—Creo que si sabe usted obedecer como obedece, también sabrá mandar.

Por lo que llamé a Luisito y le dije:

—Luisito, le entrega usted al general Gertrudis Sánchez quinientos mil cartuchos y un millón de pesos de mi dinero.

II

Villa y Zapata celebran junta en Xochimilco y sellan allí su unión para defender la causa del pueblo

Retirada de Carranza • Avance de la División del Norte y del Ejército del Sur • Pachuca • Veracruz • Azcapotzalco y Tacuba • El bando de Felipe Ángeles • Juicio de unos falsificadores • Lucio Blanco • San Gregorio • Las flores de Xochimilco • Hombres del Norte y hombres del Sur • Carranza en labios de Zapata y Villa • Pactos secretos • Una comida

Supimos por aquellas fechas, que eran las de mi avance detrás de las tropas de Pablo González, cómo Álvaro Obregón iba desamparando la ciudad de México, y cómo Emiliano Zapata y sus hombres del Sur se acercaban paso a paso a la dicha ciudad. También supimos que Venustiano Carranza estaba pendiente de recibir del general Funston el puerto de Veracruz, para refugiarse allí al abrigo de aquellas ricas comarcas y aquellas aguas, y que Pablo González se retiraba de Tula hacia Pachuca, con ánimo, él también, de acogerse al dicho puerto, igual que Carranza y Obregón.

Y así, dentro de todo el movimiento de las tropas carrancistas, se iba descubriendo cuáles de ellas se quedaban verdaderamente con Venustiano Carranza y cuáles reconocían la autoridad de Eulalio Gutiérrez, lo que produjo muy grande desconcierto entre los jefes que las mandaban. Por eso, Obregón sólo consiguió salir de México con su infantería y su artillería, más la artillería que allá le habían entregado los federales, pues su caballería, del mando de Lucio Blanco, tomó por el rumbo de Toluca, inclinada a dar su acatamiento al gobierno de la Convención. Por eso también, Pablo González desamparó luego Pachuca en retirada de tan grande ahínco que el alcance de mis avanzadas bastó para desbaratarle allí las tropas que lo seguían, las cuales, rotas de ese modo, ya no cogieron, ni él con ellas, el camino de Veracruz, sino que huyeron hacia las comarcas nombradas de las Huastecas, abandonándonos armas, municiones y dinero, más todos sus trenes y algunos cañones y ametralladoras. Porque aumentó su desastre el haber reconocido a nuestro gobierno de la Convención muchos de los jefes que con él iban, los cuales, no queriendo ser carrancistas, sino protectores de la legalidad, vinieron sumisos a presentarse, ellos y sus hombres, delante de mí.

Para mi memoria, llegué yo a México, o más bien dicho, a lo que allí se llaman municipalidades de Tacuba y Azcapotzalco, el día 2 de aquel mes de diciembre de 1914. En dicho paraje quedó mi cuartel general, yo en espera de concertarme con Eulalio Gutiérrez sobre la forma en que deberíamos entrar todos, pues también llegó él allí con su tren, y llegaron José Isabel Robles y los delegados convencionistas. En México estaban ya las fuerzas de Emiliano Zapata, más la vanguardia de las fuerzas mías, al mando de Felipe Ángeles.

A Felipe Ángeles le había yo dicho:

—Señor, van nuestras tropas a la ocupación de la capital, y va usted con el mando de toda la vanguardia. Mi ánimo es que no se turbe para nada la paz de los moradores pacíficos ni se consientan los más leves actos de los hombres criminales, pues este triunfo de nuestra Revolución tiene que consumarse con el orden; cuanto más que están allí los representantes de todas las naciones, llamados ministros diplomáticos, que serán ojos que nos miren y voces que nos enaltezcan o nos rebajen de acuerdo con los actos de nuestra conducta.

Eso le comuniqué yo. Y en llegando Ángeles allá, publicó bando militar con amenaza de pena de muerte para todos los malhechores y trastornadores. Porque tan resuelto estaba yo a proteger la tranquilidad de aquellos habitantes, y a mirar por sus derechos, y por sus intereses y sus vidas, que dispuse que para nadie hubiera perdón, sino que el castigo se aplicara a quienquiera que fuese y sin ninguna forma de misericordia.

Y sucedió así, estando yo en mi cuartel general otro día siguiente al de mi llegada que me trajeron cinco o seis presos acusados de falsificar nuestra moneda, con lo que defraudaban al pobre; y como yo dispuse que inmediatamente los juzgara mi consejo de guerra y los sentenciara a muerte, a las diez de la mañana del otro día los mandé fusilar. Lo cual hice con más amor de la justicia al saber que los dichos falsificadores —uno de apellido Reyes Retana, y los otros de nombres que no me recuerdo— eran hijos de buenas familias, o que así se nombran. Muchas señoras pidieron verme entonces para mover mi clemencia en favor de los presos; mas ni quise yo que me suplicaran y me enseñaran sus lágrimas, ni me incliné al dicho perdón. Porque pensaba entre mí:

«Bien está que robe el pobre para comer; bien está que mate el hombre que así venga sus agravios, o el que matando se libra de la muerte; ésa es la ley de la vida, que a todos nos gobierna. Pero robar el rico, que siempre tiene qué comer, y matar el poderoso, que sin dar muerte puede librarse de todos los amagos, son crímenes que no deben perdonarse, porque la ley de los hombres no les depara perdón».

Y digo que por eso no perdí yo ni un minuto en mandar que se cumpliera la sentencia de fusilamiento contra los referidos falsificadores.

Fue mi entrada a la ciudad de México el día 3 de aquel mes de diciembre: la hice junto con Eulalio Gutiérrez y los miembros de la Convención. Acompañaban a Eulalio Gutiérrez los ministros del gobierno que él había nombrado, entre los cuales se veían, según es mi recuerdo, muy buenos hombres revolucionarios, como José Isabel Robles, de quien ya antes indico, y el licenciado Paulino Martínez, y el ingeniero Felícitos Villarreal, y el licenciado José Vasconcelos, más otros hombres de mucha civilización y grandes conocimientos tocante a todas las cosas, como un ingeniero de nombre don Valentín Gama, que era pariente de aquel licenciado Antonio Díaz Soto y Gama, que Zapata tenía entre sus enviados a la Convención. Es decir, que Eulalio Gutiérrez disponía de muy buenos hombres de gobierno, por lo que ponía yo toda mi fe en que él haría la buena gobernación necesaria a nuestra causa, mientras yo tomaba sobre mi persona los cuidados de la guerra.

Eulalio dispuso que unos enviados suyos fueran a expresarse con Lucio Blanco, acantonado entonces, como antes digo, él y todas sus fuerzas, por el Estado de México, y que lo persuadieran de no retrasar más su acatamiento al gobierno de la Convención y de volver pronto a la capital de la República. Yo propuse celebrar conferencia con Emiliano Zapata, que tampoco nos había esperado en México, sino que había regresado al Sur, incierto él del día de mi llegada. Y como aceptara desde luego la invitación mía, resolvimos vernos otro día siguiente en Xochimilco, población que así se nombra; es decir, que concertamos plática para el día 4 de aquel mes de diciembre.

Así fue. La mañana de ese día salí para Xochimilco a la celebración de la dicha entrevista: salí acompañado de José Isabel Robles, Roque González Garza, Luisito y otros hombres míos. Y sucedió que como Zapata todavía no llegaba al centro del pueblo, avancé a esperarlo hasta un barrio que se nombra barrio de San Gregorio, donde me apeé de mi caballo para corresponder mejor a los saludos y aclamaciones que todos los moradores me hacían, y para recibir sus flores, y para acariciar sus niños, y para impartir mi ayuda a sus mujeres. ¡Señor!, si todo aquel pueblo me acogía con tan grande cariño, ¿cómo no conmoverme en mi ánimo y encontrar las formas de corresponderle?

En eso estaba yo, cuando vi venir a Emiliano Zapata rodeado del séquito de sus hombres. Y según lo vi, avancé para recibirlo, y mirándome él, también avanzó hasta donde yo estaba. Entonces, teniendo yo cogido uno de los ramos que acababan de darme, con él me acerqué a Emiliano Zapata, y al expresarle mi saludo le puse en sus manos aquellas flores, para significarle mejor mi trato cariñoso. Le dije yo:

—Señor general Zapata, realizo hoy mi sueño de conocer al jefe de esta grande Revolución del Sur.

Me contestó él, acogiéndome con muy buena sonrisa:

—Señor general Villa, realizo yo ese mismo sueño tocante al jefe de la División del Norte.

Y recibió las flores con ademán de apreciarlas mucho por venir de mis manos, y desde aquel primer momento nos expresamos los dos dándonos las muestras de nuestro mejor afecto.

Al considerarlo, yo pensaba:

«No es obra del acaso, sino de la justicia, que yo, Pancho Villa, a quien niño, y después ya hombre, hicieron persecución los ricos y poderosos, venga a consumar mediante mi persona la unión de la causa de los pobres del Norte con la de los pobres del Sur. Porque es muy cierto que Zapata encarna la lucha de estos hombres de aquí, como encarno yo la de los hombres de allá, y que juntos los dos, obraremos la conquista de las libertades del pueblo, y el reposo para sus fatigas, y las bendiciones de su justicia. Lo cual pienso, sin olvidar cómo Emiliano Zapata, que primero unió sus armas con las del señor Madero, lo desconoció después, y lo negó, y lo combatió, siendo aquél un apóstol de la democracia, que nos iluminaba con su luz, y un amigo de los pobres propuesto a redimirnos con sus buenos sentimientos, no con la violencia de las armas. Mas si Zapata obró así, fue por haberlo engañado la impaciencia de su ánimo al hacerle creer que no era bueno el camino del señor Madero, hecho sólo de bondades, y no porque negara para el pueblo los bienes que el señor Madero quería, como sí los negó Pascual Orozco, aunque Zapata no lo descubriera entonces, y según los negaron todos los revolucionarios de 1910 que luego obedecieron a Victoriano Huerta».

Pasadas las expresiones de nuestro conocimiento, Emiliano Zapata y yo, Pancho Villa, hicimos juntos nuestra entrada a la plaza de Xochimilco, todo aquel pueblo en espera de nuestro paso por las calles, todas aquellas mujeres y señoritas en grande aclamación de nuestras personas. Y en verdad que eran tantos los ramos y coronas que nos ofrendaban, que no bastaban a llevarlos los hombres nuestros que nos seguían, sino que pisaban flores nuestros caballos mientras nosotros nos alegrábamos en nuestro corazón.

Fue la referida entrevista, conforme a mi memoria, en la casa que allí se nombra Escuela Municipal, o Palacio Municipal. Por mi parte estaban los hombres que antes indico; por parte de Zapata, su hermano Eufemio, otro general suyo, nombrado Manuel Palafox, y un profesor llamado Otilio Montaño, más una mujer de nombre Prudencia Cassals, y Paulino Martínez, y Alfredo Serratos, y Serafín Robles y varios otros de nombre que no recuerdo. También venían conmigo míster Jorge Carothers, representante de míster Bryan, y míster Leon Canova, representante de míster Wilson.

Me decía Zapata:

—Ya están aquí juntos los soldados del pueblo para consumar la revolución que impiden con sus engaños los hombres reaccionarios y favorecidos que encabeza Venustiano Carranza.

Le contestaba yo:

—Señor, es cosa peor que un hombre reaccionario Venustiano Carranza: es hombre que sólo cree en sus luces de inteligencia, y hombre político que está en trance, mientras viva, de deparar a México la dictadura de su persona. Porque Carranza es hombre frío y sin alma, hombre que no palpita con la miseria del pueblo, sino que sólo ama el poder. Y ciertamente estimo yo muy grande bien éste que nos manda Dios uniendo para la lucha los hombres revolucionarios del Norte y los hombres revolucionarios del Sur; pues cuando no fueran días vencedores los que esperan a nuestras armas, que sí lo serán, nuestro impulso logrará que la Revolución se haga.

Y los dos seguimos expresándonos de aquel modo, hasta que viendo yo cómo era mucha la gente colgada de nuestros labios, y cómo nada podíamos decirnos con recato para nuestros propósitos, pedí a Emiliano Zapata que solos él y yo pasáramos a hablar en sitio donde nadie nos oyera. Así fue.

Solos los dos en una pieza donde nos encerramos, nos dijimos nuestros pensamientos durante más de una hora, tras de lo cual me prometió él la ayuda de todas sus fuerzas y le prometí yo el auxilio de todos mis elementos, y nos concertamos, los dos de un solo parecer, para consumar yo el desarrollo de nuestro triunfo en mis territorios del Norte mientras lo consumaba él en sus territorios del Sur. Convinimos también que dos días después de aquella plática, las tropas suyas y las mías harían juntas su entrada a la ciudad de México, para que conocieran todos dónde se hallaba la verdadera fuerza del pueblo, y le ofrecí municionarlo para su avance sobre los carrancistas del estado de Puebla, y así otras muchas cosas.

Conforme terminamos de entendernos, Zapata y yo, más los hombres mexicanos y extranjeros que nos acompañaban, pasamos a comer la comida que nos tenían preparada aquellas autoridades, en la que todos demostramos nuestra mejor cordialidad, y en la que pronunciaron sus discursos hombres míos y hombres de él, todos con ánimo de declarar los motivos de la grande unión que se estaba haciendo, y de asegurarla para el futuro.

Y declaro yo, Pancho Villa, que Emiliano Zapata me brindó una copa, que yo acepté aunque en verdad nunca bebía. De modo que, cogiéndola para beberla, le hablé así:

—Compañero, voy a tomar esta copa sólo por el gusto de acompañarlo, pues es lo cierto que yo nunca bebo de ningún licor.

Y en prueba de mi cariño para él, la bebí.

Recuerdo también que uno de aquellos periodistas americanos que venían conmigo se nos acercó durante la comida para que juntos le contestáramos sus preguntas. Y yo le dije lo que pensaba del desarrollo que los hombres del Norte habíamos dado a nuestra Revolución; pero Emiliano Zapata, respondiendo a la misma pregunta, le expresó frases muy diferentes de las mías. Le dijo él:

—Señor, declare usted a los lectores de los periódicos de los Estados Unidos que esta Revolución del Sur se ha consumado sin más ayuda que la de nuestras montañas. Nuestras armas son las que hemos recogido en nuestro territorio; nuestro parque, el que nos deparaba nuestra tierra, o el que fabricaban nuestras manos; nuestra moneda, la plata que sacábamos de nuestras minas o el dinero que quitábamos a nuestros enemigos. Por lo cual se ve, señor, que no hay ningún ánimo revolucionario más mexicano que éste que representamos los hombres revolucionarios del Sur.

Eso dijo él delante de mí. Pero yo no me sentí herido por las referidas palabras, masque fuera verdad que en el Norte nosotros habíamos hecho la guerra con armas y parque comprados en los Estados Unidos, y con dinero de papel, que imprimíamos en nuestras imprentas, no con la plata que sacáramos de las minas. Porque siendo cierto que Zapata se había sostenido en sus territorios tal y como él decía, ¿por qué había yo de enojarme de que lo blasonara con orgullo? ¿Habría podido él enojarse al oírme declarar a mí que sólo a los hombres revolucionarios del Norte se debía la destrucción de los ejércitos de Victoriano Huerta, y que por eso habíamos conseguido todo aquel triunfo nuestro? ¡¿Cómo, señor, si también era verdad?!

Y así lo afirmo hoy en señal de los sentimientos de buen cariño con que nos mirábamos Zapata y yo, y los que tenían sus hombres para mirar a los míos, y mis hombres a los de él.

III

Los ejércitos de Zapata y Villa desfilan en triunfo por la ciudad de México mientras Carranza se prepara en Veracruz

La Calzada de la Verónica • Aclamaciones del pueblo • El uniforme de Villa y el sombrero de Zapata • Palabras de los ministros extranjeros • El orden y los soldados del bien • Un banquete en Palacio • La justicia de las armas y las leyes • Pancho Villa orador • Los primeros ministros de Gutiérrez • Una junta en Palacio • Providencias de Carranza y papeles de Obregón • Zapata sobre Puebla

Al otro día de mi entrevista con Emiliano Zapata sostuvimos él y yo conversación telefónica tocante al desfile de mis fuerzas y las suyas.

Me decía él:

—Señor general Villa, avanzaré yo con mis tropas desde estos pueblos de San Ángel y Mixcoac.

Yo le contestaba:

—Señor general Zapata, yo y mis hombres partiremos desde esta población de Tacuba y sus alrededores.

Y concertamos también cómo vendría él con su estado mayor hasta un paraje de la calzada que se nombra Calzada de la Verónica, donde yo lo aguardaría, y cómo de allí adelante seguiríamos juntos hasta las puertas de nuestro Palacio Nacional.

Conque así fue. La mañana de otro día siguiente, 6 de diciembre del año de 1914, mis tropas y las de Emiliano Zapata empezaron su desfile por las calles de la ciudad de México y no lo acabaron hasta pasadas las cinco de aquella tarde. Hicimos, creo yo, formación muy bien arreglada, que descubrió a todos los habitantes la buena disciplina de mis hombres

711

y lo mejor de nuestras armas y equipos. Y claro se vio que el pueblo de la ciudad acogía a Eulalio Gutiérrez con sus aclamaciones más cariñosas, y que lo mismo me acogía a mí, y a Emiliano Zapata, y a Felipe Ángeles, y a los delegados convencionistas y a otros muchos jefes. ¡Señor, cómo nos saludaban aquellas señoritas con sus flores! Con flores me bañaban a mí, que traía uniforme de general de división, y con ellas hacían canastilla del sombrero de Emiliano Zapata, hasta que los ramos, por su peso, doblegaban el ala y la desbordaban. Recrecieron los aplausos y los vivas conforme Zapata y yo aparecimos a dar juntos nuestro saludo a Eulalio Gutiérrez, que miraba pasar las tropas desde un balcón del Palacio Nacional.

Entonces vio y estimó y sopesó nuestras tropas revolucionarias aquel cuerpo diplomático, representación extranjera que así se nombra, y tuvo para ellas, según palabras que se acercaron a decirme varios de los dichos representantes, muchos y muy grandes elogios. Me declaraban aquellos ministros y aquellos cónsules:

—Señor general Villa, son de muy buena disciplina estas tropas que usted trae: su caballería parece de hombres formados todos en la lucha; su artillería se descubre poderosa.

Yo les contestaba:

—Señores, no es sino el valor y la lucha por la justicia, que paso a paso van criando el ejército del pueblo.

Y me añadían ellos:

—Créanos, señor general: el orden en la capital de esta República nunca fue mejor que desde el día que empezaron a protegerlo sus fuerzas y las del general Zapata.

Les contestaba yo:

—Es, señor, masque haya usted oído otra cosa, que todos estos hombres que nos obedecen son los verdaderos soldados del bien.

Aquel mismo día Eulalio Gutiérrez mandó servir en Palacio banquete oficial en honor de los ejércitos del Norte y del Sur, de los ministros del gobierno, de los miembros de la Convención y de los señores diplomáticos, más otros muchos hombres revolucionarios que nos acompañaban.

Me dijo Eulalio Gutiérrez sentándome a su derecha:

—Usted aquí a mi lado, señor general Villa, pues en sus tropas alienta el más fuerte amparo de nuestra causa.

Y le expresó a Zapata, sentándolo a su izquierda:

—Y usted a este otro lado mío, señor general Zapata, que mediante el ánimo revolucionario de sus hombres del Sur se mantendrán encendidos los ideales del pueblo.

Con lo que nos sentamos y comimos. Y me toco tener a mi derecha al licenciado José Vasconcelos, aquel muchachito que me predicaba en Chihuahua cómo habría yo de ser el grande héroe de nuestra Revolución. Mientras comía él a mi lado, me hablaba sus muchas palabras, diciéndome:

—Pancho Villa y Emiliano Zapata, señor general, consuman al comer juntos en esta mesa la conjunción del pueblo y son como la aurora de la justicia.

Le respondía yo:

—Señor, la justicia vendrá conforme conciban ustedes el bien del pueblo en nuestras leyes y nosotros lo sostengamos con nuestras armas.

Uno o dos días después de aquel grande desfile hicimos ceremonia en honor de Francisco I. Madero, José María Pino Suárez y Aquiles Serdán. Sucedió que los letreros de las calles que tenía dedicadas a los dichos héroes el pueblo de la capital de nuestra República habían desaparecido de las esquinas al salir de México las tropas de Venustiano Carranza, sin saberse entonces qué manos criminales eran las autoras de tanto delito. Y para desagravio de la referida maldad, aquellas autoridades me hicieron ruego de ser yo quien con mis propias manos volviera a poner los dichos nombres en su lugar de antes.

A las diez de la mañana del 7 o el 8 de diciembre fui con Rodolfo Fierro, más otros hombres míos, más una banda militar, y no me recuerdo qué grande multitud, al punto donde se encuentra la tienda que nombran La Esmeralda. Trepé allí por una escalera que ya tenían dispuesta, y de un lado de la esquina arranqué el velo que cubría el nuevo nombre del señor Madero, y del otro el que cubría el nombre del señor Pino Suárez; lo cual hice mientras la banda tocaba nuestro Himno Nacional y todos aquellos hombres militares se cuadraban y todos aquellos hombres civiles se quitaban sus sombreros. Fuimos luego a otra esquina, donde también descubrí el nombre del señor Madero, y de esa otra esquina pasamos a una plaza, y allí descubrí el nombre de Aquiles Serdán.

Acabadas aquellas ceremonias, juntos Zapata y yo nos encaminamos hasta el panteón que guarda en su reposo los restos del señor Madero. Pero no fuimos solos los dos, sino que allí se nos incorporaron el general Felipe Ángeles, y José Isabel Robles, y Raulito, y Dionisio Triana, más otros muchos militares y civiles de nombres que no recuerdo. De modo que todos juntos consagramos nuestro pensamiento a la tumba de aquel grande apóstol de la ventura del pueblo, y depositamos nuestras coronas sobre aquellos mármoles y pronunciamos allí nuestros discursos. Aquel doctor de quien antes indico, llamado Miguel Silva, nos habló entonces muy buenas palabras sobre el martirio del señor Madero y lo que había querido hacer en bien de nuestra patria. Y en verdad que fueron de mucha belleza las expresiones que él nos dijo, por lo que nos hundimos en nuestra devoción y nos emocionamos. Pero aconteció, acabando de hablarnos él, que muchos de aquellos hombres pidieron con sus voces que yo también les hablara, y yo, sin poderme negar delante de tanta solicitud, aunque sabedor de la pobreza de mis ideas y de las malas formas de mi expresión, consentí en lo que me pedían.

Les dije yo:

«Mexicanos: Me faltan las palabras para declarar los sentimientos de mi corazón tocante a este héroe que a todos nos ampara con su memoria. El señor Madero fue hombre bueno, fue hombre justo que quiso en su justicia acabar para siempre con los padecimientos del pobre. Aunque así fuera, hubo unos malos hijos de México que lo traicionaron y lo asesinaron por los solos impulsos de la ambición y sin considerar siquiera la negra mancha que así echarían sobre todos nosotros los mexicanos, pues consumaban con su yerro la muerte del más alto presidente nuestro. ¡Señor! ¿Podía desconocerse que don Francisco Madero había salido de su reposo en obediencia a los mandatos de su deber? ¿No se había esforzado él, ni había sufrido él, ni había corrido él riesgos por el bien del pueblo? Y ¿cómo si ese pueblo lo quería y lo veneraba, podía serle traidor consintiendo que lo asesinaran, o dejando sin castigo a sus asesinos? Por eso, a impulso de nuestra conciencia, tomamos las armas contra Victoriano Huerta todos los hombres honrados del norte de nuestra República, y las tomaron todos los hombres honrados del Sur, y por eso salimos a la lucha propuestos a ensangrentarnos y morirnos mientras no trajéramos nuestro castigo a los autores de aquel grande crimen. Y es lo cierto, mis señores, que aquí estamos ya los referidos hombres del Norte y del Sur, y que venimos satisfechos de haber cumplido los mandatos del deber. Mas cuando así sea, también es verdad que al borde de esta tumba crece la congoja de nuestros corazones, pues no sólo murió el señor Madero por obra de sus enemigos, sino por la mala ayuda o la mucha culpa de sus amigos, que a todos nosotros nos alcanza...».

Así les hablé yo, y me emocioné. Y como al pronunciar aquellas últimas palabras, la angustia me subió hasta mi garganta, y me turbó, y me ahogó, ya no pude seguir expresando mi razón, sino que acabé con mis sollozos lo que había empezado diciendo con mi voz. Delante de lo cual, al verme llorar así,

714

lloraron conmigo todos los hombres que me oían, y de ese modo hicimos al señor Madero la ofrenda de regarle juntos su tumba con la humedad de nuestras lágrimas.

Por aquellas mismas fechas prestaron juramento los primeros ministros de Eulalio Gutiérrez, que no fueron todos los que en un principio pensaba él escoger, sino tan sólo José Isabel Robles, y Felícitos Villarreal, y Valentín Gama, más aquel licenciado Miguel Alessio Robles que me había traído mensaje de Pablo González durante la batalla de Zacatecas, y un ingeniero apellidado Rodríguez Cabo, y José Vasconcelos, licenciado también.

Pasado el dicho juramento se celebró en Palacio consejo de ministros, y luego de aquel consejo, Emiliano Zapata y yo celebramos junta con Eulalio Gutiérrez y José Isabel Robles, la cual fue tocante a la distribución de los mandos en el norte y el sur de nuestra República, y a la forma de nuestras operaciones contra Venustiano Carranza y los jefes que lo acataban en sus órdenes.

Porque no sólo dominaban los hombres carrancistas desde Puebla hasta Veracruz, con las comarcas llamadas del Istmo, más Yucatán, y Jalisco, y Tepic, y Sinaloa, sino que se mostraban potentes en el Noreste, por la parte de los territorios que poco antes habían sido de Pablo González, donde ya estaban sobre las armas Luis Caballero y Antonio I. Villarreal, y con ellos Maclovio Herrera, que allí se les había unido. Tampoco se conocía aún claramente qué bando iba a sostener Lucio Blanco por los estados de México y Michoacán, ni cuál protegería Luis Gutiérrez en Coahuila, pues aunque aquel jefe era hermano de Eulalio Gutiérrez, no se allanaba a reconocer nuestro gobierno.

O sea, que era muy grande la confusión, y de mucha furia la pelea que nos aguardaba. De Álvaro Obregón sabíamos que andaba organizando gente por los estados de Veracruz, Tlaxcala y Puebla, y que buscaba comunicarse con Mazatlán desde el puerto llamado de Salina Cruz, propuesto él a lograr contacto con las fuerzas que Iturbe tenía en Sinaloa, donde no había logrado imponerse Felipe Riveros, y con las que Manuel Diéguez mandaba en Jalisco. Sabíamos, además, que eran muchas las providencias de Venustiano Carranza para surtirse de los mejores elementos, y que hacía agencias para desacreditarnos delante de todas las naciones civilizadas, y que escribía cartas y mensajes a los jefes convencionistas, para que nos desconocieran. Digo que así, al abrigo del dicho desconcierto, los hombres carrancistas peleaban la triste guerra de sus calumnias contra mi persona.

Álvaro Obregón publicaba sus odios y sus mentiras en sus papeles de Veracruz, los cuales remitía al Norte en su mal ánimo de deshonrarme en mis propios territorios. Decía él:

«Pancho Villa es hombre traidor, asesino y ladrón. Traicionó y quiso asesinar al señor Madero en Ciudad Juárez, con lo que empezó entonces su vida, hecha sólo de traiciones. Quiso traicionar a Victoriano Huerta cuando este otro traidor era todavía fiel al señor Madero. Asesinó al buen hombre revolucionario apellidado García de la Cadena. Asesinó al inglés Guillermo Benton. Quiso asesinar al general Manuel Chao. Quiso también asesinarme a mí por no haber aceptado yo unirme con él en traiciones contra el señor Carranza. Se apoderó de los millones de pesos y dólares que había en nuestra Tesorería de Ciudad Juárez. Inculcó la traición en José María Maytorena. Asesinó al coronel Manzanera, enviado de Domingo Arriata a la Convención de Aguascalientes. Explota el juego en sus territorios, para el libertinaje y el derroche suyo y de su familia. Quiso conchabarse con José Refugio Velasco para que los federales no me hicieran rendición de la ciudad de México al consumarse nuestro triunfo sobre Victoriano Huerta. Quiso asesinar al teniente coronel Julio Madero, que pasaba por Irapuato en el desempeño de una comisión. Ha hecho pacto con los federales de la Baja California, lo que cobija traición a la causa revolucionaria».

De este modo me calumniaba él, y calumniaba a José María Maytorena, y a Felipe Ángeles, y nos nombraba la Trinidad Maldita, encabezadora del movimiento reaccionario, y decía que todo en nosotros tres era obra del asesinato y la traición, y que si la Convención triunfaba, México se gobernaría por el gobierno de tres traidores.

Y al conocer aquellas negras palabras, yo nada más reflexionaba entre mí: «¡Señor, qué triste cosa es que así crimine Álvaro Obregón a tres buenos hombres revolucionarios que junto con él hemos combatido para el bien del pueblo!».

Aquel mismo día de nuestra visita a la tumba del señor Madero, Emiliano Zapata y yo fuimos a expresarnos con Eulalio Gutiérrez, que guardaba cama en un cuarto del hotel que nombran Hotel Palacio, en el cual se posaba. Allí nos concertamos, los tres de un solo parecer, conforme a lo que ya teníamos apalabrado con José Isabel Robles, sobre el nombramiento de Zapata para jefe de las operaciones en los estados del Sur, que formaban su territorio, y el plan de la campaña que a él y a sus hombres les incumbía. Según los referidos planes, consumada por Zapata la toma de la ciudad de

Puebla, que ya sus fuerzas estaban amagando para quitársela a Salvador Alvarado y otros jefes carrancistas, emprendería su avance sobre Veracruz y en seguida el ataque y toma de Oaxaca. También se convino entonces mi salida hacia el Norte, adonde urgentemente me llamaban ya muchos negocios, y se me dio misión de concertar desde Irapuato la salida de tropas mías que fueran a la destrucción de Diéguez en Jalisco, y que siguieran luego hacia Colima y Tepic, todo ello bajo el mando mío y siendo yo el jefe de las operaciones del Norte.

Mas declaro ahora, por ser verdad, que mucho dudaba yo en mi ánimo tocante a la capacidad de Zapata y su gente para vencer la resistencia de Obregón en Puebla y Veracruz, o para afrontarlo en sus ataques, pues no columbraba yo que fueran ellos hombres para el caso. Aunque también es cierto que Zapata consideraba ser aquélla la línea de sus armas, y yo quise respetársela, diciéndome: «Al menos hay que esperar el resultado de estos primeros encuentros. Zapata es buen hombre revolucionario y hombre de valor; cuando no venza, sabrá mantenerse en sus territorios, según ya lo ha demostrado no desamparándolos por varios años. O sea, que si las peripecias de las armas lo convencen de la necesidad de mi ayuda, él solo, y sin que nadie lo lastime, la solicitará. ¿He de imponérsela yo desde ahora con peligro de que lo tome a malquerencia o injusticia?».

Me limité, pues, a darle mi auxilio en armas y municiones, más mis mejores consejos, y luego luego dispuse mi viaje al Norte, tras de dictar mis providencias para la columna que había de salir a la conquista de Jalisco.

IV

Al día siguiente de entrar en México las tropas de la Convención, empiezan las desavenencias entre Pancho Villa y Eulalio Gutiérrez

Pláticas sobre Guillermo García Aragón • David Berlanga • Rodolfo Fierro • En el cuartel de San Cosme • Don Hilario Lozoya • Nicolás Fernández • Don Sabás Lozoya • Un enviado de José Isabel Robles • Paulino Martínez • Manuel Palafox • Antonio Díaz Soto y Gama • El 14 de diciembre de 1914 • Hacia Chihuahua • La nueva ley de Venustiano Carranza

En aquellas primeras pláticas mías con Emiliano Zapata me había dicho él:

—Señor general Villa, viene entre los generales de la Convención uno que allí se cobija con el disfraz de los buenos revolucionarios, pero que en verdad es sólo hombre de muy malas cuentas para la causa del pueblo: se nombra Guillermo García Aragón, y conforme a mis noticias, Eulalio Gutiérrez lo ha escogido para gobernador de su palacio. Yo le pido que me lo entregue, señor, para que conmigo se descargue él de sus culpas, que no me decido a cogerlo por la fuerza, respetuoso yo de ser usted quien protege con sus tropas todos estos delegados de la Convención.

Así me habló sus palabras Emiliano Zapata, aclarándolas con otras más. Y como yo considerara entonces que podía tener razón, pues él era buen juez para los hombres y hechos de sus territorios, según lo era yo para los hombres y los hechos de los territorios míos, le contesté que sí, que le entregaría el general que me solicitaba. Yo le dije:

—Señor general, protejo yo con mis fuerzas el gobierno y los hombres de la Convención, mas créame que el dicho amparo no existe en ignorancia de la justicia del pueblo. Ese hombre que usted reclama se le entregará.

Y como lo dije, lo hice. Aquella misma tarde mandé poner preso en el carro de mi escolta al general García Aragón, y otro día siguiente vinieron a llevárselo unos enviados de Emiliano Zapata. Es decir, que cuando Eulalio Gutiérrez, sabedor de lo que pasaba, mandó pedirme que diera yo por libre al dicho García Aragón, quien a más de delegado ante la Convención era gobernador de Palacio, le contesté que el preso estaba ya en poder de Emiliano Zapata, el cual, según mis informes, se disponía a aplicarle las leyes de la justicia.

Supe también por aquellas fechas que otro delegado convencionista, de nombre David Berlanga, y que, conforme a mi memoria, era maestro de escuela y tenía grado de teniente coronel, andaba a todas horas criminándome por aquellas calles, y por aquellas cantinas, y por aquellos restaurantes, donde a todos declaraba cómo era yo hombre bandido, amenazador del futuro de nuestra patria, y cómo por mis actos y los de mi gente se perdería la causa del pueblo, y que Eulalio Gutiérrez debía desconocerme, igual que había desconocido a Venustiano Carranza, para alcanzar la concordia. Y de esta forma iba él echando por doquier la semilla de la división.

Al tanto yo de aquello, pensaba entre mí: «¿Hablaría así este hombre sus palabras si otros no lo apoyaran en su pensamiento? ¿No es el dicho David Berlanga persona del cariño de Eulalio Gutiérrez y de grande amistad con algunos de los señores ministros?». Y cavilaba yo si no andaría él propalando en mi contra lo que a Eulalio Gutiérrez le gustaba que se creyera.

Llamé entonces a Rodolfo Fierro y le dicté mis providencias. Le dije yo:

—Amigo, me llegan malas noticias de las expresiones y actos de conducta de David Berlanga. Usted me lo vigila, usted me lo observa, y si en verdad mira daño en lo que hace o lo que dice, me lo aprehende, señor, le pone centinelas de vista y viene a decirme dónde lo tiene, para que vaya yo a verlo y él y yo nos expresemos.

Y sucedió que al otro día vino Rodolfo Fierro y me dijo:

—Mi general, ya tengo preso en nuestro cuartel de San Cosme a David Berlanga, que nos criminaba anoche a todos los hombres de la División del Norte y lo acusaba a usted con sus peores palabras.

Le pregunto yo:

—¿Y de qué me crimina a mí David Berlanga?

Me responde:

—De que usted y la División del Norte serán la perdición de nuestro triunfo, el cual dice él que se malogrará si Eulalio Gutiérrez no busca el amparo de los buenos hombres revolucionarios, en vez de apoyarse en bandidos como Pancho Villa y Emiliano Zapata, que ahora lo protegen.

Yo entonces le dije:

—Muy bien, señor; pues verá usted hoy mismo cómo aplasta Pancho Villa esos perritos que le andan queriendo morder el calcañar.

Es decir, que fui ese día al cuartel de San Cosme con Rodolfo Fierro, más Luisito, más otros hombres míos, y así que el dicho David Berlanga estuvo delante de mí, lo reconvine por su proceder. Esto contenían mis palabras:

—Muchachito, es usted uno de esos hombres que se nombran majaderos, al cual van a fusilar por mi orden, para que otros se midan en sus juicios tocante a mi persona y a las fuerzas de mi mando. ¿Qué sabe usted de mí, señor, para que de ese modo vilipendie los actos de mi conducta? ¿Cuándo lo he acogido yo en los secretos de mi corazón o de mi ánimo? Si yo y mis hombres fuéramos bandidos, según usted asegura, ¿formaríamos el mayor ejército con que cuenta la causa del pueblo? ¿Quién le enseñó a conocer que son hombres funestos los que me siguen, y hombres salvadores los que se inclinan a favor de Venustiano Carranza? ¿Por qué siembra usted así la discordia? ¿Por qué enturbia con sus malos juicios la conciencia de estas horas, que no son de palabras, sino de lucha? ¿Conque quiere usted que Eulalio Gutiérrez se aparte de mí, y así deje nuestra causa sin el amparo de la ley que él representa? Pues son ésos muy malos pensamientos, muchachito, que se castigan con la pena de muerte, porque no he venido yo conquistando territorios desde las fronteras de nuestra República, y a costa de la sangre del pueblo, para que hombres como usted, ignorantes de por qué mato cuando mato, y por qué robo cuando robo, malogren el triunfo mío y de mis hombres buscando otra desunión. ¿No considera, señor, siendo tan grandes sus luces de inteligencia, que si Gutiérrez se aparta de mí, o yo de él, provocaremos de esa forma, más que con las armas enemigas, la muerte de todos nuestros ideales? ¿No descubre que con sus voces acoge y propaga los llamamientos de Venustiano Carranza y Álvaro Obregón, que sólo procuran que nos dividamos? Para quitarle esas ideas voy a mandarlo fusilar.

Eso le dije yo, y aunque intentó él justificarse, sin negar aquellos cargos que yo le hacía, sino ponderándomelos como buenos y alabándose en la pureza de sus intenciones, yo le aclaré, para atajarlo en sus palabras:

—Señor, con las buenas intenciones no conseguirá el pueblo el triunfo de su justicia; lo alcanzará con las buenas obras de sus hombres.

Y sin más, di allí mis órdenes para que lo fusilaran, y él las oyó con el semblante de los ánimos serenos y valerosos.

Eso dispuse yo, por ser aquél un castigo que el dicho David Berlanga merecía, y también para que todos conocieran cómo Pancho Villa estaba propuesto a no consentir ninguna división entre los ejércitos convencionistas. Porque pensaba yo entre mí: «¿Para qué valgo yo pues, señor? ¿He de dejar, por blanduras mías delante de los yerros de curritos y licenciados, que el grande triunfo del pueblo se malogre?».

Pero no desconozco ahora, a distancia de tantas fechas, que muy revuelta debía yo de traer entonces toda la cólera de mi cuerpo considerando la negra acción de los hombres que buscaban separarme de Eulalio Gutiérrez. Porque es lo cierto que al saber en seguida cómo también estaba preso en el dicho cuartel de San Cosme un señor de nombre Hilario Lozoya, que había sido gobernador de Durango en tiempos de Victoriano Huerta, dispuse que me lo trajeran ante mí y le eché en cara la vergüenza de aquel acto suyo. Le hablé así:

—Señor, según yo creo, es usted hombre que de niño debió de criarse a los pechos de muy mala mujer, puesto que andando los años vino a servir a la Usurpación y los crímenes de Victoriano Huerta. ¿No sabía usted que Pancho Villa era también de Durango, y que algún día lo había de agarrar para castigarlo, aunque usted se escondiera en el más secreto rincón de nuestro territorio?

Y seguí dirigiéndole las peores palabras de mi enojo.

Él, conforme se vio delante de mí, se azoró, y conforme oyó mis expresiones, se puso a sollozar; y conforme adivinó que iban a fusilarlo, se arrodilló, y lloró más, y se abrazó a mis piernas, y se acordó de mi clemencia. Mas no le consentí yo que se justificara conmigo, puesto que siendo él quien era, tenían que ser falsas sus palabras, sino que dispuse que también a él lo fusilaran.

Y así iba a pasar; pero según salíamos del referido cuartel, Nicolás Fernández, que allí estaba, llamó a solas a Luisito y le habló a la oreja; y Luisito se me acercó de nuevo para explicarse conmigo. Me dijo él:

—Mi general, dice Nicolás Fernández que hay en esto equivocación.

Yo le pregunto:

—¿En qué dice, Luisito, que hay equivocación?

—En el fusilamiento de este don Hilario Lozoya, mi general.

Yo le respondo:

—No, Luisito, no hay equivocación: los hombres criminales que protegieron los crímenes de Victoriano Huerta deben morir pasados por las armas. Si no, ¿cuándo se purifica nuestra Revolución?

Entonces él me aclara:

—Pero ocurre que este hombre no es don Hilario Lozoya, mi general, sino un hermano suyo nombrado don Sabás, dueño de la hacienda que en Durango se llama Agua Zarca. Nicolás Fernández, que allá fue caporal suyo, así lo certifica.

O sea, que oyendo yo lo que Luisito me decía, se acallaron los arrebatos de mi cólera. Y llamé a Nicolás Fernández para que me desenredara aquel negocio; y vino él y me confirmó que aquel hombre no era don Hilario Lozoya, sino don Sabás Lozoya, que él conocía de mucho tiempo. Ante lo cual, muy conturbado yo en mi pensamiento, ordené en seguida suspender la referida ejecución, y hasta quise poner en libertad al dicho don Sabás Lozoya y expresarle mis felicitaciones por no ser él el hermano suyo que merecía la pena de muerte; pero considerando luego lo grave del yerro a que acababan de llevarme los extremos de mi arrebato, decidí que se quedara allí el preso en espera de las satisfacciones que le debía mi justicia.

Supo Eulalio Gutiérrez la muerte de Guillermo García Aragón, ordenada por Emiliano Zapata; supo la muerte de David Berlanga, ordenada por mí. Reunió su consejo de ministros y mandó preguntarme que si en verdad las dichas muertes se habían hecho en obediencia a órdenes mías. También mandó decirme cómo andaban muy alterados los ánimos de la Convención.

Yo le contesté:

«Señor, de la muerte del general García Aragón nada puedo informarle, pues vivo lo entregó mi escolta a los enviados de Emiliano Zapata. Tocante a David Berlanga, le digo que me fue preciso mandarlo fusilar para que ya nadie sueñe con las imaginaciones de que usted y yo podemos separarnos».

Y como eso pasó en horas en que ya estaba dispuesta mi salida hacia Irapuato, adonde iba yo a establecer mi cuartel general para la campaña contra Manuel Diéguez, que dominaba Jalisco, nada más se alegó entonces acerca de tales asuntos.

Estando en Irapuato otro día siguiente, llega a verme un enviado de José Isabel Robles y me dice:

—Mi general, manda informarle mi general José Isabel Robles que trabajan muy malas influencias sobre el ánimo de Emiliano Zapata, las cuales buscan desunir los elementos que ahora apoyan a nuestro gobierno de la Convención. Las dichas influencias son el periodista Paulino Martínez, el general Manuel Palafox y el licenciado Antonio Díaz Soto y Gama. Y añade mi general José Isabel Robles estas palabras: «Es urgente que mi general Villa ataje el crecimiento de tan grave daño».

Y quiso el azar de aquel día, que otro hombre de mi confianza, llamado don Luis de la Garza Cárdenas, que llegaba entonces de Torreón, me trajera también los peores informes sobre la persona de aquel periodista Paulino Martínez, el cual, según se probaba por unos periódicos que se me enseñaron, nombrados *La Voz de Juárez*, había sido muy cruel enemigo del señor Madero. Reflexioné por esto que el dicho Paulino Martínez no era merecedor de nuestros miramientos, y pensé que acaso sucediera lo mismo con aquel general Manuel Palafox, que era secretario de Zapata, y con aquel licenciado Díaz Soto y Gama, que lo iluminaba con su consejo.

Estimé así que sólo con muy grande fundamento podía José Isabel Robles mandar comunicarme aquel mensaje suyo, por lo que resolví ayudarlo con mi auxilio. Llamé entonces a Rodolfo Fierro y le dije:

—Amigo, vuelve usted luego luego a México y se concierta allá con José Isabel Robles en lo que se deba hacer. Ésta es mi orden: si conviene fusilar a Paulino Martínez, o al general Palafox, o al licenciado Díaz Soto y Gama, usted los fusila.

Y lo que sucedió fue que la noche de otro día siguiente, 14 de diciembre de aquel año de 1914, Rodolfo Fierro sacó de su casa al referido Paulino Martínez, con el hincapié de un recado de José Isabel Robles para que se presentara en el Ministerio de la Guerra, y lo llevó al cuartel de San Cosme y allí lo fusiló y lo enterró.

Eso hizo él en acatamiento de mis órdenes y por consejo de José Isabel Robles; y, para mi juicio, obrábamos bien al defender así la causa del pueblo, pues eran ya muchas las intrigas que nos cercaban. Aunque, según se vio luego, ni así había yo de librarme de los panoramas políticos en que las intrigas de todos aquellos hombres buscaban meterme, ni había de librarse José Isabel Robles, a quien extraviarían de allí a poco sacándolo de la senda del deber.

Hice viaje a Chihuahua tan pronto como dejé instalado en Irapuato mi cuartel general. Llegué a Chihuahua. Allí me alcanzaron noticias del nuevo plan que publicaba en Veracruz Venustiano Carranza. Esto contenían sus palabras:

«De los ejércitos formados para la lucha contra la Usurpación, las divisiones del Noreste, del Noroeste, del Centro y del Sur acataron siempre las órdenes de mi jefatura, con lo que trajeron muy grande concordia. No sucedió así con la División del Norte, del mando de Francisco Villa, quien pronto descubrió miras personales y acabó negándome su obediencia. Consumado el triunfo de nuestra Revolución, me dispuse a organizar el nuevo gobierno y quise dar las nuevas leyes que el pueblo exigía; mas todo se malogró por los embarazos que me puso la División del Norte, conchabada ya con los hombres reaccionarios propuestos a impedir el desarrollo de nuestros ideales constitucionalistas. Convoqué en la ciudad de México junta de generales y gobernadores que fijara las leyes del nuevo gobierno, y las reformas que se habían de hacer, y la fecha del nombramiento de nuestros nuevos gobernantes; pero la dicha junta tuvo que trasladarse a Aguascalientes, donde perdió su libertad y quedó sujeta a los dictados de la División del Norte y de su general Francisco Villa, por lo que muchos de los jefes allí reunidos, repudiándola, volvieron a la obediencia de mi jefatura. De este modo se ha trabado la lucha en que ahora estamos y a la cual acudo protegiendo yo el bien de nuestra patria y hablando las palabras de la verdad. Sepan todos que los hombres que apoyan a Francisco Villa son los mismos que cerraron al señor Madero el camino de su política en beneficio del pueblo; sepan todos que Francisco Villa es hombre reaccionario, comprometido a estorbar el desarrollo de nuestro triunfo constitucionalista; sepan todos que el deber de nuestra Revolución es seguir ahora contra él la lucha empezada contra Victoriano Huerta. Dispongo por eso, de acuerdo con mis generales y gobernadores, que siga en vigor el Plan de Guadalupe, el cual me reconoció por Primer Jefe de nuestra causa; que mi dicha jefatura se mantenga mientras no sea vencido el enemigo ni se establezca la paz, y que durante ese tiempo pueda yo dar todas las leyes que estime necesarias, y consumar la reforma agraria en favor de los pobres de nuestros campos, y la reforma obrera en favor de los pobres de nuestras ciudades, y la reforma de los impuestos, y la reforma judicial, y la municipal, y la religiosa, y la militar, y todas las otras reformas que el pueblo quiere. Dispongo también que durante todo ese tiempo seré yo quien organice y mande nuestro ejército, y quien nombre y quite todos los ministros de mi gobierno, y todos los jefes militares, y todos los gobernadores, y todos los empleados de la Federación, y de los estados, y de los municipios, y yo quien imprima el dinero y haga empréstitos, y autorice los gastos y los vigile, y tome propiedades, y así todo lo demás. Es decir, que seré yo toda la autoridad hasta que se consume nuestro triunfo».

Conforme a mi memoria, así era la nueva ley que el señor Carranza se daba para mandar sin ningún tropiezo durante no sé cuántos años. Pero es lo cierto que ahora sí ofrecía al pueblo las reformas que yo y mis generales, y Antonio I. Villarreal y otros jefes de Pablo González, habíamos exigido en las Conferencias de Torreón y que Venustiano Carranza no aceptó. O sea, que mientras me acusaba ahora de reaccionario con el hincapié de sus recriminaciones, reconocía él en mí, cuando no lo confesara en palabras, el mayor de los hombres de nuestra Revolución. ¿O es, señor, que no veía él cómo estaba ofreciendo, cual si en verdad fuera obra suya, el desarrollo que yo había querido siempre para nuestra causa?

Y mirándolo, pensaba entre mí:

«Quiso Carranza ser nuestro tirano con desconocimiento de las aspiraciones del pueblo. Pero vio pronto que así no lo podía ser, y ahora promete dentro de las formas de su tiranía lo que nosotros buscábamos dentro de las formas de la libertad».

V

Después de entrar en Guadalajara, Pancho Villa descubre, por conducto de Juan Cabral, las inquietudes de Eulalio Gutiérrez

Palabras de generales favorecidos • Una carta de Obregón • Manifiesto de Luis Caballero • El plan de ataque que proponía Ángeles • La ruta de Emiliano Zapata y los temores de Villa • Un aviso de Emilio Madero • El plan de ataque de Villa • Manuel Peláez • Estación Corona • Guadalajara • Las iglesias y el bien del pueblo • La misión de Juan G. Cabral

Conforme Venustiano Carranza publicaba en Veracruz aquellos planes políticos contra mi persona, muchos de sus generales favorecidos le daban no sólo el apoyo de las armas, sino el de las palabras. Álvaro Obregón afeaba a Eulalio Gutiérrez el andar unido conmigo en la lucha por el bien del pueblo. Le decía él, mediante los periódicos:

«Señor general Eulalio Gutiérrez: Confiese si es cierto, señor, según lo es, que en Aguascalientes declaró usted muchas ocasiones, delante de la presencia mía, y de José Isabel Robles y Manuel Chao y Eugenio Aguirre Benavides, cómo Francisco Villa era hombre bandido y asesino, funesto para el futuro de nuestra República. Confiese si es cierto que nos tomaba usted a mal aquellas agencias que yo y otros buenos hombres revolucionarios hacíamos en beneficio de la concordia, y que nos decía: "Pancho Villa es hombre que sólo entenderá a balazos; Pancho Villa es hombre que debe desaparecer". Y yo nomás le pregunto: ¿Dejó Villa de ser bandido por el solo hecho de llamarlo usted para protegerse en la guerra que nos hace a nosotros, los jefes honrados resueltos a no concertarnos en el servicio de las grandes ambiciones que él alimenta? ¿Dejó usted su honradez, señor, para conchabarse con Francisco Villa y salir a la guerra contra sus mejores compañeros en las armas y en el pensamiento? Todo lo cual le publico, señor general Gutiérrez, porque me duele verlo convertido en instrumento de la traición, aunque también me propongo publicar su respuesta tan pronto como me la mande».

Eso propalaba en los periódicos Álvaro Obregón, inclinado a que Gutiérrez y yo nos distanciáramos, y a que me distanciara yo de Robles, y de Chao, y de Aguirre Benavides. Pero reflexionaba entre mí: «Obregón no es hombre amante de la verdad, sino hombre que usa la mentira cada y cuando le conviene en las peripecias de la lucha. No tiene conciencia que lo cohíba, ni hay buena fama que lo detenga. De ser cierto que Gutiérrez pensaba de mí lo que Obregón dice, ¿me habría él escogido por jefe de los ejércitos convencionistas?».

Y aunque así no fuera, cosas iguales propalaban en mi contra muchos de aquellos jefes favorecidos de Venustiano Carranza. Decía Luis Caballero:

«Llamo otra vez a la guerra de las armas a los hombres honrados que me siguieron en mi lucha contra el dictador Porfirio Díaz y contra el usurpador Victoriano Huerta. Ahora tengo que combatir la nueva tiranía, que se levanta detrás de la División del Norte. Hombres revolucionarios de Tamaulipas: Se posa en el corazón de nuestra República el germen maldito de una inicua trinidad, encabezada por el bandolero Francisco Villa; el deber nos manda salir a aniquilarla».

Me había dicho a mí Felipe Ángeles al consumarse nuestra llegada a la ciudad de México:

—Mi general, según yo creo, no debemos consentir que se rehaga el enemigo que ahora huye delante de nosotros hacia las comarcas de Veracruz. Venustiano Carranza es político tenaz; Álvaro Obregón es militar de muy grande malicia y de muchos recursos. Viva seguro, señor, que si nosotros les damos tiempo se organizarán y fortalecerán. Enredará Carranza en Washington mediante aquellos licenciados Rafael Zubarán y Eliseo Arredondo, que allá lo representan; nos debilitará Obregón con sus calumnias, que nos traerán la cizaña, y nos inculcará la desconfianza de unos para con los otros, y nos acarreará muy grande desprestigio. Yo le aconsejo que con toda nuestra División del Norte nos echemos desde luego sobre los territorios de Veracruz, y que no paremos hasta desbaratar aquel enemigo, y dejarlo sin acción, y hundirlo en el mar para que se ahogue.

Yo le contestaba:

—Señor general, son muchos los caminos que la causa del pueblo anda para su triunfo. Reflexione cómo no podemos quitarle a Emiliano Zapata la ruta de sus armas, que es la de Puebla, y la de Oaxaca, y la de Veracruz. Si no contentos con la grande fama de todos nuestros triunfos, caemos en el yerro de escatimar a Emiliano Zapata las victorias que él espera, ¿cómo lo confirmo yo luego en el desinterés de nuestro ánimo?, ¿cómo evito que entonces me niegue su fe? Cuanto más, señor general, que son mayores otros peligros que nos acechan. Está Manuel Diéguez en Jalisco, con Iturbe en Sinaloa; está Luis Gutiérrez en Saltillo, con Villarreal y Maclovio Herrera en Monterrey, y con Caballero en Ciudad Victoria, y con no sé qué otras fuerzas en Tampico y sobre la línea de San Luis; está Lucio Blanco por Acámbaro en actitud que no comprendo; y así está Zuazua en Salvatierra, y así están otros jefes que todavía no me otorgan su confianza.

Me respondía él:

—Oigo lo que me dice, mi general; pero considere que esos peligros menores desaparecerán en cuanto pase el grande peligro que Carranza representa. Aquellos jefes son como sombreros colgados de un perchero, que es Venustiano Carranza, y aconseja el buen uso de nuestros elementos no ir descolgando uno a uno los sombreros, mi general, sino quitar el perchero, para que de esa forma todos los dichos sombreros se caigan.

Y en verdad que considerando yo cómo Felipe Ángeles podía tener razón, le hablé así mis palabras:

—Señor general, viva seguro que si Emiliano Zapata no resiste este primer encuentro con las fuerzas de Obregón, iremos nosotros en avance incontenible hasta las playas de Veracruz, y con ese ánimo tenga usted listos sus setenta y siete cañones, que de modo igual tendré yo listos todos los hombres que me siguen.

Pero sucedió que luego recibí noticia de Emilio Madero sobre los preparativos de Villarreal y Maclovio Herrera para venir al ataque de Torreón, ellos en su propósito de cortarme de mi base de operaciones, y al punto comprendí cómo no debía retrasar más mi plan de ir a la destrucción de todo aquel enemigo que me amenazaba por mi retaguardia. Llamo entonces a Felipe Ángeles, y a mi compadre Tomás Urbina, y a José Isabel Robles, el cual, según antes indico, era ministro de la Guerra, y les digo:

—Señores, mi base de operaciones sufre el amago de fuerzas que se mueven para el ataque de Torreón. A lo que yo opino, ese peligro no lo podemos conllevar. Éstas son mis providencias: mientras yo, con cuartel general en Irapuato, mando tropas que consumen la derrota de Manuel Diéguez en Jalisco, usted señor general Ángeles, va con una columna a la toma de

Monterrey, y usted, señor general Urbina, se prepara a salir a la conquista de la línea que corre desde San Luis hasta Tampico.

Ángeles me declaraba:

—Ése no es buen plan para nuestra campaña, mi general. Dueños nosotros de la capital de nuestra República, aquí radica nuestra base de operaciones con tal que logremos el dominio de la línea de Veracruz. Yo le prometo que no me engaño. Si damos tiempo a Carranza, él crecerá y se salvará, pues puede contar con los recursos de aquellas comarcas petroleras. Vamos primero sobre él, hasta desbaratarlo y aniquilarlo, ahora que sus fuerzas son pocas, y luego será obra fácil recobrar cuanto perdamos en el Norte.

Pero le contestaba yo:

—No, señor. Tengo aquí cuarenta mil máuseres, y setenta y siete cañones, y diez y seis millones de cartuchos, con lo cual no dudo que lleguemos a Veracruz, y que nos extendamos por todos aquellos territorios. Pero ¿concibe, señor general, lo que será de mí si en las peripecias de esta lucha pierdo el dominio del Norte y la parte de la frontera que me favorece? ¿Qué futuro me aguarda sin la plaza de Torreón, y sin Chihuahua, y sin Ciudad Juárez? Reflexiónelo, señor general Ángeles; allá están mis recursos, y mis elementos, y mis organizaciones. Con sólo el dominio del más remoto de aquellos territorios hemos conseguido una vez llegar hasta aquí; con ese solo dominio llegaremos aquí otra vez. Yerran sus luces de inteligencia si no estima que el buen camino es el camino conocido. Y tocante a los recursos de los nombrados campos petroleros, no se alarme, señor, que ya ando en tratos con un general de apellido Peláez para que allá se los estorbe a Venustiano Carranza.

Y es lo cierto que Felipe Ángeles me oyó en mi razón y recibió por buenas aquellas providencias que yo estaba dictando, con lo que se dispuso la salida de las referidas columnas.

Hice mi entrada a Guadalajara el 17 del mes de diciembre de 1914, todos aquellos moradores ansiosos de aclamarme y aplaudirme, y de aclamar y aplaudir el desfile de mis hombres, que habían llegado allí casi sin pelear. Porque lo más del pueblo sabía ya cómo Diéguez, tras de aprontarnos alguna resistencia en el sitio que se nombra, según es mi recuerdo, Estación Corona, no había puesto respiro en su retirada, sino que de Guadalajara se fue hasta Zapotlán, y de Zapotlán hasta más allá de Tequila, lugar que así se llama en el rumbo hacia Manzanillo.

Pienso yo, conforme a mi juicio, que en Guadalajara todos mis actos fueron buenos para demostrar cómo a mí y a mis tropas nos impulsaba la justicia del pueblo, y cómo desarrollábamos nuestro triunfo dentro de las formas de una bien arreglada revolución que quería el bien del pobre y la tranquilidad de la gente pacífica. O sea, que llegué allí nombrando autoridades justas, que protegieran a los buenos trabajadores en su trabajo, y a los buenos negociantes en sus negocios, y a los buenos propietarios en su propiedad. Y no autoricé que se hicieran persecuciones si no aparecía clara la causa de un buen fundamento, ni consentí desmanes que algunos hombres buscaban cometer con el hincapié de ser gente revolucionaria quien los quería y gente reaccionaria quien había de sufrirlos.

Vino a verme una comisión de hombres y mujeres de mucho amor por las creencias religiosas, y me dijeron:

—Señor general Villa, nosotros no sabemos de guerra, ni de política, ni de revolución, aunque es verdad que quisiéramos saberlo para pedir a Dios en nuestras oraciones el triunfo de los ejércitos que batallan por la justicia. Pero sucede, señor general, que no haciendo nosotros mal a nadie con las palabras de nuestros rezos, que son de amor para nuestros semejantes, por mandarlo así el Dios que nos ilumina, el señor general Diéguez dio orden de que se clausuraran aquí todas nuestras iglesias, sin conocer nosotros el mal consejo que en eso lo guiaba. Por eso, señor general Villa, venimos delante de usted y le expresamos de este modo nuestras palabras: ¿qué daño obran al bienestar del pueblo los cirios de nuestros altares ni las sagradas imágenes que allí se glorifican?

Yo les respondí:

—Convengo, señores, en lo principal de su razón: ningún daño cobija para el pueblo el alivio que con sus rezos implora el triste delante del altar. Mas confiesen también que detrás de los altares que los pobres levantan con sus creencias, se ocultan muchas veces los malos sacerdotes que engañan a los de abajo con el ministerio religioso, y que los explotan, y que los extravían para que también los exploten las familias ricas, dueñas del pan. Les digo, pues: que no hizo bien Manuel Diéguez en quitarles a ustedes los templos de su religión, y que los dichos templos yo los voy a abrir, masque los haya él cerrado por parecer muy grande hombre revolucionario, y masque publique de mí, por abrirlos, que soy instrumento de la reacción. Pero yo les aseguro que si al amparo de esos templos descubro hombres del clero explotadores y engañadores del pobre, cuanto más si son de los nombrados jesuitas, no los perdonaré, sino que los castigaré, según he castigado los de otras ciudades, pues una es la Iglesia que cobija a los pobres con su manto, y otra la Iglesia que busca cobijarse con el manto de los pobres.

Así les hablé yo, y allí mismo dispuse que todas las iglesias de Guadalajara se abrieran; por lo cual, bien sabidas mis palabras, toda aquella multitud de las calles me seguía, me saludaba y me aclamaba.

Encontrándome todavía en Guadalajara, vino a conferenciar conmigo, de parte de Eulalio Gutiérrez, aquel general nombrado Juan G. Cabral, de quien ya antes indico. Así que lo vi de lejos, que fue en la hora de las órdenes mías para que las iglesias se abrieran, mandé decirle que se me acercara.

Le pregunto yo:

—¿Qué trae por estos terrenos, señor general?

Él me responde:

—Me mandan aquí de espía, señor general.

Y oyéndolo yo, me reí, pues no podía ser cierto que Eulalio Gutiérrez me mandara espiar, cuando lucían bien claros y sin doblez todos los actos de mi conducta, ni menos podía creer yo que se me acercara por espía el dicho Juan G. Cabral, que era hombre pundoroso y de mi cariño, a quien había yo hecho servicios de dinero y consideraciones por ordenármelo así nuestra fraternidad en las armas. De modo, que riéndome todavía, le contesté, parejo mi tono al de su respuesta:

—Sí, señor; ya sé que me lo mandan por espía, y yo le prometo que pronto tendrá delante de sus ojos hasta mis más recónditos secretos. Tan luego termine este negocio, me expresaré con usted.

Eso dije y eso hicimos.

A solas él y yo, le pregunté que con qué comisión me lo mandaba Eulalio Gutiérrez; me respondió que con la comisión de aclarar los verdaderos propósitos de mi ánimo. Le pregunté que tocante a qué quería conocer Eulalio mis verdaderos propósitos; me respondió que tocante a la presidencia que él ostentaba. Yo entonces le dije:

—Señor, Eulalio Gutiérrez es el Presidente de nuestra República, y todos debemos acatarlo y obedecerlo como buenos hombres revolucionarios.

Me contestó él:

—Pero parece, señor general, que duda Gutiérrez de que en verdad acepte usted como buenas las providencias de su gobierno, y que las oiga, y que las apoye, y que las ejecute.

Delante de lo cual le hablé mis mejores palabras tocante al ánimo de mi obediencia, diciéndole:

—Señor, declare usted a Eulalio Gutiérrez que siendo yo hombre nacido para mandar, observo con grande escrúpulo las horas en que me toca obedecer; que yo soy un jefe disciplinado, y que lo acataré, y lo respetaré y lo obedeceré. Cuantimás si, como yo espero, no se sale él de los caminos de los buenos gobernantes, ni nos defrauda en el desarrollo de nuestro triunfo poniéndose de espaldas a los intereses del pueblo y su justicia.

Y sensible Juan Cabral a la sinceridad de mis expresiones, me pidió permiso para volver a México con aquel mensaje, y yo se lo di, satisfecho de ver cómo era él el encargado de pintar a Eulalio Gutiérrez los propósitos que me guiaban. Porque Juan Cabral, a más de ser muy buen hombre revolucionario, era persona que conocía las inclinaciones de mi justicia y mi desinterés, según lo había él visto en México al invocar mi ayuda en favor de las mujeres y los niños de los tres mil indios mayos que él mandaba, punto de que hablo más adelante.

VI

Dispuesto a dar todo su apoyo al gobierno de Eulalio Gutiérrez, Pancho Villa vuelve de Guadalajara y se instala en México

Las tres mil familias de los indios mayos • La palabra de Juan G. Cabral • La generosidad de Pancho Villa • Lamentos de míster Bryan y míster Wilson • Mensajes de Eulalio Gutiérrez • Martín Espinosa y la bandera de la Convención • La lucha en Naco • Liverpool 76 • El niño de la Hacienda de los Morales • La dueña del Hotel Palacio • Los ministros de Francia y del Brasil

Lo que había pasado en México con las familias de los tres mil indios mayos de Juan G. Cabral lo voy a decir.

Al emprender Álvaro Obregón su avance desde las comarcas del Noroeste, Juan G. Cabral, que mandaba una de aquellas brigadas, no quiso que lo siguieran en los azares de tan larga travesía las mujeres y los hijos de sus soldados. Pero como porfiaran ellas que sí, que habían de acompañarlo, pues era grande su temor de caer en el desamparo durante la ausencia de sus maridos, porfió él que no, y para aquietarlas y convencerlas les dio palabra de mandarles siempre la mitad de los haberes de aquellos hombres el mismo día y hora en que a ellos se les socorriera. Y así como lo había prometido, así lo había venido haciendo.

Pero aconteció después, divididos los ejércitos revolucionarios por obra de la lucha de la Convención, que mientras los jefes convencionistas concertábamos en Aguascalientes la forma del nuevo gobierno, Álvaro Obregón abandonó México llevándose entre sus tropas aquellos tres mil indios mayos de Juan G. Cabral. De manera que cuando Cabral volvió a la capital de nuestra República, se encontró allí sin tropas, y sin pagaduría, y sin dinero, pero vivo el compromiso de mandar el medio sueldo a las tres mil mujeres que esperaban en Sinaloa fiadas de la palabra que él les había dado.

Consideró entonces Juan G. Cabral lo malo de su situación, por lo que fue a ver a José Isabel Robles y a describírsela con sus expresiones más elocuentes. Pero Robles le contestó que no, que para esos gastos el gobierno no tenía ningún dinero. Y fue luego Cabral a ver a Eulalio Gutiérrez; pero también Gutiérrez le contestó que no, que para los referidos gastos su gobierno no tenía ningún dinero. Y en seguida vino Cabral a verme a mí, y me contó aquella aflicción en que estaba, añadiéndome:

—Yo comprendo, señor general Villa, que esos tres mil indios mayos pelearán ahora contra la causa que usted protege. ¿Mas es de ley que por eso caigan en la miseria aquellas tres mil familias que se quedaron en Sinaloa fiadas en la promesa que les hacía un jefe revolucionario?

Yo le contesté:

—No, señor; no sería de ley, ni entra eso en mi justicia.

Y como estaban allí con Juan Cabral los enviados de las tres mil mujeres, llamé a Luisito y le dije:

—Luisito, entregue usted a los enviados de aquellas tres mil mujeres el dinero que ellas esperan.

Y al referido Juan G. Cabral lo conforté así:

—Ya lo sabe, señor compañero: cuente con ese mismo socorro cada vez que sus compromisos se lo exijan.

Cuando me hallaba yo en Guadalajara me llegaron noticias de los lamentos de míster Bryan y míster Wilson por las ejecuciones que nosotros ordenábamos en cumplimiento de los deberes de la lucha. Nos mandaban decir ellos a través de la voz de sus cónsules:

«Señores, sentimos grande desencanto y muy honda tristeza por las muertes que allí se están haciendo. A los prisioneros políticos no se les mata: se les destierra de sus territorios, para que así queden sin acción. Lo cual les decimos no en tono de censura, pues ésos son actos de conducta que no se conocen bien a distancia, sino con el debido interés de transmitirles la voz de nuestro consejo, advirtiéndoles que si respetan ustedes la vida de sus prisioneros políticos, les alcanzará la bienquerencia de las grandes naciones civilizadas, cosa que será muy conveniente para que luego no encuentre su gobierno embarazos en el arreglo de los negocios internacionales».

Así nos amonestaban desde Washington míster Bryan y míster Wilson. Y cavilando yo sobre sus expresiones, me decía entre mí:

«Señor, desconozco por mi ignorancia lo que estas luchas habrán sido en otros tiempos, y lo que serán en otros países; más vivan seguros aquellos gobernantes del gobierno americano que hay aquí en México políticos que por fuerza tienen que ofrendar al pueblo el beneficio de su muerte».

Sobre el mismo negocio vino a verme a Guadalajara, con mensaje de Eulalio Gutiérrez, José Isabel Robles, porque también a nuestro Presidente le habían hablado los cónsules de los Estados Unidos. Las palabras que Eulalio me mandaba contenían esto: «Es deber de mi gobierno atajar los excesos que se están perpetrando, señor general Villa, para lo cual estimo urgente que vuelva usted a México y que en seguida nos concertemos sobre las medidas que se han de tomar y la clase de apoyo que ha de dar usted a mis órdenes».

Y como nos aconteció al mismo tiempo, estando yo en Guadalajara, que el presidente de nuestra Convención, un general de nombre Martín Espinosa, se había fugado de México llevándose dos de los secretarios, más la bandera en que todos los jefes convencionistas habíamos puesto la firma de nuestro juramento, y los papeles donde constaba el origen de nuestra legalidad, eso también me mandaba contar Eulalio Gutiérrez, con declaración de que la dicha fuga provenía de haber muerto varios delegados convencionistas a manos de jefes míos y de Emiliano Zapata, por lo que tales hechos tenían que remediarse y castigarse, para que la Convención no se disolviera.

Hubo una peripecia más, y fue que por estas fechas se había recrudecido en Naco la lucha que allá traían las tropas de José María Maytorena contra las de Plutarco Elías Calles y Benjamín Hill, cosa que cobijaba trastornos y peligros para los moradores del lado americano de la línea fronteriza y movía reclamaciones del gobierno de Washington. De modo que también sobre ese asunto venía a expresarse conmigo José Isabel Robles, a nombre suyo y de Eulalio Gutiérrez, conscientes los dos de que se necesitaba la ayuda de mis órdenes para con Maytorena, que no obedecía las que el gobierno convencionista le daba en cuanto a suspender la lucha.

Oyendo todo lo que Eulalio Gutiérrez me mandaba decir, le contesté a José Isabel Robles con palabras de mucho acatamiento, según ya había yo respondido ante las agencias de Juan Cabral. Esto le dije:

—Señor, Eulalio Gutiérrez es el Presidente de nuestro gobierno y usted es su ministro de la Guerra. Estén ciertos los dos, conforme ya lo he dicho, y lo repito ahora, que sabré obedecerlos con mi disposición más sumisa, pues no creo que ni él ni usted me dictarán nunca órdenes contrarias al bien del pueblo.

Y en prueba de mi obediencia acabé con rapidez los negocios de Guadalajara y volví a la ciudad de México, junto con José Isabel Robles, para auxiliar a Eulalio Gutiérrez en la resolución de sus problemas.

En aquel nuevo viaje mío a la capital de la República ya no me quedé viviendo en mi tren, según lo había hecho antes, sino me fui a posarme en una casa del barrio que allá conocen por la Colonia Juárez, y que era el número 76 de la calle de Liverpool. Eso hice yo, para que se conociera mi intención de quedarme en México en apoyo del gobierno de Eulalio Gutiérrez; y si tomé la referida casa, que se encuentra en la parte donde moran las familias ricas, no en los barrios de los pobres, no fue por amor a la vecindad de los poderosos y sus comodidades, ni por desamor hacia los necesitados y sus infortunios, sino a impulsos de mi amistad: porque habiéndome ofrecido la referida casa un hombre de mi cariño, me hallé sin valor para despreciarla.

Días antes de mi salida a la toma de Guadalajara me había yo expresado con una criatura, como de siete años, que se me acercó en la Hacienda de los Morales, paraje, según antes indico, donde estaba una parte de mis fuerzas. Venía él siguiendo mis pasos, o más bien dicho, los de mi caballo, y mirándome; lo cual hacía sin dejar de pelar un trozo de caña que traía en las manos y conforme chupaba aquellas cáscaras, y las ramoneaba. Tanto se me acercó, que me inclino yo hasta él, le quito su caña, la muerdo, y con sonrisa amorosa le hablo así:

—Ya te robó tu caña el bandido de Pancho Villa. O ¿no sabes que Pancho Villa es hombre que sólo vino al mundo para robar y matar?

Me responde él:

—Señor, yo nomás voy detrás de su caballo porque me gusta mirarlo a usted.

Yo le digo:

—¿Y por qué te gusta mirarme?

Él me contesta:

—No sé, señor.

Le pregunté entonces que cuánto le había costado su caña; me contestó que le había costado dos centavos. Le pregunté que si quería que se la devolviera, o que se la comprara; me contestó que no, que mejor quería regalármela, y ver que me la comía por habérmela él dado. Ante lo cual saqué dos pesos y se los ofrecí con estas palabras:

—Toma lo que Pancho Villa te paga por un pedazo de tu caña.

Luego le añadí:

—¿Qué vas a hacer con ese dinero?

—Se los llevaré a mi madre, señor.

—¿Tienes madre?

—Sí, señor.

—¿Tienes padre?

—También, señor.

—¿Te manda tu padre a la escuela?

—No, señor.

—¿Por qué no te manda?

—Porque le ayudo en las labores de la milpa, señor.

Le expresé entonces:

—Pues vas ahora a donde está tu padre y le dices que digo yo, Pancho Villa, que si mañana no te manda a la escuela, voy a buscarlo y lo fusilo.

Así le dije, porque pensaba entre mí:

«No sabe este niño quién soy yo; pero, ignorándolo, me descubre entre todos estos hombres que me rodean, y me mira con todo su entusiasmo, y me sigue, y quiere regalarme hasta lo que come. ¿Por qué ha de hacerlo, sino por contemplar en mí el hombre que lucha por la redención de los pobres?».

Es decir, que yo adivinaba que aquel niño había nacido para crecer en ayuda de sus hermanos de raza, y que era un crimen dejarlo malograr lejos de los estudios.

Y sucedió, al llegar después a posarme en mi casa de la calle de Liverpool, que ya estaba allí esperándome el padre de la referida criatura, el cual pidió pasar hasta mi presencia; y según estuvo delante de mí, me dijo:

—Señor general Pancho Villa, yo soy el padre que usted amenaza fusilar porque un hijo mío no asiste al colegio. Si lo pongo a él en los estudios, ¿con qué manos me ayudo a recoger el maíz que lo sustenta?

A lo cual le contesté:

—Yo no sé nada de su maíz, señor. Mas viva seguro que si ese hijo suyo no acude a la escuela, igual que todos los otros hijos que usted tenga y que sean de edad, mis hombres lo buscarán a usted, y allí donde lo encuentren, allí cumplirán mi orden de fusilarlo. ¿Ignora, señor, que sufrí yo en el crimen y en el mal por carecer de maestros que me enseñaran los caminos de los hombres buenos? ¿Ignora que andamos nosotros en la lucha revolucionaria para que al consumarse nuestro triunfo no se nieguen a ningún niño mexicano las enseñanzas de la escuela? Y si la codicia de los ricos lo privó a usted de estudios, como a mí, y por eso no consigue con qué mantenerse, ni con qué mantener a su familia, robe, señor, robe lo necesario para que su hijo vaya a la escuela. Porque si roba por la dicha causa no lo fusilaré, ni lo castigaré, sino que le otorgaré mi premio; pero si por no robar consiente que su hijo carezca de escuela y entre así por los caminos de la desgracia y del crimen, por eso sí lo fusilaré.

Y luego de hablarle aquellas palabras dispuse que se le dieran quinientos pesos, para que se ayudara; y llamando delante de él a unos oficiales míos, les ordené que salieran por esas calles a recoger niños pobres, y que me los trajeran para mandarlos a Chihuahua, donde se les pondría en los estudios.

Fui una mañana a desayunarme al Hotel Palacio, aquel hotel donde Eulalio Gutiérrez había estado hospedándose, y descubrí que la cajera me parecía bonita mujer, o mujer hacia la que me llamaba la fuerza de sus atractivos. Como me gustó, me acerqué a pagarle yo mismo la cuenta de mi gasto y del gasto de mis oficiales, demostrándole sentimientos cariñosos que ella recibió con muy amable sonrisa. Es decir, que al otro día volví allá a desayunarme y lo mismo volvió a pasar; y otro día siguiente volví otra vez, y al otro día otra vez. Y como a cada una de aquellas veces recrecieran mis expresiones y aumentaran las sonrisas de ella, al tercero o cuarto día le puse en la mano, junto con el dinero, una cartita en que le declaraba yo las palabras de mis buenos propósitos. Le decía yo: «Señorita, si conforme me parece a mí, no provoca su disfavor este gusto con que yo la miro y me acerco a su persona y le hablo, dígame dónde y cuándo puedo encontrarla a solas para que nos comuniquemos con libertad todos nuestros sentimientos».

Pero otro día siguiente, al presentarme a tomar mi desayuno, seguro yo de que la muchacha no me negaría su respuesta, encontré con que ella ya no estaba allí, sino que su sitio lo ocupaba una cajera distinta. Y en verdad que, mirándolo, yo me enojé; y como descubriera, además, que la dueña del hotel, que no era mexicana, sino francesa, se cuchicheaba tocante a mi persona con aquella otra mujer, y se reía, y se burlaba de mí, me fui a ella y le dije:

—Señora, ¿dónde está la verdadera encargada de esta caja? Me parece a mí que usted la tiene escondida, y veo por sus risas y sus secretos que busca usted burlarse de mi persona.

Y es lo cierto que en vez de explicarme ella, para satisfacerme o para aplacarme, la conducta que estaba observando, se rio todavía más, y riéndose de aquel modo salió encarrerada hasta las escaleras, como con ánimo de dejarme allí envuelto en todas sus burlas, que presenciaban no me recuerdo cuántas personas. Se me revolvió, pues, toda la cólera de mi cuerpo, que me empujó a correr también detrás de la dicha mujer, para perseguirla, y la persiguieron mis oficiales, y la cogimos, y la sacamos del hotel, y la metimos en mi automóvil y nos la trajimos hasta mi casa de la calle de Liverpool, donde la puse presa en el cuarto de Luisito, dispuesto yo a no causarle ningún mal, sino deseoso tan sólo de guardarla uno o dos días en aquel encierro, para que mirara así su culpa y se corrigiera.

Porque reflexionaba yo:

«¿Acaso es ésta alguna mujer de mi amistad? ¿Por qué voy a consentir, cuantimás no siendo mexicana, su mofa de un general revolucionario que no ha cometido públicamente ningún yerro en el hotel de que ella es propietaria y en el cual ella manda?».

Mas como quiera que fuera, encendió tan grande escándalo aquella forma de mi justicia, que tan pronto como el caso se supo entre los hombres de nuestro gobierno y entre los ministros llamados diplomáticos, se entregaron todos a clamar tocante a mis arrebatos, y desde lejos me criminaban, y me maldecían, sin saber yo si eso era tan sólo por lo que en verdad había yo hecho, o si por imaginarse que me había robado a la mujer obedeciendo a mis instintos.

La noche del día siguiente viene a verme el ministro de Francia acompañado del ministro del Brasil, que también representaba a los Estados Unidos, y me preguntan los dos por aquella mujer. Esto me decían:

—¿Es verdad que está aquí en encierro una mujer francesa, y que aquí la ha traído para amancillarla? En nombre de Francia, y del Brasil, y de los Estados Unidos, le pedimos al señor general Villa que la deje en libertad.

Yo les contestaba:

—Sí, señores; está aquí prisionera esa mujer, que se ha burlado de mí. Pero yo les prometo que, a más de no ser para el caso, bajo mi ley nada le ha pasado ni le pasará, sino que corridas las horas de su castigo la daré por libre según ustedes lo desean.

Eso les dije y eso se hizo.

VII

Pese a las diferencias que los separan, Pancho Villa y Eulalio Gutiérrez se conciertan para bien del gobierno

Conversaciones con Luisito • Doscientos mil pesos para la compra del Hotel Palacio • Conchita del Hierro • Las joyas del italiano Stefanini • La sinceridad de Lucio Blanco • Tres mil hombres para Juan G. Cabral • El capitán del buque de guerra japonés • México y las guerras de los Estados Unidos • Las quejas de Eulalio Gutiérrez • La renuncia de Miguel Alessio Robles • Guillermo García • Aragón y David Berlanga • Secuestro y rescates • El llamamiento de Eulalio

Conforme mi guardia puso en libertad a la propietaria francesa del Hotel Palacio, llamé a Luisito y le dije:

—Luisito, dicen que dicen por esas calles de la ciudad que yo me he robado a la cajera del Hotel Palacio, y que la he traído a mi cuartel para gozarla sin ningún riesgo. Usted sabe, Luisito, que con eso me levantan una calumnia, pues a quien traje presa fue a la dueña del dicho hotel, que ni siquiera es joven, y no para satisfacerme en mis pasiones, sino para castigarla por haber hecho burla de mi persona. ¿Qué le parece que haga yo en esta peripecia? Porque si la dicha mujer quiere que se crea que yo la amancillé, o que intenté amancillarla, ¿de qué me vale a mí conseguir ahora que ella misma declare cómo eso no es cierto, si todos mis malquerientes publicarán que yo, con mis peores medios, la he obligado a que me defienda con sus palabras?

Luisito me contestó:

—Yo no tengo nada qué aconsejarle, mi general. Si usted, que es hombre de mando y de grande experiencia, se descubre en esto hombre sin acción, ¿qué puedo yo decirle, que tan poco conozco de los trances de la vida?

740

Le respondí entonces:

—Bueno, Luisito, pues si nada se puede lograr para librarme de esta calumnia, no consiento yo que esa mujer siga en nuestro país como prueba viviente de que Pancho Villa hace violencia hasta en las mujeres que no son de su gusto. De modo que va usted a verla en seguida y le trasmite mi orden de ausentarse de México, y que ello le sea en castigo de su culpa. Pero también le dice usted que no queriendo yo dañarla en sus intereses, para que este negocio no se vuelva conflicto internacional, estoy pronto a comprarle su hotel en el precio que equitativamente le corresponda, y que lleva usted mi autorización para tirar las escrituras en mi nombre, y que tiene el dinero que yo deba pagarle.

Y allí mismo le entregué a Luisito doscientos mil pesos para la dicha compra, y le ordené que la consumara del mejor modo y sin dar más pábulo a que se me acriminara. Así hice yo, estimando cómo es camino de los hombres, cuando por su yerro quedan en manos de una mujer, acallarla, o aquietarla, o consolarla, mediante los halagos del dinero, pues frente a las riquezas siempre se inclinan ellas, y cuando no se inclinan, se ablandan, y eso lo mismo si es agravio lo que se les ha inferido a impulsos de la mucha pasión amorosa, que si es cualquiera otra la razón de su enojo.

Tocante a Conchita del Hierro, aquella muchacha de quien antes indico cómo había turbado mi ánimo en mi avance desde Guadalupe hasta la ciudad de México, igual había yo obrado ya. En llegando mis trenes a la capital de nuestra República, empecé a cavilar sobre qué salida pudiera darse al conflicto que se me venía creando con ella, pues según ya lo llevo referido, no sólo no correspondía Conchita mis sentimientos cariñosos, sino que me miraba con su más grande horror; y como era mujer de muy delicados modos, y que muy fácilmente se sumía en el dolor y los llantos de sus heridas, no se me ofrecía camino de expresarle cómo estaba yo ansioso de desagraviarla, y de procurar que se conformara dándole yo todo lo que ella ambicionara, con tal que disminuyera en su cólera contra mi persona, y que se apartara serena de junto a mí, y que regresara a ponerse debajo del amparo de su hermana y su tía, aquella señora que me la había traído engañándola y engañándome.

Y aconteció, recién llegado yo a México con mis fuerzas, que un italiano de nombre Stefanini, traficante de muy ricas joyas, vino a verme a mi tren y me propuso en venta una de esas alhajas que nombran aderezos, bastantes para todo el adorno de una mujer. Y tan pronto como me mostró él aquellas prendas, yo resolví comprarlas para Conchita, pues las estimé de mucho valor; de modo que llamé a Luisito y le ordené que las tratara y pagara. Y según lo hizo él, que fue, a lo que me recuerdo, dando por la referida alhaja el precio de cincuenta mil pesos, me la entregó, y yo fui con ella a presencia de Conchita del Hierro y se la puse en sus manos, sin abrir aquel estuche, conforme le pronunciaba estas palabras:

—Toma, Conchita, este regalito que te hago, para que siempre que lo mires te acuerdes del mal hombre que yo soy.

Y como pasaron algunos días sin que me devolviera ella el regalo, yo me sentí tranquilo en mi conciencia y ya sin ningún escrúpulo para mandarla a su casa, lo cual hice.

Fueron muchos y muy considerables los negocios políticos en que tuve que ocuparme durante aquella estancia mía en la casa número 76 de la calle de Liverpool; pero no creo que mi memoria baste a recordarlos todos, ni recordándolos me alcanzarían las palabras para referir en sus pormenores lo que entonces pasó. Sí me recuerdo que el general Lucio Blanco fue de los primeros jefes que allí se presentaron a verme, y que me lo trajo, según antes me lo había llevado más allá de Aguascalientes, aquel muchachito, de nombre Martín Luis Guzmán, que tenía yo cerca de José Isabel Robles como hombre de buen consejo.

Lucio Blanco me habló entonces muy buenas razones, diciéndome como estaba inclinado a recibir el ministerio de Gobernación, que Eulalio Gutiérrez quería darle, pero cómo no lo recibiría si yo no miraba con gusto el dicho nombramiento. También me dijo que los veinte mil hombres de que se componían sus fuerzas eran de un solo parecer en cuanto a dar su apoyo a nuestro gobierno convencionista, y que estando situadas aquellas fuerzas suyas por comarcas de Michoacán, y del Bajío, una parte de ellas podía ir a la lucha contra Manuel Diéguez en Jalisco y Colima, y otra seguir hasta Tepic, y otra aprontarse a las campañas del Norte. Creo yo ahora, a distancia de tantas fechas, que Lucio Blanco me habló aquel día con sinceridad, porque la semana siguiente a esa entrevista, Eulalio Gutiérrez dispuso que Juan G. Cabral saliera a Sonora en apoyo de José María Maytorena, y como Cabral se hallaba sin tropas, Gutiérrez ordenó que tomara tres mil hombres de las fuerzas de Lucio Blanco, que Lucio le entregó con sentimientos de muy buen compañerismo.

A mi cuartel general de la calle de Liverpool vino también a verme el capitán de un buque de guerra japonés. Luego luego me dijo que llegaba a expresarse conmigo a nombre y según mandatos de su gobierno, por la peripecia de no ser buenas las relaciones de amistad entre los Estados Unidos y el Japón, lo que acaso encendiera guerra entre aquellos dos países; y me añadió que para ese futuro los ejércitos y las escuadras del Japón ya se estaban preparando. Desconfiado yo, nomás lo miraba; por lo cual siguió él descubriéndome así sus pensamientos:

—Señor general Villa, es mucho lo que nosotros los hombres japoneses tenemos que sentir de los gobernantes y ciudadanos de los Estados Unidos. Forman ellos una nación ambiciosa que todo lo quiere dominar para su engrandecimiento, siempre con los peores impulsos de la conveniencia, y lo mismo en estas tierras de América, que en las rutas marítimas y los archipiélagos del Asia. Le pido yo, a nombre del gobierno de Tokio, señor general, que me declare sus sentimientos para con la referida nación americana, sabedores nosotros, los hombres del Japón, de cómo es usted el más grande hombre militar que tiene México. También espero que me anticipe cuál será su simpatía, y la de todo este pueblo mexicano, a la hora de que estalle nuestra guerra con los Estados Unidos. Ustedes, según yo creo, saben muy bien lo que los Estados Unidos son. ¡Señor, si de ellos han sufrido ya agravios como el de Texas, y el de California, y el de no sé cuántas otras comarcas que a México le quitaron! Digo, que no necesitan ustedes que nadie venga a encenderlos en su patriotismo.

Le contesté yo:

—Señor, yo no conozco los agravios que el Japón pueda sentir por la conducta de los Estados Unidos. Sólo sé las cosas de mi país. Mas viva seguro que si el pueblo americano entra en guerra con otro, el pueblo de México, estando yo en las alturas de la gobernación, no negará a los Estados Unidos la ayuda que ellos nos pidan para surtirse aquí de elementos, pues es buen amigo nuestro aquel gobierno de Washington, y son hombres que favorecen nuestra causa revolucionaria todos los ciudadanos americanos. Los sucesos antiguos de que usted me habla no los considero yo, aunque hayamos perdido nosotros entonces parte de nuestros territorios, porque el tiempo ya ha llovido mucho sobre todas esas tierras y ahora ya son otros los frutos.

Eso le respondí; y, según es mi juicio, transparentó él grande desencanto al oír lo que yo le contestaba, y todavía oyéndome, pareció contenerse en lo demás que venía a decirme. Por eso creo haber yo cometido yerro al expresarme en palabras de tanta franqueza y al no recordar que siempre es bueno, en los negocios internacionales, conocer todo lo que los otros tengan que decir, cuanto más si son cosas de la guerra. De cualquier forma, estimo que mi respuesta fue de muy buenas razones, porque es la verdad que México no podía ensombrecer su futuro prometiendo auxilio a una nación enemiga de los Estados Unidos, ni menos disponerse a consumar luego las dichas promesas.

En las pláticas que por aquellos días tuve con Eulalio Gutiérrez se concertó lo que había de hacerse para contener las muertes y otros desmanes que se venían cometiendo frente a las necesidades de la política.

Me decía Eulalio Gutiérrez:

—Estas extralimitaciones no deben seguir, señor general; ya empiezan a dejarme hasta los miembros de mi gobierno, según pasó hace una semana con el licenciado Miguel Alessio Robles, que era mi subsecretario de Justicia, pues dice que no quiere que luego lo acusen a él como acusamos nosotros a Rodolfo Reyes y otros hombres que en esos cargos consintieron iguales crímenes en tiempos de Victoriano Huerta.

Le contestaba yo:

—Crímenes son, señor Presidente, pero crímenes que se hacen no por amor a la tiranía, sino en beneficio de la causa del pueblo. Si dejamos nosotros que los malos elementos nos desunan y nos debiliten, ¿no obraríamos igual que si en el campo de batalla entregáramos, por no matar, las posiciones que procura el enemigo?

Me observaba él:

—Pero hombres como Guillermo García Aragón y David Berlanga no son malos elementos, señor general. Berlanga era muy buen hombre revolucionario y de muy grande amor por la causa del pueblo.

Yo le respondía:

—Señor, David Berlanga era hombre que por yerro tocante al bien de nuestra causa nos hería y nos debilitaba. ¿Tengo yo la culpa de que me anduviera mordiendo el calcañar y que desprestigiara y vilipendiara mis fuerzas, que son el principal apoyo de nuestro gobierno y de usted? ¿Cómo había yo de consentírselo, señor, masque fuera él muy sincero en su cariño hacia nuestra causa? En las horas de la guerra y de la política no sólo se castigan los pecados de las intenciones: han de perseguirse también los yerros de la inteligencia, porque si no, los triunfos se malogran. David Berlanga se equivocó y ha sufrido la pena de su culpa, y sufriéndola, con su muerte evita él ahora que otros lo sigan por esos malos caminos.

Eulalio me contestaba:

—Pero hay también secuestros de gente pacífica, señor general Villa; hay hombres ricos a quienes se saca de sus casas, o de sus oficinas, para que paguen muy fuertes rescates, y a quienes se pone en libertad tan pronto como entregan el dinero que se les pide.

Así me decía él por ser cierto que se ocultaban en la ciudad de México hombres adinerados, enemigos de nuestra causa, que en secreto trabajaban por nuestra derrota, como antes habían trabajado en favor de Victoriano Huerta; y sabiéndolo mi compadre Tomás Urbina, y autorizándolo yo a él, mandábamos gente nuestra que apresara a los dichos hombres reaccionarios y los obligara a entregar para ayuda del triunfo del pueblo lo que ellos querían dar para aniquilarlo. Es decir, que yo respondí así a lo que Eulalio me decía:

—Eso es verdad, señor. Pero si su gobierno, por ser un gobierno de leyes, no puede extralimitarse hasta los dichos castigos, que son justos y beneficiosos, ¿no es de razón que los deje usted de nuestra cuenta, y que su gobierno y nuestra Revolución recojan el fruto de nuestros desmanes y a nosotros nos achaquen el perpetrarlos?

Y así seguíamos los dos: reprochándome él los actos que yo y mis fuerzas, y Emiliano Zapata con las suyas, habíamos cometido en obediencia a los mandatos de la guerra, y contestándole yo para que mirara mi razón, igual que miraba yo la suya. Y lo que sucedió fue que me encareció él la necesidad que lo obligaba a publicar su protesta por aquellos crímenes, y su deseo de que ya no ocurrieran, y su invocación a todos los jefes para que en eso lo ayudáramos. A lo que yo le dije:

—Muy bien, señor. Publique usted todo lo que estime necesario, y viva seguro que yo acataré y protegeré sus palabras en cuanto no embaracen el progreso de esta guerra.

Y esa misma tarde sostuve conferencia telegráfica con Emiliano Zapata, que ya era dueño de Puebla, sobre mis expresiones con Eulalio Gutiérrez. Y otro día siguiente Eulalio dijo en los periódicos cómo había celebrado muy cariñosa plática conmigo, y cómo era muy buena la disposición de mi ánimo para con sus órdenes, y cómo me quedaría en México para protegerlo. Pero un día después publicó la reprobación que él quería hacer de todos los dichos crímenes.

Esto contenía su proclama:

«Señores generales de los ejércitos convencionistas: Sabe este gobierno que las clases de nuestra sociedad padecen ahora el miedo nombrado pánico, y que eso es obra de la desaparición de hombres a quienes se asesina bajo el manto de la noche, o a quienes se coge en secuestro hasta que pagan rescate por su libertad. Yo nomás les digo: al aceptar mi nombramiento de Presidente Provisional puse mi fe en que ninguno de mis compañeros de armas me negaría su auxilio para la formación de un gobierno de poder, de justicia y de honradez. ¿Consentiré ahora que se mate sin ninguna forma de juicio y que se secuestre y se despoje contra el amparo de las leyes, aunque así lo dispongan jefes de grupos armados, y aunque los dichos grupos sean de los más poderosos? Señores generales convencionistas, yo no quiero que los dichos crímenes sigan ocurriendo, antes declaro que ellos serán en gran desprestigio de mi gobierno y de las fuerzas que lo sostienen. Por eso invoco el mucho patriotismo de todos, y a todos los exhorto a que me ayuden a mantener las leyes que nos protegen».

Reflexioné yo entonces:

«Creo que Eulalio Gutiérrez obra bien al desear para su gobierno el respeto que nace de las leyes; mas es también verdad que todavía no son éstas las horas de un verdadero gobierno, sino horas de la guerra, y que no nos sentimos hombres criminales, sino hombres de muy grande amor al pueblo, los que nos alargamos a disponer muertes y otros castigos, resueltos nosotros a que nuestra causa no se malogre».

Aquella publicación de Eulalio Gutiérrez fue de tanto agrado entre las naciones extranjeras, que otro día siguiente míster Bryan y míster Wilson nos mandaron felicitación por entremedio de sus cónsules. Me decía a mí el ministro del Brasil:

—Señor general, a nombre de mi gobierno y del gobierno de los Estados Unidos, le expreso a usted que es muy conveniente esta orden publicada por el gobierno de México, pues con ella se fortalece dicho gobierno. ¿Está usted en ánimo de acatarla y de obligar a sus hombres a que la acaten?

Le contestaba yo:

—Señor, esa misma obediencia con que usted recibe las órdenes del gobierno del Brasil, esa misma pongo yo tocante a las órdenes del gobierno de México.

VIII

Para evitar la intervención extranjera en Naco, Pancho Villa acepta el pacto propuesto por el general Scott

Los agravios de Juan N. Banderas • José Vasconcelos • Los fines morales de la enseñanza de Villa • «Váyase del gobierno, señor licenciado» • José María Maytorena y Benjamín Hill • Rafael Zubaran • Enrique C. Llorente • Quejas y amenazas de míster Bryan • Jorge C. Carothers • El general Bliss • Hugo L. Scott • Roberto V. Pesqueira • El pacto de Naco • Felicitaciones a Villa

A mi cuartel general de la referida calle de Liverpool me vino también a ver un general de las fuerzas de Zapata, de nombre Juan Banderas, que otros llamaban *el Agachado*. Andaba él convaleciente de unas heridas que por esos días le habían hecho, me parece, en una pelea que tuvo en el Hotel Cosmos, por causa de un automóvil, y que costó la vida a otro general, nombrado Rafael Garay.

Y así, tanto por venir a mí de aquella forma, como por ser Juan Banderas hombre de mi conocimiento desde tiempos del señor Madero, lo acogí entonces con mis mejores palabras.

Me decía él:

—Aquí vengo a visitarlo, señor general Villa, en demanda de viejos negocios que se están volviendo nuevos. Quiero que me declare, señor, este milagro de que los buenos hombres revolucionarios estemos haciendo la Revolución para que licenciados sin conciencia, explotadores del pobre, se encaramen hasta las alturas de los ministerios y desde allí nos rijan con sus malas artes, y nos las cobren, y las inculquen a nosotros y a nuestros hijos.

Le respondí yo:

—Señor compañero, soy yo responsable del curso que siguen nuestras armas, y responde Eulalio Gutiérrez de los actos del gobierno y de la pureza de sus hombres. Pero cuando así sea, expréseme quiénes son esos ministros explotadores, y yo le prometo que llevarán su castigo.

Me contestó él:

—Agravia a los hombres revolucionarios tener por ministro de Instrucción Pública ese licenciado de nombre José Vasconcelos, y sufrimos también al contemplar cómo es él persona que usted cobija y usted recibe dentro de los beneficios de su confianza. Porque José Vasconcelos, señor general Villa, es un intelectual sin alma, un intelectual de muy negra doblez.

Le pregunté yo entonces:

—¿Y por qué, señor compañero, crimina usted de esa forma a un ministro de Eulalio Gutiérrez? Creo yo que ese licenciado Vasconcelos es buen hombre revolucionario, devoto del apóstol de nuestra democracia y persona desde mucho tiempo orientada al bien y la justicia.

Lo cual le dije por ser verdad que estando yo en Guadalupe, Zacatecas, el dicho licenciado Vasconcelos había venido a expresarse conmigo no me recuerdo cuántas veces, pues me mostraba afición muy grande, y por haberme él parecido desde entonces licenciado de buenas luces e inteligencia y de conocimientos tocante a muchas cosas, además de su grande amor por el señor Madero. Y aunque también lo había yo visto fallo de modos de cordura en todo aquel cúmulo de sus palabras, luego tuve muy a bien que Eulalio Gutiérrez lo nombrara su ministro. O sea, que no estimaba yo ahora conveniente que Juan Banderas lo manchara con aquellas expresiones.

Pero a seguidas me añadió así:

—Acuso de desleal a este Vasconcelos, señor general Villa, porque yo he padecido las consecuencias de su conducta. ¿No sabe usted, señor, que estando yo preso en tiempos del señor Madero, me lo recomendaron por muy buen abogado? Pues vino él a verme a mi cárcel, y ponderándome la utilidad de sus servicios y sus influencias, me pidió adelanto de muy fuerte cantidad por sacarme del presidio; ante lo cual yo, con agobio de inmensos trabajos, le di lo que me pedía. Pero luego sucedió, teniendo él ya la paga recibida y gastada, que no volvió a recordarse de mi persona, sino que me dejó solo en los caminos de aquellos jueces. Y yo nomás le pregunto, señor general: ¿puede un hombre así ser ministro de los gobiernos del pueblo, cuanto más en el ramo de la enseñanza, donde todos tienen que aprender de él, para luego seguir sus pasos imitándolo? No, señor. Antes que eso se consume, cojo yo a este licenciado y lo quiebro, conforme se lo merece, y según conviene a nuestros jóvenes, que luego han de ser hombres y no deben criarse bajo esa clase de maestros.

Y en verdad que oyendo yo aquellas palabras de Juan Banderas, comprendí su razón, masque no quisiera otorgársela, para que los negocios del gobierno no sufrieran; por lo que, conllevándolo, le dije:

—No hace falta quebrar a ese licenciado, señor compañero. Yo voy a ordenar que de mi caja le devuelvan a usted ahorita las cantidades que usted le entregó, más los intereses por el tiempo transcurrido, y viva seguro que encontraré forma de que él me lo pague todo y de que reciba la pena que merece.

Pero me observó él entonces:

—Señor general, veo que en esto yerran sus buenas intenciones. No reclamo yo las consecuencias de mi dinero, sino las consecuencias de aquella mala acción. Lo que yo no consiento es que un hombre así sea ministro de nuestros gobiernos revolucionarios, lo cual le vengo a comunicar en prenda de mi respeto en súplica de que no lo ampare usted con su autoridad, para que de ese modo pueda yo cogerlo y castigarlo, y librar de sus escuelas a nuestra patria.

Así seguimos expresándonos los dos: él en su resolución de que había de quebrar al dicho licenciado Vasconcelos; yo en mi consejo de que no lo hiciera. Por último, mirando que no lograba convencerlo, y sensible a su queja, le propuse esperar unos días, hasta que viera él consumada mi justicia. Estas fueron mis palabras:

—Señor compañero, oigo su razón; pero no conviene que la muerte de un ministro ensombrezca más el futuro de nuestra lucha. Yo le pido que me deje el arreglo de este negocio, y le prometo que el licenciado Vasconcelos no será el ministro de nuestra enseñanza, ni de ningún otro ramo.

Y como a eso me contestara él que sí, que esperaría confiado la intervención de mi autoridad, otro día siguiente mandé llamar al licenciado Vasconcelos y le expuse los consejos de la prudencia, diciéndole:

—Señor, Juan Banderas anda en propósito de matarlo por rencores de un negocio que no atendió usted bien cuando él se hallaba preso. Lo invito a usted a que se ausente del ministerio, señor, para que su vida se salve y nuestra causa no sufra. Juan Banderas es hombre de mucha ley; así como acaba de matar a Rafael Garay en el Hotel Cosmos, así lo matará a usted si usted no consigue matarlo antes, o si no evita el encuentro.

Él me respondió:

—¿Y qué horas son éstas que vivimos, señor general, si un ministro del gobierno ha de esconderse para que un general del ejército no cumpla sus amenazas de matarlo?

Delante de lo cual le expresé yo:

—Amiguito, éstas son horas de lucha, no de leyes. En tiempos de paz sembró usted una mala voluntad: en tiempos de guerra, le toca hoy recoger el fruto. Oiga, pues, la voz de mis consejos: no siga en el ministerio, váyase de nuestra capital. Y si es muy grande su cariño por los puestos de la gobernación, yo le daré una carta para que Felipe Ángeles lo haga secretario general de uno de aquellos estados del Noreste que pronto tendrá dominados con sus fuerzas.

Así le dije yo, y el referido licenciado José Vasconcelos me mostró su agradecimiento por los juiciosos consejos que le daba y las sinceras ofertas que le hacía. De suerte que se fue de mi lado, propuesto, según se me figuró entonces, a seguir los caminos que le estaba yo recomendando.

Recreció también en aquellos días el conflicto internacional por los estragos que causaba en territorio de los Estados Unidos la lucha de José María Maytorena para quitar la plaza de Naco a Plutarco Elías Calles y Benjamín Hill. Decía en Washington el licenciado Rafael Zubaran, que allá tenía Carranza por su representante:

«Señores, la culpa de esas desgracias es de las fuerzas convencionistas, que por tirar sobre nosotros hieren el lado extranjero de aquel territorio, y más sabiendo ellos, según lo saben, cómo de ese lado se abrigan las mujeres y los hijos de nuestros jefes y nuestros soldados».

Y decía el representante nuestro:

«Señores, ¿podemos nosotros evitar las consecuencias de nuestros fuegos si Benjamín Hill se ampara de la línea divisoria para malograr el ímpetu de nuestros ataques?».

Y oyendo estas razones, míster Bryan y míster Wilson me mandaban comunicar cómo estaba en mi deber dictar providencias para que los dichos estragos cesaran; y lo mismo comunicaban a Eulalio Gutiérrez, y lo mismo a Venustiano Carranza.

Éste era el contenido de sus palabras:

«Señor general Villa, son ya muchos los heridos y los muertos que la pelea de Naco nos cuesta en estos territorios de los Estados Unidos, sin saber nosotros si las referidas desgracias se deben a no querer evitarlas los jefes de todas aquellas tropas, o a no querer los soldados someterse a las órdenes que reciben. Como quiera que sea, estos perjuicios no deben seguir, y comprendan ustedes que si los gobiernos de México no ponen el remedio, este gobierno americano lo pondrá mediante la acción de sus fuerzas».

Contestó Venustiano Carranza, según nos informaron:

«Señor, si ustedes emplean la fuerza para impedir los estragos de que me hablan, agraviarán a México con un acto de intervención y favorecerán los designios de Francisco Villa y José María Maytorena, que conocen la impotencia de sus ataques contra la plaza de Naco y sólo buscan que la lucha se vuelva allí conflicto internacional».

Contesté yo, consciente del peligro de una intervención extranjera:

«Señor, no es nuestra la culpa de las desgracias que están ocurriendo en territorio de los Estados Unidos a causa de la lucha para la conquista de Naco; son batallas de la guerra. Mas yo le prometo que ya doy mis órdenes para que nuestras balas no alcancen el lado americano de aquella línea divisoria».

Y contestó Eulalio Gutiérrez:

«Señor, los Estados Unidos forman una nación con la que sólo nos unen los lazos más cariñosos. Viva seguro que José María Maytorena tiene ya órdenes para que aquellos males no se repitan, y para que cese en las hostilidades si eso le exige el evitarlos».

Pero en verdad, que de nada valieron tales contestaciones. Porque la referida lucha seguía igual, y aumentaba el número de los heridos americanos y el de los muertos, a más de otros estragos y muy grandes trastornos. En resolución, que por órdenes del gobierno de Washington fue a Naco míster Carothers, para ver que se concertaran en su lucha los dos ejércitos enemigos, y por entremedio de él le mandé yo mis palabras a José María Maytorena en consejo de que se ingeniara para salvarnos de tan grave riesgo internacional.

Vio míster Carothers a Maytorena. Maytorena le dijo:

«Señor, yo estoy propuesto a retirarme con mi línea de fuego hasta parajes desde donde mis armas no alcancen las ciudades fronterizas. Pero ¿es de ley, obrando yo así que las tropas enemigas se queden dueñas de la plaza gracias a los auxilios que reciben a través de la frontera? Cierren ustedes esa línea divisoria, señor, para que Hill no pueda surtirse de armas, ni de parque, ni de bastimento, y poniéndole yo entonces sitio desde lejos, él tendrá que desamparar la plaza, o saldrá a la lucha en busca de caminos para surtirse».

Y admitió Carothers que Maytorena tenía razón, y lo admitió también un general americano que allá andaba en las mismas agencias, apellidado el general Bliss. Es decir, que considerando cómo era ésa la verdad de la dicha situación, se presentó en Naco, a nombre de aquel ministro de Guerra americano, otro general, de quien ya antes he indicado, de nombre Hugo L. Scott, y tuvo allá muy largas pláticas con Maytorena, y con Calles, y con Hill, y con un muchachito llamado Roberto V. Pesqueira, que allí representaba a Venustiano Carranza, y a todos les propuso la firma de un pacto que librara de los males de la guerra todas aquellas poblaciones fronterizas.

El referido pacto decía así:

«Primer punto – Las tropas del general Hill evacuarán la plaza fronteriza de Naco, Sonora.

»Segundo punto – José María Maytorena y Benjamín Hill se comprometen a no ocupar de ningún modo la referida plaza de Naco, que se tendrá por neutral y quedará cerrada a todo tráfico con el extranjero.

»Tercer punto – Las dos fuerzas que ahora luchan en Sonora se comprometen a respetar la plaza fronteriza de Nogales, que seguirá bajo el dominio de las tropas convencionistas del gobernador José María Maytorena, y la plaza fronteriza de Agua Prieta, que seguirá bajo el dominio de las tropas carrancistas del general Benjamín Hill.

»Cuarto punto – Para el desarrollo de este convenio, las tropas del señor Maytorena se retirarán hasta Cananea y no estorbarán la evacuación de la plaza de Naco por las tropas del general Hill ni la marcha que él y sus hombres emprendan hasta la plaza de Agua Prieta. También se conviene que durante las referidas operaciones las tropas del general Benjamín Hill no atacarán ni molestarán a las tropas del señor José María Maytorena».

Pero sucedió, concertado dicho arreglo, y ya firmado por Hill, y por Calles, y por Pesqueira como representante de Venustiano Carranza, que Maytorena no se sintió en ánimo de comprometerse en aquella forma sin estar antes autorizado por Eulalio Gutiérrez y por mí. Y como se lo declarara así a Hugo L. Scott, aquel general le dijo que lo oía en su razón, y le preguntó entonces que si le permitía ser él quien se dirigiera a mí en petición de mi consentimiento, a lo cual Maytorena le respondió que sí, y que se avendría a las órdenes que yo le diera.

Por esta causa el ministro del Brasil dispuso presentarme en México todos los papeles de aquel negocio, más las palabras del general Scott, y lo mismo me telegrafió Enrique C. Llorente, cónsul que yo tenía en Washington para que representara a nuestro gobierno.

Esto fue lo que dije en mi respuesta:

«Señor, leo todo lo que me dice tocante al arreglo concertado en Naco para que no padezcan con la guerra las poblaciones fronterizas. Responda usted en mi nombre al gobierno de los Estados Unidos que me avengo a la aprobación del dicho pacto, y que ya doy a José María Maytorena consejo de que lo firme, y lo cumpla, y lo sostenga. Pero también le respondo, señor, que pasado algún tiempo tendremos que atacar a Benjamín Hill y Plutarco Elías Calles, en Agua Prieta, o en cualquier otro paraje que ellos escojan para la batalla, pues aquel enemigo tenemos que desbaratarlo».

Así le contesté yo, y así dispuse que Enrique C. Llorente les contestara en Washington. Y otro día siguiente el referido ministro del Brasil me trajo los agradecimientos de míster Bryan y míster Wilson por la buena disposición con que estaba yo mirando todo aquel asunto.

IX

Sabedor Villa de que Eulalio Gutiérrez trata de abandonarlo, acude a informar a la Convención para que ésta lo impida

Los generales que mandaban al norte de San Luis • Agencias de Martín Espinosa • Publicaciones y cartas de Antonio I. Villarreal • Tomás Urbina • Rodolfo Fierro • Roque González Garza • La culpa de Villa y la de Zapata • Los señores de la Convención • Pánfilo Natera • Vito Alessio Robles • Felipe Riveros • La guardia de Eulalio Gutiérrez • Providencias y preguntas de Villa • La entereza de Eulalio • «Por estar lejos de usted, yo me voy hasta en burro»

Tuve yo entonces noticias de cómo durante mi viaje al Norte y a la toma de Guadalajara, Eulalio Gutiérrez había andado en conversaciones y conferencias telegráficas con Alberto Carrera Torres, con Luis Gutiérrez, con Luis Caballero, y con no recuerdo qué otros generales, tocante a la obediencia que todos ellos le debían si lograba separarme a mí de mi puesto. Supe también que por aquellas mismas fechas Eulalio Gutiérrez había informado a los cónsules extranjeros cómo, según su juicio, era grande el rencor de muchos jefes convencionistas para con mi persona, y cómo todos los que tenían tropas al norte de San Luis Potosí le prometían acatamiento si me quitaba de mi mando. Y junto con los dichos rumores, me llegaba aviso de lo que en mi contra andaban tramando el presidente y los secretarios de la Convención, que habían huido rumbo a Saltillo y Monterrey llevándose la bandera con nuestras firmas.

Cuantos venían a expresarse conmigo me hablaban así sus palabras:

—Martín Espinosa no anda en agencias de su propia voluntad, o de presidente de nuestra Convención: es un enviado de Eulalio Gutiérrez, que no le es a usted leal en los actos de su conducta.

Yo, sin creer que pudiera ser cierto lo que todos aquellos hombres míos me afirmaban, les respondía que estaba bien, que si Gutiérrez esperaba lograr la unión de todos los jefes revolucionarios mediante la promesa de privarme del mando que él mismo me había conferido, su deber le ordenaba seguir por el dicho sendero. Mas también reflexionaba entre mí: «Si Eulalio Gutiérrez cae ahora en yerro de imaginarse que sin mi auxilio se puede defender de Venustiano Carranza y Álvaro Obregón, su propia experiencia lo desengañará».

Y declaro yo, Pancho Villa, que sobrellevaba la amargura de tales peripecias con mi ánimo más reposado, aun cuando sí obraba en mí un dolor muy grande el saber que otros buenos hombres revolucionarios, como Antonio I. Villarreal, se entregaban a escarnecerme en todas aquellas publicaciones y en todas aquellas cartas y telegramas que dirigían a muchos jefes nuestros. ¡Señor! ¿Antonio I. Villarreal no había estado conmigo en las Conferencias de Torreón? ¿No conocía mi pensamiento tocante a las ansias del pobre y su justicia?

Escribía él, y decía él, y decían que decía:

«Pancho Villa es hombre perverso y traidor; Pancho Villa es la más grave amenaza para el verdadero desarrollo de nuestro triunfo. Nosotros tenemos que acabar con él antes que él acabe con nosotros; él es fuerte y astuto, cruel y desleal; él tiene muy bien distribuidas todas sus tropas, en ánimo de irnos venciendo uno a uno a todos nosotros, los verdaderos hombres revolucionarios, mientras nosotros nos destruimos en busca de la concordia».

Eso escribía o telegrafiaba a Lucio Blanco, a Carrera Torres, a los Elizondos, a Samuel de los Santos, a Eduardo Hernández, a los Cedillos, a Salvador González y a otros muchos que ahora no me recuerdo.

Así las cosas, uno de aquellos días, a horas de la madrugada, viene a mí uno de mis generales y me informa cómo Eulalio Gutiérrez se estaba alistando para desamparar la ciudad de México, propuesto él a irse con todo su gobierno a donde se hallaban las tropas suyas y las de su hermano Luis, y cómo buscaba desconocerme de ese modo, y desconocer a Zapata, y desconocer la autoridad de la Convención, que tenía él por disuelta al no estar en México el verdadero presidente de ella ni la bandera con nuestras firmas.

Llamo yo entonces a mi compadre Tomás Urbina y le digo:

—Compadre, Eulalio Gutiérrez quiere desnudarnos de nuestra legalidad abandonando la capital de la República y pasándose a la traición. Tome sus providencias, compadre, para que no salga Gutiérrez de México, ni ninguno de sus ministros o de los hombres que ellos tengan bajo su mando.

Y llamo a Rodolfo Fierro y le digo:

—Amigo, coge usted toda la gente de mi escolta y da sus órdenes para que se recorra y vigile toda la ciudad; y allí donde se encuentren militares o empleados convencionistas en paso de abandonarme o de traicionarme, allí mismo se les fusila.

Y llamo a Roque González Garza, representante mío en los trabajos de la Convención, al cual habían escogido para sustituir como presidente a Martín Espinosa, y le digo:

—Muchachito, usted ve lo que hace, pero esta misma mañana tengo que expresarme con todos los hombres que gobiernan el negocio de la Convención. ¿Ignora, señor, que nuestro presidente Eulalio Gutiérrez anda en agencias de abandonarnos, él y todo su gobierno, para que Zapata y yo nos quedemos sin ninguna ley?

Todo lo cual les decía y les ordenaba sin poder contener la cólera que me embargaba delante de la conducta de Eulalio Gutiérrez, que así urdía conspiraciones contra mi persona, y trataba de abandonarme, y amenazaba de muerte la causa del pueblo.

Porque consideraba yo:

«Estamos en lucha contra Venustiano Carranza y sus hombres favorecidos, que aspiran a disponer de nuestro triunfo con los modos de otra nueva dictadura. Contra ese futuro trabajó en Aguascalientes nuestra Convención, que para eso escogió por Presidente de la República a Eulalio Gutiérrez, el cual, también para eso, me nombró a mí jefe de todos nuestros ejércitos convencionistas. Siendo ello así, ¿cómo intenta él desampararme ahora? ¿Consintió en el puesto que le daban? Pues si consintió en el dicho puesto, su deber es cumplirlo, no traicionarlo, ni traicionar a los hombres que desde entonces le damos nuestro acatamiento y el apoyo de nuestras armas. ¿Qué le he hecho yo, señor, para que así me desnude de mi legalidad…? Limpiarle de malos elementos, enemigos de nuestra unión, esta capital de nuestra República; añadir a los territorios convencionistas todas las comarcas de Guadalajara; disponerme a la conquista de los estados del Norte. ¿Qué le ha hecho Emiliano Zapata…? Ir a la toma de Puebla, que ya tiene él en su poder; avanzar con sus hombres a la pelea que Obregón y Carranza le preparan desde Veracruz, y padecer en esa lucha, y desangrarse. Y si así nos portamos nosotros, consagrados tan sólo al triunfo del pueblo, ¿voy a consentir que Eulalio nos abandone y que nos desbarate nuestra legalidad?».

Y conforme reflexionaba yo así, se me ensombrecía el ánimo con la rabia de uno de mis peores arrebatos. Digo, que si la vida de Eulalio Gutiérrez no nos hubiera sido entonces tan necesaria, aquella misma hora lo cojo yo y lo mando fusilar. Pero luego me vino la razón, y viendo claro que el camino conveniente para nuestro triunfo no era el de la cólera, sino el de la prudencia, me dominé. O sea, que seguí en mi resolución de que sólo se estorbara la salida de Eulalio Gutiérrez y de todos los conchabados con él, aparte de ir yo a verlo para que frente a frente nos expresáramos, y aparte de hablar también, yo y mis hombres, con los señores de la Convención, que acaso ellos, conociendo el negocio, lo remediaran.

Según se dispuso, así se hizo. Serían las seis de la mañana de aquel 27 de diciembre cuando recibí noticias de cómo nadie del gobierno había salido de la ciudad, ni nadie podría salir. Serían las nueve cuando ya toda la caballería de José Rodríguez y de mi compadre Tomás Urbina estaba tendida a lo largo del paseo que allá se nombra Paseo de la Reforma, en el cual Eulalio Gutiérrez tenía su casa. Serían las diez cuando acudí a deliberar con los principales jefes de la Convención, o más bien dicho, de la comisión suya que se nombraba Comisión Permanente, los cuales ya me esperaban juntos en un salón, llamado Salón Verde, de la Cámara de Diputados.

Me recibieron ellos con buen cariño. Les dije yo:

—Vengo aquí, señores, en grave queja contra Eulalio Gutiérrez, que esta madrugada preparaba su fuga, y anduvo muy cerca de consumarla, para quitarnos de la legalidad. Y yo nomás les digo: ¿Soy yo muñeco a quien así puede tratar Eulalio Gutiérrez? ¿Toma él por juguete todos estos hombres de la Convención? Usted, señor general Natera, y usted, señor general Márquez y usted, señor general De la Vega, y usted, señor general González Garza, y usted, señor coronel Piña, y usted, señor coronel Alessio Robles, ¿calculan en su buen juicio lo grave de esta situación que nos amaga? Vivan seguros que ahora mismo voy en busca de Eulalio Gutiérrez para hacer que cambien sus ideas, y cuando no lo logre, yo les prometo que lo dejaré en forma que ya no nos pueda abandonar ni traicionar.

Me observaba el dicho general Pánfilo Natera:

—Señor general Villa, según yo creo, debe usted medir sus pasos antes de presentarse a esa plática con el señor Eulalio Gutiérrez.

Y me observaba el coronel Vito Alessio Robles:

—Mi general, nosotros oímos y comprendemos su razón. Pero mírese en su enojo, y aprecie los peligros que corre nuestra causa si así se acerca usted a discutir con Eulalio Gutiérrez, que también es hombre de mucha ley.

Y me observaba el general Felipe Riveros, que había llegado allí conmigo:

—Señor general, yo estimo que estos delegados le hablan palabras de prudencia y lo iluminan con sus presentimientos. Óigalos usted.

Y me decía Roque González Garza:

—Considere, mi general, lo que todos prevemos y decimos. A todos nos impulsa el solo amor por la causa del pueblo.

Digo que se oponían todos a que fuera yo a presencia de Eulalio Gutiérrez, temerosos de lo que mis palabras con él pudieran provocar, y me lo aconsejaron con tantos y tan buenos modos, que yo me avine a prometerles que sí, que dejaría de ir a la dicha entrevista, y que esperaría que ellos solos compusieran la cuestión y vinieran luego a comunicarme el resultado.

Tras de lo cual me salí de allí con mi compadre Tomás Urbina y Felipe Riveros, más Rodolfo Fierro, José Rodríguez y otros hombres míos, que me acompañaron hasta mi cuartel.

Pero es la verdad que, llegando yo allá, me puse a cavilar sobre lo que los delegados convencionistas harían para declarar a Eulalio Gutiérrez el grave error en que estaba. Y comprendí que ellos no tenían fuerza para imponerse en su razón, sino que corrían el riesgo de que Eulalio les impusiera la suya, lo que ennegrecería más el futuro de nuestra causa. De modo que me pregunté entre mí: «¿Debo dejar que otros hombres carguen con el cumplimiento de mi deber?». Y otra vez llamé a mi presencia a mi compadre Tomás Urbina, y a José Rodríguez, y a Rodolfo Fierro para que me iluminaran tocante al dicho negocio.

Vinieron ellos.

Les pregunté yo:

—Señores, ¿creen ustedes que aquellos delegados de la Convención sean bastante hombres para el caso?

Me contestaba mi compadre:

—No teniendo aquí fuerzas propias que los protejan, no son ellos hombres para el caso.

Les volví yo a preguntar:

—¿Consideran ustedes de mucho riesgo que yo mismo arregle esta cuenta con Eulalio Gutiérrez?

Me contestaba Rodolfo Fierro:

—Mi general, nunca matamos nosotros sin motivo. Si Eulalio Gutiérrez se pone en el trance de su muerte, será porque eso sea lo que más nos conviene. ¿Cuándo asesinamos nosotros a los defensores del pueblo?

O sea, que con ellos, más otros hombres míos que nos arroparan, me fui en seguida a la casa de Eulalio Gutiérrez, y dispuse lo necesario para poder mudarle su guardia por otra que me obedeciera. Y conforme estuvieron cumplidas aquellas providencias mías entré a expresarme con él, y con José Isabel Robles y los otros hombres que lo acompañaban, más los delegados convencionistas, que de allí a poco se aprontaron también.

Le dije luego luego a Eulalio Gutiérrez:

—¿Es verdad, señor general, que quiere usted irse de cerca de nosotros los hombres revolucionarios convencionistas, para quebrantar así nuestra ley? ¿Es verdad que anda usted en pláticas con jefes de San Luis, y de Coahuila, y de Tamaulipas, y de Nuevo León, para que ellos lo acojan y nos combatan?

Él me respondió:

—Señor, yo no quiero romper esta legalidad; sólo busco estar en medio de los hombres subordinados que me otorgan obediencia y respetan sus deberes y la ley.

Le contesté yo:

—Pues a ese punto adonde usted quiere irse, a ése lo sigo yo con toda mi división. ¿No sabe, señor, que usted es el Presidente de nuestra República, y yo y mis tropas los hombres encargados de custodiarlo? ¿Adónde irá usted sin mí, corriendo riesgos de que nadie lo respete?

Él me observaba:

—Busco irme lejos de usted y de Emiliano Zapata, señor general. No quiero seguir cargando mi conciencia con los crímenes que los hombres villistas y zapatistas cometen aquí bajo mi gobierno.

Yo le decía:

—Muy bien, señor: pues yo no lo dejaré ir, según ya se lo he estorbado esta mañana suspendiendo la salida de todos los trenes.

A lo cual él me contestaba:

—Si no dispongo de trenes, yo sabré irme hasta en burro, con tal de no seguir a su lado.

Así me dijo él, con mucha franqueza y valentía, pues es lo cierto que muy grande valentía se necesitaba para que Eulalio Gutiérrez pronunciara aquellas palabras delante de mí, en lo que probó ser hombre de verdadera ley. Porque conforme él las dijo, me arrebaté yo con toda la rabia de mi cuerpo y sentí cómo mi impulso era sacar la pistola y castigar allí mismo al hombre que estaba ofendiéndome con tan negras injurias. ¿Tan criminal era yo, señor, que para librarse de mi presencia un Presidente de nuestra República, decidía irse hasta en burro? Mas como estuviera resuelto a no dejarme llevar de mi cólera, y reflexionara que Eulalio Gutiérrez era, en verdad, el Presidente que habíamos elegido todos, y que de su vida y de nuestra unión dependía el futuro de nuestra causa, me refrené.

Le dije con mi mayor reposo:

—Dígame, señor, las quejas que tenga contra mi persona, y yo le prometo que me enmendaré, pues usted es nuestro Presidente. Y si a pie, o en burro, se va usted hasta la punta de un cerro, hasta esa punta lo seguiré yo con todas mis fuerzas, que son las suyas.

Me dijo él entonces:

—Me quejo de que sus hombres, señor general Villa, asesinaron a David Berlanga, que era muy buen hombre revolucionario.

Le contesté yo:

—Ya le dije, señor, que esa muerte no fue por obra de malos rencores, sino por aconsejarla nuestra conveniencia.

Me añadió a seguidas:

—Me quejo de que se entremete usted en la seguridad de mis ministros, a quienes aconseja que se ausenten de mi ministerio y vayan a cobijarse al amparo de las fuerzas de otros jefes.

Yo le pregunté:

—¿Con la seguridad de qué ministros suyos me entremeto yo, señor?

Me respondió él:

—Con la del licenciado José Vasconcelos, señor general; que recibió de usted aviso de dejar el ministerio de Instrucción Pública, y de acogerse a otro territorio, si no quería que en este de aquí lo mataran.

Y en verdad que oyendo todo lo que Eulalio me reclamaba, apenas podía yo contenerme, porque se me reconcomía lo peor de mi ánimo con sólo considerar que aquel gobierno convirtiera así en maldades hechos míos generosos, y que me levantara hincapiés para criminarme.

X

Ante los peligros de la situación internacional, Pancho Villa sale de México para conferenciar con el general Scott en El Paso

Aquel licenciado José Vasconcelos • Preguntas de Eulalio y respuestas de Villa • Una escolta • José Isabel Robles • La vigilancia de los telégrafos • Lucio Blanco • Manuel Palafox • Las nuevas leyes de Carranza • Los negocios internacionales • Un enviado de Maytorena • La amistad del gobierno de Washington • Gestiones de míster Carothers • Las entrevistas con Hugo L. Scott • Un telegrama al gobernador de Sonora

Asosegándome yo mismo por obra del sentimiento de mi deber, esperé unos instantes, como si reflexionara, y luego hablé así mis palabras:

—Señor Presidente, yo le prometo que ese licenciado Vasconcelos es un muchachito mentiroso y enredador. Hace tiempo engañó a Juan Banderas que otros llaman *el Agachado*, sacándole dinero para un negocio que luego no le hizo. Ahora Banderas lo quiere matar, pues dice él: «¿Voy yo a consentir por ministro de Instrucción Pública un hombre que corromperá al pueblo con peores enseñanzas?». Y yo, señor Presidente, llamé al referido licenciado y le dije: «Señor, esto se propone Juan Banderas. ¿Por qué no se libra usted de la muerte yendo a refugiarse entre mis tropas? No se quedará sin destino, señor licenciado, sino que le daré cartas para que le encomienden alguna secretaría en aquellos estados del Norte». Así le dije yo, por el bien suyo y por el de nuestro gobierno. ¿Y es esto un mal acto de mi conducta? Cuantimás que si el dicho Vasconcelos no quiere irse, o usted no quiere que se vaya, no hay sino pedirme una escolta para él, y yo se la daré tan grande que nadie se le acerque ni lo vea.

Eulalio me respondió:

—Esas escoltas debo darlas yo y no usted, señor general.

Yo le dije:

—Sí, señor; por eso le afirmo que no tiene usted más que mandarme que le ponga yo la dicha escolta. Yo soy su subordinado, yo soy leal, yo conozco la obediencia.

Me preguntó él:

—¿Y por qué si quiero yo una escolta he de acudir a usted en demanda de que me la otorgue?

Le pregunté yo:

—¿Y por qué, señor, no he de trasmitir yo sus órdenes a las tropas, si usted mismo me nombró por jefe de todos sus ejércitos?

Y de esa forma seguimos expresándonos: él en su porfía de que había de apartarse de mí; yo en mis razones de que habíamos de seguir juntos para beneficio del pueblo, y de que no debíamos separarnos hasta consumarse nuestro triunfo. Mas como viera yo que no me valían de nada los modos de la persuasión, ni mis buenas palabras, ni mis mejores consejos, le ordené a Rodolfo Fierro, que según antes indico me acompañaba en aquel trance:

—Amigo, cambia usted ahora mismo por gente suya la guardia de esta casa.

Y en seguida le dirigí a Gutiérrez estas palabras:

—Conque ya lo sabe, señor: aunque usted quiera irse de mi lado, de esta casa no sale.

Y lo que sucedió fue, que oyendo aquella orden mía, intervinieron para aplacarme varios de los hombres que allí estaban, los cuales lograron componer las dichas diferencias gracias a sus voces conciliadoras. Salió José Isabel Robles por responsable de que Eulalio Gutiérrez no se iría, sino que seguiría en México y que completaría su gobierno el día 1° del mes siguiente, y consentí yo en retirar la nueva guardia que se le había puesto, cosa que había de hacerse tan pronto como José Isabel Robles me probara la verdad de su promesa. Y de ese modo pareció arreglarse el negocio.

Pero es la verdad que no quedé yo muy seguro tocante a la firmeza del arreglo, por lo que puse en los telégrafos gente mía que los vigilara y tomé otras precauciones.

Días después de las desavenencias mías con Eulalio Gutiérrez completó él la formación de su gabinete nombrando ministros a Lucio Blanco y Manuel Palafox, más unos licenciados de nombres que no me recuerdo. Respecto de aquel muchachito José Vasconcelos, que también era ministro, hablé otra vez con Juan Banderas, para darle consejo de que lo respetara en su vida y en su tranquilidad; aunque entonces resultó no ser ya necesarias aquellas recomendaciones mías, a causa de que el referido Vasconcelos había ido a refugiarse entre las fuerzas de un general que operaba cerca de Pachuca.

Por esas mismas fechas volvieron a sus juntas los señores de la Convención, propuestos ellos a seguir su trabajo dando leyes que desarrollaran nuestro triunfo revolucionario. Decían ellos: «Estas nuevas leyes no se deben retardar. ¿Cómo hemos de consentir que Venustiano Carranza se vista de amigo del pueblo poniendo ahora en sus decretos reformas que no aceptaba en las Conferencias de Torreón, ni en las otras ocasiones en que se las proponíamos?».

Lo cual los espoleaba, porque era cierto que ya Carranza se disponía a publicar en Veracruz providencias tocante a la libertad de los municipios, y al divorcio en los malos matrimonios, y a otros pasos del buen progreso que buscaba nuestra Revolución. Y al considerar aquellas leyes que Carranza y sus generales favorecidos ofrecían en bien del pueblo, veía yo que las daban en su mal ánimo de probar cómo ellos eran hombres más revolucionarios que yo y que los generales convencionistas; aunque también pensaba entre mí, mirando las leyes que los licenciados nuestros querían dar: «Muy bien, señor. Quienquiera que publique las dichas leyes, el pueblo se beneficiará con ellas».

En eso estábamos cuando recibí aviso de que me llamaban al Norte los negocios internacionales, aquellos conflictos de Naco siempre sin poderse arreglar. Salí, pues, hacia Ciudad Juárez, propuesto a celebrar pláticas con el general americano Hugo L. Scott, de quien ya antes indico y que allá me esperaba.

Llegué a Chihuahua; me detuve allí. Seguí de Chihuahua rumbo al Norte. En el camino sube a mi tren un enviado de José María Maytorena y me dice:

—Señor general Villa, vengo a traerle mensaje del gobernador de Sonora. Opina él que el pacto concertado entre el general Bliss y el general Scott con Plutarco Elías Calles y Benjamín Hill no debe reconocerse ni firmarse. Si Naco ya casi está en nuestro poder, y ya casi están vencidos sus defensores, que son hombres enemigos de nuestra causa, ¿por qué hemos de avenirnos nosotros a que esa situación se salve para ellos por la sola duda de los peligros internacionales? Que el general Scott y el general Bliss cierren aquella frontera, señor, y esté usted cierto que Calles y Hill sucumbirán cuando sus elementos se les agoten, y si no, saldrán a la lucha en campo abierto, donde los desbaratarán las fuerzas de José María Maytorena.

Yo le contesté:

—Señor, comprendo los mensajes de Maytorena y entro en todas sus razones. Fíese de que atenderé este negocio con mis mejores luces de inteligencia, para que nuestra causa no sufra. Pero también le declaro que lo principal de nuestra guerra no es quitar al enemigo el dominio de una o dos poblaciones, ni desbaratarle uno o dos ejércitos, sino conservar para nuestro beneficio la bienquerencia de quienes, deseándolo, nos dejarán libre el camino de nuestra victoria, o, deseándolo también, nos pondrán estorbos para que nuestra victoria se malogre. ¿Ignora usted, señor, lo que vale para nosotros la buena voluntad de los Estados Unidos? ¿No conoce los trabajos que hacen en esta frontera Juan Sarabia y otros hombres carrancistas, empeñados en que se estime buena la causa que ellos defienden y mala la que protegemos nosotros? ¿No se ha enterado de que eso mismo buscan en Washington aquel licenciado Rafael Zubaran, y aquel licenciado Eliseo Arredondo, que allá me difaman con sus peores calumnias para que me sean adversas las naciones que se nombran civilizadas?

Así le contesté yo, sabedor por Enrique C. Llorente, que representaba en Washington nuestro gobierno, y por otros agentes, que me representaban a mí, de cómo Carranza y todos sus enviados estaban en ánimo de envenenar la buena inclinación con que me miraban míster Bryan y míster Wilson, y Hugo L. Scott, y otras autoridades de aquel gobierno extranjero, y atento yo, a cada paso mío, a las muchas cavilaciones que me formaba en busca de cómo conseguir, aunque sin ningún conocimiento de los asuntos internacionales, que los dichos propósitos de mis enemigos no prosperaran.

Llegando yo a Ciudad Juárez, llamé a los hombres civiles que me aconsejaban y les dije:

—Señores, ¿qué opinan ustedes de este conflicto internacional?

A lo que me contestaron ellos:

—Que es un conflicto que debe arreglarse.

Y llamé a Juan N. Medina y otros hombres militares, y les dije:

—Señores, ¿qué futuro espera a nuestras armas si este conflicto de Naco no se arregla?

Y me contestaron ellos:

—Que no habrá buen futuro si ese conflicto no se arregla.

Y lo que sucedió fue, que aquel mismo día de mi llegada a Ciudad Juárez, míster Carothers y yo nos explicamos sobre lo que el general Scott le proponía a Maytorena y Maytorena no quería aceptar. Y como me preguntara él que si tenía yo por fácil el dicho arreglo, le contesté que no, que lo tenía por muy difícil, aunque era mucha la buena disposición de mi ánimo, pues habiendo ya casi ganado Maytorena la lucha de Naco, no era fácil convencerlo de que la abandonara después de tan grandes sacrificios. Me dijo entonces que qué estimaba yo más, si la derrota de Calles y Hill en Sonora, o la amistad de los Estados Unidos. Le contesté que yo estimaba en mucho la dicha amistad, pero que mi deber me exigía dar mi ayuda a José María Maytorena contra sus enemigos, que eran los de nuestra causa, y protegerlo en todo. Me preguntó en seguida que qué me convenía más, si el triunfo de Maytorena en Sonora, o la buena disposición del gobierno de Washington. Le contesté que la mayor conveniencia estaba siempre en el cumplimiento del deber, cuanto más que ninguna amistad era buena si ella nos exigía la traición de otras amistades. Me preguntó que si estaba yo dispuesto, siendo tan difícil el arreglo de aquel negocio, a ir al Paso cada y cuando se necesitaran pláticas mías con el general Scott. Le contesté que sí, que me sentía yo dispuesto a todas las pláticas, pero que si habían de ser muchas, mi razón me aconsejaba celebrarlas en el puente llamado internacional, adonde yo iría cada vez que el general Scott viniera a esperarme allí, pues los dos éramos altos generales, él de aquel ejército de los Estados Unidos y yo de este ejército de México.

A seguidas me dijo él:

—Muy bien, señor. Vislumbro que no van a ser rápidos estos arreglos, aunque me siento seguro de que se concertarán. Para que todo se haga, y no sufra usted en su dignidad, ni sufra Scott en la suya, voy a pedir a míster Bryan que el dicho jefe pase a expresarse con usted en el territorio de México, igual que usted pasará a expresarse con él en el territorio de los Estados Unidos. Porque yo pongo mi fe en que hablando los dos lo necesario, todo se allanará. Según se dijo, así se hizo. Varios días hablamos yo y el general Hugo L. Scott, más otro jefe que lo acompañaba, de nombre que no recuerdo. Y lo mismo que iba yo a visitarlo a la población americana del Paso, venía él a visitarme a esta población mexicana de Ciudad Juárez.

Me decía él, por el intermedio de míster Carothers, que lo interpretaba en sus palabras:

—No es justicia que la lucha de Naco esté costando vidas a los Estados Unidos.

Yo le contestaba:

—Señor, es la vecindad de la guerra, que a ustedes les manda Dios.
Él me decía:

—No manda Dios, señor general, los males que pueden remediarse.
Yo le contestaba:

—Señor general, dígame conforme a sus luces cómo puede remediarse este mal que ahora los aflige.

Y acontecía que en las dichas pláticas me acompañaba aquel enviado, representante de José María Maytorena, de quien ya digo que había salido a encontrarme. Y en su buena intención de proteger a quien lo mandaba, y de ayudarme a mí, el referido señor respondía con sus contestaciones al general Scott. De ese modo, siendo él muy conocedor de la situación de Naco, aquellas palabras suyas me iluminaban, por lo que yo lo dejaba hablar, atento a que sus respuestas me descubrieran cuanto sabía.

Mas luego advertí que por consentirle yo aquella intervención, se puso a contestar de modo que parecía ser él, y no yo, la persona con quien Hugo L. Scott estaba tratando, y entonces el dicho jefe ya no lo pudo soportar, sino que me habló de la siguiente manera:

—Señor general Villa, yo he venido a estas pláticas a entenderme con usted, no con este hombre que siempre me contesta. Dígame, señor, si no quiere usted hablar conmigo, para que me levante de mi silla y me vaya.

Eso me dijo él, creo yo que con mucha razón, por lo que, para calmarlo, le contesté diciéndole, ya muy afectuoso:

—Permito yo con muy buenas intenciones que aquí se exprese el representante de José María Maytorena. ¿De qué nos valdría, señor general, concertarnos en unos arreglos que si son en grave perjuicio de aquel gobernador, él no podrá aprobar? Acepte usted que este representante nos declare sus razones, y viva seguro que cuando las diga todas, ya no lo dejaré que hable.

Así fue. Cuando comprendí que aquel señor no me iluminaba ya con su juicio, le ordené que se callara y que no me turbara en mi parecer, y de allí en adelante Scott y yo seguimos expresándonos sin que él interviniera. Y es verdad que viendo yo cómo Scott venía a tratar conmigo en ánimo de mucha lealtad y muy grande afecto, y siempre con todas sus palabras a nombre de míster Bryan y míster Wilson, a él también le contesté lo que ya había comunicado en México al ministro Cardoso de Oliveira: que consentía yo aconsejar a Maytorena la firma del convenio para la evacuación de Naco.

Esto contenían mis palabras:

—Señor General Scott, como buen hombre militar estimará usted el enorme sacrificio que nuestra causa hace en acatamiento de su amistad para con los Estados Unidos. Porque de no mirar nosotros la tranquilidad de aquellas poblaciones fronterizas, Naco estaría ya en nuestro poder, y a no ser por este convenio que ustedes nos proponen, pronto dominaríamos también la plaza de Agua Prieta, y dominando las dos dichas plazas, nos veríamos sin enemigos en todo el estado de Sonora. Venustiano Carranza se lo agradecerá, señor; pero yo confío en lo que usted me dice sobre las verdaderas razones del referido convenio, y espero que llegada la hora de mostrarme su amistad, usted y el gobierno de Washington obrarán con los mismos sentimientos equitativos con que ahora se me acercan.

Y llamé a un escribiente de mi secretaría y le dije que pusiera a José María Maytorena telegrama con mi orden de aceptar, y firmar, y cumplir, el pacto propuesto por el general Scott. Y entregué al dicho general copia de aquel telegrama, con la autorización de mi firma, para que Maytorena cesara en su resistencia.

Mi mensaje decía así:

«Señor gobernador don José María Maytorena: En las conferencias que el señor general Scott ha celebrado conmigo en El Paso, Texas, y en esta plaza de Ciudad Juárez, Chihuahua, hemos concertado, después de muy largas consideraciones, que acepte usted el convenio que el dicho general propone para la seguridad de aquella frontera. Espero que lo firmará usted, pues así conviene al futuro de nuestra causa».

Y llamé después al enviado de aquel gobernador y le declaré cómo era útil para nuestro triunfo firmar y cumplir el convenio de Hugo L. Scott, y cómo debía él trasmitir a Maytorena esa recomendación mía y lograr que allá se hiciera buena.

XI

El gran triunfo de Felipe Ángeles en Ramos Arizpe descubre a Villa lo que en su contra urde el gobierno de Gutiérrez

El buen cariño de Hugo L. Scott • Confidencias de Villa • Dos millones para Juan G. Cabral • El avance de Ángeles • San Pedro de las Colonias y Estación Marte • Emilio Madero • Parras • General Cepeda • Saltillo • Ramos Arizpe • Monterrey • Martiniano Servín • El archivo de Villarreal • Planes de Eulalio Gutiérrez • José Isabel Robles y Eugenio Aguirre Benavides • Tratos con Álvaro Obregón • El manifiesto de Eulalio

Fueron de muy útil recuerdo, y hasta de cariño, aquellas pláticas que el general americano Hugo L. Scott celebró conmigo en Ciudad Juárez. También me habló de la amistad del gobierno de Washington para con nuestra causa revolucionaria, y le hablé yo de la mucha inclinación nuestra para con míster Bryan y míster Wilson y hacia las buenas formas con que ellos gobernaban.

Le decía yo:

—Señor, vienen a México enviados japoneses que nos piden alianza de guerra contra el pueblo de los Estados Unidos.

Él me preguntaba:

—¿Y cuál es, señor general, la actitud de México ante esas peticiones?

Yo le respondía:

—Al enviado que vino a proponerme eso le expresé yo estas palabras: «Viva seguro, señor, que de haber guerra entre el Japón y los Estados Unidos, o entre ellos y otra nación cualquiera, no siendo México, para ellos serán todos los recursos que nosotros podamos aprontar».

De ese modo, los dos, el general Scott y yo, nos comunicábamos nuestros pensamientos con la disposición más afectuosa, y así departimos siempre en nuestros paseos de esos días y en todas las conversaciones que mantuvimos a solas.

En camino para aquellas pláticas, o de regreso de ellas, ahora no me recuerdo, recibí en Chihuahua visita de Juan G. Cabral, de quien antes digo que iba rumbo a Sonora por disposición de Eulalio Gutiérrez. Traía orden de que le entregara yo dos millones de mi dinero, la cual acaté y refrendé, para que de mi tesorería se le entregaran, cosa que cuento para que se estime la grande obediencia mía hacia las órdenes de nuestro Presidente.

También por esas fechas empecé a recibir noticias de la campaña de Felipe Ángeles sobre los territorios del Noreste. Con el grueso de sus tropas hizo él marcha de Torreón a San Pedro de las Colonias, por el ferrocarril que nombran Internacional, que es la línea de Monterrey, pero que desde Paredón tiene ramal hacia Saltillo. Llegó a San Pedro de las Colonias. Hizo marcha de San Pedro de las Colonias a Marte. Llegó a Marte. Y conforme él se movía así, dispuse que Emilio Madero avanzara de Torreón a Viesca por el ferrocarril directo de Torreón a Saltillo; y que de Viesca avanzara hasta Parras, punto que Emilio Madero atacó y tomó a sangre y fuego, y que de Parras siguiera aquel avance hasta amagar el lugar que se nombra General Cepeda, rumbo a Saltillo.

Con esto, Felipe Ángeles, para el enemigo, parecía ir al ataque de Saltillo por la línea de Paredón, según lo había yo hecho cuando la dicha plaza pertenecía al gobierno de Victoriano Huerta, o parecía ir al ataque de Monterrey, por lo que lo más de aquellas tropas defensoras, mandadas por Maclovio Herrera y Antonio I. Villarreal, se acumularon del lado de acá de Paredón, propuestas a dar allí la batalla. Pero sucedió entonces que Ángeles, muy buen general de maniobras, los entretuvo con el hincapié de unos ataques de caballería, a los cuales acudió el enemigo en previsión de que la dicha batalla se estaba ya preparando, y que podía ya empezar. Y mientras ellos estaban en eso, Felipe Ángeles abandonó de noche y a marchas forzadas aquella línea que traía, sin que el enemigo lo sintiera, y se pasó con el grueso de sus tropas a la línea que llevaba Emilio Madero. Eso hizo él. Mas como al mismo tiempo Emilio Madero recibió orden de seguir también su avance a marchas forzadas y atacar con grande furia la guarnición de General Cepeda, así lo consumó, con fuerzas suyas y de Raúl Madero y de Orestes Pereyra y de Máximo García; y el resultado fue que aquella guarnición enemiga quedó desbaratada y prisionera, y prisionero el general que la mandaba, de nombre Ignacio Ramos.

Estimo yo, Pancho Villa, muy grande hazaña militar la referida maniobra de Felipe Ángeles, que de esa forma burló las providencias de Antonio Villarreal y Maclovio Herrera para dar la batalla en el lugar que ellos querían, y los obligó a mover luego todo su frente a la línea de Saltillo a Monterrey, con lo que logró a seguidas consumar sin lucha la toma de Saltillo, por haber desamparado aquella guarnición, mandada por Luis Gutiérrez, todas sus posiciones ante el amago del mucho número de las fuerzas que se le echaban encima.

Conforme a mi memoria, pasó la acción de General Cepeda el día 5 del mes de enero de 1915. Otro día siguiente Felipe Ángeles hizo su marcha sobre Saltillo. Otro día siguiente estaba en Saltillo; y la tarde del mismo día rechazó allí ataques que vinieron a hacerle las fuerzas enemigas mandadas por Maclovio, que ya tomaba posiciones en la nueva línea de Saltillo a Monterrey, más las de Luis Gutiérrez, que se iban retirando. Por último, al otro día, en horas de la mañana y al amparo de muy fuerte niebla, que lo ocultaba y protegía, Ángeles se echó sobre todo el ejército de Maclovio y Villarreal, que ellos apenas estaban concentrando en Ramos Arizpe, para estorbar el camino de Monterrey. Lo cual hizo Ángeles con tanto ímpetu que desbarató allí todo el referido ejército, y le causó miles de prisioneros, y le cogió sus trenes, y sus municiones, y sus demás materiales, menos la artillería, que se salvó apenas porque no había llegado todavía al lugar de los combates. Es decir, que Felipe Ángeles alcanzó en Ramos Arizpe una de las más grandes victorias de aquella guerra y se puso en pie de dominar todos los estados del Noreste, si los elementos y los hombres no le escaseaban. Digo, que a poco de ese triunfo, ya sin más pelea, ocupó también la plaza de Monterrey.

En la dicha batalla de Ramos Arizpe pelearon diez mil hombres míos contra catorce o quince mil hombres de Villarreal, y de entre mis generales murió allí Martiniano Servín, muy buen hombre revolucionario, que me había acompañado en mis mejores triunfos y por el cual lloré.

Después del parte en que Felipe Ángeles me comunicaba el progreso de sus triunfos, recibí de él en Chihuahua, pasadas ya las conferencias de Ciudad Juárez, mensaje en que me decía haber cogido, entre todos los despojos enemigos, papeles de Antonio I. Villarreal por los cuales se descubría cómo Eulalio Gutiérrez y los hombres de su gobierno, más otros jefes de nuestras fuerzas convencionistas, me traicionaban, y cómo andaban ellos en tratos con los jefes carrancistas, no para unírseles mediante la promesa de quitarme a mí de mi puesto, según antes lo habían prometido, sino en busca de juntarse todos para combatirme y aniquilarme como a bandido y mal hombre revolucionario.

Felipe Ángeles me añadía así sus palabras:

«Son éstos unos documentos muy importantes, mi general, que desde luego debe usted recibir, y que hoy mismo le remito bajo seguro y vigilancia. Conociéndolos usted, y apreciándolos, dicte sus mejores providencias, pues son muchas las traiciones y peligros que nos amagan».

Así fue. Salí yo de Chihuahua para Torreón; llegué a Torreón. En Torreón encuentro con que ya estaba esperándome el enviado, de nombre Jesús Aguilar, con quien Ángeles me mandaba los referidos documentos. Los recibí, y al considerarlos con espacio, ayudado por uno de los escribientes de mi secretaría, más otros hombres que me acompañaban, todos nos revolvimos de cólera enfrente de las pruebas de que así me negaran y me traicionaran Eulalio Gutiérrez, y José Isabel Robles, y Lucio Blanco, y Eugenio Aguirre Benavides, y Mateo Almanza, y otros jefes que los alentaban y los seguían.

Esto maquinaba en sus palabras Eulalio Gutiérrez:

«Señor, somos de parecer, yo y los ministros de mi gobierno, que por honradez y patriotismo debe llevarse adelante el entendido en que estamos, tocante a combatir y aniquilar a Francisco Villa y Emiliano Zapata, hombres bandidos y criminales. Porque nosotros, que habíamos decidido no seguir reconociendo como jefe a Venustiano Carranza por oponerse él a la consumación del triunfo del pueblo, no consentimos que el dicho triunfo se malogre todavía más en manos de Pancho Villa y los pocos jefes que lo ayudan en sus crímenes. Les pedimos, señor, que suspendan sus ataques contra las fuerzas que obedecen con disciplina este gobierno convencionista y que nos den tiempo de preparar el plan de campaña que seguiremos contra Villa y Zapata. Estamos en pláticas con Álvaro Obregón, y con todas las fuerzas del centro de nuestra República, y no duden que este plan que ahora concebimos se realizará para beneficio del pueblo y su justicia».

Repasé yo las referidas expresiones de Eulalio Gutiérrez y aquellos planes que urdía él en mi contra, y entretanto pensaba entre mí:

«Puedo haber sido bandido y criminal, o puede estimárseme de esa forma por los actos de mi conducta en épocas en que luchaba contra la tiranía solo yo y sin más ayuda que los consejos de mi inexperiencia. Pero ¿soy más bandido ahora que cuando salí, junto con el señor Madero, al cumplimiento del deber? ¿Soy ahora más criminal que cuando acabó sus trabajos nuestra Convención de Aguascalientes? Y si entonces me aceptó Eulalio Gutiérrez, diciéndome: "Señor general Villa, tome usted el mando de nuestros ejércitos para sostener con las armas lo que la Convención manda",

¿por qué quiere luego librarse de ese acto suyo desconociéndome? ¿Decidió él ampararse con mi mando en Aguascalientes para utilizarme con engaños? Entonces es más grande su traición. ¿Decidió aquel nombramiento con ánimo de lealtad, seguro de que mi apoyo convenía a la causa del pueblo? Entonces no tiene razón para buscar ahora el modo de aniquilarme, pues no he cambiado yo en mi persona, buena o mala, según antes era, ni he mudado de propósitos en esta lucha que venimos peleando».

Pero en verdad que doliéndome mucho aquel proceder de Eulalio Gutiérrez, me dolía más el de José Isabel Robles y Eugenio Aguirre Benavides, que conmigo se habían hecho en las armas. Tocante a Robles reflexionaba yo: «¿No se presentó él para aplacar mi enojo la mañana que Eulalio se quería ir de la ciudad de México? ¿No salió por responsable de que Eulalio se enmendaría? ¿Cómo, pues, se une a él en estas iniquidades que Eulalio Gutiérrez me hace?». Aunque también es cierto que conociendo yo la buena inclinación de Robles para con mi persona, me decía de él: «Robles es bueno; a Robles, que es joven, me lo han engañado».

Cuando así no fuera, para esas fechas Eulalio Gutiérrez, más los generales que antes digo, llevaban días de estar buscando un concierto con Álvaro Obregón, igual que lo buscaba en el Noreste el día en que por su orden Martín Espinosa, presidente de la Convención, había huido de México hacia San Luis y Saltillo. Esto había de saberse luego por publicaciones de los periódicos de México y de los Estados Unidos, conforme a los cuales, el día 7 de aquel mes de enero, Eulalio Gutiérrez mandó a Álvaro Obregón y a Cándido Aguilar proyecto del escrito en que expresaba su razón para desconocerme. El dicho manifiesto decía así:

«Nuestra revolución logró el triunfo de sus armas al ocupar las tropas constitucionalistas la capital de la República; pero no se logró entonces el desarrollo del dicho triunfo porque el señor Carranza se negaba a ejecutarlo, para perpetuarse como Primer Jefe. Vino entonces la Convención de Aguascalientes, por obra de las desavenencias entre el señor Carranza y los jefes que no le consentían aquella conducta, y se dispuso allí la separación del Primer Jefe, de Francisco Villa y de Emiliano Zapata, y se me nombró a mí Presidente de la República con orden de que se hicieran a las leyes las reformas que exigía el pueblo. Mas como sucedió entonces que los jefes carrancistas no tenían por buenos los dichos acuerdos, ni los acataban, no tuve yo para apoyo de mi legalidad otras fuerzas que las mías y las del general Francisco Villa, a quien restablecí en su mando para que me amparara. Salimos de Aguascalientes. Llegamos a México. Desde otro día siguiente a nuestra llegada, Villa y Zapata entraron por los caminos del crimen y la desobediencia. Mandó Zapata arrestar y asesinar al general Guillermo García Aragón, vicepresidente de la Convención. Mandó Villa arrestar y asesinar al coronel David Berlanga, que era uno de los secretarios. Reuní entonces mi consejo de ministros, y yo y todos, de un solo parecer, acordamos reprochar a Villa y Zapata los desafueros que estaban perpetrando; pero ellos entonces, sin oír nuestras quejas, se fueron de la ciudad: Zapata a la toma de Puebla, y Villa a la de Guadalajara. Por obra de aquellas muertes, muchos delegados de la Convención resolvieron escapar hacia San Luis; y como de eso tuviera noticias Francisco Villa, libró orden de que se les aprehendiera y fusilara, lo cual esquivaron ellos yendo a ponerse debajo del abrigo de Antonio I. Villa-rreal. A más de esto, los generales Villa y Zapata me han estorbado en mis labores de gobierno; no han prestado obediencia a mis órdenes; conservan bajo su mando todas las oficinas y autoridades de sus territorios; nombran comandantes y gobernadores sin mi autorización; proceden en el curso de sus armas sin órdenes ni conocimiento de mi ministro de la Guerra; y así en todo lo demás. En cuanto al general Villa, guarda él en su poder casi todos nuestros ferrocarriles, no rinde cuentas del papel moneda que imprime para sus gastos, se entromete en los negocios internacionales, y por encima de todos estos abusos y desacatos a la autoridad mía y de mi gobierno, es el responsable de los secuestros, robos y asesinatos que sus fuerzas cometen en la ciudad de México, y en Pachuca, y no sé en cuántas otras, con grande espanto de nuestra sociedad. Sabedor él de cómo reprobaba yo los dichos crímenes, convocó a junta secreta a los miembros que lo apoyan en la Convención, para acordar allí puntos que no conozco, y a seguidas de la dicha junta, vino, pistola en mano, delante de mí, junto con otros diez o doce hombres suyos. Y conforme otros dos mil rodeaban mi casa, me cambió mi guardia, y me insultó, y me criminó por querer irme yo de su lado para salvar el buen nombre de mi gobierno. Pido, pues, que se consideren todas estas peripecias y toda esta situación, que yo no puedo consentir ni puedo cambiar, pues a mis reproches Francisco Villa contesta siempre que así son las cosas de la guerra. O sea, que se comprenderá mi razón de cómo yo y los hombres de mi gobierno estamos propuestos a no dejar que la causa del pueblo siga en alianza con el robo y el asesinato, para lo cual dispongo, en mi autoridad de Presidente, los siguientes puntos: Primer punto: cesa en su mando de la División del Norte, y de todas las fuerzas que estén o hayan estado bajo sus órdenes, el general Francisco Villa. Segundo punto: cesan también en sus mandos los generales Tomás Urbina y Rodolfo Fie-rro. Tercer punto: cesa en su mando de las fuerzas leales a la Convención el general Emiliano Zapata. Cuarto punto: ningún jefe de fuerzas leales a la Convención deberá obedecer otras órdenes que las dictadas por este gobierno mediante el conducto de su ministro de la Guerra. Quinto punto: se harán conocer estos acuerdos a las fuerzas que ahora rehúsan reconocer mi gobierno por haber recibido de él mando el general Francisco Villa, y se les pedirá ayuda y protección para que los dichos acuerdos se cumplan – *Eulalio Gutiérrez*».

XII

Resuelto a separarse de Villa antes que éste vuelva a México, Eulalio Gutiérrez escapa con su gente hacia San Luis

Supe también, durante aquel viaje mío a la ciudad de México, cómo el general Alberto Carrera Torres amagaba con parte de sus fuerzas el enemigo dueño de las comarcas de Tampico. Había llegado así hasta el Ébano, cañón de ese nombre, y con el resto de su gente hostigaba a Luis Caballero en Ciudad Victoria, punto que había ocupado él cerca de dos días, con grande estrago de aquellos defensores, los cuales habían tenido luego que desgastarse para recobrar la dicha plaza. Y como al mismo tiempo las tropas de Felipe Ángeles hacían su avance por el Norte, y otras tropas mías lograban emprender su marcha desde San Luis, estimaba yo de muy buena pericia aquellos movimientos de Carrera Torres, que llevaba la zozobra al enemigo, y como que lo paralizaba.

Seguí en mi viaje hacia el Sur, resuelto yo a presentarme en la capital de nuestra República para la aclaración de todas aquellas deslealtades que ya llevo indicadas; y conforme avanzaba, iba recibiendo nuevos avisos de lo que Eulalio Gutiérrez tramaba para desconocerme. Me decía mi hermano

Hipólito en sus mensajes desde Ciudad Juárez: «Corren por esta frontera noticias de que Eulalio Gutiérrez manda enviados a Álvaro Obregón para proponerle un concierto contra tu persona».

Y es lo cierto que mirando yo cómo aquellos actos de nuestro gobierno nos dispersarían, y nos debilitarían, y nos desnudarían de nuestra legalidad, no quise creer que José Isabel Robles los conociera y aprobara, mas que otra cosa me dijeran mis informes. De modo que le puse telegrama comunicándole cuanto sabía yo acerca de los propósitos de Eulalio Gutiérrez y encareciéndole que contuvieran todo aquel mal mientras yo llegaba allá a remediarlo.

Porque cavilaba entre mí:

«¿Es posible, señor, que desoigan mi voz hombres que son mis hijos en las armas? ¿No es de ley, hablándoles yo mis palabras, que despierten de entre sus ofuscaciones, o salgan de los yerros a que otros los han llevado?».

Lo cual me decía, no sólo sobre la persona de José Isabel Robles, sino pensando también en Luisito Aguirre Benavides, que, según antes indico, se había quedado en México para hacer la compra del Hotel Palacio, y que no habiendo podido consumar la dicha operación, por no ser el edificio propiedad de la señora francesa que lo explotaba, había entregado en mi pagaduría de allá el dinero que yo le había dejado para el negocio. Y eso me hacía reflexionar: «Luisito no quiere ya ser guarda de mi dinero; por obra de su hermano Eugenio él también me abandona; también a él me lo han engañado. ¿Cómo es, señor, que me niega ahora su fe? Si viniera delante de mí, no lo haría yo responsable de los errores en que el otro ha caído».

Se movieron mis trenes hacia Aguascalientes. Llegamos a Aguascalientes. Sabedor de que el jefe de aquella plaza, llamado Víctor Elizondo, era uno de los generales convenidos en mi contra conforme a los proyectos de Eulalio Gutiérrez, mandé cogerlo y traerlo a mi presencia.

Le dije yo:

—Amigo, en menos que el aire me ha llegado la noticia de su traición. ¿Quién le dijo, señor, que sería usted hombre bastante para engañarme sin recibir pronto de mi mano el castigo de su culpa?

Me contestaba él:

—Mi general, no conozco nada de esa traición.

Yo le respondía:

—No conoce usted nada delante de mí, mas sí lo conoce todo en mi ausencia. Estos papeles que aquí traigo ¿conocerán lo que pasa, señor general?

Y se lo decía yo poniendo enfrente de sus ojos los documentos que me había mandado Felipe Ángeles. A lo que él me observaba:

—Desconozco lo que digan esos papeles. Pero yo le aseguro que de saberlo, lo declararía, pues no sólo hay un hombre en este mundo, mi general.

O sea, que se mantuvo así, firme en sus respuestas, sin doblegarse ni amilanarse, antes envolviéndome en las miradas y los tonos de su más grande arrogancia. Mas como no lograra convencerme de su razón, y yo sí estuviera seguro de la mía, allí mismo lo entregué a los hombres de mi escolta con orden de que lo fusilaran. Así lo hicieron ellos poco después, o más bien dicho, así iban a hacerlo. Porque sucedió, contemplando él el destino que lo aguardaba, que no quiso aceptarlo, sino que buscó dictarse otro por sí solo, y decidió abrirse las venas, para que se le desangraran, y entonces mis hombres ya no hicieron más que rematarlo y echar al campo su cadáver al correr de nuestro tren.

Aquella misma tarde, en camino al sur de Aguascalientes, me detuve a celebrar conferencia telegráfica con Roque González Garza, que urgentemente me la solicitaba desde la capital de la República. Esto me comunicaba él:

«Le informo, mi general, que hoy en la madrugada Eulalio Gutiérrez y varios de sus ministros, más otros funcionarios, abandonaron esta ciudad de México protegidos por fuerzas de José Isabel Robles, Mateo Almanza, Lucio Blanco y Eugenio Aguirre Benavides. Ignora esta Convención la causa de que Eulalio Gutiérrez desampare así el gobierno del pueblo, cuanto más habiéndolo nosotros confirmado en su cargo de Presidente hasta el 31 de diciembre de este año de 1915. La Convención seguía en sus labores bajo la mirada de él; había él nombrado representante que acudiera a las sesiones; había asistido, junto con José Isabel Robles, al estudio de la nueva ley de poderes del gobierno. Mas es el caso que a esta hora debe de hallarse en Pachuca, tal vez con ánimo de seguir hacia San Luis. Quedan aquí fieles las tropas de Manuel Madinabeitia y Agustín Estrada, en número de cerca de cinco mil hombres, más otras fuerzas, zapatistas, en número de tres mil. Como presidente de nuestra Convención, me he hecho cargo del gobierno mientras aprueba ella los acuerdos que en estos momentos consideran con sus luces los señores delegados. Espero, mi general, que mirará usted con su mejor disposición este acto mío, al cual me vi obligado por la fuerza de las circunstancias, pues no consentían vacilaciones, y viva seguro que sólo así se ha conseguido que la legalidad se salve para bien del pueblo. Ya impera el orden; ya están en sus sitios las nuevas autoridades civiles y militares; ya sólo esperamos de la Convención el nombramiento del nuevo encargado del Poder Ejecutivo».

Así eran las graves noticias que Roque González Garza me comunicaba. Le pregunté yo que cuáles elementos de guerra llevaba Eulalio Gutiérrez en su fuga; me contestó que todos los de las brigadas Almanza, Robles y Zaragoza, según allá habían estado, más parte de los que pertenecían a la división de Lucio Blanco. Le pregunte que con qué dinero iba Gutiérrez; me contestó que con todos los caudales de la Tesorería, menos cuatro millones que no se había podido llevar. Le pregunté que si había tomado providencias para la persecución de las fuerzas desleales; me contestó que sí, que las había tomado en unión de Manuel Madinabeitia y Agustín Estrada. Le pregunté que qué leyes había dictado delante de tan grave peripecia; me contestó que la ley que se nombra marcial. Y de ese modo le fui yo preguntando, para que me lo dijera todo, y todo me lo fue él respondiendo, pues eran muchas mis ansias de conocer bien los detalles de aquella grande desgracia que nos abrumaba. Por último, le aprobé todos los actos de su conducta y le anuncié que seguía yo en mi viaje hacia México, para llevar mi auxilio al arreglo de tan grandes males, y que estaba yo propuesto a conservarme leal a los mandatos de la Convención, y a protegerla y acatarla.

Le añadí además:

«Señor, comunique usted a esa Convención que desde aquí la acompaño en sus sinsabores, pero que ya voy para allá, y que cualquier hombre que ella escoja en lugar de Eulalio Gutiérrez, ése escucharé yo, y consideraré y miraré, aconsejado por mi más firme obediencia».

Pasadas las dichas aclaraciones, seguí en mi viaje rumbo al Sur. Nos amaneció otro día siguiente con mi tren parado a la vista de Querétaro. Mientras estaba yo vistiéndome a esa hora, viene uno de mis oficiales y me dice:

—Mi general, una columna como de mil hombres sale ahora de Querétaro y se retira de aquí como para esquivar las tropas nuestras que llevamos delante.

Llegó también a mi presencia Lázaro de la Garza, aquel señor que tenía yo por mi agente financiero en Ciudad Juárez, y que me acompañaba a México en mi viaje, y a seguidas de confirmarme la noticia que antes indico, me expresa así su parecer:

—Creo yo, señor general, que son ésas las tropas de Teodoro Elizondo, de quien aquí me informaron anoche que guardaba actitud sospechosa, igual que otras fuerzas de la Convención, y que desde ayer debe de tener conocimiento sobre cómo el gobierno de Eulalio Gutiérrez decidió abandonarnos.

Es decir, que sospeché entonces que Teodoro y José V. Elizondo huían por miedo de mí, o acaso por estar de acuerdo con Eulalio Gutiérrez, o por tener noticia de los castigos que venía yo imponiendo a quienes aparecían culpables en los papeles cogidos a Villarreal, o por otras causas. Cuando así no fuera, dicté desde luego mis mejores providencias. Y lo que sucedió fue, que al frente yo de los hombres de mi escolta, más los soldados de mi tren explorador, todos nos echamos encima de la retaguardia de la referida columna, y la sorprendimos de tal modo, que con solas mis voces, y las de mis oficiales, la paralizamos y desarmamos, y lo mismo hicimos luego con las fuerzas que iban más adelante, confundidas ellas ante lo que pasaba, y luego con las otras, y con las otras. De manera que pronto quedaron todos aquellos hombres sin acción, en número mayor de mil, y prisioneros sus oficiales, y recogidas sus armas, y sueltos sus caballos, sin que pudieran escapar de nuestro ímpetu más que Teodoro y José V. Elizondo, junto con sus estados mayores y unos cuantos hombres que los seguían.

La referida acción, que no fue hecho de guerra, sino de autoridad y disciplina, por obra del ánimo con que se impone a otros el cumplimiento del deber, ocurrió a las puertas de Querétaro el 17 de enero de aquel año de 1915 y se consumó gracias al arrojo de mi escolta y al acierto de hombres míos como Martín López, que en persona la guiaron.

En Querétaro recibí noticias de los movimientos de Francisco Murguía y Manuel M. Diéguez contra las fuerzas nuestras que dominaban Guadalajara. Conociéndolo, dispuse detenerme allí y di orden de que retrocedieran desde más allá de Querétaro los trenes que transportaban hacia México las tropas de José Rodríguez y Pablo Seáñez, las cuales, según antes indico, iban adelante. Ordené también que regresaran los trenes de mis forrajes y de mi caballada.

Otro día siguiente, ante el peligro de que aquellas operaciones de Guadalajara no se hubieran desarrollado bien, ya tenía yo puesto mi cuartel general en Irapuato. Allí recibí aviso de la derrota de Rodolfo Fierro y Calixto Contreras, que no hallaron aptitud con qué proteger el territorio donde yo los había dejado. ¡Señor! ¿Estaban ellos como en un sueño? ¿No tenían ojos para ver, ni orejas para oír el bien concertado movimiento que los amagaba? Mirándolo, ¿olvidaron las lecciones de la experiencia, con las cuales hubieran podido estorbarlo? ¿O les faltó el valor de los buenos militares, que no es el valor de morir, sino el de resistir hasta que el enemigo cede y se quebranta?

Cómo perdieron entonces la plaza de Guadalajara Rodolfo Fierro y Calixto Contreras lo voy a contar. Francisco Murguía, que, conforme antes dije, andaba por tierras de Toluca al entrar a México las tropas de la Convención, había conseguido hacer su travesía desde aquellas comarcas hasta Morelia, donde Gertrudis Sánchez lo acogió y lo dejó pasar, los dos con el hincapié de que ninguno protegía a Carranza ni a la Convención. Luego mandó Gertrudis Sánchez que Joaquín Amaro y Anastasio Pantoja sorprendieran y atacaran a Murguía por la retaguardia. Pero con todo el estrago de aquella sorpresa, logró él pasar por Michoacán y entrar a tierras de Jalisco por el sur. Y como Manuel M. Diéguez lo esperaba, se unió en Tuxpan con él, y juntos los dos, concibieron echarse sobre Guadalajara en movimiento de grande pericia, sin que Rodolfo Fierro ni Calixto Contreras lo descubrieran o apreciaran.

Diéguez y Murguía juntaron sus fuerzas en la población que se nombra Tlajomulco. Moviendo de allí su centro hasta Orozco, extendieron su ala derecha hasta Atequiza, con amago de la línea de Irapuato, y su ala izquierda hasta cerca de las posiciones nuestras que caían más allá de la línea de Colima. Y fue tan certero el movimiento de aquellos diez mil hombres, sin apoyo de ninguna artillería, que la primera tarde de la batalla desbarataron la defensa de nuestra izquierda, que era la derecha de ellos, y tomaron el Castillo, por sobre la línea de Irapuato, que cortaron; y otro día siguiente en la mañana desbarataron la defensa de nuestra derecha, que era la izquierda de ellos, y poco después, empujados los nuestros por el centro, sufrieron su desbarate final, con pérdida de cuatrocientos hombres y sus trenes, sus cañones y ametralladoras, más el general Melitón Ortega, que allí también murió.

Se peleó aquella batalla de Guadalajara los días 17 y 18 de enero de 1915. Al conocerla yo, se me conturbó el ánimo de pesar, pues era grande pérdida la que allí sufrían mis fuerzas en hombres y material, y muy fuerte el golpe que les desdoraba su prestigio. De modo que se me revolvía toda la cólera de mi cuerpo contra Rodolfo Fierro y Calixto Contreras, y más me enfurecía yo según iban llegando a Irapuato los dispersos de aquella acción a quienes yo recibía, y amparaba, y reorganizaba.

Hacia el 20 de aquel mes de enero, Roque González Garza solicitó de mí nueva conferencia telegráfica. Ya era él sabedor de que no continuaba yo en mi viaje a la ciudad de México, y ya lo había nombrado jefe del gobierno el voto de la Convención. Me expresó su ruego de que le dejara para la defensa de la ciudad de México los cinco mil hombres de Manuel Madinabeitia y Agustín Estrada. Le contesté que no, que para la dicha defensa se bastaban las fuerzas de Emiliano Zapata, y que las tropas mías que allí se hallaban debían salir a la lucha que iba yo a tener en el Centro y en el Norte, y que si los zapatistas no podían sostenerse en la capital de nuestra República, que la abandonaran.

No conforme con mi decisión, González Garza me la contrariaba, diciéndome:

«Importa para nuestro prestigio que esta capital no caiga en manos del enemigo».

Le contestaba yo:

«Importa ganar las batallas de la guerra, que luego las batallas iluminan con su prestigio y entregan las ciudades».

Él me observaba:

«La Convención necesita fuerzas que la protejan».

Yo le respondía: «La Convención no nació para pelear. Si quiere estar seguro, pase a cobijarse en cualquiera de mis ciudades del norte».

Y según lo dije así lo hice. Luego di mi orden para que se me vinieran a unir aquellas tropas mías que estaban en la ciudad de México, consciente yo de cómo me aprestaba a disponer de buena forma el desarrollo de una doble acción. Porque me urgía desbaratar el enemigo que la fuga de Eulalio Gutiérrez estaba acumulando en San Luis, con peligro de mi línea por la parte de Aguascalientes, y necesitaba prepararme para la nueva conquista de Guadalajara.

XIII

Pancho Villa regresa de Irapuato, y en Aguascalientes se dispone a ir a la toma de San Luis y Guadalajara

Confirma la Convención el nombramiento de Villa • «Yo estaré siempre con la causa del pueblo» • Aguascalientes • El avance sobre San Luis y Guadalajara • El tren de Agustín Arroyo Ch. • Martín Luis Guzmán • Rodolfo Fierro • Eulalio Gutiérrez • José Isabel Robles • Lucio Blanco • Una cena con Villa • Actos generosos • La junta de Saltillo • Palabras de Eugenio Aguirre Benavides • La respuesta de Felipe Ángeles

Aquel 19 o 20 de enero de 1915 recibí en Irapuato telegrama de Roque González Garza en confirmación de mi nombramiento de general en jefe de todas nuestras fuerzas convencionistas. Me decía él:

«Señor general Francisco Villa: Conoce esta presidencia de la Soberana Convención cómo son grandes los servicios que ha prestado usted a la causa del pueblo en horas de nuestra mayor angustia. Considerando esto, y hallándome, además, encargado de nuestro Poder Ejecutivo, según disposición de los señores delegados, he tenido a bien confirmarlo a usted en su cargo de general en jefe de los ejércitos convencionistas y comandante de todas nuestras operaciones militares, seguro yo de que la nación pone su fe en la grande ayuda que usted ha de prestarle para beneficio de los principios revolucionarios, y que sabrá usted hacer que ellos se consumen, igual que todas las disposiciones y decretos de esta Convención».

Yo le contesté:

«Señor Presidente de la Soberana Convención: Leo su telegrama tocante a mi nuevo nombramiento para jefe de todas las fuerzas convencionistas y para director de nuestras operaciones militares. Viva seguro, señor, que yo no me apartaré nunca del servicio de la causa del pueblo, sino que seguiré, como todos estos años, sumiso al cumplimiento del deber. Le prometo, además, que los ideales de nuestra Revolución alcanzarán todo su desarrollo bajo mi mando, y que los decretos de esa Soberana Convención se respetarán y se cumplirán».

Dos o tres días permanecí en Irapuato, recibiendo y reorganizando hombres dispersos a consecuencia de la derrota de Rodolfo Fierro en Guadalajara. Hice luego mi marcha hacia Aguascalientes, propuesto yo a tomar allí las disposiciones que lograran la nueva conquista de Guadalajara.

Estando en Aguascalientes, llamé a mi compadre Tomás Urbina y le dije:

—Compadre, ya va Felipe Ángeles dominando todos aquellos territorios del Noreste; ya va Juan G. Cabral con fuerzas de auxilio para José María Maytorena, que dominará el Noroeste; el Norte es mío desde la frontera hasta Torreón; el Centro me pertenece desde Torreón hasta Querétaro. Mientras yo organizo aquí mi columna para salir a la toma de Guadalajara, organiza usted la suya y sale a la toma de San Luis y al amago y ataque de Tampico. Lleve usted fuerzas de la Brigada Morelos, y de la Brigada Melchor Ocampo, y de la Brigada Chao. Lleve infantería de los hermanos Reza; lleve todos los elementos que necesite.

Así fue. Se puso mi compadre Tomás Urbina a los preparativos de su salida sobre San Luis, y me puse yo a los preparativos para mi salida sobre Guadalajara. Estando en eso, llegó a Aguascalientes el tren de la oficina de correos de la ciudad de México, el cual había logrado organizar allá, para el transporte de la dicha oficina, un hombre convencionista llamado Agustín Arroyo Ch. Al tanto yo de cómo en el referido tren venía Martín Luis Guzmán, aquel muchachito que yo había puesto cerca de José Isabel Robles para que lo ayudara con su buen consejo, mandé gente que lo buscara y me lo trajera. Mas es lo cierto que sin saber él que mis hombres lo buscaban, se presentó delante de mí, según esa tarde volvía yo del campamento de mis tropas. O sea, que lo recibí con mis modos más cariñosos, acogiéndolo sobre mi pecho, y abrazándolo, y hablándole así mis palabras:

—Amiguito, ya sabía yo que usted no me había de dejar. De hoy en más no se separará de mí; ya no quiero que ande con traidores.

Lo cual le dije, no sólo por el gusto de verlo, que lo sentí muy grande, sino en mi buen ánimo de tranquilizarlo, pues conociendo él en su conciencia cómo eran malas las cuentas que me traía, le miraba yo en sus ojos el miedo con que se me acercaba. En seguida le añadí:

—Sí, señor: también Luisito me deja. Por eso será usted mi secretario desde este día en adelante.

Y después de expresarme así con él, lo cogí del brazo y me lo llevé al carro de mi cuartel general. Y aconteció entonces, conforme él y yo entrábamos al salón del dicho carro, que se me apareció allí Rodolfo Fierro sentado en una de aquellas sillas, y que mirándome él llegar, se levantó como para saludarme y como para hablarme, pues no me había vuelto a ver desde que lo dejé con Calixto Contreras en Guadalajara. Y como quisiera yo castigarlo por las malas cuentas que también él me traía, lo contuve en sus expresiones, diciéndole:

—No, señor; no me hable de sus derrotas.

Y con esto, sin detenerme en mis pasos, seguí derecho hasta mi gabinete con el referido Martín Luis Guzmán y me encerré allí con él.

A solas los dos, yo le dije:

—Quiero, amiguito, que me cuente la salida de Eulalio Gutiérrez y todo lo que sepa de aquella traición.

Él me respondió:

—Mi general, Eulalio salió de acuerdo con los planes que ya tenía pensados, y todo fue por consejos y peripecias de la política.

Le observé yo:

—Sí, amigo, ya sé yo que Eulalio se dejó arrastrar por consejos de aquel licenciado José Vasconcelos, y de Eugenio Aguirre Benavides, y de otros hombres que lo empujaban. Mas ¿cómo admitió usted que José Isabel Robles secundara aquellos malos designios? ¿Cómo dejó que lo engañaran? ¿No le confié yo a usted el cuidado de José Isabel Robles? ¿No lo puse cerca de él para que lo guiara con sus luces?

Me contestó él:

—Robles, señor general, obraba como mi superior y no me acogía en la intimidad de todos sus secretos. No descubría propósitos de abandonarlo a usted, sino de conllevar a Eulalio en sus inclinaciones, para declararle mejor el yerro en que estaba. Cuanto más que no cesaba Robles en sus comunicaciones con usted. ¿No vino él a verlo a usted a Guadalajara, y volvió de allá con instrucciones para la muerte de Paulino Martínez? ¿No salió él por fiador de que Eulalio no abandonaría nuestro gobierno convencionista, y usted tuvo por buena la dicha fianza? ¿No me daba él, en tono de servir así a la División del Norte, órdenes de privar de toda ayuda a Emiliano Zapata, para que los zapatistas fracasaran en su defensa de la plaza de Puebla?

Yo le preguntaba:

—¿Y por qué, señor, no me traía usted sus informes tocante a todo eso?

Él me respondía:

—Porque me puso usted cerca de José Isabel Robles para que lo iluminara con mis consejos, mi general, no para que lo espiara yo con mis ojos.

Yo le observaba:

—No es espiar, señor, contar un inferior a un superior lo que el inferior descubre y hace dentro de los actos del servicio; y si es espiar, se espía en beneficio de la causa del pueblo. ¿No ando yo matando en cumplimiento de mis deberes?

Él me añadía:

—Cuando así sea, mi general; dos veces fuimos juntos Robles y yo a expresarnos con usted, y en ninguna de ellas se descubrió que él lo estuviera traicionando. José Isabel Robles parecía hombre dócil y leal; oía las órdenes que usted le daba, y las respetaba, y las cumplía.

Yo le pregunté:

—Y el escrito en desconocimiento de mi persona por aquel gobierno, ¿cómo dejó usted que Robles lo firmara?

Él me contestó:

—Nada supe yo de aquel escrito, señor general.

A seguidas le añadí:

—Amigo, miro que de todo me trae usted muy malas cuentas. ¿No me hizo promesa de que Lucio Blanco se uniría conmigo y me sería fiel? ¿No me pidió usted que le diera para él mi pistola en prueba de buen cariño, la cual él recibió? Vea dónde está ahora aquella fidelidad.

Me dijo él entonces:

—Lucio Blanco es hombre débil, mi general. Primero no decidía si seguir a Venustiano Carranza, o si abandonarlo; luego no sabía si quedarse con la Convención; y ahora no sé yo si irá él resuelto a proteger con sus tropas a Eulalio Gutiérrez, o si encaminará sus pasos hacia otros rumbos.

Así seguimos hablando los dos: yo en expresión de las dudas que tenía; él en declaración de lo que en los hechos había pasado. Y como pronto viera yo que en verdad aquel muchachito no tenía culpa en los dichos sucesos, o que, si la tenía, ya estaba él allí delante de mi presencia, en señal de su arrepentimiento, lo convidé a cenar, solos los dos, para que siguiera contándome lo que le alcanzara sobre los negocios de la ciudad de México.

Acabada la dicha cena, que nos sirvieron en aquel mismo gabinete, le hablé así mis palabras:

785

—Bueno, señor. Según yo creo, a José Isabel Robles me lo han engañado. Si viniera ahora hasta mí, le perdonaría sus errores, como se los perdonaría a Luisito, y como se los perdono a usted. Mas viva seguro que no perdonaré a Eulalio Gutiérrez, ni a Eugenio Aguirre Benavides, ni a Mateo Almanza, ni a ese licenciado José Vasconcelos, que se revolvió en mi contra por querer yo salvarle la vida cuando Juan N. Banderas lo quería matar. Allí donde mis hombres cojan a todos ésos, allí llegará mi orden de que los fusilen.

Eso le dije, y luego volví a expresarle mi resolución de que se quedara conmigo, para cubrir el puesto que desamparaba Luisito; por lo que dicté mi orden de que le prepararan en mi carro su gabinete. Pero me observó él entonces:

—Mi general, acepto yo con mucho gusto este nuevo cargo que usted me ofrece. Tan sólo le pido que me otorgue unos días de licencia. Hace dos semanas que mi familia salió de México rumbo al Norte. Ignoro si habrá conseguido llegar al Paso, que es adonde yo la mandaba, o si estará en Chihuahua, o si se habrá quedado en Torreón. Permítame, señor general, que vaya a buscarla, y yo le prometo que en cuanto la encuentre y la ponga en buen sitio, estaré de regreso con usted, atento siempre a la obediencia de sus órdenes.

Tal fue el contenido de lo que me expresaba; y queriendo yo confiar en la verdad de aquella razón, acallé las dudas que las dichas palabras me producían. O sea, que consentí en que el referido Martín Luis Guzmán se fuera, según me lo solicitaba.

Yo le dije:

—Muchachito, me duelen sus congojas; vaya en busca de su familia y regrese luego como la encuentre. Pero nomás esto le digo: no me abandone, no sea como todos los otros, que me dejan por miedo a mi castigo, o por no ser bastante hombres para enfrentarse con los actos de mi conducta.

Y le di mil pesos de mi papel moneda, para que se ayudara en los gastos de su viaje; y pensando que si llegaba al Paso necesitaría dinero de los Estados Unidos, le entregué una orden para que cobrara doscientos dólares en mi agencia financiera de Ciudad Juárez. Tras de lo cual yo mismo lo llevé al tren, y allí lo recomendé con mis mejores palabras al jefe de la escolta y al conductor. Porque pensaba yo entre mí: «Si es verdad que este muchachito quiere volver a mi lado, el mucho cariño de mis modos le quitará la zozobra que ahora tiene; y si no es verdad, mirando él este buen trato mío, concebirá el propósito de volver». Así me dije yo.

Y es lo cierto que Martín Luis Guzmán llegó a Torreón y de Torreón pasó a Chihuahua, y de Chihuahua a Ciudad Juárez, y que de Ciudad

Juárez cruzó al Paso, todo lo cual supe por los telegramas que me ponía. Pero cinco o seis días después de su llegada al Paso me escribió carta de disculpa, declarándome cómo no podía volver. Sus palabras decían esto:

«Señor general Villa: Ya estoy en territorio de los Estados Unidos, donde también se halla mi familia, y me siento inclinado a separarme de la lucha. Crea, mi general, que cuando nos despedimos en Aguascalientes no andaba yo en ánimo de engañarlo, sino que fue sincera mi promesa de volver, para seguir a su lado hasta consumarse el desarrollo de nuestro triunfo en bien del pueblo. Pero sucede que reflexiono ahora cómo son ya enemigos suyos todos los hombres de mi preferencia. Lucio Blanco es su enemigo, mi general, y José Isabel Robles, y Eulalio Gutiérrez, y Antonio I. Villarreal; y ciertamente no quiero yo pelear en contra de ellos, de la misma forma que no consiento pelear contra usted. Cuanto más, que esta nueva lucha no es ya la lucha por nuestra causa, habiéndose consumado el triunfo con la derrota de Victoriano Huerta, sino la lucha por lo que se nombran poderes del gobierno. Quiero decirle, señor, que me voy lejos de nuestro país, que me voy a tierras donde mis actos no puedan parecerle hostiles, ni lo parezcan así a mis demás compañeros, y que al sacrificarme yo de este modo, no dudará usted del mucho ánimo de lealtad que me aparta de todos los bandos».

Eso me escribió aquel muchachito Martín Luis Guzmán, hombre que había yo acogido en el seno de mi confianza y mi cariño. Leyendo sus palabras, me acongojaba la tristeza y no cesaba yo de repetirme entre mí: «Señor, ¿protejo tan mal la causa del pueblo, que así me abandonan todos estos hombres?».

Sucedió también por esas fechas, según luego supe, que Eugenio Aguirre Benavides llegó a San Luis, donde ya había tropas de Lucio Blanco, y que desde allí pidió a Emilio Madero salvoconducto para presentarse en Saltillo. Y llegado a Saltillo, convocó a junta a los generales míos que allí estaban, y a los de Monterrey, propuesto a convencerlos de cómo debían abandonarme en defensa de Eulalio Gutiérrez. Mas todos ellos le contestaron que no, que ni me desamparaban en mi lucha, ni menos llevaban su auxilio a la causa de Eulalio Gutiérrez, que sólo buscaba conchabarse con Venustiano Carranza y Álvaro Obregón. Y creyendo él entonces, por no ver a Felipe Ángeles en la dicha junta, que la voz de ese jefe podía serle favorable, le puso telegrama para hacerle aquellas mismas proposiciones, que Ángeles repudió y desbarató con las buenas ideas de su pensamiento.

Aguirre Benavides le decía:

«Juzgo grave yerro el no haber usted asistido a la junta que celebré en Saltillo con Emilio y Raúl Madero, más Orestes Pereyra, más Santiago Ramírez. Porque usted, señor general Ángeles, que es buen político revolucionario, y de conocimientos tocante a todas las cosas, no podrá aprobar, después de cuatro años de lucha, que nuestro país caiga debajo de la tiranía de un hombre como Francisco Villa. Dígame, pues, lo que piense, señor, que yo espero de su buena fe no la defensa de una nueva tiranía, sino su apoyo para la causa del pueblo y su justicia, que nosotros representamos».

Le contestó Felipe Ángeles:

«Le recuerdo, señor general Aguirre Benavides, nuestro juramento de Aguascalientes, según quedó consagrado en la bandera de la Convención. Y esto más le digo: Eulalio Gutiérrez no es un Presidente leal. Luchábamos nosotros en defensa de su gobierno, y él entretanto andaba en negociaciones para que el enemigo avanzara sobre nosotros desde Saltillo y Monterrey, y desde Tampico y San Luis, lo cual supimos al coger el archivo de Antonio I. Villarreal en Ramos Arizpe. No se engañe, pues, ni espere que nosotros nos engañemos. Veo en usted ahora el mismo hombre que en Chihuahua conspiraba con Álvaro Obregón; pero su propio error lo desengañará. El general Villa es hombre grande y patriota, y si no lo fuera, bastarían los actos de ustedes para engrandecerlo – *Felipe Ángeles*».

XIV

El gobierno de la Convención abandona la ciudad de México, y esto hace que Pancho Villa asuma la autoridad civil en los territorios del Norte

La derrota de Guadalajara • Reprensión de Villa y razones de Fierro • Providencias para el ataque de San Luis • Agustín Estrada • Miguel M. Acosta • Manuel Chao • Rincón • La Quemada • La Brigada Zaragoza • La Hacienda del Cubo • Una noticia de Manuel Banda • Conferencia con Agustín Estrada • Juan B. Vargas • El mando político y el militar • Manifiesto de Villa

Hablé yo a Rodolfo Fierro las peores palabras de mi enojo por aquella derrota que acababa él de sufrir en Guadalajara junto con Calixto Contreras y Julián C. Medina. Le dije yo:

—Señor, ¿estaban ustedes en un sueño?, ¿mandé fuerzas que conquistaran aquella plaza, para que luego ustedes la perdieran con sus modos inconscientes? La guerra tiene sus leyes, señor general Fierro; y mediante el respeto a las dichas leyes ganan sus batallas los buenos generales, o las pierden con poco estrago cuando los azares de la lucha disponen que se deba perder. ¿Ignora usted que un buen general no ha de consentir movimientos de retaguardia como el que Diéguez les hizo allá por el lado de la Capilla y el Castillo? ¿Y qué me dice de toda aquella artillería de Gustavo Bazán, que mandó usted mover sin el apoyo de buenos sostenes? Así se usan los cañones para desgraciarlos, señor, no para que sus fuegos den el logro de las batallas.

Pero Rodolfo Fierro me afirmaba que no, que no había habido falta de pericia en las causas de su derrota, sino carencia de buenos elementos para evitarla, pues juntos Murguía y Diéguez, sus fuerzas sumaban mayor po-

789

tencia que la que él hubiera podido resistir, cuanto más con aquellas tropas de Calixto Contreras y Julián Medina, que no batallaban con mucho brío, o brío igual al de las verdaderas brigadas de la División del Norte. Por eso había tenido él que escoger entre la defensa de Guadalajara, con riesgo de muy grave derrota, o el abandono de la dicha plaza antes de la acción, para así recogerse a sitio donde tuviera completo dominio de su línea y sus movimientos.

A lo cual yo le respondí:

—Cuando eso fuera, señor, ¿por qué no economizó sus elementos y se sostuvo en Guadalajara en espera de mis socorros?

Y así seguí reprendiéndolo y poniéndolo frente a su impericia militar, no por estar yo decidido a castigarlo, pues Rodolfo Fierro era muy buen hombre revolucionario, y de muchas hazañas guerreras, sino en mi ánimo de que le aprovechara la lección de su derrota. Mas es lo cierto que, no queriendo tampoco humillarlo demasiado, para que no se ablandara él en sus ímpetus, ni se volviera hombre demasiado cauteloso, lo que paraliza en horas de la lucha, al fin de todas aquellas expresiones le perdoné su yerro diciéndole palabras de cariño. Le expresé así mi perdón:

—Bueno, amigo: las derrotas también son batallas de la guerra.

Y le levanté el ánimo, y lo tranquilicé y lo consolé.

Éstas fueron las providencias que debían seguirse para el ataque de San Luis Potosí: conforme mi compadre Tomás Urbina avanzaba desde Aguascalientes, plaza donde yo me mantenía, otros hombres míos, al mando de Agustín Estrada y Fernando Reyes, más fuerzas de Bañuelos y Francisco Carrera Torres, prontas a unírseles en el camino, marcharían por la línea de Querétaro y Dolores Hidalgo en movimiento que paralizara al enemigo dentro de la plaza de San Luis, o que lo hiciera salir al encuentro de su derrota.

Y sucedió que aquellas fuerzas enemigas, formadas por la división que Lucio Blanco había dejado en Acámbaro, más parte de la Brigada Zaragoza, más parte de la Brigada Robles, advirtieron entonces el grave peligro en que las dejaba yo con mis maniobras. Porque no podían ellas escapar rumbo al norte, cerrándoles aquel paso las tropas de Felipe Ángeles; ni podían salir rumbo al oriente, por estorbárselo Magdaleno Cedillo y Alberto Carrera Torres; ni podían moverse rumbo al poniente, de donde avanzaba mi compadre Tomás Urbina; ni podían dirigirse rumbo al sur, que les cerraba la columna de Agustín Estrada y Fernando Reyes. Es decir, que el general de aquellas tropas, nombrado Miguel M. Acosta, tuvo que escoger entre los cuatro peligros que lo amagaban, a consentir que los cuatro juntos se le echaran encima. Y creo yo que con muy mal acuerdo escogió él el peligro del sur, acaso por estimar en menos la columna que por allí avanzaba, o tal vez en su deseo de ir a unirse con Álvaro Obregón, porque en verdad que aquello era en desconocimiento de la mejor salida que se le presentaba, la del oriente, rumbo a Tampico, cuanto más siendo todas sus fuerzas de caballería.

Digo, pues, que Miguel M. Acosta se movió desde San Luis rumbo al sur; y más allá de San Felipe, por la parte de Rincón, punto que así se nombra, su vanguardia tuvo mal encuentro con la columna de Estrada, por lo cual se replegó, derrotada, hasta la dicha población de San Felipe, que algunos llaman Torres Mochas. Y otro día siguiente, enterado Acosta de cómo seguía en su avance la vanguardia de mi compadre Tomás Urbina, que iba al mando de Manuel Chao y no se detenía delante de ningún embarazo del camino, se movió él otra vez hacia el sur, ahora con el grueso de sus tropas, propuesto, según yo creo, a surgir a retaguardia de Agustín Estrada y hacer así maniobra de muy grande sorpresa, para lo cual dejó en San Felipe la Brigada Zaragoza y la de José Isabel Robles, con otros tres o cuatro mil hombres, todos al mando de Gonzalo Novoa, mientras en rodeo secreto marchaba él por detrás de la sierra.

Y es verdad que Miguel M. Acosta anduvo entonces muy cerca de consumar su movimiento, pues aunque no logró ponerse a retaguardia de aquellas tropas mías en forma de atacarlas conforme también venía al ataque por el norte Gonzalo Novoa, consiguió trabarse con ellas en pelea de mucha furia, en el lugar que se nombra La Quemada; y cuando ya los hombres míos parecían tenerlo envuelto, se presentaron por el norte las tropas que había dejado en San Felipe, lo que causó tan grande sorpresa y desconcierto en las filas nuestras, que hubo entre ellas hombres que se consideraron derrotados, como Manuel Banda, a quien Estrada ordenó apartarse con los trenes.

Pero entonces, no siendo aquellas fuerzas que venían del norte todas las de Gonzalo Novoa, sino tan sólo la Brigada Zaragoza, aconteció que al llegar la dicha brigada y ver cómo combatía contra otras fuerzas de la División del Norte, no contra hombres carrancistas, se contuvo primero en su acción, y dio luego su auxilio a la columna de Estrada, no a la de Acosta. Y el resultado fue que, en medio de la mayor confusión, la de ellos y la de los nuestros, las tropas de Acosta quedaron casi desbaratadas, aunque consiguieron volver otra vez rumbo al norte y recogerse aquella noche en la referida población de San Felipe. Mas esto tampoco les valió, pues al otro día intentaron salir de allí hacia el oriente, por la hacienda que se nombra

Hacienda del Cubo, rumbo a San Diego de la Unión, y entonces mis hombres, alcanzándolos en el dicho punto, les causaron tan cruel derrota que los más de aquel enemigo, antes compuesto de doce a catorce mil hombres, se vio deshecho y disperso. Sólo Miguel M. Acosta y unos mil o mil doscientos hombres suyos lograron pasar por El Cubo, mientras otros retrocedían y ganaban con rodeos hacia Tierra Nueva, y otros se rendían, todo ello con pérdida de cuanto llevaban, y con ganancia, para nosotros, de todas las comarcas de San Luis Potosí.

Manuel Chao ocupó la ciudad de ese nombre y destacó luego columnas que salieran a perseguir los restos de las tropas enemigas.

La forma como pasaron los combates de San Felipe Torres Mochas, que así se llaman, aunque en verdad ninguno se libró allí, la supe yo después. En esas horas, que serían, según mi recuerdo, las del 1° de febrero de aquel año de 1915, o las del día 2, me llegó no la noticia del triunfo de nuestras fuerzas, sino la de su derrota; y cómo sucedió eso lo voy a decir.

Estando yo en mi cuartel general de Aguascalientes se me presenta de pronto Manuel Banda y me rinde así su parte:

—Con la novedad, mi general, de que nos derrotaron ayer, aunque yo pude salvar los trenes, que aquí le traigo.

Yo le pregunto:

—¿Los derrotaron dónde, amigo?

Él me responde:

—Del lado de allá de Dolores Hidalgo, hacia San Felipe. Lo más recio de los combates pasó ayer, mi general. Desconcertadas nuestras fuerzas, y casi desbaratadas, Agustín Estrada me encomendó el salvamento de los trenes, que aquí pongo a sus órdenes.

Eso me informaba él, y oyendo yo sus palabras, no quería creérselas, inconforme mi ánimo con que tanto se repitieran los golpes de la adversidad. Ésta era mi reflexión: «Después de la fuga de Eulalio Gutiérrez, que es como perder la línea de México a Puebla y Veracruz, y después de la derrota de Rodolfo Fierro en Guadalajara, que es como perder la línea de Colima y Tepic, ¿sufro yo ahora la derrota de Estrada, con pérdida de mi línea desde Querétaro a Irapuato?».

Y cuando más cavilaba yo así, y dudaba así, me llegó aviso de estar Agustín Estrada citándome a conferencia telegráfica. De modo que en seguida empecé a expresarme con él y él a comunicarme las venturosas circunstancias de su grande triunfo. Pero es lo cierto que debiendo yo alegrarme con la noticia que Estrada me trasmitía, por oírla favorable y verdadera, me invadió la cólera a impulsos de lo que Manuel Banda me acababa de decir, aunque sus palabras hubieran resultado falsas. ¡Señor, por obra del miedo que nombran pánico ¿podía un hombre militar traer como noticia de derrota lo que en verdad era noticia de triunfo?! Y más, que en la dicha conferencia me añadía Agustín Estrada:

«Di a Manuel Banda orden de moverse a retaguardia, para la protección de mis trenes, pero él entendió que debía retirarse con ellos no sé yo hasta dónde, y aquí me ha dejado a pie».

Entonces llamé a Juan B. Vargas, que allá estaba conmigo, y le dije:

—Amigo, pide usted una escolta y procede ahora mismo al fusilamiento de Manuel Banda, que es un mal hombre militar.

Lo cual ordené con ánimo de que se cumpliera, consciente yo de que un poco más y aquella noticia de Manuel Banda me trastorna los planes que estaba concluyendo. Pero luego consideré que Banda me había sido leal, y que a él se debían muchos y muy grandes servicios a la causa del pueblo. O sea, que me apacigüé y lo perdoné, y dispuse que Juan B. Vargas, en vez de fusilarlo, lo diera por libre.

Para esas fechas la Convención y su gobierno habían abandonado la ciudad de México, donde Álvaro Obregón hizo su entrada con diez o doce mil hombres de sus fuerzas.

Me había telegrafiado Roque González Garza:

«No es posible la defensa de esta capital de nuestra República con sólo la protección de los hombres del Sur. Según yo creo, debemos abandonarla en manos del enemigo, para que él tenga sobre sus hombros el peso de defenderla. Entonces nosotros lo cercaremos, lo hostigaremos y lo paralizaremos, causándole muy grande estrago».

Le había contestado yo:

«Sí, señor: es bueno ese plan que usted me indica. Guárdeme allí entretenido a Álvaro Obregón, contento él de hallarse en la capital de la República, aunque no la domine; y según cumplen ustedes esa providencia, yo consumo aquí la campaña del Centro, y la del Oriente, y la del Poniente, que nos prometen el triunfo de la causa revolucionaria. Sólo le pido, señor, que sus hombres interrumpan allá las líneas de comunicación entre México y Puebla, y entre México y Apizaco, y entre Apizaco y Pachuca, y entre Pachuca y Tula, para que aquel ejército enemigo se agote en sus elementos, en vez de crecer con los recursos de esa gran ciudad, y para que, si crece, no intente dar auxilio al Centro antes de que yo termine estas campañas».

Mas estimé después, y estimaron conmigo los hombres de leyes que me aconsejaban, que incomunicados así nosotros de la Convención, íbamos a quedar sin el amparo de ningún gobierno, y desnudos de toda ley. De forma que celebraron ellos consejo y vinieron a mí, y al externarles yo mis cavilaciones, me externaron ellos las suyas. Y lo que sucedió fue que me ayudaron con las luces de su inteligencia, y todos de un solo parecer, decidimos que tomaría yo el mando político de mis territorios, igual que tenía el mando militar, y nombraría unos como ministros que conmigo se ocuparan de los negocios públicos mientras aquella incomunicación duraba.

Resuelto el dicho punto, yo les decía:

—Mis enemigos me criminarán ahora de cómo sí eran ciertas mis intenciones de llegar a Presidente de nuestra República.

Me observaban ellos:

—No lo dirán, señor general, y masque lo digan, éste es un acto para bien del pueblo.

Pero como todavía así les mostrara yo mi deseo tocante a dejar bien claro el dicho punto, para que se viera nuestra razón, y para que si me acusaban mis enemigos se conociera que sólo lo hacían en sus palabras, no en la verdad de mis hechos, convinieron en escribirme un manifiesto, que yo firmé y que se publicó aquel 31 de enero de 1915. Su contenido era éste:

«Ciudadanos de México: Por obra de su obstinación, Venustiano Carranza, que violó su propio Plan de Guadalupe para convertirse en dictador, fue desconocido por los generales de la División del Norte y quedó después destituido por nuestra Convención de Aguascalientes. La referida Convención aprobó también la ley del nuevo gobierno, quitó de sus cargos a los jefes que mandábamos divisiones y nombró Presidente Provisional al general Eulalio Gutiérrez. Pero como aconteciera entonces que Venustiano Carranza no quiso obedecer, y varios generales suyos se echaron sin más a la lucha de las armas, Eulalio Gutiérrez, para protegerse, me escogió por jefe del ejército convencionista y me dio órdenes de empezar la guerra. Llegué yo así con mis tropas hasta la ciudad de México, donde se me unió Emiliano Zapata con todos los hombres del Ejército Libertador del Sur, y entonces, conforme Zapata se apoderaba de Puebla, y yo me apoderaba de Guadalajara, aquel gobierno y aquella Convención se pusieron a desarrollar el triunfo del pueblo estudiando las nuevas leyes que habían de gobernarnos. Por desgracia, se levantaron entonces dentro de aquel gobierno hombres políticos de muy grande ambición, o de más amor por sus intrigas que por el futuro de nuestra causa, y conocedores ellos de cómo Eulalio Gutiérrez era Presidente débil y hombre medroso ante las exigencias de la lucha, y cómo su ministro de la Guerra, José Isabel Robles, era hombre inexperto, por su mucha juventud, ofuscaron a los dos con muy malos consejos y los empujaron al desconocimiento y abandono de la Convención y a salir huyendo de la capital de la República. Por eso la referida Convención ha tenido que recobrar las funciones del poder llamado ejecutivo, las cuales ejerce mediante la persona de su presidente, el general Roque González Garza, y me ha confirmado a mí en mi puesto de general en jefe de los ejércitos convencionistas. Ocurre, sin embargo, que por obra de todas estas peripecias los dichos ejércitos se hallan ahora separados, y hasta incomunicados, una parte de ellos puestos a concentrarse en el Norte a mis órdenes, con cuartel general en Aguascalientes, y otra parte en el Sur, a las órdenes de Emiliano Zapata y del presidente de la Convención, con cuartel general en Cuernavaca, lo cual me obliga por ahora, o más bien dicho, mientras la incomunicación dure, a echar sobre mí, juntamente con la autoridad militar, la autoridad civil, la cual ejerceré no con actos de mi persona, sino por el conducto de tres oficinas con asiento en la ciudad de Chihuahua. La primera de las dichas oficinas se ocupará de lo tocante a la justicia y a los negocios internacionales; la segunda, de las comunicaciones y de los negocios de la gobernación, y la tercera, de la hacienda y la marcha de las industrias. Pero declaro yo, Pancho Villa, que esta nueva autoridad a que me llevan las circunstancias de la lucha no será una autoridad de forma dictatorial, sino la autoridad del mismo hombre, amoroso del pueblo y su justicia, que ya tiene expresados sus ideales redentores, y de ese mismo que juró ser fiel a la Convención, y acatarla y protegerla en sus órdenes, y reconocerla y obedecerla en cualesquiera gobiernos que ella nombrara».

Y en seguida del dicho manifiesto publiqué el primer decreto de mi nueva autoridad, que fue para designar los jefes de las tres oficinas de gobierno que se habían creado.

XV

Tras de tomar Guadalajara, Pancho Villa persigue a Diéguez y Murguía y logra que éstos lo esperen en la Cuesta de Sayula

Miguel Díaz Lombardo • Luis de la Garza Cárdenas • Francisco Escudero • Manuel Bonilla • Leyes de Carranza y de la Convención • El licenciado Blas Urrea • El doctor Atl • Los caudales del Correo • Agustín Arroyo Ch. • Rubén Eudeber López • Avisos de Felipe Ángeles • Rodolfo Fierro y Pablo Seáñez • La Barca • Guadalajara • Reflexiones de Villa • Santa Ana Acatlán • Zacoalco

Los nombres de aquellos tres jefes, o ministros, de las oficinas del gobierno establecido en mis territorios del Norte los voy a decir: Miguel Díaz Lombardo, aquel señor de muchas leyes a quien el doctor Ramón Puente, por mi orden, había ido a buscar hasta París; Luis de la Garza Cárdenas, el señor de quien antes indico que me descubrió los crueles ataques de Paulino Martínez contra nuestro apóstol de la democracia, y Francisco Escudero, ese otro señor, enviado por Venustiano Carranza a Ciudad Juárez al consumar mis fuerzas la toma de aquella población, de quien ya antes cuento cómo me ofendió allí haciendo mofa del valor mío y de mi gente.

Aparte esos hombres de gobierno, también tuve entonces en Chihuahua otros que se dedicaban a escribir las leyes para el desarrollo de nuestro triunfo revolucionario. Así lo estaba haciendo don Manuel Bonilla, para la entrega de las tierras a los jornaleros del campo, y otros lo hacían para el alivio de los jornaleros y artesanos de las ciudades y pueblos, pues atendíamos también a estos negocios, y no sólo al de la guerra; con lo cual descubro yo, Pancho Villa, ser falsa y del peor ánimo la acusación con que entonces empezaron a desacreditarnos, a mí y a toda la gente mía, los hombres del carrancismo, que nos mal afamaban de reaccionarios, y que, para convencer de cómo aquélla era verdad, se pusieron a dar muchas leyes en Veracruz, como la nombrada ley del divorcio, y la de las tierras, y la del petróleo, más otras que no me recuerdo. Es decir, que no sólo no éramos nosotros gente reaccionaria, ni tampoco lo podíamos ser, sino que por los actos de nuestra conducta estábamos consiguiendo que Venustiano Carranza se volviera verdadero hombre revolucionario, y que quisiera él adelantarse con sus nuevas leyes a las que tenía en estudio nuestra Convención y a las que mis hombres querían dar en el Norte y Emiliano Zapata en el Sur. Pero engañando a todos, y desfigurándonos a nosotros, que con nuestras armas y nuestra sangre habíamos hecho lo más para la derrota y caída de Victoriano Huerta, los hombres carrancistas nos difamaban y ofendían, y nos calumniaban y vilipendiaban, en aquellos teatros veracruzanos y en los periódicos que allá imprimían los intelectuales favorecidos de Venustiano Carranza.

Decía de mí el licenciado Luis Cabrera, que otros llamaban el *Licenciado Blas Urrea*:

«Pancho Villa es político artero y desleal. En los comienzos de la Convención sacó él del buen camino a todos los jefes que podían levantarle estorbos y ensombrecerle su futuro. Les hablaba a la oreja diciéndoles: "Compañerito, tú me gustas para Presidente de nuestra República". Lo cual hacía, propuesto su ánimo a deslumbrarlos y paralizarlos mientras ganaba tiempo y apoyos en la consumación de sus intrigas».

Y decía aquel señor que todos nombraban el *Doctor Atl*:

«Pancho Villa es hombre feroz, hombre animal de las edades llamadas cuaternarias. Lo aconseja Díaz Lombardo, licenciado jesuita, cobarde y amante de la disipación. Lo ilumina Felipe Ángeles con sus luces engañosas de militar criado bajo el porfirismo. Villa es político que en todo pone las formas de su felonía. Ha conseguido fascinar a Emiliano Zapata, a quien él desorienta y traiciona».

Y así los demás.

Según antes relato, pasó entonces por Aguascalientes el tren del correo de la ciudad de México, que de allá se había traído un jovencito convencionista llamado Agustín Arroyo Ch., acompañado él de otro joven, de apellido Eudeber López y de nombre que ahora no me recuerdo.

Enterado yo de cómo venían caudales en el dicho tren, llamo delante de mí a los dichos jovencitos para que me rindan cuentas de aquel dinero y me lo entreguen. Les hablo así mis palabras:

—Muchachitos, cada día me son más gravosas las exigencias de la campaña. Esos caudales que ustedes traen, ésos me tienen que dejar.

Ellos me contestan:

—Señor general, nosotros no traemos ningunos caudales. Traemos libros de cuentas; traemos muebles, traemos dos millones de pesos en timbres del Correo.

Yo les pregunto:

—Y el capital que giraban ustedes en México, ¿dónde está?

Ellos me responden:

—El Correo no gira ningún capital. Lo que por un lado se cobra, por el otro se paga, y si algo queda, siempre va a beneficio del Supremo Gobierno.

De este modo no sólo me declararon ellos cómo no traían caudales ni podían traerlos, sino que me pintaron su mucha necesidad, o más bien dicho, la necesidad de la oficina que su jefe, Eusebio García Martínez, ya estaba abriendo en Torreón. O sea, que luego me expresaron que si yo no les daba unos quinientos mil pesos, la dicha oficina no conseguiría operar, y que si se los daba, aquellas operaciones podrían hacerse, aunque con ahogos. Y lo que sucedió fue, que oyendo yo sus palabras, las aprecié en su razón, y allí mismo dispuse que les entregaran, en vez de los quinientos mil pesos que me pedían, setecientos cincuenta mil, para que no padeciera perjuicios con el Correo el pueblo de la Laguna, ni tampoco se menoscabara el prestigio de nuestra causa.

Así lo hice entonces, y así lo cuento ahora, para que se vea cómo eran considerados y prudentes, aun delante de las más graves exigencias de la guerra, los modos míos y del gobierno convencionista. Porque en verdad que no había entonces dinero que me alcanzara para cuanto tenía que comprarse y pagarse tocante a las armas de que había de surtirme, y a mis municiones, y a mis equipos, y a mi bastimento.

Al preparar en Aguascalientes el avance sobre Guadalajara, recibí noticias del ataque que allá habían dado por sorpresa Julián C. Medina y otros jefes míos. Y como en la dicha sorpresa, según eran mis informes, los hombres nuestros casi llegaron al centro de la población, aunque allí los rechazaron, me confirmé en mi juicio de que no eran de mucha pericia ni de muy grande número las tropas de Manuel M. Diéguez y Francisco Murguía, cuando así sufrían tan graves peripecias. De manera que arrecié más en mis preparativos, ansioso de ir a la nueva conquista de aquellas comarcas y línea, que tenía yo que dominar para el aniquilamiento del enemigo que operaba en Sinaloa y en el sur de Sonora.

Supe también por entonces los amagos de Pablo González contra la plaza de Monterrey. Me telegrafiaba Felipe Ángeles:

«Señor general Villa, se me acerca ya por Cadereyta el general Pablo González, propuesto a dar ataque a Monterrey con el máximo de sus fuerzas. Amaga Maclovio Herrera, por Topo Chico, la línea de aquí a Laredo; amaga Antonio I. Villarreal, por Apodaca, la línea de Matamoros; amaga Pablo González, por Guadalupe, la línea de Ciudad Victoria. Mas viva seguro que resistiré estos ataques y los desbarataré, en espera de los auxilios que de allá pueda usted traerme para el aniquilamiento de todo este enemigo que se abriga con nuestra frontera del Norte».

Yo le contestaba:

«Señor general Ángeles, ya está en San Luis mi compadre Tomás Urbina, y ya se mueve de allí sobre Tampico en avance que aliviará los amagos de que usted me habla. Sosténgase en sus posiciones, señor, y extienda luego su dominio si, conforme a mis previsiones, parte de aquellas tropas enemigas acuden en auxilio de Tampico o buscan defenderse de los ataques que por ese lado les vengan. Recobrar yo Guadalajara es paso muy importante, señor general Ángeles. Así nos pertenecerá todo este centro de nuestra República, y así conseguiremos llevar adelante la destrucción del enemigo que mandan Ramón F. Iturbe y Juan Carrasco en Sinaloa, y del que Ángeles Flores organiza y adiestra en el sur de Sonora. Rafael Buelna avanza por tierras de Tepic; pero estimo que nada podrá él, o muy poco, si no le llevamos nuestro auxilio desde Guadalajara».

Estas palabras le telegrafiaba yo a Felipe Ángeles en mi resolución y seguridad de ir a desbaratar y aniquilar las fuerzas de Diéguez y Murguía en Jalisco, y cierto también de lograr el dominio de Colima hasta Manzanillo y el de Guadalajara hasta Tepic.

Fueron así mis providencias tocante a la nueva toma de Guadalajara: orden al general Agustín Estrada para que regresara de San Felipe a Querétaro y cubriera allí la línea hasta San Juan del Río, atento siempre a los avances de Álvaro Obregón; orden a las brigadas de José Rodríguez, al mando de Rodolfo Fierro y Pablo Seáñez, más la de Calixto Contreras, todas de caballería, para que emprendieran su marcha pie a tierra por el rumbo de Encarnación, San Juan de los Lagos y Arandas, hasta acercarse por Degollado a la línea del ferrocarril de Irapuato a Guadalajara; orden a la infantería y la artillería para que saliera por tren hacia Irapuato, y de Irapuato hacia occidente, hasta consumar su reunión con la caballería por la parte de Yurécuaro, a un tercio de jornada de La Barca, población que así se nombra.

Pues según se dijo, así se hizo. Salieron pie a tierra los cinco mil hombres de mi caballería. Salieron por tren otros cuatro o cinco mil de mi infantería y mi artillería, más otras fuerzas de caballería, más mi estado mayor, más mi escolta. Para el día 8 o 9 de aquel mes de febrero ya estaba yo cerca de Yurécuaro, después de hacer Francisco Murguía su retirada desde La Piedad. Conozco entonces cómo José Rodríguez ya se halla con sus brigadas en Degollado y le mando, mediante un aeroplano que yo llevaba, orden de seguir su avance hasta La Barca, donde al decir de mis avisos se encontraban las avanzadas carrancistas.

Hizo José Rodríguez su entrada a La Barca la noche de aquel mismo día. Llegué yo allí con el grueso de mis tropas, más mi artillería, al amanecer de otro día siguiente. La mañana de aquel mismo día convoqué a junta a mis generales y les hablé así mis palabras:

—Compañeritos, este enemigo no nos apronta muy fuerte lucha. Pienso que nos abandonará Guadalajara y todas las comarcas de Jalisco, consciente él de su impotencia delante del avance nuestro. De esta manera, Murguía y Diéguez dejan a nuestra voluntad el perseguirlos hasta donde el aliento nos alcance. Estas son mis órdenes, y conforme a ellas los aniquilaremos: usted, señor general Fierro, y usted, señor general Seáñez, saldrán con sus brigadas detrás de las fuerzas de Murguía, al sur de este lago de Chapala, por Pajacuarán, y Jiquilpan, y Manzanilla y Concepción, y Atoyac; y mientras ustedes consuman la dicha travesía, yo marcharé con el grueso de las tropas hasta Las Juntas, o La Junta, punto que así se nombra, y luego de hacer mi entrada a Guadalajara emprenderé mi marcha hacia el sur, yo en persecución del enemigo, y ustedes, señores generales, en movimiento que lo paralice, o que lo obligue a retirarse más, o que le corte toda retirada si a tiempo no descubre él cómo nos le echamos encima.

Concertado con mis generales el dicho plan, todos salimos aquella tarde al cumplimiento del deber. Combatieron Fierro y Pablo Seáñez en Pajacuarán con la retaguardia de Murguía, que se retiraba, y combatieron en otros puntos, y siguieron su marcha, en obediencia a mis órdenes, hasta Atoyac y Techaluta, comarca donde el enemigo, por su grande retirada, dejó abandonados trenes y alguna impedimenta. Llegué yo a Las Juntas, y tras de disponer lo necesario para el levantamiento de aquel campo, sembrado todavía de los cadáveres de la batalla anterior, y para el seguimiento de Manuel M. Diéguez, que, según mis previsiones, no me había esperado, sino que se retiraba rumbo a Zapotlán, me preparé a entrar a Guadalajara con la sola compañía de mis ayudantes y mi escolta, y ordené que en Las Juntas esperaran mi regreso todas aquellas fuerzas mías. Así lo dispuse yo, en mi ánimo de no consentir que mis tropas, entrando a Guadalajara, buscaran la molicie de la ciudad, lo que acaso las distrajera unos días con la celebración del triunfo.

Mi nueva entrada a Guadalajara la hice hacia el 12 o 13 del dicho mes de febrero de 1915, todo aquel pueblo alborozado de verme otra vez. Porque también ahora aquella ciudad me recibía con sus repiques, las calles con sus arcos, las mujeres con sus flores, y los hombres y los niños con las mejores muestras de su cariño. Y sucedió, estando yo en el Palacio, para la entrega del gobierno a Julián C. Medina, pues él era el gobernador, que todo el pueblo, agolpado en las calles, me aclamaba, y me llamaba, y me quería oír hablar. O sea, que salí al balcón a expresarle el calor de mis sentimientos, y le hablé las palabras de mi esperanza tocante al triunfo de nuestros ideales y su justicia. ¡Señor, veía yo cómo era aquél un pueblo bueno, que no alentaba rencores, sino cariño, ni buscaba la guerra, sino la paz! Y es lo cierto que todos los dichos hombres y mujeres recibieron con muy grande alegría el contenido de mis palabras, pues según volví a salir a la calle, terminada ya la entrega del gobierno, los humildes me rodeaban y me seguían, y me acariciaban con sus sonrisas, y hasta la gente poderosa me saludaba. Mirándolo, pensaba yo entre mí:

«Cuando mucho me denigren y criminen los hombres favorecidos de Venustiano Carranza, este pueblo sabe que Pancho Villa no es un bandolero sin conciencia ni un criminal feroz. ¿Robo yo acaso para enriquecerme? ¿Mato yo en venganza, o para satisfacción de mis rencores? Los actos de mi crueldad son crueldades de la guerra; los actos de mi codicia son para el triunfo del ejército del pueblo. Y bien se ve cómo por obra de mis hechos este pueblo me quiere y me aclama, y cómo a pesar de lo mucho que mis enemigos me difaman y me calumnian, no me desconoce él, ni me desdora, sino que me mira con los mejores ojos de su ánimo, no con los de la desconfianza, ni menos con los del horror».

Volví a mi campamento de Las Juntas a tiempo para que el enemigo no hallara descanso en su retirada.

La mañana del otro día siguiente dispuse el avance hacia Santa Ana Acatlán. Llegamos a Santa Ana Acatlán, después de combatir nuestra vanguardia con la retaguardia enemiga, que mandaba un jefe de nombre Enrique Estrada. Seguimos del dicho punto hacia Zacoalco. Llegamos a Zacoalco. Esperé allí la llegada de mi artillería; y sabiendo luego que las brigadas de Rodolfo Fierro y Pablo Seáñez estaban ya en Atoyac, donde Fierro había alcanzado al enemigo y le había cogido prisioneros, entre ellos un ingeniero de nombre Amado Aguirre, que tenía grado de coronel, ordené el avance de mis tropas. Es decir, mandé que las brigadas que venían conmigo desde Guadalajara realizaran su unión con las brigadas de José Rodríguez, lo cual se hizo en los pueblos de Techaluta y Atoyac.

Dispuse también que se reparara la vía, que en mucha parte estaba destruida desde Guadalajara, por lo que todo el avance de mi vanguardia y del grueso de mis tropas había tenido que hacerse a pie. Y en eso estaba, cuando mi servicio de exploración me avisó sobre los movimientos y preparativos del enemigo, que al parecer se mostraba dispuesto a esperarme en las estribaciones de la sierra que se llama Cuesta de Sayula.

Al conocer los dichos avisos, yo me alegré.

XVI

Pancho Villa derrota a Diéguez y Murguía en la Cuesta de Sayula, de donde regresa al Noreste llamado por Felipe Ángeles

Reflexiones frente a Sayula • Los efectivos de los dos ejércitos • Disposiciones para la batalla • El 18 de febrero de 1915 • Las alturas de la sierra • Enrique Estrada • Quietud y lejanía de la izquierda enemiga • Debilidad del Centro • Sería la una • Serían las seis • Última resistencia de la derecha • Desbarate final • Los fusilamientos de Fierro en San Nicolás • Juan B. Vargas • Zapotlán • Tuxpan • La opinión de Ángeles y la de Villa • Guadalajara

Porque reflexionaba yo entre mí:

«No fue Murguía bastante fuerte para afrontar mi ataque en La Piedad, conforme mis otras brigadas, al mando de Rodolfo Fierro, y Pablo Seáñez, y Calixto Contreras, hacían su avance por la parte de Degollado. Tampoco fue Diéguez bastante fuerte para afrontarme en Guadalajara, según aquellas mismas brigadas, menos la de Calixto Contreras, iban empujando a Murguía por la otra ribera del lago de Chapala. ¿Cómo, señor, junta ahora toda mi división, sueñan ellos con resistirme en esta comarca de Sayula, cuantimás sin haber tenido tiempo de sopesar sus providencias? ¿Se ha acrecentado su vigor por sólo la obra de hallarse ahora juntos los mismos hombres que, separados, venían huyendo de delante de mí?».

En lo cual me confirmaba al saber, mediante los informes de mis correos y de mi servicio de exploración, cómo Manuel M. Diéguez intentaba primero esperarme en la referida población de Sayula, donde ya se había atrincherado, y cómo luego, mudando de parecer, desamparaba la dicha población y se retiraba hasta La Cuesta, unas subidas de aquella sierra que así se nombran, y resolvía allí tomar nuevas disposiciones para esperarme. Digo, que yo veía bien cómo Diéguez iba obrando sin ser ya dueño de su voluntad y al mero impulso de la voluntad que le imponía yo desde lejos.

Puse mi cuartel general y mi centro y mi artillería en la hacienda llamada de Amatitlán; puse mi izquierda en la línea que adelanta desde Atoyac hacia los comienzos de la sierra; puse mi derecha por el lado de Sayula. El número de mis efectivos, según indico antes, sería de unos once mil hombres. Los efectivos de ellos serían como de doce mil. Puso Diéguez su artillería y su centro en las lomas que se hallan a la izquierda de La Cuesta, donde se afortinó. Puso su izquierda, a distancia muy grande, sin comprender yo para qué, en los cerros que se llaman, según es mi memoria, Cerros del Tecolote. Puso su derecha, para enfrentarse a la izquierda mía, en las alturas de la sierra, seguro él, creo yo que con error, de cómo era aquélla la posición que había de darle el triunfo, y de cómo, mientras él la conservara, no sería yo bastante para desalojarlo.

Amaneciendo aquel 18 de febrero de 1915, ya estábamos trabados en una fuerte lucha. Desde Atoyac se movió mi izquierda, al mando de Rodolfo Fierro y Pablo Seáñez, hacia las alturas de la sierra, donde los enemigos, sin poder hacer frente a los hombres míos que los atacaban, se replegaron tras de sufrir muy grande mortandad. Atento yo a lo que allí ocurría desaté sobre el centro todos los fuegos de mis cañones, y mientras ese estrago se realizaba, la sola presencia de mi derecha, en avance desde Sayula, mantenía queda, y como paralizada, la izquierda de ellos, puesta, según digo antes, a tanta distancia del referido centro, que malamente lo podía apoyar.

Recrecieron así los combates desde el blanquear del alba hasta las nueve o diez de la mañana. A esa hora Murguía y Diéguez descubrieron cómo estaba yo arrollándoles su derecha, y cómo de ese modo no podrían luego contenerme en el centro, por lo que reforzaron su defensa de aquel lado mandando allá numerosa gente de caballería, formada, según luego supe, por todas las fuerzas de Enrique Estrada. Se entablaron entonces más fuertes combates en el dicho flanco, decididos ellos a recobrar sus posiciones, y empeñados Fierro y Pablo Seáñez en proseguir su avance conforme a mis órdenes. Y creo yo que eran de mucha decisión los propósitos de Estrada tocante a recobrar el dominio de aquellas posiciones, pues arrostró enorme pérdida para conseguirlo; y fue de buena guerra que Rodolfo Fierro y Pablo Seáñez lo dejaran sufrir el precio de su conquista, porque eso le debilitaría, según aconteció.

Diéguez ocupaba de este modo no menos de tres mil hombres en la defensa de su derecha, o acaso cuatro mil, mientras otros dos mil seguían paralizados en su izquierda, con lo cual palpé yo la debilidad de su centro, cañoneado con fuego de ráfaga por toda la artillería de Santibáñez, que hacía disparos de mucha precisión. Dispuse entonces que por allí avanzara toda mi infantería, repartida en líneas de tiradores que se acercaban, llevados por hombres de mi caballería, hasta muy cerca de sus objetivos, y que ya en aquel frente, progresaban en sus ataques al amparo de mis fuegos artilleros, que los cañones de ellos no lograban acallar. Es decir, que disfrutando la posición de Diéguez las ventajas del terreno, yo iba dominándola poco a poco por obra de mis cañones y por el rápido movimiento de mis líneas de infantería, que desgastaban aquella defensa, y la quebrantaban, y la desconcertaban.

Sería la una cuando redobló otra vez la lucha en mi izquierda, los hombres de Enrique Estrada sometidos ahora al ataque de Rodolfo Fierro y Pablo Seáñez, que se les echaban encima después del castigo que los enemigos habían sufrido al venir al recobro de sus primeras posiciones. Serían las dos cuando comprendí yo cómo el centro enemigo ya no me resistiría, por lo que dispuse el acumulamiento de lo más de mis tropas, para asaltar a sangre y fuego la referida posición. Y serían las cuatro cuando el enemigo dio señales de ir a moverse de sus líneas. Entonces, mientras ellos parecían disponerse a desampararlas, arreció el fuego de mis cañones, y se lanzó al asalto mi infantería, y mi caballería del centro hizo movimiento que los trastornó; y como arreciara con eso la furia de nuestro ataque, quebrantada ya la resistencia de ellos, se la desbaratamos, y los desalojamos de sus trincheras, y los obligamos a retroceder.

Pasaba aquello cuando el ala derecha de Diéguez, atenta a su pelea con las brigadas de Fierro y Seáñez, no conseguiría ya hacer nada en apoyo de su centro, aunque lo intentara, según lo intentó, pues entonces cayeron sobre Enrique Estrada todos los fuegos de mis cañones, que lo paralizaron; y fue también en la misma hora en que las tropas de la izquierda enemiga, al mando, según yo creo, de Rómulo Figueroa, abandonaban sus líneas de combate y se recogían rumbo a Zapotlán.

Así empezó a consumarse el completo triunfo nuestro y la completa derrota de Diéguez y Murguía. Porque siendo cierto que todavía a las seis de la tarde la derecha de ellos aprontaba alguna resistencia, para esa hora la caballería de mi centro, más una parte de la que mandaba Rodolfo Fierro, iban ya en persecución de lo más de las tropas derrotadas, a las cuales, dispersaban, o las alcanzaban, y les hacían muertos, y heridos, y prisioneros.

La batalla de Sayula, que se libró durante todo el día 18 de febrero de aquel año 1915, costó a Diéguez y a Murguía no menos de mil hombres entre muertos y heridos, más la dispersión de no sé cuántos otros miles, y me dio a mí otra vez el dominio del estado de Jalisco.

Esa noche llegué con mis fuerzas hasta San Nicolás, punto que así se llama. Sabedor allí de que Rodolfo Fierro estaba ordenando el fusilamiento de todos los prisioneros, cosa que hacía no por urgencias militares, sino en su ánimo de castigar las mismas tropas vencidas que antes lo habían derrotado a él, llamé a Juan B. Vargas, que venía entre mis ayudantes, y le dije:

—Amigo, va usted ahora a donde está Rodolfo Fierro y le lleva mi orden de no seguir en sus fusilamientos, que cada hombre que él mata es uno más que yo necesito para la reparación de estos ferrocarriles.

Y fue Juan B. Vargas al cumplimiento de aquella orden mía, y según llegó delante de Rodolfo Fierro, se la comunicó, y Fierro la cumplió, de lo cual me sentía cierto al advertir cómo cesaban desde luego las descargas anunciadoras de las dichas muertes. Oyéndolo, o, mejor dicho, dejando de oírlo, el silencio que se formaba me hizo reflexionar entre mí:

«Si los demás hombres que iban a morir conocieran cuál es la verdadera causa de que no hayan muerto, todos saldrían a recorrer el mundo en negación de la crueldad que mis enemigos me atribuyen».

Al amanecer otro día siguiente, emprendí mi avance hacia Zapotlán. Llegamos a Zapotlán. El enemigo nos dejó allí abandonados sus trenes, más varios carros de municiones de cañón, más toda su artillería, que era la misma que le habían quitado a Rodolfo Fierro al derrotarlo en Guadalajara el día 18 del mes de enero. Desde Zapotlán establecí comunicación telegráfica con Felipe Ángeles para darle la noticia de mi triunfo. Le decía yo:

«Voy en seguimiento de Diéguez y Murguía, a quienes mis hombres desbarataron en el punto que se llama Cuesta de Sayula. Les he causado más de mil bajas entre muertos y heridos, y ahora huyen sin concierto, mientras parte de aquellas tropas va dispersándose. Me han dejado trenes, parque y todos sus cañones. Le deseo, señor, muchos triunfos iguales a este que hoy han conseguido aquí las fuerzas de mi mando».

Me contestó él:

«Lo felicito, señor general Villa, por ese gran triunfo de nuestras armas y espero que su campaña termine con los mismos resultados venturosos. Yo no podría igualarlo aquí, señor, pues aunque es cierto que en nada desmerece el valor de estos hombres junto al de aquéllos, faltan aquí las luces del grande jefe que allá manda».

Así me contestó Felipe Ángeles, diciéndome palabras que demostraban su mucha modestia.

De Zapotlán seguí mi marcha hacia Tuxpan. Llegamos a Tuxpan. Mirando entonces cómo el enemigo seguía en su retirada, o más bien dicho, en la huida que traía desde Sayula con sólo sentir la vanguardia de mis tropas, cité a junta a todos mis jefes y les dije:

—Compañeros, Diéguez y Murguía no pararán hasta Manzanillo, adonde acaso intenten resistirnos al amparo de los barcos que se hallan en aquel puerto, o de donde tal vez intenten internarse por las serranías de Michoacán y Guerrero, deseosos de salvar lo que les queda de sus divisiones.

Y a seguidas de hablarles estas palabras, les pregunté que si consideraban conveniente seguir adelante en la persecución. Entonces Rodolfo Fierro me contestó que sí, que habíamos de seguir la dicha persecución hasta dejar a Diéguez y Murguía entre las olas del mar, y lo mismo opinó José Rodríguez, también Pablo Seáñez, y Calixto Contreras, y Julián C. Medina, y López Payán. Digo, que todos de un solo parecer acordamos llevar adelante la persecución de aquellas tropas derrotadas, hasta aniquilarlas. Porque sopesaban así las cosas aquellos generales míos: «Quitando a Diéguez y Murguía los pocos trenes que todavía tienen, su infantería quedará sin acción, y apartándolos de Manzanillo, no los ayudará ningún puerto, ni dispondrán de ruta por donde Carranza los surta de elementos».

Y en verdad que, aun no acogiendo yo como bueno todo ese vaticinio, decidí también, según antes digo, que eso era lo que había que hacer.

Pero sucedió, estando yo todavía en Tuxpan, que Felipe Ángeles me llamó a nueva conferencia telegráfica y me dijo:

«Señor general Villa, estimo tan completo su triunfo de Sayula, según sus informes me lo relatan, que a mi modo de ver, Diéguez y Murguía necesitarán mucho tiempo para rehacerse. Le repito, pues, las palabras que le dije en nuestra conferencia de Aguascalientes: venga al Norte con el grueso de sus tropas, para que juntos aquí usted y yo, arrebatemos a Pablo González todos estos territorios. Le quitaremos Laredo, y Piedras Negras, y Matamoros; y combinando yo luego mi ataque con el de Tomás Urbina, que avanza ya desde San Luis, también quitaremos Tampico a Pablo González, o lo inmovilizaremos allí».

Le contestaba yo:

«Oigo su razón, señor general Ángeles, y aprecio el plan que me propone; mas yo le digo: espere que consumen aquí mis hombres toda esta acción, aniquilando al enemigo de modo que nunca vuelva a reorganizarse, y entonces le llevaré mi auxilio para la campaña del Norte».

Y él me respondía:

«A Diéguez y a Murguía los derrotará usted, señor general Villa, pero nunca los anulará si obran con buenas luces de inteligencia, considerando que tienen para cobijarse todas las comarcas de Michoacán y Guerrero. No distraiga sus fuerzas yendo a la toma de Manzanillo, ni menos en proteger luego la dicha plaza y toda aquella línea. Dicte sus providencias para asegurar su dominio de Guadalajara, lo que también asegura la línea de Guadalajara a Irapuato, y véngase al Norte, señor, donde es más grande la acción que nos aguarda; cuanto más, señor general Villa, que dueños ya de todos los territorios del Noreste, y de los del Norte, y de toda la frontera, nos moveremos hacia el Centro y haremos entonces con seguridad la campaña de Occidente, según se hizo contra Victoriano Huerta. Pero con enemigo en Sonora y Sinaloa, y resistiendo yo aquí, con fuerzas escasas para los grandes movimientos que debieran hacerse, ataques sobre Monterrey, campañas tan lejanas como aquélla no ofrecen firmes resultados».

Todas esas razones me dio Felipe Ángeles para que me detuviera en mi marcha. De modo que oyéndolo yo, y considerando que era él muy buen hombre militar, y gran conocedor de lo que se llama la estrategia, le respondí que hacía bueno su parecer, y que suspendía mi avance hacia Manzanillo y volvía con el grueso de mis tropas hacia el Norte.

Tal como lo dije, lo hice. Regresé de Tuxpan a Zapotlán, donde todos los moradores me obligaron a detenerme para la celebración de mi triunfo, que ellos estimaban suyo por no mirar con buen ánimo a Diéguez ni a Murguía. Allí dispuse que las fuerzas de Julián Medina se quedaran cubriendo la línea desde Zapotlán hasta Tuxpan. Dispuse que otra vez las fuerzas de Rodolfo Fierro y Calixto Contreras, más las de Pablo Seáñez, dieran protección a los territorios de Jalisco, y luego regresé a Guadalajara, dispuesto a salir en seguida a la dicha campaña del Noreste.

Con ser mucha la prisa que llevaba, en Guadalajara tuve que detenerme dos o tres días a causa de los embarazos que oponía al movimiento de mis trenes el mal estado de aquellas vías del ferrocarril. Entretanto, el pueblo de la dicha población me rodeó con las mejores formas de su cariño y me honró con demostraciones calurosas. Me agasajaban con sus músicas, y sus tertulias y sus fiestas, sin saber yo si hacían eso por el mucho afecto o la mucha admiración de mi persona, o si era por el desamor a Manuel M. Diéguez y Francisco Murguía, que no sólo no habían logrado granjearse al pueblo, sino que lo habían herido con los modos y los yerros de un mal gobierno.

XVII

Sin detenerse en su viaje hacia Monterrey, Pancho Villa se esfuerza por llevar tropas sobre cuantas regiones están por Carranza

Movimientos de Obregón • Doctor Arroyo • Una comunicación de Eulalio Gutiérrez • Rafael Buelna y Juan Carrasco • Escuinapa • El martirio de la ciudad de México • Federico Cervantes • José I. Prieto • Acuitzio • Tacámbaro • La muerte de Gertrudis Sánchez • Luis Gutiérrez y Maclovio Herrera • Rosalío Hernández • Manuel Peláez • Manuel Chao y Emiliano Sarabia • San Mateo • La gente de Cedillo

Supe yo por aquellas fechas, 24 o 26 de febrero de 1915, los movimientos que algunas fuerzas de Álvaro Obregón hacían desde Pachuca y Tula, y de sus tentativas para acercarse a San Juan del Río. Supe también la llegada de Eulalio Gutiérrez, más los restos de su gobierno, a Doctor Arroyo, población de ese nombre situada al sur de Nuevo León, adonde se había él recogido en su fuga después de la derrota de todas las fuerzas suyas concentradas en San Felipe Torres Mochas, suceso que ya antes indico.

Desde Doctor Arroyo, según se dijo luego, Gutiérrez destacó emisarios que lo comunicaran con Antonio I. Villarreal y demás jefes carrancistas del Noreste, para que se le unieran y lo cobijaran. Les decía él:

«Aquí estoy con mi gobierno en esta plaza de Doctor Arroyo, al cabo de una travesía de más de un mes desde nuestra salida de la ciudad de México. No me pude sostener allá por la carencia de tropas leales que acataran y protegieran mi decreto del 13 del mes de enero, el cual privaba de su mando a Emiliano Zapata y Francisco Villa. Porque Villa había dejado allí, para que me vigilaran y me cercaran, seis mil hombres al mando de Manuel Madinabeitia, y conforme conoció él su destitución y la de Zapata, dio a esas

810

tropas orden de que me apresaran y fusilaran,3 a mí y a los hombres de mi gobierno, y al mismo tiempo avanzó sobre la capital, en desobediencia de mandatos de mi ministro de la Guerra. Es decir, que para salvarnos tuvimos que escapar de entre todos aquellos peligros, y aquí hemos llegado decididos a reorganizar este gobierno, que es el gobierno legítimo nombrado por la Convención, y con ánimo de fortalecer y acrecentar las tropas que lo sostienen. Le digo esto, señor, en mi esperanza de que me exprese usted la verdad de sus sentimientos acerca de estas autoridades, que usted y todos esos buenos generales reconocieron en Aguascalientes. ¿Sigue usted en su impulso patriótico de sostener los mandatos de la Convención? ¿Desconoce usted ahora los dichos mandatos, por obra de los acontecimientos que nos han turbado desde días antes de mi salida hacia la capital de nuestra República? Viva seguro, señor general, que no es mi propósito perpetuarme en el supremo mando de nuestro país contra el parecer de los buenos jefes que me eligieron, sino que estimo prudente reunir cuanto antes la Convención, que ya no podía tener sus juntas en la ciudad de México, y pedirle que delibere sobre todos los negocios públicos y escoja otra vez hombre capaz de recibir la jefatura del gobierno. Mientras esto se concierta y se consuma, urge a mi gobierno disponer de una plaza fronteriza que lo comunique con el resto de nuestro país, y con el extranjero, pues aquí nos hallamos sumidos como en un pozo, sin ferrocarriles, sin correos, sin telégrafos. Espero de su patriotismo, señor, que me comunique pronto su decisión de sostener este gobierno legítimo, que es el suyo, y que consentirá mi paso por los territorios de su mando y me protegerá de forma que pueda yo llevar mi referido gobierno hasta alguno de los puertos que dominan aquellas tropas suyas. Créame que así como he quitado de sus puestos a Francisco Villa y Emiliano Zapata, así también quitaré del suyo a Venustiano Carranza, conforme lo ordenaron los mandatos de la Convención».

Eso decía Eulalio Gutiérrez en su pobre esperanza de que los hombres a quienes así hablaba sus palabras se le unieran para combatirme, con lo que conseguía extraviarse más por el rumbo de sus yerros. Porque primero, para defenderse de Venustiano Carranza, se había amparado de mí, lo que le enajenó muchos hombres carrancistas; luego, dizque para protegerse de mí, buscó entenderse con los hombres carrancistas que lo habían dejado, por lo que nos enajenamos de él yo y casi todos los hombres míos, y ahora, sin el apoyo de unos ni de otros, trataba de guardarse de todos y luchar contra todos. ¡Señor! Si no podía contar con el apoyo de las tropas carrancistas, ¿cómo pudo soñar en destruirme a mí y a Emiliano Zapata mediante la acción de nuestras propias fuerzas? Y si no contaba ya con el auxilio de las tropas mías y de Emiliano Zapata, ¿era juicioso disponerse a destruir a Venustiano Carranza mediante la acción de las fuerzas carrancistas? ¿No vio él en Aguascalientes, al desconocer el Primer Jefe y sus hombres favorecidos los mandatos de la Convención, cómo tenía que elegir entre desconocer él también los dichos mandatos y someterse entonces a Carranza, o acatarlos y protegerlos, y ampararse entonces debajo del apoyo de mis tropas y de mi persona, que sí reconocíamos esos acuerdos? Y si vio eso, y me llamó, y llamó a mis hombres, y juntos llegamos a México, y juntos nos concertamos con Zapata, y juntos empezamos la lucha contra lo que se nombraba el carrancismo, ¿por qué no se mantuvo leal?, ¿por qué se dejó enyerbar en mi contra a impulsos de las palabras de los malos políticos?, ¿por qué se azoró ante los actos revolucionarios míos y de mis hombres?

O sea, que tal vez con muy buenas intenciones, sus luces de inteligencia lo habían inducido a muy grave error, y él solo había acabado con su gobierno y su legalidad, y había acabado con la legalidad nuestra, hasta ensombrecernos en nuestro triunfo, y había engendrado los peores desarrollos para la lucha del pueblo, al favorecer con los actos de su conducta los designios de Venustiano Carranza.

Según es mi memoria, también por entonces me llegaron noticias de la fuerte lucha que Rafael Buelna sostenía en Sinaloa contra Juan Carrasco, a quien había causado grave derrota en Escuinapa, y de otras acciones de aquellos hombres míos en su pelea con Ramón F. Iturbe, que dominaba la región de Mazatlán. Estimando yo mucho el impulso guerrero de Rafael Buelna, que tan adentro iba ya por aquellos territorios enemigos, sin ningún buen medio para surtirse de municiones y otros elementos, pensaba entre mí:

«Después de adueñarme del Noreste, mediante el plan convenido con Felipe Ángeles, no será difícil lograr pronto el dominio de Sinaloa y del sur de Sonora. Eso será fruto del arrojo de este muchachito Rafael Buelna, que recibirá entonces grande apoyo mío en su marcha hacia Sonora por las comarcas de Sinaloa, y fruto de la acción de José María Maytorena y de las tropas que le he mandado a las órdenes de Juan Cabral, los cuales, tras de conseguir el aniquilamiento de Plutarco Elías Calles en Agua Prieta y Cananea, emprenderán su marcha hacia Sinaloa desde las comarcas de Sonora».

Por mis correos, y por avisos de Roque González Garza, que se encontraba en Cuernavaca, conocí también las medidas de Venustiano Carranza y Álvaro Obregón para aniquilar aquella ciudad de México, que ellos consideraban hostil. Digo, que decidieron no disputar ya la capital de nuestra República, y que buscaban la destrucción de aquel comercio, y que en vez de ayudar a los moradores para que se aliviaran en sus grandes necesidades, secretamente los ponían en el camino del hambre. Todo lo cual hacían también para que muchos hombres del pueblo, que no era carrancista, sino convencionista, se acogieran a las filas del nuevo ejército que los dichos jefes querían organizar allí para su lucha contra mi poder y el de Emiliano Zapata. De modo que clamaban ellos muy altas voces, diciendo que aquellos ricos tenían que ayudar a aquellos pobres, y para eso publicaban sus órdenes y decretos, pero no querían de verdad la dicha ayuda, ni la impulsaban, sino que callados le levantaban embarazos. Si su ánimo era aligerar al pueblo las privaciones de la guerra, ¿por qué no hacían lo que yo? ¿Por qué no abrían tiendas donde el maíz y la harina se regalaran, igual que lo había yo dispuesto tantas veces? ¿Por qué se entretenía Obregón en herir con sus peores palabras todos los habitantes de aquella gran ciudad, diciéndoles que no había allí ningún hombre de valor, ni persona capaz de hazañas de la guerra, más que las mujeres? Es que Carranza y todos sus hombres sólo buscaban acrecentar allí los padecimientos.

Decía Álvaro Obregón:

«Los zapatistas han cortado la provisión del agua dominando los manantiales de Xochimilco. Yo no tengo fuerzas con que recobrar los dichos manantiales».

Decía Venustiano Carranza:

«Pancho Villa dejó inundados con su papel moneda los comercios de la ciudad de México. Yo no reconozco ahora el dicho papel moneda».

Decía aquel licenciado Luis Cabrera:

«La ciudad de México es lo que se nombra un elefante blanco. No tenemos nosotros necesidad de proteger y alimentar el dicho elefante».

Y a tanto llegó la iniquidad, que según luego supe, Federico Cervantes y otros hombres convencionistas fueron de Cuernavaca a Xochimilco a devolver las aguas a la ciudad de México, sin que Obregón, olvidado de sus deberes, hubiera intentado recobrarlas. ¿O no sabía él que si ocupaba con sus tropas una plaza, las leyes militares le mandaban aliviar en lo posible los padecimientos de los moradores?

Sucedió también que míster Bryan y míster Wilson, sabedores de lo que allí pasaba, mandaron notas diplomáticas a Carranza y a Obregón recordándoles los sentimientos humanitarios y diciéndoles que México era una gran ciudad, merecedora de otra suerte, y que si se sentían bastantes para protegerla y alimentarla, que la conservaran, y que si no, no. Todo lo cual supe por mensaje de Enrique C. Llorente, el cónsul que me representaba en Washington, y que con sus informes me hacía pensar entre mí:

«¡De suerte, señor, que los moradores de la ciudad de México, capital de nuestra República, necesitan que salgan en su ayuda las palabras de un gobierno extranjero, cuando sea un gobierno muy amigo, por negarse a reconocer Venustiano Carranza y Álvaro Obregón los deberes que les imponen lo que se llama las leyes de la guerra!».

Antes de emprender mi viaje hacia el Noreste dispuse la salida de una columna, mandada por José I. Prieto, que desde Irapuato avanzara sobre Michoacán y que allá persiguiera y aniquilara a Gertrudis Sánchez. Lo hice así al saber, por avisos de Roque González Garza, cómo aquel jefe negaba ahora su obediencia a la Convención y entraba por los caminos del carrancismo.

Y sucedió, conforme después habría de verse, que aquellas tropas mías, más otras de Michoacán que se les unieron, se lanzaron en fuerte lucha contra Gertrudis Sánchez, que les abandonó Morelia y Pátzcuaro, y a quien alcanzaron en Acuitzio, población de ese nombre, donde lo derrotaron, y desde donde lo persiguieron. Y poco después lo volvieron a alcanzar y derrotar, hasta quitarle cuanto llevaba, en un punto llamado Tacámbaro, y desde allí lo siguieron hasta otro punto llamado San Antonio de las Huertas, donde le desbarataron los restos de su gente y lo hirieron. Así huyó Gertrudis Sánchez, ya casi solo, y fue a cobijarse debajo de no sé qué gente suya que andaba por comarcas de Guerrero, la cual le hizo el engaño de recibirlo para protegerlo y en seguida lo mató.

Con anterioridad a esas fechas me habían llegado informes de Emilio Madero y Felipe Ángeles sobre los movimientos de Luis Gutiérrez y Maclovio Herrera, que intentaban acercarse a mis territorios de Chihuahua partiendo desde la región de Monclova. Acaso reflexionaran ellos: «Tenemos la línea de Monclova a Jiménez por Cuatro Ciénegas. Tenemos como nuestra base la plaza fronteriza de Piedras Negras. Tenemos el uso de estas líneas de ferrocarril».

En apoyo, pues, del plan concertado ya con Felipe Ángeles, propuestos los dos a consumar el dominio del Noreste, dicté mis órdenes para que Rosalío Hernández se moviera con sus fuerzas, desde Camargo y Jiménez, sobre el norte de Coahuila, pasando por Sierra Mojada, y para que combatiera a los dichos jefes carrancistas hasta destrozarlos.

Así lo hizo él. Para los primeros días del mes de marzo de 1915 ya había terminado su avance desde Sierra Mojada a Cuatro Ciénegas, de donde Luis Gutiérrez se replegó, temeroso de esperarlo, y luego desde Cuatro Ciénegas a Monclova, de donde Luis Gutiérrez se volvió a retirar, y luego desde Monclova hasta Sabinas, donde Rosalío Hernández alcanzó al enemigo, mandado por Luis Gutiérrez y Maclovio Herrera, y lo derrotó también, y luego desde Sabinas hasta Allende, ya muy cerca de Piedras Negras, con lo que lo obligó al abandono de aquella plaza, y de Villa Acuña, más otros puntos fronterizos.

Conforme yo había ido en mi avance de Aguascalientes a Guadalajara, mi compadre Tomás Urbina había ido en el suyo de San Luis a Tampico, marcha que era para la conquista de los campos petroleros, de muy grande rendimiento a beneficio de Venustiano Carranza.

Porque es lo cierto que en los referidos campos había hombres militares que reconocían mi autoridad, como un jefe nombrado Manuel Peláez, el cual fijaba préstamos y gabelas a las compañías del petróleo en las comarcas de Tuxpan. Mas como no dominaban ellos aquel territorio, ni tenían ninguno de sus puertos, sus exigencias mermaban en muy poco la recaudación de Venustiano Carranza, y en cambio sí me enturbiaban a mí los negocios internacionales, cuanto más no siendo los dichos jefes hombres verdaderamente míos.

Me preguntaba míster Carothers a nombre de míster Bryan:

—¿Es verdad, señor general Villa, que el general Manuel Peláez lo representa a usted en los campos de Temapache, del estado de Veracruz? ¿Es verdad que por orden de usted saca él allá préstamos de las empresas petroleras? Si no es verdad que usted lo apoya en tales exigencias, ¿tiene usted autoridad para mandarle que las retire? ¿Es verdad que por obediencia a usted otorga él garantías a unas empresas petroleras, y a otras no?

A lo cual yo le contestaba:

—Señor, responda usted a míster Bryan que las fuerzas de mi compadre Tomás Urbina avanzan ahora rumbo a los campos petroleros de Tampico y Tuxpan; que no me orillen a órdenes que no sé si podrán cumplirse; que realizada por mí la toma de Tampico, la justicia se impondrá en aquellos campos con todo el vigor de mi autoridad.

Y mirando los cónsules que era cierto el avance que yo les pintaba, aguardaban la hora de mis buenas decisiones.

El avance se había consumado de esta forma: hecha por mi compadre Tomás Urbina la ocupación de San Luis Potosí, según antes indico, destacó de allí fuerzas de Manuel Chao que persiguieran a Miguel M. Acosta, lo que Emiliano Sarabia consiguió en Las Tablas, puerto que así se nombra; y para lograr contacto con las fuerzas de Magdaleno Cedillo, que estaba en Ciudad del Maíz, a poco de aquello se movió Chao de San Luis Potosí hacia Rascón. En la bajada a Rascón se le unieron las referidas fuerzas de los Cedillo, más gente de Alberto Carrera Torres.

De Rascón salió Chao rumbo a Micos; llegó a Micos. Se le unieron allí las fuerzas de Alfredo Rueda Quijano y de Meave, más otra gente de la Brigada Morelos. Siguió de Micos hacia San Mateo. Bajando hacia San Mateo le salió al encuentro el enemigo, al mando de un general apellidado Lárraga. Pero en el primer encuentro, la gente de los Cedillo, que iba de vanguardia en número como de cinco mil hombres, retrocedió sin más, dejando que sola la Brigada Chao, con lo que allí iba de la Brigada Morelos y alguna otra gente, se sostuviera hasta rechazar al enemigo. De San Mateo siguió Chao a Valles y Bañito. En Bañito combatió por no menos de tres días, pues nuevamente encontró a Lárraga ocupando posiciones. Recibió allí artillería, reforzó sus líneas, desalojó al enemigo. Y a partir de aquel punto, obligados los contrarios a recogerse rumbo a Tampico, progresó Chao en su marcha hasta más allá de Las Palmas, y de Guerrero, y de Auza, lugares que así se nombran, todos aquellos puentes destruidos, todo aquel ferrocarril levantado. Pero con ser así, para el 5 de marzo de 1915 ya estaban aquellas tropas mías trabadas en combates de mucha furia frente a la loma y los bosques que se llaman del Ébano, donde el enemigo se había fortificado despaciosamente en previsión de mi ataque.

XVIII

Mientras Villa emprende con Ángeles la campaña del Noreste, Diéguez y Murguía derrotan en Jalisco a Rodolfo Fierro y Pablo Seáñez

Los efectivos de Felipe Ángeles en Monterrey • Los ataques de Pablo González • «Yo, con sólo llegar, azoro al enemigo» • Los Ramones • Los Herreras • Cerralvo • Plan de campaña • Cadereyta y San Juan • Laredo • La sierra de Arteaga • Una comunicación de míster Bryan • El bloqueo de tierra y el de mar • Miguel Díaz Lombardo • Evasivas de Washington • Funston y Scott • La derrota de Fierro en Tuxpan

Me había dicho Felipe Ángeles en sus partes tocante a la lucha que estaba sosteniendo en Monterrey:

«Señor general Villa, me honro en comunicarle que esta división de mi mando rechaza todos los ataques de las tropas carrancistas, las cuales nos acechan por las líneas de Laredo, Matamoros y Ciudad Victoria. Después de movimientos que yo considero falsos, Pablo González ha tenido que retirarse con sus fuerzas hasta Cadereyta, y Antonio I. Villarreal hasta Los Ramones, y otras tropas suyas, al mando de José E. Santos, hasta Villaldama. No son esas fuerzas enemigas bastante poderosas para moverme de donde estoy, pero tampoco soy yo bastante fuerte para salir a aniquilarlas en las tres líneas por donde me atacan. Considere, señor general, que la columna con que salí de Torreón hasta lograr mi grande triunfo de Ramos Arizpe protege ahora la línea desde Torreón a Saltillo, y guarnece Saltillo, y protege la línea de Saltillo a Monterrey, y guarnece Monterrey. O sea, que me hallo aquí con efectivos de menos de cuatro mil hombres».

Al llegar yo a Monterrey, en viaje que con el grueso de mis tropas hacía desde Guadalajara, vi cómo Felipe Ángeles no me exageraba su verdad, pues sí mantenía él rechazado a Pablo González hasta Cadereyta, y a Villarreal hasta Los Ramones, y a otra parte de aquel enemigo hasta no me recuerdo qué puntos de la línea de Laredo; pero también era cierto que aquellas tropas de Ángeles se conservaban demasiado metidas en el amparo de la plaza. Y como, conforme a mi memoria, hasta parte de la gente de caballería se hallaba allí dispuesta en línea de tiradores, aquello no me pareció bien. Al expresarme con Felipe Ángeles le hablé así mis palabras:

—No creo yo, señor general, que prosperemos en la lucha si nuestras fuerzas siguen tan sólo estas prácticas de la defensiva. ¿Por qué no ataca usted, señor? Yo, con sólo aparecer, hago que el enemigo se azore, y aprovechando ese azoro suyo, me le echo encima para quebrantarlo, aunque me cause bajas, y aprovechando su quebrantamiento, lo vuelvo a atacar, con lo que lo domino y luego lo derroto.

Pero me respondió él:

—Señor general, no estoy yo aquí a la defensiva, aunque lo parezca. Sucede que no puedo salir en persecución de las tres columnas que me acechan, pues mis soldados no me alcanzan para realizar eso en buena forma, por lo que me mantengo así, según usted me ve, atento a que el enemigo venga al alcance de mis armas y él sólo se escarmiente. Esperaba el auxilio suyo y de sus fuerzas, señor general, para emprender la campaña que tenemos convenida, y mientras he estado en la dicha espera, dos veces se ha atrevido el enemigo a llegar hasta mí, y en las dos se ha llevado el estrago de mis armas. Ahora es distinto, señor: ya está usted aquí con su ayuda; ya nada nos detiene para concertar un buen ataque y consumarlo.

Así fue. Sin más, otro día siguiente avanzamos, hacia Los Ramones, sobre Villarreal, que no nos esperó, pero a quien dimos allí alcance por su retaguardia. Le decía yo a Felipe Ángeles:

—Lo ve, señor general: estos hombres carrancistas huyen delante de mí en cuanto oyen el ruido de mis chaparreras.

Ángeles me contestaba:

—Huyen por su falta de elementos con qué resistirnos. Mas yo le prometo que siendo fuerte, o sintiéndose fuerte, ningún ejército huye, salvo que lo finja por engaño; y si no huye, puede entonces haber muy grave yerro en echársele encima con la seguridad de que va a huir.

Cuando así fuera, sucedió entonces que desde Los Ramones, tras de aniquilar allí la retaguardia de Antonio I. Villarreal, y quitarle parte de sus trenes, destaqué tropas que lo hostilizaran, siguiéndolo hasta Los Herreras, y hasta Cerralvo, donde no nos esperó tampoco, y donde nos dejó alguna impedimenta y toda su artillería.

Mirando eso, entré en consejo con Felipe Ángeles, y los dos de un solo parecer, concertamos nuestro plan para aquella campaña del Noreste, a la que él me había llamado. Estas fueron nuestras providencias: orden para que una columna, al mando de José Rodríguez, avanzara por aquella misma línea hasta conseguir la toma de Matamoros; orden para que otra columna, al mando de Máximo García y Severino Ceniceros, marchara sobre Ciudad Victoria; orden para que otra columna, al mando de Orestes Pereyra, saliera por las líneas de Piedras Negras y Laredo, para contribuir al aniquilamiento de Maclovio Herrera y Luis Gutiérrez, que, según antes indico, no habían podido afrontar a Rosalío Hernández ni lo habían contenido en su marcha desde Monclova hasta la línea fronteriza.

Me añadía Felipe Ángeles:

—Consumado el ataque de Matamoros y Ciudad Victoria, yo me iré a la toma de Tampico, que con mi auxilio logrará Tomás Urbina, y usted se irá a disponer y dirigir las campañas del Centro y el Occidente.

Como se pensó, se hizo: a seguidas se dictaron todas las disposiciones para el concertado avance de las dichas columnas. Y con tan buen ánimo salieron aquellos hombres míos al cumplimiento del deber, que para el 20 del mes de marzo de 1915 la columna destacada hacia Ciudad Victoria ya había derrotado a Pablo González en Cadereyta, y lo empujaba hasta San Juan, estación que así se nombra; y para el 21 o 22 ya todas las fuerzas de Antonio I. Villareal se habían recogido hasta Matamoros; y para esas mismas fechas ya Maclovio Herrera había abandonado los territorios de Coahuila y Nuevo León y se refugiaba en la comarca de Nuevo Laredo, mientras Luis Gutiérrez iba a ampararse de la sierra que se nombra Sierra de Arteaga.

En eso estábamos cuando recibí aviso de ser necesaria mi presencia en Monterrey, por razón de los negocios internacionales. Hice viaje de regreso a Monterrey; llegué a Monterrey. Recibí allí, por el intermedio de míster Carothers, comunicación de míster Bryan sobre los peligros que nuestra guerra encerraba para las poblaciones americanas de lo que se llama la frontera. Esto contenían sus palabras:

«Sabe este gobierno de Washington que hay fuerzas de José María Maytorena preparadas al ataque de Agua Prieta, y que otras tropas convencionistas, del mando de Juan Cabral, avanzan desde Chihuahua sobre la dicha plaza; también sabemos que en represalia de tales actos, las tropas carrancistas acaso intenten alguna acción sobre las plazas de Naco y Nogales. Como todo esto, señor general, amenaza muy grande peligro para las vidas y propiedades de nuestras poblaciones fronterizas, invocamos su prudencia, seguros de que su buen consejo lo impulsará a mantener, para que se acaten y se apliquen, los puntos del convenio firmado por José María Maytorena y Plutarco Elías Calles, el cual establece la neutralidad o el respeto de aquellas ciudades mexicanas situadas en la frontera, pues sólo así evitarán las graves medidas que tomaría este gobierno de Washington para defender las vidas y bienes de los ciudadanos de nuestro país. Le hablo así, señor general Villa, no con la mala intención de intimidarlo, sino para que conozca las exigencias de nuestro deber, y para que, conociéndolas, no olvide el referido convenio, según esperamos que tampoco lo olvide Venustiano Carranza, a quien también dirigimos estas mismas expresiones».

Contesté a míster Bryan que sí era mi deseo respetar y sostener el convenio de que me hablaba, y lo hice no sólo en mi propósito de cumplir aquel compromiso, sino también por la necesidad de que las relaciones internacionales no se me enturbiaran. Mas si es verdad que di mis órdenes para que las fuerzas de Sonora se refrenaran en su ataque sobre Agua Prieta, consideré al mismo tiempo cómo no podía ser eterno el pacto firmado por Maytorena y Calles, según ya lo había yo advertido a míster Bryan y a míster Wilson, razonándoles que algún día se tendría que hacer el ataque de las plazas fronterizas, por exigirlo así las peripecias de la lucha. De modo que llamé a conferencia telegráfica a don Miguel Díaz Lombardo, el licenciado de muchas leyes que me manejaba las relaciones exteriores y la justicia, y le dije:

«Señor, está una fuerte columna de mis tropas en marcha sobre Matamoros, que defiende Emiliano P. Nafarrate; tengo otra en marcha sobre Laredo, que defiende Maclovio Herrera; está otra en espera de poder desarrollar su ataque sobre Agua Prieta, que defiende Plutarco Elías Calles. Siendo fronterizas las dichas poblaciones, nuestra acción puede causar daño a los moradores de los Estados Unidos, y acaso nos trastorne la amistad con el gobierno de Washington, cosa que debemos prever. Por eso le pregunto, señor: ¿no hay en esas leyes que usted conoce, y que se llaman de la guerra, alguna que nos favorezca en estas circunstancias? ¿Por no dañar vidas y propiedades situadas al otro lado de una frontera, un ejército vencedor tiene que dejar para siempre en manos del enemigo las plazas que se nombran fronterizas? Estudie este negocio en sus mejores libros, señor licenciado, y consiga que el deber internacional, del cual no quiero apartarme, no me embarace las operaciones de la guerra».

Eso le pedí yo al licenciado que me llevaba los asuntos internacionales, y varios días después tuve noticias de él tocante a sus pláticas con míster

Carothers y a sus escritos para míster Bryan, y sobre su esperanza de que se nos oyera en nuestra razón. Esto les decía él:

«Señores: Comprende nuestro gobierno convencionista por qué aquel gobierno de Washington mira con malos ojos nuestras operaciones militares sobre ciudades de la frontera. Mas reflexionamos aquí que con la dicha actitud no guardan ustedes las leyes de la buena neutralidad, pues a más de estorbarnos en nuestra lucha contra el enemigo, que se refugia en esas plazas, consienten que él se surta de bastimento, y de armas, y de municiones, y lo levantan en su ánimo por obra de tales auxilios. Delante de esta peripecia, nosotros les proponemos, señores del gobierno de Washington, que se tengan por buenos en la pelea que libramos cerca de la raya fronteriza los mismos principios que gobiernan los ataques navales a los puertos de mar, lo que será conforme a las leyes de la guerra. Es decir, que siempre que nuestros ejércitos, o los ejércitos de Venustiano Carranza, demuestren con los hechos ser bastantes a rodear una plaza fronteriza en forma que no puedan llegarle refuerzos, ni bastimento, ni dinero, ni ningún otro auxilio, que es lo que se llama bloquear, aquel gobierno declare cerrado el tráfico con la dicha plaza, para que no reciba por la frontera lo que no puede llegarle por su propio territorio; y vivan ustedes seguros que entonces tendrán que rendirse las tropas defensoras así rodeadas, o saldrán a la lucha a campo descubierto, para vencer a sus sitiadores o abrirse paso por entremedias de ellos, con lo cual no se detendrá aquí el triunfo que cada quien merezca, ni habrá estrago de vidas o propiedades al otro lado de la frontera».

Eso propuso don Miguel Díaz Lombardo, y, según yo creo, lo hizo con muy buenas palabras y con grandes luces de inteligencia. Pero luego había de verse que el gobierno de Washington no aceptaba el dicho plan, sino que sólo me contestó diciéndome cómo allá no buscaban impedir mis ataques contra Matamoros, o Nuevo Laredo, sino que sólo miraban por la seguridad de sus ciudades fronterizas, y que ya transmitían sus advertencias a los jefes de Laredo y Matamoros tocante a conducir la guerra de manera conveniente, y que el jefe de Laredo les había prometido salir a la lucha varias millas al sur de la frontera, y que el jefe de Matamoros todavía no les contestaba.

Quisieron también, sobre este mismo negocio, celebrar conmigo conferencia el general Funston y el general Scott; pero como ya conociera yo los peligros de esas pláticas, les contesté que no podía ir, que me tenían muy ocupado los problemas de la guerra, por lo que les rogaba me enviaran sus razones por el intermedio de los representantes de nuestro gobierno convencionista.

Estando en Monterrey, recibí noticia de la nueva derrota de Rodolfo Fierro en las comarcas de Jalisco, donde lo había yo dejado junto con Julián C. Medina y Pablo Seáñez. La referida noticia me contristó, cuanto más al considerar cómo se confirmaban mis temores de que Murguía y Diéguez conseguirían rehacerse por no haberlos aniquilado yo consumando la toma de Manzanillo, y quitándoles sus últimos trenes, y desbaratando y dispersando lo que les quedaba de infantería, y obligando a su caballería a internarse por Michoacán y Guerrero. Es decir, que vi claro cómo iba a malograrse pronto el fruto de mi victoria de la Cuesta de Sayula, más todo el esfuerzo con que mis hombres habían realizado la segunda conquista de Guadalajara.

Lo que allá había sucedido lo voy a referir. Sabedores Diéguez y Murguía de que renunciaba yo a perseguirlos más allá de Jalisco, se pusieron a reorganizar y reequipar sus tropas. Los favoreció, conforme se acercaban al fin de su retirada, que era Manzanillo, el que ya estuviera allí un barco que les traía varios cañones, con fuerte provisión de granadas, y que tres o cuatro semanas después, o sea, por las fechas en que Ángeles y yo desarrollábamos nuestro plan contra Pablo González y demás generales del Noreste, les llegara otro barco con no sé cuántos millones de cartuchos, que Venustiano Carranza les mandaba desde Salina Cruz. Rehechos, pues, de aquel modo, y bien armados y pertrechados, emprendieron marcha de Manzanillo hacia Tuxpan. Y como entonces Rodolfo Fierro se enterara del dicho avance enemigo, salió a contenerlo con el grueso de sus tropas, que tenía concentradas en Zapotlán. Salió él en tren muy seguro de su triunfo, pues era hombre de grande valor, pero cometió la imprudencia de consentir que Diéguez y Murguía lo esperaran en muy buenas posiciones, en vez de ser él quien los esperara, o él quien los obligara a situarse donde le conviniera. De modo que cuando llegó al lugar del combate encontró aquella infantería de Pablo Quiroga muy bien parapetada, y aquella artillería de Diéguez dispuesta de forma que a seguidas empezó a enderezar disparos de mucho acierto. Serían las tropas de ellos en número de seis mil; serían las fuerzas nuestras en número de cinco mil. Y lo que resultó fue, que el cañoneo enemigo rompió las filas nuestras cuando avanzaban por el llano, y que ansioso Fierro de enmendar su error, se debilitó a sí mismo lanzándose en cargas de caballería que de nada le valieron. Peleó de ese modo todo aquel día 21 del mes de marzo; luego el día 22; y en la mañana del 23, desbaratados ya sus ataques, no pudo afrontar los del enemigo, que le quebrantó pronto la resistencia, aquellos hombres míos cansados por la furia de su batallar debajo de muy malas órdenes. Digo, que para las diez de la dicha mañana ya lo habían derrotado; y para los doce, destrozado y casi disperso, ya había tenido que recogerse hasta Zapotlán; y para las tres ya se había replegado hasta Sayula; y para el oscurecer de otro día siguiente ya se había retraído hasta Guadalajara. Se rehízo allí y se reanimó, yo creo que al recibir por telégrafo las peores palabras de mi enojo y al incorporársele unos refuerzos que le mandé desde Irapuato, tras lo cual regresó de nuevo hasta Zacoalco, lo que hizo que el avance de Diéguez y Murguía se detuviera entonces en Zapotlán.

Aquella segunda derrota de Rodolfo Fierro en Jalisco le causó a mis fuerzas pérdida de no menos de dos mil hombres, más ochocientos caballos y grande cantidad de armas y parque de fusil y de cañón.

XIX

Al saber que Obregón avanza por Querétaro, Villa abandona la campaña del Noreste y se mueve otra vez hacia el sur

Comerciantes, industriales y banqueros de Monterrey • La obra de las manos y la de los estudios • Almudes de maíz y cuarterones de frijol • Peón • Nopala • Cazadero • Manuel Chao en El Ébano • Jacinto B. Treviño • Bryan y los moradores pacíficos • La respuesta de Carranza • Roque González Garza • El avance de Obregón • Consejos de Felipe Ángeles • Decisiones de Villa

Al conocerse mi estancia en Monterrey, todos aquellos hombres del comercio y de los negocios acudieron a sus cámaras y se concertaron para agasajarme.

Me decían ellos:

—Señor general, nos cabe la honra de darle la bienvenida a nombre de este comercio, y de esta industria, y de estos bancos. Sabemos de usted, señor, que es hombre liberal, o sea, que respeta las libertades de todos los otros hombres; sabemos que es hombre justo, o sea, que no castiga a quien no lo merece; sabemos que es hombre de buenos impulsos revolucionarios, o sea, que sólo busca el bien del pueblo. Por eso le traemos nuestro saludo, señor general Villa, y le decimos que esta ciudad de Monterrey es también amante de las libertades, de la justicia y del bienestar de todos sus moradores, pequeños y grandes, pobres y ricos.

Yo les contestaba:

—Señores del comercio y de la industria: Recibo contento su saludo y hago bueno el contenido de sus palabras. Mas no queriendo que sus hechos me desengañen tocante a sus personas, ni que luego hagan nuevo juicio sobre mí, les declaro yo: sean ustedes ricos de buenos sentimientos, y no sólo de sus propiedades; duélanse del pobre y del menesteroso y ayúdenlo a salir de su ignorancia y de su necesidad. Consideren que toda la riqueza de nuestra República es fruto del sudor del pueblo, y de las luces de inteligencia de los hombres que el sudor del pueblo mantiene en los estudios. De modo que no es justicia mirar ustedes como cosa suya todo lo que tienen, ni menos, gozarlo para sus solas comodidades.

Ellos me respondieron entonces que oían mi razón, que comprendían que sin el trabajo del pueblo nada se produciría, ni nada se construiría, ni nada duraría. Es decir, que tocaba al pueblo disfrutar de lo que labraba él con sus manos, igual que tocaba disfrutarlo a quienes lo labraban con las luces de los estudios y de la inteligencia: y que haciéndose bien el dicho reparto, no habría ya más revoluciones, pues se comprendía cómo era ése el verdadero propósito de los buenos hombres revolucionarios.

Y como a seguidas me añadieron que querían conmemorar lo grato de su entendimiento conmigo, para lo cual me convidaban a una gran comida de las que se nombran banquetes, les pregunté que si en verdad aquel agasajo iba a ser tan espléndido como me lo pintaban. Me contestaron que sí. Les pregunté que cuántas personas acudirían a festejarme. Me contestaron que iría todo el comercio, y toda la industria, y todos los bancos de Monterrey. Les pregunté que cuánto era lo menos que esperaban gastar en agasajarme en la dicha fiesta. Me contestaron que no gastarían menos de treinta mil pesos. Entonces les expresé yo:

—Consiento, señores, en la celebración que me ofrecen. Pero considerando que yo no como tanto, ni tampoco han de comer tanto las personas que me convidan, les propongo que la dicha fiesta se haga en beneficio de los pobres. Siempre tengo yo hecha mi comida en mi cuartel general; siempre la tienen ustedes hecha en sus casas. ¿Cómo comernos, pues, esos treinta mil pesos, si hay en Monterrey tantas familias que sufren los rigores de la miseria?

Y en acabando mis palabras, le añadí a Raúl Madero, que estaba allí conmigo:

—Señor gobernador, reciba usted de estos señores el dinero que tienen para agasajarme y gásteme esos treinta mil pesos en frijol y maíz. Abra cuatro puestos en los cuatro cabos de la ciudad, y a cada mujer que se presente a pedir le dará usted un almud de maíz y un cuarterón de frijol, a cada una según su familia, a cada una por cada día.

Lo cual, oyéndolo ellos, lo aceptaron con muy buen ánimo, por lo que comprendí cómo los hombres, hasta los más ricos, viven en la inconsciencia, y cómo por su inconsciencia, o por su ignorancia, muchas veces hacen el mal, y no siempre por la crueldad de sus sentimientos.

Mas como todavía así, aquellos moradores de Monterrey quisieran agasajarme con alguna fiesta, prepararon una corrida de toros, con jaripeo y otras suertes, la cual sí acepté, a condición de que se permitiera gratis la entrada del pueblo.

Porque mientras aquellos hombres, ricos y poderosos, me estaban convidando, reflexionaba yo entre mí:

«Si en la hora de nuestros regocijos no convocamos el concurso de los pobres, ¿podremos exigirlo en las horas de nuestra lucha?».

Álvaro Obregón no era bastante para protegerse contra el sitio que le tenían puesto en la capital de nuestra República el gobierno convencionista de Roque González Garza y todos aquellos hombres del Sur. Lo atacaban allá, y casi lo cercaban, fuerzas de Benjamín Argumedo, de Juan Andreu Almazán, de Juan M. Banderas, de Manuel Palafox, más otros jefes de nombre que no recuerdo.

Así según informes que me llegaban, para principios de marzo ya andaba él buscando la salida rumbo al Centro, por San Juan del Río, o rumbo a Veracruz, por Ometusco, hacienda que tal se llama. Y sucedió, que estimando Obregón más a punto el primero de esos dos caminos, fortaleció su marcha sobre San Juan del Río, a lo cual, conforme yo creo, parecían empujarlo también las órdenes de Venustiano Carranza, azorados los dos por el avance que había yo conseguido en Jalisco contra Manuel M. Diéguez y Francisco Murguía, y del que ahora consumaban mis hombres en las regiones del Noreste. Porque es lo cierto que para esas fechas se veía claro cómo no sería fácil contenerme en mi acción contra las plazas fronterizas y la de Tampico, y cómo dueño yo de Tampico y de las otras plazas, se acrecentarían mucho mis elementos.

Cuando así no fuera, para el 6 o 7 de aquel mes de marzo de 1915 ya las tropas de Agustín Estrada, y de Fernando Reyes, y de Joaquín de la Peña, y de Martínez y Martínez paraban el avance de los carrancistas por la parte de Peón, al sur de San Juan del Río, y los hacían retroceder hasta las estaciones de Nopala y Cazadero, que así se nombran. Pero aconteció a poco, estando yo en Monterrey, que Estrada me mandó aviso de que Obregón desamparaba la ciudad de México y se movía con todas sus fuerzas sobre Querétaro, y que venía ya levantando todos nuestros puestos avanzados y amagaba seguir adelante con sus tropas de mucho número, pues corrían noticias de que se le juntaban cuerpos que antes habían pertenecido a Miguel M. Acosta, o a Gertrudis Sánchez. De modo que di a Estrada órdenes de replegarse de San Juan del Río a Querétaro, y luego de Querétaro a Celaya, y le declaré mis providencias para que se sostuviera en aquella línea en espera de los auxilios que en seguida iba yo a mandarle desde el Norte.

Conforme a mi memoria, pasaba aquello en los mismos días en que me llegaban noticias de la derrota de Rodolfo Fierro y Pablo Seáñez en Jalisco. O sea, que Obregón ocupaba San Juan del Río cuando mis tropas de Tuxpan se estaban recogiendo hacia Guadalajara.

También por entonces recreció la grande lucha en la comarca del Ébano, cerro y bosques de ese nombre, que detuvieron, según indico antes, el avance de Manuel Chao sobre el puerto de Tampico. Porque se habían atrincherado allí numerosas fuerzas de Pablo González, puestas al mando de Jacinto B. Treviño, el hombre de carrera militar que era jefe del estado mayor de Venustiano Carranza cuando pasó él de Sonora a Chihuahua. Y en el dicho paraje, aquellas tropas habían construido muy fuertes defensas, resueltas a desgastar y quebrantar las tropas mías que las atacaran. Así, hacia el 21 o 23 de marzo de aquel año de 1915, vencidos ya los estorbos del camino, las tropas de Manuel Chao llegaron al pie de las referidas defensas, y desde luego se encendió la pelea. Buscaba él adueñarse de las líneas enemigas por obra del empuje de sus hombres, que no lo desampararon en tan difícil empeño; porfiaba el enemigo en no ceder un palmo de tierra aunque lo ametrallaran y diezmaran. Y como tenían ellos excavadas sus trincheras por espacio de no sé cuántos kilómetros, y protegían sus líneas con zanjas hasta de dos metros de ancho, y habían emplazado muy bien sus cañones y sus ametralladoras, y disponían de un tren blindado que avanzaba sobre la vía, más otros muchos artificios, tres días duró aquel primer asalto de Manuel Chao, tres días con sus noches, sin que nada pudiera lograr.

Me telegrafiaba mi compadre Urbina:

«Salgo en persona a la conquista de Tampico, pues Chao no consigue vencer los embarazos que el enemigo tiene levantados en El Ébano, los cuales nos están causando muy grandes pérdidas».

Le contestaba yo:

«Vaya, compadre, al cumplimiento de aquel deber, y esté seguro que en acabándose la campaña de Tamaulipas, que adelanta a muy buen paso, le llevarán allá su ayuda las fuerzas que ahora marchan sobre Ciudad Victoria».

De eso me ocupaba yo cuando volví a recibir de míster Bryan telegrama sobre los estragos de nuestra lucha, atento él ahora a proteger los extranjeros y mexicanos pacíficos que habitaban la ciudad de México. Esto me decía por el intermedio de míster Carothers:

«Señor general Villa: No parece posible que los ejércitos que allá luchan se hagan dueños de la ciudad de México si no dominan también lo más de ese país, ya que si un ejército tiene la dicha ciudad, el otro ejército la martiriza, y si ese ejército la deja, el otro la toma, y entonces el que antes la tenía empieza a castigarla con los mismos martirios; de modo que aquellos pobres moradores no salen nunca de sus padecimientos. Considerando esto, y mirando, además, el peligro de los conflictos internacionales, pues son muchas las familias extranjeras que allá viven, someto a su buen juicio la conveniencia de declarar zona neutral la ciudad de México, para que ninguno de los combatientes la domine, sino que todos ellos la respeten, pues sólo así se alcanzará algún alivio en favor de los habitantes. Tan sólo piense que ahora no hay allí agua que beber ni pan que comer, y que sólo se vive para las maldiciones de la guerra».

Así me mandaba sus palabras míster Bryan. Pero como ya no quería yo, según antes digo, verme comprometido en pláticas internacionales, al preguntarme míster Carothers que qué respuesta le daría si me presentaba aquel mensaje en forma que nombran oficial, le expresé lo siguiente:

«Señor, tengo yo una oficina de negocios internacionales para cuanto concierne a los hechos y poblaciones de mi territorio. La ciudad de México no se halla en este territorio, ni está ahora bajo mi poder, sino bajo el poder de Roque González Garza y Emiliano Zapata. Le aconsejo señor, que a ellos les mande míster Bryan el dicho mensaje, y yo le prometo que ellos lo recibirán, y lo sopesarán, y le darán su mejor respuesta».

Eso le dije, y al parecer resultó muy buena la contestación, pues por lo que luego supe, aquel mismo negocio fue propuesto por míster Bryan a Roque González Garza, el cual contestó que sí. Dijo él: «Por humanidad consentiré yo en salir de la ciudad de México y en mirarla como zona neutral, siempre y cuando Venustiano Carranza se comprometa a lo mismo». Pero Carranza contestó que no, que no aceptaba la referida neutralidad, ni garantizaba respetar o no respetar la capital de nuestra República cuando la tuviera a su alcance; y que si sufrían allí los extranjeros, que se fueran, que él no les estorbaría el paso por los territorios de Puebla y Veracruz, sino que se los facilitaría; y que si se quedaban, era por su sola voluntad, y entonces debían compartir los padecimientos con los moradores mexicanos.

Ahora, a distancia de tantas fechas, pienso que aquélla fue muy buena contestación de Venustiano Carranza, contestación que yo también hubiera dado, de verme en trance de responder, según había respondido antes tocante a la neutralidad de Naco y Agua Prieta, cuando dije que no podía considerarse eterna una situación tan sólo por la exigencia de que no sufrieran los intereses extranjeros. En cuanto a la ciudad de México, reflexionaba yo entre mí:

«¿Por ser México ciudad grande y muy lujosa, no ha de sufrir en esta lucha cuando le toque a ella el sufrimiento? ¡Señor! ¿Qué dirían si hubieran conocido los padecimientos de Parral o San Andrés?».

Resolví por entonces, ante nuevas noticias sobre el avance de Obregón hacia tierras de Querétaro, salir para allá sin pérdida de tiempo, ansioso yo de contenerlo en aquella marcha. Lo hice, sabedor de que si así se desconcertaba nuestra campaña del Noreste, sólo olvidándome de Obregón podía prosperar la dicha campaña, pues si no, eso cobijaba los más grandes peligros.

Ángeles me decía:

—No consienta, señor general, distraerse de sus planes atraído por Álvaro Obregón. Hace él aquellos movimientos sin verdadero propósito de avanzar, y sí como hincapié para quitar de sobre Pablo González parte de la pelea que aquí le hacemos. Yo le aseguro que no son grandes los recursos que Obregón trae, pues si lo fueran habría podido dominar a los zapatistas que lo asediaban en la ciudad de México. Dicte usted sus órdenes para que aquellas tropas nuestras le estorben el camino, y lo entretengan, y lo hostilicen, con lo cual se demorará mucho, y nosotros, entretanto, consumaremos el dominio de todo el norte de nuestra República.

Yo le contestaba:

—No, señor: yerra usted en su juicio. Si dejo que Obregón avance, y se organice, y se fortalezca, luego me costará mucha sangre reducirlo a las dimensiones que ahora tiene. Obregón es hombre astuto, hombre organizador, hombre de muchas luces de inteligencia. ¿No me aconsejaba usted en diciembre, según entrábamos a la ciudad de México, echarnos sobre Veracruz para aniquilar las tropas que Obregón había salvado? Ya lo ve, señor: no quise escucharlo entonces, por miedo de que se perdiera nuestra base de operaciones, que es el Norte, y ya viene él allí con no menos de doce mil hombres. Si le consiento reposo por otros tres meses, sus efectivos pasarán de veinte mil.

Me observaba Ángeles:

—Obregón es muy cauto, señor general: no ataca nunca mientras no se siente seguro de muy grande superioridad en hombres y demás elementos. Hostíguelo en su marcha, dejándolo avanzar. Aléjelo de su base. Oblíguelo a hacer más endeble su línea de comunicaciones. Haga que se desgaste, y que se quebrante, atrayéndolo hacia nosotros, en vez de que nosotros nos apartemos de nuestros planes y nos fatiguemos yendo hasta donde él está. Si conforme él avanza por el Centro, aquellas fuerzas surianas le cortan la línea de Veracruz, no tendrá más camino que salir hacia Occidente, o venir a atacarnos en sitio donde lo derrotaremos. No caiga en el engaño que él nos pone, no se mueva usted hacia el Sur.

Yo le respondía:

—Se engaña usted, señor general. Aquellos hombres de Zapata no dominarán nunca la línea de Pachuca a Veracruz, ni la de Pachuca a Tula. Y esto más le añado: concentre aquí lo más de las fuerzas disponibles, para que yo me las lleve, y en menos que el aire me echaré encima de Obregón, que no me resistirá; y desbaratado él, aniquilado él, quedaremos en mejor postura para consumar nuestras otras campañas.

Y dichas por mí aquellas razones, que Ángeles ya no contrarió, tomé las medidas para mi nueva marcha hacia el Sur.

XX

Con furia como de huracán, Pancho Villa arrolla las fuerzas de Obregón desde el Guaje hasta las Goteras de Celaya

Salimos de Monterrey para Torreón; nos detuvimos en Torreón. Supe allí cómo no llegaban todavía las municiones que esperaba, muy necesarias para los combates que habíamos de librar, que si eran pocas las que traían mis soldados, menos aún bastaban las que tenían mis hombres destacados ya en Guanajuato. Cité, pues, a conferencia telegráfica a mi hermano Hipólito, que según antes digo se encargaba entonces de aquel negocio, y le pregunté que qué pasaba con las dichas municiones, que sin ellas no me sentía seguro de la consumación de la victoria, al tanto yo de cómo venía Obregón muy bien organizado y municionado. Me contestó él que nuestros agentes y demás comisionados no descansaban en sus agencias, antes tenían ya compradas y pagadas municiones en muy fuerte cantidad, pero que había embarazos para pasarlas a territorio de México, por no sernos tan favorable como antes el gobierno de Washington. Le pregunté que qué esperanzas tenía tocante a hacerme alguna remesa. Me contestó que sí tenía esperanzas, pero no seguridad, y que unos doscientos mil cartuchos que estaban por recibirse en aquella misma hora, ya me los mandaba, y que para mayores cantidades haría lo que pudiera, aunque no se adelantaba a prometerme o asegurarme nada.

Es decir, que en Torreón se conturbó mi ánimo ante las noticias que me daba mi hermano Hipólito respecto del parque y los negocios internacionales, y cavilé sobre el contratiempo que acaso les sobreviniera a mis fuerzas, de no bastarles para la derrota de Obregón los cartuchos que llevaban. Y es lo cierto que en aquellas mismas horas Agustín Estrada y Abel Serratos me comunicaron el nuevo avance de Obregón, preguntándome que qué hacían, que ya el enemigo se echaba encima de Celaya en muy grande número; a lo cual yo les contesté que Estrada se retrajera de Celaya a Salamanca y que me esperara allí, y que allí llegaría yo otro día siguiente llevándole todo mi auxilio.

Así fue. Hice mi marcha de Torreón hasta Irapuato, todas aquellas fuerzas mías en trenes que llevaba yo por delante. Llegué a Irapuato. Desde allí dispuse se reconcentraran todas mis tropas en Salamanca, conforme ya lo tenía yo ordenado a Agustín Estrada. Enterado, además, de que había en la dicha plaza correos secretos que mandaba Obregón en agencia de que le descubrieran los efectivos de mis fuerzas y mis movimientos, propalé la noticia de estarme disponiendo a salir hacia Jalisco, dizque para aniquilar otra vez a Murguía y Diéguez, no hacia Celaya, adonde sólo mandaría una parte de mis tropas. Ese hincapié le hice a Obregón, para desconcertarlo y acrecer la sorpresa del ataque que le preparaba; pero la mañana de otro día siguiente, 5 de abril de aquel año de 1915, dicté en Salamanca providencias que dieran mejor concierto a mis brigadas, propuesto yo a no contenerme en mi marcha, sino a proseguir a la otra mañana en avance de mucha furia.

Tomé la referida decisión, aunque sin desconocer el alto número de las fuerzas enemigas, que pasaba de doce mil, ni el bajo número de las mías, que apenas llegaría a ocho mil. Para hacerlo, razonaba así en mi pensamiento:

«Si por obra de la escasez de mis elementos no salgo a la lucha con Obregón, sino que me retiro de delante de él, o me acojo a lo que se llama la defensiva, abrigándome en esta plaza, se mermará el prestigio de mis tropas a los ojos del enemigo y padecerá mi nombre a los ojos de ellas. Porque ¿cuándo, señor, desde nuestro primer ataque y toma de Torreón en septiembre de 1913, hemos dejado nosotros que el enemigo se fatigue buscándonos en nuestro terreno? ¿Cuándo no he salido yo a la lucha con él, quitándole sus plazas, y quebrantándolo con mi empuje, o desbaratándolo? ¿Qué quedará de mí al descubrir mis hombres que Obregón me paraliza o me sobrecoge? ¿Qué quedará de mis hombres al descubrir Obregón que no nos sentimos bastantes para echárnosle encima y derrotarlo? Tenemos enemigo que nos resiste en el Noreste, y en el Noroeste, y en Occidente, y en Oriente, y en el Centro, y en el Sur; se mueven intrigas en Washington para cerrar el camino de mis aprovisionamientos; está en sus territorios Emiliano Zapata como amilanado y sin acción frente a la línea de comunicaciones por donde Obregón recibe los grandes auxilios de Carranza; están en Jalisco Rodolfo Fierro y Pablo Seáñez sin reposo frente a la pelea que les dan Diéguez y Murguía; está en Sonora José María Maytorena sin poder vencer a Plutarco Elías Calles, que se ampara en los conflictos de la línea fronteriza; están en el Noreste Felipe Ángeles y mi compadre Tomás Urbina, y José Rodríguez y Severino Ceniceros, y Rosalío Hernández, Máximo García y Orestes Pereyra trabados, todos ellos, en la lucha contra Pablo González, Emiliano Nafarrate, Maclovio Herrera, Luis Caballero, Jacinto B. Treviño y César López de Lara. ¿Y dejaré yo también que Obregón me paralice, por más que él traiga doce mil hombres, y quince cañones, y cien ametralladoras, y sepa que mis efectivos son inferiores a nueve mil? ¿Consentiré así que Venustiano Carranza crezca por todos lados? No pude aniquilar a Murguía y Diéguez por acudir a la campaña del Noreste, según los propósitos de Felipe Ángeles; no pude consumar luego la dicha campaña por necesitarse ahora mi presencia en estas comarcas para detener el avance de Obregón. ¿Cuál es entonces mi deber? Echarme encima de Obregón y desbaratarlo, masque sean pocos mis elementos, y muchos los suyos, pues siendo él el principal de todos esos enemigos, el logro de un gran triunfo de mis fuerzas sobre las suyas me levantará y fortificará, y me conservará en mi prestigio, y quitará las sombras de sobre mis relaciones internacionales, que empiezan a entenebrecerse».

Así pensaba yo, y como además descubrí, por correos que me llegaban, que Obregón estaba en vísperas de acrecentar su fuerza, y que le estaban llegando trenes desde Veracruz, por la vía de Pachuca y Tula, y que conforme más esperara yo, más fuerte se pondría él, no quise siquiera aguardar la llegada de un vagón de parque, que me anunciaban de Ciudad Juárez, ni la llegada de la columna de José I. Prieto, y José Ruiz, y César Felipe Moya, y Pablo López, a quienes había yo dado orden de traerme su ayuda desde Michoacán. Y lo que sucedió fue que aquella misma tarde, acabada la organización de mis fuerzas, convoqué a junta a mis generales para decirles:

—Señores, no reflexiono cuáles tropas sean más fuertes o en mayor número, si las nuestras o las de Álvaro Obregón. Pero aun siendo más numerosas las suyas, su ánimo no puede ser tan potente como el nuestro.

Yo nomás les pregunto: ¿alguno de ustedes duda del logro de nuestra victoria?

A lo cual me respondieron todos con las palabras de su fe. O sea, que sin más les dicté mis providencias para el avance de otro día siguiente.

Éstas fueron mis órdenes: por el centro, sobre la vía del ferrocarril y sobre el camino que corre cerca de ella, marcharía en línea la infantería de José Herón González, de Dionisio Triana, de Pedro Bracamontes y de San Román, más las seis baterías de José María Jurado y Gustavo Durón González; por la izquierda, saliendo de Cerro Gordo, iría al ataque la caballería de Agustín Estrada, y de Canuto Reyes, y de Joaquín de la Peña; por la derecha, partiendo del lado de la Cal, pueblo que así se llama, avanzarían los contingentes de caballería de la Brigada Morelos y de Calixto Contreras, que Abel Serratos tenía bajo su mando en esas comarcas.

Conque así fue. Salimos de Salamanca en horas de la mañana, todas aquellas tropas mías en marcha de muy grande ímpetu, y confiado yo en que nada les ablandaría la voluntad que llevaban, pues, prontas ya al avance, les había hablado así mis palabras: «Muchachitos, antes de pardear la tarde entraremos a Celaya a sangre y fuego».

Serían las nueve cuando la vanguardia mía ya estaba trabada en fuerte lucha con la vanguardia de Obregón. Serían las diez cuando parte de la caballería de mi derecha y de mi izquierda ya llevaba derrotada parte de aquellas fuerzas enemigas, mientras la otra parte se acogía al abrigo de sus posiciones del Guaje, punto donde se apoyaban ellas. Serían las once cuando, quebrantadas ya y desbaratadas las dichas fuerzas, que, según sabíamos, eran los dos mil hombres de Fortunato Maycotte, huían despavoridas de delante de nosotros, y nos abandonaban sus muertos, y sus heridos, y sus armas, y de ellas no escapaba ni la mitad. Y serían las doce cuando el grueso del enemigo, sabedor, creo yo, de cómo en menos de tres horas le habíamos hecho cerca de mil bajas, y cómo su vanguardia desaparecía debajo de nuestro empuje, quiso salir a proteger lo que quedaba de la caballería de Maycotte, para lo cual se movió Obregón fuera de Celaya, en columnas de caballería y en tren de infantería con ametralladoras. Pero no pudieron aquellas nuevas tropas contener el impulso de mis hombres, sino que juntas con las otras, tuvieron que retroceder, derrotada aquella otra caballería, como la de Maycotte, y perseguido aquel tren por los más veloces de mis caballos, que ya casi lo alcanzaban, como para rodearlo.

Llegó así mi extrema vanguardia hasta Crespo, hacienda de ese nombre, donde queriendo ellos rehacerse y resistir, tampoco lo lograron. Pasamos Crespo. Llegamos a las labores y llanos inmediatos a Celaya, tras de aquella persecución de más de quince kilómetros, en que la caballería enemiga se desbarataba y su infantería no hallaba forma de resistir. En el cobijo de los bordos y acequias que allí corren a los dos lados del ferrocarril, se afortinó Obregón y empezó a oponernos su mejor resistencia, valido de los tropiezos que mis líneas encontraban ahora en su avance. Entonces nos comenzó a dirigir el fuego de sus cañones y sus ametralladoras, con lo que recreció el combate. Y aunque en el amparo que la ciudad les deparaba así a ellos mi caballería no lograba ya abatirlos como antes en el plan, todavía les hicimos muchos estragos. Porque para protegerse, según se afirmaban ellos en sus posiciones, Obregón hizo salir otra columna de caballería, ansiosa de flanquearnos, y entonces avanzó a su encuentro la gente de Agustín Estrada, que sin darle tiempo de defenderse, la envolvió con su furia, y la desbarató, y la aniquiló, causándole no menos de quinientas bajas.

Pasaría aquello como a las cinco de la tarde. A eso de las seis, acumuladas ya todas mis fuerzas cerca de la línea de fuego con que el enemigo se abrigaba, dicté mis órdenes para mantenerlo allí y preparar mi asalto en horas de la madrugada de otro día siguiente. Mas es la verdad que mientras daba yo las dichas órdenes no conseguía aplacar el impulso de mis hombres, enardecidos por el arrebato de la pelea en que venían lanzados desde Salamanca. Es decir, que igual que no habían encontrado nada que los detuviera en el Guaje, ni en Crespo, buscaban pasar ahora por encima de los bordos y las labores desde donde les disparaban aquellos yaquis y aquellas ametralladoras; en lo cual se empeñaban más al ver cómo la caballería enemiga se había acogido al amparo de la ciudad, pues eso les hacía pensar que su avance no cobijaba peligro ni por el centro, ni por la derecha, ni por la izquierda. ¡Señor, qué grande yerro que sin la protección de la artillería ni el auxilio de la infantería, se abalanzara así mi gente sobre un enemigo parapetado, que si sufría el estrago de aquellas cargas, causaba estrago mayor!

Dispuse de esta forma mi asalto de otro día siguiente: harían el ataque por la izquierda la infantería de Bracamontes y la caballería de Joaquín de la Peña, más otras fuerzas; harían el ataque por el centro la infantería de Dionisio Triana y la caballería de Canuto Reyes, con otros contingentes; harían el ataque por la derecha la infantería de José Herón González y San Román y la caballería de Agustín Estrada, más la de Calixto Contreras y alguna otra fuerza. El ataque de toda esta línea, que en junto se extendía por espacio de cinco o seis kilómetros, recibiría el apoyo de veintidós cañones, que José María Jurado distribuyó del modo siguiente: dos baterías en el ala derecha, mandadas por Fraire y Perdomo; dos en el centro, mandadas por Durón González; dos a la derecha, mandadas por Ortega y otro jefe que no me recuerdo.

Conforme a mi memoria, era tan fuerte el cañoneo enemigo según dictaba yo las dichas órdenes, que por obra de aquellos disparos el caballo se me espantaba y se me paraba de manos, hasta tener yo que contenerlo para que se estuviera quedo en su sitio, esto mientras a los fuegos de los cañones se unía el de todas las ametralladoras enemigas. Pero también emplazadas ya nuestras piezas, cada una según la posición señalada para cada batería, contestaron por el lado de los rieles el bombardeo que se nos hacía desde las orillas de la ciudad. Y otra vez recreció el combate, y otra vez fueron mis hombres, en el impulso de su batallar, hasta las primeras líneas enemigas, donde los rechazaron con pérdidas que si les amenguaban sus filas, no las quebrantaban en su ánimo. De ese modo, cuando por momentos alguna de nuestras líneas tenía que retroceder, tornaba pronto a la ofensiva, y con igual ímpetu al de antes emprendía de nuevo la reconquista de sus últimas posiciones.

Así seguimos peleando hasta las primeras horas de la noche, recogido Obregón en el amparo de la ciudad y extendido yo frente a ella; oculto él detrás de las defensas que ya tenía preparadas y tendido yo con mis hombres al otro lado de los bordos que nos deparaba la suerte.

Pasamos aquella noche, y toda la madrugada de otro día siguiente, sin más que los bombardeos que ellos intentaban y los que les hacíamos nosotros. Nos mandaban también, de rato en rato, fuegos de ametralladoras y de fusil. Oyéndolos yo, y considerando lo escaso de mis municiones, pero siempre con mi fe puesta en el triunfo, pensaba entre mí:

«Señor, ¿qué mal consejo impulsará a Obregón a malgastar así un parque que mañana será mío? ¿Tan sobrado está de municiones que sólo las usa para iluminar las sombras de la noche?».

Digo, que reflexionando del dicho modo no cobijaba yo duda tocante al resultado de la batalla, pues claro se había visto aquel día cómo el enemigo no era bastante para resistirnos, y hasta me asombraba yo de que todavía estuviera allí. Pero ignoraba si mi fe venía del grande valor de mis tropas, que con sola su vanguardia habían destrozado o paralizado todos los movimientos de Obregón, haciéndole en diez horas de combate no menos de dos mil bajas, o si era por mi conciencia de representar yo en aquella lucha la causa del pueblo.

De cualquier manera, lo más de la noche no pude dormir. A cada media hora llegaban cerca de mí jefes que me recordaban hablándome las palabras de sus temores. Me decían ellos:

—Mi general, disponga usted que se nos entregue parque; no es seguro que baste para la batalla éste que ahora tenemos.

Y yo les ordenaba que fueran hasta los trenes que teníamos a distancia de cuatro kilómetros, donde les iban dando municiones según se podía.

Pero también los tranquilizaba yo, diciéndoles:

—No será mucho el parque que se gaste mañana; porque la ciudad caerá bajo la furia de nuestro primer asalto, y si no, bajo el segundo. Lo más del parque de mañana nos lo dará el valor.

XXI

En sus ansias de vencer a Obregón, Pancho Villa se agota frente a Celaya y hace posible que el enemigo lo rechace

Bombardeos del amanecer • Fraire y Jurado • Ametralladoras y yaquis • La infantería, la caballería y la artillería de Villa • Las líneas de Obregón • El asalto de las nueve • Los refuerzos de Acámbaro • Una maniobra de Obregón • Villa en la izquierda, en el centro y en la derecha • Gustavo Durón González • Las bajas de los unos y las de los otros • Partes de Obregón • Reflexiones de Villa

Según fueron mis órdenes de la noche, a las cuatro de la mañana de otro día siguiente se volvió a encender la pelea, más encarnizada ahora, creo yo, que en nuestros ataques del día 6. Del lado del norte, que era donde tenía yo puesto mi cuartel, se tupieron tanto los fuegos de nuestra artillería, que a poco de amanecer, ya casi no lograban contestarlos los cañones enemigos. Porque Fraire, muy buen hombre artillero, y José María Jurado, que llevaba el mando, y que era tan bueno como el otro, hacían disparar juntos aquellos cañones nuestros, y con tanta pericia, que allá iba a caer entre las filas de Obregón el grande estruendo de nuestras granadas.

Lo cual digo por ser verdad; aunque también lo es que en aquel bombardeo de las cuatro de la mañana se vio claro cómo no eran muy buenos los proyectiles que disparaban nuestras piezas. Porque sucedía, habiéndosenos acabado ya en las campañas de Jalisco y del Noreste las granadas extranjeras quitadas por Felipe Ángeles a Antonio I. Villarreal, que nuestros cañones hacían fuego con las que mis obreros fabricaban entre medio de su grande penuria de toda clase de elementos, en mis talleres de Chihuahua.

Cuando así fuera, no menguaba el ánimo de nuestro ataque, antes aumentaba, sin saber yo si eso era por obra del valor de mis hombres, o si también se debía a que los artilleros que antes indico seguían los consejos de Felipe Ángeles tocante a la mala calidad de nuestros proyectiles: es decir, que habían emplazado sus baterías muy cerca del enemigo para que nuestras granadas no nos defraudaran. El hecho es que, en cuanto amaneció, las líneas de mi infantería empezaron a moverse sobre el enemigo en formación de tiradores; y como aquellas cien ametralladoras de Álvaro Obregón, y aquellos indios yaquis, les disparaban desde el cobijo de sus agujeros, y sus disparos resultaban de grande acierto, apenas podían mis hombres avanzar, cuando ya se veían diezmados y quebrantados, por lo que tenían que retroceder para rehacerse, y rehechos de nuevo, volvían al reencuentro, y otra vez padecían el estrago de su propia furia, y otra vez los desbarataban, y otra vez se rehacían, y otra vez atacaban.

Mirándolos yo, estimaba el mucho arrojo de aquellos hombres míos, que así marchaban a pecho descubierto a la toma de posiciones que parecían imposibles de alcanzarse, protegidas por tropas ocultas a las que no conseguían herir los fuegos nuestros. Sentí, pues, que mi deber me mandaba defenderlos de la inconsciencia de su temeridad, para que se ayudaran en su hazaña, y dispuse que las dichas líneas de infantería sólo avanzaran al ataque cuando fuera grande el fuego de nuestros cañones, y que la caballería las aliviara en su esfuerzo llevándolas en ancas hasta puntos desde donde pudieran valerse, pues era triste ver cómo caían aquellos hombres según daban los primeros pasos fuera de sus posiciones. Y dispuse también que mientras la infantería apoyaba así la línea, toda mi caballería cargara con el mayor ímpetu de su experiencia.

Así empezaron peleando mis hombres a la luz del amanecer del 7 de abril de aquel año de 1915: los de infantería, los de caballería y los de artillería. Y declaro yo, Pancho Villa, que tan de cerca supieron ellos desafiar los peligros de su ataque, que durante las primeras horas de la mañana el fuego de las ametralladoras enemigas fue como un repicar sobre las corazas de nuestros cañones. Tenía Obregón tendida su infantería en línea que atravesaba la vía del ferrocarril, por el poniente de la ciudad. Tenía su artillería detrás del centro de aquellas posiciones. Tenía alguna caballería en la extrema derecha, hacia el norte, y en la extrema izquierda, hacia el sur, más otros cuerpos situados en el centro, cerca de sus cañones.

Serían las siete cuando por obra de nuestras granadas, la artillería de ellos dejó de disparar, y pronto se movió en abandono de sus posiciones, temerosos aquellos artilleros, y sus sostenes, de no poder afrontar los asaltos con que mis hombres llegaban ya hasta las primeras líneas de ellos. Y reflexionaba yo entre mí:

«Señor, ¿tan pronto retroceden delante de mi ataque estos hombres carrancistas? ¿Qué sería de ellos si nosotros dispusiéramos del buen material con que sus cañones nos ametrallan?».

Y sucedió entonces que también se tuvo por desamparada la infantería que Obregón conservaba en el abrigo de sus posiciones del centro, y empezó ella a debilitarse en su defensa, y a quebrantarse, y a dejar los tajos y bordos donde se había cobijado desde la tarde anterior. De modo que por un momento columbré yo el punto débil de la línea que Obregón me había preparado, y calculé el sitio por donde la podía romper, para destrozarla luego. Porque veía yo cómo lo más del dicho centro enemigo anunciaba paralizarse bajo los ataques de mi infantería y los fuegos de mi artillería. O sea, que llamé a varios oficiales de mi escolta y les mandé que comunicaran a los jefes de todos los sectores mis providencias para el asalto general, que sería a las nueve de la mañana. Les dije yo:

«Ésta es mi orden. Conforme se lanzan al asalto las líneas de la derecha y de la izquierda, el centro consumará la conquista de las posiciones que ya se nos abandonan, y rota por allí la resistencia del enemigo, lo envolveremos todos y lo aniquilaremos».

Eso mandé decir a los jefes de todos los sectores y eso empezaron a ejecutar ellos, decididos a morirse en el cumplimiento del deber. Pero aconteció de súbito lo que yo ni nadie podíamos esperar, y fue, que conforme la columna de Agustín Estrada, más otras tropas que lo seguían, se lanzaron al dicho ataque, todos aquellos hombres en el mayor arrebato de su furia, los campos por donde ellos iban empezaron a anegarse, o tal vez ya estaban anegados, sin saberlo nosotros, y como eso debilitara el asalto de aquellas fuerzas mías, y las retrasara en su acción, el enemigo tuvo tiempo de rehacerse y de llevar a los puntos más descubiertos gente de sus reservas, con lo que se fortaleció y nos malogró en mucha parte las conquistas que ya hacíamos nosotros en su centro. Y sucedió también, cuando ya casi estaba aquella gente mía en las calles de la población, que cayeron mortalmente heridos varios de sus jefes, por lo que se desconcertó ella, y se desanimó, y abandonó a seguidas cuantos parajes había dominado mediante el furor de su impulso.

Así y todo, aumentó otra vez la pelea desde la dicha hora hasta las once, nosotros impulsados por nuestro arrebato, cada vez mayor, de arrancarlos a ellos de sus posiciones, y aferrados ellos a su resolución, también más firme cada vez, de conservar las dichas posiciones y de desangrarse hasta la muerte defendiéndolas.

Mas es lo cierto que en las peripecias de aquella lucha, muy encarnizada toda ella desde las primeras horas del día anterior, nosotros nos habíamos venido agotando, o más bien dicho, se habían venido agotando nuestros recursos, no nuestro valor, ni nuestro empuje, mientras que los recursos de ellos parecían crecer, sin saber yo si esto era porque los efectivos de Obregón, más numerosos que los míos, le habían consentido dejar tropas de reserva, que luego lo aliviaran de sus estragos, o si también se debía a otras causas. Y digo esto porque ya para esa hora, según luego supe, Obregón había recibido por la parte de Acámbaro el auxilio de nuevas tropas de caballería, en número de no menos de dos mil o tres mil jinetes, las cuales le trajeron su ayuda cuando más la necesitaba.

Con todo eso, volvió a encenderse la batalla, empeñado yo, a pesar de la fatiga de mis tropas, en no dar respiro a las de Álvaro Obregón, sino en seguir atacándolas, esperanzado con la idea que también ellas se quebrantaran. Porque pensaba entre mí: «Todavía ayer huían despavoridas delante de mí estas fuerzas que ahora me resisten: Si consigo desconcertarlas quitándoles algunas de sus posiciones y causándoles nuevo daño, es seguro que no me aprontarán ya ninguna resistencia, y entonces las llevaré derrotadas hasta donde el aliento me permita perseguirlas».

Pero cuando así me animaba yo, los refuerzos de caballería recibidos por Obregón empezaron a venirse sobre mí, como a las doce de aquella mañana, en movimiento de flanco desde las posiciones de su extrema izquierda, lo cual hicieron ganando hacia la retaguardia de mi ala derecha, pues era claro su designio de envolverme por allí y no de tropezar con los obstáculos que nuestra lucha había levantado en el terreno medianero entre mis líneas y las suyas. Y no acababa yo de considerar los peligros que para mí cobijaba el dicho movimiento, y la forma como podía rechazarlo sin abandonar ni debilitar mis principales posiciones, cuando ya otra columna de caballería estaba saliendo sobre nuestro flanco derecho, desde la izquierda de ellos, en maniobra igual a la que nos venían haciendo por el otro lado.

Comprendí entonces que Obregón me estimaba ya bastante quebrantado para salir a atacarme sin ningún riesgo, y que juzgaba su situación bastante buena para echárseme encima con todas sus fuerzas. Y entonces, conforme concebía yo demostrarle su error yendo a atacar las tropas que por fin me mandaba a la lucha en campo abierto, los hombres de mi ala derecha, fatigados por su largo batallar, y temerosos acaso de los movimientos ofensivos de toda aquella ala izquierda, no lograron repeler el ataque con que los otros se les abalanzaban, o no lo repelieron del todo, sino que rodeados por la parte de sus posiciones más remotas, tuvieron que desampararlas; y como eso diera al enemigo ocasión de progresar en su movimiento, dominó luego las posiciones inmediatas a las otras, que mis hombres tuvieron también que desamparar, y en seguida las otras, y las otras; de lo que resultó que en poco tiempo todo aquel flanco mío se replegó primero, y a poco se quebrantó, y se desbarató después. Es decir, que también vinieron a quedar en el desamparo las líneas de mi centro, las cuales tuvieron que replegarse del mismo modo y que abandonar todo el terreno conquistado, igual que mis líneas de la derecha; y recogido así mi centro, eso fue causa de que también mi izquierda se replegara, en vez de seguir firme en su resistencia delante de los ataques de la otra columna de caballería, que, de no ser por eso, hubiera conseguido su dominio.

Contemplando yo todo el dicho movimiento, digo, el que las fuerzas enemigas nos hacían y el que mis tropas se veían forzadas a hacer, comprendí que aquélla sí era una peripecia que amagaba aniquilarme y oí que la voz de mi deber no me exigía lograr a sangre y fuego la reconstrucción de mis líneas, para seguir en mi ataque, sino salvar mis tropas del grave riesgo que las amagaba. Porque en verdad que ya para esa hora se sentía profunda la fatiga de mi gente, o su agotamiento, y lo más de ella andaba escasa de municiones, y muchos de sus jefes y oficiales estaban heridos, y otros habían quedado muertos. De modo que ante aquello que me acontecía me olvidé de mi idea de vencer a Obregón, y a Venustiano Carranza, que lo mandaba, o más bien dicho, estimé que era juicioso acallar aquellas ansias mías de vencerlos, aunque el amor del pueblo me las inculcara, y acepté aquel revés de la fortuna con ánimo de remediarlo hasta donde mis fuerzas me alcanzaran.

Llevé, pues, el auxilio de mi persona y de los hombres de mi escolta a mis brigadas de la derecha, para ordenarlas en su retirada, ya ellas en grave peligro de desbandarse, lo que las entregaría indefensas a la acción de la caballería enemiga; y conseguido eso, vine apoyo de mi centro, que también empezaba a sufrir, aunque es cierto que en los primeros momentos de su repliegue no se había desordenado, y lo obligué a reorganizar sus líneas, y ya en buena formación, lo hice seguir hasta el paraje donde estaban los trenes, para que desde allí siguiera en su retirada y logrado aquello, quise ir en apoyo de mi izquierda, lo que no fue necesario, pues vi pronto cómo por aquel lado mis hombres seguían abandonando despaciosamente el campo de la lucha, aquellos batallones y regimientos en su orden de columna, aquellas baterías sin descomponerse.

Tocante a las baterías del centro, Gustavo Durón González, jefe que las mandaba, había logrado sacarlas en buen orden, lo cual hizo él a pesar de hallarse herido; pero tampoco lo descuidé, sino que me le acerqué a hablarle las palabras de la fortaleza militar, para que su ánimo se acreciera. Pasaría eso como a las dos de aquella tarde. En ello estaba, cuando descubro que una parte de la caballería enemiga, ahora en ataque de los flancos hacia el centro, prosperaba en su afán de envolver varios de los cañones que habían estado hacia la derecha de mis líneas. Y conforme lo descubrí, no pensé en más, sino que reuniendo la gente que tenía yo más cerca, unos cuatrocientos o quinientos hombres, todos de caballería, me puse al frente de ellos y me fui encima del enemigo que estaba consumando el dicho ataque. Primero nos trabamos en muy fuerte lucha; a seguidas lo rechazamos, y luego lo tuvimos medio desbaratado, mientras nuestros cañones conseguían retirarse. Según luego se supo, la dicha fuerza enemiga era el resto de la caballería que le quedaba a Fortunato Maycotte, quien había querido lavarse de su derrota del Guaje apoderándose de aquellos cañones. Pero creo yo que los artilleros nuestros que llevaban las piezas, y sus sostenes, no habían cometido falta dejándose envolver, aunque otra cosa pudiera pensarse, sino que por ser fangoso el camino que traían, y estar faltos de varias mulas, los cañones y los cofres se les atascaban.

Así todo lo demás. Conseguimos hacer nuestra retirada desde aquella hora hasta el oscurecer. Abandonamos nuestros muertos; recogimos nuestras armas; levantamos todos nuestros heridos y los llevamos a los trenes de mi servicio sanitario, donde se les acomodó y se les mandó hacia mis hospitales del Norte.

En la referida batalla de Celaya, que libraron mis tropas y las de Obregón los días 6 y 7 de aquel mes de abril de 1915, mis fuerzas causaron al enemigo no menos de dos mil quinientas bajas entre muertos y heridos, prisioneros y dispersos, lo cual aseguro no por haberlos contado yo, sino a la luz de mi conocimiento de estas cosas. Las bajas de mis tropas fueron en número de dos mil. Murió allí Agustín Estrada, muy buen hombre revolucionario, por el cual lloré; murió Francisco Natera, murieron otros jefes y oficiales, todos de muy grande valor, y otros muchos hombres resultaron heridos, y otros, muertos, y otros, prisioneros, por no querer cejar en la consumación de sus hazañas. Obregón, días después, publicó partes oficiales de mucha jactancia y de encubiertos elogios para su persona, pues declaraba que para atacarlo había yo juntado no menos de treinta mil hombres, y que me había hecho cerca de dos mil muertos, y tres mil heridos, y no sé cuántos prisioneros. Decía también que yo había sido el primero en huir, y que nos había perseguido en nuestra derrota, lo que no era verdad, pues ni me derrotó entonces ni me persiguió, sino que tan sólo me rechazó, cansados ya mis hombres de hacer a los suyos tantas bajas, y agotados los más de nuestros elementos. Dijo también que ya vencido él, y ya vencedores nosotros, había logrado contenerme en mi triunfo, y convertirlo en derrota, mediante la acción de unos cuantos hombres, más el toque de diana de un corneta de diez años que lo seguía.

Y yo nomás digo: cuando así fuera, una semana después de aquellos combates, Obregón seguía en Celaya, y yo venía de nuevo sobre él.

XXII

Desde su cuartel general de Irapuato, Pancho Villa se dispone a marchar nuevamente sobre Celaya, donde sigue esperándolo Obregón

Los recursos del petróleo y los de las minas • Francisco Escudero • *Vida Nueva* • Reclamaciones de míster Bryan • Tiempos de Porfirio Díaz y tiempos de la Revolución • La resistencia de Treviño en El Ébano • Una conferencia con Tomás Urbina • Emiliano P. Nafarrate • José Rodríguez • El regreso de Victoriano Huerta • Enrique C. Llorente • Delgado, Ocaranza y otros jefes federales

Entre medio de las peripecias de la guerra no desamparaba yo los negocios de la gobernación ni el arreglo de los conflictos internacionales.

Había yo dicho al licenciado Escudero:

—Señor, es mucho el oro que a mí me falta para el pago de mis equipos y mis municiones. Cuenta Venustiano Carranza con los recursos del petróleo y del henequén. ¿Qué va usted a hacer para que nuestras entradas en oro crezcan?

Lo cual le decía porque, siendo él, según antes indico, el encargado de mi oficina de Hacienda y de Fomento, a él le tocaba agenciar los caudales que se consumían en mis gastos. Pero él me había respondido:

—Señor general, nosotros no dispondremos de más oro mientras sigan en holganza las minas de Chihuahua y Durango.

A lo cual le había observado yo:

—¿Y por qué, señor, no hace usted que las minas trabajen?

Y a eso me había contestado él:

—Porque todas pagan sus contribuciones como si trabajaran, aunque los empresarios de ellas dicen que para los referidos trabajos no son buenos los trastornos de la guerra.

Y como yo le declaré entonces que aquello no era legal, que no había de consentirse que unos hombres retuvieran unas minas sin trabajarlas, pues no las recibían para eso, ni para el solo pago de las contribuciones, comprendió mi razón y me escribió un decreto tocante al trabajo obligatorio de las minas y a la pérdida de ellas si no se mantenía el dicho trabajo. Estando yo en Monterrey firmé aquel decreto, para que se publicara en nuestro periódico nombrado de la Vida Nueva; y al conocerlo los dueños de las minas, unos se avinieron a cumplirlo y otros no. Por eso, hacia las fechas de mi retirada de Celaya a Irapuato, empezaron las reclamaciones internacionales, siendo ingleses los más de los mineros, o americanos, o franceses, que acudían al amparo de sus cónsules.

Me decía míster Carothers a nombre de míster Bryan:

—La ley de Porfirio Díaz no obligaba a los mineros al trabajo de sus minas sino sólo al pago de sus impuestos. Conforme a esa ley consiguieron ellos sus concesiones, y conforme a ella tienen que gobernarse. Son hombres americanos, hombres ingleses, hombres franceses que miran con devoción las palabras de los contratos. ¿No sabe usted, señor general, que la grande ciudad de Nueva York se alza sobre una isla que aquellos inmigrantes adquirieron de los indios por diez y ocho dólares, suma que pagaron para que la isla nunca les fuera reclamada?

Yo les contesté:

—Muy bien, señor. Pero éstos no son los tiempos de Porfirio Díaz ni los de aquellos inmigrantes: son los tiempos de nuestra Revolución. Las minas, que pertenecen al pueblo, han de trabajarse, y trabajarse bien, para que el pueblo se beneficie moviendo esa riqueza con sus manos.

Él me respondía:

—Cuando así sea, ¿quién fallará, señor general, cuál mina está bien trabajada, y cuál no?

Yo le contestaba:

—Darán ese fallo mis autoridades, señor cónsul.

Me respondía él:

—Pues ésas no son formas de justicia, señor general. Considere la de sumisión en que así caerán los mineros que no se avengan a la pérdida de sus minas; vea los malos caminos que así se abrirán para que unos quieran adueñarse de las minas de los otros; estime el grave daño que así podrá hacer los hombres del gobierno que no obren a impulsos de la razón o que carezcan de buenas luces de inteligencia. Por esto piensa míster Bryan que ese punto debiera confiarse a los oficios justicieros de un juez.

Y confieso yo que oyendo aquellas expresiones de míster Carothers, comprendí que él y míster Bryan tenían alguna razón, por lo que le hablé así:

—Muy bien, señor: sobre este punto oigo lo que usted me dice. Comunique a míster Bryan que no quiero adueñarme de las minas, sino hacerlas que trabajen para beneficio del pueblo. Estoy ahora en vísperas de otra batalla con Álvaro Obregón, pero viva seguro que tan pronto como la dicha batalla se libre dictaré órdenes para que el decreto de las minas se cambie dando en él cabida a los oficios de un juez. Dígaselo así a míster Bryan y a míster Wilson y añádales que este negocio no será causa de graves diferencias internacionales.

De ese modo nos expresamos los dos, y nos entendimos; y desde aquel momento creció en los dueños de las minas el buen ánimo de trabajarlas.

Consideré en Irapuato la gran dispersión de mis tropas y la necesidad de reconcentrarlas pronto para el arreglado desarrollo de la campaña. Llamé a conferencia telegráfica a mi compadre Tomás Urbina y le encarecí la urgencia de consumar la toma del Ébano y su avance hasta Tampico. Éste fue el contenido de mis palabras:

«Urge, señor general, que sus fuerzas destruyan los obstáculos que el enemigo le opone y que se haga pronto la conquista de Tampico más los campos petroleros, pues así se conseguirá quitar a Carranza los recursos del petróleo, que son muy grandes, y habrá modo de que esas tropas y éstas se junten en la campaña del centro de nuestra República. Venustiano Carranza está acumulando aquí lo mejor de sus elementos. Avanza Obregón ansioso de dominar la línea de Querétaro a Aguascalientes, y la de Querétaro a San Luis, y la de San Luis a Aguascalientes y Tampico, lo que le dará también por esta parte la línea de Irapuato a Guadalajara y Tepic, con camino abierto hacia Sinaloa, y hará más difícil por ese otro lado nuestro dominio de los campos petroleros. Le pido, señor, que usted y sus tropas logren allá con todo ánimo el pronto triunfo de nuestras armas. De esa forma podrá usted volverse con una parte de sus fuerzas, o mejor dicho, con lo más de ellas, hasta San Luis, y avanzará usted por esa línea según venga yo avanzando por ésta. O sea, que conseguiremos el dominio del Centro, y del Oriente, y del Occidente, y ya no nos aprontarán lucha Nuevo Laredo, ni Matamoros, ni Ciudad Victoria, solos puntos del Noreste donde el enemigo nos resiste».

Mi compadre Tomás Urbina me contestó:

«Yo le prometo, señor general Villa, que estamos aquí desangrándonos y muriéndonos en el cumplimiento del deber. Tienen estas tropas carrancistas, del mando de Pablo González y Jacinto B. Treviño, cañones muy bien dispuestos; tienen ametralladoras; tienen muy largas trincheras, protegidas con zanjas y alambradas. De noche embarazan mis movimientos con las luces de sus reflectores; de día descubren la situación de mis tropas con el vuelo de sus aeroplanos. Quiero, pues, decirle que llegan a mucho los elementos de que aquí dispone el enemigo. Cuando así sea, no decae nuestro valor ni se marchita nuestra fe en el triunfo, pues sienten estos jefes, y estos oficiales y estos soldados cómo se encarna en ellos la causa del pueblo y su justicia, y que si ellos triunfan, la dicha causa triunfará, y que si los vencen, también su causa resultará vencida. Nomás esto le ruego, señor general: que si del Norte puede venir a reforzarme alguna gente, que venga, y que si puede usted mandarme algunas municiones, que me las mande, y que si puede darme también algún buen consejo, que me lo dé, pues diariamente renace aquí la lucha con los más duros modos de la guerra. Hay días, señor, según fue el de ayer, que damos hasta nueve y diez asaltos para el logro de muy escaso fruto. Pero de cualquier modo, progresaremos en nuestra lucha. Ya le tenemos destruidas al enemigo muchas de sus construcciones. Le hemos perforado los grandes depósitos del petróleo. Ahora trato de quitarle las bombas que lo surten de agua y busco el medio de abrir brechas por entre los bosques, para hacerle movimiento de flanco que lo debilite en la grande resistencia que me apronta por el centro. Aunque otra cosa también le digo: que no se presenta fácil este triunfo, caso que lo logremos, sino que, de conseguirlo, será sólo a cambio de muy fuertes sacrificios».

Y al conocer yo los informes de mi compadre Tomás Urbina estimé conveniente mandarle las palabras de mi aliento, respondiéndole:

«No se debilite en su ánimo, señor general, ante la fuerte resistencia con que el enemigo lo contiene. Persevere en sus asaltos mientras las fuerzas no le falten, y si el primer asalto lo da con mil hombres, el segundo delo con dos mil, y el tercero con tres mil; y viva seguro que de ese modo alcanzará al fin los resultados victoriosos. Tampoco se aflija si los dichos resultados no vienen, pues éstas que damos son batallas de la guerra, que tan pronto se pierden como se ganan, y si no ganamos ahora, ganaremos después, porque debajo de nuestro triunfo o de nuestra derrota vivirá siempre la causa del pueblo, que es todo lo que los buenos hombres revolucionarios peleamos con nuestras armas. Sepa, señor, que también yo lucho aquí auxiliado de muy pocos elementos. No cuento con lo más de sus fuerzas, que están ahí y en Durango; ni con lo más de las fuerzas de Chao, que a usted lo ayudan; ni con las fuerzas de José Rodríguez, que andan sobre la línea de Matamoros; ni con las fuerzas de Rosalío Hernández, que avanzan sobre la línea de

Laredo; ni con las fuerzas de Severino Ceniceros, y de Máximo García, y de Orestes Pereyra, que van sobre la línea de Ciudad Victoria; ni con las fuerzas de Rodolfo Fierro y Pablo Seáñez, que sostienen la línea de Guadalajara. Sucede, pues, que delante de los pocos hombres de que yo dispongo, Obregón se encuentra en Celaya con no menos de quince mil, y que delante de Rodolfo Fierro y Pablo Seáñez se hallan Manuel M. Diéguez y Francisco Murguía con algo más de doce mil. Pero también esto le digo: que no por el mucho número de las tropas carrancistas vacila mi fe en el logro de la victoria, cuanto más si, como lo espero, pronto quedará Carranza sin otros recursos que los del henequén, pues viva seguro que esas tropas que usted manda le quitarán los campos del petróleo».

Hablándole de aquella forma, intenté empujar a mi compadre Tomás Urbina a la consumación de los triunfos que de él esperaba. Pero en lo hondo de mi ánimo no cuadraba mi sentir con el valor de mis palabras, de tanta tranquilidad, sino que se me revolvía toda la cólera de mi cuerpo al considerar que iba resultando buena para Venustiano Carranza la guerra defensiva con que sus generales paralizaban el ímpetu de mis hombres. Y no sabía yo cuándo había cometido mi peor yerro en mi lucha contra el carrancismo: si al desoír en México la voz de Felipe Ángeles, que me aconsejaba aniquilar a Obregón y Carranza en Veracruz; o si al oírla en Jalisco, cuando me aconsejó que abandonara la persecución de Diéguez y Murguía, y que le llevara a él mi auxilio para la campaña del Noreste; o si al desoírla otra vez en Monterrey, cuando me pidió que no interrumpiera la dicha campaña, así avanzara Obregón hasta Irapuato, o hasta Aguascalientes, o hasta Zacatecas.

Acerca de la mala fortuna de José Rodríguez en su marcha sobre Matamoros, tenía yo también muchos partes y telegramas. Aquellos informes decían así:

«Mi general, nos aflige el sinsabor de comunicarle que hasta ahora no ha sido bueno el resultado de nuestros ataques contra la plaza de Matamoros. Según las órdenes recibidas, seguimos el avance que ya traíamos sobre esta línea, pues el enemigo no logró detenernos con ninguno de los obstáculos que nos iba levantando. Mas ha ocurrido después, ya en el ataque de la dicha plaza, que el enemigo nos esperaba dispuesto a muy grande resistencia. Se halla afortinado en muy buenas posiciones, y se protege con el fuego de veinte ametralladoras, y dispone de la frontera para surtirse de toda clase de elementos. De modo que mis asaltos de dos días no han podido prosperar, sino que he tenido que retirarme hasta Rosita, lugar que así se nombra, para reorganizar mi gente y lanzarla a nuevo ataque. Tiene aquí el enemigo, del mando de Emiliano P. Nafarrate, no menos de mil doscientos hombres, habiendo venido a reforzarlo los restos de las tropas de Antonio I. Villarreal, de quien dicen algunos prisioneros que ya no reconoce a Venustiano Carranza, y que ha ido a refugiarse al otro lado de la frontera. A más de los hombres de Villarreal, Nafarrate cuenta con muy buenas obras de defensa, y tiene el río, que lo protege por el norte y por el este y forma frontera con los Estados Unidos. Mirando estas circunstancias comprenderá usted, mi general, que resulta muy difícil el hecho de armas que traigo encomendado, más quede seguro que yo y mis hombres nos desangraremos o moriremos en el cumplimiento del deber».

Eso me decía José Rodríguez. Y días después, según luego había de saberse, el enemigo que recibía nuevos refuerzos y se envalentonaba por haber rechazado los referidos asaltos, salía sigilosamente de Matamoros y sorprendía aquellos hombres míos, se les echaba encima con grande furia y les quitaba su idea de seguir atacando Matamoros, después de haber perdido allí nuestras tropas a Saúl Navarro y otros buenos revolucionarios tan valiosos como él.

A Irapuato me llegaron por aquellas mismas fechas avisos de Enrique C. Llorente sobre el viaje de Victoriano Huerta, que venía de España hacia Nueva York. Me decía Llorente en sus telegramas:

«Según noticias de los agentes que me informan, Victoriano Huerta viene a territorio de los Estados Unidos propuesto a acercarse a nuestra frontera del Norte en preparación de uno de esos movimientos que se nombran contrarrevolucionarios. Se lo prevengo, señor general Villa, y le pido sus instrucciones, pues estimo grave riesgo dejar libre a Victoriano Huerta el camino de la acción».

A lo cual le contesté:

«Me entero, señor, de sus avisos sobre el viaje de Victoriano Huerta, aunque en verdad no me asusta lo que pueda él hacernos en nuestro territorio o en territorios extranjeros. Huerta es hombre asesino, manchado para siempre jamás delante de todos los otros hombres por haber asesinado al señor Madero, y no habrá ningún buen mexicano que acuda a los llamados de su voz. Yo le prometo que no vendrá nunca a México, lo que causa en mí muy hondo pesar, porque si llega a venir, créame, señor, que ya no me acordaré de Carranza, ni de Obregón, ni de los hombres favorecidos que cierran con sus ambiciones el camino de la causa del pueblo, sino que iré con todos mis soldados al sitio donde él se encuentre, y lo cogeré vivo, y lo juzgaré, y lo sentenciaré para que pague en la horca la culpa de todos sus grandes crímenes».

Y llamé al general Delgado, y al general Ocaranza, y a los demás jefes federales que se me habían unido, y les pregunté que si sabían algo de aquel viaje de Victoriano Huerta; me contestaron que no, que no sabían nada. Les pregunté que qué harían ellos en caso de venir Victoriano Huerta a México, que si lo apoyarían o lo combatirían; me contestaron que ellos eran militares de honor, que habían protegido el gobierno de Victoriano Huerta porque siendo ése el gobierno reconocido por nuestro Congreso, a ellos les tocaba obedecerlo como soldados; pero que habiendo salido del poder, Victoriano Huerta ya no era más que el asesino del señor Madero.

XXIII

Mientras reorganiza sus tropas para avanzar sobre Celaya, Pancho Villa sigue atendiendo los negocios internacionales

Vasconcelos en Washington • Enrique C. Llorente • Los propósitos de Eulalio en Doctor Arroyo • «Si quisiera yo robar, sería el hombre más rico de México» • Los enviados del Departamento de Estado • Clamores de los extranjeros • Contribuciones y préstamos • Míster Carothers • Los extranjeros y la guerra civil • Los chinos de Sonora • Reclamaciones de míster Bryan • La viuda de McManus

Me decía también en sus telegramas Enrique C. Llorente:

«Señor, anda por esta ciudad de Washington, en agencias de desprestigio para nuestra causa convencionista, el licenciado José Vasconcelos, que, como usted sabe, fue antes muy grande admirador y sostenedor de la Convención, y de sus hombres, y de su gobierno. Según noticias que recibo por el intermedio de muy buenos informadores, sé cómo el referido licenciado trata de llegar delante de míster Bryan y míster Wilson contándoles falsas historias tocante a muy bajos crímenes nuestros y a muy altas acciones de Eulalio Gutiérrez. Dice este licenciado, en sus palabras y publicaciones, que usted y el general Zapata y todos los hombres de nuestro gobierno no hacen más que robar y matar. Propala que ninguno de los buenos hombres convencionistas sostiene ya los designios de nuestra causa. Declara que usted y Rodolfo Fierro son los verdaderos asesinos de Guillermo Benton, y que Rodolfo Fierro, con sus manos empapadas en la sangre de aquel súbdito inglés, es el jefe que manda en lo poco que con nosotros queda de la Convención. También expresa él cómo Eulalio Gutiérrez está en Doctor Arroyo, población de ese nombre, entregado a la concentración de sus fuerzas, que son muy numerosas, y cómo dirige desde allí los negocios de la gobernación, y cómo convocará en ese punto, o en alguno otro, junta de los verdaderos hombres convencionistas, para que se forme un nuevo gobierno de ley y justicia y se siga la pelea contra los autores de los horribles despojos y asesinatos que nosotros perpetramos. Todo lo cual le comunico, señor general, para que allá ilumine usted a míster Carothers sobre la verdad de los hechos que nos imputa José Vasconcelos, mientras yo ilumino aquí a míster Bryan, pues es lo cierto que necesitamos defendernos de todas estas frases engañosas y repudiar con la verdad los muchos actos malos que nos criminan».

Luego de leer todo aquello llamé a míster Carothers y le mostré el telegrama, que él leyó también. A seguidas le hablé así mis palabras:

—Señor, usted vio a José Vasconcelos venir delante de mí, en Guadalupe y Aguascalientes, por los días en que nada se ignoraba sobre la muerte de Guillermo Benton. ¿Qué valor tiene el dicho de un hombre que después de aquello obra ahora así? Si entonces, y muchos meses después, me acarició él con sus mejores juicios, pues me dijo que era yo el más grande hombre de nuestra Revolución, ¿puede ahora ir a Washington a contar a míster Bryan que sólo soy un hombre que roba y mata? Si sólo quisiera yo robar, ¿no sería yo el hombre más rico de México? Y si sólo quisiera matar, ¿andarían con vida enemigos míos tan crueles como Álvaro Obregón, a quien pude en justicia fusilar en Chihuahua, adonde llegó él con la secreta obra de sus intrigas, y a quien no fusilé, por mi deseo de hallar el mejor futuro para nuestra causa? Pues mire, señor, cómo obran estos hombres políticos que no consiguen en la vida lo que se proponen en sus sueños. Por herirme a mí, este licenciado Vasconcelos hiere la causa de la Revolución que él dice prohijar: es decir, que llega a Washington con las mismas acusaciones que allá nos hacen los peores enemigos de nuestro triunfo revolucionario. Yo combato a Carranza porque veo que defraudará las esperanzas del pueblo gobernando a la manera de los dictadores y no con los modos de los buenos gobernantes; pero no lo tacho de que robe, ni de que mate, ni de que roben o maten las gentes que lo siguen, aunque bien podría yo hacerlo usando las mismas malas armas de los otros, supuesto que él se surte de recursos y dinero para la guerra igual que me surto yo, y él mata en nombre de su nueva Ley de Juárez igual que yo mato en nombre del triunfo de nuestra lucha, que es la lucha por el pobre. ¿Cómo, pues, no mira este José Vasconcelos, hombre favorecido de Eulalio Gutiérrez, que sus torpes expresiones, a más de venir en desdoro mío y de mis fuerzas, hacen buenas las calumnias que nos levantan a los hombres revolucionarios todos los enemigos del pueblo?

Míster Carothers me contestó:

—Señor general Villa, no sé yo qué mensajes de Gutiérrez llegarán a míster Bryan por el conducto de aquel licenciado José Vasconcelos. Mas sí le prometo que la verdad de cuanto aquí pasa se conoce allá; digo, que míster Bryan y míster Wilson saben muy bien por qué nació la lucha de esta Revolución, y por qué vino el desconocimiento de usted para con Venustiano Carranza, y por qué se formó el gobierno convencionista, y por qué ocurrió el desconocimiento de Eulalio Gutiérrez para con usted y Emiliano Zapata, y por qué siguen todavía los dolores de esta guerra. A más de esto, señor general, nuestro Departamento de Estado, según allá nombramos la oficina de los negocios internacionales, no considera para sus juicios las noticias que de aquí le llevan personas interesadas, sino los informes, siempre serenos, de los enviados diplomáticos que el dicho Departamento tiene en México. Para eso estaba míster Canova cerca de Eulalio Gutiérrez; para eso está míster Silliman cerca de Carranza, y para eso estoy yo cerca de usted.

Yo le respondí:

—Muy bien, señor. Diga, pues, a míster Bryan y a míster Wilson que aquel licenciado José Vasconcelos es hombre político sin más ley que sus pasiones; que nada hay cierto en sus palabras; que los mismos hombres que un día glorifica y venera, esos mismos crimina él otro día con sus grandes frases; que no le hagan caso, señor, aunque parezcan muchas sus luces de inteligencia, pues no es él hombre revolucionario de buena ley, ni ama en verdad al pueblo, ni hará nunca nada porque el pueblo salga de sus dolores.

Y de esa forma míster Carothers y yo nos expresamos despaciosamente sobre aquel negocio, en ánimo yo de que las intrigas de José Vasconcelos no progresaran.

Porque reflexionaba yo entre mí:

«José Vasconcelos era ministro de nuestro gobierno de la Convención, y llega él a Washington a nombre de Eulalio Gutiérrez, que era nuestro Presidente. Si dejo por valederas las palabras con que nos acusa a mí y a mis hombres, siendo nosotros los vencedores de las más grandes batallas de nuestra Revolución, ¿quién dudará de lo mucho que contra ella dicen nuestros peores enemigos, y nuestros enemigos extranjeros, si lo que ellos afirman se empareja con lo que afirma él?».

Y es lo cierto que en esas mismas fechas, según informes que me llegaban, las familias ricas de México conseguían que los moradores extranjeros aumentaran sus clamores contra los actos de la Revolución, y que pintaran con muy espesa negrura cuanto hacíamos nosotros los hombres revolucionarios, y que levantaran sus ruegos hasta míster Wilson, para que tomara providencias que los protegieran, a ellos y a toda la gente pacífica, contra las supuestas destrucciones que nosotros hacíamos y contra las muchas hambres, eso afirmaban ellos, que traerían nuestros ejércitos si aquel gobierno de Washington no nos atajaba.

Le decían a él:

«Señor, se cierne tan terrible hambre sobre lo más de este país, que todas las naciones extranjeras tendrán que mandar su ayuda para remediarla o aliviarla. Para dentro de unos tres o cuatro meses se acabará en México el maíz, faltará trigo, apenas quedará frijol, pues los brazos que antes labraban la tierra se pierden ahora en las nombradas tropas del pueblo, y las yuntas y demás animales de los campos se consumen en los estragos de la guerra, y los jefes de estos grandes ejércitos, que prometen libertad y justicia, sólo buscan servirse de sus hombres para el robo y el saqueo y la matanza. Aquí no se conoce ya el trabajo, señor, ni hay orden, ni jueces, ni ley. Los más de los moradores de las grandes comarcas de México morirán de hambre, señor presidente Wilson, sí para dentro de tres o cuatro meses las naciones extranjeras no mandan acá, de caridad, los millones y millones de arrobas de maíz y los millones y millones de arrobas de frijol que aquí van a necesitarse; porque sucede, señor, que pronto faltarán a México cerca de dos millones de toneladas de maíz, sin contar el frijol; y como ese maíz, según vale ahora la mala moneda de los llamados gobiernos revolucionarios, cuesta más de cuatrocientos millones de pesos, que los dichos gobiernos no tienen, por caridad tendrán que mandarlo los Estados Unidos y demás naciones extranjeras. Certificamos que si la dicha caridad no se hace, este pueblo puede morir de hambre por obra de la ignorancia y la inconsciencia de todos estos jefes revolucionarios, que no conocen freno para los actos de su conducta, sino que incendian y roban y matan, y sólo persiguen enriquecerse a costa de la miseria del pueblo».

Eso expresaban en sus mensajes a míster Wilson los referidos moradores extranjeros, no en su amor del pueblo mexicano, según lo simulaban con sus palabras, pues siempre lo habían explotado, conchabándose con los mexicanos ricos, sino en su odio a la causa del pobre, que nosotros protegíamos, aunque fueran muy grandes nuestros yerros. Y según es mi memoria, a impulsos de aquellos clamores míster Wilson mandó de seguida a la capital de nuestra República, conforme luego contaré, un nuevo enviado suyo, de nombre Duvaldo West, con órdenes de buscar entre nosotros alguna avenencia de paz.

Todo esto, y más aún, tenía yo que atender en Irapuato, sin ningún descuido para la reorganización de mis fuerzas, prontas ya a su nuevo avance sobre Celaya. Y declaro yo, Francisco Villa, que si para cualquier licenciado de conocimientos sobre todas las cosas sería aquella muy pesada labor, ¡cuánto más no había de serlo para un hombre como yo, sin más luces que las que sacaba del cumplimiento del deber y de su grande amor por el bien de los pobres!

Venían a mí los enviados de los jefes que tenía yo peleando en todas las comarcas de mis territorios, todos ellos en agencias de llevar dinero para sus tropas, o municiones, o equipo, y a todos tenía yo que auxiliar en su necesidad, conforme es ley que el general de un ejército lo haga en las peripecias de la guerra. Y ocurría el no haber siempre todo el dinero, ni todos los demás elementos que los jefes de mis tropas me pedían, de donde les aconsejaba yo buscar recursos en las comarcas de su dominio. Y autorizados ellos por aquellas palabras mías, levantaban sus préstamos, o cobraban sus contribuciones, las cuales algunos negociantes extranjeros no consentían en pagar. Y como entonces aquellos jefes, o gobernadores convencionistas, los obligaban al dicho pago, bajo la amenaza de ocuparles sus comercios, o sus minas, o sus industrias, acudían ellos en queja delante de míster Bryan, y se aparecía míster Carothers a expresarse conmigo, diciéndome:

—Señor, no es justicia que paguen contribuciones para la guerra negociantes extranjeros que vinieron a México con la esperanza de que los cobijaría la paz.

Le contestaba yo:

—Señor cónsul, los mexicanos viven en México porque éste es el suelo que les deparó su suerte. Los extranjeros viven aquí por obra de su voluntad. Si por su gusto los extranjeros vienen a vivir con nosotros, y disfrutan aquí las dulzuras de nuestra tierra, y gozan de nuestra riqueza, justo es que compartan con nosotros las amarguras de nuestras desgracias. Si arrasaran a México las calamidades de un diluvio, ¿exigirían salvarse los extranjeros por no ser ellos de aquí?

Carothers me observaba:

—Cuando así sea, señor general; los extranjeros no son ciudadanos con acción en los negocios de la política, de modo que no les toca a ellos dar ayuda en una guerra civil.

Le contestaba yo:

—Por eso, señor cónsul, no les pedimos a los extranjeros la ayuda de su sangre, ni la de su espíritu, sino la de su riqueza. Porque la riqueza que ellos tienen es hija del sudor del pueblo, igual que la riqueza de todos los mexicanos, y si el pueblo la necesita para su bien, puede disponer de ella igual que de la otra.

Con ese tono seguíamos expresándonos los dos, y así discutíamos, propuesto yo a que todos los ricos, mexicanos y extranjeros, nos dieran su auxilio para los gastos de nuestras campañas, y encargado él de quitar el peso de la dicha ayuda de sobre los extranjeros, americanos, franceses, ingleses, alemanes, españoles, que invocaban en Washington el amparo de míster Bryan.

Acontecía también que no sólo por dinero teníamos diferencias míster Bryan y yo, sino que a veces me reclamaba él muertes que yo no había hecho ni habían hecho mis hombres, o me solicitaba mi intervención para que fuerzas de otros jefes no las hicieran. Así fue, por aquellos mismos días, el caso de Sonora. Rehusaban allá los chinos dar su ayuda a la causa del pueblo, y, malquistados por eso con aquellas autoridades, además de otras razones, algunos jefes los perseguían.

Me telegrafiaba así míster Bryan:

«Señor general Villa, son grandes los agravios que las tropas de Sonora infieren a los chinos que viven en todas aquellas poblaciones. Según mis noticias, José María Maytorena da órdenes de que se les respete, pero no consigue hacerse obedecer, sin saber yo si eso es por falta de autoridad suya cerca de los jefes, o por falta de autoridad de los jefes cerca de sus subordinados. Le pido, señor general, que directamente ordene a los generales de Sonora no ejecuten los dichos actos, o no los consientan entre sus hombres. Considere usted los deberes de humanidad que mandan no cometer tales agravios y las quejas que por eso recibo del gobierno de China».

Le contesté yo:

«Señor, me afligen sus noticias tocante a los chinos de Sonora, aunque creo que cuanto les pasa ha de ser por obra de su conducta. De cualquier manera, ya mando mis órdenes al señor general Sosa, y al señor general Acosta, y al señor general Morales, y al señor general Urbalejo en demanda de que los referidos agravios no se repitan, y viva usted seguro que aquellos generales acatarán lo que yo les mando, y lo harán acatar, pues ni José María Maytorena ni yo buscamos que se enturbien los negocios internacionales».

Y en verdad que no queríamos nosotros el ensombrecimiento de los dichos negocios, ni lo quería Zapata en el Sur, ni Roque González Garza en la capital de nuestra República. Lo cual digo porque habiendo ocurrido entonces cerca de la ciudad de México la muerte de un americano de apellido

McManus, que asesinaron fuerzas zapatistas, González Garza y los generales de Zapata decidieron no disimular el hecho, ni negarlo, ni discutirlo. Llamaron a la viuda del referido McManus y le preguntaron que por qué cantidad daba ella por buena la muerte de su esposo; y como ella contestara que la daba por buena mediante la suma de ciento setenta mil pesos, si los cobraban ella y sus hijos, le entregaron la dicha cantidad, y de esa forma ya no hubo pleito, ni con ella ni con el gobierno de Washington.

Estimo ahora que fue de muy buen acuerdo aquella decisión de Roque González Garza, pues crecían ya por todos lados las voces de los carrancistas, que nos pintaban como los más crueles salteadores y asesinos. O sea, que en su mal ánimo, y ciegos al grave daño que así traerían a nuestra Revolución, buscaban ayudar de esa forma los trabajos que el licenciado Eliseo Arredondo, representante de Venustiano Carranza delante del gobierno de Washington, hacía allá para conseguir el reconocimiento.

XXIV

Sin desconocer la superioridad numérica de las fuerzas con que Obregón lo espera en Celaya, Pancho Villa resuelve ir de nuevo al ataque

Salamanca • Una carta de Villa y otra de Obregón • Preparativos para el avance • Las brigadas de Prieto y Ruiz • Tropas de Jalisco, de Natera, de Serratos • Los efectivos de Villa y los de Obregón • Pláticas con los generales federales • Guerra de los militares y guerra de la Revolución • Crespo • Las tres columnas de avance • Dispositivos de combate • La pelea del día 14

Mientras progresaba en aquellos cuatro o cinco días la concentración de las fuerzas con que me preparaba a mi nuevo avance sobre Celaya, hacía yo viajes de Irapuato a Salamanca y de Salamanca a Irapuato, puntos donde se atendía al mejor equipo de las dichas tropas y a su municionamiento.

Estando en Salamanca el 10 o el 11 de aquel mes de abril, tuve con los representantes de los cónsules extranjeros pláticas tocante a la seguridad de los moradores de Celaya en el caso de un nuevo ataque mío; es decir, que a consecuencia de aquellas pláticas escribí carta a Álvaro Obregón invitándolo a que saliera a combatir en campo descubierto, en vez de cobijarse detrás de los habitantes —mujeres, niños y hombres pacíficos— de aquella ciudad en que estaba.

Le decía yo:

«Señor general Álvaro Obregón: Desean estas tropas de mi mando, formadas de buenos hombres revolucionarios, respetar las vidas y los intereses de la gente pacífica de Celaya, en medio de la cual busca usted abrigo. Lo invito, señor general, a nombre de lo que se llama sentimientos humanitarios, a no seguir en aquel refugio, sino salir a la lucha de campo abierto con los soldados del pueblo que yo mando. También le digo que puede escoger sitio para el combate, no siendo otra ciudad, y que yo iré a batirlo donde se encuentre, conforme ahora voy a hacerlo; y que si desoye estas palabras y sigue la práctica de afortinarse entre aquellas paredes, deber suyo es poner a salvo de mis proyectiles las familias y moradores extranjeros de Celaya en obediencia de las leyes de la guerra y según conviene que se haga en beneficio de las relaciones internacionales. Óigalo, señor, y tenga presente que antes de tres días lo atacaré con todas mis bocas de fuego – *Francisco Villa*».

Así le decía yo, en mi ánimo de ahorrar a la dicha plaza los males de la guerra, y también con la intención de hacer salir aquellas tropas enemigas a la pelea en campo abierto. Pero ni me contestó Obregón, ni estimó con honra mis palabras al dar respuesta a los cónsules, que también le habían escrito.

Esto les decía él:

«Leo su carta con respecto a la seguridad de la gente pacífica frente a los ataques del enemigo contra esta plaza. Nosotros los mexicanos no aceptamos la intervención de cónsules extranjeros en el cumplimiento de nuestro deber. A más de esto, no tengo por sinceras las expresiones de Francisco Villa, pues a él le toca escoger el campo de nuestros combates, siendo mi ejército el que avanza; ni creo tampoco en sus sentimientos de humanidad, siendo él el asesino de Guillermo Benton y de Bauch, y el hombre que sacó a rastras del Hotel Palacio a una dama francesa, a quien ultrajó. En cuanto al ataque que me anuncian, se guardará él muy bien de intentarlo contra estas tropas victoriosas que lo acaban de derrotar y que le han causado muchos millares de bajas entre muertos, heridos y prisioneros. Así contesto yo a los cónsules de Inglaterra, Francia, Alemania, España y los Estados Unidos – *Álvaro Obregón*».

Enterado yo de aquella respuesta, pensaba entre mí:

«Bien, señor, que Obregón se aferre a su propósito de resistirme al amparo de Celaya, aunque lo disimule diciendo que por avanzar su ejército sobre el mío, a mí me toca escoger el campo de nuestros combates. Pero ¿por qué me difama y me calumnia a los ojos de estos cónsules extranjeros? ¿Puede destruir él, por la sola fuerza de sus palabras, la verdad de ser yo uno de los más altos generales revolucionarios? ¿No descubre que el baldón que así echa sobre mí cae también encima de nuestra República, por haber necesitado ella para su causa ese jefe revolucionario que hoy resulta ser conforme él me pinta?».

En Irapuato se me incorporaron las pocas fuerzas que podían traerme su auxilio para mi nuevo avance sobre Celaya. Llegaron las brigadas de José I. Prieto y José Ruiz, más la gente de César Felipe Moya, con cosa de dos mil hombres que venían de las comarcas de Michoacán. Llegó alguna infantería, caballería y artillería de Jalisco. Recibí contingentes organizados por Abel B. Serratos. Recibí alguna otra fuerza de Francisco Carrera Torres, y de Natera, y de otros jefes que ahora no me recuerdo. Me llegaron también algunas remesas de cartuchos, que mi hermano Hipólito conseguía mandarme de Ciudad Juárez. Y según me iban viniendo aquellos nuevos elementos, y conforme organizaba los que ya tenía, los despachaba yo hacia Salamanca, en preparación de mi avance.

Con las últimas de las referidas tropas salimos por fin para aquella plaza yo y mi estado mayor, más mi escolta, más otros jefes y oficiales, todo aquel pueblo animoso en las expresiones que al verme ir me dirigía en su mucho deseo de mi triunfo.

En Salamanca dicté mis providencias para la revista que había de pasarse otro día siguiente, y así se hizo. La mañana de ese día, que, a lo que recuerdo, fue el 12 de abril de aquel año de 1915, pasaron revista todos los hombres de que podía yo disponer. Allí fue el afirmarme yo en mi conocimiento de que no eran muchas las tropas que acudirían conmigo a la nueva batalla, y que las más de ellas no se reponían aún de su cansancio; y como, además, a parte de esas fuerzas le escaseaban las municiones, lo consideré con zozobra, y todo eso me descubrió que tenía que ser muy grande la hazaña de mis hombres para consumar su triunfo sobre Álvaro Obregón.

Porque sabía yo, según los informes que me llegaban, y por lo que había visto en mis anteriores ataques, que para su nuevo encuentro con mis fuerzas, Obregón contaría con bastante más elementos que antes, pues es lo cierto que mientras yo me había estado organizando en Irapuato y Salamanca, a él le habían traído su ayuda fuerzas de Amaro, de Novoa, de Porfirio González, de Juan José Ríos, de Gabriel Gavira y de otros jefes que no me recuerdo. Es decir, que con todos aquellos refuerzos, el número de los hombres de Obregón pasaba ahora de veinte mil, de ellos, ocho o nueve mil de infantería y nueve o diez mil de caballería, más sus artilleros. Sólo en cañones las fuerzas de Obregón se presentaban inferiores a las mías: contaba él, conforme a mis noticias y mis cálculos, con dieciocho o veinte piezas; contaba yo con treinta y cuatro o treinta y seis. Aunque sucedía también que frente a esos cañones nuestros, ellos nos superaban en el mucho número de sus ametralladoras.

Creo por esto que mis tropas demostraban muy grande valor preparándose con sus pocos elementos al ataque de tan poderoso enemigo; el cual, además, nos espiaba, y nos acechaba, y se nos ocultaba en trincheras donde no lo pudiéramos herir. Pero consciente yo de todos aquellos azares, comprendía también cómo en esa hora el futuro de nuestra causa no se cobijaba en retroceder, sino en avanzar, y cómo aunque nos amagara el peligro de la derrota, que siempre ocultan las peripecias de la guerra, teníamos que enseñar a Obregón que nuestros hombres, en su poco número, se acrecían por su grande arrojo junto a la mucha gente con que él nos esperaba, masque estuviera ella muy bien pertrechada y nosotros no. Así es la guerra de la revolución, o más bien dicho, de la causa del pobre: que no ha de hacerse según dicen que se hacen las guerras entre las naciones. En la lucha por el pueblo lo principal no está en la victoria de las batallas, aunque sea muy útil conseguirla cuando se puede, sino en el triunfo del pueblo y de su justicia mediante la perseverancia de su ánimo para pelear después de todas las derrotas.

Platicaba yo con aquellos generales federales que venían acompañándome, y juntos considerábamos el desarrollo de mi acción contra Celaya.

Me decían ellos:

—Señor general Villa, según nuestro parecer, Obregón tiene muy fuertes posiciones en la plaza. Le convendría a usted madurar su plan y sopesar bien los medios de ejecutarlo.

Les respondía yo:

—Señores generales del ejército federal, si yo entretengo los días en el estudio de muy buenas operaciones, descubriré siempre que no dispongo de elementos con qué consumarlas. Consiento, señores, en que es aquél muy fuerte enemigo; pero consideren que más se fortalecerá él si yo le dejo tiempo de reposo. Si por dondequiera, como se ve, el carrancismo se levanta más potente a cada hora, ese mismo espacio que yo busque para fortalecerme, ese mismo aprovechará Venustiano Carranza para que sus elementos crezcan a mayor paso que los míos. Puedo yo perder la batalla, sí, señores, y otras muchas que le presente a Obregón, mas vivan seguros que con una sola que le gane se salvará la causa del pueblo, y que ninguna le ganaré si espero dominarlo con la superioridad de mis recursos, no con el valor y la furia de mis hombres, arrebatados por su justicia. ¿No ven, señores generales, cómo se surte Carranza con los productos del petróleo y del henequén? ¿No ven cómo crece cada día la pelea que en El Ébano aprontan a mi compadre

Tomás Urbina aquellas tropas carrancistas, y la que en Jalisco traen contra Rodolfo Fierro y Pablo Seáñez las fuerzas de Murguía y Diéguez, y la que por Hidalgo y México, estado de ese nombre, se le da a Emiliano Zapata, y la que por Matamoros le presentan a José Rodríguez, y por Laredo a Orestes Pereyra y Rosalío Hernández, y por Agua Prieta a José María Maytorena? Calculen, pues, que por la riqueza que ellos tienen, y por las ayudas que reciben, están en disposición de crecer más si no les estorbo pronto el dicho crecimiento, y que yo no puedo aspirar a ser más fuerte que ellos, supuesto que por ahora no lo he de conseguir, sino mediante una hazaña venturosa de mis armas. Recuérdense ustedes de mis hechos de 1913. ¿No fui al ataque de Chihuahua en noviembre del dicho año, expuesto a que Mercado me rechazara? ¿No logré así engreírlo en su confianza, lo que luego lo hizo mandar sus tropas a la lucha en campo abierto, que era lo que yo buscaba? Pues nomás esto les digo: Obregón no saldrá nunca a donde me sea fácil derrotarlo, sino que sólo se me acercará cuando se sienta más fuerte que yo, y se atrincherará y afortinará, y así tendré yo que vencerlo, aunque me desangre no sé cuántas veces, o así tendré que ir alimentando en él ocasiones que lo inclinen a darse a la confianza, o así tendré que dejarme vencer siempre, pero sin rendir nunca la bandera del pueblo, para que de ese modo el pueblo triunfe.

Esas palabras les hablaba yo a los dichos generales que habían sido protectores de Victoriano Huerta y que sabían de la guerra que hacen los que se nombran ejércitos regulares, pero no de la guerra revolucionaria. Y me oían ellos quitando de sobre de mí sus ojos, como para significarme que no me entendían en mi razón; pero yo declaro todavía, a distancia de muchas fechas, que la razón de mi entendimiento de entonces no era mala.

Hice mi marcha de Salamanca hacia Celaya la mañana de aquel día 13 de abril de 1915. Igual que antes en Irapuato, al conocerse en Salamanca mi salida todos los moradores me aclamaban, y con su mejor ánimo deseaban mi triunfo; porque eran en verdad de mucho amor por nuestra causa los sentimientos de aquellos hombres, y de sus mujeres, y de sus niños, y así me lo demostraban.

Llegamos a Crespo, donde se quedaron mis trenes a causa de tener el enemigo levantada la vía de allí en adelante. Según las providencias que había yo dictado, al mediodía de aquel día se ordenó en el dicho punto el avance sobre Celaya. Se movió, para ocupar posiciones que formaran mi ala derecha, parte de mi caballería, y para tomar posiciones que formaran mi ala izquierda, otras fuerzas de esa misma arma; y mientras se progresaba así por los dos flancos, la infantería y la artillería, más otra parte de la caballería, se movían por el centro hasta las mismas posiciones que hacia esa parte habíamos ocupado en los combates de los días 6 y 7.

Como a las tres de aquella tarde ya estaban las más de mis fuerzas disponiendo sus líneas frente a las del enemigo. Como a las cuatro empecé a recorrer las posiciones nuestras, ansioso yo de comunicar a mis hombres el mejor ánimo, en anticipación de la fuerte lucha en que se iban a desangrar. Por la derecha, es decir, por el lado del río de la Laja, atacaría la Brigada Guerrero, del mando de Cruz Domínguez y Fernando Reyes, y con ella la Brigada Querétaro, del mando de Joaquín de la Peña, más otras fuerzas. Por el centro, corridas sus líneas hacia la derecha y la izquierda, irían al ataque las cuatro brigadas de infantería, más la gente de César Felipe Moya. Por la izquierda harían su avance las demás fuerzas de caballería. Apoyarían allí el movimiento las baterías de Fraire y Perdomo, y el de la derecha las de Gustavo Durón González, con la de Licona, y el del centro mis otros cañones. De modo que, aparte de haber situado algunas líneas a mayor distancia que la otra vez, y estar ahora unas en puntos que antes habían ocupado otras, casi eran iguales que entonces las providencias para la batalla. Lo mismo pasaba con las líneas de Obregón, amparado detrás de sus trincheras para resistir mis ataques hasta que me agotara, como la otra vez. Y digo esto fundándome en lo que sabía yo hasta ese momento, pues parecía que ya no se aventuraba Obregón ni a ponerme embarazos en el camino, como lo hizo el día 6 con su vanguardia de caballería, que, conforme antes cuento, mis hombres le destrozaron en el Guaje.

Serían las cinco de la tarde cuando se encendió la pelea, o, más bien dicho, cuando los hombres de mi derecha la encendieron acercándose con grande arrojo a las posiciones enemigas. Serían las seis cuando cundió la lucha. Serían las siete cuando recrecieron los combates. Serían las ocho cuando, listos ya todos nuestros cañones, los más de ellos no cesaban en sus disparos, ni los cañones y las ametralladoras enemigas tampoco. Serían las diez cuando mis hombres de infantería, al amparo de las sombras, habían adelantado sus posiciones hasta no más de quinientos metros de muchas de aquellas trincheras; y serían las doce cuando mi derecha tenía ya cubierta su línea hasta muy cerca de la retaguardia enemiga, por el río de la Laja, rumbo hacia Apaseo.

Nos amaneció otro día siguiente. Como a las seis de la mañana la derecha de nosotros volvió a provocar el combate. Muy temprano mando allá un oficial con orden de que aquellas tropas crucen el río. Así se hace. Y como ya en la otra margen se formaba la gente, dispuesta a consumar el asalto, mi oficial los arengó así con sus palabras: «Muchachos, vengo a nombre de mi general Francisco Villa y como hombre de su escolta. Hay que desplegar valor hasta conseguir la toma de esta plaza para que la causa del pueblo se salve». Eso les dijo él, y a su voz, todos aquellos hombres míos me vitorearon, y también la causa que defendíamos, y avanzaron como uno solo hacia las posiciones que tenían que conquistar. Y es lo cierto que lo mismo que en la derecha, otros oficiales míos hicieron en el centro, y otros en la izquierda. Y de ese modo renació por dondequiera la lucha que nosotros ansiábamos.

Toda aquella mañana y toda aquella tarde nos la pasamos sin ningún descanso en nuestro batallar. Nos echábamos nosotros encima de ellos, para quitarles sus posiciones, porque otra cosa no podía yo hacer, a menos de sitiarlos y rendirlos por hambre; y se protegían ellos de nuestros asaltos desbaratándolos, pues ciertamente que Obregón podía mantenerse así, gracias al mucho número de su gente, y de sus ametralladoras, que no nos ofrecían hueco para un ataque que lo desconcertara, cuanto más que él se estaba valiendo de la escasez de mis municiones. Digo, que se espaciaban nuestros ataques, y se debilitaban, con lo que al enemigo le era más fácil quebrantarlos antes que el avance nuestro lo dominara; pero con todo eso, pensaba yo entre mí, pendientes mis ojos de cada peripecia de la lucha, cómo podía bastarme un solo instante de debilidad en un solo punto de la línea enemiga, para dominarla en toda su resistencia.

Esto me decía yo:

«Cobijados ellos en sus trincheras para defenderse de los ataques que les hago de frente y a pecho descubierto, el ánimo de todos se derrumbará en cuanto sepan que a una parte de sus hombres, aunque no sea muy grande, las dichas trincheras ya no la protegen, y entonces no serán bastantes a contener la furia de mis hombres».

Pero sucedía también, durante los ataques de mi infantería y mi caballería, que la acción de mis cañones, con ser de muy buena pericia, no los apoyaba. Lo cual pasaba, conforme a mi juicio, por la mala calidad de nuestras granadas, que casi todas eran de las hechizas, no de las que nosotros nombrábamos «francesas» o «europeas».

XXV

Derrotado en Celaya por Obregón, Pancho Villa se retira a León y Aguascalientes para reorganizar sus tropas y municionarlas

La noche del 14 de abril • Órdenes para el día siguiente • La caballería de Cesáreo Castro • Esfuerzos de Villa • El movimiento envolvente sobre el ala derecha • Retirada hacia Crespo • La pericia de los ferrocarrileros • Pérdida de la artillería • Manuel Bracamontes • Joaquín Bauche Alcalde

Aquélla fue noche de grandes lluvias. En busca de su seguridad, las tropas de mi derecha se replegaron hasta el otro lado del río, temerosas de que las aguas, creciendo por allí, pudieran serles luego un estorbo para retirarse. Así volvieron a sus posiciones de la mañana, con pérdida de los avances ganados durante el día sobre los sectores del dicho frente.

Considerando esa misma noche cómo no lograba yo debilitar ninguna de las defensas levantadas para contenerme, sino que parecían más potentes cada vez, y cómo se agotarían pronto las pocas municiones que les quedaban a mis tropas, ordené lo necesario para que a la otra mañana aumentara nuestra acción sobre la retaguardia enemiga. Eso dispuse yo como hincapié que desazonara a Álvaro Obregón, pues al enterarse de la nueva forma de mi ataque se vería obligado a distraer, llevándolas al sitio que yo quería, algunas de las fuerzas de su centro, o de su derecha, o de su izquierda.

Así fue. Según nos amaneció otro día siguiente, volvió a encenderse la pelea, ahora con hombres nuestros que atacaban al enemigo por su retaguardia, y con una a dos baterías que Jurado mandó allá a las órdenes de Durón González. Y como resultaron de mucho encono aquellos nuevos ataques, y de muy buen efecto los fuegos de aquellos cañones, empezaron a quebrantarse por algunos puntos las referidas posiciones enemigas, lo que empezó a sentirse entre la infantería de mi izquierda y aprovechó ella para redoblar el empuje de sus asaltos. De modo que por no menos de una hora llevamos nosotros nuestras líneas hasta las posiciones de ellos y más allá de San Juanico, pueblo que así se nombra; y hubiéramos desbaratado allí la fuerte resistencia que nos pusieron, a no salirnos al encuentro los auxilios con que se reforzaba Obregón. Cuando así fuera, me esperancé entonces tocante a la buena ocasión que yo ansiaba, inclinado mi ánimo a consentir que así me lo anunciaban muchos signos. Porque a la dicha hora mis fuerzas de la derecha ya habían vuelto a cruzar el río y ocupaban de nuevo las posiciones que habían dejado durante la noche, y mientras se consumaba así nuestro avance por ese flanco, y por el otro, seguían con muy buen progreso nuestros ataques de la retaguardia.

Pensaba yo entre mí: «Señor, ¿dónde está la caballería de Álvaro Obregón? ¿Pelea toda ella como gente de infantería?». Y me contestaba que así tenía que ser, conociendo la grande fe que Obregón ponía en la dicha arma. Pero sucedió entonces, conforme me absorbía yo en aquellas cavilaciones, que divisé, ya en movimiento envolvente sobre las posiciones de mi extrema izquierda, aquellas mismas columnas de caballería enemiga que mis ojos estaban buscando. Y era, según luego habría de saberse, que durante los dos días que ya llevaba la batalla, lo más de la caballería de Obregón, del mando de Fortunato Maycotte y Cesáreo Castro, se había situado con grande disimulo, muy hacia la retaguardia, entre los mezquitales de unas haciendas que hay a un lado de Apaseo.

Al ver yo cómo aparecía quedo aquel movimiento, y cómo se acrecentaba luego, y me amenazaba, y me cercaba, llamo a varios oficiales míos y los despacho con la orden de que se resista hasta la muerte aquel ataque, mientras yo organizo una columna y acudo con ella a desbaratarlo. Porque claro comprendí cómo todo el triunfo de Obregón estaba en los buenos resultados del referido movimiento, y cómo eso me sería favorable si conseguía paralizarlo. Mas luego se descubrió que venían muy numerosas aquellas columnas de caballería, compuestas de no menos de cinco o seis mil jinetes, y que traían tan bien concertado su avance, y lo hacían con tan grande decisión, que mi extrema derecha no lo podría contener, aunque se sacrificara toda.

Aunque así fuera reuní alrededor de mi persona cuantos oficiales míos se hallaban cerca de mí, más mi escolta, más otra gente, y yo a la cabeza de ellos, salimos a toda rienda a detener el nuevo enemigo que avanzaba. O sea, que por ese lado recreció la lucha hasta su más alto furor, arrebatados los enemigos por la fuerza de su empuje y ansiosos nosotros por quitar ímpetu al ataque de ellos, para que así las filas mías afrontaran con ánimo de buenos hombres militares aquel peligro, y se rehicieran, y contestaran con el ataque, no con la defensa.

Y la verdad es que aquel primer impulso de los hombres que me rodeaban desconcertó en parte el dicho movimiento envolvente. Digo, que tal como yo esperaba, se rehicieron algunas de nuestras filas, y nos dieron su auxilio echándose a la pelea detrás de nosotros, y a mi izquierda, y a mi derecha, con lo que, todos unidos, debilitamos los primeros ataques de aquella caballería de Cesáreo Castro y Fortunato Maycotte; y como les desbaratáramos una parte de su línea, empezaron por allí a retroceder y a desbandarse, según mis hombres crecían en su arrojo.

Pero en eso estábamos, cuando vino en ayuda de la caballería enemiga lo más de su infantería del ala derecha, más la del centro, que vio deshecha nuestra formación y ocupadas todas nuestras armas en defendernos, lo que la aseguraba del riesgo de que la atacáramos. Y entonces ocurrió que juntas aquella infantería y aquella caballería, con un total de no menos de diez mil hombres, las dos nos abrumaron bajo su peso, sin contar yo con remedio a que acudir, pues mi grande escasez de gente no me había consentido dejar reservas para esos trances. Se desgobernó así todo aquel flanco mío, y parte de mi centro, y se replegó mi infantería, y retrocedieron los sostenes de mi artillería, y se vieron envueltos mis cañones en forma que yo ni nadie podía recurrir a nada para salvarlos.

Empezó el movimiento envolvente de Cesáreo Castro como a las nueve de la mañana; habíamos logrado nosotros contenerlo como a las diez; se rehicieron ellos y nos rechazaron como a las once. Más o menos a esta última hora se sintió por mi ala otro movimiento de caballería igual al que estaban haciéndonos por la izquierda. Y de tal modo se consumó esta otra maniobra, validos ellos de la poca gente con que se cubría por allí mi línea, que ya estaban sobre mi referido flanco, y ya lo desquiciaban, y ya lo traían desbaratado, cuando todavía sostenían la pelea muchas de las tropas mías de la izquierda y sus cañones, mientras lo mismo estaban haciendo mis cañones y mis tropas de la retaguardia. Quiero decir, que se nos presentó aquella otra acción envolvente por la izquierda de ellos sin que las más de mis fuerzas de mi derecha y de mi retaguardia pudieran advertirla, o estimarla en todos sus grandes riesgos, por lo que no se acogieron ellas desde luego a la oportunidad de retirarse, sino que siguieron combatiendo, unas por no saber bien lo que pasaba, otras en su ilusión de que el referido ataque enemigo se podría contener. Y aconteció al fin que tampoco por mi flanco de la derecha consiguieron resistir mis hombres, aunque lo intentaron, sino que después de caer muertos o heridos muchos de ellos, fueron desamparando sus posiciones de la orilla del río, y abandonaron su campo y se replegaron por aquella ribera.

Pero creo yo, Pancho Villa, basado en mi conocimiento de estas cosas, que fue portarse con mucho valor el obrar como obraron en aquellas horas de nuestra angustia mis hombres de la derecha, y de la izquierda, y del centro. Lo cual digo aunque yo entonces, arrebatado por la cólera delante de cuanto estaba pasando, castigara a muchos de ellos, de acto o de palabra. Porque se ha de considerar que las más de mis fuerzas, después de dos días de tantos reencuentros y combates, habían agotado sus municiones, y que con menos cartuchos que los que todo soldado guarda para retirarse, se mantuvieron allí hasta lo último, desangrándose y muriéndose, y que de ese modo demostraron saber cómo son las batallas de la guerra, y cómo hay hazañas de perder que resultan más grandes que las de ganar.

Como quiera que sea, comprendí entonces que Obregón había tenido noticias sobre la escasez de las municiones con que entraba yo a la batalla, y que había buscado agotarme en aquellos dos días de combate, propuesto a echárseme luego encima con la grande superioridad de sus fuerzas, y seguro de que así me aniquilaría yo solo. Y en verdad que así pasó, pues en un solo momento vi cómo sucumbían todas mis líneas, quebrantadas ya por la fatiga y ya sin parque, y cómo buscaban aliviarse mediante el súbito abandono de sus posiciones, por lo que me sacudió el impulso de acudir a todas ellas para rehacerlas y reanimarlas. Pero reflexioné a seguidas que sería muy poco lo que de ese modo se podría lograr, y que me exponía a mayores pérdidas absorbiéndome en lo que era obra de cada uno de los jefes. Decidí, pues, que era mejor dejar consumarse mi derrota y auxiliar con mi ayuda la retirada de aquellas de mis fuerzas que lograban ir saliendo.

Serían las dos de la tarde cuando el repliegue de lo más remoto de mi ala izquierda iba ya a la altura de Crespo, perseguida allá por la caballería enemiga. Serían las tres cuando, flanqueada del todo mi derecha, parte de ella se retiraba hacia el cerro que nombran Cerro de la Gavia y buscaba por allí el camino de Salamanca o Irapuato. Serían las tres y media cuando me esforzaba yo por poner a salvo la parte de la infantería de la izquierda, y del centro, y de la derecha, que luchaba hasta el último momento en su sitio y que, ya sin salida, no alcanzaba a romper el cerco enemigo y caía prisionera. Serían las cuatro cuando ya llevaba yo en retirada las tropas que habíamos logrado ordenar.

Con grande precisión, y por obra de mis ferrocarrileros, que eran hombres de mucha pericia, mis trenes se movieron de Crespo hacia Salamanca. Fuerzas enemigas intentaron acercársenos para ponernos tropiezos en aquellas maniobras, pero no lo consiguieron. Alguna artillería se salvó retirándose por el centro, junto a la línea del ferrocarril, y otra haciendo su travesía por entre medio de los jarales del río de la Laja. Mas es lo cierto que se perdió lo principal de ella, o mas bien dicho, que se perdió casi toda. Se perdieron las baterías de Fraire y de Perdomo, y las de Cortina y Quiroz, y la de Rodríguez, y la de Ortega, y la de Cuesta, de todas las cuales, no me recuerdo ahora si sería de la una o de la otra, sólo se salvaron algunos cofres y uno o dos cañones, sin contar la batería de Licona, que se salvó toda. Había yo llevado a Celaya treinta y cuatro o treinta y seis piezas de artillería. Veintiocho o treinta quedaban en manos del enemigo.

Perdieron mis fuerzas en los dos o tres días de aquellos combates cosa de tres mil o tres mil quinientos hombres, entre muertos, heridos, prisioneros y dispersos. Salió herido Pedro Bracamontes, que vino a quedar manco de la herida que allí recibió. Su hermano Manuel cayó prisionero, y Joaquín Bauche Alcalde, muchachito de bastantes luces de inteligencia, y otros muchos buenos revolucionarios, de muy grande amor a la causa del pueblo, a quienes Obregón mandó fusilar no en nombre de la justicia, sino en apaciguamiento de los terrores que al tener noticias de mi avance habían sentido muchos de aquellos hombres carrancistas. El ejecutor de las dichas muertes, según se supo luego, fue un coronel alemán, llamado Maximiliano Kloss, jefe a quien Obregón, mirándolo retroceder con su artillería ante los asaltos de mis hombres, había querido pasar por las armas en los combates del 6 o del 7 de abril.

Así fue aquella segunda batalla de Celaya, librada entre mis tropas y las de Álvaro Obregón los días 13, 14 y 15 del mes de abril de 1915. Algunos la nombran «segundo combate de Celaya», aunque yo creo que sin razón, pues de acuerdo con los dictados del arte de la guerra no fue combate, sino batalla. Cuando así sea, sufrí allí muy grave descalabro, o más bien dicho, muy fuerte derrota, lo cual causó tan hondo alivio en los hombres favorecidos de Venustiano Carranza, que en seguida empezaron a publicar los partes de Obregón, hechos también con los engaños de la alegría. Digo esto porque no comunicaba él las verdaderas proporciones de su victoria, según lo hacen siempre los buenos hombres militares, ni decía cómo con muy poca gente, y muy escasas municiones, había yo venido a atacarlo en trincheras que tenía él muy bien preparadas y guarnecidas, sino que me acumulaba treinta mil soldados, y aseguraba, por obra de sus palabras, que los había yo traído desde toda nuestra República para vencerlo, y decía haberme hecho cuatro mil muertos, y cinco mil heridos, y seis mil prisioneros. O sea, que para las expresiones de su gloria había yo perdido toda mi gente y tres o cuatro mil hombres más.

XXVI

Mientras Villa reorganiza sus tropas en Aguascalientes, Obregón prosigue, paso a paso, su avance hacia el Norte

Salamanca • Irapuato • La retirada de Rodolfo Fierro y Pablo Seáñez • León • Abel B. Serratos • Aguascalientes • «Ganará el pueblo su justicia y nosotros volveremos a lo que fuimos» • La muerte de Maclovio Herrera • El avance sobre Ciudad Victoria • Urbina y El Ébano • Agencias de Lázaro de la Garza • Pláticas con Felipe Ángeles • Gestiones de míster Lind • El deber de aniquilar o ser aniquilado

Llegamos a Salamanca. Allí esperamos la noche, toda aquella vía ocupada por los muchos trenes míos que se iban retirando. Y en verdad que me sorprendí de ver que se oscurecía la tarde, y que llegaban las sombras y nos amparaban, y que nos amanecía el sol de otro día siguiente, sin que en todo ese tiempo se apareciera por ninguna parte la caballería de Obregón.

Considerándolo, pensaba yo entre mí: «A Obregón no lo deja moverse la alegría de su victoria». Porque, ¿cómo entender que el enemigo desaprovechara aquel mal trance en que yo iba? ¿Cómo explicarse que no apreciara el grave decaimiento de mis tropas ni se me echara encima con toda su potencia, valido, además, de la mucha escasez de mis municiones? El caso es que todavía a las once de la mañana del otro día, 16 de abril de 1915, estaba yo en Salamanca disponiendo lo más cuerdo para la marcha de mis tropas rumbo al Norte y su reconcentración en Aguascalientes.

Llegamos a Irapuato, donde empezó la dicha reconcentración. Estando allí, recibo informes de Rodolfo Fierro y Pablo Seáñez tocante a su salida del estado de Jalisco, el cual, conforme a mis órdenes, tenían que abandonar antes que Obregón pudiera atacarlos por la retaguardia.

Así me telegrafiaban ellos sus palabras:

«Mi general, de frente a Zacoalco, donde sosteníamos la línea contra Francisco Murguía y Manuel M. Diéguez, hacemos ya nuestra marcha hacia Guadalajara, después de levantar la vía; y ya tomamos nuestras providencias para seguir luego de Guadalajara a Irapuato».

Me moví hacia Silao, llevando por delante los más de aquellos trenes en que se retiraban mis fuerzas; y estaba ya en Silao cuando me comunicó Fierro cómo había pasado hasta más acá de Irapuato sin encontrar enemigo que lo embarazara, y cómo, según sus noticias, acababa de entrar a Salamanca la caballería de Cesáreo Castro. Le ordené entonces que prosiguiera en su retirada detrás de mí, y que así llegara hasta León, en servicio de retaguardia, y que en el dicho punto se quedara con la mitad de sus tropas y la otra mitad me la mandara a Aguascalientes, adonde yo me dirigía.

Seguí de Silao para León. Llegué a León, todo aquel pueblo ansioso de verme y aclamarme, como si volviera yo de muy grandes triunfos y no de una derrota. Las mujeres y las niñas me traían ramos de rosas; los hombres se me querían acercar para saludarme. Los miraba yo, lleno mi pecho de muy gratos sentimientos, y pensaba entre mí: «Este pueblo no desampara su fe en mi grande amor por la causa de los pobres y su justicia». Y entonces confirmé que no me había equivocado en los caminos de mi acción, puesto que el pueblo no me los reprochaba, sino que me los aplaudía, y de esa manera me iluminaba él con su consejo y la luz de su cariño.

Abel Serratos, a quien tenía yo en Guanajuato por gobernador y comandante militar, vino a esperarme a la estación en solicitud de mis órdenes. Me pedía que me quedara yo en León a descansar, que mirara cómo todos los moradores me acogían con sentimientos amorosos, y cómo me alentaban y agasajaban. Le contesté que no, que no andaba yo en busca de descanso, sino atento a reorganizarme en Aguascalientes, punto de los nombrados estratégicos, para continuar la pelea que todo el pueblo esperaba de mí. Le declaré luego:

—Señor, conforme le indico, voy en movimiento de retirada hasta la plaza de Aguascalientes. Aquí se quedarán, en servicio de retaguardia, fuerzas de Canuto Reyes y de Rodolfo Fierro, y mientras yo tomo allá mis medidas para volver, que será pronto si las agencias para la compra de municiones no me fallan, usted vela aquí por la seguridad de esta otra plaza, y por el reposo y seguridad de los hombres que le dejo, pues ya ellos vienen cansados de tanto pelear. Quiero decirle, que usted ha de ayudarme, como mejor pueda, al sostenimiento de esta línea.

Así le hablé, y estimo que así me entendió, porque a los pocos días, ya situado yo en Aguascalientes, supe que Abel Serratos aprontaba muy buen recibimiento a las fuerzas que le había yo encomendado, y que no tan sólo las alojaba y agasajaba, sino que, para levantarles el ánimo, hacía fiesta en su honor y llevaba a Fierro a inaugurar el nombre de una calle que se llamaría Calle de Francisco Villa, y de otra que se llamaría Calle de Tomás Urbina, y luego seguía así con otros festejos y ceremonias.

Llegando a la dicha plaza de Aguascalientes me puse a la reorganización de las tropas con que haría nuevo avance hacia el Sur, cada vez más propuesto yo a salir al encuentro de los ejércitos carrancistas por dondequiera que avanzaran.

Algunos de mis generales me decían:

—Señor general, por haber sufrido un descalabro, que no viene en desdoro de nuestra capacidad ni de nuestro valor, sino que publica nuestra falta de hombres y municiones, no se perderá la potencia del Cuerpo de Ejército del Norte, ni se marchitará la gloria de sus triunfos.

Yo les contestaba:

—No, señores, no se perderá. Más vivan seguros que necesitamos disponernos a los mayores sacrificios para que siga esta lucha en defensa de nuestra causa, y que debemos obrar así tanto por nuestro propio bien, como para beneficio del pueblo, que nos otorga su confianza.

Con esto buscaba yo hacerles comprender que lo principal no era la gloria de nuestras armas, ni la fama de nuestras personas, sino la perseverancia en la lucha por la justicia, aunque nosotros padeciéramos o nos aniquiláramos; y para que mejor penetraran mi razón, dispuse que salieran para Chihuahua las mujeres de los jefes y oficiales, seguro de que así andarían ellos más aptos en el cumplimiento del deber. Decidí hacer otra cosa más todas aquellas mañanas y aquellas tardes, y era, que en acabando de dictar mis providencias y de resolver los demás negocios, me apeaba yo de mi tren, junto con los jefes, que me acompañaban, y empuñando un hacha que detrás me traía mi asistente, delante de ellos me ponía a rajar leña, diciéndoles:

—Ganaremos para el pueblo los beneficios de la justicia y volveremos nosotros a lo que fuimos.

En Aguascalientes tuve la noticia de la muerte de Maclovio Herrera, aquel buen revolucionario de otros días que luego me había negado su fe, según antes indico, pasándose a las filas de Venustiano Carranza. Al decir de los relatos que me llegaron, la dicha muerte aconteció cerca de Nuevo Laredo, punto sobre el cual marchaban las fuerzas de Orestes Pereyra el hijo, que avanzaba por la línea de Monterrey, y las de Rosalío Hernández, que se acercaba desde Piedras Negras. Contaban que Maclovio había dispuesto un cambio de banderas, para que sus tropas no se confundieran con las de Rosalío Hernández, y que al mismo tiempo había ordenado la salida de un tren explorador; y habiendo ido él luego con su escolta a encontrar el referido tren, los hombres que allí venían no lo reconocieron, ignorantes ellos del cambio de las banderas, ni él los reconoció a ellos, por faltarles la nueva bandera que había ordenado. Y lo que sucedió fue que se produjo entonces un tiroteo, y allí quedaron sin vida Maclovio y algunos de los hombres que lo acompañaban.

Otros aseguraban que no había sido así, que no hubo el dicho tiroteo, o que si lo hubo, Maclovio no murió de aquellas balas, sino por mano de uno de los oficiales que llevaba cerca. Cuando así haya sido, creo yo que Maclovio Herrera, aun siendo hombre valiente y de muy buenas hazañas militares, murió conforme tenía que morir: por obra de su propia gente y lejos de los grandes hechos de las armas, pues era ley que en eso acabara el camino de sus yerros. ¿No había él cometido muy negra traición al violar la tregua concertada entre sus fuerzas y las que Manuel Chao tenía en Parral en octubre de 1914? ¿No había ido a atacar, cautelosamente y al amparo de la noche, unos hombres, antes compañeros suyos, que descansaban en medio de su sueño, y aun cerca de sus mujeres, fiados de la dicha tregua? Pues aquella misma injusticia que Maclovio había sembrado, aquella misma recogía en su persona.

Mientras Rosalío Hernández avanzaba sobre Laredo, y sin saberlo ni pretenderlo obraba de aquel modo la muerte de Maclovio Herrera, Severino Ceniceros y Máximo García progresaban en su marcha sobre Ciudad Victoria. Por los partes que me llegaban supe entonces cómo derrotaban ellos a César López de Lara en el punto que se llama Puerto del Aire, y cómo empujaban a Luis Caballero hasta la comarca de Padilla, y cómo después de conseguir que todas las referidas fuerzas enemigas desampararan lo más de aquella región, llevaban adelante su marcha hasta cerca de Victoria, y luego tomaban la referida plaza sin que el enemigo les opusiera resistencia.

También por esas fechas recibí en Aguascalientes informes de la lucha que seguían manteniendo mis hombres frente al Ébano. Me telegrafiaba mi compadre Urbina:

«Sigo aquí peleando, aunque siempre con desventaja y contra grandes embarazos. Son muy tupidas las malezas de este campo de batalla y cada día parecen más poderosos los atrincheramientos con que se guarece el enemigo. Ahora sale por la vía una plataforma con tubos lanzabombas, según se les llama, y nos hace fuegos de mucho estrago. Vuelan, además, algunos aeroplanos, que también nos disparan sus proyectiles. De todos modos, ya dedico parte de mi gente a abrir brechas que me lleven, mediante un rodeo, hasta la retaguardia enemiga, y espero consumar así ataques que quebranten esta grande resistencia. Han conseguido mis hombres llegar hasta el Chijol, punto de la retaguardia, donde destrozaron a los defensores, les atacaron sus trenes de aprovisionamiento y empezaron a levantar la vía que va del Ébano a Tampico. También le informo que hace bombardeos de mucho acierto nuestra artillería, mandada por José María Saavedra, y que hemos logrado acallar el fuego de los cañones enemigos hasta quitarlos de sus posiciones. Intento movimientos de flanqueo y trato de adelantar en mis ataques contra el ala izquierda enemiga, propuesto a conquistar los pozos de petróleo que desde allí se dominan, o a destruirlos. Mas crea, señor general, que para todo esto necesito mayores recursos, y que no sé si podré conseguirlos sin su ayuda, aunque son muy severas las órdenes que tengo dictadas para que Sarabia me mande refuerzos desde San Luis Potosí».

Le contestaba yo:

«Leo, señor general Urbina, la relación de los tropiezos y necesidades que halla en sus operaciones del Ébano. Igual cosa me aflige a mí, y trato de remediarme, como usted allá, con mis mejores luces de inteligencia. Mi fracaso en Celaya ante Álvaro Obregón, que ahora avanza de Irapuato sobre Silao, fue a causa de mi escasez de hombres y municiones; pero ya he dictado mis órdenes para que mis efectivos aumenten, y ya anda Lázaro de la Garza en agencias que nos surtan de todo. Le prometo, señor general, mandarle ayuda tan pronto como pueda; pero también esto le digo: redoble sus esfuerzos para triunfar desde luego con los elementos que allí tiene».

En Aguascalientes, además, celebré con Felipe Ángeles pláticas tocante a la situación de nuestras fuerzas y al futuro que nos aguardaba, de seguir progresando, como hasta entonces, la resistencia y los avances enemigos.

Ángeles me decía:

—Vuelvo a mis razones, señor general, contra el desarrollo que lleva esta campaña. Siendo más numerosos que los nuestros los ejércitos carrancistas, ¿cómo puede afrontarlos nuestra gente si no la unimos otra vez? Cada día que pasa crecen los efectivos de Carranza; cada día nos debilitamos más nosotros por obra de las desventajas con que nuestros hombres pelean. ¿Cómo hemos de vencer si dondequiera que llegamos nosotros con mil hombres el enemigo tiene dos mil? Nos esperan ellos en puntos atrincherados y allí llegamos nosotros a pecho descubierto. Tienen ellos en Tampico y Yucatán grandes fuentes de dinero, con que se arman y aprovisionan. Reciben municiones y toda clase de recursos por Matamoros, y por Manzanillo, y por Veracruz, pues ya hay en el gobierno de Washington hombres favorecidos de Venustiano Carranza.

Yo le contestaba:

—Muy bien, señor general Ángeles; acepto que así sea. Pero si nosotros estamos divididos, también están divididos ellos. Quise yo consumar el aniquilamiento de Diéguez y Murguía en Jalisco, y entonces se vio que no tenía usted bastantes elementos para acabar la campaña del Noreste. Quise ir en su auxilio a la dicha campaña, y entonces se vio que la gente de Rodolfo Fierro y Pablo Seáñez no era bastante para contener a Diéguez y a Murguía, ni bastante la gente de Agustín Estrada para contener la marcha de Álvaro Obregón. Quise venir al Centro para que el avance de Obregón se detuviera, y entonces se vio que no pudiendo nosotros desamparar el Noreste, ni Jalisco, ni El Ébano, tenía yo que ir a la lucha de diez mil hombres contra veinte mil.

Ángeles me decía:

—Por eso le hablo así, señor general: reunamos las fuerzas de todo este cuerpo de ejército y derrotemos uno a uno los varios cuerpos enemigos que nos atacan.

Yo le observaba:

—Pues si eso quiere, tome a su cargo la dirección de la campaña y díc- teme sus providencias, que yo las acataré y ejecutaré. Pero nomás recuerde este vaticinio que le hago: no va a lograr nada, señor, o va a lograr menos de lo que yo logre con mis procedimientos. Si se reconcentra usted en estas comarcas para aniquilar a Obregón, el enemigo que está en Tampico se le meterá hasta San Luis, y el que está en el Noreste, hasta la Laguna. Si va con todas sus tropas a la toma del Ébano, para quitar a Carranza las riquezas del petróleo, Obregón se le mete hasta Torreón y lo deja cortado de su base de operaciones; y lo mismo le pasará si se dedica con todos sus elementos a la sola conquista del Noreste. Puede retirarse usted hasta la Laguna y ponerse a la defensa de los territorios que se abarcan desde allí hasta Chihuahua; pero así perderá la guerra antes que las batallas, pues Carranza se verá dueño de casi toda nuestra República, y entonces los negocios internacionales lo favorecerán. ¿No sabe, señor, que un hombre llamado míster Lind busca en Washington el reconocimiento de Venustiano Carranza, a cambio de que no se hagan en México las reformas de nuestras leyes ni se consumen las conquistas que el pueblo quiere? Oiga, pues, la razón de mis palabras: sólo por un camino podremos ganar esta lucha, aunque tal vez por él también se pierda, y ese camino es este que yo sigo queriendo derrotar a Obregón en el Centro, y aniquilarlo, y empujarlo de nuevo hasta Veracruz, mientras las demás fuerzas mías sostienen nuestras líneas del Noreste y del Noroeste y nos dan ocasión de llevarles luego nuestra ayuda para que triunfen. Cuando Obregón no nos amagaba con grande peligro, consentí en abandonar la campaña de Jalisco y Colima para ir a la del Noreste, porque estimaba que Zapata sería bastante para no dejar a Obregón moverse de la ciudad de México. Ahora que Obregón es un peligro grande, el deber nos manda afrontarlo y aniquilarlo sin que desamparemos nuestros otros territorios y aunque de esa forma corramos el riesgo de ser él quien nos aniquile a nosotros.

Esas palabras le hablé entonces a Felipe Ángeles, y según yo creo, se convenció él de mi razón, igual que yo me había convencido de la suya cuando me llamó desde Jalisco hasta Monterrey. Es decir, que se dispuso a iluminar con su buen consejo las órdenes que yo estaba dando en preparación de mis nuevas operaciones.

XXVII

Temeroso Villa de que Dionisio Triana le sea desleal, escucha las insinuaciones de varios de sus generales y lo fusila

Un correo del campo carrancista • Dionisio y Martín Triana • El juicio de Villa y el de sus generales • Los aires de la lealtad • Obregón, sus persuasiones y sus dádivas • El anillo de Felipe Ángeles • Silao, León y Guanajuato • Movimientos de Obregón y preparativos de Villa • Nápoles, Romita, los Sauces y Sotelo • «Si me manda usted la mitad de su gente, opondré veinte mil hombres a los treinta y dos mil de Álvaro Obregón»

En eso estábamos, cuando supe que un correo del campo carrancista había llegado hasta el campo nuestro con palabras de Martín Triana, general de los de Obregón, para su sobrino Dionisio Triana, general de los míos. Así, hubo aclaraciones y declaraciones, y se descubrió que Martín Triana mandaba a su sobrino el consejo de que me desconociera en favor de Venustiano Carranza, y de que se pasara con sus fuerzas al ejército de Obregón, para lo cual le añadía:

«Pancho Villa es hombre asesino y bandolero, sometido a lo que se nombra las fuerzas reaccionarias. Yo te aseguro que aquí encontrarás muy grandes ventajas, tú y tus jefes, y tus oficiales. Tan pronto como te resuelvas a venir, te mandaremos la contraseña de estas tropas y tomaremos buenas providencias para que tu marcha hasta nuestras líneas se haga sin ningún tropiezo».

Así era el contenido de aquel mensaje. Mas en verdad que oyéndolo yo, y considerando que Dionisio Triana era buen hombre revolucionario y buen militar, reflexioné entre mí:

«Cuando eso sea ¡señor!, Martín Triana puede mandar los mensajes que quiera. ¿Pero es Dionisio responsable de las invitaciones de su tío? ¿Sería yo responsable si hoy me llegaran mensajes secretos de Pablo González o Álvaro Obregón para reconocer a Venustiano Carranza y no seguir en mi defensa de la causa del pueblo? Lo cual digo porque ya se vio cómo Eulalio Gutiérrez urgía a su hermano Luis el desconocimiento de Carranza y el reconocimiento del gobierno convencionista, y cómo Luis Gutiérrez no sólo no consintió en las exigencias de los dichos mensajes, sino que arreció en su lucha por el triunfo del carrancismo. Pues eso mismo puede pasar aquí. Cuantimás que Martín Triana, sabedor de que Dionisio no ha de desconocerme, acaso intente sólo enemistarlo conmigo, para paralizarlo él y debilitarme a mí, que Martín Triana es hombre de astucias y rencores, según se me mostró durante las peripecias de la campaña de la Laguna en 1914».

De manera que decidí no tomar ninguna providencia sobre lo que me descubría el dicho correo, sino sólo estar atento a lo que Dionisio hiciera, o a lo que hablara.

Sucedió, sin embargo, que la mañana de otro día siguiente los más de mis generales vinieron a mí, diciéndome:

—Mi general, corren muy malas voces sobre la conducta de Dionisio Triana. Nosotros sabemos que él es buen hombre revolucionario y de grandes hechos en la guerra, pero ¿nos guardará él su fe en medio de los reveses que hoy nos depara la fortuna? Considere usted lo que pasaría, mi general, si Dionisio llegara a traicionarnos en lo más recio de alguna batalla.

Y como les contestara yo entonces palabras favorables a Dionisio Triana, me respondieron que estaba bien, que ellos sólo cumplían el deber de comunicarme sus temores, a lo cual los impulsaba su amor por nuestra causa, y que si luego resultaba que Dionisio, por seguir los consejos de su tío, caía en brazos de la deslealtad, ellos sufrirían resignados las consecuencias de lo que pasara, pero con el consuelo de no haber hecho suya la culpa.

Oyéndolos, comprendí cómo todos aquellos jefes no otorgaban ya su confianza a Dionisio Triana, sino que lo veían con ojos temerosos. Porque era cierto que por traer él muy buena gente de infantería organizada por Felipe Ángeles, venía cubriendo posiciones de mucha importancia en nuestras líneas, lo que en caso de traición encerraba serio peligro. De modo que reflexioné otra vez, sin que mi ánimo se alterara, y les hablé así:

—Señores, no todas las responsabilidades han de cargar sobre mi persona. Lo que ustedes quieran que se haga con Dionisio Triana, eso se hará.

Me contestaron entonces:

—Queremos nosotros, señor general, que se le quite a Dionisio el mando que tiene, y que sus hombres queden bajo otros jefes y oficiales, y que los jefes y oficiales suyos se repartan entre varias corporaciones para que respiren de nuevo los aires de la lealtad.

Conforme me lo propusieron ellos, así lo hice. La tarde de aquel mismo día mandé formar la brigada de Dionisio Triana, más otras fuerzas que la encuadraran, y una parte de ella, sin jefes ni oficiales, pasó a incorporarse con la brigada de Gonzalitos, y la otra parte quedó a las órdenes de Macario Bracamontes, que mandaba en ausencia de su hermano Pedro, herido en los combates de Celaya.

Pero sucedió a poco, según volvía yo de aquella ceremonia, que también Dionisio Triana se encaminó hacia su tren, y envenenado él en su ánimo por la afrenta que acababa de hacérsele, no me hablaba, ni me miraba, aunque venía muy cerca de mí. Yo, que iba observándolo conforme andábamos, me condolí de su desgracia, conociéndolo como hombre de vergüenza y de merecimientos, por lo que quise consolarlo con estas palabras:

—Siento, amigo, lo que le ha pasado, y crea que en nada de esto habría consentido yo de no habérmelo pedido varios de mis generales.

Como no me contestaba, le añadí:

—Ahora se va usted a Chihuahua. Se lleva sus caballos, más sus oficiales de confianza, más los asistentes que quiera. Se está allá algún tiempo, siempre con el goce de sus haberes y demás consideraciones, y pronto se aclarará todo y se arreglará. Y si ha habido yerro en quitarle el mando, lo enmendaremos, y si le hemos hecho agravio o perjuicios, los repararemos.

Así le predicaba yo mis palabras, con verdadera ternura, y hasta con cariño, pues en verdad que no me imaginaba que aquel jefe me pudiera traicionar, masque otra cosa me afirmaran varios de mis mejores hombres. Pero entonces se revolvió él a mirarme, y a hablarme, y me dijo:

—Yo no quiero ir a Chihuahua, mejor mándeme usted a los Estados Unidos.

—¿A los Estados Unidos? ¿Y por qué no quiere usted ir a Chihuahua, que es la base de mis operaciones y el asiento de mi gobierno? ¿No estoy ofreciéndole lo mejor que puedo darle?

Y según le hablaba, lo miraba yo y me miraba él. Y entonces descubrí por la mirada de sus ojos, conforme se fijaban en los míos, que él no me era leal, sino que alimentaba ya impulsos de traición. Es decir, que sin más, allí mismo dispuse que lo desarmaran, y lo mandé preso al carro de mi escolta y di orden de que le pusieran centinela de vista.

Así obré yo en obediencia a mi deber, aunque con ánimo sereno, y todavía sin concebir la idea de que Dionisio Triana mereciera algún castigo. Pero minutos después, ya estando yo en el carro de mi cuartel general, y ya sabida por todos la prisión del dicho jefe, vinieron a expresarse conmigo los mismos generales que aquella mañana me habían pedido que lo destituyera. Me dijeron ellos:

—Según creemos nosotros, es buena enseñanza para nuestras tropas la prisión de Dionisio Triana, supuesto que ya todos conocían las comunicaciones que guardaba con el enemigo. Esperamos ahora que al aplicársele su pena, la dicha enseñanza sea de las que se nombran ejemplares. Reflexione, señor, que son muchos los caminos que Álvaro Obregón encuentra para sus persuasiones o sus dádivas, según se vio en Chihuahua en septiembre de 1914, y aquí y en la ciudad de México durante los arreglos de la Convención. ¿Cómo evitar, pues, que se avengan a escucharlo nuestros hombres vacilantes o débiles, si no los contiene el anuncio de un castigo irreparable?

Yo los oía, y aunque estimaba que tenían razón, no me hallaba dispuesto a decidir en aquella hora la suerte de Dionisio Triana; por lo que les pregunté:

—¿Y qué sentencia esperan ustedes que caiga sobre este acusado?

Me contestaron ellos:

—La sentencia de pena de muerte, mi general, que es la que siempre cae sobre los traidores.

Y es lo cierto que en acabando ellos de expresarme aquellas palabras, salí de mi carro al andador de la estación y dije a Juan B. Vargas, que allí estaba:

—Muchachito, es mi orden que un oficial y cinco hombres lleven ahora mismo a Dionisio Triana al cementerio y lo fusilen allí. Tú vas con ellos, presencias allí el fusilamiento y vienes a rendirme el parte de lo que veas.

Así se hizo. Salió Vargas al cumplimiento del deber, en horas que serían las cinco de la tarde, y media hora después volvió y me dijo:

—Ya está fusilado Dionisio Triana, mi general. Me dio este anillo, que es de oro y topacio, y estas llaves para que de su gaveta sacara yo otro, de platino y brillantes, que Felipe Ángeles le había regalado. Además escribió este papel.

Le pregunté yo:

—¿Murió Triana con valor?

—Sí, mi general.

—¿Dio él mismo órdenes para que le dispararan?

—Sí, mi general.

—¿Dictó algunas disposiciones?

—Ninguna, mi general.

—¿Te dijo para quién era el papel?

—No, mi general.

Cogí yo entonces aquel papel y lo leí. Su contenido era éste:

«Igual es morir que vivir; pero me alegro de irme a otro mundo donde tal vez no encuentre verdugos ni tiranos».

Para la mejor concentración y reorganización de mis fuerzas había yo ordenado el repliegue de los servicios de vanguardia que tenía en Silao y Guanajuato. Sabedor de ello Obregón, llevó sus líneas hasta las dichas plazas el 22 o 23 de aquel mes de abril de 1915.

Hacia el 24 mis avanzadas iban en exploraciones desde Trinidad hasta los Sauces y Nápoles, estaciones y haciendas que así se nombran. Obregón, atento a que mis fuerzas no le hicieran movimiento de retaguardia, progresaba muy poco a poco y reforzaba su derecha hasta Guanajuato. Conocía él cómo dominaba yo la línea del Nacional, desde San Luis Potosí hasta San Miguel de Allende, y consideraba el peligro de moverse de Silao hacia León mientras yo pudiera mover fuerzas desde Dolores Hidalgo hacia Guanajuato y atacarlo en Silao por la retaguardia. Y es verdad que tenía yo pensado aquel movimiento, y que estaba en hacerlo tan pronto como Obregón tomara la ofensiva en su avance sobre León, para lo cual esperaba yo que me auxiliaran las brigadas de Pánfilo Natera, tendidas entonces sobre la referida línea.

Sería la fecha del 26 cuando Obregón se extendió por su izquierda hasta Romita, y por su derecha hasta los Sauces y Sotelo, hacienda de este nombre. Según mis disposiciones, aquellas fuerzas mías le consentían avanzar, propuestas a dejarlo que tomara la ofensiva, para atraerlo a distancia de las defensas que él dondequiera levantaba ansioso de protegerse como en Celaya; y ya trabada la lucha, se le echaban encima para desgastarlo y rechazarlo. Así lo llevaron derrotado una vez desde Sotelo hasta Nápoles, por la derecha de él, y otra vez hasta más allá de la estación de Nápoles, por el centro, y otra vez desde la hacienda que llaman Hacienda de la Sandía, hasta Romita, por su izquierda. Y aquéllos fueron ataques de mucha furia, que le hicieron mis fuerzas cuando mejor esperaba avanzar, y en los cuales resintió el enemigo muy grandes pérdidas y padeció otros estragos, como en el del centro, donde venía Obregón, y en el de su izquierda, donde la caballería de Murguía, casi envuelta, tuvo que dispersarse y abandonó muertos y heridos y dejó no sé qué grande número de prisioneros.

Así procuraba avanzar Álvaro Obregón y así lo íbamos dejando que avanzara, yo con mi ánimo de atraerlo y hacerle tomar la ofensiva cerca de León, para luego atacarlo en movimiento de retaguardia por Silao, según antes indico, y cortarle sus líneas de comunicaciones hacia el Sur. Aunque también estaba yo resuelto a no darle la batalla mientras no tuviera reunidos bastantes elementos. Porque comprendía que ahora, igual que antes en Celaya, no contaba con efectivos tan numerosos como los del enemigo, incapaz yo de abandonar Durango, y El Ébano, y Saltillo, y Monterrey, salvo que me retrajera a la sola línea de Torreón a Chihuahua; aunque sí podía aprontar suficientes recursos para la derrota de Obregón si los acasos de la suerte no me desamparaban.

Seguía yo, pues, despachando hombres y pertrechos de Aguascalientes a León, y seguía el enemigo en sus tanteos de movimiento al norte de Silao, conforme a mis deseos. Otra vez avanzó Obregón por nuestra derecha hasta Santa Ana del Conde, y por la vía hasta parajes próximos a Trinidad, y por la izquierda hasta cerca de la hacienda de la Loza. Y en estos nuevos avances suyos mis hombres le presentaban muy fuerte resistencia, para debilitarlo, y le oponían embarazos para atacarlo mejor, y para retrasarlo mientras me llegaban las municiones, se rehabilitaba mi artillería y se me unían otras fuerzas.

Le telegrafiaba yo a mi compadre Tomás Urbina:

«Señor general, apresure el ataque y toma de aquellas posiciones del Ébano y consume pronto su marcha hacia Tampico, que si yo no cuento aquí con lo más de aquellas fuerzas no me será posible contener la marcha de Obregón. Trae él no menos de treinta y dos mil hombres: o sea, que sólo mandándome usted la mitad de su gente, y ayudándome Natera con su auxilio, podré oponer aquí al enemigo algo más de veinte mil».

Mi compadre me contestaba:

«Hago lo que puedo, señor general Villa, en medio de bosques que me detienen y contra un enemigo que se atrinchera según el arte de la guerra. Le hemos incendiado las zanjas de chapopote con que se protege; nuestra artillería acalla la de él; nuestra infantería, en ataques de la noche, y de la tarde, y de la mañana, le toma algunas de sus posiciones. Pero sucede, con ser muy grandes los estragos que le hacemos, que todavía no lo podemos dominar. Preparo ahora un asalto de todas estas líneas enemigas, consciente yo de que los ataques parciales de nada nos aprovechan, y espero realizarlo dentro de dos o tres días en forma de salir victorioso».

Así dictaba yo en Aguascalientes mis providencias militares, y mientras, atendía a los demás negocios.

Me decía Miguel Díaz Lombardo:

—Venustiano Carranza concierta ya su reconocimiento por el gobierno de Washington, comprometiéndose a no consumar las reformas que el pueblo quiere. Sé yo, señor, por los informes de Llorente, que en los Estados Unidos hay mexicanos reaccionarios que emplean parte de su riqueza en lograr que aquel gobierno dé su apoyo a Venustiano Carranza, a condición de que el triunfo revolucionario se malogre.

Le pregunté entonces que cómo podían los ricos usar así las riquezas que tenían en nuestra República. Y como me contestó que lo hacían mediante la venta de sus bienes desde el extranjero, le ordené yo:

—Pues me escribe usted hoy mismo una ley que declare nulas en mis territorios las dichas ventas, y en todos los territorios del gobierno del pueblo; y me la trae usted para que yo la firme, y la manda publicar en todas las naciones. Además, señor, remitirá usted la dicha ley a míster Bryan y a míster Wilson, que quizás así cesen en sus intrigas los hombres reaccionarios que buscan el triunfo de Venustiano Carranza y sus hombres favorecidos.

XXVIII

No escucha Pancho Villa los consejos de Felipe Ángeles, que quiere resistir en Aguascalientes, y se prepara a dar la nueva batalla entre León y Trinidad

Vida Nueva • Don Francisco Escudero • La ley agraria de Carranza y la de Villa • Promesas a cambio del reconocimiento • Palabras de Obregón y Diéguez • Francisco Murguía • Benjamín G. Hill • Pablo González • Ramón F. Iturbe • Pasos de la política y pasos de la guerra • Aguascalientes y León • El plan de Ángeles • El plan de Villa • Juan N. Medina

Don Miguel Díaz Lombardo escribió aquella ley que yo le pedía y me la trajo a Aguascalientes; yo se la firmé para que en seguida se publicara en Vida Nueva, el periódico nuestro de que ya antes indico, y para que se conociera en todas las naciones.

Le dije al licenciado don Francisco Escudero:

—Señor, conforme usted ya sabe, Venustiano Carranza anda en agencias de que lo reconozcan los Estados Unidos, para lo cual les promete no desarrollar el triunfo de nuestra causa. Así obra él, mientras todas las expresiones suyas, y las de sus generales favorecidos, me acusan de hombre reaccionario, igual que a todos los jefes que me ayudan con sus armas y a todos los hombres de leyes que me iluminan con sus consejos. Y yo le pregunto: ¿es de justicia que Venustiano Carranza malogre así el triunfo del pueblo, engolosinado él con no apartarse de las dulzuras de su mando?, ¿es de justicia que consintamos nosotros el logro de esas intrigas y demos por bueno que los carrancistas nos proclamen hombres reaccionarios?

Escudero me contestaba:

—Señor general, allá están haciendo en México la reforma de las leyes los delegados de la Convención. Aquí estamos nosotros formando esas mismas leyes que el pueblo pide. Si Carranza con sus generales, y sus abogados, y sus cónsules nos pintan como servidores de la reacción, obran por impulso de su maldad, pues muy bien saben ellos que nosotros no somos hombres reaccionarios, ni lo podemos ser, según lo anuncian los pobres con su solo amor hacia nuestras tropas. Busca Carranza vencernos mediante el reconocimiento del gobierno de Washington, para lo cual trata de bienquistarse con los capitalistas mexicanos y con los negociantes extranjeros; y como eso va en contra del desarrollo de nuestra Revolución, nos acusa a nosotros de reaccionarios, para así conservarse él hombre revolucionario en las palabras, masque nada realice en los hechos. Dictó Carranza su Ley de 6 de Enero, que era buena providencia para devolver a los pueblos sus ejidos y otras tierras; pero ya anda queriendo anularla en sus pláticas para el reconocimiento. Y pienso yo, señor, que cuando sea muy triste el futuro que nos aguarde en nuestra lucha con Venustiano Carranza, nosotros podemos ayudar a que no se frustren las esperanzas del pueblo apresurando la publicación de las leyes que tenemos dispuestas para la hora de nuestro triunfo.

Entonces yo le dije:

—Muy bien, señor. Tráigame usted esas leyes para que yo se las firme, y para que se conozcan y se apliquen.

Y como luego le añadiera yo que la ley más importante era la de las tierras, supuesto que en México no habría paz ni justicia mientras todas las haciendas se cultivaran para el beneficio de unas cuantas familias y no para remediar las miserias del campo, a los pocos días me mandó la dicha ley, y yo se la firmé, con mi orden de que se publicara y se cumpliera.

El contenido de aquella ley era éste:

«Yo, Francisco Villa, jefe del Ejército Convencionista, hago saber los siguientes puntos: Primero, que los más de los mexicanos, por ser jornaleros de los campos, viven como siervos de unos cuantos ricos, propietarios de todas las haciendas. Segundo, que a causa de esta servidumbre, los mexicanos de los campos no consiguen salir de su miseria ni de su ignorancia, pues eso es lo que conviene a los intereses de los ricos y a su voracidad. Tercero, que explotado de esta forma, y vejado en sus hijos, y amancillado en sus hijas y sus mujeres, el pueblo no tiene más refugio que el de las armas, con las cuales se echa a los caminos y a la lucha por la justicia. Cuarto, que dar tierras a los pobres es el más grande anhelo de nuestra Revolución. Por todo lo cual, el gobierno convencionista promulga la siguiente ley: Primero, a partir de esta fecha ningún mexicano o extranjero podrá poseer en México mayor extensión de tierra que aquella que labre él sin oprimir a otros mexicanos. Segundo, dejando a cada dueño las labores que le correspondan, todas las haciendas se repartirán entre los trabajadores de los campos. Tercero, se tomarán también de las haciendas, y se repartirán, las tierras que necesiten para su vida los moradores de los pueblos y rancherías. Cuarto, se darán también a los trabajadores de los campos, juntamente con las tierras, las aguas que les correspondan, más las bestias, y los aperos, y las construcciones que les toquen al hacerse el reparto. Quinto, el pago de las tierras que así se tomen para los trabajadores se hará mediante bonos nombrados de la Deuda Agraria, y sólo se pagará el justo valor. Sexto, los trabajadores que reciban tierras pagarán por ellas al gobierno lo mismo que éste tenga que pagar en Bonos de la Deuda Agraria, más los gastos. Séptimo, perderá la tierra recibida todo trabajador que no la cultive durante dos años, salvo que esto sea por causa de fuerza mayor – *Francisco Villa*».

Así decía aquella ley que me escribió el licenciado don Francisco Escudero, la cual, conforme a mi juicio, era buena. Porque después de aplicarla ya no habría en México familias poderosas, propietarias de lo más de la riqueza y del gobierno, sino que todos los habitantes de los campos, siendo dueños de darse el sustento, no consentirían en ser explotados y vejados, ni sufrirían agravios en su libertad ni en su honra, sino que podrían defenderse contra las crueldades de la injusticia.

En cuanto a las promesas de Venustiano Carranza a cambio de que el gobierno de Washington lo reconociera, dañaban tanto la causa de nuestra Revolución, que los mismos hombres del carrancismo no las querían aceptar. Hubo, pues, entre ellos, según luego había de saberse, muy fuertes declaraciones, y muchos de aquellos jefes y gobernadores se mostraban decididos a que las referidas promesas no se pronunciaran, o no se cumplieran.

Aunque sólo con el andar del tiempo vendría yo a conocer todo el fondo de aquel negocio, ya entonces me llegaban noticias de él por medio de mis cónsules y otros informadores, y así sabía yo lo que pasaba; pero no podía publicarlo, masque fuera muy negra traición, porque siendo secretos los informes, había que proteger mediante la reserva a los hombres que me los daban.

Me telegrafiaba Enrique C. Llorente:

«Celebran aquí juntas de avenencia, para que se consiga el reconocimiento de Venustiano Carranza por el gobierno de Washington, Eliseo Arredondo y míster Douglas y míster Lind, los cuales estudian las leyes que debe dar el gobierno carrancista para recibir apoyo de míster Bryan y míster Wilson en la lucha contra nuestro ejército de la Convención».

Y dicen que decía Obregón en sus expresiones con Carranza:

«Señor, su compromiso con el gobierno de Washington para que le otorgue el reconocimiento es un premio a las familias ricas, enemigas del pueblo, que nos han traído, por su amor a la injusticia, muy grandes derramamientos de sangre. Yo le pido, señor Carranza, que no entre en los referidos compromisos, y esto mismo le piden todos los jefes y tropas de mi mando».

Y le decía Manuel M. Diéguez:

«Señor, la reacción de México se disimula detrás del gobierno americano, y mediante él trata de conseguir la renovación del dominio que antes tuvo y la devolución de sus riquezas. Espero yo, en representación de todos mis hombres, que no dejará usted que así se malogre el triunfo de nuestra Revolución, pues no vale tanto el reconocimiento».

Y le expresaba Murguía:

«Señor Carranza, ésta es la lucha por los ideales de la Revolución, que no consienten entendimiento con los hombres reaccionarios, ahora amparados del gobierno de Washington para que el triunfo del pueblo mexicano se malogre. Si ofrece usted pagar las pérdidas sufridas por los ricos en las peripecias de nuestra lucha, los enriquecerá más, y se apoderarán más, y será necesario que la guerra de la Revolución siga, o que se haga otra nueva. No deje, señor, que lo acechen y quieran dominarlo las fuerzas reaccionarias, que también buscan valerse de Pancho Villa, pues seremos entonces, aunque lo escondamos, tan reaccionarios como las dichas fuerzas».

Y le decía Benjamín Hill:

«Señor, sus compromisos con el gobierno de Washington son muy duro golpe para nuestra causa revolucionaria. Aceptando que no haya confiscación, deja usted de cumplir el primero de todos nuestros ideales, pues la Revolución quiere que se confisquen los bienes de todos los ricos. ¿No sabe usted, señor, que sólo así desaparecerá el verdadero enemigo del bien del pueblo y de su justicia?».

Y le decía Pablo González:

«Estimo, señor, que serán muy graves las razones que lo impulsan a concertar compromisos con el gobierno de Washington; más viva seguro que no hay compromiso que supere al que tenemos celebrado con nuestro pueblo los hombres de la Revolución. Por eso le digo: Mire, señor, con cautela los pasos a que se compromete, y piense cómo no aprovecharía de nada el reconocimiento de nuestra causa revolucionaria si, para otorgarlo, el gobierno de Washington exige que nuestra causa muera».

Y le decía Ramón F. Iturbe:

«Señor, a la mucha distancia a que estamos estos luchadores, no es fácil apreciar toda la urgencia de su entendimiento con el gobierno de Washington. Sólo le declaro, señor, a nombre mío y de los jefes que me acompañan, que no deben ensombrecerse las esperanzas del pueblo, cuantimás en estos días en que ya casi nos acaricia el triunfo. Le pedimos, pues, que no pague precio muy alto por las ventajas del reconocimiento, que sin habérnoslo antes otorgado Washington, la causa revolucionaria ha andado hasta hoy los caminos de sus triunfos, y de esa misma manera puede seguir».

O sea, que los más de los jefes carrancistas, aun siendo hombres favorecidos, no aprobaban los arreglos que hacía Carranza por medio de aquellos abogados americanos. Pero es lo cierto que no los oyó él en su razón, sino que siguió adelante en lo que se proponía, según después contaré, y todas aquellas promesas que le pedían que hiciera delante del pueblo de México y de los Estados Unidos, todas las hizo él tal y como se las pedía el gobierno de Washington. Por eso pienso yo ahora: o que Venustiano Carranza menospreció el consejo que le daban los principales de sus jefes, los cuales, conforme a mi juicio, obraron entonces como buenos hombres revolucionarios, o que los convenció él de cómo no llevaban la razón, o que hicieron ellos el hincapié de que los convencía, temerosos todos de ser yo el del triunfo si Carranza no era el del reconocimiento.

Así iban los pasos de la política. Mientras, Obregón seguía en sus intentos de avance sobre la plaza de León, y mis tropas procuraban atraerlo para echársele luego encima y desgastarlo.

Mirando aquel avance, me observaba Felipe Ángeles:

—Ya viene Álvaro Obregón dispuesto a atrincherarse cerca de nosotros, y a que tomemos la ofensiva, como en Celaya. Yo le propongo, señor general Villa, que desamparemos León, y Lagos, y que nos afortinemos en esta plaza de Aguascalientes, de modo que sea Obregón quien venga hasta nosotros, y no nosotros quienes vayamos hasta él, con lo cual conseguiremos que emprenda operaciones de ofensiva para desalojarnos. Si lo hacemos de esa forma, yo le aseguro que los treinta y dos mil hombres que Obregón trae se debilitarán y quebrantarán delante de estos veinte mil de nosotros, y que pronto, al empezar sus tropiezos para surtirse desde su base de operaciones, que está muy lejana, vendrá la hora de que nosotros nos abalancemos sobre él y lo derrotemos y aniquilemos.

Así me habló Ángeles sus palabras. Y como yo le contestara que estaba bien, que podía ser bueno el plan que me proponía, él y sus oficiales se pusieron a levantar el croquis del mejor campo para la batalla; y vino Ángeles y me lo enseñó. Mas es lo cierto que considerando yo despacio el desarrollo que podía tener aquel hecho de armas, comprendí cómo era mejor el que tenía yo imaginado para León y Silao, por lo cual le dije:

—Señor general, estimo muy bueno este plan que usted me ofrece; pero piense que lo más de mi caballería combate ya con los carrancistas entre Silao y Trinidad; piense que todos los moradores de León y su comarca me guardan su fe. Si después de los cuatro o cinco días que ya llevamos peleando me retiro de frente al enemigo y me encierro aquí, según usted me aconseja, ¿quién levanta luego el ánimo de estas tropas, que todavía tienen la herida de lo que les aconteció en Celaya? Comprendo, señor general Ángeles, que si la política y los negocios internacionales me consintieran acogerme a un buen abrigo, y en calma dar allí a mis tropas el descanso que necesitan, y ponerme a reorganizarlas, eso sería lo mejor. Pero ¿qué quedará de ellas si yo mismo les inculco, encima del quebranto que traen, la idea de que ya sólo pueden defenderse, y que si fracasan en su defensa ya no les queda más que rendirse o dispersarse? ¿Qué ayuda recibiré del pueblo que me sigue si mi conducta le hace pensar que por haberme derrotado una vez Álvaro Obregón, ya no soy yo el hombre revolucionario que sale al encuentro del enemigo, sino el militar que teme la derrota porque sólo cuenta con sus armas, y que por eso se atrinchera? Yo soy un hombre que vino al mundo para atacar, señor general Ángeles, aunque no siempre mis ataques me deparen la victoria; y si por atacar hoy, me derrotan, atacando mañana, ganaré.

Eso le dije yo, y luego le añadí:

—De modo, señor general, que yo le pido la ayuda de sus luces no para que nos atrincheremos en Aguascalientes, sino para salir al encuentro de Álvaro Obregón; aunque también le prometo que sin huir delante de él, pues eso es lo que menos conviene a mis tropas, aguardaré allá a que el enemigo tome la ofensiva, o a que parezca que la toma.

Con estas palabras, Ángeles se fue a León para disponer en aquellos parajes las líneas que debía ocupar nuestra infantería, y los desplazamientos de nuestra artillería, cada y cual de las dichas tropas a medida que yo se las fuera mandando, y para hacer su mejor reconocimiento de todo aquel campo de batalla.

Según es mi memoria, antes de salir yo de Aguascalientes llegó allá Juan N. Medina, que me mandaba custodiado mi compadre Fidel Ávila, gobernador de Chihuahua, por haber sabido que se descompasaba en sus juicios tocante a los modos de aquel gobierno. Sucedía que meses antes había yo extendido salvoconducto para que regresara de los Estados Unidos a Ciudad Juárez un hombre que había sido jefe político de allí en tiempos de Porfirio Díaz, llamado Silvano Montemayor. Pero como luego resultara, según noticias recibidas por mi compadre Fidel Ávila, que aquel hombre parecía no portarse bien, sino que otra vez andaba los caminos de la mala política, el comandante de la dicha plaza mandó ponerlo preso, ante lo cual Juan N. Medina, que lo protegía, se dejó llevar de sus palabras, por lo que el comandante dispuso que también a él lo aprehendieran.

Sabedor yo de eso, ordené que Juan N. Medina se viniera a Aguascalientes, mas no para castigarlo, sino para emplearlo en los negocios de la guerra, según sus conocimientos. Llegando él delante de mí, le digo:

—Amiguito, ya no lo quiero en puestos de civil, sino de militar. Mañana toma usted el mando de la Brigada Guerrero, que se encuentra sin jefe por faltar Agustín Estrada, muerto en Celaya.

Él me responde:

—¿Y de qué va a servirle, mi general, un jefe a quien aprehenden por no sé qué delitos, cuando sólo sea responsable de haber exigido respeto para el salvoconducto que le dio usted a Silvano Montemayor?

Entreví entonces todo lo que Juan N. Medina quería decirme; de modo que le contesté:

—Silvano Montemayor quedará en libertad y usted toma el mando de la Brigada Guerrero.

Y así fue, o mejor dicho, así iba a ser, pues otro día siguiente ordené la libertad de Montemayor, pero dispuse que Juan N. Medina, con grado de general, pasara a encargarse de la Comandancia Militar de Torreón, para donde salió inmediatamente.

Índice

LIBRO PRIMERO
El hombre y sus armas

LIBRO SEGUNDO
Campos de batalla

LIBRO TERCERO
Panoramas políticos

LIBRO CUARTO
La causa del pobre

LIBRO QUINTO
Adversidades del bien